BERNHARD HENNEN

DRACHEN ELFEN

DIE GEFESSELTE GÖTTIN

BERNHARD HENNEN

DRACHEN ELFEN

DIE GEFESSELTE GÖTTIN

ROMAN

HEYNE

FSC
www.fsc.org
MIX
Papier aus verantwortungsvollen Quellen
FSC® C014496

Verlagsgruppe Random House FSC® N001967

5. Auflage

Redaktion: Martina Vogl
Umschlaggestaltung und -illustration: Nele Schütz Design, München
Karte im Innenumschlag: Andreas Hancock
Satz: Leingärtner, Nabburg
Druck und Bindung: GGP Media GmbH, Pößneck
Printed in Germany
ISBN: 978-3-453-53346-2

www.twitter.com/HeyneFantasySF
@HeyneFantasySF

www.heyne-fantastisch.de

Für meinen Vater,
meinen Anker in unruhiger See

Liebe deine Feinde, denn sie sagen dir deine Fehler.

BENJAMIN FRANKLIN

Erstes Buch

DER PAKT DER DRACHEN

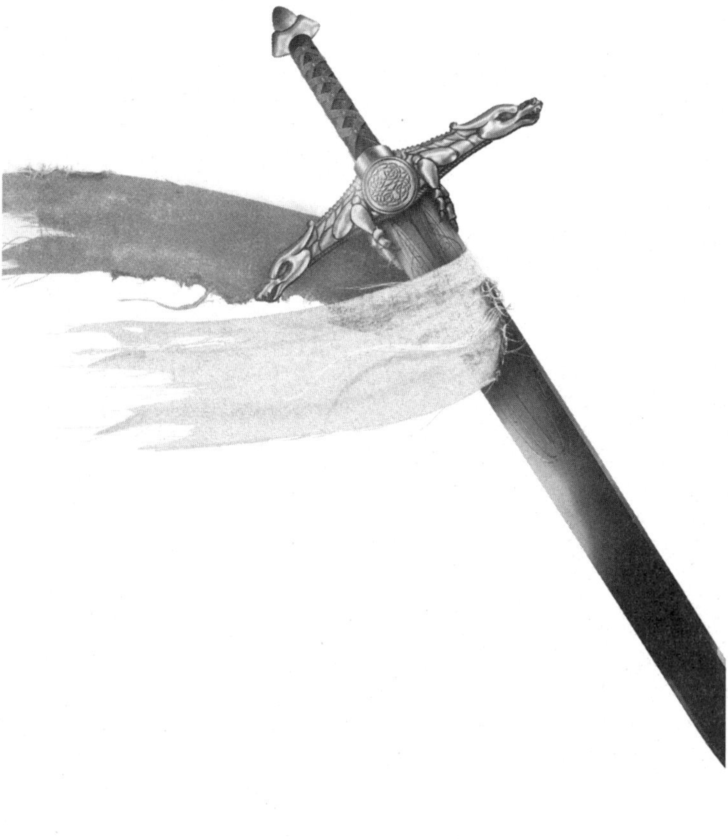

Prolog

Der Himmel zerfloss in Rot und Gold, als das Zirpen der Grillen plötzlich verstummte.

»Sie kommen«, hauchte Gonvalon, und Nandalee blickte zum Himmel empor, der durch das Astwerk des Dornbusches wie ein Mosaik in tausend Fragmente zerteilt war. Undeutlich konnte sie am westlichen Horizont, wo die Sonne als glutroter Ball das weite Grasland berührte, Schattenrisse erkennen.

Nandalee zog die dünne Decke hoch, die sie mit dem Schlamm des nahen Wasserlochs eingerieben hatte, und tastete unwillkürlich nach dem Bogen an ihrer Seite. Die Sehne war aufgezogen. Gonvalon hatte erzählt, was geschehen mochte, würden sie entdeckt werden.

Die Schatten wuchsen an. Es waren viele! Sie schienen aus der sterbenden Sonne geboren zu sein, die von blutroten Wolken umlagert wurde. Pegasi! Eine ganze Herde. Mindestens fünfzig der geflügelten Pferde flogen in weitem Bogen heran, warfen die Köpfe ausgelassen in den Nacken und ließen ein wildes Wiehern erklingen. Ängstlich flüchteten die Gazellen vom Wasserloch und verschwanden mit weiten Sprüngen im hohen Büffelgras der Savanne.

Das Rauschen mächtiger Schwingen füllte den Himmel. Drei Hengste waren der Herde vorausgeeilt und flogen nun in enger werdenden Kreisen dicht über dem Dornenversteck der beiden Elfen. Pegasi verhielten sich anders als die Wildpferde der Savanne, hatte Gonvalon Nandalee gewarnt. Wenn sie sich bedroht fühlten, flohen sie nicht, sie griffen an. Deshalb hatten die Drachenelfen sie zu ihren Schlachtrössern erwählt.

Ein Hengst mit schwarz schimmerndem Fell glitt immer wieder über ihren Busch hinweg. Seine Augen schimmerten wie Obsidian.

Er verlangsamte seinen Flug, weitete die Flügel und landete schließlich keine zwanzig Schritt entfernt.

Nie zuvor hatte Nandalee ein so prächtiges Tier gesehen. Der Hengst wandte den Kopf. Seine weiten Nüstern blähten sich, als er Witterung aufnahm.

Er würde sie nicht finden, dachte sie, und ein Lächeln spielte um ihre schmalen Lippen. Sie hatten sich am Morgen im Wasserloch gewaschen und dann, obwohl Gonvalon lauthals protestiert hatte, mit Gazellendung eingerieben. Verborgen unter der schlammverkrusteten Decke und dem Geruch nach Gazellen, waren sie ganz und gar eins geworden mit dem Bainne Tyr, dem Milchland, wie die fruchtbare Savanne, die den Jadegarten umschloss, schon seit Anbeginn der Zeit genannt wurde. Sie waren unsichtbar für den Hengst, verborgen vor all seinen Sinnen.

Und dennoch blickte er in ihre Richtung. Unruhig stampfte er mit den Hufen und kam näher. Plötzlich schnellte eine graubraune Eidechse unter einem flachen Stein hervor, nur wenige Schritte vor ihrem Versteck. Sie stürmte dem rettenden Dornbusch entgegen und fand ihren Weg unter die Decke. Nandalee konnte die feinen Krallen des Tiers auf ihrem nackten Unterarm spüren.

Der Hengst legte den Kopf schief. Er stand nun unmittelbar vor dem Gebüsch und starrte auf sie herab. Nandalee hielt den Atem an. Nur nicht blinzeln. Keine Bewegung! Kein Laut! Sie lag flach auf den Boden gepresst, die Tarndecke bis weit über den Nacken gezogen. Ihre Haare hatte sie mit Schlamm eingerieben, der in der Hitze des Tages zu einem harten, staubigen Panzer geworden war. Sie war vollkommen getarnt. Das verwobene Gitterwerk der Äste löste ihre Silhouette auf. Einzig ein Blinzeln könnte sie verraten. Nandalee drückte ihre Wange fest an den staubigen Boden. Sie hätte vorhin, als noch Zeit gewesen wäre, den Kopf ein wenig drehen sollen, sodass ihre Stirn die Erde berührte und ihr schlammverkrustetes Haar wie Stein aussähe. Aber sie hatte den Blick nicht von dem schwarzen Hengst lösen können. Nie hatte sie ein so anmutiges Ross gesehen.

Gonvalon an ihrer Seite hatte die Augen geschlossen. Er war kein Jäger, und doch machte er alles richtig. Auch wenn er sich gegen den Gazellendung gewehrt hatte, war er ein Meister der Tarnung. Wie oft er wohl schon für die Drachen ausgezogen war, um zu töten? Er sprach nie darüber.

Der Hengst schnaubte. Seine Obsidianaugen blickten geradewegs auf sie hinab. Eine kleine, sternförmige Blesse prangte inmitten seiner Stirn wie ein drittes, weißes Auge.

Unvermittelt warf er den Kopf zurück und wieherte. Der Himmel füllte sich mit dem Rauschen schwerer Flügel, und bald erbebte die Erde unter dem Hufschlag der landenden Pegasi. Nandalee zählte dreiundsiebzig Tiere, eines schöner als das andere. Sie waren voller Anmut, in jeder ihrer Bewegungen lag vollkommene Harmonie.

Die Elfe dachte an ihre Tage in der Höhle des Schwebenden Meisters zurück. Daran, mit welcher Grazie der große, weiße Drache seine Schwingen zu entfalten vermocht hatte. Und einen Moment lang hallten seine Worte in ihren Gedanken wider. *In allem, was vollkommen ist, wohnt Magie. Selbst wenn Ihr Euch gar nicht bewusst seid, dass Ihr einen Zauber gewoben habt. Der vollkommene Schuss, der gegen jede Wahrscheinlichkeit sein Ziel trifft. Oder nur eine einfache Bewegung …*

Ihr Lehrmeister war launisch gewesen und ganz gewiss auch ein wenig verrückt. Nandalee dachte daran, wie er manchmal mit dem Kopf nach unten von der Höhlendecke gehangen hatte, seine Schwingen vor dem Leib gefaltet, als sei er eine riesige Fledermaus. Er hatte behauptet, so zu schlafen sei sehr entspannend, und sie aufgefordert, es ihm gleichzutun. Wie unwürdig er gestorben war. Sein schlanker, wohlgestalteter Leib war zerhackt und in Stücken von den Zwergen versteigert worden. Und ausgerechnet seine Mörder waren unter all den Bewohnern der Tiefen Stadt der Strafe der Himmelsschlangen entgangen.

Dank ihr hatten drei Zwerge in einem verborgenen Brunnen überlebt. Nandalee hatte ihnen einen Säugling überlassen, dessen Mutter durch ihre Klinge gestorben war. Bitterkeit überkam die Elfe bei der Erinnerung. Es war ein Unfall gewesen. Aber sie wollte eine Drachenelfe sein! Drachenelfen waren vollkommen, in jeder Hinsicht. Missgeschicke geschahen ihnen nicht. Nach dem Tod der Zwergin hatte sie die Wahl gehabt, das Kind dem sicheren Verderben zu überlassen oder aber jemanden zu finden, der sich um den Säugling kümmern würde. Die Tiefe Stadt war zu diesem Zeitpunkt schon zu einem riesigen Grab geworden, in dem sie nur diese drei Zwerge gefunden hatte: die Mörder! Die Händler von Leichenteilen! Sie verkörperten die Abgründe dieser Welt. Deshalb wohl hatten sie sich so tief unter der Erde verkrochen. Und doch hatte Nandalee sie verschonen müssen, denn sie hätte das Kind nicht hinauf ans Tageslicht bringen können. Es wäre ein Opfer des rasenden Zorns der Drachen geworden.

So war, trotz all der Toten, der Mord an ihrem Lehrmeister ungesühnt geblieben. Noch immer nagte dieses Unrecht an Nandalee. Ebenso wie der grausame Rachefeldzug der Drachen. Warum hatten sie nicht ihre Elfen geschickt, um die Mörder zur Rechenschaft zu ziehen? Und nur die Mörder! Warum hatte eine ganze Stadt sterben müssen? Es war doch ihre ureigene Aufgabe, die Schönheit dieser Welt zu bewahren. Dazu waren die Himmelsschlangen einst von den Alben erwählt worden. Aber die Drachen hatten einen anderen Weg eingeschlagen. Sie hatten die von ihnen erwählten Elfen zu Mördern gemacht und in ihren Taten jedes Maß verloren.

Sie wollte zu den Ursprüngen zurück, dachte Nandalee. Sie wollte ein Werkzeug des Willens der Alben sein. Eine Hüterin dieser Welt, die ihnen anvertraut war, und keine gewissenlose Rächerin. Sie wollte die Schwachen schützen und was schön war vor unbedachter Zerstörung bewahren. Dies wären Ziele, für die zu streiten nobel wäre. Dies sollte ihr Weg werden, beschloss Nandalee und beobachtete die Fohlen, die ausgelassen durch das flache Wasser preschten, sodass es bis über ihre Köpfe aufspritzte.

Der Rappe hatte sich von ihrem Versteck abgewandt. Er musterte das hohe Büffelgras, das bis nahe an die Wasserstelle reichte. Es war fast zwei Schritt hoch. Der aufziehende Sommer hatte das Grün seiner Spitzen zu sprödem Gold verdorren lassen. Von Osten war ein böiger Wind aufgezogen, der das Gras wispern und in Wogen wie ein endloser goldgrüner Ozean wiegen ließ.

Ihr Dornbusch wuchs auf einem flachen Hügel. Sie hatten von hier aus einen guten Blick über die Wasserstelle und das weite Land. Im schnell schwindenden Tageslicht sah Nandalee eine Meile entfernt eine Herde von Schwarzhornbüffeln, deren Bewegungen dunkle Linien in das hohe Gras zogen. Sie hielten Abstand von der Wasserstelle. Warteten darauf, dass die Pegasi ihren Durst stillen und weiterziehen würden.

Dunkle Wolkenfinger streckten sich von Osten über die Savanne, als wollten sie nach dem letzten Abendrot am Horizont greifen. Ein Regensturm zog auf. Gonvalon hatte ihr in den letzten Tagen viel über Bainne Tyr erzählt. Der Fechtmeister hatte sie mit seinem Wissen überrascht. Er kam gerne in die weite Savanne, kannte die Wanderwege der Herden und steckte voller Geschichten über das Land. Über die Flammenwälle, die sich in der Trockenzeit durch das hohe Gras fraßen, über die tausend Farben des Regenbogens, in denen das ausgedorrte Land über Nacht erblühte, wenn die Regenzeit begann.

Auch kannte er die Koboldvölker der weiten Ebene, die blau gewandeten Jäger, die auf ihren sandfarbenen Wildhunden das einsame Land durchstreiften. Die wandernden Hirtenvölker, die stolz darauf waren, die größten unter den Kobolden von Bainne Tyr zu sein, und deren Sitte es war, sich mit grauem Lehm einzureiben. Oder die Fischer, die in Stelzenhütten fern der Ufer über dem dunklen Wasser der Mückenseen lebten. Mit ihnen hatte er manche

Nacht auf die großen Welse gewartet, die sich zuweilen in Vollmondnächten vom Grund der Seen erhoben und meilenweit über Land krochen. Die Kobolde gaben diesen Welsen Namen und verehrten sie wie Götter. Uchungu, der Jähzornige, der schon manchen Kobold, der es gewagt hatte, ihm zu nahe zu kommen, mit Haut und Haar verschlungen hatte, oder Arani, der Bote, dessen sich windender Leib angeblich geheime Botschaften an die Alben in das hohe Gras schrieb, die man nur hoch vom Himmel herab zu lesen vermochte.

Nun trug der Wind fernes Donnergrollen heran, und Nandalee sah, wie im Osten Blitze über den Horizont flackerten. Irgendwo im Büffelgras erhob ein Schwarzmähnenlöwe seine Stimme und brüllte dem Sturm seinen Zorn entgegen, als wollte er die Mächte des Himmels herausfordern. Sie waren die Herrscher der Savanne, so wie die Silberlöwen die roten Felstürme, die das weite Grasland einfassten, ihr Reich nannten. Niemand kam ihnen gleich. Zumindest nicht am Boden. Der weite Himmel aber kannte andere Herrscher. Auch ihnen hatten die Kobolde Namen gegeben, doch diese wagten sie nur in Neumondnächten zu flüstern, wenn die Welt nur noch Schatten kannte. Das kleine Volk war überzeugt, dass es genügte, diese Namen laut zu nennen, um den Schrecken auf sich herabzurufen.

So voller Geschichten steckte Gonvalon, und Nandalee freute sich darauf, weiter mit ihm durch die weite Savanne zu streifen und gemeinsam deren Wunder und Geheimnisse zu erkunden. Niemals hätte sie erwartet, dass ein Elf, der in einem Palast aufgewachsen war, so sehr mit der Natur verbunden sein könnte.

Sie streckte unter der Decke die Hand nach ihm aus. Tastete über seine warme, seidenglatte Haut. Gonvalon hatte sich verändert, seit sie in den Jadegarten zurückgekehrt waren. Er strahlte wieder jene überlegene Ruhe aus, die sie so sehr an ihm bewundert hatte, als er in der Weißen Halle ihr Lehrmeister gewesen war. Was immer in der Snaiwamark geschehen sein mochte – er hatte seinen Frieden wiedergefunden. Vielleicht lag es auch an dem Milchland, das er so sehr liebte. Die weite, wilde Savanne.

In diesem Augenblick schlug gleißend helles Licht in die Wasserstelle, brannte glühende Dolche bis tief in Nandalees Kopf. Die Pferde wieherten auf. Nandalee hörte ihre Panik, spürte den Boden unter ihrem Hufschlag erzittern. Sie blinzelte. Tränen standen ihr in den Augen, sie konnte nicht klar sehen, die Welt war in helle und dunkle Flächen ohne Tiefe zerbrochen. Sie wollte aufspringen, doch Gonvalon drückte sie fest zu Boden. »Nicht. Das ist ein Rotrücken. Bleib unten! Wir können nichts tun.«

Nandalee schloss die Lider und öffnete ihr Verborgenes Auge, um das magische Netz zu sehen, das alles miteinander verband. Ein helles Rot kaum gezügelter Wut blendete sie. Es flammte unmittelbar vor dem Dornbusch auf und erhob sich dann in den Himmel. Das musste der Rappe sein, der sich in die Lüfte erhob, um seine Herde zu schützen.

Bei der Wasserstelle herrschte das kalte Blau der Angst vor. Die Stuten und Fohlen preschten durcheinander. Einige flogen auf, behinderten sich gegenseitig. Durch das Büffelgras leuchteten die Auren kleinerer Tiere, die sich angstvoll an den Boden drückten.

Hoch über ihnen aber schwebte der Rotrücken, umspielt von der weißgoldenen Aura der Kraft. Ein weiterer Flammenstrahl stach auf die fliehende Herde herab. Durch das verborgene Auge betrachtet, war es nur ein Flackern, das die Aura des Drachen kurz blasser erscheinen ließ. Als dieses mattgelbe Flackern jedoch nach den Pegasi griff, erloschen augenblicklich zwei strahlend blaue Lichter.

Nandalee riss ihre Augen auf. Sie brannten immer noch, doch das Bild, das sich ihnen darbot, hatte wieder Farben und Tiefe bekommen. Sie sah ein Fohlen mit brennenden Flügeln in das hohe Büffelgras galoppieren, sah die Kadaver zweier Stuten im flachen Wasser liegen. Kalter Zorn packte sie. Das war keine Jagd! Der Rotrücken tötete aus Lust am Morden und würde von den toten

Pegasi nur die besten Stücke fressen, um den Rest den Geiern zu überlassen.

Die Elfe packte ihren Bogen.

»Lass es!«, zischte Gonvalon. »Drachen regieren diese Welt. Stellst du dich gegen einen, wirst du den Zorn aller auf dich lenken.«

Nandalee hörte nicht auf ihn. Sie richtete sich auf. Dornranken schrammten über ihr Gesicht und ihre nackten Arme. Voller Wut blickte sie zum Himmel hinauf, und ihre Rechte strich über die befiederten Pfeilschäfte in ihrem Köcher.

Der Rotrücken war mehr als zwanzig Schritt lang und von schlangenhafter Gestalt. Seine Flügel saßen knapp über seinen kräftigen Hinterläufen, die Vorderbeine fielen viel kleiner aus, endeten aber in Tatzen mit messerscharfen Krallen. Und während seine Unterseite vom kräftigen Blau des nachmittäglichen Himmels über der Savanne war, zeigten die Flanken ein flammendes Karmesinrot, durchbrochen nur von rauchfarbenen Streifen.

Der Rappe war in den Himmel aufgestiegen und umkreiste mit zwei anderen Pegasi ihren Angreifer. Wie klein sie neben dem mächtigen Drachen aussahen. Dennoch versuchten sie, mit ihren starken Hufen nach den Flügelknochen des Drachen zu treten und dabei dem wild peitschenden Schweif des Ungeheuers nicht zu nahe zu kommen.

Nandalee zog einen Pfeil aus dem Köcher und hakte die Nocke in die Sehne ein. Sie wagte jedoch aus Furcht, im wirbelnden Luftkampf einen der Pegasi zu treffen, nicht zu schießen. Ein peitschender Schwanzhieb traf einen der Hengste, der dem Drachen zuvor mit einem Huf ein Loch in die ledernen Flügel gestanzt hatte. Das stolze Tier trudelte mit gebrochenen Flügeln hilflos zu Boden, schlug schwer im hohen Büffelgras neben der Wasserstelle auf und blieb reglos liegen.

Der Drachenkopf fuhr auf seinem Schlangenhals herum und erwischte einen weiteren Pegasus. Die dolchlangen Fänge schnappten nach dem Bauch des Tieres und rissen ein riesiges Stück Fleisch heraus, sodass dem Pegasus das Gedärm aus dem Leib hing, bevor auch dieser stolze Hengst vom Himmel stürzte.

Der Rappe aber zog in einem tollkühnen Manöver über den Kopf des Drachen hinweg und traf ihn hart mit seinen wirbelnden Hufen. Kurz geriet der Rotrücken ins Trudeln, doch dann fing er sich wieder. Und während der Hengst eine enge Kehre flog und erneut angreifen wollte, spie der Drache ihm einen Flammenstrahl entgegen. Weit weniger kraftvoll als die gleißende Flammensäule, mit der er seinen Angriff auf das Wasserloch eingeleitet hatte, doch immer noch tödlich für jeden, den das Feuer umfing.

Nandalee hielt den Atem an.

Der schwarze Pegasus legte die Flügel an und ließ sich wie ein Stein fallen, doch nicht schnell genug. Eine Flammenzunge leckte über seine Flanke, und er wieherte vor Schmerz. Erst dicht über dem Wasser breitete er seine Flügel aus und fing seinen halsbrecherischen Sturz ab. Nandalee konnte seine Gelenke knacken hören. Die Hufe des Hengstes berührten das Wasser, als er mit schweren Flügelschlägen versuchte, wieder an Höhe zu gewinnen.

Der Drache über ihm war nun in der günstigeren Position. Die Elfe sah, wie er auf weit ausgebreiteten Schwingen einen Bogen flog, um dem Pegasus den Weg abzuschneiden.

»So wird es nicht enden«, murmelte Nandalee und hob den Bogen. Der langsame Gleitflug des Drachen machte es ihr leichter. Sie zielte auf das Gelenk, dort, wo die linke Schwinge des Ungeheuers in den Rücken überging. Sie atmete aus und ließ den Pfeil von der Sehne schwirren, ohne ihr Ziel aus den Augen zu lassen.

»Nein«, schrie Gonvalon, sprang auf und griff nach ihrem Bogen. Einen Herzschlag zu spät – der Pfeil fand sein Ziel. Ein Geräusch wie das Schnauben eines riesigen Blasebalgs erklang, als der Drache überrascht einatmete. Seine linke Schwinge knickte ein, aber er fing sich sofort wieder. Der Pfeil war mehr als zur Hälfte ins Fleisch des Drachen gedrungen.

Der Rappe blickte zu Nandalee. Er wippte mit dem Kopf, als wolle er sie grüßen. Dann flog er mit kräftigem Flügelschlag davon. Seine Herde war längst geflohen. Nur die Kadaver der getöteten Tiere blieben zurück.

»Du hast auf einen Drachen geschossen«, zischte Gonvalon. »Bist du noch bei Verstand? Wir werden ihn umbringen müssen, damit er es nicht weitererzählt. Wir sind tot, wenn die Himmelsschlangen davon erfahren.«

Der Rotrücken landete am Ufer des Wasserlochs. Er war keine dreißig Schritt von ihnen entfernt. Große, gelbe Augen musterten sie aus geschlitzten Pupillen. Seine Beute schien er gänzlich vergessen zu haben.

Nandalee sah aus den Augenwinkeln, wie Gonvalon nach dem Schwert griff. Er würde es tun. Er würde für sie, ohne zu zögern, gegen den Drachen kämpfen. So wie er sich dem Immerwinterwurm gestellt hatte.

»Du überlegst, ob wir Beute sind.« Nandalee sprach laut und sehr langsam. Sie stellte sich vor, wie jedes ihrer Worte in die Gedanken des Drachen fand. Sie wusste nicht, wie intelligent Rotrücken waren und ob sie wie die Himmelsschlangen ihre Stimme im Kopf von Elfen ertönen lassen konnten. Sie hoffte einfach, dass er verstand, und während sie sprach, zog sie ohne Hast einen zweiten Pfeil aus dem Köcher und legte ihn auf die Sehne.

»Ich habe einmal einen Trollprinzen getötet, weil er mir eine Jagd verdorben hat. Er war zehnmal so weit entfernt wie du. Mein Pfeil traf ihn mitten ins Auge und durchbohrte sein Hirn. Er war tot, bevor er begriffen hatte, was ihm geschah. Du hast größere Augen als er … Es wäre nicht klug, mich fressen zu wollen.«

Der Schweif des Drachen glitt unruhig hin und her und zerwühlte das schlammige Ufer.

»Wir beide sind Jäger, du und ich. Aber ich töte nur, um Nahrung zu bekommen oder um mich zu verteidigen.«

Der Drache reckte seinen Kopf auf dem schlangenhaften Hals

vor. Sie roch seinen Atem. Das riesige Maul war nur noch sechs Schritt entfernt. Dunkle Blutspritzer schimmerten im letzten Abendlicht rund um seine Schnauze. Jeder einzelne seiner schneeweißen Zähne war so lang wie ihr Unterarm. Überlegte er, sie mit einem Flammenstoß zu töten?

»Geh zurück«, sagte Gonvalon leise. »Er hat sich zu weit vorgewagt. Er ist in Reichweite meines Schwertes. Ich werde ihm die Kehle durchschneiden.«

Nandalee bezweifelte nicht, dass er es schaffen konnte. Aber es war etwas anderes, einen großen Drachen zu verwunden und seinen Stolz zu verletzen oder aber ihn zu töten. Wenn Gonvalon das tat, dann wären sie beide verloren. Alle Drachen Albenmarks würden sie hetzen, und sie dürften nicht länger darauf hoffen, beim Dunklen Schutz und Unterschlupf zu finden.

»Wir gehen jetzt«, sagte Nandalee mit fester Stimme. »Wir werden dir deine Beute nicht streitig machen. Doch wisse, du hast von meinem Fleisch gestohlen. Die Herde der geflügelten Rösser gehört mir«, erklärte sie frech. »Und ich lasse mich nicht bestehlen. Wirst du noch eines von ihnen reißen, wirst du erfahren, was es bedeutet, gejagt zu werden. Ich komme aus Carandamon, weit im Norden, wo die Winterkälte jeden Tag zu einem erbarmungslosen Kampf ums Überleben macht. Und wie mein Land bin auch ich. Erbarmungslos. Ich werde dich erlegen, wenn du noch eines meiner Rösser tötest. Es gibt Wild genug in der Savanne. Du wirst nicht Hunger leiden müssen.«

Ein dunkles Grollen erklang tief aus der Kehle des Drachen. Seine Nüstern weiteten sich. Heißer Atem schlug Nandalee ins Gesicht. Sie hob den Bogen und zog die Sehne bis weit hinter ihr Ohr zurück.

»Selbst wenn deine Flammen mich töten, wird dich der Pfeil noch treffen. Ich brauche nur loszulassen, und mein Zauber wird ihn sein Ziel finden lassen.«

Der Drache schnaubte.

»Du glaubst mir nicht?« Nandalee lächelte ihn herausfordernd an. »Vielleicht lüge ich. Vielleicht aber auch nicht. Wenn du jetzt die falsche Entscheidung triffst, dann war es deine letzte.«

Drohungen beeindrucken mich nicht, erklang eine Stimme in ihren Gedanken. Sie schien nicht zu diesem blutgierigen Geschöpf zu passen. Sie wirkte kultiviert, weise. Ein wenig erinnerte sie Nandalee sogar an den Schwebenden Meister. Doch da waren all die toten Pegasi. Es mussten sieben oder acht sein.

»Warum dieses Massaker? Das war keine Jagd, sondern ein Gemetzel.«

Weil ich es kann.

Diesmal schwang in der Antwort eine Arroganz, wie sie dem Schwebenden Meister fern gewesen war.

Du wirst nun den Pfeil aus meinem Fleisch ziehen, meine Dame.

Nandalee starrte ihn an. Der Rotrücken war von einer so anmaßenden Überheblichkeit, dass er sie faszinierte.

Gonvalon legte ihr die Hand auf den Arm. »Tu es nicht. Du kannst ihm nicht trauen. Sieh dir seine Aura an!«

Ja, ich spreche auch in seinen Gedanken. Folge ruhig seinem Rat.

Nandalee öffnete ihr Verborgenes Auge, um erneut das magische Netzwerk zu sehen, das die Welt durchzog und alles miteinander verband. Sie sah das Rot mühsam unterdrückten Zorns in der Aura des Drachens. Es vermischte sich mit dem Gold der Macht.

»Ich helfe dir, weil es mir so gefällt«, entgegnete die Elfe ruhig. »Und weil ich weiß, dass Gonvalon dich töten wird, wenn du mir etwas zuleide tust. Ich werde den Pfeil herausschneiden müssen, da die Spitze Widerhaken hat. Das wird sehr schmerzhaft werden.«

Komm, und tu es.

»Du hast gesehen, wie er ist«, sagte Gonvalon. In seinem Blick lagen Sorge und Misstrauen. Er diente schon so lange den Drachen. Unterschätzte sie deren Heimtücke? »Geh nicht!«

Nandalee ignorierte die Warnung. Sie nahm den Pfeil von der Sehne und schob ihn in den Köcher zurück. Dann legte sie den Bogen zu Boden und näherte sich dem Rotrücken.

Noch immer peitschte der Schweif des Drachen durch den Uferschlamm. Seine Pupillen hatten sich geweitet, und ihr schimmerndes Schwarz verdrängte fast gänzlich das Gelb der Iris. Nandalee hörte das leise Zischen von Gonvalons Schwert, als es aus der geölten Lederscheide fuhr.

Du bist die Elfe, an der der Dunkle einen Narren gefressen hat. Die Elfe, in deren Gedanken kein Drache lesen kann. Ich habe dich von Ferne beim Kampf um die Tiefe Stadt gesehen.

Nandalee blickte auf die halbverbrannten Kadaver am Wasserloch. »Ich nehme an, du hast das Gemetzel dort genossen.«

Es war zu schnell vorüber. Und Zwerge sind nicht sehr wohlschmeckend. Zu zäh. Zu viele Haare. Es ist unangenehm, wenn einem Fellfetzen zwischen den Zähnen hängen. Elfenfleisch hingegen … Er presste seinen schlangenhaften Leib an den Boden und drehte sich leicht auf die Seite, sodass sie den Pfeil, der dicht neben dem Flügelansatz in seinen Leib gedrungen war, besser erreichen konnte.

Nandalee zog ihr langes Jagdmesser. Sie hatte das Gelenk um weniger als einen Fingerbreit verfehlt. Der Pfeil steckte tief im Muskelfleisch. Sie musste all ihre Kraft aufbieten, um die zähe Schuppenhaut weiter aufzuschneiden. Fast schwarzes Blut troff aus der Wunde. Der Drache zuckte, gab aber keinen Laut von sich. Sein Hals war nach hinten gebogen, der Kopf ruhte auf seinem Rücken. Er beobachtete sie aufmerksam.

Vorsichtig lockerte Nandalee den Pfeil und zog ihn durch den klaffenden Spalt, den ihre Klinge ins Fleisch geschnitten hatte. Der Drache atmete scharf aus, als der Pfeil aus der Wunde glitt. Fleischfasern hingen an den Widerhaken.

Ich bin geneigt, auch dir einen Teil des Schmerzes zuteilwerden zu lassen, den du mir geschenkt hast.

»Ich denke, Gonvalon wird solchen Großmut nicht zu schätzen

wissen.« Nandalee zupfte die Fleischfasern von der Pfeilspitze und wischte das Blut mit einem Lappen fort. »Vergiss nicht, was ich dir über meine Herde gesagt habe. Wenn du die fliegenden Pferde jagst, kehre ich zurück. Und dann werde ich dich töten.«

Der Rotrücken bleckte seine Zähne. *Sehe ich aus, als wäre ich leicht umzubringen?*

Nandalee lächelte ihn herausfordernd an. »Sehe ich aus, als wäre ich klug genug, um mich dadurch von irgendetwas abhalten zu lassen?«

Nein, klug bist du in der Tat nicht. Ich sehe deine Zukunft, Nandalee. Du bist rastlos und launisch – eines Tages wirst du all jene verraten, die dich lieben.

»Wenn ich also schon gefährlich für die bin, die ich liebe, kannst du dir dann vorstellen, was jene erwartet, die ich hasse?«, entgegnete sie kalt und hielt den Blick des Rotrücken so lange, bis dieser seine Schwingen ausbreitete und sich mit mächtigem Flügelschlag vom Steppenboden erhob.

»Was hat er zuletzt gesagt?«, fragte Gonvalon, der den Drachen nicht aus den Augen ließ, als fürchte er, der Jäger könne es sich noch einmal überlegen und zurückkehren.

»Nur Lügen.«

Nandalee wusste, dass einigen der roten Drachen seherische Fähigkeiten nachgesagt wurden. Hatte er die Warheit gesagt? Die Elfe konnte sich nicht vorstellen, dass sie Gonvalon je verraten würde.

Er war der eine, bei dem sie Frieden fand. Es würde niemals einen anderen geben.

Die Nacht der Sieger

Talawain betrachtete die Schlafende und sah dann in seinen bronzenen Handspiegel. Er hatte ihr Gesicht gut getroffen. Zufrieden legte er den Schminkpinsel zurück auf den kleinen Tisch neben seinem Lager und verschloss die Tiegel, in denen er all seine kostbaren Farben verwahrte, die auch Kazumi gerne verschwenderisch benutzte. Das Kajal in seinem Alabasterschälchen, das er selbst aus dem Ruß von verbranntem Butterschmalz gefertigt hatte und mit silbernen Stäbchen um die Augenränder auftrug. Oder das aus geriebenem Malachit gefertigte Pulver, mit dem er manchmal einen zarten, grünen Schatten auf seine Augenlider legte. Dazu Henna, das sparsam benutzt einen Hauch von Rot auf die Wangen zauberte. Mit einem Lächeln schloss er den kleinen Tiegel aus blütenweißer Keramik, den Kazumi ihm geschenkt hatte. Er stammte aus ihrer Heimatstadt und enthielt eine Salbe aus Honig, Wachs, Ziegelstaub und Rubinpulver. Auf die Lippen aufgetragen, verlieh er diesen ein leuchtendes Rot, in dem sich funkelnd Lichtreflexe brachen. Nie zuvor hatte er eine solche Lippensalbe besessen. Nicht einmal in Albenmark. Talawain warf einen letzten, prüfenden Blick in den Spiegel und nickte sich selbst zu. Es war geglückt – er sah Kazumi ähnlich genug, befand er.

Der Elf hatte sein Gesicht ein wenig verändert, es runder erscheinen lassen, und seinem Haar hatte er eine schwarzseidene Farbe gegeben. Ein wenig Magie und viel Schminke hatten ihn in eine der berühmten Konkubinen vom Seidenfluss verwandelt.

Kazumi hatte ihn in den letzten beiden Wochen mehrfach mit der Gunst ihrer Anwesenheit beehrt. Oft genug, dass niemand sich wundern würde, sie sein Zelt verlassen zu sehen. Sie war von zierlicher Gestalt. Ein wenig kleiner als er, aber das würde wohl kaum jemand bemerken. Wie sie so dalag im warmen Licht der Öllampe, war das Mädchen vom Seidenfluss eine Schönheit. Ganz anders als Ashira, die pockennarbige Masseurin, der seine Gunst zum Verhängnis geworden war. »Ich werde gut auf dich achtgeben«, flüsterte er und strich ihr sanft das Haar aus dem Gesicht. Kazumi lächelte im Schlaf. Sie würde lange schlafen. Er hatte Mohn in ihren Wein gegeben. Sie musste hierbleiben, denn sie war sein Alibi – auch wenn sie davon nichts wusste.

Er zupfte das kostbare Wickelkleid zurecht, das er von ihr geliehen hatte. Der Saum war um ein weniges zu kurz. Aber bei einer Konkubine würde das kein Aufsehen erregen. Talawain nahm ihren langen, schwarzen Umhang von der Kleidertruhe und verließ das Zelt. Die Siegesorgie im Lager hatte die ganze Nacht gedauert. Überall lagen Betrunkene. Manche hielten noch die Weiber im Arm, mit denen sie sich amüsiert hatten. Er sah, wie ein junges Mädchen mit zerrissenem Kleid einem fetten Kerl, der zum Erbarmen schnarchte, die Börse vom Gürtel schnitt. Die ertappte Diebin sah angstvoll zu ihm auf und hob ihr Messer.

Talawain schüttelte sanft den Kopf. Sollte sie die Geste deuten, wie sie wollte. Er ging weiter, ohne sie eines zweiten Blickes zu würdigen. Manchmal widerten ihn die Menschen an. Draußen auf dem Schlachtfeld mussten noch Hunderte Verwundete liegen, wenn nicht Tausende. Statt sie zu bergen, feierten sie und soffen und hurten sich um den Verstand. Sicher, der Schrecken der Schlacht steckte ihnen noch in den Gliedern. Aber war das eine Entschuldigung, jene sterben zu lassen, die vielleicht gerettet werden könnten? Der Unsterbliche hätte in dieser Nacht nicht das Lager verlassen dürfen! Auf ihn hätten sie gehört. So nobel es war, einen der Toten stellvertretend für alle anderen in sein Dorf zurückzubringen, es hätte nicht in dieser Nacht geschehen sollen.

»He, Schöne. Wie wär's mit uns beiden?« Aus einem Zelt, dessen Seitenwände hochgeklappt waren, winkte ihm ein bärtiger Zecher zu. Er trug ein langes, himmelblaues Gewand mit goldenen Stickereien. Da es keiner der Satrapen war – die kannte Talawain alle –, musste er zu den Hauptleuten gehören, die von den Bauernkriegern gewählt worden waren. Wahrscheinlich ein verdienter Mann. Die ihn umgebenden Zechkumpane waren Talawain ebenfalls unbekannt, doch dann sah er Mataan, den Satrapen von Taruad, einen der engsten Vertrauten des Unsterblichen Aaron. Obwohl er noch aufrecht saß, sah der Fischerfürst zum Erbarmen aus. Sein wettergegerbtes Gesicht wirkte ausgezehrt, die

Augen waren rot entzündet. Er trank offensichtlich nicht, um zu feiern. Er wollte das Grauen der Schlacht in Wein ertränken.

»Komm schon, Mädchen. Ich zeige dir, wie man richtig feiert!«

Talawain wich scheu zurück. Seine Verkleidung war ihm augenscheinlich gut gelungen. Vielleicht etwas zu gut.

Nun stand der Kerl mit dem Bart mühsam auf. Im Sitzen hatte er größer gewirkt. Vielleicht spielte er sich deshalb so auf. Ein kleiner Mann, der Aufsehen suchte.

»Zier dich nicht so! Du bist auch nur eine Schlampe wie all die anderen Huren im Lager. Komm, ich habe heute mein Blut vergossen, jetzt will ich Spaß!«

»Auch für mich sind die Tage des Blutes gekommen«, entgegnete Talawain mit gesenktem Blick. «Ich bitte um Verzeihung, wenn ich Euch deshalb nicht zu Willen sein kann, edler Recke.«

»Mich stört das nicht.« Der Krieger machte einen schwankenden Schritt in seine Richtung, als Mataan ihn packte. »Lass sie, Arikan, oder willst du unseren Sieg besudeln, indem du ein Weib entehrst.«

»Ich bin fast von einem dieser grauen Ungeheuer zertrampelt worden. Ich habe stundenlang im Schildwall gekämpft und mich dabei mit Blut, Scheiße und dem Hirn von erschlagenen Feinden besudelt.« Arikan stieß Mataans Hand weg und lavierte sich zwischen mehreren Kriegern hindurch, die auf Teppichen und Kissen hingestreckt lagen und dem Geschehen neugierig folgten. Einer der Männer hielt ein leicht geschürztes Mädchen in den Armen. Er feuerte ihn zuerst an, dann folgten weitere und bald brüllten alle im Zelt, er solle sich holen, was er haben wolle. Der Hauptmann streckte die Arme aus und verbeugte sich wie ein Schauspieler, der auf der Bühne dem Applaus seines Publikums dankt. »Ich glaube«, erklärte Arikan mit tief dröhnender Bassstimme, »meine Ehre hat erheblich gelitten, als ich wimmernd zwischen den stampfenden Füßen des Kopfschwänzlers umhergekrochen bin. Und ich glaube auch, dass man ein Weib, das seine Ehre schon längst verkauft hat, gar nicht mehr entehren kann.«

Grölender Beifall begleitete seine Worte.

Inzwischen war auch Mataan aufgestanden und vor das Zelt getreten. Er sah Talawain durchdringend an. Der Fischerfürst war nüchtern, daran konnte es keinen Zweifel geben.

»Du stellst dich hinten an, Mataan«, lallte Arikan und packte Talawain beim Arm.

»Halt ein, mein Freund! Dieses Weib schleicht sich in den dunkelsten Stunden der Nacht in das Zelt des Hofmeisters Datames«, flüsterte Mataan ihm so leise zu, dass die anderen Zecher ihn nicht hören konnten. »Sie ist die Geliebte des goldhaarigen Gecken, der mehr Einfluss als irgendein anderer Mann bei Hof besitzt und von dem man sich obendrein noch erzählt, er habe gestern gekämpft, als sei ein Daimon in ihn gefahren. Bist du dir ganz sicher, dass du dieses Weib begehrst? Ich werde dich nicht abhalten, sie dir zu nehmen, wenn du willst. Aber ich schätze, noch bevor die Sonne wieder hinter den Bergen versinkt, wirst du in einer der langen Gruben liegen, in denen sie zu Tausenden die Toten der Schlacht verscharren. Sind die Launen deines Schwanzes dir dieses Opfer wirklich wert?«

Der Hauptmann ließ Talawain los, als hätte er sich verbrannt. »Das hättest du sagen können, du … du …« Er blickte zurück zu seinen Gefährten und lachte laut auf. »Danke für die Warnung, Satrap. Bei den Hauern des Mannebers, bei der holt man sich weit Schlimmeres als ein paar Blutstropfen auf dem Schwanz … Solche Weiber sollte man davonjagen! Die bringen ganz allein mehr Männer unter die Erde als eine Hundertschaft Luwier!« Mit diesen Worten zog sich Arikan ins Zelt zurück, wo er mit höhnischen Späßen empfangen wurde.

Talawain wollte sich eben erleichtert zurückziehen, als Mataan ihn zurückhielt. Der Fischerfürst war größer und beugte sich zu ihm hinab, sodass er dessen weinsauren Atem riechen konnte. »Ich kenne Kazumi, sie hat mir in den letzten Monden an einigen Abenden die Gunst ihrer Anwesenheit geschenkt. Ich weiß nicht, warum Ihr Euch ihre Kleider ausleiht und geduckt durch das Lager schleicht, aber ich werde es herausfinden, *Hofmeister.*« Mataan sprach beherrscht und leise, doch das ließ seine Worte nur umso eindringlicher klingen.

»Ich werde Euch zu gegebener Zeit erklären, welche Mission des Unsterblichen mich zu dieser Maskerade zwingt«, entgegnete der Elf ernst. Ein Hauch von Zweifel stahl sich in Mataans Antlitz. Zufrieden wandte sich Talawain ab und schritt davon.

Er verließ das Lager ohne weiteren Zwischenfall und reihte sich in die langen Reihen derer ein, die ihre Beute vom Schlachtfeld trugen. Helme und Brustpanzer aus polierter Bronze, eiserne Speerspitzen, Bündel aus blutverschmierten Gewändern und staubbedeckten Sandalen waren darunter. Zwischen den Kriegern und Händlern schritten in langen Reihen die Gefangenen. Die meisten waren nackt, manchen waren Säcke über den Kopf gestülpt worden. Männer mit harten Gesichtern und Knotenstöcken in den Händen trieben sie der Sklaverei entgegen.

Talawain dachte an die Drohung Mataans. Der Satrap gehörte zu den engsten Vertrauten des Unsterblichen Aaron. Er hätte sich eine bessere Lüge einfallen lassen sollen. Mataan war eine Gefahr. Der Elf wusste, dass es weise wäre, nicht mehr an den Hof des Unsterblichen Aaron zurückzukehren. Er hatte genug von der Barbarei der Menschenkinder gesehen. Ungezählte Jahre war er nun schon hier. Sein Einsatz als Spitzel der Blauen Halle wurde zu gefährlich. Aber er wollte noch erleben, wie Aaron seinen Sieg nutzte. Ein letztes Mal noch würde er dessen Hofmeister sein. Er musste auf den Herrscher einwirken, bevor er vor die Devanthar trat. Die Schlacht des gestrigen Tages hatte das Machtgefüge der Welt verändert. Jetzt gab es unter den sieben Unsterblichen einen Ersten unter Gleichen. Das mochte schwerwiegende Konsequenzen für Nangog und Albenmark haben. Und deshalb musste die Blaue Halle noch heute davon erfahren.

Drei Tode

Išta schritt über eine flache Grube hinweg, in der ein zusammengekrümmter Leichnam lag. Ein Stück entfernt hob ein schmutzig gelber Hund den Kopf und blickte argwöhnisch in ihre Richtung, als fürchte er, sie sei gekommen, um ihm sein Aas zu rauben.

Die Devanthar musste unwillkürlich lächeln. »Ich bin eine Jägerin. Ich fresse nicht, was andere für mich getötet haben.« Sie blickte auf das Lager, dessen hell erleuchtete Zelte aus der Ferne wie riesige Lampions aussahen. Bis hierher hörte sie das ausgelassene Grölen der Betrunkenen und das helle Gelächter der Weiber, die mit ihnen feierten. Sie waren seltsam, die Menschenkinder. Wahrscheinlich hatte fast jeder in diesem Lager am Tag Freunde auf dem Schlachtfeld verloren, und dennoch feierten sie, seit die Sonne untergegangen war. Išta mochte die Sterblichen. Es war unendlich erfrischend, ihrem Treiben zuzusehen. Dem steten Wandel von allem. Sie würde sie beobachten und zu immer neuen Torheiten aufstacheln. Das war ihr Lebensinhalt.

Mit festem Schritt eilte sie dem Lager entgegen. Sie hatte die Gestalt des Hofmeisters angenommen. Sie hätte auch den Lauf der Zeit verlangsamen können, wie es ihr Bruder, der Weiße Wolf, so gerne tat. Aber solch einen Zauber zu weben kostete mehr Kraft, als die Aufgabe dieser Nacht wert war.

Mitternacht war längst vorüber. Ihre Brüder und Schwestern hatten nach der Schlacht zu lange beraten. Ihretwegen … Es war dumm gewesen, einen Unsterblichen vor den Augen Tausender Menschenkinder zu enthaupten. Dumm und unverzeihlich. Ein einziger Augenblick unbedachten Zorns hatte die Arbeit von Jahrhunderten beschädigt. Ein Unsterblicher hatte sein Leben gelassen! Wenigstens war es eine Hinrichtung durch einen Devanthar gewesen, so hatte sie sich verteidigt, als ihr Bruder, der missgestaltete Schmied, dieselbe Strafe forderte, die einst ihre Schwester Anatu ereilt hatte, nachdem sie sich mit einer Himmelsschlange eingelassen hatte.

Išta atmete schwer aus. Der Löwenhäuptige hatte ihr leidenschaftlich widersprochen. Selten hatte sie ihn so zornig erlebt. Dass einer von ihnen den Tod des Unsterblichen Muwatta herbeigeführt habe, verbessere gar nichts, hatte er dargelegt. Im Gegenteil, so hatten auch sie selbst Schaden genommen, denn bewies die Hinrichtung nicht, dass auch sie, die Götter, sich geirrt hatten? Denn sie hatten Muwatta zum Gott unter Menschen erhoben, und es hatte sich gezeigt, dass er dieser Ehre nicht würdig war. Wie hatten sie sich so täuschen können! Und wie lange würde es dauern, bis sich die ersten Menschenkinder fragten, ob sich die Devanthar nicht auch in anderen Dingen täuschten?

Išta hatte in den Augen ihrer Brüder und Schwestern lesen können, wie der Löwenhäuptige ihre Herzen gewann. Er wollte sie vernichten. Die Niederlage Muwattas genügte ihm nicht. Er wollte sie im Staub sehen. Und fast wäre es ihm gelungen.

Es waren ausgerechnet die Elfen, die sie gerettet hatten. Und natürlich ihr eigener kühler Mut, den sie selbst in verzweifelter Lage bewahrte. Išta hatte sich gegenüber ihren Brüdern und Schwestern reumütig gezeigt, ihre Fehler eingestanden und dann den Gedanken des Löwenhäuptigen noch weitergesponnen. In dem Augenblick, in dem alle gegen sie waren, hatte sie ihre Brüder und Schwestern gefragt, wer dem Ansehen der Devanthar unter den Menschen wohl den größten Schaden zufügen würde? Und hatte, noch bevor törichte Spekulationen die Runde machen konnten, selbst die Antwort gegeben: Die größte Gefahr ging von den Elfenspitzeln aus, die sich an allen Höfen der Unsterblichen eingeschlichen hatten. Wenn diese die Gunst der Stunde nutzten, um Zweifel zu säen, mochte der Schaden unabsehbar werden. War der Zweifel an den Göttern erst einmal in die Herzen der Menschenkinder gepflanzt, die Devanthar würden ihn nie wieder herausreißen können.

Verfolgten sie die Zweifler offen, dann würde man munkeln, es sei etwas Wahres an den Geschichten über die fehlbaren Götter, da sie doch alles taten, um Gotteslästerer zum Schweigen zu bringen. Unternahmen sie aber nichts, dann würde ihnen dies als Schwäche ausgelegt – und Götter durften alles sein, nur nicht schwach. Sie waren es, zu denen die Sterblichen in ihren verzweifeltsten Stunden aufblickten, um in ihnen die Stärke und Unfehlbarkeit zu suchen, die den Menschen fehlten.

Voller Genugtuung erinnerte sich Išta an die beklommene Stille, die ihren Ausführungen gefolgt war. Und dann war sie auf Datames zu sprechen bekommen, den Elfen, der sich in Menschengestalt am Hof des Unsterblichen Aaron eingeschlichen hatte und zum Ratgeber des Herrschers aufgestiegen war. Es war nicht das erste Mal, dass im Gelben Turm über ihn gesprochen worden war. Datames war es gewesen, der sie auf die Spur der Blauen Halle gebracht hatte. Dank ihm hatten die Devanthar aufgedeckt, wie umfassend die Alben und ihre Statthalter, die Himmelsschlangen, gegen den alten Vertrag über den Frieden zwischen den Welten verstießen. Dutzende von Elfenspitzeln hatten sie inzwischen aufgespürt.

Kein Albenkind hätte jemals seinen Fuß auf den Boden Daias setzen dürfen. Aber sie kamen und schnüffelten, denn sie hielten sich für vollkommen in all ihren Taten, diese verfluchten Alben. Sie sahen sich als Lichtgestalten, die sich gegen die Finsternis stellten. Und hielten dabei ihre Welt in lähmender Ordnung gefesselt.

Išta erinnerte sich noch gut an die Alben, obwohl ein Zeitalter verstrichen war, seit sie ihnen das letzte Mal begegnet war. Diese Narren hatten sich eingeredet, Gerechtigkeit zu üben, als sie gemeinsam mit den Devanthar Nangog gestraft hatten. Die Riesin hatte sich heimlich ihre eigene Welt erschaffen. Sie wäre zur dritten Macht aufgestiegen, hätte man sie gewähren lassen, dabei war es ihr nur bestimmt gewesen zu dienen.

Išta sah ganz klar, wie perfide und grausam die Strafe gewesen war, die sie für die Riesin ersonnen hatten. Die Alben jedoch hatten sich hinter der Lüge verschanzt, dass ein maßloser Verrat eine maßlose Strafe rechtfertigte.

Die Devanthar erreichte den Rand des Heerlagers. Niemand hielt sie auf. Jeder kannte den Hofmeister, die rechte Hand des Unsterblichen Aaron. Amüsiert betrachtete sie die Betrunkenen und Erschöpften, die im Staub lagen und schliefen, während Fliegen über ihre verschwitzten Leiber krochen. Andere hatten nicht das Glück, Schlaf gefunden zu haben. Sie glotzten sie aus hohläugigen Gesichtern an, aus denen wohl nie mehr ganz der Schrecken der Schlacht weichen würde. Es waren Bauern und Handwerker, die nie zuvor getötet hatten. Männer, die nicht zu Kriegern geboren waren, sondern dazu, etwas durch ihrer Hände Arbeit zu erschaffen. Die meisten hielten mit festem Griff ihre Weinbecher umklammert. Einigen schien bereits aufzugehen, dass aller Wein der Welt nicht genügen würde, um die Erinnerung an das, was sie gesehen und getan hatten, hinwegzuspülen.

Es gab drei Arten von Tod, die einen Mann auf dem Schlachtfeld erwarteten. Den schnellen Tod, wenn eine Klinge das Herz durchbohrte, eine Dornaxt sich in den Schädel fraß oder man auf andere Art so schwer verwundet wurde, dass die Erlösung von allem Leid nicht lange auf sich warten ließ. Dann gab es die heimtückischeren Wunden, die Hoffnung machten, noch einmal davonzukommen, wenn man nur hart genug um sein Leben rang. Manchmal waren es Wunden, die dem Verletzten erst auffielen, wenn sich das Fleisch entzündete und er bei lebendigem Leib zu verfaulen begann. Bei einem starken Mann konnte dieser Tod Wochen dauern.

Noch schlimmer aber war der dritte Tod. Er erwartete jene Männer, in deren Gemüt inmitten der grausamen Schlacht etwas zerbrochen war. Sie würden nie mehr zu dem Leben zurückfinden, aus dem sie der Ruf zu den Waffen gerissen hatte. Sie konnten nicht vergessen, was sie im Kampf gesehen hatten. Konnten die Sorgen und Ärgernisse eines normalen Lebens nicht mehr begreifen. Sie grenzten sich aus. Bald würden sie gemieden werden. Sie lachten wenig und wenn, dann oft über Dinge, die alle anderen nicht komisch fanden. Meist aber waren sie mürrisch und verschlossen. Und sosehr sie sich auch bemühten, sie fanden aus dem Gefängnis, in das ihre Seele blindlings hineingestolpert war, nicht mehr heraus. Hier, unter jenen, die selbst im Suff keinen Schlaf fanden, war die Devanthar inmitten von Männern, auf die jener dritte, der grausamste aller Tode, wartete.

Išta ging unbeirrt weiter. Aus manchen der Zelte erklangen die falschen Lustschreie der Huren oder einfach nur dumpfes Stöhnen und das Geräusch aufeinanderklatschenden Fleischs. Es gab mehr Wege als nur den Suff, vor dem Schrecken des Schlachtfeldes zu fliehen. Manche Paare trieben es auch in aller Öffentlichkeit. Sie wanden sich auf dem staubigen Boden und ignorierten, wie sie von den Betrunkenen angestarrt wurden. Alle Ordnung im Lager war zusammengebrochen.

Išta hatte nun fast den inneren Zirkel der Zelte erreicht. Jenen Ort, der den Satrapen, den Feldherren und dem Unsterblichen vorbehalten war. Hier brannten mehr Lichter. Einige der Zelte waren aus kostbarer Seide gefertigt. Es roch nach schwerem, gewürztem Wein, nicht nach dem billigen Fusel, den die einfachen Krieger tranken. Und es duftete nach Rosen. Parfüm. Die Huren waren hübscher. An ihren Armen prangten goldene Reifen. Ihr Lachen und Stöhnen klang hier wesentlich überzeugender. Doch die Augen jener, die nicht zu betrunken waren, um aufzublicken, wenn sie vorüberging, waren genauso leer wie die Augen der Handwerker und Bauern.

Nur ganz selten begegnete ihr ein Blick, dessen Härte keine Seelenqual kannte. Der Blick eines Kriegers, eines Mannes, der dem Tod schon so oft gegenübergestanden hatte, dass er allen Schrecken für ihn verloren hatte.

Išta ging auf das Zelt des Datames zu. Ein müder Wächter erhob sich von einem Stapel Säcke, auf denen das Siegel der Goldenen

Stadt prangte, und starrte sie überrascht an. »Ihr, Herr? Ich dachte, Ihr schlaft.«

»Nun, mir scheint, du warst derjenige, der geschlafen hat, wenn du nicht bemerkt hast, wie ich gegangen bin«, entgegnete die Devanthar leise und las in den Gedanken des Wächters, der sich vor Müdigkeit kaum auf den Beinen halten konnte. Datames war früh am Abend mit einem schwarzhaarigen Mädchen in sein Zelt gekommen und hatte es seitdem nicht mehr verlassen. Es war also ganz so, wie sie es erhofft hatte – sie würde den Elfen nicht im Heerlager suchen müssen. Zufrieden dachte Išta daran, wie sie ihren Brüdern und Schwestern seinen Tod abgetrotzt und wie sie den Löwenhäuptigen in Missgunst gebracht hatte. Zu lange hatte dieser um Datames gewusst und es ihnen nicht gesagt. Würde er ihn töten, wenn es von ihm gefordert wurde? Wohl kaum!

Ihr Bruder war seltsam. Er fand zu viel Gefallen an den Menschen. Und womöglich sogar an Datames. Man hatte ihm andere Elfenspitzel überlassen, um den Beweis zu erbringen, dass er ohne zu zögern töten würde. Dieser hier aber gehörte ihr. Und sie würde es genießen, ihm das Leben in kleinen Häppchen zu entreißen.

»Ich habe Euch das Zelt nicht verlassen sehen«, murmelte der Wächter überrascht.

»Wenn ich es nicht verlassen hätte, könnte ich wohl kaum zurückkehren.«

Die Verwirrung stand dem Menschensohn ins Gesicht geschrieben. Schließlich nickte er zerknirscht. »Verzeiht, ich muss wohl im Stehen geschlafen haben …«

»Es sei dir vergeben«, entgegnete die Devanthar ruhig und schlug die Plane am Eingang des Zeltes zurück. Der Geruch eines süßlichen Parfüms schlug ihr entgegen. Sie hörte leises Atmen. Datames hatte ein richtiges Bett in seinem Zelt. Išta musste schmunzeln. Tausende schliefen hier im Dreck, aber ein Elf tat so etwas natürlich nicht.

Die Zeltwand dämpfte den Schein der Lagerfeuer. In dem matten, rötlichen Licht sah sich Išta bedächtig um. Datames hatte ganz gewiss alles, was von Bedeutung war, an die Albenkinder verraten. Schon vor Jahren hatte er sich in den Palast eingeschlichen, und als Hofmeister kannte er die Geheimnisse des Reiches Aram wie kein Zweiter. Er wusste, welche Satrapen treu waren und wer den Unsterblichen betrog. Wusste, wie viele Krieger Aram aufzubieten vermochte, wo die Schwächen in der Verteidigung waren, und vor allem wusste er, wie abhängig alle Großreiche von den Korn- und Reislieferungen aus Nangog waren. Wurde diese Lebensader durchtrennt, würde es überall auf Daia zu Hungersnöten kommen.

Išta war erstaunt, welchen Prunk der Elf hier versammelt hatte: goldene Weinbecher, eine wunderschön gefertigte Truhe, das große Bett. Verrat war augenscheinlich ein einträgliches Geschäft. Er schwelgte im Luxus, wo alle darbten. Dieser Zustand konnte nicht länger geduldet werden. Sie würde die Tür zuschlagen, die von den Alben und den Himmelsschlangen in aller Heimlichkeit in ihre Welt geöffnet worden war.

Sie trat an das Bett, und ein gehauchtes Wort der Macht ließ das Seidentuch zur Seite fließen. Zierliche Schultern und langes, schwarzes Haar schälten sich aus dem fürstlichen Gelb des Tuchs. Die Devanthar hielt inne. Es lag sonst niemand im Bett. Niemand anderes war im Zelt. Der Elf trieb also seine Spielchen, hatte sich davongeschlichen … Der Hofmeister musste gewusst haben, wie viele Devanthar Zeugen des Zweikampfs zwischen Muwatta und Aaron gewesen waren und hatte geahnt, das ihnen auch seine wahre Herkunft nicht verborgen geblieben war. Deshalb war er geflohen. Er wusste, dass seine Zeit abgelaufen war!

Išta musterte das Mädchen. Ihr Atem ging regelmäßig. Zart, wie ein gehauchter Kuss, berührte sie mit den Fingerspitzen das Haupt des Mädchens und las in ihren Erinnerungen. Ihr Schlaf war tief. Sie kam gerne hierher. Eine Nacht mit einem freundlichen

Liebhaber in einem sauberen Bett war inmitten des Heerlagers eine seltene Gunst des Schicksals. Sie träumte von einem Park voll blühender Kirschbäume. Ein plötzlicher Windstoß hüllte sie in tausend wirbelnde zartrosa Blütenblätter. In ihrem Traum war sie noch ein Kind. Ihr Lachen klang hell und unbeschwert. Ein Lachen, von dem nichts mehr geblieben war, verloren in der Zeit, ebenso wie die seidenen Blütenblätter jenes lang vergangenen Nachmittags in ihrer Kindheit.

Die Devanthar ließ von der jungen Frau ab und sah sich erneut im Zelt um. Betrachtete den großen Tisch voller Tontäfelchen. Bemerkte, dass das Kleid des Mädchens verschwunden war und allein Gewänder des Hofmeisters herumlagen. Am Rand eines schmalen Tisches standen kleine Schminktiegel. Daneben lag ein Handspiegel aus polierter Bronze mit einem langstieligen Griff, der eine nackte Frau zeigte, deren ausgestreckte Arme den unteren Teil des Spiegels einfassten. Da begriff Išta, was geschehen war.

Sie trat zu dem Tischchen, strich über den Spiegel und sah, was die glatte Bronzefläche als Letztes gesehen hatte. Datames, wie er sein Antlitz veränderte, seine Züge denen des Mädchens anpasste und sich schminkte. Er war ihr entkommen, diesmal. Išta überflog nachdenklich die Tontafeln. Dieser Elf war das Herz des Reiches Aram geworden. Er war mehr als nur ein Spitzel … Er tat dies hier aus Leidenschaft. Und er würde wiederkommen.

Die Devanthar strich über die kalte Bronze des Spiegels und hinterließ einen Gruß für Datames. Dann wandte sie sich dem Mädchen zu. Es gab andere Wege, den Hofmeister zu vernichten, als langsam das Leben aus ihm herauszuschneiden. Noch in dieser Nacht würde eine kleine Schar Devanthar Krieg nach Albenmark tragen, den die Himmelsschlangen und ihre Herren begonnen hatten. Und sie war eine der Auserwählten, die für Daia kämpfen würde.

Das Feld der Fliegen

Barnaba drückte dem Toten die Augen zu. Das Silber des ersten Morgenlichts ließ dessen Antlitz unnatürlich fahl aussehen. Mit fahriger Geste wischte sich der gefallene Priester mit seinem Handrücken über die Stirn und stemmte sich hoch. Obwohl er die dreißig noch nicht erreicht hatte, stützte er sich wie ein alter Mann auf einen knochenbleichen Stab aus verwachsenem Holz. Gatha, der hagere Schamane, der den Steinrat von Garagum beherrschte, hatte einen speckigen Lederbeutel und einen Streifen roten Stoffs daran gebunden. Die Zeichen eines heiligen Mannes – auch wenn Barnaba sich sicher war, dass die meisten Krieger hier auf der Ebene ihre Bedeutung nicht kannten.

Er ließ den Blick über das weite Schlachtfeld schweifen. Erst hatte er nicht kommen wollen. Es war Gatha, der ihn gedrängt hatte. Es sei die Pflicht der Heiligen Männer, den Sterbenden beizustehen, hatte er gesagt. Und Gatha hatte recht damit gehabt.

Barnaba wusste nicht mehr, wie vielen Kriegern er in dieser Nacht Trost gespendet hatte. Es mussten Dutzende gewesen sein. Manche weinten, erzählten schluchzend von ihren Kindern und Weibern, andere verfluchten ihr Schicksal oder wimmerten vor Schmerz. Frieden kehrte auf einem Schlachtfeld auch dann nicht ein, wenn die Waffen ruhten.

Barnaba war fassungslos, wie viele Verwundete einfach liegen geblieben waren, während ihre Kameraden im Lager ihren Sieg feierten.

Dumpfes Jammern, Schmerzensschreie und Hilferufe oder einfach nur das leise Flehen um Wasser waren das Lied des nächtlichen Schlachtfeldes. Und das Tuscheln der Leichenfledderer, meist ältere Frauen, die sich sonst als Köchinnen und Näherinnen im Lager verdingten. Auch das Knurren der Hunde, die um die besten Happen stritten, all das konnte Barnaba ertragen … es waren Geräusche, die aufbrandeten und wieder verstummten. Doch eines blieb die ganze Nacht. Es war immer da, leise und eindringlich: das Summen der Fliegen. Sie waren ohne Zahl. Und wenn sie die Eier ablegten, aus denen binnen einer einzigen Nacht Maden schlüpften, unterschieden sie nicht zwischen Toten und Sterbenden. Ihre Brut nährte sich auch von denen, die zu schwach waren, noch mit der Hand zu wedeln, um die Fliegen zu verscheuchen.

Erst vor ein paar Tagen hatten ihn die Jäger von seiner geliebten Ikuška getrennt und gnadenlos zusammengeschlagen. Danach war er kaum mehr in der Lage gewesen, einen Arm zu heben. Er ballte die Fäuste und kämpfte gegen das Schluchzen an, das seine Kehle hinaufstieg. Tränen standen ihm in den Augen. Ikuška! Die Xana aus dem einsamen Tal hatte ihm das Leben gerettet. Der Traum seiner Kindheit war wahr geworden. Gegen jede Wahrscheinlichkeit. Es war nichts Daimonisches an ihr gewesen. Sie hatte vielmehr Angst gehabt vor dieser Welt, den Menschen und den übermächtigen Devanthar. Und dennoch hatte sie ihn gerettet. Mit ihr war er so glücklich gewesen, dass er es für einen Traum gehalten hatte.

Dann war Gatha mit den Jägern und Hirten der Berge gekommen und hatte alles zerstört. Sie hatten Ikuška ermordet und ihn verschleppt. Auf eins ihrer kleinen, stinkenden Pferde gebunden, war er hierhergekommen, auf diese trockene Ebene, die zwei eitle Unsterbliche zum Schlachthaus ihrer Völker auserkoren hatten. Fliegen hatten Barnaba damals auf dem ganzen Weg von den Bergen zur Ebene umkreist. Sie waren ihm in die Augenwinkel und Nasenlöcher gekrochen, gierig nach jedem Hauch von Feuchtigkeit. In seine schwärenden Wunden hatten sie ihre Eier gelegt. Und er hatte sich nicht wehren können, war auf ein Pferd gebunden und war den ersten Tag lang dem Tod näher als dem Leben gewesen. Schon vor der Schlacht hatte er die Fliegen fürchten gelernt. Ihr tiefes, leises Summen war ihm ein Grauen. Er musste es nur hören und bildete sich schon ein, ihre kleinen schwarzen Beine wieder auf seinem Gesicht zu spüren.

Schwer auf seinen Stab gestützt, wanderte er weiter, den Blick auf den Boden gerichtet. Einige der toten Leiber waren schon aufgedunsen. Leicht süßlicher Verwesungsgeruch begann den Gestank nach Fäkalien zu überlagern. Wenn man den Odem des Todes lange genug einatmete, hinterließ er einen üblen Geschmack im Mund, der sich nur mit saurem Wein oder Essigwasser hinunterspülen ließ.

Barnaba strich sich erneut mit einer fahrigen Geste über das Gesicht. Es waren keine Fliegen dort! Heute kamen sie zu den Toten, nicht zu den Lebenden. Er betrachtete seine Hand, die sich nicht mehr seinem Willen fügte. Sie war mit Schorf überzogen und noch immer geschwollen von den Schlägen. Das dunkle, fast schwarze Blau der Prellungen begann an den Rändern zu einem leicht grünlichen Ton zu verblassen. Er musste sich diese Geste wieder abgewöhnen. Musste er? Was sollte dieser Anflug von Eitelkeit? Die Jäger und Hirten der kargen Berge Garagums hielten ihn ohnehin für verrückt. Er war ein Mann, den die Götter berührt hatten. Einer, den sie sich nicht mehr nehmen ließen. In seinen Gedanken hallten ihre hasserfüllten Schreie wider. Barnaba schloss die Augen und sah noch einmal, wie Ikuška von ihren Pfeilen durchbohrt wurde.

»Lass deine Finger davon!«, zischte eine raue Stimme hinter ihm.

Das blutige Bild in seiner Erinnerung zerstob, doch blieb das Gefühl, auch er selbst sei von diesen Pfeilen tödlich verwundet worden. Wie konnte man weiterleben, wenn man sein Glück gefunden und es wieder verloren hatte?

»Ich habe es zuerst gesehen. Lass es liegen!«, giftete die raue Stimme erneut.

Barnaba drehte sich müde um und sah eine junge Frau ein paar Schritt entfernt zwischen den Leichen kauern. Ihr gegenüber stand gestikulierend eine Alte mit drohend erhobener Faust. Die junge Frau hockte über einem Krieger mit langem, schwarzem Haar, dessen Kopf in unnatürlichem Winkel verdreht war. Der

Tote war nackt. Ausgeplündert. Er musste einmal ein bedeutender Mann gewesen sein, denn die Leichenfledderer hatten ihm weder sein Lendentuch noch seine Sandalen gelassen. Ein Satrap vielleicht? Oder ein Leibwächter der beiden Unsterblichen? Er war von stattlicher Statur. Ganz anders als das Mädchen, das sich nun gierig über ihn beugte. Ihr Gesicht war von roten Geschwüren bedeckt. Ihr Mund klaffte auf. Eines ihrer Augen war zugeschwollen, das andere funkelte schwarz im blassen Morgenlicht. »Etwas zu sehen heißt nicht, es zu besitzen«, entgegnete sie und hob einen Dolch auf, dessen Klinge silbern blitzte. Ein eisernes Messer. Die Waffe musste ein kleines Vermögen wert sein, auch wenn die Luwier viel Eisen auf das Schlachtfeld getragen hatten.

»Geh zu den Männern, Mädchen. Schenk ihnen ein Lächeln, und das Gold des Schlachtfelds fließt in deine Börse, ohne dass du dich bücken musst. Und lass mir, was mir gehört!« Die Alte streckte fordernd die Rechte aus. Ein zerschlissener Umhang hing von ihren Schultern. Er verdeckte das kurze Messer, das sie in der Linken hielt.

»Tu das nicht!«, rief Barnaba bestürzt. »Heute ist genug Blut geflossen.«

Die Vettel starrte ihn böse an.

»Ich weiß, was ich von ihr zu erwarten habe«, sagte die Jüngere eisig und hob die Eisenklinge, bereit, um das Messer zu kämpfen.

»Im Namen der Götter, haltet ein!«

»Die Götter haben mir dieses Messer geschenkt«, zischte die Alte. »Ich werde es nicht wegen eines Schwätzers aufgeben.«

»Du wagst es, dich dem Wort eines Heiligen Mannes zu widersetzen!« Eine machtvolle Stimme erklang von der nahen Uferböschung. Dann stieg eine hagere Gestalt aus der Flusssenke empor: Gatha, der Schamane aus den Bergen. Verfilztes weißes Haar hing dem hohlwangigen Geisterrufer bis zu den Hüften hinab. Er hielt mit beiden Händen einen altersdunklen Holzstab. Er brauchte ihn nicht als Krücke. Auch wenn Gatha aussah, als laste ein Jahrhundert auf seinem Rücken, seine Augen strahlten eine schier unnachgiebige Kraft aus. Es hieß, allein ein Blick von ihm genüge, um anderen seinen Willen aufzuzwingen.

»Ich bin Gatha, der Hüter dieser Berge, geboren aus dieser Erde!« Der westliche Himmel hinter dem Schamanen war noch nachtschwarz. Der erste Silberstreif über den östlichen Bergen hatte nicht die Kraft, diese Dunkelheit zu vertreiben. »Die unbändige Macht dieses Landes fließt durch mich. Ihr seid nicht hier geboren, aber selbst ihr beide könnt es spüren«, verkündete er mit unheilschwangerer Stimme. »Mir gehören diese Toten. Sie werden Staub von meinem Staub sein, denn ich bin Garagum.«

Ein Windstoß fuhr durch das trockene Flussbett, zerzauste dem Schamanen das Haar und wirbelte feinen Sand auf.

Die ältere der beiden Frauen wich zurück.

»Lass den Dolch fallen, törichtes Weib! Ein Wort von mir, und dir wird bei lebendigem Leib dunkles Gewürm die Eingeweide zerfressen.«

Barnaba erschauderte. Er verachtete den Schamanen, und zugleich spürte er die Macht, die von dem alten Mann ausging. Er glaubte nicht, dass Gatha wirklich zaubern konnte. Diese Gabe war den Menschen nicht geschenkt worden. Aber wer Gatha sah, der vergaß das. Niemand vermochte sich seiner Ausstrahlung zu entziehen. Man glaubte ihm, ganz gleich, was er sagte.

Das Mädchen mit dem entstellten Gesicht legte den Dolch auf dem nackten Leichnam ab, als sei er ein Altar. Etwas Feierliches lag in der Geste und zugleich auch unterwürfige Demut. Geduckt wich sie vor Gatha zurück. Die Alte war, kaum dass der Schamane sich gezeigt hatte, so schnell es ihre gichtkrummen Glieder zuließen, geflohen.

Gatha stakste mit weiten Schritten über die Toten. Mit seinen langen, dürren Beinen erinnerte er Barnaba an einen Fischreiher, der in seichtem Gewässer nach Beute suchte. Als der Priester bei ihm ankam, kniete er vor ihm nieder.

»Das ist unsere Gabe, Junge. Die Macht der Worte. Eines Tages wirst du so sein wie ich. Ich spüre es in dir, das alles verzehrende Feuer, das nur in jenen brennt, die von den Göttern berührt wurden.«

Barnaba hoffte, dass Gatha in seinen Zügen nicht lesen konnte, wie sehr er den Schamanen verabscheute. So zu sein wie er war das Letzte, was Barnaba im Leben wollte. Eher würde er sich die Kehle durchschneiden!

»Weißt du, Junge, die Menschen brauchen jemanden, der ihnen sagt, was gut für sie ist. Jemanden, der Verantwortung übernimmt und Entscheidungen trifft. Die meisten quälen sich damit, etwas entscheiden zu müssen. Sie verharren zögernd. Das Glück, das wir ihnen schenken, besteht in der Illusion, dass es jemanden gibt, der immer weiß, was richtig und was falsch ist.«

»Und du weißt immer, was richtig ist?«

Der Alte funkelte ihn verärgert an. »Hör mir zu, Junge! Ich sprach von der Illusion. Natürlich irre auch ich mich gelegentlich. Aber das ist vollkommen bedeutungslos, denn in der Enttäuschung über eine zerstörte Gewissheit keimt immer schon der Traum nach einer neuen Wahrheit, der es zu folgen gilt. So wird die Welt regiert.«

Barnaba maß den Schamanen mit ungläubigem Blick. Er hatte Gatha immer für einen närrischen Wilden gehalten. Wahrscheinlich hätte er sich gut mit Abir Ataš verstanden, dem Hohepriester, der sich gegen Aaron verschworen hatte und dem Barnaba so lange gedient hatte.

»Der Umgang mit der Macht ist dir nicht fremd, nicht wahr?«

Barnaba wich dem stechenden Blick des Alten aus. »Ich weiß nicht, wovon du sprichst.«

»Mich kannst du nicht täuschen, Junge. Wer in ein Tal am Ende der Welt flieht, der muss mächtige Feinde haben. Und die hat man nur, wenn man der Macht nahe war. Warum sonst hätten selbst die Daimonen nach dir greifen sollen? Du trägst ein Geheimnis in dir …« Er lachte leise, ein Laut, der Barnaba an das freudlose Meckern einer mürrischen Ziege erinnerte. »Keine Sorge, dein Geheimnis interessiert mich nicht. Was immer es ist, ich bin den Göttern dankbar, denn es hat dich hierhergeführt, und ich brauche jemanden wie dich.«

Und weil du mich brauchst, musste Ikuška sterben, dachte Barnaba zornig. Er wusste, dass der alte Schamane ihn zu seinem Nachfolger machen wollte. Aus diesem Grund musste er die Jäger und Hirten in den Bergen kennenlernen, um ihre Sorgen und Eigenarten wissen. Er sollte unter ihnen leben, bis sie ihn, den Fremden, anerkannten. Es würde Jahre dauern. Der Alte dachte weit in die Zukunft. Doch Barnaba wollte nie wieder die rechte Hand eines Priesters sein.

Gatha griff nach dem Messer. Kaum dass er es berührte, zuckte er zurück. Mit weiten Augen sah er die Waffe an. »Dies ist …« Er schüttelte sich wie ein Hund, der sein nasses Fell trocknete. »Dunkelheit«, murmelte er und spuckte auf die Waffe. »Übel wohnt in diesem Erz. In ein Schlangennest zu greifen ist weniger gefährlich, als diesen Dolch zu berühren. Wir müssen ihn an einen Ort bringen, wo keines Menschen Hand ihn mehr erreichen kann.«

Skeptisch betrachtete Barnaba das Messer, das vor ihm lag. Sein Griff war mit schmuddeligen Lederriemen umwickelt, doch die Klinge war ungewöhnlich. Sie schimmerte silbern und wirkte anders als die eisernen Waffen, die er bislang gesehen hatte. Kein Anflug von Rost zeigte sich auf dem Metall, dafür ein leicht bläulicher Glanz. Der Dolch war eigenartig … Aber war er wirklich böse? Er griff nach der Waffe. »Du meinst wohl, ich soll sie tragen, wenn es dir so unangenehm ist, sie zu berühren.«

Gatha schien den Atem anzuhalten. »Du spürst nichts?«, fragte er schließlich misstrauisch.

Das Messer lag gut in Barnabas Hand. Eine angenehme Wärme erfüllte ihn und plötzlich auch ein Gefühl von Macht, wie er es nie zuvor empfunden hatte.

»Du fühlst es auch, nicht wahr?« Der Schamane hatte seine Augen zu schmalen Schlitzen zusammengekniffen und musterte ihn argwöhnisch.

»Ich spüre nichts«, log Barnaba.

»Unsinn«, zischte Gatha ihn an. »Ich kann es doch sehen. Du bist schon jetzt besessen von dem Messer. Es ist nicht von dieser Welt, genauso wie die Daimonin, die dich in den See gelockt hat. Lass es fallen. Es befleckt deine Seele!«

Barnaba dachte an Ikuška. An die Stunden mit ihr, die er für einen Traum gehalten hatte. Sie hatte ihn gerettet, als er im Sterben lag. Hatte ihm alles gegeben, und ihr Lohn war ein schrecklicher Tod gewesen. Tränen traten ihm in die Augen. »Du hast recht, Gatha. Meine Seele ist befleckt«, sagte er mit brüchiger Stimme.

»Ich kann dich retten.« Der Schamane beugte sich nah zu ihm hinab. »Das Land wird dich heilen. Du brauchst die Einsamkeit der Berge. Dort wirst du die Daimonen abstreifen, die noch immer in dir wüten.«

Tränen rannen Barnaba über die Wangen. Er fühlte Ikuškas Küsse auf seinen Lippen, als habe er eben noch an ihrer Seite gelegen. Er war verloren! Die Einsamkeit würde ihn nicht heilen. Seine Hand schnellte vor. Das Messer traf Gathas Kehle, noch bevor der Alte zurückweichen konnte. Er brach in die Knie. Wie ein zweiter Mund klaffte der weite Schnitt in seiner Kehle.

Barnaba erhob sich und sah sich um. Um ihn herum war alles still, nichts regte sich. Niemand hatte gesehen, was er getan hatte. Gatha war noch nicht tot, obwohl sich sein Blut in einem breiten Sturzbach über seine Brust ergoss. Der Alte blickte zu Barnaba auf. Seine Lippen bewegten sich, doch statt Worten brachten sie nur noch ein unverständliches Gurgeln hervor. Barnaba hielt dem Blick des Schamanen stand, bis der Glanz des Lebens in dessen Augen verlosch.

»Du hast recht, alter Mann. Ich trage einen Daimonen in meiner Seele. Und du warst so dumm, den guten Geist zu töten, der meinen Daimon in Fesseln schlug.« Er sah zum Feldlager hinüber, wo sich das Morgenlicht in den goldenen Standarten brach, die vor Aarons Zelt in den Boden gerammt waren.

»Der Daimon trägt deinen Namen, Aaron. Zweimal hast du mein Leben zerstört. Du hast dafür gesorgt, dass mir nichts geblieben ist als meine Rache.« Er blickte auf das blutige Messer in seiner Hand und dann auf den toten Schamanen, dessen leblose Augen ihn immer noch anstarrten. Es war leicht gewesen zu töten. Und befreiend …

Dem Priester war klar, dass er nicht einfach ins Feldlager marschieren konnte, um Aaron zu erdolchen. Noch war die Stunde der Rache nicht gekommen. Er dachte an das Traumeis und die Vision, von der Ikuška ihm erzählt hatte. Dieses Eis würde seinen Traum von Rache wahr werden lassen! Und er wusste, wo es zu finden war.

Barnaba schob den blutigen Dolch unter sein Gewand, wandte den Zelten des Heerlagers den Rücken zu und ging nach Norden, wo das magische Portal in die neue Welt bläulich leuchtete. Bald schon traf er auf die ersten Händler und Heimkehrer. So wie die Fliegen von den Leichen, wurden sie von dem blauen Licht angezogen, das jedem versprach, mit nur wenigen Schritten zum Ziel seiner Träume zu gelangen – ganz gleich, ob es in Aram oder Luwien lag oder aber die Goldene Stadt war.

Barnaba durchquerte das trockene Flussbett, bei dem so erbittert gekämpft worden war, und folgte den Hügeln am nördlichen Ufer. Aus den einzelnen Grüppchen von Heimkehrern war inzwischen fast eine Kolonne geworden. Der Priester ging auf seinen Stab gestützt neben einer Reihe von Eseln her, die mit blutbefleckten Leinenpanzern beladen waren. Bald würden sie die Rüstungen für neue Krieger sein. Von einem der Packsättel hingen Dutzende verbogene Bronzeschwerter. Bei jedem Schritt der Tiere schlugen sie klingend aneinander. Es war das Zimbelspiel des Krieges.

Als Barnaba die Karawanenstraße im Nordwesten des luwischen Heerlagers erreichte, wuchs die Kolonne zu einem breiten Strom von Menschen und Tieren an, die diesen Ort des Todes hinter sich lassen wollten. Jetzt sah er das Dunkel, das von dem bläulichen Lichtbogen des Portals eingefasst wurde. Eine Meile lag noch vor ihm, aber er war in Sicherheit. Hier in diesem Gedränge würden ihn die Jäger und Hirten der Berge, deren Schamane Gatha gewesen war, nicht mehr finden können, dachte Barnaba. Er würde den Abgrund der Finsternis überschreiten und zum Lichte gelangen. Das Messer war ein Zeichen der Götter gewesen. Sie wollten seine Rache: Aaron würde stürzen!

Mit jedem seiner Schritte scheuchte er dunkle Wolken von Fliegen auf. Er wedelte mit der Hand vor seinem Gesicht, um die grün schillernden Plagegeister zu verscheuchen. Ihr dumpfes Summen begleitete ihn bis zum Portal, und selbst im Nichts schien es ihn weiter zu verfolgen.

Das Spiel der Göttin

Talawain versuchte, den Ärger zu vergessen. Die Meister der Blauen Halle hatten die Bedeutung der Ereignisse dieses Tages nicht begreifen wollen. Dass die Devanthar einen Unsterblichen vor den Augen Tausender Menschenkinder hinrichteten, war noch niemals geschehen. Und dass sich unter den Unsterblichen mit Aaron ein Erster unter Gleichen erhoben hatte, war ebenfalls noch nie vorgekommen. Die Devanthar und Menschen bündelten ihre Kräfte!

Mit aller Leidenschaft hatte er das den versammelten Meistern der Blauen Halle klarzumachen versucht. Aber sie hatten nicht hören wollen. Stattdessen wollten sie ihn zurückhalten. Jetzt, wo es wichtiger denn je zuvor war, nahe dem Herzen der Macht einen Spitzel zu haben. Aaron würde vor die Devanthar treten. Und sie würden ihn anhören. Damit könnte ein einzelner Mensch das Schicksal einer ganzen Welt verändern. Ein Mensch, der auf seinen, Talawains, Rat hörte!

Wie blind musste man sein, um nicht zu erkennen, dass es eine solche Gelegenheit nie wieder geben würde. Aaron hatte sich nach seinem Sturz aus dem Himmel auf unerklärliche Weise verändert. Er war geläutert und zutiefst von dem Wunsch durchdrungen, eine bessere Welt zu erschaffen. Wenn er ihn klug beriet, dann würde sich nicht allein *eine* Welt verändern. Drei Welten könnten ihren Frieden finden. Wie kleinlich wäre es da, allein an seine eigene Sicherheit zu denken.

Talawain hatte nach dem Gespräch mit den Meistern der Blauen Halle darauf verzichtet, noch einmal das Ornat der Konkubine anzulegen. Er kehrte als Hofmeister des Unsterblichen Aaron in das Lager zurück. Vorbei an der nicht enden wollenden Kolonne derer, die durch den Albenstern ihrer fernen Heimat entgegenstrebten: Sklavenhändler auf dem Weg nach Nangog; Plünderer, die ihre Habe wahrscheinlich nach Drus und Valesia schafften, wo man gutes Gold für Waffen und Rüstungen zahlte; Verwundete, die in den Palästen von Aram und Luwien versorgt werden würden; Sieger und Besiegte aus aller Herren Länder.

Tief in Gedanken ging Talawain an ihnen vorüber, der Morgensonne entgegen, die ihr Haupt über die Berge erhoben hatte. Es gab so vieles, was nach dem Sieg neu zu organisieren war. Auch musste Aaron schnell einige schlagkräftige Truppen aufstellen, denn wenn er seine Landreform umsetzte und damit begann, all jenen Äcker zu schenken, die auf der trockenen Hochebene von Kush für ihn gestritten hatten, mochte es zu Aufständen unter den Satrapen und den Großgrundbesitzern kommen. Das ganze Land würde auf den Kopf gestellt werden.

»Bartloses Dreckschwein!«

Talawain sah überrascht auf. Vor ihm stand einer der Hauptmänner, die unter dem Satrapen Mataan dienten. Der Mann starrte ihn aus rot entzündeten Augen an. Er stank nach altem Schweiß und Rotwein. Der Name des Kerls wollte Talawain nicht einfallen.

»Dreckschwein!«, wiederholte der Hauptmann und spuckte vor ihm in den Staub.

Talawain entschied, ihn zu ignorieren. Er hatte gehofft, dass sich nach der Schlacht etwas geändert hätte. Er hatte inmitten ihrer Reihen gestanden und mit ihnen gekämpft. Aber offenbar war es bedeutender, dass er bartlos war und goldenes Haupthaar besaß und damit in den Augen der meisten Krieger Arams kein richtiger Mann war.

Er schluckte seinen Ärger herunter und strebte mit weit ausholenden Schritten seinem Zelt entgegen, als er aus den Augenwinkeln sah, wie er von einer Gruppe in Scharlachrot gekleideter Höflinge angestarrt wurde. Sie hatten ihm bislang Respekt gezollt. Verwundert sah der Hofmeister sich um. Alle starrten ihn an. Was ging hier vor sich? Unwillkürlich tastete er nach seinem mit bunten Mustern bestickten Stirnband. Lugten etwa seine spitzen Ohren darunter hervor? … Nein, das war es nicht. Er konnte den kalten Hass förmlich spüren, der ihm entgegenschlug. Hatte das etwa mit den Drohungen Mataans zu tun?

Talawain beschleunigte seine Schritte weiter. Fast hatte er sein Zelt erreicht. Er wollte fort von diesem Starren. Er würde seine Diener herbeirufen, die Hofschreiber … Sollten sie ihm sagen, was geschehen war.

»Schlächter!«, rief eine heisere Stimme hinter ihm.

Der Elf hob die Plane am Eingang seines Zeltes. Ein schwerer, süßlicher Geruch schlug ihm entgegen. Auf dem Hocker am Arbeitstisch saß der Unsterbliche. Er blickte auf, als Talawain eintrat. Tiefe, dunkle Ringe hatten sich unter Aarons Augen gegraben. Er schien seit gestern Morgen um ein ganzes Jahrzehnt gealtert zu sein.

»Was ist geschehen?«

»Das möchte ich von dir wissen, Hofmeister«, entgegnete der Unsterbliche bitter. »Was ist hier letzte Nacht vorgefallen? Ist das deine Art, den Sieg zu feiern? Hast du das Grauen des Schlachtfeldes mit dir hierhergebracht? Hast du Geschmack am Morden gefunden?«

»Ich verstehe nicht …«

Aaron richtete sich auf. Heißer Zorn flammte in seinen Augen. »Ich auch nicht!« Er deutete auf das Bett hinter dem Arbeitstisch. »Erklär mir das! Was ist in dich gefahren, Datames?«

Der Hofmeister blickte zu der Schlafstelle. Große Blutflecken prangten auf dem seidenen Tuch, unter dem sich ein zusammengekrümmter Körper abzeichnete.

»Das …« Er trat um den Tisch herum und zog die Decke zurück. Fliegen stoben auf und eilten dem bunten Zelthimmel entgegen. Er brauchte einen Herzschlag, um in dem zerschundenen Körper Kazumi wiederzuerkennen. Sie war über und über mit verkrustetem Blut bedeckt. Zwischen den Laken entdeckte er abgetrennte Finger und ein Ohr. Ihre Nase … Talawain ließ die Seidendecke fallen und taumelte vom Bett zurück. Er griff Halt suchend nach der Tischkante und stieß gegen einen Stapel von Tontafeln, die zu Boden stürzten.

Ihm war übel. Er schloss die Augen. Er durfte jetzt nicht den Kopf verlieren. »Das war ich nicht. Ich …« Der Mörder war zurückgekehrt! Natürlich. Die Jaguarmänner bewachten das Lager nicht länger. Er hätte das voraussehen müssen. Hätte Kazumi davor bewahren müssen, dass sie dasselbe Schicksal ereilte wie Ashira.

»Ich …«, setzte er erneut an und war doch unfähig, einen Satz hervorzubringen.

»Das ist der Datames, der mir vertraut ist«, sagte Aaron müde. »Welcher Daimon hat dich gestern Nacht geritten?«

»Ich war das nicht.«

»Mehr als ein Dutzend Männer hat dich blutbesudelt vor dem Morgengrauen das Zelt verlassen sehen.«

Talawain war wie vom Schlag gerührt. Er öffnete den Mund und sagte dann doch nichts. Wieder schloss er die Augen. Versuchte, einen klaren Gedanken zu fassen. Zu verstehen … Er öffnete sein Verborgenes Auge. Der Handspiegel! Er strahlte wie ein Stern in der Nacht. Ein Zauber war um ihn gewoben. Etwas wurde verhüllt. Ein Menschensohn würde es nicht sehen können. Talawain trat zu dem Spiegel, nahm ihn auf. In der Fläche aus poliertem Silber erschien das Antlitz Ištas. Sie lächelte spöttisch.

Niemand würde ihm glauben, wenn er behauptete, die Devanthar sei hierhergekommen, um eine Konkubine zu ermorden. Sie hatte ihn gewarnt, damals, als sie ihm den Kopf Ashiras und den eines seiner Späher in einer kleinen Truhe geschickt hatte. Er erinnerte sich an die kleine Tontafel, die bei den Häuptern gelegen hatte. Keines der Worte darauf hatte er vergessen:

AUF DAS LAND OHNE WIEDERKEHR SETZE ICH DICH,
AUF DASS ERDSTAUB UND STEINE DEINE SPEISE SEIEN
UND DU IN DUNKELHEIT SITZEST,
WOHIN KEIN LICHT KOMMT
UND WO NIE DAS LIED EINES VOGELS
DEINE OHREN ERFREUEN WIRD.
ICH SELBST WERDE DICH FÜHREN DURCH DIE
SIEBEN TORE ZUM LAND OHNE WIEDERKEHR.

»Was starrst du in den Spiegel?«, herrschte Aaron ihn an. »Suchst auch du jetzt nach dem Mann, der gestern noch mein ehrenhafter Hofmeister war? Wo ist er geblieben, Datames?« Der Unsterbliche stieß einen schweren Seufzer aus.

»Und niemand hat etwas gehört«, murmelte der Elf.

»Der Knebel steckt noch in ihrem Mund. Man hat sie draußen stöhnen hören. Die Wachen haben gedacht, dass du sie hart herannimmst. Aber das hier … Mataan möchte, dass ich dich pfählen lasse, damit du genauso leidest wie sie. Die Geschichte macht schon im ganzen Lager die Runde. Du kannst nicht mehr länger mein Hofmeister sein.« Aaron sah traurig zu ihm auf. »Nach all den Jahren … Ich verstehe das nicht. Erkläre es mir! Und sag mir, was ich mit dir tun soll. Was ist der angemessene *Lohn* für so eine Tat?«

»Seht mich an, Herr! Bin ich ein Mörder?«

»Das Zelt wurde die ganze Nacht über bewacht. Außer dir und dem Mädchen war niemand hier. Das lässt nicht viel Auswahl …«

»Schließt die Augen, und lasst allein Euer Herz entscheiden. Ein Herz ist schwerer zu blenden als Augen und Verstand.«

»Verdammt, Datames! Komm mir nicht mit solch philosophischen Floskeln. Ich bin König eines riesigen Reichs. Ich kann nicht mein Herz zum Gesetzbuch machen. Damit wären der Willkür Tür und Tor geöffnet. Das wird nicht meine Art zu herrschen sein. Liefere mir irgendeinen Grund, dich zu verschonen. Irgendetwas! Ich will dich nicht auf der Spitze eines Pfahls aufgespießt sehen. Ich brauche dich, Datames. Keiner kennt dieses Reich und seine Verwaltung so wie du. Dich zu verlieren, ist fast so schlimm, als hätte ich gestern die Schlacht verloren.«

Talawain sah den Unsterblichen überrascht an. Aram war zu abhängig von ihm geworden. Indem er immer mehr Machtbefugnisse an sich gezogen hatte, hatte er Aaron und sein Reich verwundbar gemacht. »Ihr seid der Wahrheit über das, was gestern Nacht geschah, sehr nahe gekommen, Herr.«

»Dann erzähle mir, was noch fehlt. Ich will das hier verstehen. Will begreifen, wie ein Mann mein engster Berater werden konnte, den ich doch offensichtlich so wenig kenne.«

Talawain zögerte. Wenn er Aaron helfen wollte, dann musste der Herrscher die Wahrheit erfahren. Auch auf die Gefahr hin, dass er sie nicht glauben würde. Wie sollte er auch akzeptieren, dass Geschöpfe, die von den Menschen als Götter verehrt wurden, sich zu so etwas hinreißen ließen. Der Elf verstand es selbst nicht. Den Devanthar standen so viele Wege offen. Warum hatte Išta sich für diesen entschieden?

»Wir sind uns einig, dass diese Tat dem Königreich schaden wird?«, begann er vorsichtig.

Der Unsterbliche nickte.

»Wer hätte einen Nutzen davon, Aram zu schaden, Herr? Ich?«

Aaron massierte mit Daumen und Zeigefinger seine Augenlider. Er schien am Ende seiner Kräfte zu sein. Die Schlacht und dann noch der lange Weg in dieses Dorf, Belbek, um den toten Bauern Narek zurück zu seiner Familie zu bringen. Wie lange hatte er nicht mehr geschlafen? Dreißig Stunden? Vierzig? Talawain bezweifelte, dass der Herrscher in der Nacht vor der Schlacht Ruhe gefunden hatte. Ausschweifende Erklärungen waren jetzt nicht angebracht. Er sollte schnell zum Wesentlichen kommen.

»Ihr habt Išta gestern im Licht der Sonne eine schwere Niederlage bereitet. In der Nacht kehrte sie zurück, um Euch auf einem anderen Schlachtfeld zu bekämpfen. Sie war es, die meine Gestalt annahm, hierherkam und mordete, damit Euch keine andere Wahl bleiben würde, als mich für das zu richten, was ich nicht getan habe.«

Aaron blickte zu ihm auf. Das Gesicht des Herrschers war bleich und abgezehrt. Sein üppiger schwarzer Bart zerzaust. Das lange, geölte Haar fiel ihm in schweren Locken auf die Schultern. »Das ergibt Sinn«, sagte er müde. »Aber sag mir, wo warst du in der letzten Nacht, wenn du nicht hier warst? Mataan hat mir eine sehr seltsame Geschichte erzählt.«

Talawain zögerte. Wie sollte er erklären, dass er in Frauenkleidern das Lager verlassen hatte? Und was würde geschehen, wenn er dem Unsterblichen verriet, wer er wirklich war? Ein Spitzel, der sich in sein Vertrauen geschlichen hatte, um ihn jahrelang zu verraten. Würde Aaron, wenn er das wusste, noch glauben, dass es ihm wirklich darum gegangen war, das Reich Aram zu schützen und das Leben für die Menschen besser zu machen? Wohl kaum. In diesem Moment erkannte Talawain, wie unentrinnbar er in das

Gespinst aus Intrige und Verrat verstrickt war und wie perfide Ištas Tat war.

»Ich habe mich davongeschlichen, um unerkannt nach Nangog zu gelangen. Wie Ihr wisst, dienen mir dort viele Spitzel. Ich wollte in Erfahrung bringen, ob jemand etwas über Shaya weiß. Es gibt ein verborgenes Kloster, in das die Bräute nach der Heiligen Hochzeit gebracht werden … Aber niemand konnte mir sagen, wo genau es liegt.«

»Ich kann sie nicht mehr retten.« Die Stimme des Unsterblichen zitterte, als er sprach, und sein Antlitz war ein Spiegel seiner Seelenqual. »Wenn ich es versuche, stelle ich mich gegen die Gesetze der Götter. Dann werde ich alles verlieren, was ich gestern gewonnen habe, und der Tod all der Tausende, die jetzt im Staub liegen, wird vergebens gewesen sein. Kann ich so selbstsüchtig sein?« Er presste die Lippen zusammen, sodass sie nur noch ein blasser Strich in seinem bärtigen Gesicht waren. In seinen Augen schimmerten ungeweinte Tränen. »Man wird mich in den Gelben Turm rufen. Ich darf dort vor dem Löwenhäuptigen und all seinen Brüdern und Schwestern sprechen. Nie zuvor wurde einem Menschen eine solche Gunst zuteil. Vielleicht kann ich die Welt verändern. Es gäbe so vieles, was man besser machen könnte … Aber der Preis ist, dass ich meine Liebe verrate. Versuche ich, Shaya vor ihrem Schicksal zu bewahren, verliere ich alles. Unternehme ich nichts, verliere ich, was mir in meinem Leben am meisten bedeutet.« Er stieß einen gequälten Seufzer aus. »Ich kann nur beten, dass sie von Muwatta ein Kind empfangen hat. Ist das nicht der Fall, dann wird man ihr die Kehle durchschneiden, damit ihr Blut dem dürren Boden Luwiens Fruchtbarkeit schenkt.«

Sie sahen einander lange an. Der Unsterbliche wartete auf seinen Rat. Doch Talawain wusste nicht, was er ihm sagen sollte. Was für ein Mann würde Aaron werden, wenn er das Glück des Reiches mit dem Leben Shayas erkaufte? Wäre er noch ein guter Herrscher? Oder würde er langsam zu einem verbitterten Tyrannen werden, der in seinem Volk einen Feind sah, der ihm entrissen hatte, was ihm im Leben am wichtigsten gewesen war.

»Ich glaube dir, Datames«, unterbrach Aaron seine Überlegungen. »Aber suche nicht weiter nach Shaya. Je weniger ich weiß, desto besser ist es.« Stöhnend erhob sich der Herrscher. Er tastete flüchtig nach seiner Schulter, an der er am Vortag verwundet worden war.

»In meinem Herzen habe ich immer gewusst, dass du niemals eine wehrlose Frau töten würdest, Datames. Ich bin froh, die Wahrheit erfahren zu haben.« Seine Stimme stockte.

Talawain musste an Aya denken, die Haremsdame, die er zur Löwengrube geführt hatte. Aaron irrte sich. Unschuldiges Blut klebte an seinen Händen. Er würde diesen Makel niemals abwaschen können. Beklommen sah er zu seinem Bett. Hätte er sich nicht mit Kazumi eingelassen, würde auch sie noch leben. Er hätte wissen müssen, dass er sie in Gefahr brachte.

»Und doch können wir deine Geschichte nicht erzählen. Sie würde dem Glauben an die Götter Schaden zufügen. Du wirst für alle der Mörder Kazumis sein. Und ich werde über dich richten müssen. Du hast dem Reich so vieles gegeben. Darum werde ich dir dein Leben lassen. Ich werde dich verbannen, Datames. Du wirst vogelfrei sein. Wer dich nach Ablauf von drei Tagen aufgreift, mag dich richten.«

Talawain hatte das Gefühl, ihm würde der Boden unter den Füßen weggezogen. »Das ist …«

»Das ist nicht gerecht«, fiel ihm der Unsterbliche ins Wort. »Ich weiß. Aber es ist besser, du bist Kazumis Mörder, als dass die Menschen erfahren, dass Išta es war … dass die Götter uns kleinlichen Intrigen opfern. Du hast Aram viel gegeben, Datames. Dies ist das letzte Opfer, das ich von dir verlange.« Mit diesen Worten schlug Aaron die Plane am Eingang zurück und verließ das Zelt.

Vor dem weissen Tor

Der Sack wurde ihm vom Kopf gezogen, und gleißendes Sonnenlicht blendete Volodi. Er stand vor dem großen, weißen Torbogen, der zur Palaststadt der Zapote führte. Er erinnerte sich, wie er sich mit einem Teil der Zinnernen auf diesem Platz zum Kampf gestellt hatte und die Jaguarmänner aus den Schatten gekrochen waren. Sie waren ihnen nur entkommen, weil sie mit Seilen auf eines der Wolkenschiffe gezogen worden waren. Der Unsterbliche hatte seine Leibwache um sich versammelt, um gemeinsam mit der Ischkuzaia-Prinzessin Shaya und ihrer Leibwache gegen den Piraten Tarkon zu ziehen. Volodi hatte gewusst, dass die Wolkensammler über diesen Platz segeln würden. Wenn der Wind nicht drehte … Es war ein gefährliches Spiel gewesen.

Volodi sah sich verstohlen um. Neben ihm kauerten etwa dreißig weitere Männer auf dem weiten Platz. Den letzten von ihnen wurden gerade die Fesseln und die Säcke, die man ihnen über die Köpfe gestülpt hatte, abgenommen. Sie alle hatten goldblondes Haar so wie er.

Ein unangenehm pelziges Gefühl hatte sich auf seiner Zunge eingenistet. Etwas war mit diesem Sack gewesen, den man auch ihm über den Kopf gestülpt hatte. Er hatte den süßlichen Geruch noch in der Nase. Womit sie den Stoff wohl behandelt hatten?

Er setzte sich zu den Männern auf den Boden und sah sich weiter verloren um. Er wäre froh, wenn ihm jetzt jemand sagen würde, was er tun sollte. Wieder blickte er zu dem Torbogen. Er war aus poliertem, weißem Stein erbaut und mindestens zehn Mann hoch. Als sei er dazu erschaffen worden, Riesen Eintritt zu gewähren. Es gab hier keine Flügeltüren. Der Torbogen konnte nicht verschlossen werden. Die weitläufigen Gärten des Statthalterpalastes hießen einen jeden willkommen, der sie betreten wollte. Und doch war der weite Platz leer. Kein Besucher zeigte sich auf dem Weg in den Blumengarten. Volodi hatte etliche Geschichten über die Tempel dort gehört, über Altäre, auf denen blonden Männern bei lebendigem Leib die Herzen herausgerissen wurden.

Einer aus ihrer Gruppe stand auf und ging auf das Tor zu. Zögerlich nur. Als er es erreichte, trat eine junge Frau aus dem Schatten, legte ihm einen Kranz von Blumen um den Hals und reichte ihm einen Becher mit einem Willkommenstrunk.

Volodi leckte sich über die Lippen. Auch er war durstig. Ob er zu dem Tor gehen sollte? Er musste es ja nicht durchschreiten. Die Männer um ihn herum tuschelten leise, während die Jaguarkrieger, die sie vom Schlachtfeld hierhergebracht hatten, sie stumm beobachteten. Mindestens zwei der anderen Gefangenen kamen wie er aus Drusna.

»Lasst euch nicht von den Zapote verlocken«, raunte er ihnen zu. »Ihr müsst dieses Tor freiwillig durchqueren. Sie können euch nicht zwingen, so schreibt es ihr Ritual vor.«

Ein junger Krieger mit der Statur eines Ringers wandte sich zu ihm um. Er hatte aufgeplatzte Lippen und ein halb zugeschwollenes Auge. Ganz offensichtlich war er nicht freiwillig mit den Zapote gegangen. »Du kennst diesen Ort? Wo sind wir?«

»In der Goldenen Stadt auf Nangog. Hinter dieser Mauer liegen der Palast des Statthalters von Zapote und etliche Tempel dieser Wilden, die aus dampfenden Dschungeln gekrochen sind.«

»Wenn ich über Drusna recht informiert bin, dann ist auch deine Heimat ein Land der weiten Wälder, in denen ein großer Teil des Volkes lebt.« Eine Gestalt zum Fürchten war hinter sie getreten. Sie sprach mit hartem Akzent, sodass ihre Worte schwer zu verstehen waren. Es war einer der aufrecht gehenden Jaguare in schwarzblauem Fell. Steinerne Krallen schimmerten dort, wo bei einem Menschen Hände hätten sein sollen. Hinter den gelben Fangzähnen eines weit aufgerissenen Kiefers war im Halbdunkel das Gesicht eines Mannes zu erkennen. Er lächelte spöttisch und ließ dabei spitz zugefeilte Eckzähne sehen.

»Es spricht die Sprache Arams«, stammelte der Krieger fassungslos.

»*Es* versteht sogar ein wenig das Drusnische, wenngleich ich meine Zunge nicht so zu verbiegen vermag, dass ich eure Sprache auf verständliche Weise nachzuahmen verstünde.«

»Das ist Nica …, Neca …«, sagte Volodi.

»Necahual, Anführer dieses Rudels«, unterbrach ihn der Jaguarmann und wandte sich an den jungen Krieger. »Und ich rate dir, mein Freund, den Worten eines Mannes, der sich nicht einmal einen einfachen Namen merken kann, nicht allzu sehr zu vertrauen. Volodi, der über den Adlern schreitet, mag ein herausragender Krieger sein. Ein Gelehrter, der mit meinem Volk, seinen Gebräuchen und seiner Geschichte vertraut wäre, ist er sicherlich nicht.«

»Er will dich nur verführen, durch dieses Tor zu schreiten«, murrte Volodi. Dann deutete er auf die weißen Steinplatten, mit denen der weite Platz ausgelegt war. »Sieh dir die Bilder an, die in den Stein geschnitten sind, die Priester in Federkleidern, die riesigen Schlangen, die sich um Altäre winden, die Hügel aus Totenschädeln. Dann weißt du, was dich hinter diesem Tor erwartet.«

»Die schönen Frauen, die Völlerei, der Wein … Sieh genau hin, Drusnier. Und du, Volodi, komm mit mir!«

Volodi kämpfte gegen den Impuls aufzustehen. Was war mit ihm los? Warum ließ er sich von diesem verdammten Katzenarsch herumkommandieren? Wenn er aufstand, dann höchstens, um zum Statthalterpalast Arams zu gehen. Er war ein Befehlshaber in der Leibwache des Unsterblichen. Er sollte seine Zinnernen rufen und endgültig mit diesen überheblichen Kätzchen aufräumen.

»Ich muss mit dir über Quetzalli sprechen«, sagte der Zapote und entfernte sich von der Gruppe.

Volodi fluchte. Dann stand er doch auf und folgte ihm. Das klare Morgenlicht brannte in seinen Augen, sodass er den Blick gesenkt hielt. Er setzte seine Schritte vorsichtig, um nicht auf die

Bilder von Priestern und Kriegern zu treten. Er wusste, dass diese Handvoll Zapote ein ganzes Heer aufgehalten hatten. Sie waren tapfer. Und verrückt … Volodi fühlte sich unwohl, wenn sie in der Nähe waren. Aus den Augenwinkeln sah er, wie drei weitere Männer aus der Gruppe aufstanden und zu dem großen, weißen Tor, hinter dem irgendwo in den blühenden Gärten der Tod wartete, hinübergingen. Lachen erklang von dort. Es waren noch mehr Mädchen mit Blumenketten gekommen. Es sah ganz harmlos aus. Wie ein herzliches Willkommen nach siegreicher Schlacht.

»Du weißt, dass Quetzalli meine Schwester ist«, sagte Necahual mit so hartem Akzent, dass seine Worte kaum zu verstehen waren. Er sprach gepresst und leise. Auch sein Blick war zu Boden gerichtet. »Ich weiß, du hältst mich für das, wonach ich aussehe. Für ein wildes Tier. Und du hast recht damit … Wenn ich kämpfe oder wenn mich die Leidenschaft übermannt, dann bin ich kein Mensch mehr. Erst wenn mein Blut wieder kühl wird … doch dann erinnere ich mich kaum, was ich getan habe. Wir werden in meinem Volk verehrt und sind zugleich auch Ausgestoßene. Wir werden weggesperrt, wenn es keine Verwendung für uns gibt, weil wir eine Gefahr sind.« Es schwang kein Selbstmitleid in seiner Stimme. Er sprach nüchtern und sachlich.

Volodi wusste nicht, was er sagen sollte. Er fühlte sich etwas klarer. Es tat gut, nicht mehr diesen süßlich stinkenden Sack über den Kopf gestülpt zu haben.

»Hast du eine Vorstellung, warum ich nach Kush gekommen bin, Drusnier?«

»Um dich zu holen blonde Männer für Blutaltäre. Ist sich klar!« Volodi hasste es, sich in der Sprache Arams unterhalten zu müssen, die er nie ganz gemeistert hatte.

Der Panthermann schnaubte. »Du glaubst, du kennst mich? Ich bin deinetwegen gekommen. Die anderen musste ich mitbringen. Ich brauchte sie, um zu rechtfertigen, dass wir nach Kush gingen. So war es mit deinem einarmigen Freund abgemacht. Ein Handel um Fleisch. So sahen es die Hohepriester. Alle waren einverstanden. Aber in Wahrheit ging es für mich immer nur um dich. Ich will, dass du durch dieses Tor dort hinten gehst. Freiwillig.«

Volodi biss die Zähne zusammen. Kolja! Er hatte es geahnt. Kolja hatte ihn zu den Zapote geschickt. Er musste gewusst haben, was geschehen würde. Warum? Wie hatte sein Freund ihn so hintergehen können. Wollte er allein die Zinnernen anführen? Sein eigenes Schattenreich in den dunklen Gassen der Goldenen Stadt errichten? Das hätte er nie geduldet … und Kolja hatte das gewusst!

»Fehlen dir jetzt endgültig die Worte, du schafsköpfiger Stammler?«, zischte Necahual. »Dein bester Freund hat dich verraten. Und dein Feind steht vor dir und fleht dich um einen Gefallen an. Um etwas, das allein du vollbringen kannst. Als Einziger auf Daia und Nangog kannst du meine Schwester retten.«

Volodi starrte den Panthermann an. Das Gesicht hinter den Raubtierkiefern lag im Schatten. Es war unmöglich, in seinen Zügen zu lesen.

»Wie geht es sich Quetzalli?«

»Schlecht. Sie büßt dafür, dass sie dich nicht hierhergeführt hat. Als du sie kennengelernt hast, war sie eine *Jägerin*. Sie war …«

»Sie war sich eine Hure! Hat sich Männer verführt, zu gehen mit sich in Bett. Und wenn sich Kopf leer war von Männer, hat sie genommen sich und ist sich gegangen in verfluchte Tempelstadt.«

»So mag es aussehen, wenn man mein Volk nicht kennt«, entgegnete der Jaguarmann erstaunlich ruhig. »Tatsächlich war sie eine Priesterin von hohem Rang, die sich ganz und gar dem Dienst an der Gefiederten Schlange verschrieben hatte. Sie hatte heilige Eide geschworen, niemals einen Mann zu lieben. Sie gehörte allein der Schlange, und es war ihre Aufgabe, würdige Opfer zu finden. Und dann ist sie dir begegnet, und sie hat ihr Volk verraten … und was noch schlimmer ist, ihren Gott. Du bist entkommen. Meine

Schwester aber musste die schlimmste aller Strafen erdulden, die einer Priesterin zuteilwerden kann.«

Immer noch sprach Necahual ohne jede Emotion.

Volodi starrte in das hinter Schatten verborgene Gesicht. »Habt ihr sie sich ermordet … Habt sie sich gezerrt selbst auf einen Blutaltar. War es sich so?«

Der Zapote schüttelte sanft den Jaguarkopf. »Du verstehst nicht. Sein Leben der Gefiederten Schlange zu geben ist eine Ehre. Und Ehre hat man meiner Schwester nicht erwiesen. Auch nicht Gnade, denn nichts anderes wäre eine Hinrichtung gewesen. Ihr wurde bestimmt, ›Fleisch‹ zu sein.«

»Fleisch?« Volodi schwankte. Er fühlte sich, als habe ihn ein Schlag in den Magen getroffen. Was sollte das heißen, Fleisch? Unwillkürlich musste er an die Hunde und Geier auf dem Schlachtfeld denken, die am Fleisch der Toten gezerrt hatten.

»So bestraft die Priesterschaft ihre Feinde von hoher Geburt. Die Weiber und Töchter aus Familien von Adel werden dazu verdammt, den Adlerrittern und Jaguarmännern gefügig zu sein, denn auch wir sind Männer … zumindest ein Teil von uns ist es noch und wir sehnen uns nach … zärtlichen Stunden.« Bei den letzten Worten war Necahual ins Stocken geraten und wandte sein Gesicht ab.

»Also tut sich deine Schwester, was sie sich immer hat getan«, murmelte Volodi bitter. »Steigt sich in Bett mit fremden Männern.«

Die Bewegung kam so schnell und unerwartet, dass Volodi völlig überrumpelt wurde. Obwohl die schwarzen Krallen des Panthermanns seine Wange kaum berührten, blieben vier Schnitte zurück, aus denen warmes Blut auf seine Schulter troff. Der Drusnier machte einen Satz zurück, duckte sich und hob die Fäuste. Ihm war klar, dass der Jaguarkrieger ihn zerfleischen könnte, aber zumindest würde er sich nicht mehr überrumpeln lassen.

Necahual hatte die Rechte erhoben, als wolle er noch einmal zuschlagen. Seine Krallenhand zitterte. »Du wirst nicht schlecht von meiner Schwester sprechen. Du hast ja keine Ahnung … du goldhaariges Stück Scheiße!«

Solange er redete, würde er nicht wieder zuschlagen, dachte Volodi. »Was ist sich anders jetzt? Bin ich mich Barbar. Musst du mir mich langsam erklären.«

Der Zapote ließ die Hand sinken. »Ich hatte doch gesagt, wenn die Leidenschaft uns fortträgt, sind wir nicht mehr wie normale Männer. Es ist … wir verletzen die Frauen. Und hinterher erinnern wir uns nicht einmal mehr, wie es geschehen ist. Wir geraten in Ekstase. Etwas von der unbändigen Wildheit der Adler und Jaguare hat in uns Einzug gehalten. Wir wollen nicht, aber es kommt vor, dass wir die Frauen im Liebesspiel verletzen. Schwer. Deshalb nennt die Priesterschaft sie Fleisch. Nur wenige überleben die ersten Wochen. Quetzalli ist nun mehr als ein Jahr dort. Als ich zur Ebene von Kush auszog, lebte sie noch.« Er stockte. »Seitdem habe ich keine Nachricht von ihr.«

Volodi dachte an die wunderbaren, leidenschaftlichen Stunden, die er mit der Priesterin verbracht hatte. An das mit Federn geschmückte Zimmer, in dem sie sich geliebt hatten. An ihr Lächeln. Er hatte sie nicht vergessen können. Er hatte es versucht. Hatte sich immer wieder in Erinnerung gerufen, dass sie ihn hatte opfern wollen. Letztlich hatte sie es jedoch nicht getan.

»Was könnte ich mich helfen?«

»Den Auserwählten wird von der Priesterschaft jeder Wunsch erfüllt. Ihr werdet wie Fürsten leben. Allerdings könnt ihr die Tempelstadt bis zu jenem Tag, an dem euch die Gefiederte Schlange ruft, nicht mehr verlassen. Ihr könnt ein Weib haben oder viele. Ihr bekommt zu essen, was immer ihr wollt. Wünsch dir, dass man dir Quetzalli bringt. Nur so wird sie überleben.«

»Und was, wenn ich mich gehen muss zu Schlange? Ist Quetzalli sich dann wieder Fleisch?«

Necahual nickte. »Ja«, sagte er leise. »Es sei denn, sie trägt ein Kind unter dem Herzen. Dann ist sie frei.«

Volodi blickte unschlüssig zum Weißen Tor. Er hatte seine Schuld bei Aaron beglichen. Er hatte dreimal für ihn gekämpft. Im Hügelland Luwiens, wo die Erzschmieden verborgen gewesen waren, am Himmel von Nangog in einer Schlacht zwischen Wolkensammlern, und auf der ausgetrockneten Hochebene von Kush. Er hatte seinen Eid eingehalten. Nun war er frei zu gehen, wohin er wollte. Und durch das Weiße Tor wollte er nicht! »Ist sich wie viel Zeit mit Quetzalli?«

Der Jaguarmann seufzte. »Es wird ausgelost. So entscheidet die Gefiederte Schlange, von wessen Blut sie kosten will. Es gab Männer, die mehr als drei Jahre in allen Freuden schwelgten, bis das Los auf sie fiel. Manchmal sind es aber auch nur wenige Tage. Zu jedem Festtag ruft die Gefiederte Schlange einen Auserwählten. Du könntest mit Quetzalli lange glücklich leben …«

Volodi dachte an seine letzte Nacht mit der Priesterin, als sie ihn gedrängt hatte, aus dem Fenster zu springen. Sie musste gewusst haben, welches Schicksal sie erwartete. Dass die Priesterschaft dieses Verhalten nur als Verrat an der Gefiederten Schlange auslegen konnte. Was auch immer sie gewollt hatte, als sie einander zum ersten Mal begegnet waren, zuletzt hatte sie ihm das Leben gerettet.

Volodi betrachtete die hohe Mauer, die die Tempelstadt umfasste. So wie er die Zapote kannte, würde ihm einer der Jaguarmänner auflauern und umbringen, wenn er nicht durch das Tor ging. Sie waren gute Krieger. Vielleicht würde es glücken …

Er hatte Quetzalli nie vergessen können. Und wenn es stimmte, was der Zapote sagte, war er der einzige Mensch, der sie retten konnte. Was gab es also zu überlegen! Er war nicht wie andere Männer. Er war der, der über den Adlern schreitet. Für ihn war nichts unmöglich. Er würde dort hineingehen und einfach nicht von dieser verdammten Federschlange auserwählt werden.

»Bist du dich also mein Schwager fast.« Volodi stellte sich den verblüfften Ausdruck auf dem Gesicht des Jaguarmanns vor, dessen

Antlitz nach wie vor im Schatten verborgen blieb, und grinste breit. »Komme ich mich mit dir und mache Quetzalli ein Kind. Das ist sich nicht schwer.«

Und bei der erstbesten Gelegenheit würde er mit ihr fliehen, dachte er bei sich.

Wie ein ausgesperrter Hund

Zwall kauerte unter dem Haselbusch nahe der alten Eiche und beobachtete die nackte Felswand, die sich ein paar Schritt vor ihm erhob. Eigentlich war dort ein Tor. Wenn er sein Verborgenes Auge öffnete und die Welt der Magie betrachtete, konnte er das Tor ganz deutlich sehen. Genauso wie den Blendzauber, der jedem vorgaukelte, dass sich dort nichts als eine Felswand befand. Doch zu sehen allein genügte nicht. Für ihn gab es keinen Weg dort hinein. Ein geheimes Wort der Macht öffnete das Tor hinab zur Blauen Halle. Er war nie nahe genug herangekommen, um es zu erlauschen, wenn die Elfen dort hinabstiegen.

Missmutig musterte Zwall seine krummen Zehen, die unter dem Oberleder seines linken Schuhs hervorlugten. Seine Kleidung war schäbig und abgerissen und hatte den Geruch des Waldes in sich aufgenommen. Zwanzig Tage war er bei den Seinen gewesen. Elendes Diebespack! Er sollte diese Familienbesuche lassen. Sie hatten ihm seine schönen Kleider abgenommen, die ihm die Elfen geschenkt hatten. Jedes Mal taten sie das, wenn er in die Höhle unter dem Erlenbusch zurückkehrte, in der seit Generationen seine Sippe hauste. Und wenn er ging, dann ließen sie ihn in den ältesten Klamotten gehen. Peinlich war das.

Natürlich wussten sie genau, dass die Elfen ihn neu einkleiden würden. Sie mochten es in der Blauen Halle nicht, wenn man nicht auf sein Äußeres achtete. Die Elfen übertrieben es ein wenig mit ihrer Pedanterie. Er putzte und kochte dort unten für sie, war wie all die anderen Kobolde, die in die Blaue Halle aufgenommen worden waren, nur für niedere Arbeiten gut.

Anfangs hatte Zwall noch gehofft, er könne sich etwas von der Magie der Elfen abschauen. Aber die Jahre hatten ihn klüger gemacht. Sie wachten eifersüchtig über ihre Geheimnisse. Und außerdem hatten sie für Kobolde nicht viel übrig.

Keiner von ihnen hatte bemerkt, wie begabt er war. Längst nicht jeder Kobold wusste sein Verborgenes Auge zu öffnen. Und die meisten nutzten die Gabe des Zauberwebens nur, um irgendwelchen Unfug anzustellen. Aber er, Zwall aus der Sippe Wurzelhaar, war zu Höherem berufen. Er würde ein bedeutender Magier werden. Er musste nur noch aufmerksamer die Elfen beobachten. Wenn nur endlich einer von diesem Mistkerlen käme, damit er hinter ihm durch das Tor im Fels schlüpfen könnte. Elende Warterei! Er lauschte dem Lied der Drosseln über ihm im Geäst, dem Zirpen der Grillen und dem leisen Flüstern des Windes in den Bäumen.

Ein plötzliches Kribbeln überlief Zwall. Etwas hatte das magische Netz berührt. Ein Zauber war gewoben worden, und der Albenstern, der keine zweihundert Schritt entfernt lag, hatte sich geöffnet. Zwall unterdrückte den Impuls aufzustehen. Manche der Elfen waren übellaunige Gesellen, denen ein Kobold besser nicht ohne Not unter die Augen kam. Es war klüger, ungesehen durch das Portal im Fels zu schlüpfen.

Zwall bohrte seine Zehen in den weichen Waldboden. Es war ärgerlich, hier warten zu müssen wie ein Hund, dem die Tür vor der Nase zugeschlagen worden war. Die Elfen könnten sie wirklich etwas besser behandeln. Was wären sie, wenn es nicht für jeden dieser hochgewachsenen Besserwisser ein halbes Dutzend Kobolde gäbe, das hinter ihnen aufräumte? Irgendwann würde es einen Kobold geben, der den Mut hätte, ihnen das offen ins Gesicht zu sagen! Gut, vielleicht nicht in der Weißen Halle, wo die Himmelsschlangen ihre Mörder heranzogen. Es war Zwall ein

Rätsel, wie sich Kobolde finden ließen, die dort arbeiteten. Ihn würden keine zehn Pferde dazu bringen.

Die Elfen der Blauen Halle waren schon seltsam genug. Sie waren allesamt Spitzel, und viele gingen in die Welt der Menschenkinder. Das war lebensgefährlich! Zwall hatte heimlich in einigen der Berichte geblättert, die sie über ihre Reisen schrieben. Eigentlich sollten Kobolde die Bücher unten in der Halle nur abstauben … Er schnaubte. Die arroganten Elfenschnösel glaubten, Seinesgleichen könne nicht lesen. Sie hielten sich für so schlau und waren doch manchmal so dumm!

Warum kam der Besucher, der aus dem Albenstern getreten war, nicht den Hang hinauf? Zwall lauschte. Warum dauerte das so lange? Er hatte gefühlt, wie das magische Portal sich wieder geschlossen hatte. Es war nur ein Katzensprung bis zum Felsen. Sie kamen zwar niemals auf direktem Wege zu dem verborgenen Eingang, aber das dauerte jetzt wirklich etwas lange. Was war da los? Er spähte den Hang hinab in den Wald. Es war vollkommen still. Vogelgesang und Grillenzirpen waren verstummt. Er wusste, er würde sie nicht kommen hören. Ein Blatt, das im Herbst auf den Waldboden fiel, machte mehr Lärm als ein Elf auf der Pirsch.

Hier stimmte doch etwas nicht … Warum war es so still? Was war da draußen, das die Vögel so ängstigte, dass sie zu singen aufhörten? Zwall blickte über die Schulter. Flüchtig sah er einen Schemen zwischen den Bäumen. Er kniff die Augen zusammen. Das konnte nicht sein. Eine Gestalt mit einem umgeworfenen Löwenfell!?

Als er wieder zur Lichtung vor der Felswand sah, stand dort eine schlanke, dunkelhaarige Frau. Mächtige, schwarze Schwingen wuchsen aus ihren Schultern. Der Kobold hielt den Atem an. Eine Aura der Macht umgab die Fremde. Sie hielt ein Schwert mit schwarzer Klinge in der Rechten. Die löwenhäuptige Gestalt gesellte sich zu ihr. Und dann noch eine Kreatur, halb Mann, halb Eber.

Solche Geschöpfe hatte Zwall nie zuvor gesehen. Da war es

sicher klüger, sich bedeckt zu halten. Er überlegte, ob er noch ein wenig tiefer ins Haseldickicht kriechen sollte. Aber wenn er dabei das geringste Geräusch verursachte … Nein, besser gar nicht bewegen.

Die Geflügelte deutete auf das Tor im Fels. Wollten die etwa hinab in die Blaue Halle? Waren es am Ende doch Elfen? Einige seiner Herren vermochten die Gestalt zu verändern, das wusste Zwall. Er öffnete sein Verborgenes Auge und starrte die Fremden an. Ihre Auren waren vom hellen Rot kaum beherrschter Wut gefärbt. So dicht war das Geflecht aus Kraftlinien, das sie umgab, dass es fast zu einem formlosen Leuchten zerfloss.

Der Ebermann nahm die Geflügelte bei der Hand, und das Leuchten, das von ihnen ausging, wurde noch intensiver. Es erschien Zwall schon fast so intensiv wie das Licht der Sonne an einem Hochsommertag.

Weitere Lichtgestalten erschienen vor der Felswand. Es waren jetzt zwölf. Zwall war neugierig, ob auch die anderen Tierköpfe hatten. An ihren Auren konnte er es nicht ablesen. Er wollte die Augen öffnen, doch es gelang ihm nicht. Er schlug sich mit der flachen Hand vor die Stirn. Es war nicht das erste Mal, dass er sein Verborgenes Auge nicht mehr schließen konnte. Manchmal war es, als beherrschte die Magie ihn und nicht er sie. Als würde sie ihn einfach forttragen, wenn er ihr ein Tor öffnete.

Der Löwenhäuptige nahm nun ebenfalls das Weib mit den Flügeln bei der Hand. Das Leuchten wurde intensiver. Es schmerzte hinzusehen. Das war ihm noch nie passiert.

Zwall wollte den Kopf senken, doch was vor der Felsenwand geschah, hatte ihn ganz und gar in Bann geschlagen. Eine weitere Lichtgestalt schloss sich der Gruppe an und ergriff eine Hand des Löwenhäuptigen. Blendendes Weiß löschte nun alle Farben. Zwall vermochte keine Kraftlinien mehr zu unterscheiden. Alles war nur noch Licht und Schmerz. Seine Stirn glühte, als sich das Licht tief in seinen Kopf fraß.

Er schrie auf, ohne noch darüber nachzudenken, dass er sich damit in Gefahr brachte. Was hatte er getan. Nie, nie wieder würde er sein Verborgenes Auge öffnen!

Eine gleißende Woge trug ihn fort. Seine Beine knickten weg. Nein, es war der Boden. Etwas geschah. Was taten die Fremden? Sie leiteten das Licht durch das geheime Tor im Fels. Alles schwankte. Tief aus der Erde erklang ein Rumoren und Ächzen, wie Zwall es noch nie zuvor vernommen hatte.

Das Licht war in ihm.

So heiß …

In Ketten

Unruhig wand sich Nachtatem auf dem flachen Fels, der sich inmitten des weiten, überfluteten Gewölbes tief unter der Pyramide im Herzen des Jadegartens erhob. Die Himmelsschlange versuchte sich auf das Flüstern der Orakelstimmen zu konzentrieren, die Dutzenden von Stimmen der Gazala, die rings um ihn herum im flachen Wasser standen und ihm in Trance versunken von den endlos vielen möglichen Zukünften Albenmarks kündeten. Diese Kreaturen, halb Elfe, halb Gazelle, mit schlanken Tierläufen, Frauenkörpern und in sich gedrehten, weit über ihren Rücken hinabgeschwungenen Hörnern, sollten ihm helfen, den rechten Weg zu finden. Und doch schafften sie es an diesem Tag nicht, ihm das Gefühl der Verlorenheit zu nehmen.

Er war der Erste unter seinen Nestbrüdern. Der Erstgeschlüpfte und früher ein Liebling der Alben. Doch die Weltenschöpfer hatten sich zurückgezogen und ihre Schöpfung ihren Kindern überlassen. Lange war es her, dass er das letzte Mal mit einem von ihnen seine Gedanken tauschen durfte. Nun ruhte alle Last dieser Welt auf seinen Schultern.

Er wollte ein guter und gerechter Herrscher sein. Einer, der die anderen Kinder der Alben schützte, und den die Devanthar, die Daimonen, die über die Welt der Menschen herrschten, fürchteten. Sie kannten kein Maß in ihren Begehrlichkeiten. Sie griffen nach Nangog, der verbotenen Welt, und eines Tages würden sie auch nach Albenmark greifen, davon hatten die Gazala ihm erzählt. Er allein stand zwischen diesen Kreaturen und allem, was ihm etwas bedeutete. Er und seine Brüder waren der geschuppte Schild Albenmarks. Sie mussten stark und furchterregend sein. Das allein hielt die Devanthar zurück. Und ihm oblag es, den einen Weg zu finden, der ihn für seine Feinde zur Schreckensgestalt machte, für jene aber, die er schützen wollte, nicht zum Tyrannen werden ließ.

Einen Augenblick lauschte er auf Firaz. Er mochte diese rebellische Gazala. Ihre Gabe war besonders ausgeprägt. Oft war er geneigt, die Bilder der Zukunft, die sie sah, für besonders wahrscheinlich zu halten. Natürlich würde sich das ändern, je mehr er auf sie hörte, denn jede seiner Taten veränderte die Zukunft. Mochte er eine Katastrophe abwenden, so konnte das, was kurzfristig als ein Glück erschien, nur wenige Jahrhunderte später noch eine viel größere Katastrophe heraufbeschwören. Und alltäglich lauschte er den Worten des Schreckens. Geschichten über ein Banner, das einen schwarzen, abgestorbenen Baum zeigte und das über einem Albenmark wehte, das all seinen Zauber verloren hatte. Geschichten über blutige Kämpfe mit seinen Nestbrüdern, über Verrat und Intrigen, das Sterben der Götter und darüber, wie seine ganze Welt zerbrach, weil er sich von seinem Zorn hatte leiten lassen.

Doch heute sprach Firaz von einer Königin, und ihre Vision war so stark, dass sie Bilder vor seinem geistigen Auge entstehen ließ. Nachtatem sah eine kleine, zierliche Elfe, deren gelocktes Haar auf schneeweiße Schultern fiel. Sie bewegte sich inmitten einer prächtigen Hofgesellschaft. Die meisten Elfen, die sie umringten, waren größer und auch prächtiger gekleidet, doch diese kleine, zierliche Gestalt strahlte eine Macht aus, die Tand und

Körperliches verblassen ließ. Sie war die Herrin dieses Hofes und noch viel mehr: Sie herrschte über Albenmark!

Nachtatem wünschte, er würde ihren Namen kennen. Wer war sie, deren Lippen so rot wie Waldbeeren waren und in deren rehfarbenen Augen man zu versinken drohte? Er wünschte, die Vision wäre so intensiv, dass die Bilder von Lauten und Gerüchen begleitet würden, als sei er mitten unter jenen, die er nur in seinem Geiste sah. Unter Elfen, die womöglich erst in Jahrhunderten geboren werden würden. Fasziniert blickte er in die Augen der Herrscherin. Und erkannte tief auf ihrem Grund denselben Schmerz, den er so oft fühlte und den nur der zu empfinden vermochte, dem die Last einer Welt aufgebürdet war. So fremd sie einander waren, ihre Seelen waren verwandt, dessen war er sich ganz sicher. So nah …

Das Bild verblasste, und es drängten sich die Gedanken an Nandalee in sein Bewusstsein. Gedanken, gegen die er schon den ganzen Tag ankämpfte. Er wusste, dass sie den geschützten Felsgarten verlassen hatte und im Bainne Tyr auf Pirsch ging. Sie genoss es, durch die weite Savanne zu streifen, die riesigen Herden bei der Wanderschaft zu beobachten und das freie, ungebundene Leben einer Jägerin zu führen.

Nachtatem sehnte sich nach dem Geschmack frischen, warmen Blutes. Auch er war ein Jäger, doch die Last, der Erstgeschlüpfte zu sein, hatte dieses Vergnügen ein seltenes Gut werden lassen. Seine Nestbrüder frönten weit öfter ihren Begierden.

Nachtatems Schweif peitschte ins Wasser. Ein ärgerliches Schnauben entwich seinen Nüstern und ließ die nächststehenden Gazala in ihrem Murmeln verstummen. Aus der Trance gerissen, blickten sie ängstlich mit ihren blinden Augen zu ihm auf. Hin und wieder, wenn die Lust auf Blut und lebendes Fleisch zu übermächtig wurde, hatte er sich dazu hinreißen lassen, eine von ihnen zu schlagen. Sie waren kaum mehr als ein Happen. Nicht genug, um sein Verlangen wirklich zu stillen.

Er musste beherrschter sein, ermahnte er sich stumm, und versuchte das Bild Nandalees aus seinen Gedanken zu bannen. Sein Nestbruder, der Goldene, hatte sie in Gestalt Gonvalons genommen und vielleicht ein Kind mit ihr gezeugt. Nicht aus Lust, sondern um seinen abtrünnigen Fechtmeister zu bestrafen. Nandalee wusste nicht einmal von dieser Intrige. Manchmal waren es die Dinge, die man nicht wusste, die einen frei sein ließen. Er blickte über das weite Gewölbe, über die unablässig murmelnden Seherinnen, die ihm halfen, nach der besten Zukunft für seine Welt zu suchen. Vielleicht hatte er den falschen Weg beschritten. War es nicht gerade die Ungewissheit über die Zukunft, die ein Leben lebenswert machte? All das, was die Gazala ihm geflüstert hatten, hatte ihn nicht glücklicher gemacht. Im Gegenteil, mit jedem Jahr kämpfte er verbissener. Er hatte sich seinen Nestbrüdern entfremdet, und er beneidete eine junge Elfe, die frei als Jägerin durch die Savanne streifte und in der Nacht in den Armen ihres Geliebten liegen würde.

Die Himmelsschlange atmete tief ein. Er spürte, wie sich seine Lungen aufblähten, sich sein Rücken hob und das Feuer in ihm an Hitze gewann. Ließ er es frei, würden die Ketten zerschmelzen, die er sich selbst auferlegt hatte.

Ein langes Ausatmen, in dem er das Feuer freiließ, und auch er wäre befreit von dem endlosen Raunen über die Schrecken, die seine Welt erwarteten. Eine Welt, in der es für die Drachen keine Zukunft zu geben schien. Nein, so durfte er nicht denken! Er war der Erstgeschlüpfte! Von Geburt an dazu bestimmt, die Himmelsschlangen zu führen. Er würde kämpfen. Er war ein Drache! Wenn sie aus dieser Welt verschwinden sollten, dann würde dies nicht leise geschehen! Bis dahin würde er die Fesseln der Pflicht nicht abstreifen. Er würde ausharren und für die Alben streiten. Bis zuletzt.

Ein Gefühl, als berührten ihn tausend Hände zur gleichen Zeit, ließ die Himmelsschlange erzittern. Das magische Netz, das alles umspann, erbebte. Jede der Kraftlinien erzitterte wie eine Harfenseite, die zu stark angeschlagen worden war und zu reißen drohte. Ein Schauder durchlief Nachtatem. Ein großer Zauber war gewoben worden. Ein Zauber, wie ihn die Welt seit den Schöpfertagen nicht mehr gesehen hatte. Die Alben waren zurückgekehrt!

Rings umher war das unablässige Flüstern der Gazala verstummt. Angst spiegelte sich in ihren Gesichtern. Der Strom der Zeit schien angehalten zu haben. Selbst sie hatten nicht kommen sehen, was in diesem Augenblick geschah.

Die mächtigen Steine des Gewölbes knirschten. Feiner Staub rieselte von der Decke herab. Nachtatem spürte den Felsboden unter sich vibrieren. Die Erschütterung der magischen Welt setzte sich im Stofflichen fort. Ein Stein löste sich aus der Decke und schlug klatschend ins flache Wasser. Die blinden Blicke der Gazala waren auf ihn gerichtet.

Bleibt, meine Kinder, sprach er in ihren Gedanken und glitt von dem Felsen. Er spürte, wo der Zauber gewoben worden war. Tausende Meilen entfernt. Die Magie war ihm fremd, so lange schon hatte er die Zaubermacht der Alben nicht mehr gespürt. Ein seltsamer Schmerz berührte seine Seele. Ein Gefühl, wie er es zuletzt empfunden hatte, als der Purpurne von den Devanthar gemeuchelt worden war.

Ein Gedanke Nachtatems öffnete den nahen Albenstern. Fiebrige Erregung trieb ihn voran. Endlich würde er wieder vor seinen Schöpfern stehen!

Blutender Fels

Die roten Felsen hatten die Hitze des gleißend hellen Nachmittags in sich aufgenommen. Es war ein schwerer Aufstieg, auch wenn ihr Ziel nicht mehr fern war. Nandalee konnte die Wildrosen schon riechen.

»Dieser Ort ist für Elfen gemacht, die auf Pegasi reiten«, sagte Gonvalon hinter ihr.

»Und für Ziegen«, entgegnete Nandalee neckisch, während ihre Finger nach einem schmalen Spalt im Fels tasteten. Sie fand einen sicheren Griff und zog sich auf ein schmales Sims. Ihre Hände brannten, und ihre Fingernägel schmückten Halbmonde aus rotem Staub.

Gonvalon zog sich neben ihr auf den Felsvorsprung. Er kletterte mit beeindruckendem Geschick. Immer wieder überraschte er sie. Sie sollte sich wohl besser von ihren Vorurteilen gegenüber den Elfen trennen, die in Palästen fern der Natur aufgewachsen waren. Gonvalon hatte seine Jugend offensichtlich nicht allein mit Büchern und Kätzchen auf seinem Schoß verbracht. Der Schwertmeister grinste sie an, als könne er in ihren Gedanken lesen. »Du machst dich ganz gut als Ziege. Werde ich dich bei unserem nächsten Ausflug hierher überreden können, mit mir auf Nachtschwinge zu reiten?«

»Glaubst du nicht, dass es unter der Würde deines edlen Himmelsrosses ist, eine Ziege auf seinem Rücken zu tragen?«

Gonvalon näherte sich ihrem Gesicht bis auf wenige Zoll und flüsterte verschwörerisch: »Alle Hengste sind bestechlich. Wenn ich ihn danach für eine Woche zu den Stuten seiner Herde zurückkehren lasse, würde er seine Würde für einen kurzen Flug vergessen.«

»Und womit besticht man dich?«

»Ich habe gehört, dort oben gebe es einen verwunschenen See, in dem sich staubbedeckte Ziegen in unwiderstehliche Quellnymphen verwandeln. Um Zeuge dieses Wunders zu werden, täte ich fast alles.«

»Deine Gabe für Komplimente war es nicht, die dir den Ruf eingebracht hat, mit jeder deiner Schülerinnen eine Liebschaft zu haben.«

Gonvalon lachte schelmisch. »Stimmt. Solltest du es bis zum

See schaffen, erinnerst du dich vielleicht, was meinen besonderen Charme ausmacht.« Mit diesen Worten drehte er sich um und kletterte weiter die Felswand hinauf.

Nandalee sah ihm nach. Jede seiner Bewegungen war voller Anmut. Bei ihm schien es, als sei dort hinaufzukommen kaum schwerer, als einen sanften Hügel zu erklimmen. Mit einem Seufzer schob sie den Eibenbogen zurecht. Die lange Waffe behinderte sie beim Klettern. Ebenso der Köcher. Trotzdem würde sie auch die nächste Einladung zurückweisen, auf Nachtschwinges Rücken zum See zu gelangen. Sie würde nur noch auf einem Pegasus reiten. Dem prächtigen Hengst mit der Blesse auf der Stirn. Sie wusste auch schon, wie sie ihn nennen würde: Sternauge!

Sie tastete gerade mit zum Zerreißen gestreckten Armen nach einem sicheren Griff, als der Fels unter ihren Händen zu vibrieren begann. Über ihr ertönte das unselige Klackern von Steinen, die in weiten Sprüngen den Steilhang hinabstürzten. Nandalee drückte sich dicht an den Fels. Immer näher kam das Getöse einer Steinlawine. In fliegender Eile hetzte die Elfe das abschüssige Sims entlang, auf dem sie und Gonvalon eben noch gerastet hatte. Rings herum schlugen Steine auf.

Nandalee warf sich nach vorn und fand im letzten Augenblick Deckung unter einem Überhang. Als sie wieder aufsah, bemerkte sie etwa hundert Schritt links von ihr einen weiten Spalt in der Steilwand, aus dem ein dünnes Rinnsal über den Fels sickerte. Erneut bebte der Berg, und eine dichte Wolke roten Staubs quoll aus dem Spalt hervor. Ein wahrer Hagelschlag kleinerer Steine folgte und verwandelte das Wasser in blutroten Schlamm, der in zähen Schlieren den Fels hinabtroff.

»Nandalee?«, rief Gonvalon. Keinen Herzschlag später war er an ihrer Seite, kniete bei ihr und berührte sie sacht. »Bist du unverletzt?«

Sie nickte benommen und blickte unverwandt auf die Klamm. Es schien, als sei das Felsgestein verwundet worden und blute aus.

Einen Wimpernschlag lang quälte sie eine Vision. Ein Bild von Elfen, die unter stürzenden Gesteinsmassen begraben wurden. »Was ist geschehen?«

»Das war mehr als nur ein Steinschlag«, sagte Gonvalon. »Ich glaube, es hat ein leichtes Erdbeben gegeben. Wir haben Glück gehabt, unbeschadet davongekommen zu sein.«

Unheimliche Stille hatte sich über die Felswand gelegt. Nur vereinzelt erklang noch das Klackern eines rollenden Steins. Nandalee erhob sich und wollte schon das letzte Stück des Aufstiegs in Angriff nehmen, als plötzlich ein wütendes Fauchen zu vernehmen war. Es tönte aus der Klamm.

»Ein verwundetes Tier. Gehen wir nachsehen!« Nandalee musterte den Steilhang. Das Sims, auf dem sie standen, führte fast bis zum Einstieg in die Klamm. Allerdings wurde der Weg auf dem letzten Stück immer schmaler.

»Warum willst du dorthin?«, fragte Gonvalon überrascht. »Wir können ohnehin nicht helfen.«

»Weil ich eine Jägerin bin. Ich lasse keine Kreatur leiden. Das Mindeste, was ich tun kann, ist, ihr einen schnellen Tod zu schenken.«

»Weißt du, wie sich das anhört?« Wie um Gonvalons Worten mehr Gewicht zu verleihen, erklang wieder das wütende Fauchen. »Dir ist sicher nicht entgangen, dass der Dunkle mich im Jadegarten nicht duldet. Ich kenne die Kreaturen, die durch die Felsen pirschen. Es gibt hier einen großen, äußerst unfreundlichen Silberlöwen, der mir schon mehr als eine schlaflose Nacht bereitet hat. Wenn das Biest verreckt, werde ich ihm keine Träne nachweinen. Und weißt du, was er tun wird, wenn du ihm hilfst? Dir zum Dank die Hand abbeißen.«

Doch Nandalee kletterte schon los. Das Fauchen war immer wütender geworden, als würde die Raubkatze kämpfen. Natürlich wusste Nandalee, dass Gonvalon recht hatte. Mit einem verwundeten Silberlöwen war nicht zu spaßen. Wenn er sie nicht an sich heranließ, um ihm zu helfen, würde sie ihn vielleicht töten müssen.

Der Schwertmeister überholte sie. Es war unheimlich, wie schnell er war. Fast wie eine Spinne bewegte er sich über den steilen Fels. Und sie wusste, dass er seine Fertigkeiten nicht durch einen Zauber unterstützen konnte.

Er erreichte die Klamm vor ihr, streckte ihr die Hand entgegen und zog sie auf einen Felsvorsprung hoch. Unter ihnen lag eine enge Schlucht voller Geröll, durch das sich ein rotes Rinnsal kämpfte. Zwei entwurzelte Kiefern hingen zwischen den Felswänden verkeilt, nur gehalten von gesplittertem Astwerk, und drohten jeden Augenblick, auf den Grund der Schlucht hinabzustürzen.

Das Fauchen war verstummt. Die Raubkatze musste sie gehört haben.

Vorsichtig zog Nandalee ihr langes Jagdmesser und beugte sich vor. Der Silberlöwe musste hier irgendwo sein und könnte sie jederzeit anfallen. Er war verletzt und fühlte sich mit Sicherheit bedrängt. Gonvalon hatte recht gehabt mit seinen Einwänden. Ihr Vorhaben war unvernünftig.

»Dort!«, flüsterte der Schwertmeister und deutete auf einen Felsspalt auf ihrer Seite der Klamm. »Eine Höhle.«

Jetzt sah auch Nandalee sie. Der Eingang war halb verschüttet. Ein schwerer Felsblock versperrte den Ausgang und ließ nur einen Spalt von weniger als zwei Handbreit offen. Vorsichtig pirschte Nandalee über den Hang voller Bruchstein und Geröll bis zum Eingang und spähte ins Dunkel. Sie konnte nichts entdecken. Kein Laut drang aus der Höhle. Die Elfe öffnete ihr Verborgenes Auge, und ihr Blick auf die Welt änderte sich. Sie sah das verschlungene Netz aus Kraftlinien, und dann entdeckte sie den Silberlöwen. Er presste sich hinter dem Felsbrocken zu Boden, bereit, jeden anzugreifen, der in die Höhle eindrang.

Sie gab Gonvalon, der ihr gefolgt war, ein Zeichen, dass sie das Raubtier entdeckt hatte, und deutete auf einen gesplitterten Zedernstamm, der nicht weit entfernt auf einem Felsvorsprung lag. Sie benötigten einen Hebel, wenn sie den Stein vor dem Eingang bewegen wollten. Der Schwertmeister warf ihr einen verzweifelten Blick zu, holte aber den Stamm.

»Wenn das Vieh herauskommt, wird es als Dank einen von uns zum Nachtmahl erwählen.«

»Ich leugne nicht, dass das geschehen könnte.«

»Warum machen wir es dann?«, grollte Gonvalon.

»Weil es das Richtige ist. Und weil wir Drachenelfen sind. Es ist unsere Aufgabe, das Richtige zu tun.«

Ein Lächeln stahl sich ins ebenmäßige Gesicht des Schwertmeisters. »Ich würde sagen, es gibt unter den Drachenelfen nur wenige, die deine Auffassung über unsere Pflichten teilen würden.«

»Ich werde dafür sorgen, dass es mehr werden. Und jetzt komm, verkanten wir den Stamm dort unten und hebeln den Fels zur Seite.« Es war gefährlich, nur einen Schritt am Abgrund den jungen Baumstamm zu balancieren. Schließlich gelang es Nandalee und Gonvalon, den Stamm zwischen einen kopfgroßen Stein und den Felsbrocken zu klemmen. Mit vereinten Kräften stemmten sie sich dagegen. Kurz schafften sie es, den Fels anzuheben, dann polterte er wieder in seine Ausgangsposition zurück. Aus der Höhle erklang jetzt ein ängstliches Fauchen. Der Silberlöwe würde nur dann entkommen, wenn er den Augenblick nutzte, in dem der Fels in der Schwebe war. Doch statt nach draußen zu flüchten, hatte er sich nun in das äußerste Ende der engen Höhle zurückgezogen.

Dreimal versuchten sie es. Und dreimal verließ der Jäger sein Gefängnis, das ihm zum Grab werden würde, nicht.

Gonvalon schüttelte resigniert den Kopf. »Wir haben alles versucht. Überlassen wir die Katze ihrem Schicksal. Vergiss nicht, ich werde ruhiger schlafen, wenn sie nachts nicht mehr durch die Felsen schleicht.«

Es war vernünftig, was er sagte, und doch wollte Nandalee seine Worte nicht hören. Sie starrte den Felsen an, als könnte sie ihn allein kraft ihres Willens bewegen. Vielleicht wäre das möglich? Sie starrte und starrte. Versuchte, sich im Geiste vorzustellen, wie sich der riesige Gesteinsbrocken bewegte, aber nichts geschah. Einen solchen Zauber zu weben war ihr offenbar nicht gegeben. Allerdings gäbe es noch eine letzte Möglichkeit. Gonvalon würde es hassen! Es wäre besser, ihm nicht zu sagen, was sie plante, sondern es einfach zu tun.

Sie ging in die Hocke und näherte sich vorsichtig dem Spalt im Fels.

»Was machst du da?«

Nandalee legte einen Finger auf ihre Lippen und öffnete erneut ihr Verborgenes Auge. Sie sah die Aura des Silberlöwen. Seine Angst. Ruhig redete sie auf ihn ein, suchte im Geiste nach seinen Gefühlen. Flach auf den Boden gedrückt, näherte er sich dem Eingang. Er wollte kämpfen. Sie versuchte, Bilder in das Bewusstsein des Tieres fließen zu lassen. Zeigte ihm, wie es schnell durch den Spalt schlüpfen musste, sobald sich der Fels bewegte. Sie ließ ihn die verwüstete Klamm hinaufstürmen. Fort, in Freiheit und Sicherheit.

Ein leises Knurren drang aus dem Spalt. Hatte er verstanden? Die Elfe war sich nicht sicher, ob es überhaupt eine Verbindung zwischen ihnen gegeben hatte. Aber ein Jäger, der sich geduckt anschlich, würde nicht knurren – er würde lautlos näher kommen, wenn er sie angreifen wollte. Oder würde er in seiner Panik nach allem schnappen, was sich ihm näherte? Es war unmöglich einzuschätzen, wie sich ein Raubtier, das in der Falle saß, verhalten würde. Wenn sie ganz sicher sein wollte, dass ihre Gedanken den Silberlöwen erreicht hatten, müsste sie ihn berühren. Sie musste ein Band zu ihm herstellen. Hinter sich hörte sie Gonvalon scharf einatmen, als er begriff, was sie vorhatte.

Nandalee streckte den Arm durch den Spalt. Ohne Zögern, ohne Angst. Wenn sie nach Furcht roch, dann würde die Raubkatze sie für Beute halten und angreifen. Das war ihr Instinkt.

Ein Tatzenhieb traf ihre vorgestreckte Hand. Nandalee zuckte nicht zurück, auch wenn ihr Herzschlag für einen Augenblick aussetzte. Der Silberlöwe hatte seine Krallen nicht ausgefahren. Er hatte sie verstanden, dass wusste sie nun. Er würde die Gelegenheit zur Flucht nutzen.

Nandalee erhob sich. Ihre Hand schmerzte. Der Tatzenhieb war mit viel Kraft geführt worden. Sie wusste, der Silberlöwe hatte nicht anders gekonnt. Sie verstand das. Sie waren nicht von gleicher Art und doch verwandte Seelen. Beide waren sie Jäger.

Gonvalon zog sie an sich, küsste sie leidenschaftlich, fast schon gierig. »Du bist vollkommen verrückt«, murmelte er zwischen seinen Küssen. »Verrückt! Tu so etwas nie wieder. Hörst du? Ich dachte, das Mistviech würde dir den Arm abreißen.«

Behutsam schob Nandalee den Schwertmeister ein wenig zurück, sah ihm in die Augen. Sanfte Missbilligung lag in seinem Blick. Und doch wusste sie, er würde ihr helfen. »Wir müssen ihn befreien. Ich habe es ihm versprochen. Und dann gehöre ich ganz dir.« Ihre Beine zitterten. Ihr war bewusst, welches Risiko sie eingegangen war, und sie sehnte sich danach, in Gonvalons Armen zu liegen, dem sichersten Ort auf allen Welten. Er hatte sich dem Goldenen widersetzt und den Immerwinterwurm erschlagen – nur für sie. Sie würde ihm für immer gehören. Jede Jagd würde damit enden, dass sie den Schmerz der Trennung und alle Gefahren im wilden, innigen Liebesspiel vergaßen. Ganz gleich, wie weit sie im Dienst des Dunklen von ihm fortgehen musste, sie würde immer wiederkehren. Und sie würde ihn immer lieben, bis ans Ende aller Zeiten.

»Du wirst ihn also herausholen«, sagte Gonvalon, »aber lass es uns schnell tun. Ich will dich …« Er strich ihr bei den letzten Worten zärtlich über den Arm, und ein wohliges Schaudern durchlief sie. Sie wollte ihn auch, so sehr wie seit Tagen nicht mehr.

Wieder stemmten sie sich mit vereinten Kräften gegen den Baumstamm, und diesmal nutzte der Silberlöwe den kurzen Moment, in dem sich der Spalt vor der Höhle erweiterte. Er schlüpfte ins Freie, machte ein paar weite Sätze die Klamm hinauf und blieb dann abrupt stehen. Sein glänzendes, weißsilbernes Fell war mit rotem Staub und Schlammspritzern bedeckt. Mit goldenen Augen fixierte er Nandalee einige Herzschläge lang, dann stieg er langsam wieder die Klamm hinab.

Gonvalons Hand fuhr zum Schwert.

»Ruhig«, flüsterte Nandalee, obwohl auch sie angespannt war. Die Raubkatze ließ sie nicht aus den Augen. Nandalee versuchte, Bilder in den Gedanken des Silberlöwen entstehen zu lassen und in seinen Gefühlen zu lesen. Je näher das große Tier kam, desto stärker wurde die Verbindung, und dann, plötzlich, hatte Nandalee Teil an all seinen Gefühlen. Seine Gedanken waren ein Chaos widerstreitender Instinkte. Er hatte Hunger und war verängstigt, wollte davonlaufen, aber auch Beute reißen. Er war ein Einzelgänger ohne Weibchen. Und er wusste, dass die beiden Elfen ihn gerettet hatten.

Nandalee griff nach Gonvalons Arm. Er war beängstigend schnell mit der Klinge. Sie zweifelte nicht daran, dass er den Silberlöwen mit einem einzigen Stich töten könnte, aber sie wollte nicht, dass es so endete. Die Elfe ließ Bilder entstehen, wie sie gemeinsam mit Gonvalon in der Savanne auf Jagd gegangen war. Sie beide waren ein Rudel. Ein dunkles Knurren kam tief aus der Kehle der Katze. Nandalee spürte ein neues Gefühl in den Gedanken des Löwen: Einsamkeit.

Er war der Einzige seiner Art im Jadegarten. Oft hatte er versucht, den verwunschenen Wüstenstreifen, der die Felsoase umschloss, zu durchqueren und in die weite Savanne des Bainne Tyr zu gelangen. Doch nur wer fliegen konnte, vermochte in den Jadegarten zu gelangen oder ihn zu verlassen. Wer die Wüste am Boden durchquerte, entfesselte einen magischen Sandsturm, sobald er eine unsichtbare Schwelle überschritt. Einen Sturm, der jegliches Leben auslöschte.

Nur wenige Schritte vor ihnen verharrte der Silberlöwe. Mit

weiten Nüstern schnupperte er mehrere Male. Dann plötzlich drehte er sich um und sprang mit weiten Sätzen davon.

»Was war das?«, fragte Gonvalon verwirrt.

Noch immer schwang das Gefühl der Einsamkeit des Tiers in Nandalee nach. »Ich glaube, er wollte sich unserem Rudel anschließen. Er hat unsere Witterung aufgenommen. Er wird uns nicht vergessen.« Sie zog Gonvalon an sich und küsste ihn leidenschaftlich, doch die Ahnung von Einsamkeit hatte sich tief in ihr eingenistet und wollte nicht mehr weichen. Sollte sie Gonvalon je verlieren, würde sie wie der Silberlöwe sein.

Der enthauptete Löwe

Barnaba reichte dem Wasserverkäufer seinen Becher zurück und verscheuchte mit fahriger Geste die Fliegen, die ihm überallhin zu folgen schienen. Er kauerte auf einer niedrigen Mauer und betrachtete unschlüssig das Treiben auf dem weiten Platz vor dem Goldenen Tor. Tausende warteten dort auf ihre Reise durch das Dunkel des Nichts, während zur selben Zeit unablässig Karawanen von Daia durch das Tor in die neue Welt traten.

Sie brachten Waren jeglicher Art, Sklaven, Glücksritter und exotische Tiere für die Paläste der Statthalter. Schon auf dem Platz vor dem Weltentor wurden die Arglosen unter den Neuankömmlingen zu Dutzenden ausgenommen. Nangog war eine Welt, die Menschen verschlang.

Doch an Menschen herrschte kein Mangel. Zu wunderbar waren die Geschichten, die inzwischen bis in die entferntesten Winkel der sieben großen Reiche Daias gedrungen waren. Wer fleißig und beherzt war, den machte diese Welt reich. Wie viele auf der Suche nach dem Glück nur Elend und Tod fanden, wurde nicht erzählt.

Auch Barnaba war sich nicht mehr sicher, ob es die richtige Entscheidung gewesen war, hierherzukommen. Er war immer noch geschwächt von seinen Wunden. Sein Herz war gebrochen. Er konnte nicht aufhören, an Ikuška zu denken.

Seine Rechte schloss sich fester um den Griff des Dolches, den er unter seinem Gewand verborgen trug. Der Gedanke, sie zu rächen, gab ihm die Kraft weiterzumachen

Obwohl er schon oft in Nangog gewesen war, war er nie auf sich allein gestellt gewesen. Damals hatte er in Statthalterpalästen und Tempeln verkehrt, nun aber wusste er nicht, wohin er gehen sollte. Oder … nein, das war nicht ganz richtig. Wohin er wollte, wusste er, doch hatte er keine Ahnung, wie er es schaffen sollte. Es gab eine Sekte, die die Grünen Geister anbetete und die in dem Himmelspiraten Tarkon Eisenzunge einen Fleisch gewordenen Krieger dieser Geister sah. Zu Tarkon musste er gelangen. Der Pirat verfügte über Wolkensammler, jene großen, schwebenden Kreaturen, die in ihren Fangarmen Schiffe über den Himmel von Nangog trugen. Tarkon würde ihm helfen, das Traumeis zu finden und diese Welt zu verändern, da war Barnaba sich sicher.

Wie aber konnte er den ersten Schritt tun? Jene, die zu den Grünen Geistern beteten, waren äußerst misstrauisch. Ihr Kult war verboten, ihre Priester wurden öffentlich hingerichtet und alle übrigen Anhänger ohne Ansehen ihres Standes zur Arbeit in den Bleiminen verdammt, was ebenfalls einem Todesurteil gleichkam, nur dass der Tod dort einen unendlich längeren und qualvolleren Weg nahm.

Sein Blick wanderte unstet über den Platz. Gleich zwei silberne Löwen standen beim Goldenen Tor, um ihren Karawanen Wege durch das Nichts zu öffnen. Hunderte Lastenträger kauerten am Boden, während zwischen ihnen Wächter mit Dornstöcken patrouillierten und darauf achteten, dass niemand das Stirnband oder die Schulterriemen der Tragekörbe öffnete. Sie alle sollten sich bereithalten, auf einen Zuruf hin sofort abmarschbereit zu sein. Auch etliche Sänften warteten auf die Weiterreise. Wer sich wohl hinter den halb durchsichtigen Gazeschleiern verbarg? Barnaba war sich sicher, dass ihm einige Gesichter bekannt wären. Einst war er selbst in einer Sänfte durch die Stadt getragen worden …

Er sah an sich herunter, betrachtete die Sandalen mit den geflickten Lederschnüren, das schmutzige Tuch seines Wickelrocks und seine fadenscheinige Tunika, über der er einen schmutzstarrenden Umhang trug. Dazu der lange Stab, auf den er sich stützte. Er wusste, dass sein Gesicht hager geworden war, und es hatte lange kein Rasiermesser mehr gesehen. Er musste keine Sorgen haben. Niemand würde in ihm den ehemaligen engsten Vertrauten des Hohepriesters von Aram, Abir Ataš, wiedererkennen. Er war kaum mehr als ein Bettler. Flüchtig tastete seine Linke über die Geldkatze an seinem Gürtel. Er hatte drei Silberstücke und ein paar Kupfermünzen auf dem Schlachtfeld zusammengerafft. Weit würde er damit nicht kommen. Er musste sich Gedanken machen, wovon er leben sollte. Schöne Worte und mitreißende Predigten waren seine Begabung, doch außerhalb von Tempelmauern ließ sich damit nicht viel gewinnen.

Die Mauer, auf der er kauerte, erzitterte unter ihm. Alles ringsum zitterte. Vergoldete Schindeln rutschten von den Dächern der Kaufmannspaläste, die den weiten Platz säumten. Eines der Baugerüste an den Monumentalstatuen der Götter, die neben dem Goldenen Tor aus dem hoch aufragenden Fels geschlagen wurden, stürzte in sich zusammen. Die Schreie der Steinmetze gellten weit über den Platz, auf den sich einen Herzschlag lang erschrockene Stille gelegt hatte. Dann zersplitterte die Ruhe in tausendfache Schreie. Der Boden bebte noch stärker, und plötzlich rannte alles durcheinander.

Barnaba sprang von der Mauer. Rings um den Platz, dort, wo Prachtalleen und schmale Gassen in die Stadt führten, die sich auf zahllosen Terrassen entlang der Steilhänge des Weltenmundes erstreckte, entstand ein mörderisches Gedränge. Fast alle versuchten fortzukommen. Nur wenige strebten zur Mitte des Platzes. Barnaba war überzeugt, dort am sichersten zu sein.

Ein Gildenhaus schüttelte sein Dach ab, und ein Hagelsturm von Schindeln ging auf jene nieder, die sich zum Eingang der Sonnenallee geflüchtet hatten, die hinab zum großen Kornhafen führte. Risse taten sich in den Steinplatten des weiten Platzes auf. Barnaba sah eine Haremsdame, die unter einer gestürzten Sänfte eingeklemmt war. Er versuchte, ihr zu Hilfe zu eilen, wurde aber von einer Horde flüchtender Lastenträger abgedrängt.

»Die Götter haben uns verlassen«, erklang ein gellender Schrei hinter ihm. »Seht! Seht die Götterbilder!«

Am Goldenen Tor klaffte ein breiter Riss in der Brust des Löwenhäuptigen, und ein Flügel Ištas war abgebrochen und zu Boden gestürzt. Noch während der Priester die Monumentalbilder anstarrte, weitete sich das Netzwerk von Rissen, das durch die Felswand und die daraus geschlagenen Götterbilder lief, weiter aus, und plötzlich kippte der Kopf des Löwenhäuptigen zur Seite. Mit einem Getöse wie ein Donnerschlag krachte er auf den Platz, rollte noch ein Stück und blieb dann mit dem Gesicht im Staub liegen.

Wer nicht zu den Straßenmündungen geflohen war, warf sich zu Boden und von überallher hob ein Jammern und Flehen an, wie Barnaba es noch in keinem Tempel gehört hatte. Er selbst war zu lange Priester gewesen, um noch an Omen zu glauben. Aber ihm war klar, was das einfache Volk in einem enthaupteten Gott und einer Išta, die die Hälfte ihrer Flügel verloren hatte, sehen würde.

Während fast alle knieten, eilte er zu der gestürzten Sänfte. Der Anblick der jungen Frau, die unter dem schweren Holzrahmen der Sänfte eingekeilt war, rührte ihn. Sie hatte makellos weiße Haut, die nun von Tritten entstellt war. Ihre grünen Augen starrten blicklos in den grauen Himmel. Die Flüchtenden hatten sie zu Tode getrampelt.

Barnaba kniete neben ihr nieder und schloss ihre Lider. Dann raubte er ihre Halsketten und ihre schweren goldenen Armreifen.

Die Götter hatten auch ihm ein Zeichen gesandt, dachte er mit zynischem Lächeln. Er würde in den nächsten Wochen nicht hungern müssen, selbst wenn er bei einem Hehler nur einen Bruchteil dessen bekäme, was der Schmuck tatsächlich wert war.

Noch wichtiger als die Gelegenheit zum Diebstahl war etwas ganz anderes. Er wusste, was in der Nacht passieren würde. Ein solches Zeichen der Götter war zu willkommen, um nicht vereinnahmt zu werden. Er würde sich auf die Lauer legen, und auch seine zweite Sorge würde sich von ganz allein erledigen. Er blickte zu dem enthaupteten Löwenhäuptigen auf. Er hatte seinen Glauben verlieren müssen, um zum ersten Mal Hilfe durch die Götter zu erhalten.

Die Zeit des Blutes

Nachtatem war der Erste, der durch den Albenstern nahe der Blauen Halle trat. Voller Erwartung sah er sich um. Der Weg hinauf zum Eingang des Elfenrefugiums war von entwurzelten Bäumen gesäumt. Einzelne, große Felsbrocken lagen zwischen dem zersplitterten Holz. Hinter den geschwungenen Dornenranken eines Waldbeerdickichts stand ein Reh und blickte ihn mit schreckensweiten Augen an.

Es roch nach Holz, zerfetztem Grün und frisch aufgeworfener Erde. Was um alles in der Welt hatten die Alben hier getan?

Hinter Nachtatem trat sein flammend roter Bruder durch den Stern. Er spürte den Schrecken und den Schock des Roten, und als hätte es dieses letzten Anstoßes bedurft, wurde ihm bewusst, dass dies hier niemals das Werk der Alben sein konnte.

Der Drache weitete seine Schwingen und glitt wie ein Schatten über den Himmel hinauf, dorthin, wo sich einmal der verborgene Eingang zur Blauen Halle befunden hatte. Der ganze Hang war abgerutscht. Nichts sah mehr vertraut aus. Es war unmöglich zu erkennen, wo einmal der Einstieg gewesen war. Überall, rings im Wald und auch auf den weiter entfernten Wiesen, sah er seltsame Kuhlen, als sei der Boden in die Tiefe gerutscht.

Der Rote landete neben ihm auf der Lichtung vor dem verborgenen Tor. Er wirkte fremd, sein sonst so aufbrausendes Temperament war verloschen. *Spürst du es auch, Bruder? Diesen Schmerz, tief in deinem Inneren. Es ist wie damals.*

Der Dunkle betrachtete das verwüstete Land durch sein Verborgenes Auge. Auch die Kraftlinien waren gestört. Nie seit den Tagen der Weltenschöpfung, hatte er etwas Vergleichbares gesehen. Die Linien leuchteten so hell, dass selbst der Blick durch das Geistauge schmerzte, als bohre sich langsam ein glühender Dolch in seinen Kopf.

Der hinter einem Blendzauber verborgene Eingang zur Blauen Halle war gänzlich verschwunden.

Kein Fels versperrte dem Dunklen die Sicht, wenn er auf diese Weise die Welt betrachtete. Er neigte das Haupt und sah hinab in die Tiefe, dorthin, wo die Hallen hätten sein sollen und die Auren der Albenkinder, die dort wohlverborgen und geschützt tief im Inneren des gewachsenen Felsens ihren Arbeiten nachgingen. Doch da war nichts. Nicht einmal eine Maus. Nur der Abglanz einer Macht, die entlang der Kraftlienen hinab ins Gestein gelenkt worden war. Und da begriff der Erstgeschlüpfte, was geschehen sein musste …

Der Rote fauchte auf. Ihrer beider Gedanken waren miteinander verbunden gewesen. Sein Nestbruder weigerte sich zu akzeptieren, was die einzige Erklärung für das war, was sie hier sahen. Die Blaue Halle gab es nicht mehr! Ein Himmel aus Gestein war über den ausgedehnten unterirdischen Sälen zusammengebrochen und hatte alle dort unten für immer unter sich begraben. *Alle.*

Auch seinen Bruder, den sie den Himmlischen genannt hatten. Die Devanthar hatten ein zweites Mal eine Regenbogenschlange ermordet!

Der Himmel über ihnen füllte sich mit Schwingen. Jetzt waren all seine Brüder hier, und der Schmerz, der sie miteinander verband, überwältigte Nachtatem. Aber es war nicht allein Schmerz. Alle außer dem Roten waren bis auf den Grund ihrer Seele erschrocken. Der Tod spielte in ihrem Denken bisher keine Rolle. Sterben war etwas für andere. Sie existierten seit den ersten Tagen der Schöpfung. Sie hatten die Welt entstehen sehen. Sie alterten nicht. Und außer den Alben, die es aufgegeben hatten, das Schicksal Albenmarks formen zu wollen, gab es kein Geschöpf auf dieser Welt, das ihnen gefährlich werden konnte.

Und dennoch war der Himmlische inmitten dieses Friedens von einem Augenblick zum anderen gestorben. Ohne Vorwarnung hatte der Tod nach ihm gegriffen. Und mit ihm war auch etwas in ihnen allen gestorben: die Gewissheit, unberührbar zu sein.

Nachtatem spürte neben dem Schreck auch den Zorn seiner Brüder. Manche empfanden Mitleid mit dem Himmlischen. Andere waren noch nicht so weit. Sie rangen noch darum zu begreifen, dass ihr Bruder, der sie ungezählte Jahrhunderte begleitet hatte, nun nicht mehr unter ihnen weilte. So zahlreich waren die Facetten der Gefühle, dass Nachtatem zuletzt einen Zauber wirkte, um nicht länger mit den anderen verbunden zu sein.

Der Goldene sah ihn misstrauisch an. *Hast du Geheimnisse vor uns, mein Bruder?*

Nun blickten all seine Nestbrüder zu ihm.

Wir dürfen uns nicht unseren Gefühlen hingeben. Wir müssen begreifen, was hier geschah und warum, antwortete er.

Was ist hier nicht zu begreifen? Die Gedanken des Flammenden waren wie ein Feuersturm. Er dachte nicht daran, seinen Zorn zu unterdrücken. *Folgen wir ihnen, Brüder! Sie haben eine Fährte im Goldenen Netz hinterlassen. Noch wird es leicht sein, sie zu stellen. Die Zeit zu reden ist vorüber. Nun ist die Zeit des Blutes gekommen.*

Wäre ich an Stelle der Devanthar, dann wäre dies genau die Reaktion, auf die ich hoffen würde, wandte der Smaragdfarbene ruhig ein. *Dies hier ist erst der Anfang. Sie erwarten, dass wir ihnen in kopfloser Wut folgen, um uns in eine Falle zu locken und alle miteinander zu vernichten. Dies ist ein Schlachtplan, der ihrer Heimtücke entspricht.*

Wie könnten wir auf eine solche Provokation nicht reagieren, Brüder?, empörte sich der Nachtblaue. Er hatte seine Krallen tief in den Boden gegraben. Sein dunkler Leib war angespannt wie bei einem Raubtier, kurz bevor es seine Beute anspringt. *Sind es Hasenherzen, die in eurer Brust schlagen, Brüder? Wie könnt ihr zögern zu kämpfen?*

Steckt ein Hasenhirn in deinem Schädel?, entgegnete der Goldene. Nachtatem vermochte seinen Bruder kaum anzuschauen, so hell brach sich das Sonnenlicht auf seinen Schuppen. Es schien, als sei er kein Geschöpf aus Fleisch und Blut, sondern allein aus Luft und Sonnenstrahlen gewoben.

Wer ohne Plan in die Schlacht zieht, der liefert sich seinem Gegner aus. Versteh mich nicht falsch, Bruder, auch ich will ihr Blut schmecken, doch es wird umso süßer sein, wenn sie uns ausgeliefert sind. Dies hier war ein Sieg der Devanthar. Wir müssen dies anerkennen und kühlen Kopf behalten.

Fehlt dir der Mut, für unseren Bruder zu kämpfen? Den Tod unserer Elfen zu rächen? Sie haben uns treu gedient. Sie haben ihre Leben für uns gewagt. Sie waren unsere Augen an all den Orten, die wir nicht betreten konnten. Nun sind uns diese Augen herausgerissen worden, und du sagst, wir müssen diesen Sieg der Devanthar anerkennen. Ist es für dich so, als hätten wir nur eine Figur auf einem Spielbrett verloren? Diese Elfen hatten sich uns verschrieben, und du tust ihren Tod mit kühlem Kopf und einem Achselzucken ab? Der Nachtblaue schien jeden Augenblick über den Goldenen herfallen zu wollen. Aus seinen Augen sprühten Hass und Verachtung. Der Himmlische hatte stets ausgleichend auf seine Brüder gewirkt. Sie hatten mehr als nur einen Bruder verloren, dachte Nachtatem und schob seinen Leib vor den Goldenen. Die Balance zwischen tollkühnem Mut und Besonnenheit würde ihnen ohne die Weisheit des Himmlischen entgleiten.

Keiner von uns hat gesehen, was hier geschehen ist. Nachtatem blickte zum Leichnam eines Kobolds, der halb verborgen unter einem Haselbusch lag. Er war Zeuge des Zaubers gewesen, der hier gewirkt worden war. Und es schien ihm nicht gut bekommen zu sein. *Ich sehe keine Wunden auf seinem Leib. Was mag ihn getötet haben?* Nachtatem hoffte darauf, die Aufmerksamkeit seiner Brüder abzulenken und so verhindern zu können, dass der Streit weiter eskalierte. Er hatte keine Ahnung, was den Kobold umgebracht hatte. Aber wenn der Nachtblaue und der Goldene voneinander abließen, war der Kobold zumindest nicht vergebens gestorben.

Der Smaragdene zog den Kobold unter dem Gebüsch hervor, tastete über dessen Leib und zwang schließlich mit seinen Krallen den Mund des Toten auf. Dünner, hellblauer Rauch quoll über die Lippen des Kobolds.

Nachtatem nahm Witterung auf. Es roch nach verbranntem Fleisch.

Die Krallen des Smaragdenen tasteten weiter über den Leib des Kobolds. Seine Klaue spannte sich, spaltete ohne Mühe das Brustbein des Kobolds und teilte Fleisch und Knochen bis hinab zu den Lungen. Noch mehr Rauch stieg aus dem Kadaver auf. Nun war er von dunklerer Farbe.

Er ist von innen heraus verbrannt. Die Krallen des Smaragdenen griffen nach dem Kopf des Toten. *Es kam von seiner Stirn. Durch sein Verborgenes Auge. Es war …* Der Schwanz der Himmelsschlange peitschte durch das niedergetrampelte Gras. *Es war das Licht der Magie, das ihn getötet hat. Er hat gesehen, was nicht für Sterbliche bestimmt war.* Der Smaragdene hob sein Haupt und sah sie einen nach dem anderen an. *Wir müssen den Alben berichten, was hier geschehen ist.*

Glaubst du, ein solcher Zauber könnte ihnen entgangen sein?, spottete der Goldene.

Es war ein Gedanke, den sie alle gehabt hatten. Doch jeder ging anders damit um. Nachtatem nahm wieder Verbindung zu seinen

Brüdern auf und spürte Zorn, aber auch Niedergeschlagenheit. Allein der Goldene reagierte ungewöhnlich. Er schien es nicht anders erwartet zu haben. Ja, es kam Nachtatem fast so vor, als sei er zufrieden damit, dass sich die Schöpfer ihrer Welt für nichts mehr interessierten.

Ihr alle habt gespürt, wie das magische Netz erbebte, erhob sich plötzlich die Stimme des Goldenen in ihren Gedanken. *So stark, dass diese Macht auf die stoffliche Welt übergriff. Ich bin sicher, dass zumindest nahe der großen Albensterne die Erde bebte. Die Devanthar haben eine Macht entfesselt, die Welten erschaffen oder vernichten kann. Ihnen einfach nachzusetzen wäre töricht. Aber glaubt mir, von nun an kenne ich nur noch einen Gedanken: Ich will ihr Blut vergossen sehen! Und ich werde nicht zu den Alben gehen, um sie um ihre Erlaubnis zu fragen.*

Es erschreckte Nachtatem zu spüren, wie umfassend die Zustimmung seiner Brüder war. Nun also war der Bruch mit den Alben besiegelt. Er musste einschreiten. *Und wenn es das ist, was die Devanthar wollen? Vielleicht möchten sie als Erstes einen Keil zwischen die Alben und uns treiben. Und glaubt ihr wirklich, wir könnten die Devanthar besiegen? Sie sind Weltenschöpfer. Wenn sie ihre Macht vereinen, dann sind sie uns um ein Vielfaches überlegen.*

Du willst also feige warten, bis sie erneut zuschlagen?, begehrte der Flammende auf.

Ich will, dass sie uns nicht noch einmal so schwer treffen wie an diesem Tag. Sie sind nach der Vernichtung der Blauen Halle nach Daia zurückgekehrt, das glaubt ihr doch? Was hindert sie daran, von dort auf einem anderen Albenpfad zur Weißen Halle zu ziehen? Wir müssen damit rechnen, dass dies nicht ihr einziger Angriff bleibt. Schützen wir die Weiße Halle! Wir müssen sie auflösen. Und wir müssen unsere Refugien auf ihre Angriffe vorbereiten. Wenn sie wussten, wo die Blaue Halle zu finden ist, wer von uns kann dann sagen, was sie noch alles wissen? Nachtatem spürte ihre Sorge nach seinen Worten. Und zumindest der Smaragdene und der Goldene waren sich sehr wohl bewusst, dass die Devanthar mächtiger waren als sie. Ein unbedachtes Vorgehen würde nur zu ihrem Untergang führen. Nun waren seine Brüder auch in der Stimmung, einem ganz anderen Plan zuzuhören. Einem Plan, über den er schon lange gebrütet hatte.

Ich weiß, wie wir den Devanthar schweren Schaden zufügen können. Teilt meine Gedanken, und dann lasst uns in aller Eile aufbrechen, auf dass wir schützen, was uns anvertraut wurde. Schüler und Meister der Weißen Halle müssen sich in alle Winde zerstreuen.

Der Goldene war erbost, doch Nachtatem hatte mit nichts anderem gerechnet. Seine übrigen Nestbrüder aber stimmten zu. Ja, sie waren begeistert.

Die Devanthar würden den Tag bereuen, an dem sie zur Blauen Halle gekommen waren.

Die Bettlerin

Die Doppelmonde Nangogs waren schon weit über den Himmel gewandert, als Barnaba sie sah. Auf den ersten Blick schien sie nur eine Bettlerin zu sein. Sie schlich über den weiten Platz vor der Goldenen Pforte. Das Tor jedoch war geschlossen, was selten geschah. Kaum je ebbte der Strom von Menschen und Lasttieren ab, der, wie die Gezeiten des Meeres, mal in die eine, dann in die andere Richtung wogte. Nach dem Beben war er jedoch versiegt.

Barnaba glaubte, die Unruhe, die auf der Stadt lastete, noch immer spüren zu können. Die Goldene Stadt klang anders. Vielleicht lag es aber auch einfach daran, dass er hier zum ersten Mal nicht wohlbehütet in einem Tempel oder Palast nächtigte, sondern auf einem offenen Platz wie ein Bettler.

Der Kopf des Löwenhäuptigen ragte noch immer zwischen Trümmern und Geröll hervor. Die geborstenen Balken der Gerüste, auf denen die Steinmetze gearbeitet hatten, waren fortgeräumt, die Verletzten und Toten längst davongetragen, Staub und

Blut vom Pflaster gewaschen. Doch um den riesigen Kopf zu bewegen, würde man einen Kran errichten müssen. Und was war mit dem Kopf eines Devanthar zu tun? Man konnte ihn nicht wieder auf die zerstörte Statue setzen. Dazu war der Schaden zu groß. Aber man konnte ihn auch nicht einfach in Teile zerschlagen.

Barnaba blickte zu den riesigen Wolkensammlern mit ihren aufgedunsenen Leibern empor, unter denen Palastschiffe und bauchige Kauffahrer festgebunden waren. Dutzende dieser Kreaturen schwebten über der Stadt am Hang, festgeklammert an den himmelragenden Ankertürmen. Sie bewegten sich sacht im sanften Abendwind, der von den weiten Reisfeldern am Fluss zum Hang hinaufwehte. Die Brise trug das unablässige Klappern und Rauschen der Wasserräder heran, die das kostbare Nass zu den Palästen auf den höchstgelegenen Terrassen am Kraterrand emporhoben. Von irgendeinem der Dächer der Lagerhäuser, die den weiten Platz umstanden, erklang leises, wehmütiges Flötenspiel.

Barnaba streifte seine Sandalen ab, um der Bettlerin lautlos zu folgen, die von Schatten zu Schatten hinkte. Dabei schlug die flache Schale, die an ihrem Stab hing, bei jedem Schritt klappernd gegen das knotige Holz. Genau wie sie drückte er sich an Mauern entlang und achtete darauf, sich nicht in die schutzlose Weite des Platzes zu begeben, wo er für jeden weiteren heimlichen Beobachter leicht zu entdecken gewesen wäre.

Nach kurzer Zeit erreichte der gefallene Priester den Ort, an dem die Bettlerin das erste Mal innegehalten hatte. Ein unförmiger Fleck war mit blassgrüner Farbe auf eine schmutzige Ziegelmauer gemalt worden. Barnaba lächelte. Es war genau so, wie er es sich vorgestellt hatte. Die Götzenanbeter, die sich den Grünen Geistern Nangogs verschrieben hatten, wollten ihren Nutzen aus dem Unglück des vergangenen Tages ziehen. Für sie war das, was geschehen war, ein Zeichen ihrer neuen Götter. Ein Aufbäumen gegen die gedankenlose Gier der Menschen, die als Plünderer in diese Welt gekommen waren und sich blind für ihre Wunder zeigten.

Die Gestalt hatte inzwischen fast das gewaltige Portal erreicht, hinter dessen Tor sich die Goldenen Pfade verbargen. Sie wagte nicht, ihr Kreidezeichen dort anzubringen, doch beschmierte sie eines der Beine des geköpften Löwenhäuptigen. Der Priester hielt den Atem an. Er hatte dem Gott schon gegenübergestanden. Er hätte nicht den Mut, ihn auf solche Weise herauszufordern. Dass eine Statue den Kopf verloren hatte, sagte gar nichts über die Macht oder Ohnmacht der Devanthar aus. Wer darin ein Zeichen sah, war naiv.

Barnaba wartete im Schatten, bis die Bettlerin ihr Werk vollendet hatte. Morgen würde es neue Geschichten über die Grünen Geister und ihre Götter geben und über die Schwäche der Devanthar, die nicht zu verhindern vermochten, dass selbst ihre Statuen beschmiert wurden. Er lauschte auf das leise Flötenspiel. Als ein fernes Keifen kurz darauf die unheimliche Stille über dem Platz störte, eilte die Bettlerin auf die Sonnenallee zu. Jetzt bewegte sie sich mit kräftigen, ausgreifenden Schritten, und nun hielt sie die Bettlerschale fest. Kein Klappern begleitete sie mehr. Auch das Flötenspiel war verstummt. Die nimmermüde Stadt schien den Atem anzuhalten.

Der Priester sprang auf, um ihr nachzusetzen, bevor sie in der Dunkelheit verschwand. Er erreichte die breite Allee gerade noch rechtzeitig, um sie in eine der schmalen Gassen abbiegen zu sehen, die von der Prachtstraße abzweigten. Sein Herz schlug schmerzhaft gegen seine geprellten Rippen. Jeder Knochen in seinem Leib ächzte. Die Bettlerin war ganz sicher kein Krüppel, so wie sie sich jetzt bewegte. Ganz im Gegensatz zu ihm. Hatte sie ihn bemerkt? Oder war es nur Vorsicht, sich so eilig davonzumachen?

In seinen Ohren dröhnte das Summen von Fliegen. Branaba wedelte mit der Hand vor seinem Gesicht und wurde sich fast sofort bewusst, dass da nichts war. Er musste das in den Griff bekommen! Und er durfte nicht so leicht aufgeben! So schnell seine geschundenen Knochen es zuließen, strebte er der Gasse entgegen, in die die Bettlerin verschwunden war. Schon nach wenigen Schritten mündete sie in eine steile Treppe, die zu tiefer gelegenen Terrassen der Stadt führte. Barnaba seufzte. Dies war die Stadt der Treppen. Sie war an einem steilen Hang erbaut. Nur Wege, die parallel zu diesem Hang verliefen, waren eben, für alle anderen benötigte man kräftige Beine.

Argwöhnisch spähte der Priester ins Dunkel. Kein Mondlicht fiel in den finsteren Spalt zwischen den Häusern. Vorsichtig, sich Schritt um Schritt vorwärtstastend, stieg Barnaba die Treppe hinab. Wäscheleinen spannten sich wie ein riesiges Spinnennetz zwischen den dunklen Häuserwänden. Es troff feucht auf ihn hinab. Der Gestank von Urin, billiger Kohlsuppe und ranzigem Öl hatte sich in das Mauerwerk eingenistet. Der Geruch der Armut und Hoffnungslosigkeit. Der Geruch einer Welt, die Träume fraß, dachte Barnaba bitter. Nicht einmal für jeden zehnten Mann hier gab es eine Frau. Kaum ein Weib kam freiwillig nach Nangog, außer Huren vielleicht. Die Frauen blieben hier unfruchtbar. Warum es so war, gehörte zu den Mysterien dieser fremden, geheimnisvollen Welt.

Barnaba erreichte einen Abzweig, an dem eine noch engere Stiege nach links in die Dunkelheit führte. Hier, am Scheideweg, war das Netzwerk aus Wäscheleinen lichter, und ein wenig vom Schein der Zwillingsmonde erreichte die schmutzigen Treppenstufen.

Der Priester entdeckte an zwei Hauswänden das grüne Geschmiere der Götzenanbeter. Es war allgegenwärtig in der Stadt. Wie viele Bewohner wohl heimlich den Geistern Nangogs huldigten? Als er schließlich den Abdruck eines nackten Fußes im Schutz des Bodens sah, wusste er, dass die Bettlerin die enge Stiege gewählt hatte, die weiter hinab in die dunklen Eingeweide der Stadt führte. Mit zuversichtlichem Lächeln folgte er dem Weg, der so eng war, dass seine Arme die Hauswände streiften, und war schon bald wieder ganz und gar von Finsternis umfangen.

Plötzlich griff eine Hand nach ihm. Er wurde in einen Hauseingang gezerrt und gegen die Wand gedrückt. Etwas Kühles, Schartiges presste sich an seine Kehle. »Du glaubst, du kannst uns nachschnüffeln?«

»Ganz im Gegenteil«, entgegnete Barnaba, bemüht, sich seinen Schrecken nicht anmerken zu lassen. »Ich bin froh, gefunden worden zu sein.«

»Was ist das für ein närrisches Geschwätz?« Der Druck der Klinge an Barnabas Kehle verstärkte sich.

»Ich bin auf der Suche nach euch, um mich euch anzuschließen.«

»Um dich uns anzuschließen?«, flüsterte die Stimme spöttisch. »Du meinst wohl, um dein Leben zu vergolden, wenn du uns verrätst. Doch du wirst als Hundefraß in der Gosse enden, wie all die anderen Spitzel, die sie uns geschickt haben.« Der Druck der Klinge wurde erneut stärker, und Barnaba spürte warmes Blut seine Kehle hinabrinnen.

»Ich bin Barnaba von Nari«, stieß er keuchend hervor. »Vertrauter des ermordeten Hohepriesters Abir Ataš, der meistgesuchte Mann des Königreichs Aram. Ich …«

»Lass ihn los, Artiknos«, erklang eine Frauenstimme hinter ihnen.

»Du glaubst ihm doch nicht etwa, Za…«

»Nenn meinen Namen nicht! Los, wir bringen ihn zum Stein der Göttin. Dort gibt es keine Geheimnisse. Soll die Erste Mutter über ihn entscheiden.«

Die Klinge wurde von Barnabas Kehle zurückgezogen. Der Priester atmete auf und griff nach dem Schnitt an der Kehle. Die Wunde war nicht tief. »Ich danke euch, meine Dame. Ich verspreche …« Ein Hieb traf ihn dicht hinter dem Ohr, und alles wurde schwarz.

Verwandte Seelen

Ein Schwall kaltes Wasser riss ihn aus der Bewusstlosigkeit. Über Barnaba stand ein riesiger, stämmiger Mann, der eine leere Wasserschale in Händen hielt. Er trug eine schmutzige Tunika mit einem breiten Ledergürtel, in dem eine silberne Flöte und ein Messer steckten. Sein Messer! Der Mistkerl hatte das Messer gestohlen, das eines Tages Aarons Herz durchbohren sollte.

Ein breites Lächeln teilte den roten Vollbart des Hünen. Blaue Augen blickten in einer Mischung aus Schadenfreude und Neugier zu Barnaba hinab. »Du weilst also wieder unter uns, *Priester.*«

Benommen blinzelte Barnaba das Wasser aus den Augen. Er lag in einer Höhle, in deren Mitte sich eine Kristallsäule bis fast zur Decke hin erhob. Vor Artiknos stand eine Blendlaterne auf einem Felsvorsprung. Ihr Licht reichte nicht sonderlich weit. Es war unmöglich zu sagen, wie groß die Höhle sein mochte. Irgendwo in der Ferne tropfte Wasser, dennoch war die Luft trocken, und es roch nach Steinstaub und Weihrauch. Barnaba blickte wieder zu dem Kristall, in dessen Facetten sich gelb das Licht der Laterne brach. Er hatte von solchen Kristallen gehört. Sie mussten ein Vermögen wert sein! Sicher gab es irgendwo hier in der Nähe auch einen Tempel der Götzenanbeter. Er hatte also das erste Ziel auf seinem Weg zum Traumeis erreicht.

»Artiknos ist eine eindrucksvolle Erscheinung, nicht wahr?«, erklang eine brüchige, raue Stimme. »Von dir kann ich das nicht behaupten. Du siehst aus, als wärest du halb tot geschlagen worden.«

Barnaba setzte sich auf und wandte sich dann um. Hinter ihm, nur drei Schritt entfernt, stand ein hinfällig wirkendes, altes Weib. Sie lächelte ihn freundlich an. Ihr Gesicht war ein Labyrinth aus Falten, hinter welken Lippen klaffte ein zahnloser Mund. Doch ihre dunklen Augen sprühten vor Kraft. Barnaba kannte diesen Blick nur zu gut. So leuchteten Augen, wenn man vom Glauben erfüllt war und diesen Glauben hinaus in die Welt tragen wollte. Abir Ataš hatte diesen Blick gehabt, wenn er davon gesprochen hatte, wie die Priesterschaft zur treibenden Kraft im Reich Aram werden sollte. Und manchmal hatte er ihn auch am Unsterblichen Aaron bemerkt.

»Wer du bist, wird uns die Große Mutter nicht verraten, aber sie wird uns zeigen, ob du reinen Herzens bist.« Ihre Augen wurden schmal. »Ich hoffe, du bist kein Lügner, Fremder. Es bereitet mir keine Freude, dich leiden zu sehen.« Sie nickte dem Hünen zu. »Fessle ihn an den Stein der Göttin!«

Barnaba erhob sich, bevor Artiknos ihn packen konnte. Ihm war schwindelig. Stechender Schmerz pochte tief in seinem Kopf. Er musterte den Bärtigen, und sein Blick blieb an der Silberflöte haften, die in seinem Gürtel steckte. »Bist du der Flötenspieler auf den Dächern gewesen?« Es fiel Barnaba schwer, sich die zerbrechlich wirkende Silberflöte in den Bärenpranken dieses Riesen vorzustellen.

»Dachtest du, ich lasse …« Der Hüne stockte und sah schuldbewusst zu der Alten. Fast hätte er den Namen der Bettlerin genannt.

Wer mochte sie sein, fragte sich Barnaba, dass ein solches Geheimnis um sie gemacht wird. Eine hochgestellte Palastdame?

»Mein Flötenspiel war ein Zeichen. Unsere … Freundin wusste, dass ihr jemand folgt, wenn ich das Spiel unterbreche. Wir haben in der Vergangenheit schlechte Erfahrungen mit Männern wie dir gemacht. Ich hoffe sehr, dass du mit ehrlichen Absichten gekommen bist. Ich weiß, was hier mit dir geschehen wird, wenn du ein Betrüger bist. Du wirst dir sehr schnell wünschen, ich hätte dir die Kehle durchgeschnitten.« Der Bärtige schlug mit der Linken ein Schutzzeichen und spuckte sich über die Schulter, um Böses abzuwenden. Dann packte er Barnaba, schlang ihm Lederriemen um die Handgelenke und fesselte ihn so, dass er mit weit vorgestreckten Armen die Kristallsäule umarmte. Der Kristall war kühl, seine Oberfläche glatt.

Artiknos legte ihm eine Schlinge um den Hals und wickelte das lose Ende des Seils um die Säule, sodass Barnabas Gesicht auf die spiegelnde Oberfläche gepresst wurde.

»Gut so«, murmelte die Priesterin. »Sein Kopf muss den Kristall berühren, er darf ihn nicht wegziehen können. Und nun nimm die Laterne, Artiknos«, befahl die Alte und wandte sich an Barnaba. »Verzeih, wenn wir dich im Dunkeln zurücklassen, Priester, aber dein Erlebnis wird so intensiver sein. Ich wünsche dir Glück.« Mit diesen Worten hinkte sie auf einen niedrigen Durchgang zu. Artiknos hob die Blendlaterne vom Boden, und verließ zusammen mit ihr die Höhle.

Einige Augenblicke lang fiel noch ein Abglanz von Licht durch die Öffnung, dann umfing Barnaba Finsternis. Mit der Dunkelheit kamen die Fliegen. Barnaba wusste, dass er sie sich nur einbildete. Er war irgendwo tief unter der Erde. Es gab hier keine Fliegen. Aber er hörte sie trotzdem. Ein tiefes, beunruhigendes Summen. Und dann spürte er sie. Die erste setzte sich auf seine linke Wange. Sie krabbelte daran hinauf. Ihre winzigen Beine kitzelten auf seiner Haut. Er versuchte, seinen Kopf zu bewegen, so gut es die Fesseln zuließen, doch das kleine Mistviech beeindruckte das nicht. Die Fliege krabbelte zu seinem Auge hinauf. Jetzt landeten weitere auf seinem Gesicht. Überall kribbelte es, und die Luft war erfüllt von dunklem Summen. Es mussten Hunderte sein. Er schrie. Doch die Fliegen wichen nicht. Er würde wahnsinnig werden.

Du bist schon wahnsinnig, meldete sich eine zynische Stimme in seinen Gedanken. *Es gibt hier keine Fliegen!*

Aber er fühlte sie doch. Und hörte sie. Sie waren da!

Plötzlich fühlte sich die Säule warm an. Aus den Augenwinkeln sah Barnaba, dass blasses Licht aus der Tiefe des Kristalls hinaufstieg, langsam wie die Wassersäule in einem Becher, den man aus einem Krug füllt. Die Dunkelheit wich zu den Höhlenwänden zurück. Einen Herzschlag lang glaubte er, dunkle Punkte um sich herum durch die Luft tanzen zu sehen. Dann verstummte das Summen. Es gab keine Fliegen mehr. Barnaba seufzte erleichtert auf, und seine angespannten Muskeln entkrampften sich. Sein Atem wurde ruhiger.

Etwas floss aus dem Kristall. War es Nebel? Es wand sich in langen Schlieren durch die Höhle wie Fäden von fahlgrüner Farbe. Die Temperatur fiel drastisch, und es wurde so kalt, dass Barnaba die Zähne klapperten und er seinen Atem sehen konnte. Mit dem Nebel war auch Licht aus dem Kristall geflossen: unstet flackernd, ohne eine Mitte, so wie Kerzenflammen oder brennende Fackeln. Nein, es strömte, so wie der Nebel. Und da begriff Barnaba, was da zu ihm in die Höhle gekommen war, und sein ganzer Leib bäumte sich in panischer Angst gegen die Fesseln auf. Die Grünen Geister Nangogs waren hier, um ihn heimzusuchen!

Die Kristallsäule war noch ein wenig wärmer geworden. Das unheimliche Licht wirkte, als sei es etwas Lebendiges, von einem Pulsschlag Bewegtes. Die Geister schwärmten nun dicht um ihn. Barnaba hielt die Luft an, aus Furcht, er könne sie einatmen. Bald schon verspürte er einen Druck in seinem Inneren, als wolle etwas aus seiner Kehle heraus. Das Gefühl wurde immer unerträglicher. Aus weiten Augen starrte er auf die Geister. Da sein Gesicht an die Säule gebunden war, konnte er den größten Teil der Höhle nicht einsehen, was ihn noch mehr ängstigte. Währenddessen glitten die Geister über ihn hinweg. Als der Druck in seiner Kehle fast seine Lungen zum Bersten brachte, gab er nach. Sich das Atmen noch länger zu verweigern hieße ersticken. Keuchend rang er nach Luft – und atmete den grünen Nebel ein.

Er fühlte sich feucht wie die Luft in einem Dampfbad an und war völlig ohne Geschmack. Der Priester atmete aus. Was immer in ihn hineingeflossen war, verweilte nun dort. Es hatte ihn mit seinem Atem nicht verlassen.

Ganz still stand Barnaba nun, lauschte in sich hinein, ob sich etwas veränderte.

Tiefe Verzweiflung ergriff ihn. Er dachte an Ikuška und daran, dass er sein Glück nicht erkannt hatte. Selbst als er es mit beiden

Händen hätte fassen können, hatte er sich eingeredet, alles sei nur ein Traum. Träume, daraus bestand sein Leben. Demütigung, Intrigen, Ignoranz. Seine wachen Stunden brachten ihm kein Glück. Er wünschte sich, er könne für immer träumen.

Bei diesen Gedanken spürte er etwas tief in sich. Ein Gefühl, als niste eine zweite Seele in seiner Brust, die all das kannte, was er durchlebt hatte und noch viel mehr. Verrat, Schmerz und Einsamkeit waren ihr so vertraut wie ihm, nur dass ihr all dies in einem Ausmaß widerfahren war, dass es beinahe ihren Verstand ausgelöscht hätte. Allein der Gedanke an Rache hatte dieses fremde Sein in ihm vor dem Wahnsinn bewahrt. Ein Gedanke, der auch ihm nur zu vertraut war. Süße Rache. Wenn er das Traumeis finden würde, dann könnte er sich diese Welt untertan machen.

Bilder tauchten in seinem Verstand auf. Bilder, wie er sie nie gesehen hatte. Eine weite Landschaft, bedeckt von einem Panzer aus Eis. Es gab keinen Baum, kein Grashalm gedieh hier. Und es war so kalt, dass selbst Träume gefroren. Barnaba blickte aus großer Höhe auf einen Krater, ähnlich dem Weltenmund, an dessen steilen Flanken sich die Goldene Stadt erhob. Doch hier reichten Kaskaden aus Eis in den Schund der Erde hinab, bis sie sich in der Dunkelheit verloren. Dort musste er hinab, das wusste er jetzt. Und er wusste, wer ihn hinbringen konnte: ein kleiner Mann, den ein Vogel begleitete, der auf sein Wams gestickt war, und den Musik umgab.

Die zweite Seele wollte ihm Rache schenken und ihn zu ihrem Werkzeug machen. Zweifel überkamen Barnaba, als er die Finsternis dieser Wesenheit spürte. Es war ein glühender Zorn, genährt durch ungezählte Jahrhunderte. All seine Haare richteten sich auf, und eisige Schauer glitten über seinen Leib, während die Geister ihn wieder dichter umkreisten. Und plötzlich konnte er sie spüren!

Kälte berührte ihn, angezogen von etwas inmitten seiner Brust. Die Geister strebten auf ihn zu, tauchten in ihn ein. Sein Leib krümmte sich in Krämpfen. Sein Herz schlug nur noch unregelmäßig, kämpfte gegen das an, was da von ihm Besitz ergreifen wollte und ihn ganz und gar durchdrang. Er wusste, er würde den Kampf verlieren.

Und im selben Augenblick, als er dies dachte, sah er sie, und Barnaba verstand.

Drachenblut

Er thronte auf der Spitze der Pyramide, als sei er der Herrscher im Jadegarten. Nachtatem hatte seine Präsenz bereits gespürt, als er durch den Albenstern getreten war. Bald schon würden seine Nestbrüder kommen und jene Auserwählten mit sich bringen, die den Hochmut der Devanthar brechen würden.

Er konnte Sonnenwind nun ganz und gar nicht gebrauchen. Zugleich wusste Nachtatem, dass sich der arrogante Rotrücken sicher nicht mit ein paar Worten abspeisen lassen würde. Was seinen Drachenbruder wohl hergeführt hatte? Es war lange her, seit er das letzte Mal zu ihm gekommen war.

Ich hoffe, du hattest eine gute Jagd, mein Bruder, schlich sich die Stimme Sonnenwinds in seine Gedanken.

Nein, du hast einen denkbar ungünstigen Tag für deinen Besuch gewählt. Komm morgen wieder.

Das täte ich, wenn die Angelegenheit, in der ich hier bin, Aufschub dulden würde.

Nachtatem ließ sich am Ufer des Sees nieder, verärgert, dass der aufmüpfige Rotrücken auf der Pyramidenspitze über ihm thronte und sich aufführte, als sei *er* der Gebieter über den Jadegarten. Einen Moment war er versucht, Sonnenwind zu sagen, dass ein Treffen der Ältesten in dringender Angelegenheit unmittelbar bevorstand. Doch so wie er seinen Drachenbruder einschätzte, würde er sich eher zu wichtig nehmen, wenn er erkannte, dass er die Kreise der Himmelsschlangen störte, als dass er sich erschrocken zurückzöge. Und so fuhr er fort: *So sag mir also, was keinen Aufschub duldet.*

Steht eine Elfe mit langem, goldenem Haar unter deinem Schutz, Bruder? Eine Bogenschützin?

Das mag sein. Nachtatem musste sich zwingen, seine Gefühle zu unterdrücken. Was wollte Sonnenwind von Nandalee? Warum kannte er sie? *Was veranlasst dich, eine solche Elfe zu suchen?*

Ich habe in den Bergen, im Westen deiner Oase, bei einer Quelle ihre Witterung aufgenommen. Sonnenwind versuchte gar nicht erst, seinen Zorn zu verschleiern. Sein dornenbesetzter Schweif peitschte durch die Luft. *Versteckst du sie?*

Nachtatem richtete sich zu seiner vollen Größe auf. *Ich verstecke keine Albenkinder. Sie dienen mir, und nun sag frei heraus, was du willst, oder verlasse den Jadegarten. Mir fehlt es an Geduld und Zeit zu einem intriganten Wortgeplänkel.*

Sie hat mir meine Jagdbeute gestohlen. Sie hat mich verwundet und mit dem Tod bedroht. Ich wollte zunächst meine Brüder rufen, um sie zu Tode zu hetzen. Doch ich komme zuerst zu dir, Nachtatem, denn du bist der Gebieter über das Bainne Tyr. Du sollst als Erster wissen, dass die Elfen beginnen, ihren Respekt vor uns zu verlieren. Er ließ Nachtatem teilhaben an seinen Erinnerungen. An dem, was bei dem einsamen Wasserloch in der Savanne geschehen war. *Ich will ihren Kopf und ihr Herz! Ich will, dass sie sich nicht mehr unter deine schützenden Schwingen flüchten kann. Verbanne sie aus dem Jadegarten, damit ich sie mir holen kann.*

Nachtatem war erschrocken über das, was er gesehen hatte. Wie konnte Nandalee so vermessen sein, sich gegen einen Drachen zu wenden! Sie war eine Jägerin! Sie hätte wissen müssen, dass Sonnenwinds Beute unberührbar war, und es ganz allein seine Sache war, auf welche Weise er jagte. Keiner seiner Drachenbrüder würde ein solches Verhalten dulden!

Lass mich deine Wunde sehen, Bruder. Vielleicht vermag ich deinen

Schmerz zu lindern. Nachtatem versuchte gar nicht erst, seinen Zorn über Nandalees Verhalten zu unterdrücken. Es war ein Fehler gewesen, sie hierherzuholen!

Sonnenwind stieß sich von der Spitze der Pyramide ab, weitete die Schwingen und segelte in weitem Bogen zum Ufer des Sees.

Nachtatem war sich bewusst, dass sie beide beobachtet wurden. Nodon war nahe und mit ihm einige andere Drachenelfen. Dutzende von Kobolden, die in den weiten Gärten arbeiteten, blickten neugierig zu ihm und dem roten Drachen. Doch niemand von ihnen konnte wissen, worüber sie sich in Gedanken ausgetauscht hatten.

Sonnenwind landete und reckte seinen verletzten Flügel vor.

Es ist keine schwere Wunde, Bruder. Es ist eher mein verletzter Stolz, der mich schmerzt. Ich war dabei, als wir gegen die aufsässigen Zwerge gekämpft haben, die den Schwebenden Meister ermordet hatten. Unter den niederen Völkern Albenmarks schwindet der Respekt vor uns Drachen. Wir dürfen das nicht länger dulden!

Nachtatem reckte seinen langen Hals vor und betrachtete die Verletzung. Es war ein meisterlicher Schuss gewesen. Nandalee hatte Sonnenwind im Flügelgelenk getroffen. Ganz gleich, was sein kleiner Bruder behauptete, diese Wunde war sicherlich äußerst schmerzhaft und beeinträchtigte ihn beim Fliegen. *Ich kann all deinem Schmerz ein Ende bereiten.* Er konnte spüren, wie sein kleiner Bruder in Gedanken triumphierte.

Willst du an der Jagd auf die Elfe teilhaben?

Nein! Nachtatem schnappte nach dem langen Hals des Rotrückens. Seine mächtigen Kiefer trennten mit einem einzigen Biss den Kopf des kleineren Drachen ab. Sonnenwinds Schweif führte einen peitschenden Schlag. Die langen Dornen am Schwanzende trafen die Himmelsschlange in die Flanke, doch Nachtatem zuckte nicht einmal. Sein Maul war voller Blut. Er genoss den metallischen Geschmack, und ihm wurde bewusst, wie lange er nicht mehr gejagt hatte.

Lustvoll grub er seine Reißzähne in den Leib des Rotrückens. Gierig zerrte er am Fleisch seines toten Bruders und riss es in breiten Streifen von seinen Rippen. Es war seiner nicht würdig zu schlingen wie irgendein Raubtier, aber es bereitete ihm Lust. Es war seine Natur, und er hatte sie sich viel zu lange versagt. Oder war es der letzte Gedanke des sterbenden Rotrückens, der ihn in diese Raserei versetzte?

Sonnenwind war sich sicher gewesen, dass Nandalee ihn, Nachtatem, ermorden würde. Nachtatem wusste, dass er seherische Fähigkeiten besessen hatte. Oder war es doch nur ein letzter, bösartiger Versuch gewesen, noch im Tod Zweifel in das Herz seines Mörders zu säen?

Wütend riss Nachtatem einen weiteren Streifen Fleisch aus der Flanke des kleineren Drachen. Sollte Nandalee ihn wirklich hintergehen wollen, würde das offenbar werden, wenn er sie tätowierte. Selbst wenn er nicht in ihren Gedanken lesen konnte, während des Rituals würden alle Schranken fallen und alle Geheimnisse aufgedeckt werden. Insgeheim wusste Nachtatem, dass er es sich vor allem nicht vorstellen *wollte*, dass die Elfe gegen ihn intrigierte. Alle, nur nicht sie! Sie war rebellisch, aber von geradem Charakter. Nandalee kannte keine Heimtücke.

So groß war sein Vergehen, dass du ihn nicht richtest, sondern ganz und gar verschlingen willst?

Erschrocken fuhr Nachtatem auf, sich wohl bewusst, dass ihm Blut vom Maul troff. Hinter einem Felsbrocken, der sich schon vor Jahrzehnten aus der Flanke der Pyramide gelöst hatte und nun halb von Wildblumen versteckt in einem Beet lag, trat ein Elf hervor. So als ziehe seine Gestalt die letzten Strahlen des vergehenden Tages auf magische Art an, umgab ihn eine Aureole aus goldrotem Abendlicht. Es war sein Nestbruder, der Goldene. Wann war er gekommen? Hatte er den Streit miterlebt? Hatte er still in ihren Gedanken gelesen und wusste, was Nandalee getan hatte?

Bist du schon lange hier? Nachtatem bemühte sich, die Frage möglichst unverbindlich klingen zu lassen.

Der Goldene hielt seinem Blick stand. Lange genug.

Nachtatem stieg über den Kadaver des Rotrückens hinweg und baute sich vor dem Goldenen auf, der in Elfengestalt neben ihm winzig und zerbrechlich wirkte.

Sonnenwind hat meine Autorität in Frage gestellt.

Der Goldene wich nicht vor ihm zurück, aber er hatte die Warnung verstanden.

Wie dumm, dabei nicht deinen Jähzorn einzukalkulieren. Ich bin froh, Zeuge dieses Vorfalls geworden zu sein, gibt er mir doch die Weisheit, darauf bedacht zu sein, dich nicht unwissentlich herauszufordern, Bruder.

Nachtatem wollte etwas erwidern, doch die Silhouette des Flammenden erschien über den westlichen Bergen. Nun war nicht die Zeit, kleinliche Fehden auszutragen. Es galt, gemeinsam das große Werk zu vollenden, aus dem ihre Rache an den Devanthar erwachsen würde.

Fleisch

Volodi war angenehm überrascht, als er das Obergeschoss des kleinen Hauses betrat und auf den weiten Garten hinabblickte. Gut, dieses Quartier konnte es nicht mit dem Luxus des Freudenhauses aufnehmen, in dem Kolja residiert hatte, aber davon abgesehen war er noch nie besser untergebracht gewesen. Gleich als er in den durch hohe Mauern abgeschirmten Bereich gebracht worden war, in dem jene Männer lebten, die irgendwann einmal auf dem Altar der Geflügelten Schlange enden sollten, war ein Diener zu ihm gekommen und hatte gefragt, welche Speisen er bevorzugte. Und der Kerl hatte das ernst gemeint, obwohl er mit dem Elfenbeinstäbchen, das er sich durch die Nase gebohrt hatte, einigermaßen lächerlich aussah.

Volodi hatte sich erst ein wenig überrumpelt gefühlt. Was er gerne aß, war er nicht mehr gefragt worden, seit er das Langhaus seines Vaters verlassen hatte. Er hatte sich schließlich ein saftiges Stück Hirschbraten und Honigwein gewünscht. Der kleine Nasenverstümmler hatte nicht mit der Wimper gezuckt, als er seine Wünsche geäußert hatte. Ob es hier auf Nangog Hirsche gab?

Volodi wandte sich vom Fenster ab und blickte auf das breite Bett, das das Zimmer beherrschte. Es bestand aus einem gemauerten Sockel mit einer dick gepolsterten Auflage. Skeptisch setzte er einen Fuß darauf. Sie war ungewöhnlich weich. Mit Stroh war sie nicht gefüttert.

Er ließ sich der Länge nach auf das Bett fallen. Die Unterlage federte. Womit sie wohl gefüllt war? Er zog das lächerlich kleine Messer, das Neca…, Nikhu… Verdammter Name! Welcher Drusnier konnte sich schon merken, wie so ein verfluchter Zapote hieß! Sein Beinahe-Schwager, der sich gerne als schwarze Katze verkleidete, hatte ihm das Messer überlassen. Zuvor hatte er behauptet, es sei für einen Krieger eine grobe Beleidigung, ganz unbewaffnet zu sein. Natürlich hatte sich Neca…, sein *Schwager,* nicht verkneifen können, ihn darauf hinzuweisen, dass er den Rest seiner Tage gefesselt auf einer Bodenmatte liegen würde, sollte er es sich einfallen lassen, irgendeinen anderen der Auserwählten mit dem Messer zu verletzen. Was Neca nur von ihm dachte! Als ob er herumlaufen und zum Spaß Leute aufschlitzen würde.

Volodi betrachtete sein Lager und überlegte, an welcher Stelle er das Tuch aufschlitzen sollte, um nachzuschauen, womit dieses Bett gepolstert war. Er hatte einmal davon gehört, dass man Rosshaar zum Polstern verwenden konnte. Aber das musste eine dumme Lüge sein. Ein vernünftiger Mann schmückte vielleicht mit einem Rosshaarschweif seinen Helm, aber man stopfte es doch nicht in ein Bett, wo es doch Heu oder Stroh für so etwas gab. Vielleicht Schafwolle?

Er rutschte zum Fußende des Betts und schnitt die Unterlage eine Handbreit auf. Das Steinmesser war überraschend scharf. Mit spitzen Fingern griff er zwischen das Leinen und zog etwas Bauschiges, Weiches heraus. Es sah ein bisschen aus wie eine Kugel aus Schafswolle. Seltsam. Volodi schnupperte daran. Nach Schaf roch es nicht. Er nahm sie in den Mund. Es schmeckte auch nicht wie Schaf. Sehr seltsam.

Er streckte sich wieder lang auf dem Bett aus. Wie es wohl sein würde, Quetzalli wieder zu begegnen. Hatte sie ihn verraten? Ganz zu Anfang sicher. Sie hatte seine blonden Haare gesehen, ihn herausfordernd angelächelt und ihn mit der Absicht in ihr Federhaus gebracht, ihn bald auf den Opferaltar zu schleppen. Wenn er den Worten ihres Bruders traute, dann war sie darin vor ihm auch sehr erfolgreich gewesen. Ja, angeblich hatte sie sogar einigen ihrer Opfer selbst die Brust aufgeschnitten, um der Gefiederten Schlange deren Herzen zu schenken. Was also war an ihrem letzten gemeinsamen Abend mit ihr geschehen? Sie hatte ihn gedrängt, aus dem Fenster zu springen. Wollte sie ihn retten? War etwas anderes schiefgelaufen, das er nicht verstand?

Volodi zog den flauschigen Klumpen, der kein Schaffell war, aus dem Mund und betrachtete ihn nachdenklich. Er konnte mit Quetzalli nicht reden. Sie würde ihm nicht erklären können, warum sie ihn zum Fenster geschickt hatte. Sie verstand kein einziges Wort seiner Sprache. Vielleicht war das auch besser so …

»Auserwählter?«, erklang die näselnde Stimme seines Leibkochs von unten. »Das Essen!«

»Bring es hoch!« Volodi setzte sich auf und lauschte den Schritten auf der Treppe. Und dann roch er es: den Duft gebratenen Fleisches.

»Ein Hirschbraten«, verkündete der Zapote breit grinsend. Dann nickte er zu dem Krug neben dem Bratenteller. »Und Honigwein.«

Volodi konnte es nicht glauben. Gierig griff er nach dem Braten und verbrannte sich die Finger an dem heißen Fleisch. Fluchend ließ er wieder los und wühlte nach dem Steinmesser, das unter die Decke gerutscht war. »Wie hast du das geschafft? Das … das ist tatsächlich Hirschbraten, nicht wahr?« Er fand das Messer, entschied sich aber, erst einmal von dem Honigwein zu kosten. Er war wunderbar! Leicht gekühlt, ein wenig klebrig. Es gab nichts Besseres.

»Sagen wir einmal so …« Sein Diener grinste noch breiter. »Die meisten ehrenwerten Auserwählten, die hier als Gäste weilen, sind Drusnier. Und ihr – versteh mich nicht falsch, das ist keine Beleidigung –, aber ihr seid nicht besonders einfallsreich, was eure Lieblingsgerichte angeht. Wir sind hier inzwischen sehr gut auf eure Wünsche vorbereitet.«

Volodi rammte das Messer in den Braten, hielt das heiße Fleisch mit spitzen Fingern fest und schnitt eine dicke Scheibe ab. Es war perfekt. Aus dem Inneren quoll dunkles Blut. Nicht zu lange gebraten! Der Kerl wusste wirklich, wie man Drusnier glücklich machte. Volodi leckte sich den Bratensaft von den Fingern.

»Ich werde nun nach dem Weib für dich sehen. Sie sollte inzwischen gewaschen sein.« Mit diesen Worten drehte sich der Zapote um und verschwand die Treppe hinab.

Plötzlich war Volodi der Appetit vergangen. Er sah das blutende Fleisch und stellte sich vor, dass er vielleicht schon morgen genauso aussehen würde: ein blutendes Stück Fleisch auf einem Altarstein. Hatte Quetzalli, als sie ihn das erste Mal angelächelt hatte, daran gedacht? Wie ihm zu Ehren ihrer Götter die Brust aufgeschnitten würde? Wie hatte er sich wünschen können, sie wiederzusehen! Ein verdammter Narr war er.

Aber ein Narr, der bestimmte, wie die Dinge hier liefen. Er könnte sie zurückweisen. Es lag ganz bei ihm, welche Frau er wählte.

Missmutig griff er nach dem Krug mit Honigwein und nahm

einen tiefen Schluck. Als er aus dem Fenster starrte, fiel ihm ein winziger Vogel auf, der seinen langen Schnabel tief in einen Blütenkelch steckte und dabei so schnell mit den Flügeln schlug, dass sie zu flirrenden Schatten verwischten.

Volodi wusste nicht, wie viel Zeit vergangen war, als wieder Schritte auf der Treppe erklangen. Er straffte sich und stieß gegen den Honigweinkrug, dessen Inhalt sich golden über das weiße Betttuch ergoss. Er würde sie wegschicken, dachte er. Und dann würde er einen Weg finden, wie er aus diesem goldenen Käfig fliehen konnte.

Sein Leibdiener mit der Knochennadel in der Nase wirkte unglücklich. Er zog ein langes Gesicht und schob eine Frau vor sich her, die den Kopf gesenkt hielt, sodass ihr offenes Haar ihr Gesicht verbarg. Um ihre Schultern lag ein langer Mantel aus bunt schillernden Federn.

»Ich fürchte, man hat dich betrogen, Auserwählter«, murmelte sein Diener zerknirscht und zog der Frau den Mantel von den Schultern. Sie stand da, die Arme an die Seiten gepresst, leicht gekrümmt. Ihre braune Haut war entstellt von blauen Flecken und Schrammen. Quer über ihren Bauch verliefen vier hässliche Narben, als hätte sie mit einem Bären gekämpft.

Volodi schnürte sich die Kehle zu.

»Das ist kein gutes Weib. Ich weiß nicht, wer sich diesen üblen Scherz mit dir erlaubt hat, Auserwählter. Ich werde sie zurückbringen.«

Volodi sprang auf, bückte sich nach dem auf dem Boden liegenden Federmantel und legte ihn der Nackten um die Schultern. Dann strich er ihr Haar zur Seite. Sie zuckte ein wenig vor ihm zurück. Ihre Augen hatten alles Feuer verloren. Was hatte Nica gesagt? Sie war »Fleisch«. Ja, so hatte er seine Schwester bezeichnet. Fleisch.

Volodi war sich nicht sicher, ob sie ihn erkannte. Ihr Gesicht war wie eine Maske.

»Ich bringe sie fort, Auserwählter. Das muss ein Irrtum sein …«

Volodi legte sanft seine Arme um sie und zog sie fest an sich. »Lass uns allein«, sagte er mit belegter Stimme. »Sie ist die einzige Frau, die ich je haben wollte.«

Der Schlangenschlund

Volodi lauschte auf Quetzallis Atem. Er ging noch immer unregelmäßig. Jetzt zuckte sie in seinen Armen zusammen, murmelte etwas, erwachte aber nicht. Es hatte lange gedauert, bis sie eingeschlafen war. Sie hatte geduldet, dass er seinen Arm um sie legte und sie eng an sich heranzog. Allerdings zeigte sie keinerlei Reaktion. Es war, als halte er eine Decke im Arm.

Durch das Fenster des Schlafgemachs fiel graues Licht. Dämmerung erwachte über der weiten Stadt. Draußen in den weiten Gartenanlagen erklang ein tausendstimmiges Vogelkonzert. So friedlich erschien dieser Ort, und doch waren seine Priester so unendlich grausam.

Volodi zog behutsam seinen Arm zurück und stieg aus dem Bett. Quetzalli seufzte im Schlaf. Wieder überlief ein Zittern ihren Leib. Sie hatte ihre Decke zusammengeknüllt und dicht an ihre Brust gepresst. Sie wird sich wieder erholen, redete er sich ein und stieg die enge Treppe hinab.

Auf der Schwelle des Hauses lag sein Leibdiener und schnarchte. Volodi weckte ihn mit einem Tritt. »Was essen Zapote gerne?«

Der Diener blinzelte ihn verschlafen an. »Maisfladen.« Er streckte sich und zupfte an der Knochennadel, die seine Nase durchbohrte. »Das mögen alle.«

»Einfache Brotfladen?«, fragte Volodi skeptisch. »Ist das nicht ein bisschen langweilig?«

»Langweilig!« Sein Diener stand auf. »Das sagt ein Drusnier, dessen Küche als größte Gaumenfreude halbgaren Hirschbraten zu bieten hat. Bitte verzeih, wenn ich erschüttert bin, Auserwählter, aber Maisfladen sind unendlich viel mehr als nur Brot. Die Füllung und die Saucen machen den Unterschied. Man kann sie auf Dutzende Arten servieren: mit gehacktem Hund, dazu eine Sauce aus bitterer Schokolade oder als Beilage in Öl gesottene Kolibris …«

»Kohl Ibrihs?«

»Kleine Vögel, Herr. Sie trinken den Nektar aus Blüten, so wie Bienen es tun.«

Volodi erinnerte sich an den winzigen Vogel, den er am Vortag gesehen hatte. »Kohl Ibrihs …«, wiederholte er nachdenklich. »Wie kann man die essen? Da bleibt doch nichts übrig, wenn die Federn mal ab sind.«

»Wir schneiden auch noch die Füße und den Kopf ab«, entgegnete sein Leibdiener ernsthaft. »Und natürlich nehmen wir sie auch aus. Dann werden sie kurz in einen Topf mit kochendem Fett geworfen.« Er schnalzte mit der Zunge. »Köstlich!«

»Und die Knochen?«

»Die isst man mit. Sehr knusprig das Ganze, Auserwählter.«

Volodi betrachtete den kleinen Mann mit der Knochennadel in der Nase verwundert. Wollte ihn der Kerl auf den Arm nehmen? Der Zapote hielt seinem Blick stand. Er schmunzelte nicht. Zwinkerte nicht. Er meinte es tatsächlich ernst!

Volodi räusperte sich. »Knusprige Knochen … also ich wünsche, dass du mir einen ganzen Tisch voll Speisen aufträgst, die jeder Zapote köstlich findet. Dir selbst soll das Wasser im Munde zusammenlaufen, während du in Fett gesottene Kohl Ibrihs heranschleppst oder gehackten Hund und was eure Küche sonst noch zu bieten hat … Was übrig bleibt, darfst du verspeisen. Also mach deine Sache gut.«

»Auserwählter …« Sein Leibdiener trat verlegen von einem Fuß auf den anderen. »Du musst das nicht für das Mädchen tun. Du bist von der Gefiederten Schlange erwählt worden. Alles hier dreht sich allein um *dein* Wohl. Und üblicherweise wissen die Männer aus Drus die Köstlichkeiten unserer Küche nicht zu schätzen. Ich fürchte, dich zu verärgern, wenn ich dir deinen Wunsch erfülle.«

»Was immer Quetzalli erfreut, das wird auch mich erfreuen. Sorgen musst du dir nur machen, wenn sie nichts isst.«

Der Leibdiener sah ihn bestürzt an. »Sie hat in den großen Schatten geschaut. Sie vermag nichts mehr zu erfreuen. Das ist …«

Volodi legte dem kleineren Mann beide Hände auf die Schultern. Der Krieger ahnte, was »in den großen Schatten schauen« bedeutete. »Du wirst einfach dein Bestes geben, mein Freund. Ich war einmal ein Anführer von vielen hundert Kriegern. Meine Männer nannten mich ›Der über den Adlern schreitet‹. Das taten sie, weil ich nicht hinnehme, dass etwas unmöglich ist, bevor ich nicht auch den letzten denkbaren Weg gegangen bin. Wir beide werden es schaffen, dass Quetzalli wieder ihren Kopf hebt und vom Schatten aufschaut in das Licht der Sonne.«

»Du bist anders als die anderen Männer, denen ich bisher gedient habe …«

»Wie heißt du?«

»Das wirst du dir nicht merken können, Auserwählter. Die Namen meines Volkes sind nicht für die Zungen der goldhaarigen Waldmänner geschaffen.«

Volodi war sich bewusst, dass der kleine Kerl wahrscheinlich recht hatte. Aber er wollte es zumindest versuchen. »Verrat mir dennoch deinen Namen.«

»Ichtaca.«

»Isch-ta-ca.« Volodi sprach den Namen leise, abschätzend, rollte ihn auf der Zunge, so wie einen unbekannten Wein, von dem man noch nicht wusste, ob er Freude oder Kopfschmerzen bringen würde. »Ischtaca. Hat das eine Bedeutung?«

»Es heißt Geheimnis«, entgegnete der Zapote ernst.

»Ein gutes Omen. Wir werden gemeinsam das Geheimnis ergründen, was zu tun ist, um Quetzalli aus dem großen Schatten zurück ins Leben zu holen.«

»Das werden wir.« Ichtaca verbeugte sich feierlich. »Das werden wir, Auserwählter.« Dann eilte er davon.

Volodi sah ihm nach, bis er hinter einem Dickicht rot blühender Büsche verschwand. Der Drusnier wollte nicht sofort zurück nach oben gehen. Er wusste, sich einfach zu Quetzalli zu legen und sie in den Arm zu nehmen, war nicht genug. In Gedanken versunken, schlenderte er in den Park. Die schmalen Wege zwischen den Häusern der Auserwählten waren mit kleinen weißen Steinen ausgelegt, die unter jedem seiner Schritte knirschten. Keine welke Blüte, kein abgerissenes Blatt befleckten das Weiß. Dieser Ort sollte vollkommen sein. Er wanderte an einem Teich vorbei, in dessen steinerne Ufereinfassung gewundene Schlangen gemeißelt waren. Große, weiße Blüten trieben auf dem grünen See, und hin und wieder glitten buntscheckige Fische an der Grenze zwischen Dunkelheit und Zwielicht durch das Wasser. Gerade noch wahrnehmbar.

Volodi wünschte sich, er würde mehr über Frauen wissen. Wie konnte er Quetzalli die Freude am Leben zurückgeben? Was mochte sie? Würde gutes Essen sie aufmuntern? Bei ihm half es!

Er schlenderte weiter in den Park hinein. Gedankenverloren lauschte er dem Lied der Vögel und wunderte sich über die prächtigen Farben ihres Gefieders. Sie alle schienen einander darin überbieten zu wollen, wer der prächtigste Gaukler in den Lüften war. Volodi dachte zurück an die Sommer in Drus. Wie er zusammen mit seinem Bruder Bozidar auf die Jagd gegangen war. Was er jetzt wohl machte?

So lange hatten sie sich nicht gesehen. Er war der Ältere von ihnen, der Verantwortungsbewusstere. Als die Kämpfe mit Arcumenna, dem Laris von Truria, endeten, war Bozidar heimgekehrt. Eine Ewigkeit schien seitdem vergangen zu sein. Ob ihr Vater noch lebte? Oder saß sein Bruder nun auf dem schlichten Holzthron im Langhaus ihres Vaters. Er würde gern noch einmal durch die Wälder seiner Heimat streifen. An der Seite seines Bruders. Einen Tag nur … Aber das war nun einmal nicht sein Schicksal. Er würde fern der Heimat sterben. Nicht auf einem Schlachtfeld. Er würde geschlachtet werden wie Vieh.

Volodi hatte einen riesigen Steinquader erreicht, der sich, umringt von blühenden Pfirsichbäumen, inmitten eines Hains erhob. Er genoss den Duft der Blüten und betrachtete das seltsame Monument. Tiefe Linien waren in den schneeweißen Stein geschnitten. Er zeigte einen stilisierten Tierkopf. Jetzt erkannte er ein Auge, einen aufgerissenen Kiefer mit Fangzähnen.

Er umrundete den Quader und sah, dass er sich auf der Frontseite öffnete. Eine Treppe mit weiten Stufen führte in die Erde hinab. Am Rand der Stufen standen in langer Reihe Öllampen, ihre goldenen Flämmchen flackerten in dem warmen Luftzug, der fast einem langen Ausatmen gleich aus der Tiefe der Erde kam.

»Du stehst vor dem Schlangenschlund«, riss ihn eine Stimme aus seinen Gedanken.

Erschrocken fuhr Volodi herum. Hinter ihm stand ein großer, hagerer Mann, der ein himmelblaues Tuch um seine Lenden geschlungen hatte und ansonsten nackt war. Blondes Haar hing ihm in langen Strähnen bis zur Brust. Aus seinem Bart troff Wasser. Er hatte offene, dunkelbraune Augen, die von Kränzen feiner Fältchen umringt wurden. Volodi schätzte ihn auf älter als dreißig. »Wer bist du?«

»Eirik, ein Auserwählter, so wie du. Ich komme aus dem Seenland im Nordwesten von Drus.«

Volodi stellte sich mit knappen Worten vor. »Du bewegst dich ziemlich leise«, endete er.

»Du warst so tief in Gedanken, dass du nicht einmal einen Auerochsen auf dem Kiesweg gehört hättest. Außerdem musste ich nicht weit gehen.« Eirik deutete über die Schulter zu dem kleinen Teich, an dem Volodi zuvor vorbeigegangen war. »Das Wasser dort ist warm. Manchmal, wenn ich nachts nicht schlafen kann, komme ich hierher, schwimme und betrachte melancholisch den Sternenhimmel und den letzten Weg, den ich gehen werde.«

Volodi sah mit einem Schaudern zu dem klaffenden Schlangenmaul. Das Portal war mehr als drei Schritt hoch. »Wohin führt der Weg?«

Eirik zuckte mit den Schultern. »Ist das wichtig? Von dort gibt es kein Zurück. Die Zapote reden nicht darüber, was genau uns dort unten erwartet. Aber du hast die Bodenreliefs vor dem Weißen Tor gesehen, oder? Wir werden dort vor ihren Gott treten, vor die Gefiederte Schlange. Dort unten wimmelt es nur so von Adlerkriegern und Jaguarmännern.« Er hielt kurz inne. »Und von dort gibt es keinen Weg zurück. Ich habe gehört, du warst ein großer Krieger. Dort wird es dir nichts nützen.«

Volodi streckte sich und versuchte, selbstsicherer zu wirken, als er sich fühlte. »Ich bin nicht leicht umzubringen.«

»Hier wiegt Glück schwerer als ein starker Schwertarm.«

Volodi hob fragend die Brauen.

»Es wird ausgelost, wen sie als Nächsten zur Gefiederten Schlange bringen. Ich habe seit fast zwei Jahren überlebt. Ich habe zwei Frauen und drei Kinder.« Eirik schenkte ihm ein verzweifeltes Lächeln. »Und keine Zukunft …«

»Du hast Kinder?«

»Sie sind nicht hier. Ich wollte nicht, dass sie im Schatten eines Vaters aufwachsen, der auf seinen Tod wartet. Die Götter waren mir gnädig. Meine beiden kleinen Jungs haben kein blondes Haar. Die Priester haben mir versprochen, dass sie und ihre Mütter ein gutes Leben haben werden. Als Kinder eines Auserwählten könnten sie eines Tages sogar Priester werden.«

In Eiriks Stimme lag eine Trauer, die Volodi die Kehle zuschnürte. Sein Gegenüber war ein gebrochener Mann, der sich hinter einem melancholischen Lächeln versteckte. »Ich komme hier heraus«, sagte er entschieden. »Und ich werde nicht allein gehen.«

»Wenn mir die Götter für jede Gelegenheit, bei der ich einen solchen Spruch gehört habe, einen Tag schenken würden, ich würde ein grauhaariger, glücklicher Mann werden.«

»Du wirst schon sehen, Eirik.«

»Ganz sicher«, entgegnete sein Gegenüber bitter. »Ganz sicher! Schon in zwei Tagen wird wieder ein Auserwählter durch den Schlangenschlund gehen, und in letzter Zeit waren es immer die Neuen, die das Todeslos gezogen haben.«

Das Geschenk der Drachen

Nandalee blickte mit gemischten Gefühlen auf den Kobold, der ihr voraneilte. Das Licht seiner Fackel warf tanzende Schatten auf die Wände des engen Tunnels, dem sie folgten. Sie war nie zuvor in diesem Teil der Pyramide gewesen. Die Stufen führten sie aufwärts! Nicht hinab zu der halb überfluteten Höhle, in der Nachtatem sie sonst erwartete.

Der Kobold hatte sie auf einem Jagdausflug gefunden. Ihre hohen Stiefel waren schlammbespritzt, ihr langes Haar in Unordnung, und über der Schulter trug sie den großen Eibenbogen, der ihr in der Weißen Halle schon so viel Ärger eingebracht hatte.

»Und du weißt ganz sicher nicht, was Nachtatem von mir will?«

»Herrin, ich bin nur der Bote. Bitte vergesst das nicht. Ich habe keine Ahnung. Ich weiß nur, dass Ihr Euch beeilen sollt.« Der kleine Kerl drehte sich kurz zu ihr um. Sie sah die Angst in seinen großen Augen. »Ich habe die Stimme des Großen Schlingers in meinem Kopf gehört. In meinem Kopf! Er hat noch nie zu mir gesprochen. Ich wusste nicht einmal, dass er weiß, dass es mich gibt.«

»Des Großen Schlingers?«

Dem Kobold fiel beinahe die Fackel aus der Hand. »Was sagt Ihr da? Nennt ihn nicht so, das hasst er!«

»Aber du hast doch gerade …«, wandte Nandalee ein.

»Ich? Niemals! So würde ich den edlen Nachtatem nie nennen. Alle Kobolde ihm Tal verehren ihn wie ihren Vater.«

Der Kleine wusste offenbar vor lauter Angst nicht mehr, was er schwatzt, dachte Nandalee und hakte nicht weiter nach. *Der Große Schlinger*. Sie hatte noch nie gehört, dass jemand Nachtatem so nannte.

»Hier. Das ist der Ort«, stieß der Kobold ängstlich hervor. Ein zweiter Tunnel kreuzte ihren Weg. »Ihr müsst da entlanggehen.« Ihr Führer deutete auf den Gang, der nach links abzweigte, und hielt ihr die Fackel hin.

»Und du?«, fragte Nandalee überrascht.

»Ich habe diesen Ort in meinem Kopf gesehen … Ich weiß nicht, wie ich es beschreiben soll. Von hier an steht es mir nicht mehr zu, Euch zu begleiten. Das konnte ich ganz deutlich spüren, als mir Nachtatem den Weg zeigte. In meinen Gedanken zeigte … Versteht Ihr, Herrin?« Er sah verzweifelt zu ihr auf und war sich augenscheinlich darüber im Klaren, wie wirr ihr seine Worte erscheinen mussten.

»Ich weiß, wie es ist, wenn die Himmelsschlangen zu einem sprechen. Man fühlt sich erhoben und ist doch zugleich auch voller Angst.« Sie nahm die Fackel und stutzte einen Moment. »Woher kennst du mich? Hat Nachtatem dir auch mein Bild gezeigt? Ich glaube, ich bin dir noch nie zuvor begegnet.«

»Ich bin Skultik, der Seerosenhüter. Ich bin Euch nie begegnet, aber wir alle kennen Euren Namen, Nandalee, und den von Gonvalon. Ihr habt Euch gegen den Goldenen erhoben.« Bei den letzten Worten senkte der Kobold seine Stimme und spähte ängstlich in die Dunkelheit der Tunnel. »Ihr habt viele Freunde im kleinen Volk. Wir mögen Geschichten über Rebellen.« Er grinste verschwörerisch und verschwand ohne ein weiteres Wort in der Dunkelheit des Gangs, durch den sie gekommen waren.

Nandalee blickte in den Tunnel, dem sie folgen sollte. Ein warmer Luftzug kam von dort, der den Wohlgeruch von Drachen mit sich trug. Was wollte Nachtatem von ihr? Warum empfing er sie nicht in der Halle der Gazala oder draußen in den Gärten der Felsoase? Wusste er um ihren Streit mit dem Rotrücken?

Sie streckte die Fackel vor und ging los. Dieser Tunnel war anders als der vorherige. Hier waren die Wände von zarten Gipsblüten bedeckt, die aus den Fugen der Steinquader wucherten. Die Decke war von Ruß geschwärzt. Ein Prickeln überlief die Elfe, und plötzlich war es, als griffe die Faust eines unsichtbaren Riesen nach ihr, um sie vorwärtszuzerren. Das Gefühl dauerte nur einen Herzschlag – dann hatte sich alles um sie herum verändert. Von einem Moment auf den anderen fand sie sich in einer weiten Halle wieder, die sie nie zuvor gesehen hatte. Himmelsschlangen umringten sie.

Erschrocken blickte Nandalee sich um. Alle bis auf eine hatten sich zu dieser Versammlung eingefunden. Auch Elfen waren anwesend: Lyvianne, die geheimnisvolle Zauberweberin aus der Weißen Halle, Bidayn, die sich der Meisterin der Magie verschrieben hatte, auch Nodon, den Befehlshaber der Drachenelfen im Jadegarten, entdeckte sie. Und Gonvalon!

Der Tunnel musste sie zu einem der geheimen Drachenpfade geführt haben, die es einem, ähnlich wie die Albenpfade, erlauben, weite Distanzen mit einem einzigen Schritt zu überwinden. So war es unmöglich zu sagen, ob sich diese Halle irgendwo unterhalb des Jadegartens oder aber Hunderte Meilen entfernt befand.

Ihr kommt spät, Dame Nandalee.

Die Gedanken des Drachen, die sie heimsuchten, waren wie ein plötzlicher Guss Eiswasser in den Nacken. Sie zuckte zusammen. Es war der Goldene, der das Wort an sie gerichtet hatte.

Alle Blicke ruhten auf ihr. Sie spürte die Missbilligung der Drachen, ihren Zweifel, ihren Zorn. Unwillkürlich duckte sie sich. Es war ihr unmöglich, sich den Gefühlen zu verschließen, die die

Himmelsschlangen ihr vermittelten. Sie war zutiefst beschämt. Der Gedanke, die Himmelsschlangen enttäuscht zu haben, war ihr unerträglich.

»Bitte verzeiht. Ich eilte sofort herbei, als ich Nachricht erhielt zu kommen.«

War dies ein Tribunal? Hatten sie sich versammelt, um über sie zu richten, weil sie einen ihrer Drachenbrüder verwundet hatte? Nandalee hob trotzig den Kopf. Der verdammte Rotrücken hatte es nicht besser verdient!

Unser Bruder, der Himmlische, ist tot. Er wurde von den Devanthar heimtückisch ermordet. Nachtatems Gedanken waren umflort von tiefer Trauer, die Nandalee bis ins Herz berührte, sodass ihr unwillkürlich Tränen in die Augen traten. Es war unmöglich, sich den Gefühlen der Himmelsschlangen zu verschließen. Sie waren so überwältigend, wie die Erstgeschlüpften groß waren. Sie blickte zu dem Drachen, der ihr und Gonvalon Zuflucht gewährt hatte. Schatten umwoben seinen schwarz geschuppten Leib. Er wirkte wie Fleisch gewordene Finsternis. Unheimlich. Bedrohend. Ein Raubtier, in dessen Gegenwart sie ein Nichts war. Und doch war da diese verstörende Trauer. Nandalee fühlte, dass er immer noch fassungslos war über den Verlust seines Nestbruders. Gefühle, wie sie ganz und gar nicht zu einem Raubtier passten.

Nachtatem ließ sie an allem teilhaben, was er über den Tod seines Bruders wusste. Wie er binnen eines Herzschlags unter einem Himmel aus Gestein begraben wurde. Beklommen blickte Nandalee zur weiten Decke der Halle hinauf. Waren sie hier unter der Erde, so wie der Himmlische, als er starb?

Ehrenwerte Meister und Novizen, Ihr findet Euch hier versammelt, da ein jeder von Euch auf seine Art einzigartig ist. Es war nicht mehr Nachtatem, der nun in ihren Gedanken sprach. Der Goldene führte das Wort, und seine Gedanken wurden getragen von verhaltenem Zorn und von einem Pathos, dem sich zu entziehen unmöglich war. Von einer Himmelsschlange einzigartig genannt zu werden, war eine Gunst, die wohl kaum einem Elfen zuvor widerfahren war.

So wie ein guter Stahl aus Eisenstangen mit ganz unterschiedlichen Eigenschaften geschmiedet wird, so sollt Ihr von heute an in Eurer Verschiedenheit doch untrennbar miteinander verbunden sein. Ihr seid unser heißer Stahl der Rache, und Ihr werdet unsere Feinde dort verwunden, wo sie am wenigsten mit einem Angriff rechnen. Ihr werdet Angst in ihre Herzen säen!

Unsere Schwerter zu sein, das war von Anbeginn der Zweck der Drachenelfen, doch nie zuvor wurden Eure Brüder und Schwestern auf eine Probe gestellt, wie sie Euch nun bevorsteht. Gehört Ihr uns, mit Euren Herzen und Euren Seelen und jeder Faser Eures Leibes?

»Ja«, erklang es im selben Augenblick aus ihrer aller Münder, als sprächen sie mit nur einer Stimme.

Es wird die Dame Nandalee sein, die Euch bei diesem Feldzug, den Tod des Himmlischen zu sühnen, anführen soll.

Erschrocken blickte Nandalee zum Goldenen auf und wurde fast geblendet von dem Licht, das sich in seinen Schuppen spiegelte. Sie spürte sein Vertrauen in sie. Was sie überraschte, hatte sie doch mit ihren Taten in der Tiefen Stadt sein Missfallen erregt. Auch wurde sich Nandalee bewusst, dass alle übrigen Elfen sie anstarrten. Abgesehen von Bidayn war sie die Unerfahrenste hier. Ihr stand diese Ehre nicht zu!

Ich spüre Eure Verwunderung, Albenkinder. Ja, in einem Herzen glimmt gar Hass. Der Smaragdene neigte sein Haupt, um ihnen zu bedeuten, dass er es war, der nun seine Gedanken mit ihnen teilte. *Wähnt nicht, es sei eine Intrige, wenn unsere Wahl auf die Dame Nandalee fiel. Eine ihrer besonderen Eigenarten ist es, dass ihre Gedanken nicht zu lesen sind. Unser Plan ist so kühn, dass er nicht aufgedeckt werden darf, bevor er zur Vollendung kommt. Es mag sein, dass Euch übermächtige Feinde begegnen, die in Euren Gedanken mit derselben Leichtigkeit zu lesen vermögen, wie wir es tun. Nur bei Nandalee sind unsere Geheimnisse in Sicherheit. Deshalb wurde sie erwählt. Wir werden sie einweihen in alles, was zu tun ist, und Ihr werdet ihr folgen, ohne zu murren oder an ihren Worten zu zweifeln, denn sie wird unseren Willen in Worte formen.*

Nandalee schluckte und spürte, wie sich in ihrem Magen ein Klumpen aus Eis formte. Sie sah den Zorn und die Verachtung in Lyviannes Blick. Nodon ließ sich nichts anmerken, aber ganz gewiss fühlte auch er sich zurückgesetzt. In Bidayns Antlitz spiegelte sich keinerlei Emotion. Sie war zu klug, sich etwas anmerken zu lassen. Bidayn wusste, dass die Himmelsschlangen in diesem Augenblick in ihrer aller Gedanken lasen.

Ich verstehe Euren Unmut, hob der Goldene an. *Aber nun zeigt Größe und vergesst ihn. Jeder von Euch wird vor Nandalee treten und ihr für diese Mission Treue schwören. Wir legen die Zukunft Albenmarks in Eure Hände. Zeigt Euch würdig!*

Nodon trat als Erster vor und leistete ihr den Treueeid. Nandalee war völlig überrumpelt von der Entwicklung der Ereignisse. Sie wollte diese Rolle nicht, und doch begriff sie, dass sie keine Wahl hatte. Lyvianne sah mit eisigem Blick zu ihr auf, als sie vor ihr niederkniete. »Ich hoffe, du bist als Anführerin so vortrefflich wie als Bogenschützin.«

Bidayn verlor kein unnötiges Wort. Sie leistete ihren Treueeid. Nandalee hoffte, dass ihre alte Freundschaft noch galt. Allein Gonvalon kniete mit einem Lächeln vor ihr nieder. In seinen Augen las sie, wie maßlos stolz er auf sie war. Er würde ihr den Rücken freihalten, ganz gleich, was kommen mochte.

Nun geht und wisset, eines Tages wird ganz Albenmark voller Stolz auf jeden von Euch blicken, denn Ihr alle werdet Helden sein, wie jedes Zeitalter sie nur einmal sieht. Es war wieder der Goldene, der sprach, und seine Worte hatten eine solche Kraft und Würde, dass Nandalees Sorgen schwanden, und sie tatsächlich voller Stolz und Hoffnung war. *In wenigen Stunden schon werdet Ihr aufbrechen. Bereitet Euch vor!*

Berauscht von dem Gefühl, für Großes auserwählt zu sein, wandte sich Nandalee gemeinsam mit den anderen Elfen dem Tor zu, das sich auf geheimnisvolle Weise an einer Wand der weiten

Versammlungshalle aufgetan hatte, als die Stimme Nachtatems sie innehalten ließ.

Ihr verweilt noch ein wenig bei uns, Dame Nandalee!

Sie sah den anderen nach. Keiner von ihnen blickte zu ihr zurück. Selbst Gonvalon nicht.

Dies ist die Einsamkeit der Anführer, meine Dame. Nandalee spürte die Melancholie Nachtatems, und sie konnte nur ahnen, wie viel Ungesagtes hinter diesen Worten lag.

Es gibt noch einen zweiten Grund, warum wir Euch erwählten, Dame Nandalee. Nun war es wieder der Goldene, der zu ihr sprach. *Wir haben Eurer aller Zukünfte ergründet. Sie sind mannigfaltig. Voller Ruhm und bei manchen auch voller Abgründe. Für jeden von Euch haben wir an dem Ort, an den wir Euch schicken werden, mindestens eine Möglichkeit zu sterben gesehen. Für jeden ... außer für Euch. Vielleicht haben wir die möglichen Zukünfte nicht tief genug ergründet, doch kamen wir überein, dass nur Ihr jenes Kleinod tragen sollt, um das sich alles drehen wird. Tretet erneut in die Mitte der Höhle, verehrte Dame!*

Nachtatem sprach ein Wort der Macht, wie nur eine Drachenzunge es zu formen vermag, und als Nandalee vorwärtsging, spürte sie den Boden unter ihren Füßen vibrieren. Das Geräusch von Stein, der über Stein schleift, füllte die weite Höhle, doch war nichts zu sehen, was diesen Lärm hervorrufen mochte.

Die Elfe ahnte, dass sie auf die Probe gestellt wurde, doch wusste sie nicht, auf welche Weise. Die Blicke der Himmelsschlangen lasteten auf ihr. Kurz vor dem Mittelpunkt der Halle blieb sie unvermittelt stehen. Dieses Spiel würde sie nicht mitmachen!

Augenblicklich trat eine absolute Stille ein.

Sie ahnte, dass die Drachen ihre Gedanken tauschten. Es lag eine Spannung in der Luft wie an einem heißen Spätsommernachmittag, kurz bevor ein Gewitter losbrach.

Bravo, Dame Nandalee. Eure Intuition wird nur noch von Eurem Hang zur Rebellion übertroffen. Streckt einmal vorsichtig Euren Fuß vor! Die Stimme des Goldenen traf sie wie ein Peitschenhieb. Mochten seine Worte formal auch freundlich sein, die Gefühle, die sie begleiteten, waren es nicht.

Sie sah zu Nachtatem und glaubte, Zustimmung in seinen Augen zu lesen. Ganz behutsam tastete sie sich mit dem linken Fuß vor und fuhr augenblicklich erschrocken zurück. Dort, wo ihre Augen ihr festen Boden vorgaukelten, war ein Abgrund.

Ganz recht, Dame Nandalee, dort klafft ein fast bodenloser Spalt, aus dem sich eine Säule erhebt, die ein kostbares Kleinod trägt. Und dieses Kleinod sollt Ihr für uns verwahren. Ihr müsst nur den Arm ausstrecken und es an Euch nehmen.

Sie vertraute dem Goldenen nicht. Nandalee ließ den Bogen von ihrer Schulter gleiten und schwang ihn vor sich über den unsichtbaren Abgrund. Erst ein ganzes Stück links von ihr schlug das Eibenholz auf Stein. Hätte sie sich einfach vorgebeugt, sie hätte das Gleichgewicht verloren und wäre in den Abgrund gestürzt.

Das genügt, Brüder! Sie mag jung sein und unerfahren, doch ist sie nicht naiv! Sie wird die anderen führen können und ihre Zweifel und ihren Widerstand überwinden. Ich vertraue ihr.

Enttäuscht nahm Nandalee zur Kenntnis, dass es nicht Nachtatem war, der gesprochen hatte. Der Redner unter den Drachen gab sich ihr nicht zu erkennen, obwohl die Elfe sich sicher war, dass seine Brüder ganz genau wussten, wer gesprochen hatte.

Der Blendzauber verflog von einem Augenblick zum anderen. Deutlich sah sie nun den Abgrund und die daraus aufragende Säule. Ohne abzuwarten, ob sie noch ein weiteres Mal aufgefordert wurde, trat sie ein wenig zur Seite und griff nach dem Amulett, das auf dem marmornen Kapitell lag. Es war aus grau-schwarzem Metall und hing von einem schlichten, dunklen Lederriemen, der abgewetzt und lange getragen aussah. »Blei«, sagte sie halblaut. Eine dünne Tafel, die um etwas gefaltet war. Vielleicht ein kleiner Stein. Buchstaben und seltsame Symbole waren in das Blei geritzt. Nur schwer zu erkennen, denn das Metall war sehr dunkel und die Ritzzeichen vom langen Tragen des Amuletts fast abgerieben. Sie kniff die Augen zusammen. Sie kannte diese Schriftzeichen. In langen Stunden hatte sie sich in der Weißen Halle mit diesem Alphabet abgemüht. Sie waren Luwisch, und nun wusste sie, was in das Blei gegraben stand: der Name der Devanthar, die von den Luwiern angebetet wurde, Išta!

Ihr wundert Euch über das Amulett, Dame Nandalee? Der Frühlingsbringer in seinem Schuppenkleid von der Farbe jungen Grases neigte sein Haupt und sah freundlich auf sie hinab. Sie spürte in seinen Gedanken den Nachklang der Trauer, aber auch die Gewissheit, mit dem, was sie nun taten, auf Jahrhunderte Frieden in alle drei Welten tragen zu können. *Ihr werdet unter Menschenkinder gehen, Nandalee. Viele von ihnen tragen Amulette wie dieses hier. Sie ritzen Götternamen und Segenssprüche in das Blei, falten es und vergraben es oder tragen es ganz offen als Amulett. Dieser Schmuck wird unter den Menschenkindern kein Aufsehen erregen.*

»Sollte uns nicht einer unserer Brüder aus der Blauen Halle begleiten?«, fragte Nandalee. »Viele von ihnen haben etliche Jahre unter Menschen verbracht. Sie kennen ihre Angewohnheiten und Gebräuche. Sie wären ein große Hilfe.«

Sie sind alle tot, Dame Nandalee. Gemeinsam mit dem Himmlischen gestorben. Und jene Meister der Blauen Halle, die in der Welt der Menschen dienen, erreichen wir nicht mehr. Es gilt, das Schlimmste zu befürchten. Ihr werdet also auf Euch allein gestellt sein, und Ihr werdet Zugang zu einem Ort suchen, den noch kein Elf zuvor betreten hat, und von dem es heißt, dass er von schrecklichen Ungeheuern bewacht wird. Es ist ein Ort, über den wir nur Legenden kennen.

Und dann schilderte der Frühlingsbringer Nandalee, wohin sie gehen sollten und was dort zu tun war. Verzweiflung überfiel die Elfe, denn dies war keine Aufgabe für Sterbliche.

Geisterwald

Bidayn blickte zweifelnd zu Nandalee auf. Ihre Freundin hatte ihr gesagt, sie würde spüren, wann der rechte Augenblick gekommen sei, den Albenstern zu öffnen, und ihr genau beschrieben, welchen der sieben Pfade sie danach beschreiten sollte. Es war ein ungewöhnlicher Weg, der lange von keinem anderen Albenpfad gekreuzt wurde und der sie in weite Ferne führen würde, fort aus ihrer Heimatwelt. Doch wohin, hatte Nandalee nicht gesagt.

Aus den Augenwinkeln sah sie, wie Gonvalon Nandalee flüchtig mit der Hand streifte. Es war eine Geste der Liebe, um sie wissen zu lassen, dass er hinter ihr stand, ganz gleich, was auch geschehen mochte. Die beiden hatten sich verändert. Man sah ihnen ihre Verbundenheit an. Bidayn spürte einen kurzen, scharfen Schmerz. Sie würde niemals solche Liebe erfahren. Welcher Mann wollte schon eine Frau, deren ganzer Leib mit einem Rautenmuster aus Narben bedeckt war.

Sie hatte sich die Wunden zugezogen, als sich die Zaubermacht Nangogs gegen sie gewandt hatte. Seitdem hatte sie alles versucht, die Narben verblassen zu lassen. Doch kein Heilkraut, keine Tinktur und kein Zauber vermochten ihr Stigma auszulöschen. Allein dick aufgetragene Schminke half.

Bidayn seufzte und konzentrierte sich wieder auf den Albenstern. Die Himmelsschlangen hatten sie weit hinaus in die Savanne des Bainne Tyr geschickt. Sie glaubten, ihre Feinde würden leichter auf sie aufmerksam werden, wenn sie eine Reise an einem Ort begannen, der in Verbindung mit den Götterdrachen stand. Und so standen sie nun im ersten Morgenlicht inmitten des weiten Graslandes neben einer weißen Felsnadel, die von Dutzenden flacher Holzschalen umlagert wurde, in der sonst Kobolde ihren Götzen und den Geistern der Savanne Opfergaben darbrachten. Eine halbe Meile entfernt zog eine Gazellenherde vorüber, deren Leittiere wachsam in ihre Richtung spähten. Noch vor dem ersten Morgenlicht hatten sie einen Löwen brüllen hören, doch der Räuber war im hohen Gras verborgen geblieben. Die Raubkatze machte Bidayn keine Sorgen, doch troff ihr kalter Schweiß von den Achseln hinab, wenn sie daran dachte, welche Feinde sie an dem Ort erwarten würden, an den Nandalee sie führen sollte. Die Devanthar! Bidayn erinnerte sich noch gut an die Kreatur mit dem Eberkopf, der sie auf Nangog begegnet war, und daran, wie hilflos sie sich ihm gegenüber gefühlt hatte. Doch dann war Nandalee gekommen. Sie sah erneut zu ihrer Gefährtin auf. Sie hatte sich damals dem Ebermann entgegengestellt. Sie kannte keine Angst.

Plötzlich durchlief ein Kribbeln ihre Hände, die sie auf den Boden gedrückt hielt, dort, wo sich die sieben Albenpfade kreuzten und einen großen Stern bildeten. Etwas veränderte sich im magischen Netz. Das Kribbeln lief ihre Arme hinauf. Sie konnte spüren, dass an vielen Orten gleichzeitig Tore geöffnet wurden. So etwas hatte sie noch nie erlebt.

Jetzt schien auch Lyvianne etwas zu bemerken, obwohl ihre Meisterin ein Stück vom Albenstern entfernt stand. »Was geschieht da?«

»Von überallher kommen Zauberweber. Sie drängen auf die Albenpfade.«

»Greifen die Devanthar erneut an?«, fragte Nodon alarmiert. Der rotgewandete Elf hatte die Hand auf den Schwertgriff gelegt, als erwarte er, dass sich der Albenstern vor ihnen öffnen würde, um Heerscharen von Angreifern auszuspeien. Bidayn vermied es, ihn anzusehen. Er hatte Augen, die ganz und gar schwarz waren. Seine Blicke ließen sie erschaudern.

»Es geschieht in Albenmark«, sagte sie leise, ganz auf das magische Netz konzentriert.

»Das ist das Zeichen für unseren Aufbruch. Öffne das Tor!«, befahl Nandalee.

Bidayn sprach ein Wort der Macht, und unter ihren Händen entwuchsen dem trockenen Savannenboden zwei Schlangen aus gleißend blauem Licht. Sie neigten sich einander zu, und als sich ihre Köpfe berührten, verschmolzen sie zu einem Bogen, der undurchdringliche Finsternis umschloss. Zu ihren Füßen aber zeigte sich ein schmaler, goldener Pfad, der in die Unendlichkeit zu führen schien. Der Weg, auf dem sie in eine andere Welt gelangen würden.

»Folgt mir!« Nandalee ging als Erste. Ohne zu zögern, trat sie auf die magische Brücke, die das Dunkel zwischen den Welten durchmaß. Bidayn bewunderte sie für ihren Mut. Sie selbst ging als Letzte.

Es war nur ein kurzer Weg, der sie schon nach wenigen Herzschlägen inmitten eines nächtlichen Waldes führte. Nach der trockenen Morgenfrische der Savanne war es an diesem Ort beklemmend heiß. Dunstschwaden zogen zwischen den Bäumen und dem weglosen Grün, das sie umgab. Hier fand sich keine Markierung neben dem Albenstern. Allein ein himmelhoher Baum ragte auf. Ein Baum mit einem Stamm, so mächtig wie ein Turm, der alle anderen ringsherum überragte. Speere aus silbernem Licht stachen durch das dichte Laubdach.

»Hier entlang!« Nandalee schien sich ganz sicher zu sein, wo sie waren, obwohl sie sich inmitten eines pfadlosen Dschungels befanden und auch keine Gestirne als Wegweiser zu erkennen waren. Und dennoch, als kenne sie den Weg, zeigte sie an dem mächtigen Baumriesen vorbei.

Bidayn kannte sie lange genug, um zu wissen, dass Nandalee sie eher in die falsche Richtung führen würde, als einzugestehen, dass sie nicht wusste, wo sie sich befanden. Oder wusste sie es? Was hatten die Drachen ihr aufgetragen? Welches Geheimnis war so dunkel, dass es außer ihr niemand erfahren durfte?

Schweigend schritten sie durch den Wald, begleitet nur von den Geräuschen des Dschungels: das leise Knacken der Äste, wenn sich kleines Getier seinen Weg durch das Unterholz bahnte; das stete Plätschern von Wasser, das auch dann nicht verstummte, wenn die immer wieder einsetzenden Schauer abebbten. Zu lang war der Weg der Regentropfen, die über Hunderte Blätter gleitend in die Tiefe tropften. Dazu kam das leise Summen von Mücken, nur manchmal unterbrochen von einem seltsam auf- und abschwellenden Schrei, wie Bidayn ihn noch nie vernommen hatte. Ein brünstiger Affe vielleicht? Torkelnde Schatten glitten zwischen den Baumstämmen dahin. Jagende Fledermäuse. Sie hätten ruhig näher um sie kreisen können, dachte Bidayn. Vielleicht würde das die Mücken vertreiben.

Mit einem Seufzer kämpfte sie sich weiter voran. Der schlammige Boden schien sie bei jedem Schritt halten zu wollen. Es war ein quälender Marsch. Bald schon war ihr schäbiges Wollkleid von Regen und Schweiß durchweicht und scheuerte auf ihrer Haut.

Es war von Menschen gewoben, wie fast alles, was Bidayn und die anderen am Leib trugen. Ihre Waffen hatten sie in aufgerollten Kleiderbündeln verborgen. Jeder von ihnen besaß einen Beutel mit kleinen Goldklümpchen. Sie würden sich als Glücksritter ausgeben, die nach Gold, Elfenbein und Edelsteinen suchten.

Als ihr Weg sie unter einem gestürzten Baumriesen hindurchführte, der von einem Gewirr gesplitterten Astwerks und abgeknickter, kleinerer Stämme getragen wurde, erblickten sie zum ersten Mal ein Stück Himmel über sich. Der gestürzte Riese hatte eine Bresche in die dichte Mauer des Dschungels geschlagen. Sie waren nicht im Dschungel von Zapote, wie Bidayn vermutet hatte. Der Weg, den die Himmelsschlangen bestimmt hatten, hatte sie nach Nangog geführt, und über ihnen standen die blassen Zwillingsmonde der verfluchten Welt, auf der Bidayn ihre Narben empfangen hatte.

In stummer Verzweiflung ballte die Elfe ihre Fäuste. Diese Welt war den Albenkindern verboten! Hier erwartete sie nur der Tod!

Nandalee sah ebenfalls kurz zum Himmel und änderte dann die Marschrichtung. Bidayn war inzwischen froh um jeden der schrecklichen Ausdauerläufe, den sie in der Weißen Halle hatte absolvieren müssen. Ihre Beine waren stark, sie schritt ebenso ausdauernd und unermüdlich durch den Schlick des Dschungels wie ihre Gefährten.

Einmal wurde sie auf einen Schatten im Geäst aufmerksam. Ein Tier, das aussah wie ein halb verhungerter Bär. Es hing kopfunter an einem dicken Ast, spähte zu ihnen hinab und hangelte sich behutsam vorwärts. Auf den ersten Blick wirkte die Kreatur harmlos, bis ein verirrter Lichtstrahl seine Pfoten erkennen ließ, die mit messerlangen Krallen bestückt waren. Nichts auf dieser Welt war ungefährlich. Sie hätte es besser wissen müssen!

Bald hatte Bidayn jegliches Zeitgefühl verloren. Der Marsch schien Stunden zu dauern. Dann, endlich, erreichten sie einen träge dahinströmenden Fluss. Sie folgten seinem Ufer, bis Nodon plötzlich den Arm hob und zur Böschung deutete. Alle verharrten, während der Hüter des Jadegartens niederkniete und etwas aus dem Schlick hob. Er hielt ihnen einen Totenschädel hin. »Dort liegt mehr als ein Dutzend Leichen«, flüsterte er. »Aber ich kann nicht erkennen, woran diese Menschenkinder gestorben sind.«

Lyvianne trat zu ihm, betrachtete die Toten. »Es scheint, als hätten sie hier ihr Nachtlager aufgeschlagen. Da vorne ist ein Aschekreis. Und …« Sie stockte und kniete ebenfalls nieder. »Was ist das?« Sie zog halb verrottetes Leder zur Seite und strich über etwas, das Bidayn nicht genau erkennen konnte.

»Lass es liegen«, befahl Nandalee scharf.

Doch Lyvianne hob ihren Fund hoch. »Das ist der größte Smaragd, den ich je gesehen habe.«

Bidayn schluckte. Ihre Meisterin hielt einen Kristall in Händen, der jenen ähnelte, die sie bei ihrer Reise in der verborgenen Höhle gesehen hatten.

»Nun wissen sie, dass wir hier sind«, sagte Nandalee mit tonloser Stimme. »Aber vielleicht ist das nicht das Schlechteste.«

»Von wem sprichst du?«, fragte Lyvianne mit fast schon provozierender Ruhe.

Bidayn setzte an, ihr zu antworten, als Nandalee einfach nur den Arm ausstreckte und über das Wasser wies. Im Dunst, der über den trüben Fluss glitt, erschien ein grünes Leuchten. Es schien Teil des Nebels zu sein, doch floss es nicht mit ihm, sondern bewegte sich gegen den Wind.

Zischend fuhr Nodons Schwert aus der Scheide. »Dort oben im Dickicht der Uferböschung ist es auch.«

»Lass die Waffe stecken«, rief Nandalee. »Sie wird uns nicht helfen.«

Bidayn zitterten die Knie. Es war ihr peinlich, aber sie schaffte es nicht, es zu unterdrücken. Sie fürchtete die Geister. Allzu gut erinnerte sie sich, was sie mit Nandalee getan hatten.

Nandalee flüsterte Gonvalon etwas zu. Er schüttelte heftig den Kopf, doch sie ignorierte es, drückte seine Hand und trat ans Ufer.

»Kinder Nangogs, ich rufe euch!« Die Laute des Dschungels, die sie die ganze Nacht über begleitet hatten, verstummten.

Weitere Lichter zeigten sich im Nebel über dem Fluss. Sie tanzten umeinander und kamen dabei langsam näher.

Bidayn wich zur Böschung zurück, bis Nodon sie beim Arm packte. »Dort oben sind sie auch. Ich kann sie spüren. Sie kreisen uns ein.«

Und während sie, Nodon, Lyvianne und Gonvalon erstarrten, kniete Nandalee nieder. Sie streckte ihre Arme zur Seite und flehte. »Kommt zu mir, ich erwarte euch.«

Der Tanz der Lichter wurde schneller. Sie flossen auseinander zu weiten, grünen Schlieren, die sich durch den Nebel wanden. Zugleich sickerte Licht aus dem Dickicht über ihnen und kroch um ihre Füße.

Langsam legte Lyvianne den großen Kristall zurück auf den verrotteten Rucksack, zwischen die Gebeine der Toten. Nun bewegten sich auch die Ranken des Dorndickichts und griffen zu ihnen hinab. Überall im Gebüsch ringsum raschelte es.

Als sich eine armdicke Wurzel unmittelbar vor Bidayns Füßen

aus dem Uferschlamm schob, sprach Lyvianne ein Wort der Macht. Sofort leckten Flammen über das Wurzelholz.

»Nicht!«, rief Nandalee. »Tu das nicht, oder wir sind alle des Todes. Du weißt nicht, gegen wen du dich auflehnst.«

»Dann sag es mir«, zischte Lyvianne. »Ich werde jedenfalls nicht länger tatenlos zusehen, wie …« Dutzende Wurzelstränge schossen aus der Uferböschung. Schlangengleich wand sich das Holz und griff zuerst nach Lyvianne, dann nach den anderen Elfen.

»Nehmt mich!«, sagte Nandalee ruhig und beugte demütig ihren Kopf. »Nehmt mich, Kinder Nangogs!«

Augenblicklich umfloss sie das grüne Leuchten. Bidayn fröstelte es, und jedes Haar ihres Körpers richtete sich auf. Sie wollte fortlaufen, doch Wurzeln wanden sich um ihre Füße. Noch war sie nicht in Fesseln geschlagen, doch gab es kein Stück Ufer mehr, auf das sie einen Fuß hätte setzen können, ohne die unheimlichen Wurzeln zu berühren. Und sie wollte nicht herausfinden, was bei einer Flucht geschehen mochte. Sie dachte an die toten Köhler und Holzfäller, die sie auf ihrer ersten Reise nach Nangog aufgefunden hatten. Jene waren im Schlaf von Bäumen gemordet worden.

Die tanzenden Lichter umkreisten Nandalee, troffen zähflüssig über ihre Finger, leckten ihre Arme hinauf, umspielten ihre Kehle. Nandalees Augen rollten nach oben, sodass nur noch das Weiße zu sehen war. Und dann kroch das Licht über ihre geöffneten Lippen, um ganz und gar von ihr Besitz zu ergreifen.

Gefangen

Eisiger Wind zerrte an der Mähne des Löwenhäuptigen. Die Arme vor der Brust gekreuzt, stand er hinter den höchsten Zinnen des Gelben Turms und sah auf die ziehenden Wolken hinab. Sein Blick wanderte über die schneebedeckten Gipfel, die in der Ferne zu blauen Schemen verblassten. Ihr Refugium lag hoch an einer grauen Bergflanke. Unerreichbar für Menschen. Ein Turm inmitten der Einsamkeit, fast schon in den Himmel gebaut.

Der Sturmwind blies blasse Schneeschleier von den Gipfeln heran. Der Löwenhäuptige spürte das Prickeln der feinen Eiskristalle, die wie winzige Dornen in seinen Rücken stachen. Die Kälte vermochte ihm nichts anzuhaben. Er dachte an die fernen Tage der Weltenschöpfung zurück. An die Tage, als sie alle noch mit einer Stimme gesprochen hatten, als Harmonie zwischen ihnen herrschte und ihrer aller Wille eins war. So viel Zeit war seitdem vergangen.

Die Devanthar waren auf der höchsten Plattform des Gelben Turms versammelt, doch jeder blickte in eine andere Richtung, hing seinen eigenen Gedanken nach. Von ihrer Gemeinsamkeit war wenig geblieben – nur die Einsicht in die Notwendigkeit, sich gemeinsam jenem Feind zu stellen, den sie gestern unnötig herausgefordert hatten. Jetzt bedauerte es der Löwenhäuptige, sich nicht entschiedener gegen den Angriff auf die Blaue Halle ausgesprochen zu haben. Zumindest, als sie gemerkt hatten, dass unten in den Gewölben eine der Regenbogenschlangen weilte. Sie waren gekommen, um jene Elfen zu vernichten, die als Spitzel nach Daia kamen. Ein durch und durch gerechtfertigtes Ansinnen. Doch indem sie einen der großen Drachen töteten, hatte der Streit eine neue Dimension angenommen. Was sie getan hatten, mochte die Alben aus ihrer seltsamen Lethargie reißen.

Er begriff die Beweggründe der Schöpfer Albenmarks nicht. Sie schienen kein Interesse mehr an ihrem Werk zu haben. Sie hatten geduldet, dass die Devanthar den alten Pakt gebrochen hatten und Nangog besiedelten. Aber würden sie auch die Ermordung eines ihrer Statthalter hinnehmen? Was würde geschehen, wenn ihre unbedachte Tat die schlafenden Götter Albenmarks aufschreckte? Sicher dachten viele seiner Brüder und Schwestern im Augenblick ganz ähnlich.

Der Löwenhäuptige trat an die Brüstung des Turms und blickte auf das Schneegestöber tief unter sich. Irgendwo dort unten am Berghang, mehr als eine Meile entfernt, befand sich der große Albenstern, von dem ein schmaler Saumpfad hinauf zu ihrer einsamen Bergfestung führte. Wer keine Flügel hatte, konnte nur durch den Albenstern zu dem unzugänglichen Tal gelangen, das sie sich als Residenz erschaffen hatten. Sie würden jeden Angreifer lange im Voraus kommen sehen. Hier war es unmöglich, sie zu überraschen, und so blieb ihnen Zeit, sich zu sammeln und die innere Ruhe zu finden, die nötig war, um ihre Kräfte zu vereinen.

Ein Devanthar allein mochte für eine Himmelsschlange leichte Beute sein, aber verbanden sie sich zu einer Einheit, vervielfachten sich ihre Kräfte. Das war die Macht, die aus einem Gedanken eine ganze Welt erschaffen hatte!

Der Löwenhäuptige spürte, wie sich seine Schwester Anatu in ihrem knöchernen Gefängnis regte. Heute schwieg die Verstoßene, deren Wehklagen vom Wind manchmal bis hin zu den Ausläufern der Schwarzen Wüste getragen wurde. Auch sie spürte, dass etwas vorgefallen war. Vielleicht sollten sie ihr verzeihen. So viele Jahrhunderte dauerte nun schon ihre Gefangenschaft.

Der Löwenhäuptige wandte sich von der Brüstung ab und sah zu seiner Schwester Išta hinüber. Sie spürte seinen Blick und wandte sich um. Ihrer Unbesonnenheit hatten sie es zu verdanken, dass sie nun alle Gefangene des Gelben Turms geworden waren, denn nirgendwo anders wären sie so sicher wie hier. Nach dem Tod des Himmlischen hatte Istá sie davon überzeugt, dass die Himmelsschlangen in ihrem blinden Zorn hierherkämen, wenn sie eine Spur zurückließen, die unübersehbar war. Sie hatten sich nur gerade so viel Mühe gegeben, die Fährte ihrer Magie auf den Goldenen Pfaden zu verwischen, dass nicht allzu offensichtlich war, dass sie die großen Drachen hierherlocken wollten.

Der Löwenhäuptige fragte sich, ob Ištа diese Krise mit voller Absicht heraufbeschworen hatte. Hatte sie gewusst, dass der Himmlische dort sein würde? War sein Tod vielleicht ihr eigentliches Ziel gewesen?

Ištas Verfehlung, den eigenen Unsterblichen vor den Augen Tausender Menschenkinder enthauptet zu haben, war bedeutungslos in Anbetracht der Probleme, derer sie sich nun zu stellen hatten. Vielleicht würde die Furcht vor der Rache der Alben sie enger zusammenrücken lassen und letzten Endes erwuchs aus Ištas Intrige sogar etwas Gutes. Doch das konnte ganz gewiss nicht ihre eigentliche Intention gewesen sein. Sie war niemand, der Gutes tat – es sei denn sich selbst.

Seine Schwester betrachtete ihn mit selbstgefälligem Lächeln. Sie war sich vollkommen bewusst, dass sie ihren Kopf aus der Schlinge gezogen hatte, denn für innere Fehden war nun nicht der Zeitpunkt. Und daran würde sich gewiss für lange Jahre nichts ändern. Sie hatte einen Götterkrieg heraufbeschworen, um ihre Macht zu retten! Sie sollte es sein, die auf immer in das Gefängnis aus Drachenbein gesperrt wurde.

»Nun, Bruder, bist du auch enttäuscht, dass die Regenbogenschlangen offensichtlich den Kampf mit uns fürchten?«

»Ich würde eher sagen, sie waren nicht so dumm, in unsere Falle zu tappen. Ja, ich frage mich sogar, ob nicht wir es sind, die sich ausmanövriert haben.«

Išta schnaubte verächtlich. »Wir sind hier unangreifbar.«

»Und wir sind blind für das, was in der Welt geschieht«, entgegnete der Löwenhäuptige. »Wir alle konnten in der Nacht spüren, wie das Goldene Netz vibrierte. Es müssen mehr als hundert Albensterne geöffnet worden sein. Die Kinder der Alben waren überall in dieser Nacht.«

»Fürchtest du etwa Kobolde, Elfen und Kentauren?«, spottete Išta.

»Sie sind die Pfeile. Ich fürchte den Bogenschützen, und mich beunruhigt, nicht zu wissen, auf welches Ziel er angelegt hat.« Der Löwenhäuptige wandte sich ab und trat wieder an die Zinnen. Es brachte nichts, mit Išta zu streiten. Er wusste, dass einige seiner Brüder und Schwestern auf seiner Seite waren. Doch viele folgten auch Išta.

»Was können sie schon ausrichten, Bruder? Unsere Unsterblichen werden gut bewacht.«

Dummes Geschwätz! Er erinnerte sich noch gut daran, wie eine einzelne Elfe den Unsterblichen Aaron von seinem Wolkenschiff in die Tiefe gestürzt hatte. Ein Meuchler, der bereit war, sein eigenes Leben zu opfern, konnte fast alles erreichen. Sollten drei oder vier ihrer Unsterblichen ermordet werden, dann wäre das Gleichgewicht der Mächte zerstört. Bürgerkriege würden ausbrechen, und die Menschenkinder würden den Glauben an ihre Götter verlieren.

»Keiner der silbernen Löwen ist gekommen, Bruder. Gäbe es schlechte Nachrichten, würden sie uns erreichen.«

Der Löwenhäuptige öffnete seinen Blick für die magische Welt, in der kein Schneegestöber seine Sicht trübte, und sah noch einmal hinab zu der Felsterrasse weit unter ihnen, wo sich sieben Albenpfade zu einem großen Stern kreuzten. Išta hatte recht. Die silbernen Löwen würden sie benachrichtigen, wenn einer der Unsterblichen angegriffen wurde.

»Mir behagt es nicht, hier abzuwarten, was unsere Feinde tun werden.«

»Ist Geduld nicht die erste Tugend eines Kriegers?«, spottete Išta. »Bist du vielleicht kein Krieger mehr?«

Ungewollt entstieg ein leises Grollen seiner Kehle. Er durfte sich nicht zu Gewalttätigkeiten hinreißen lassen. Worte mussten genügen. »Wir sitzen in einer belagerten Festung, Schwester. Willst du uns das als einen Sieg verkaufen? Hältst du uns für dumm?«

Sie deutete mit weit ausholender Geste zu den Zinnen. »Siehst du dort draußen einen Feind? Ich nicht.«

»Steht es uns vielleicht frei, den Gelben Turm zu verlassen und zu gehen, wohin wir wollen?«, mischte sich der Ebermann ein. »Allein ist jeder von uns verwundbar. Und wenn eines gewiss ist, dann dass die Himmelsschlangen Jagd auf uns machen werden. Und vielleicht auch die Alben.«

»Es steht uns frei, gemeinsam zu gehen, wohin wir wollen.« Auch Ištas hochmütige Miene vermochte nicht darüber hinwegzutäuschen, wie hohl ihre Worte waren. Schweigen lastete auf den Devanthar.

Der Löwenhäuptige dachte an den Unsterblichen Aaron. So hart hatte sein Mensch dafür gekämpft, vor sie treten zu dürfen und ihnen seine Ideen darzulegen. Was würde er wohl von ihnen halten, wenn er sie jetzt so sehen könnte. Was Aaron in diesem Augenblick wohl tat? Er musste sich verraten fühlen, wenn er sich ihm nach dem blutigen Sieg auf der Ebene von Kush nicht zeigte. Išta hatte den falschen Augenblick für ihren Schlag gegen die Elfen gewählt. Hoffentlich hatten sie am Ende nicht mehr verloren als gewonnen.

»Was drucksen wir hier herum?«, maulte Langarm, der gedrungene Schmied, den manche spöttisch auch den Affen nannten, weil ihm das Haar dicht wie Fell auf dem Leib wuchs. Doch trotz seiner ungeschlachten Gestalt und seines ungehobelten Auftretens vermochte er wahre Wunder in seiner Schmiedewerkstatt zu vollbringen und war so erfindungsreich wie kein anderer unter ihnen. All ihre Waffen waren von ihm erschaffen, ebenso ihre Rüstungen und ihr Schmuck. So duldeten sie seine Ausfälle, denn keiner wollte riskieren, bei ihm in Ungnade zu fallen.

»Sprechen wir doch offen aus, was Išta uns eingebrockt hat. Wir sitzen bis zum Hals in der Scheiße, weil ihr das Schwert locker saß. Und wenn wir jetzt eine falsche Bewegung machen, dann versinken wir ganz und gar in der Kloake, in die sie uns hineingeführt hat.«

»Deine überaus geschliffene Rhetorik ist uns eine willkommene

Bereicherung. Wie immer erweitert es den Horizont, dir zu lauschen«, entgegnete Išta kühl. »Doch verschließe dich bitte nicht den einfachen Tatsachen, mit denen wir konfrontiert waren. Die Himmelsschlangen hatten am Hof eines jeden Unsterblichen ihre Elfenspitzel eingeschleust. Warum wohl haben sie uns ausgespäht? Sie wollten uns vernichten! Wir hatten gar keine andere Wahl, als zuzuschlagen. Zu warten hätte bedeutet, dass wir uns ihrer Gnade ausliefern. Wir mussten dieses Spitzelnetz zerschlagen und so unseren Feinden die Augen herausreißen. Und dass wir dabei eine der verfluchten Regenbogenschlangen töten konnten, betrachte ich als großen Sieg.

Gut, sie sind uns nicht in die Falle getappt und in blindem Zorn hierhergefolgt, wo wir unseren Sieg hätten vollkommen machen können. Aber weißt du, was ich glaube? Bei ihnen herrscht heillose Panik. Ihre Elfen flüchten durch das Goldene Netz und suchen nach Löchern, in denen sie sich vor uns verkriechen können.«

Langarm rollte mit den Augen. »Ich beuge mein Haupt vor deinem Talent, Scheiße schönzureden, Schwester Išta. An eine Panik unter unseren Feinden glaube ich nicht. Weißt du, was ich täte, wenn ich eine Pfeilspitze verstecken wollte? Ich würde hundert gleiche Pfeilspitzen schmieden und die eine, die nicht gefunden werden darf, darunterlegen.«

»Was interessieren uns jetzt Pfeilspitzen, Langarm?«, fragte Išta von oben herab. »Bleib lieber bei Esse und Amboss. Mir scheint, du konntest dem, worüber wir gerade gesprochen haben, nicht ganz folgen.«

»Ich wollte lediglich im Bild bleiben, das unser löwenhäuptiger Bruder geprägt hat. Auch ich glaube, dass unsere Feinde in der letzten Nacht hundert Pfeile abgeschossen haben, um uns von dem einen abzulenken, der mit einem tödlichen Gift bestrichen wurde. Ich hoffe, er hat sein Ziel noch nicht gefunden. Ich jedenfalls werde nicht mehr länger untätig hier oben herumstehen. Ich steige hinab in meine Schmiede. Wir sind im Krieg, Brüder und

Schwestern, und es wird der Tag kommen, an dem wir gezwungen sein werden, diesen Turm zu verlassen. Ich werde dafür sorgen, dass wir für diesen Tag gewappnet sind.«

Die Zinnernen

Verzweifelt wandte Artax sich vom Altarstein ab. Fast die ganze Nacht hatte er auf dem Hügel hinter dem Heerlager den Löwenhäuptigen angerufen. Am Abend zuvor hatte es ein großes Dankesfest für die Götter gegeben. Zehn Stiere waren dem Löwengott geopfert worden. Der Wein war in Strömen geflossen, doch der Devanthar zeigte sich nicht.

Vielleicht erwarte ich zu viel, dachte Artax bitter. Auch wenn er sich Unsterblicher nannte und das Volk ihn für einen engen Vertrauten des Löwenhäuptigen hielt, wusste er nur zu genau, dass er all dies nicht war.

Du solltest öfter trinken, das verhilft dir zu Weisheit, spotteten die Stimmen Aarons in seinen Gedanken.

Artax versuchte, Aaron zu ignorieren und sich nicht anmerken zu lassen, wie enttäuscht er war. Der Devanthar würde kommen. Er war ein Gott. Er stand zu seinem Versprechen. Ganz sicher!

Du Narr! Genau, er ist ein Gott! Er tut, was er will.

Artax grüßte eine Gruppe Krieger, die sich ehrerbietig verneigte, als er vorüberging, und war froh, als er schließlich in sein Zelt gelangte. Er war zu Tode erschöpft. Die ganze Nacht hatte er bei dem Altar gewacht und auf Zwiesprache mit dem Devanthar gehofft.

Auf dem Tisch in seinem Zelt waren die Berge von Papyri und Tontafeln über Nacht in ungeahnte Höhen gewachsen. Flüchtig überflog er ein paar der Texte. Bittgesuche, Listen mit Gefallenen, ein Bericht über ein großes Feuer in einer Hafenstadt, die er nur dem Namen nach kannte. Er wünschte sich, Datames wäre noch hier. Sein Hofmeister hatte ihm so vieles vom Hals gehalten. Nur die wichtigsten Dokumente waren auf seinem Tisch gelandet. Datames hatte die Verantwortung übernommen zu entscheiden, was von Bedeutung war und was nicht. Die Schreiber und Lagerverwalter, die – wie er auch – nun ohne den Hofmeister auskommen mussten, wagten es nicht, solche Entscheidungen zu fällen.

»Herr, habt Ihr Euch einen Augenblick von Eurer Zeit für mich?«

Müde lächelnd blickte Artax auf. Volodi! Er war also zurückgekehrt.

Doch im Eingang des Zeltes stand Kolja. Der Unsterbliche seufzte, versuchte sich aber die Enttäuschung, die er beim Anblick des einarmigen Faustkämpfers empfand, nicht allzu deutlich anmerken zu lassen. »Was ist dein Begehr, Hauptmann?«

Kolja trat ein und hob einen prall gefüllten Lederbeutel hoch. »Es geht sich um die Zinnernen, Herr. Du erinnerst dich an was versprochen? Dreimal wir sollten kämpfen für dich, weil hatten wir versenkt deine Schiffe mit Zinn. Hast du uns gegeben eine Münze von Zinn uns zu erinnern, nach jedem Kampf. Und jede der Münzen hat sich ein anderes Bild. Datames hat sich noch gießen Lanzen Münzen für diesen Kampf und sie gegeben, bevor er sich verschwand. Wer sich gesammelt hat drei Münzen, hat sie nun gegeben mir als Beweis, dass sich der Pakt erfüllt hat.« Kolja ließ den Beutel klimpern. »Hältst du dich dein Versprechen, Herrscher von Schwarzköpfen?«

Artax starrte den Lederbeutel an. Er hatte nicht damit gerechnet, dass ihn die Zinnernen verlassen würden. Er hatte ihnen gutes Gold versprochen. Dass ein paar Heimweh nach dem Meer bekämen, hatte er erwartet. Bilder an die Nacht, als er sich allein den Piraten gestellt hatte, die seine Zinnflotten versenkt hatten, erschienen vor seinem inneren Auge. Seitdem waren die Zinnernen und er einen langen Weg gemeinsam gegangen. Er räusperte sich. »Wie viele sind es?«

»Wir haben unser Blut viel vergossen in diesen verfluchten Wüstensand, Unsterblicher. Es sind zweihundertsiebenunddreißig, die gehen wollen. Neunzehn wollen bei dir bleiben, die meisten sind sich verwundet. Ein Hand voll Narren hat Heimweh nach den aegilischen Inseln. Sie werden sich Karawanen anschließen, die zur Küste ziehen.«

Da ist etwas faul, flüsterten die Stimmen der Aarons in seinen Gedanken. *Sie sind Söldner, und du hast deine letzte Schlacht geschlagen. Wir werden Frieden haben, das heißt, in deinem Dienst würden sie gutes Gold bekommen, ohne dafür ihre Haut zu riskieren. Da läuft irgendein krummes Ding. Lass Kolja ein wenig foltern. Ich bin sicher, er wird dir erzählen, was dahintersteckt. Gut, er ist ein harter Bursche. Ein oder zwei Tage wird es dauern, und es wird ihn vielleicht ein paar Finger und die Nase kosten, aber am Ende wird er reden. Alle reden irgendwann.*

»Hast du eine Ahnung, wo Volodi steckt?«

Kolja sah ihm fest in die Augen. »Leider nicht, Unsterblicher. Ich habe mich auch schon besorgt. Ist er sich am Abend nach der Schlacht zum letzten Mal gesehen worden.«

Artax nickte, obwohl er das Gefühl hatte, dass Kolja ihn belog. »Wirst du bleiben?«

»Die Männer haben mich gebeten, mit ihnen nach Nangog zu gehen. Sie glauben sich, dass dort das Gold auf der Straße liegt, wenn man ein mutiges Herz hat. Ich werde mein Auge auf sie haben. Wir werden in der Goldenen Stadt sein, und solltet Ihr ein paar erfahrene Schwerter für eine heikle Mission brauchen, werden wir uns Euch immer gern zu Diensten stehen, Unsterblicher Aaron.«

Sie werden sich in der Goldenen Stadt als Söldner verdingen, und deine Feinde werden sie gerne anwerben. Diese Männer standen dir nahe. Sie wissen zu viel über dich, den Palast, die Stärken und Schwächen unseres Reiches. Du kannst nicht zulassen, dass deine Feinde all das kaufen können. Lock sie in einen Hinterhalt, und bring sie alle um!

Artax griff nach einer in Holz gefassten Wachstafel und ritzte mit einem Elfenbeingriffel einige Zeilen in das weiche Wachs. Ohne ein Wort zu sagen, setzte er sein Siegel unter den Text und reichte Kolja die Tafel.

Der hünenhafte Krieger überflog die Zeilen und nickte zufrieden.

»Geh damit zu Datames …« Artax stockte. »Ich meine natürlich zum Hüter der Reichssiegel. Er wird dir und den anderen den noch ausstehenden Sold aushändigen.«

»Wollt Ihr nicht richten einige Worten an die Männer? Sie haben viel für Euch getan.«

»Die, die mit mir nach Akšu gehen, werden dort mit Gold und Ehren überhäuft werden. Ihr habt euch entschieden, nicht dazugehören zu wollen. Was sollte ich den Männern sagen? Dass ich enttäuscht bin, dass sie am Ende doch nur Söldner waren?«

Kolja klemmte sich die Wachstafel unter den Arm und verneigte sich knapp.

»Du hast die Erlaubnis zu gehen, Kolja. Mögen die Götter dir ein langes Leben schenken.«

Der Hüne wandte sich zackig um und verließ das Zelt.

Großartig! Du verstehst wirklich, wie man sich Freunde macht. Diesen Abschied wird er so schnell nicht vergessen. Ich würde dir raten, die Bogenschützen aus den Bergen zu rufen und …

Artax blendete die gehässige Stimme in seinem Kopf aus und trat zum halb aufgeschlagenen Zelteingang. Er sollte die verbliebenen Zinnernen nicht mehr unter seinen Leibwachen dulden. Bestimmt hatte Kolja einige Spitzel zurückgelassen. Zu wissen, was im engsten Umfeld eines Unsterblichen geschah, konnte Gold wert sein.

»Ashot!« Er winkte seinem ehemaligen Freund aus Belbek. Ashot wirkte noch mürrischer als sonst. Er hatte sich offensichtlich seit Tagen nicht rasiert. Sein Haupthaar hing ihm in wirren Strähnen in die Stirn, und sein Leinenpanzer war voller Staub.

Seit sie seinen toten Jugendfreund Narek nach Belbek zurückgebracht hatten, ließ er sich gehen. Für einen Hauptmann, der den Befehl über mehr als tausend Mann hatte, war das nicht akzeptabel. Er würde ihm das nicht mehr lange durchgehen lassen.

»Unsterblicher!« Ashot nahm vor ihm Haltung an.

»Die Zinnernen verlassen uns, Hauptmann, und von den Himmelshütern sind zu viele im Kampf gefallen. Du versammelst all jene, die noch übrig sind, und dann suchst du nach Männern, die sich in der Schlacht hervorgetan haben. Männer, die weitergekämpft haben, als andere flohen, die ihr Leben riskiert haben, um ihre Kameraden zu schützen. Lass dich von Mataan beraten. Ich schätze, er hat ein gutes Auge dafür, wer ein aufrichtiger Kerl ist. Ich brauche eine neue Leibgarde. Tausend Männer sollen es sein. Und sie alle müssen in dieser Schlacht gekämpft haben. Ich werde sie die Kushiten nennen, nach dieser Ebene, auf der sie mit ihrem Blut dafür bezahlt haben, eine gerechtere Welt zu erschaffen.«

Ashot räusperte sich. »Wollt Ihr ehrenhafte Männer oder gute Krieger, Herrscher aller Schwarzköpfe?«

»Sie sollen beide Eigenschaften in sich vereinen.«

Der Hauptmann stieß einen leisen Seufzer aus und strich sich über sein stoppeliges Kinn. »Ehrenhafte Männer, die gut darin sind, anderen die Kehle durchzuschneiden. Das ist wahrlich eine Herausforderung. Hättet Ihr mich darum gebeten, die größten Halunken zu finden, dann …«

»Wenn es denn Halunken sein müssen, dann will ich ganz sicher sein, dass es *meine* Halunken sind, dass sie niemand anderem dienen. Ich werde sie fürstlich belohnen und mit Privilegien überschütten, aber sie müssen unverbrüchlich zu mir stehen. Gemeinsam mit Mataan wirst du diese neue Garde anführen. Ich werde dich in den Rang eines Satrapen erheben, damit die Mächtigen des Reiches dir mit dem gebührenden Respekt begegnen.«

Ashot lächelte zynisch. »Satrap soll ich sein? Ich, der Sohn eines gescheiterten Schweinezüchters aus einem Dorf, dessen Namen niemand kennt? Verzeiht, Herrscher aller Schwarzköpfe, aber ein Titel ist nur ein Wort. Glaubt nicht, dass die in Seidenwindeln Geborenen mich respektieren werden, weil Ihr mich zum Satrapen ernennt. Vielleicht werde ich mir durch meine Taten Respekt verschaffen, zum Beispiel hiermit.« Er schlug mit der flachen Hand auf das Schwert an seiner Seite. »Doch das wird dauern. Respekt muss man sich verdienen.«

Artax stand nicht der Sinn danach zu philosophieren. Er war müde und enttäuscht. Er wollte ein paar Stunden Ruhe. Doch eins galt es noch zu erledigen.

»Ich habe eine weitere Aufgabe für dich. Du suchst mir Mikayla, den Wagenlenker von Hauptmann Volodi. Wenn er seine Sachen packt und mit den Zinnernen ziehen will, dann lass ihn in Frieden. Tut er das nicht, soll er sich zur Mittagsstunde in meinem Zelt einfinden.«

Er schuldet mir noch einen Abschied

Artax hatte das Gefühl, gerade erst eingeschlafen zu sein, als ihn laute Stimmen vor dem Zelt weckten.

»… aber es war sein Wille, dass ich mich hier einfinde.«

»Davon weiß ich nichts«, entgegnete ein Bass. »Nur eine Handvoll Vertrauter haben freien Zugang zum Unsterblichen. Du wirst dir irgendwo einen schattigen Platz suchen und warten, bis man dich ruft.«

»Aber ich bin doch gerufen worden, du Dickschädel!«

»Davon weiß ich nichts, und deshalb wirst du warten wie jeder andere auch, Goldlöckchen.«

Artax erhob sich und griff nach dem Krug auf seinem Arbeitstisch. Das Wasser darin war warm und abgestanden. Er nahm einige Schlucke und schüttete den Rest in eine flache Schale. Mit beiden Händen benetzte er sein Gesicht und seinen Bart mit dem lauwarmen Nass. Es erfrischte ihn kaum.

»Wachmann! Schick mir den Drusnier herein.« Seine Stimme klang rau. Er freute sich darauf, diese verdammte staubtrockene Hochebene endlich verlassen zu können. Kurz dachte er an Shaya. An die wenigen kostbaren Stunden, die sie gemeinsam auf dem Rücken des Wolkensammlers verbracht hatten. Er schloss die Augen und sah ihr lachendes Gesicht. Sah, wie sie für ihn jenen seltsamen Hüpftanz aufgeführt hatte … Und dann hörte er die Stimme Muwattas: *Ich habe deine Prinzessin bestiegen. Und mein halbes Königreich hat zugesehen.*

Artax ballte in verzweifelter Wut die Hände zu Fäusten. Er war der mächtigste Mann der Welt, aber die, die ihm alles bedeutete, hatte er für immer verloren.

»Herr?«

Artax blickte auf. Vor ihm stand ein schlanker, junger Krieger. Anders als Volodi und Kolja wirkte Mikayla eher drahtig als kräftig. Er trug einen himmelblauen Wickelrock, der von einem protzigen, goldbeschlagenen Gürtel gehalten wurde, in dem zwei Dolche steckten. Ein breiter Gurt lief quer über seine nackte Brust. Über seiner rechten Schulter ragte der Griff eines Schwertes auf, halb verdeckt von seinem schulterlangen, weißblonden Haar. Das bartgesäumte Gesicht des Drusniers war schmal. Es wirkte offen und ehrlich.

»Du gehst nicht mit Kolja?«, fragte Artax.

»Ich bin Volodis Mann. Sein Wagenlenker … Kolja schulde ich keine Gefolgschaft. Genau genommen gehöre ich nicht einmal zu den Zinnernen. Ich bin erst vor einigen Monden zu ihnen gestoßen. Zu den alten Kämpen gehöre ich nicht.« Er zuckte bedauernd mit den Schultern. »Ich habe erst in einer einzigen Schlacht für Euch gekämpft, Herrscher aller Schwarzköpfe.«

»Ich sehe keinen Nachteil darin, dass du nicht zu den Piraten gehörst, die meine Zinnflotten versenkt haben«, entgegnete Artax kurz angebunden. »Ich habe eine Aufgabe für dich, Mikayla. Finde Volodi, und bring ihn zu mir. Er schuldet mir noch einen Abschied.«

Der Wagenlenker runzelte die Stirn, sagte aber nichts.

»Traust du dir zu, ihn zu finden?«

»Ich werde mein Bestes geben, Herrscher aller Schwarzköpfe.« Obwohl der Drusnier demütig sein Haupt senkte, hatte er etwas Überhebliches an sich, und Artax hatte plötzlich Zweifel, ob Mikayla seinen Freund Volodi ausliefern würde, wenn er ihn fand. »Den Hauptmann erwartet keine Strafe. Ich schicke dich aus, weil ich in Sorge um ihn bin. Einfach wortlos zu gehen, ist nicht Volodis Art. Es ist …«

Die Plane am Eingang wurde zurückgerissen. »Herr!« Ashot stürmte herein. Blut lief über sein Gesicht. »Herr, wir sind verraten worden!«

Verrat

»Bessos konnte fliehen. Die Männer, die ihn bewachen sollten, sind zu ihm übergelaufen. Auch der Hüter der Reichssiegel, etliche andere Würdenträger und der Satrap von Nari sind zu ihm übergewechselt. Sie haben den Reichsschatz gestohlen und befinden sich auf dem Weg zu den Luwiern. Ich war beim trockenen Fluss, als ich sie kommen sah. Ich habe versucht, sie aufzuhalten.« Ashot senkte den Kopf. »Es war ein kleines Heer.«

Artax schloss kurz die Augen.

Wir haben dir geraten, ihn zu töten. Von Kerlen wie Bessos hat man nichts Gutes zu erwarten. Hättest du seinen Kopf auf einen Speer vor deinem Zelt gesteckt, wäre dir dieser Verrat erspart geblieben. Als Išta den Unsterblichen Muwatta enthauptet hat, haben alle sehen können, dass wir nicht unbesiegbar sind. Nun werden sie dich auf die Probe stellen und versuchen, dein Blut zu vergießen. Die Flucht des Bessos wird ein Zeichen für alle unzufriedenen Satrapen sein, sich gegen dich zu erheben. Und durch deine verrückten Gesetze, den armen Bauern Land zu schenken, hast du dafür gesorgt, dass fast alle deine Satrapen unzufrieden sind.

Verzweifelt kämpfte er gegen den Impuls an, sich mit beiden Händen an die Schläfen zu greifen. Er wollte diese Stimmen nicht hören. Und doch wusste er tief in seinem Herzen, dass sie recht hatten. Er nickte dem drusnischen Wagenlenker zu. »Du weißt, was du zu tun hast, Mikayla. Geh!« Dann wandte er sich an Ashot. »Wie viele folgten Bessos?«

»Ich weiß es nicht … Vielleicht hundert Streitwagen und auch einiges an Fußvolk.«

»Ruf meine Leibwache, und lass meinen Streitwagen anschirren!«

Ashot schüttelte den Kopf. »Das werde ich nicht tun, Herr. Lasst mich vierteilen oder pfählen, aber ich werde Euch nicht helfen, Euch umzubringen. Ihr wollt allein in das Heerlager der Luwier? Nachdem Ihr sie gedemütigt habt? Keiner kennt den Unsterblichen Labarna. Niemand weiß zu sagen, ob er ein Mann von Ehre ist.«

Artax war überrascht, mit welcher Leidenschaft Ashot auftrat. »Ich werde meine Rüstung anlegen und meinen Streitwagen anschirren lassen. Eine Stunde gebe ich dir, ein angemessenes Gefolge zusammenzustellen. Es soll eindrucksvoll sein, aber nicht so groß, dass die Luwier glauben könnten, wir greifen wieder an. Und lass deine Wunde versorgen. Das sieht übel aus.«

»Nur eine Schramme, Herr. Kopfwunden bluten stark. Ich werde mit Euch gehen.«

Von Freiheit und Rache

Bamiyan war immer noch erschüttert. Den Tränen nahe blickte er auf den toten Schamanen. Solange er zurückdenken konnte, war Gatha der Sprecher des Steinrates gewesen. Sein Wort hatte entschieden, was Recht war. Alle Stämme in den Bergen Garagums hatten sich seinem Willen unterworfen. Er war ein harter Mann gewesen, aber auch ein Friedensstifter.

»Es muss Barnaba gewesen sein. Ich habe Spuren eines Mannes gefunden, der sich auf einen Stock stützt. Sie führen in Richtung des Schlangentores«, sagte er.

»Auch ich kann Fährten lesen«, entgegnete Ormu. Der rotbärtige Jäger schnippte einige der Maden zur Seite, die aus dem klaffenden Schnitt im Hals des Schamanen hervorquollen und betrachtete die Wunde nachdenklich. »Ich finde, du bist etwas vorschnell mit deiner Meinung. Seit der Schlacht gibt es viele Männer, die sich auf eine Krücke stützen.«

Bamiyan verstand die Zurückhaltung des Jägers nicht. »Gatha muss seinen Mörder gekannt haben. Einen Fremden hätte er niemals so nahe an sich herangelassen, dass er ihm mit einem überraschenden Schnitt die Kehle durchtrennen kann.«

Ormu nickte. »Das klingt einleuchtend.«

»Und seit wir ihn von der Daimonin befreit haben, war der Heilige Mann seltsam. Hast du seine Augen gesehen?« Bamiyan fuhr jetzt noch ein Schauer über den Rücken, wenn er an die Blicke Barnabas dachte. »Er war immer noch besessen!«

Ormu sah ihn lange an. Seine dunklen Augen waren wie Abgründe. Ihn schien der Mord an Gatha überhaupt nicht zu berühren. Vielleicht dachte er schon darüber nach, wie er sich zum Sprecher des Steinrates aufschwingen konnte.

»Nehmen wir einmal an, der Heilige Mann war der Mörder.« Er hob einen Arm des Toten an und ließ ihn wieder zu Boden sinken, was Bamiyan als ziemlich respektlos empfand. »Gatha ist nicht mehr starr. Er ist also schon länger als einen Tag tot. Die vielen

Maden sprechen auch dafür. Ein Tag! Und unser Mörder ist durch das Schlangentor geflohen. In der Zeit wurden Wege nach Akšu und Nari geöffnet, zur Tempelstadt Isatami in Luwien und ins ferne Nangog, und wer weiß, wohin sonst noch. Tausende Männer sind durch dieses Tor geschritten, viele verletzt und auf einen Krückstock gestützt. Wie willst du Barnaba finden? Du könntest dein ganzes Leben mit der Suche nach ihm vergeuden, ohne ihm jemals nur nahe zu kommen. Welchen Sinn hätte das?«

Bamiyan war fassungslos. »Es ist eine Frage der Ehre, Gatha zu rächen. Wir dürfen den Mörder nicht einfach so davonkommen lassen.«

Ormu wiegte nachdenklich den Kopf. »Rache ist eine Frage der Ehre? War es deine Aufgabe, Gatha zu beschützen? Seid ihr blutsverwandt gewesen?« Er runzelte die Stirn. »Davon wusste ich gar nichts.«

»Du weißt, dass wir nicht verwandt sind.« Ormu war ein Mitglied des Steinrates. Er schuldete ihm Respekt. Deshalb duldete er dieses Spiel. Jeden anderen hätte er für solche Frechheiten zum Duell gefordert.

Überhaupt verstand er diesen Jäger nicht. War er zu einfältig oder zu schlau? Als Mitglied des Steinrates wohl eher Letzteres. Bamiyan maß ihn mit missbilligendem Blick. Ormu war fast einen Kopf größer als er und hager wie ein dürrer Ast. Er schien nur aus Knochen, Haut und Sehnen zu bestehen. Eine Laune der Natur hatte ihm einen roten Bart geschenkt, obwohl sein Haupthaar schwarz und mit ersten weißen Strähnen durchsetzt war. Er trug abgewetzte Lederkleidung und einen stinkenden Umhang aus Ziegenfell. Neben ihm auf dem Boden lag der größte Bogen, den je ein Mann in Garagum besessen hatte. Man musste ein Riese wie Ormu sein, um ihn spannen zu können. Er war als Jäger eine Legende und der jüngste Mann, der je in den Steinrat aufgenommen worden war.

Bamiyan ließ seinen Blick zum Griff des Messers schweifen,

das aus Ormus Gürtel ragte. Er war aus einem der Knochen des Heiligen Zarud gefertigt. Es gab nur neun Messer wie dieses. Sie waren die Ehrenzeichen der Mitglieder des Steinrates. Wenn einer der Würdenträger seinen Tod nahen fühlte, wählte er einen Nachfolger. Es gab keinen anderen Weg, in den ehrwürdigen Rat zu gelangen, der über den Frieden der Bergstämme Garagums wachte. Auch im Gürtel des toten Schamanen steckte so ein Dolch. Barnaba hatte ihn nicht gestohlen. Dabei hatte er sicherlich um die Bedeutung der Waffe gewusst.

Ormu hatte seinen Blick nach dem Messer bemerkt und lächelte. »Ich wette, ich weiß, was du denkst, Junge.«

»Und?«

»Schade, dass er nicht das Messer genommen hat, dann müssten wir ihn suchen.«

»Nahe dran«, gestand Bamiyan.

»Ich kannte deinen Bruder. Ich habe ihm als Fährtenleser nie das Wasser reichen können. Er war ein sehr besonderer Mann. Ich habe ein paarmal mit ihm gemeinsam gejagt. Und manchmal waren wir auch Rivalen.«

»Er hat nie von dir erzählt«, sagte Bamiyan. Es überraschte ihn, dass Ormu seinen Bruder gekannt hatte.

»Masud war nie ein Schwätzer und Aufschneider. Ganz anders als Gatha … Unser guter Schamane hat nie etwas für sich behalten.«

»Wie kannst du meinen Bruder zum Anlass nehmen, schlecht von Gatha zu reden!«, rief Bamiyan und schlug auf das schützende Horn. Sicher war der Geist des Schamanen ganz nahe. Ermordete fanden nicht in ihr Grab, und ihre Geister zu reizen war töricht!

»Warum sollte ich jetzt, wo er tot ist, anders über ihn denken als zu seinen Lebzeiten. Er war ein Mann mit einer besonderen Gabe, aber kein besonderer Mann.« Ormu zog seinen kostbaren Dolch aus dem Gürtel und steckte ihn neben den des Toten.

»Was tust du da?«

»Ich werde Gatha in unser Lager bringen, damit unsere Leute ihn zu Hazrat auf die Tafel des Himmels bringen können. Der Vogelrufer soll ihn den Adlern schenken. Das ist das Einzige, was wir Gatha schulden. Wirst du mir dabei helfen?«

Bamiyan nickte. Natürlich war es ihre erste Pflicht, sich um eine angemessene Bestattung für den Toten zu kümmern. Er würde den anderen Jägern sagen, was geschehen war. Er hatte einen Verdacht, wohin Barnaba geflohen war: zur Goldenen Stadt auf Nangog. Glaubte er den Geschichten, die er über diesen Ort gehört hatte, dann lebten dort mehr Menschen, als sich auf dem Schlachtfeld hier versammelt hatten. Barnaba dort wiederzufinden, wäre eine Herausforderung. Aber ein Heiliger Mann würde auffallen! Es war gewiss nicht so unmöglich, wie Ormu ihn glauben lassen wollte.

Er packte Gatha bei den Armen. Auf ein Zeichen Ormus hin hob er ihn an. Der Kopf des Toten kippte nach hinten, sodass er tief in die klaffende Wunde im Hals blicken konnte. Geschächtet wie ein Stück Schlachtvieh hatte Barnaba den Schamanen.

»Weißt du, ich werde die Erinnerung daran nicht los, wie Barnaba und dieses Weib auf dem Grund des Sees gelegen haben. Ihr Lächeln – sie beide hatten zu vollkommener Eintracht gefunden. Wir hatten kein Recht, sie zu stören.«

Bamiyan traute seinen Ohren nicht. Das wurde ja immer besser. Ormu war ganz offensichtlich verrückt geworden! »Dieses Daimonenweib hat mich angegriffen! Hast du vergessen, wie ich ausgesehen habe? Über und über war ich mit Wunden bedeckt, als sie ihre Eissplitter gegen mich geschleudert hat. Ich kann von Glück sagen, dass ich nicht mein Augenlicht verloren habe.«

»Bist du sicher, dass es Glück war? Ich glaube, wenn sie dich hätte blenden wollen, dann hätte sie die Macht dazu besessen. Sie wollte dich nur erschrecken und vertreiben. Wollte, dass du nie mehr zurückkehrst, um ihren Frieden zu stören.«

»Du hast es nicht erlebt!«, entgegnete Bamiyan aufgebracht. »Es war schrecklich. Ich bin davongelaufen wie ein verschrecktes Kind.«

»Deswegen muss man sich nicht schämen. Mich hat einmal ein Bär in meinem Nachtlager in der Wildnis überrascht. Ich sage dir, ich bin gehüpft wie ein Hase. War eine knappe Sache. Und er hat mir einen Satz peinlicher Narben auf meinem Allerwertesten verpasst.« Ormu lächelte breit. »Solche Geschichten sind nur dann schlimm, wenn sie jemand nutzt, um dich bloßzustellen. So wie Gatha.«

Bamiyan verdrehte die Augen und fluchte innerlich. Er konnte die Arme des Schamanen jetzt nicht loslassen, um das schützende Horn zu schlagen. Leise flüsterte er einen Bannspruch gegen das Böse.

»Hah!«, stieß der rotbärtige Jäger hervor. »Du denkst also auch, er ist das Böse!«

Bamiyan stieg über die Deichsel eines zerstörten Streitwagens hinweg und blickte kurz auf die Pferde, denen Hungrige breite Streifen Fleisch von den Rippen geschnitten hatten. Eine Wolke von Fliegen stieg auf und hüllte sie mit ihrem dunklen Summen ein. »Dies hier wird bis ans Ende aller Zeiten ein verfluchter Ort sein. Zu viele Männer sind hier gestorben. Da kann man nicht vorsichtig genug sein.«

»Ja, das stimmt wohl. Man kann nicht vorsichtig genug sein.« Ein seltsamer Unterton schwang in der Stimme des Jägers. »Ich glaube, wir sind wirklich fluchbeladen. Und Gatha ist der Erste, den sein Schicksal ereilt hat.«

»Wie meinst du das?«

»Wir haben Böses getan, Junge. Und Böses wird stets mit Bösem vergolten. Wir hätten den Heiligen Mann und dieses Wasserweib in Frieden lassen sollen. Sie hatten niemandem etwas zuleide getan. Und die beiden hatten zu etwas gefunden … Ich weiß nicht, wie ich es in Worte fassen soll. Sie waren *eins*! Vereint in vollkommener Harmonie. Sie hatten gefunden, wonach ich schon ein Leben lang suche. Und wir sind hingegangen und haben alles zerstört. Schon als ich meinen Pfeil auf den Bogen legte, wusste ich, dass ich das Falsche tue. Aber ich habe mich dennoch dazu hinreißen lassen. Und ich habe die Hand des Weibes abgehackt, die ihren Liebsten selbst im Tode noch umklammert hat. Das war eine durch und durch finstere Tat. Ich werde dafür bis ans Ende meiner Tage büßen!«

Bamiyan konnte nicht ganz nachvollziehen, was Ormu meinte. Nur eins machte ihm wirklich Sorge. »Du meinst, die Daimonin hat uns verflucht? Gatha ist deshalb gestorben? Und wir anderen werden auch büßen?«, fragte er.

Der Jäger seufzte. »Nein. So meinte ich es nicht. Nicht dieses Weib hat uns mit einem Fluch beladen. Wir selbst waren es durch unsere Taten. Wenn eine in die Enge getriebene Bärenmutter ihr Junges bis zum letzten Blutstropfen verteidigt, wunderst du dich dann? Würdest du sie böse nennen? Würdest du selbst nicht alles geben, deine Sippe zu verteidigen, wenn Plünderer in unsere Berge kämen? Wir sind in das Tal dieses Weibes gekommen. Sie hat uns vorher nicht behelligt. Sie hat uns keinen Grund gegeben, sie anzugreifen, und nur den Mann verteidigt, den sie offensichtlich liebte. Was ist daran daimonisch? Wir waren die Daimonen in diesem Tal, Bamiyan. Und es war Gatha, der uns dazu aufgestachelt hat, diese schreckliche Tat zu begehen.«

»Aber wir mussten doch den Heiligen Mann befreien …«, sagte Bamiyan gedehnt. Ormus Sicht der Dinge verwirrte ihn. Auch er musste daran denken, wie Barnaba und diese Frau Seite an Seite auf dem Grund des Sees gelegen hatten. Es war ein friedliches Bild gewesen. Selbst im Schlaf hatten sie sich bei den Händen gehalten.

»Hattest du den Eindruck, dass es Barnaba glücklich gemacht hat, dass wir ihn holten? Und jetzt sag nicht, es wäre unsere Pflicht gewesen, ihn von der Daimonin zu befreien.«

Bamiyan schwieg. Sie überquerten einen Abschnitt des Schlachtfeldes, von dem schon alle Toten fortgetragen worden waren. Nur die dunklen Flecken auf dem ausgedörrten Boden erinnerten daran, wie viel Blut hier vergossen worden war. Bald würden Staub und Wind auch diese Spuren getilgt haben. Dann würden die Tage auf der Hochebene von Kush nur noch in den Erinnerungen der Überlebenden bestehen. Plötzlich fühlte Bamiyan sich klein und unbedeutend. Solange er sich erinnern konnte, war Gatha der mächtigste Mann in den Bergen gewesen. Und nun war er nur noch ein Fraß für die Adler. Er war allein gestorben, ermordet von einem Fremden. Und vorher hatte er sie zu Mördern in seinen Diensten gemacht.

»Weißt du, Junge, Rache ist ein kleingeistiger Gedanke. Eine Idee für Männer mit einem engen Herzen«, unterbrach Ormu seine düsteren Gedanken. »Bist du so ein Mann?«

Bamiyan zögerte, dann sagte er. »Was werden die anderen von uns denken? Es wird aussehen, als wären wir Feiglinge ... als hätte uns Gatha nichts bedeutet.«

»Ich finde, eine Entscheidung sollte man nur danach treffen, was richtig und was falsch ist. Manchmal ist das nicht leicht zu erkennen. Was andere über eine Entscheidung denken werden, sollte nicht das Maß der Dinge sein.« Ormu schnaufte. »Große Worte, an die ich mich selbst nicht gehalten habe. Ich bin mit in das Tal gezogen, in dem du Barnaba gefunden hast. Ich habe meinen Bogen auf die Daimonin angelegt, obwohl ich im Herzen wusste, dass es falsch war. Deshalb bin ich es auch nicht länger wert, dem Steinrat anzugehören. Deshalb gebe ich mein Messer ab. Soll ein weiserer Mann im Namen des Heiligen Zarud über die Geschicke unserer Stämme entscheiden. Ich habe seinem Namen Schande gemacht.«

Wie angewurzelt blieb Bamiyan stehen und starrte den rotbärtigen Jäger an. »Aber das gab es noch nie. Man verlässt den Steinrat nicht! Diese Ehre endet erst mit dem Tod.«

»Weißt du, wie frei man sich fühlt, wenn man die Fesseln abstreift, in die einen die Erwartungen anderer schlagen?«, fragte Ormu grinsend. »Willst du mit mir kommen und von dieser Freiheit kosten?«

»Wohin willst du denn gehen?«

»Der Unsterbliche Aaron hat mich beeindruckt. Sein Mut in der Schlacht, sein Plan, den Bauern Land zu schenken und seinem Königreich mehr Gerechtigkeit. Ich glaube, er ist ein Mann, für den zu kämpfen sich lohnt. Ganz anders als Gatha. Ich habe gehört, er will eine neue Leibwache aufstellen und sucht die besten Krieger. Glaubst du, irgendwelche Bogenschützen aus den Ebenen der Kornbauern könnten uns Jägern aus Garagum das Wasser reichen? Ich habe dich schießen sehen, Bamiyan. Du bist gut.«

Bamiyan wusste nicht, was er darauf antworten sollte. Das Gemetzel auf der Hochebene hatte er verabscheuenswürdig gefunden. Sinnlos. Er hatte sich nie vorgestellt, etwas anderes zu sein als ein Jäger oder Hirte.

»Du denkst immer noch an Rache?« Ormu klang enttäuscht. »Geh in dich. Höre auf dein Herz, und entscheide für dich ganz allein, was richtig und falsch ist. Denn ganz gleich, was andere dir einflüstern mögen, du wirst auch allein sein, wenn du mit dem, was aus deinen Entscheidungen erwächst, leben musst.«

Ein grosser Krieger

Artax zügelte seinen Streitwagen am Ufer des ausgetrockneten Flusses. Er hatte für den Übergang jene Stelle gewählt, an der in der Schlacht Muwattas Streitwagen in die offene Flanke seiner Schlachtreihe eingefallen waren. Hätten sich ihnen nicht die Jaguarmänner in den Weg gestellt, alles wäre verloren gewesen.

Von den Hügeln des anderen Ufers erklangen Hörner. Er konnte einzelne Krieger sehen, die eilig ihre Wachposten verließen, um zum Lager der Luwier zu laufen, das von den Hügeln verborgen ganz in der Nähe lag. Artax hob den Arm und wandte sich zu seinen Männern um. Mehr als hundert Streitwagen und eine bunt zusammengewürfelte Truppe aus etwa fünfhundert Kriegern folgten ihm. »Haltet von nun an fünfzig Schritt Abstand«, rief er ihnen zu. »Die Luwier sollen sehen, dass dies kein Angriff ist. Wir fordern lediglich, dass uns der Verräter Bessos ausgeliefert wird.«

Mit diesen Worten ließ er die Zügel über die federgeschmückten Mähnen seiner beiden Rappen schnalzen. Rumpelnd fuhr der Streitwagen die Böschung hinab. Artax musste nach dem Bügel an der Seite greifen, um nicht aus dem Wagen geschleudert zu werden. Der Lederboden unter seinen Füßen federte bei jedem Stoß. Er hatte darauf verzichtet, einen Wagenlenker mitzunehmen. Er wollte den Luwiern allein begegnen.

Im flachen Flussbett fielen seine Rappen in einen schnellen Trab und nahmen mit Anlauf die Böschung. Die kargen Hügel jenseits des Ufers waren verwaist. Nirgends zeigte sich ein Luwier. Doch ihre Signalhörner waren noch immer zu hören.

Labarna, der neue Unsterbliche Luwiens, war mit Sicherheit vorbereitet. Er konnte nicht so dumm sein zu glauben, dass Artax dem Verräter Bessos nicht nachstellen würde. Artax musterte die Hügelkette und suchte einen Weg, wie er seinen Streitwagen auf einen der flachen Gipfel bringen konnte. Links neben ihm war sein Feldzeichen mit der geflügelten Sonne an der Wagenwand festgebunden. Sie sollten schon von Weitem sehen, wer zu ihnen kam.

Als er die Kuppe erreichte, hatte er freien Blick auf das Heer Luwiens im Tal unter ihm. Labarna hatte seine Truppen nicht im selben Umfang abziehen lassen, wie er es getan hatte. Sie waren unvermindert stark und bewegten sich in diesem Moment in guter Ordnung auf den trockenen Fluss zu. Die einzige Überraschung für sie war offensichtlich nur gewesen, an welcher Stelle er den

Fluss überquert hatte. Ansonsten waren sie vorbereitet: In diesem Moment überholten Schwärme von Streitwagen die Kolonnen marschierender Infanterie, um sich an die Spitze des Heeres zu setzen. Nur wenig Staub wogte über den Truppen auf. Sie schienen sich gerade erst in Bewegung gesetzt zu haben, ansonsten hätten die Staubwolken sie schon früher verraten.

Ein zweiter Streitwagen erreichte die Hügelkuppe und hielt neben ihm.

»Scheiße«, fluchte Mataan. »Wir müssen uns zurückziehen. Sofort! Die werden uns zermalmen.«

Selten hatte Artax den Fischerfürsten so aufgebracht gesehen. Auch wenn er den Rang eines Satrapen hatte, war Mataan ein bescheidener Mann. Er trug eine verbeulte Bronzerüstung und darunter eine schlichte, mit eingetrocknetem Blut besudelte Tunika, die ganz offensichtlich seit dem Tag der großen Schlacht noch nicht gereinigt worden war. Der Rosshaarschweif seines Helms war nach einem Treffer leicht zur Seite geneigt. Wer Mataan sah – das wettergegerbte Gesicht und die Raubvogelnase –, wusste, dass er ein abgehärteter Veteran war. Wenn so ein Krieger verzweifelt wirkte, dann stand es wahrhaft schlecht.

»Wir müssen uns zurückziehen, Unsterblicher. Sofort! Ihr werdet uns alle in den Untergang führen. Wir wurden ganz offensichtlich erwartet. Vielleicht paktiert Bessos sogar mit Labarna.«

Artax entdeckte einen Mann in den anrückenden Heerscharen, der alle Krieger überragte. Er trug einen Wolfskopf als Helm, dessen Fell ihm weit den Rücken hinabreichte. Zwei lang gelockte Haarsträhnen fielen von den Schläfen bis auf die Schultern. Er trug einen schlichten Bronzepanzer und schmucklose Beinschienen. In der Rechten hielt er eine mächtige Keule. Labarna! Der Unsterbliche Luwiens stand nicht in einem Streitwagen oder ritt einen Elefanten, wie Muwatta es getan hatte. Er ging zu Fuß.

»Führ unsere Männer auf die Hügel, sodass die Luwier sehen können, dass wir nicht mit ganzer Streitmacht anrücken.«

Mataan seufzte. »Wäre es nicht weiser, sich hinter den Fluss zurückzuziehen?«

Artax schüttelte sacht den Kopf. »Vielleicht wäre es weise, aber wenn wir das tun, hat Bessos seinen ersten Sieg errungen, ohne auch nur einen Schwertstreich zu führen. Weitere Satrapen werden sich seiner Revolte anschließen. Ich kann jetzt nicht mehr zurück. Auf den Hügeln sind unsere Krieger in einer guten Verteidigungsstellung. Zeige dich ihnen zuversichtlich, Mataan. Du bist ein guter Anführer.«

Der Satrap salutierte. »Wie Ihr befehlt, Unsterblicher.« Dann zog er die Zügel herum und lenkte seinen Streitwagen hinab zu den anrückenden Truppen.

Artax wartete noch einen Augenblick, dann fuhr er den Luwiern entgegen. Am Beginn der Talsenke trafen sie aufeinander. In fast gespentischer Stille, in der nur das Getrappel der Pferdehufe erklang, wichen die vorderen Streitwagen vor ihm aus. Deutlich konnte er die Angst und Anspannung in den Gesichtern der feindlichen Krieger sehen. Sie folgten jeder seiner Bewegungen mit misstrauischen Blicken.

Die marschierenden Speerträger vor ihm hielten an. Befehle wurden gerufen. Männer schwärmten zu den Flanken aus und bildeten einen Wall aus golden schimmernden Bronzeschilden, der Artax zwang seine Pferde zu zügeln. Sie begegneten ihm, als sei er allein ein ganzes Heer.

»Labarna von Luwien, tritt vor«, rief Artax, und seine Stimme trug weit über die Hügel. »Wir beide wollen nicht das Blut unserer Männer fließen sehen. Lass uns miteinander reden wie weise Herrscher. Ich weiß, du bist ein besserer Mann als Muwatta.«

Du schmeichelst ihm. Klug! Wenn du ihm Anerkennung zollst, hebt das den Respekt bei seinen Männern. Er war vor ein paar Tagen noch ein Hauptmann, wie es Dutzende gibt. Er kann jeden Zuspruch gebrauchen.

Er wurde von einer Göttin zum Unsterblichen gemacht, konterte Artax in Gedanken. *Was zähle ich da?*

Es war die Göttin, die zuvor Muwatta enthauptete und deren Gunst ein flüchtiges Gut zu sein scheint. Du aber bist König Geisterschwert, der Muwatta auf dem Schlachtfeld bezwang und der selbst noch nie besiegt wurde. Ich schätze, dein Ansehen unter den Luwiern ist größer als das ihres neuen Herrschers. Begegne Labarna mit Respekt, und er wird dir dankbar dafür sein, wenn er ein kluger Mann ist.

Labarna löste sich aus der Gruppe der Krieger. Er trug seine riesige Keule lässig gegen die Schulter gestützt, ein selbstbewusstes, fast arrogantes Lächeln auf dem Gesicht. Artax stellte sich vor, wie der Luwier mit einem einzigen Hieb die Köpfe seiner Streitwagenpferde zerschmetterte. Er hatte Labarna kämpfen gesehen. Er wusste, wozu dieser Hüne fähig war.

Artax zog an den Zügeln und schlang sie dann um den Haltegriff auf dem Frontschild des Streitwagens. Er warf einen Blick über die Schulter. Mataan hatte seine Männer auf die Hügel geführt. Sie würden alles sehen. Dann stieg er ab und ging Labarna das letzte Stück zu Fuß entgegen. Der Luwier überragte ihn fast um Hauptеslänge. Neben dem Kerl sah er aus wie ein Kind! Er zwang sich zu einem Lächeln und dachte daran, wie Muwatta ihn zum Fest der Himmlischen Hochzeit in Isatami empfangen hatte. Der Unsterbliche war ihm auf einem Elefanten entgegengeritten, um ihn klein aussehen zu lassen. Artax' Lächeln wurde breiter. Die Luwier liebten diese Spielchen mit der Größe. Muwatta lag nun irgendwo auf dieser Ebene in einem namenlosen Grab. Seine Elefanten hatten ihm nicht geholfen. Er sah zu Labarna auf – er würde auch diesen Riesen überleben.

Der Luwier machte eine Geste, als wolle er lästige Fliegen verscheuchen. »Zurück mit Euch! Es ist sterblichen Ohren nicht bestimmt zu hören, was Unsterbliche an diesem Tag zu besprechen haben.«

Die Krieger ringsum wichen respektvoll zurück. Bald war der nächste Luwier mehr als hundert Schritt entfernt.

»Ich hoffe, dir steht der Sinn nicht danach, diese trockene Ebene noch einmal mit dem Blut unserer Krieger zu tränken«, begann Labarna ohne Umschweife.

»Wo steckt Bessos?«, entgegnete Artax.

Labarna hob die Brauen. »Ich halte nicht viel von Verrätern.«

»Dann liefere ihn mir aus.«

Der Riese nahm seine Keule von der Schulter, setzte ihren wuchtigen Kopf auf den Boden und stützte beide Hände auf den Griff. »Das kann ich nicht. Er hat mein Lager bereits verlassen. Ich habe ihm Unterschlupf und Unterstützung verweigert.«

Artax musterte sein Gegenüber misstrauisch. Sagte er die Wahrheit? »Warum hast du ihn nicht aufgehalten?«

Der Luwier lächelte kalt. »Weil es nicht meine Aufgabe ist, deine Sorgen aus der Welt zu schaffen. Versteh mich nicht falsch. Ich möchte in Frieden mit Aram leben. Für mich ist dieser Krieg beendet. Aber du kannst nicht erwarten, dass ich zu den Waffen greife, um dich zu unterstützen. So weit sind wir noch nicht.« Er deutete nach Norden, wo die Karawanenstraße zum Adlerpass führte. »Er ist dort entlanggezogen. Er hatte sehr viel Gold bei sich. Ein Teil meiner ausgemusterten Söldner hat sich ihm angeschlossen. Vor allem Bogenschützen und Schleuderer.«

»Ausgemusterte Söldner …« Artax gab sich keine Mühe, seinen Argwohn zu verbergen.

Labarna wich seinem Blick nicht aus. »So wie du, reduziere auch ich meine Truppen. Ich hatte ihnen den Zeitpunkt des Abzugs freigestellt. Ich schätze, sie waren darüber unterrichtet, dass Bessos mit viel Gold kommen würde. Mir scheint, deine Satrapen fügen sich nicht ganz deinem Willen. Solltest du Bessos folgen wollen, um ihn für seine Rebellion zu bestrafen, stehe ich dir nicht im Wege. Du und deine Truppen erhalten freies Geleit durch mein Lager.«

Erstaunlich, was aus diesem Krieger binnen so kurzer Zeit geworden ist. Man könnte meinen, er habe sein ganzes Leben mit Hofintrigen verbracht.

Doch Artax stand nach Aarons süffisanten Scherzen nicht der Sinn. »Ich habe noch ein anderes Anliegen. Die Prinzessin, die Muwatta zur Heiligen Hochzeit geführt hat. Überlass sie mir, und ich stehe in deiner Schuld.«

»Das kann ich nicht«, sagte Labarna. »Ich kann nicht mit unseren jahrhundertealten Traditionen brechen. Die Braut aus der Nacht der Heiligen Hochzeit gehört dem Land. Sollte sie empfangen haben, werden sie und ihr Kind in einem kleinen Palast bis ans Ende ihrer Tage versorgt sein. Sie beide verkörpern die Fruchtbarkeit des Landes. Ich kann sie nicht hergeben. Und sollte die Prinzessin nicht empfangen haben …« Er seufzte resigniert. »Der Sitte nach wird ihr Blut dann vergossen werden, damit sie den Boden des Landes nährt. Gebe ich sie dir, so ist es, als würde ich die Hoffnung auf eine gute Ernte im nächsten Jahr verschenken. Mein Volk würde das nicht verstehen. Ich würde die Priesterschaft herausfordern und auch Išta selbst, die diese Hochzeit gewollt hat.«

Alles nur Worte. Er will dir nicht helfen!

Artax sah es genauso. Jeder Augenblick, den er sich noch länger mit Labarna abgab, vergrößerte nur den Vorsprung von Bessos.

»Sind das alle Männer, die du zur Verfolgung von Bessos aufgeboten hast?« Labarna deutete zu den Hügelkämmen am trockenen Fluss. »Die Rebellen werden versuchen, dir eine Falle zu stellen, und sie sind dieser Schar drei zu eins überlegen. Du solltest dir mehr Zeit nehmen und einen größeren Heerbann aufstellen. Sonst verlierst du unnötig viele Männer.«

»Muwatta glaubte auch nicht, dass eine Bauernschar seinen Söldnern standhalten könnte«, entgegnete Artax kühl. »Wenn meine Feinde sich überlegen wähnen, steht es meist gut für meine Sache.«

Labarna musterte ihn abschätzend. Artax war sich bewusst, dass die Arroganz, die aus seiner Antwort sprach, sich eines Tages gegen ihn wenden würde. Er sollte sich nicht angewöhnen, zu zuversichtlich zu sein. Aber Bessos' Rebellion musste im Keim erstickt werden, bevor sie sich weiter ausbreiten konnte. Jede Stunde war jetzt kostbar. Er winkte seinen Kriegern, die Stellung auf den Hügeln zu verlassen und zu ihm aufzuschließen.

»Dieses Mädchen … es bedeutet dir sehr viel, nicht wahr?«

Geh nicht darauf ein, Artax, warnten ihn die Stimmen Aarons. *Das ist kein Mitgefühl. Er sucht nur nach deinen Schwächen.*

»Es tut mir leid, was Muwatta dir angetan hat.« Labarna klang überzeugend, fand Artax. Er machte den Eindruck, als ringe er um seine Worte. Er schien im Grunde kein sehr gesprächiger Mann zu sein. Kein Schwätzer und Höfling.

»Es ist nicht meine Art, Kriege zu führen«, fuhr der neue Herrscher Luwiens fort. »Aber versuche nicht, deine Prinzessin zu retten. Du würdest mich zwingen, einen neuen Krieg zu beginnen. Ich will das nicht. Was geschehen ist, ist geschehen. Lass die Vergangenheit ruhen.« Labarna streckte ihm die Hand entgegen. »Auf unseren Frieden!«

Artax brachte es nicht über sich einzuschlagen. Den Verrat an Shaya mit einem Handschlag zu besiegeln war mehr, als er ertragen konnte. Seine Männer waren aufgerückt und zwischen den Kriegern Luwiens hatte sich eine breite Gasse gebildet, durch die sie nach Norden ziehen konnten.

»Stürze nicht wegen einer Frau zwei Königreiche in einen Krieg«, sagte Labarna mit zusammengezogenen Brauen. Er zog seine Hand zurück. »Ich werde kämpfen, wenn du mich zwingst. Und ich werde es besser machen als Muwatta.«

Der Zorn des alten Mannes

»Er wird es tun.«

Bessos blickte auf den gebrechlichen, kleinen Mann in der Sänfte. Das war nicht ganz die Art Verbündeter, die er sich vorgestellt hatte. Er brauchte Feldherren. Männer, die durch ihr Beispiel führten und den Kriegern auf dem Schlachtfeld Mut und Zuversicht gaben. Der Satrap wusste nur zu gut um die Stimmung unter seinen Truppen. Sie alle hatten sein Gold gerne genommen. Aber sie fürchteten sich vor König Geisterschwert. Nun kam es darauf an, dass der alte Mann recht hatte mit seinen Behauptungen.

Bessos blickte nach Norden, wo die Staubwolke in der Abendsonne deutlich zu sehen war. Ein Drittel seiner Streitwagen entfernte sich. Sie zogen Buschwerk hinter sich her, um mehr Staub aufzuwirbeln. Es war derselbe Trick, den Muwatta bei der Schlacht am trockenen Fluss angewandt hatte.

»Ich weiß, was du denkst.« Die Stimme des Greises in der Sänfte war rau und brüchig. Er sprach sehr leise. Bessos musste sich zu ihm hinabbeugen, um ihn verstehen zu können. »Wir können uns auf die Arroganz und Unbeherrschtheit des Unsterblichen Aaron verlassen. Deine Späher haben ja bereits berichtet, dass er uns mit viel zu kleiner Streitmacht nachsetzt. Woran zweifelst du noch? Daran, dass er zweimal auf dieselbe Täuschung hereinfallen könnte? Mein Sohn war einst die rechte Hand des Hohepriesters Abir Ataš. Er hat mir viel über den Unsterblichen erzählt. Er ist ihm oft begegnet.

Was glaubst du, warum Abir Ataš die Macht in die Hände der Priesterschaft legen wollte? Um sich zu bereichern? Er wollte das Königreich vor den Launen unseres Herrschers schützen! Vor allem nachdem der Unsterbliche plötzlich beschlossen hatte, ein Held und großer Krieger zu werden. Hast du von seinem ersten Duell mit Muwatta gehört? Es war in der Goldenen Stadt. Ich glaube, damals hat er begonnen, sich zu verändern.«

Bessos nickte, doch auch er hatte Abir Ataš gut gekannt. Der Priester war in die Macht verliebt gewesen. Edle Beweggründe hatte es für seinen Versuch, dem Unsterblichen einen Teil seiner Macht zu stehlen, ganz gewiss nicht gegeben. Nachdenklich betrachtete er das von tiefen Falten zerfurchte Antlitz des alten Satrapen von Nari. Eleasar war ein Mann, der vor Langem das Lächeln verlernt hatte. Jeder Zoll seines langen Gesichtes verriet das. Er war mürrisch, traurig, nachtragend. Und er war es, der die Fäden gezogen hatte, um ihn zu befreien. Ein goldener Stirnreif umfasste das Haupt des Greises. Sein blütenweißes Haar war noch kräftig. Es war sorgfältig zu Locken gedreht, die ihm bis auf die Schultern reichten. Ein dichter Bart bedeckte den größten Teil der schmalen, eingefallenen Brust des Herrschers von Nari, in dessen grauen Augen eine zornige Lebenslust strahlte, die so gar nicht zu seinem hinfälligen Leib passen wollte. Er war einer von nur zwei Satrapen im Reich, der zugleich auch das Amt des Hohepriesters in seiner Provinz innehatte. Bessos hatte Respekt vor dieser Leistung. Er wusste nicht, was Eleasar zuerst gewesen war, Priesterfürst oder Satrap. Aber beide Ämter miteinander zu verbinden, hieß, die vollkommene Macht in Nari in Händen zu halten. Hätte er nur drei oder vier ähnlich mächtige Männer auf seiner Seite, der Untergang des Unsterblichen Aaron wäre gewiss!

Bessos blickte über die Reihen der Bogenschützen, die auf den von der Karawanenstraße abgewandten Seiten der Hügel Stellung bezogen hatten. Wie durch den Mund eines riesigen Trichters lief der staubige Weg durch ein weites Halbrund hoher Grabhügel, die von Stelen gekrönt wurden, die verwitterte, bärtige Gesichter zeigten. Niemand wusste zu sagen, wie alt diese Gräber waren und welche Fürsten man hier einst bestattet hatte. Jetzt lieferte ihnen das Gelände gute Deckung. Und es erlaubte, dass fast tausend Bogenschützen und mehr als dreihundert Schleuderer ihre Geschosse auf einen einzigen Punkt richten konnten: die Spitze der Feindeskolonne, die nun am Horizont sichtbar wurde.

Bessos spürte, wie sich sein Magen beim fernen Funkeln von Helmen und Speerspitzen zusammenzog.

»Er wird an der Spitze reiten, und wir werden ihn töten.« Die Stimme des Alten war kaum noch zu verstehen.

»Warum hasst du ihn so sehr?«

»Er hat meinen Sohn ermorden lassen. Meinen Sohn, der immer

nur ein Träumer war. Wie ich schon sagte, er war ein ranghoher Priester. Die rechte Hand von Abit Ataš. Als er noch ein Kind war, hat ihm einer meiner Schiffsführer mit einer Geschichte den Kopf verdreht. Von da an träumte er davon, ein Geschöpf aus einer anderen Welt zu treffen. Eine jener Daimonenfrauen, die so schön sind, dass allein sie zu sehen die Seele verbrennt. Mein Barnaba wollte nie den harten Sitz eines Fürsten einnehmen. Er hing seinen Träumen nach …« Die Stimme des Alten brach. »Und nun ist er tot. Verscharrt in irgendeinem namenlosen Grab. Wie so viele andere Priester. Ich … ich werde niemals von ihm Abschied nehmen können.«

In der sich nähernden Staubwolke tauchten erste Schemen auf. Streitwagen bildeten die Spitze des kleinen Heers des Unsterblichen. Aber würde er seine Männer anführen? Früher war er nicht so gewesen. Eleasar hatte schon recht. Aaron hatte sich verändert. Diese Dummheit, an mittellose Bauern Land zu verschenken, würde alle Mächtigen des Reiches gegen ihn aufbringen. Vielleicht hatten sie mit ihrer Rebellion zu früh begonnen. Bessos ballte seine Hände zu Fäusten, damit Eleasar nicht sehen konnte, dass sie zitterten. So gebrechlich der Alte auch war, er zeigte eine Entschlossenheit in dieser Sache, um die er ihn beneidete.

»Und du bist sicher, dass wir ihn töten können?«

Der Alte sah ihn mit seinen zornigen, grauen Augen fest an. »Išta hat Muwatta getötet. Ich war nicht dort, aber man hat es mir berichtet. Alle konnten sehen, dass die Unsterblichen genauso sterblich sein können wie wir.«

»Wenn eine Göttin das Schwert führt«, wandte Bessos beklommen ein. »Eine *Göttin*, Eleasar. Sie hat die Welt erschaffen. Wir können uns nicht mit ihr vergleichen.« Er hätte nicht fliehen dürfen, dachte Bessos bei sich. Er hatte nur auf der richtigen Seite stehen wollen, deshalb hatte er Aaron in der Schlacht verraten. Wer hätte ahnen können, dass das Bauernheer siegte! Vielleicht hätte der Unsterbliche ihm diesen Verrat verziehen. Doch seine Flucht nun … Das war unverzeihlich. Wenn der Alte sich irrte, dann war er tot.

»Sieh dir die Hügel an, mein Freund. Sie wurden von Menschenhand erschaffen. Auch wir haben die Macht, die Welt zu formen, in der wir leben. Ich gestehe, es bedarf der Kraft vieler Menschen, um den Taten der Götter nahe zu kommen, aber sie sind nicht unerreichbar. Wir werden den Himmel mit Pfeilen füllen. Und glaube mir, es wird der eine darunter sein, der die Schwachstelle in Aarons Rüstung findet und den Tyrannen tötet.«

Gemeinsam wandten sie sich den herannahenden Streitwagen zu. Einer eilte den übrigen um viele Längen voraus. Das Abendlicht spiegelte sich auf der goldenen Standarte mit der geflügelten Sonne.

Eleasar hatte sich nicht geirrt. Aaron war an der Spitze seines Heeres, und er schien nur Augen zu haben für die Staubwolke der vermeintlichen Flüchtlinge, die er im Norden sah. Vielleicht war er ja wirklich sterblich? Bessos winkte den Bogenschützen, und sie legten Pfeile auf die Sehnen.

Und der Himmel verfinsterte Sich

Aaron fluchte leise. Sein schwerer Löwenhelm drückte, und durch die Augenschlitze konnte er nur einen kleinen Ausschnitt der Welt sehen. Aber es genügte, um zu wissen, dass er Bessos heute nicht mehr einholen würde. Auch wenn die Staubwolke im Norden zum Greifen nahe schien, in einer halben Stunde würde die Sonne untergehen, und dann könnten sie nicht mehr weitermarschieren.

Seine Bogenschützen und Speerträger waren um mindestens drei Meilen zurückgefallen. Sie konnten mit den Streitwagen nicht mithalten. Und selbst seine Wagenkämpfer hatten Schwierigkeiten, dem Tempo zu folgen, das er vorgab. Die beiden Rappen seines Gespanns waren die besten Pferde aus dem königlichen Stall. Sie waren unvergleichlich, doch auch sie waren inzwischen erschöpft. Schaumflocken klebten an ihren Flanken. Das schweißnasse, schwarze Fell war mit Staub bedeckt, die roten Federn, die in ihre Mähnen geflochten waren, vom Wind zerzaust, und die goldenen Amulette und Glöckchen im Geschirr hatten ihren Glanz verloren.

Ein Stück voraus, vielleicht dreihundert Schritt entfernt, umfasste ein Halbrund von Hügeln die Karawanenstraße. Das wäre ein guter Platz für ein Nachtlager. Er würde dort auf seine Männer warten – es war sinnlos, die Verfolgung in der Dunkelheit fortzusetzen. Bald würde der alte Handelsweg sich an Abgründen vorbei hinauf zu steilen Pässen winden. Diesen Weg sollte man nur bei Tageslicht nehmen.

Aarons Hand tastete zum Schwert an seiner Seite. Seit der Schlacht hatte er die Waffe nicht mehr gezogen. Er fühlte sich der Klinge auf seltsame Art verbunden. Oft verlangte ihn danach, die Waffe zu berühren. Seine Finger schlossen sich fest um den lederumwickelten Griff. Das Schwert wollte gezogen werden. Wollte das blutrote Abendlicht über den Bergen sehen, den Wind spüren. Aaron lachte. Es war das Geisterschwert! Eine ganz besondere Waffe, in der diese unheimliche, grüne Lichtgestalt gefangen saß, die ihm vor so langer Zeit in dem verfluchten Tal unweit der Mine Um el-Amad heimgesucht hatte. Aber es war ganz gewiss nichts Lebendiges an dieser Waffe, das sich nach Licht und Wind sehnte. Aus einer Laune heraus zog er blank. Geisterhaft grünes Licht umspielte die Klinge. Die Waffe lag gut in der Hand. Er riss sie hoch über den Kopf, als er den ersten der Hügel passierte, und als habe er damit ein Zeichen gegeben, traten Hunderte von Kriegern auf die Hügelrücken rings umher, hoben ihre Bögen, und der Himmel verfinsterte sich. Die Luft war erfüllt vom Sirren der Pfeile.

Sein Schwert beschrieb einen funkelnden Bogen, als das Dunkel des Himmels auf ihn herabstürzte. Metall kreischte auf Metall.

Holz splitterte. Er wurde dutzendfach getroffen und rückwärts aus dem Streitwagen geschleudert. Die Rappen stiegen und brachen von Pfeilen durchbohrt zusammen. Steine prallten tönend von seinem Helm ab, und überall ragten schwarze Pfeilschäfte dicht wie Gras aus dem staubigen Boden. Runde Kiesel rollten davon. Schleudersteine. Artax fühlte sich, als sei eine Herde Pferde über ihn hinweggestürmt. Jede Faser seines Leibes schmerzte. Er blickte an sich herab. Grelle Lichtpunkte tanzten ihm vor den Augen. Sein Mund war erfüllt von einem metallischen Geschmack, denn er hatte sich beim Sturz auf die Zunge gebissen. Von den zahlreichen Treffern, die sein Helm abbekommen hatte, dröhnten ihm die Ohren.

Stumm dankte Artax den Göttern, dass er entschieden hatte, seine Prunkrüstung anzulegen, um bei den Luwiern keine Zweifel aufkommen zu lassen, dass der Unsterbliche Aaron ihr Lager aufsuchte. Er hatte kurz überlegt, nur einen einfachen Leinenpanzer anzulegen, der in der Hitze angenehmer zu tragen war als die neue Rüstung, die ihm der Löwenhäutige hatte fertigen lassen.

Er sah weitere Pfeile rings um sich einschlagen. Hören konnte er noch immer nichts, und auch sein Nacken schmerzte. Mit einem Ruck setzte Artax sich auf und griff nach seinem Schwert, das ihm beim Sturz aus der Hand geschlagen wurde. Er sah ein wenig verschwommen. Die Krieger auf den Hügeln waren nur dunkle Schemen. Ihm wurde bewusst, was für ein unglaubliches Glück er gehabt hatte, dass keiner der Pfeile die Sehschlitze seines Maskenhelms getroffen hatte.

Als das Dröhnen in seinen Ohren endlich nachließ, hörte er Hufschlag. Seine Streitwagen! Sie kamen, um ihn zu retten. Er durfte nicht zulassen, dass sich seine Männer dem mörderischen Pfeilhagel aussetzten. Sie trugen keine verwunschenen Rüstungen. Von ihnen würde keiner lebend dieser Falle entgehen. Er stand auf. All seine Glieder schmerzten, jede Bewegung war ein Akt des Willens. »Ich bin Aaron, der Unsterbliche«, rief er mit Donnerstimme. »Der Herrscher aller Schwarzköpfe, auch König

Geisterschwert genannt. Wie ihr seht, konntet ihr mich nicht töten.« Er riss sein Schwert hoch, sodass es deutlich zu erkennen war: Fahles, grünes Licht tanzte um die Klinge.

»Dies Schwert dürstet nach euren Seelen. Und ich will es füttern. Wer jetzt seine Waffe senkt und zur Karawanenstraße hinabsteigt, der wird überleben. Doch jeden, der sich mir weiterhin widersetzt, werde ich dieser Klinge überantworten. Ich bin als ein gütiger Herrscher bekannt, doch vertraut mir, all mein Langmut und meine Güte sind unter euren Pfeilen gestorben.«

Artax breitete seine Arme aus. »Bleibt hinter mir zurück«, rief er, ohne sich nach seinen Männern umzublicken. Dann tat er einen schwankenden Schritt an den beiden Pferdekadavern vorbei. Wut packte ihn, als er seine edlen Rösser im Staub liegen sah. Und die Wut brannte den Schmerz aus seinen Gliedern. Bei seinen nächsten Schritten schwankte er nicht mehr.

Jetzt wichen die ersten von Bessos Kriegern erschrocken zurück. Sie ergaben sich nicht, aber sie wagten es auch nicht mehr, ihre Waffen gegen ihn zu erheben. Zornig ging er weiter auf sie zu. Er war wie ein Stein, den man in einen stillen See geworfen hatte. Zuerst wichen die Söldner in Wellen vor ihm zurück, doch dann griff Panik unter ihnen um sich. Immer mehr warfen ihre Waffen fort und liefen blindlings davon.

Artax fluchte und begann, ebenfalls zu laufen. Er war nicht mehr er selbst. Aller Schmerz war vergessen. Als er das Schwert vorstreckte, sah er, dass ein Splitter eines Pfeilschafts aus seinem Handrücken ragte. Er hatte das Gefühl, dass es die Hand eines anderen sei, die er betrachtete. Die Wunde war nicht tief, aber er sollte sie doch spüren! War es sein verwunschenes Schwert, das ihn nur noch an Blut und Rache denken ließ und dessen Zaubermacht kleinere Wunden heilte, noch bevor er sich ihrer wirklich bewusst wurde? Selbst die Stimmen der Aarons drangen nicht mehr zu ihm durch, wenn er mit dem Schwert in der Hand in die Schlacht stürmte. Jetzt brannte in ihm allein der Wunsch, die feigen

Söldner büßen zu lassen! Jene Männer, die sich seinem zornigen Befehl aufzugeben und ohne Waffen zur Karawanenstraße zu kommen, nicht unterworfen hatten. Er stürmte den Hang eines Hügels hinauf und gab seinem Streitwagenschwarm mit dem Schwert Zeichen, sich aufzuteilen und über die Flügel zu gehen, um den Flüchtlingen den Weg abzuschneiden. Er würde nicht dulden, dass Bessos diese Männer an einem anderen Tag erneut um sich scharte!

Als er die Hügelkuppe erreichte, sah er, dass sich das ganze gegnerische Heer in Auflösung befand. Die Krieger liefen wild durcheinander. Kein Hauptmann versuchte mehr, Ordnung in das Chaos zu bringen. In den länger werdenden Schatten eilte etwas abseits eine kleine Gruppe von Kriegern einen steilen Pfad hinauf, der von der Karawanenstraße abzweigte. War dort Bessos? Einer der Flüchtlinge trug einen weißhaarigen Mann auf dem Rücken.

Artax blickte nach Westen. Die Sonne war fast ganz hinter den Bergen verschwunden. Nur zwei Fingerbreit der feurig roten Kugel lugten noch über die tiefschwarzen Bergkämme. Nicht einmal eine halbe Stunde und es würde völlige Finsternis herrschen.

Fluchend lief Artax in Richtung des steilen Saumpfads, vorbei an einer umgestürzten Sänfte, durchdrungen von dem irrationalen Wunsch, diese Flucht zu beenden. Obwohl ihm in seinem Innersten klar war, dass er diese Männer zwar hatte zu Tode erschrecken können, sie aber allein niemals würde aufhalten können. Nur wenn er Bessos zu fassen bekam, war es vorbei.

Einige der feindlichen Streitwagen hatten sich bei der überstürzten Flucht ineinander verkeilt. Erbärmlich wiehernde Pferde mit gebrochenen Läufen hingen im Geschirr umgestürzter Wagen. Artax sah einen Krieger, der kriechend vor ihm zu fliehen versuchte. Der linke Fuß des Mannes war grotesk verdreht, die Zehen zeigten dorthin, wo die Ferse hätte sein sollen. Artax setzte dem Verwundeten den Fuß auf die Brust und drückte den Mann zu Boden. Er hob das Schwert, um seinem Opfer die Kehle zu durchtrennen, taub für das Flehen des Kriegers. Die Klinge fuhr hinab und verharrte nur einen Zoll vor der Kehle des Mannes. Es waren die schreckensweiten, braunen Augen des Söldners, die ihn wieder zur Besinnung brachten. Was ging mit ihm vor, dass er fast einen Wehrlosen getötet hätte!

Artax starrte auf das Geisterschwert in seinen Händen und spürte sofort, wie sein Zorn wieder wuchs. Der Krieger am Boden trug einen Köcher auf dem Rücken. Vor einigen Augenblicken erst hatte er mit seinem Bogen auf ihn angelegt. Warum sollte er einen Kämpfer verschonen, der versucht hatte, ihn zu töten?

Artax atmete tief ein und stieß sein Schwert in die Scheide zurück. Die Schlacht war vorüber und damit auch das Töten! Plötzlich fühlte er sich so schwach, dass er sich auf das Rad eines umgestürzten Streitwagens aufstützen musste. Seine Beine schienen ihn nicht mehr tragen zu wollen, und der Schmerz unzähliger Prellungen riss ihn mit sich fort. Seine verwunschene Rüstung aus verleimtem Leinen und zähem Leder hatte zwar verhindert, dass auch nur eine einzige Pfeilspitze seine Haut geritzt hatte, doch hatte sie die Kraft des Aufschlags der Geschosse nur zum Teil aufgefangen.

Artax ließ den Verletzten hinter sich. Kaum war er ein paar Schritte gegangen, überfiel ihn stechender Schmerz. Er keuchte und hatte Mühe, sich auf den Beinen zu halten. Seine Rechte fand ganz von allein wieder zum Schwertknauf. Die Waffe zu berühren linderte das Gefühl des Schmerzes. Zugleich ergriffen ihn wieder Wut und Kampfeslust. Es schien, als sei sein Schwert darauf aus, vom Blut seiner Feinde zu kosten. Er lachte freudlos auf. Offensichtlich war er schwerer am Kopf getroffen worden, als er angenommen hatte! Er war ja nicht mehr ganz bei Trost. Ein Schwert, das Blut trinken wollte! Er dachte daran, was der Ebermann ihm einst erzählt hatte. Dass eine hasserfüllte Seele aus einer anderen Welt in dieser Klinge hauste, seit er den Wurm aus grünem Licht erschlagen hatte und sich in das blaugraue Wellenmuster der

Waffe ein vielfach verzweigter grüner Blitz gebrannt hatte, von dem ein unheimliches Leuchten ausging.

Artax erinnerte sich, wie er den Schwertarm hochgerissen hatte, um etliche der Pfeile von Bessos' Armee zu zersplittern. War es ein Reflex gewesen, oder hatte die Waffe ihm geholfen, ihn vor den Geschossen zu bewahren, die vielleicht durch die Sehschlitze seines Helms gedrungen wären? Beschützte das Schwert ihn etwa?

Unendlich müde blickte der Unsterbliche zu dem steilen Pfad, auf dem er die kleine Gruppe von Flüchtlingen gesehen hatte. Nun zeigte sich dort niemand mehr. Artax schloss die Augen. Er wollte nur noch ruhen.

»Herr?«

Artax schlug die Augen auf und brauchte einen Moment, um sich zu erinnern, wo er war. Ashot stand vor ihm. Es war dunkel geworden. Ein Stück entfernt brannte ein aus den Trümmern eines Streitwagens entfachtes Lagerfeuer, um das sich einige seiner Krieger versammelt hatten. Sie alle blickten in seine Richtung.

»Ihr wart tief in Gedanken, Herr?«

»Ja …«, entgegnete er zögerlich. Dann begriff er. Er trug noch immer den Maskenhelm, der sein Antlitz hinter einer silbernen Fratze verbarg. Müde tastete er nach dem seitlichen Helmscharnier und befreite sich. Ashot hatte nicht erkennen können, ob er nur sinnend den Kopf gesenkt hatte oder aber eingenickt war.

»Die Rebellen …«

»Wir haben die meisten gestellt. Auch die entflohenen Streitwagen wurden inzwischen eingeholt und haben aufgegeben.« Ashot lächelte zufrieden. »Ihr habt ihnen Todesangst eingejagt, Herr. Sie mochten gar nicht mehr aufhören zu laufen. Mataan lagert mit dem Großteil unserer Männer ein Stück weiter nördlich. Dort sind auch die Gefangenen. Ich bin mit einer Handvoll Männer hier geblieben, um …« Plötzlich wirkte er verlegen, als scheue er davor zurück, dass Offensichtliche auszusprechen. »… um über Euch zu wachen.«

»Danke.« Artax hatte Mühe zu sprechen. Sein Mund war staubtrocken. »Ich war eingenickt.«

»Wir waren uns nicht sicher«, entgegnete Ashot ein wenig verlegen. »Ihr hättet nicht alleine vorpreschen dürfen. Wir dachten einen Moment lang …« Statt den Satz zu Ende zu führen, zuckte er nur mit den Schultern. »Aber Ihr seid ja unsterblich.« Diesmal lag ein Hauch von Kritik in seinen Worten.

Artax musste schmunzeln. Das war ganz der Ashot, wie er ihn von früher aus dem Dorf kannte. Der Zweifler, der nie ein Blatt vor den Mund nahm. »Bessos?« Jedes Wort kratzte in seiner Kehle.

»Ist entkommen«, gestand Ashot zerknirscht.

Der Unsterbliche dachte an die Männer, die er auf dem steilen Pfad gesehen hatte. Er musste wissen, wohin dieser Weg führte. Müde hinkte er zum Lagerfeuer und ließ sich nieder. Noch schmerzte jedes seiner Glieder. Er bemerkte die Blicke seiner Männer, die ihn mit fast schon abergläubischem Staunen ansahen. »Sind schlechte Bogenschützen, diese Rebellen«, murmelte er und griff nach einer Kürbisflasche neben dem Feuer. »Bin froh, dass nicht ihr auf mich geschossen habt.«

Die Worte hatten den Bann gebrochen. Die Krieger unterhielten sich wieder leise miteinander.

Artax trank in langen, gierigen Zügen das schale Wasser in der Kürbisflasche, dann schickte er Ashot los, ihm einen Ortskundigen zu holen. Es dauerte lange, bis sein Gefährte zurückkehrte. Ihm folgte ein spindeldürrer Krieger mit rotem Bart, der den größten Bogen trug, den Artax jemals gesehen hatte.

»Ormu, Herr«, stellte Ashot den Fremden vor. »Er ist ein Jäger und kennt sich hier aus.«

Artax deutete auf den Berg, der im Licht eines schmalen Sichelmonds nurmehr ein Schattenriss vor dem Sternenhimmel war. »Dort gibt es einen Pfad. Wohin führt der?«

»Zum Steinhorst.«

»Was ist das?«, fragte Artax.

»Eine kleine Fluchtburg. Uneinnehmbar. Meist ist sie verlassen, weil sie so abgelegen liegt. Keiner, der nicht auf der Flucht vor mächtigen Feinden ist, möchte dort einen Winter verbringen. Bessos wird dorthin gegangen sein, denn an diesem Ort können wir ihn nicht besiegen.«

Artax betrachtete den Jäger skeptisch. Sein Antlitz war hager, vom Wetter gegerbt. Er wirkte nicht wie ein Mann, der schnell aufgab. »Warum können wir Bessos nicht besiegen? Er hat nur noch ein paar Dutzend Männer, die ihm treu sind.«

»Der Steinhorst liegt auf einer Felsnadel. Eine Brücke führt hinüber, deren hölzerner Mittelteil eingezogen werden kann. Die Burg verfügt über Zisternen und ein großes Lagerhaus. Mit genügend Vorräten können dort hundert Männer ein Jahr ausharren, ohne Hunger leiden zu müssen. Wenn Bessos vorgesorgt hat und dort oben Proviant lagert, dann brauchen wir den Saumpfad gar nicht erst zu erklimmen. Der Steinhorst wurde schon oft belagert, aber noch nie erstürmt. Dort oben in den Felsen tanzen die Geister des Windes. Ihr eisiger Atem schneidet bis tief ins Gebein, und ihr Wispern in der Nacht lässt selbst die mutigsten Männer verzweifeln. Kein Belagerer hält es dort oben lange aus. Wenn die hölzerne Brücke einmal eingezogen ist, vermögen nur noch Adler in den Steinhorst zu gelangen.«

Der Unsterbliche dachte an Volodi und an den Spitznamen, den seine Krieger dem Drusnier gegeben hatten. Er vermisste die unverzagte Art seines Hauptmanns. Er hätte sich von solchen Geschichten ganz gewiss nicht einschüchtern lassen.

»Ich hatte einmal einen Kämpfer, der für mich über den Adlern schritt. Ich werde versuchen, es ihm gleichzutun. Morgen stürmen wir den Steinhorst. Bessos muss besiegt werden. Wenn ich ihn nicht bezwingen kann, dann wird sein Beispiel andere ermutigen, ebenfalls zu rebellieren.« Er wandte sich an Ashot. »Du suchst mir fünfzig Männer, die mich oder den riesigen Haufen Gold, den sie bekommen werden, so sehr lieben, dass sie mir selbst in den Gelben Turm folgen würden. Es wird so viel Gold sein, dass sie in ihrem Leben nie mehr einer ehrlichen Arbeit nachgehen müssen, wenn sie keine Spieler oder Narren sind. Morgen bringen wir es zu Ende!«

Ormu sah mit finsterer Miene auf ihn hinab. »Nur Narren werden Euch bei einem Angriff auf den Steinhorst folgen«, sagte er leise. »Ich werde mitkommen, um einst meinen Enkeln erzählen zu können, wie die Geister des Windes den Unsterblichen Aaron ins Verderben stürzten.«

Wo Menschen welken

Merob hatte ein schlechtes Gewissen. Sie kam zu spät. Viel zu spät … Sie hatte sich den ganzen vorangegangenen Tag unpässlich gefühlt. Ihr Herz hatte geschmerzt, die Beine waren schwer wie Blei gewesen. Sie war zu schwach gewesen, sich von ihrem Lager zu erheben, ja selbst zu schwach, um zu essen. Artiknos hatte sie dünne Suppe trinken lassen und ihr eine Schweineblase, gefüllt mit warmem Wasser, unter die Decke geschoben. Das hatte geholfen. Heute fühlte sie sich ein wenig besser. Doch Merob wusste, dass ihre Tage gezählt waren. Sie hatte zu lange tief im Fels verborgen gelebt. Menschen waren geschaffen für das Licht. Mussten sie sich fern des Lichtes verstecken, so erging es ihnen wie den Pflanzen – sie verwelkten vor der Zeit.

Merob betrachtete die grob behauenen Wände des Tunnels, durch den Artiknos sie trug. Der Flötenspieler war dagegen gewesen, dass sie ihr Lager verließ. Doch diese Angelegenheit duldete keinen Aufschub mehr. Sie musste den Spitzel von seinen Fesseln befreien. Statt der einen geplanten Nacht hatte er ganze zwei an den geheimen Kristall der Großen Mutter gefesselt verbracht. Nicht dass er noch einen Unterschied spüren würde. Er war längst dem Wahn anheimgefallen, so wie die anderen Ungläubigen, die eine Nacht bei dem Kristall und den Grünen Geistern verbringen mussten. Die Angst löschte ihren Verstand – und wenn sie schließlich geholt wurden, waren sie sabbernde Idioten geworden, für die Werden und Vergehen keinerlei Bedeutung mehr hatten, da sie kein Empfinden für den Fluss der Zeit mehr besaßen. Doch würde der Priester inzwischen schrecklichen Durst leiden. Ihn unnötig zu quälen widersprach ihrem Glauben, in dem jedes Leben heilig war, selbst das ihrer Feinde.

Plötzlich verharrte Artiknos. Jetzt hörte auch sie es. Spitzhacken! »Wo sind wir?«

»Etwa unterhalb des Fischmarktes der Insulaner«, entgegnete er, wobei sie ihm deutlich anhörte, dass er sich nicht ganz sicher war.

Die Insulaner. So nannten alle die seltsamen Bewohner der Schwimmenden Inseln, die das kleinste Viertel in der Goldenen Stadt unterhielten. Bislang hatten sie kaum in die Tiefe gegraben. »Wissen wir, was sie bauen?«

Artiknos schüttelte den Kopf. »Keiner beachtet sie. Kaum jemand weiß, was sie treiben.«

»Finde es heraus!«, befahl Merob entschieden. Jeder Keller, jeder Tunnel und jede Zisterne, die in den Fels des Steilhangs getrieben wurde, war eine Gefahr für sie.

Sie benutzte natürliche Höhlen, vergessene Grüfte und gesperrte Abwasserkanäle, um ihre Anhänger um sich zu versammeln. Mit wenigen neuen Tunneln hatten sie ein verborgenes unterirdisches Netz erschaffen, das sie für ihre heimlichen Zusammenkünfte nutzten. Merob wusste nur zu gut, dass alle Statthalter und die meisten Priester ihre Anhängerschaft zumindest mit Misstrauen, meist jedoch mit Hass betrachteten. Dabei waren sie die Einzigen, die diese Welt wirklich verstanden, die begriffen hatten, dass die Grünen Geister die Kinder der Großen Göttin waren und dass der Tag kommen würde, an dem sich Nangog aus ihrer Gefangenschaft befreien würde. Und an dem Tag sollte man besser nicht ihr Feind sein. Was dann geschehen würde, hatte der Spitzel in der Höhle am eigenen Leib erfahren. Kurz lauschte sie noch auf die Geräusche im Fels, dann bat sie Artiknos darum weiterzugehen.

Zu viele gruben in die Tiefe. Am schlimmsten trieben es die Besitzer der Lagerhäuser nahe der Goldenen Pforte. Da Bauplatz in der Nähe des magischen Portals selbst für die Reichsten unbezahlbar geworden war, vergrößerten die Handelsherren ihre Lagerhäuser einfach in die Tiefe. Ihren alten Versammlungsort hatten Merob und ihre Anhänger schon aufgeben müssen, weil einer der verborgenen Zugangstunnel bei der Erweiterung eines Lagerhauses entdeckt worden war. Sie mussten ständig auf der Hut sein. Die Alte machte sich keine Illusionen darüber, was mit ihr geschehen würde, wenn sie den Schergen der Statthalter in die Hände fiel. Sie würden den Kult um die Grünen Geister am liebsten auslöschen. Wie so viele Mächtige waren sie blind für die Zukunft und dafür, was gut für das Volk war, das sie regierten.

Merob sehnte den Tag herbei, an dem Nangog sich erhob. Den Tag, an dem sie endlich die Tunnel verlassen könnte, um noch einmal die Sonne zu sehen. Es musste bald geschehen! Sie wusste nur zu gut, wie krank sie war. Viel Zeit blieb ihr nicht mehr. Und sie hatte immer noch nicht entschieden, wer ihre Nachfolgerin sein würde. Das war eitel und dumm. Und doch brachte sie es nicht über sich – hatte sie doch das Gefühl, dass auf einer ihrer Versammlungen ihre Nachfolgerin zu benennen gleichbedeutend damit war, einen großen Schritt in Richtung Grab zu tun.

Eigentlich sollte ihre Wahl auf Zarah fallen. Sie war beliebt in der Gemeinde, sie hatte Einfluss und bereits unzählige Male ihren Mut bewiesen, wenn sie nachts mit grüner Kreide ihr Zeichen auf die Sockel von Statuen, die Ziegelsteinwände der Lagerhäuser und manchmal gar auf die Türen von Palästen malte. Der formlose grüne Fleck, das Zeichen für die Geister Nangogs. Aber Merob gefiel Zarahs Lebenswandel nicht, so klug und mutig sie auch sein musste. Ein solches Weib sollte keine Priesterin der Großen Göttin sein!

»Was soll ich mit dem Spitzel machen?«, unterbrach Artiknos ihre Gedanken.

»Setz ihn vor dem Haus der barmherzigen Brüder ab. Vielleicht nehmen sie ihn auf. Und wenn nicht, ist es nicht unsere Sache. Er hat seine Seele an die Herrschenden verkauft und wusste, dass er sich in Gefahr begibt, wenn er uns nachschnüffelt. Ganz sicher hätte er keine Gewissensbisse gehabt, uns alle an die Henker der Statthalter auszuliefern. Wir aber sind gnädig. Wir lassen ihm sein Leben. Und wenn die dort oben«, sie blickte zu der rußgeschwärzten Decke des Tunnels über ihr, »weniger gnädig sind und einem Verrückten kein Gnadenbrot schenken, dann soll dies nicht unsere Sorge sein.«

Artiknos widersprach nicht. Er hatte schon für sie getötet, aber Merob wusste, dass er es, wie alle Jünger der Großen Göttin, hasste, Blut zu vergießen. Sie stiegen tiefer und tiefer in den Fels hinab, durchquerten ein Stück eines bestialisch stinkenden Abwasserkanals und erreichten endlich den kurzen Tunnel, der zur Kristallhöhle führte. Hier hieß Merob den Flötenspieler, sie abzusetzen. Die letzten Schritte wollte sie aus eigener Kraft tun.

Mit wackligen Knien ging sie der Höhle entgegen, nur um im Eingang wie versteinert stehen zu bleiben. Dutzende Grüne Geister glitten durch die Höhle. Sie tanzten um den Spitzel herum, der Merob mit klarem Blick entgegensah. »Du kommst spät, Erste Mutter, doch ich weiß um dein Unwohlsein und vergebe dir. Die Große Mutter hat mich unterrichtet. Sie will, dass ich von nun an ihr Priester bin, ihre Stimme in den Ohren der Menschen. Du aber bleibst die Erste Mutter, die gütige Herrin, die unseren Bund anführt. Und nun sei so gut, Mutter, und löse meine Fesseln.«

Merob blickte fassungslos auf die Geister, die in schillerndem Reigen um den Kristall und ihren Gefangenen tanzten. Nie zuvor hatte sie so viele gesehen. Tränen stiegen ihr in die Augen. Hatte die Große Mutter nun an ihrer Stelle entschieden? Würde dieser Mann ihr Nachfolger werden? Warum hatte Nangog ihr sein Kommen nicht angekündigt?

Merob stützte sich an der Höhlenwand ab. Sie hatte das Gefühl, dass all ihre Kräfte sie verlassen wollten. »Befrei unseren Freund«, wies sie Artiknos an, der vom Anblick der Geister nicht weniger ergriffen schien, als sie es war. Alle Schönheit Nangogs spiegelte sich in diesem Tanz.

Der Priester wirkte nicht erschöpft. Keine Krämpfe schüttelten ihn, obwohl er so lange an den Kristall gefesselt gewesen war. Mit federndem Schritt kam er ihr entgegen. Merob kannte diese Kraft, die die Große Göttin ihren Auserwählten schenkte. Als junge Frau hatte sie manchmal nächtelang durchgetanzt, um Nangog zu ehren. Sie seufzte. Diese Zeiten waren lange vorüber.

Nun kniete der Priester neben ihr nieder und ergriff mit gewinnendem Lächeln ihre Hände. »Ich bin nicht hier, um dir etwas wegzunehmen, Merob. Ganz im Gegenteil. Wir werden die Macht der Göttin mehren. Bald schon werden außergewöhnliche Besucher in die Goldene Stadt kommen. Wir sollen ihnen helfen und ein Haus im Herzen der Stadt für sie mieten. Sicherlich könnte uns Zarah dabei behilflich sein.«

Merob sah überrascht auf. »Du weißt auch um sie?«

»Die Große Göttin teilte viele ihrer Geheimnisse mit mir«, sagte er freundlich lächelnd. »Ich weiß sogar, wer dein Sohn ist. Dass Nangog ihn von den Toten wieder auferstehen ließ und dass ihm noch Großes bestimmt ist. Bald schon wird sich diese Welt verändern. Unsere Herrin wird ihre Fesseln abstreifen, und alle, die sie verachtet und gedemütigt haben, werden ihr Jammern und Wehklagen erheben, wenn Nangogs Kinder Gestalt annehmen. Wir aber werden in Sicherheit sein, denn die Göttin vergisst keinen, der ihr gedient hat, ebenso wenig, wie sie die Frevler vergisst.« Mit diesen Worten sah er Artiknos an. »Und von dir erwarte ich, meinen Dolch zurückzuerhalten. Und zwar sehr bald. Einen Vertrauten der Großen Göttin zu bestehlen ist keine Kleinigkeit, mein Sohn.«

Alte Freunde

Kolja hatte seinen Männern verboten, in eines ihrer Bordelle in der Goldenen Stadt einzukehren. Er wollte Eurylochos, seinen Stellvertreter, mit seiner Rückkehr überraschen. Der aegilische Steuermann war ein Schlitzohr, ein Halunke, dem jede Schandtat zuzutrauen war und deshalb genau die rechte Wahl, um die Freudenhäuser zu verwalten. Dieser Aufgabe war er sicherlich gewachsen gewesen.

Koljas Blick wanderte über die hohen Häuser, die die Straße zu ihrem Hauptquartier säumten. Er befand sich in einem der besseren Viertel der Stadt. Die Dächer hier waren zwar nicht vergoldet, aber es gab keine fliegenden Händler und Bettler und die Nachttöpfe wurden nicht einfach auf das Pflaster entleert, da jedes der Häuser an die Abwassertunnel angeschlossen war, die den Hang hinab zum Fluss verliefen. Er genoss es, die Fassaden zu betrachten. Manche schmückten sich mit Fresken, die durch die schweren Regenfälle jedoch schon so gelitten hatten, dass an zahllosen Stellen der Putz abgeplatzt war und das blanke Mauerwerk offen lag. Andere hatten aufwändige Hochreliefs angebracht, die ein Vermögen gekostet haben mussten. In der Regel zeigten sie, womit der Besitzer reich geworden war: aneinandergekettete Sklaven, Bauern bei der Reisernte, Rinder. Kolja überlegte, ob sie die Front ihres Hauses mit anzüglichen Bildern von Liebesdienerinnen schmücken sollten. Er lächelte versonnen vor sich hin, als er an die fette Matrone dachte, die etwas weiter hangabwärts lebte und ein Vermögen im Gewürzhandel gemacht hatte. Sie gab sich gerne keusch und moralisch. Sie wäre entsetzt von solchen Bildern.

Ob es wohl noch Widerstand gegen ihn und seine Männer gab? Oder hatten die Schläger und Türsteher der anderern Freudenhäuser endlich eingesehen, wer stärker war? Er dachte an Leon, den Trurier, der sich zum Anführer der Luden der Goldenen Stadt aufgeschwungen hatte. Auch jener hatte gedacht, er könne ihn vernichten … Sicher gab es noch Ärger. So war die Welt. Es gab immer irgendwo Ärger.

Das Pflaster der abfallenden Straße war noch nass von einem Regenschauer. Er musste auf seine Schritte achten und sah erst wieder auf, als er die Stelle passierte, an der der Schrank gestanden hatte, in der die Zapoter den Leichnam seines Türstehers Atmos so drapiert hatten, dass er mit irrem Grinsen sein eigenes, herausgeschnittenes Herz in Händen hielt. Das war mal ein Zeichen gewesen! Die Zapote verstanden sich darauf, Schrecken zu verbreiten.

Damals hätte er nicht für möglich gehalten, dass er auch mit ihnen eines Tages Geschäfte machen würde. Dass sie sich Volodis angenommen hatten, war überaus nützlich. Es hatte ihm keine Freude gemacht, seinen Gefährten zu verraten, aber Volodi wäre einfach zu einer Gefahr für ihr Geschäft geworden. Er hätte sich ganz gewiss vom Unsterblichen Aaron erweichen lassen, länger in seiner Leibgarde zu dienen. Und Volodi war beliebt bei den Männern. Er hätte die Mehrzahl von ihnen mit sich genommen. Das ging nicht! Sie mussten sofort nach ihrer Rückkehr eine respektable Hausmacht in der Goldenen Stadt aufstellen, um ihre Verbindungen weiter ausbauen zu können.

Beim Unsterblichen zu bleiben hätte den Männern nichts gebracht. Hier auf Nangog jedoch würden sie irgendwann reich und satt in ihren Betten verrecken. Aaron hingegen hätte sie in eine Schlacht nach der anderen geführt, bis auch der Letzte umgekommen wäre. Für ihn würden sie immer nur ein paar Söldner und Piraten bleiben. Ihre Leben zählten nicht.

Für die Männer ist es besser, dass ich nun ganz allein das Kommando führe, dachte Kolja. Und dass Volodi ohne Abschied verschwunden war, nahmen ihm seine Kampfgefährten übel. Kolja hatte das Gerücht ausgestreut, sein Freund sei auf den Herrensitz seines Vaters zurückgekehrt. Wäre er einfach verschwunden gewesen, hätten die Männer womöglich noch angefangen, nach ihm zu suchen. So war es besser. Wer einmal das Weiße Tor der Tempelstadt hier in Nangog durchquert hatte, der kam nie wieder zurück. Heute Nacht würde er im Andenken an Volodi eine Amphore guten Weins leeren. Sein Kamerad war einfach nicht für diese Welt geschaffen gewesen.

Kolja stieg die ausgetretene Treppe zum Eingang des Hurenhauses hinab. Der Türsteher starrte ihn mit weiten Augen an. »Du bist zurück.«

Der Drusnier lächelte. »Gut beobachtet. Ich schätze Männer, die ihren Kopf gelegentlich zum Denken benutzen, und nun lass mich herein.«

Der verdatterte Kerl riss die Tür auf. Zufrieden registrierte Kolja, dass der Türsteher gewaschen war und in sauberen Kleidern steckte. Dieses Haus war reicheren Gästen bestimmt. Angetrunkene Schläger, die rochen, als hätten sie in ihrer eigenen Pisse übernachtet, waren hier nicht tragbar.

Zwei junge Frauen warteten hinter der Tür. Er kannte beide nicht. Eine war sehr klein und zierlich und schien vom Seidenfluss zu kommen.

»Wie können wir dich beglücken, Herr?« Die Zierliche sprach ihn ohne Zögern an, während es der anderen nicht gelang, ihren Abscheu vor ihm zu verbergen. Kolja wusste nur zu gut, wie übel er aussah, einarmig und mit seinem von Hunderten Faustkämpfen vernarbten Gesicht. Aber wer in ein Freudenhaus kam, wollte nicht schon beim Eintritt in die Wirklichkeit zurückgeholt werden. Hier sollten Träume wahr werden. Die Blondine, die sich nun langsam fasste und zu einem falschen Lächeln zwang, war nicht gut fürs Geschäft. Sie sollte in einem billigeren Haus arbeiten, wo statt mit Träumen nur mit Fleisch gehandelt wurde.

Kolja hielt auf die kleine Treppe zu, die hinauf zu seinem Zimmer führte, das er Eurylochos überlassen hatte. Die Zierliche machte eine Geste, ihn aufzuhalten, stellte sich ihm aber nicht in den Weg. »Dort oben darf nicht jeder hin …«, sagte sie mit hinreißendem Akzent.

»Da stimme ich dir zu«, entgegnete Kolja und ging an ihr vorüber. Hinter ihm ertönte eine dunkle Männerstimme. Kolja ignorierte sie.

Immer zwei Stufen auf einmal nehmend, eilte er die Stiege hinauf. Der Lärm hinter ihm ebbte ab. Offensichtlich gab es außer dem Türsteher hier noch jemanden, der ihn kannte.

Kolja stieß die Tür zu seinem alten Zimmer auf, ohne sich der Förmlichkeit des Anklopfens zu unterziehen. Eurylochos lag mit einer dunkelhäutigen Schönheit im Bett, die aussah, als habe sie ein Leben zwischen Wind und Meer verbracht. Der Steuermann setzte sich auf, und sein Fluch erstarb, bevor er ihm über die Lippen kommen konnte. Seine grauen Augen schienen ihm schier aus dem Kopf quellen zu wollen. »Du …«, war alles, was er schließlich hervorbrachte. Er war ein großer, muskulöser Mann, genauso braun gebrannt wie die Schöne neben ihm im Bett. Irgendwann einmal hatte jemand versucht, ihm mit einem Messer das Gesicht zu halbieren. Eine weiße Narbe lief quer über seine Stirn und reichte bis zur linken Wange.

»Deine Freude, mich lebend zu sehen, ist wahrlich herzerwärmend.« Kolja setzte sein Lächeln auf, von dem er genau wusste, dass es bei seinem schrecklich vernarbten Gesicht selbst die tapfersten Männer bis ins Mark erschütterte. »Ich möchte meine Kammer zurück. Und mein Bett. Du darfst gehen. Das Mädchen bleibt. Weiche Betten und hübsche Frauen habe ich in den letzten Monden auf der Ebene von Kush vermissen gelernt.«

Eurylochos erhob sich ohne Widerspruch, was ihm einen bösen Blick von seiner Gefährtin einbrachte. Er nahm seine Kleider von einem Hocker neben dem Bett, versuchte sie kurz zu ordnen, gab es aber fast sofort auf. Seine Hände waren unter der zerknüllten, roten Tunika verborgen. Ein bronzebeschlagener Gürtel hing zwischen den Kleidern hinab. Er trat um das Bett herum und kam Kolja nun lächelnd entgegen. »Schön zu sehen, dass du das Gemetzel überlebt hast, altes Ross.«

»Du weißt ja, ich bringe aus jedem Kampf eine neue Narbe mit, aber ich bin nicht totzukriegen.«

»Vielleicht doch.« Eurylochos ließ die Kleider fallen. Er hielt einen Bronzedolch in der Hand und rammte ihn Kolja unter den Rippenbogen, sodass die aufrecht gerichtete Spitze direkt auf sein Herz zielte.

Eine wie keine

Der Dolch fuhr kreischend über das Metall des Bronzekürass, den Kolja unter der Tunika verborgen trug. Der Drusnier packte Eurylochos' Waffenarm mit dem Geschick des geübten Ringers und Faustkämpfers und schob den Dolch unter seiner linken Achsel vorbei. Gleichzeitig machte er mit der Linken eine wegwerfende Bewegung, und die Klinge, die in der Lederprothese verborgen war, glitt zischend aus ihrem Versteck und rastete ein. Er drückte die stählerne Spitze dicht unter Eurylochos' rechtem Ohr an dessen Kehle. »Ich war in den letzten Wochen auf einem Schlachtfeld, wo Dolche wie dieser über Leben und Tod entschieden haben, Steuermann, wohingegen mir scheint, dass du dich allein in Kämpfen mit einem Dolch aus Fleisch bewährt hast.«

Kolja blickte zu der jungen Frau, die auf dem Bett kauerte und ganz ohne Bedauern für Eurylochos zusah. »Wir haben nun eine Männerangelegenheit zu erledigen. Geh!«

Sie sprang auf und suchte gar nicht erst nach ihren Kleidern. Mit fliegenden Schritten eilte sie aus der Kammer.

Kolja versetzte Eurylochos einen Stoß gegen die Brust, der den

Steuermann zurücktaumeln und auf das zerwühlte Lager stürzen ließ. »Erinnerst du dich, was ich allen Zinnernen versprochen habe, als ich euch nach Nangog geführt habe?«

Der Steuermann lächelte bitter. »Dass wir reich werden und in einem bequemen Bett sterben.«

»Liegst du gut, mein Freund?« Kolja trat an das Lager. Sein Dolch zeigte auf das Herz von Eurylochos.

Der Steuermann bat nicht um Gnade. Er sah ihn fest an und erwartete das Unvermeidliche.

»Dir dürfte aufgefallen sein, dass ich damit gerechnet habe, dass du mir ans Leder willst. Ein guter Geschäftsmann muss von Gier getrieben sein.« Kolja ließ sich auf dem Hocker neben dem Bett nieder. Seine Klinge fuhr Eurylochos' Brust hinauf bis zu dessen Kehle. »Du wirst mir jetzt vom Geschäft erzählen. Um wie viel sind wir reicher geworden?«

»Wollen wir es nicht einfach zu Ende bringen?«, fragte der Steuermann resignierend. »Was soll dieses Spiel?«

»Für jede Frage, die du mir von nun an nicht beantwortest, werde ich ein kleines Stück von dir abschneiden. Es liegt also ganz bei dir, wie wir es machen. Und damit du siehst, dass ich es ernst meine, gebe ich dir eine kleine Kostprobe.« Bevor Eurylochos wusste, wie ihm geschah, hatte Kolja dessen rechte Hand gepackt und presste sie gegen die Wand hinter dem Bett. »Ich finde, kleine Finger sind relativ nutzlos. Schneidet man einen kleinen Zeh ab, wird das Laufen unangenehmer. Aber einen kleinen Finger … wozu braucht man den schon?«

»Die Geschäfte sind sehr gut gelaufen«, stieß Eurylochos hervor. »Leon ist tot. Uns gehören alle großen Hurenhäuser der Stadt, und wir haben die Seidene für uns gewinnen können.«

Kolja schob die Dolchklinge zwischen den kleinen Finger und den Ringfinger der geballten Faust des Steuermanns. »Die Seidene? Irgendein Mädchen nehme ich an. Was ist an ihr besonders?«

»Bitte, es tut mir leid. Ich werde mich nie wieder gegen dich erheben. Ich …«

Kolja drückte die Klinge nieder und trennte den kleinen Finger ab. Er fiel neben dem keuchenden Steuermann aufs Bett. »Das mit den Treueschwüren glauben wir doch beide nicht. Schenk dir das. Ich erwartete lediglich Antworten auf meine Fragen. Ich hatte mich eben doch ganz unmissverständlich ausgedrückt, oder?«

Eurylochos nickte. Er kämpfte gegen seinen Schmerz an. Blanke Panik stand ihm in den Augen. Dass er weder schrie noch um Gnade wimmerte, gefiel Kolja.

»Was ist das nächste Glied, auf das du verzichten kannst, Steuermann? Natürlich könnten wir auch mit der Nase oder einem Ohr weitermachen.«

Eurylochos kämpfte mit bebenden Lippen um seine Selbstbeherrschung. Schweißperlen zeichneten ein Gitterwerk feiner Linien auf sein Antlitz.

Kolja ließ die Hand des Steuermanns los und strich ihm mit der Klinge sanft über die Wange. »Ich könnte auch ein Auge nehmen.«

»Den anderen kleinen Finger«, stieß der Steuermann zwischen zusammengebissenen Zähnen hindurch.

Der Drusnier schmunzelte. Er würde sich gut überlegen müssen, wo er Eurylochos künftig einsetzte. Der Steuermann würde ihn von nun an ein Leben lang hassen. Aber er war klug und hart. Mit Männern wie ihm konnte man Königreiche aufbauen. Statt zu jammern und noch eine Wunde davonzutragen, hatte er sich zusammengerissen und gewählt.

»Reiß ein Stück vom Bettlaken, und verbinde deine Hand. Du blutest hier alles voll.«

Eurylochos gehorchte. Er wickelte das Leinen straff um die Hand und zog den Verband mit den Zähnen fest.

Kolja beobachtete, wie sich der schmutzig weiße Stoff voller Blut sog. »Nun erzählst du mir von dieser Seidenen.«

Der Seemann begann stockend zu sprechen. Er kämpfte immer noch gegen den Schmerz an. »Keiner weiß, woher sie kommt, aber sie brachte uns allein im letzten Mond mehr Gold als alle Mädchen aus unserem besten Haus zusammen. Sie ist von sich aus zu mir gekommen und hat sich unter unseren Schutz gestellt. Sie wollte keine Wächter und in keines unserer Häuser. Ihr ging es einzig darum, dass die anderen Luden der Stadt wussten, dass sie unter unserem Schutz steht. Und das lässt sie sich ein Vermögen kosten.«

»Woher kommt all das Gold? Was ist an ihr so besonders? Ist sie so schön?«

Eurylochos hob resignierend die Hände, und Blut rann aus seinem durchnässten Verband seinen Unterarm hinab. »Wir haben schönere Frauen in unseren Häusern. Aber sie hat etwas an sich, das sich schwer in Worte fassen lässt. Wenn sie lächelt, dann geht dir das Herz auf. Ihre Blicke reichen bis auf den Grund deiner Seele. Man will sie haben, wenn man sie sieht. Will in ihrer Gesellschaft sein. Will ihre Aufmerksamkeit. Sie spricht sieben Sprachen, heißt es. Sie bewohnt ein großes Haus in bester Lage. Sie hat Dutzende Diener, mehrere Sänften. Und ihr Ruf reicht bis in die Paläste unserer Heimatwelt. Die reichsten Kaufmannsfürsten träumen von ihr. Es sollen Satrapen über den Abgrund zwischen den Welten geschritten sein, nur um eine Nacht mit ihr zu verbringen. Sie pflegt Umgang mit mindestens zweien der sieben Statthalter sowie mit hochrangigen Priestern. Sie soll gelehrt sein und kann angeblich genauso frei über Philosophie reden, wie sie einen Mann mit den ausgefallensten Spielen in ihrem Bett zu erfreuen vermag.«

Kolja lachte. »Diesen Wunderkäfer werde ich mir morgen ansehen.«

Der Steuermann schüttelte den Kopf. »So geht das nicht. Man muss um ein Treffen mit ihr anfragen. Das liegt an ihrer Kundschaft. Die Reichen und Mächtigen wollen Männer wie uns nicht sehen.«

»Du meinst, sie vergibt Audienzen?« Der Drusnier lachte noch lauter. »Nicht mit mir. Sie arbeitet für mich, und ich werde sie morgen sehen. Ich werde ihr ein Geschenk machen, das sie ganz gewiss nicht ablehnen wird. Und nun mach dich davon. Schick mir das Mädchen vom Seidenfluss herauf. Sie soll mir für heute genügen, bevor ich morgen die Seidene nehme.« Er schüttelte lachend den Kopf. »Eine Hure, die eine Philosophin ist. Das will ich sehen. In einer Stunde erwarte ich dich mit zehn der Männer, die mit mir auf dem Schlachtfeld von Kush gekämpft haben, vor dieser Tür. Und ihr alle werdet in unseren alten Rüstungen als Leibgardisten des Unsterblichen Aaron erscheinen. Wir haben einen Besuch zu machen.«

Der versunkene Wald

Nodon war diese neue Welt unheimlich. Sie hatten die Flussböschung hinter sich gelassen und streiften wieder durch dichten Dschungel. Doch seit Nandalee mit diesen eigentümlichen Geistern in Kontakt getreten war, hatte sich alles verändert. Sie brauchten keine Klingen mehr, um sich einen Weg durch das dichte Unterholz zu bahnen. Das Gestrüpp schien regelrecht vor ihnen zurückzuweichen. Das machte es ihnen leichter voranzukommen, aber dem Elf war auch bewusst, dass jeder ihrer Schritte damit gelenkt wurde.

Nandalee hatte ihnen versichert, dass hier im Wald keine Gefahr bestand, wenn sie mindere Zauber nutzten. Und so verschaffte ein einziges Wort der Macht augenblicklich Erleichterung: Es verbannte die schwüle Hitze und schuf einen angenehmen Kokon aus kühler Luft, die auch von den Moskitos und anderen Plagegeistern gemieden wurde. Nur gegen die fingerlangen Blutegel, die sie heimsuchten, schien weder Magie noch Kraut gewachsen zu sein.

Der Schwertmeister blickte zurück auf die kleine Kolonne, die er anführte. Nandalee wechselte sich mit ihm und Gonvalon ab. Sie waren am erfahrensten darin, durch die Wildnis zu streifen. Nandalee ging jetzt zwei Schritt hinter ihm. Ihr Blick wirkte in die Ferne gerichtet, obwohl man in diesem von warmem Nebel verhangenen Dschungel kaum weiter als zehn Schritt sehen konnte. In der Linken hielt sie ihren Bogen. Die Sehne war trotz der feuchten Hitze aufgezogen. Dieses Klima, verbunden mit der ständigen Spannung, würde die Sehne schnell ausleiern lassen. Es konnte für dieses Verhalten nur einen Grund geben. Es gab hier eine Gefahr, von der Nandalee ihnen nichts sagte! Etwas, das jeden Augenblick aus dem Dickicht heraus über sie herfallen mochte. So hielt auch Nodon seine Klinge stets blank gezogen. Er war bereit, ganz gleich, was da kommen mochte!

Auf Nandalee folgte Bidayn, die die Kapuze ihres Umhangs tief in die Stirn gezogen hatte, um ihr entstelltes Gesicht zu verbergen. Nodon verstand die junge Elfe nicht – sie schien unberechenbar, und er konnte förmlich spüren, wie es in ihr brodelte. Sie war darauf aus, sich zu beweisen. Ihre Meisterin Lyvianne wirkte hingegen ganz ruhig. Sie sah sich aufmerksam um. Sie war eine Schlange. Schön und zugleich tödlich. Er fühlte sich zu ihr hingezogen. Aber er würde es sich nicht anmerken lassen. Auf dieser seltsamen Welt, die den Elfen genauso verboten war wie den Menschenkindern, war es klüger, all seine Sinne beisammenzuhalten. Ein Augenblick der Unachtsamkeit, einem verliebten Blick geschuldet, mochte ihn teuer zu stehen kommen.

Allein in der letzten Stunde hatte er zwei Schlangen bemerkt, die ihm giftig erschienen waren. Kleine, schillernd bunte Mistviecher. Wenn es hier nicht völlig anders als in ihrer Heimat war, dann waren es gerade diese kleinen, bunten Schlangen, die am giftigsten waren. Er warf noch einen flüchtigen Blick auf Gonvalon, der ganz am Ende der Reihe ging. Der ehemalige Schwertmeister des Goldenen litt ganz augenscheinlich. Er konnte sich nicht mit einem Zauber gegen die stickige Hitze schützen. Auch suchten ihn all jene Moskitos heim, die sich den anderen in der Gruppe nicht nähern konnten. Sein Gesicht war übel zerstochen, seine Augenlider halb zugequollen. Aber er murrte nicht. Er zeigte eine Haltung, die Nodon Respekt abnötigte, auch wenn er Gonvalon wegen seiner gedankenlosen Affären zutiefst verachtete. Seiner Meinung nach war er das schwächste Glied in ihrer Gruppe.

Nach Stunden zermürbenden Marsches begann sich der Wald endlich zu lichten. Das Unterholz verschwand, und vor ihnen öffnete sich eine breite Sumpflandschaft. Fahle Bäume erhoben sich aus dem dunklen Nass. Von ihren Ästen wucherten lange, bleiche Bärte. Einige abgestorbene, gestürzte Baumriesen streckten sich wie Skelette in dem brackigen Wasser. Ganze Wolken von Moskitos tanzten hier im Sonnenlicht. Es war heller als im Dschungel, da das Dach der Baumkronen weniger dicht war.

»Ich gehe jetzt voran«, sagte Nandalee unvermittelt. Es war das erste Mal seit Langem, dass einer von ihnen sprach. »Bleibt hinter mir, und weicht nicht zur Seite ab. Der Boden, über den wir uns bewegen werden, ist äußerst tückisch.« Mit diesen Worten stieg sie in das dunkle Wasser.

Nodon ließ alle an sich vorüberziehen und reihte sich hinter Gonvalon ein. Schon nach wenigen Schritten schwappte das lauwarme Wasser über seine Stiefelstulpe. Er stellte sich vor, wie sich Blutegel an seinen Waden festsaugten. Bei jedem Tritt sank er ein wenig ein, und der Schlick schien sich mit weichen Fingern an seine Stiefel zu klammern, um sie ihm zu rauben. Ein Stück entfernt sah er etwas im Wasser treiben, das sich gegen die sanfte Strömung bewegte. Flüchtig betrachtet sah es aus wie ein bemooster Baumstamm. »Da ist ein Krokodil.«

»Ich weiß«, kam es lakonisch von Nandalee, die ihren Bogen in Brusthöhe waagerecht über dem Wasser hielt. »Es wird uns nichts tun.«

Nodon traute ihren Worten nicht und ließ das Krokodil nicht aus den Augen. Etwas streifte ihn zwischen den Schenkeln. Das Wasser war zu dunkel, um zu erkennen, was es war. Bestimmt nur ein Fisch, redete er sich ein.

Der Himmel über den Baumkronen zog sich zu, und warmer Regen setzte ein. Aus dem aufgewühlten Wasser stieg Modergeruch. Nodon spürte, wie sich die Sohle seines linken Stiefels zu lösen begann. Er fluchte innerlich. Mussten ihre Kleider wirklich in allen Aspekten so minderwertig wie die Kleidung der Menschenkinder sein? Das war zu viel des Guten! Sollten sie sich vielleicht auch noch die Krankheiten der Menschen zulegen und Bärte wachsen lassen? Wenn er wenigstens wüsste, was sie in diesem verfluchten Wald suchten, aber Nandalee schwieg sich über das eigentliche Ziel ihrer Mission aus.

Eine Schlange glitt ein Stück entfernt über das Wasser. Den Kopf vorgereckt, wand sich ihr Körper genauso, als sei sie auf festem Grund. Nodon sah ihr nach, bis sie hinter einem bleichen Baumstumpf verschwand.

Die Wolken schienen sich auf den Wald gesenkt zu haben. Die Baumkronen über ihnen waren in blassem Dunst verschwunden. Immer noch regnete es. Das stetige Rauschen der Regenschleier, die über das Wasser jagten, tilgte jedes andere Geräusch.

Langsam wurde der Boden unter ihren Füßen fester. Dichtes Wurzelwerk wand sich unter dem Wasser und schien wie ein Netz den Schlamm einzufangen, um ihn zu einer Insel zu formen. Bald darauf erblickten sie einen weißen Turm inmitten des Sumpfes. So schien es zumindest zunächst – bis sich der Dunst so weit lichtete, dass zu erkennen war, dass es sich um einen jener gewaltigen Baumkönige handelte. Sein Stamm verlor sich hoch über ihnen zwischen Nebelschwaden und Regenschleiern, noch bevor die ersten Äste zur Seite strebten. Er war so mächtig, dass ihn wohl zwanzig Elfen mit ausgestreckten Armen nicht umspannen könnten.

Verwundert beobachtete Nodon, wie Nandalee geradewegs auf den hölzernen Turm zuging und ihr Haupt gegen den Stamm lehnte, wie man sich vielleicht erschöpft an die Schulter eines guten Freundes lehnen mochte. In dieser Geste lag etwas zutiefst Verstörendes. Er hatte das Gefühl, dass sich Nandalee mit dem Baum verständigte. Nervös ließ er den Blick über die Sumpflandschaft schweifen, um zu sehen, ob sich wieder die Grünen Geister zeigten. Doch er entdeckte nichts Verdächtiges. Nichts, was greifbar war, und doch warnte ihn sein Instinkt, dass sie geradewegs in eine Falle liefen.

In diesem Augenblick schrie Bidayn auf. Nodon fuhr herum und duckte sich dabei intuitiv. Ein armdicker, fleischiger Fangarm verfehlte ihn nur knapp. Diese Dinger waren plötzlich überall um sie herum. Zuckten und wanden sich und suchten nach Beute. Sie schossen aus dem Nebel herab, von dort, wo die Äste des Baums sein mussten.

Einer der Fangarme hatte sich Bidayn um die Brust gelegt und zog die junge Zauberweberin zum Himmel hinauf. Nodon duckte sich erneut und hob sein Schwert, bereit, den nächsten Tentakel, der ihm nahe kam, abzutrennen.

»Lass die Waffe sinken!«, sagte Nandalee kühl. Sie hatte ihren Bogen gehoben. Auf der Sehne lag ein Pfeil, der auf sein Herz zielte.

Er hatte es geahnt, sie hatte sie verraten!

Das Grab über den Wolken

Nodon erwog, es darauf ankommen zu lassen. Er war sich fast sicher, dass er den Pfeil ablenken könnte. Er war unvergleichlich mit der Klinge. Nicht Gonvalon, der sich so lange in der Weißen Halle aufgespielt hatte, war der wahre Schwertmeister.

»Die Große Mutter hat uns einen Verbündeten geschickt«, sagte Nandalee beschwörend. »Diese Tentakel sind keine Gefahr. Sie werden uns aus diesem verfluchten Dschungel hoch über die Wolken heben. Wir werden in der Höhe reisen. Die Mühsal hat ein Ende.«

Noch während sie sprach, schlang sich einer der fleischigen Fangarme um Nandalees Taille. Sie ließ es ohne Widerstand geschehen. Auch Lyvianne und Gonvalon wurden in Fesseln aus Fleisch geschlagen. Beide wehrten sich nicht, als sie hinauf in den Dunst gezogen wurden. Nodon sah ihnen nach. Während seine Gefährten verschwanden, erschienen über ihm andere Fangarme. Sie waren dünner, liefen in Haken aus und in Hornplatten, die entfernt an kantige Klingen erinnerten.

»Er spürt deine Feindseligkeit.« Nandalee klang jetzt verzweifelt. »Willst du diese Mission gefährden?«

Der Elf schob sein Schwert in die Scheide. Weder Lyvianne noch Gonvalon hätten sich einfach so fangen lassen. Sie wussten etwas über die Kreatur dort oben im Nebel. Es ärgerte ihn, dass er über so vieles nicht unterrichtet worden war. Nangog war den Albenkindern verboten! Woher kam das Wissen seiner Gefährten?

Nodon verschränkte mit übertriebener Geste die Hände hinter seinem Kopf und duldete, dass sich auch um seine Taille ein Tentakel schlang. Gleichzeitig mit Nandalee wurde er emporgehoben. Eine Bewegung, so schnell, dass ihm übel wurde. Binnen eines Herzschlags waren sie in den Dunstschleiern. Er sah Schatten mächtiger Äste an sich vorüberhuschen, und schon schossen sie dem Himmel entgegen.

Der Dunst wurde lichter. Undeutlich erkannte Nodon Fangarme, die sich um den Stamm und die dicksten Äste des Baumriesen klammerten. Dann tauchte über ihm ein Rumpf auf, als ankere ein Schiff im Himmel. Er glitt an dunklen, bemoosten Planken vorüber durch einen Schacht, der von Dutzenden von Ladeluken gesäumt wurde. Einmal erhaschte er einen kurzen Blick in ein Frachtdeck, wo Amphoren auf hölzernen Gerüsten vertäut lagen.

Schlagartig endete die Aufwärtsbewegung. Der Fangarm schwenkte ein Stück zur Seite, und Nodon wurde sanft auf einem rot gestrichenen Deck abgestellt.

Verwundert sah der Elf sich um. Dies war tatsächlich ein Himmelsschiff! Erstaunlicherweise schien es verlassen zu sein. Außer seinen Gefährten sah er kein Lebewesen an Bord. Die Masten wuchsen hier fast waagerecht aus den Schiffsflanken. Die großen, dreieckigen Segel, die zwischen den Masten und dem Rumpf aufgezogen werden konnten, waren bis auf zwei vertäut. Verwundert betrachtete Nodon einen Baum, der keine zehn Schritt entfernt aus der Mitte des Decks aufragte. Er war in Erde eingelassen. Wie welkes Laub lagen bunte, tote Vögel um ihn herum. Er sah auch zwei Affenkadaver. Nodons Blick folgte dem knorrigen Stamm. Etwa zwanzig Schritt über Deck wuchs das schleimbedeckte Astwerk in den Leib der gewaltigen Kreatur, die das Wolkenschiff trug. Mit einer Mischung aus Staunen und Ekel musterte er den gewaltigen, aufgedunsenen Körper, aus dessen Unterseite Hunderte von Fangarmen hervorwucherten. Manche hielten den Schiffsrumpf umfangen. Andere bildeten zuckende Knäuel. Jetzt sah Nodon auch Seile, die zu der Kreatur hinaufreichten und sie an das Schiff fesselten.

»Ein Wolkensammler«, bemerkte Nandalee lakonisch. »Stell sie dir wie eine Mischung aus Tintenfisch und Qualle vor, nur dass sie ein wenig größer sind und die Gase in ihrem Leib sie schweben lassen.« Ohne weitere Erklärungen ging die Elfe zielstrebig auf den Baum zu, der aus dem Rumpf emporwuchs. Sie lehnte ihren Kopf gegen den Stamm. Dabei schloss sie die Augen, und Nodon erschien es, als horche sie.

Der Schwertmeister spürte, wie sich das Schiff bewegte. Die Fangarme lösten sich vom Baumkönig, ihrem Ankerplatz, und langsam stieg das riesige Himmelsgefährt höher, wobei es Richtung Westen driftete. Nodon trat an die Reling und blickte auf das Meer grüner Wipfel hinab, in das zarte Dunstschwaden eingewoben waren. Ein Schwarm flammend roter Vögel, fast so groß wie

Hühner, zog unter ihnen über die Bäume hinweg. Als Schleim direkt neben ihm auf das Deck troff, spannte er sich an und blickte bewusst nicht nach oben. Er wollte dieses ekelhafte, aufgedunsene Ding, das sie trug, nicht sehen!

»Hier liegt ein Toter!«, rief Gonvalon plötzlich. Er war zum Bug des Himmelsschiffes gegangen und stand bei einem niedrigen Decksaufbau. Nandalee reagierte nicht auf ihn, und auch Bidayn, die ein Stückweit entfernt in Gedanken versunken an der Reling stand, ignorierte den Schwertmeister. Lyvianne jedoch eilte zu ihm, und Nodon folgte ihr.

An der Rückseite des Decksaufbaus führte eine steile Treppe ins Zwielicht eines Frachtdecks. Auf dem oberen Absatz der Treppe kauerte ein Menschensohn mit dem Rücken zur Wand. Er hatte den Kopf weit in den Nacken gelehnt und sah aus, als habe sich sein ganzer Leib im Tod verkrampft. Sein Mund stand offen, und seine toten Augen starrten zu den sich windenden Tentakeln am Leib des Wolkensammlers hinauf. Er trug eine verwaschene, blaue Tunika. Seine Rechte umklammerte etwas, das an einem Lederriemen um seinen Hals hing. Vielleicht ein Amulett?

Nodon sah sich beklommen um. Es gab keine sichtbaren Wunden bei dem Toten. War er vergiftet worden? Was war auf diesem Himmelsschiff geschehen, bevor sie hier ankamen?

Lyvianne kniete sich neben den Menschensohn. Sie schnupperte über seinem offenen Mund, tastete über seine Glieder und zwang mit erstaunlicher Kraft seine verkrampfte Hand auf. Er hielt darin einen durchbohrten, fahlgrünen Stein.

»Er ist erstickt«, sagte die Zauberweberin und sah dabei in den Frachtraum hinab. Zögerlich tat sie ein paar Schritte und murmelte ein Wort der Macht. Nodon spürte einen eisigen Luftzug, dann stieg Lyvianne tiefer in das Schiff hinein. Er zog im gleichen Augenblick sein Schwert wie Gonvalon. Ihre Blicke begegneten sich, und ohne ein Wort zu sprechen, war ihre alte Feindschaft begraben. Zumindest so lange, bis sie wussten, was sie dort unten erwartete.

Das Licht schien aus den letzten Winkeln des Frachtraums zu kriechen, um sich um Lyvianne zu versammeln, die bald von einer unstet zitternden, blaugrauen Aureole umwoben war, während rings um sie alles in tiefste Finsternis versank. Innerhalb des Lichtkranzes lagen zwei weitere Tote auf dem Deck. Beides junge Männer. Auch sie waren in verwaschene, blaue Tuniken gekleidet.

»Ebenfalls erstickt«, sagte Lyvianne und schritt weiter. Die Aureole, die sie begleitete, entriss weitere Leichen der Finsternis, bis sie vor einer seltsamen Kiste stehen blieb, die im hintersten Winkel des Frachtraums hinter Bündeln aus grobem Segeltuch verborgen stand. Eine verloschene Laterne krönte die Kiste, umgeben von grünen Steinen und einigen Splittern aus grünem Glas und Kristall.

»Ein Kultplatz?«, flüsterte Gonvalon, als fürchte er, seine Stimme könne über den Lichterkranz hinaus in die Finsternis reichen.

Lyvianne zögerte zu antworten, und Nodon trat neben sie, um die seltsame Sammlung von Steinen zu betrachten. Die Idee, Götter anzubeten, war ihm, wie allen Elfen, fremd. Kobolde taten so etwas und vielleicht auch Zwerge. Sie hingegen kannten die Götterdrachen. Er selbst war ein Diener Nachtatems und seinem Gebieter unzählige Male begegnet. Niemals würde er auf die Idee kommen, einen Schrein mit Lichtern und schwarzen Steinen zu errichten, um der Himmelsschlange zu huldigen. Sein Dienst an dem Erstgeschlüpften war seine Art, ihn anzubeten. Wer solche Altäre errichtete, der war seinen Göttern noch nie begegnet, dachte er abschätzig. Wer von ihnen durchdrungen war, benötigte solchen Tand nicht.

»Sie haben hier wohl Schutz gesucht«, mutmaßte Gonvalon.

»Dann scheinen sie ihrem grünen Gott nicht viel bedeutet zu haben«, entgegnete Lyvianne herablassend. »Oder sie beteten zu Hirngespinsten. Es sieht so aus, als hätten sie es in aller Heimlichkeit getan. Wahrscheinlich, um dem Spott ihrer Kameraden zu entgehen.«

»Ihre Kameraden liegen tot im Heiligtum unter der Eiche.« Nandalees Stimme durchschnitt die Dunkelheit. »Alle hier an Bord sind tot. Die Große Göttin hat sie unserer Bequemlichkeit geopfert. Sie ist es, die an diesem Altar angebetet wurde. Und sie ist alles andere als ein Hirngespinst, Lyvianne. Sie ist das gefesselte Herz dieser Welt, und wir werden es befreien, damit es wieder voller Kraft schlagen kann. Das ist unsere Mission.«

»Wir dienen einer Göttin, die ohne zu zögern ihre Anhänger unserer Bequemlichkeit opfert?«, fragte Gonvalon aufgebracht. »So eine Kreatur sollte in Fesseln geschlagen bleiben, damit sie nicht noch mehr Unheil anrichtet.«

»Mir scheint, dir hat sich der Sinn unseres Seins noch nicht ganz erschlossen, Gonvalon. Wir sind die Krallen der Himmelsschlangen. Unheil anzurichten ist unser Daseinszweck. Erinnere dich an den Überfall auf die Tiefe Stadt.« Lyvianne lächelte den Schwertmeister kühl an. »Ganz gleich, was für romantische Gedanken dir im Kopf herumspuken, du kannst deiner Bestimmung nicht entkommen. Und die besteht darin, Blut zu vergießen. Auch unschuldiges Blut. Mir scheint, der Fluch, der auf allen Drachenelfen liegt, hat dich wieder eingeholt. Dem Goldenen davonzulaufen hat nicht geholfen.«

Gonvalon schob sein Schwert in die Scheide zurück. »Ich werde mich an diesem Unrecht nicht beteiligen!«

Nodon behielt seine Waffe in der Hand. »Was nutzt es, den Befehl zu verweigern? Ich werde dem Wort der Himmelsschlangen gehorchen. Die anderen auch, so wie ich das sehe. Du veränderst also gar nichts, es sei denn, du stellst dich uns in den Weg.« Er musterte den Schwertmeister abwartend. Gonvalon glaubte an die Ordnung der Welt, das gab ihm den inneren Halt – wahrscheinlich wegen seines zügellosen Lebens. In seinen Augen war er nur noch ein Schatten des Mannes, der er einmal war.

»Fürchtest du mich so sehr, dass du das Schwert in der Hand behältst, obwohl wir nur reden?« Gonvalon schenkte ihm ein verächtliches Lächeln. »Womit willst du mir entgegentreten, sollten wir wirklich einmal gegeneinander kämpfen?«

Nandalee trat in den Lichtkranz, der Lyvianne umgab, und für einen Augenblick glaubte Nodon, einen grünen Schimmer in ihren Augen leuchten zu sehen. Sie wirkte machtvoll und selbstbewusst. Wie Lyvianne, obwohl die beiden Frauen sich in allen anderen Aspekten unterschieden wie Tag und Nacht: War Nandalee die oft unbeherrschte Kriegerin, die ihr Herz auf der Zunge trug, so war Lyvianne die geheimnisumwobene Zauberweberin, und wenn sie redete, dann stets mit Bedacht.

»Ich dulde keinen Streit.« Die junge Elfe sprach, als sei sie das Befehlen ein Leben lang gewöhnt. Dass sie genau genommen nicht einmal eine richtige Drachenelfe war, merkte man ihr nicht an.

»Wir kämpfen für die richtige Sache!«, fuhr Nandalee fort. »Das hier hat nichts mit dem Gemetzel in der Tiefen Stadt gemeinsam.«

»Wenn man von ein paar unschuldigen Toten absieht«, ergänzte Lyvianne mit süffisantem Lächeln. »Nicht dass das mein Gewissen belasten würde.«

»Sie hätten nicht hier sein dürfen!«, entgegnete Nandalee scharf. »Der alte Vertrag verbietet es den Menschen, auf Nangog zu siedeln. Jeder Tote in diesem Kampf ist den Devanthar zuzuschreiben, die sich nicht an den Vertrag gehalten haben. Nangog wird das Joch abschütteln, das ihr auferlegt wurde. Ihr dabei zu helfen ist unsere Mission. Wir müssen so schnell wie möglich an unser Ziel gelangen, bevor die Devanthar bemerken, dass wir hier sind und vielleicht erahnen, wozu wir gekommen sind. Deshalb schickte Nangog uns *Winterblau*. Müssten wir weiter die Sümpfe und den Dschungel durchqueren, hätte es noch Tage gedauert, bis wir die Goldene Stadt erreichen. Mit *Winterblaus* Hilfe sind wir vielleicht schon morgen am Ziel.«

Lyvianne hob eine einzelne Braue. »Dieses hirnlose Ding, das das Schiff trägt, hat einen Namen? Und es folgt Befehlen?«

»Alle Wolkensammler haben Namen. Unser Gefährte heißt

eigentlich *Winterhorizontblau über dem Meer der Silberrücken*, aber er gestattet uns, ihn kurz *Winterblau* zu nennen.«

Nodon traute seinen Ohren nicht. Dieses Quallenbiest gestattete ihnen etwas. Für was hielt sich dieser Gallerthaufen!

»Ihr solltet die Wolkensammler nicht unterschätzen« sagte Nandalee nun ruhiger, aber immer noch bestimmt. »Sie sind äußerst feinsinnig und intelligent. *Winterblau* trauert um die Toten an Bord. Er ist hoch in den Himmel gestiegen, um die Menschenkinder zu ersticken. Er wusste, dass sie unserer Mission im Weg gestanden hätten. Und er folgte den Befehlen Nangogs. Die meisten der Wolkenschiffer kannte er seit mehr als zwei Jahren. Es sind dreiundfünfzig Männer gestorben, um uns Zeit zu erkaufen. Und nur nebenbei, Lyvianne, bedingt durch die gewaltigen Abmessungen ihrer Körper, besitzen Wolkensammler sieben Gehirne. Mach nicht den Fehler, sie für dumm zu halten. Selbst wenn ihr nicht den Schiffsbaum berührt, um ein Band mit *Winterblau* einzugehen, spürt er intuitiv, wie ihr zu ihm steht. Er selbst steht uns mit gespaltenen Gefühlen gegenüber, denn er hat nicht gerne dreiundfünfzig Morde für uns begangen. Unsere Fahrt auf diesem Grab in den Wolken ist nur kurz. Also beherrscht euch.«

»Was sollen wir in der Goldenen Stadt?«, fragte Gonvalon, und Nandalee, die froh über den Themenwechsel war, warf ihm einen dankbaren Blick zu, bevor sie antwortete: »Wir suchen einen Weg ins Innere der Welt. Die Goldene Stadt liegt am Weltenmund, einem Krater, der mehr als hundert Meilen durchmisst. Es ist der Ort, an dem die Riesin Nangog ins Innere ihrer Welt hinabgestiegen ist. Dort im ewigen Dunkel wurde sie einst von den Devanthar, den Alben und Himmelsschlangen überrascht und in Fesseln geschlagen … Wir werden diese Fesseln lösen.« Bei ihren letzten Worten wirkte Nandalee bedrückt.

»Und wie machen wir das?«, sprach Nodon an, was die Bogenschützin übergangen hatte.

»Wir müssen nur durch den Krater hinabsteigen.« Nandalee

rang sich ein Lächeln ab. »Allerdings ist dies der einzige Ort auf dieser Welt, zu dem Nangog auf keine Weise eine Verbindung herstellen kann. Sie weiß nicht, was uns dort erwartet. Wenn sie Grüne Geister dorthin schickt, hören sie auf zu existieren … Es muss irgendwelche Wächter geben. Wir sollten deshalb so viel wie möglich über den Krater herausfinden, bevor wir uns hinabwagen. Wir werden nur einen Versuch haben, und wenn wir dort einen Zauber weben, werden es die Devanthar ganz gewiss bemerken.«

Nodon konnte spüren, dass da noch etwas war. »Weißt du mehr über diese Wächter?«

Nandalee schüttelte den Kopf. »Nein, nicht über die Wächter. Aber wir sind nicht die Ersten, die dort hinuntergehen. Im ersten Jahrhundert, nachdem die Weiße Halle begründet wurde, lange bevor die Menschen die Goldene Stadt gründeten, haben die Himmelsschlangen schon einmal Drachenelfen als Späher in den Krater geschickt. Niemand kehrte zurück, und es waren nicht Nangog und ihre Geschöpfe, die ihr Schicksal besiegelten.«

Nodon erinnerte sich dunkel an eine Geschichte, die er in seinen ersten Jahren in der Weißen Halle gehört hatte. Sie war Teil der Legenden und wurde irgendwann allen Novizen erzählt. Darin ging es um die Sieben, die einst ihre Schule begründet hatten: die ersten Drachenelfen. Helden, deren Geschichte über Jahrhunderte unvergessen geblieben war. Es hieß, nachdem die ersten ihrer Schülerinnen und Schüler selbst zu Meistern geworden waren, hätten sich die Sieben in die Einsamkeit zurückgezogen, damit ihr Schatten nicht auf der Weißen Halle lastete, denn sie waren unvergleichlich in ihren Fähigkeiten. Als Beweis dafür, dass sie selbst heute noch im Verborgenen lebten, hatte gegolten, dass ihre Waffen niemals in die Halle zurückgekehrt waren, so wie es sonst stets auf wundersame Weise geschah, wenn ein Drachenelf starb.

Zum ersten Mal fragte sich Nodon, ob all dies Lügen waren und die verwunschenen Klingen nicht in Wirklichkeit neben ausgeblichenen Gebeinen in jenem Krater lagen, in den sie nun hinabsteigen sollten.

Das Haus des Datames

Kolja betrachtete das rot lackierte Tor mit den breiten, goldenen Beschlägen. Er beugte sich vor und leckte an dem Metall. Da war Kupfergeschmack – also war es nur polierte Bronze. Das passte zu dem Aufschneider von Hofmeister! Machte immer Aufhebens, aber wenn man hinter die Fassade sah …

Dass Datames ein Hurenmörder war, hatte Kolja wirklich überrascht. Das hätte er dem goldhaarigen Hofmeister gar nicht zugetraut. Manche sagten, Datames sei ein Eunuch gewesen. Es gab viel Geschwätz am Hof von Akšu. So weibisch, wie er ausgesehen hatte, war es wohl möglich. Vielleicht hatte er alle Frauen gehasst, weil er kein ganzer Mann mehr war? Das war nun alles egal. Sicher war, dass Datames niemals mehr hierher zurückkehren würde. Sein Palast in der goldenen Stadt hatte keinen Besitzer mehr. Darum musste man sich kümmern.

Kolja schmunzelte, drehte sich um und blickte zu seinen Männern hinab, die auf den Stufen vor dem Tor versammelt standen. Sie trugen polierte Bronzekürasse und Helme mit prächtigen Rossschweifen. Sie sahen gut aus. Ganz wie Palastwachen. Dann hob er seine Prothese und ließ das gehärtete Leder gegen das Tor krachen. »Im Namen des Unsterblichen Aaron, des Beherrschers aller Schwarzköpfe, des Wanderers zwischen den Welten, des Königs der Könige! Öffnet dieses Tor!«

Der Drusnier hörte eilige Schritte, dann öffnete ein kahlrasierter Haussklave das Tor einen Spaltbreit. »Bitte verzeiht, aber mein Herr ist nicht hier …«

»Das wissen wir«, polterte Kolja los und trat gegen den Torflügel, sodass dieser sich vollends öffnete, und der Sklave sich nur mit einem unbeholfenen Sprung nach hinten retten konnte. »Dein Herr wird nie mehr zurückkommen. Er hat dem Hof Akšus Schande bereitet, und der Unsterbliche selbst hat einen Preis auf seine Ergreifung ausgesetzt. Nun sag mir, verbirgt sich dein Herr hier?«

»Nein«, stammelte der Sklave. »Bitte, Herr, Ihr müsst mir glauben, ich …«

»Du erteilst mir Befehle, du Wurm? Ich *muss* dir glauben? Einen Scheißdreck muss ich! Jeder weiß, dass Sklaven lügen, wenn sie nur das Maul aufmachen. Du wirst jetzt alle Sklaven dieses Hauses hier versammeln. Und zwar ein bisschen hurtig!« Kolja deutete auf eine weite Nische, gleich hinter der Tür, die mit farbenfrohen Teppichen ausgelegt war und auf deren gemauerter Bank entlang der Wand zahllose Seidenkissen lagen. »Ich warte hier mit meinen Männern und zähle langsam bis hundert. Wenn ich hundert erreicht habe, erwarte ich, alle Sklaven des Hauses vor mir zu sehen. Und dann werde ich sie befragen. Und wenn ich angelogen werde, werde ich keine Gnade kennen.«

»Aber, Herr, dies ist ein großes Haus. Es ist unmöglich …«

»Eins«, sagte Kolja ruhig. Der Kahlköpfige sah ihn entsetzt an. »Zwei.«

Nun rannte der Sklave so schnell los, dass er eine seiner Sandalen verlor.

Kolja wandte sich an Eurylochos. »*Unmöglich*. Eines der Lieblingsworte von Sklaven.« Mit einem Seufzer ließ sich der Hüne auf der Bank nieder. Die Wand gegenüber schmückte ein Relief, das Gabenbringer zeigte, die vor dem Unsterblichen Aaron niederknieten. Ein bisschen anbiedernd, dachte Kolja. Aber das passte ja zum Hofmeister. Er war immer ein wenig zu schrill gewesen.

Kolja blickte auf den Verband an der Hand von Eurylochos. Ein frischer Blutfleck verunzierte das weiße Leinen. Hatte der Steuermann begriffen, welche Gnade ihm zuteilgeworden war? Eigentlich hätte er ihm die Kehle durchschneiden sollen. Immerhin hatte der Mistkerl versucht, ihn zu ermorden.

»Was tun wir hier?«, fragte Eurylochos, der sich unter Koljas Blicken offensichtlich unbehaglich fühlte. Er trat ein paar Schritte vor und blickte in den Innenhof, in dem in schmalen, aufsteigenden Terrassen ein Meer aus Blumen gepflanzt war, die weite Sonnensegel vor der gnadenlosen Sonne des Nachmittags schützten. Vor einer halben Stunde noch hatte es geregnet. Jetzt aber stand keine Wolke mehr am Himmel, und es war entsetzlich schwül. Selbst der kleine Springbrunnen, der nahe dem Eingang munter vor sich hinplätscherte, verschaffte keine Linderung.

»Wie macht man sich seine Huren gefügig, Eurylochos?«

»Indem man sie gut behandelt?«, sagte der Steuermann vorsichtig.

»Das ist nur eine Seite der Münze. Geschenke und andere Zuwendungen sind nützlich. Aber ab und zu muss man die Rute gebrauchen, wenn sie aufmüpfig werden. Dies hier wird mein Geschenk an die Seidene werden.«

Eurylochos glotzte ihn an. »Aber das Haus gehört doch Datames ...«

»Der tatsächlich in Ungnade gefallen ist und fliehen musste.« Kolja grinste breit. »Das Haus gehört also niemandem mehr. Und ich bin mir ganz sicher, der Unsterbliche hat in nächster Zeit andere Sorgen, als die Besitzungen seines verlorenen Hofmeisters zu beschlagnahmen. Also tun wir das für ihn. Sind wir nicht seine Palastwache?«

»Aber die Zinnernen haben doch den Dienst bei ihm beendet«, flüsterte Eurylochos und blickte dabei argwöhnisch zum Blumenhof.

»Glaubst du, irgendein dämlicher Sklave kann unterscheiden, was für eine Sorte Palastwache wir sind? Wir tragen die weißen Umhänge der Himmlischen. Und unter den Helmen kann man unsere Gesichter nicht erkennen.«

»Nur dass du keinen Helm trägst, Kolja, und – bei allem Respekt – eine recht unverwechselbare Erscheinung bist.«

Kolja merkte, dass das Gerede des Steuermanns die anderen Männer zu verunsichern begann. »Was soll schon geschehen? Im schlimmsten Fall haben wir das Haus beschlagnahmt, bevor es Plünderern in die Hände fallen konnte. Ihr seid doch sonst nicht um Ausreden verlegen.« Er lachte und erhob sich, um zum Blumenhof zu schlendern, auf dem sich inzwischen immer mehr Sklaven versammelten.

»Dreiundneunzig!«, rief er zur überdachten Galerie des obersten Geschosses hinauf. »Du solltest dich beeilen, Kahlkopf.« Das Haus des Datames war vielleicht nicht der prächtigste Palast in der Goldenen Stadt, aber er war exquisit gestaltet. Er lag direkt am Rand einer steilen Terrasse, und Kolja hatte gehört, dass es auf der Rückseite ein überdachtes Becken gab, von dem aus man über die Stadt blicken konnte. »Was meinst du, Eurylochos, werden der Seidenen die Blumen hier gefallen?«

»Blumen, an denen ein ganzer Palast hängt? Welche Hure hätte je ein solches Geschenk bekommen!«

»Nicht wahr? Sie wird mir zu Füßen liegen, und dann werden wir über ihre Kunden plaudern und über ein paar neue Geschäftsideen.« Kolja konnte es förmlich vor sich sehen, wie er sein Ohr an die Wand hielt, wenn liebestolle Satrapen Palastgeheimnisse ausplauderten.

Der glatzköpfige Haussklave nahm atemlos vor ihm Aufstellung. »Nun sind sie alle hier, Herr«, stieß er keuchend hervor. »Wir sind neunzehn. Acht davon sind Sänftenträger, aber sie verrichten auch andere Dienste.«

Kolja musterte die muskulösen Männer der Reihe nach, zwickte einigen in die Arme und Beine und betrachtete ihr Gebiss. Die Sklaven schienen in guter gesundheitlicher Verfassung zu sein. Auch hielten sie demütig den Blick gesenkt.

»Ihr gehört nun alle dem Unsterblichen Aaron. Gemeinsam

mit dem Haus seid ihr nun in den Besitz des Palastes von Akšu gelangt. Und ich verwalte dieses Anwesen. Ab morgen wird es einer Dame zur Verfügung stehen, die einen wichtigen Dienst für Aram leistet. Ich erwarte, dass ihr eurer neuen Herrin jeden Wunsch von den Lippen ablest. Darüber, welche Gäste in diesem Haus verkehren, werdet ihr außerhalb dieser Mauern Stillschweigen bewahren. Ich hoffe, wir haben uns verstanden!« Dann bohrte er einen Finger in die Brust des Kahlkopfes. »Du wirst dieses Haus von nun an leiten. Und wenn etwas nicht zu meiner Zufriedenheit erledigt wird, werde ich dich zur Verantwortung ziehen. Und jetzt sag mir, zu welcher Tageszeit der Garten am schönsten aussieht.«

»Eine Stunde vor Mittag, Herr, wenn das Licht die Farben aller Blüten zur vollen Geltung bringt.«

Kolja wandte sich zu Eurylochos um. »Eine Stunde vor Mittag wirst du die Seidene hierherbringen, und ich werde sie zum glücklichsten Weib in der ganzen Stadt machen.«

Katzenmänner

»Es dauerte Tage, bis ich jemanden fand, der Volodi gesehen hatte. Es waren zwei Weiber, nicht sehr vertrauenswürdig – Leichenfledderinnen in den Tagen nach der Schlacht, und Marketenderinnen, wenn die Tage des großen Sterbens vorüber sind. Sie hatten ihn gesehen, als er zum Lagerplatz der Katzenmänner ging, so drückten sie sich aus, und schlugen sogleich das Zeichen des schützenden Horns. Obgleich die Menschenkinder keinerlei Zaubermacht besitzen, sind fast alle von ihnen fest davon überzeugt, dass bestimmte Rituale, Symbole oder Flüche das Schicksal zu ihren Gunsten verändern können. Damals belächelte ich das nur. Ich war jung und fühlte mich trotz all dem, was ich auf dem Schlachtfeld gesehen hatte, unbesiegbar. Ein Wahn, von dem ich bald geheilt werden sollte.

Die beiden Marketenderinnen waren sich ganz sicher, dass Volodi von den Katzenmännern nicht zurückgekommen war. Sie hatten bis zum Morgengrauen auf einem Hügel gearbeitet, von dem aus sie einen Blick auf das Lager hatten. Es war ein Hügel voller Leichen, die noch niemand berührt hatte. Vielleicht weil die Katzenmänner so nahe lagerten.

Sosehr ich auch suchte, es gab niemanden, der Volodi danach noch einmal gesehen hatte. Er schien bei den Katzenmännern geblieben zu sein. Er hatte von ihnen immer mit einer Mischung aus Abscheu und Respekt gesprochen. Ihm war auch klar, dass sie die Schlacht gerettet hatten, als er versagt hatte und auf das Täuschungsmanöver Muwattas hereingefallen war. Aber dass er deshalb mit ihnen gehen sollte, ergab für mich keinen Sinn.

Ich entschied, dass ich zu wenig über den Mann wusste, dessen Wagenlenker ich gewesen war, und begab mich an jene Stätte des Jammers, an der die Menschenkinder ihre Verwundeten versorgten. Man muss das Elend gesehen haben, das dort herrscht. Jede Koboldhöhle ist sauberer als diese Verbandsplätze. Ich musste mich beherrschen, um sie in ihrem Unverstand nicht zurechtzuweisen und sie zu lehren, wie Wunden zu versorgen sind, wie man ein Fieber behandelt und wie bedeutsam sauberes Wasser ist. Es sind Orte zum Sterben, diese Verbandsplätze. Es ergeht den Verwundeten dort kaum besser als auf dem Schlachtfeld, nur dass ihnen hier, wenn sie Glück haben, einer zur Seite sitzt, wenn es ans Ende geht.

An diesem Sammelplatz künftiger Leichen fand ich zwei Drusnier, die in ihrer Einsamkeit und vom Fieber geschüttelt sehr gesprächig waren. Beide hatten zu den Zinnernen gehört, und sie erzählten mir von ihren Schlachten. Davon, wie der Unsterbliche Aaron, König Geisterschwert, wie sie ihn nennen, sie auf der Insel

Kyrna aufgespürt und sie dazu gezwungen hatte, ihm zu Diensten zu sein. Wie sie die verborgenen Eisenhütten der Luwier gefunden und ihre Schmiede entführt hatten. Sie behaupteten, auf Nangog reiche Männer zu sein, und bedauerten, dass sie nicht den Tod sterben würden, den Kolja ihnen versprochen hatte – in einem schönen Bett, mit einem hübschen Mädchen an ihrer Seite. Sie waren sehr redselig. Erzählten von den Freudenhäusern, die ihnen gehörten, und von Volodi, den sie zwar bewunderten, der aber keinen Sinn für Geschäfte hatte und einen mörderischen Streit mit den Zapote heraufbeschworen hatte. Ich werde hier nicht von all den grausamen Einzelheiten berichten, die sie mir über den Tod eines Freundes namens Atmos erzählten. Die Menschenkinder sind Barbaren, und ich fürchte, sie werden es immer bleiben. Jedenfalls waren sich beide Männer darin einig, dass Volodi den Streit heraufbeschworen hatte, weil er ins Bett einer Zapotepriesterin gestiegen war. Und das, obwohl er unter den Weibern in einem halben Dutzend Freudenhäusern hätte wählen können.

Sie erzählten auch viel über das verwunschene Nangog, und es war nicht allein das Fieber, das ihre Augen glänzen ließ, als sie von fliegenden Schiffen und Höhlen voller Smaragde schwärmten. Von all den Möglichkeiten, dort ein neues Leben zu beginnen. Ich muss gestehen, ich erlag der Versuchung und habe einen Zauber gewirkt, der ihr Fieber senkte und das Gift aus ihrem Blut sog. Sie waren keine guten Männer, und in späteren Jahren habe ich mich manchmal gefragt, ob vielleicht andere, bessere Männer hatten sterben müssen, weil ich diese beiden gerettet hatte. An jenem Nachmittag aber war ich den beiden so dankbar, dass ich daran keinen Gedanken verschwendete. Sie hatten mir den Weg nach Nangog gewiesen. Ich wusste nun, dass ich bei den Zapote suchen musste, denn so gut kannte ich den Menschensohn, dessen Wagenlenker ich gewesen war, dann doch.

Er hatte diese Priesterin ganz gewiss nicht vergessen. Sie war der Schlüssel zu allem.

So reihte ich mich in den langen Zug der Verzweifelten und der Glücksritter ein, die den Weg über den Abgrund zwischen den Welten nahmen, um ins verwunschene Nangog zu gelangen. Hätte ich geahnt, was mich dort erwartete, ich wäre nach Albenmark geflohen, denn Nangog sollte mir meinen jugendlichen Hochmut nehmen und noch weit mehr (...)«

DER LANGE FLUSS, BD. III, FERN DER QUELLE – ZÖGLING DER DRACHEN, KAPITEL XXVI – KATZENMÄNNER, S. 73 FF., VERFASST VON ELEBORN, HERRSCHER ÜBER DAS REICH UNTER DEN WOGEN, VERWAHRT IN DER BIBLIOTHEK DER TIEFE.

EIN KRUG VOLLER STEINE

Noch vor einer Woche hätte Volodi niemals geglaubt, dass es ihn glücklich machen könnte, einer Frau einfach nur beim Essen zuzusehen. Denn viel mehr tat Quetzalli nicht. Sie aß und schlief. Und wenn er Glück hatte, schenkte sie ihm manchmal einen Blick, in dem keine Angst mehr lag. Doch das war selten. Sie blieb stets auf der Hut, bereit, sich mit einem Satz in Sicherheit zu bringen. Es war, als würde man einem ausgehungerten Wolf beim Fressen zusehen. Seit drei Tagen ging das nun schon so.

»Ich werde ein wenig rausgehen. Ich bin bald wieder zurück.« Bei den letzten Worten saß ihm ein Kloß im Hals. Er käme zurück, wenn die Götter ihm an diesem Morgen gnädig gestimmt waren. Natürlich verstand Quetzalli nicht, was er sagte, sie beherrschte seine Sprache nicht. Aber er konnte nicht einfach gehen, ohne ein Wort zu sagen. Das erschien ihm falsch. Selbst wenn seine Worte Lügen waren.

Als er schon die ersten Treppenstufen hinabgestiegen war, hielt er noch einmal inne und drehte sich um: Sie sah zu ihm auf. Ihr Blick wirkte diesmal nicht gehetzt. Ob sie wusste, was heute für ein Tag war? Eher nicht. Sie schien jedes Zeitgefühl verloren zu haben, wachte mitten in der Nacht hungrig auf und verschlief dann halbe Tage. Es war besser so. Er winkte ihr und schenkte ihr ein Lächeln. Sie sah ihn weiter einfach nur an, aus Augen, die zu Abgründen einer verlorenen Seele geworden waren.

Rasch schritt Volodi die restlichen Stufen hinab. Er wollte nicht zu spät kommen. Das würde aussehen, als sei er ein Feigling. Unten erwartete ihn Ichtaca. Der Zapote mit dem Knochen in der Nase hielt einen Krug in den Händen. »Honigwein, Auserwählter. Er macht den Weg leichter.«

Volodi schüttelte den Kopf. »Du glaubst nicht, wie viele Männer ich habe sterben sehen, nur weil sie so dämlich waren, sich vor einer Schlacht zu betrinken.«

»Das heute ist anders, Herr«, sagte der kleine Mann bedrückt.

»Kein Grund, mit alten Angewohnheiten zu brechen.« Volodi versuchte, zuversichtlich auszusehen, aber dem Gesichtsausdruck des Zapote nach zu urteilen schien es ihm nicht besonders geglückt zu sein.

Als Volodi aus dem Haus trat, zog ein leichter Regenschauer über den prächtigen Park hinweg. Der Regen war angenehm auf der Haut und trotz des Schauers strahlte die Sonne am Himmel und ließ den Garten aussehen, als schwebe ein goldener Schleier über ihm. Über dem Rand des Weltenmunds erhob sich ein weiter Regenbogen. Es würde ein schöner Tag werden.

»Darf ich dich ein Stückweit begleiten, Auserwählter?«

Volodi zögerte kurz. Dann entschied er, dass es besser war, in Gesellschaft zu sein, als seinen Gedanken nachzuhängen. »Gerne.«

»Für einen Halbgebackenen bist du ganz ordentlich geraten«, erklärte Ichtaca umgänglich, während sie zwischen Rosenbüschen hindurchschritten.

»Halbgebacken?«

»Eine alte Geschichte in meinem Volk. Wir glauben, die Götter hätten einen besonderen Teig erschaffen, aus dem sie dann uns

Menschen formten. Wir alle wurden in einem großen Ofen gebacken. Zuerst holten sie die Stammväter der Drusnier und Valesier aus dem Ofen; aber das war zu früh, sie waren noch nicht fertig gebacken, deshalb habt ihr eine so ungesund helle Hautfarbe. Danach holten sie die Luwier und die Erstgeborenen Arams aus dem Ofen. Sie waren besser, aber auch noch nicht vollkommen. Zuletzt wurden die Insulaner und wir, die Zapote, aus dem Ofen genommen. Mit uns waren die Devanthar sehr zufrieden. Wir waren vollkommen.«

»Nette Geschichte«, murmelte Volodi. »Aber was ist mit den Ischkuzaia?«

Ichtaca rollte mit den Augen. »Die Ischkuzaia. Das war der allererste Versuch. Eine völlig missratene Teigmischung.«

Volodi lachte laut auf. »Ich kenne eine Kriegerprinzessin der Ischkuzaia, die dir mit ihrer Dornaxt den Schädel einschlüge, wenn du ihr diese Geschichte erzählen würdest.«

»Eine Kriegerprinzessin?«, erwiderte der Zapote und verzog dabei das Gesicht, als hätte man ihm eben offenbart, er habe ein Methorn geleert, in das sein ärgster Feind gepisst hatte. »Ein Weib in Waffen! Ich sag doch, eine völlig missratene Mischung!«

Volodi antwortete nicht. Seine Gedanken waren bei Shaya. Er hatte von ihrem Schicksal gehört, konnte sich aber einfach nicht vorstellen, dass sie sich in ein Kloster einsperren ließ. Bestimmt würde sie ein paar Priester niederstrecken und bei der erstbesten Gelegenheit die Flucht ergreifen.

»Du bist ein seltsamer Mann, Auserwählter«, unterbrach Ichtaca sein Grübeln über die Prinzessin.

Volodi lächelte. »Das habe ich schon oft gesagt bekommen.«

»Oh, nein!«, wehrte der kleine Mann ab. »Ich hoffe, du fasst das nicht als Beleidigung auf. Ich … ich wollte mich bei dir entschuldigen. Du hattest recht. Es war die richtige Frau, die du gewählt hast. Man sollte jemanden, den man im Herzen trägt, niemals aufgeben, ganz gleich wie aussichtslos ein Kampf erscheint. Ich danke dir dafür, dass du mich daran erinnert hast.« Ichtaca blieb abrupt stehen und verneigte sich feierlich vor ihm. »Du bist ein guter Mensch. Ich … ich hoffe, dass … Es war mir eine Ehre, dich gekannt zu haben.«

»Heh, ich bin noch nicht tot.«

Ichtaca nickte und sah ihn dann traurig an. »Die Gefiederte Schlange ist gierig, Auserwählter. Sie wählt die Guten immer zuerst.«

Volodis Magen zog sich heftig zusammen, aber er zwang sich zu einem sorglosen Lächeln. »Ha! Wenn du wüsstest, wie viele Schurkereien ich in meinem Leben begangen habe, würdest du dir keine Sorgen machen.«

»Ein guter Lügner zu sein, gehört nicht zu deinen Schurkentalenten.« Ichtaca blickte zu ihm auf, und es sah aus, als ringe er mit den Tränen. »Ich werde ein gutes Mittagsmahl vorbereiten. Ist dir Hirschbraten recht?

Sie hatten ihr Ziel fast erreicht. Volodi blickte den Weg hinab, an dessen Ende ihn die aufgerissenen Schlangenkiefer erwarteten. »Ja, das wäre schön«, sagte er geistesabwesend. »Du gehst schon?«

»Mir machen die Jaguarmänner Angst«, gestand Ichtaca ein wenig verlegen. »Sie riechen nach Tod.«

»Wir sehen uns zum Essen«, murmelte Volodi mit belegter Stimme.

Der kleine Zapote nickte düster. »Ich werde ein Festmahl bereiten. Du darfst es auf keinen Fall verpassen, Auserwählter.« Mit diesen Worten entfernte er sich eilig, als habe er Angst, der Tod könne auch auf ihn aufmerksam werden, wenn er länger in Sichtweite der Jaguarmänner verweilte.

Volodi sah, dass sich einige der Auserwählten, die er in den letzten Tagen gesehen hatte, bereits vor dem Schlangenhaupt versammelt hatten. Die meisten standen für sich allein. Zwei machten leise Witzchen, aber ihr Lachen klang falsch. Volodi schätzte, dass mindestens drei der Neuen, mit denen er gekommen war, fehlten. Ganz sicher war er sich allerdings nicht. Mit den Neuankömmlingen wollte keiner etwas zu tun haben. Verständlich, wenn stimmte, was Ichtaca gesagt hatte, dass Frischfleisch die bevorzugte Wahl der Opferpriester war. Auch er hatte sich deshalb nicht um Freundschaften bemüht und fast seine ganze Zeit mit Quetzalli verbracht.

Überall um sie herum glitten Schatten durch die Büsche des Parks. Die Jaguarmänner ließen sie nicht aus den Augen.

Plötzlich erklang aus der Tiefe des Schlangenschlunds ein lang gezogener, dunkler Ton. Ein Laut, der durch Mark und Bein ging. Eirik trat an seine Seite, jener Auserwählte, den er vor drei Tagen schon am Schlangenschlund getroffen hatte. Er war herausgeputzt. Sein Haar gekämmt, ein Duft wie von Rosen umgab ihn. Er trug eine schneeweiße Tunika und einen kurzen roten Umhang, der von einer protzigen Goldfibel, die wie ein gekrümmter Drache aussah, gehalten wurde. In Drusna hätte ihn jeder für einen Fürsten gehalten.

»Es war klug von dir, freiwillig zu kommen«, raunte er Volodi zu und wies zu dem Weg, über den Ichtaca eben erst geflohen war. Dort erschien eine ganze Gruppe von Jaguarmännern. Je zwei von ihnen schleiften jeweils einen Gefangenen zwischen sich.

»Sie lassen uns keinen Moment aus den Augen«, sagte Eirik. »Wenn ich dir einen Rat geben darf, achte mehr auf dein Äußeres. Sie schätzen es, wenn wir mit Würde dort hinuntergehen.« Er nickte in Richtung des Schlangenschlunds. »Und ist es nicht auch besser, wenn wir mit Würde vor unsere Ahnen treten? Die meisten von uns waren Krieger. Wir sollten das auch hier nicht vergessen und dem Tod mannhaft entgegentreten.«

Volodi hatte zu viele Schlachten geschlagen, um sich von Geschwätz wie »dem Tod mannhaft entgegenzutreten« beeindrucken zu lassen. Er hatte Feiglinge wie Helden sterben sehen und war Helden begegnet, die wie Kinder weinend nach ihrer Mutter riefen, als sie verreckten. Er hoffte, er würde mit Anstand gehen. Sicher war er sich nicht.

»Was haben sie mit den …« Es widerstrebte Volodi, das Wort »Feiglinge« auszusprechen. »… mit den weniger Mutigen gemacht?«

»Zusammengeschlagen. Sie dürfen nicht unser Blut vergießen, denn das gehört der Gefiederten Schlange. Auch sollen wir nicht verprügelt aussehen. Aber glaub mir, diese Mistkerle können einem verdammt wehtun, auch ohne dass es Spuren hinterlässt.«

Wieder ertönte der langgezogene, dunkle Ton aus dem Schlangenschlund. Er erinnerte Volodi an ein Kriegshorn. Dieses Horn musste gewaltig sein!

»Komm, es ist so weit.« Eirik zog ihn mit sich. Sie nahmen in weitem Halbrund vor dem Schlangenmaul Aufstellung. Die Verprügelten hatten jeweils einen Jaguarmann an ihrer Seite, der sie halbwegs aufrecht hielt.

Ein drittes Mal erscholl der klagende Ton aus dem Schlangenmaul. Ein Priester mit einem Umhang, dessen Federkragen hoch über den Kopf des Würdenträgers aufragte und in seiner Farbenpracht mit dem Regenbogen über dem Weltenmund wetteiferte, kam feierlich die beleuchteten Treppenstufen hinaufgeschritten. Sein Gesicht war mit schwarz-blauer Farbe tätowiert und wurde von stilisierten Schlangen geschmückt, die sich über seine Wangen hoch zur Stirn schlängelten. Zwischen Kinn und Unterlippe ragte ein blauer Stein aus seinem Fleisch.

Abgesehen vom Federmantel war der Priester nackt, und sein drahtiger Körper war mit breiten, schwarzen Streifen bemalt. Volodi hatte den Mann noch nie zuvor gesehen, aber er kannte das Messer, das er in Händen hielt. Es steckte in einer bunt bemalten Scheide und besaß einen mit Goldbeschlägen geschmückten, dunklen Knauf. Genau wie die Waffe, die er den Zapote vor so langer Zeit gestohlen hatte!

Hinter dem Priester trat ein Tempeldiener in rotem Lendenschurz ins Tageslicht. Der Mann war kahl geschoren und trug mit feierlicher Miene einen weißen Krug, auf den eine purpurne, sich windendende Schlange mit einem goldglänzenden Kopf gemalt war. Weitere Tempeldiener folgten mit Räucherpfannen, von denen in blaugrauen Schwaden Rauch mit einem süßlichen Aroma aufstieg.

»Atme nicht zu tief«, flüsterte Eirik ihm zu. »Dieser Rauch macht einen ganz benommen.«

Die Priester mit den Räucherpfannen teilten sich auf und nahmen hinter den Auserwählten Aufstellung, während der Hohepriester und der Mann mit dem weißen Krug im Schlund der steinernen Schlange stehen blieben.

Einige Augenblicke herrschte absolute Stille. Der feine Nieselregen hatte aufgehört, und goldenes Licht brach in breiten, scharf umrissenen Bahnen durch die Wolken. Da trat der Mann mit dem Krug vor und ging geradewegs auf den Auserwählten zu, der am linken Ende ihres Halbkreises stand. Mit einem leisen Befehl forderte er den Drusnier auf, in den Korb zu greifen.

Volodi konnte sehen, mit welchem Unbehagen sein Landsmann seine Hand durch die weite Öffnung des Kruges streckte. Als er sie zurückzog, war sie zur Faust geballt. Der Drusnier zögerte einen Moment, sie zu öffnen. Dann streckte er die Faust in Richtung des Hohepriesters im Federmantel. Langsam öffnete er die Hand und stieß einen tiefen Seufzer der Erleichterung aus. Er hatte einen weißen Stein gezogen.

»Mach es wie er«, raunte Eirik. »Nur mit etwas weniger Gestöhne. Wie ich schon sagte, die Zapote lieben es, wenn wir uns mannhaft geben. Sie behandeln uns dann mit Respekt. Das rettet uns nicht das Leben, aber es macht unsere Zeit hier angenehmer.«

Mit wachsendem Schrecken beobachtete Volodi, wie der Krug immer weiter in seine Richtung wanderte und ein weißer Stein nach dem anderen gezogen wurde. Er hatte einen Fehler gemacht. Er hätte sich an den Anfang der Reihe stellen sollen. Ein Griff in den Krug, und alles war entschieden. Rechts von ihm standen nur noch drei Auserwählte. Fünf weiße Steine waren bereits gezogen.

Eirik kam an die Reihe. Auch er zog einen weißen Stein und

trotz seines Geredes über Mannhaftigkeit, stieß er einen leisen Seufzer der Erleichterung aus.

Nun war es an Volodi zu ziehen. Seine Hand zitterte, als er sie durch die Öffnung des Krugs steckte. Er tastete über die vier verbliebenen Steine. Welcher von ihnen würde ihm den Tod bringen?

Er sah den Priester an, der den Krug hielt. Der Kerl verzog keine Miene. Seine Augen waren dunkel und hart. Volodis Hand schloss sich um einen der Steine. Kurz überlegte er, doch einen anderen zu wählen. Sein Griff lockerte sich. Nein! Die erste Wahl war meist die beste. Entschlossen zog er die Hand aus dem Krug und streckte dem Hohepriester die geballte Faust entgegen.

Ganz langsam öffnete Volodi die Hand. Er starrte auf den Stein, der dort lag, und sein Herz setzte aus zu schlagen.

Das geschenkte Leben

Der Stein war weiß! Er war gerettet … für dieses Mal. Er würde Quetzalli noch ein paar Nächte lang im Arm halten.

Der Mann neben ihm stieß einen halb erstickten Laut aus. Auf seiner offenen Hand lag der goldene Stein. Der Priester mit dem Purpurschlangenkrug trat einen Schritt zurück und winkte zwei der Räucherpfannenträger herbei.

»Ich bin noch nicht so weit«, stammelte der Auserwählte dieses Tages. »Bitte … ich …«

Volodi erinnerte sich. Der Mann neben ihm war mit ihm zusammen hierhergekommen. Er war der Erste gewesen, der durch das Weiße Tor gegangen war. Ein Jaguarmann eilte herbei, packte den Unglücklichen und hielt dessen Kopf mit eisernem Griff über eine der Räucherpfannen gebeugt. Bald erlahmte der Widerstand des Auserwählten. Sein Jammern verstummte. Sein Blick war leer geworden, und er ließ sich von den Priestern zum Schlund der steinernen Schlange führen.

Die ganze Zeit über schwiegen die Zapote. Daheim in Drusna und auch Aram wurde jedes Ritual von schön gesetzten Worten begleitet – feierlich, aufpeitschend oder einschüchternd, je nach Anlass. Dass die Zapote nicht sprachen, erschien ihm bizarr und unmenschlich. Hatten die Todgeweihten nicht verdient, dass man ihnen verkündete, von den Göttern auserwählt zu sein? Wenigstens diesen kleinen Trost, bevor es zum blutigen Opferaltar ging. Das Schweigen der Priester machte das Ritual noch unheimlicher.

Volodi hörte, wie Eirik neben ihm schwer ausatmete. »Es ist, als sei einem das Leben geschenkt worden, nicht wahr?«

Volodi schämte sich für die Erleichterung, die auch er empfand. So knapp war es gewesen. Seine Finger hatten den Stein gestreift, der den Tod brachte.

»Komm, geh zu deinem Mädchen und vögel ihr das Hirn aus dem Schädel. Heute sind wir unsterblich!«, sagte Eirik und lachte. »Genieß dieses Gefühl. Es wird nicht lange halten.«

Volodi sah den Priestern nach, die durch das Maul der Schlange verschwanden.

»Na los! Genieß das Leben. Es ist zu kurz, um über das Unabwendbare zu brüten.« Eirik zog ihn mit sich den Hügel hinauf, weg von der Opferstätte.

Volodi leistete keinen Widerstand mehr. Er wollte dieses Schlangenmaul nicht mehr sehen. Wollte sich nicht länger fragen, was dort unten geschehen würde. Er würde heute keine Antworten erhalten. Er hatte Glück gehabt.

Sobald sie den kleinen Teich erreichten, der auf dem Weg zu ihren Unterkünften lag, ließ Eirik sich mitsamt seinen Festtagsgewändern hineinplumpsen. »Ich werde mich besaufen«, verkündete er ausgelassen, »und dabei zum Regenbogen aufschauen. Ich habe mich noch nie unter einem Regenbogen betrunken. Komm ins Wasser. Es ist herrlich. Es geht nichts über warmes Wasser!«

Volodi dachte an Quetzalli, und plötzlich musste er lachen. Er hatte es geschafft, hatte dem Tod seinen Arsch ins Gesicht gestreckt. »Ich hab was Besseres vor, als zu baden«, rief er Eirik zu und begann zu laufen. Er rannte, dass ihm das Herz bis zum Halse schlug. Stürmte an Ichtaca vorbei, der vor dem Eingang ihres Hauses saß und ein Stück Fleisch weichklopfte. Auf der Treppe stolperte er fast.

An der obersten Stufe stand Quetzalli. Sie sah auf ihn hinab, und auch wenn sie nicht lächeln konnte, vermochte er in ihren Augen zu lesen, wie erleichtert sie war.

Er nahm sie in die Arme. Sie erwiderte die Umarmung. »Wohl Odi«, sagte sie ganz leise, und ihm ging das Herz auf. »Wohl Odi.«

Versetzt

Kolja blickte zum Himmel hinauf. Die Mittagsstunde war schon fast vorbei, und sie war immer noch nicht da. Er fluchte. Diese verdammte Hure wagte es, ihn zu versetzen. Die Sklaven des Hauses hatten sich schon vor einer Weile zurückgezogen, um seiner Wut zu entgehen. Am liebsten hätte er jemanden zusammengeschlagen. Endlich schwang das rote Tor zu Datames' Stadtpalast auf, und Eurylochos trat ein. Allein.

»Wo ist sie!«, schrie Kolja ihn unbeherrscht an. »Ich will ihr einen Palast schenken, und sie erscheint nicht.«

Der Steuermann blieb fünf Schritt vor ihm stehen. »Sie ist heute Morgen aus dem Haus gegangen.«

»Du meinst, sie ist abgehauen?«

»Nein, gegangen. Sie weiß doch nichts von deinem Geschenk. Sie war schon fort, als ich ankam.«

»Dann hol sie zurück. Wohin kann sie schon gegangen sein?«

»Zum Hafen«, entgegnete Eurylochos angespannt. »Aber sie kommt wieder. Ich bin ihr nachgelaufen, aber sie war schon auf dem Fluss. Sie will irgendjemanden treffen. Ihre Diener wissen auch nicht mehr. Ich habe wirklich alles versucht, deshalb komme ich so spät. Sie wird in zwei oder drei Tagen wieder zurück sein. Was sind schon zwei Tage?«

»Oder drei«, entgegnete Kolja eisig. »Sie ist unsere Hure und läuft herum, wie es ihr gefällt. Ich stehe mir hier in einem Blumengarten die Beine in den Bauch, und sie kommt nicht, wenn ich nach ihr rufen lasse! So hat mich kein Weib mehr behandelt, seit mir der erste Bartflaum gesprossen ist. Sie macht mich zum Gespött.«

»Ganz sicher nicht, Kolja. Keiner wagt es, über dich zu spotten.«

Der Drusnier ging nicht darauf ein. Er wusste es besser. Wusste, dass man ihn hinter seinem Rücken »Fleischkopf« nannte und sich erzählte, dass man die Weiber mit verbundenen Augen zu ihm bringen musste, weil keine den Anblick seines Narbengesichts ertrug. Das waren Lügen!

»Gibt es irgendetwas, das ihr im Leben viel bedeutet? Irgendjemanden, der ihr besonders nahesteht?«

»Das ist nicht der richtige Weg, Kolja. Bedenke, sie hat mächtige Freunde. Was wird geschehen, wenn wir den Zorn eines Statthalters auf uns ziehen. Sie ist die Seidene und nicht irgendein Gossenmädchen. Bei ihr gelten andere Gesetze.«

»Andere Gesetze?« Kolja schnaubte verächtlich. »Es gibt nur ein Gesetz, und das ist immer gleich. Es ist das Gesetz des Stärkeren. Glaubst du, sie kann mir ihren Willen aufzwingen?«

»Aber das tut sie doch gar nicht!«, begehrte Eurylochos auf. »Sei doch nicht so verdammt stur. Sie hatte keine Ahnung, dass du auf sie wartest.«

»All unsere Mädchen fragen, bevor sie irgendwohin gehen. Und wenn es uns gefällt, dann erteilen wir ihnen die Erlaubnis dazu. Meistens sind wir großzügig. Und unsere Mädchen lieben uns dafür. Wir stecken ihnen enge Grenzen. Und manchmal erweitern wir sie ein klein wenig. Als Ausnahme versteht sich. Und sie lieben uns dafür und sind uns dankbar.« Koljas Stimme wurde gefährlich leise, als er fortfuhr: »Mit dieser Seidenen hast du alles falsch angestellt. Sie kennt keine Grenzen. Zu viel Freiheit macht Menschen undankbar. Sie hält sich für eine Königin, nicht wahr? Ich werde sie daran erinnern, dass sie nur eine Dirne ist. Folge mir, Eurylochos, und lerne! Habe ich dir jemals die Geschichte von dem Bauern erzählt, dem man seinen Esel gestohlen hat?«

Der Irre ohne Nase

»Der ist es?« Kolja blickte auf einen jungen Mann mit vernarbtem Gesicht. Seine Nase war eingedrückt, nur noch ein dunkles Loch. Er schielte. Er schien sich zu freuen, dass ihn jemand besuchte und lächelte arglos.

»Er ist nicht ganz bei sich«, erklärte der Alte, der sich erst nach einer größeren Spende bereit erklärt hatte, ihn zu dem Jungen vorzulassen. »Ist verschüttet worden. Soweit ich weiß … War mehr tot als lebendig, als sie ihn uns vor die Tür gelegt haben.«

Kolja sah sich abschätzend um. Die Kammer, in der er sich befand, war klein, aber sauber. Der junge Mann kauerte auf einem Strohsack. Es kam nicht oft vor, dass er einen Lebendigen traf, dessen Gesicht übler zugerichtet war als sein eigenes.

»Was weißt du über ihn?«

Der Alte strich sich über sein stoppeliges Doppelkinn. »Schwierig …«

Kolja hatte verstanden. Barmherzige Brüder nannten sich diese Geier, in Wahrheit ging es ihnen nur um Geld. Es stimmte zwar, dass sie den Auswurf der Gosse aufnahmen, aber immer nur für drei Tage. Wer es in dieser Zeit schaffte, wieder auf die Beine zu kommen, hatte Glück. Wer nicht, den setzten sie unbarmherzig wieder auf die Straße. Es sei denn, es fand sich jemand, der für ihr Wohlergehen zahlte, so wie bei diesem jungen Mann. Den barmherzigen Brüdern schien es bei diesem Handel nicht schlecht zu gehen. Bruder Sanftmut war jedenfalls wohl genährt.

Kolja schnippte dem Dicken eine Silbermünze zu. »Hilft das, dich zu erinnern?«

Der Bruder biss in die Münze und grunzte zufrieden. »Der Junge bekommt alle paar Tage Besuch von einer Dame. Sie trägt immer eine Maske. Ist eher schlicht gekleidet. Aber arm kann sie nicht sein. Lässt immer etwas hier, für ihn und für uns. Das geht schon viele Jahre so. Wir kümmern uns gut um den Jungen.«

»Wie heißt er denn?« Kolja schnippte Bruder Sanftmut eine weitere Münze zu, die dieser erneut kritisch in Augenschein nahm.

»Wir machen uns nichts aus Namen. Wie du dir sicher schon gedacht hast, haben mich meine Eltern nicht ›Sanftmut‹ genannt. Jeder Bruder in diesem Haus erhält einen neuen Namen als Geschenk von unserer Gemeinschaft. Unsere Gäste haben keine Namen.«

»Was macht ihr denn, wenn ihr über eure Gäste redet? Ihr müsst sie doch irgendwie unterscheiden?«

Bruder Sanftmut spreizte die Hände und presste dabei die Fingerkuppen aneinander. »Ja, das stimmt schon. Also, er hier … ihn nennen wir meist den Irren ohne Nase. Wir haben nur einen von der Sorte.«

Kolja überlegte einen Moment, welchen Nutzen man daraus ziehen könnte, Leute an einem Ort verwahren zu lassen, wo sie keinen Namen mehr hatten. »Habt ihr auch Gäste, die nicht wirklich krank sind?«

Der Dicke kratzte sich hinter dem linken Ohr. »Wie meinst du das? Der Junge hier ist ja auch nicht *wirklich* krank.«

Kolja zog eine Goldmünze hervor und balancierte sie mit einigem Geschick auf seinen vernarbten Fingerknöcheln. »Ich glaube, man könnte sagen, kranke Leute sind eine Gefahr für die Gesunden. Stimmst du mir da zu?«

Bruder Sanftmut nickte, ohne die Münze aus den Augen zu lassen.

»Es würde also nicht gegen eure Ordensregeln verstoßen, jemanden zu verwahren, der eine Gefahr für andere ist.«

Der barmherzige Bruder blickte auf und sah Kolja mit seinen himmelblauen Augen nachdenklich an. »Ich glaube, du begibst dich in Gedanken gerade auf einen Weg, der doch sehr von unseren Grundsätzen abweicht. Wir betreiben hier keinen Kerker, falls es das ist, worauf du hinauswillst.«

»Formulieren wir es einmal anders ...« Kolja setzte sein furchtbares Lächeln auf und beobachtete zufrieden, dass es seine Wirkung auch dieses Mal nicht verfehlte. »Dieser Junge war fast tot, als man ihn euch gebracht hat. Ihr habt euch um ihn gekümmert, wurdet gut bezahlt, und der Junge ist dem Tod entronnen. Könntet ihr euch vorstellen, hin und wieder einen Gast für mich aufzunehmen, der sicherlich sterben müsste, wenn ihr ihn nicht in eure freundliche Obhut nehmen würdet?«

»Was war noch gleich dein Geschäft?«, fragte der alte Bruder, nun eindeutig misstrauisch.

»Darüber werden wir niemals sprechen, auch wenn ich glaube, dass du es bereits ahnst. Meinen Spitznamen darfst du wissen. Manche nennen mich ›den Schlächter‹.«

Bruder Sanftmut strich sich erneut über das Doppelkinn, und der Anflug eines verwegenen Lächelns spielte um seine wulstigen Lippen. »Es sieht eher so aus, als seist du derjenige, den man geschlachtet hat.«

Diesen Scherz hatte sich schon lange keiner mehr mit ihm erlaubt. Kolja ließ die Goldmünze zurück in seine Geldkatze fallen. »Was weißt du über den Faustkampf, Bruder Schwabbelbauch?«

Bruder Sanftmut wich einen Schritt zurück und stellte entsetzt fest, dass er so, wie er stand, nicht zu der Tür der Kammer gelangen konnte, ohne in die Reichweite von Koljas Fäusten zu kommen.

»Es gibt die Faustkämpfe, die mit blanker Hand ausgetragen werden. Ein blaues Auge, eine aufgeplatzte Lippe oder Augenbraue oder im schlimmsten Fall eine gebrochene Nase sind der Preis. Und dann gibt es die Kämpfe für härtere Burschen. Die, bei denen wirklich Blut fließt. Die Kämpfer wickeln sich ihre Hände mit Lederbändern ein, die bis zum Ellenbogen reichen. Über den Knöcheln der Faust sitzen Bronzedornen … Treffer von solchen Schlägen häuten dich.« Wieder lächelte Kolja. »Wie dir ganz richtig aufgefallen ist, habe ich viele schwere Fausthiebe eingesteckt. Es waren nicht Wendigkeit und ausgefeilte Technik, die meinen Erfolg begründeten. Es war die Tatsache, dass ich mehr aushalten konnte als fast jeder andere. Und wenn ich einen Treffer gesetzt habe, dann gab es nur wenige, die danach noch einmal auf die Beine kamen. Man könnte also zusammenfassend sagen, dass ich in fast jedem Aspekt das genaue Gegenteil von dir verkörpere, *Bruder Sanftmut*.«

Kolja konnte sehen, wie der Dicke darum rang, sich mutig zu geben.

»Was führt dich in das Haus der barmherzigen Brüder, Schlächter? Bitte verzeih, wenn ich so direkt werde, aber es gibt hier Kranke, die meiner Hilfe bedürfen.«

»Ich will ebenso geradeheraus sein, Bruder Sanftmut. Ich möchte den Irren ohne Nase mitnehmen, und ich wünsche mir, dass diese Kammer unbelegt bleibt und die Tür zu ihr mit einem schweren Riegel versehen wird. Ich biete dir dafür mein Wohlwollen und werde dir kein Gesicht verpassen, wie ich es habe. Sind wir uns einig?«

Der alte Bruder ließ sich auf das Lager des Nasenlosen sinken. Er war kreidebleich geworden und rang hörbar um Atem. »Ich …«, stammelte er. »Ich kann nicht …« Er schloss kurz die Augen, bemüht, sich zu sammeln. »Wir benötigen hier mehr als Wohlwollen, um die Mäuler unserer Kranken zu stopfen. Die Dame mit der Maske spendet sehr großzügig.«

»Welches Geschenk ist größer als Gesundheit, Bruder? Niemand sollte das besser beurteilen können als du.«

»Ich verabscheue dich, und es ist allein die Gewalt, der ich mich beuge«, keuchte der Dicke. »Aber ich verlange zehn Goldstücke für den Irren, und du wirst uns dafür gut bezahlen, wenn wir jemanden für dich in Verwahrung nehmen.«

Kolja ballte seine Rechte zur Faust, sodass die Knöchel knackten. »Ich biete dir drei Goldstücke!«

»Fünf«, forderte Bruder Sanftmut mit einer Stimme, die wie das Quicken eines ängstlichen Schweins klang.

Kolja hatte Respekt vor Männern, die gegen ihre Angst ankämpften. »Fünf? Also gut, in geschäftlichen Dingen fehlt dir jeglicher Sanftmut, Bruder. Du bekommst dein Gold, aber dafür verlange ich, dass die Dame mit der Seidenmaske niemals erfahren wird, wer diesen Irren hier abgeholt hat. Mir ist egal, was für eine Ausrede du dir einfallen lässt. Nur darfst du nicht behaupten, unser Nasenloser sei tot. Haben wir uns verstanden?«

Der Bruder nickte und streckte die Hand aus. Sie zitterte ein wenig. Kolja zählte ihm das Gold in die Hand und bedeutete dann dem verstümmelten, jungen Mann, der die ganze Zeit über mit leerem Gesichtsausdruck vor sich hingestarrt hatte, sich zu erheben. »Du kommst mit mir. Ich werde nun auf dich aufpassen. Du wirst ein schönes Zimmer mit einem weiten Blick über die Stadt bekommen.«

Der Irre lächelte ihn an. Es war eine Grimasse, die Kolja erschaudern ließ. Dieser Junge war hässlicher als er. Er empfand plötzlich Mitleid mit ihm und zwang sich, den Blick nicht von dem so schrecklich entstellten Gesicht des Nasenlosen abzuwenden.

Ob der Junge etwas von dem Gespräch verstanden hatte? So glücklich, wie er grinste, wohl eher nicht. Jetzt erst bemerkte Kolja den schmalen Bronzering an dessen Hand. Ein kleiner, grüner Stein war darin eingelassen. Es war gut, dass es etwas gab, das zumindest einen Finger des Irren unverwechselbar machte.

Kolja rechnete damit, dass es noch Ärger geben würde. Aber nun war er vorbereitet.

Die Dame in Rot

Bidayn blickte auf das braune Wasser, das behäbig gegen die von dunklen Algen bedeckten Stützpfähle der Bootsanlegestelle schwappte. Sie war froh, nicht mehr auf diesem fliegenden Schiff zu sein. Die Kreatur hatte im ersten Morgenlicht an einem Königsbaum, etwa eine Meile vom Fluss entfernt, im Dschungel geankert und sie abgesetzt. Das kurze Stück Weg zum Fluss hatte sie noch einmal zwei Stunden gekostet. Es gab hier kein richtiges Ufer. Wald und Fluss gingen einfach ineinander über. Ganz zum Schluss erst waren sie auf einen Knüppeldamm gestoßen, der schließlich zu dieser Anlegestelle geführt hatte.

Und so saßen sie nun hier, von Moskitos umschwirrt, schweigend. Gonvalon hatte ein kleines Feuer entfacht und seine aufgeweichten Stiefel ausgezogen. Er drehte die Spitze seines Dolchs in den Flammen und berührte dann mit dem glühenden Stahl einen der Blutegel, die an seinen Waden hafteten. Die Plagegeister waren prall vom Blut des Schwertmeisters. Es zischte, wenn er sie mit dem glühenden Metall berührte. Er könnte auch warten, bis sie vollgesogen von allein wieder abfielen, aber es sah so aus, als habe er entschieden, einen Rachefeldzug gegen dieses Gewürm zu starten. Die anderen hatten sich mehr oder weniger durch mindere Zauber schützen können. Nur Gonvalon hatte gelitten, seit sie auf Nangog waren. Doch nun würde sich das ändern.

»Von nun an werden wir alle keine Zauber mehr weben«, hatte Nandalee barsch befohlen, kaum dass sie den hölzernen Steg betreten hatten. Sie kam Bidayn sehr verändert vor. Nandalee schien Gefallen daran gefunden zu haben, sie alle herumzukommandieren.

»Wem nutzt es, wenn wir hier bei lebendigem Leib von den Mücken gefressen werden?«, hatte Lyvianne gefragt. »Ich glaube nicht, dass hier mitten im Nichts die Gefahr besteht, einem Devanthar zu begegnen. Eine gute Anführerin verzichtet auf Willkür und Dummheiten. Du hast noch viel zu lernen, Nandalee.«

»Würdest du deiner Meisterin von dem Ebermann erzählen, Bidayn, dem wir bei unserer ersten Reise hierher begegnet sind? Vielleicht ändert das ihre Sicht. Wir sind zu nahe an der Goldenen Stadt. Sie könnten unsere Zauber spüren. Das Risiko ist zu groß.« Mit diesen Worten war sie zum Ende des Stegs gegangen und starrte seither mit verschränkten Armen auf den weiten Fluss hinaus.

»Wir sind damals tatsächlich einem Devanthar inmitten wegloser Wälder begegnet«, hatte Bidayn zerknirscht erklärt. »Wahrscheinlich war es mein Zauber, der ihn auf uns aufmerksam werden ließ.« Sie hatte mit Schrecken an den Tag gedacht, an dem sie verstümmelt worden war. Der Tag, an dem sich das unauslöschliche Narbennetz in ihre Haut gebrannt hatte.

»Sie ist keine gute Anführerin«, hatte Lyvianne beharrt, doch Bidayn hatte spüren können, wie ihre Meisterin den Zauber aufgab, der sie vor den Mücken und der schwülen Hitze geschützt hatte.

Bidayn umschlag ihre Knie mit den Armen. Auch sie hatte ihren Zauber aufgehoben. Die Hitze umfing sie wie eine warme, feuchte Hand und machte schläfrig. Sie fand diese Welt abscheulich und wünschte, sie wäre wieder in ihrer Heimat. Nangog war nicht für Albenkinder geschaffen. Missmutig blickte sie über das schmutzig braune, träge fließende Wasser. Es erschien ihr weit wie ein Ozean. Gerade eben noch war der Wald am jenseitigen Ufer als eine verschwommene, grüne Linie zu erkennen. Gesplitterte Baumstämme und große Äste trieben mit der Strömung.

Ein Stück flussaufwärts konnte Bidayn kleine Fischerboote beobachten. Sie schienen allein aus Schilfbündeln zu bestehen, auf denen rittlings die Fischer saßen und ihre mit Blei beschwerten Netze in die Fluten warfen. Weit im Nordosten zeichnete sich ein blassblauer Schatten vor dem Horizont ab. Auf die Entfernung sah es aus wie eine Mauer. Für Berge schien es zu regelmäßig geformt zu sein. Es gab keine aufragenden Gipfel. Manchmal glitzerte dort etwas im Sonnenschein. Einige der grässlichen Wolkensammler trieben vor dem Wind dieser viele Meilen breiten Barriere entgegen. Bidayn vermutete, dass dieser Ort ihr Ziel sein musste. Die Goldene Stadt.

Es hieß, die Menschenkinder dort seien so reich, dass ihre Häuser goldene Dächer hätten. Unsinn! Sie wusste nur zu gut, wie die Siedlungen der Menschen aussahen. Sie erinnerte sich noch gut an die Stadt, die sie auf ihrer ersten Reise nach Nangog gesehen hatte: den Dreck, die zerstörten Wälder und den in Terrassen zerteilten Hang, auf dem die Menschenkinder ihre Häuser errichtet hatten. Ihnen fehlte jeglicher Sinn für das Schöne. Wahrscheinlich war diese Stadt in allem schlimmer. Größer, schmutziger, hässlicher und einfach nur noch überfüllter mit ungewaschenen Barbaren.

Die Zeit dehnte sich endlos in der schwülen Hitze, bis Bidayn ein Schiff entdeckte, das mit der Strömung den Fluss hinabglitt. Lange Ruder ließen es auf die Entfernung wie einen großen Wasserkäfer aussehen, der behäbig über die dunklen Fluten stakste. In den Augen der Elfe war es ohne jede Eleganz gefertigt. Sein plumper Rumpf bot den Fluten zu viel Widerstand. Nur eine kleine, weiße Welle spülte um den Bug. Wehmütig dachte sie an die prächtigen Segler, die sie als Kind über die Fluten der thalischen See hatte dahinstürmen sehen. Zischend zerschnitten die schlanken Kiele die Dünung und ließen die Gischt hoch über die Bordwände aufspritzen, wenn diese Schiffe unter vollen Segeln über das Wasser flogen. Die Elfe vermisste den Luxus, der sie in ihrer Kindheit begleitet hatte, wenn sie die heißen Sommer im Klippenpalast ihres Onkels verbracht hatten.

Nandalees Stimme riss sie aus ihren melancholischen Gedanken. »Sie kommen uns holen«, sagte sie und wies auf das Schiff, das nun Kurs auf die Anlegestelle nahm.

Bidayns Blick ging zu ihren Gefährten. Nodon trat als Erster neben Nandalee an den Rand der Anlegestelle. Er hatte während der Zeit des Wartens den Schlamm von seinen aufgeweichten Stiefeln gekratzt und seine Kleider in Ordnung gebracht. Er sah von ihnen allen am ordentlichsten aus. Lyvianne hingegen war verschmutzt, strahlte aber etwas aus, als könne aller Unrat dieser Welt ihr nichts anhaben. Man blickte in ihr Gesicht, in ihre grünen Augen, die so viel gesehen hatten, und vergaß alles andere. Ganz anders ihre Anführerin, Nandalee. Sie war jemand, zu dem Schmutz einfach passte. Bidayn musste schmunzeln. Ihre Freundin, der sie sich nun so fern fühlte, wirkte befremdlich, wenn sie gekämmt und zu sauber war. Sie kam aus der Wildnis, das würde man ihr immer anmerken, selbst wenn sie einmal ein Kleid für einen Hofball anlegen sollte – was in ihrem Leben bisher noch nie geschehen war.

Gerade trat sie zu Gonvalon und legte ihm eine Hand auf die Schulter, als Zeichen, sich bereitzumachen. Als er zu ihr aufsah, musste Bidayn schlucken. Sie beneidete Nandalee um den Blick, den er ihr schenkte. Ein Blick, der mehr sagte als tausend Worte! Die beiden hatten ihre Seelen geschaut.

Der Schwertmeister wischte seinen Dolch an seinen Stiefeln ab und löschte das Feuer. Als er aufstand, legte er Nandalee den Arm um die Hüfte, zog sie zu sich heran und küsste sie. Es war keine affektierte Geste. Kein Kuss, der ihnen, den anderen, etwas beweisen sollte. Im Gegenteil, man sah den beiden an, dass sie in diesem Augenblick alles um sich vergessen hatten. Sie waren ganz mit sich allein, und hätten sie inmitten von tausend Gaffern gestanden, es hätte sie nicht berührt.

Bidayn wandte sich ab. Sie würde keinen Kuss von jemandem haben wollen, über dessen Lippen ein Grüner Geist gekrochen war, dachte sie und wusste es doch besser. Jeder Grund, das herabzuwürdigen, was die beiden hatten, war ihr nur zu willkommen. Sie sah an sich hinab, auf ihre verdreckte, noch feuchte Kleidung. Sie trug Hosen, obwohl sie wusste, dass dies unter den Menschenkindern allenfalls Ischkuzaia-Frauen taten. Und sie hatte Handschuhe an, was bei der schwülen Hitze hier ganz gewiss niemand außer ihr tat. Aber sie wollte ihre Narben verstecken. Und so achtete sie darauf, dass ihr Gesicht stets schmutzig und im Halbschatten ihrer Kapuze verborgen blieb. Eines Tages würde sie die Zaubermacht besitzen, ihr altes Aussehen zurückzuerlangen … oder sich einen anderen Körper zu stehlen.

Auf Letzteres war sie in Gesprächen mit Lyvianne gekommen. Es war ihre Idee gewesen, doch Lyvianne war es, die ihr verraten hatte, dass ihr die dunkleren Pfade der Magie – hätte sie den Mut, sie zu beschreiten – gewiss einen solchen Zauber offenbaren würden.

Das Schiff war nun so nahe, dass Bidayn mehr Einzelheiten erkennen konnte. Unter einem Deck auf Stelzen kauerten Ruderer in einem Unterdeck. Die Schiffswände waren mit roter Farbe gestrichen, auf die in Weiß springende Delfine gemalt waren. Zwei große Augen aus Emaille schmückten den Rumpf. Am Heck, unter einem Baldachin, stand eine Frau, ebenfalls ganz in Rot, der Dienerinnen mit breiten Federfächern frische Luft zuwedelten. Dicht vor ihr lehnte ein Mann mit fast hüftlangem Haar auf dem Steuerruder des Schiffs. Sein Leib war braun gebrannt und muskulös. Ein wenig klein kam er Bidayn vor, aber er sah auf barbarische Art gut aus. Vielleicht weil er im Gegensatz zu allen anderen Männern an Bord keinen Bart trug.

Mit einem dumpfen Geräusch, als Holz auf Holz stieß, legte das Schiff an. Ein Jüngling sprang auf den Steg und schlang ein Tau um einen der hölzernen Poller. Eine breite Planke wurde ausgelegt, und die Dame in Rot winkte ihnen zu.

Nandalee ging als Erste an Bord. Leichtfüßig überquerte sie die Laufplanke und trat vor den Baldachin. »Ich danke Euch für die Gunst, uns unseren Weg zur Goldenen Stadt zu erleichtern. Nach langen Wochen im Wald ist es eine Gnade, das letzte Stück der Reise auf einem Schiff zu vollenden.«

»Ich bin neugierig, den Bericht eurer Reise zu hören, und es liegt ganz in meinem Interesse, euren Weg abzukürzen und euch früher lauschen zu können«, entgegnete ihre Gastgeberin höflich, ja fast herzlich. Sie war eine gute Lügnerin! Gewiss glaubten die arglosen Menschenkinder an Bord jedes ihrer Worte. Und doch, so wusste Bidayn es von Nandalee, war die Dame in Rot nicht mehr als eine Botin, gesandt von Nanog, um sie über den Großen Fluss zu geleiten. Kaum waren Bidayn und die anderen Nandalee an Bord gefolgt, wurden die Leinen gelöst, und als sie die Mitte des Stroms erreichten, setzten die Schiffer ein großes, rechteckiges Segel, das mit breiten aufgenähten Tauen verstärkt war.

So wie das Schiff, war auch das Segel rot, und ein Rad schlagender Pfau war in leuchtender Farbe darauf gemalt.

Aus gesenkten Lidern betrachtete Bidayn die Frau, die sie aus dem Sumpf gerettet hatte. Auch sie schien Angst zu haben, ihre Haut zu zeigen. Sie war ganz und gar verhüllt, doch waren ihre Beweggründe sicherlich andere, dessen war sich die Elfe sicher. Die Menschentochter war schlank und wohlproportioniert. Ein Gazeschleier ließ edle Gesichtszüge erahnen, auch wenn Bidayn lediglich mit dunkler Farbe umrandete Augen erkennen konnte. Unter weit geschnittenen Seidenärmeln lugten zierliche Handgelenke hervor, die silberne Kettchen mit kleinen Glöckchen schmückten. Auch um die Knöchel trug sie ähnlich Ketten, sodass jede ihrer Bewegungen von leisem Läuten begleitet wurde.

Die Dame verströmte einen angenehmen Rosenduft. Sie war aber die Einzige unter den Menschenkindern, die gut roch. Die Ruderer, die dank des aufgezogenen Segels nun rasten durften, stanken nach Schweiß und säuerlichem Wein. Sie beäugten die zugestiegenen Passagiere neugierig, wagten es aber nicht, einen der seltsamen Gäste ihrer Herrin anzusprechen.

Bidayn trat an den Bug. Der Horizont war immer noch eine konturlose blaue Wand.

»Sehr ungewöhnlich, drei Frauen aus dem Flusswald kommen zu sehen.« Der bartlose Steuermann war an ihre Seite getreten. Bidayn warf einen raschen Blick zum Baldachin. Ein anderer Seemann hatte das Ruder übernommen. Ihre Gefährten kauerten im Heck und dösten. Nur Nodon beobachtete sie und den Menschensohn an ihrer Seite misstrauisch.

»So selten wie Frauen auf Nangog sind, sollten sie nicht den Gefahren des Waldes ausgesetzt werden.« Er lächelte herausfordernd. »Selbst dann nicht, wenn sie allesamt Waffen unter ihren Gewändern verbergen.« Der Steuermann sprach mit einem so harten Akzent, dass es Bidayn schwerfiel, seinen Worten zu folgen.

»Was ist verwunderlich daran, wenn eine ungewöhnliche Herrin eine ganz besondere Dienerschaft um sich schart? Als einziger Mann ohne Bart passt auch Ihr hervorragend in das ungewöhnliche Gefolge unserer Herrin.«

Der Seemann runzelte die Stirn. »Wie kommt Ihr darauf, dass ich ein Diener der Seidenen bin? Diese Prunkgaleere gehört Arcumenna, dem Laris von Truria, dem vom Unsterblichen Ansur von Valesia als Lohn für seine Siege über die räuberischen Drusnier die Statthalterschaft auf Nangog verliehen wurde. Da die Seidene sehr hoch in der Gunst meines Herren steht, hat Arcumenna uns für diesen Tag ihrem Befehl unterstellt.« Der Steuermann sah sie forschend an. »Mir scheint, Ihr seid über das Gefolge der Seidenen nicht sehr gut unterrichtet.«

Bidayn ging auf, dass sie dabei war, das ohnehin nur fadenscheinige Lügengespinst um ihre Herkunft und die Verbindung zu dieser Dame in Rot zu ruinieren. »Verzeiht, meine Herrin hat so viele Sklaven … Ich hoffe, ich habe Euch nicht beleidigt? Mögt Ihr mir nicht Euren Namen nennen?«

»Kydon, edle Dame«, er deutete eine Verbeugung an. »Ich muss gestehen, Ihr verblüfft mich. Dachte ich doch bislang, dass die Seidene mit ganz wenigen Ausnahmen nur Diener in ihrem Haushalt führt. Ihr aber sprecht nun von Sklaven.«

Bidayn verfluchte sich stumm und warf Nodon, der sich bereits erhoben hatte und sich ihnen nun langsam näherte, einen flehenden Blick zu. »Da habe ich mich wohl missverständlich ausgedrückt.« Sie versuchte es mit einem verlegenen Lachen. »Bitte entschuldigt, ich bin unerfahren darin, mit Fremden zu plaudern. Mein Gebieter schätzt es nicht, wenn ich mit anderen Männern spreche.«

Nodon hatte sie erreicht und ihre letzten Worte ohne Zweifel gehört.

»Würdet Ihr bitte von meinem Weibe ablassen«, sagte er scharf.

Kydon musterte den Elfen abschätzig. »Ihr scheint mir nicht besonders mannhaft zu sein. Und klug seid ihr ganz gewiss auch nicht. Mir ist unverständlich, wie Ihr und der andere dort drüben drei zarte Weiber den Gefahren des Flusswaldes aussetzen konntet.«

»Für einen Mann ohne Bart nehmt Ihr den Mund ganz schön voll, was Mannhaftigkeit angeht«, entgegnete Nodon eisig. »Ich weiß ja nicht, woher Ihr kommt, aber in meinem Volk gilt es als äußerst unschicklich, das Weib eines anderen Mannes anzusprechen. Sucht Ihr vielleicht ein Duell?«

»Da Ihr in Diensten der Seidenen steht, erfahrt Ihr wohl nicht zum ersten Mal, dass sich der Ruf Eurer Herrin auch auf die übrigen Mitglieder ihres Haushalts erstreckt. Insbesondere die Weiber.« Kydon sah Nodon herausfordernd an. »Ich bin kein armer Mann. Was kostet die Gunst deines Liebchens?«

Bidayn war entsetzt über die Frechheit des Steuermanns. Nodon hingegen blieb völlig ruhig. »Ich glaube, ganz gleich, wie reich Ihr auch sein mögt, die Hand nach meinem Weibe auszustrecken könnt Ihr Euch nur ein einziges Mal leisten, denn diese Dummheit kostet Euch nicht weniger als das Leben.«

Kydon wich ein Stück zurück und maß Nodon erneut mit abschätzendem Blick, als die Seidene nach ihm rief. »Glaubt nicht, dass ich Euch fürchte, Herr Aufschneider. Es sind meine Pflichten, die mich zwingen, von Eurer Seite zu weichen.«

»Auf-schnei-der …« Nodon betonte das Wort Silbe für Silbe. »Eines Tages werdet Ihr erfahren, wie außerordentlich zutreffend der Ehrenname ist, mit dem Ihr mich gerade bedacht habt.«

Bidayn schien es, dass der Steuermann, der nun eilends seinen Posten am Ruder bezog, eine Spur blasser wurde.

»Du solltest mit den Menschenkindern möglichst nicht reden«, sagte Nodon, ohne dabei vorwurfsvoll zu klingen. »Der Kerl wollte dich aushorchen, nicht wahr?«

»Und ich fürchte, er hat es geschafft. Wer ist diese Frau, die uns abgeholt hat? Welchen Ruf genießt sie? Was meinte Kydon mit seinen Anspielungen?«

»Ich weiß es nicht. Wahrscheinlich ist sie nur besonders reich und etwas weltfremd. Gewiss hat sie viele Neider, die sich über sie das Maul zerreißen, und Kydon ist einer von ihnen. Ich glaube, wir müssen uns deshalb keine Sorgen machen. Wenn er nur ein klein wenig Verstand hat, wird er dich künftig in Ruhe lassen.«

Ob Nodon selber glaubte, was er sagte? Menschenkinder und Verstand? Das schloss sich aus.

Der Schwertmeister blieb an ihrer Seite, als wolle er sicherstellen, dass Kydon sich nicht mehr zu ihr wagte. Langsam begannen sich die Umrisse einer Stadt abzuzeichnen. Einer Stadt, die auf dem Hang eines Kraters gebaut worden war und die sich über Meilen erstreckte! Nie zuvor hatte Bidayn etwas Ähnliches gesehen.

Jetzt passierten sie auch mehr Boote. Sie kamen aus Kanälen, die in den breiten Strom mündeten. Plumpe Kähne, hoch beladen mit Körben, Säcken und Amphoren. Reisende drängten sich dicht an dicht auf den Decks. Schiffe, mit Kriegern besetzt, hielten noch mitten auf dem Fluss jedes der Boote an und untersuchten die Fracht. Es sah aus, als würden Listen über all die Handelsgüter geführt, die der Golden Stadt entgegenstrebten.

Ihr Schiff hielt niemand an. Die Rote Galeere schien bekannt zu sein und einen besonderen Status zu besitzen.

Seit etwa drei Meilen säumten Wachtürme und seltsame Monolithen in regelmäßigen Abständen das westliche Flussufer. Einmal glaubte Bidayn, ein grünes Leuchten zwischen den Bäumen am Horizont zu sehen, war sich aber nicht ganz sicher.

Je näher sie der Stadt kamen, desto weiter wichen die Bäume zurück. Dämme regulierten hier den Lauf des Flusses. Schöpfräder von hageren, ockerfarbenen Ochsen angetrieben, hoben das braune Wasser hinauf zu weiten, halb überfluteten Reisfeldern. Wo das Land weiter anstieg, wuchs Weizen, und es gab blühende Apfelbaumhaine. Überall arbeiteten Menschen auf den Feldern. Ihre Zahl musste in die Tausende gehen! Auf jeder Straße sah Bidayn Karawanen aus Lasttieren der Stadt entgegenziehen. Die Metropole schien wie ein gewaltiger Schwamm zu sein, der alles aufsaugte, was diese Welt hervorbrachte.

Bidayn hatte schon auf den weiten Reisfeldern kleine Inseln aus schmutzig braunen Lehmhäusern aufragen sehen. Dicht aneinandergedrängt strebten sie in die Höhe, als gelte es, möglichst viele Menschenkinder auf möglichst engem Raum unterzubringen, um nur keinen Fußbreit Ackerland zu vergeuden. Ähnliche Lehmhäuser bildeten die äußersten Bezirke der riesigen Stadt.

Über der Metropole hing eine Dunstglocke, die eine leichte Brise nach Norden hin ausfransen ließ, aber nicht zu vertreiben vermochte. Bidayn stellte sich vor, dass die Siedlung einen fauligen Atem ausstieß: der Rauch unzähliger Herdfeuer, vermischt mit dem Gestank nach Fäkalien, halbgarem Essen und feuchtem Tierfell. Ihr war der Gestank der Stadt, die sie bei ihrem ersten Besuch auf Nangog gesehen hatte, in guter Erinnerung geblieben. Wie viel schlimmer musste es hier sein, war doch die Goldene Stadt um ein Vielfaches größer.

Durch den Dunst blieben die Konturen der Gebäude zunächst unscharf. Ankertürme für die Wolkensammler erhoben sich gleich toter Baumkönige über das Häusermeer, das wie eine Stein gewordene Woge den steilen Hang des Kraters hinaufbrandete. Sonnenlicht funkelte auf vergoldeten Dächern. Sie waren tatsächlich aus Gold! Zumindest einige von ihnen.

Die Segel brachten sie rasch vorwärts, und nun erkannte Bidayn mehr und mehr Einzelheiten. Schmutzig weiße Mauern schirmten Palastgärten gegen den Pöbel ab. Manche der Häuser mussten sieben oder acht Stockwerke haben und waren mit Brücken untereinander verbunden. Wäscheleinen, beflaggt mit fadenscheinigen Lumpen, zogen sich kreuz und quer durch die Häuserschluchten. Es gab turmhohe Wasserräder, die das kostbare Nass zu den hochgelegenen Terrassen hoben. Was für ein Aufwand, um Gärten wachsen zu lassen, wo es von Natur aus nur blanken Fels hätte geben sollen!

Als ihre Galeere den Hafen der Stadt erreichte, vergoldete das Licht des frühen Abends selbst die einfachen Holzhütten, die auf dunklen Stelzen vom festen Ufer über das Wasser hinausgekrochen waren. Die Seeleute holten die Segel ein und legten den Mast nieder, da sie nun durch ein Labyrinth von Brücken und Stegen fahren mussten. Auf einen Befehl des Steuermanns hin nahmen die Ruderer wieder ihre Plätze auf dem Unterdeck ein. Begleitet vom leisen Aufklatschen der Ruder glitt die Galeere langsam unter hölzernen Stegen hindurch, immer tiefer in das Labyrinth des Hafens. Plötzlich sah Bidayn eine Gruppe junger Männer in dem schmutzigen Wasser. Sie schwammen zwischen Abfällen und welken Blüten, warfen einander einen Ball aus Lumpen zu und lachten ausgelassen.

Wie war es möglich, dass Armut und verschwenderischer Reichtum Seite an Seite existierten? Warum erhoben sich die Bettler nicht? Wie hielt man all die Hungernden im Zaum, die ausgemergelten Hafenarbeiter, die sich tief unter den Lasten beugten, die sie von den Schiffen trugen, die Bettler und Krüppel, die mit ihren Holzschalen die Fahrgäste anlandender Galeeren bedrängten? Fürchteten sie sich vor den Schwertern und Speeren der Krieger, die man allenthalben sah, oder hielt sie der Traum, dass hier ein jeder mit ein wenig Glück reich werden konnte, in eiserne Fesseln geschlagen?

Bidayn legte den Kopf in den Nacken und sah in den Himmel hinauf. Ihr Blick suchte Ruhe, sehnte sich nach freier Weite und wollte dem unbeschreiblichen Gewimmel dieser vor Leben überquellenden Stadt entfliehen. Doch selbst der Himmel war nicht leer. Scharen von Möwen kreisten kreischend über den Häusern. Wolkensammler zogen träge zu Ankerplätzen weiter oben am Hang. Eine Gruppe von Kriegern in grellroten Hosen hing in Fluggeschirren unter kleineren dieser abscheulichen Ausgeburten des Himmels. Tentakel hatten sich um die Leiber der Krieger geschlungen. Bidayn sah zähes Gallert auf Bronzepanzern schimmern, während die kleineren Wolkensammler, an Leinen gezogen, einem Himmelsschiff hinterherschwebten.

Schließlich erreichten sie eine Marmortreppe, die bis zum Wasser hinabreichte. Schmutzig grüner Schleim benetzte die untersten Stufen. Krieger in Bronzerüstungen mit langen roten Umhängen erwarteten sie. Bidayn spürte, wie Nodon sich neben ihr anspannte. Sie ahnte, dass er in Gedanken einen Kampf gegen die Wachen ausfocht und einen möglichen Fluchtweg ersann, sollte sich das hier als Falle entpuppen. Die wenigen Krieger würden sie nicht aufhalten, dachte die junge Elfe. Es war die Stadt, die ihr Angst machte. Sie war so unglaublich groß … Sie waren nur fünf, um einen Ort zu erreichen, der selbst der Göttin Nangog verwehrt blieb, und nur Nandalee wusste, was sie dort wollten. Es war, als würde eine Ameise einen Drachen herausfordern.

Das einzig Gute war, dass sie so winzig waren, dass der Drache sie nicht einmal bemerken würde. Die Stadt war so voller Menschen, dass fünf Fremde kaum auffallen würden. Die andere Seite war, dass der Drache sie aus Versehen zerquetschen könnte, ohne jemals bemerkt zu haben, dass er sich mit einer Ameise im Krieg befunden hatte.

Halteleinen wurden an goldenen Ringen in der Kaimauer festgezurrt. Die Laufplanke schlug hart auf die marmornen Treppenstufen. Die Seidene winkte ihnen. »Folgt mir in mein Stadthaus. Ihr werdet sehen, es gibt keinen sichereren und friedvolleren Ort in dieser Stadt.«

Die Burg in den Wolken

Artax musste sich beherrschen, um sich seine Verzweiflung nicht anmerken zu lassen. Vor ihm lag die Burg auf einer Felsnadel, und es war genau so, wie der Jäger aus den Bergen gesagt hatte: Nur eine schmale, steinerne Brücke führte zu der Festungsanlage. In der Mitte jener Brücke klaffte eine Lücke, wo es zuvor einen hölzernen Steg gegeben haben musste. Es waren zwar nur fünf oder sechs Schritt, aber zu weit, um zu springen.

Die nächste Schwierigkeit war, dass es am Ende der Brücke nur ein winziges Tor ins Innere der Burg gab. Die Schwelle war so hoch, dass man darüber hinwegsteigen musste, und der Sturz der Tür so niedrig, dass jeder Eindringling sich gleichzeitig auch noch vorbeugen müsste. Fremde Erinnerungen kamen in Artax hoch. Ein Festungsbaumeister hatte einem der früheren Aarons einmal erläutert, was es mit solchen Türen auf sich hatte. Wer sie durchschritt, war durch seine geduckte Haltung fast wehrlos. Selbst ein Stallbursche könnte eine solche Tür mit Leichtigkeit verteidigen. Es genügte, jedem Eindringling eine Axt in den ungeschützten Nacken zu schlagen.

Selbst wenn sie also die Lücke in der Brücke schlossen, könnten sie diese Festung nicht erobern. Wer diese Tür zu durchqueren versuchte, der betrat seinen Richtplatz.

Hinter den Zinnen des schroff aufragenden Torturms war ein einzelner, graubärtiger Krieger zu sehen, der sie aufmerksam beobachtete. Sonst schien alles verwaist. Artax bezweifelte, dass sich in der kleinen Festung mehr als fünfzig oder sechzig Mann unterbringen ließen. Hinter dem Torturm, der den Vorsprung überragte, der sich aus der Flanke der Felsnadel schob, gab es nur einen kleinen Hof. Rechts und links des Turms erhoben sich kurze, von Zinnen gekrönte Mauern. Auf der rechten Seite war ein einzelnes, wuchtiges Haus mit flachem Dach, das ebenso massiv wie der Turm aussah, Bestandteil der Schutzmauer.

Es war ein ärmlicher Herrschersitz ohne jeden Luxus, einzig erbaut, um unbezwingbar zu sein. Bis jetzt! Er würde sich von diesem Ort und seiner Geschichte nicht abschrecken lassen und die Verräter zur Rechenschaft ziehen. Er musste es zu Ende bringen, bevor die Rebellion weitere Anhänger fand.

Der Unsterbliche wandte sich zu Ashot und Mataan um, die ihn beim Aufstieg begleitet hatten. »Irgendwelche Vorschläge, wie wir diesen Steinhaufen stürmen?«

»Wir stürzen von unseren Kriegern so viele in den Abgrund, bis wir auf ihren Leichen einen Belagerungsturm hinüberschieben können«, entgegnete Ashot düster. »Dieser *Steinhaufen* ist noch nie erobert worden. Hier erwartet uns kein Sieg, nur der Tod. Wir sollten den einzigen Pfad, der hier hinaufführt, zerstören und die Verräter sich selbst überlassen. Sie sind es nicht wert, dass auch nur ein einziger von unseren Männern stirbt.«

Mataan nickte zustimmend. »Ausnahmsweise bin ich Ashots Meinung. Du hast ein Reich zu ordnen und ein Versprechen einzulösen, das dich an den Rand eines Bürgerkriegs führen wird.«

»Dort drüben in diesem Steinhaufen liegt die Saat für den Bürgerkrieg. Wir müssen sie im Keim ersticken, wenn wir weiteres Blutvergießen verhindern wollen«, entgegnete Artax verbittert. Auch er wollte nicht auf diesem Felsen kämpfen, aber er würde es zu Ende bringen.

»Wir könnten den Männern in der Festung freies Geleit anbieten. Allen außer Bessos natürlich«, schlug Mataan vor.

»Unsinn«, zischte Ashot. »Die Feiglinge haben Bessos schon unten am Adlerpass verlassen. Die Männer, die jetzt noch bei ihm sind, sind bereit, mit ihm in den Tod zu gehen. Die kannst du nicht bestechen.«

»Das sehe ich auch so«, sagte Artax und wandte sich an den hageren Rotbart und dessen jungen Gefährten, die ihrem Gespräch bisher schweigend zugehört hatten. »Ihr habt uns hierhergebracht und kennt die Berge gut. Ist es möglich, die Rückseite der Felsnadel zu erklimmen, ohne dass jemand in der Burg bemerkt, dass wir kommen?«

»Auf diesen Fels klettern nicht einmal Ziegen, Unsterblicher.«

»Ich hatte auch nicht vor, an der Spitze von Ziegen in die Schlacht zu ziehen.« Kaum dass die Worte über seine Lippen waren, bedauerte Artax ihre Schärfe.

»Dabei bin ich schon Ziegen begegnet, die klüger als Könige sind«, gab der Rotbärtige ungerührt zurück.

Artax hörte Ashot hinter sich lachen. Er hatte sich diese Antwort verdient und entschied, die Beleidigung zu übergehen, obwohl die Stimmen der vergangenen Aarons in seinem Geiste rebellierten. »Kennst du ein paar mutige Männer, die sich mit Seilen und Dolchen die Steilwand hinaufwagen?«

»Das hat nichts mit Mut zu tun, Unsterblicher. Um diesen Weg zu nehmen, muss man verrückt sein.«

»Ich brauche fünfzig Mann, das wird genügen, um die Burg zu stürmen, wenn wir erst einmal auf der Spitze der Felsnadel sind«, beharrte Artax. »Ich selbst werde sie führen.«

»Ihr werdet hundert brauchen, denn die Hälfte der Männer wird in den Tod stürzen, bevor ihr die Felsen über dem Steinhorst erreicht«, entgegenete der Jäger und sah Artax dabei direkt in die Augen. »Nicht so Ihr. Ihr seid ja unsterblich. Ihr setzt Euch also nicht derselben Gefahr aus wie die Männer … auch wenn es nobel ist, wenn Ihr sie anführt.«

Wie lange willst du dich von diesem stinkenden Hirten noch beleidigen lassen? Glaubst du, du wirst jemals ein Herrscher sein, wenn dich jeder ungewaschene Hinterwäldler ungestraft beleidigen kann? Du hältst

Bessos für eine Gefahr? Der Dummkopf ist ein Nichts. Eine Gefahr ist der Kerl, der da vor dir steht und keinerlei Respekt zeigt!

»Dann such mir hundert Männer, und nenne mir deinen Namen.«

»Ormu, Herr. Ich bitte Euch, erlasst mir diese Aufgabe. Ich würde mich wie ein Scharfrichter fühlen.«

»Ich gehe mit Euch, Unsterblicher!« Mit leuchtenden Augen drängte sich plötzlich der junge Gefährte des Jägers nach vorne. »Wer diesen Fels an Eurer Seite ersteigt, dessen Name wird ebenfalls unsterblich werden. Ich folge Euch, König Geisterschwert.«

Artax sah, wie Ormu den Jüngeren mit einem traurigen Blick bedachte, doch dann sagte er: »Also gut. Ich suche die Männer aus. Aber ich bestimme die Regeln! Wir müssen bei Tageslicht hinaufsteigen, und jeder Mann wird einen Knebel im Mund tragen.«

»Knebel? Was ist das für ein Unsinn?«

»Männer, die dem Tod entgegenstürzen, schreien, Herr. Und ein einziger Schrei genügt, um die Verteidiger im Steinhorst aufmerksam werden zu lassen. Wenn sie die Felsspitze besetzen und Steine auf uns herabschleudern, wird niemand diesen Angriff überleben. Also tragen alle, die klettern, Knebel. Sogar Ihr, Unsterblicher. Es sei denn, Ihr entscheidet Euch in Eurer grenzenlosen Weisheit gegen diesen Angriff.« Mit einer raschen Geste brachte der Jäger seinen Begleiter, der bei seinen letzten Worten aufbegehren wollte, zum Schweigen.

»Wenn das Opfer von hundert Männern einen Bürgerkrieg verhindern kann, der Zehntausende das Leben kosten würde, gibt es nicht viel zu überlegen«, sagte Artax. »Ich erwarte dich im Morgengrauen mit den Freiwilligen am Fuß der Felsnadel.«

Das war einmal ein königliches Wort, jubilierten die Stimmen Aarons in seinem Geiste.

Artax stutzte. Es gab jetzt kein Zurück mehr, aber er hatte das beklemmende Gefühl, eine Grenze überschritten zu haben und nun auf einem Weg zu sein, der ihn mit jedem Schritt weiter fort von dem Königtum führen würde, das er einmal angestrebt hatte.

Es war das erste Mal, dass er den lästigen Stimmen der früheren Aarons dankbar war. Sie mochten ihn davor bewahren, in die Irre zu gehen, auch wenn es das Letzte war, was sie eigentlich wollten. Bislang hatten sie ihn stets verhöhnt und seine Niederlagen und Irrtümer mit besserwisserischem Hohn bedacht. All die anderen, die vor ihm der Unsterbliche Aaron gewesen waren, waren von hoher Geburt. Sich mit einem Bauern abzufinden war ihnen unerträglich. Wenn sie ihn nun beglückwünschten, konnte das nichts Gutes heißen. Begann er, so zu denken wie sie? War er auf dem Weg, ein Tyrann zu werden, für den ein einzelnes Leben nichts mehr zählte?

Artax warf einen letzten Blick auf den Steinhorst. Nur diesen Kampf musste er noch bestehen, dann war er endlich frei, die großen Reformen anzugehen.

Die Stimmen in seinem Kopf lachten und verspotteten ihn. *Du bist ein Unsterblicher, Artax. Ganz gleich, wie viele Schlachten du schlägst, es wird immer noch einen weiteren Kampf geben, den es zu bestehen gilt. Das ist unser Schicksal. Und auf diesem Weg werden all deine Freunde zu Feinden, zu Verfemten oder zu Toten werden. Das ist der Preis der Macht. Morgen wirst du von diesem bitteren Trunk kosten.*

Das Haus der Toten

Sie hatten fast den höchsten Punkt der Felsnadel erreicht, der sich noch über die kleine Burg erhob. Artax' Arme brannten. Seine Hände waren aufgeschürft vom rauen Fels. Seine Kleidung vom Schweiß durchnässt. Er vermied es, nach unten zu sehen. Die bodenlose Tiefe schien verwunschen zu sein. Sie zog ihn an, ließ ihn über das Fliegen nachdenken. Und jeder Blick zurück offenbarte, wie viele seiner Männer schon abgestürzt waren. Mit hundertzwanzig Kriegern hatten sie den Aufstieg in den Fels begonnen. Ormu hatte gute Arbeit geleistet. Sie hätten noch mehr Männer mitnehmen können, aber sie sollten in Paaren aufsteigen, wobei jeweils ein Jäger oder Hirte aus den Bergen Garagums vorstieg und den Weg suchte. An ihn geseilt folgte ein bewährter Kämpfer. Sie stiegen weit aufgefächert in den Fels, damit die Unglücklichen, die abstürzten, nicht auch die Männer hinter sich mit in den Tod rissen.

Artax heftete den Blick fest auf das Hinterteil des jungen Jägers, der vor ihm das letzte Stück der Steilwand anging. Bamiyan brannte vor Begeisterung. An einem Seil mit dem Unsterblichen gegangen zu sein würde ihn zur Legende unter den Stämmen von Garagum machen. Er war ein guter Kletterer und hatte Artax mehr als einmal weitergeholfen, als dieser glaubte, einen glatten Felsabschnitt nicht überwinden zu können oder an einem Überhang scheitern zu müssen.

Jetzt schien der Gipfel zum Greifen nahe. Waren es noch zehn Schritt? Oder weniger? Artax hatte sich den ganzen Tag über ständig geirrt. Mit der Wange an die feuchte Steilwand gepresst nach oben zu starren verzerrte die Wahrnehmung. Die Wege erschienen länger. Vielleicht waren es auch weniger als zehn Schritt. Das wäre besser! Er war fast am Ende seiner Kräfte, und im Augenblick stand er auf einem bröckelnden Sims, das ihn nicht mehr lange tragen würde. Der Felsen hier oben war stärker verwittert als unten am Fuß des Berges, und so war es immer schwerer geworden, einen sicheren Stand zu finden.

Aus dem Augenwinkel sah er, wie Bamiyan einen der schmalen Bronzedolche aus den Lederschlaufen seines Gürtels zog, während er sich gleichzeitig mit der Linken an einer kleinen Felsnase festkrallte. Es war sein letzter Dolch. Wenn sie noch eine weitere Kletterhilfe bräuchten, müssten sie das Kurzschwert des Jägers nehmen.

Artax kaute nervös auf dem Lederknebel in seinem Mund. Nur ein kurzes Stück noch, und er würde dieses Ding loswerden. Das Leder schmeckte säuerlich und ließ seinen Speichel im Mund zusammenlaufen. Immer wieder hatte er würgen müssen und sich voller Panik vorgestellt, was geschehen würde, sollte er sich erbrechen müssen. Er würde dann ersticken!

Bamiyan rammte den Dolch in einen schmalen Spalt, zog den mit Lumpen umwickelten Hammer aus seinem Gürtel und schlug auf den Knauf der Waffe, bis die Klinge wirklich fest im Fels saß. Mit selbstsicherem Lächeln wandte er sich zu Artax um und schob den Hammer zurück in den Gürtel. In diesem Augenblick brach die Felsnase, an der er sich mit der Linken festgehalten hatte. Der Junge stürzte an Artax vorbei. Dann gab es einen heftigen Schlag ins Seil.

Der Ruck hätte Artax fast von dem Felssims gerissen, auf dem er stand. Der Unsterbliche presste sich mit der Brust an den Stein. Seine Finger tasteten nach Halt. Aber da war nichts. Die Wand war glatt wie eine frisch verputzte Mauer. Artax spürte, wie das Sims unter ihm nachgab. Abbröckelndes Gestein stürzte klackernd in die Tiefe.

Bamiyan schwang drei Schritt unter dem Unsterblichen vor dem blanken Fels. Blut troff aus einer Wunde an seiner Stirn und rann ihm in die Augen. Er blinzelte, versuchte verzweifelt, einen Ausweg zu finden. Der nächste sichere Griff lag ein gutes Stück rechts von ihm. Er streckte sich. Zu kurz! Es fehlte fast eine Armlänge.

Das Seil schnitt in Artax' Hüften. Er wagte es nicht, seine Hände vom Fels zu lösen, um nach dem Seil zu packen und Bamiyan hochzuziehen. Sein Stand war zu unsicher. Ständig bröckelte weiter Gestein von seinem Sims ab, und er musste Zoll um Zoll zur Seite weichen. Dabei wurde das Sims zur Seite hin immer schmaler. Ein Fußbreit blieb ihm noch, bevor es ganz mit der Felswand verschmolz. Selbst wenn Bamiyan sich aus eigener Kraft am Seil hinaufziehen könnte, hier wäre kein Platz für sie beide.

Artax dachte fieberhaft nach, wie er sie retten könnte. Schließlich versuchte er, mit den Hüften zu schwingen, um das Seil in eine Pendelbewegung zu versetzen. Bamiyan erkannte seine Absicht und streckte sich verzweifelt, doch es gelang ihm nicht, den Dolchgriff zu erreichen, der aus dem Fels ragte. Die Männer unter ihnen wichen zur Seite hin aus. Es war überdeutlich, dass sie beide bald abstürzen würden.

Artax biss die Zähne zusammen, drückte sich noch fester an den Fels und stellte sich vor, dass er mit dem Gestein verschmolz. Er würde nicht stürzen, wiederholte er in Gedanken immer wieder. Er würde nicht stürzen!

Das Seil pendelte nun immer stärker. Mit jedem Ausschlag wurde die Kraft größer, die an ihm zerrte. Er wollte in die Knie gehen, doch inzwischen war kaum noch etwas von dem Sims übrig. Er wusste, er würde das Seil durchschneiden müssen, wenn er nicht mit dem jungen Jäger zusammen in den Abgrund stürzen wollte.

Verzweifelt blickte er zu Bamiyan hinab. *Ein letzter Pendelschwung noch …*

Da sah er, wie Bamiyan sich am äußersten Ende des Pendelschwungs mit der Hand in den Fels krallte, sich streckte und endlich seine Fingerspitzen den Dolchgriff erreichten. Als sich dessen linke Hand um den lederumwickelten Griff schloss, hörte augenblicklich der Zug nach unten auf. Artax atmete erleichtert aus und schluckte den Speichel, der sich erneut um den Lederknebel in seinem Mund gesammelt hatte.

Bamiyan blickte zu ihm herauf. Sein Gesicht war völlig mit Blut verschmiert und doch grinste er. Sie hatten es geschafft!

Mit einem scharfen, metallischen Pling brach der Dolch direkt über dem Heft. Bamiyan stürzte erneut ins Seil. Der plötzliche Ruck riss Artax fast von den Beinen. Ein weiteres Stück des Simses gab unter den Füßen des Unsterblichen nach. Mit einer schier ungeheuerlichen Kraftanstrengung streckte er die Hand nach dem Dolch, den Bamiyan über ihm in den Fels geschlagen hatte. Und tatsächlich – seine Finger schlossen sich um den Griff. Er spannte die Muskeln.

Es war aussichtslos. Er konnte sie nicht beide mit nur einem Arm hinaufziehen. Und gewiss würde die spröde Bronzeklinge nicht ihr beider Gewicht halten. Aus dem Augenwinkel sah er, wie Bamiyan sein Kurzschwert zückte. Er führte die Bronzeklinge über das Hanfseil. Es war nicht sehr scharf. Faser um Faser durchtrennte er das Seil. Dabei stützte er sich mit den Füßen am Fels ab, um Artax möglichst wenig zu belasten.

Der Knebel in Artax' Mund erstickte seinen Protest. Der Unsterbliche schüttelte heftig den Kopf, doch Bamiyan ignorierte ihn. Dann riss das Seil. Der Junge versuchte sich noch im letzten Augenblick mit den Beinen vom Fels abzustoßen und sich möglichst weit in den Abgrund hinauszukatapultieren, um die Kletterer, die tiefer unter ihnen folgten, nicht zu gefährden.

Artax standen Tränen in den Augen. Er sah Bamiyan nach, wie er mit weit ausgebreiteten Armen stürzte, auf einen Felsvorsprung schlug, weiter rollte und erneut stürzte, bis sein Körper in der Tiefe verschwand.

Der Junge hatte sein Leben für ihn geopfert, er musste weitermachen! Alleine konnte er sich an dem Dolch, den Bamiyan zuletzt eingeschlagen hatte, hochziehen. Seine Füße tasteten nach Halt. Zoll um Zoll zog er sich voran. Dann fand er mehr Griffe. Der Aufstieg wurde leichter.

Endlich erreichte er die Spitze der Felsnadel und löste den Knebel aus seinem Mund. Keuchend lag er auf dem Fels und sah, wie die Sonne im Westen hinter dem Adlerpass stand. Fast den ganzen Tag hatte er mit diesem verfluchten Felsen gerungen. Er sah sich um: Von den hundertzwanzig Männern, die den Aufstieg mit ihm begonnen hatten, waren bislang nur etwa zwanzig angekommen. Wie er lagen die meisten erschöpft und schweigend auf dem kalten Steinboden. Erschrocken schob sich Artax an den Rand der Felsnadel. Nein, sie waren nicht die einzigen Überlebenden! Viele Männer kämpften noch immer mit der Steilwand.

Nun erreichte auch Mataan den Gipfel. Er wirkte abgekämpft.

Sein linker Arm war von der Schulter bis zum Ellenbogen aufgeschürft. Ormu, mit dem der Fischerfürst an einem Seil geklettert war, hatte eine Platzwunde über der rechten Braue. Der Jäger sah Artax finster an, spuckte seinen Knebel aus und zog das Schwert, das er an einem Gurt über der Schulter trug. »Bringen wir es zu Ende! Sehen wir uns die Burg von hier oben an. Dann entscheidet Ihr, Unsterblicher, wie die Schlacht zu schlagen ist.«

Zu dritt robbten sie zum westlichen Rand der Felsnadel. Etwa zehn Schritt unter ihnen lag der Hof der kleinen Festung. Nur drei Krieger zeigten sich auf dem Torturm und den Wällen. Das hölzerne Mittelstück der Brücke lehnte neben dem Tor an der Innenseite der Mauer. Jenseits der Steinbrücke sah Artax die Feldzeichen seiner Krieger im Abendlicht glänzen. Er hatte dreihundert Mann zum schmalen Pfad vor der Festung beordert. Sie dienten zur Ablenkung. Zersplitterte Pfeile im Hof der Festung und Dutzende Schleudersteine zeugten davon, dass sie die Rebellen den Tag über beschäftigt gehalten hatten. Niemand in der Burg blickte zur Felsnadel hinauf, die sich über den Festungsmauern erhob. Keiner war je auf diesem Weg hierhergekommen.

Artax warf einen Blick über die Schulter. Ashot hatte den Gipfel mit einem Dutzend weiterer Männer erreicht. Sie waren stark genug für einen Angriff!

Bis zum Dach des befestigten Hauses, das sich an die Schulter der Felsnadel lehnte, war es nur ein weiter Sprung. Artax hatte wieder das Bild des jungen Jägers vor Augen, der sein Seil durchtrennte, damit sie nicht gemeinsam in den Abgrund stürzten. Es war an der Zeit, diese Rebellion zu beenden.

Der Unsterbliche erhob sich, zog sein Geisterschwert aus der Scheide und ging dorthin, wo sich die Felsnadel über das befestigte Haus erhob. Ohne zu zögern, sprang er hinab und landete in die Knie federnd auf dem Lehmdach. Hatte jemand den dumpfen Aufschlag gehört? Egal! Jetzt kam es nur noch darauf an, dass alles schnell ging. Sie mussten die Verteidiger überrumpeln.

Statt die Luke auf dem Dach zu öffnen, sprang er mit einem weiteren Satz hinab in den Hof. Doch diesmal landete er unglücklich. Sein linkes Bein knickte auf dem unebenen Pflaster ein, und ein stechender Schmerz fuhr durch seinen Knöchel. Artax stürzte, schlug schwer auf und versuchte, sich mit den Händen abzufangen. Dabei ließ er sein Schwert los, das klirrend über das abschüssige Steinpflaster davonschlitterte.

Aus dem Schatten des Torbogens trat der grauhaarige Krieger hervor, den Artax am Abend zuvor auf dem Turm gesehen hatte. Er war ein alter Kämpe, die Arme von den Narben vieler Schlachten bedeckt. Er sah Artax an, blickte zur Felsnadel hinauf, entdeckte die Männer und wusste, dass die Burg fallen würde, es sei denn, der Anführer dieses tollkühnen Angriffs starb. Mit kaltem Blick hob er seinen Speer und schleuderte ihn nach dem Unsterblichen.

Artax versuchte auszuweichen, doch sein schmerzender Knöchel gehorchte ihm nicht. Der Speer traf ihn mitten in die Brust, vermochte die Rüstung, die ihm der Löwenhäuptige geschenkt hatte, aber nicht zu durchdringen.

»Bogenschützen!«, rief der alte Krieger und zog sein Schwert. »Zielt auf seinen Kopf! Auch Unsterbliche beißen ins Gras!«

Artax hörte, wie einige seiner Männer auf das Lehmdach des Hauses sprangen. Er sah Schatten hinter den schmalen Fenstern im Torhaus. Waren dort die Bogenschützen? Instinktiv riss er die Arme hoch, um seinen Kopf zu schützen. Der Grauhaarige war näher gekommen und hob nun das Geisterschwert auf, das über das Pflaster geschlittert war. Ein Pfeil schlug neben Artax in der Hauswand ein. Ein zweiter streifte seinen Arm und riss ihn zur Seite.

Der alte Krieger schwang prüfend das erbeutete Schwert und lächelte. Ihm war offensichtlich klar, dass er eine Waffe in der Hand hielt, die die verwunschene Rüstung des Unsterblichen durchbohren konnte. Mit kaltem Blick trat er auf Artax zu.

In diesem Moment landete Mataan vor ihm. Artax hatte die Gelenke des hünenhaften Fischerfürsten beim Aufprall krachen hören, obwohl inzwischen über ihnen im Haus lauter Kampflärm erklang. Während sich sein Freund unter Stöhnen aufrappelte und sich schützend vor ihn stellte, schob sich Artax an der Hauswand hoch. Ein weiterer Pfeil schlug dicht neben ihm ein. Der Fischerfürst gab einen gurgelnden Laut von sich und kippte nach hinten. Zwei Pfeilschäfte ragten aus seiner Brust. Noch während der Hüne ihn mit sich zu Boden riss, zog Artax seinen Dolch.

Inzwischen sprangen seine Krieger in den Hof hinab. Ashot war unter ihnen. Mit einem gellenden Schrei, der mehr nach Verzweiflung als nach Schlachtruf klang, stürmte er dem Grauhaarigen entgegen.

Ein einziger Schwerthieb des Alten durchtrennte Ashots Eisenklinge, als sei sie nur ein dünner Ast.

Ein dritter Pfeil traf Mataan, der wie ein lebender Schutzschild über Artax lag. Blut rann über die Lippen des Fischerfürsten, und Artax spürte, wie der Atem seines Freundes schwächer wurde.

Der Unsterbliche sah, wie Ashot einem zweiten Schwerthieb knapp entging, indem er sich zu Boden warf. Immer noch wollte er den Weg zu Artax nicht freigeben. Artax hob den Dolch. Vom Gewicht Mataans niedergedrückt, konnte er sich kaum bewegen. Mit letzter Kraft schob er seinen Freund ein wenig von sich und schleuderte die funkelnde Klinge dem alten Krieger entgegen.

Sie traf ihn dicht unter dem Halsansatz in die Brust. Der Grauhaarige torkelte zurück, ließ das Geisterschwert fallen und griff nach dem Dolch. Inzwischen war Ashot wieder auf den Beinen. Er sprang den Alten an und riss ihn zu Boden. Immer mehr von Artax' Kriegern befanden sich nun auf dem Hof. Einige öffneten das Burgtor im Turm und schafften das fehlende Brückenstück hinaus. Jubelrufe begrüßten sie vom Bergpfad.

Artax wurde aufgeholfen, und Ormu drückte ihm einen zersplitterten Speer als Krücke in die Hand. Unter Schmerzen wankte er auf die Seitentür unter dem Torbogen zu und rief: »Bessos, du hast verloren! Zeige dich!«

Nur Augenblicke später trat Bessos mit erhobenen Händen aus der Tür heraus. »Ich ergebe mich deiner Gnade, Unsterblicher Aaron. Ich wurde dazu verführt, mich gegen dich aufzulehnen«, rief er in weinerlichem Ton. »Ich vertraue deiner Gnade und gebe mich ...« Ein Wurfspeer traf den Satrapen in die Brust und nagelte ihn an die Tür.

»Verrecke, Verräter«, rief Ormu. Bevor Artax ihn daran hindern konnte, hatte der hagere Jäger einen zweiten Wurfspeer aufgehoben und ging dem sterbenden Satrapen entgegen. »Deinetwegen sind viele mutige Männer gestorben. Männer, die Garagum Ehre bereitet hätten. Du wirst nicht auf den Mulawa getragen werden, um auf der Tafel des Himmels zu liegen, damit dein Fleisch die Adler speist. Ich werde deinen Leichnam in Stücke hacken und an die Wölfe in den Bergwäldern verfüttern.«

»Genug!« Artax griff nach dem Arm des Jägers. »Wir haben gesiegt. Das Sterben soll ein Ende haben.« Dann humpelte er zu Mataan zurück und kniete neben seinem Gefährten nieder. Die Augenlider des Fischerfürsten flatterten. Er war leichenblass.

»Halt durch. Das wird dich nicht umbringen. Hörst du? Ich befehle dir ...«

Mataan lächelte matt. Seine Lippen bebten, als er zu sprechen versuchte. Artax beugte sich vor, um die geflüsterten Worte verstehen zu können.

»Es war eine lange Reise von Kyrna nach Kush ...«

»Und wir werden noch viel weiter zusammen gehen.« Das durfte nicht sein. Artax griff nach der Hand seines Freundes und drückte sie fest. Er durfte nicht noch einen Weggefährten verlieren! Wir werden ...«

»Priestermörder!« Die Stimme war nicht sehr laut und doch befehlsgewohnt. Eine Stimme, die alle auf dem Hof der Burg schweigen ließ. Ein alter Mann trat durch die Tür, an die der Leichnam des Bessos genagelt war. Langes, weißes Haar fiel ihm bis über die Schultern. Sein üppiger Bart war mit Blutspritzern besudelt. Er hielt einen Dolch in Händen. Die Klinge umklammert, den Griff vorgestreckt, als Zeichen, dass er sich ergeben wollte.

»Ich bin Eleasar, der Satrap und Hohepriester von Nari. Der Vater von Barnaba, der ein Vertrauter des Hohepriesters Abir Ataš war, den du foltern und töten ließest. Mein Sohn wurde von deinen Schlächtern gehetzt wie ein tollwütiger Hund und liegt nun irgendwo in einem namenlosen Grab.« Während er sprach, kam der alte Mann näher. Alle Blicke hatten sich auf ihn gerichtet. Immer noch war es totenstill auf dem Burghof.

Artax ließ die Hand Mataans los und stemmte sich mit Hilfe des zersplitterten Speerschaftes hoch. Ein Schmerz, der ihm Tränen in die Augen trieb, fuhr durch sein verletztes Bein. Aber er wollte nicht vor dem Alten knien, dessen Zunge Gift spritzte.

»Ich verfluche dich, Mörder. Aaron mit den blutigen Händen. Möge ein grausamer Tod all jene ereilen, die dein Herz erfreuen.«

»Schweig!«, fuhr Artax ihn aufgebracht an. »Wie kannst du es wagen!«

Eleasar war nur noch drei Schritt entfernt. Er hielt ihm das Messer hin. »Bring mich zum Schweigen, so wie du es mit allen tust, die dir im Wege stehen, Aaron mit den blutigen Händen. Nur tu es diesmal selbst, und schicke nicht deine Lakaien.«

»Der Alte ist verrückt«, rief Artax, um den Beleidigungen Eleasars etwas entgegenzuhalten.

Eleasar stand nun unmittelbar vor ihm. »Komm, nimm das Messer, oder fürchtest du dich vor einem Greis?«

Artax packte nach dem Griff der Waffe und zog daran, um sie dem Satrapen aus den Händen zu reißen. Doch die drahtigen Finger Eleasars hielten die Klinge fest umklammert. Erst im letzten Augenblick, in dem er Artax entgegenstürzte, ließ Eleasar die Waffe los. Mit einem schrecklichen Geräusch bohrte sich der Dolch unter dem Rippenbogen in den ausgezehrten Leib des Satrapen von Nari.

»Greisenmörder!«, schrie er mit erstaunlich lauter Stimme, wobei seine kalten, grauen Augen Artax gefangen hielten. Der Unsterbliche glaubte, Triumph in dem brechenden Blick zu lesen. »Dich kann ich nicht töten, aber deinen Ruf …«, hauchte Eleasar mit seinem letzten Atemzug.

Artax ließ den Toten zu Boden sinken und starrte fassungslos auf den Fanatiker herab. Dann schüttelte er den Kopf. Er verstand nicht, was gerade geschehen war. Aufgewühlt wandte er sich wieder Mataan zu: »Halte durch, mein Freund. Ich lasse unsere besten Wundärzte aus dem Lager am Adlerpass holen.« Er kniete sich neben seinen Kameraden. »Halt durch!«, beschwor er ihn noch einmal. »Ich werde bei dir in diesem verfluchten Felsennest bleiben, bis du wieder reisen kannst. Unser gemeinsamer Weg endet hier noch nicht.«

Der Fischerfürst lächelte matt. Seine Lippen hatten alle Farbe verloren. Er starrte hinauf in den Abendhimmel, der sich im Westen noch mit fürstlichem Purpur schmückte, während über den Bergen im Osten die Nacht ihre dunklen Schwingen breitete.

»Unsterblicher!« Ashot kam über den Burghof gerannt. »Herr …«

Er beugte sich zu ihm hinab. »Ihr müsst kommen, Herr. Unten, bei den Zisternen.« Sein alter Freund sah müde und ausgezehrt aus. Dichte Stoppeln sprossen auf seinen Wangen. Er roch nach Schweiß und Leder. »Herr …« In seinen Augen nistete etwas, das Artax dort noch nie bemerkt hatte. Es schien, als habe der Wahn Elesasars auch ihn ergriffen.

»Kommt mit mir, Herr. Schnell. In die Zisternen … Ihr müsst sehen, was der irre Alte befohlen hat. Es ist …« Nun standen Tränen in Ashots Augen. »Es ist vor nicht einmal einer Stunde geschehen. Wie kann man nur so etwas tun?«

Der gerade Weg

Ashot war immer der Überzeugung gewesen, dass sein Herz an dem Morgen zu einem harten, grauen Stein geworden war, an dem er seinen Vater, von eigener Hand gerichtet, an einem Strick an der Zeder neben dem Dorfbrunnen hatte hängen sehen. Er hatte sich geirrt. Das unstet flackernde Licht einer einzelnen Fackel entriss der Dunkelheit tief in den Eingeweiden des Burgfelsens ein Bild des Grauens. Mit dem Unsterblichen und drei weiteren Kriegern war er zu den Zisternen und Vorratskammern hinabgestiegen. Aaron stand direkt unter ihm auf der steilen Leiter und schwenkte stumm seine Fackel in weitem Bogen.

Der Boden der Felskammer war so dicht mit Leichen bedeckt, dass man keinen Schritt tun könnte, ohne auf Tote zu treten. Es waren ausnahmslos Kinder und junge Frauen. Ihre Gesichter waren von Schmerz verzerrt, ihre Körper zusammengekrümmt, als hätten sie Krämpfe gelitten. Viele hielten einfache Becher aus rotem Ton umklammert. Es war nur eine kleine, kaum zehn Schritt durchmessende unregelmäßige Felskammer, und es lagen mindestens fünfzig Tote hier. Nie, nicht einmal auf dem Schlachtfeld von Kush, war Ashot der Tod so greifbar erschienen. Er hatte sich hier eingenistet, war in der Luft, die sie atmeten, haftete allem an, das sie berührten. Und er spürte das Böse. Den verruchten Geist, der dieses Massaker ersonnen hatte.

Früher hatte er das immer für eine abstrakte Moralvorstellung gehalten. Jetzt wusste er, es gab das Böse wirklich. Es hatte von Eleasar Besitz ergriffen gehabt! Gut, dass der verbitterte, alte Satrap tot war. Aber Ashot ahnte, dass das Böse damit nicht vernichtet war. Es war noch hier, ganz nah.

Aaron schwenkte die Fackel nicht mehr. Direkt unter der Leiter lag ein kleines Mädchen mit dunklem Haar, die Ashot aus geweiteten, grauen Augen geradewegs anzublicken schien. Sie hielt eine blutgetränkte Puppe aus Lumpen an die Brust gepresst. Ihre Kehle war durchtrennt.

Ashot musste den Blick abwenden. Warum hatte Eleasar einen solchen Befehl gegeben? Warum waren sie überhaupt hier? Was hatte die Satrapen veranlasst, Frauen und Kinder statt Kriegern in diese einsame Festung zu holen? Er drehte sich zu den Männern um, die über ihm an der Luke für die Leiter standen. »Geht hinauf auf den Hof! Und redet nicht über das, was ihr hier gesehen habt. Diese Kammer ist erfüllt von Geistern … Wenn wir reden, dann werden wir sie mit uns nehmen.«

Ashot sah, dass er den Männern mit seinen Worten über die Geister Furcht eingejagt hatte.

Obwohl er selbst bis eben nicht an ihre Existenz geglaubt hatte, war er sich nun nicht mehr sicher. Durch die ruchlose Tat war ein dunkler Samen gesät worden, aus dem noch mehr Übel erwachsen würde. Er wusste intuitiv, was hier geschehen war, durfte nicht weitererzählt werden!

Ashot dachte wieder an den verbitterten, alten Mann und daran, wie er sich in den Dolch gestürzt hatte, den er dem Unsterblichen entgegengestreckt hatte. Wie leicht wäre es, darin einen Dolchstoß Aarons zu sehen. Die Hälfte der Männer, die hinauf in die Festung geklettert waren, stammte aus den Bergen. Es waren harte, einfache Männer. Sie würden nicht über einen heimtückischen Alten berichten. Dass der Unsterbliche Aaron den Verräter mit eigener Hand gerichtet hatte, war die bessere Geschichte. Aber das hier unten … Das ergab nur einen Sinn, wenn Eleasar Aaron mit diesen Morden schaden wollte. Also war es besser, wenn ihre Begleiter verschwiegen, was sie hier gesehen hatten.

Ashot sah den dreien nach, als sie sich auf den Rückweg machten. Hoffentlich war ihre Furcht vor Geistern größer als ihr Bedürfnis zu reden.

»Gift.« Aaron schwenkte wieder die Fackel, als wolle er jedem einzelnen Toten ins Antlitz sehen. »Sie haben ihnen Gift zu trinken gegeben. Und sie wussten nicht, was sie tranken. Als das Sterben begann, haben einige versucht, hierher zur Leiter zu fliehen … und wurden niedergestochen.« Der Unsterbliche sprach mit leiser, tonloser Stimme.

Ashot hatte das Gefühl, dass Aaron nur zu sich allein sprach. Vielleicht wurde das Ungeheuerliche, das Eleasar getan hatte, für den Herrscher verständlicher, wenn aus Gedanken gesprochene Worte wurden.

»Herr, steigt nicht hinab in dieses Grab.« Es fiel Ashot schwer zu sprechen. Wieder haftete sein Blick auf dem Mädchen, das im Tod seine Puppe an sich gedrückt hatte. Vielleicht waren ja wirklich Geister hier? Er schluckte. »Wir sollten das Gewölbe verschließen. Lassen wir die Toten ruhen.«

Der Unsterbliche sah zu ihm auf. »Hier lassen? Ohne Würde? So übereinanderliegend? Ohne einen Priester, der ihre Seelen mit Gebeten hinüber in den großen Schatten geleitet? Ich begreife nicht, was Eleasar hier getan hat. Nur eins sehe ich ganz klar: Ihr Tod hat mit uns zu tun.«

Und da begriff Ashot, welch perfide Absicht hinter den Morden bestand. Eleasar war nicht allein Satrap. Er war auch Hohepriester gewesen. Er wusste, welche Rituale eine würdige Totenfeier verlangten. Wusste, dass der Unsterbliche die Leichen nicht einfach liegen lassen konnte.

Es war eine Sache, nach einer Schlacht die Leichen von Kriegern zu verbrennen oder in Massengräber zu werfen. Aber Kindern ihr Totenfest zu verweigern … Sie einfach hier zurückzulassen … Ashot begriff, dass Aaron das niemals tun würde. Und Eleasar hatte das auch gewusst. Aber vor allem hatte der durchtriebene Alte gewusst, was daraus folgen würde. Da die Festung in den Fels geschlagen und der Boden blanker Stein war, würden sie die Toten hinunter zum Adlerpass tragen müssen, um sie zu bestatten. Und dort würden Hunderte von Kriegern, die alle hier oben nicht dabei gewesen waren, Zeugen dieser Prozession werden. Männer, die gesehen hatten, dass der Unsterbliche wie rasend vor Zorn gewesen war und diese Festung um jeden Preis nehmen wollte. Was würden sie denken?

»Ihr müsst sie zurücklassen, Herr.«

Der Unsterbliche blickte zu ihm auf, und kalter Zorn lag in seinen Augen. »Hier? Sollen wir Handlanger von Eleasar werden? So herzlos wie er?«

Ashot zwang sich, dem Blick standzuhalten. »Wir werden zu seinen Handlangern, wenn wir die Toten hinab zum Pass bringen. Das war es, was er wollte. Er kannte Euch gut, Herr«, erklärte Ashot. »Er wollte Euch schaden. Bitte macht es ihm nicht so leicht.« Doch Aaron schüttelte nur den Kopf.

»Wir werden sie würdig bestatten!«

Es lag eine Endgültigkeit in der Stimme des Herrschers, die aus Jahrhunderten des Befehlens geboren war. Ashot wagte es nicht mehr aufzubegehren. Auch vermochte er den Blick des Unsterblichen nicht länger zu ertragen. Er sah nach unten und war wieder von den toten, grauen Augen des Mädchens gefangen.

»Eleasar hat gewonnen, wenn Ihr sie den Berg hinabbringt. Man wird glauben, wir hätten sie ermordet. Man wird Euch einen Mörder nennen. Euer Name …«

»Eleasar hätte auch gesiegt, wenn ich es nicht täte.« Die Härte war aus Aarons Stimme gewichen. Jetzt klang er nur noch müde und traurig. »So bin ich nicht. Keine Barmherzigkeit mehr zu kennen, das … So will ich nicht sein! Eher ertrage ich, dass Lügen über mich erzählt werden. Für mich gibt es nur einen Weg, den geraden. Kompromisse sind wie ein Labyrinth. Lässt man sich auf sie ein, wird man sich in ihnen verirren. Ich werde aus dieser Welt einen besseren Ort machen, bevor ich gehe. Wirst du auf diesem Weg an meiner Seite bleiben, Ashot, mein Freund?«

Plötzlich kam ihm die Stimme des Unsterblichen seltsam vertraut vor, als spräche über den Abgrund der Jahre Artax zu ihm, der vor langer Zeit nach Nangog gegangen war. Ashot hatte ihn damals begleiten wollen, doch sein Vater hatte es ihm ausgeredet.

Er hatte ihm helfen sollen, eine Schweinezucht aufzubauen, die sie zu den reichsten Bauern Belbeks machen sollte. Und er, Ashot, hatte seine Träume und seine Freundschaft diesen Schweinen geopfert, die bald allesamt verreckt waren. Seine Eltern waren gestorben. Sein Freund Narek auf der Hochebene von Kush gefallen. Und er war zum Befehlshaber der Leibwache des Unsterblichen aufgestiegen.

Wohin ihn das Schicksal wohl getrieben hätte, wäre er damals mit Artax gegangen? Auch sein Jugendfreund war ein Weltverbesserer und Träumer gewesen. *Er* hätte keinen Herzschlag mit seiner Antwort an den Unsterblichen gezögert.

Ashot wandte den Blick von dem toten Mädchen ab. Er spürte einen Kloß im Hals, als wollten ihn all seine traurigen Erinnerungen ersticken. Dann nahm er seinen ganzen Mut zusammen und blickte in die traurigen Augen des Unsterblichen, und einen Atemzug lang hatte er das absurde Gefühl, es sei Artax, der ihn ansah. »Ich werde mit Euch gehen, Herr, solange Ihr den geraden Weg geht.« Ashot lächelte. »Ich hatte einmal einen Freund, der Euch bewundert hätte.«

Zarah

Kolja sah auf die steile Straße hinab, die zum Haus der Seidenen führte. Die Hure ließ sich in einer prächtigen Sänfte tragen, als sei sie eine Fürstin. Er musste schmunzeln. Solche Auftritte machten sicherlich einen Teil ihres Erfolges aus. Fast war er geneigt, ihr zu vergeben, dass sie ihn am Vortag auf dem Blumenhof der Villa des Datames wie einen Narren hatte aussehen lassen. Fast. Ihre Strafe würde milde ausfallen.

Verwundert betrachtete er das seltsame Gefolge, das hinter der Sänfte schritt. Fünf abgerissene Gestalten, die aussahen, als seien sie gerade erst aus der Wildnis zurückgekehrt. Was hatte Zarah mit solchen Leuten zu schaffen? Woher kamen sie? Für einen drückend schwülen Abend waren sie viel zu warm angezogen. Alle trugen sie lange Kapuzenmäntel. Sie bewegten sich mit einer katzenhaften Anmut, die Kolja an die Jaguarmänner der Zapote denken ließ.

Ganz gleich, wen die Seidene dort anschleppte, heute ging es allein darum, sie gefügig zu machen. Sie sollte begreifen, dass unter seiner Führung ein anderer Wind wehte. Er würde sie sich unterwerfen, und er war gut vorbereitet! Der Drusnier trat vom Fenster zurück, durchquerte das kleine Zimmer mit der schmalen Pritsche, das einer der vielen Dienerinnen der Seidenen gehören musste, und stellte sich an die Tür. Von hier aus konnte er den gesamten Innenhof überblicken.

Seine Männer waren diskret aufgestellt. Sie hatten Befehl, nicht einzugreifen, es sei denn, einer der Diener der Seidenen versuchte, seine Herrin zu warnen.

Das Tor zum Stadthaus der Hure schwang auf, noch bevor angeklopft wurde. Sie musste die große Sänfte verlassen, da sie nicht durch den engen Eingang getragen werden konnte. Kolja betrachtete die ganz in Rot gekleidete, verschleierte Frau. Sie war kleiner, als er erwartet hatte. Die Gäste der Seidenen blieben im Eingang stehen, dort, wo die abendlichen Schatten am tiefsten waren. Etwas an ihnen beunruhigte Kolja. Sie standen nicht im Schatten, weil sie sich fürchteten. Wieder musste er an die Jaguarmänner der Zapote denken. Dieses Gefolge der Seidenen war unheimlich.

»Es freut mich, dass auch ich nun die Gunst deiner Aufmerksamkeit genießen werde, Zarah, Freundin der Hohepriester und Statthalter. Ich bin nur ein Mann der Straße. Der Auswurf der Gosse. Doch auch ich genieße die Gesellschaft schöner Frauen.« Mit diesen Worten stieg Kolja die hölzerne Treppe zum Innenhof hinab.

Sollte sein Erscheinen die Seidene erschreckt haben, so ließ sie sich nichts anmerken. Ruhig wandte sie sich zu ihm um. Ihr

Gesicht blieb hinter einem roten Gazeschleier verborgen. Er ließ seinen Blick über ihren Körper wandern. Langsam. Sie sollte reichlich Zeit haben, sich auszumalen, woran er gerade dachte, der Mann, der so hässlich war, dass seine eigene Mutter ihn nicht wiedererkennen würde. Die halb durchscheinenden seidenen Gewänder ließen ihre Gestalt erahnen. Um ihre Brüste und Hüften lagen sie eng an, weckten Begehrlichkeit, ohne wirklich etwas zu enthüllen.

»Du musst Kolja sein«, stellte sie ruhig fest.

»Es freut mich, dass du um mich weißt, obwohl wir einander noch nicht begegnet sind.«

»Dein Antlitz, werter Freund, ist so unverwechselbar, dass man dir nicht begegnet sein muss, um zu wissen, wen man vor sich hat.« Sie sprach das Drusnische mit einem leicht singenden Akzent, der ihren Worten jedoch nichts von ihrer Härte nahm. »Da du und deine Spießgesellen mir in meiner Gastfreundschaft zuvorgekommen seid und, wie ich annehme, bereits die Vorzüge meines Hauses erkundet habt, überlasse ich dir die Wahl des Zimmers, in das wir uns für unsere geschäftlichen Gespräche zurückziehen.«

Kolja verspürte ein angenehmes Pulsieren zwischen seinen Schenkeln und kratzte sich dort ausgiebig. Auch wenn die Seidene nicht ganz eindeutig geworden war, lag doch die Verheißung schöner Stunden in ihren Worten. So also bekam sie selbst Fürsten herum. Er versuchte, einen klaren Kopf zu bewahren. Sie war nur eine Hure. Und sie gehörte ihm wie alle Huren der Stadt. Sie war ein Werkzeug, und er entschied, wann und wie es zu nutzen war, nicht sie! Er würde bestimmen, wann sie sich zurückzogen, auch wenn man ihm sein Begehren sicherlich ansehen konnte. »Wer sind die Fremden in deinem Gefolge?«, stieß er unwirsch hervor.

»Sie haben für mich die Dschungel im Westen bereist und nach den Schätzen der Wälder gesucht, über die so viel geredet wird.«

Kolja betrachtete die Gestalten im Schatten. Er sollte auch mit ihnen einmal plaudern. Er hatte seinen Plan, nach der Kristallhöhle zu suchen, bei der sie nach dem Sieg über den Himmelspiraten Tarkon Eisenzunge gegen Daimonen gekämpft hatten, noch immer nicht aufgegeben. Aber erst galt es, seine Macht in der Goldenen Stadt zu festigen, bevor er sich diesen kühnen Ideen widmete.

»Du bist die erste Hure, die ich kennenlerne, die ihr Geld nicht allein für Schmuck und Kleider ausgibt«, sagte er und nickte in Richtung der Holztreppe, die er gerade erst hinabgestiegen war. »Dort oben habe ich ein Zimmer mit schöner Aussicht und einem großen Bett gesehen. Ich würde vorschlagen, wir setzen unsere Unterhaltung dort fort. Ich bin neugierig, womit du mich noch überraschen wirst.«

Die Seidene wandte sich zu ihrem Gefolge um und sprach leise mit dem Mann, der ihr am nächsten stand. Ein drahtiger Kerl, der Kolja aus großen, schwarzen Augen musterte. Es war ein Blick, der keine Furcht kannte. Ein Blick, der Unheil verhieß. Man musste wohl aus einem ganz besonderen Holze geschnitzt sein, wenn man sich in die großen Wälder hinauswagte, in denen die Grünen Geister und andere, schreckliche Kreaturen ihr Unwesen trieben. Furchtsame Gemüter überlebten dort nicht lange. Nun war sich Kolja sicher: Er würde sich diese fünf Kerle bald genauer ansehen. Bei der Suche nach der Kristallhöhle könnten sie ihm gewiss nützlich sein. Er lächelte versonnen. Ganz gewiss könnte er sie besser bezahlen als die Seidene. Und indem die arrogante Schlampe für ihn die Beine breitmachte und ihm die Börse füllte, würde sie auch noch das Gold verdienen, mit dem er ihre nützlichsten Diener abwarb.

Gut gelaunt stieg Kolja die Treppe hinauf. Die Seidene folgte ihm.

Das Zimmer mit dem großen Bett hatte dem Drusnier auf den ersten Blick gefallen. Über dem Bett hing ein breiter Fächer aus gelber Seide, der offenbar vom darübergelegenen Zimmer über einen Zugmechanismus bewegt werden konnte. Es war ein schwüler Abend. Die Vorstellung, wie unsichtbare Diener seinem Arsch Kühlung zufächelten, während er sich vergnügte, ließ ihn schmunzeln. Solche Fächer sollte er auch in einigen der besseren Häuser einbauen lassen, in denen seine Mädchen arbeiteten.

Die Seidene stand in der Tür und sah ihn aus grünen, mit schwarzen Linien umrandeten Augen an. Ein Hauch von Grün lag auch auf ihren Lidern. Warum nahm die Schlampe nicht ihren Schleier ab? Gehörte das zu ihrem Spielchen? Ein wenig würde er sie noch gewähren lassen.

»Nun, Kolja, mein Gebieter, hast du einen besonderen Wunsch?«

»Bei deinem Ruf hätte ich erwartet, dass du mir meine Wünsche vom Gesicht ablesen kannst.«

»Nun, in deinem Antlitz zu lesen ist nicht so leicht.«

Kolja setzte sein falsches Lächeln auf, das üblicherweise auch die Tapfersten verschreckte, doch Zarah senkte ihren Blick nicht. Verdammter Schleier! In ihren Augen stand keine Angst, und mehr war nicht zu sehen. Langsam begann Kolja ihre arrogante Art zu ärgern.

Der Drusnier ließ sich breitbeinig auf dem Bett nieder. Jetzt kam sie auf ihn zu. Ihre Hüften schwangen. Er malte sich aus, wie der Körper, der unter dem zarten Stoff verborgen war, aussehen mochte. Stellte sich vor, in ihr festes Fleisch zu greifen. Ihre kleinen Brüste mit seinem mächtigen Händen zu umschließen. Nun stand sie vor ihm. Sie roch gut. Ihre Hand strich über seine vernarbte Wange, wanderte über seinen sehnigen, kurzen Hals, streifte das grobe Tuch seiner Tunika und glitt tiefer. Und dann, ohne zu zögern, griff sie unter den Saum seines Gewandes. Er hatte bei vielen Frauen gelegen, aber selten war er so erregt gewesen, obwohl noch nicht einmal wirklich etwas geschehen war.

Zarah zupfte mit der Linken an ihrem Schleier. Endlich glitt das Tuch zurück, und er sah ihr ganzes Gesicht: sinnliche, üppige

Lippen, die ein schmales Gesicht mit hohen Wangenknochen beherrschten. Kolja hatte schon schönere Frauen gesehen, und doch war an der Seidenen etwas, das ihn schwindelig machte. Ihre großen, grünen Augen hielten seinen Blick gefangen, als sie niederkniete. Dabei blieb ihre Rechte unter dem Saum seiner Tunika verborgen, massierte und verhieß Verlockungen.

»Küss mich«, stieß er hervor.

Sie verstand und schob die Tunika zurück. Nun griff ihre Linke nach seinen Juwelen. Er stöhnte auf und ließ sich auf das Bett zurücksinken.

»Es ist doch immer wieder erstaunlich zu sehen, dass die Größe eines Mannes so gar nichts mit der Größe seines liebsten Schatzes zu tun hat.«

Kolja glaubte, nicht richtig zu hören. Er stemmte sich auf den Ellbogen hoch und spürte, wie die Kraft seiner Lenden erlahmte. Noch nie hatte ihm ein Weib gesagt, er sei zu klein geraten! »Hast du vergessen, wer ich bin, verdammte Schlampe!«

»Glaubst du, es spielt für mich eine Rolle, was für ein Mann hinter dem Schwanz steht, den ich in den Mund nehme? Du willst, dass ich deine Hure bin, also behandle ich dich auch so.«

Kolja griff in ihr langes, schwarzes Haar, zerrte sie hoch und hob die Faust.

»Schlag mich, und jeder Hieb kostet dich eine Börse voller Gold. Du verkaufst meine Schönheit, hast du das vergessen? Bist du nur ein schlechter Liebhaber oder auch ein schlechter Geschäftsmann?«

Er ließ die Faust niedersausen. Das Bett knarrte unter dem wütenden Hieb. Sie hatte recht. Und doch … Nein, er durfte sie nicht schlagen. Er wollte mehr als nur ihr Gold. Er wollte ihren Einfluss auf die Mächtigen.

Sie musterte ihn kalt. »Ich weiß, was du denkst, Drusnier. Du willst mein Ohr an den Lippen der Mächtigen. Du weißt, dass Männer nach dem Liebesspiel über alles reden. Sie wollen angeben. Ihr Blut steckt in ihrem Schatz zwischen ihren Schenkeln. Ihr Hirn ist leer. Sie auszuhorchen ist eine Kleinigkeit. Oft fangen sie von ganz allein zu reden an. Hast du ganz zu Ende gedacht, was das bedeutet? Lass mich los, Drusnier!«

Kolja griff noch fester in ihr Haar. »Ich kann dir Schmerzen bereiten, die keine Spuren an deinem Körper hinterlassen.« Er sprach sehr leise, doch seine Stimme war blankes Eis. »Reize mich noch weiter, und du wirst lernen, was es heißt, meinen Zorn zu wecken.« Er konnte sehen, wie die Haut auf ihrer Stirn sich straffte, so fest zog er nun. Sie stöhnte nicht, sah ihn nur hasserfüllt an.

»Weißt du, was das Schöne daran ist, vom Laris von Truria geliebt zu werden?« Ihre Stimme klang gepresst vor Schmerz, und er lockerte seinen Griff ein wenig.

»Er steckt mit großer Begeisterung die Köpfe von Drusniern auf Pfähle. Er hat mir erzählt, wie er euch in mehr als zwanzig Schlachten besiegt hat. Was glaubst du, was er tun wird, wenn er erfährt, dass du mir Leid zugefügt hast? Er hat fünfhundert Krieger mitgebracht, als er Statthalter in Nangog wurde. Alles Männer, die viel Erfahrung darin haben, Drusnier auszuweiden. Krümme mir ein einziges Haar, und Arcumenna schneidet dir deinen kleinen Schwanz ab und stopft ihn dir in den Rachen, Kolja. Und du hast noch Glück gehabt, wenn er als Erster kommt. Auch Subai, Sohn des Unsterblichen Madyas und Statthalter der Ischkuzaia, schätzt es, von mir unterhalten zu werden. Man sagt, die Steppenreiter seien sehr erfinderisch darin, ihre Feinde umzubringen, und ein Tod könne länger als einen Tag dauern.«

Kolja stieß sie von sich. »Du drohst mir, Hure? Hältst du das wirklich für klug? Sieh mich an!« Er zupfte seine Tunika zurecht, denn sie blickte ihm provozierend zwischen die Schenkel. »Mein Geschäft ist es, den Tod zu bringen. Du hingegen verkaufst Liebesfreuden. Was glaubst du, wie oft mir schon jemand mit mächtigen Freunden gedroht hat? Die meisten, die es versucht haben, leben nicht mehr. Und selbst von denen, die ihre Frechheiten nicht mit dem Tod bezahlten, weiß ich mit Sicherheit zu sagen, dass sie bereut haben, mich herausgefordert zu haben.« Er hob seine speckige Lederprothese und ließ sie in die offene Rechte klatschen. »Ein Schlag von mir, und du wirst in Zukunft deine Kunden für ein Kupferstück oder einen Kanten trockenen Brotes in Gassen bedienen, die so dunkel sind, dass man dein Gesicht nicht sehen muss, wenn man dich nimmt.«

»Du würdest dein Gold in die Gosse werfen?«

»Willst du es wirklich herausfinden?« Kolja stand auf und trat vor sie. Zarah kniete noch immer. Sie sah ihn unterwürfig an. Es dauerte einen Augenblick, bis er begriff, dass sie erneut mit ihm spielte. Ihre Tonlage passte nicht zu ihrer Demutshaltung. Sie war sich ihrer Sache völlig sicher.

»Ich sage dir jetzt, was ich von dir erwarte, und dann gibst du mir eine klare Antwort, ob du das tun wirst oder nicht.«

Sie sah ihn aufreizend an. Verdammt, sie hatte etwas, das sich nicht in Worte fassen ließ. Eigentlich mochte er eher Frauen mit einem rundlichen Gesicht und etwas üppigerem Körper. Ihr Mund war zu groß. Ihre Nase ein wenig zu ausgeprägt. Ein großes Muttermal verunzierte ihre Wange knapp unter dem rechten Auge. Sie hatte eine hohe Stirn, was bei Frauen nie ein gutes Zeichen war. Und doch, all diese Mängel, vereint mit ihrem kecken Blick und ihrer Selbstsicherheit, hatten etwas Unwiderstehliches. Er war noch nie einer Frau wie Zarah begegnet. Sie würde sich nicht einfach fügen, das ahnte er schon jetzt. Als sie nicht antwortete, sprach er weiter.

»Ich möchte, dass du mir über alles, was die Mächtigen in deinem Bett reden, Bericht erstattest. Du wirst sie für mich aushorchen. Dafür werde ich dich beschützen. Ich werde dir einen Palast schenken, der doppelt so groß wie dieses Haus ist. Es wird dir an nichts fehlen. Du wirst wie eine Fürstin leben.«

Sie schüttelte den Kopf und sah ihn auf eine Art an, dass er sich wie ein Narr fühlte. »Du verstehst mein Geschäft nicht. Ich verkaufe mehr als nur meinen Körper. Jeder meiner Kunden verlässt sich auf meine Verschwiegenheit. Wenn ich täte, worum du mich bittest, würde bald niemand mehr kommen.«

Kolja seufzte. Mit so einer Antwort hatte er gerechnet. »Eurylochos!«, rief er zur Tür hinaus und bemerkte zufrieden, dass Zarah zum ersten Mal verunsichert wirkte.

Der Steuermann erschien in der Tür, und Kolja zog den langen Dolch, den er am Gürtel trug. »Sie ist widerspenstig, Eurylochos, ganz wie ich befürchtet hatte.« Mit diesen Worten überreichte er dem Krieger die Klinge. »Du wirst nun leider tun müssen, was wir gestern besprochen hatten. Ein Weib, das sich unserem Willen nicht fügt, ist in unserem Geschäft nicht zu gebrauchen.«

Joram

Eurylochos hatte sie mit dem Dolch in der Hand verlassen. Inzwischen war er mehr als eine halbe Stunde fort. Kolja sah aus dem Fenster im Schlafgemach der Seidenen und beobachtete, wie die Dämmerung ihre langen Schattenfinger nach der Stadt ausstreckte. Noch strahlten die vergoldeten Dächer im letzten Glanz des Abendrots. In den Gassen hingegen regierte bereits die Dunkelheit.

Zarah hatte sich anfangs gut gehalten. Zwar war sie erschrocken zurückgewichen, als Kolja seinen Dolch gezogen hatte, doch als er Eurylochos fortschickte, hatte sie die Größe besessen, keine Fragen zu stellen. Selbst jetzt beließ sie es dabei, ihre Blicke sprechen zu lassen. Sie ging unruhig im Zimmer auf und ab. Es amüsierte Kolja zu sehen, wie ihre erzwungene Ruhe bröckelte. Sie ganz sich und ihren Fantasien auszuliefern war wirkungsvoller als irgendwelche Drohungen.

Kolja hatte Respekt vor ihr. Ihm fiel keine zweite Frau ein, die diese Stille schweigend ertragen hätte. Vielleicht war das eines der Geheimnisse der Seidenen? Vielleicht war sie eine der wenigen Frauen, die zu schweigen vermochten, statt Männern mit ihren wirren Gedanken die Ohren vollzutönen. Das ließe ihren Bettgefährten mehr Gelegenheit, ihrer Zunge freien Lauf zu lassen.

Kolja beobachtete, wie Zarah ihre Fingernägel in ihre Handflächen grub. Nicht mehr lange und sie würde das Ringen mit ihrer Zunge verlieren. Noch waren ihre Lippen zu einem schmalen Strich zusammengepresst.

Draußen auf der hölzernen Stiege erklangen schwere Schritte. Eurylochos kam ein wenig zu früh, dachte Kolja enttäuscht. Der Steuermann hielt ein blutbeflecktes Tuch, in das etwas eingeschlagen war. Kolja nickte in Richtung des kleinen Tisches, auf dem eine Schale mit Trauben stand. Zufrieden sah der Drusnier, dass das Tuch aus Seide war, so wie er es befohlen hatte.

Eurylochos verschwand wortlos. War er die richtige Wahl für diese Aufgabe gewesen? Erst jetzt kam Kolja dieser Gedanke. Ihn dies tun zu lassen war nicht sonderlich einfühlsam gewesen.

Die Schattenfinger der Nacht krochen nun auch in das Schlafgemach der Seidenen. Das Licht auf den Dächern der Stadt war verblasst. Die Hure hatte ihre endlosen Wanderungen in der Kammer beendet. Wie angewurzelt stand sie nun vor dem weißen Seidentuch.

Kolja klatschte in die Hände. »Bringt Licht!«, rief er zum Hof hinab.

Nur Augenblicke später erschienen Dienerinnen mit Öllämpchen. Mit gesenktem Blick huschten sie durchs Zimmer und stellten die Lampen in Wandnischen. Den Tisch mit dem blutigen Seidenfetzen mieden sie. So schnell, wie sie gekommen waren, verschwanden sie auch wieder. Kein Laut drang vom Hof zu ihnen hinauf. Das Haus der Seidenen lag still, als lausche es darauf, was in diesem Zimmer geschehen würde.

»Nun, bist du gar nicht neugierig, was für ein Geschenk ich dir bringen ließ? Ich könnte ein zweites, größeres holen lassen, falls dir dieses nicht zusagt.«

Zarah sah ihn entsetzt an. »Du würdest einen abgetrennten Kopf bringen lassen?«

»Nicht irgendeinen«, entgegnete er ruhig. »Und nun sieh dir an, was dort liegt, wenn du größeres Unheil vermeiden willst. Los, auch meine Geduld kennt Grenzen.«

Ihr Gesicht war ausdruckslos, doch ihre Augen hatten ihren Glanz verloren. Er würde sie brechen – es war schon fast vollbracht. Und wenn von ihrem Stolz und ihrer Arroganz nichts mehr geblieben war, dann würde er sie zu einem Geschöpf machen, das ihm ganz und gar zu Willen war.

Zarah nahm den Seidenlumpen und wickelte aus, was darin verborgen war. Sie hielt einen abgetrennten Finger in der Hand, auf dem ein schmaler Bronzering steckte, in den ein kleiner, grüner Stein eingefasst war.

Kolja glaubte, sie eine Spur blasser werden zu sehen.

»Wo ist Joram?«, flüsterte sie.

»Der Nasenlose hat also einen Namen. Nun ja, er war nicht sonderlich gut untergebracht. Jetzt hat er ein schöneres Zimmer und wird nie mehr allein sein.«

»Was hast du mit ihm gemacht, du Ungeheuer?« Zarah hielt noch immer den abgetrennten Finger in Händen. Sie strich zärtlich über den Ring.

»Ich stelle hier die Fragen. Und wenn ich keine Antworten erhalte …« Er zuckte mit den Schultern. »Es macht mir auch keine Freude, dem Kerl irgendetwas abschneiden zu lassen. Eine Nase hat er ja schon nicht mehr. Soll ich dir vielleicht ein Ohr bringen lassen? Oder seine Zunge? Braucht er die Zunge noch? Kann er noch reden?«

»Er ist mein Bruder. Wie geht es ihm? Ich will ihn sehen. Jetzt, sofort!«

»Dein Bruder?« Kolja nickte. »Wenn man einen Finger verliert, geht es einem nie ganz gut. Andererseits, es hätte ihn auch schlimmer erwischen können. Und sehen willst du ihn? Schau dir den Finger an. Mehr als eine teilweise Familienzusammenführung wird es nicht geben. Wünschst du, noch andere Teile zu sehen?«

Zarah wich vor ihm zurück. Sie hielt die Hände vor die Brust gepresst. Angst stand ihr nicht gut. Vielleicht war es doch kein so guter Einfall, sie zu brechen. Was, wenn sie für immer den Zauber verlor, den die Statthalter und Mächtigen so unwiderstehlich fanden? Er sollte es etwas weniger hart mit ihr angehen. Ihre Hoffnung nähren, dass sie auch ihn beeinflussen konnte.

»Du bist eine ungewöhnliche Frau. Ich hätte erwartet, dass du in Tränen ausbrichst oder zu schreien anfängst. Du aber bist sehr beherrscht. Erzähl mir von deinem Bruder. Was ist mit ihm geschehen?«

»Er hat mich hierhergebracht … ich war acht. Er war dreizehn.« Ihr Blick war nach innen gekehrt, als könne sie zurück in die Vergangenheit blicken. »Unsere Eltern waren Bauern. Die schlimmste Zeit für Bauern ist der Frühling. Dann, wenn die Wintervorräte aufgebraucht sind und die Natur uns noch kein neues Grün schenkt. Hast du einmal ein Bauerndorf gesehen, in dem der Hunger umgeht? Wo die Menschen bis zum Skelett abgemagert sind?«, Zarah stockte kurz, dann schien der Damm endgültig gebrochen, und die Worte sprudelten nur so aus ihr heraus. »Ich hatte noch eine kleine Schwester. Sie ist in jenem Winter gestorben. Meine Mutter folgte ihr bald. Sie hat sich einfach hingelegt, neben die kalte Feuerstelle, und ist nie wieder aufgestanden. Wir Lebenden hatten nicht einmal mehr die Kraft, die Toten zu begraben. Am Tag danach kamen Werber, die Bauern für Nangog suchten. Meinen Bruder haben sie genommen, meinen Vater nicht. Sie gaben Joram zu essen, damit er genug Kraft hatte, mit ihnen zu gehen. Sie waren ein Zug ausgemergelter Gestalten. Alle jung. Joram hat mir die Haare abgeschnitten und behauptet, ich sei ein Junge. Er konnte das Blaue vom Himmel herunter lügen.« Sie hielt erneut kurz inne und wickelte das Seidentuch um den abgetrennten Finger. »Mein Vater war zu alt und kraftlos für Nangog, doch er hat uns zugeredet, dass wir gehen sollten. Ich habe ihn nie wieder gesehen.

Wir kamen nach Nangog und wurden an einen großen Gutshof zwei Tagesreisen von hier verkauft. Sklaven waren wir nicht! Aber wir hatten tausend Arbeitstage Schulden bei unserem Gutsherrn. Sobald diese Schuld abgetragen war, sollten wir gehen dürfen. Aber wir haben jeden Tag neue Schulden gemacht. Für unser Essen, den Platz, an dem wir schliefen … Fast ein Jahr waren wir dort, bis wir es begriffen. Eines Nachts, während eines schweren Regensturms, sind wir geflohen. Wir waren verzweifelt, denn wir wussten, dass sie Bauern, die davonliefen, mit Hunden hetzten. Und so geschah es auch uns. Nach einer schrecklichen Jagd durch den Urwald hatten die Hunde den Baum umstellt, auf den wir geflohen waren. Da kamen die Grünen Geister. Sie haben die Hunde vertrieben und auch die Menschenjäger. Ich weiß nicht, ob du ihnen je begegnet bist, Kolja? Es wird kalt, wo sie sind. Wenn sie in der Nacht tanzen, dann sind sie wunderschön anzusehen. Manche fürchten sie. Andere verehren sie wie Götter und behaupten, die Seele Nangogs lebe in ihnen. Niemand, der sie je zu Gesicht bekam, blieb davon unberührt.«

Sie legte den Finger sanft auf das Bett. Endlich sah sie ihn wieder an. Ihr Blick war ins Hier und Jetzt zurückgekehrt. »Die Geister müssen auch später noch über uns gewacht haben. Es war, als hätten sie die Hunde in die Irre geführt. Sie kamen uns nicht mehr nahe. Aber ich hatte immer das Gefühl, beobachtet zu werden. Und Joram hat es auch gespürt. Am Tag, der auf diese schreckliche Nacht folgte, brachte uns ein Fischer in die Goldene Stadt. Dafür begehrte er einen Kuss von mir. Er hat gestunken und mich ganz fest an sich gedrückt, als er mich küsste. Das war der Preis für die Überfahrt. Ich war damals neun. Es war das erste Mal, dass ich mich verkauft habe, und an jenem Tag habe ich begriffen, dass man hier auf Nangog für falsche Liebe fast alles bekommen kann. Und wir hatten keine Wahl …Auf der anderen Seite vom Fluss hätten uns die Menschenjäger früher oder später gefunden. In der Goldenen Stadt kann man hingegen leicht untertauchen.

Joram wollte mich vor den Männern beschützen. Und so hat er immer für mich gesorgt, er hat jede Arbeit angenommen, um mich durchzubringen. Ganz gleich, wie schmutzig oder gefährlich sie war. Trotzdem waren wir oft hungrig, wenn die Nacht kam. Wenn er selbst nicht bei mir sein konnte, brachte er mich zum Platz der tausend Zungen, wo Übersetzer ihre Dienste anbieten. Er kannte dort einen alten Mann, Meister Bono, der auf mich achtgab. Übersetzer werden respektiert. Dort durfte ich ein Mädchen sein, ohne fürchten zu müssen, dass man mir nachstellt. Und ich entdeckte meine Begabung für Sprachen. Es fiel mir leicht, fremde Zungen zu erlernen. Der Alte lehrte mich schreiben, und bald schon konnte ich ihm helfen. Geld hat er mir dafür natürlich nicht gegeben. Wenn ich für ihn Übersetzungen fertigte, dann war das nur ein kleiner Ausgleich für all die Mühen, die er mit mir hatte.« Ein freudloses Lächeln spielte um Zarahs Lippen. »Du weißt, dass diese Stadt jeden Tag Menschen frisst, Kolja. Sie gehen zu Grunde, und es sind nicht die Grünen Geister, die sie umbringen. Es ist die Gier der Mächtigen und das, was sie und wir alle aus dieser Welt gemacht haben. Einen Ort, wo reiche Kaufherren ihre Dächer vergolden lassen, während diejenigen, die dieses Gold verdient haben, in den Gassen auf den Rückseiten der Paläste elendig verrecken.

Weißt du, wie es ist, in der Regenzeit jede Nacht im Freien verbringen zu müssen? Wochenlang keinen trockenen Faden am Leib zu tragen? Ja, es gibt billige Unterkünfte, wo ein Dutzend Kerle sich ein Zimmer teilen. Dorthin konnten wir nie gehen. Joram hatte immer Angst, dass …« Ihre Stimme stockte. »Es gibt auf zwanzig Männer in Nangog nicht einmal eine einzige Frau. Selbst wer ein aufrichtiges Herz hat, wird irgendwann verrückt. Er wollte nicht, dass ich in ihre Hände gerate. Er wollte immer das Beste für mich.« Ein trauriges, gedankenschweres Lächeln spielte um ihre Lippen, dann sprach sie leise weiter: »Deshalb nahm er mit den Jahren immer gefährlichere Arbeiten an, doch nur solche, die ihn nicht fort von der Stadt führten. Ich war seine Fessel, schwerer als ein Band aus schwarzem Eisen. Und ich war noch ein Kind, ich erkannte es nicht einmal. Ich wusste nicht, dass er sich bei den Stollengräbern verdingte. Als er dort zu arbeiten begann, wo sie den dreifachen Lohn zahlen, weil das Gestein brüchig ist, da hatten wir erstmals ein kleines Zimmer und konnten an manchen Tagen frisches Obst oder ein wenig Fleisch essen.

Ich habe dir gesagt, Joram war ein guter Lügner. Das ist nur die halbe Wahrheit. Ich war nur allzu bereit, all seine Lügen zu glauben. Dass er Diener im Haus eines reichen Kaufmanns geworden war, hinterfragte ich auch dann nicht, wenn er mit Schürfwunden und blutenden Schwielen an den Händen zurückkam. Er wusch sich, bevor er mich abends auf dem Platz der tausend Zungen abholte. Dennoch habe ich manchmal den Steinstaub in seinen Haaren gesehen. Doch statt meinen Verstand zu benutzen, fragte ich ihn, wann er mich endlich einmal mitnehmen würde in das Haus seines reichen Kaufmanns oder an Bord eines der Himmelsschiffe, die die Schätze Nangogs unter den Wolken tragen.« Zarah schwieg eine Weile, in Gedanken versunken. »Es war eine glückliche Zeit, und ich begann zu glauben, dass die neue Welt auch uns beschenken würde. Andere Übersetzer auf dem Platz der tausend Zungen wurden auf mein Talent aufmerksam und wollten mich dem Alten abkaufen. Meister Bono war ein Valesier aus Truria. Ergraut, aber stets glatt rasiert und mit einer Spur von Duftwasser auf seinen Kleidern, machte er einen durch und durch ehrenwerten Eindruck. Um mich von dummen Gedanken abzuhalten, gab er mir nun hin und wieder eine Kupfermünze, wenn ich meine Arbeit gut gemacht hatte. Ich fühlte mich reich. Aber dann verließ uns das Glück. In der Regenzeit wird die Arbeit in den Stollen und in den tausend Kanälen, geheimen Tunneln und tiefen Kellern, die unter der Stadt verborgen liegen, noch gefährlicher. Der Fels saugt das Wasser auf wie ein Schwamm. Höhlen werden überflutet, Rinnsale in den Abwasserkanälen verwandeln sich in reißende Fluten. Die Regenzeit währte schon einen Mond, als sie Joram eines Abends auf den Platz trugen. Er war in ein Segeltuch gehüllt, aus dem das Blut tropfte. Mein Bruder hatte ein kleines Bleitäfelchen bei sich getragen, auf dem der Name Meister Bonos eingeritzt war und dass dieser auf dem Platz der tausend Zungen zu finden sei.

Sie hatten ihn kaum auf den Boden abgelegt, als Bono vor mich trat. Er hinderte mich daran, das Tuch zurückzuziehen. Mit wenigen Worten machte er mir klar, dass er sich nicht um einen kranken Mann kümmern würde und dass er nicht genug verdiente, um aus Barmherzigkeit einen unnützen Esser durchzufüttern, es sei denn, er sei ein Mitglied der Familie. Ich war vierzehn, aber ich begriff sofort, was er meinte. Und ich stimmte zu. Noch in dieser Nacht wurde ich seine Frau.«

Kolja nahm sich einige der Trauben aus der flachen Schale auf dem Tisch. Sie waren süß, lange in der Sonne gereift. Zarah sah ihn an. Ihr Blick war ruhig. Sie schien sich nicht zwingen zu müssen, sein entstelltes Antlitz anzusehen. Kein Wunder, so wie Joram aussah. Allerdings vertraute Kolja ihrer Geschichte nicht. In seinem Leben hatte er wahrscheinlich schon mehr als hundert Huren besucht. Die meisten von ihnen hatten eine rührselige Geschichte zu verkaufen.

»Erst als ich Bono feierlich und in Anwesenheit von drei Zeugen das Eheversprechen gegeben hatte, durfte ich das Tuch zur Seite schlagen. Ich erkannte Joram nur noch an dem kleinen Ring, den ich ihm von meinem mageren Lohn gekauft hatte. Das Gesicht meines Bruders sah schrecklich aus. Seine Schneidezähne waren ausgeschlagen, seine Nase zerschmettert und nur noch ein blutiger Klumpen. Er war nicht bei Bewusstsein. Bono beharrte darauf, dass wir unser Eheversprechen besiegeln, bevor er einen Heiler holen ließ. Und obwohl Joram am Rand des Todes stand, wollte er seinen Stand nicht früher als an irgendeinem anderen Tag schließen. Aber er erlaubte mir, Joram in sein Haus tragen zu lassen und dort alles für die Festnacht vorzubereiten.

Bono bewohnte drei lichtlose Zimmer in einem schmutzigen, großen Haus nahe dem Platz der tausend Zungen. Mit dem Geld, das er verdiente, hätte er sich eine viel bessere Unterkunft leisten können. Damals hielt ich ihn einfach nur für geizig. Ich holte Wasser aus dem nahen Brunnen und säuberte die Wunden meines Bruders. Es wurde spät, bis Bono kam. Ich verstand in jenen Tagen wenig von Männern. Er hatte unterwegs bereits angefangen, unsere Hochzeitsnacht zu feiern und getrunken. Er war ein alter Mann und ich ahnungslos. Die Nacht verlief nicht, wie er erwartete hatte. Er redete mir ein, es sei meine Schuld, und ich glaubte ihm. Joram bekam keine Hilfe, sosehr ich bettelte und flehte. Mein Hochzeitsgeschenk waren Prügel. Mein Gesicht war grün und blau geschlagen. Vielleicht war es ihm peinlich.

In den nächsten Tagen musste ich ihn nicht zu seinem Stand am Platz der tausend Zungen begleiten. Er rührte mich nicht mehr an. Und Joram war weiterhin sich selbst überlassen, weil ich ja meinen Teil unseres Ehegelöbnisses nicht hinreichend erfüllt hatte. Mein Bruder war am Morgen nach dem Unfall erwacht, aber kam nicht mehr zu Verstand. Er stöhnte und jammerte ohne Unterlass. Seine Wunden entzündeten sich und begannen, erbärmlich zu stinken. Schließlich erbarmte sich eine Nachbarin und brachte einen Wunderheiler von den Feuerinseln.

Wahrscheinlich war er der billigste Heiler im ganzen Viertel. Er schnitt einem schwarzen Hahn die Kehle durch, spritzte Joram dessen Blut ins Gesicht und rief die Macht seiner Ahnen an. Einige der Worte verstand ich. Es war ein dunkler Zauber. Dann nahm er sein Steinmesser und begann meinem Bruder das entzündete Fleisch aus dem Gesicht zu schneiden. Ich musste Joram die ganze

Zeit dabei festhalten …« Zarah tastete nach dem abgetrennten Finger neben ihr auf dem Bett, und ihr Blick wurde hart. »Er hat ihm die Oberlippe weggeschnitten und die Nase, samt den Resten des Nasenbeins. Auf die offenen Wunden legte er Maden, die das letzte entzündete Fleisch fressen sollten. Mein Bruder überlebte. Bono war davon nicht sonderlich erbaut. Als mein Gesicht wieder vorzeigbar war, nahm er mich wieder mit zum Platz der tausend Zungen. Meinen Bruder hat er zu Hause mit einer Leine an einen Bronzering in der Wand festgebunden wie einen Hund. Jorams Verstand erholte sich nicht mehr. Er weinte, wenn wir gingen, und wenn wir zurückkamen, versuchte er immer, in unserer Nähe zu sein.

Er war Bono lästig und fortan durfte Joram nie mehr im selben Zimmer wie Bono sein, wenn sich der Alte in der Wohnung aufhielt. Es mochte etwa ein Mond vergangen sein, bis ich erfuhr, warum mein neuer Ehemann in so einer jämmerlichen Wohnung lebte. Er bekam Besuch von einem Freund.« Zarah hielt in ihrer Erzählung inne und bedachte Kolja mit einem vorwurfsvollen Blick, den der Drusnier auch von seinen anderen Mädchen nur zu gut kannte. Sie alle beherrschten diesen Blick, ganz gleich, wie gut man sie auch behandelte.

»Unser Besucher hieß Leon. Ich schätze, du hast zumindest schon einmal von ihm gehört, Kolja. Er arbeitete im selben Gewerbe wie du und war recht erfolgreich, bis er vor einigen Monden spurlos verschwand. Was er war, wusste ich damals natürlich nicht.«

Kolja erinnerte sich noch an den Trurier, der den Sturm auf sein Freudenhaus angeführt hatte. Leon war ein großer, leicht beleibter Kerl mit schütterem Haar und einem merkwürdigen Bärtchen gewesen. Einer von denen, die es liebten, Kleider in knalligen Farben zu tragen und sich wie ein Weib mit Schmuck zu behängen. Der Dummkopf war mit einem langen Dolch gekommen und war ganz gewiss davon überzeugt gewesen, gefährlich zu sein. Er und die anderen Trottel hatten keine Ahnung gehabt, was es hieß, sich mit schlachterprobten Söldnern anzulegen. Sie hatten sie alle getötet und dann deren Geschäft übernommen.

Der Drusnier zuckte nur mit den Schultern. Wen er kannte und wen nicht, ging die Seidene nichts an.

»Leon gratulierte Bono zu seiner Vermählung. Dabei gaffte er mich schamlos an. Ich konnte ihm damals gar nicht in die Augen sehen. Noch erstaunlicher war, dass mein Gatte, der sonst so eifersüchtig über mich wachte, gar nichts dagegen zu haben schien. Er erläuterte meine Vorzüge, als sei ich irgendein Gaul auf einem Pferdemarkt. Leon lud uns ein, ihn am nächsten Abend zu besuchen. Nachdem der Trurier gegangen war, versuchte ich, Bono den Besuch auszureden. Er wollte davon nichts hören, ja er drohte mir, Joram nichts zu essen zu geben, wenn ich nicht gehorsam sei. Also fügte ich mich.

So gelangte ich zum ersten Mal in meinem Leben in ein Bordell. Leon hatte schon alles arrangiert. Bono mochte es, dabei zuzusehen, wenn ich mit anderen Männern zusammen war. Nur auf diese Weise stieg noch Saft in seine vertrocknete Dattel. In jener Nacht musste ich drei Männern beiliegen, die allesamt keine Ahnung hatten, dass uns mein Ehemann durch ein wohlverborgenes Guckloch in der Wand zusah.

Von nun führte Bono mich regelmäßig zu Leon, und ich verstand, wo das Geld Bonos geblieben war. Mein Mann war hier schon lange Kunde. Doch nun hatte sich das Blatt gewendet. Er ging mit gut gefüllter Börse heim, statt sein letztes Kupferstück in Leons Hurenhaus durchzubringen. Sieben Mal haben die beiden mich als Jungfrau versteigert. Ich musste mir die mit Blut gefüllten Eingeweide junger Täubchen einführen, damit dieses Wunder gelingen konnte.

Ich dachte, es könne nicht schlimmer kommen, doch Bono begann nun zu trinken, weil er sich plötzlich teuren Wein leisten konnte. Tagsüber an seinem Stand am Platz der tausend Zungen schlief er immer öfter ein. Er wurde dünner und dünner – sich all seine Träume erfüllen zu können zehrte ihn aus. Immer öfter beschwerte er sich, dass er es nicht mehr ertragen könne, meinen Bruder um sich zu haben. Einen Idioten, dem der Sabber aus dem Maul lief und dessen Anblick einem jeden Appetit raubte.

Eines Abends verkündete er mir, er habe unten beim Hafen ein Haus gefunden, in dem solche Ungeheuer wie mein Bruder ausgestellt würden. Am nächsten Morgen wollte er ihn dorthin bringen. In dieser Nacht habe ich Bono reichlich Wein zu trinken gegeben und ihn dann mit einem Seidenschal erdrosselt, einem Geschenk von Leon, denn Bono machte mir nie Geschenke. Niemand wunderte sich über das Hinscheiden eines alten Mannes, der schon lange krank und erschöpft gewirkt hatte, nachdem er sich ein viel zu junges Weib genommen hatte.«

Zarah beäugte ihn aufmerksam, um zu sehen, wie er die Geschichte aufnahm. Kolja belustigte ihr Verhalten. Er hatte nichts mit einem alten Mann gemein. Er würde sich niemals mit einer Seidenschnur erdrosseln lassen. Die Vorstellung amüsierte ihn vielmehr, wenn er daran dachte, auf welche Art man ihm in der Vergangenheit schon nach dem Leben getrachtet hatte. Er hatte sogar eine Begegnung mit Daimonen überlebt!

»Es gibt schlimmere Arten zu verrecken«, war alles, was er dazu zu sagen hatte. Einen Moment schweiften seine Gedanken ab, und er dachte an Volodi. Ob die Zapote ihn wohl schon umgebracht hatten? Es wäre besser, wenn sein ehemaliger Kamerad nicht mehr zu lange lebte, denn für die Geschäfte des Friedens und die Entscheidungen, die nötig waren, um Erfolg zu haben, war er nicht geschaffen. Mit seinen Moralvorstellungen wäre er eine Gefahr für seine Ziele geworden, das wusste Kolja.

»Ich war selbst überrascht, wie leicht ich ohne Bonos Schutz leben konnte. Leon bot mir an, auf mich und meinen Bruder aufzupassen. Dafür musste ich jeden zweiten Abend seine Gäste unterhalten. Auf dem Platz der tausend Zungen erhob niemand

Einspruch, als ich das Geschäft von Bono weiterführte. Es fiel mir immer noch leicht, Sprachen zu erlernen. Nach nur drei Jahren beherrschte ich die sieben Zungen der sieben großen Reiche. Ich machte mir einen Namen unter den Übersetzern. Ich war die einzige Frau dort. Meine Talente als Dolmetscherin wurden gerne in Anspruch genommen, zumal als sich unter den gehobeneren Kunden herumsprach, dass ich auch noch ganz andere Dienste anbot, wenn man es sich leisten konnte. Bald hassten mich die anderen Übersetzer, denn ich ruinierte ihre Geschäfte. Doch Leon sorgte dafür, dass niemand auf die Idee kam, mir etwas anzutun.«

»Und wie lange ist das gut gegangen?« Kolja kannte den Platz der tausend Zungen. Er wusste, wie viele Männer dort ihre Dienste anboten. Ein einzelnes Weib unter ihnen … das konnte nicht gut gehen, zumal, wenn sie die besten Kunden bekam. Es war nur eine Frage der Zeit, bis irgendein betrunkener, verbitterter Konkurrent versuchen würde, ihr ein Messer in den Leib zu rammen.

»Auch Leon hat sich Sorgen gemacht. Deshalb habe ich dort nach drei Jahren meinen Abschied genommen. Ich verkündete, mich in meine Heimat nach Aram zurückzuziehen, verkaufte meinen Stand unter den Säulengängen. Ich gab ein großes Abschiedsfest und zog mit allem Pomp durch das Goldene Tor. Einen Mond später kehrte ich in aller Heimlichkeit zurück. Leon hatte mir ein schönes Haus besorgt. Dieses Haus hier. Und er hatte Gerüchte ausstreuen lassen über eine geheimnisvolle, immer in Seide gekleidete Konkubine, die in den Künsten der Liebe bewandert sei wie keine zweite und die Männer erwählte, die bei ihr liegen durften. Die Gerüchte wuchsen von ganz alleine immer weiter. Bald wurde behauptet, ich sei die verstoßene Tochter eines Unsterblichen.« Zarah lachte. Es war ein harter, spöttischer Laut.

»Leon war selbst überrascht, wie die Legende um mich wuchs. Bald hieß es, ich empfinge nur an besonderen Tagen Gäste, und dass meine Gunst nie mehr als einem meiner Liebhaber an so einem Tag gälte. Oder dass ich den Statthalter der Zapote als zu barbarisch zurückgewiesen habe. Jedes dieser Gerüchte mehrte meinen Ruhm. Bald überboten sich die Reichen der Stadt darin, einen Abend mit der Seidenen verbringen zu dürfen. Und ich gab mir alle Mühe, meinem Mythos gerecht zu werden. Vorbei waren die Zeiten, in denen Männer nur hastig ihre niedersten Bedürfnisse erfüllt sehen wollten. Ich verkaufte nicht mehr nur meinen Leib. Ich verkaufte eine Illusion. Und je vollkommener diese Illusion wurde, desto schwindelerregendere Höhen erreichten die Gebote meiner Liebhaber.«

Kolja nickte. Auch er hatte diese Erfahrungen gemacht. Ein guter Fick war Silber. Aber einen Traum zu verkaufen, das war etwas anderes! Für Träume gab es keine Grenzen. Auch nicht, was die Bezahlung anging. Er wusste nun, dass er Zarah wollte. Von diesen Träumen kosten wollte. Vergessen, dass er ein hässlicher Krüppel war. Auch er würde dafür fast jeden Preis zahlen. Aber das würde er Zarah natürlich niemals sagen.

»Ich habe die letzten Jahre meines Lebens damit verbracht, diese Illusion immer vollkommener zu machen. Mein Wert für dich besteht darin, dass ich weiterhin Träume verkaufe.« Sie sah ihn herausfordernd an. »Deshalb kann ich nicht mit dir schlafen. Und es wäre auch unklug, wenn man dich in Zukunft noch einmal dieses Haus betreten sähe. Natürlich ist das rein geschäftlich.«

Kolja unterdrückte den Impuls, sie zu ohrfeigen. Stattdessen trat er so dicht vor sie, dass ihr Wohlgeruch ihn fast überwältigte. Lange hatte er keine Frau mehr so sehr begehrt wie sie. Es war gerade ihr Widerstand, der ihn aufstachelte. Er beugte sich vor und hauchte einen Kuss auf ihren schlanken Hals. »Ich glaube, du hast etwas ausgelassen. Wie gelangte dein Bruder in dieses lichtlose Gefängnis?«

Die Sehnen an Zarahs Hals spannten sich. »Auch er durfte die Illusion nicht zerstören. Er konnte nicht in diesem Haus leben. Es war eine Bedingung Leons. Er hat vorgeschlagen, ihn dort unterzubringen … Ich ging Joram oft besuchen.«

Kolja hörte am Klang ihrer Stimme, dass dies halbherzige Ausflüchte waren. Er hatte sie ertappt. Sie war nicht so großherzig, wie sie tat. Sie hatte ihre Besucher und das Leben in einem stattlichen Haus ihrem Bruder vorgezogen. Sie war nicht besser als all die anderen Huren, denen er bislang begegnet war.

»Glaube nicht, dass du auch nur eines deiner Geheimnisse vor mir verbergen könntest. Ich habe hier lange auf dich gewartet. Sehr lange. Ich habe mir dein Haus genau angesehen. Häuser verraten viel über die Menschen, die darin wohnen. Ich frage mich, wohin du wohl gehst, wenn du das Regal an der Südwand deines Weinkellers zur Seite schiebst. Dahinter liegt ein aufgegebener Abwasserkanal, der mit etlichen anderen Tunneln verbunden ist.«

»Manchmal verlasse ich das Haus heimlich, um meinen Mythos nicht zu gefährden«, entgegnete Zarah ruhig. »Zum Beispiel, wenn ich verschleiert meinen Bruder besuchen gehe.«

Kolja war nicht überzeugt. Er war ein Stück in die Tunnel vorgedrungen und hatte sich die Fußspuren im Schmutz angesehen. Es war nicht nur die Seidene, die dort entlangging. Vielleicht hatte sie ja einen heimlichen Liebhaber? »Mir fehlt in deiner Geschichte auch, wie du an Eurylochos geraten bist.«

Zarah ließ sich auf dem Bett zurücksinken. Ihre Beine streiften ihn. Ihre Brustwarzen zeichneten sich deutlich durch ihr Seidenkleid ab. Sie setzte ein sicherlich eingeübtes und dennoch hinreißendes Lächeln auf. »Das muss dir doch klar sein, Kolja. Eine Frau wie ich erweckt Begehrlichkeiten. Leon war plötzlich verschwunden. Ebenso seine Männer, die unauffällig über mein Haus gewacht haben. Ich hätte zu Arcumenna, dem Statthalter von Valesia, gehen können, doch dann hätte ich ihm allein gehört, und er hätte ganz sicher keine anderen Gäste geduldet. Auf kurz oder lang wäre Eurylochos auf mich aufmerksam geworden, auch wenn nur wenige Auserwählte den Weg zu mir finden. Also entschied ich, zu ihm zu gehen und mich unter seinen Schutz zu stellen. Er war immer sehr zufrieden mit mir.«

Kolja fragte sich, ob der Steuermann mehr als nur Gold von ihr bekommen hatte. Er spürte den Dorn der Eifersucht. Er wusste, dass dies eine der Waffen der Seidenen war. Er durfte sich solchen Gedanken nicht hingeben! Und doch fühlte er sich wehrlos. Sein Begehren würde ihn schwach machen.

Der Drusnier trat vom Bett zurück. Er sah den Triumph im Blick der Seidenen. »Du hast recht, Zarah, wenn man mich in deinem Haus sieht, dann wird das der Illusion schaden, dass du mehr als eine von vielen Huren dieser Stadt bist. Deshalb wirst du morgen in der Stunde der Dämmerung *zu mir* kommen. Wirst du nicht pünktlich sein, werde ich dir ein Ohr von Joram schicken, damit du dich künftig daran erinnerst, dass du meinen Befehlen umgehend zu gehorchen hast. Und damit es nicht zu Missverständnissen kommt, erkläre ich dir jetzt ganz klar, was ich morgen von dir erwarte: Du wirst mir mehr als deinen Leib geben. Du wirst mir einen Traum verkaufen. Und sollte dir das nicht gelingen, lasse ich dir den Schwanz deines Bruders schicken. Ich hoffe für ihn, dass er dir noch etwas bedeutet, auch wenn du ihn aus deinem Leben hast wegsperren lassen. Solltest du an meinen Worten Zweifel hegen, sieh dir den Finger an. Oder höre dich um. Ich bin Kolja, den sie auch den Schlächter nennen, und ich stehe immer zu meinem Wort.«

Verlorene Geschichten

Lyvianne war beeindruckt. Sie glitt tiefer in die Schatten, als der grobschlächtige Menschensohn die hölzerne Stiege hinabkam und das Haus der Seidenen verließ. Die Elfe hätte darauf gewettet, dass er Zarah schlagen würde. Dieser Fleischberg war viel klüger, als seine plumpe Visage vermuten ließ. Jetzt würde Lyvianne darauf wetten, dass er morgen bekommen würde, was er sich wünschte. Vielleicht liebte Zarah ihren Bruder wirklich … Und sollte sie sich

Koljas Wunsch verweigern, war ihr sicher bewusst, dass es nicht lange dauern mochte, bis der Schlächter ein Stück von ihr abschnitt, um sie gefügig zu machen.

Misstrauisch sah sich die Elfe um, lauschte in die Nacht und wurde eins mit der Finsternis. Es war niemand mehr im Innenhof. Die Wachen des Schlächters waren gemeinsam mit ihrem Herrn abgezogen, und die Dienerschaft ihrer Gastgeberin hatte sich in ihre Gemächer verkrochen. Eine Taube oben auf dem Dach war das einzige andere Lebewesen, das sie wahrnehmen konnte. Vorsichtig zog sie sich in das große Gästezimmer zurück, das ihnen zugewiesen worden war.

Ohne ihre Gefährten zu beachten, trat sie auf einen Zuber aus rotem Kupfer zu, der das Gemach beherrschte. Sie streifte ihre schmutzigen Gewänder ab. Wie sie den groben Stoff hasste! Sie steckte einen Finger in das Wasser. Natürlich war es längst kalt. Bunt schillerndes Öl trieb in Inseln über das dunkle Badewasser. Lyvianne griff nach dem Schwamm, der auf dem Boden lag, und begann damit, sich mit dem kalten Wasser abzureiben. Die Menschenkinder hatten eigentümliche Vorstellungen von Reinlichkeit, wenn sie glaubten, sie würde das Badewasser nutzen, das bereits ihre Gefährten genossen hatten.

»Und?«

Natürlich war es Nandalee, die in ihrer Neugier nicht warten konnte, bis sie mit ihrem Bad fertig war. Lyvianne ignorierte die Jüngere und strich weiter mit dem Schwamm über ihre langen Beine. Aus den Augenwinkeln nahm sie wahr, dass Nodon etwas zu angestrengt zur Seite blickte und Bidayn errötete. Gonvalon hingegen war sie offensichtlich egal, was sie ein wenig ärgerte.

Nandalee trat noch einen Schritt näher und starrte sie durchdringend an. »Was wollte der Kriegsherr?«, wiederholte sie.

Wie kam Nandalee dazu, diesen Zuhälter Kriegsherr zu nennen? Lyvianne presste den Schwamm gegen ihre Scham. Wasser troff auf den Boden. Sie ließ sich Zeit. Öffnete einige der kleinen

Fläschchen, die neben dem Badezuber auf dem Boden standen. Vulgäre Parfüms! Sie waren zu stark oder in ihren Duftfacetten schlecht aufeinander abgestimmt. Zuletzt entschied sie sich, ein wenig Rosenöl zu benutzen. Sie gab drei Tropfen in ihre offene Hand, tupfte den Mittelfinger ihrer Rechten in das Öl und strich es auf ihren Hals, ihre Brüste und die Innenseiten ihrer Schenkel. Es bereitete Lyvianne Freude, Nandalee vor Neugier schier vergehen zu sehen. Erst als sie wieder gekleidet war, ließ sie sich dazu herab zu berichten, was oben geschehen war, und welchem Gewerbe ihre Gastgeberin nachging.

»Er heißt also Kolja«, sagte Gonvalon, nachdem Lyvianne geendet hatte.

Die Elfe sah ihn überrascht an. »Kennst du ihn?«

»Nandalee war es, die seinen Arm abtrennte. Wir sind ihm bei unserer ersten Reise nach Nangog begegnet. Damals gehörte er zur Leibwache eines Unsterblichen.«

Lyvianne lachte auf. »Er ist einer der Leibwächter eines der mächtigsten Menschenkinder und betreibt hier ein Bordell? Ich liebe diese Sterblichen! Sie sind so unendlich viel überraschender als wir.«

»Vielleicht wurde er aus der Leibwache ausgeschlossen, weil er nun ein Krüppel ist«, sagte Nodon. Er saß als Einziger an dem runden Tisch, auf dem Teller mit verschiedenen Speisen aufgetragen waren, und tunkte ein Stück Fladenbrot in eine safrangelbe Sauce. Nachdem er ein kleines Stück abgebissen hatte, fügte er hinzu: »Ich würde keinen Krieger in der Wache Nachtatems dulden, der verstümmelt ist. Ganz gleich, wie ruhmreich er einst gekämpft hat.«

»Wird er uns wiedererkennen?«, fragte Bidayn, die sich in die dunkelste Ecke des Zimmers zurückgezogen hatte.

Lyvianne sah zu ihrer Schülerin. Bidayn trug als Einzige noch ihren langen Umhang. Ihr Gesicht war im Schatten der Kapuze verborgen. Solange sie nicht lernte, zu sich zu stehen und ihre

Narben nicht zu verstecken, würde sie nie zu wahrer Größe aufsteigen, ganz gleich, wie talentiert sie als Zauberweberin auch sein mochte. Lyvianne dachte an den Menschensohn. So wie er sollte Bidayn werden. Er stand zu sich, ja, er nutzte sein furchterregendes Aussehen. »Der Krieger hat erklärt, dass er nicht mehr in dieses Haus kommen will. Ich glaube, eine weitere Begegnung mit ihm brauchen wir nicht zu fürchten. Was wir hingegen entscheiden müssen, ist, wie wir weiter vorgehen werden.«

»Wir werden nicht einfach in den Krater hinabsteigen«, erklärte Nandalee. »Ihr erinnert euch, was ich euch über die Sieben erzählt habe. Die ersten Meister der Weißen Halle, die spurlos verschwunden sind.«

»Es heißt, sie warten irgendwo in der Einsamkeit der Berge«, platzte Bidayn heraus und Lyvianne hörte ihr an, wie sehr ihre Schülerin diese Geschichte glauben wollte. »Sie werden wiederkehren, wenn Albenmarks dunkelste Stunde naht.«

»Ich glaube, sie haben ihre dunkelste Stunde hier in Nangog erlebt«, entgegnete Nandalee hart. »Sie sind längst tot.«

»Dann hätten ihre Waffen in die Weiße Halle zurückkehren müssen«, wandte Gonvalon ein, der bisher schweigend zugehört hatte. »Dein Schwert Todbringer gehörte einst meiner Schülerin Talinwyn, die hier in Nangog starb. Ihre Klinge kam zurück in die Weiße Halle, obwohl sie auf einer fremden Welt starb.« Er sah zu Bidayn. »Auch ich glaube, dass unsere alten Meister noch leben.«

Nandalee wollte etwas erwidern, doch Gonvalon legte ihr die Hand auf den Arm, und sie schwieg.

Nodon schob seinen Teller von sich. »Ganz gleich, was aus den Sieben geworden ist, wir wissen, es waren schon andere Drachenelfen hier, und sie sind auf ihrer Mission zu Grunde gegangen. Bevor wir in den Krater hinabsteigen, sollten wir herausfinden, was uns dort erwartet. Hat einer von euch eine Vorstellung, wie?«

»Folgen wir der Spur der Worte«, sagte Lyvianne nachdenklich. »Auch die Menschen lieben gute Geschichten. Sie nennen uns Daimonen und fürchten uns. Wenn einige unserer Brüder und Schwestern hier starben, dann wird eine Geschichte zurückgeblieben sein. Vielleicht auf einer der Stelen niedergeschrieben, die sich ihre Könige errichtet haben, oder verborgen in einem Palast- oder Tempelarchiv.«

»Oder in einer Bibliothek«, schlug Bidayn vor.

Lyvianne schüttelte den Kopf. »Nein, mein Liebe. Bibliotheken kennen die Menschenkinder nicht. Nicht einer von hundert vermag zu lesen. Und die wenigen, die schreiben, nutzen diese Gabe nur, um endlose Warenlisten anzufertigen. Tempel und Paläste sind die einzigen Orte, an denen Schriften niedergelegt werden. Und auch dort werden wir vor allem eines finden: langweilige Zahlen. Eine ermüdende Suche steht uns bevor.«

»Vielleicht gibt es wandernde Sänger, die in Liedern und Heldenepen das Wissen um die Vergangenheit bewahren. Die Trolle machen es so«, sagte Nandalee.

Lyvianne musste lachen. »Ja, die Menschenkinder mit Trollen zu vergleichen trifft es ganz gut.«

Bis in die frühen Morgenstunden beratschlagten sie, wer an welcher Stelle mit der Suche nach den Geheimnissen des Weltenmunds beginnen sollte. Lyvianne hörte zu und sagte nur noch wenig. Für sich hatte sie längst entschieden, wohin ihr erster Weg sie führen sollte. Sie wollte den Geheimnissen der Seidenen nachspüren und jenen Vorratsschrank suchen, der den Eingang zu einem Tunnel in ihrem Keller verbarg.

Auch Lyvianne war davon überzeugt, dass Zarah noch lange nicht ihre ganze Geschichte erzählt hatte.

Herrscher aller Schwarzköpfe

I»Ich, Aaron, Unsterblicher von Aram, Herrscher aller Schwarzköpfe, ging im Jahr der Schlange nach Kush und schlug dort die Heerscharen Luwiens. Ich schritt über tausend tote Feinde, und die Überlebenden flohen vor dem Zeichen des Löwen. Muwatta aber zwang ich im Duell nieder, und so groß war seine Schande, dass Išta seinen Kopf nahm, denn er hatte ihrem Volk Schande gebracht. Doch da erhob sich Bessos, und ihm folgte der schändliche Eleasar von Nari. Ich schlug sie am Pass der Adler und stürmte ihre Burg über den Wolken. Und keinem der Verräter gewährte ich Gnade. Ihre Frauen und Kinder aber ließ ich ziehen. Und ich verschenkte Land in allen vier Winden an die Bauern, die mir gefolgt waren. Und Gerechtigkeit zog ein in das Land Aram. Die Köpfe des Bessos und des Eleasar ließ ich legen in das Salz der Weißen Wüste, und sie wurden getragen zu jedem Palast in Aram, auf dass die Satrapen sehen mochten, was jene erwartete, die meinem Worte widersprechen. In Akšu aber feierte ich ein Fest, das da währte sieben Tage und sieben Nächte, und ich beschenkte jene, die mit mir gestritten hatten, so reich, dass ein jeder wie ein Fürst heimkehrte.

Denn ich bin Aaron, Erster unter den Unsterblichen, und mein Auge reicht in jede Hütte, und ich schreite über die Leichen meiner Feinde immerdar.«

Zitiert nach: Vermischte Schriften aus alter Zeit, Herausgeber: Unbekannt. S. 67. Verwahrt in der Bibliothek von Iskendria, Saal der versunkenen Königreiche, Regal XXXV, Brett VII.
Anmerkung: Inschrift einer Stele, kopiert von der Elfe Valynwyn, die von Emerelle nach Iskendria verbannt

WURDE. VALYNWYN ENTDECKTE DEN STEIN BEIM ERWEITERN DER KELLERGEWÖLBE IHRES PALASTES. DIE STELE WAR KAUM BESCHÄDIGT. SIE MASS FAST ZWEI SCHRITT IN DER HÖHE. DAS OBERE DRITTEL ZEIGT EINEN LÖWENHÄUPTIGEN KÖNIG IN ARCHAISCHER RÜSTUNG. ER HÄLT EIN SCHWERT IN DER RECHTEN. IN DER LINKEN DAS ABGETRENNTE HAUPT EINES BÄRTIGEN MANNES, UND ER SCHREITET ÜBER DIE LEICHEN ERSCHLAGENER KRIEGER.

VON LÜGEN UND VERLORENEN TRÄUMEN

»... und ich schreite über die Leichen meiner Feinde immerdar.« Artax legte die Tontafel, von der er abgelesen hatte, auf den Tisch neben das Lager Mataans. Der Fischerfürst war immer noch schwach. Er erholte sich nur schleppend von den Verletzungen, die er im Kampf um den Steinhorst erlitten hatte. Doch für viele bei Hof galt es als ein Wunder, dass er überhaupt noch lebte! Als man ihn in den königlichen Palast von Akšu gebracht hatte, war er mehr tot als lebendig gewesen. Seither lag er in einem großen, hellen Zimmer auf einem Bett mit roter Decke. Der Heiler, der in der Ecke stand und sie beobachtete, hatte erklärt, rote Decken seien gut bei Fieber. Sie würden helfen, das Gift aus dem kranken Körper zu schwitzen. Ebenso der Weihrauch, der tagein, tagaus in zwei flachen Kupferschalen neben dem Bett verbrannt wurde. Der Duft des bläulichen Rauchs machte Artax ganz benommen. Er mochte ihn nicht.

Mataan sah schlecht aus. Sein Gesicht war eingefallen, seine Adlernase ragte wie ein Messer empor. Artax zwang sich zu einem Lächeln, als könne er den schleichenden Tod aus dem Krankenzimmer fortlächeln. »Und? Was hältst du von der Wortwahl? Ich werde diese Worte in Stein meißeln lassen, auf einer Stele, die meinen Sieg auf der Ebene von Kush zeigt. In jeder Stadt des Königreiches soll eine solche Stele auf dem größten Markt aufgestellt werden.

»Auf den Marktplätzen werden Hunde an die Stelen pissen«, sagte Mataan matt.

Artax lachte leise. Er war erleichtert, sein Freund hatte sich noch nicht aufgegeben. Selbst jetzt hielt Mataan nicht mit seiner Meinung hinter dem Berg. Ashot hätte seine Freude an ihm. Artax entschied, nicht viel auf die Worte des Fischerfürsten zu geben, und fuhr voller Enthusiasmus fort: »In jeder Stadt wird es Bauern geben, die reich werden, weil sie mir in Kush treu gedient haben. Ich werde die Landreform umsetzen. Die fruchtbaren Äcker werden gerechter verteilt werden. Und meine Mitstreiter werden darüber wachen, dass Gerechtigkeit herrscht. Sie werden in den Räten der Städte sitzen. Sie werden Macht haben!«

Mataan bedeutete ihm, sein Ohr nah an dessen Lippen zu bringen. Selbst zum Sprechen fehlte ihm inzwischen die Kraft.

»Ganz gleich, wie tapfer sie gekämpft haben, in dieser Schlacht können sie nicht siegen, Herr. Sie werden nur wenige in den Räten sein, umgeben von Männern, die Land und Einfluss an sie verloren haben und die ein ganzes Leben lang Erfahrung in den Intrigen und Winkelzügen des städtischen Geschachers sammeln konnten. Ihre Gegner stammen aus Familien, die seit vielen Generationen in den Räten sitzen. Eure Bauern werden dort untergehen, Herr. Das, oder sie werden so werden wie die alten Herren. Ihr müsst einen anderen Weg finden. Opfert sie nicht. Und überdenkt die Sache mit den Stelen. Ich erkenne Euch kaum hinter diesen Worten, Herr. Sie sind voller Härte und Grausamkeit.« Mataans Kopf sank zur Seite. Seine Kraft war erschöpft. Der Heilkundige neben dem Bett sah Artax nervös an, wagte es aber nicht, ihm zu sagen, dass es besser sei zu gehen.

Artax setzte sich auf. Die Stimmen der früheren Aarons hatten ihn beraten, als er den Text für die Stelen entworfen hatte. Er musste Härte zeigen! Mataan hatte immer noch Fieberschübe.

Sich mit ihm zu beraten war nicht klug. Der Fischerfürst war im Augenblick nicht klar bei Verstand.

Der Unsterbliche klopfte sanft auf die Hand seines Kampfgefährten. »Ruh dich aus, mein Freund. Wir reden später, du musst zu Kräften kommen.«

Mataan hielt ihn mit seinem Blick gefangen. Er wollte noch etwas sagen, seine Lippen bebten. Es war wie vor zwanzig Tagen im Steinhorst. Nichts schien seitdem besser geworden zu sein. Immer noch stand sein Gefährte an der Schwelle des Todes, auch wenn die Pfeile längst aus seinem Fleisch geschnitten waren.

Artax wandte sich ab. Sofort trat der Heiler an ihn heran.

»Ihr müsst mit dem Kranken sprechen, mein Gebieter. Er bringt sich um! Er nimmt nichts anderes zu sich als dünne, scharf gewürzte Fischsuppe. Fische! Jedes Kind weiß, dass man einen Sud aus Fleisch mit eingerührtem Ei braucht, wenn man zu Kräften kommen will. Seht ihn Euch an, mein Gebieter. Bitte befehlt ihm zu trinken, was gut für ihn ist. Um etwas zu kauen ist er zu schwach …«

Artax betrachtete den Heiler missmutig. Es war ein feister junger Mann, dessen Hals halb hinter seinem Doppelkinn verschwand. Artax wünschte, Mataan hätte etwas von diesen Pfunden.

»Seht, wohin ihn sein Starrsinn gebracht hat«, bedrängte ihn der Heiler weiter. »Er hat schon die Farbe eines toten Fisches.«

Artax erinnerte sich noch gut, wie der Heiler Mataan nur noch ein paar Tage eingeräumt hatte, als er ihn zum ersten Mal sah. Das war noch vor den Siegesfeiern gewesen. »Er bekommt zu essen, was er gerne mag«, entgegnete er dem Dicken kurz angebunden und verließ die helle Kammer in Eile. Er konnte den Anblick seines Gefährten nicht mehr ertragen. Konnte den Weihrauch nicht mehr riechen, der in dünnen blauen Schleiern unter der Zimmerdecke hing.

Auf seinem Weg durch die langen Flure des Palastes begegnete Artax nur wenigen Dienern. Manchmal hörte er von ferne Musik.

Das Fest, das er seiner Hauptstadt geschenkt hatte, dauerte noch an. In den Straßen wurde getanzt. Tausend Ochsen waren geschlachtet worden, Schiffsladungen von Wein hatte er verschenkt, und die besten Gaukler und Musiker gaben sich auf den Plätzen Akšus ein Stelldichein. Doch er war einsam.

Schweigend trat Artax auf die weite Terrasse bei seinen Privatgemächern, lehnte sich an die prächtigen, roten Säulen, die das Vordach aus Zedernholz stützten, und blickte nach Osten. Schwarze Rauchwolken stiegen vor den Mauern der Stadt auf, wo die Priesterschaft der geflügelten Sonne die Ochsen schlachtete und auf ihren Altären das Fleisch briet. Das Blut gehörte dem Löwenhäuptigen. Alles andere wurde an die Gäste des Festes verschenkt.

Es war ein schöner Spätsommerabend. Die sinkende Sonne umkränzte die Wolken mit einem rosa Flor. Die blasse Mondsichel stand schon am Himmel, obwohl die Sonne noch zwei Handbreit über dem Horizont thronte.

»Herr?«

Artax fuhr erschrocken herum. In der Tür zur Terrasse stand Ashot. Ein Weinfleck prangte auf der hellblauen Tunika seines Freundes. »Warum bist du nicht auf dem Fest?«

»Es gibt schlechte Nachrichten, Erhabener. Ich weiß nun, warum Eleasar die Frauen und Kinder mit zum Steinhorst nahm. Er wollte Euren Namen besudeln, Herrscher aller Schwarzköpfe.«

»Was ist daran neu? Das hatten wir doch schon befürchtet.«

Ashot seufzte. »Neu ist, dass wir nun wissen, was genau er getan hat. Vom Adlerpass hat er Boten in alle Provinzen geschickt. Sie verbreiten die Geschichte, dass er sich Eurer Gnade ergeben wollte und für das Leben seines Weibes und seiner Kinder bat. Auch für die anderen Frauen und Kinder im Heerlager hat er sich angeblich eingesetzt. Doch Ihr habt vermeintlich sein Ansinnen abgelehnt und geschworen, dass nicht nur die Verräter, sondern auch ihr gesamtes Gefolge sterben sollten. Daraufhin flohen Bessos und Eleasar zum Steinhorst. Ihr habt Euch unter dem Vorwand, noch einmal verhandeln zu wollen, Zugang zu dieser uneinnehmbaren Felsfeste verschafft. Ihr und Eure Begleiter hatten Waffen unter Euren Gewändern verborgen, und das Morden begann, kaum dass ihr durch das Tor getreten wart.«

»Auch wir haben unsere Boten geschickt«, entgegnete Artax gereizt. »Es werden immer Lügen über mich verbreitet werden. Das gehört zum Königtum wie die Krone.«

»Aber seine Boten sind früher losgeritten. Er hat sie schon geschickt, bevor er Bessos befreite. Er hatte alles vorausgeplant. Und er war ein beliebter Herrscher in seiner Provinz. Die Menschen glauben der Geschichte, die er verbreiten lässt. Wohin auch immer unsere Boten kommen, um den Sieg über Muwatta zu verkünden, seine Männer waren schon dort. Jetzt sieht es so aus, als wollten *wir* die Wahrheit verschleiern.«

Artax lachte auf. »So ist unsere Welt. Die Lüge wird zur Wahrheit, wird sie nur vehement genug vorgetragen. Sie wuchert wie Unkraut auf den Feldern und erstickt die Saat der Wahrheit.«

Wir sind stolz auf dich, Artax. Endlich begreifst du, was es heißt zu herrschen, meldeten sich seine inneren Stimmen zu Wort. *Auch du kannst Lügen Wahrheit werden lassen. Du musst es nur wollen. Doch halte die Lügen einfach.*

»Aber Unkraut kann man ausreißen!«, begehrte Ashot auf. »Jeder gute Bauer tut das. Und wenn unser Königreich Aram wie ein großes Kornfeld ist, seid Ihr dann nicht der gute Bauer, der es pflegen muss, Unsterblicher?«

Artax sah ihn lange an. Er wünschte, es wäre noch die Zeit, in der sie wirklich Bauern gewesen waren. In der sie nach dem Tag auf dem Feld zu dritt unter der Zeder beim Dorfbrunnen gesessen hatten, um über ihre Sorgen und Träume zu reden. Artax war zum mächtigsten Mann unter den Völkern der Menschen geworden. Und zum einsamsten. »Narek war ein guter Bauer, nicht wahr?«

Ashot sah ihn misstrauisch an, ganz so, als sei es ihm unheimlich, dass sein Herrscher so viel Interesse für einen toten Bauern zeigte. Es schmerzte Artax, dass sein Jugendfreund so vor ihm auf der Hut war – auch wenn Ashot nicht wissen konnte, mit wem er sprach. Artax sah ihn lange an. Im Gegensatz zu ihm hatte sich Ashot nicht verändert. Sein längliches Gesicht war wie immer unrasiert, sein dichtes, schwarzes Haar hing ihm in Strähnen in die Stirn. Er sah ganz und gar nicht aus wie ein Hauptmann der Leibwache eines Unsterblichen. Aber die Kushiten waren auch keine gewöhnliche Palastwache.

»Narek war in allen Dingen gut, die mit dem Herzen zu tun hatten«, sagte Ashot schließlich.

Artax nickte niedergeschlagen. Ashots Tiefe überraschte ihn. Besser konnte man Narek wohl kaum umschreiben. Er war nie der Fleißigste gewesen, hatte keinen Ehrgeiz gehabt, außer ein guter Vater, Ehemann und Freund zu sein. Er hatte sich immer bemüht … war immer aufrichtig gewesen. Er war der beste Freund, den er je gehabt hatte.

»Magst du mir von Narek erzählen?«

»Aber was machen wir gegen die Lügen Eleasars? Wisst Ihr, welchen neuen Namen Euch das Volk gegeben hat? Blutkönig!«

»Wir werden Taten gegen Lügen setzen, Ashot. Und ich werde versuchen, mich an deinen Vergleich zu erinnern. Es ist egal, was ich tue – so wie das Unkraut nachwächst, werden sich auch ständig neue Lügen um mich ranken. Ich werde Stelen in den Städten aufstellen, die mich als machtvollen und siegreichen König zeigen, und ich werde schon bald damit beginnen, das Reich zu bereisen. Ich will dort sein, wo die armen Bauern ihr Land bekommen, will den Räten auf die Finger sehen und die Satrapen daran erinnern, dass das Auge des Unsterblichen bis in den letzten Winkel Arams blickt. Ich werde allen mein wahres Gesicht zeigen. Ich hoffe, dies wird die Lügen besiegen. Für dich und die Kushiten wird es endlose Märsche bedeuten. Ich werde kein Palastkönig sein. Mich soll das Volk gesehen haben.«

Ashot lächelte schief. »Die Männer beginnen ohnehin, faul zu werden und Fett anzusetzen. Ein wenig Bewegung wird ihnen guttun. Und was mich angeht … Ihr wisst, ich war ein Bauer. Zur Erntezeit, wenn wir die Hirse geschnitten haben, habe ich mich so oft gebückt, dass ich abends meinen Rücken kaum noch gerade bekommen habe. Ein bisschen Staub auf der Straße schlucken ist im Vergleich dazu wie Honigkuchen essen.«

»Da ich demnächst für eine staubige Kehle sorgen werde, möchte ich dich jetzt auf einen Becher Wein einladen.« Artax deutete in sein Zimmer. »Es ist kein besonderer Tropfen. Ein wenig sauer. Er kommt aus Apamei.«

»Apamei?« Ashots Lächeln verging.

»Überrascht, dass ein Unsterblicher billigen Wein trinkt?«

»Nein, das ist es nicht …« Der Blick des Hauptmanns war in sich gekehrt. »Es ist nur … solchen Wein habe ich in meinem Dorf in Belbek getrunken. Selten, denn wir waren arm. Er erinnert mich an einige gute Abende.«

»Lass uns auf die Toten trinken. Auf verlorene Freunde, deren Andenken nicht sterben darf und denen wir die goldene Zukunft schulden, von der sie nur träumen konnten.« Artax verließ die Terrasse und trat in sein Zimmer, bemüht, die Berge von Tontafeln zu übersehen. Er hatte angefangen, sie an den Wänden entlang zu stapeln. Er würde ihnen nur entgehen, wenn er den Palast verließ.

Er schenkte Wein in zwei einfache, irdene Becher. Er mochte es nicht, aus goldenen Pokalen zu trinken. Seine Dienerschaft hielt ihn für seltsam, das wusste er. Er verzichtete auf jeden Genuss. Sein Harem war längst aufgelöst. Nie ließ er sich ein junges Mädchen oder einen Knaben bringen. Er aß wenig Fleisch. Wer alles haben konnte, der fand irgendwann zum Reiz des Einfachen zurück.

Artax hielt Ashot einen Becher hin.

Der Hauptmann griff danach. Ihm war anzusehen, dass er sich

unwohl fühlte. »Erzähl mir jetzt von Narek und deinen anderen Freunden.«

»Da gibt es nichts Bedeutendes ...«

»Mein Leben ist übervoll von vermeintlich Bedeutendem. Ich vermisse es, einfach nur zu plaudern. Zu reden, wie Männer reden, die die Arbeit des Tages getan haben und mit ihren Freunden schwatzen.«

Ashot schien verwirrt, doch Artax war froh darüber. Endlich war es ihm gelungen, seinen Wall aus Distanz und Zynismus zu durchbrechen.

»Ich hätte niemals gedacht, dass ein Unsterblicher sich danach sehnen könnte, mit einfachen Männern über einfache Dinge zu reden.«

Artax nahm den Weinkrug und deutete zur Terrasse. »Lass uns an der Mauer sitzen und zusehen, wie die Sterne über dem Horizont erscheinen. Ich kann den Anblick all dieser Tontafeln nicht mehr ertragen.«

»Dann schmeißt sie doch einfach heraus.« Ashot lachte. »Ihr habt alle Macht der Welt. Wie kann Euch so etwas bedrücken?«

Artax ließ sich mit einem Seufzer gegen die Mauer sinken. Die Ziegelsteine waren noch warm von der Mittagssonne. »Ich will es eben gut machen.«

»Hm...« Ashot nahm einen ersten Schluck vom Wein und ließ ihn in seinem Mund kreisen. »Wirklich nicht gut, dieses Gesöff. Aber es schmeckt nach Zuhause.« Er setzte den Becher erneut an. »Ich finde, Ihr solltet nur die Schlachten schlagen, die es wert sind.« Er deutete in Richtung des Zimmers. »All diese Tontafeln da. Könnt Ihr nicht jemand anderen dafür finden? Einen neuen Datames? Macht Euch damit das Leben nicht sauer. Mir scheint, auch die Kräfte eines Unsterblichen haben Grenzen.«

»Ich glaube, es gibt Unsterbliche, die den Hauptmann ihrer Leibwache für solche Worte hängen lassen würden.«

Ashot grinste ihn herausfordernd an. »Und ich glaube, dass

solche Unsterbliche nie darunter leiden, dass es niemanden gibt, mit dem sie ein offenes Wort sprechen können.« Er hob ihm herausfordernd den Weinbecher entgegen, und Artax prostete ihm zu. Es tat gut, endlich wieder mit jemandem frei zu reden, den er schon seit Kindertagen kannte, auch wenn Ashot keine Ahnung hatte, wer sich hinter der Maske des Unsterblichen verbarg.

»Wir haben den Luwiern ordentlich den Arsch aufgerissen«, murmelte der Hauptmann. »Narek sollte jetzt hier mit uns sitzen.«

»Er war ein tapferer Mann«, sagte Artax. Es schmerzte ihn, so unpersönlich von seinem Jugendfreund sprechen zu müssen.

»Es war gut, dass ihr ihn in sein Dorf zurückgebracht und mit seinem Weib gesprochen habt. Auch wenn sie Euch schlecht behandelt hat ... Es hat auf viele Männer Eindruck gemacht. Auch davon wird man noch lange sprechen.«

»So wie von den Morden im Steinhorst.«

»Es sind Eure Taten, die entscheiden werden, was die Menschen von Euch denken, Herr. Eleasar ist tot. Ihr aber lebt. Ihr könnt diesen Schandnamen wieder auslöschen.«

Artax füllte seinen Becher nach und betrachtete die untergehende Sonne. Den ganzen Tag über hatte er nicht an die Devanthar gedacht und daran, dass der Löwenhäuptige nicht gekommen war, um sein Versprechen einzulösen. Was war geschehen? Was zählte noch, wenn das Wort eines Gottes nicht mehr galt?

»Narek und ich, wir hatten einen Freund in unserem Dorf Belbek. Ihr hättet ihn kennen sollen. Ein verrückter Kerl. Er hat sich ein Weib ausgedacht. Ihr müsst Euch das vorstellen, Herr. Es gab sie nur in seinen Gedanken. Er hat ihr sogar einen Namen gegeben. Almitra. Er wollte auch die Welt verbessern, so wie Ihr. Ich glaube, Ihr hättet ihn gemocht.«

»Wie hieß er?«

»Artax.«

Es war ein seltsames Gefühl, Ashot so über sich reden zu hören.

»Glaubst du, für diese Nacht könnten wir einfach Trinkkumpane sein und du könntest darauf verzichten, mich wie einen König anzusprechen?«

»Und morgen legt Ihr mir den Kopf vor die Füße für diese Frechheit?«

»Mindestens!«

Ashot lachte. »Dann sollten wir uns heute so besaufen, dass ich morgen nicht mehr viel spüre.« Er hob erneut den Becher. »Auf dich, Unsterblicher!«

»Auf uns, die wir noch übrig geblieben sind.« Krachend ließen sie die Tonbecher gegeneinanderprallen.

»Was ist aus diesem Artax geworden?«

Der Hauptmann seufzte. »Er ist nach Nangog gegangen. Er wollte dort sein Glück machen. Ich habe nie wieder von ihm gehört. Keine Ahnung, ob er noch lebt. Wahrscheinlich eher nicht. Soll nicht so golden sein, diese neue Welt, wie die Bauernwerber auf den Dörfern erzählen.«

»Vielleicht ist er ja jetzt ein reicher Kaufherr? Manchen ist Nangog wohlgesonnen. Es ist eine Welt voller Wunder, in der ein Bauer zu einem Herrscher werden kann.«

Ashot lachte auf. »Ich bitte Euch …äh, dich. Das sind doch Ammenmärchen. In Nangog wird ein Bauer ebenso wenig zum Fürsten wie in Aram.«

Artax lächelte in sich hinein. Genauso hatte Ashot geredet, als er mit seinem Freund zum ersten Mal darüber gesprochen hatte, nach Nangog zu gehen. Er hatte ihn als völlig verrückten Träumer beschimpft. »Sitzt neben mir nun ein Bauer, der in einem halben Jahr zum Hauptmann der Leibwache eines Unsterblichen aufgestiegen ist, oder nicht?«

»Das ist etwas anderes!«, entgegnete Ashot aufgebracht. »Und ein Fürst bin ich nicht.«

»Nein, aber die Satrapen des Reiches fürchten dich. Du bist ein mächtiger Mann, Ashot.«

»Vielleicht«, murmelte er. »Aber Artax ist das nicht.«

»Was macht dich da so sicher?«

»Er wäre zurückgekehrt.« Der Hauptmann hob nachdenklich den Weinkrug und schenkte sich nach. »Artax war ein verdammt guter Kerl. Hab nie wieder einen wie ihn getroffen. Weißt du, was er wollte? Er wollte sein Gold gar nicht für Felder und ein schönes Haus ausgeben. Er wollte das Bewässerungssystem verbessern, damit alle Bauern im Dorf es leichter hätten.« Er lachte. »Und ein hübsches, kluges Weib wollte er sich nehmen. Sie sollte eine genauso scharfe Zunge haben wie diese Almitra, die er sich erträumt hatte.«

Der Wein schmeckte Artax plötzlich allzu sauer. Er hatte all seine Kraft in seinen Krieg gesteckt, statt seine alten Träume wahr werden zu lassen. Hätte er Belbek geholfen, wäre Narek vielleicht niemals auf den Gedanken gekommen, in den Krieg zu ziehen. Und Ashot wäre nicht so verbittert. Sie beide könnten jetzt noch unter der Zeder beim Dorfbrunnen sitzen, hätte er sie nicht verraten.

Die nächsten Worte Ashots rissen Artax aus seinen Gedanken.

»Wir sollten Mataan besuchen!« Der Hauptmann erhob sich leicht schwankend. »Und auf dem Weg zu ihm müssen wir noch einen Krug von diesem köstlichen Wein auftreiben.«

»Der Heiler wird das nicht gut finden.«

Sein alter Freund grinste ihn verschwörerisch an. »Bestimmt! Aber er wird sich nicht gegen den Unsterblichen stellen. Dieses Schwabbelkinn hat keinen Arsch in der Tunika. Er wird finster schauen, und das war es auch schon. Und Mataan könnte dringend mal eine Aufmunterung gebrauchen. Vielleicht kommt er dann wieder auf die Beine.«

Artax war sich nicht sicher, ob er schon betrunken war, aber er fand Ashots Einfall verlockend. Sie machten sich auf den Weg, und es kam tatsächlich so, wie Ashot es prophezeit hatte. Der Heilkundige suchte das Weite, ohne ernsthaft Einspruch zu erheben. Und Mataan war glücklich, auch wenn er zu schwach war, um seinen Becher selbst zu halten.

Sie tränkten seinen Bart und die rote Decke mit apameischem Roten. Mataan brachte nur ein paar Schluck herunter, dann begann er leise ein Fischerlied zu singen, das Ashot zu Tränen rührte. Es war ein guter Abend, fast wie ein Traum.

Zuletzt lag Artax auf dem Dach des Palastes. Ashot schnarchte neben ihm zum Erbarmen. Und er blickte zu den Sternen hinauf und konnte zwischen ihnen das Antlitz Shayas sehen. Sie war so nah!

Freiwild

Shaya sah Kara nach. Die pummelige Priesterin hatte ihr wieder etwas zu essen vor das Viehgatter gestellt. Kara kam fast jede Nacht. Ob sie sich das Essen vom Munde absparte oder aus der Küche stahl, wusste die Prinzessin nicht. Dünner war Kara in den letzten Wochen jedenfalls nicht geworden.

Ein schmaler Sichelmond stand am Himmel. Er schenkte gerade genug Licht, um ein paar Schritt weit zu sehen. Es blieben genug Schatten, um sich zu verbergen. Shaya wusste genau, welchen Weg sie nehmen würde. In den letzten Wochen, die sie zwischen den Ziegen des Klosters verbracht hatte, hatte sie sich jede Einzelheit ihrer Umgebung eingeprägt. Stunden hatte sie dagesessen und gestarrt. Alle hielten sie für verrückt. Das würde ihre Flucht erleichtern. Ihr blieben jetzt sieben oder acht Stunden, in denen niemand mehr nach dem Viehstall sehen würde. Genug Zeit, um einen guten Vorsprung zu bekommen. Hier in den Bergen könnte man keine Reiter zur Verfolgung schicken. Wer sie jagte, war ebenso zu Fuß wie sie. Sie würde ihnen zeigen, dass sie keineswegs gebrochen war. Sie würde ihnen allen davonlaufen!

Entschlossen schwang sie sich über das Gatter. Von Norden wehte ein kalter Wind. Noch war es Spätsommer, aber die Nächte wurden schon eisig. Der Winter würde in dieser Höhe früh Einzug halten. Shaya hatte keine Ahnung, was sie jenseits des Tals erwartete, in dem das Haus des Himmels lag. Sie warf einen kurzen Blick zum Kloster zurück. Nur in einem einzigen Fenster brannte noch Licht. Tabitha, die Mutter der Mütter, war noch wach. Sollte der mürrischen Alten das Herz stehen bleiben, wenn man ihr morgen die Nachricht brachte, dass die Barbarenprinzessin geflohen war.

Shaya setzte ihre Schritte mit Bedacht. Sie ging barfuß. Eine fadenscheinige Tunika war ihr einziges Kleidungsstück, und sie stank nach Ziegen, aber das würde helfen, sollten die Priesterinnen nach Bluthunden schicken, um sie zu jagen. Die Prinzessin folgte den Pfaden, auf denen die Ziegen jeden Tag zu den Weiden auf der anderen Seite des Tals getrieben wurden. Es würde schwer werden, ihre Witterung von der der Ziegen zu unterscheiden.

Shaya schmerzten die Füße, noch bevor sie die erste Meile hinter sich hatte. Aber sie war darauf vorbereitet. Im Stall hatte sie ihre Fußsohlen immer wieder über die verputzte Rückwand gerieben. Sie hatte gehofft, so die Hornhaut unter ihren Sohlen zu stärken. Ihr ganzes Leben lang hatte sie stets Stiefel besessen. Sie konnte sich nicht erinnern, je weiter als ein paar Schritt barfuß gegangen zu sein. Sie wusste, das würde ihre größte Sorge werden. Bald schon wären ihre Füße wund. Dann würden sie zu bluten beginnen. Und einer Blutspur würden Hunde leicht folgen können.

Shaya ging neben dem Weg. Das kurze, trockene Gras kitzelte ihre Sohlen. Nur selten stieß sie gegen einen Stein. Mehr als eine Stunde war vergangen, als sie die Viehweiden erreichte. Der Mond stand nur noch drei Handbreit über den Bergen. Das erleuchtete Fenster der Mutter der Mütter war zu einem winzigen Punkt hinter ihr geschrumpft. Freiheit! Es tat gut, dem Käfig entronnen zu sein. Lebend würden sie die Priesterinnen nicht fangen, das schwor sich Shaya. Sie würde nicht noch einmal wie ein Tier in einem verdreckten Stall vegetieren. Eher würde sie sich von einem Felsen stürzen.

Wolken zogen vor den Mond, und ein eisiger Regen setzte ein. Es war nun so dunkel, dass die Prinzessin kaum die Hand vor Augen sah. Shaya hatte die Viehweiden hinter sich gelassen und tastete sich dem Bergkamm entgegen, der für sie in den vergangenen Wochen das Ende der Welt gewesen war. Sie hatte zwar die blassen Umrisse noch höherer Berge in der Ferne gesehen, aber sie hatte nicht die geringste Vorstellung, wie das Land jenseits des Tals aussah, in dem das Haus des Himmels lag. Gab es dort fruchtbare Hänge und kleine Dörfer oder nur eine öde Steinwüste, über die sich unüberwindliche Gletscher erhoben? Shaya war klar, dass sie verloren war, wenn sie keine Menschen jenseits des Bergkamms fand. Ihre Tunika war völlig durchnässt und klebte an ihrer Haut. Sie brauchte dringend bessere Kleidung und zumindest Lumpen, die sie sich um die Füße wickeln konnte. Und Nahrung. Sie war sich des Risikos ihrer Flucht voll und ganz bewusst. Wenn sie Pech hatte, erwartete sie als einziger Trost ein Tod in Freiheit.

Langsam arbeitete sie sich einen Hang hinauf, den breite Geröllzungen bedeckten. Bei jedem Tritt gaben die Steine nach und lösten kleine Lawinen aus. Immer wieder rutschte sie aus. Schließlich tastete sie sich auf allen vieren vorwärts. Zuletzt kletterte sie über blanken Fels. Ihre Füße waren zerschunden. Jeder Schritt schmerzte. Die Handflächen waren aufgeschürft, und der eisige Wind, der ihr den Regen entgegentrieb, ließ sie unkontrolliert zittern.

Shaya biss die klappernden Zähne zusammen. Ihre Bewegungen wurden fahriger. Sie dachte an die warmen Ziegenleiber und den geschützten Platz, den sie aufgegeben hatte. Leise fluchend kletterte sie weiter. Was war aus der Kriegerprinzessin geworden, die sie einmal gewesen war? Sich nach der Geborgenheit stinkender Ziegen zu sehnen! Sie brauchte eine ordentliche Schlacht, um wieder klar zu werden. Zu lange hatte sie keinem Bastard mehr ihre Dornaxt im Schädel versenkt.

Endlich erreichte Shaya den Bergkamm. Und sah nichts! Die

Finsternis war vollkommen. Lag unter ihr Ödland oder ein bewohntes Tal? Verzweifelt blickte sie zum Himmel auf. Der eisige Regen streichelte ihre Wangen. Sie sehnte sich danach, sich irgendwo zu verkriechen und das erste Licht abzuwarten. Aber sie durfte nicht stehen bleiben. Die Stunden der Nacht waren unbezahlbar. Jede Rast verringerte den Vorsprung, den sie vor ihren Verfolgern hatte. Und da war noch etwas. Es war zu kalt! Sie wusste, dass der Kältetod nicht allein mit Eis und Schnee kam. Wenn sie sich jetzt niederlegte, würde sie binnen einer Stunde völlig ausgekühlt sein. Sie würde müde werden und in das große Dunkel hinüberschlafen.

Shaya entschied sich für den Abstieg. Noch immer bewegte sie sich auf allen vieren, jetzt aber rückwärts. Der Regen hatte an Stärke zugenommen. Der Fels war schlüpfrig. Sie tastete in alle Richtungen, aber es gab keinen Pfad. Immer wieder blickte sie verzweifelt zum Himmel, doch der Mond verbarg sich hinter Wolken. Es war unmöglich abzuschätzen, wie lange die Nacht noch dauern würde.

Sehr langsam kroch sie tiefer. Es schien eine Ewigkeit vergangen zu sein, als sie endlich einen Geröllstreifen erreichte. Kurz dachte sie, es würde nun einfacher werden. Doch dann gerieten die Steine unter ihren Füßen ins Rutschen, und sie musste sich fallen lassen, um nicht unkontrolliert zu stürzen. Mit den Steinen glitt sie ein wenig tiefer. Dann hörte die Bewegung auf.

Links von ihr erhob sich ein Block geronnener Finsternis. Ein Fels? Was sonst, du törichtes Huhn, schalt sie sich stumm. Sie blieb liegen. All ihre Glieder schmerzten. Der Regen streichelte sie. Sie fühlte sich taub und kraftlos. Die Kälte spürte sie schon gar nicht mehr.

Hatte sich der Fels bewegt? Shaya lachte auf. Was für ein Hasenherz sie geworden war!

Als Antwort auf ihr Lachen erklang ein tiefes Brummen. Der Fels bewegte sich tatsächlich. Ein Bär! Kara hatte einmal davon erzählt, dass sich gelegentlich ein Bär eine der Ziegen holte.

Shaya sprang auf und geriet auf dem Geröll sofort erneut ins Rutschen. Der Bär war so nah, dass sie glaubte, sein nasses Fell zu riechen. Er setzte ihr nach. Dabei bewegte er sich deutlich geschickter als sie.

Shaya rollte herum, versuchte hochzukommen und schlitterte noch ein Stück durch das Geröll. Etwas tiefer hörte sie Steine klackernd auf Felsen schlagen. Sie stieß sich das Knie an einem Vorsprung, der wie eine flache Insel aus den Gesteinstrümmern ragte. Wütend packte sie einen Stein und schleuderte ihn nach dem Bären. Lautes Brüllen war die Antwort.

Da sprang sie auf und richtete sich zu voller Größe auf. Doch sie fand keinen festen Stand, schlitterte langsam hangabwärts und brüllte nun ihrerseits aus Leibeskräften. Sie glaubte einmal gehört zu haben, dass man Raubtiere durch mutiges Auftreten und wilde Schreie in die Flucht schlagen könne. Der Bär hatte offensichtlich noch nicht davon gehört.

Das Licht des Sichelmondes fiel durch eine Lücke zwischen den Wolken, und einen Herzschlag lang sah Shaya die fingerlangen Fänge der Bestie über sich. Dieser Anblick veränderte alles, und große Ruhe überkam sie. Sie hatte in mehr als dreißig Scharmützeln und in zwei großen Reiterschlachten gekämpft. Panik bedeutete den Tod. Wenn der Bär durch ihre Schreie auch nicht erschreckt war, so war er doch zumindest verunsichert. Sie bückte sich und hob den größten Stein auf, den ihre klammen Finger zu packen bekamen.

»Du willst mich als Nachtmahl?«, zischte die Prinzessin. »Das wird dich Zähne kosten! Ich bin keine Ziege, auch wenn ich so rieche.« Sie schnellte vor und schlug dem Bären mit aller Kraft den Stein in die Schnauze.

Der dunkle Räuber brüllte erneut auf, dann stürmte er vor. Shaya sprang zur Seite, doch der massige Leib des Bären streifte sie. Sie geriet auf dem Hang ins Schlittern. Sofort ließ sie sich fallen. Unter ihr war blanker Fels. Jetzt rutschte sie auf dem Bauch.

Ihre Tunika zerriss. Verzweifelt versuchte sie, sich im Gestein festzukrallen, wurde aber immer schneller.

Der Bär lief einfach neben ihr her. Wieso fanden seine großen Pfoten Halt? Ihr wurde klar, dass er sich anders als sie schon ein ganzes Leben lang durch diese Berge bewegte. Sie konnte ihm nie entkommen. Bald würden neue Wolken vor den Mond ziehen und den Hang in Dunkelheit hüllen. Sie musste ihren letzten Kampf liefern, solange es wenigstens noch ein wenig Licht gab. In diesem Augenblick fanden ihre Füße Halt. Ihr ganzer Leib brannte, obwohl der strömende Regen in Sturzbächen an ihr hinabrann, als sie sich aufrichtete. Sie lockerte ihre Schultern. Hob die Arme. Es war lächerlich, sie hatte nicht einmal mehr einen Stein als Waffe. Mit bloßen Händen würde sie gegen den Bären nichts ausrichten können.

Der Regen wob silberne Schleier über das glatte Felsgestein. Shaya erkannte, dass vier oder fünf Schritt hinter ihr der abschüssige Hang abbrach. Lag dort eine tiefe Schlucht, oder war es nur ein Felsspalt? Sie konnte es in dem spärlichen Licht nicht erkennen.

Der Bär war ebenfalls stehen geblieben. Er riss den Kopf hoch, um ihr entgegenzubrüllen. Es war ein Schrei, der sicher noch Meilen entfernt zu hören war. Dann stürmte er vor. Shaya wich auf dem glatten Fels aus, doch ihre wunden Zehen fanden keinen Halt auf dem schlüpfrigen Stein. Sie stolperte dem Abgrund entgegen. Wild schwenkte sie die Arme. »Komm her! Hol dir deine Ziege!« Sie sah, dass die Schnauze des Bären blutete. Einer der langen Reißzähne war abgebrochen. Jetzt kam auch der Bär auf dem glatten Fels ins Rutschen. Er versuchte, sich mit den mächtigen Pfoten gegen den Hang zu stemmen.

Wind und Wetter hatten den Fels in Jahrhunderten glatt geschliffen. Shaya wandte sich um. Es war nur noch ein Schritt bis zum Abgrund. Sie wusste, dass sie sich nicht würde halten können. Jetzt würde sie ihren Devanthar zum letzten Mal sehen. Es hieß, der Weiße Wolf käme zu allen Sterbenden.

Als sie ins Dunkel stürzte, riss sie ihre Arme hoch und stieß ihren Schlachtruf aus, der so oft Schrecken und Verzweiflung in die Herzen ihrer Feinde getragen hatte. Im Sturz drehte sie sich und sah auch den Bären über die Felskante stürzen, und tiefe Zufriedenheit überkam sie.

Sie war auch in ihrem letzten Kampf unbesiegt geblieben.

Das Ziegenmädchen

Ein nasser Lappen fuhr ihr durchs Gesicht und kitzelte ihre Nase. Shaya fühlte sich taub, zerschlagen, kalt. Dazu kam noch diese subtile Folter mit dem Lappen.

Die Luwier glaubten an ein Leben nach dem Tod, irgendwo tief unter der Erde, gefangen in ewiger Finsternis, wo Daimonen die Seelen der Menschen quälten. War sie aus Versehen an diesen Ort geraten, weil sie irgendwo in den Bergen Luwiens gestorben war? Sie sollte mit den Geistern ihrer Ahnen über den weiten Himmel des Graslands reiten. Dies war der Platz, der den Helden ihres Volkes vorbehalten war! Sie wurden zum Gefolge des Weißen Wolfes. In dem Moment, in dem sie das dachte, begriff Shaya, warum sie nicht über den Himmel ritt: Sie war keine Heldin! Sie hatte ihr Schicksal nicht auf sich genommen. Sie war davongelaufen und dabei umgekommen.

Shaya schlug die Augen auf und blickte auf einen nur eine Handbreit entfernten Ziegenkopf. Eine Ziege? Sie lebte also und ritt noch nicht an der Seite ihrer Ahnen. Aber wo war sie? Immer noch im Stall? Hatte sie ihre Flucht nur geträumt? Sie wollte sich aufsetzen, schaffte es jedoch nicht einmal halb hoch, bevor sie stöhnend zurücksank. Ihr Leib fühlte sich an, als sei eine durchgehende Pferdeherde über ihn hinweggetrampelt.

Shaya blinzelte. Die Ziege war immer noch da. Sie hatte eine große, weiße Blesse auf der Stirn und sah streng auf sie herab. Offensichtlich war sie verärgert darüber, dass Shaya etwas dagegen hatte, abgeschleckt zu werden.

Hinter der Ziege sah die Kriegerin eine Felswand aufragen. Sie war nicht allzu hoch, vielleicht sieben oder acht Schritt. Oder doch weniger? Shaya wandte den Kopf. Nur ein kleines Stück von ihr entfernt lag ein Bär. Der Bär! Sie sah in seine toten Augen, und alle Erinnerungen kehrten zurück: die Flucht, der Regen, die Kälte und zuletzt dieser Bär. Während sie selbst auf einem Grasflecken gelandet war, war er auf einen Felsklotz aufgeschlagen. Schlieren aus dunklem, getrocknetem Blut zeichneten sich auf dem hellgrauen Stein ab. Das hieß, er hatte noch geblutet, als der Regen aufgehört hatte. Der Kopf des Bären war ihr zugewandt. Seine schwarzen Augen waren erloschen. Er hatte sie angestarrt, bis er starb, zu schwer verletzt, sich in seiner letzten Stunde noch vom Fels zu seiner Beute zu schieben.

Zwei buntscheckige Ziegen leckten das getrocknete Blut des Bären.

Shaya fuhr sich mit der Zunge über die trockenen, rissigen Lippen. Sie hatte Durst, und ihr war schwindelig. Tief in ihrem Kopf nistete ein pochender Schmerz. Sie wusste, dass sie von hier fortmusste. Waren das Wildziegen? Oder durfte sie hoffen, dass irgendwann ein Hirte nach den verschwundenen Tieren suchte?

Die Ziege mit der Blesse wandte sich von ihr ab. Ihr Fell war struppig und verfilzt. Sollte es einen Hirten geben, dann kümmerte er sich nicht gut um seine Tiere.

Sie sollte sich besser um sich selbst kümmern, als darauf zu hoffen, von irgendjemandem gerettet zu werden. Erneut versuchte Shaya sich aufzurichten. Sie dachte an das Grauen, das sie auf den Schlachtfeldern gesehen hatte. Den Himmelspiraten, der noch weiterkämpfte, obwohl ihm eine Axt im Kopf steckte. Einen ihrer Gefährten, der auf Stümpfen weitergelaufen war, nachdem ihm ein Katapultgeschoss die Beine abgerissen hatte. Inmitten der Schrecken der Schlacht hatten sie alle ihren Schmerz vergessen und weitergekämpft. Das musste sie jetzt auch schaffen. Sie durfte sich nicht so anstellen. Gewiss hatte sie nur ein paar blaue Flecken und Schürfwunden.

Als sie saß, musste sie um Atem ringen. Ihr wurde klar, dass sie alleine nicht auf die Beine käme und etwas brauchte, um sich hochzuziehen. »Komm, mein Zicklein. Komm!« Shaya streckte der Ziege mit der Blesse ihre blutige Hand entgegen. Das Tier legte den Kopf schief und betrachtete sie misstrauisch. Dann siegte die Neugier. Sie kam näher. Als die Geiß ihre Hand leckte, packte sie sie bei den Hörnern. Die Ziege riss den Kopf zurück. Mit dem Ruck lief eine Welle brennenden Schmerzes durch Shayas Leib. Sie stemmte sich auf ein Knie und hielt verzweifelt fest, während die Geiß ihren Kopf hin und her warf.

Mit einem Schrei kam Shaya hoch. Sie zitterte am ganzen Körper. Die Ziege war eingeschüchtert, hielt endlich still und stieß ein klägliches Meckern aus. »Ich bin die Tochter des Unsterblichen Madyas«, schleuderte ihr die Kriegerprinzessin entgegen. »Ich werde hier nicht untergehen!«

Sie stieß die Ziege mit dem Knie und lenkte sie in Richtung des toten Bären. Die Prinzessin tastete über die Schnauze und den abgebrochenen Fangzahn. »Es tut mir leid, dass sich unsere Wege gekreuzt haben. Möge deine Seele Frieden finden.« Kurz überlegte sie, mit einer der Bärenklauen den Kadaver aufzuritzen und ein Stück Fleisch herauszuschneiden. Sie musste essen. Aber wenn sie die Geiß losließ, würde die sicher davonlaufen, und ein zweites Mal würde sich das Vieh nicht hereinlegen lassen.

Die Ziege bäumte sich auf, als hätte sie gespürt, dass Shaya mit ihren Gedanken nicht bei ihr war. Sie riss den Kopf hart zur Seite und versetzte Shaya einen Stoß mit ihren gebogenen Hörnern, der die Prinzessin unter dem Rippenbogen traf. Shaya revanchierte sich, indem sie der Ziege das Knie in die Flanke rammte. Daraufhin herrschte Waffenstillstand.

»Du wirst meine Stütze sein, ob es dir gefällt oder nicht«, zischte

Shaya, dann sah sie sich unschlüssig um. Sie stand inmitten großer Felsblöcke, die unterhalb der Steilwand lagen. Sollte sie hier ausharren oder versuchen, weiter den Hang hinabzugelangen? Shaya war sich sicher, dass die Mittagsstunde noch fern war, denn die Sonne stand noch nicht sehr hoch am Horizont. Bis etwaige Verfolger die Bruchkante über ihr erreichten, könnte sie es riskieren, über ein weites Geröllfeld zu gehen, oder was immer sie jenseits der Felsen erwartete. Tiefer im Tal würde sie sicher auch noch Deckung finden. Die Frage war nur, ob sie es so weit schaffte. Immer noch schmerzten all ihre Glieder. Sie schien sich nichts gebrochen zu haben. Aber sie fühlte sich, als würde sie selbst gegen einen Greis, der am Stock ging, bei einem Wettlauf verlieren.

Shaya schob die mürrische Ziege zwischen den Felsen hindurch, bis sie einen Blick auf das Tal erhaschte. Irgendwelche Behausungen konnte sie dort nicht entdecken. Es gab auch nur vereinzelt windgeduckte Bäume. Nichts wies darauf hin, dass sich hier Menschen niedergelassen hatten. Sie blickte auf die Geiß hinab. Sie würde sie töten, wenn sie unten im Tal war. Sie musste essen! Zur Not auch rohes Fleisch. Wenn sie weiter flüchten wollte, brauchte sie Kraft.

»Gehörst du zu jemandem?«

Die Ziege gab einen leisen, kläglichen Laut von sich. Fast, als wüsste sie um ihr Schicksal.

Mit einem leichten Schubs und ohne ihren Griff um das Horn zu lockern, begann sie den Abstieg. Gezogen zu werden, half. Zum Glück war das Gefälle sanft. Bald fühlte Shaya sich nicht mehr ganz so schlecht wie beim Erwachen. Ihr war aber klar, wie trügerisch dieses Gefühl war. Wenn sie eine Rast einlegte, würde sie erneut kaum auf die Beine kommen. Sie brauchte dringend Hilfe!

Sie kamen unendlich langsam voran. Shaya richtete den Blick auf den Talgrund. Dort schien es einen Bach zu geben. Wieder strich ihre Zunge über ihre spröden Lippen. Trinken … Sie sollte an etwas anderes denken. An den Unsterblichen Aaron.

Die Kriegerprinzessin wusste, dass er nicht hatte kommen können, um sie zu retten. Selbst er vermochte sich nicht in einen Pakt zu drängen, den Devanthar miteinander geschlossen hatten. Išta hatte sie auserwählt, um Aaron zu demütigen. Nur deshalb war sie in aller Öffentlichkeit auf der Zikkurat von Isatami, der Stufenpyramide inmitten der heiligsten Stadt Luwiens, von Muwatta vergewaltigt worden. Išta hatte Aaron dazu verleiten wollen, sich gegen den Ratschluss der Götter aufzulehnen. Selbst jetzt noch! Shaya wollte den Unsterblichen nicht zu Grunde richten. Und doch schmerzte es sie tief im Innersten ihres Herzens, dass er nicht gekommen war, um sie zu retten.

Die Wut trug Shaya vorwärts. Wut, dass Aaron nicht hier war. Wut, dass sie seine Gründe verstand. Er war eben kein König aus einem Märchen. Und selbst die legten sich nur mit Ungeheuern, nicht aber mit den Göttern an. Heiße Tränen rannen über ihre Wangen. Er hätte sie selbst aus den Klauen eines Drachen befreit, sie wusste das. Aber gegen die Geflügelte war er ohnmächtig. Welchen Gefallen fanden Götter daran, Menschen so sehr zu quälen? Sie wünschte sich, sie hätte ein Zauberschwert, eine Waffe, wie sie die Daimonen schmiedeten. Sie stellte sich vor, wie sie der geflügelten Išta die Klinge durch den Leib rammen würde. In allen Farben malte sie sich dieses Bild aus. Sie sah die schreckensweiten Augen der Göttin vor sich, spürte, wie ihr warmes Blut den Stahl hinabrann, bis es ihre Hand benetzte.

Shaya blinzelte die Tränen fort und blickte wieder zum Himmel hinauf. Die Sonne stand fast im Zenit. Sie war lange gegangen – halb ohnmächtig und gefangen in wirren Tagträumen. Jetzt konnte sie den kleinen Wildbach hören. Sein Rauschen erinnerte sie an ihren Durst. Sie stellte sich vor, wie sie sich in das Wasser legen würde, ganz gleich, wie kalt es war, und trinken, trinken, trinken…

Plötzlich stieg ihr Rauch in die Nase. Verdammt, wie hatte ihr das entgehen können. Es brannte ein Feuer. Ganz nah! Langsam drehte sie sich mit der Ziege um ihre eigene Achse. Links. Zwischen zwei großen Felsquadern stieg eine dünne, blassblaue Rauchsäule auf. Sie war fast unsichtbar.

Shaya griff nach ihrer Hüfte, um die Dornaxt aus der Lederschlaufe am Gürtel zu ziehen, so wie sie es unzählige Male getan hatte. Nur waren da weder Gürtel noch Axt. Und ehe sie sich versah, trabte die Geiß davon, die endlich ihrem Griff entronnen war.

Fluchend rang die Prinzessin um ihr Gleichgewicht und bemerkte, dass sie gar keine Stütze mehr brauchte. Sie konnte alleine gehen. Steif bückte sie sich und hob einen Stein auf. Es gab also doch einen Hirten. Hatte er sie gesehen? Hielt er sie für eine Diebin? Mit Pferdedieben wurde bei ihr zu Hause im weiten Grasland nicht lange gefackelt. Dort wartete niemand darauf, dass ein Ältester oder einer der Vertrauten ihres unsterblichen Vaters ein Urteil sprach. Man brachte Diebe einfach um. Was machten sie hier wohl mit Ziegendieben? Shaya konnte sich gut vorstellen, dass es in diesen einsamen Bergen nicht anders war als im Grasland.

Ein wenig schwankend schlich sie sich an die Rückseite der Felsquader. Hatte man sie bemerkt? Sie lehnte sich gegen das warme Gestein, atmete tief ein. Sie musste den Hirten überraschen. Bestimmt war er allein.

Shaya bückte sich, hob einen kleinen Kiesel auf und schleuderte ihn davon, sodass er ein ganzes Stück entfernt laut klackend von den Felsen abprallte. Im selben Moment schnellte sie hoch und umrundete den grauen Quader. Sie musste im Rücken des Hirten auftauchen, sobald der sich nach dem Geräusch umsah.

An der Lagerstelle saß niemand! Neben dem Feuer lag ein zerschlissener Umhang ausgebreitet. Ein Wasserschlauch lehnte am Felsen. Und auf einem Stein in der Glut lag ein blutiger, länglicher Kadaver. Ein Murmeltier? Shaya erfasste all das binnen eines Herzschlags, und sie wusste, dass sie es war, die in die Falle gegangen war. Sie presste sich gegen den Fels, als der Schatten sich auf sie senkte. Dann traf sie ein Schlag in den Nacken.

Der Hirte und die Prinzessin

Shaya stürzte und wurde fest zu Boden gepresst. Sie spürte ein Knie in ihrem Nacken und schlug mit aller Kraft mit dem Stein, den sie in der Faust hielt, nach hinten. Sie traf. Der unsichtbare Angreifer heulte auf. Er war nicht sehr schwer. Shaya stemmte sich auf die Ellenbogen, schüttelte ihn ab, drehte sich blitzschnell um und schleuderte ihm den Stein ins Gesicht.

Der Hirtenjunge schrie auf. Der Stein hatte ihn auf der Nase getroffen. Shaya hörte es knacken. Dunkles Blut quoll aus der Nase. Sie musste gebrochen sein. Der Junge starrte sie entsetzt an. Er war höchstens sechzehn. Zarter Flaum spross um sein Kinn. Langes, dunkles Lockenhaar rahmte sein Gesicht.

Aus dem Tuchstreifen, den er als Gürtel um die Hüften gewickelt hatte, ragte ein mit Leder umwickelter Griff. Shaya zog die Waffe, bevor der Hirte wieder zu sich kam und etwas Unbedachtes tun konnte. Die Klinge war aus Knochen gefertigt. Sie musste lachen, als sie dieses lächerliche Messer sah, und entspannte sich.

Kaum dass die Gefahr vorüber war, meldeten sich ihre geschundenen Knochen. Shaya hatte das Gefühl, sie könne kein einziges Glied mehr rühren. Erschöpft ließ sie sich gegen den Fels sinken und deutete mit dem Knochenmesser auf das Feuer. »Hol das Murmeltier von dem Stein, bevor es zu Kohle verbrennt.«

Der Junge gaffte sie an, als sei er nicht ganz bei Sinnen. Immer noch troff ihm Blut aus der Nase auf die Brust.

Shaya winkte mit dem Messer. »Hörst du mich?«

»Du bist ja eine Frau …«, stammelte der Hirte.

»Und du bist ein ausgezeichneter Beobachter. Ich beglückwünsche dich zu deinem Scharfsinn. Und nun nimm das Murmeltier aus den Flammen!«

Er gaffte sie noch immer an, und Shaya fiel auf, dass er ihr nicht ins Gesicht sah. Sie tastete nach ihrer Tunika. Der Saum am Halsausschnitt war tief eingerissen und gewährte vermutlich beste Einblicke.

»Wer bist du?«

»Wie du schon sagtest, eine Frau. Und ich hasse Feuerpriester, die unschuldige Murmeltiere zu Asche verbrennen.«

Der Junge runzelte die Stirn, dann begriff er. Mit zwei dünnen Stöcken hob er das hagere Tier von dem heißen Stein.

»Hierhin!« Shaya deutete auf die Decke, die sie vom Boden aufgehoben und sich über den Schoß gezogen hatte.

»Das ist nicht sauber …«

»Egal!«

Der Hirte gehorchte. Er erweckte nicht den Eindruck, als wolle er sie noch einmal angreifen. Ohne ihn aus den Augen zu lassen, tastete Shaya nach dem Wasserschlauch, zog den hölzernen Stöpsel und trank in gierigen, tiefen Schlucken.

»Wo ist deine Lederschlinge?«, fragte sie und verschloss den Wasserschlauch sorgfältig.

Der Junge glotze sie weiterhin an.

»Erzähl mir nicht, dass das Murmeltier sich vor lauter Zuvorkommenheit in dein Knochenmesser gestürzt hat. Wo ist deine Schleuder? Zeig sie mir, oder ich brat *dich* auf dem heißen Stein.«

Er machte ein Gesicht, als würde er ihr das tatsächlich zutrauen. Hastig griff er hinter seinen Rücken und löste die Lederschlinge von dem ausgefransten Stoffstreifen, der ihm als Gürtel diente. Er warf ihr die Schleuder vor die Füße.

»Auch den Beutel mit den Steinen«, befahl sie und tastete mit spitzen Fingern nach dem Murmeltier.

Er gehorchte und warf ihr einen dunklen Lederbeutel vor die Füße.

»Hast du noch irgendwelche anderen Waffen?«

Er nickte in Richtung eines langen Steckens, der nicht weit von ihr am Felsen lehnte.

»Und Hunde? Wo stecken die Köter?«

»Ich hab keine Hunde. Ich hab nur siebzehn Ziegen zu hüten. Da braucht man keine Hunde.«

Shaya sah ihn misstrauisch an. Seine Lippen und das Kinn waren von geronnenem Blut verschmiert. Er sah ziemlich erbärmlich und harmlos aus. Nicht wie ein Lügner. Außerdem hätten die Hunde sie ganz sicher weiter oben am Hang gestellt. Sie hätten nicht einfach zugesehen, wie sie zum Lager ihres Herrn hinabspazierte.

»Wie komme ich in das Tal, in dem das Haus des Himmels steht?«

»Von hier aus?« Der Junge schüttelte den Kopf. »Gar nicht. Du müsstest eine ziemlich steile Felswand erklimmen, und du siehst nicht so aus, als würdest du das schaffen.«

»Ach«, entgegnete sie schnippisch. »Das Bürschchen hat sich also mehr als nur meine Titten angesehen. Wonach schau ich denn aus?«

»Wie eine Frau, die ziemlich durchgeprügelt wurde.«

Shaya biss in den Murmeltierbraten und genoss den Geschmack des Fetts, das aus dem heißen Fleisch troff. Köstlich! Vorsichtig begann sie zu kauen.

»Was machst du hier?«

»Bären jagen«, antwortete sie zwischen zwei Bissen und spuckte einen Knochensplitter aus.

Der Junge sah sie beleidigt an. Ihr war klar, dass sie ganz und gar nicht wie eine Jägerin aussah. So ganz ohne Waffen, ohne Schuhe und nur mit einer Tunika bekleidet, die in Fetzen hing.

»Was machst du hier?«, wiederholte der Junge.

Shaya schnaubte. Ihr war klar, dass man als Hirte keinen sonderlich hellen Kopf brauchte, aber dieser hier schien besonders dämlich zu sein. »Ich gehe große, schwarze, übellaunige, ziegenfressende Bären jagen.« Sie hatte das Murmeltier verspeist und immer noch Hunger.

»Den Ochsenbeißer?«

»Euer Bär hat einen Namen?«

Der Junge nickte eifrig. »Ja, er hat vor vier Jahren den einzigen

Ochsen weit und breit gerissen. Sonst frisst er nur Ziegen und … Einmal hat er auch einen Hirten erwischt. Alle gehen ihm aus dem Weg. Ist ein übler Bursche, dieser Bär.«

»Jetzt nicht mehr«, entgegnete Shaya knapp und betrachtete die Schuhe des Jungen. Es waren einfache Sandalen, ziemlich abgetragen. Sie hatten ungefähr ihre Größe. Sie deutete mit dem Knochendolch auf seine Füße. »Ausziehen.«

Der Knabe gehorchte stumm. Wenn er barfuß war, würde er vielleicht nicht davonlaufen. Sie war zu Tode erschöpft und könnte nicht mehr weitergehen. Sie musste ein paar Stunden schlafen. »Wie weit ist denn der Weg von hier bis zu diesem Weiberkloster?«

»Da darfst du nicht hin. Da gibt es nur Frauen von hoher Geburt. Und manchmal besucht der Unsterbliche das Tal. Seine Bräute gehen dorthin«, erklärte der Kleine ehrfürchtig.

»Sehe ich aus, als würde ich mich darum scheren, was erlaubt ist?«

Er musterte sie vom Scheitel bis zur Sohle. Dann schüttelte er den Kopf.

»Also, wie weit ist es dorthin?«

Er zuckte unschlüssig mit den Schultern. »Ich war ja noch nie da. Aber es sollte mehr als ein Tagesmarsch sein. Man muss über ziemlich steile Felsen klettern. Es gibt keinen richtigen Weg. Es ist ja verboten, dorthin zu gehen.«

Shaya überschlug ihre Lage. Wenn der Junge nicht log, würde es also mindestens einen Tag dauern, bis hier im Tal Verfolger erschienen. Eher länger. Schließlich mussten die Priesterinnen nach Handlangern und Hunden schicken, die vermutlich durch das verwunschene Portal kämen. Und dann mussten ihre Häscher erst einmal ihre Fährte aufnehmen. Sosehr ihr der Regen zu schaffen gemacht hatte, rückblickend hatte er auch sein Gutes. Selbst Bluthunde würden kaum noch Spuren finden.

Sollten ihre Häscher aber wirklich zu der Stelle gelangen, an der sie abgestürzt war, hätten sie ein Problem: Niemand, der seinen Verstand beisammenhatte, sprang dort hinab. Vielleicht hatte sie sogar Glück, und sie sahen den Kadaver des Bären. Dann glaubten sie vielleicht, ihre Hunde seien Ochsenbeißer gefolgt, statt ihr. Shaya entschied, dass sie es sich leisten konnte, ein oder zwei Stunden zu schlafen.

»Leg dich auf den Bauch!«, fuhr sie den Jungen an.

Der glotzte nur.

»Was ist daran nicht zu verstehen?« Sie schob sich mit dem Rücken am Felsen hoch und deutete mit dem Knochendolch auf seine Brust. »Sehe ich sehr geduldig aus?«

Zögernd legte er sich hin.

»Jetzt winkle deine Beine an und greife mit den Händen nach den Fußgelenken.«

Diesmal gehorchte er sofort. Sie kniete sich neben ihn, schlang den Lederriemen seiner Schleuder um Fuß- und Handgelenke und zog sie stramm. Dem Kleinen würde zwar eine ungemütliche Zeit bevorstehen, aber auf diese Art gefesselt, konnte er nicht entkommen. Allenfalls würde er ein paar Schritt weit robben können.

»Du hast ziemlich laut geredet, als du den Hang runterkamst«, sagte der Junge nach einer Weile.

Shaya hatte sich in die Decke gerollt und neben das Feuer gelegt. Sie entschied, den Kleinen zu ignorieren.

»Du hast die Geflügelte Išta gelästert. Hast du keine Angst, dass sie kommen wird, um dich zu holen?«

Daran hatte sie bisher gar nicht gedacht. Išta würde niemals dulden, dass sie zu Aaron zurückkehrte. Wie lange würde es dauern, bis sie kam? Wusste sie schon von der Flucht?

»Du bist die Prinzessin aus dem Haus des Himmels, nicht wahr?«

»Wie kommst du darauf?« Shaya bemühte sich, gleichgütig und schläfrig zu klingen.

»Nur eine Prinzessin käme auf die Idee, barfuß durch die Berge zu flüchten.«

Jetzt musste sie schmunzeln. Der Kleine war also doch nicht so dumm. Auch wenn er ganz sicher überrascht wäre, wenn er wüsste, was für eine Sorte Prinzessin sie war. Wieder musste sie an Išta denken. Wie entkam man einer Göttin? Darauf gab es nur eine Antwort: gar nicht!

Shaya wurde sich schmerzlich bewusst, dass sie ihre Flucht nie wirklich bis zum Ende durchdacht hatte. Es war immer nur darum gegangen, aus dem Haus des Himmels, ihrem Kloster, zu entkommen, die Berge hinter sich zu lassen und nicht von den Häschern gestellt zu werden, die Tabitha, die Mutter der Mütter, hinter ihr herschicken würde. All das mochte ihr gelingen. Aber einer Göttin zu entfliehen, das war unmöglich! Und Išta würde die Verfolgung aufnehmen, denn sie, Shaya, war Bestandteil ihrer Rache an Aaron, der den Unsterblichen Muwatta gedemütigt hatte. Išta würde jeden aufspüren, dem sie auf ihrer Flucht begegnet war. Und ihr ein angebranntes Murmeltier nicht als Mahl verweigert zu haben, mochte schon als Grund für ein Todesurteil genügen. Die Geflügelte war rachsüchtig.

Mit gesenkten Lidern betrachtete Shaya den jungen Hirten, der schnaufend gegen seine Fesseln ankämpfte und nur erreichte, dass ihm die Lederriemen immer tiefer ins Fleisch schnitten. Es lag bei ihr, ob der Junge sterben würde.

Shaya begann zu erahnen, welche Last auf Aarons Schultern lag. Sie zweifelte nicht daran, dass er sich immer noch nach ihr sehnte. Doch dieser Sehnsucht nachzugeben bedeutete auch, Tausende Tode in Kauf zu nehmen, wenn er die Götter gegen sich aufbrachte. Zu erwarten, von ihm gerettet zu werden, war überaus selbstsüchtig. Sie konnte sich ja nicht einmal selbst retten.

Und würde sie ihn noch lieben, wenn sie wüsste, dass er kaltblütig den Tod Unschuldiger in Kauf nahm, um wieder mit ihr vereint zu sein? Wieder betrachtete Shaya den Jungen. Išta würde ihm einen langen, grausamen Tod schenken. Nein, sie würde ihm das ersparen, entschied die Prinzessin. Es war an der Zeit, harte Entscheidungen zu treffen.

Der Tag der Skorpione

Eleborn stieg über einen mit handtellergroßen Saugnäpfen besetzten Fangarm hinweg und balancierte bis zum äußersten Ende des goldbeschlagenen Ankerholzes. Es war eine von Dutzenden Streben, die seitlich aus dem Turm ragten. Der Wind spielte mit seinem offenen Haar. Es war ein wunderschöner Morgen. Blau und Rosa kämpften am östlichen Horizont um die Vorherrschaft, während im Westen, über den Wäldern, die letzten Regenwolken der Nacht gleich grauen Festungen thronten.

Das Goldblech war mit Gallert überzogen. Jeder Schritt an dem windigen Morgen war ein Risiko. Doch Eleborn liebte Risiken und den unvergleichlichen Ausblick auf die umliegenden Dächer. Und er liebte die Sinfonie aus Licht, mit der ihn jeder Sonnenaufgang hier auf dem hohen Ankerturm beschenkte. Der Elf merkte, wie sein Balanceakt von einigen neugierigen Wolkenschiffern beobachtet wurde, deren Schiff über Nacht angelegt hatte. Auf einem dieser Wolkensammler zu reisen wäre sicher eine unvergessliche Erfahrung. Tausend Fuß über dem Boden durch die Takelage zu klettern, ganz den Elementen ausgeliefert.

Eleborn drehte sein Gesicht der Sonne entgegen und genoss die sanfte Wärme. Mit leisem Schmatzen wanden sich die Tentakel am Ankerholz. Die riesige Kreatur über ihm drehte sich mit dem Wind und schob sich vor die Sonne. Fasziniert beobachtete der Elf den Tanz der Tentakel. Währenddessen wurden unablässig Waren von den Decks des Wolkenschiffes abgeseilt. Die Männer über ihm, die die langen Hölzer der Lastspiels drehten, sangen ein eintöniges Lied und stampften dazu mit den Füßen.

Netze voller Amphoren und praller Säcke senkten sich dem Boden entgegen, wo sie von Lastenträgern geöffnet wurden, die die Frachtgüter zu markierten Arealen auf dem von hohen Mauern umschlossenen Gildenhof trugen. Die Lagerplätze bei den Ankertürmen waren begehrt und teuer. Das überraschende Beben hatte etliche der Bauten in Mitleidenschaft gezogen. Ein Drittel der Türme war ausgefallen, sodass viele Wolkenschiffe draußen über dem Dschungel warteten, wo sie einen Königsbaum gefunden hatten, dessen Äste und Wurzeln stark genug waren, um einen der Himmelsgiganten auch bei stürmischer Brise sicher an seinem Platz zu halten. Sobald die Ladung gelöscht wäre, würde eines jener Schiffe den begehrten Ankerplatz übernehmen.

Eleborn ließ den Blick vom weiten Horizont zum Tempelgarten der Zapote wandern. Der Ankerturm stand kaum hundert Schritt vom hinteren Abschnitt des Gartens entfernt. Etliche Tage hatte er die über drei Terrassen ausgedehnte Anlage aus Gärten, Stufenpyramiden und weitläufigen Palastanlagen nun schon beobachtet. Er wollte herausfinden, was dort unten vor sich ging. Inzwischen wusste er, dass die blonden Gefangenen in kleinen, zweigeschossigen Häusern weit hinten in den Gärten untergebracht waren. Sie schienen sich frei bewegen zu dürfen. Nur der Weg zurück durch das große, weiße Tor am Eingang der Tempelstadt war ihnen offensichtlich verboten.

Anfangs hatte Eleborn gehofft, Volodi vom Ankerturm aus erkennen zu können. Aber das dichte Laubdach, das sich über viele der Gartenwege wölbte, behinderte die Sicht. Auch sahen die blonden Männer dort unten – auf Entfernung von mehr als vierhundert Schritt – fast alle gleich aus: Sie alle waren hochgewachsen und muskulös, Krieger oder auch Bauern und Jäger. Männer, deren vorangegangenes Leben zu hart gewesen war, um Fett anzusetzen.

Der Elf wusste, dass er, gemessen an diesen Muskelpaketen, das reinste Gerippe war. Er war zwar zäh und ausdauernd, aber darauf schien es nicht anzukommen. War er zu schlank, um als ein Opfer für die Schlange angenommen zu werden? Gestern hatte er sich auf einem der zahllosen Marktplätze der Stadt mit einem rotbraunen Saft bemalen lassen. Muster aus kleinen Dreiecken und Halbkreisen rankten sich nun um seine Brust, seine Arme und Beine. Sie erinnerten ihn ein wenig an die Bilder, die sich manche Maurawan mit Bandag auf ihre Körper malten. Eleborn hatte sich für diesen Schmuck entschieden, um einerseits wilder und barbarischer zu erscheinen, aber auch, um von der hellen Farbe seiner Haut abzulenken. Zöpfe an seinen Schläfen und ein mit Knochen und Zähnen geschmückter Brustgurt für sein langes Schwert rundeten seine neue Erscheinung ab.

Was wäre wohl, wenn er so in die Weiße Halle marschieren würde? Ob ihn noch jemand wiedererkennen würde? Er grinste. Wohl kaum. Es war vielleicht die richtige Aufmachung, um eine Maurawani zu verführen, jene halbwilden Elfen, die hoch im Norden in den Wäldern im Schatten des Albenhaupts lebten und von denen es hieß, dass sie sich manchmal mit Wölfen paarten. Aber unter den kultivierten Damen Arkadiens würde solcher Hautschmuck nur Entsetzen auslösen. Er schob die Gedanken an seine Heimat von sich und blickte wieder auf den weiten Park. Vielleicht würde er Volodi ja doch noch entdecken.

Bis zur Mittagsstunde blieb Eleborn auf seinem Beobachtungsposten. Die Tempelgärten waren wirklich wunderschön: ein Blütenmeer in allen Farben des Regenbogens. Seltsam, dass die Priester, in deren Auftrag all dies entstanden war, einen so grausamen Gott wie die Gefiederte Schlange verehrten.

Der Elf richtete sich auf und lockerte seine verspannten Muskeln. Alles, was aus der Ferne herauszufinden war, wusste er nun. Wenn er Volodi finden wollte, dann musste er näher heran. Entschlossen stieg er über die Tentakel hinweg und balancierte über das glitschige Ankerholz, bis er die steinerne Treppe erreichte, die sich in weiten Spiralen die Außenwand des Turmes hinabwand.

Auf dem ersten Treppenabsatz begegnete er Usia, dem Frachtmeister dieses Turms. Der Alte war ein halbes Leben auf den Wolkenschiffen gesegelt, bis ihm eine zerbrochene Rah die rechte Hand zerquetscht hatte. Statt sich in sein Schicksal zu ergeben und sich in die Heerschar der Bettler einzureihen, die die Straßen der Goldenen Stadt bevölkerte, hatte er Lesen und Schreiben gelernt. Auf seinem Stumpf saß eine Ledermanschette, in der die Spitze eines Griffels steckte, mit der er Schriftzeichen in Tafeln aus frischem Lehm presste, die dann ein junger Gehilfe in einem großen Holzkasten verwahrte. Usias Aufgabe war es, jedes Frachtstück, das gelöscht wurde, zu verzeichnen.

»Heute gehst du aber früh.« Der Alte zwinkerte ihm freundlich zu. »Ist es dir doch langweilig geworden, Grünzeug anzustarren?«

»Ich habe entschieden, mich auf das Anstarren hübscher Mädchen zu verlegen«, entgegnete Eleborn verschmitzt grinsend. Er war froh, sich endlich zu einer Entscheidung durchgerungen zu haben.

»Mädchen gibt es hier bedeutend weniger als schöne Blüten. Meist braucht man eine prall gefüllte Börse, um auch nur welche zu Gesicht zu bekommen. Wenn du bis Sonnenuntergang wartest, werde ich dir zeigen, wo meine Jagdgründe liegen.«

»Ich fürchte, Graubart, was du noch als junge Mädchen durchgehen lässt, sind Damen, die das Alter meiner Großmutter überschritten haben. Aber sollte ich bis Sonnenuntergang noch nicht fündig geworden sein, komme ich vielleicht noch mal her.«

»Ganz sicher wirst du herkommen, denn deine romantischen Vorstellungen übertreffen den Umfang deiner Börse«, grinste Usia.

»Was an Münzen fehlt, wiegt mein jugendlicher Charme auf.«

»So wie du dich angemalt hast, laufen die Weiber schreiend davon, wenn sie dich sehen. Ich werde dich trösten, wenn du mit eingekniffenem Schwanz angekrochen kommst. Du solltest dich als Söldner auf den Wolkenschiffen verdingen. Ein Mann wie du könnte dort gutes Gold machen. Das ist gescheiter, als seinen Träumen hinterherzulaufen. Und nun mach dich davon, sonst verzähle ich mich noch.«

Eleborn eilte gut gelaunt die restlichen Turmstufen hinab. Er wusste, dass die Frau, die er suchte, ihn nicht zurückweisen würde. Was er nicht wusste, war, wo er sie finden würde. Sollte er keinen Erfolg haben, würde er sich mit Usia einen Krug Wein teilen. Der Alte war ein unerschöpflicher Quell an Geschichten über Nangog. Von ihm hatte er bereits vieles über diese schöne, fremde Welt gelernt. Leider wusste er bei Usias Erzählungen nie, wo die Wahrheit in Wolkenschiffermärchen überging.

Eleborn querte das weitläufige Gelände unter dem Ankerturm und schlängelte sich durch das Labyrinth aufgehäufter Waren. Es war das Blut dieser Welt, dachte er, das die Menschenkinder Nangog abzapften, um ihre eigene Welt über jedes Maß hinauswachsen zu lassen.

Am mächtigen, bronzebeschlagenen Tor zur Stadt lungerte eine Gruppe von Wachen. Die Männer kannten ihn und ließen ihn ohne Fragen passieren. Eleborn schlenderte auf der Sonnenseite der Straße, ließ sich mit dem Strom der Lastenträger treiben, der stetig aus dem Bronzetor quoll und träge die Stufen der Straße hinaufsickerte, hin zur Goldenen Pforte, von der aus es nur noch ein paar Schritte in die Menschenreiche war.

Auf dem Platz der Schlangen verführte ihn der Duft von frisch Gebratenem. Er ging die Reihe der Garstuben ab, die sich in den höhlenartigen Öffnungen der himmelhohen Ziegelmauer eines Lagerhausees aneinanderreihten. Ein gestürzter Ankerturm füllte den halben Platz mit seinen Trümmern. Auf den gesplitterten Steinquadern kauerten Lastenträger, die einen Teil ihres kargen Lohns in die fragwürdigen Köstlichkeiten der Garköche investiert hatten.

Eleborn verharrte bei einem mandeläugigen Koch aus einer der großen Städte im Osten Ischkuzas. Auf seinem Tisch lagen Holzspieße, die mit dunklem Fleisch und Gemüse bestückt waren. Zuoberst aber hatte er Skorpione liegen, die ebenfalls auf Spießen steckten, die ihnen der Länge nach durch den Leib getrieben worden waren. Eine Folter, die etliche der Tiere erstaunlicherweise überlebt hatten, denn ihre Scheren und Beine zuckten noch, und ihre giftigen Stachelschwänze krümmten sich, begierig danach, ihren baldigen Tod mit einem anderen Geschöpf zu teilen.

»Wie isst man Skorpion, Lee?«

»Ganz vorsichtig.« Der kleine Koch blickte auf und erkannte ihn. Ein Lächeln huschte über seine breiten Lippen, während er nach einem bunten Fächer griff und die Fliegen vertrieb, die sich auf dem Fleisch niederlassen wollten. »Erstaunliche Farbe auf deinem Gesicht. Woraus wird sie gemacht? Aus frischer Hundescheiße?«

»Was wird mich eher umbringen? Das Fleisch oder die Skorpione?«

»Dein empfindlicher Magen, Barbar. Was willst du jetzt? Kaufen oder schwatzen?«

Der Elf orderte fünf Fleischspieße und einen Skorpion.

Lee legte die Fleischspieße auf einen kleinen Grill, dessen Glut er mit seinem Fächer zu neuem Leben erweckte. Dann stellte er einen Becher mit geronnenem, gelblichem Fett auf die Ecke des Grills. »Deine Bemalung ist selbst für einen Drusnier außerordentlich geschmacklos, Mikayla. Hättest du etwas gesagt, hätte ich dich zu einem Meister geschickt, der dir einen Drachen auf deine Brust gemalt hätte oder einen Feuervogel. Ein wahres Kunstwerk. Nicht so einen Scheiß.« Während er redete, nutzte er den Fächer abwechselnd für die Glut und um sich Kühlung zuzuwedeln.

»Weißt du, wo ich ein hübsches Mädchen finden könnte?«

»Bist wohl in der Stimmung zu feiern. Gestern Nacht einen umgebracht und heute die Taschen voller Geld?«

»Wie gut du mich doch kennst«, entgegnete Eleborn mit vieldeutigem Lächeln.

Lee hielt seinem Blick stand, dann wendete er die Spieße. »Also unten am Platz der Silberspinner, direkt beim Abstieg zu den Kanälen, gibt es drei Damen, die sich auf die hohe Kunst verstehen, das Gleichgewicht der Säfte im Leibe eines Mannes wiederherzustellen. Sie sind nicht mehr ganz jung und haben auch nicht mehr sonderlich viele Zähne, aber wenn du die Augen schließt …« Lee schnalzte schwärmerisch mit der Zunge. »Ist auf jeden Fall besser, als sich an einem eingeölten Amphorenmund zu versuchen.«

»Ich dachte eher an ein Mädchen, das jung und hübsch ist und für das ich gar nichts zahle.«

Lee nahm einen der zuckenden Skorpione und tauchte ihn in das inzwischen sprudelnde Fett. »Ich träume nachts davon, dass sich mein gespartes Kupfer in Gold verwandelt und ich …« Er hielt inne und zog den Skorpion aus dem Fett. Das Tier rührte sich nicht mehr. Er blies darauf, dann knipste er mit dem Daumennagel den Giftstachel ab. »Junge, hübsche Dinger, für die man nichts zahlt?« Er blickte kurz auf. »Du denkst an eines der Zapotemädchen. Dumm … sehr dumm, Mikayla!« Mit diesen Worten reichte er Eleborn den Skorpion.

»Wie isst man das?«

»Mund auf, abbeißen, dann kauen.«

Eleborn musste lachen. Dann biss er vorsichtig ab. Skorpion würde nicht sein Leibgericht werden. Der Chitinpanzer knackte zwischen seinen Zähnen und gab eine weiche, breiige Substanz frei. Der Elf schluckte. »Köstlich«, heuchelte er.

»Bist kein guter Lügner.« Lee schüttete eine dampfende Flüssigkeit in einen Tonbecher und reichte ihn über den Grill. »Trink das. Ist gut für Männer mit schwachem Magen.«

Eleborn gehorchte. Das Gebräu duftete nach Blüten und schmeckte nach nichts.

»Lass die Finger von Zapotemädchen. Die wollen nur Männer mit Goldhaar, so wie du es hast, und die, die mit ihnen gehen, sieht man nie wieder.«

»Du machst dir Sorgen um mich?«

Lee sah ihn mit seinen schmalen Mandelaugen an. »Es gibt nicht viele Kunden, die mit meinem Humor klarkommen. Ich kann es mir nicht leisten, auch nur einen von ihnen zu verlieren.«

»Sehe ich aus, als würde ich mich von einem Mädchen aufs Kreuz legen lassen?«

Der Ischkuzaia musterte ihn abschätzend. Schließlich nickte er und nahm die leicht angebrannten Fleischspieße vom Feuer. »Ja, ganz genau so siehst du aus. Du bekommst etwas Soße geschenkt.«

»Weil das Fleisch angebrannt ist?«

Lee tunkte die Spieße in eine zähe gelbe Paste. »Nein, weil Männer mit Magenschmerzen nicht mehr an Mädchen denken.«

Eleborn gab ihm den angebissenen Skorpion zurück. »Hunger?«

Lee aß das Vieh tatsächlich.

Zögerlich biss der Elf in das Fleisch. Mit der Soße schmeckte es köstlich. Er entschied, nicht nachzufragen, welches Tier er gerade verspeiste. Wahrscheinlich war es vermessen zu glauben, dass auf fünf Spießen Fleisch von demselben Tier steckte. Vermutlich konnte er sich glücklich schätzen, wenn das, was er gerade verspeiste, alles zur selben Gattung *Tier* gehörte.

»Du weißt nicht zufällig, wo ich so ein Zapotemädchen finden könnte?«

»Jeder von uns Händlern hier hat diese Giftschlangen schon gesehen. Meist folgt ihnen in einigem Abstand ein Leibwächter. Ich sag dir eines: Einem Volk, das glaubt, sich zu schmücken, wenn sie sich Knochensplitter durch die Nase oder durch die Ohren bohren, kann man nicht trauen. Du kannst tagelang durch die Stadt streifen und wirst keines dieser Mädchen treffen. Heuere lieber auf einem Wolkenschiff an. Für einen Kerl wie dich zahlt jeder Kauffahrer in Gold – selbst wenn du dir Farbe aus Scheiße ins Gesicht geschmiert hast. Und wenn du genug Gold zusammenhast, dann gehst du zurück in deine Wälder und suchst dir ein anständiges Mädchen. Und du vergisst diese verfluchte Welt, auf der

Weiber keine Kinder gebären können, Grüne Geister durch den Urwald streifen und Zapotemädchen ihren Liebhabern im Schlaf die Kehle durchschneiden.«

»Bekommst du von ihnen dein Fleisch?«

Lee hob drohend einen seiner Holzspieße. »Keine Beleidigungen bitte! Ich nehme nur erstklassige Ware, und das Fleisch von Drusniern, die ihr Hirn zwischen den Schenkeln tragen, gehört ganz sicher nicht dazu.«

»Ich stelle fest, du leugnest nicht, dass womöglich auf einigen deiner Spieße Menschenfleisch steckt«, entgegnete Eleborn trocken.

Lee grinste ihn an. »Ganz gleich, von wessen Knochen es geschält wird, es ist jedenfalls immer frisch, dafür verbürge ich mich.«

Der Elf betrachtete nachdenklich den letzten der Fleischspieße. Er würde sich nicht von diesem Giftzwerg verschaukeln lassen. Mit mehr Entschlossenheit als Appetit vollendete er sein Mahl.

»Tust du mir einen Gefallen?« Lee fächerte sich wieder frische Luft zu. Dicke Schweißperlen rannen seine Stirn hinab. »Achte darauf, dass *du* auf keinem Fleischspieß endest. Es gibt Garköche, die weniger Skrupel beim Einkauf ihrer Waren haben als ich.«

Eleborn schnippte ihm eine Kupfermünze als Trinkgeld hinüber. »Ich bin schwer umzubringen. Und es wird wohl nicht viele Frauen geben, die einen Mann verführen, der Bilder auf seinem Leib trägt, die die Farbe von Scheiße haben, nicht wahr?«

Lee lachte auf. »Recht hast du, Waldmann. Jede Frau mit Hirn wird einen weiten Bogen um dich machen.«

Um das Mahl zu verdauen, streifte Eleborn noch eine Weile über den Schlangenmarkt. Stickige Hitze lag über der Stadt. Der Himmel stand voller Wolken, die sich kaum noch von der Stelle rührten. Kein Luftzug fuhr durch die Häuserschluchten. Die wandernden Wasserverkäufer waren umlagert von Durstigen. Der Elf versuchte sich gegen die Gerüche zu verschließen, die Menschenkinder und Mauerwerk ausdünsteten. Die Goldene Stadt war überwältigend. Alles hatte hier das Maß verloren. Auch der Gestank! Er hatte mit Männern gesprochen, die glaubten, dass man krank wurde, wenn man sich zu häufig wusch. Sie waren allesamt verrückt!

Als er die Straße der Gerechtigkeit überquerte, betrachtete er kurz einige fliegenumschwärmte Leichname, die in goldenen Käfigen ausgestellt wurden. Es gab nicht einmal Schilder, auf denen stand, was diese Kerle verbrochen hatten. Wie sollte ihr Tod als Abschreckung dienen, wenn man nicht wusste, weshalb sie gerichtet worden waren!

Verärgert ging Eleborn weiter. *Menschenkinder*, welch tiefe Wahrheit lag in diesem Wort. Wie Kinder waren sie, mal unschuldig und das Herz berührend und dann, ohne dass ein Grund für den Stimmungswechsel erkenntlich war, grausam und unbarmherzig. Der Anblick der Gehenkten hatte seine gute Laune getrübt und die stickige Hitze und der Gestank taten das Ihre, ihn noch verdrießlicher zu stimmen. Finsteren Blicks schritt er weiter und merkte kaum, wie ihm die Menschen aus dem Weg gingen.

Wenn er sich nur durch einen Zauber Kühlung verschaffen könnte! Es wäre nur ein einziges Wort … Hier gab es ganz gewiss weit und breit keinen Devanthar, der auf ihn aufmerksam werden würde. Eleborn zögerte, sah sich um und drückte sich in einen Hauseingang, der nach ausgeleerten Nachttöpfen stank. Leise flüsterte er ein Wort der Macht, und augenblicklich umfing ihn die luftige Kühle eines Frühlingsmorgens. Kurz überlegte er, ob er sich auch von dem Gestank befreien sollte. Noch ein weiteres Wort und ihm würden nur Wohlgerüche in die Nase steigen.

Doch jeder weitere Zauber würde seine Aura heller strahlen lassen. Sollte es doch Menschenkinder geben, die empfänglich für Magie waren, würde ihnen nicht entgehen, dass er anders war – auch wenn sie seine Andersartigkeit vielleicht nicht zu benennen vermochten. Der Hitze entronnen zu sein reichte.

Seine Zungenspitze glitt über ein Stück Chitinpanzer, das sich zwischen zwei Zähnen verkeilt hatte. Nie wieder würde er einen Skorpion verspeisen. Versonnen betrachtete er die Menschenkinder, die auf der Straße vorübereilten. Es waren nur Männer. Obwohl die meisten von ihnen noch kein Silber im Haar trugen, waren fast alle ausgemergelt. Sie starrten blicklos vor sich hin, gefangen von ihren Träumen, obwohl sie längst ahnten, dass sie sich niemals erfüllen würden. Sie bestahlen Nangog, doch auch sie brachten ein Opfer. Wenn sie jemals in ihre Heimat zurückkehrten, waren sie alte, verbrauchte Männer, die niemand mehr würde haben wollen, sobald das letzte Kupferstück ausgegeben war, das sie sich auf dieser ungastlichen Welt verdient hatten.

Nachdenklich passierte Eleborn den Markt der Silberspinner. Hier wurden die Seidenkokons gehandelt, die mutige Jäger aus den weiten Wäldern mitbrachten. Im Gegensatz zu den Kokons aus Albenmark, die immer nur von silbrigem Weiß waren, gab es hier auch Purpur und ein strahlendes Rot. Gewänder, die daraus gewoben wurden, verloren niemals ihre Farbe und waren das Hundertfache ihres Gewichtes in Gold wert. An jedem Stand gab es mindestens einen schwer bewaffneten Söldner, der aufmerksam über die Waren wachte und jene Männer beobachtete, die die hauchzarten Fäden der Kokons abrollten und auf Spindeln aus gelben Knochen wickelten.

Sänften wurden von schwitzenden Sklaven über den Markt getragen. An manchen Ständen zeigten sich ganz offen Frauen, die prüfend über die kostbaren Stoffe strichen oder Seidenspindeln kauften. Eleborn hatte gehört, dass auch die berühmteste Hure der Stadt hierherkam. Angeblich kleidete sie sich einzig in die kostbare rote Seide. Gesehen hatte er diese Frau noch nicht, obwohl er oft hier war. Wahrscheinlich war sie einem der Märchen entsprungen, die die Wolkenschiffer auf ihren langen Reisen ersannen.

Der Elf legte den Kopf in den Nacken. Die Wolkentürme waren von Westen herangezogen und bedeckten nun fast den ganzen Himmel. Die Dämmerung tauchte die Wolkenränder in warmes, bernsteinfarbenes Licht. Über dem riesigen Krater war bereits erstes Donnergrollen zu vernehmen. Nicht mehr lange, und das Gewitter würde die Goldene Stadt erreichen.

Plötzlich hatte Eleborn das Gefühl, beobachtet zu werden. Er wandte sich langsam um. Mindestens drei Leibwächter von edlen Damen, die hier das Geld ihrer Liebhaber durchbrachten, hielten ihn aufmerksam im Blick. Doch nicht sie waren es, die er gespürt hatte. Im Schatten eines unscheinbaren Marktstandes, an dem nur weiße Seidenkokons angekauft wurden, entdeckte er eine zierliche Frau mit langem, schwarzem Haar. Ein bunter Federmantel lag über ihren Schultern. Als er sie ansah, lächelte sie voller Verheißung.

Langsam schlenderte er zu ihr hinüber. Wie all dies enden sollte, stand zwar jetzt schon fest, aber er wollte es ihr nicht zu leicht machen.

Sie war mehr als einen Kopf kleiner. Der offene Mantel gewährte freien Blick auf ihren Körper. Um die Hüften hatte sie ein rotes Seidentuch geschlungen, das ein Vermögen wert sein musste. Ansonsten war sie nackt. Auf ihren goldbraunen Leib waren weiße Schlangenlinien und stilisierte Tiere gemalt. Unter ihren Brüsten erhob ein großer Skorpion drohend seinen Stachel.

»Heute ist wohl mein Tag der Skorpione«, sagte Eleborn lächelnd.

Sie zog den Mantel zusammen und nickte leicht zur Seite, als wolle sie ihm andeuten, ihr zu folgen.

»Verstehst du meine Sprache?«

Sie sah zu ihm auf. Ihr Lächeln ließ alle Fragen vergessen. Was für eine Frau! Wieder nickte sie zur Seite. Diesmal machte sie auch einen Schritt.

»Ich komme«, sagte Eleborn in der Zunge der Zapote. In den

sieben wichtigsten Sprachen der Menschenkinder hatte er je etwa dreihundert Wörter gelernt. Gerade genug, um in etwa zu verstehen, worum es ging, wenn er eine Unterhaltung auf der Straße belauschte.

»Du beherrschst meine Sprache?« Verblüfft blieb sie stehen, und Eleborn hatte das Gefühl, zum ersten Mal ihr wahres Gesicht zu sehen und nicht die sorgsam einstudierte Maske. Der Elf hob lächelnd die Hand und zeigte mit Daumen und Zeigefinger einen kleinen Spalt. »Wenig.«

Sie lächelte noch hinreißender als zuvor. Um ihre Augen bildeten sich kleine Fältchen, und die Farbe, mit der sie auch ihr Antlitz bemalt hatte, bekam feine Risse. »Es wird ein Vergnügen sein, dich tief kennenzulernen. Du siehst sehr angespannt aus. Ich glaube, ich kann dich lockerer machen.« Bei diesen Worten lachte sie kokett.

Eleborn hatte daran nicht den geringsten Zweifel. Gemeinsam verließen sie den Markt der Silberspinner, stiegen durch schmale Gassen tiefer und tiefer, bis sie die ärmlichen Viertel nahe am Fluss erreichten. Hier waren die Häuser selten mehr als zwei Etagen hoch. Hühner liefen auf der Straße umher, und in Bretterverschlägen grunzten Tiere, die ganz sicher keine Schweine waren. Das Straßenpflaster war knöcheltiefem, gelbem Lehm gewichen, aus dem hier und da einige knochenbleiche Kiesel ragten. Die ganze Zeit über sprachen sie kein Wort. Hin und wieder wandte sich die Schöne im Federmantel zu ihm um und schenkte ihm einen Blick. Es war offensichtlich, dass sie dies nicht tat, um sich zu vergewissern, dass er ihr folgte. Es waren Blicke voller Verheißung. Sie begehrte ihn. Eleborn konnte sich nicht erinnern, jemals so angesehen worden zu sein.

Sie hielten vor einem Haus, das sich auf hölzernen Stelzen aus dem Schlamm erhob. Ein übler, modriger Geruch wehte vom Fluss heran. Die Sonne war hinter dem Horizont verschwunden, der in einem eigentümlichen, grünen Licht nachglühte, als versammelten sich dort alle Geister aus den Wäldern zu einem riesigen Heer. Erste, große Regentropfen klatschten in den Matsch der Straße.

Eleborn beeilte sich, dem Mädchen die kurze Leiter hinauf zur Veranda des Hauses zu folgen. An der Hauswand aufgereiht, standen schreiend bunte Töpfe und Schalen. Seine Gastgeberin zog den schweren Wollvorhang vor dem Eingang zur Seite und winkte ihn hinein. Das Haus bestand aus einem einzigen Zimmer. Ein Lager aus zerknüllten Decken beherrschte den Raum. Der Modergeruch des Flusses hatte sich auch innerhalb der vier Wände eingenistet. Das Haus war ärmlich. Eleborn hatte anderes erwartet.

Das Mädchen bedeutete ihm mit einer Geste, auf den zerwühlten Decken Platz zu nehmen. Als er saß, verneigte sie sich mit über der Brust gekreuzten Armen. »Izel«, sagte sie.

Der Elfe verneigte sich ebenfalls, was im Sitzen allerdings weniger würdevoll ausfiel. »Eleborn.«

Sie wiederholte seinen Namen mehrfach und machte dabei ein Gesicht wie jemand, der von einer fremden Speise kostete und sich nicht ganz sicher war, was von ihr zu halten war. Dann trat sie neben das Bett und schob den Docht der Öllampe dort, auf dem ein winziger, gelber Lichtpunkt glomm, höher. Die Flamme blühte auf, und Eleborn sah, wie Izel sich an verschiedenen Schalen zu schaffen machte. Sie entzündete Räucherwerk, und bald verbannte der blassblaue Rauch den Moderduft. Von draußen war nun das Rauschen von Regen zu hören. Kühle kroch durch die Ritzen des Hauses, und an zwei Stellen tröpfelte es von der Decke.

Izel legte ihren Federmantel ab und hängte ihn an einen Haken an der Wand. Mit Hingabe zog sie ihn zurecht, bis er wie ein großer, schillernder Vogelflügel wirkte. Dann kniete sie nieder und begann, sich in einer flachen Schale die Füße zu waschen.

Gebannt verfolgte Eleborn jede ihrer Bewegungen. Die Flamme der Öllampe übergoss Izels Haut mit goldenem Licht. Selbstbewusste Anmut lag in jeder ihrer Gesten. Sie legte das rotseidene Hüfttuch ab, das mehr wert sein musste als die Häuser eines ganzen Straßenzugs in dieser ärmlichen Gegend.

Das grelle, weiße Licht eines Blitzes stach durch die Ritzen der dünnen Bretterwände, als Izel vor das Deckenlager trat. Sie hielt die flache Wasserschale in ihren Händen, kniete vor ihm nieder und zog seine Sandalen aus. Schweigend wusch sie ihm die Füße. Als ihre kräftigen, kundigen Hände seine Schenkel hinaufwanderten, ließ Eleborn sich auf die rauen Decken zurücksinken und genoss, wie sie ihn säuberte und dabei langsam auszog. Kein Fleck seiner Haut blieb unberührt. Als sie ihn zu ihrer Zufriedenheit gewaschen hatte, sagte Izel etwas, das er nicht ganz verstand. Es schien um saubere Männer und Gerüche zu gehen. Sie endete mit den Worten: »Du bist besonders.«

Er hoffte, dass sie nicht erkannte, *wie* besonders er in Wirklichkeit war.

»Leg dich auf den Bauch«, bat sie ihn mit einem sinnlichen Lächeln.

Eleborn gehorchte. Izel träufelte ihm Öl auf die Schultern und begann, ihn mit ihren kräftigen Händen zu massieren. Er spürte, wie sich seine verspannten Muskeln lockerten. Das Öl verbreitete einen angenehmen Vanilleduft. Sie beugte sich tiefer. Ihre Brustwarzen berührten seinen Rücken. Nur kurz, dann glitten ihre Hände tiefer, und sie setzte sich auf seine Beine.

Wieder streiften ihn ihre Brüste. Dann legte sie sich auf ihn und bewegte ihren Oberkörper über seinen eingeölten Rücken. Dabei blies sie ihm sanft in die Ohren. Ein Donnerschlag ließ die kleine Hütte erzittern, und wieder war der Raum einen Augenblick in gleißendes Licht getaucht. Der Mantel aus Vogelfedern schien Augen zu haben, die auf Eleborn herabstarrten. Er schloss die Lider und gab sich ganz der sinnlichen Massage hin. Izels Körper war warm. Ihre Hände wanderten immer tiefer. Der Vanilleduft, vermischt mit dem Rauch aus den Räucherschalen, machte Eleborn benommen. Er genoss es, einfach nur still zu liegen, und ließ sich von Izels kundigen Händen zu nie gekannter Wollust führen.

Hunger

Als Eleborn erwachte, regnete es noch immer. Er lauschte dem Rauschen und dem Geräusch einzelner Tropfen, die in Schalen fielen, die Izel im Zimmer verteilt hatte. Das Zapotemädchen war in seinem Arm eingeschlafen. Er betrachtete ihr Gesicht, die harten Linien um ihren Mund und den Skorpion, den sie sich unterhalb ihrer Brüste mit weißer Farbe auf den Bauch gemalt hatte. Durch das Öl und ihr Liebesspiel waren einige der Linien verwischt. Der Skorpion hatte seinen Stachel verloren.

Wie klein der Unterschied zwischen Elfen und Menschenkindern doch war. Sie hatte ihn über Stunden zu ungeahnten Wonnen geführt. Immer wieder hatte sie das Liebesspiel unterbrochen, kurz bevor es einen Höhepunkt erreichte. Es war beinahe schon wie Folter gewesen. Zum Schluss hatte er sie nicht mehr weichen lassen und sie fast mit Gewalt genommen. Wie hatte sie ihn so gut kennen können? So genau zu wissen, was ihm Lust bereitete und wie dem Feuer ein wenig der Hitze zu nehmen war, ohne es je zum Verlöschen zu bringen? Sie sollte sich ihrer Sache nicht zu sicher sein, entschied er. Jetzt würde er sie hinhalten.

Als spürte sie seine Gedanken, schlug Izel plötzlich die Augen auf. Sie räkelte sich, bettete ihren Kopf auf seine Brust und griff ihm mit der Rechten zwischen die Schenkel, um ihn mit sanftem Druck zu massieren. Eleborn strich ihr durch das zerwühlte Haar, und sie belohnte ihn mit einem leisen, gurrenden Laut.

»Muss essen … Kraft Ende«, gestand er mit den wenigen Worten, die er von ihrer Sprache gelernt hatte.

Sie lachte leise und antwortete etwas in der Art, dass sie entscheiden würde, wann er am Ende sei, und dass er unübersehbar noch etwas Kraft habe. Eleborn war versucht, ihr nachzugeben, und ihm wurde bewusst, aus welcher Arroganz sein Plan, Volodi in der Tempelstadt der Zapote zu suchen, geboren war. Er hatte geglaubt, immer die Kontrolle zu behalten. Er war sich sicher gewesen, dass er es sein würde, der mit den Werberinnen der goldhaarigen Männer spielte. Dass er entscheiden würde, wann und wie er in die Tempelstadt treten würde. Und dass es ihm schon gelingen würde, es mit diesen Jaguarmännern aufzunehmen. Schließlich war er ein Drachenelf! Ein tödlicher Schwertmeister, dem kein Menschenkind gewachsen war.

Und nun lag er auf diesem Lager aus kratzigen Decken und war im Begriff, einem jungen Mädchen zu erliegen. Entschlossen schob er Izel zur Seite und richtete sich auf. »Hunger!«, sagte er mit einem Anflug von Panik in der Stimme.

Das Mädchen sah ihn verwundert an. Dann zuckte sie mit den Schultern und erklärte, sie könne ihm ein einfaches Mahl aus Reis und Bohnen bereiten.

Eleborn schüttelte entschieden den Kopf. Er griff nach seiner Hose und schlüpfte hinein. Izel fragte, ob er schon einmal gebratenen Hund gekostet habe.

Natürlich nicht! Gab es unter den Menschenkindern denn keine Tabus? Aßen sie alles, was kreuchte und fleuchte? Er zog die Stiefel an, griff nach seinem Schwertgurt, trat an den Wollvorhang und sah hinaus. Es war Nacht. Der Regen wob silberne Schleier ins Dunkel und erstickte alle Geräusche.

Izel trat hinter ihn und schmiegte sich an seinen Rücken. Ihre Arme umfingen ihn, ihre Finger tasteten nach seinen Brustwarzen, und sie hauchte ihm ins Ohr, dass sie ihn allen Hunger vergessen lassen könnte. Ein wohliger Schauer ließ Eleborn erzittern. Sie wusste, was sie tat.

Er zog den Vorhang mit Schwung zur Seite und trat unter das

Vordach. Izel ließ ihn los. Leichtfüßig eilte sie zur Wand, an der sie ihren Federumhang aufgehängt hatte. Sie warf ihn über ihre Schultern, wickelte das Seidentuch um ihre Lenden und war binnen weniger Augenblicke wieder an seiner Seite. Sollte er sie verärgert haben, ließ sie sich nichts anmerken. Sie stellte sich vor ihm auf die Zehenspitzen, gab ihm einen flüchtigen Kuss und schenkte ihm ihr hinreißendstes Lächeln. »Stärken wir uns, mein hungriger Wolf. Und dann werde ich dich noch einige der Geheimnisse im Spiel zwischen Männern und Frauen lehren.«

Eleborn musste lachen. Wahrscheinlich war er viermal so alt wie sie. Dennoch zweifelte er nicht daran, dass sie recht hatte. In Liebesdingen war er unerfahren. Sie würde ihn auch gegen seinen Willen dazu bringen, ihr in die Tempelstadt der Zapote zu folgen. Diese eine Nacht würde er noch bleiben … länger nicht! Wenn er schon dieser Frau ausgeliefert war, wie würde es im Tempel werden? Erneut wurde ihm klar, wie vermessen sein ursprünglicher Plan gewesen war, sich verführen und in die Tempelstadt bringen zu lassen. Der Plan eines Narren! Allein würde er dort nichts erreichen. Doch dann lächelte er leichthin – drohende Todesgefahr hatte ihn nie von etwas abhalten können. Wahrscheinlich war er deshalb ein Drachenelf geworden.

Als Izel sich bei ihm unterhakte und »Komm, gehen wir« sagte, wusste er, dass seine Entscheidung gefallen war. Aufzugeben und zu fliehen war von nun an unmöglich.

Sie stiegen die kurze Leiter der Pfahlhütte hinab, und Eleborn versank augenblicklich bis zu den Waden in gelbem Schlamm und Regenwasser. Der Weg hatte sich in einen kleinen Sturzbach verwandelt. Da nirgends ein Licht brannte und die beiden Monde sich hinter den Wolken verbargen, war die Finsternis fast absolut.

Izel hob ihren Federmantel hoch, sodass er darunter vor dem Nass von oben Zuflucht fand. »Ich kenne eine Garstube, in der niemals die Feuer gelöscht werden und wo man zu jeder Stunde des Tages etwas zu essen bekommt. Und nicht nur Hund. Wir müssen den Hang hinauf.«

Eleborn fragte sich, ob diese Garstube diesseits oder jenseits des Weißen Tors der Tempelstadt lag.

Die Gärten der Tempelstadt

Nodon wischte sich den zähen Schleim von der Wange, der von einem der Fangarme über ihm getropft war. Fast den ganzen Tag saß er nun schon auf dem goldbeschlagenen Balken des Ankerturms und betrachtete die weitläufigen Gärten der Tempelstadt. Es regnete ununterbrochen, doch der gewaltige, aufgedunsene Körper des Wolkensammlers sorgte dafür, dass er im Trockenen war. Über hundert Schritt musste die Kreatur lang sein, die sich mit ihren Tentakeln am Ankerturm festklammerte, während die Fracht des Schiffes gelöscht wurde, das mit Seilen unter ihrem Bauch festgezurrt war.

Nodon verabscheute diese Wesen. Ihnen fehlte jede Eleganz. Doch heute hatte er kaum einen Blick für das Ungeheuer über seinem Kopf. Er wollte sich ein Bild von den Vorgängen in der Tempelanlage machen. Anders als seine Gefährten suchte er nicht in den Tempelarchiven nach Hinweisen auf das, was sie im Krater erwartete. Das hielt er für Zeitverschwendung.

Zu den wirklichen Geheimnissen würde man Fremde nicht vordringen lassen. Gestern noch hatten Nandalee, Lyvianne und Bidayn darüber geklagt, dass sie endlose Frachtlisten eingesehen hatten, Berichte über Tempelfeste und manchmal – wenn sie Glück hatten – ein paar Zeilen über den Kampf gegen die Grünen Geister. Es schien, dass die Devanthar etwas im Weltenmund errichtet hatten, das die Geister tötete. Aber die Angaben dazu waren so vage, dass man sich kein Bild davon machen konnte, was das genau sein mochte. Ein Zauber? Irgendeine Kreatur, ähnlich den silbernen Löwen, die sie erschaffen hatten? Würde diese Waffe auch gegen Albenkinder wirken? All dies blieb ungewiss.

Einzig Gonvalon schien einen guten Weg gefunden zu haben, an einige nützliche Informationen heranzukommen. Mithilfe einer tolldreisten Verkleidung hatte er sich Zutritt zu allen Archiven des Tempels der Geflügelten Sonne verschafft. Doch auch er war den Geheimnissen des Weltenmundes bisher nicht näher gekommen.

Nodon hatte entschieden, sich unter den Wolkenschiffern umzuhören. Es hieß, deren Lotsen kannten diese Welt so gut wie niemand sonst, doch zu ihrem Treffen – sie versammelten sich in einem roten Zelt auf einem Frachthof unter einem der Ankertürme – hatte er nicht vordringen können. Allein schon auf diesen Turm zu kommen hatte ihn viel gutes Zureden und einen kleinen Silberbarren gekostet.

Die Menschenkinder waren misstrauisch. Das Beben, das die Stadt erschüttert hatte, hatte Angst in ihre Herzen gepflanzt.

Der trübe Tag glitt in graue Dämmerung. Der westliche Horizont färbte sich in schwefliges Gelb. Ein Gewitter zog über den weiten Wald jenseits des Flusses. Es war an der Zeit zu gehen. Nodon hatte von Kreaturen gehört, die nicht Mensch noch Tier waren: Jaguarmänner, die über den Garten wachten. Er wusste nicht, ob das nur wilde Schenkengerüchte waren oder ob es stimmte. Auf jeden Fall hatte er zweimal schattenhafte Gestalten durch die Gärten schleichen sehen. Sie hatten sich geschickt bewegt, waren mit dem Dunkel unter den Bäumen verschmolzen. Einfach bei Nacht über die Mauer der Tempelstadt zu steigen war ganz gewiss keine gute Idee. Diese Wächter waren geschickt. Sie mochten gefährlich werden.

»He, Roter. Meine Schicht ist zu Ende. Du musst jetzt gehen.«

Nodon drehte sich zu dem alten Menschensohn um, der auf der Treppe des Turms stand und zu ihm aufsah. Ihm hatte er sein Bestechungsgeld gezahlt. Der Alte hatte ihn gewarnt, dass er nicht länger als bis Sonnenuntergang bleiben könne.

»Ich komme.« Nodon stieg über die Tentakel weg, die sich nah am Turm um das Goldblech wanden.

»Hast du Lust, mit einem alten Fahrensmann einen Krug Wein zu teilen?« Der Frachtmeister grinste ihn durch seinen grauen Bart an. »Schließlich hast du den Krug ja bezahlt.« Bei diesen Worten klopfte er mit seinem Armstumpf auf die Börse an seinem Gürtel. »Da ist es nur recht, wenn du auch was davon hast.«

Nodon war nicht in der Stimmung zu plaudern. In einer Stunde sollte er im Haus der Seidenen sein. Jeden dritten Abend versammelten sie sich dort, um zu berichten, was sie über den Krater herausgefunden hatten. Bisher war fast nichts bei ihrer Suche herumgekommen.

Usia stieg vor ihm die Treppe hinab. Für einen alten Mann wirkte er rüstig. »Ich versteh nicht, warum ihr euch alle so für die Gärten der Zapote interessiert. Das ist ein verfluchter Ort. Wer durch das Weiße Tor geht, kommt nicht mehr wieder.«

»Wer interessiert sich denn noch dafür?«

Usia hielt inne und drehte sich zu ihm um. »Dieses Spiel geht anders, mein Junge. Du warst recht einsilbig, als ich dich heute Morgen gefragt habe, warum du auf den Ankerturm hinaufwillst. Sag du mir, was so interessant an den Gärten der Tempelstadt ist, und dann erzähle ich dir, wer so wie du ganze Tage auf einem Balken gesessen hat.«

Nodon hatte damit gerechnet, dass so eine Frage kommen würde, und sich eine Geschichte über einen Freund zurechtgelegt, der verschwunden war, nachdem er Streit mit einem Händler aus Zapote angefangen hatte.

Inzwischen hatten sie den Fuß des Turms erreicht. »Dein Freund war aber nicht zufällig so ein schlanker, blonder Kerl mit Schläfenzöpfen. Hat sich am Ende von Kopf bis Fuß mit rotbraunen Mustern bemalen lassen. Sah schrecklich aus.«

»Bandag«, murmelte Nodon. Zu seiner Zeit in der Weißen Halle hatte es einen Schüler aus dem Volk der Maurawan gegeben.

Manchmal hatte er sich bemalt und war ganze Nächte lang in die Wälder verschwunden.

»Was sagst du?« Usia winkte den Wachen zu, die hinter ihnen das Tor zum Frachthof schlossen.

»Bandag nennt man in meiner Heimat einen rotbraunen Saft, mit dem man sich bemalt. Nach zwei Wochen verblassen die Bilder wieder.«

Der Frachtmeister deutete den Hang hinab. »Hunger? Unten am Schlangenmarkt kann man günstig essen. Und ich weiß auch, wo man dort einen passablen Wein bekommt.«

»Deine Entscheidung. Du zahlst den Wein«, erklärte Nodon. Er entschied, seine Pläne zu ändern und noch etwas Zeit mit Usia zu verbringen. Er wollte hören, was der Alte über diesen geheimnisvollen anderen Beobachter der Gärten zu erzählen hatte.

»Sagst wohl kein Wort zu viel. Mal sehen, ob ein guter Roter dir die Zunge löst.« Usia schlenderte die breiten Treppen hinunter. Er hatte es trotz des Regens nicht eilig. Es waren nur wenige Menschenkinder auf der Straße. Ab und an grüßte der Frachtmeister. Er schien in diesem Viertel wohlbekannt zu sein.

Der Schlangenmarkt war ein trostloser Ort, umringt von Bauten aus ungebrannten Ziegeln, denen der Regen Furchen in ihre lehmbraunen Gesichter geschnitten hatte. Der ungepflasterte Platz war ein einziger Morast. Sie mussten durch tiefe Pfützen waten, vorbei an Ständen unter ausgeblichenen Segeltuchplanen, wo sich Unglückliche an kleine Feuerstellen kauerten, in der Hoffnung, dass doch noch ein Hungriger zu ihren Köstlichkeiten finden würde. Es stank nach ranzigem Fett und angebranntem Fleisch. Nodon würde sich überwinden müssen, hier etwas zu essen. Warum machten die Menschenkinder nichts ordentlich? Warum bauten sie eine riesige Stadt aus hässlichen Häusern, statt eine kleinere aus guten festen Steinbauten, in denen man sich wohl fühlen konnte? Sie waren schlimmer als Kobolde.

Usia deutete zu einem Mann mit Mandelaugen, der aufgespießte Skorpione feilbot. »Da gehst du besser nie essen. Es ist unbeschreiblich, was die Ischkuzaia für einen Schlangenfraß anbieten. Der Kerl grillt halb verfaulte Ratten und bietet dir die kleinen Fleischstücke in Soße getaucht als Rinderlende an. Er kommt vom Seidenfluss. Das sind die Allerschlimmsten!«

Nodon, der nicht wirklich einen Unterschied zu den anderen Bratständen erkennen konnte, schwieg.

»Hier sind wir richtig, Junge.« Der Frachtmeister deutete auf eine tiefe Mauernische, in die sich einige Menschenkinder geflüchtet hatten und hinaus in den Regen stierten. Rauch zog unter der gewölbten Decke entlang. Es roch nach Gemüse und Fisch.

Usia verscheuchte einige Männer von ihren Plätzen und ließ sich an einem von drei wackeligen Tischen nieder. »Rabal! Bring mir Reis und Bohnen, und trag uns einen Krug von deinem verdammt besten Roten auf. Nicht diese saure, gepanschte Brühe, die du sonst frecherweise Wein nennst. Wir wollen den richtigen Stoff!«

Hinter einer niedrigen, gemauerten Feuerstelle stand ein unglaublich fetter Kerl mit tätowiertem Gesicht. »Usia, alter Pirat, bist du immer noch nicht von deinem verdammten Ankerturm gestürzt. Ich hatte wirklich gehofft, dass uns die Sturmwinde heute endgültig von deiner Anwesenheit auf dieser Welt der Seligen befreit hätten. Würdest du mir freundlicherweise die Münzen zeigen, mit denen du für die Schätze dieses edlen Hauses zu zahlen gedenkst?«

»Rabal kommt von den Schwimmenden Inseln«, erklärte der Frachtmeister Nodon gut gelaunt und hielt den kleinen Silberbarren hoch. »Rabal ist gar nicht sein richtiger Name. Anständige Leute können das Kauderwelsch, das die auf den Schwimmenden Inseln reden, nicht aussprechen, deshalb nennen wir alle ihn einfach so.«

Der dicke Wirt schob sich erstaunlich geschickt an seiner Feuerstelle vorbei und zwischen den Gästen hindurch. Er nahm Usias kleinen Silberbarren, der kaum so lang und dick wie ein Mittelfinger war, und leckte an dem Metall.

Ohne Vorwarnung zog er plötzlich eine Handaxt, die hinter seinem Rücken im Gürtel gesteckt hatte.

Die ersten Menschen

Nodons Hand tastete unter dem Tisch nach dem Messer in einem Gürtel.

»Einen Fingerbreit«, sagte Usia, als sei es das Normalste der Welt, dass ein tätowierter Barbar mit zum Schlag erhobener Axt vor ihm stand.

Rabal nickte.

»Aber einen von meinen Fingern«, fügte Usia hastig hinzu.

»Wenn du den Mut hast, ihn auf den Barren zu legen, alter Mann.«

In der Garstube war es totenstill geworden. Alle beobachteten nun das Treiben an ihrem Tisch. Der Garkoch legte den Silberbarren auf das zerfurchte Holz und bedachte Usia mit einem Lächeln, das nadelspitz zugefeilte Schneidezähne bloßlegte. Doch der Frachtmeister hob seelenruhig den verstümmelten Arm und legte den Griffel, der in die Ledermanschette eingelassen war, auf das äußere Ende des Silberbarrens.

»Das ist kein Finger«, grollte Rabal.

»Ich nenn ihn immer meinen Schreibfinger. Wir hatten doch nicht vereinbart, welchen Finger ich nehme. Und solltest du mir nicht glauben, frag irgendjemanden auf meinem Ankerturm. Alle wissen das!«

Die Axt sauste nieder und verfehlte den Griffel nur um Haaresbreite. »Einmal Pirat, immer Pirat«, murrte der Koch und betrachtete die tiefe Kerbe, die sein Hieb in dem Barren hinterlassen hatte.

»Das ist gutes Silber aus Fernwald«, behauptete Usia. »Spiel dich also nicht so auf.«

Das Lächeln auf dem Gesicht des Kochs erstarb. Wieder sauste die Axt herab.

Nodon registrierte, dass Rabal ganz genau in dieselbe Kerbe geschlagen hatte. Er war gut mit der Axt und erstaunlich schnell für einen Mann mit dem Körperbau eines Walrosses. Der Koch nahm das abgetrennte Silberstück an sich und zog sich ohne ein weiteres Wort hinter seine Feuerstelle zurück.

»Netter Kerl«, bemerkte Nodon.

»Wir sind ein paar Jahre zusammen auf demselben Schiff gefahren. Die *Liebt Mondlicht im Winterwald* ist meist auf der Nord-Süd-Route gesegelt. Wir waren oft in Fernwald. Er ist kein übler Kerl. Aber er vermisst seine Heimat und die Weiber, wie wir alle auf Nangog. Nur wenn er trinkt, sollte man Rabal besser aus dem Weg gehen. Die meisten Männer von den Schwimmenden Inseln vertragen weder Wein und noch Bier. Und schon gar nichts Gebranntes!«

»Der Barren kommt nicht aus Fernwald«, sagte Nodon nun.

Usia nahm das Silber mit seiner gesunden Hand und steckte es in seine Geldkatze. »Was macht das schon? Es ist gutes Silber. Das sieht man an der Farbe, und schmecken kann man es auch. Und da wir gerade darüber reden, was woher kommt … Von wo stammst du eigentlich, Roter? Einen wie dich habe ich noch nie gesehen.« Usia nickte in Richtung des Garkochs. »Und du hast ja gesehen, ich kenne eine Menge seltsame Männer.«

»Ich komme aus Drusna.«

Der Frachtmeister schüttelte den Kopf. »Drusna? Du siehst nicht aus wie ein Drusnier. Das sind Männer wie Bären, mit struppigen Bärten aus Gold oder Feuer. Deine Wangen aber sind blank wie ein Kinderarsch. Drusnier rülpsen, furzen und saufen wie echte Barbaren. Nicht so wie Rabal, der zwar gerne die Axt schwingt, aber in Wahrheit eine empfindsame Seele ist. Wenn es spät wird und nur noch wenige Gäste in dieser Höhle hocken, dann trägt er selbst erdachte Gedichte vor. Also nochmal. Woher kommst du, Roter?«

»Drusna«, beharrte Nodon.

Usia schnaubte ärgerlich. »Wenn du Geschichten von mir hören willst, dann höre ich erst eine von dir. Und zwar eine wahre Geschichte! Wenn du dich daran nicht halten magst, dann trinkst du den Wein, den ich dir versprochen habe, und gehst. Und jetzt nimm deine verdammte Kapuze ab. Hier drinnen regnet es schließlich nicht, und ich sehe den Männern, mit denen ich mich unterhalte, gerne in die Augen.«

»Du willst nicht in meine Augen sehen.«

»Ich glaube, ich will nicht mal einen Wein mit dir trinken. Hältst du mich für einen altersschwachsinnigen Greis, weil mir ein paar graue Haare im Bart sprießen? Meinst du, ich weiß nicht, dass du mich aushorchen willst? Ich bin ein gutmütiger Kerl. Ich erzähle gern ein paar Geschichten. Aber ich möchte wissen, wem. Und die Währung, in der man Geschichten bezahlt, sind eigene Geschichten, Roter. Entweder hältst du dich daran, oder du suchst besser das Weite.«

»Hast du einmal von den Geisterhainen in Drusna gehört, Usia?«

Der Frachtmeister schüttelte den Kopf. Er bemühte sich zwar noch um eine grimmige Grimasse, aber Nodon konnte sehen, dass Usias Interesse geweckt war. Die Menschenkinder waren seltsam. Obwohl sie hier auf Nangog täglich mit der konkreten Bedrohung durch die Grünen Geister lebten, liebten sie Geschichten über solche Geschöpfe.

»Dann hör zu … Die Geisterhaine sind Orte, in denen seltsame Bäume wachsen. Wir hängen Windspiele in ihre Äste und die Waffen und Helme unserer toten Helden. Wenn ein Schwert gegen einen alten Bronzehelm stößt, gibt es einen dunklen, schwingenden Ton. Und wenn der Wind durch die Äste fährt, die Blätter rauschen und die Helme wie Totenglocken klingen, dann sind uns unsere verstorbenen Ahnen nahe. Manche von ihnen gehen nicht an den Ort, der den Toten bestimmt ist. Sie bleiben in den Wäldern und beobachten uns. In den Geisterhainen tragen der Wind, die Blätter und die Glocken ihre Stimmen zu uns.«

»Wohin gehen eure Toten, wenn sie den rechten Pfad gefunden haben?«

Die Frage überraschte Nodon, damit hatte er nicht gerechnet. »Goldene Hallen«, sagte er hastig und hoffte, dass Usia nicht schon andere Geschichten über Drusna gehört hatte. »In meiner Provinz, hoch im Norden, glauben wir daran, dass die toten Krieger sich in Goldenen Hallen versammeln, wo sie gemeinsam zechen, essen und bis ans Ende aller Zeiten mit ihren Heldentaten prahlen.«

Die harten Züge des Frachtmeisters entspannten sich. »Besser, ein Drusnier zu sein als ein Luwier. Die glauben, die Seelen der Toten fahren in ein finsteres Loch tief unter der Erde.« Usia deutete zur rußgeschwärzten Gewölbedecke. »So finster ist es dort. Und es gibt kein Entrinnen bis ans Ende aller Zeiten. Wie heißt du eigentlich?«

»Lassen wir es bei Roter. Mein Name ist in meiner Heimat fluchbeladen. Es ist besser, wenn du ihn nicht kennst.«

Rabal trat an ihren Tisch und stellte vor dem Frachtmeister eine Schale mit verkochtem Reis und dicken roten Bohnen ab, die in einer zähen Soße schwammen. »Der Wein kommt gleich. Hatte noch nicht die Zeit, in meinen weitläufigen Keller zu steigen, um das Siegel meiner edelsten Amphore zu brechen.«

Nodon sah dem Wirt verblüfft nach.

»Er macht Witze. Natürlich hat er keinen Weinkeller«, erklärte Usia, während er mit einem Holzlöffel rote Bohnen in sich hineinstopfte. »Und jetzt erzählst du mir, warum du verflucht bist. Schön ausschweifend. Nichts regt die Verdauung so sehr an wie eine gute Geschichte.« Er grinste, während ihm Soße vom Bart troff. »Jedenfalls, wenn man erst einmal mein Alter erreicht hat. Und nun zieh deine Kapuze zurück. Ich will endlich deine Augen sehen. Wenn ich einem Mann in die Augen blicke, sehe ich jede Lüge.«

»Während du isst?«

»Mach hin!«

Nodon sah sich um. Die anderen Gäste beobachteten sie noch immer – mehr oder weniger unverhohlen. Er drehte den Kopf so, dass ihn nur Usia sehen konnte. Dann zeigte er sein Gesicht.

Der Frachtmeister starrte ihn mit offenem Mund an, sodass die halb zerkauten Bohnen deutlich zu sehen waren. »Das …« Er verschluckte sich, hustete, und ein Schwall Bohnenstücke flog über den Tisch. »Was bist du? Versteck sie wieder! Ich will deine Augen nie mehr sehen!«

Nodon zog die Kapuze nach vorne und verbarg sein Antlitz wieder. Selbst Albenkinder, die ihn gut kannten, erschreckte der Anblick seiner Augen, die nur aus schwarzen Pupillen zu bestehen schienen. Es gab kein Weiß, keine bunte Iris. Nur Schwarz.

»Ich hatte dich gewarnt, Usia.«

Der Frachtmeister murrte etwas und starrte ihn an. »Was bist du?« Jetzt lag ein drohender Unterton in seiner Stimme.

Nodon war wenig beeindruckt. Selbst wenn sich all die traurigen Gestalten einschließlich des Wirts auf ihn stürzen sollten, würde er wohl kaum in Gefahr geraten. Aber er wollte kein Aufsehen erregen. »Ich sagte doch, ich bin verflucht. Als Kind hatte ich schöne, himmelblaue Augen. Doch dann stachelten meine Freunde mich zu einer Mutprobe auf. Ich schlich in einer stürmischen Nacht in den Geisterhain, der tief im Wald lag. Ich war fast verrückt vor Angst. Als Blitze in die Bäume um mich herum einschlugen, begann ich zu laufen. Ich übersah eine Wurzel, stürzte schwer und habe mir derart den Fuß verstaucht, dass ich nur noch kriechen konnte. In unseren Wäldern gibt es Wölfe. Einer von ihnen fand mich. Er merkte sofort, dass ich leichte Beute war, aber allein griff er nicht an. Stattdessen stimmte er ein unheimliches Geheul an. In diesem Augenblick hörte ich die Stimme meines toten Onkels in den rauschenden Blättern. Der Sturmwind zerrte an den Ästen. Die alten Schwerter klirrten, und immer wenn ein Blitz niederging, sah ich den Wolf zwischen den Bäumen. Ein großes, hageres Biest mit struppigem Fell. Er hatte nur noch ein Ohr. Seine Schnauze war voller Narben und seine Augen so blau wie die meinen. Mein Onkel sagte, er wolle mir helfen. Ich sollte den Mund weit öffnen und an ihn denken, so wie ich ihn zuletzt beim Mittwinterfest gesehen hatte. Ein paar Tage später war er im Wald ermordet worden. Man fand nie heraus, wer es gewesen ist.«

»Schmeckt dir mein Essen nicht mehr?« Rabal knallte einen Krug Wein und zwei angeschlagene Tonbecher auf den Tisch.

»Alles gut.« Usia wischte Bohnen und Reis von der schmutzigen Holzplatte. »Alten Männern fällt schon mal was aus dem Mund. Das kennst du doch.«

»Ich habe noch all meine Zähne. Ich bin kein alter Mann«, entgegnete Rabal brüskiert und ging wieder.

»Du hast also den Geist deines Onkels in den Bäumen gehört. Und dann?«, fragte Usia drängend.

»Eines der Bronzeschwerter stürzte aus dem Geäst. Es fiel direkt neben mir zu Boden. Ich war wie erstarrt, doch der Geist bedrängte mich, es zu nehmen und endlich meinen Mund aufzumachen. Ich hatte entsetzliche Angst. Er wollte in mich fahren, weißt du? Jedes Kind in Drusna kennt diese Geschichten. Dann fuhr ein Blitz nieder, und ich sah, dass jetzt drei Wölfe da waren. In dem Moment habe ich meinen Mund so weit aufgerissen, wie ich konnte … Seitdem geschehen manchmal Dinge, die ich angeblich getan habe, an die ich mich aber nicht mehr erinnern kann. Angefangen hat es in jener Nacht.

Als ich am nächsten Morgen gefunden wurde, hielt ich das blutige Schwert meines Onkels in der Hand. Später entdeckte der Priester des Geisterhains zwei Wölfe, die sich tödlich verletzt davongeschleppt hatten. Dazu musst du wissen, dass man meinen Onkel ohne sein Schwert in den Bäumen bestattet hatte. Es war nie gefunden worden. Auch meine Augen hatten sich verändert. Seit jener Nacht sehen sie so aus wie jetzt.«

Usia schenkte zwei Becher ein. »Gute Geschichte. Lass uns darauf anstoßen.«

Nodon nippte zögernd am Wein. Er war mit Honig gepanscht worden.

»Und wegen dieser Sache und deinen Augen hat man dich verstoßen?«

»Verstoßen wurde ich wegen der drei Toten.«

»Welcher Toten? Heraus damit. Ich kann es nicht leiden, wenn man anderen die Geschichten Brocken für Brocken aus der Nase ziehen muss.«

»Fünf Jahre später war ich auf einem Fest im Nachbardorf. Ich geriet in Streit mit drei Männern. Einer von ihnen trug die Brosche meines Onkels an seinem Umhang. Ein unverwechselbares Stück: Sie sah aus wie ein Bär. Wieder kann ich mich nicht genau erinnern, was geschehen ist. Angeblich habe ich alle drei mit einem abgebrochenen Ast erschlagen. Ich wurde als Mörder vor unseren Fürsten gebracht. Meine ganze Sippe glaubte mir und unterstützte mich, aber die Frau des Toten mit der Brosche behauptete, er habe sie am Markttag von einem fliegenden Händler gekauft. Mein Volk legt großen Wert darauf, in Frieden mit seinen Geistern zu leben. Deshalb wurde ich nicht hingerichtet, aber mein Urteil lautete auf Verbannung. Ich war vierzehn. Seitdem verdinge ich mich als Söldner, und mir eilt ein gewisser Ruf voraus.«

Usia pfiff leise zwischen den Zähnen. »Das nenne ich mal eine Geschichte. Also wenn ich deine Augen nicht gesehen hätte, würde ich dir kein Wort glauben.« Er hob seinen Becher. »Auf alle kleinen Jungen, denen Unrecht widerfahren ist.«

Nodon fragte sich, ob der Alte das ironisch meinte, prostete ihm aber dennoch zu. »Nun bist du mit einer Geschichte dran. Bist du jemals über den Weltenmund geflogen? Was kann man dort sehen? Gibt es dort einen Tempel?«

»Das sind ziemlich viele Fragen, Junge.« Usia wischte mit einem Finger durch die Holzschale und leckte die Soße ab. »Ich bin nur einmal, zufällig, über den Weltenmund geflogen. Die Unsterblichen haben es nämlich verboten. Aber manchmal, bei ungünstigem Wind, wird einer der Wolkensammler abgetrieben, wenn er ankern will. Als ich über dem Weltenmund war, habe ich nichts als Nebel im Krater gesehen. Aber es gibt natürlich Geschichten. Es soll dort Ruinen geben.« Der Alte blickte zu den Nachbartischen und senkte seine Stimme zu einem Flüstern. »Und einen geheimen Tempel.«

Nodon war enttäuscht. »Das ist alles?«

»So ist das eben bei Geheimnissen. Sie sind geheim.«

»Und niemand weiß, wie es unten im Krater aussieht?«

»Es gibt kein Unten im Krater. Er führt hinab ins Herz der Welt. Es ist ein unermesslich tiefes, dunkles Loch.« Usia schenkte sich nach. »Eine Sache ist da noch. Die habe ich von einem Lotsen erfahren. Er will einen Wald aus rotem Bambus gesehen haben. Aber ganz ohne Blätter. Nur die Bambusrohre. Tausende.«

»Gibt es denn keine Geschichten darüber?«

Der Frachtmeister rülpste. »Der Weinkrug ist leer. Komm stoß mit mir an. Ich mag es nicht, wenn ich alleine trinke.«

Nodon hob den Becher. Er war das Trinken nicht gewöhnt. Schon jetzt spürte er die Wirkung des Weins. Ein Wort der Macht, und das Gift des Alkohols würde aus seinem Blut verbannt werden. Er sah sich vorsichtig um. War er hier sicher? Am Nebentisch saß eine Gruppe bunt gewandeter dunkelhäutiger Männer. Händler vielleicht? Sie sprachen die Zunge Arams und diskutierten lebhaft darüber, wie sich das Beben auf den Handel auswirken würde und ob damit zu rechnen sei, dass die Preise für Weizen und Reis noch weiter stiegen.

»Rabal! Mehr Wein. Noch mal den guten!«

Der Wirt nickte Usia zu.

»Geschichten sind nicht dasselbe wie Augenzeugenberichte. Geschichten gibt es viele. Aber jetzt wirst du mir sagen, warum dich die Gärten der Zapote interessieren.«

»Mich reizte es immer schon, an Orte zu gehen, die man nicht betreten darf.«

Der Frachtmeister stöhnte. »Ach, Junge, das ist einfach nur dumm! Du hast keine Ahnung, worauf du dich da einlässt. Die Zapote haben irgendwelche Ungeheuer aus Menschen und Raubkatzen erschaffen. Sie bewachen den Garten, lauern in den Schatten und würden dich in Fetzen reißen. Vor denen könnte dich nicht einmal der Geist deines Onkels beschützen.«

»Warum beschützen sie die Gärten so gut? Haben sie Gold in den Tempeln?« Natürlich interessierte ihn kein Gold. Er wollte Usia nur aufstacheln, mehr zu erzählen.

»Mit dem Gold auf deinem Kopf wirst du hineingelangen.« Der nächste Weinkrug kam, und der Frachtmeister schenkte sich munter nach. »Sie suchen goldhaarige Männer. Sie locken sie mit hübschen Mädchen, aber wer ihre verfluchte Tempelstadt betritt, der kommt nie wieder zurück.«

»Es gibt immer ein erstes Mal.«

»Du redest schon wie Mikayla. Noch so ein Drusnier. Der ist wie du auf meinen Turm gestiegen und hat sich die Gärten angesehen. Ein schlanker Kerl mit kurzem Bart. Ich mochte ihn. Gestern wollte er sich nach einer der Menschenfängerinnen umschauen.« Usia blickte verdrossen in seinen Weinbecher. »Geben die Götter, dass er keine gefunden hat. Heute ist er nicht mehr gekommen …«

Nodon hätte sich diesen blonden Kerl gerne näher angesehen. Konnte es sein, dass noch andere Elfen hier in der Goldenen Stadt waren? »War irgendetwas auffällig an ihm?«

»Sein verdammtes blondes Haar. Und der Glaube an seine

Unbesiegbarkeit. Die Krankheit, an der die meisten jungen Männer sterben. Wenn du da hineinwillst, brauchst du über keine Mauer zu steigen. Such dir eines ihrer Mädchen, die bringt dich dann schon in die Tempelstadt.«

»Hat er gesagt, was er dort wollte?«

»Einen Freund suchen, der vielleicht dorthin verschleppt worden ist.« Usias Zunge wurde schwer. Der Wein begann zu wirken. »Ich hab ihm gesagt, er solle das nicht tun. Ein blonder Mann, der durch das Weiße Tor geht, ist ein toter Mann.«

»Aber warum denn? Was machen sie mit den Blonden?«

Der Frachtmeister hob in verzweifelter Geste die Hände. »Was weiß ich? Sie sind Zapote. Die denken nicht wie normale Menschen. Die opfern die Blonden ihren Göttern. Es gibt dort, verborgen im Park, einen großen, steinernen Schlangenkopf. Es heißt, das sei der Einstieg in ihre Totenwelt.«

Diesen Schlangenkopf würde er sich in einer mondlosen Nacht näher ansehen, entschied Nodon. Aber nicht allein.

»Ach, weißt du, Roter«, nuschelte Usia weiter. »Es gibt so viele Geschichten über die Zapote. Sie waren angeblich die ersten Menschen hier auf Nangog, sagen manche. Andere erzählen, dass es früher einmal Tempel aller Götter im Weltenmund gegeben hat. Doch dann kam es zu einem Streit. Und die Zapote haben etwas hierhergebracht. Etwas Dunkles. Sie allein konnten es beherrschen und nutzten es, um die anderen Priester aus dem Krater zu vertreiben. Alle mussten fliehen. Und dann haben die vertriebenen Priester Türme rings um den Krater errichtet und wachen dort in jeder Stunde ängstlich über das, was dank der Zapote am Grund des Kraters lauert.«

»Und was sollte das sein?«

»Wer es gesehen hat, lebt nicht mehr. Dieser Kreatur bringen sie die blonden Männer als Opfer. Sie verschlingt die Herzen der Krieger. So halten die Zapote sie im Zaum.«

Noch eine verlorene Nacht, dachte Nodon. Diese Geschichte

war allzu verworren. Wahrscheinlich war nicht einmal ein Fünkchen Wahrheit daran. Der Alte lallte nur noch. Er war stockbetrunken. Inzwischen stand der dritte Krug Wein vor ihnen.

»Ich danke dir für deine Erzählungen, Usia«, sagte Nodon und erhob sich. »Brauchst du Hilfe, um zu deinem Nachtlager zu finden.«

»Ich finde überall hin«, murrte der Frachtmeister störrisch. »Ich war ein Wolkenschiffer. Ich habe die Wunder dieser Welt gesehen. Und ich weiß, was dort unten ist.« Er winkte ihn näher. »Komm, Geheimnisse darf man nicht laut aussprechen.«

Nodon beugte sich vor. Der warme Atem des Alten schlug ihm ins Gesicht. Usias Augen sahen wässrig aus, als wolle er gleich weinen. »Geh nicht zu den Zapote, ja? Nicht mit ihren Mädchen gehen«, stammelte er. »Dann verrate ich dir das Geheimnis. Aber erst musst du es mir versprechen.«

»Ich schwöre es dir bei dem Geist meines Onkels.«

Usia nickte ergriffen. »Das ist ein guter Schwur.« Dann beugte er sich so weit vor, dass seine welken Lippen fast Nodons Wange berührten. »Einen Drachen haben sie dort unten gefangen. Einen echten Drachen.«

Die Gefangene

Shaya lauschte auf das leise, reibende Geräusch. Es war ihr nicht entgangen, dass sich der Hirtenjunge zu dem hohen Felsen gedreht hatte, der ihr Lager abschirmte, und er versuchte, seine Lederfesseln durchzureiben. Es würde dauern. Immer wieder hielt der Junge inne und lauschte auf ihren gleichmäßigen Atem. Sie konnte spüren, dass er Todesangst hatte.

Shaya musste sich gar nicht schlafend stellen, immer wieder döste sie ein, wenn das Reiben aussetzte, und wurde wach, wenn es einsetzte. Aus den Augenwinkeln beobachtete sie, wie er Stunde um Stunde an den Fesseln arbeitete. Als die Nacht zu Ende ging, setzte leichter Nieselregen ein. Ein erleichterter Seufzer schreckte Shaya auf – sie war tatsächlich für eine Weile tief eingeschlafen! Der Junge hatte nicht bemerkt, dass sie erwacht war. Er fühlte sich augenscheinlich sicher, denn er richtete sich auf und massierte seine schmerzenden Glieder.

Lange hatte Shaya überlegt, wie sie sich in diesem Augenblick verhalten sollte. Würde er versuchen, sie umzubringen, würde sie ihn töten. Wollte er sie vergewaltigen, würde sie ihm seinen lächerlichen Knochendolch durch die Kehle rammen. Es lag nun an ihm.

Aus halbgeschlossenen Lidern sah sie, wie er sich bückte und über den Boden tastete, bis er einen großen Stein fand. Zu groß! Damit könnte er ihr ohne Weiteres den Schädel einschlagen! Er pirschte auf sie zu und war kaum einen Schritt mehr entfernt, als sie sich aufsetzte und vermeintlich schlaftrunken blinzelte. Der Hirtenjunge sprang vor und holte weit zum Schlag aus. Der Stein traf Shaya seitlich am Kopf. Sie bewegte sich mit dem Schlag, um dem Treffer etwas von seiner Wucht zu nehmen, dennoch explodierten grelle Blitze vor ihren Augen. Sie ging zu Boden, ließ den Jungen aber nicht aus den Augen. Wenn er jetzt noch einmal nachsetzte, um einen weiteren Schlag zu führen, blieb ihr keine andere Wahl, als ihn zu töten. Sie lag auf der Seite. Den linken Arm hielt sie unter ihrem Körper verborgen, in der Hand den Knochendolch.

»Du dumme Ziege!«, fluchte der Junge und ließ den Stein fallen. »Ich habe noch nie ein Mädchen geschlagen. Ich habe das nicht gewollt …«

Shaya seufzte und ließ den Dolch los. Der Kleine sah aus, als würde er gleich anfangen zu weinen.

»Hörst du mich?«

Sie gab einen unartikulierten Laut von sich.

»Das wollte ich nicht! Du hast mich dazu gezwungen! Wehr

dich jetzt nicht … Ich möchte dich nicht noch einmal schlagen, aber ich werde es tun.« Bei den letzten Worten zitterte seine Stimme.

Er beugte sich über Shaya, drehte sie ganz auf den Bauch und stemmte ihr ein Knie in den Rücken.

Konnte sie ihm trauen? Sie musste sich *jetzt* entscheiden! Hatte er sie erst einmal gefesselt, konnte er mit ihr machen, was er wollte. Das Zittern seiner Stimme … War das Unsicherheit oder Hass gewesen?

Als er ihre Hände auf den Rücken zerrte, ließ Shaya das Knochenmesser los, sodass es unter ihrem Leib verborgen liegen blieb. Er suchte nicht einmal danach, so aufgeregt war er.

Sie spürte, wie er zitterte, als er ihr die Hände fesselte. Dann zog er sie in eine sitzende Position hoch.

»Sobald es richtig hell wird, werde ich dich zum Haus des Himmels zurückbringen«, sagte er, ohne ihr in die Augen zu blicken.

Er versuchte, das Feuer wieder zu entfachen, das der Nieselregen in einen grauen Haufen aus Asche und Holzkohlestücke verwandelt hatte. Nach einer Weile gab er auf. Nicht der kleinste Funken Glut hatte sich erhalten.

Blasses Licht kroch über die gezackten Bergkämme. Der Junge kramte in einer Ledertasche nach einem Kanten Brot. Er brach zuerst die verschimmelten Stücke ab und hielt Shaya dann den Rest hin. »Hunger?«

»Ich bin gefesselt. Wie soll ich essen?«

Einen Moment wirkte der Hirte unschlüssig. »Mund auf«, sagte er dann einfach und streckte ihr das Brot so dicht vors Gesicht, dass sie abbeißen konnte. Es schmeckte muffig und war von Feuchtigkeit durchzogen.

Der Junge nahm für sich die schimmeligen Stücke. Er aß schweigend. Shaya konnte sehen, wie er mit sich rang. Schließlich begann er sorgfältig, seine wenigen Habseligkeiten in eine Ledertasche zu verpacken. Als er damit fertig war, sah er sie endlich an.

»Ich muss dich ins Haus des Himmels zurückbringen. Ich habe keine Wahl. Alle Hirten in den Bergen haben den Befehl, entflohene Mädchen zu fangen und zur Mutter der Mütter zu führen. Die Frauen dort helfen uns. Wenn Krankheiten die Herden heimsuchen, wir zu viele Tiere verlieren und Hunger uns heimsucht. So ist es seit alter Zeit.«

Shaya entgegnete nichts. Sie hatte für sich längst beschlossen, dass es keinen Ausweg gab. Vor einer Devanthar konnte sie nicht davonlaufen. So würde sie dem Jungen eine Belohnung einbringen.

Ein langer Marsch begann. Er führte sie über Ziegenpfade den steinigen Hang entlang nach Westen. Es war ein anderer Weg als der, auf dem sie in der Nacht geflohen war. Meist hielt er sich vor ihr. Shaya hatte das Gefühl, dass es ihn nervös machte, sie anzusehen. Wahrlich hatte er noch nie bei einem Mädchen gelegen.

Gegen Mittag hörte der Regen auf, doch der Himmel blieb grau. Ein kalter Wind strich über die Hänge und biss in Shayas zerfetzte Lumpen. Ihre Füße schmerzten und waren wund, obwohl der Hirte ihr die Schuhe nicht abgenommen hatte, die sie ihm am Vortag gestohlen hatte.

»Machst du dir keine Sorgen um deine Ziegen?«, fragte sie irgendwann. Sie hatten die Tiere inzwischen weit hinter sich gelassen.

»Es gibt hier keine Wölfe. Nur Ochsenbeißer. Und wenn er kommt, ist es egal, ob ich in der Nähe bin.«

»Ich sagte dir doch, er wird nicht mehr kommen.«

Er drehte sich um. »Wie sollte ein unbewaffnetes Mädchen mit wunden Füßen einen Bären erlegen?«

»Indem sie mit ihm einen Felsvorsprung hinabstürzt.« Sie beschrieb ihm genau, wo er den Kadaver finden konnte. »Hol dir sein Fell und die Zähne. Das wird dir einige Münzen einbringen und dich berühmt machen. Sag, du hast ihn erlegt, und dein Leben wird sich ändern.«

»Ich möchte mein Leben nicht auf Lügen begründen.«

»Wem nutzt es, wenn Fleisch und Fell verrotten?« Sie konnte sehen, wie ihn ihre Worte ins Grübeln brachten.

»Aber es wird mir niemand zutrauen, dass ich Ochsenbeißer getötet habe.«

»Dann sag *du* doch, du seiest mit ihm von der Klippe gestürzt.«

Er stöhnte. Die Geschichte behagte ihm ganz offensichtlich nicht.

»Hol dir wenigstens etwas von dem Fleisch. Und iss nicht von der Leber! Bei Bären ist sie meist von Würmern verseucht.«

Wieder gingen sie schweigend. Inzwischen war jeder Schritt für Shaya eine Qual. Aber sie wollte ihn nicht darum bitten anzuhalten. Dazu war sie zu stolz. Sie war eine Prinzessin der Ischkuzaia, Tochter des Unsterblichen Madyas. Sie war härter als ein Hirtenjunge.

Am späten Nachmittag querten sie einen Bach. Das eisige Wasser tat ihren Füßen gut. Am anderen Ufer legten sie endlich eine kurze Rast ein. Der Hirte bot ihr erneut etwas von seinem schimmeligen Brot an. Diesmal gab es einen weißen, krümeligen Käse dazu. Wenn sie ihn beobachtete, wurden seine Bewegungen linkisch. Er hielt den Kopf meist geneigt, sodass sein schwarzes Lockenhaar vor sein Gesicht fiel und es vor ihrem Blick verbarg.

»Wie war es, dem Unsterblichen Muwatta zu begegnen?«

»Schmerzhaft!«, entgegnete sie bitter, entschlossen, dazu kein weiteres Wort zu sagen.

Er schien verstanden zu haben.

Erneut nahmen sie ihren quälenden Marsch auf. Er ging diesmal langsamer. Hatte er gemerkt, wie erschöpft sie war? Er sagte jedenfalls nichts, und so flüchtete sich Shaya in Erinnerungen an Aaron: Ihre gestohlenen Nächte auf dem Rücken eines Wolkensammlers, als sie nach dem Himmelspiraten Tarkon Eisenzunge gesucht hatte. Immer und immer wieder dachte sie daran, wie sie für ihn getanzt hatte und wie sie einander ihre Narben gezeigt hatten.

»Dort ist ein Lager.« Die Stimme des Jungen ließ die süßen

Träume zerfließen. Er deutete den Hang hinauf. Ein Felsen reflektierte den Lichtschein eines Feuers. Eine schmale, blassgraue Rauchsäule war zu sehen. Mehr Ahnung als Gewissheit.

»Menschenjäger«, sagte er knapp.

»Woher willst du das wissen?«

»Es riecht nach Gebratenem. Wir Hirten braten nur an Festtagen eine Ziege. Und außer uns Hirten gibt es niemanden in diesen Bergen.«

Shaya roch keinen Bratenduft. Sie sah nur den gelben Feuerschein auf der Felswand über ihnen. Das Lager musste sich in einer Senke befinden. Klammen Herzens folgte sie ihrem selbsterwählten Wächter den Hang hinauf. Sie hatten sich vielleicht auf hundert Schritt genähert, als ein Warnruf erklang. Nur Augenblicke später erschienen zwei Männer mit Gesichtern wie Schakale, zwischen ihnen eine Frau, die Shaya nur zu gut kannte – Malnigal, eine der Wächterinnen aus dem Haus des Himmels. Ein böses Lächeln spielte um die Lippen der Priesterin, die sich schwer auf einen Eschenholzstab stützte.

»Weit bist du nicht gekommen, Prinzessin«, begrüßte sie Shaya mit ihrer vertrauten, grotesk hohen Stimme, die so gar nicht zu ihrem bulligen Aussehen passte. Dem Hirten warf sie einen misstrauischen Blick zu. »Wie kann so ein Knochensack wie du eine Kriegerin überwältigen?« Sie musterte Shaya, sah all die Prellungen und Schürfwunden und das Blut an ihren Füßen, das das Leder der Hirtenschuhe dunkel gefärbt hatte. »War wohl ein harter Kampf.«

»Ich konnte sie im Schlaf überwältigen«, gestand ihr Wächter freimütig. Shaya schüttelte den Kopf. Der Junge würde es nie weit bringen. Er war einfach zu ehrlich und hatte es verpasst, mit einer Lügengeschichte gut dazustehen.

»Du hast jetzt Gelegenheit, vor mir niederzuknien, Barbarenhure, und meine Füße zu küssen. Dann werde ich dir vielleicht sogar etwas zu trinken geben.« Wäre sie ein Mann, Malnigal hätte ein Schmied sein können. Ihre Gestalt war massig, das Gesicht grob und flächig. Selbst die kunstvoll hochgesteckte und mit Knochennadeln geschmückte Frisur der Priesterinnen half nicht, ihr Anmut zu verleihen. Ihr tief orangenes, unförmiges Kleid hing wie ein Sack an ihr herab.

»Selbst wenn ich knie, werde ich mich zu weit über dir erheben, um deine Füße zu erreichen.« Der Spruch war dumm und ohne Finesse, doch Shaya konnte nicht anders. Bei ihrer ersten Begegnung, als die Priesterin versucht hatte, sie mit ihrem Eschenholzstab zu schlagen, hatte sie Malnigal das Handgelenk gebrochen. Damals waren ihre Hände nicht gefesselt gewesen.

»Haltet sie fest«, zischte Malnigal ihren beiden Handlangern zu.

Die Jäger traten vor und packten sie bei den Armen. Beide rochen, als würden sie Wasser nur zum Trinken benutzen. Sie waren mit gekrümmten Häutemessern bewaffnet.

Malnigal umrundete Shaya. »Du hast keine Angst?«, flüsterte sie ihr ins Ohr.

»Wer nichts mehr zu verlieren hat, verliert auch jegliche Angst.«

»Ich glaube, da irrst du, Prinzessin. Solange man lebt, hat man immer noch etwas zu verlieren. Ich werde dir helfen, dies zu begreifen.« Mit diesen Worten rammte sie ihr den Eschenstab in die linke Kniekehle.

Shaya stöhnte auf und knickte ein. In dem Moment traf sie ein zweiter Stoß in die rechte Kniekehle. Die beiden Jäger drückten sie zu Boden und zerrten ihre gefesselten Hände hoch, sodass ihr Gesicht nun fast den steinigen Hang berührte.

»Das könnt ihr nicht tun«, begehrte der Hirtenjunge auf. »Ihr habt doch gesagt, sie ist eine Prinzessin.«

»Sie ist eine Barbarenhure. Und so wie sie aussieht, hast du dich mit deinen Schlägen doch auch nicht zurückgehalten. Oder ist das nachts passiert, als du sie genommen hast?«

Shaya hörte den Jungen keuchen. »Ich würde niemals …«

»Du hast sie nicht gefickt?« Malnigal lachte auf. »Ziehst du Ziegen vor? Dummkopf. Zieh ihr die Schuhe aus. Die wird sie nicht mehr brauchen. Die letzten Meilen geht sie morgen barfuß.«

»Aber ihre Füße sind wund … Sie kann nicht …«

»Du hast sie doch gehört: Sie hat vor nichts Angst. So sind Prinzessinnen, sie können sich niemals vorstellen, dass die Welt einmal genauso hart und ungerecht zu ihnen sein könnte, wie zu allen anderen.«

»Ich brauche die Schuhe nicht mehr!«

Shaya wurde noch immer zu Boden gepresst. Sie konnte den Jungen nicht sehen, doch sie hörte deutlich die hilflose Wut in seiner Stimme. »Geh!«, zischte sie.

»Ja, geh«, stimmte Malnigal zu. »Du brauchst weder Weib noch Schuhe. Du bist ja ein echter Naturbursche. Und weil das so ist, habe ich gerade entschieden, dass du auch keine Belohnung brauchst, dafür dass du uns die Barbarenschlampe gebracht hast.« Sie redete sich immer weiter in Rage, ihre hohe Stimme überschlug sich, wurde bei den letzten Worten zu einem schrillen Kreischen. Widerspruch duldete Malnigal nur von der Mutter der Mütter, der gegenüber sie immer eine speichelleckerische Höflichkeit an den Tag legte.

»Geh!«, wiederholte Shaya beschwörend.

Die Priesterin schob ihr einen ihrer staubbedeckten Schuhe vors Gesicht. »Küss meinen Fuß!«

Shayas Mund war zu trocken, sonst hätte sie auf das rissige, abgewetzte Leder gespuckt. Sie hob den Kopf, rieb ihre Wange an der strammen Wade der Priesterin, als sei sie ein Kätzchen. Und dann biss sie zu. Mit aller Wut, die in ihre brannte, grub sie die Zähne in das harte Fleisch.

Malnigal stieß einen spitzen Schrei aus. Ihr Eschenstab fuhr mit mörderischer Wucht auf Shayas Rücken nieder. Doch die Prinzessin fühlte den Schmerz kaum. Blut füllte ihren Mund, und als sie schließlich von Malnigal fortgezerrt wurde, spuckte sie ein Stück Fleisch aus.

»Für diese Nacht gehört diese Hure euch«, zischte die Priesterin, bleich vor Wut und Schmerz. Malnigal presste eine Hand auf die blutende Wade. »Nehmt sie, sooft ihr wollt. Wenn sie morgen nur noch kriechen kann, ist das egal. Nur leben muss sie noch.«

Shaya hatte sich zusammengerollt, die Beine angezogen und die Arme vor der Brust gekreuzt. Sie dachte an Shen Yi Miao Shou, den Heilkundigen vom Seidenfluss, der auf Geheiß ihres Vaters ihre Jungfräulichkeit wiederhergestellt hatte und der sie gelehrt hatte, wie sie in eine schöne Erinnerung flüchten konnte, um dem Hier und Jetzt ganz zu entfliehen.

Beinahe wäre es gelungen, da holten sie die Worte des Hirtenjungen in die Wirklichkeit zurück

»Ihr tut ihr gar nichts!« Breitbeinig stellte sich der Junge über sie, drohend seinen Hirtenstab erhoben. »Ich komme mit zum Haus des Himmels. Keiner von euch wird sie anrühren. Sie gehört allein der Mutter der Mütter.«

Malnigal lachte höhnisch. »Glaubst du, ich würde etwas tun, was die Mutter der Mütter nicht billigt.« Sie winkte den beiden Jägern. »Stopft ihm das Maul. Endgültig!«

Die beiden zogen ihre Messer und begannen grinsend und siegesgewiss, den Jungen zu umkreisen. Sie bewegten sich schnell und so, dass einer von ihnen stets im Rücken des Jungen war.

»Greif an!«, rief Shaya, die wusste, dass dies die einzige Hoffnung war, diesen ungleichen Kampf zu überleben.

Der Hirte hob den Stab, um auf den Jäger vor ihm einzudreschen. Ein tödlicher Fehler. Sein Gegner unterlief die Waffe, noch bevor der Junge zuschlagen konnte. Das Messer traf den Hirten in den Bauch. Blut spritzte auf wie eine dunkle Fontäne. Die Hauptader war durchtrennt. Der Hirte war tot, bevor er richtig begriffen hatte, was geschehen war.

Verzweifelt kämpfte Shaya gegen ihre Fesseln an, doch sie erreichte nur, dass ihr das dünne Leder immer tiefer ins Fleisch schnitt.

»Dein kleiner Prinz war wohl nur ein Maulheld.« Der Jäger packte das lange gelockte Haar des Hirten und zerrte den Leichnam hoch. »Schade, jetzt kann er nicht mehr zusehen, was richtige Männer mit einem Weib anfangen.«

»Ich werde dich umbringen«, zischte Shaya. »Ich werde deine Leber an meine Hunde verfüttern.«

»Gar nichts wirst du«, lachte der Mann, und Speicheltropfen sprühten Shaya ins Gesicht. »Du bist keine Prinzessin mehr, verstehst du. Du bist jetzt unsere Hure.«

Der zweite Jäger packte sie von hinten und zerrte sie auf einen Felsblock. Dann schob er ihre Tunika hoch.

Eine Prinzessin des Reiches

Shaya konnte nicht sagen, wie lange sie schon eingesperrt war. Ein paar Stunden? Ein paar Tage? Die Kälte war tief in ihre Knochen gedrungen. Sie hätte es nie für möglich gehalten, aber sie sehnte sich nach der Zeit im Ziegenstall zurück. Dort hatte es wenigstens Licht gegeben. Und die Leiber der Tiere waren warm gewesen.

In dieser Zelle herrschte Finsternis. Sie musste irgendwo tief im Fels liegen. Genau erinnern konnte sie sich nicht mehr daran, wie sie hierhergekommen war. Jede Faser ihres Leibes war vom Schmerz versengt gewesen. Aber ihre Träume hatten sie gerettet. Nicht nur die von Aaron. Auch davon, wie sie einst für ihren Vater auf der Trommel getanzt hatte. Damals war er stolz auf sie gewesen. Und sie würde ihn noch ein letztes Mal stolz machen. Sie würde nicht Hand an sich legen, ganz gleich, was sie ihr auch antaten. Selbstmord begehen hieß, den Kampf aufgeben. Sie war eine Kriegerin! Sie mussten sie schon umbringen. Brechen konnten sie sie nicht.

Shaya hob den Kopf – da war ein Geräusch. Schritte. Nicht die leisen Schritte der Priesterinnen. Feste, selbstbewusste waren das.

Der Riegel scharrte, und einen Augenblick später stach gleißendes Licht wie Dolche in ihre Augen. Sie stöhnte auf. Schloss die Lider, doch das Licht brannte weiter, bis sie ihren Arm hochnahm und die Augen damit abschirmte.

»Was habt ihr mit ihr gemacht?«, fragte eine fremde Stimme empört. »Sie ist eine Prinzessin des Reiches! Wie könnt ihr sie in dieses Rattenloch sperren?«

»Sie ist geflohen. Sie ist gefährlich, Unsterblicher.« Das war die Stimme Tabithas, der Mutter der Mütter.

»Ich will keine Ausflüchte hören. Wenn sie fliehen konnte, dann habt *ihr* versagt. Holt sie hier raus. Wascht sie. Ich will sie in dem großen Zimmer sehen, in dem du mich empfangen hast. Und ich will, dass eure Häscher ebenfalls dorthin gebracht werden. Immerhin haben sie Shaya zurückgeholt. Und behandelt die Prinzessin mit mehr Respekt!«

Shaya konnte spüren, wie sich jemand näherte, doch sie wagte nicht, den Arm von den Augen zu nehmen. Eine Hand strich über ihre Wange. »Es ist vorbei, Prinzessin. Euer Leiden hat ein Ende.«

Das war nicht Muwattas Stimme! Wer war der Fremde, den Tabitha Unsterblicher genannt hatte? Und was bedeuteten seine Worte? War der Winter schon vorüber? War so viel Zeit verstrichen? Sie reckte stolz ihr Kinn vor. Wenn der Tag ihres Todes nun gekommen war, dann wollte sie wie eine Kriegerin sterben.

Aufrecht und ohne Angst.

Pferde

Das Licht machte ihr noch immer zu schaffen. Shaya hatte die Augen zu schmalen Schlitzen zusammengekniffen, Tränen rannen ihr über die Wangen, und die Wut darüber verbrannte sie schier. Dieses verdammte Licht! Sie konnte nichts dagegen tun. Das Zimmer war zu hell! Es war zu groß, die Wände zu weiß getüncht.

Nur die Decke war vom Ruß zweier Feuerschalen, die angenehme Wärme spendeten, gezeichnet.

Shaya gegenüber stand ein hünenhafter Krieger. Sie glaubte, ihn schon einmal gesehen zu haben. Jetzt erinnerte sie sich: Er war der Hauptmann von Kuruntas Leibwache gewesen. An seinen Namen erinnerte sie sich nicht. Hatte Muwatta ihn als ihren Henker geschickt?

Der Krieger hatte ein hartes Gesicht. Ein struppiges Wolfsfell hing von seinen Schultern. Sein prächtiger Glockenharnisch funkelte golden im Licht der Feuerschalen. Die Hände über den Griff einer riesigen Keule gefaltet, sah er sie unverwandt an. Neben ihm stand die Mutter aller Mütter, hinter ihm die Leibwachen des Unsterblichen. Sie trugen prächtige rote Wollumhänge. Doch keiner von ihnen war so groß wie der Hüne mit der Keule.

»Ihr also seid Shaya.« Er deutete eine Verneigung an. »Ich habe Euch bislang nur von Ferne gesehen. Ich bedauere, dass man Euch so schlecht behandelt hat. Dies geschah ohne mein Wissen. Doch es war auch nicht klug zu fliehen.«

War das die Stimme, die sie im Kerker gehört hatte? Sie war sich nicht sicher. »Ich hatte entschieden, lieber auf der Flucht zu sterben, als länger wie ein Tier in einen Stall voller Ziegen gesperrt zu sein.«

»Unter Ziegen gesperrt?« Der Hüne sah auf Tabitha hinab. Die alte Priesterin wirkte neben ihm wie ein Kind mit der Haut von Dörrfleisch.

»Wir mussten sie bestrafen«, erklärte die Mutter der Mütter. Sie sah dem Hünen dabei selbstbewusst in die Augen. »Nichts geschah gegen den Willen Muwattas.«

»Mein Wille ist das nicht. Shaya ist das Weib des Unsterblichen, wenn auch nicht seine erste Frau. Sie hat den Rang einer Prinzessin des Reiches. Und wer eine Prinzessin zu Ziegen sperrt, der beleidigt mich und das Reich.«

Tabitha senkte demütig das Haupt. Es war das allererste Mal, dass Shaya sie so sah. Die Mutter der Mütter hatte Angst vor diesem Mann. Und was redete er da? Mich und das Reich?

»Wer bist du?«, platzte es aus ihr hervor.

Ein Raunen ging durch den Raum. Tabitha bedachte sie mit einem eisigen Blick. Hatte sie einen Fehler begangen?

»Ich bin Labarna. Nachdem es der allweisen Išta gefiel, den Unsterblichen Muwatta noch auf dem Schlachtfeld von Kush zu richten, weil er unserem Reich Schande bereitet hatte, endschied sie, mir die Last der Herrschaft aufzubürden. Ich bin der neue Unsterbliche von Luwien, Prinzessin. Und auch wenn nicht wir die Heilige Hochzeit feierten, so seid Ihr nach den Gesetzen Luwiens doch eine meiner Frauen.«

Shaya sah ihn argwöhnisch an. Noch nie war ein Unsterblicher gestorben! Das war ein Widerspruch in sich! Sie waren die Auserwählten der Götter und standen nur eine Stufe unter ihnen. Erst als die Kriegerprinzessin die Angst in den rehbraunen Augen Tabithas sah, war sie überzeug. Eine Last fiel von ihr. Alles hatte sich verändert!

Sie war nicht länger die Gedemütigte. Nun war sie es, die gefürchtet wurde. Zumindest in dieser Stunde. Sie dachte an all die Demütigungen, die ihr hier widerfahren waren, und an den grausamen Mord an dem Hirtenjungen, der versucht hatte, sie zu verteidigen.

»Ich bedauere, Euch mitteilen zu müssen, dass dies nicht der Ort ist, der zu sein er vorgibt, mein Gemahl.« Shaya ließ Tabitha nicht aus den Augen und genoss den Anblick der aufkeimenden Panik in ihrem Gesicht.

»Was heißt das?« Seine Worte waren kühl gesprochen, durchdrungen von einer Ahnung von Grausamkeit dahinter. Labarna war ohne Zweifel ein Mann, der hart durchgriff, wenn er seinen Namen beschmutzt wähnte.

»Ich wurde hier nicht allein wie Vieh behandelt«, begann sie und sah sich nach Malnigal um, doch die Priesterin war nicht anwesend. »Als ich auf der Flucht gefangen wurde …«, Shaya stockte und rang mit ihren Gefühlen. Es wollte ihr nicht gelingen, mit fester Stimme zu sprechen: » … man hat die Jäger angewiesen, mich zu missbrauchen.«

Labarna erbleichte. »Ist das wirklich wahr?«

Shaya nickte, unfähig ein weiteres Wort herauszubringen und aufgewühlt über ihre Schwäche.

Der Unsterbliche wandte sich einem seiner Leibwächter zu und forderte von diesem eine große, doppelköpfige Axt. Dann verließ er das Zimmer mit weiten Schritten und ließ eisiges Schweigen zurück. Kurze Zeit später drangen laute Stimmen aus den Gärten zu ihnen empor.

Shaya rührte sich nicht von der Stelle, trat nicht an das weite Fenster, von dem aus sie hätte sehen können, was draußen vor sich ging. Niemand im Raum rührte sich. Nur Tabitha wandte den Kopf und sah sie unentwegt an. In ihren Augen lag ein stummes Flehen.

Shaya ignorierte es. Solange sie die Mutter der Mütter kannte, war sie kalt und grausam gewesen. Eine unbarmherzige Tyrannin, die auf jede Verfehlung – ob eingebildet oder tatsächlich begangen – nur eine Antwort gekannt hatte: härteste Strafen! Nun sollte sie erleben, was es hieß, ausgeliefert zu sein.

Shaya stand ganz gerade, obwohl sie seit der Nacht der erneuten Vergewaltigung das Gefühl hatte, ein ätzender Eisblock verzehre sie langsam von innen heraus. Es war allein die Aussicht auf Rache, die ihr die Kraft gab, sich aufrecht zu halten. Langsam gewöhnten sich ihre Augen an das Tageslicht, das bei Weitem nicht so hell war, wie es ihr anfangs erschienen war. Sie betrachtete Tabitha so lange mit kaltem Blick, bis diese die Augen senkte. Die Mutter der Mütter hatte begriffen, wie töricht es war, auf Schonung zu hoffen.

Als Labarna zurückkehrte, waren seine bronzenen Beinschienen und sein Wickelrock mit Blut bespritzt. »Wer hat Euch noch schlecht behandelt, meine Gemahlin?«

Es war eigenartig, von einem Mann, den sie vor diesem Tag noch nie bewusst wahrgenommen hatte, Gemahlin genannt zu werden. Dennoch, das anfängliche Hochgefühl, kein ohnmächtiges Opfer mehr zu sein, war verflogen. Und so antwortete sie müde:

»Wollen wir unter vier Augen über das Haus des Himmels reden? Ich möchte nicht, dass dieser ehrwürdige Ort Schaden nimmt, weil einzelne Priesterinnen pflichtvergessen waren. Was ich zu sagen habe, ist nicht für die Ohren Eurer Krieger bestimmt.« Aus den Augenwinkeln sah sie, wie Tabitha zu schlottern begann, als habe sie ein Fieber gepackt.

Labarna runzelte die Stirn, dann scheuchte er alle mit einer ungeduldigen Handbewegung aus dem Raum. »Geht!«

»Wer noch?«, fragte er, kaum dass die Tür geschlossen war. Und Shaya erzählte, wie sie an diesem Ort wieder und wieder gedemütigt worden war. Sie wollte, dass Labarna verstand, warum sie geflohen war. Anfangs fand sie stockend die Worte, dann aber redete sie sich mehr und mehr in Rage.

Es war dem Unsterblichen anzusehen, dass das Gehörte ihn fassungslos und zornig machte. Als sie endete, hielt er ihr die blutige Axt hin. »Ich habe von Euch gehört, Prinzessin. Ich weiß, dass Ihr Männer in Schlachten geführt habt und Euch mit Eurem Mut und Eurem Können Respekt erworben habt. Wollt Ihr selbst den Tod zu Euren Feinden bringen, meine Gemahlin?«

Sie zögerte. Von einem Augenblick wie diesem hatte sie in den letzten Wochen nicht einmal zu träumen gewagt. Aber war ein schneller Tod nicht zu gnädig? Sie konnte sich gut an die zahlreichen Hinrichtungen am Wandernden Hof erinnern, denen sie als Kind beigewohnt hatte. Vierteilen, langsames Erdrosseln, Kämpfe mit wilden Tieren. Ihr Vater hatte es immer geliebt, seinen Feinden auf vielerlei Art den Tod zu schenken. Pfählen war die grausamste aller Todesstrafen. Manchmal ging es schnell, aber einmal hatte es mehr als zwei Tage gedauert, bis ein hagerer, kleiner Jäger, der Pferde gestohlen hatte, voller Erleichterung seinen letzten Seufzer tat.

»Pfähle«, sagte sie leise. Das wäre die angemessene Strafe für zwei Frauen, denen es Freude bereitet hatte, sie vergewaltigt zu sehen.

Shaya hatte nicht den geringsten Zweifel daran, dass die Übergriffe der Jäger auf Tabithas Befehl geschehen waren. Malnigal hätte es niemals gewagt, ohne die Zustimmung der Mutter der Mütter zu handeln.

»Was sagtet Ihr? Ich habe Euch nicht verstanden.«

Shaya sah in das harte Gesicht ihres neuen Gemahls. Er wollte ein mahnendes Beispiel schaffen, um seine Herrschaft zu festigen. Ein Satz von ihr und ihre Racheträume würden Wirklichkeit werden. »Ich sagte Pferde.«

»Pferde?«

»Mein Brautpreis war eine riesige Herde Pferde. Die königlichen Ställe Luwiens sind berühmt für ihre starken Hengste. Ich wünsche, dass die Mutter der Mütter und ihre Handlangerin Malnigal ihre restlichen Tage damit verbringen, königliche Pferdeställe auszumisten.«

Er seufzte. »Dieses milde Urteil hätte ich von Euch nicht erwartet. Ihr überrascht mich. Ich hatte gehört, dass Ihr Eure Feinde nicht am Leben lasst.«

»Ihr haltet mich für gnädig? Von Tabitha habe ich gelernt, was der Unterschied zwischen einer schnellen, harten Strafe und langanhaltender Demütigung ist. Ich wünsche, dass sie ihre Lektionen am eigenen Leib erfährt. Was sie mir antun ließ, werde ich bis ans Ende meiner Tage als offene Wunden auf meiner Seele tragen … Täuscht Euch nicht, mein Gemahl, meine Tage hier im Haus des Himmels haben mich härter und unnachgiebiger als zuvor gemacht.«

Labarna musterte sie schweigend.

Shaya ahnte, dass sie zum Erbarmen aussehen musste. Sie hatte nicht so viel Zeit in dem lichtlosen Keller verbracht, wie sie anfangs geglaubt hatte. Es waren höchstens zwei Tage, das erkannte sie am Zustand der Schürfwunden und Prellungen. Nicht lange genug, dass alles verheilen konnte.

»Ich kann Euch nicht freilassen, Ihr wisst das«, sagte er schließlich. »Ihr hättet es verdient, aber ich schulde meinem Volk Euren Tod. Jedes Kind in Luwien kennt die Geschichte der Heiligen Hochzeit. Empfängt die Braut ein Kind, dann wird alles gut, und unseren Äckern werden reiche Ernten beschert werden.«

Shaya nickte. Dann ergänzte sie mit tonloser Stimme, was er über das Ritual der Himmlischen Hochzeit noch ausgelassen hatte: »Bleibt die Braut aber unfruchtbar, ist dies ein schlechtes Omen für das Reich. Dann muss sie ihr Leben geben. Ihr Blut muss in die Ackerfurchen verströmen und ihre Asche über dem Land verstreut werden, nur das vermag die Missernten abzuwenden. Eure Traditionen verlangen meinen Tod.«

»Und es ist Ištas Wille. Kein Mensch vermag Euer Schicksal zu wenden. Nicht einmal meine Macht als Unsterblicher könnte dies bewirken. Aber ich kann erreichen, dass Ihr in den Tagen bis zu Eurem Tod mit Respekt behandelt werdet, dass Ihr gut untergebracht seid und es Euch an nichts fehlt.«

Shaya lächelte bitter. »An nichts, außer an Freiheit.«

»Ich werde Euch anketten lassen, damit Ihr nicht noch einmal flieht, meine Gemahlin. Soll diese Kammer künftig Euer Gefängnis sein?«

Shaya sah sich um. Sie würde sein Angebot annehmen. Ihr war bewusst, dass er versuchte, es ihr so angenehm wie möglich zu machen, und dass er auf ihre Flucht reagieren musste. »Ich bin mit allem einverstanden, wenn Ihr mir zwei Wünsche erfüllt.«

Sofort flackerte Misstrauen in seinen Augen auf.

»Tragt sie vor«, forderte er kühl.

»Ich wünsche, dass die Priesterin Kara von nun an die Mutter der Mütter im Haus des Himmels sein soll. Sie ist jung und hat ein weiches Herz. Ihr werdet sie mit dieser Entscheidung zu Tode erschrecken. Sie hätte dieses Amt niemals haben wollen, aber ich bin mir sicher, sie wird es gut und gewissenhaft erfüllen.«

»Dieser Wunsch sei Euch gewährt. Was wollt Ihr noch?«

»Es heißt, der Ort, an den Eure Toten gehen, sei eine Höhle tief unter der Erde. Und dort herrsche ewige Finsternis.«

»Den Großen Schatten nennen wir es. Die Weisen und Priester beschreiben ihn so, wie Ihr sagt. Wenn es für die Augen nichts zu sehen gibt, dann wendet sich unser Blick nach innen. Und wenn wir reinen Herzens waren, dann finden wir dort ein Licht. Die meisten sind also zu einer Ewigkeit in Finsternis verdammt.«

»Es gab einen Jungen, der mich verteidigt hat, als mir die beiden Jäger den letzten Rest meines Stolzes nehmen wollten. Ein Hirte. Er hat dafür mit seinem Leben bezahlt. Er liegt einen halben Tagesmarsch von hier auf einem öden Hang als Fraß für die Aasvögel. Ich wünsche, dass er begraben wird und ihm eine Öllampe für seine letzte Reise mitgegeben wird. Ich weiß wenig über sein Herz, aber mein Herz wäre mir leichter, wenn ich wüsste, dass es für ihn im Großen Schatten immer ein Licht geben wird.«

Der Prediger

Bidayn hielt mit klopfendem Herzen inne und sah der Seidenen nach, die gerade in einen engen Seitentunnel abgebogen war. Für ihren Ausflug in das Netz verborgener Gänge hatte Zarah schlichte Gewänder angelegt und ein graues Tuch um Kopf und Schultern gelegt. Ihr Gesicht war ungeschminkt. Sie war nicht mehr wiederzuerkennen. Noch immer war sie eine schöne Frau, aber durch ihren geduckten Gang und die schäbigen Kleider hatte sie alles, was sie unter den Menschenkindern hervorhob, verloren. Sie würde in einer Menge nicht auffallen, sondern unsichtbar werden. Auf ihre Art war auch sie eine Zauberweberin.

Der Gestank der Algen, die die Wände hier unten überzogen, war atemberaubend. Auf dem ersten Stück des Weges hatte Bidayn gedacht, sie müsse umkehren. Aber dann hatte doch ihre Neugier gesiegt. Sie war Zarah heimlich durch das Loch in der Kellerwand gefolgt. Wohin ging ihre geheimnisvolle Gastgeberin? Die junge Elfe hätte sie gerne näher kennengelernt. Sie war so anders als all die anderen Menschenkinder. Voller Stolz und Erhabenheit. Zweimal hatte Bidayn mit ihr gesprochen, aber jeweils nur kurz. Die Seidene mied sie. Sie hatte sie und ihre Gefährten nicht aus freien Stücken in ihrem Haus aufgenommen. Aber wer gab Zarah Befehle?

Bidayn bog nun ebenfalls in den Seitentunnel ein. Sie entdeckte einen verschwommenen, grünen Kreidefleck an der Wand. Darunter war eine Gruppe tanzender Strichmännchen gemalt. War das eine geheime Botschaft?

Schritte ließen Bidayn aufschrecken. Die Tunnel und Kanäle verzerrten Geräusche, doch sie war sich sicher, dass sich jemand von hinten näherte. Jetzt hörte sie auch Stimmen.

Eilig lief sie in die Richtung, in der die Seidene verschwunden war, und versuchte, die aufkeimende Panik zu beherrschen. Es war völlig unmöglich, dass man sie hier in eine Falle gelockt hatte. Zarah wusste nicht, dass sie ihr folgte!

Sie erreichte einen Kanal, durch den träge eine dunkle, stinkende Brühe floss. Bidayn hatte kein Licht mitgenommen, aber sie hatte immer schon gut im Dunkeln sehen können. So blieb ihr nicht verborgen, dass es hier keine Möglichkeit mehr gab, noch trockenen Fußes voranzukommen. Hinter ihr hallte helles Lachen durch die Kanäle. Das waren ganz gewiss keine Verfolger. Dennoch hatte die Elfe kein Interesse herauszufinden, was sie stattdessen waren. Sie musste in das Abwasser steigen!

Die warme Brühe reichte ihr bis über die Knöchel, und als Bidayn sich vorwärtsbewegte, stieg ein Fäkaliengestank auf, der sie fast ohnmächtig werden ließ. Sie hielt sich die Nase zu und atmete nur noch flach durch den Mund.

In Spalten im Gemäuer glänzten dunkle Augen. Ratten? Etwas streifte ihr linkes Fußgelenk. Das war keine Ratte gewesen! Was mochte in dieser Drecksbrühe überleben? Sie beschleunigte kurz ihre Schritte, hielt dann jedoch wieder inne. Der Boden im Kanal war zu rutschig. Eine zähe, seifige Masse bedeckte ihn. Bidayn stellte sich vor, wie es wäre, hier zu stürzen. Wie das Kloakenwasser ihr ins Gesicht und in die Augen spritzte. Nein, Eile konnte sie sich nicht leisten.

Vorsichtig, immer einen sicheren Stand suchend, tastete sie sich durch das Dunkel des Kanals. Wieder glitt etwas um ihre Knöchel. Was war das? Sie dachte an die Blutegel in den Sümpfen. Man merkte gar nicht, wie sie sich an der Haut festsaugten. Sie mussten wohl irgendein betäubendes Gift verwenden. Vielleicht konnte das auch anderweitig von Nutzen sein? Bei der Wundbehandlung auf dem Schlachtfeld vielleicht? Wenn man den Verletzten auf diese Weise vorübergehend die Schmerzen nehmen könnte, würde es ihre Behandlung erleichtern. Bidayn war keine Heilerin, über Wundpflege wusste sie nur wenig, aber sich in abstruse Gedanken zu flüchten, half, die Schrecken der Abwasserkanäle zu verdrängen.

»Schwester?«

Ein mattes Licht leuchtete neben ihr auf und enthüllte den etwas höher gelegenen Einstieg zu einem Seitentunnel, den sie ganz übersehen hatte. Ein alter Mann, dem ein Kranz grauer, strähniger Haare von seinem fast kahlen Schädel hing, empfing sie mit zahnlosem Lächeln. »Hier entlang, Schwester. Den Einstieg zu den drei Blüten übersieht man leicht.«

Sie nickte und hoffte, dass ihr der Menschensohn im Halbdunkel nicht allzu deutlich ihre Verwirrung anmerkte. Drei Blüten? Was sollte das sein?

»Du musst dich beeilen. Bruder Barnaba wird gleich mit seiner Predigt beginnen.«

»Danke«, sagte sie knapp und zwängte sich an ihm vorbei. Dieser

Bruder trug nur ein ausgefranstes Tuch um die Hüften und war bis auf die Knochen abgemagert. Was wohl derart an ihm zehrte? Bidayn achtete darauf, ihn nicht zu berühren.

Wie immer trug sie dünne Handschuhe, um ihre vernarbten Hände zu verbergen, und hatte ihre Kapuze tief ins Gesicht gezogen. Ihr war klar, dass sie auffällig angezogen war, viel zu warm für die schwüle Hitze in den Abwasserkanälen, aber der Menschensohn schien sich nicht daran zu stören.

»Beeil dich, mein Kind«, sagte er lediglich und lächelte sie aus freundlichen, braunen Augen an. Dann schirmte er seine mit dunklem Schmier bedeckte Öllampe mit einer Holzschale ab, sodass es wieder dunkel wurde.

Bidayns Nachtsicht war durch das Licht verloren. Sie ließ die Linke über die Tunnelwand gleiten und tastete sich voran. Bald hörte sie das leise Raunen vieler Stimmen. Ihr Kanal mündete in einen Tunnel, an dessen Ende Licht zu sehen war.

Zwei drahtige Männer mit wilden Bärten stiegen aus einem weiteren Seitentunnel. Ihre Beine waren bis zu den Knien mit Schlamm und Fäkalien bedeckt. Sie lächelten ihr zu, nickten und gingen dann auf das Licht am Ende des Tunnels zu.

Bidayn folgte ihnen. Überall an die Wände waren nun unförmige Flecken mit grüner Kreide gemalt. Zweimal sah sie auch die tanzenden Strichmännchen. War sie in eine geheime Zusammenkunft der Menschenkinder geraten, die die Grünen Geister wie Götter anbeteten? Gehörte Zarah zu diesen Verschwörern? Was hatte eine Menschentochter, die ihren Reichtum in vollen Zügen genoss, mit diesen Bettlern zu schaffen? Ihre Sorge war Neugier gewichen. Niemand wunderte sich, hier Frauen zu sehen, obwohl sie im Stadtbild so gut wie nie auftauchten. Bidayn spürte, hier galten andere Gesetze als über der Erde.

Der Tunnel mündete in einer großen, von Säulen gestützten Zisterne. Die schwarze Wasserfläche verlor sich in der Finsternis. Im Licht von Fackeln und Öllämpchen, die einige Menschenkinder mitgebracht hatten, sah die Elfe, dass der Uferabschnitt, an dem sie stand, als breite Treppe gestaltet war. Und auf diesen Stufen hatten sich Hunderte Menschenkinder eingefunden. Die meisten von ihnen waren zerlumpt, doch nicht alle. Am meisten verwunderte Bidayn, dass etwa die Hälfte der Versammelten Frauen waren. Manche hatten sich grell geschminkt und verbargen unter weiten Umhängen anzügliche Kleider, die ihre Brüste von Stoff unbedeckt ließen. Andere waren augenscheinlich die Ehefrauen reicher Kaufherren. Seite an Seite standen sie mit Lastenträgern aus den Frachthöfen, Fischern, Bauern und kleinen Handwerkern.

Die leisen Gespräche in der Menge wurden durch die besondere Akustik der Zisterne zu einem Brausen, das an Meeresbrandung an einem stürmischen Tag erinnerte. Bidayn zog sich auf die oberste Treppenstufe zurück und ließ ihren Blick schweifen. Sie konnte Zarah nicht entdecken. War nicht diese Zisterne ihr Ziel gewesen? War sie an dem alten Mann etwa vorbeigegangen?

Bidayn musterte den Kanal, aus dem sie getreten war. Es mussten Überlaufrohre sein, durch die die Zisterne geleert wurde, wenn der Wasserstand zu hoch war. Wie konnte man Trinkwasser nur mit den Abwasserkanälen verbinden? Unwillkürlich musste sie lächeln. Wieder suchte ihr Verstand irgendeine Banalität, um sich von der Gefahr abzulenken. Es mussten mehr als dreihundert Menschenkinder in der Zisterne versammelt sein. Wenn sie hier unten nur den geringsten Fehler machte, wäre sie tot! Diese Sekte, die sich den Grünen Geistern verschrieben hatte, wurde verfolgt. Sie galt als grausam und unberechenbar. Doch als Bidayn erneut den Blick über die Gesichter der Menschenkinder wandern ließ, stutzte sie. Was sie sah, passte nicht zu den Gerüchten über die Grünen: Sie wirkten friedlich.

Plötzlich verstummte das Raunen. Weit draußen auf der dunklen Wasserfläche der Zisterne war ein Licht erschienen.

»Löscht die Lichter«, rief irgendjemand in der Menge. Fackeln erstickten zischend im Wasser. Die Flammen von Öllämpchen wurden zwischen schwieligen Fingern zerdrückt.

»Er kommt«, flüsterte der Mann neben Bidayn. Dabei sah er sie nicht an. Sein Blick war auf das ferne Licht gerichtet, sein Antlitz verzückt. »Er kommt, der Auserwählte«, murmelte er noch einmal.

Der flache Nachen war bis auf dreißig Schritt herangekommen. Ein großer, junger Menschensohn stakte ihn durch das dunkle Wasser. Neben ihm kniete eine Frau in einem makellos weißen Gewand. Bidayn stockte der Atem. Es war Zarah, und es war sie auch wieder nicht! Nun sah sie wie ein junges, unschuldiges Mädchen aus. Nichts war von der verführerischen Frau geblieben, der die Mächtigen der Stadt zu Füßen lagen. Und nichts von der Verkleidung, mit der sie in die Tunnel geschlüpft war. Hinter ihr, aufrecht stehend, blickte ein hagerer Mann mit zerzaustem Bart der Menschenmenge entgegen. Er trug eine schlichte, graue Tunika. Er hatte etwas an sich, das Bidayn nicht in Worte fassen konnte. Man konnte den Blick nicht von ihm abwenden. Jede seiner Gesten schien eine Verheißung. Er war eins mit sich und dieser Welt. Menschgewordene Harmonie.

»Meine Kinder«, sagte er und weitete die Arme, als wolle er sie alle umfangen. »Wieder seid ihr mehr geworden. Ihr macht das Herz unserer Mutter weit vor Freude.«

Ein Schauer überlief Bidayns ganzen Körper. Sie war versucht, ihr Verborgenes Auge zu öffnen. Konnte dieser Mann Zauber weben? Es hieß, den Menschenkindern sei diese Gabe auf immer verweigert. Doch bei ihm schien das anders.

Fasziniert lauschte Bidayn seinen Worten. Mit voller, warmer Stimme sprach er von der Liebe zu allem Lebenden und dass die Natur sich gegen die Menschen wenden würde, wenn sie weiterhin so tiefe Wunden in das Land schlagen würden. Er verglich das Land mit dem Leib der großen Göttin.

»Was macht ihr, wenn euch eine Laus beißt?«, rief er den Gläubigen zu. »Ihr werdet sie zerquetschen! Aber um wie viel kleiner sind wir als Läuse. Und was macht ihr, wenn ihr Läuse jagt? Ihr sucht nach den Stellen, wo viele von ihnen sind, sucht nach den Nissen. Wo aber sind viele von uns? In den Städten, bei den Tempeln, deren verblendete Priester nicht die Wahrheit dieser Welt begriffen haben! Nangog wurde nicht für Devanthar oder Götterdrachen erschaffen. Ihre Macht ist hier begrenzt, und wenn Nangog sich nur ein einziges Mal im Schlaf bewegt, dann fällt der Kopf des Löwenhäuptigen. Sie wird sich wieder regen. Sie beginnt zu erwachen. Es ist jemand gekommen, der sie wecken wird!«

Bidayn hatte das Gefühl, dass der Priester bei diesen Worten genau in ihre Richtung sah. Sie zwang sich zur Ruhe. Sie durfte jetzt nichts Auffälliges tun.

Der Nachen hatte die breite Ufertreppe fast erreicht. Etliche der Gläubigen traten ins Wasser. Sie streckten dem Priester die Hände entgegen, wollten von ihm berührt werden, um ihn mit allen Sinnen zu erfassen.

»Nangog weiß um dich, Amur. Und um dich, Elias, und auch um Tarak und Baidur. Die Göttin kennt eure Schwächen wie auch eure Ergebenheit. Und sie hat zu mir gesprochen in dieser Nacht. Euch allen soll ich eine Botschaft ausrichten. Dir, Noram, und dir, Sakur.«

Er schien jeden Einzelnen mit Namen zu kennen. Der Priester sprang vom Boot und verschwand in der Menschenmenge. Der Mann, der den Nachen zum Ufer gestakt hatte, versuchte, den Priester von der begeisterten Menschenmenge abzuschirmen. Er sah jung und stark aus, dem Enthusiasmus Hunderter hatte aber auch er nichts entgegenzusetzen.

Bidayn stand immer noch auf der höchsten Treppenstufe, doch das Gewühl aus Menschen konnte sie nicht überblicken. Sie stellte sich auf die Zehenspitzen. Wo war Zarah? Eben noch war sie an der Seite des Predigers gewesen. Hoffentlich geschah ihr nichts in diesem Durcheinander. Ihrer wunderbaren Haut.

Bidayn hatte sie einmal berührt, als Zarah ein Kleid getragen hatte, das ihren Rücken fast völlig freigelassen hatte. Sie hatte den Namen die Seidene wahrlich verdient, denn zart wie Seide war auch ihre Haut. Die junge Elfe träumte davon, auch eines Tages eine solche Haut zu haben. Lyvianne hatte Andeutungen gemacht, dass sie Zauber weben könne, die ihr so eine Haut schenkten. Doch dazu müsste Bidayn die dunkleren Pfade ihrer Kunst beschreiten. Sie blickte über das Meer aus zuckenden Armen, das den Prediger umbrandete. So viele Menschenkinder gab es. Wer würde zwei oder drei von ihnen vermissen?

»Nangog kennt jeden Einzelnen von euch«, rief der Prediger, als habe er ihren Gedanken gespürt.

»Im Namen der Göttin bitte ich die Furchtsamen unter euch, verlasst die Stadt! Nehmt jene mit, die euch nahestehen. Meidet jegliche Siedlung, aber auch Berge, die Küsten und das Meer. Flieht in die weiten Ebenen. Wessen Glaube aber so fest wie der Fels ist, auf dem wir stehen, der möge bleiben. Denn sein Glaube wird sein Schutzwall sein und ihn vor allem Übel bewahren. Wer bleibt, der wird sehen, wie Nangog sich erhebt. Die fünf sind nah, von denen schon in alter Zeit verheißen wurde, dass sie Nangogs Fesseln zerschlagen werden.«

Bidayn zog sich in die Mündung des Kanals zurück, der sie in die Zisterne geführt hatte. Sie musste die anderen warnen! Woher wusste der Prediger von ihnen? War es die Seidene oder wirklich Nangog, die aus ihm sprach? Doch wer auch immer es gewesen war, nun mussten sie sich beeilen, denn die Kunde über die Fünf würde sich überall in der Stadt unter den Anhängern der Großen Göttin verbreiten. Und diese Menschenkinder waren Verfolgte. Was, wenn einer von ihnen unter der Folter über die Fünf sprach? Sie waren nicht vollkommen unbemerkt in die Goldene Stadt gelangt. Mindestens das Narbengesicht Kolja und die Leibwachen des Statthalters von Valesia hatten sie kommen sehen. Sie konnten nicht länger im Haus der Seidenen bleiben!

»In einer Woche treffen wir uns bei den fünf Lotusblüten, meine Brüder und Schwestern. Dort wird uns die schlafende Göttin ihre Macht offenbaren. Sie wird ein Wunder wirken und all jene retten, deren Glauben fest und unverrückbar ist.«

Bidayn wandte sich ab und eilte durch den Kanal davon. Niemand beachtete sie, da noch alle Augen auf dem Prediger ruhten. Sie begann zu laufen. Sie musste mit Nandalee sprechen und ihre Gefährten warnen. Ihnen zerrann die Zeit zwischen den Fingern.

Ihre Anwesenheit war nicht länger geheim, und es war nur noch eine Frage des Glücks, wie lange sie unentdeckt blieben.

Die Verräterin

Arcumenna strich sanft über den Rücken der Seidenen. Er hatte sie mehr vermisst, als gut für ihn war. »Du warst zu lange fort.«

Zarah drehte sich halb zu ihm um und schenkte ihm einen dieser Blicke, die ihn in Flammen setzten. »Ich hatte auch Sehnsucht nach dir.«

Keiner anderen Hure glaubte er ihre Lügen so gern wie Zarah. Sie war eine Meisterin der Illusion. Wenn sie bei ihm war, hatte er stets das Gefühl, sie sei eine junge Landadelige, mit der er eine heimliche Affäre pflegte. Er war mindestens zwanzig Jahre älter, aber wenn Zarah ihn so ansah, fiel das Alter von ihm ab. Er zog sie an sich, genoss es, ihren warmen Leib zu spüren. »Was hast du über Kolja herausgefunden? Steht er noch unter dem Schutz des Unsterblichen Aaron?«

»Ich glaube nicht. Er gehört nicht mehr zur Leibwache des Unsterblichen, und die meisten der Zinnernen sind mit ihm gegangen. Sie scheinen aber den Unsterblichen nicht im Streit verlassen zu haben. Ihr Soldvertrag endete.«

Er streichelte weiter ihren Rücken. Arcumenna konnte besser denken, wenn er eine schöne Frau im Arm hatte, die ihn zuvor von jenen Säften befreit hatte, die den Verstand eines Mannes die verrücktesten Kapriolen schlagen ließen. Es war ihm schwergefallen, Zarah in die Intrige gegen Kolja einzubinden. Aber ihm war klar gewesen, dass der Drusnier sie sich auf jeden Fall schnappen würde. Es war nur folgerichtig, dass sich ein Lude die beste Stute in seinem Stall ganz genau ansah.

»Hat er deine Geschichte geglaubt?«

Zarah lachte. »Ehrlich gesagt war ich verblüfft, wie genau du dich in die Gedanken dieses Schlägers hineinversetzen konntest. Ich habe ihn warten lassen, und er hat ganz genau das getan, was du vorausgesagt hast. Er hat sich den armen Kerl geschnappt, den du zu meinem Bruder gemacht hast, und mich mit ihm erpresst. Er hat ihm sogar einen Finger abgeschnitten, damit ich sehe, wie ernst es ihm ist. Danach bin ich zusammengebrochen und habe mich ihm unter Tränen gefügt.« Sie lachte erneut ihr glockenhelles, entzückendes Lachen. »Er hat alles geglaubt, mein Meister der Täuschung.«

»Es ist eine Sache, sich etwas auszudenken, und eine ganz andere, so eine Täuschung Wirklichkeit werden zu lassen. In unserem Fall mag geholfen haben, dass wir sehr nahe bei der Wahrheit bleiben konnten.«

Zarah war tatsächlich die Frau eines Übersetzers am Platz der Tausend Zungen geworden, nachdem ihr Bruder einen Unfall gehabt hatte. Nur hatte ihr wirklicher Bruder diesen Unfall nicht überlebt. Den Jungen, den Kolja nun für Zarahs Bruder hielt, hatte Arcumenna in einem der Siechenhäuser der Stadt gefunden. Er würde sich niemals verplappern, da er seinen Verstand verloren hatte. Mochte Kolja mit ihm machen, was er wollte. Er war einzig und allein von Bedeutung, um dem Drusnier vorzugaukeln, er habe Zarah fest in der Hand, und dass sie nicht wagen würde, etwas gegen seinen Willen zu unternehmen.

Hätte sie Kolja nicht den falschen Bruder geliefert, hätte er so lange gesucht, bis er vielleicht tatsächlich eine Schwachstelle Zarahs gefunden hätte. Jeder Mensch hatte einen wunden Punkt.

Arcumenna ließ seinen Blick über den vollkommenen Leib seiner Geliebten wandern. Er kannte Zarah erst seit etwas mehr als einem halben Jahr, aber nie zuvor war er einer Frau so sehr verfallen. Vielleicht war es gut, dass er sie nur selten sehen konnte, solange Kolja nicht aus der Welt geschafft war. Der Laris von Truria wollte sich erst ganz sicher sein, dass der Unsterbliche Aaron in keinster Weise in die Geschäfte des Drusniers verwickelt war. Eigentlich war nicht vorstellbar, dass ein Unsterblicher etwas mit Freudenhäusern zu tun hatte. Aber bei Männern aus Aram konnte man nie wissen. Sie waren kompliziert und nicht so wunderbar vorhersehbar wie die Drusnier.

Es war nicht normal, dass ein Herrscher einen Mann wie Kolja zum Hauptmann seiner Leibwache machte. Und noch verrückter waren die Dinge, die er über die Landreform gehört hatte, die Aaron plante. Auch hätte er niemals geglaubt, dass der Unsterbliche Arams mit seinem Bauernheer gegen Muwatta hätte siegen können. Bei so einem Mann musste er vorsichtig sein! Alles war bei ihm möglich. Auch dass er wusste, dass Teile seiner Leibwache alle Freudenhäuser der Goldenen Stadt unter ihre Kontrolle gebracht hatten.

Und sosehr Arcumenna darauf aus war, den Mörder seines Freundes Leon zu richten, so musste er doch vorsichtig sein. Einen Unsterblichen wollte er nicht provozieren. Aaron war ein Mann, der einen Krieg mit Valesia anfangen würde, sollte er den Verdacht haben, dass einer seiner Vertrauten durch den Heermeister des Reiches umgebracht worden war. Er war zu impulsiv für einen Herrscher. Ganz und gar von seinen Gefühlen gesteuert. Ein Mann Arams eben.

»Morgen muss ich zu Subai. Kolja hat es befohlen. Er wünscht, dass ich meine Freundschaften zu den Statthaltern weiter pflege. Dass ich jetzt hier bin, war ebenfalls sein Wunsch.«

Arcumenna versetzte der Gedanke einen Stich, dass die schöne Zarah morgen in den Armen eines Wilden liegen würde. Und zwischendurch vielleicht noch einmal im Bett dieses Fleischkopfes. Er sollte die Sache mit Kolja so schnell wie möglich erledigen – dann würde Zarah ihm ganz allein gehören!

»Was machst du für ein Gesicht?« Zarah küsste ihn sanft auf die Stirn. »Glaubst du etwa, ich sei gern bei Subai? Der Kerl stinkt immer nach Pferd. Und er ist …« Sie stockte kurz. »Er mag es, Frauen zu quälen. Einmal hat er mich zusehen lassen, wie eine seiner Sklavinnen ausgepeitscht wurde, bis ihr die Haut in Fetzen vom Rücken hing. Danach hat er mich wild und leidenschaftlich genommen. Er muss Blut vergießen, um seine Männlichkeit zu beleben. Ich weiß nicht, was mit ihm los ist. Er macht mir Angst. Ich habe einmal gehört, eine jüngere Schwester von ihm habe ihn bei einem Pferderennen unter den Augen ihres Vaters besiegt. Sie soll eine große Kriegerin gewesen sein, die von all ihren Gefolgsleuten respektiert wurde. Immer vor Augen zu haben, wie sie alles erreichte, wovon er immer träumte, scheint einen dunklen Schleier über seine Seele gelegt zu haben.«

Arcumenna kannte Subai von Empfängen und den großen Tempelfesten. Er hielt nichts von ihm. Der Ischkuzaia wurde nicht respektiert, nur gefürchtet. Und bislang hatte er keinen glänzenden Sieg an seine Standarten heften können. Er war ein bösartiger Weichling! »Ich habe dafür gesorgt, dass er weiß, dass du auch meine Geliebte bist.«

Die Seidene sah ihn erschrocken an. »Ich möchte nicht in eure Machtspiele hineingezogen werden.«

»Das bist du doch schon längst.« Ihm gefiel es, sie ängstlich zu sehen. Das kam sehr selten vor.

»Und wenn er mir etwas antut, um dich zu treffen? Du weißt nicht, wie diese wilden Pferdemänner denken!«

»Wilde sind immer ganz einfach«, beruhigte Arcumenna sie lächelnd. »Ganz gleich, ob es Drusnier sind oder die stinkenden Steppenreiter aus Ischkuza. Er wird es nicht wagen, mich zu provozieren. Er kennt mich. Er weiß, dass ich in sieben großen

Schlachten und in dreiundzwanzig Scharmützeln stets siegreich war. Wann immer ich das Schwert für Valesia führte, haben die Drusnier am Ende ein Stück ihres Landes an den Unsterblichen Ansur verloren. Er wird es nicht wagen, dir etwas anzutun.«

Wieder schenkte sie ihm einen ihrer hinreißenden Blicke. »Du würdest einen Krieg um meinetwillen führen?«

»Ich würde eine ganze Welt in Asche legen«, sagte er leichthin. »Du bist die einzige Frau, die es wert wäre.«

Ihre Fingerspitzen umkreisten seine Brustwarzen. »Das hat noch nie ein Mann zu mir gesagt. Nicht dass ich dir glauben würde … Aber ein neues Kompliment ist ein seltenes Gut. Fast so selten wie ein ernst gemeintes.«

Arcumenna mochte es nicht, wenn sie in dieser Stimmung war. Manchmal konnte Zarah für eine Frau erstaunlich zynisch werden.

»Warum willst du Kolja töten? Wenn er nicht mehr lebt, wird sehr bald ein anderer seinen Platz einnehmen. Das Geschäft mit den Freudenhäusern ist zu lukrativ. Keine Goldmine auf ganz Nangog wirft so sichere Gewinne ab. Hast du etwa Interesse?«

»Ich kannte Leon seit über zwanzig Jahren. Er war ein Trurier, so wie ich. Unsere Provinz ist nicht sehr reich, und es gibt kaum Bodenschätze. Gewinne machen wir mit schöner Keramik und kostbarem Schmuck. Da ist das Gold der Freudenhäuser eine große Versuchung. Ich genieße hohes Ansehen in Valesia, aber das bringt nur Feinde und kein Geld ein.

Leon hat in der Vergangenheit dafür gesorgt, dass auf meinen Festen immer genügend schöne Mädchen zugegen waren, um alle wichtigen Gäste glücklich zu machen. Ich habe ihm Geld geliehen, als er hierherkommen wollte, um Freudenhäuser zu eröffnen.

Ich muss bekennen, als Laris von Truria war meine sicherste Einnahmequelle das Gold, das aus Nangog kam. Als dieser Quell versiegte, habe ich den Unsterblichen Ansur gebeten, mich zum

Statthalter in der Goldenen Stadt zu machen. Glaub mir, Zarah, meine Feinde waren glücklich, als ich mein Kommando an der Grenze zu Drusna niederlegte. Sollen nun andere in den Wäldern der Barbaren kämpfen. Sie sind tapfere Krieger. Ich bin zuversichtlich, dass sie einigen Fürsten, die glauben, gute Intriganten seien auch gute Feldherren, den Kopf abschneiden werden.« Er seufzte ein wenig theatralisch. »Und obwohl ich mit einem neuen Amt in eine neue Welt gekommen bin, werde ich tun, was ich schon immer getan habe: Ich kämpfe gegen einen Drusnier. Sobald ich mir ganz sicher sein kann, dass Kolja nicht unter dem Schutz des Unsterblichen Aaron steht, werde ich zuschlagen. Und mit dir werde ich verfahren, wie ich in der Vergangenheit mit meinen tapfersten Kriegern verfahren bin: Ich werde dich reich beschenken.«

»Wenn Kolja stirbt, bin ich wieder eine freie Frau. Welch größeres Geschenk könnte ich bekommen? Ich muss ihm nicht mehr vorspielen, was für ein wunderbarer Liebhaber er ist. Muss nicht mehr in sein grässliches Antlitz blicken, während er mich schwitzend nimmt. Das genügt mir.« Sie spielte zwar immer noch an seinen Brustwarzen, doch ihr Blick war hart geworden. Unwillkürlich fragte sich Arcumenna, ob sie über ihn ebenso dachte. Er war kein junger Mann mehr. Attraktiv waren seine Geschenke und seine Macht, nicht sein Körper.

Er nahm ihre Hände, küsste jede ihrer Fingerspitzen und führte sie dann zwischen seine Schenkel. »Ich bin mir sicher, ich werde ein Geschenk für dich finden, das du noch höher schätzen wirst als deine Freiheit. Es wird etwas Greifbareres sein. Etwas weniger Vergängliches.«

Zarah verstärkte den Druck ihrer Massage und fragte schelmisch: »Solltest du etwa beabsichtigen, mir ein Kind zu schenken?«

Arcumenna lachte laut auf. »Du als Mutter? Das wollen wir beide uns nicht antun.«

Sie bedachte ihn mit einem ihrer ganz besonderen Blicke, und plötzlich war er sich nicht mehr sicher, ob ihre Worte vielleicht mehr als nur ein Scherz gewesen waren.

»Ich bin für Geschenke empfänglich«, sagte sie mit vieldeutigem Lächeln. »Vielleicht habe ich auch ein Geschenk für dich. Wie bedeutend ist deine Stellung unter den Statthaltern?«

Seine gute Laune verflog. Wollte sie ihm etwa vor Augen führen, wie schwach seine Position war? »Ich bin als Letzter berufen worden. Jeder andere Statthalter ist schon länger hier. Ich bin nicht so reich, um ständig große Feste zu geben oder mit prächtigen Umzügen durch die Straßen auf mich aufmerksam zu machen. Mein Wort wiegt nicht schwer auf den Versammlungen der Statthalter.«

»Und dein größtes Ärgernis sind die Jünger dieses Hasspredigers, der über die Grünen Geister und die Gefesselte Göttin spricht?«

Arcumenna richtete sich halb auf, umfasste ihre Handgelenke und sagte kalt: »Frauen, die sich für Staatsgeschäfte interessieren, finde ich ganz und gar nicht liebreizend. Vielleicht ist es nun an der Zeit für dich zu gehen?«

»Und du willst mein Geschenk nicht? Ich könnte dich binnen einer Woche vom jüngsten zum bedeutendsten der Statthalter aufsteigen lassen.« In ihren Augen lag eine Härte, die sie völlig veränderte. Die Seidene hatte viele Gesichter. Bislang hatte er das immer anziehend gefunden, doch nun fragte er sich zum ersten Mal, ob sie vielleicht zu viele Gesichter hatte.

Er ließ sie los und lächelte, wie immer, wenn er sich bedroht fühlte. Es war ein Lächeln, das die meisten blendete und über seine wirkliche Stimmung täuschte. »Manche Angelegenheiten lassen sich nicht im Bett regeln, meine Schöne.«

»Da habe ich grundlegend andere Erfahrungen gemacht.« Sie küsste ihn erneut auf die Stirn und erhob sich geschmeidig vom Lager. »Ich habe das Gefühl, dass du meiner überdrüssig bist. Ich werde mich – mit deiner Erlaubnis – nun zurückziehen.«

Er griff nach ihrem Arm. »Was?«

Sie wirkte verzweifelt. »Du bist plötzlich so kalt. Ich glaube, ich habe mich in dir getäuscht. Du bist wie alle anderen Männer auch nur an einer schönen Stunde mit mir interessiert.«

Arcumenna ließ sie los und strich ihr mit der Hand über die Lippen. »Ich habe dir doch gesagt, dass ich es nicht schätze, wenn Frauen sich in hohe Politik einmischen. Ihr seid nicht dafür geschaffen. Euer Verstand vermag all die verwickelten Zusammenhänge nicht zu erfassen. Du hast mich geärgert. Du weißt das. Jetzt sag mir schon dein drängendes Geheimnis, und wir vergessen diese Sache.«

Einen Moment sah Zarah ihn nachdenklich an, dann sagte sie: »Aber du musst mir schwören, dass du mich immer beschützen wirst. Was ich dir verraten kann, wird dich mächtiger machen. Aber mich kann es das Leben kosten. Es gibt viele Männer, die ohne zu zögern töten würden, um meine Lippen zu versiegeln.«

Arcumenna musste lächeln. Das war einer der Gründe, warum Frauen bei den Spielen der Macht nichts zu suchen hatten. Sie wurden immer gleich so pathetisch. »Ich werde dich immer schützen, solange mein Herz schlägt, solange die beiden Monde über dem Horizont Nangogs aufgehen. Du weißt, ich bin dir verfallen, selbst wenn du mich ein wenig neckst.« Er zog sie dicht an sich heran, fühlte ihren warmen Körper, atmete ihren berauschenden Duft. Dann küsste er sie lange und leidenschaftlich.

Als er seine Lippen löste, schimmerten ihre Augen feucht.

»Das war schön«, hauchte Zarah. »Ich vertraue dir wie keinem anderen Mann. Deshalb sollst du mein Geheimnis erfahren. Ich weiß, wann der Priester, der im Namen der Gefesselten Göttin predigt, das nächste Mal seine Gläubigen um sich scharen wird. Sie treffen sich an einem Ort, den sie die fünf Lotusblüten nennen. Es ist ein großes Sammelbecken für Abwässer, in das fünf Kanäle münden. Es liegt in dem Labyrinth tief unter der Stadt. Du wirst alle Anhänger der Göttin auf einmal gefangen nehmen können.

Das Herz ihrer Bewegung schlägt in dieser Stadt. Reißt du es heraus, dann wird der Kult, den sie aufgebaut haben, auseinanderbrechen. Du wirst der Geschichte Nangogs eine neue Wendung geben. Dein Name wird für immer in die Annalen dieser Welt geschrieben sein.«

Der Mann im Stein

» ... der Erste der Sieben aber ... und das Lebende Licht umhüllte ihn mit ihrem Atem ... Und so ward er hinaufgetragen vom Tor der Toten. Und es blieb unberührt der Platz, der seinem Haupte bestimmt war. So verließ der Frevler den Mund der Welt und ward gegeben den Dienern des Lebenden Lichtes. Sie aber erschraken ob der Dunkelheit, die der Mann in seiner Seele trug, und als das Lebende Licht sah, dass der Schrecken nicht gebannt war, nahm sie den Mann, von dem das Dunkel nicht weichen wollte, und schloss ihn in einen Stein, damit das Dunkle im Dunkel vergehe. Den Stein aber schenkte sie ihrer Schwester, der Schwarzbeschwingten, die dem Dunkel stets nahestand. Und sie fand einen Platz für den Stein, an dem sein Geheimnis gewahrt blieb, fern des Lichtes, wo Dunkel Dunkles gebiert. Und seine Stimme blieb, als sein Leben ging, denn er war voll der Zaubermacht. ... in fremder Zunge und nur die Schwarzbeschwingte ... ward aus seinem Blut geboren. ... Eine Mauer verschloss den Ort, wo die Stimme lebt immerdar.«

Zitiert nach: Der lange Fluss, Bd. VI, Von der gefesselten Göttin – Erzählungen Nandalees, Kapitel XI – Der Mann im Stein, Zitat nach einer zerbrochenen Tontafel aus dem Archiv des Tempels des Lebenden Lichts, S. 19, niedergelegt von Eleborn, Herrscher über das Reich unter den Wogen, verwahrt in der Bibliothek der Tiefe.

Drei Tage noch

Nandalee schob die Bruchstücke der Tontafel von sich und rieb sich die brennenden Augen. Immer und immer wieder hatte sie den Text gelesen, sodass sie ihn inzwischen auswendig aufsagen und selbst mit geschlossenen Augen die seltsamen Schriftzeichen vor sich sehen konnte, die wie die Abdrücke von Vogelkrallen aussahen. Sie hatte am Vortag die zerbrochene Tafel unter einem Regal im Archiv des Tempels des Lebenden Lichts gefunden. Von Staub bedeckt, mussten die Tontafelfragmente dort schon lange Jahre gelegen haben. Hunderte Texte hatte sie zuvor durchgesehen, ohne fündig zu werden, und mit jedem Tag fiel es ihr schwerer, den freundlichen Priestern des Lebenden Lichts zu erklären, warum sie immer wieder ins Archiv des Tempels kam.

Ein letztes Mal überflog sie die Zeilen und versuchte, die Geschichte zu entschlüsseln, die sich hinter dem kryptischen Text verbarg. Waren die Sieben jene verschollenen sieben ersten Meister der Weißen Halle? Wer sonst wäre eine Gefahr gewesen, die ein Eingreifen der Devanthar heraufbeschworen hatte? Was hatten sie dem Überlebenden angetan? Und warum fanden Lyvianne und Bidayn, die in den Archiven des Išta-Tempels suchten, keine Spur von diesem Mann im Stein? Er musste doch dorthin gebracht worden sein.

War die Schwarzbeschwingte am Ende eine andere Devanthar als Išta?

Leises Räuspern riss Nandalee aus ihren Gedanken. In der Tür zum Archiv stand die Bewahrerin des Wissens, eine rothaarige Frau in mittleren Jahren, mit einer Haut so weiß wie Milch. Nandalee bedachte sie nur mit einem kurzen Blick. Die Elfe empfand die Gewänder der Priesterinnen als verstörend. Sie alle waren in Wickelröcke in erlesenen, leuchtenden Farben gekleidet: Sonnengelb mit rotem Fransenbesatz, lichtes Blau mit goldenem Saum … Jede der Priesterinnen schien andere Farben zu tragen. Ihre engen Blusen mit Halbärmeln waren so geschnitten, dass sie die Brüste der Frauen nicht bedeckten. Nandalee war nicht prüde, im Gegenteil, sie machte sich gerne einen Spaß daraus, Gonvalon mit anzüglichen Reden zu necken und ihn fordernd zu verführen, wann immer sie Sehnsucht nach seinen Zärtlichkeiten empfand. Aber sich wie diese Priesterinnen des Lebenden Lichtes halb nackt in aller Öffentlichkeit zu zeigen, war etwas anderes. Das verstand sie nicht.

Behutsam legte sie die Fragmente der Tontafel auf den Boden einer jener Kisten, in denen hier im Archiv diese empfindlichen Schriftstücke verstaut wurden. Anschließend schichtete sie die anderen Texte darüber, die eigentlich in diese Kiste gehörten. Es waren Listen mit den Namen aller Wolkensammler, die jemals Priesterinnen des Lebenden Lichts über die Himmel von Nangog getragen hatten.

Ohne sich von dem zweiten Räuspern der Priesterin beeindrucken zu lassen, legte Nandalee zuerst einen kleinen Silberbarren auf den Tisch, an dem sie den ganzen Tag gesessen hatte, und stellte dann die Kiste mit den Tontafeln in eine der unzähligen Wandnischen zurück. Auf den Vorderseiten der Kisten stand geschrieben, um welche Themen die Texte kreisten, die man dort finden würde. Es gab Tausende Tafeln, die einfach nur Verwaltungslisten aufführten, doch hatte Nandalee auch Reiseberichte, Texte über Architektur und Beschreibungen von Kunstwerken entdeckt.

Inzwischen hatte die Rothaarige, ohne großes Aufhebens darum zu machen, den Silberbarren an sich genommen. Gemeinsam gingen sie durch den langen Tunnel, der hinauf zum Tempel führte.

War das Archiv in Nandalees Augen schon ein Hinweis darauf, dass sich die Priesterinnen des Lebenden Lichts für alles Schöne interessierten, so war ihr Tempel ein einziger Beweis dieser These. Auf den weiß getünchten Wänden des Gangs waren Fresken aufgemalt, die eine Flotte auf strahlend blauer See zeigten. Alle Schiffe waren in leuchtenden Farben gehalten: rot, blau oder gelb. Ihre schlanken Rümpfe durchpflügten die See, in der sich Delphine und anderes Meeresgetier tummelten. Priesterinnen streuten Blüten ins Wasser und blickten mit feierlich erhobenen Händen zu einem strahlenden Licht fern am Horizont. Regelmäßig auf dem Boden aufgestellte Öllampen ließen bernsteinfarbenes Licht über die Wände tanzen und vermehrten den Glanz der Farben.

Wie jedes Mal führte die Bewahrerin des Wissens Nandalee auch an diesem Abend durch den Hauptsaal des Tempels, obwohl es ganz gewiss auch andere Wege hinaus gab. Trotz der späten Stunde knieten noch zahllose Gläubige im stummen Gebet oder standen einfach nur zwischen den Säulen und erfreuten sich an der Schönheit des Tempels. Auch sie war lange in der Säulenhalle geblieben, als sie zum ersten Mal hierhergekommen war. Es war ein Ort der Harmonie, der ganz und gar nicht zu dem passen wollte, was sie sonst auf Nangog von den Werken der Menschenkinder gesehen hatte. Jedes Mal, wenn sie die Halle durchquerte, musste sie an Eleborn denken. Ihm hätte der Tempel des Lebenden Lichts ganz sicher gefallen. Wo er jetzt wohl war? Früher hatte er es geliebt, Skulpturen aus Licht und Wasser zu erschaffen, vergängliche Kunstwerke, deren einziger Nutzen darin bestand, für einige kostbare Momente das Auge des Betrachters zu erfreuen.

Die Priesterinnen des Tempels hätten seine Schülerinnen sein können. In einer großen, goldenen Schale an der Rückwand der Säulenhalle brannte ein helles Feuer. Bewegliche Spiegel aus polierten Bronzeplatten fingen das Licht der Flamme ein und ließen es über Wände und Säulen gleiten. Andere Feuer mussten unter dem Boden brennen. Ihr Schein fiel durch Glasplatten, zwischen denen Wasser eingeschlossen war, sodass auch von ihnen unregelmäßige Lichtreflexe ausgingen, die ein Wellenmuster auf die weiße Decke zeichneten. Dazu erklangen aus verborgenen Räumen seitlich des Säulengangs sanfte Gongschläge und Gesang. Es war ein verwunschener Ort, der zur inneren Einkehr einlud.

Doch heute hatte Nandalee keinen Blick für den Zauber der Säulenhalle. Mit einem leichten Nicken verabschiedete sie sich von der Rothaarigen, strebte dann eilig dem weiten Bronzetor entgegen und stieg die Treppen hinab zu der Sänfte, die dort den ganzen Tag auf sie gewartet hatte.

»Zum Haus der Seidenen«, rief sie den Trägern zu, während sie die Vorhänge schloss und sich in die Kissen sinken ließ. Ihr Rücken war verspannt von den endlosen Stunden, die sie im Archiv gesessen hatte. Sie war es nicht gewohnt, ganze Tage stillzusitzen und zu lesen. Lieber würde sie noch einmal durch die Sümpfe wandern, in denen sie auf den Wolkensammler getroffen waren. Sie stellte sich vor, was Bidayn davon halten würde, und musste lächeln.

Bald kreisten ihre Gedanken wieder um den Mann im Stein. »Und als das Lebende Licht sah, dass der Schrecken nicht gebannt war, nahm sie den Mann, von dem das Dunkel nicht weichen wollte, und schloss ihn in einen Stein, damit das Dunkle im Dunkel vergehe«, wiederholte Nandalee leise. War es nur irgendein obskurer Text, oder war sie auf die Spur eines anderen Drachenelfen gestoßen, der Jahrhunderte vor ihrer Geburt hierhergekommen war?

Vor dem Tor zum Haus der Seidenen lungerten einige der Schläger herum, die Kolja stets bei seinen Besuchen begleiteten. Nandalee hasste es, wie die Kerle sie ansahen, wenn sie aus der Sänfte stieg und durch das Tor ging. Sie musste mitten zwischen ihnen hindurch. Sie betatschten sie, machten anzügliche Bemerkungen und verglichen sie mit Frauen, deren Namen sie nicht kannte und deren besondere Eigenarten sie geflissentlich überhörte. Sie war sich sicher, dass sie diese Drecksschweine binnen Augenblicken und ganz ohne Waffen ins Jenseits befördern könnte. Sie hatte sich oft genug mit Ailyn gemessen, der Meisterin des waffenlosen Kampfes. Jener Drachenelfe, die gemeinsam mit Gonvalon gekommen war, um sie vor den Trollen zu retten, und die sie in der Weißen Halle so gnadenlos verprügelt hatte. Nandalee seufzte. Hier durfte sie nichts dergleichen tun, und so stieg sie rasch die Treppe hinab, die zu den Gemächern führte, die ihnen die Seidene überlassen hatte. Aus der oberen Etage erklang das lustvolle Stöhnen der Hausherrin. Fleisch klatschte auf Fleisch. Wie konnte Zarah nur dieses Narbengesicht ertragen. Bevor sie Nangog verließ, sollte sie ihm die Kehle durchschneiden, dachte Nandalee gereizt. Wenigstens diesen einen Gefallen konnte sie Zarah für ihre Gastfreundschaft gewähren. Überhaupt hatte dieser Hurenbock dem Haus doch fernbleiben wollen, um den Geschäften und dem Ruf der Seidenen nicht zu schaden. Offensichtlich hatte seine Lust über die Vernunft gesiegt.

Ihre Gefährten erwarteten Nandalee in eigenartig gedrückter Stimmung.

»Ein Prediger der Menschenkinder hat von uns gesprochen. Wir sind die Fünf, die angeblich diese Welt verändern sollen«, sagte Gonvalon, kaum dass sie die Tür hinter sich geschlossen hatte. »Bidayn war dabei.«

»Wir sollten hier verschwinden«, sagte Nodon entschieden, nachdem Nandalee alles über Bidayns Abenteuer in den Kanälen erfahren hatte. »Wir sind hier nicht mehr länger sicher. Zarah gehört zu denen, die die Grünen Geister anbeten. Auch sie hat die Prophezeiung über die Fünf gehört, und sie wird sich bereits ihren Reim darauf gemacht haben, wer damit gemeint ist.«

»Hat sie das nicht von Anfang an?«, widersprach Nandalee. »Nangog hat sie uns geschickt, weil sie eine ihrer Auserwählten ist. Weil sie ihr vertraut.«

»Es gibt noch einen zweiten Grund zur Sorge: Wir befinden

uns in genau dem Haus, in dem der Menschensohn ein und aus geht, der dich, Bidayn und Gonvalon schon einmal gesehen hat. Einer von euch hat ihm damals den Arm abgehackt!« Nodon war völlig außer sich. »Was glaubt ihr, was geschehen wird, wenn er euch wiedererkennt? Wir müssen uns ein anderes Quartier suchen.«

»Ist das klug?«, mischte sich nun Lyvianne ein. Sie wirkte vollkommen ruhig, als sie alle der Reihe nach ansah. Sicherlich hatte Bidayn ihr als Erste ihre Entdeckung mitgeteilt. Sie hatte die meiste Zeit gehabt, mit kühlem Kopf die neue Entwicklung zu überdenken. »Jetzt gibt es also Hunderte Menschenkinder, die darauf warten, dass fünf Fremde ihnen die vermeintliche Erlösung bringen. In deren Augen können wir überall in der Stadt sein. Bidayn hat gesehen, dass die Anhänger Nangogs aus allen Schichten der Gesellschaft kommen. Wenn wir fünf auffällige Gestalten uns ausgerechnet jetzt auf die Suche nach einem neuen Quartier machen, ist das blanke Unvernunft! Ich plädiere dafür, dass wir hierbleiben. Und sollte dieser Kolja, der die Hausherrin jeden Tag besucht, zu einem Problem werden, wäre es mir ein Vergnügen, eine endgültige Lösung zu finden.«

Bei ihren letzten Worten lächelte sie auf eine Art, die Nandalee einen Schauer über den Rücken jagte. Warum hatte sich Bidayn unter all den Meisterinnen und Meistern der Weißen Halle ausgerechnet Lyvianne als Lehrerin ausgewählt? Daraus konnte nichts Gutes erwachsen. Lyvianne hatte schon lange den Pfad des Lichtes verlassen. Sie fand Gefallen daran, sich kalt und unbarmherzig zu zeigen. Und sie würde Bidayn mit in die Dunkelheit ziehen.

Wieder musste Nandalee an den Text der zerbrochenen Tontafel denken: *Und als das Lebende Licht sah, dass der Schrecken nicht gebannt war, nahm sie den Mann, von dem das Dunkel nicht weichen wollte, und schloss ihn in einen Stein, damit das Dunkle im Dunkel vergehe.* War von jener Art von Dunkel die Rede, das auch Lyvianne in sich trug?

»Lyvianne hat recht«, stimmte Gonvalon zu. Es schmerzte Nandalee, dass er sich auf die Seite der Zauberweberin schlug. Was sie gesagt hatte, klang richtig, aber dennoch wurde Nandalee das Gefühl nicht los, dass es falsch war, auf sie zu hören.

Aus den Augenwinkeln betrachtete sie Gonvalon, der ihr abgewandt am Tisch saß. Seit Tagen verhielt er sich merkwürdig. Er suchte ihre Nähe und blieb zugleich seltsam distanziert. Irgendetwas stimmte nicht. Verheimlichte er ihr etwas? Oder war sie schon völlig überspannt?

»Und wir sollten noch etwas ganz anderes bedenken«, setzte der Schwertmeister nach und holte sie damit in die Gegenwart zurück. »Vielleicht war das gar nicht in erster Linie eine Botschaft für die Gläubigen. Vielleicht war sie für uns bestimmt! Nangog ist eine Göttin, und wie es scheint, ist sie immer noch mit fast allem auf ihrer Welt verbunden – auch wenn ihr die Macht genommen wurde, großen Einfluss zu nehmen. Sie drängt uns, zu ihr zu kommen. Wir sollten mutiger sein und nicht unsere Zeit damit vergeuden, nach dem sichersten Weg zu suchen!«

Nandalee fasste nach dem Amulett an ihrem Hals. Nachtatem war sehr deutlich gewesen. Dieses Kleinod durfte nicht verloren gehen. Und auf gar keinen Fall durfte es in die Hände der Devanthar gelangen. Mutig sollten sie sein, aber nicht tollkühn. Ihr Unternehmen durfte nicht so enden wie der Vorstoß der sieben Meister. Sie mussten einen sicheren Weg hinab in den Krater finden. Oder zumindest herausbekommen, welche Gefahren sie dort erwarteten.

Nandalee erzählte ihren Gefährten von der zerbrochenen Tontafel. »Hast du irgendetwas über einen Mann in einem Stein in den Archiven des Išta-Tempels gefunden, Lyvianne?«

»Nein. Das Einzige, was ich dort gefunden habe, ist ein lüsterner Hohepriester, der sich großsprecherisch der Bewahrer der Tiefen Gewölbe nennt. Er ist nicht der oberste Priester des Tempels, aber doch einer der bedeutendsten. Er überschüttet mich und Bidayn mit anzüglichen Schmeicheleien und Andeutungen über all die Geheimnisse, die er kennt. In dieser Welt fast ohne Frauen scheinen alle Männer verrückt geworden zu sein. Für einen heimlichen Kuss hat er mich heute auf eine Tontafel blicken lassen, aus der hervorgeht, dass die Hohepriesterin in Schmuggelgeschäfte verwickelt ist.« Lyvianne schnaubte verächtlich. »Mein Gefühl ist, dass es in seinen Tiefen Gewölben nichts als Spinnweben gibt. Ich kann an diesem Ort keine Magie spüren.«

»Du hast im Tempel dein Verborgenes Auge geöffnet?«, fragte Nandalee entsetzt. »Ausgerechnet dort! Willst du uns alle verraten?«

»Wie du siehst, lebe ich noch, und es sind uns auch noch keine Devathar auf den Fersen, oder?«, entgegnete Lyvianne völlig unbeeindruckt. »Wir waren lange genug zurückhaltend. Auch ich glaube, dass Nangog uns eine Botschaft geschickt hat. Wir müssen uns beeilen. Sie braucht uns. Wir können es uns nicht leisten, noch mehr Zeit in irgendwelchen Archiven zu verlieren. Dort finden wir nichts, wonach wir suchen. Und ein Mann in einem Stein wird uns wohl kaum weiterhelfen.«

»Ich weiß, dass wir auf dem richtigen Weg sind«, beharrte Nandalee.

Sie sah zu Nodon, der mit versteinerter Miene an der Wand lehnte. »Hast du etwas Neues über die Zapote herausgefunden? Und was ist mit dem blonden Mann, der vielleicht ein Elf ist?«

Er schüttelte den Kopf. »Der Blonde ist nicht aufzufinden. Vielleicht zeigt er sich aber auch deshalb nicht mehr, weil er bemerkt hat, dass ich auf ihn aufmerksam geworden bin. Oder aber er war so dumm, sich in die Tempelgärten locken zu lassen. Womöglich gibt es dort einen Abstieg in den Krater. Ich würde gerne …«

»Drei Tage noch«, schnitt ihm Nandalee das Wort ab. »So lange werdet ihr noch meinem Weg folgen, dem Geheimnis des Weltenmunds nachzuspüren. Noch gehen wir keine unüberschaubaren Risiken ein!«

»Nandalee ist zu jung, um uns anzuführen. Sie hat sich verrannt und ist zu stolz, um es zuzugeben. Diese endlosen Stunden mit alten Aufzeichnungen bringen gar nichts. Nodon hat vom ersten Tag an nicht auf sie gehört und ist seinen eigenen Weg gegangen. Ich werde es von nun an genauso machen. Was ist mit dir, Bidayn?«

Ihre Sänfte neigte sich nach hinten. Sie wurden eine der endlosen Treppen dieser Stadt hinaufgetragen. Lyvianne spürte, wie das Gewicht ihres Körpers sie in die Kissen drückte. Bidayn hielt sich an zwei Haltegriffen zwischen den Kissen fest. Ihre Schülerin hatte ihre Kapuze tief ins Gesicht gezogen, sodass es ganz im Schatten verborgen blieb, und dennoch wand sie sich unter ihrem Blick. Bidayn ging Unannehmlichkeiten gerne aus dem Weg. »Ich weiß nicht, was wir anders machen sollten«, antwortete sie schließlich leise.

Lyvianne ergriff die Hände ihrer Schülerin und löste sie von den Haltegriffen. Die junge Elfe rutschte ihr ein Stück entgegen. »Folge mir, und ich zeige dir, was zu tun ist.« Sie streichelte über die dünnen Handschuhe. »Darf ich sie sehen?«

Bidayn nickte schüchtern. Es war drückend schwül. Wahrscheinlich trug außer ihr niemand in der ganzen Stadt Handschuhe. Lyvianne streifte das dünne, geschmeidige Leder von Bidayns schlanken Fingern. Auf der weißen Haut des Handrückens zeichnete sich ein Rautenmuster ab. Diese Narben bedeckten ihren gesamten Körper. Es sah aus, als habe man sie in ein Fischernetz aus glühendem Draht gewickelt. Nichts vermochte diese Narben auszulöschen.

Die Sänfte neigte sich wieder in die Waagerechte. Der Lärm von Marktschreiern umfing sie und der Gestank nicht mehr ganz frischen Fisches.

»Ich werde dir deine Schönheit zurückgeben«, sagte Lyvianne und lächelte. »Nein, entschuldige, deine makellose Haut. Schön bist du immer gewesen. Würdest du dich nicht verstecken, ich bin mir sicher, viele Männer würden dein Aussehen nicht als Makel betrachten, sondern dich exotisch und geheimnisvoll finden.«

»Ich finde es abstoßend«, zischte Bidayn. »Ich kann es nicht ertragen, meinen Leib zu betrachten. Ich würde alles tun, um diese Narben verschwinden zu lassen und eine Haut wie die Seidene zu haben. Hast du sie einmal berührt, Lyvianne? Sie ist makellos!«

»Für eine Menschentochter.«

»Nein, in jeder Hinsicht. So unglaublich zart. Als hätte sie ihre Haut viele Jahre täglich mit Ölen behandelt.«

»Du weißt, wie schnell Menschenhaut altert?«

Bidayn streifte ihre Handschuhe wieder über. Sie hielt den Kopf gesenkt, gefangen in ihren Träumen.

»Hast du schon einmal einem Mann beigelegen?«

»Warum?«

»Hast du?«

»Natürlich!«, entgegnete Bidayn so hastig und so betont, dass Lyvianne es nicht glaubte. Ihre Schülerin träumte, statt zu leben. Das war ihr größter Fehler. Aber davon würde sie Bidayn nun heilen.

»Gut«, sagte Lyvianne. »Heute werden wir gemeinsam einen Mann verführen. Ich werde dir zeigen, was zu tun ist, damit ein Mann jedes seiner Geheimnisse mit Freuden mit dir teilt. Es wird dein Leben verändern.« Sie sah, wie Bidayns Hände sich erneut fest um die Haltegriffe zwischen den Kissen schlossen, obwohl sie diesmal keine Treppe hinaufgetragen wurden.

»Ich glaube nicht, dass ich das will«, sagte ihre Schülerin steif.

»Und wenn ich dir dafür eine neue Haut schenke?« Es war Bidayn anzusehen, wie sehr sie mit sich rang. »Ich will dich nicht überreden. Wenn du mit mir gehst, werden sich dir in dieser Nacht ganz neue Pfade in der Kunst des Zauberwebens erschließen. Ich lehre dich eine dunklere, mächtigere Magie. Doch du musst es wollen. Dies ist keine Kunst, die man mit halbem Herzen ausübt. Verschreibe dich ihr ganz und gar, und sie wird dir ungeahnte Freiheiten schenken. Gehe diesen Weg unentschlossen, und er wird dich verschlingen. Hilf mir heute, vergiss dabei all deine moralischen Bedenken, und ich schenke dir eine neue Haut, sobald wir aus dem Krater zurückkehren.«

Wie um ihre Worte in ihrer Endgültigkeit zu unterstreichen, wurde in diesem Augenblick die Sänfte abgestellt. Sie hatten vor einem großen Haus mit staubiger, rotbrauner Ziegelfassade gehalten. Hier hatte Lyvianne ein Zimmer für einen Tag gemietet. Es war kein allzu schäbiges Viertel, und es gab einen Hof, auf den kein Fenster blickte, sodass sie ungesehen die Sänfte verstecken konnten.

Entschlossen stieg Lyvianne aus. Drei Schritt und sie trat in den düsteren Hauseingang, dessen Schatten sie umfingen wie Rabenschwingen. Die Zauberweberin blickte zurück. Zufrieden sah sie, dass Bidayn ihr folgte.

Rausch der Sinne

Tuwatis hatte den ganzen Tag über mit sich gerungen, ob er gehen sollte. Und in der Nacht zuvor hatte er kaum geschlafen. Dieses Weib wusste genau, was sie ihm angetan hatte, als sie ihm den Papyrusstreifen mit der Wegbeschreibung zugesteckt hatte. Er hätte nicht hierherkommen dürfen. Wenn er nur an sie dachte, wurde ihm heiß und kalt. Der Dienst an der Geflügelten Išta verbot ihm nicht, mit Frauen zu verkehren. Aber hier auf Nangog gab es kaum einmal eine Möglichkeit. Der Tempel versorgte ihn mit allem, was er brauchte: gutem Essen, schöner Kleidung, einem angenehmen, sauberen Raum, in dem er die Nacht verbrachte. Nur Geld hatte er keines. Er konnte nie zu den käuflichen Weibern gehen. Und jene Frauen, die in den Tempel zu ihm kamen, hatten alles andere im Sinn, als mit ihm anzubandeln. Zu ihm als Leiter der Archive kam ohnehin selten ein Besucher.

Doch diese schwarzhaarige, schlanke Frau war anders. Schon als sie vor zehn Tagen zum ersten Mal erschienen war, hatte er es gespürt. Sie begehrte ihn. Heimlich verschlang sie ihn mit Blicken, das hatte er genau bemerkt. Dabei war er nicht mehr der Jüngste. Er hatte bereits sein fünfunddreißigstes Jahr vollendet.

Er blieb vor dem großen Haus aus getrockneten Lehmziegeln stehen. War es hier? Er sah noch einmal auf den Papyrusstreifen. Der Beschreibung nach musste er richtig sein. Vorsichtig spähte er durch den Torbogen in den Innenhof, und sein Herz machte einen Satz. Da stand ihre Sänfte!

Gut gelaunt trat er in den Eingang des Hauses. Eine gemauerte Treppe führte im Zwielicht nach oben. Auf der Botschaft hatte gestanden, dass es im ersten Stock nur eine Türe gäbe. Und so war es auch. Zögerlich klopfte Tuwatis. Er hatte so etwas noch nie getan.

Die Türe wurde sofort geöffnet. Dahinter wartete die dunkelhaarige Schöne. Sie empfing ihn mit einem Kuss und bat ihn hinein. »Ich freue mich, dich zu sehen. Ich war im Zweifel, ob du den Mut dazu finden würdest.«

Ihre Worte ärgerten ihn. Sie entsprachen zwar genau der Wahrheit, aber er stand nicht gerne als Zauderer da. Er sah sich um. Das Zimmer war groß, das einzige Fenster mit einem Laden verhängt. Zwei Öllampen verbreiteten goldenes Licht, das aber nicht bis in die Winkel des Zimmers reichte. Er blinzelte. Da war noch jemand. Nahe beim Bett!

»Wer ist das?«

»Meine Gefährtin«, entgegnete die Fremde lächelnd. »Du erinnerst dich an sie. Manchmal hat sie mich ins Archiv begleitet.«

»Was sucht sie hier?« Ein Hauch von Panik schwang in seiner Stimme. Sie hätte ihm sagen müssen, dass sie nicht allein waren.

»Ich dachte mir, dass zwei Frauen dir doppelte Freude bereiten könnten. Hast du das Spiel der Liebe jemals mit zwei Frauen gewagt?«

Tuwatis' Mund wurde trocken. »Nein«, sagte er, und seine

Stimme klang fürchterlich krächzend. Verdammt, wieso konnte er sich nicht ganz normal verhalten? So leicht und unbefangen wie die Fremde. Sie schien viel weniger aufgeregt zu sein als er. Wie oft sie so etwas wie das hier wohl tat? Eigentlich einerlei. Wenn sie erfahren war, würde das nicht von Nachteil für ihn sein.

»Dir muss sicherlich warm sein, Tuwatis.« Sie reichte ihm einen Becher mit süßem Wein, besser als alles, was er seit vielen Jahren zu trinken bekommen hatte. Nachdem er einen gierigen Schluck genommen hatte, streckte er zögerlich seine Hand aus und berührte die schöne Fremde an der Hüfte. Sie trug einen Wickelrock und eine enge Bluse, die so tief ausgeschnitten war, dass er die obere Wölbung ihrer Brüste sehen konnte. Tuwatis spürte, wie ihm Schweiß an den Schläfen hinablief.

»Ich werde meine Perücke ablegen.« Er war froh, endlich wieder unverkrampfter sprechen zu können. Der Wein hatte geholfen! Die Fremde nahm ihm seinen Becher ab, und er hob vorsichtig die Pferdehaarperücke von seinem Kopf und legte sie auf ein gemauertes Bord an der Wand.

»Magst du dich nicht setzen?« Ohne seine Antwort abzuwarten, geleitete sie ihn zu dem Lager an der gegenüberliegenden Wand. Auf einem großen, gemauerten Sockel lagen etliche Decken übereinander. Auf dem Bett waren bunte Kissen in Blau und Gelb drapiert. Jetzt bemerkte Tuwatis auch, dass neben dem Lager eine kleine Schale mit Räucherwerk aufgestellt war, über der sich eine blassblaue Rauchsäule kräuselte.

»Meine Freundin wird dir ein wenig die Schultern und den Nacken massieren, wenn du nichts dagegen hast.« Die Fremde küsste ihn auf die Wange, und ihre Hände streiften über seine Brust. »Bidayn ist noch eine Jungfrau«, flüsterte sie. »Sie wird sich dir heute schenken.«

Mit kundigen Fingern löste sie seinen schweren, halbrunden Halsschmuck aus Türkisen und Onyx, der ihn als Bewahrer der Tiefen Gewölbe auswies. Dann streifte sie mit seiner Hilfe seine goldenen Armreife und den großen Siegelring ab, der die geflügelte Išta zeigte. Die Jungfrau nahm den Schmuck entgegen und legte ihn neben die Schale mit dem Räucherwerk.

»Steck den Ring in einen Becher.« Seine Kehle war wieder trocken. Wellen unbekannter Gefühle brandeten in ihm auf und setzten ihn in Flammen. »Bitte. Die Göttin soll uns nicht zusehen«, erklärte er, als er den fragenden Blick der Fremden bemerkte.

»Wie heißt du, meine Schöne? In all den Tagen im Tempel hast du mir nie deinen Namen genannt.«

»Lyvianne, und meine Freundin heißt Bidayn.« Ihre Hand fuhr unter den Saum seines langen Priesterkleides. Sie schob es ihm über die Knie und streifte wie zufällig die Innenseiten seiner Schenkel. Auf einen Wink hin kniete sich die Jungfrau nun hinter ihm auf das Bett und massierte mit kundigen Händen die verspannten Muskeln seiner Schultern. Er konnte spüren, wie sich die Knoten lösten.

»Bidayn und Lyvianne? Ungewöhnliche Namen. Ich habe sie noch nie zuvor gehört.«

»Wir sind auch keine Luwierinnen«, entgegnete Lyvianne mit rauchiger Stimme. »Wir kommen von sehr weit her.«

Er wollte fragen, wo sehr weit her war, doch ihre Hände wanderten seine Schenkel hoch, und brennende Lust ließ all seine Gedanken zu Asche werden. Bidayn zog ihm das lange Gewand über den Kopf. Etwas Warmes floss über seine Schultern. Öl? Aus den Augenwinkeln sah er die Hände und Unterarme des Mädchens. Sie waren mit einem seltsamen, weitmaschigen Rautenmuster überzogen. So etwas hatte er noch nie gesehen.

»Was ist mit ihr?«

»Jungfrauen werden in einem besonderen Ritual auf ihre erste Liebesnacht vorbereitet. Dazu gehört, dass sie am ganzen Körper bemalt werden.«

Öl rann über seine Brust, und Lyvianne strich sanft durch das ergrauende Haar, in dem seine Brustwarzen verborgen waren. Nie hatte Tuwatis eine solche Erregung verspürt. Er ließ sich zurücksinken und ganz und gar treiben. Immer wieder führte ihn Lyvianne kurz vor den Höhepunkt der Lust, um dann innezuhalten und ihn erneut zu noch größerer Ekstase anzustacheln.

Inzwischen waren auch seine Hände voller Öl. Mit ihnen erkundete er die Körper der zwei Frauen. Die Jungfrau war schüchtern. Manchmal zuckte sie zurück, wenn er zu drängend und begehrlich wurde. Auch küsste sie schlecht. Bemüht, doch ohne Leidenschaft. Er ließ von ihr ab und genoss einzig die Berührung ihrer schlanken Hände, während Lyvianne es war, die ihn von Seufzer zu Seufzer führte.

Plötzlich riefen die beiden Frauen etwas – ein seltsames, befremdliches Wort, das keiner Sprache glich, die er je vernommen hatte. Dunkle Verheißung haftete ihm an. Lyvianne trieb ihn zu einem immer wilder werdenden Reigen der Lust. Inzwischen kauerte sie auf ihm, ritt ihn mit schnellen Stößen und brünstigem Stöhnen. Schweiß und Öl rannen über ihre kleinen Brüste und ihren drahtigen Körper, dabei verdrehte sie die Augen zur Decke wie eine Besessene.

Der Anblick machte ihm Angst. Er war ein heiliger Mann. Er sollte so etwas hier nicht tun! Damit forderte er den Zorn der Götter heraus. In dem Zimmer war es jäh kälter und ein wenig dunkler geworden. Vielleicht war eine der beiden Öllampen herabgebrannt? Tuwatis hatte das Gefühl, etwas Ungreifbares habe sich Zutritt verschafft, doch er war unfähig, von Lyvianne abzulassen. Auch die Jungfrau war ein wenig leidenschaftlicher geworden. Sie beugte sich von hinten immer wieder über ihn herab und küsste ihn. Obwohl ihr der Ekel vor ihm anzusehen war, machte sie weiter – als stünde sie unter einem Zauberbann. Und endlich, endlich fand das wilde Liebesspiel Erfüllung. Er bäumte sich mit einem lauten Schrei auf, der ihm tief in die Kehle schnitt, verströmte all sein Gefühl und zerfloss in seliger Ekstase. Es wollte gar nicht mehr enden, das Fließen. Es ließ ihn matter und matter werden, bis er das Gefühl hatte, sein Herz habe kaum noch die Kraft, länger zu schlagen.

Er vergaß alles. Wusste nicht mehr um die Geheimnisse, die tief unter dem Tempel der Išta verborgen lagen, um seine glückliche Kindheit oder seinen Stolz, als er die Weihen des Priesters empfangen hatte. Sein Leben war ganz Augenblick geworden. War nur noch dieses Zimmer. Nur noch die beiden Frauen mit ihren fremden Namen, die ihm nun auch entfallen waren, als er dem Rand des Großen Dunkels entgegenglitt.

Zuletzt vergaß er seinen eigenen Namen und verabschiedete sich mit einem langen Seufzer.

Ohne jede Spur

Mit einer Mischung aus Ekel und einer Faszination, die sie sich nicht zu erklären vermochte, betrachtete Bidayn den Leichnam des Priesters. Es war kaum mehr als Haut und Knochen von ihm geblieben. Weniger als eine Stunde war vergangen, seit er das Zimmer betreten hatte. Eine Stunde, in der all die Jahre, die er noch zu Leben gehabt hätte, zerronnen waren.

Bidayn versuchte, all die Erinnerungen zu verarbeiten, die ihren Geist überflutet hatten. Die fremde Sprache, die rituellen Gesänge, das Bild des Mädchens aus seinem Dorf, in das er so schmerzlich und hoffnungslos verliebt gewesen war, dass er sich entschieden hatte, sein Leben Išta zu weihen. Sie wusste, dass Lyvianne ihr einige seiner Erinnerungen vorenthalten hatte. So konnte sie etwa nicht benennen, was in den Tiefen Gewölben verborgen wurde. Nur eine vage Angst beschlich sie, wenn sie daran dachte. Dort war etwas, das den Priester zutiefst erschreckt hatte.

Ihre Meisterin war enttäuscht gewesen, dass sie den Zauber nicht gestärkt hatte, indem sie dem Priester ihre Jungfräulichkeit schenkte. Bidayn hatte die Absicht gehabt, es zu tun, und es doch nicht gekonnt. Zu groß war ihr Ekel vor dem Menschensohn gewesen. Ihre erste Liebesnacht würde sie mit einem jungen Mann verbringen. Mit einem Elfen!

Lyvianne kehrte ins Zimmer zurück. Sie war kurz auf den Hof gegangen, um ihre Sänfte fortzuschicken. »Du musst dich ankleiden«, sagte sie freundlich, wenn auch ein wenig drängend. Bidayn war froh, dass die Meisterin der Weißen Halle sie nicht fragte, was sie bei diesem mörderischen Liebesspiel empfunden hatte. Noch war sie sich über ihre widerstreitenden Gefühle selbst zu sehr im Unklaren. Sie hatte es gehasst, von dem Mann berührt zu werden, aus dessen Mund es mehr und mehr nach Verwesung gerochen hatte. Zugleich hatte sie das Gefühl der Macht berauscht. Wie hatte Lyvianne sich ihm nur so hingeben können! Zum ersten Mal kamen Bidayn Zweifel, ob sie ganz wie Lyvianne werden wollte. Ja, sie wollte Macht. Es war verlockend gewesen, von der Macht der dunklen Magie zu kosten. Aber der Preis dafür war hoch.

Sie würde ihren eigenen Weg finden!

Lyvianne trat in die Mitte des Raums und legte ihre beiden Hände mit weit gespreizten Fingern auf ihr Antlitz. Sie sprach ein Wort der Macht. Augenblicklich stöhnte sie vor Schmerz auf. Ihre Fingerkuppen modellierten Fleisch und Knochen, ließen ihre Erinnerung an Tuwatis Form annehmen. Es dauerte quälend lange, bis sie die Hände vom Gesicht nahm, das nun jegliche Ähnlichkeit mit ihr verloren hatte. Wieder blickte Bidayn in das Antlitz des mürrischen, vor der Zeit gealterten Mannes, der vor einer Stunde dieses Zimmer betreten hatte.

Unwillkürlich sah die junge Elfe zu dem Bett hinüber, wo noch immer der Leichnam des Priesters lag. Beraubt von allem, was ihn ausgemacht hatte, sah er kaum noch menschlich aus, und nun war er in Lyvianne wiedererstanden.

»Nandalee hatte recht! Es gibt diesen Mann im Stein tatsächlich«, erklärte ihre Meisterin. »Der Stein wird in den tiefsten Gewölben des Išta-Tempels verwahrt. Tuwatis hat ihn nur ein einziges

Mal gesehen. Er machte ihm Angst. Wir werden selbst hingehen müssen, um zu sehen, was sich im Inneren des Steins verbirgt. Der Priester war nicht Manns genug, um diesem Geheimnis nachzuspüren. Er hat es nur bewacht.«

Bidayn überlegte, ob das nicht vielleicht auch wesentlich klüger gewesen war. Deutlich spürte sie die Angst, die Tuwatis vor diesem, dem geheimsten der Gewölbe, über die er wachte, empfunden hatte. Dennoch legte sie die grobe Wolltunika und den Glockenpanzer eines Kriegers an, die Lyvianne besorgt hatte. Die langen Ärmel und die Beinschienen verbargen ihre Narben. Ihre Meisterin hatte ihr deutlich gesagt, dass sie nichts davon hielt, dass sie Handschuhe trug, aber Bidayn scherte sich nicht darum. Zuletzt steckte sie ihre Haare hoch und setzte den Helm auf. Er war aus Leder gefertigt, auf das einander wie Fischschuppen überlappende gespaltene Eberzähne aufgenäht waren.

Die junge Elfe fragte sich, wer sich so etwas ausgedacht hatte. Sollte es ein Zeichen dafür sein, dass der Träger ein furchtloser Jäger war? Oder waren die Hauer eines Ebers tatsächlich das härteste Material, das die Menschenkinder kannten? Ein schwarzer Rossschweif erhob sich über der Mitte des Helms und fiel weit auf ihren Rücken hinab. Er sorgte dafür, dass der Helm schlecht ausbalanciert und unangenehm zu tragen war. Mürrisch zog sie den Kinnriemen fest und warf sich einen weiten, roten Umhang über die Schulter, wie ihn auch die Hauptleute der Leibwachen des Unsterblichen trugen.

Lyvianne nickte ihr zufrieden zu. »Solange du nichts sagst, wird man dich für ein stattliches Mannsbild halten.«

Die Zauberweberin hatte ihre Verwandlung abgeschlossen. Sie war von der Statur her ein wenig kleiner als Tuwatis und auch weniger füllig, aber das fiel höchstens dann ins Auge, wenn man ahnte, dass etwas nicht stimmte. Sein Gesicht hatte sie geradezu erschreckend gut nachempfunden. Nur von ihrem langen, schwarzen Haar hatte sie sich nicht trennen mögen. Sie versteckte es unter der Pferdehaarperücke, auf der Bidayn Läuse krabbeln sah. Da hatte sie es mit ihrer Verkleidung schon besser getroffen.

»Was hältst du von meiner Stimme?«

Bidayn erschrak, als sie ihre Meisterin sprechen hörte. Auch hier war die Täuschung vollkommen. Und als Lyvianne ein paarmal im Zimmer auf und ab gegangen war, vermochte sie den Gang und die Körperhaltung des Priesters so überzeugend zu imitieren, dass Bidayn sich fragte, wie oft ihre Meisterin schon einem Menschenkind die Gestalt gestohlen hatte. Sie war unübersehbar sehr erfahren in dieser Art der Täuschung.

Bevor sie das Zimmer verließen, nahm Lyvianne die beiden Lampen und schüttete deren Öl über den Leichnam und das Bett. Dann ließ sie einen brennenden Docht auf das Lager fallen und sah ungerührt zu, wie die Flammen sich ausbreiteten und nach dem entstellten Leichnam des Priesters leckten. Das Zimmer begann sich mit dichtem, schwarzem Rauch zu füllen.

»Komm!« Lyvianne griff nach ihrem Arm und zog sie zur Tür. »Gehen wir.«

»Aber das Feuer.« Bidayn sah zu den Balken der Decke hinauf. »Das ganze Haus könnte abbrennen. Vielleicht greift das Feuer sogar auf die Nachbarhäuser über. Die Gassen hier sind eng. Es könnte …«

»Je größer der Brand wird, desto besser«, entgegnete Lyvianne und bedeutete ihr dann zu schweigen.

Sie traten auf die Straße und schritten, ohne einen Blick zurück, zügig voran. Erst als sie schon ein ganzes Stück von dem roten Haus entfernt waren, hörten sie hinter sich aufgeregte Rufe. Doch niemand lief ihnen nach. Niemand brachte den ehrwürdigen Priester und den stolzen Hauptmann an seiner Seite mit dem Feuer in Verbindung.

Später, als sie die endlosen Stufen zum hoch am Hang gelegenen Tempel der Išta erklommen hatten, sah Bidayn eine dichte Rauchsäule über dem Viertel stehen.

Waren Menschenkinder in den oberen Etagen des Hauses gewesen? Waren sie alle rechtzeitig entkommen?

Lyvianne schien sich nicht mit derlei Gedanken zu belasten. Bidayn war klar, warum es nützlich gewesen war, das Feuer zu legen. Es würde nichts mehr übrig bleiben von Tuwatis. Er wäre ohne jede Spur verschwunden. Und Lyvianne musste nicht befürchten, dass ihre Maskerade auffliegen würde. Sie konnte im Tempel ein und aus gehen, wie es ihr beliebte. Und vielleicht vermochte sie sich mit dem Namen und dem Ansehen des Bewahrers der Tiefen Gewölbe sogar in anderen Tempeln Zutritt zu verschaffen. Bidayn wandte sich von den Rauchwolken ab und versuchte, sich gegen jegliche Bedenken zu verschließen. Die Devanthar hatten diesen Krieg heraufbeschworen. Ihnen war zuzuschreiben, was nun geschah!

Warmes Abendlicht ließ die trutzige Zikkurat, die die Luwier Išta zu Ehren erbaut hatten, in allen Tönen zwischen lichtem Gold und Purpurrot leuchten. Eine steile Treppe führte hinauf zum Heiligtum auf der Spitze der Stufenpyramide. Die Mauern waren mit glasierten Ziegeln verkleidet, die das Licht der Sonne einfingen und ihm zu letztem Glanz verhalfen. Seitlich des Tempels lag in einem langen Gebäude, das von wuchtigen, fassartigen Säulen getragen wurde, der Zugang zum Archiv. Bidayn kannte diesen Ort so gut, als habe sie hier ihr halbes Leben verbracht. Die gestohlenen Erinnerungen des Tuwatis verrieten ihr, was in all jenen oberirdischen Kammern verborgen lag, die sie in den vergangenen zehn Tagen nicht hatten betreten dürfen.

Lyvianne sprach gerade mit einem hageren Mann, dessen Antlitz mit mürrischen, hängenden Mundwinkeln von Jahrzehnten asketischen Verzichts geprägt war. Sie erklärte ihm, dass der Unsterbliche einen seiner Hauptleute geschickt habe, um die Tiefen Gewölbe zu betreten und mit eigenen Augen einen jener Schrecken zu betrachten, die dort vor den Blicken der Menschheit verborgen wurden. Bidayn sah das Flackern in den Augen des Priesters. Die Angst vor diesen Gewölben. Eilig winkte er ihnen weiterzugehen und schlug dabei ganz offen das Zeichen des schützenden Horns.

Nebeneinander betraten die beiden Elfen das Archiv und gingen vorbei an jenen Räumen, in denen in endlosen Regalen Tausende Tontafeln lagerten. So viele Stunden hatten sie hier schon vergeblich verbracht. Sie folgten dem langen Flur, der vor einem großen Wandteppich endete, auf dem die geflügelte Išta zu sehen war. Ein junger Priester streckte neugierig aus einer der Türen den Kopf hervor, zog sich aber sofort zurück, als er sah, wie Lyvianne den Wandteppich zur Seite zog. Die Elfe bückte sich und nahm eine der vielen mit bunten Bildern bemalten Öllampen, die vor dem Teppich auf dem Boden standen und die Bidayn bislang für Votivgaben gehalten hatte. Geschenke dankbarer Gläubiger, denen Išta Hilfe in der Not gewährt hatte.

Bidayn tat es ihrer Meisterin gleich, dann schlüpften sie hinter den Teppich und stiegen eine lange Treppe hinab, die sie fort von den Archiven tief unter die Grundmauern der Zikkurat führte. In diesen geheimen Tunnel war die Hitze des Tages nicht gesickert: Grabeskühle ging von den gebrannten Ziegeln aus. Schließlich erreichten sie ein Tor, das mit breiten Eisenbändern beschlagen war, denen der Flugrost die Farbe geronnenen Blutes gegeben hatte. Lyvianne schob den schweren Riegel zurück, und eisernes Schaben hallte von den Wänden des Tunnels wider. Ein Geräusch, als kratze eine Kralle über Stahl. Ohne zu zögern, öffnete Lyvianne das Tor und trat hindurch. Altes Dunkel, das lange von keinem Licht mehr durchdrungen worden war, umfing sie. Die Flammen ihrer Öllämpchen schienen zu schrumpfen und die Wände des Gangs näher zu rücken. Bidayn verstand, warum Tuwatis sich vor diesem Ort gefürchtet hatte. Ihr ging es nicht anders.

Sie erreichten ein weiteres Tor aus grün angelaufener Bronze. In das Metall war ein Relief geprägt, das die geflügelte Išta mit einem langen Schwert zeigte. Triumphierend setzte sie ihren linken

Fuß auf einen riesigen Schlangenkopf. Der Bronzeriegel glitt überraschend leicht und leise zurück. Hinter der Tür erwartete sie eine Treppe, die noch tiefer in den Berg hinabführte. Haarfeine Kalkkristalle wucherten in den Fugen des alten Ziegelwerks. Es war jetzt so kalt, dass Bidayn der Atem in einer weißen Wolke vor dem Mund stand. Die Flammen ihrer Öllampen flackerten. Tief unter ihnen, weit entfernt, war ein leises Klirren zu hören. Ein eisiger Luftzug schlug ihnen entgegen, und einen Moment lang quälte Bidayn der Gedanke, dass sie etwas befreit hatten, das nun dem Licht entgegenstrebte. Unwillkürlich tastete sie nach dem Schwert an ihrer Seite. Es war eine schlecht ausgewogene, primitive Waffe, und doch war es tröstlich, den lederumwickelten Griff zu spüren.

Endlich erreichten sie das Ende der Treppe. Bidayn hatte jegliches Gefühl für Raum und Zeit verloren. Sie vermochte nicht zu sagen, wie weit sie in die Tiefe gestiegen waren. Dafür spürte sie umso deutlicher, dass dies kein Ort für Menschenkinder oder Elfen war. Selbst die Flammen der beiden Öllämpchen schienen sich vor dem zu ducken, das hier im Dunkel lauerte. Sie waren zu winzigen Punkten gelben Lichts geschrumpft, das kaum einen Schritt weit in die Dunkelheit reichte.

Seitlich des Ganges, dem sie nun folgten, erhoben sich dunkle Öffnungen im Fels. Hier hatten die Priester verborgen, was nie ein Menschenkind sehen sollte. Dinge, die den Verstand untergruben, Schriften, die Wahrheiten verkündeten, für die Daia noch nicht reif war. Aus Tuwatis Erinnerungen wusste Bidayn um manches, was hier verwahrt wurde. Es überraschte sie, wovor die Menschenkinder sich fürchteten und was sie für Jahrhunderte wegschließen wollten. Hier gab es nur eines, das wirklich gefährlich war.

Sie erreichten eine dritte Tür. Zersprungene Ketten lagen wie zertretenes Gewürm vor ihr auf dem Boden. Bidayn kniete neben Lyvianne nieder und betrachtete die Kettenglieder. Körniger, roter

Rost hatte sich tief in das Metall gefressen. Doch deutlich sah die junge Elfe silbern glänzende Bruchstellen. Sie dachte an das Klirren, das sie oben an der Treppe gehört hatte, und ihr schnürte sich die Kehle zu. Selbst Lyvianne wirkte plötzlich beunruhigt. Leise flüsterte sie ein Wort der Macht, einen Bann, der sie vor dunkler Magie schützen sollte. Bidayn tat es ihr gleich.

Der Riegel dieses schmucklosen Tores war so verrostet, dass sie ihn erst nach einer gemeinsamen Kraftanstrengung lösen konnten. Auch die beiden Torflügel waren verzogen. Sie mussten sich mit den Schultern gegen das Tor werfen, um es Zoll für Zoll aufzudrücken. Ein schreckliches Kreischen begleitete ihre Bemühungen. Bidayn spürte, wie sich tief in ihr Kälte einnistete. Das Tor zu öffnen widersprach jedem ihrer Instinkte. Ohne ihrem Verstand etwas Greifbares liefern zu können, wusste sie, dass es falsch war hierherzukommen. Was hinter diesem Tor war, gehörte wirklich weggeschlossen!

Als die Tür einen Spaltbreit offen war, griff Lyvianne nach ihrem Handgelenk und zog sie zurück. Ihrer beider Gewänder waren mit roten Rostflocken bedeckt, sodass es im Schein der zu winzigen Lichtpunkten geschrumpften Öllampenflämmchen aussah, als würden sie aus zahllosen Wunden bluten.

»Hast du das gehört?«, flüsterte sie.

Außer dem Kreischen des Tores hatte Bidayn nichts vernommen. Jetzt, da sie ihren Kampf gegen Rost und Zeit aufgegeben hatten, die miteinander verbündet diese Kammer unbedingt verschlossen halten wollten, schien es, als habe die Stille an Gewicht gewonnen. Sie lastete auf ihnen.

»*Liuvar*«, klang es durch die Torflügel zu ihnen heraus. Es war ein Gruß in ihrer Muttersprache. Liuvar hieß Frieden, doch die Stimme klang nach unterschwelliger Bosheit und jahrhundertealter Enttäuschung.

Die Stimme aus der Vergangenheit

Lyvianne spürte die alte, sterbende Macht jenseits des Tores.

Tuwatis war nie weiter als bis zu diesem Tor gegangen, obwohl es zu seinem Amt gehört hätte, alle zehn Jahre die Kette zu lösen und das Gefängnis dahinter zu betreten. Auch sein direkter Vorgänger als Bewahrer der Tiefen Gewölbe hatte es so gehalten. Wie lange dieser Betrug schon währte, hatte Tuwatis nicht gewusst, doch die Tage, an denen er bis hierher hatte kommen müssen, gehörten zu den dunkelsten seiner Erinnerungen. Allein das Tor hatte ihn schon in Angst versetzt. Spürte er doch die Macht des Steins, der dahinter verborgen lag. Als er zum letzten Mal hier unten gewesen war, war die schwere Eisenkette noch intakt gewesen. Und eine Stimme hatte er hier nie gehört. Aber er wusste, dass es eine Stimme gab, die in unbekannten Sprachen raunte, wenn man das Gewölbe betrat. So stand es in den verbotenen Schriften, über die zu wachen Teil seiner Pflichten war.

Lyvianne hatte das meiste dieser geraubten Erinnerungen bis zu diesem Augenblick für dümmliches Priestergeschwätz gehalten. Doch nun schien es, als habe ausgerechnet Nandalee die Spur gefunden, die zur Aufdeckung der Geheimnisse des Weltenmunds führte. Der Mann im Stein mochte tatsächlich etwas mit den verschollenen sieben Meistern zu tun haben. Aber wie hätte er überleben können?

Lyvianne kämpfte den Schrecken nieder, den ihr die Stimme einjagte, und lauschte. Bedrückende Stille herrschte nun jenseits der Pforte. Sie sah kurz zu Bidayn, die zitternd versuchte, ihre Angst zu überwinden, dann zwängte sie sich entschlossen durch den Spalt zwischen den Torflügeln. Sie war nicht hier hinabgestiegen, um an dieser Stelle aufzugeben!

Das Gewölbe hinter dem Tor war überraschend klein. Es wurde völlig von einem großen, schwarzen Stein beherrscht. Rechteckig, mit sorgsam geglätteten Flächen, erinnerte er an einen aufrecht stehenden Sarg. Lyvianne hörte Bidayn hinter sich in das Gewölbe treten. Es war schneidend kalt hier. Mit hoch erhobener Lampe umrundete sie den seltsamen Stein. Feine Eiskristalle hatten sich auf der spiegelglatten Oberfläche abgesetzt. Es gab keine Fuge, nichts, was darauf hindeutete, dass dies etwas anderes als ein massiver Quader war.

Lyvianne strich über die kalte Oberfläche.

»Schlange …«

Das Wort kam von überall und nirgends. Es war um sie herum wie die Luft, die sie atmete. Und es jagte ihr einen Schauder über den Rücken.

Sie öffnete ihr magisches Auge und betrachtete das Muster der Kraftlinien, die sie umgaben. Ihr war klar, dass dies gefährlich war, denn auf diese Weise öffnete sie sich zugleich auch den Zaubern, die hier gewoben worden waren.

Sofort erkannte sie, wie die natürlichen Linienverläufe verändert worden waren. Jeder Zauber manipulierte die Kraftlinien, die alles durchdrangen. Doch meist war dies nur vorübergehend. Die von den Alben und Devanthar ersonnene ursprüngliche Form kehrte stets wieder zurück. Das magische Netz sorgte für ein Gleichgewicht in der Welt – seine Linien waren wie Grashalme, trat man sie nieder, richteten sie sich doch stets wieder auf.

Hier aber war auf Dauer etwas verändert worden! Das natürliche Muster war in eine neue Ordnung gezwungen worden. Alle Kraftlinien waren zum Stein gerichtet, wie Lanzen, die etwas in Schach halten sollten. Ihr Licht war so hell, dass sie verbargen, was sich im Stein befand. Lyvianne vermochte nur zu erahnen, dass dort etwas war … schwach, flackernd, vergehend.

Sie trat von dem Monolithen zurück. Über ihm war etwas, das erst durch das Verborgene Auge sichtbar wurde: Äste aus himmelblauem Licht. Wie ein kleiner Baum erhoben sie sich und vergingen. Dann war es wieder da, griff nach den Kraftlinien, die den Stein umlagerten.

»Er ist hier …«, flüsterte Lyvianne.

Wieder war das verästelte, blaue Licht verschwunden. Die Elfe spürte, wie sich jedes einzelne Haar an ihrem Körper aufrichtete. Einer der Äste hatte ihre Aura berührt, das Licht aus dem Netz von Kraftlinien, das sie umgab, das ihre Lebenskraft speiste. Sie ahnte, was für eine Art Zauber das war!

»Hast du es nicht gehört? Diese Stimme …« Bidayn trat dicht neben sie. »Lass uns gehen. Hier finden wir keine Antworten. Das ist eine Falle!«

Lyvianne dachte gar nicht daran. Dieser Ort war fremd, geheimnisvoll und ganz sicher auch gefährlich, aber sie musste verstehen, was hier vor sich ging. Wollte lernen, welche Zauber gewoben worden waren und was sie verbargen. »Wir bleiben.«

Sie untersuchte den Stein genauer, stellte ihre Lampe ab und betastete mit beiden Händen die eisige, glatte Oberfläche. Abwechselnd sah sie durch ihr Verborgenes Auge und ihre wirklichen Augen. Nichts!

Sie wob einen Zauber, der den Stein durchdrang, bis er nach kaum zwei Fingerbreit auf unüberwindlichen Widerstand traf. Es war keine Magie. Etwas Natürliches schirmte das Innere des Monolithen ab. Blei?

Sie hörte Bidayn hinter sich nervös auf und ab gehen.

»Liuvar«, erklang wieder die geisterhafte Stimme.

»Bidayn, öffne dein Verborgenes Auge und beobachte das obere Ende des Steins. Sag mir, wenn sich etwas verändert, wenn das blaue Licht stärker wird!«, befahl Lyvianne. Diesmal hatte sie deutlich gespürt, wie eine dunkle Macht nach ihr griff, als der Friedensgruß erklungen war. Etwas, das in ihr Beute sah!

Bidayn war bis zum Tor zurückgewichen. Zwar lief sie nicht schreiend davon, doch sie war noch weit davon entfernt, eine Drachenelfe zu sein, schoss es durch Lyviannes Kopf. Vielleicht würde sie dieses Ziel niemals erreichen. Mit ihrer Begabung könnte sie eine der größten Zauberweberinnen Albenmarks werden, aber es fehlte ihr an Mut und Kaltherzigkeit.

Lyvianne atmete tief ein, dann widmete sie sich erneut mit allen Sinnen dem Zauber, mit dem sie die Beschaffenheit des Steins untersuchte. Sie spürte die feinen Adern, spürte, wo der Stein unregelmäßig gewachsen war und entdeckte einen Schwachpunkt. Entschlossen sprach sie ein Wort der Macht und ließ die verschiedenen Kräfte des Steins gegeneinander wirken. Sie spürte die Spannung, die sich aufbaute. Hörte das feine Knacken im Inneren. Dann kroch der erste Haarriss über die glatte Oberfläche. Das Knacken wurde lauter. Gleich …

»Vorsicht!«, rief Bidayn. »Über dir!«

Lyvianne blickte auf. Das blaue Licht leuchtete nun intensiver. Plötzlich beugten sich seine feinen Äste gierig zu ihr herab, drangen in ihre Aura ein und stahlen von ihrer Lebenskraft. Ihr Verborgenes Auge offenbarte ihr in aller Deutlichkeit, was geschah.

Kälte umfing sie. Sie sollte zurückweichen, doch ihr eigener Zauber hielt sie gebannt. Sie musste den Stein spalten. Immer weiter verästelten sich Risse in der Oberfläche. Gleichzeitig wurde der Stein kälter. Ihre Hand klebte an der Oberfläche fest. Eisiger Schmerz fraß sich tief in ihre Fingerknochen.

Plötzlich war Bidayn hinter ihr. Sie zischte etwas und kappte mit einem Wort der Macht die blauen Äste, die kaum einen Herzschlag später nach der Aura der Novizin griffen. Bidayn schrie auf. Der dunkle Stein zerbarst. Er war nicht massiv. Eine große Platte löste sich, stürzte zu Boden und zerbrach in Hunderte von Splittern.

»Schlange …«

Hinter der herausgebrochenen Steinplatte war eine innere, graue Wand zu sehen. Gleich mehrere der blauen Lichtäste tanzten über das Grau und griffen nun nach Lyviannes Aura, als wollten sie sie vom Stein vertreiben. Sie hörte, wie Bidayn erneut mit Worten der Macht gegen das blaue Licht ankämpfte, um sie zu schützen.

Wie durch einen Zauberbann angezogen, berührte Lyvianne die graue Wand mit den Fingerspitzen. Es war Metall. Vorsichtig übte sie einen leichten Druck aus und spürte, wie es sich nach innen beulte. Blei, ganz wie sie vermutet hatte.

»Dein Schwert, Bidayn.« Sie streckte die Rechte zurück, ohne die Bleiplatte aus den Augen zu lassen. Was immer der Ursprung des blauen Lichts war, das wie ein magischer Sinn nach ihnen tastete, war hinter dieser Platte eingeschlossen. Wenn es einen Mann in diesem Stein gab, dann war sein Licht seine einzige Möglichkeit, mit dem, was jenseits seines Gefängnisses lag, Verbindung aufzunehmen.

»Er ist hier …«, erklang nun die Stimme, deutlicher und kraftvoller.

Bidayn schob ihr den Griff ihres Schwerts in die Hand. Es war eine primitive Bronzeklinge, aber sie musste genügen. Mit angehaltenem Atem setzte Lyvianne die Spitze des schlanken Schwertes auf die Mitte der Bleiplatte und hieb mit aller Kraft auf den Schwertknauf.

Die Bronze durchdrang das Blei. Lyvianne ruckte und zog an der Waffe, um das Loch zu vergrößern. Schließlich nahm sie ihre Hände zu Hilfe und bog das Blech auf. Ein fast kopfgroßes Loch war entstanden. Trockene, abgestandene Luft schlug ihr entgegen.

»Liuvar«, begrüßte sie die unheimliche Stimme, und jetzt floss das blau verästelte Licht durch die neue Öffnung. Es war ein Gefühl, als kratze Dornengeäst über ihre Haut. Friedlich war dieser Empfang ganz und gar nicht. Lyvianne erkannte eine schwache, flackernde Aura im Inneren. Sie war vom dunklen Rot lange genährten Zorns kaum sichtbar. Nur zwei Kraftlinien umspannten den Körper, wo ein ganzes Netz hätte sein sollen. Beide hatten das Blau der Blitze.

Vorsichtig schob die Elfe ihre Öllampe durch die Öffnung und schloss ihr Verborgenes Auge. Im Inneren des Monolithen kauerte ein Gefangener, die Beine angezogen, den Rücken gerade gegen die Rückwand gepresst. Seine Haut hatte die Farbe dunklen Pergaments. Die Augen waren so tief in den Schädel eingesunken, dass nur noch dunkle Löcher geblieben waren. Seine zusammengepressten Lippen waren kaum mehr als eine schmale Narbe. Der Elf hatte eine hohe Stirn, aus der ein schmaler, dunkel angelaufener Reif sein Haar zurückhielt. Hohe Wangenknochen verliehen seinem Antlitz eine asketische Härte. Sein Haar war schwarz wie Rabenschwingen. Selbst im Tod wirkte er respekteinflößend.

»Du bist also der Mann im Stein, von dem Nandalee gelesen hat«, sagte Lyvianne leise und fragte sich, wie lange er in diesem elenden Gefängnis hatte ausharren müssen. Sie hob die Öllampe noch etwas höher, um besser sehen zu können. Wie eine Kralle lag die ausgedorrte Hand des Toten an dessen Hals. Nun schob Lyvianne den Kopf durch die Öffnung. Nein, die Hand lag nicht *an* seinem Hals. Er hatte seine Kehle aufgeritzt und die Fingerspitzen hineingeschoben! Wie es schien, hatte er seinem letzten Zauber mit seinem eigenen Blut mehr Macht verliehen.

»Ich hätte dich gerne gekannt«, flüsterte Lyvianne voller Respekt. Was für eine Selbstbeherrschung! »Wer bist du gewesen?«

»Schlange …« Das Geäst blauer Blitze griff nach Lyviannes Kopf. Und in dem kalten Licht sah sie, dass die Innenwände des Gefängnisses mit Zeichnungen und Texten bedeckt waren. Der Tote musste sie mit den Nägeln in das Blei gegraben haben. Über seinem Kopf war das Blei aufgebogen und ein winziges Loch durch den Stein gegraben. Durch dieses Loch musste das blaue Licht gedrungen sein. Hatte er das getan, oder waren es die Devanthar gewesen, die so verhindern wollten, dass er erstickte und einen schnellen Tod fand? Wie es schien, hatte der Gefangene versucht, das Loch zu erweitern. Es waren Kratzspuren auf dem Stein. Haarfeine Schrammen, für die er mit Schmerzen und abgebrochenen Nägeln bezahlt haben musste.

Wie lange hatte er noch gelebt, nachdem er lebendig in Stein und Blei gesperrt wurde? Und auf wen hatte er gehofft? Für wen hatte er seine Nachricht hinterlassen?

»Er ist hier …«

Die Worte jagten Lyvianne einen Schauer über den Rücken. Es war, als spürte er selbst im Tod noch ihre Gedanken und versuchte nun, ihr zu antworten. *Er ist hier.* Wer?

»Wir müssen weg von diesem Stein, von dieser Stimme«, flehte Bidayn. Die junge Elfe zerrte an ihr, versuchte sie zurückzuziehen. Aber Lyvianne wollte Antworten. Und für manche Antworten musste man einen Preis zahlen. Sie waren hier, in diesem Gefängnis, da war sie sich sicher. Sie presste ihre Wange an das Blei und versuchte zu lesen, was auf der Innenseite der Wand, gleich neben der Öffnung stand.

Wir entdeckten den Zugang, als es zu spät war. Wären wir nur von dort gekommen, statt ihm direkt in seine grausamen Fänge zu laufen. Er hat uns nicht mehr erkannt. Er lebte, aber er war nicht mehr der, den die Alben erschaffen hatten.

Neben die Worte war eine sich windende Schlange geritzt. Oder war es ein schlangenhafter Drache? Nein, sein Kopf war anders. Zu groß. Fremd. Vielleicht ein Fehler in der Zeichnung? Hatte der Gefangene all dies in vollkommener Dunkelheit in die Wände geritzt? Hatten seine tastenden Finger ihm dabei die Augen ersetzen müssen, oder hatte er das blaue Licht heraufbeschworen?

»Liuvar.«

Der Tonfall hatte sich verändert. Es klang weicher. Die blauen Blitze drangen tiefer. Jetzt waren es keine Dornen mehr, die über ihre Haut schrammten. Es fühlte sich an, als würden sich kleine Krallen in ihr Fleisch graben. Lyvianne spürte, wie seine Macht wuchs und Bidayn sie immer weniger gegen ihn abschirmen konnte.

Etwas rann über ihre Oberlippe. Lyvianne leckte danach. Blut! Ihr troff Blut aus der Nase!

»Komm dort heraus!«, flehte Bidayn. »Bitte komm mit mir weg von hier! Deine Aura verlischt!«

»Gleich!« Sie war dem Geheimnis so nahe … nur noch ein paar Augenblicke. Das blaue Licht war plötzlich verschwunden, und so musste sie die Öllampe an den Bleiwänden entlangbewegen, um weiterzulesen. Ihre Augen überflogen den Text. Er war einer der sieben ersten Meister der Weißen Halle gewesen. Ein Drachenelf! Die Himmelsschlangen hatten ihn und seine Gefährten geschickt, und sie waren über den Kraterrand gestiegen. Auch sie hatten den Befehl gehabt, zu Nangog vorzudringen.

Ein leises Knistern ließ Lyvianne den Blick wenden. In den Tiefen der Augenhöhlen des Toten glomm nun ein himmelblaues Licht. »Die Schlange hat uns gestellt …«

Seine Botschaft. Lyvianne begriff. Es war ihre Aura, die den Zauber mit neuer Kraft speiste, den der Sterbende gewirkt hatte. Die Botschaft, die bis zur Unkenntlichkeit verstümmelt war. Sie würde sich wieder zusammensetzen.

Der Zauber, der seine Worte über den Tod hinaus zu ihr trug, vermochte sich selbst zu heilen, wenn ihm neue Kraft zugeführt wurde. Lyvianne war überwältigt. Nie hatte sie von so etwas auch nur gehört. Vielleicht konnten die Himmelsschlangen solche Magie wirken, den Albenkindern aber war sie vorenthalten. Ein Irrtum.

Das Glimmen in den Augen wurde stärker. Die Lippen des Toten, die eben noch geschlossen gewesen waren, klafften nun einen Spalt weit offen.

»Bleib!«

Brennender Schmerz kroch über Lyviannes Haut. Fast hätte sie die Lampe fallen gelassen. Er hatte seine Seele gebunden, sodass sie seinen Leichnam nicht verlassen konnte! Sie wollte ein Wort der Macht sprechen, um sich zu schützen, doch spürte sie, dass ihre eigene Macht sie verlassen hatte. Sie war so schwach, dass die Lampe in ihrer Hand schwer wie ein Felsbrocken wog.

Wieder zog Bidayn an ihr, und diesmal leistete Lyvianne keinen Widerstand mehr.

Das blaue Licht in den Augen des Toten wuchs an. Er lächelte, als Lyvianne vom Stein zurückwich.

»Das Ding da drinnen bringt dich um!«, keuchte Bidayn aufgelöst. »Wir müssen fort von hier. Sofort!«

Lyvianne konnte sich kaum noch auf den Beinen halten. Sie wusste, es war nicht klug, länger zu bleiben. Aber sie war so nah daran, das Geheimnis zu lösen! Der alte Zauber baute sich wieder auf. Bald würde die ganze Botschaft zu hören sein, die dieser alte Meister ihnen hinterlassen hatte.

Die Öllampe entglitt Lyviannes zitternder Hand. Sie war so schwach. Benommen bemerkte sie, dass die Haut ihrer Hand schlaff und faltig wirkte. Sie blinzelte. Sah noch einmal hin, dann fuhr sie erschrocken mit den Fingern über ihr Antlitz. Sie war gealtert! Der Schock nahm ihr die letzte Kraft. Ihre Beine knickten weg, sie stürzte nach vorn und fing sich mit den Händen an der grauen Bleiwand ab, die unter dem zersplitterten Stein hervorgetreten war.

Dann erinnerte sie sich, und sie lachte unendlich erleichtert auf. Das waren gar nicht ihre Hände, nicht ihr Gesicht. Sie hatte die Gestalt des Tuwatis nachgeahmt! Auch dessen gealterte Haut. Eine Hand wie eine Vogelkralle schnellte aus dem Loch im Stein und schloss sich wie kaltes Eisen um ihren Arm. Blaue Blitze zuckten aus dem Stein. Größer, kraftvoller nun. Sie hüllten sie in ein Gitterwerk aus Licht.

Lyvianne schrie auf vor Schmerz. Hundert Messer stachen durch ihre Haut, und es fühlte sich an, als hielte die Krallenhand nicht ihren Arm, sondern ihr Herz umklammert. Sie spürte, wie ihre Aura verging. Wie ihr die Lebenskraft gestohlen wurde, so wie sie selbst vor wenigen Stunden erst Tuwatis bestohlen hatte.

Ein Schwerthieb ging auf die Krallenhand nieder, verletzte sie aber nicht. Bidayn, halb gelähmt vor Angst, hatte mit ihrem Bronzeschwert zu kraftlos zugeschlagen. Der Arm zuckte zurück durch das Loch in der Bleiwand. Lyvianne wurde hochgerissen. »Wir verschwinden!«, schrie Bidayn.

»Wir hätten niemals hierherkommen sollen«, fügte sie hinzu, als sie Lyvianne durch den engen Spalt zwischen den Torflügeln schob.

»Bleibt!«, erklang es nun herrisch und kraftvoll hinter ihnen, und ein armdicker Blitz raste in Richtung des Tors.

Bidayn schleuderte ihm das Schwert entgegen, das sie noch immer in Händen gehalten hatte. Funken stoben auf. Der Lichtarm verlosch, doch schon erglomm ein neues Astwerk von Blitzen um die Öffnung im Blei.

»Rette dich … und lass mich zurück«, murmelte Lyvianne. Sie war am Ende ihrer Kräfte und wusste, dass sie die endlose Treppe hinauf zum Licht nicht mehr erklimmen konnte.

Doch Bidayn entgegnete mit einer trotzigen Entschlossenheit, die sie ihr niemals zugetraut hätte: »Entweder gehen wir zusammen, oder wir sterben zusammen.«

Flucht

Bidayn stemmte Lyvianne auf ihre Schultern. Im ersten Augenblick dachte sie, sie würde unter der Last zusammenbrechen. Dann sprach sie ein Wort der Macht. Anders würde sie hier nicht herauskommen. Sie hatten Nandalees Verbot, Zauber zu weben, an diesem Abend schon dutzendmal gebrochen. Und so veränderte sie auch jetzt das magische Netz, stellte sich vor, dass die Luft helfen würde, Lyvianne zu tragen – so wie auch Wasser einen Körper tragen konnte.

Sie spürte ein Kribbeln auf der Haut. Ihre Narben begannen zu brennen. Als sie das letzte Mal so tiefgreifend in das magische Gefüge Nangogs eingegriffen hatte, war sie für immer gezeichnet worden. Doch sie konnte ihre Meisterin nicht zurücklassen. So vermessen Lyvianne auch gewesen war, sich allein dieser unbekannten Gefahr zu stellen, sie waren Drachenelfen, sie ließen nie einen der Ihren zurück.

»Bleib!«

Die Stimme hinter dem Tor hatte sich völlig verändert. Machtvoll war sie. Auch in ihr lag Magie. Sie mussten hier fort. Das Ding aus dem Stein, auf das sie keinen richtigen Blick hatte werfen können, würde entkommen, das spürte sie.

Bidayn kämpfte sich die Stufen hoch. Lyvianne war leichter, doch sie hatte ihre Öllampe zurücklassen müssen und bewegte sich nun in absoluter Dunkelheit. Mit beiden Händen hielt sie den Körper, der leblos über ihren Schultern lag ... ihre Meisterin, zu der sie immer aufgeblickt hatte.

Sie wusste nicht, wie weit sie schon war. Angst trieb sie vorwärts, doch jeder Schritt in die Finsternis war ein vorsichtiges Tasten. Einmal hörte sie hinter sich Geräusche. Splitternder Stein. Waren da schlurfende Schritte? Sie sah nicht zurück!

Nach einer Ewigkeit erreichte sie das Tor, das die Geflügelte Išta zeigte. Es stand noch offen. Erst als sie hindurchgetreten war, wagte sie, Lyvianne abzusetzen. Ihre Meisterin zitterte am ganzen Leib, doch sie war bei Bewusstsein. Es war seltsam, sie in so fremder Gestalt vor sich zu sehen. Als Mann, Menschenkind und Priester. Lyvianne schwitzte. Ihre Unterlippe zitterte. Ein Speichelfaden troff ihr aus dem Mundwinkel. Sie war am Ende ihrer Macht. Würde sie je wieder sie selbst werden? Bidayn wusste nicht einmal, ob Lyvianne den nächsten Morgen erleben würde. Sie wusste nur eins, sie mussten fort von hier. So schnell wie möglich!

Plötzlich wehte ein eisiger Luftzug aus der Tiefe herauf. Bidayn erzitterte. Die Angst verlieh ihr neue Kräfte. Hastig wandte sie sich dem schweren Bronzeportal zu und schloss die Flügel des

Tores. Als sie den Riegel vorschob, blühten Eisblumen auf der grünen Patina der Ištaflügel. Erschrocken zog Bidayn die Hände vom Riegel zurück.

Der Temperatursturz konnte nur eines bedeuten: Unten wurde ein machtvoller Zauber gewoben. Ein Zauber, der von Kraftlinien und Wärme zehrte. Bidayn zögerte nicht länger. Wieder schulterte sie Lyvianne und setzte ihren Weg fort. Die Angst verlieh ihr neue Kräfte. Der Weg zum ersten Tor, das sie durchschritten hatten, kam ihr diesmal kürzer vor. Dennoch war sie in Schweiß gebadet, als sie es erreichte.

Wieder setzte sie Lyvianne ab. Sie schob den Eisenriegel über die rostigen Bänder.

»Danke«, murmelte die Meisterin schwach. Tuwatis' Gesicht war leichenblass. Immer noch zitterte seine Unterlippe.

Bidayn schlang sich einen ihrer Arme um die Schulter. Langsam gingen sie auf den Vorhang zu, der den Zugang zu den Tiefen Gewölben verbarg.

Eine Gruppe Priester erwartete sie in dem Gang, an dem die Archive lagen.

»Warum warst du so lange fort, Tuwatis?«

»Woher kommt der kalte Wind?«

»Was hast du getan?«

Sie wurden mit endlosen Fragen bestürmt. Lyvianne machte kraftlos eine abwehrende Geste. »Ich muss zur Hohepriesterin des Lebenden Lichts. Ich brauche ihren Rat.«

»Was ist dort unten geschehen, Tuwatis?«, bedrängte sie ein bärtiger Greis erneut.

»Das Dunkel.« Lyvianne wedelte schwach mit der Rechten. »Räumt das Haus. Lasst niemanden herein. Ich komme wieder. Dann werde ich mich dem Dunkel stellen. Geht nicht dort hinab, wenn euch eurer Leben lieb ist.« Wie um ihre Worte zu unterstreichen, wölbte sich der schwere Wandteppich, und ein eisiger Luftzug zog durch den Gang.

Bidayn konnte spüren, dass Lyvianne das getan hatte. Sie fand wieder zu sich, und sofort verbreitete sie Entsetzen. Die Priester, die sie gerade noch umringt hatten, wichen erschrocken zurück. Einer stürmte sogar laut schreiend auf den Hof hinaus.

»Ihr habt gehört, was der Bewahrer des Tiefen Gewölbes gesagt hat. Macht Platz! Wir sind in Eile.«

Augenblicklich stoben die Priester auseinander. Keiner stellte ihnen mehr Fragen oder wagte auf andere Art, die Autorität des Kriegers herauszufordern, als den Bidayn sich ausgab. So verließen sie ungehindert erst das Archivgebäude und gingen dann auf dem Vorplatz durch kleine Gruppen tuschelnder Priester hindurch, die sich über sie und das Unglück, das sie heraufbeschworen hatten, das Maul zerrissen.

Je weiter sie sich vom Archiv entfernten, desto kräftiger wurde Lyvianne. Bald konnte sie wieder aus eigener Kraft gehen, wenn auch langsam. Es war Nacht geworden, und Bidayn sah weiter unten am Hang ein wütendes Feuer toben. Wie schwarze Scherenschnitte zeichneten sich die Fassaden der umgebenden Häuser gegen den Brand ab. Sie versuchte sich einzureden, dass es nicht dort war, wo sie Tuwatis ermordet hatten, doch sie wusste es besser.

Lyvianne schwieg, obwohl auch sie die verheerenden Flammen gesehen haben musste. Und schweigend folgten sie der Straße, bis sie einen jener Märkte erreichten, die von billigen Garstuben gesäumt waren und auf denen bis tief in die Nacht die Schätze Nangogs verschachert wurden. Dort ließ sich Lyvianne auf einer gestürzten Säule nieder und bat Bidayn, ihr etwas zu essen zu holen. Sie schien sich etwas erholt zu haben, doch Bidayn wusste, dass sie geübt darin war, Dinge zu überspielen.

Die junge Elfe betrachtete ihre Meisterin durch ihr Verborgenes Auge, und alle Masken fielen: Lyvianne hatte ihre Kraft verloren. Ihre Aura war nur noch ein schwaches Flackern.

Sie fand an einer Garstube etwas, das als Hühnerspieß verkauft wurde. Das Fleisch sah nicht schlecht aus. Bidayn nahm es, dazu eine Schale Reis und einen Krug mit Wasser.

Lyvianne aß nicht, sie schlang. Ein wenig Farbe kehrte in ihr fremdes Gesicht zurück. »Mehr«, sagte sie gierig. »Das war gut.«

»Sollten wir nicht zu den anderen gehen?«

»Nicht so! Ich will etwas zu Kräften gekommen sein, bevor ich mich Nandalees Vorwürfen stelle. Wir sind den richtigen Weg gegangen. Der Mann im Stein weiß alles, wonach wir suchen.«

Bidayn war anderer Meinung, aber sie sagte nichts. Sie kannte Lyvianne zu gut. Ihre Meisterin hatte sich verrannt. Sie würde es mit der Zeit von alleine einsehen. Aber ganz gewiss nicht in dieser Nacht.

Sie nahm die leere Reisschale und den Wasserkrug. Der Besitzer der Garstube lächelte breit. »Du bist aber hungrig, Hauptmann.«

Bidayn nickte schweigend. Sie trug nur Männerkleidung und hatte weder ihre Gestalt noch ihre Stimme verändert. Sollte der Garkoch sehen, was er sehen wollte, und so deutete sie wie beim ersten Mal einfach auf die Speisen, die sie haben wollte.

Einen Moment lang legte er den Kopf schief und musterte sie argwöhnisch. »Bist nicht gerade gesprächig, Krieger«, raunzte er, doch dann nahm er ihre Münzen und überließ ihr die Speisen.

Als Bidayn zu der gestürzten Säule zurückkehrte, war Lyvianne verschwunden.

Zwei Schwertmeister

Zwei Stunden zuvor

Voller Wut schob Gonvalon die Tontafeln von sich. Sofort trat der junge Priester an seine Seite.

»Darf ich Euch weitere Tafeln bringen, Herr?«

Der Elf sah die Angst in den Zügen des kahlgeschorenen Jünglings, was ihn nicht gnädiger stimmte.

»Für heute genügt es mir«, sagte er eisig. Am liebsten hätte er den Priester zum Schwertkampf gefordert, doch der Junge war unschuldig. So wie die Dinge standen, war er nicht einmal auf Nangog gewesen, als seine Kirche die tote Talinwyn schändete. Jene Elfe, die gekommen war, den Unsterblichen Aaron zu töten. Seine Schülerin.

»Wollt Ihr einen der Oberen sprechen?«, fragte der Priester unterwürfig.

»Nein! Du hättest in Kush kämpfen sollen. Du und all deine Ordensbrüder mit den weichen Händen und den kleinen Herzen. Euer Verrat war es, der Tausenden Männern auf der staubigen Hochebene den Tod gebracht hat. Ich war da, es zu sehen. Wo warst du? Ging es dir gut in diesem Tempel? Hat man deinen Bauch mit köstlichen Speisen gefüllt? Musstest du hart mit dem Griffel arbeiten, um neue Tontafeln zu verfassen, als die besten Männer Arams in den Staub von Garagum bluteten? Bald wird der Unsterbliche nach Nangog zurückkehren. Und mit ihm werden die Kushiten kommen. Meine Brüder. Und sie haben nichts vergessen, Priester.«

Gonvalon maß den jungen Mann mit abfälligem Blick. Der Priester war fast einen Kopf kleiner als er. Er hatte ein dümmliches, rundes Gesicht und roch viel besser, als es die Menschenkinder gemeinhin taten. Er wusch sich regelmäßig und betupfte sich unter den Achseln mit Blütenwasser.

»Ihr Priester habt euch den Befehlen des Unsterblichen widersetzt und die Bambusrohre des Fluggestells der Daimonin mit Blei gefüllt. Die Götter allein hätten entscheiden sollen, ob die Daimonin unter den anderen Helden Nangogs im Wind gleitet. Ihr habt euren Willen über den der Götter gestellt, und ihr wagt es noch, euch deren Diener zu nennen?« Der Elf erhob sich abrupt, und seine Schwertscheide schlug so hart gegen den Stuhl, dass dieser zur Seite schlitterte. »In meinen Augen bist du ein Wurm. Und du bietest mir an, mir einen Oberwurm zu rufen? Welchen Gefallen sollte ich daran finden?«

»Ich wollte Euch dienen, ehrenwerter Asa. Ich …«

»Schweig still, Wurm!«, fuhr Gonvalon den Jungen an, der aussah, als wolle er sich am liebsten in sich selbst verkriechen. »Du rührst keine dieser Tafeln über euren schändlichen Verrat an, der den Zwist zwischen dem Unsterblichen Aaron und dem Unsterblichen Muwatta heraufbeschworen hat. Sie sollen auf diesem Tisch liegen bleiben. Morgen werde ich noch einmal die Geschichte eurer Niedertracht studieren. Du kannst nicht ermessen, wie viel Leid ihr über die beiden Königreiche gebracht habt! Du wirst zudem nach anderen Tafeln für mich suchen. Morgen möchte ich über die ersten Helden lesen, denen die Ehre zuteilwurde, über dem Weltenmund zu schweben.« Gonvalon hielt kurz inne und baute sich drohend vor dem Priester auf.

»Suche leidenschaftlich nach dem, was ich von dir fordere. Sorge dafür, dass ich nicht enttäuscht bin, wenn ich morgen wiederkehre, denn ich bin einer der Männer, die entscheiden werden, ob du und deine Oberen dem langen Schlaf übergeben werden.«

Ohne eine Antwort abzuwarten, verließ er mit raschen Schritten den Saal, den ihm die Priester der Geflügelten Sonne seit dem ersten Tag seines Erscheinens ganz allein überließen. Gonvalon war sich bewusst, dass er eben zu weit gegangen war. Seine Worte würden den Oberen zu Gehör gebracht werden.

Der Elf schritt auf einem schmalen Grat. Die ersten Tage nach ihrer Ankunft war er in verschiedenen Masken durch die Goldene Stadt gestreift. Er hatte den Menschenkindern auf den Märkten und in den billigen Garstuben unten am Hafen zugehört, ihre Gespräche belauscht und versucht, sich ein Bild von dieser ungeheuerlichen Metropole zu machen. Dabei war er auf die Geschichte des Duells zwischen den beiden Unsterblichen gestoßen, und auf Talinwyn, die hier nur als Daimonin bekannt war.

Die Intrige der Priester hatte zu vielen Verhaftungen geführt. Juba, der Kriegsmeister Arams, war mit eiserner Härte gegen die

Verschwörer vorgegangen, woraufhin Dutzende Priester hingerichtet worden waren. Hunderte hatten Amt und Würden verloren und waren in die Verbannung vertrieben worden. Seit jenen Tagen schien das Reich Aram nicht zur Ruhe gekommen zu sein. Aaron, der Herrscher, hatte ein großes Heer aufgestellt und Muwatta auf der Hochebene von Kush besiegt. Seine Reformen brachten Unsicherheit, und vor einem Mond erst hatte er eine neue Leibgarde aufgestellt, die Kushiten. Angeblich bestand sie ausschließlich aus Fanatikern, die sich auf dem Schlachtfeld hervorgetan hatten.

Daraufhin hatte Gonvalon beschlossen, in die Rolle eines solchen Kriegers zu schlüpfen. Aaron war nicht auf Nangog und seine Leibwache in weiter Ferne, aber niemand im Tempel der Geflügelten Sonne hatte daran gezweifelt, dass er einen seiner Männer schickte, um die Archive einzusehen.

Die Oberen hatten Angst, dass es zu neuen Morden kommen könnte. Sie wollten nicht den geringsten Anlass bieten, den Unsterblichen zu verärgern. Ihnen allen war bewusst, dass sie große Schuld am Krieg zwischen Aram und Luwien trugen. Da zudem bekannt war, dass Aaron gerne Söldner aus aller Herren Länder in seine Leibwache aufnahm, wunderte sich niemand, dass Gonvalon mit einem seltsamen Akzent sprach. Solange der Unsterbliche Aaron nicht tatsächlich in die Goldene Stadt kam, war dies also die perfekte Tarnung. Der Rang als einer der Hauptleute der Leibwache öffnete ihm Tür und Tor.

Seine genagelten Sandalen klackten auf den Stufen, als er zum Hof neben dem Haupttempel der Geflügelten Sonne hinabstieg. Aus den weit geöffneten Bronzetoren des Hauses der Sonne zogen Weihrauchschwaden. Priester mit kahl geschorenen Köpfen und auffälligen gelben Gewändern beobachteten ihn misstrauisch. Die beiden Torwächter, die auf ihren hohen, mit Kuhfell bespannten Schilden lehnten, nickten ihm zu, sodass die roten Federkränze auf ihren Helmen wippten. Alle im Tempel der Geflügelten Sonne hatten schon von ihm gehört. Nach den Maßstäben der Menschenkinder war er eine eindrucksvolle Gestalt. Er hatte sich einen Brustpanzer aus Bronze besorgt, in dessen Vorderseite ein Löwenkopf geprägt war – eine erbärmlich schlechte Arbeit von jemandem, der vermutlich noch nie einen Löwen gesehen hatte. Dazu trug er eine türkisfarbene Tunika und einen schreiend roten Wickelrock, der von gelben Wollfransen gesäumt war. Die Kleidung kratzte und juckte, und der Brustpanzer war zu breit für seine schmalen Schultern und drückte.

Wie viele Söldner in dieser Welt trug er sein Schwert auf den Rücken geschnallt. Er hatte die Scheide der Waffe mit einem roten Lederüberzug versehen, um sie unauffälliger zu gestalten. Ein breiter Schwertgurt mit Silbermünzen geschmückt verlief quer über seine Brust und verkündete jedem, dass er kein armer Mann war. Auf einen Helm hatte er verzichtet. Sein langes, blondes Haar trug er offen, sodass es ihm bis auf die Schultern fiel. Gonvalon war sich bewusst, dass er ohne Bart eine auffällige Erscheinung war. Nur wenige Männer rasierten sich. Doch seine Verkleidung genügte, dass niemand dazu Fragen stellte und die meisten Menschenkinder demütig den Blick senkten, wenn er vorüberging.

Der Elf überquerte eilig den weiten Vorplatz des Tempels, auf dem sich der Markt für Räucherwerk erstreckte. Eine Sinfonie von Gerüchen umfing ihn. Immer wieder war er aufs Neue überrascht, wie vielfältig die Düfte dieser Welt waren. Unter ausgeblichenen Sonnendächern wurden hier die Schätze der Wälder und entfernter Inseln feilgeboten: Schalen mit Hügeln aus langgezogenen Baumharztränen in heller Bernsteinfarbe, Säcke voller getrockneter Blütenblätter, Knospen, Rindenstücke und zu feinem Mehl zerstoßene Körner in satten Erdtönen.

Obwohl der Abend nahte und schon die ersten Öllampen brannten, war es noch voll auf dem Markt. Gonvalon passierte einen Stand, an dem gelbliche Rauchschwaden aus roten Kupferschalen stiegen. Vollmundig verkündete ein kleiner Gewürzhändler dazu, dass der Rauch die Grünen Geister vertreiben würde.

Gonvalon blickte über die Schulter und entdeckte im Gewühl hinter ihm den Glatzkopf, der ihm stets folgte. Heute hatten die Priester ihrem Spitzel immerhin befohlen, unauffällige Kleidung zu tragen. Gonvalon musste über ihre plumpen Versuche, ihm nachzustellen, lächeln. Bisher war es ihm noch jedes Mal gelungen, seinen Verfolger abzuschütteln. Heute würde er ihn für seine Zwecke benutzen.

Er verließ den Markt und ging ein Stück die Straße der Gerechtigkeit entlang. Eine jener breiten Prachtstraßen, die längs des Kraterhangs verliefen und fast kein Gefälle hatte. Gonvalon mochte diesen Weg nicht, denn wie Perlen an einer Schnur reihten sich kleine Plätze entlang dieser Straße, auf denen sich Richtstätten befanden: Sterbende auf Räder geflochten, Kadaver in goldene Käfige gesperrt, Männer, die mit auf den Rücken gefesselten Händen von Seilen hingen, bis sie sich die Schultern auskugelten. Es war eine Straße der Schreie und der Gaffer, die sich an der Obszönität erfreuten, die die Menschenkinder Gerechtigkeit nannten.

Er war froh, als er eine breite Treppe erreichte, die zu den tiefer gelegenen Stadtvierteln führte. Dort, in den engeren Gassen, hatten sich bereits die ersten Schatten der nahenden Nacht eingenistet. Flüchtig sah der Elf über seine Schulter. Sein Verfolger war ihm wie erwartet noch auf den Fersen. Sollte der Priester nur sehen, mit wem er sich traf. Es würde ihn einschüchtern.

Das Viertel war belebt, und dennoch wirkte es wie die ganze Stadt auf Gonvalon zugleich wie in Trauer. Er hatte dies schon am ersten Tag so empfunden, als sie vom Fluss hinauf zum Haus der Seidenen gestiegen waren. Aber es hatte eine Weile gedauert, bis ihm klar geworden war, woraus das Gefühl resultierte. Es gab fast keine Frauen auf den Straßen. Und er hatte bisher kein einziges Kind gesehen.

Aus den Berichten im Tempelarchiv hatte er erfahren, dass die Frauen der Menschenkinder auf Nangog so gut wie nie schwanger wurden. Dass die Sterblichen hier dennoch siedelten und Städte bauten, konnte er nicht begreifen. Konnte es ein deutlicheres Zeichen geben, dass diese Welt nicht für sie geschaffen war? Dies war der Grund, warum Frauen Nangog mieden.

Ihn allerdings mieden sie nicht! Hier, wo Frauen unter Hunderten wählen konnten, hatte ihn gestern eine dunkelhäutige Schönheit auf dem Platz der Vogelhändler angesprochen. Sie war nur mit einem Umhang aus schillernden Federn und einem kurzen Rock bekleidet gewesen. Ihre zarte Haut hatte sie mit verschlungenen, weißen Schlangen bemalt. Ganz ohne Begleitung war die seltsame Schöne über den Markt geschlendert. Sie musste eine Priesterin oder etwas Vergleichbares sein, denn niemand hatte sie behelligt. Ihr strahlendes Lächeln hatte Gonvalon auf seinem Weg zurück zum Haus der Seidenen innehalten lassen. Und kaum dass er stehen geblieben war, war sie zu ihm gekommen. Die geheimnisvolle Dame hatte ihn in verschiedenen Sprachen angesprochen und wollte ihn einladen, irgendein weißes Tor mit ihm zu durchqueren. Natürlich hatte er höflich abgelehnt. Und doch hatte ihm die Begegnung geschmeichelt.

Er erreichte die Straße der Wolken. Große Häuser mit vergoldeten Dächern säumten seinen Weg. Hier lebten Fernhändler und einige der Lotsen, die die riesigen Wolkenschiffe über den Himmel führten. Ein Warnruf schreckte ihn aus seinen Gedanken. Eine ausladende, blaue Sänfte wurde die Straße hinaufgetragen, und er musste in einen Hauseingang zurückweichen, um den schwitzenden Trägern auszuweichen. Hinter durchscheinenden Schleiern sah Gonvalon den Schattenriss einer Frau. Zwei riesige Leibwächter mit geölten, nackten Oberkörpern, die neben der Sänfte liefen, warfen ihm misstrauische Blicke zu. Dann war der seltsame Tross vorüber.

Wenig später hatte er das Haus erreicht, bei dem er sich verabredet hatte. Zum Eingang führte eine schmale Steintreppe hinab. Er musste lächeln – es würde ihn schon sehr wundern, wenn der Priester ihm hier hinein folgte.

Vor der Tür erwartete ihn ein gedrungener Rausschmeißer mit aufgedunsenem Gesicht. Er betrachtete Gonvalon mit der Herablassung jener, die ihre Schlachten mit dem Maul statt mit Fäusten schlagen. Der Elf strich über seinen mit Münzen besetzten Schwertgurt. »Ich habe gehört, dass man hier auf angenehme Weise sein Silber loswerden kann.«

»Lass dich nicht abhalten.« Der Schläger drückte die Tür auf, und kaum dass Gonvalon einen Schritt über die Schwelle in die dämmrige Eingangshalle getan hatte, lächelte ihn ein Mädchen mit hinreißenden Mandelaugen an.

»Hast du einen Kerl, so rot wie die Abendsonne, hier hereinkommen sehen?«, fragte er unumwunden.

Das Lächeln der Schönheit erstarb. »Dort drüben«, entgegnete sie knapp und wies über ihre Schulter auf den Durchgang zum Innenhof. Auch hier war es dunkel, und so musste Gonvalon eine Weile suchen, bevor er hinter einem Brunnen Nodon entdeckte. Ein Schatten unter Schatten.

Der Vertraute Nachtatems trug einen auffälligen Umhang aus roten Papageienfedern, darunter weite Beinkleider und eine Tunika. Beides ebenfalls in Rot. Es wimmelte in der Stadt zwar von exzentrisch gekleideten Söldnern und Glücksrittern, aber einem, der aussah wie Nodon, war Gonvalon noch nicht über den Weg gelaufen. Obwohl seine Wahl der Maskierung für einigen Ärger gesorgt hatte, hatte er sich nicht umstimmen lassen. Wenigstens trug er heute einen Turban und verbarg sein bleiches Gesicht hinter einem Schleier, sodass seine vollkommen schwarzen Augen nicht auffielen.

»Weißt du, wessen Haus das hier ist?«, zischte Nodon.

»Es gehört dem Narbengesicht«, entgegnete Gonvalon leichthin. »Aber ich glaube nicht, dass Kolja dich in diesem Aufzug als einen der abgerissenen Reisenden erkennen wird, die von der Seidenen in ihr Haus geholt wurden.«

»Warum gehst du dieses unnötige Risiko ein? Das ist dumm.«

»Weil ich hoffe, dass dein Unbehagen, an diesem Ort zu bleiben, dich davon überzeugen kann, mich bei einer noch größeren Dummheit zu begleiten.«

»Glaubst du?« Nodon entfernte mit einer zornigen Geste den Schleier. Seine Lippen waren ein schmaler, harter Strich. Ganz offensichtlich hatte er keinen Sinn für Scherze. Er griff nach einem Becher, den er auf dem Brunnenrand abgestellt hatte. Er trank Wasser an diesem Ort der Sinnlichkeit. »Und wohin willst du, Gonvalon?«

»An den Ort, an den wir eigentlich alle wollen. Ich werde in dieser Nacht in den Weltenmund steigen.«

Nodons Augen verengten sich zu schmalen Schlitzen. Er stellte den Becher zurück und zog den Schleier wieder vor sein Gesicht. »Mir scheint, es bekommt dir nicht gut, deine Tage in weihrauchverhangenen Tempeln zu verbringen.«

»Es ist eine Frage der Ehre, dort hinabzusteigen.«

»Ich glaube nicht, dass wir dieselben Vorstellungen von Ehre haben.« Nodon wandte sich zum Gehen. Gonvalon packte ihn beim Arm.

»Wir nennen uns beide Schwertmeister. Heute Nacht könnte sich zeigen, wer von uns beiden der bessere ist.« Gonvalon konnte in seinen Augen lesen, dass er jetzt seine ungeteilte Aufmerksamkeit hatte. »Hör mir einfach nur zu. Ich erzähle dir eine Geschichte. Sie ist nicht lang. Dann entscheidest du.«

Als Gonvalon seine Erzählung beendet hatte, sah Nodon ihn lange an. Schließlich nickte er. »Es ist tatsächlich eine Frage der Ehre. Ich werde mit dir gehen. Aber vorher verrätst du mir noch, warum du mich ausgerechnet hierherbestellt hast. Es hätte tausend bessere Orte gegeben, um einander unauffällig zu treffen.«

»Das Narbengesicht macht der Seidenen Ärger. Es könnte sein, dass wir ihn bald aus der Welt schaffen müssen. Ich hielt es für klug, sich den Ort, an dem er am häufigsten anzutreffen ist, ein wenig anzusehen.«

Nodon schwieg. Doch Gonvalon wusste, dass auch ihm nicht entgangen sein konnte, dass der Einarmige ihre Gastgeberin schlecht behandelte und sie vielleicht sogar zu Liebesdiensten zwang, auch wenn er das bislang nicht offen ausgesprochen hatte. Lyvianne war da weit weniger diskret gewesen. Sie hatte behauptet, Zarah verkaufe ihren Körper für Geld und Macht, und man solle ihrer Gastgeberin besser nicht trauen.

»Treffen wir uns in einer halben Stunde am Ausgang?«, brach Nodon schließlich sein Schweigen.

Gonvalon wunderte sich, dass er auf alles widerspruchslos einging. Allerding sprach Nodon nie sonderlich viel, und so trennten sie sich, um Koljas Haus zu erkunden.

Gonvalon unterhielt sich mit einigen der Damen. Dass er seine Silbermünzen auf seinem Schwertgurt so offen zur Schau stellte, machte es ihm leicht, mit ihnen ins Gespräch zu kommen. Er sah sich die Zimmer an, in die man sich zurückziehen konnte. Waren sie nicht belegt, standen die Türen weit offen. Der Elf versuchte, den Aufbau des Hauses zu begreifen. Wie es schien, bewohnte Kolja einen Raum in der ersten Etage, dicht bei einigen der Zimmer für Besucher. Einmal spürte Gonvalon Nodons bohrende Blicke. Ihm war klar, wie sehr er sich dem Schwertmeister Nachtatems auslieferte. Nandalee würde nichts von dem, was er in dieser Nacht tat, gutheißen. Er hatte nicht mit ihr darüber sprechen können, als er gestern die erste Spur gefunden und sich daraufhin mit Nodon verabredet hatte.

Zur vereinbarten Zeit trafen sie sich am Eingang. Gonvalon hatte Silber für Wein ausgegeben, um nicht in zu schlechter Erinnerung zu bleiben. Vielleicht müssten sie schon bald zurückkehren, und es wäre leichter, wenn sie nicht schon am Eingang abgewiesen würden.

Als sie die Treppe zur Straße hinaufstiegen, entdeckte Gonvalon den Spitzel. Der Glatzkopf zog sich in den Eingang eines Kaufmannshauses zurück, in der irrigen Hoffnung, dass sie ihn nicht bemerkten.

»Du wirst verfolgt?«, fragte Nodon mit verächtlichem Unterton.

»Ich wollte, dass er dich sieht – folge mir, aber lass nur mich reden.«

Außer ihnen dreien war niemand auf der Straße. Die beiden Monde Nangogs standen dicht über dem Horizont. Nicht weit entfernt klammerte sich ein Wolkensammler an einen Ankerturm. Die Decks des Himmelsschiffs waren hell erleuchtet. Musik drang bis zu ihnen hinab. Zu spät erkannte der Spitzel, dass es für ihn kein Entkommen mehr gab. Er hatte darauf vertraut, dass er in den tiefen Schatten des Eingangs verborgen blieb.

»Ein schöner Abend, Priester.« Gonvalon stand nun auf Armeslänge vor dem Spitzel.

»Ehrenwerter Asa, wie konntet Ihr so rasch … äh, was wollt Ihr von mir?«, stammelte der Priester, wobei er sich ungelenk gegen die Tür drückte.

»Hast du jemals von Jonah dem Roten gehört?«

»Nein, ehrenwerter Asa«, ihr Verfolger schüttelte den Kopf. Ein Muskel in seiner Wange zuckte unkontrolliert.

Gonvalon nickte Nodon zu, der neben ihm stand und nun einen Schritt auf den Priester zu machte. »Dies ist der Scharfrichter der Kushiten. Es heißt, er habe am Tag der Schlacht dreiundzwanzig Luwier getötet. Ob das stimmt, weiß ich nicht. Aber ich selbst habe gesehen, wie er an einem einzigen Nachmittag vierundvierzig Verräter enthauptete.« Gonvalon lächelte maliziös. »Geh nun zurück zu deinen Oberen, und richte ihnen aus, dass ich es als Aufforderung betrachte, Jonah mit in den Tempel zu bringen, sollte mir noch ein einziges Mal einer wie du hinterherschleichen. Ihr wisst, wie empfindlich der Unsterbliche Aaron auf Intrigen seiner Priester reagiert, und ich habe alle

Vollmachten, seinem Zorn mit Jonah fleischliche Gestalt zu geben. Nun geh!«

Gonvalon trat zu Seite, und der Priester stürzte zwischen den beiden Elfen hindurch und rannte die Straße hinauf, als säßen ihm die Grünen Geister im Nacken.

»War es notwendig, mich in deine Angelegenheiten hineinzuziehen? Nun kennt er mich«, fragte Nodon eisig.

»Jetzt sag nicht, dass ein Mann, der ganz in Rot durch die Stadt stolziert, Wert darauf legt, unerkannt zu bleiben.«

Gonvalon ignorierte Nodons schlechte Laune. Der erste Schritt war getan, er war seinen Schatten losgeworden. Gemeinsam gingen sie durch schmale Gassen und über steile Stiegen, die immer höher den Hang hinauf bis zu dem Weg führten, der den Rand des Kraters säumte. Gonvalon war tagsüber schon mehrfach hier gewesen, doch die Nacht schien einen Zauber über den Krater geworfen zu haben. Jetzt erschien ihm alles anders: geheimnisvoller, einsamer, bedrohlicher.

Niemand war auf dem Kraterweg zu sehen. Nur einige Wachen, die in weiten Abständen patrouillierten. Entlang des Kamms erhoben sich etwa alle fünfhundert Schritt Wachtürme, hinter deren gezackten Mauerkränzen Feuer brannten. Deutlich waren die Schattenrisse der Krieger zu erkennen, die dort auf einsamer Wacht standen.

Gonvalon kam es so vor, als seien all ihre Blicke ins Innere des Weltenmundes gerichtet. Er wusste, dass in den Tempeln genaue Aufzeichnungen über die fliegenden Toten existierten. Jene Helden, deren Leichen an Fluggerüste gebunden in den Aufwinden des weiten Kraters kreisten. Es wurde Buch darüber geführt, welcher Held wie lange schwebte, und die Zahl der Tage, die er über dem Krater gekreist war, wurde Teil seiner Legende. Doch jetzt hatte er das Gefühl, dass dies nicht allein der Grund für so viel Aufmerksamkeit für das Innere des Weltenmunds sein konnte.

Es schien, als bewachten die Menschenkinder den Abgrund

selbst, voller Angst vor dem, was dort hauste. Etwas, das auf all den Hunderten von Tontafeln, die er inzwischen gesehen hatte, mit keinem Wort erwähnt worden war! Man brauchte nicht so viele Wachtürme, um über den Flug der Toten Buch zu führen.

Es wurde kälter, je näher sie dem Weltenmund kamen. Ein frischer Wind wehte über den Kraterrand und zerrte an ihren Umhängen. Gonvalon war oft genug als Meuchler ausgesandt worden, um zu wissen, wann Gefahr drohte. Selten hatte er dieses Gefühl so intensiv empfunden wie in diesem Augenblick. Er tauschte einen Blick mit Nodon und wusste sofort, dass auch sein Gefährte es spürte.

»Gehen wir hinunter?«, flüsterte Nodon. Seiner Stimme war nichts von seiner Unruhe anzumerken.

»Ich habe eine Schuld zu begleichen«, entgegnete Gonvalon beklommen. »Es ist eine Frage der Ehre.«

Im Weltenmund

Nodon bereute inzwischen, sich auf diese Dummheit eingelassen zu haben. Aber wenn er jetzt einen Rückzieher machte, hätte er auf immer sein Gesicht verloren. Ein wenig hoffte er darauf, dass dies nur eine absurde Mutprobe war und Gonvalon seine Pläne im letzten Augenblick aufgab. Knapp eine halbe Meile waren sie mit etwas Abstand dem Kraterrand gefolgt. Sie hielten sich in den oberen Gassen, die parallel zum Weltenmund verliefen. Hier gab es nur noch wenige Häuser, meist umgeben von ausgedehnten Gärten, die sich hinter hohen Mauern versteckten.

Böiger Wind strich durch die Baumwipfel und entlockte den Kronen ein geisterhaftes Wispern. Es war kühl. Sie erreichten eine breite Prachtstraße, die wie eine Schneise die Stadtviertel zerteilte. Kein Menschenkind war zu sehen. Beklommen blickte Nodon die Straße hinauf. Statuen säumten das letzte Stück bis zum Kraterrand.

»Hier ist es.« Gonvalon flüsterte, obwohl es weit und breit niemanden gab, der ihren Stimmen hätte lauschen können. »Diese Straße führt direkt an den Ort, an dem sie ihre Toten im Himmel bestatten.«

Geduckt bogen sie ab und hielten sich am Rand der steil ansteigenden Straße. Die beiden Monde hatten sich hinter Wolken verborgen, doch reichte das Licht der Sterne, um der Nacht den Anblick der grotesken Ungeheuer zu entreißen, denen die Menschenkinder huldigten: Göttern mit Tierhäuptern wie das geflügelte Weib, eine leicht gebückte Gestalt mit Keilerkopf und Krallenhänden oder ein Mann, der in Flammen gehüllt war. Dies waren die Bilder der Mörder, die zur Blauen Halle gekommen waren. Wider alle Vernunft wünschte Nodon sich, eines Tages einem von ihnen gegenüberzustehen. Sie sollten für ihre Verbrechen büßen. Hier auf Nangog würde es beginnen!

Es dauerte nicht lange, und sie erreichten den Kraterrand. Aus der Prachtstraße wurde eine breite Treppe, die ins Innere des Kraters hinabführte. Viel war vom Weltenmund nicht zu erkennen. Schroffe Felshänge verloren sich im Dunkel der Nacht. Hier und dort klammerte sich ein windgebeugter Baum ans Gestein. Nodon glaubte, auch geborstene Säulen zu sehen, war sich aber nicht ganz sicher.

»Vorsicht«, zischte Gonvalon.

Zwei Wachen näherten sich von Westen her auf dem Saumpfad, der sich den Kraterrand entlangzog. Die beiden waren ins Gespräch vertieft. Ab und an blickten sie in die dunkle Wunde, die angeblich bis zum Herzen der Welt führte.

Die Elfen wichen zur Prachtstraße zurück und duckten sich in den Schatten eines löwenhäuptigen Götterbildes. Die Wachen sahen nicht ein einziges Mal in Richtung der Stadt. Ihre ganze Aufmerksamkeit galt dem Krater.

Nodon fragte sich, was sie dort unten erwartete. In den letzten Tagen hatte er oft den Geschichten der Lotsen gelauscht und sich nach den Routen erkundigt, auf denen die Himmelsschiffe mit den wechselnden Winden zogen. Er hatte ein Dutzend oder mehr Angebote bekommen, sich als Söldner einzuschiffen. Dabei hatte er immer wieder von einem gefürchteten Piraten gehört, der den Kauffahrern mehr und mehr zu schaffen machte. Einem Mann, von dem es hieß, er sei bereits einmal von einem der Unsterblichen erschlagen worden und dennoch wieder unter die Lebenden zurückgekehrt. Die Wolkenschiffer hatten eine abergläubische Furcht vor ihm. Man munkelte gar, er könne seine Schiffe gegen den Wind steuern und die Grünen Geister seien ihm zu Diensten. Der Elf fragte sich, ob dieser Tarkon Eisenzunge so wie Nandalee auch von einem der Geister besessen war.

Was er von den Wolkenschiffern aber nicht erfahren hatte, war das Geheimnis des Weltenmunds. Obwohl sie Nangog am besten kannten, wussten auch sie nicht, was dort unten lauerte. Sich jetzt einfach kopflos und unvorbereitet in die Gefahr zu stürzen entsprach ganz und gar nicht seiner Art.

Als die Wachen vorüber waren, eilte Gonvalon erneut zum Kraterrand und dann, ohne zu zögern, die breite Treppe hinab. Nodon folgte ihm widerwillig und sah, dass sie auf eine Felszunge führte, die weit in den Krater hineinragte. Sieben goldene Masten erhoben sich dort, von denen die Banner der sieben Unsterblichen im warmen Wind wehten, der vom Grund des Kraters aufstieg.

Eine niedrige Brüstung umfasste die Felszunge. Nodon trat zu Gonvalon und spähte ebenfalls in den Abgrund.

Es war wenig zu erkennen. Nicht weit unter ihnen wogte Nebel. Der Schwertmeister musste an eine der Geschichten denken, die er unter den Wolkenschiffern gehört hatte. Sie besagte, dass die Welt Nangog aus dem Leib einer Riesin erschaffen worden war, die die Devanthar besiegt hatten. Doch diese Riesin war nicht tot. Nicht einmal die Waffen der Götter hatten ihr das Leben nehmen können. Der Kampf mit ihr hatte über Jahrhunderte gedauert, bis der Ebermann eine List ersann. Die Götter bestrichen ihre Waffen mit einem Gift, das die Riesin Nangog in einen tiefen Schlaf versetzte. Dann banden sie sie mit Magie und begruben ihren zur Kugel gekrümmten Leib unter Bergen und Meeren.

Der Krater aber, an dem die Goldene Stadt erwuchs, hatte seinen Namen bekommen, weil er tatsächlich der Mund der Riesin war. Und trat man an seinen Rand, so konnte man den warmen Atem Nangogs auf seinen Wangen fühlen.

Nodon löste Turban und Schleier, die seine Sicht behinderten. Es stimmte, nun spürte auch er den warmen Atem Nangogs auf seinem Antlitz, der die fliegenden Toten über dem Krater kreisen ließ.

Gonvalon, der sich weit über die Brüstung gebeugt hatte, sah zu ihm auf. »Danke.«

»Ich hätte niemals gedacht, dass ich mich von dir in deine törichten Frauengeschichten hineinziehen lassen würde«, murmelte Nodon. Er fühlte sich verlegen. Gonvalons Dank kam unerwartet.

»Diese Welt verändert uns alle«, entgegnete der Schwertmeister und schwang sich über die Brüstung.

Nodon folgte ihm. Es ging eine steile Böschung hinab. Die Wolkendecke am Himmel brach auf, und geisterhafte Finger aus fahlem Mondlicht schnitten in die Schatten der Nacht. Obwohl sie auf ihre Deckung achteten, hatte Nodon das unangenehme Gefühl, beobachtet zu werden. Immer wieder duckten sie sich hinter Felsen oder gestürzte Säulen und kauerten dort im Schatten, wenn die Silberfinger über den Hang tasteten. Es waren nicht die Wächter oben am Kraterrand, die dem Schwertmeister Sorge bereiteten. Er hatte das Gefühl, dass dort, wo der Nebel begann, etwas lauerte. Auch beunruhigten ihn die fliegenden Toten, die in weiten Kreisen über dem Krater zogen. Das alles war nur naiver Aberglaube, ermahnte er sich, und doch wuchs das klamme Gefühl, ins Verderben zu gehen, mit jedem Schritt, den sie weiter den Hang hinabstiegen.

Gonvalon führte sie unterhalb der Felszunge, die in den Krater ragte, geradewegs in die Tiefe. Einst schienen hier Menschenkinder gelebt zu haben. Nodon entdeckte im Spiel von Licht und Schatten halb verschüttete Eingänge zu Höhlen. Sie kletterten über gestürzte Säulen hinweg, von denen einige nachträglich mit Schriftzeichen versehen worden waren. Er vermochte nicht zu entziffern, was sie bedeuteten. Sie wirkten hastig in den Stein geritzt. Waren sie eine Warnung? Und warum waren alle Bauten im Krater verfallen?

Plötzlich hielt Gonvalon inne. Das Mondlicht enthüllte vor ihnen gesplitterte Bambusstangen und Stofffetzen. Gonvalon bückte sich, betrachtete die Überbleibsel des aus dem Himmel gefallenen Helden und schüttelte dann den Kopf.

Als er sich wieder erhob, flüsterte er: »Nimm etwas von dem Bambus mit.« Er selbst hob auch einige der Stangen auf.

Nodon ahnte, was er tun wollte. »Ist das eine gute Idee?«

»Es wird die Aufmerksamkeit von uns ablenken, wenn wir zurückwollen.«

Vielleicht, dachte Nodon, sagte aber nichts. Das Mondlicht enthüllte einen von Grünspan überzogenen Bronzehelm, in dem noch ein Schädel steckte. Dunkle Augenhöhlen blickten den Elfen melancholisch an. Welche Heldentaten diesem Krieger wohl einst ein Grab am Himmel eingebracht hatten? Und gab es noch jemanden, der sich an den Namen des Toten erinnerte? Nodon schob das bleiche Gebein zur Seite und sammelte ein paar armlange Bambusrohre ein. Als er aufblickte, fiel ihm eine Ritzzeichnung auf. Sie war halb unter Moos verborgen. Das Bild eines seltsam verzerrten Vogels, von ungeübter Hand in den Stein gekerbt.

»Komm!« Gonvalon war schon ein Stück tiefer geklettert.

Nodon folgte ihm hastig. Sie durften einander nicht aus den Augen verlieren. Die Grenze zum Nebel war nicht mehr fern.

Schweigend stiegen sie immer weiter hinab, über Geröllzungen und halb verschüttete Wege. Sie fanden zwei weitere gestürzte

Helden und sammelten auch dort die größten Bambusstangen aus den zerschmetterten Flugrahmen auf.

Erster Nebel spielte um ihre Füße. Nodon spürte intuitiv, dass sie eine Grenze erreicht hatten. Im wogenden Weiß lauerte etwas! Nicht dass er es sehen konnte. Er spürte es. Seine Schritte wurden zögerlicher. Gonvalon jedoch schien nichts aufhalten zu können. Nur manchmal hielt er kurz inne, um zu der Felszunge hinaufzublicken, die sich hier als fast senkrechte Steilwand über ihnen erhob. Dann murmelte er leise vor sich hin, sah wieder nach vorne in den Nebel.

Dann plötzlich trat er in den Nebel. Die Monde waren eben wieder hinter den Wolken hervorgetreten und tauchten den Krater in ein geisterhaftes Licht. Einen Augenblick war Gonvalon noch als ein Schatten zu erkennen, und Nodon hatte das erschreckende Gefühl, zwei verschiedene Bilder zu sehen, die einander überlagerten: einen Schatten auf Stein und die Gestalt im Nebel. Dann war Gonvalon verschwunden.

Kurz überlegte Nodon, einfach umzukehren. Er mochte Gonvalon nicht. Ja, seine Art, den Frauen nachzustellen und sich immer aufs Neue kopflos zu verlieben, verabscheute er zutiefst. So viel Unglück hatte er damit heraufbeschworen. Wenn er ihn jetzt im Stich ließ, würde der verstoßene Schwertmeister des Goldenen vielleicht niemals aus dem Krater zurückkehren. Allerdings war sein Grund hierherzukommen ehrenhaft. Nodons Hand tastete nach dem Schwertgriff unter dem Federmantel. Der Bambus, den er unter die Arme geklemmt trug, verrutschte leicht. Fast wäre eines der Rohre heruntergefallen.

Er verfluchte sich stumm für seine Torheit. Dann trat er in den Nebel, und die Welt löste sich gänzlich auf. Er spürte festen Boden unter den Füßen, den er nicht mehr sehen konnte, spürte den leichten, warmen Luftzug, der aus der Tiefe aufstieg und der den Nebel in weiten Spiralen tanzen ließ, sodass es plötzlich geschah, dass Nodon den Sternenhimmel wieder über sich sah. Doch es dauerte nur wenige Herzschläge, bis der Himmel wieder vom wogenden Weiß verschlungen wurde.

»Hier. Ich bin hier!« Es war Gonvalons Stimme. Sie schien von überallher zu kommen.

Nodon drehte sich einmal um sich selbst. Er hörte ein scharfes, schabendes Geräusch, und dann flammte ein winziger Funke gelben Lichts im Nebel auf. Der Funke wuchs zu einer Flamme. »Hier«, rief Gonvalon erneut. »Ich habe sie gefunden.«

Nodon ging dem Licht entgegen. Etwas knirschte unter seinen Füßen. Trockener Bambus? Dann sah er Gonvalon. Er hatte eine Fackel aus Bambus und zerfetztem Leintuch entzündet. Die zitternde Flamme schien den Nebel schmelzen zu lassen. Sie hatte eine Insel im Weiß geschaffen. Einen Ort, an dem man auf den Boden blicken konnte.

Halb von grauem Geröll bedeckt lag dort ein zerschmetterter Flugrahmen. Und, mit Lederriemen an die Bambusrohre gebunden, ein schlanker Körper.

Mit Tränen in den Augen durchtrennte Gonvalon vorsichtig mit seinem Messer die Riemen.

Nodon bückte sich, hob eines der Bambusrohre auf. Es war schwerer als die, die er bisher aufgesammelt hatte, und als er es drehte, sah er, dass etwas Dunkles hineingefüllt worden war. Er ließ etwas davon auf seine Handinnenfläche rieseln und rieb es zwischen den Fingern. Bleipulver! Sie hatten Talinwyn gefunden.

Fetzen eines fadenscheinigen, weißen Stoffes bedeckten ihren Leib. Ihre Haut war bleich wie Knochen. Das Fleisch darunter schien dahingeschmolzen zu sein. Seltsam, dass nicht Maden und Aasfresser ihren Leib zerstört hatten, dachte Nodon. Vielleicht hatten die Menschenkinder Talinwyns Körper balsamiert. Es konnte nicht in ihrem Interesse sein, dass die fliegenden Toten an den Fluggerüsten verwesten und in Stücken in den Krater hinabstürzten.

Gonvalon hatte den Leichnam nun gänzlich von den Resten

des Flugrahmens geschnitten. Er zog die Tote zärtlich an sich und küsste ihre bleiche Stirn. Die Augen waren eingesunken und hatten nur noch dunkle Höhlen zurückgelassen. Behutsam strich er über ihr weißblondes, staubüberkrustetes Haar.

»Liuvar«, sagte er leise. »Frieden. Möge deine Seele schnell zurück ins Fleisch finden, meine schöne, tapfere Talinwyn.« Gonvalon liefen nun Tränen über die Wangen. Er gab sich ganz und gar seinen Gefühlen hin. Nodon war peinlich berührt, als der Schwertmeister zu ihm aufsah. »Sie ist mit Todbringer hierhergekommen. So wie Nandalee jetzt. Es darf nicht wieder geschehen.«

»Dann lass uns gehen, um das zu verhindern!«

»Nicht, bevor es nicht zu Ende gebracht ist.«

Etwas glitt über sie im Nebel hinweg. Sehr nah! Es war keiner der fliegenden Toten. Sie waren entdeckt!

»Lass das!«, zischte Nodon.

Gonvalon ignorierte ihn und schichtete die Bambusrohre übereinander, die er mitgebracht hatte. »Es ist richtig«, beharrte er. »Und es wird sie von uns ablenken.«

Nodon ließ seinen Bambus fallen und duckte sich. War da ein Schatten im Nebel?

Neben ihm klaubte Gonvalon hastig die trockenen Rohre zusammen. Er errichtete ein niedriges Lager daraus und bettete nun die Segeltuchfetzen des Flugrahmens darüber, der Talinwyn nicht zu den schwebenden Helden getragen hatte.

Da war er wieder, der Schatten. Wie ein großer Vogel. Nodon glaubte, auch ein zischendes Geräusch gehört zu haben. Der Elf war versucht, sein Verborgenes Auge zu öffnen, auch wenn ihnen ausdrücklich verboten worden war, ihre Zauberkunst zu nutzen. War hier ein magisches Geschöpf, dann wäre sein Zauber wie ein Leuchtfeuer in der Nacht. Stumm verwünschte Nodon seinen Gefährten. Zwei Feuer konnten sie nun wirklich nicht gebrauchen.

Der Schwertmeister nahm den Leichnam Talinwyns vorsichtig auf die Arme und bettete sie auf das Lager, das er für sie errichtet hatte. Dann holte er ein Fläschchen mit Lampenöl unter seinem Umhang hervor, öffnete den Verschluss und schüttete das Öl über die Tote. Obwohl die Haut straff auf Talinwyns Schädel lag, ihre Lippen nur noch dünne Linien und die Augen leere Höhlen waren, hatte sie sich einen Abglanz ihrer Schönheit erhalten.

»Ihre Augen waren einmal grün«, sagte Gonvalon leise. »Du hättest sie sehen sollen an jenem Tag, als die Himmelsschlangen sie auf ihre erste Mission schickten. Ihre Augen waren so voller Leben und Leidenschaft gewesen. Im Drachenpalast bei der Jadebucht bin ich ihr zum letzten Mal begegnet.« Gonvalons Blick war abwesend, ruhte auf Bildern, die weit in der Vergangenheit lagen. »Liuvar«, hauchte er und ließ die brennende Fackel fallen.

Die Flammen leckten über das Segeltuch, und binnen eines Herzschlags wuchsen sie zu einer lodernden Flammensäule.

»Fort hier!« Nodon zerrte Gonvalon mit sich. Sein Plan war davon ausgegangen, dass alle Wächter zu den Flammen eilen würden, und sie beide umso leichter entkommen könnten. Nodon war davon nicht überzeugt gewesen.

Selbst Menschenkinder wären nicht so dumm. Sie würden Alarm geben und die Postenkette auf dem Weg am Kraterrand verstärken. Die Wachen mussten nicht zu ihnen hinabsteigen, das wusste Nodon jetzt. Das, was in der Tiefe des Kraters lauerte, würde ihnen die Arbeit abnehmen. Die Menschenkinder würden sich ihnen nur in den Weg stellen, wenn sie es schaffen sollten, aus dem Weltenmund zu entkommen. Ihre einzige Hoffnung auf Flucht war jetzt Geschwindigkeit. Sie mussten entkommen, bevor die Menschenkinder aus der Lethargie endloser Wachnächte aufschreckten. Es durfte nicht zum Kampf kommen! Sie waren Drachenelfen, das würde nicht verborgen bleiben, wenn sie ihre Klingen zogen, und wer Augen hatte zu sehen, der würde es an den Leichen jener erkennen, die den Fehler gemacht hätten, sich ihnen in den Weg zu stellen. Die Art der Wunden und die Zahl der Toten würden eine deutliche Sprache sprechen.

Endlich erwachte Gonvalon aus seiner Starre. Er zog sein Schwert.

»Das brauchen wir nicht«, raunte Nodon, während sie sich den Hang hinaufarbeiteten. Sie hatten fast die Grenze des Nebels erreicht. Die Wachfeuer auf den Türmen waren fahlgelbe Lichter, die mit jedem Schritt nach oben einen Hauch an Leuchtkraft gewannen.

Irgendwo unter ihnen löste sich eine Geröllawine und ging mit infernalischem Getöse den Hang hinab. Der Boden unter ihren Füßen erzitterte. Dann wieder. Und noch einmal. Das war kein Erdbeben. Da bewegte sich etwas. Etwas Riesiges! Hatten sie Nangog mit ihrem tollkühnen Vorstoß im Schlaf gestört?

Nodon glaubte, ein zischendes Atmen zu hören. Der Nebel unter ihnen geriet in Bewegung. Er wurde eingesogen!

Das zu sehen, verlieh Nodons Füßen Flügel. Er berührte kaum noch den Hang, mied die tückischen Geröllfelder nicht mehr, und als er den Nebel hinter sich ließ und die Wachtürme und all die schattenhaften Gestalten auf dem Weg am Kraterrand sah, da erschien ihm diese ganz konkrete, greifbare Gefahr wie eine Erlösung.

Gonvalon hielt sich neben ihm. Wieder erbebte der Hang. Was immer ihnen folgte, war noch tief unter ihnen. Von oben ertönten Warnrufe. Hörnerklang erfüllte die Nacht. Männer mit Fackeln verstärkten die Wachen auf dem Weg. Eine Feuerkugel stürzte den Abhang hinunter – ein Ballen aus pechgetränktem Stroh, der das Dunkel vertreiben sollte.

Wieder erklang der zischende Laut, begleitet von einem Geräusch wie übereinanderschabendes Metall.

Der Nebel streckte einen geisterhaften Arm den Hang hinauf. Unnatürlich schnell. Er verschlang sie, dämpfte den Fackelschein erneut zu mattem Glühen und brachte noch ein weiteres Geräusch mit sich. Flügelschlagen!

Plötzlich versetzte Gonvalon ihm einen Stoß, der ihn von den

Beinen riss und der Länge nach stürzen ließ. Etwas glitt dicht über ihm hinweg. Nodon rollte herum, schlug mit dem Schwert in den Nebel und traf etwas, das nicht mehr als ein Schatten war. Ein Schrei, nicht von einem Tier und auch nicht von einem Menschenkind, war die Antwort auf seinen Angriff. Etwas Dunkles fiel neben ihm zu Boden. Nodon griff danach und war im nächsten Augenblick wieder auf den Beinen.

Weiteres Flügelschlagen war zu vernehmen. Keine zehn Schritt entfernt hastete hüpfend eine Feuerkugel den Hang hinab und schnitt eine schmale Gasse durch den Nebel, bevor das wogende Weiß sie doch verschluckte. Krallen stießen aus dem Nebel herab und gruben sich in Gonvalons Umhang. Nodon schnellte vor, stieß sich mit aller Kraft vom Hang ab und holte gleichzeitig zum Schlag aus. Die Krallen verschwanden mit einigen Stofffetzen im grauen Dunst.

Sie mussten den Nebel hinter sich lassen! Die Kreaturen, die er verbarg, schienen das Licht der Fackeln zu scheuen. »Dort entlang, weg von der Felszunge!«, rief Nodon.

Die Fackeln eilten am Kraterrand entlang hin zu der breiten Felsterrasse, von der die fliegenden Toten hinabgestürzt wurden. Sie hatten unterhalb der Steilwand Talinwyns Totenfeuer entzündet. Es schien, als würde Gonvalons Plan doch noch aufgehen, denn das Totenfeuer lockte die Krieger an. Entlang des Pfades am Kraterrand würden jetzt nur noch wenige Wachen stehen.

Ganz deutlich hörte Nodon nun ein metallisches Klirren unter ihnen. Sie erhöhten ihr Tempo. Wieder bebte der Hang wie unter schweren Schritten, als sie ein Stück östlich der Felsterrasse den Rand der weiten Nebelbank erreichten. Mal entkamen sie für einige Schritt dem milchigen Odem des Kraters, dann umfing sie erneut der Dunst. Süßlicher Verwesungsgeruch haftete ihm nun an. Endlich ließen sie die Grenze zwischen Nebel und Nacht hinter sich. Parallel zum Kraterrand rannten und kletterten sie den Monden am Horizont entgegen, setzten über jahrhundertealte

Mauerreste hinweg und ließen die Feuerkugeln, die noch immer in den Abgrund rollten, weit hinter sich. Bald waren es nur noch die Signalfeuer auf den Türmen, die die Nacht erhellten. Jetzt endlich wagten sie sich das letzte Stück zum Kraterrand hinauf.

Die beiden Schwertmeister verlangsamten ihre Schritte und hielten auf einen Wachturm zu, dessen Wachmannschaft von der Plattform aus gespannt das Spektakel bei der Felszunge verfolgte. Ungesehen gelangten sie über die niedrige Mauer beim Saumpfad. Kurz verharrten sie im Schatten des Turmes, dann strebten sie der nächstgelegenen Straße entgegen, die hinunter in die Stadt führte.

Sie waren noch keine zehn Schritt weit, als sie das Verhängnis nahen hörten. Marschtritte. Eine ganze Kolonne von Kriegern kam ihnen entgegen. Rechts und links wurde die Straße von hohen Mauern gesäumt, hinter denen das aufgeregte Kläffen von Wachhunden zu vernehmen war.

»Zurück!«, entschied Nodon. Sie würden den nächsten Weg hinab in die Stadt nehmen.

»Zu spät!« Gonvalon deutete zum Turm am Kraterrand. Einer der Wächter auf der Plattform hatte sie entdeckt und schwenkte nun wild seine Fackel. Sie konnten hören, wie sich die Marschtritte beschleunigten. Gleichzeitig stürmten fünf der Turmwachen den Eingang der Straße.

Die beiden Elfen tauschten einen kurzen Blick. Sie waren gefangen. Die Mauern waren zu hoch, damit war Flucht keine Lösung. Nodon konnte in Gonvalons Augen lesen, dass der Schwertmeister ebenso dachte. Vielleicht könnten sie sich noch frech herausreden?

»Was macht ihr hier?«, herrschte sie einer der Männer an, die vom Turm kamen. Ein Kerl mit einem länglichen Gesicht und üppigem Bart. Drohend reckte er ihnen einen langen Speer entgegen, während ihn seine Gefährten mit ihren Rundschilden und

Bronzeschwertern abschirmten. »Antwortet! Was habt ihr am Weltenmund zu suchen?«

Gonvalon hob beschwichtigend die Arme. »Wir sind nur am Kraterrand entlanggeschlendert.«

»Und warum hattet ihr es dann so eilig, in diese Straße zu schlüpfen?«

»Ich hab die nicht am Kraterrand gesehen«, fügte einer seiner Kameraden hinzu. »Die lügen.«

»Was ist hier los?«, erklang hinter ihnen eine scharfe Stimme, und die Marschtritte verstummten. Eine Kolonne von Kriegern versperrte den Weg hinab in die Stadt. In Zweierreihe aufgestellt, standen dort zwölf Speerträger, gewappnet mit großen, mit Kuhfell bespannten Schilden und Bronzekürassen. Ihre Helme waren von Kronen aus roten Federn umringt. Nodon hatte solche Krieger bislang noch nicht in der Stadt gesehen. Vielleicht gehörten sie zu einer Tempelwache? Ihr Anführer trug einen prächtigen, goldgesäumten Umhang, der von einer Brosche in Form einer geflügelten Sonne zusammengehalten wurde. Er war ein Jüngling mit spärlichem Bartwuchs und schulterlangem, geöltem Haar. Wahrscheinlich irgendein Adelsspross, der sich auf leichten Missionen erste Meriten verdienen sollte, ohne dabei wirklich in Gefahr zu geraten.

Plötzlich runzelte der Anführer die Stirn. »Ihr? Was tut Ihr hier, ehrenwerter Asa?«

»Ich suchte einen Ort, an dem ich mit Jonah dem Roten, dem Scharfrichter der Kushiten, reden konnte, ohne neugierige Ohren fürchten zu müssen«, entgegnete Gonvalon mit eisiger Gelassenheit. »Und nun, Hauptmann Luma vom Tempel der Geflügelten Sonne, lasst uns passieren.«

Gerade wollten die beiden Elfen an Luma vorbeigehen, da rief der Bärtige: »Sie lügen! Die beiden sind in den Weltenmund gestiegen. Sie müssen vor den Hüter des Mundes geführt werden. Überall am Krater sucht man nach ihnen.«

Nodon sah, wie aller Respekt aus dem Antlitz des Hauptmanns schwand. Er konnte sich vorstellen, was in dem jungen Mann vorging. Wenn er den Tempel der Geflügelten Sonne von diesem lästigen Besucher befreite, der im Archiv herumschnüffelte und alle ängstigte, würde er sicherlich befördert werden.

»Ehrenwerter Asa, begleitet uns zum Hüter des Mundes. Ich bin sicher, dort werdet Ihr Euch erklären können.« Er lächelte triumphierend. »Und noch vor dem Morgengrauen werdet Ihr ins Haus der Seidenen zurückgekehrt sein, um in den Armen Eurer Geliebten zu liegen.«

Nodon traute seinen Ohren nicht. Es war ihnen also doch gelungen, Gonvalon bis zu ihrem Versteck zu folgen! Er hatte von Anfang an gewusst, dass es keine gute Wahl war, den verstoßenen Schwertmeister des Goldenen auf dieser Mission zu dulden. Er war überheblich und leichtfertig. Völlig sorglos hatte er den Erfolg ihrer Mission gefährdet. Außer ihm wäre niemand auf die Idee gekommen, in den Krater zu steigen, um Talinwyns Leichnam zu verbrennen.

»Als Hauptmann der Leibwache des Unsterblichen Aaron nehme ich von niemandem außer dem Herrscher aller Schwarzköpfe Befehle an, mein junger Freund. Und nun lass uns passieren.«

Der Jüngling zog sein Schwert. »Ich weiß, dass Ihr ein Held seid, doch wir sind achtzehn gegen zwei. Bitte zwingt mich nicht dazu, Eure Ehre in diesem aussichtslosen Kampf zu beflecken.«

»Genug geredet«, sagte Nodon auf Elfisch. Es galt, dieses Problem aus der Welt zu schaffen. Ein für alle Mal. »Keine Überlebenden.« Er konnte Gonvalon ansehen, wie sehr ihm dieser Befehl zuwider war, und doch nickte der Schwertmeister. Es war schlimm genug, dass man im Tempel der Geflügelten Sonne wusste, dass der geheimnisvolle Asa im Haus der Seidenen verkehrte. Wurde er noch mit einem Frevel am Weltenmund in Verbindung gebracht, würden sie alle auffliegen.

Beide zogen ihre Schwerter. Gonvalon schnellte vor und versetzte dem Jüngling einen geraden Stich in die Kehle. »Es tut mir leid«, murmelte er dabei und drang im nächsten Augenblick auf die überraschten Tempelgardisten ein.

Nodon wandte sich den fünf Männern vom Wachturm zu. Der Bärtige war erstaunlich schnell für einen Menschensohn. Er versuchte, Nodon den Speer durch die Brust zu bohren, kaum dass der Elf sich zu ihm umwandte. In einer fließenden Bewegung ließ sich Nodon auf die Knie fallen und beugte sich gleichzeitig zurück. Das bronzene Stichblatt fuhr knapp über sein Gesicht hinweg. Er selbst traf den Krieger mit einem Hieb im Kniegelenk. Der Silberstahl durchtrennte Sehnen, Fleisch und Knochen. Das abgetrennte Bein kippte zur Seite weg. Nodon richtete sich auf, schnitt dem stürzenden Krieger im Vorübergehen die Kehle durch und stach den Schildträger zur Rechten des Bärtigen nieder.

Die übrigen Menschenkinder stellten sich erschreckend ungeschickt an. Wie konnten solche Männer sich für Krieger halten! Nodon deutete einen Hieb auf den Kopf an. Sein Gegner riss den Schild hoch, um sich zu schützen, und nahm sich damit jegliche Sicht. Der Elf ließ das Schwert nach unten schwingen und stach dem Schildträger unter dem Rippenbogen hoch ins Herz.

Die beiden Überlebenden suchten ihr Heil in der Flucht. Sie waren zu langsam. Den Ersten erwischte Nodon im Nacken. Es war ein glatter Stich hinauf ins Hirn. Den Zweiten drängte er gegen eine Mauer. Der Krieger hatte silberne Fäden im Bart. Das Weiß in seinen angstweiten Augen schimmerte gelblich. Er atmete heftig und wollte schreien, als Nodon seinen Kehlkopf durchbohrte. Blut sprudelte aus Mund und Kehle des Sterbenden.

Das Gemetzel hatte kaum zehn Atemzüge gedauert. Nodon sah zu Gonvalon zurück. Der Schwertmeister würde allein zurechtkommen. Die Menschenkinder behinderten sich mit ihren langen Speeren gegenseitig. Nun war es wichtiger, dafür zu sorgen, dass der verbliebene Wächter auf dem Turm keine Verstärkung herbeirief.

Entschlossen stürmte der Elf die Straße hinauf, bis er das Ende der Gartenmauern erreichte. Noch immer wurden brennende Strohballen den Abhang hinabgeschleudert. Die Aufmerksamkeit der meisten Wachen war ganz auf die Felszunge gelenkt. Ohne zu zögern, lief Nodon über die freie Fläche vor dem Turm. Der Wachposten oben hatte ihn kommen sehen. Nodon hörte, wie die Falltür zur Turmplattform zuschlug. Er hielt sich nicht damit auf, die Leiter zu nehmen.

Der Turm war aus großen, grob verfugten Steinquadern errichtet. Ohne Mühe fanden Nodons Finger Halt. Er kletterte bis zur Brüstung. Dort stand der Letzte der Turmwächter auf der Falltür und starrte auf seine Füße hinab. So ein Idiot! Lautlos schwang sich der Elf über die Brüstung und enthauptete den Menschensohn, der nicht einmal mitbekam, auf welchem Weg der Tod zu ihm gekommen war.

Nodon rollte den Toten gerade von der Falltür, um sie zu öffnen, als ihn ein Geräusch innehalten ließ. Da war wieder das metallische Klirren. Geduckt schlich er zu der Seite der Brustwehr, die dem Weltenmund zugewandt war, und spähte über den Mauerrand. Weit unten, an der Grenze des Nebels, stand etwas und blickte zu ihm hinauf. Es wusste, dass er da war. Große, bernsteinfarbene Augen sahen ihn aus einer goldenen Raubtierfratze an. Einen Herzschlag lang, dann zog sich das Ungeheuer in den Nebel zurück. Nodon ahnte, dass ihn diese Bestie so leicht töten könnte, wie er die Menschenkinder gemordet hatte.

Warum war sie nicht zu ihm heraufgekommen? Er konnte es sich nicht erklären.

»Ich weiß nicht, was du bist«, murmelte er und dachte an die Kralle aus Obsidian, die er nach dem Angriff im Weltenmund aufgehoben hatte. »Aber ich weiß, wer deine fliegenden Diener sind.«

Mit dem Schicksal feilschen

Volodi erwachte von dem Gefühl, beobachtet zu werden. Eine Zeitlang blieb er reglos liegen und lauschte auf den regelmäßigen Atem Quetzallis, die neben ihm zusammengerollt unter der Decke lag. Feuchte, warme Luft drang durch das offene Fenster. Es war noch dunkel. Der melancholische Ruf einer Rohrdommel tönte von den Seen in den Gärten herüber.

Etwas bewegte sich in den Schatten bei der Treppe. Ichtaca, sein Diener, stand dort. Lautlos erhob sich Volodi aus dem Bett. Der Holzboden knarrte unter seinen Schritten. Quetzallis Atmen hatte sich verändert. Sie drehte sich auf die andere Seite. Hatte auch sie etwas bemerkt, und tat sie nur so, als würde sie weiterschlafen?

Volodi folgte dem Zapote die Treppe hinab. »Es tut mir leid, Auserwählter«, flüsterte er. »Ihr werdet zur Schlange berufen.«

»Nein …« Volodi schüttelte noch leicht schlaftrunken den Kopf. »Nein. Es sind noch zehn Tage bis zum nächsten Opfer. Das muss ein Irrtum sein!«

Der kleine Diener schüttelte traurig den Kopf. »Nein, Auserwählter. Ein Priester war hier. Alle Auserwählten werden gerufen. Irgendetwas muss vorgefallen sein. Es kommt nur sehr selten vor, dass die Gefiederte Schlange außerhalb der vorbestimmten Festtage ein Opfer verlangt.«

Wieder hallte der Ruf der Rohrdommel durch den nächtlichen Park. Diesmal klang er in Volodis Ohren wie ein Totenruf. Er schüttelte die dunklen Gedanken ab und streifte die Tunika über, die ihm der Zapote entgegenstreckte. »Kümmere dich um Quetzalli, wenn sie erwacht. Ich bin kurz nach dem Morgengrauen zurück.«

»Gewiss, Auserwählter.«

»Sag nicht immer Auserwählter zu mir. Ich bin ein Gast in diesen Gärten, hörst du? Ein Gast! Und bis ich auserwählt werde, wird es hoffentlich noch sehr lange dauern.« Mit diesen Worten verließ er das kleine Haus.

Den Weg durch den Garten kannte er inzwischen gut. Irgendwo hinter den Bäumen erklangen Schreie. Die Jaguarmänner waren gekommen, einen zu holen, der nicht aus freien Stücken ging, einen, der sich nicht darin fügen wollte, dass die Schlange sie zu einem Extratanz gefordert hatte.

Volodi war in viele Kämpfe gezogen. Und genau wie vor einer Schlacht hatte er nun dieses Gefühl im Bauch. Dieses unruhige Rumoren. Vor einem Kampf hatte er stets die Illusion, dass es an ihm lag, ob er überlebte. An seinem Können, daran, dass er schneller mit der Klinge war als andere oder einfach nur mehr schmutzige Tricks kannte. Aber hier ... Was gleich geschehen würde, konnte er nicht beeinflussen. Er hätte auch rebelliert, wenn er nicht genau gewusst hätte, wie aussichtslos es war, sich mit den Jaguarmännern anzulegen.

Bisher hatten die Regeln ihrem Leben an der Schwelle des Todes einen Rest von Halt gegeben. Es war ungerecht, heute, da kein Festtag war, mit einem Leben zahlen zu müssen.

Volodi spuckte in einen Rosenbusch. Was sollte es, das Leben war nun mal ungerecht! Er würde sich davon nicht unterkriegen lassen. Stattdessen begann er trotzig, ein altes Söldnerlied über die Mädchen in den Schenken zu pfeifen.

Er gehörte zu den Ersten, die vor dem weißen Schlangenhaupt eintrafen.

Eirik aus dem Seenland war schon da. Sein langes, blondes Haar und sein Bart troffen vor Nässe. Volodi musste lächeln. »Habe ich dich eigentlich schon mal trocken gesehen?«

»Im Gegensatz zu Hinterwäldlern wie dir lege ich Wert darauf, sauber zu sein«, entgegnete Eirik grinsend. Er hatte sich wieder herausgeputzt wie ein Fürst und trug seine schneeweiße Tunika und den kurzen roten Umhang, der von der goldenen Drachenfibel gehalten wurde. Eiriks Lächeln verflog. »Sauerei, nicht wahr?«

»Geschieht das oft?«, fragte Volodi.

Sein Freund schüttelte den Kopf. »Das ist erst das zweite Mal, dass ich es erlebe. Keiner weiß, warum die Priester das tun. Da muss man einfach durch.«

Schweigend standen sie beieinander und sahen zu, wie die Auserwählten sich versammelten. Zwei der Neuen wurden von den Jaguarmännern gebracht. Es waren zumeist die Neuankömmlinge, die sich noch wehrten. Wer länger im Tempelgarten lebte, hatte eingesehen, dass Widerstand zwecklos war. Als einer der Letzten kam ein junger, schlanker Mann herangeschlendert, dessen Leib über und über mit rotbraunen Mustern bemalt war. Eine stümperhafte, billige Arbeit, das konnte Volodi schon von Weitem sehen. Der Drusnier musste grinsen. Er konnte sich vorstellen, was für einer das war. Ein junger Krieger, der den Geschichten über schnellen Reichtum in Nangog auf den Leim gekrochen war und der sich dann auf einem der Marktplätze in ein Zapotemädchen verguckt hatte.

Also eigentlich genau so einer wie er. Volodi ging ihm ein Stück entgegen. Der Junge war neu. Jemand musste ihm erklären, was ihn hier erwartete. So locker, wie er aussah, hatte er gewiss noch keine Ahnung.

Je näher er ihm kam, desto stärker hatte Volodi das Gefühl, den Mann schon irgendwo einmal gesehen zu haben. Diese katzenhafte Art, mit der er sich bewegte. Diese Ausstrahlung, nichts auf der Welt wirklich ernst zu nehmen.

»Mikayla?«

»Schön dich zu sehen, Feldherr. Der Unsterbliche Aaron macht sich Sorgen um dich.« Sein Wagenlenker blickte zu dem Schlangenschlund, dessen Treppen trügerisch im warmen Licht der Öllämpchen erstrahlten. »Kein sehr netter Ort. Was tun wir hier?«

Bevor Volodi antworten konnte, drang ein dunkler, langanhaltender Ton aus dem Schlangenmaul.

»Wir stellen uns zunächst einmal im Halbkreis auf. Und dann

solltest du es vermeiden, einen goldenen Stein in die Hand zu nehmen.«

Mikayla sah ihn fragend an.

»Sie losen aus, wer heute sterben wird. Wer den goldenen Stein aus dem Krug zieht, begegnet der Gefiederten Schlange.«

Der Wagenlenker nickte lächelnd. »Gold ist noch nie an meinen Fingern haften geblieben. Kaum bekomme ich meinen Sold, hat er sich schon wieder in Luft aufgelöst. Das sollte hier von Vorteil sein.«

Wieder ertönte der markerschütternde Hornruf aus dem Schlangenschlund. Dann erschienen die Priester. Volodis Mund war plötzlich ganz trocken. Er ballte die Hände zu Fäusten. Einer der Neuen wimmerte leise. Auch Eirik, der links neben ihm stand, wirkte angespannt.

Diesmal trat der Priester mit dem Krug an das linke Ende der Reihe.

Eirik fluchte. »Das ist nicht richtig. Er hätte rechts anfangen müssen. Es gibt eine Reihenfolge ... So geht das nicht.« Einer der Jaguarmänner warf einen finsteren Blick in ihre Richtung.

»Sei still«, zischte Volodi. »Es ist doch egal, wo wir stehen.«

»Nein! Ich stehe auf dem falschen Platz. So geht das nicht. Alles muss seine Ordnung haben.«

»Heute hat gar nichts seine Ordnung. Stell dich nicht so an.«

»Du kannst auf meinen Platz«, bot Mikayla an.

Inzwischen hatte der erste Auserwählte seinen Stein gezogen. Er war weiß. Der Mann stöhnte vor Erleichterung.

Mikayla und Eirik tauschten ihre Plätze. Volodi fand das albern. Wenn der Tag gekommen war, zu seinen Ahnen zu gehen, dann traf es einen, ganz gleich, wo man stand. Er hatte das etliche Male im Schildwall erlebt. Man konnte mit dem Schicksal nicht feilschen!

Jetzt tauschten auch an anderer Stelle zwei Männer ihre Plätze. Der Hohepriester mit dem Federmantel, der wie auch beim letzten Mal im aufgerissenen Schlangenschlund stehen geblieben war, bellte einen Befehl.

Volodi spürte, wie sich eine Hand auf seine Schulter legte. Hinter jeden der Auserwählten war ein Jaguarmann getreten.

Der Priester mit dem Krug erreichte Mikayla. Unbefangen, als sei gar nichts dabei, griff der Junge hinein, nahm ohne zu zögern einen Stein und hielt ihn dem Priester hin. Es war ein weißer Kiesel.

Volodi fragte sich, ob Mikayla überhaupt begriffen hatte, was hier vor sich ging. Nun war die Reihe an ihm. Er streckte die Hand in den Krug. Seine Fingerspitzen ertasteten sieben Steine. Gute Aussichten, noch einmal lebend davonzukommen. Er nahm einen Stein, der am Rand lag, ballte die Faust darum und zog sie aus dem Krug. Er sah Quetzalli vor seinem inneren Auge, wie sie zusammengerollt auf ihrem Lager gelegen hatte, als er gegangen war. Er wollte sie wiedersehen!

Zögerlich öffnete er die Hand. Ein weißer Stein. Auch er stöhnte vor Erleichterung auf.

Eirik neben ihm brauchte noch länger, um seine Entscheidung zu treffen. Endlich zog er die Hand aus dem Krug.

Er hatte den goldenen Stein gezogen. Eirik räusperte sich, blinzelte, als könne er nicht glauben, was geschehen war. Dann schüttelte er einfach nur den Kopf. »Alles ist aus der Ordnung geraten«, sagte er leise. »Ich wünsche dir Glück, Volodi. Manchmal überlebt man Jahre. Du solltest Kinder haben. Ich kann mir vorstellen, dass du ein guter Vater wärst.« Mit diesen Worten trat er aus der Reihe und verneigte sich vor den anderen Auserwählten. »Es war mir eine Freude, euch kennengelernt zu haben. Genießt die Freuden des Gartens, damit ihr eines Tages leichten Herzens gehen könnt und unsere Ahnen stolz macht.«

Mit diesen Worten trat er aufrecht in den Schlangenschlund und stieg, gefolgt von den Priestern, die Treppen hinab. Die Zapote zogen sich zurück. Ein Teil der Jaguarmänner ging ebenfalls durch den Schlangenschlund, die Übrigen verschwanden in den Schatten der Gärten.

»Was war das?«, fragte Mikayla verwundert.

»Das war ein tapferer Mann«, entgegnete Volodi niedergeschlagen. Das Gefühl der Erleichterung war bedrückender Traurigkeit gewichen. Er legte seinem Wagenlenker einen Arm um die Schultern. »Du musst noch viel über diesen Ort lernen.« Und dann erzählte er Mikayla von den Regeln, von Quetzalli und Ichtaca. Davon, dass sie alle im Vorhof des Todes lebten.

Als Volodi sein Haus sah, stand Quetzalli am Fenster ihres Zimmers. Sie winkte ihm zu und verschwand. Es war gut, nach Hause zu kommen. Dass man diesen Ort ein Zuhause nennen konnte …

An der Tür saß Ichtaca und schnitt Fleisch. Er grinste breit. »Ich habe für dich gebetet, Auserwäh… äh, Herr. Die Gefiederte Schlange hat mich erhört.« Er deutete mit dem Steinmesser auf das Fleisch. »Heute wird es eine besondere drusnische Spezialität geben: angebrannter Bärenschinken in klebriger Sauce. Euer Begleiter kann gerne mitessen.«

Volodi lachte. »Meine Mutter hätte mich nicht besser empfangen können.«

Plötzlich räusperte sich Ichtaca und warf einen Blick an ihm vorbei ins Innere des Hauses.

Volodi drehte sich langsam um, und da stand sie auf der untersten Treppenstufe: Quetzalli. Sie kam auf ihn zu und schloss ihn fest in ihre Arme. Dass ihnen ein Fremder zusah, war ihr ganz egal. Als sie ihren Kopf von seiner Brust löste, schimmerten Tränen in ihren Augen. »Wohl Odi«, sagte sie mit einer Erleichterung, in der immer noch Todesangst nachklang.

»Komm zur Mittagsstunde zum Essen, Mikayla. Jetzt möchte ich allein sein.«

Der Wagenlenker grinste schief. »Versteh ich.«

Ein seltsames Lied vor sich her summend, ging er davon. Volodi war fassungslos, wie unbeschwert sein Kampfgefährte war. Ganz, als könne ihm nichts auf dieser Welt etwas anhaben. Einen Moment lang beneidete er ihn um diese Leichtigkeit.

Dann sah er Quetzalli an und wusste, dass er mit niemandem auf der Welt tauschen wollte.

Das unerwartete Tun

»Du hättest ihr nicht dabei helfen dürfen«, sagte Nandalee. Die Elfe war wütend auf ihre Freundin aus der Weißen Halle, empfand aber zugleich auch so etwas wie Mitleid.

»Ich wusste nicht, was sie tun wollte«, wandte Bidayn schwach ein.

Nandalee deutete durch das Fenster hinaus auf den Rauch. »Fast einen Tag schon brennt es dort.«

»Es gibt keine Verbindung zu uns«, sagte Bidayn und hob nun trotzig ihr Kinn.

»Bist du es, die da spricht, oder Lyvianne? Denkst du eigentlich noch selbst, oder hast du das ganz ihr überlassen? In diesem Feuer sind Menschen umgekommen. Unschuldige.«

»Gibt es hier Unschuldige?«, warf Nodon ein.

»Die Menschenkinder sollten nicht auf dieser Welt sein«, nahm Bidayn Nodons Frage auf. »Du weißt so gut wie ich, Nandalee, dass der alte Pakt zwischen Devanthar und Alben ihnen verbietet, Nangog zu besiedeln. Diese Welt hätte auf immer unberührt bleiben sollen. Sieh aus dem Fenster! Sie treten diesen Pakt mit Füßen. Und jetzt kommen sie sogar in unsere Welt, um zu morden. Ist es wirklich das Feuer, über das du so aufgebracht bist? Oder liegt es nicht vielmehr daran, dass sich Lyvianne über deine Befehle hinweggesetzt hat.«

Nandalee musste schlucken. Bidayns Worte entsprachen zwar nicht ganz der Wahrheit, aber sie kamen ihr sehr nahe.

»Gonvalon und ich haben uns auch über deine Befehle hinweggesetzt«, unterbrach Nodon das Schweigen, das sich über die kleine Gruppe gelegt hatte. »Alle rebellieren gegen dich, Nandalee. Wann wirst du endlich einsehen, dass es die falschen Befehle waren, die du erteilt hast? Vorsicht in allen Ehren, aber wir können es uns nicht leisten, im Namen der Vorsicht auf der Stelle zu treten.«

»Und wir können es uns auch nicht leisten zu versagen.« Nandalee tastete instinktiv nach dem Amulett aus Blei an ihrem Hals. Jeden Abend war ihre Haut darunter dunkel. Hatte das Amulett auch auf ihren Verstand abgefärbt? War sie nicht mehr in der Lage, klar zu denken?

»Wir müssen Lyvianne helfen«, bat Bidayn. »Sie schafft es nicht alleine. Der Mann im Stein wird sie töten. Wir sind Drachenelfen. Und das heißt, wir lassen niemanden zurück!«

»Weißt du, was Drachenelfen auch nicht tun?«, fuhr Nandalee Bidayn an. »Sie verraten nicht ihre Gefährten. Sie gefährden nicht ihre Mission. Sie ignorieren nicht die Befehle der Himmelsschlangen. Nodon und Gonvalon haben gestern Nacht ein Feuer im Weltenmund angezündet. Du und Lyvianne, ihr habt fast ein ganzes Viertel niedergebrannt. Aber was Lyvianne jetzt tut, setzt alldem die Krone auf. In den Išta-Tempel zu gehen, um dort den Ort, an dem die dunkelsten Geheimnisse bewahrt werden, zu schänden, das ist dasselbe, als würde sie ein Leuchtfeuer für die Devanthar entzünden! Damit Išta auch ja nicht entgeht, dass hier ungewöhnliche Dinge geschehen.

Wir werden noch in dieser Stunde dieses Quartier verlassen, denn hier sind wir nicht mehr länger sicher. Und wir können Lyvianne nicht zu Hilfe eilen, um uns alle in dem sinnlosen Kampf zu opfern, den sie angezettelt hat.« Sie sah ihre Gefährten der Reihe nach an. Nandalee war nicht nur fassungslos, sondern auch enttäuscht. Am meisten von Gonvalon. Warum hatte er, um seiner früheren Liebe die letzte Ehre zu erweisen, die

Mission gefährdet? Bedeutete sie, die lebte, weniger als die tote Talinwyn?

Alles lief aus dem Ruder. Vielleicht hatte Nodon recht, und sie war eine schlechte Anführerin. Von nun an würde sie die Zügel straffer in die Hand nehmen.

»Bidayn, du wirst dich als Tagelöhner verkleiden und auf einem unserer Beobachtungspunkte Posten beziehen, den ich dir noch benennen werde.«

»Aber wir haben doch schon sichere Orte, von denen wir …«

»Du wirst dich an keinem Platz aufhalten, den Lyvianne kennen kann«, unterbrach Nandalee sie. »Nach allem, was du erzählt hast, scheint dieses Ding ihre Lebenskraft zu stehlen. Vielleicht raubt es ihr auch den Verstand oder den Körper? Wir können also nicht wissen, *was* hierherkommt, selbst wenn wir glauben, Lyvianne zu sehen.«

Nandalee überlegte, wo die neuen Beobachtungsposten sein sollten. Noch an ihrem Ankunftstag hatten sie sieben Punkte im Umkreis von hundert Schritt Abstand zum Haus der Seidenen festgelegt. Allen war gemeinsam, dass man unbemerkt den einzigen Hauseingang beobachten konnte. Jetzt würden sie auf sehr viel mehr Abstand gehen müssen.

Und als das Lebende Licht sah, dass der Schrecken nicht gebannt war, nahm sie den Mann, von dem das Dunkel nicht weichen wollte, und schloss ihn in einen Stein, damit das Dunkle im Dunkel vergehe. Nandalee wusste, es waren diese verfluchten Worte, die Lyvianne dazu getrieben hatten, das Dunkel zu suchen. Und dieses Dunkel konnte jeden Augenblick hier erscheinen. Konsequent wäre es, sich ganz und gar zurückzuziehen. Aber Drachenelfen ließen einander nicht im Stich. Sollte Lyvianne überleben und hierher zurückkommen, ohne verfolgt zu werden, dann würden sie es sehen und sich ihr vorsichtig nähern, um herauszufinden, ob sie besessen war.

Klüger war es, zunächst einmal vom Schlimmsten auszugehen.

Alle ihre Pläne waren Asche, ihnen blieb nur noch, das Unerwartete zu tun, das, was Nandalee bisher als unnötig gefährlich abgelehnt hatte.

Den Anderen ein Beispiel

Eleborn stand am Eingang des Hauses, das ihm die Zapote zugewiesen hatten, und spähte in die Gärten hinaus. Hinter ihm lag sein Leibdiener gefesselt und geknebelt am Boden. Izel war gestern gegangen. Sie war eine Jägerin. Sie musste wieder auf die Märkte der Stadt hinaus, wo sie ihrem ganz besonderen Wild nachstellte. Selbst als ihr Netzwerk aus Lug und Betrug zerrissen war, war sie noch charmant gewesen. Eleborn musste sich eingestehen, dass er sie gemocht hatte. Jetzt, da sie fort war, gab es auch für ihn keinen Grund mehr, noch zu bleiben.

Er wollte Volodi befreien, auch wenn er sich dessen bewusst war, dass ihm das allein nicht gelingen konnte. Der Drusnier würde nicht ohne Quetzalli gehen, und zu dritt würden sie es niemals schaffen, die Wächter in den Schatten zu täuschen. Er hatte keine andere Wahl, als die Gärten jetzt zu verlassen und Hilfe zu holen.

Auf den beiden Monden am Himmel lag ein breiter Schatten. Sie spendeten nur wenig Licht in dieser Nacht. Eleborn glitt ins Dunkel. Er hatte die Jaguarmänner beobachtet. Sie waren gut. Sie folgten keinen festgelegten Wegen. Sie folgten keinem Rhythmus bei ihren Wachgängen. Sie konnten jederzeit an jedem Ort sein. Und sie verstanden es zu kämpfen. Eleborn dachte an das Schlachtfeld auf der Hochebene Kush zurück. Daran, wie die Jaguarmänner mit geradezu lächerlich wenigen Kriegern die Streitwagengeschwader Muwattas aufgehalten hatten. Sie zu unterschätzen wäre töricht. Sie waren mit Abstand die gefährlichsten Krieger unter den Menschenkindern, die er bislang gesehen hatte. Aber gefährlich war er auch.

Lautlos glitt Eleborn durch ein Rosendickicht. Die Blumen des Gartens waren nicht allein nach ästhetischen Gesichtspunkten ausgewählt worden. Es gab ungewöhnlich viele Pflanzen mit Dornen. Wer die Wege verließ, der hatte es schwer voranzukommen. Wie die Jaguarmänner lautlos durch dieses Dickicht streiften, war ihm unbegreiflich.

Der Elf dachte an Volodis Warnungen. Wen die Jaguarmänner bei einem Fluchtversuch erwischten, dem zerschmetterten sie beide Füße, so hieß es. Heute Morgen hatte er sich deshalb alle Auserwählten genau angesehen. Keiner von ihnen hatte getragen werden müssen oder auch nur gehinkt. Entweder war der letzte Fluchtversuch lange her, oder es handelte sich nur um eine erfundene Geschichte, um die Auserwählten einzuschüchtern.

Eleborn hatte nach dem Mittagsmahl noch lange mit Volodi gesprochen. Der Drusnier hatte sich verändert. Obwohl der Schatten des Todes jede Stunde auf ihm lastete, wirkte er in sich ruhend. Er haderte nicht mit seinem Schicksal. Hätte er die Gelegenheit, mit Quetzalli zu fliehen, dann würde er sie nutzen. Gelang dies nicht, würde er jeden Tag genießen, der ihm noch blieb.

Eleborn verharrte. Vor ihm bewegte sich etwas. Ein Jaguarmann trat aus dem Schatten eines Kirschbaums. Er kam genau auf ihn zu. Plötzlich verharrte der Zapotekrieger. Dann bewegte er den Kopf auf seltsame Art, wie ein Tier, das Witterung aufnahm! Eleborn stürmte vor. Er durfte nicht riskieren, dass der Zapote Alarm schlug.

Der Jaguarmann reagierte beängstigend schnell. Er wich dem Hieb, der auf seine Kehle gezielt hatte, aus, sodass Eleborn ihn nur seitlich am Hals traf. Dann schlug er mit seiner Krallenhand zu. Der Elf duckte sich, landete einen Tritt, der seinen Gegner seitlich am Knie traf. Deutlich war das Knacken des Gelenks zu hören, doch der Zapote gab keinen Schmerzenslaut von sich. Stattdessen warf er sich nach vorne, um ihn mit vorgestreckten Armen zu umfangen.

Eleborn entkam mit einem Salto rückwärts. Dornenranken zerrten an ihm, als er ein wenig unsicher auf dem unebenen Boden landete. Er musste es schnell zu Ende bringen. Jeden Augenblick mochte der Zapote um Hilfe rufen. Noch hielt ihn vielleicht sein Stolz als Krieger davon ab. Aber bald würde die Vernunft siegen.

Der Stolz! Das war es. Das war der verwundbarste Punkt des Jaguarmanns. Er würde diesen Sieg für sich allein haben wollen. Eleborn schenkte dem Zapote ein abfälliges Siegerlächeln und ganz, wie er gehofft hatte, stemmte sich der Jaguarmann hoch, um weiterzukämpfen. Es war deutlich, dass er das verletzte Knie nicht mehr belasten konnte. Dennoch wirkte der Zapote zuversichtlich. Seine Zähne blitzten unter dem seltsamen Helm, der sein Gesicht hinter einem aufgerissenen Raubtierkiefer verbarg. In beiden Händen hielt er Krallenstöcke, kurze Rundhölzer, die mit dolchlangen Obsidiankrallen besetzt waren und zwischen den Fingern seiner geballten Fäuste hervorlugten. Mit einem einzigen Hieb könnte er ihm damit die Kehle zerfetzen.

Eleborn hob seine Fäuste. Er besaß keine Waffe. Nur seine Ausbildung. Aber er war ein Drachenelf!

Mit tödlicher Geschwindigkeit täuschte er einen Schlag auf den Hals seines Gegners an, zuckte zurück, blockierte einen Krallenhieb mit dem Unterarm und ließ sich nach hinten fallen, als sei er aus der Balance geraten. Er fing seinen Sturz mit nach hinten gerissenen Händen ab, federte in den Armen und versetzte seinem Angreifer einen Fußtritt, der ihn direkt unter dem rechten Rippenbogen auf die Leber traf.

Der Zapote keuchte. Er hob die Rechte zum Schlag. Dann sackte er plötzlich in sich zusammen. Augenblicklich war Eleborn über ihm und zerquetschte ihm mit einem weiteren Schlag die Luftröhre.

Hastig zog er den Sterbenden unter einen Busch und nahm ihm die Krallenstöcke ab. Es waren viele Jaguarmänner im Park, und es würde nicht lange dauern, bis sie ihren toten Kameraden fanden.

Der Kampf war härter gewesen, als er erwartet hatte. Eleborn zwang sich zur Ruhe. Jetzt würde er all seine Sinne brauchen, um zu entkommen. Er hatte die Gärten in den letzten beiden Nächten aufmerksam beobachtet. Es gab Pflanzen, die im Dunkeln ein mattes Licht verstrahlten, wenn man sie berührte. Auch waren im Geäst der Büsche dünne Drähte mit Glöckchen gespannt. Manchmal lösten kleine Vögel oder andere Tiere einen Fehlalarm aus.

Wieder blieb Eleborn stehen und lauschte in die Schatten. Er hatte das Gefühl, beobachtet zu werden. Es waren etwa zweihundert Schritt von seinem Standpunkt bis zur großen Mauer, die die Gärten einfasste. Bis zur Mauer war alles mit dichtem Gebüsch bewachsen. Einfach dorthin zu laufen und in die Freiheit zu klettern war unmöglich. Er musste nach den Pfaden suchen, auf denen sich die verfluchten Jaguarmänner bewegten. Womit die Wahrscheinlichkeit wuchs, auf einen von ihnen zu treffen.

Ein Vogelruf ganz in der Nähe schreckte ihn auf. War das ein Signal? Er betrachtete seine erbeuteten Krallenstöcke. Zur Not würde er sich den Weg eben freikämpfen. Entschlossen pirschte er weiter. Leises Rascheln folgte ihm. Wieder erklang der Vogelruf. Diesmal aus einer anderen Richtung. Kreisten sie ihn ein? Er erreichte einen Weg und entschied, ihm zu folgen. Wenn er ohnehin entdeckt war, war es besser, sich schnell bewegen zu können.

Er war keine vier Schritt gegangen, als vor ihm zwei Jaguarmänner aus dem Dickicht brachen. Der vordere griff sofort an, während der zweite versuchte, in seinen Rücken zu gelangen. Eleborn blockte einen Hieb, grub seine Linke mit den Obsidiankrallen in die Kehle des Gegners, packte den Krieger, dessen warmes Blut ihm ins Gesicht spritzte, zog ihn dicht an sich heran und wirbelte mit ihm als Schild herum. Keinen Augenblick zu spät: Der zweite Jaguarmann hatte bereits zum Schlag ausgeholt. Nun wich er zurück, als er seinen sterbenden Kameraden sah. Eleborn ließ den Verletzten fallen, wandte sich um und rannte weiter. Noch hundertfünfzig Schritt bis zur Mauer. Er konnte es schaffen!

Aus den Augenwinkeln sah er eine Bewegung. Er duckte sich. Etwas zog mit seltsamem Geräusch über ihn hinweg. Eine Bola. Die Wurfwaffe traf einen Ast, das Seil wickelte sich darum, bis zuletzt die beiden Steine an den Enden klackend gegeneinanderschlugen.

Weitere Bolas wurden geworfen. Eleborn ließ sich nach vorn fallen, rollte sofort zur Seite ab und sah sich um. Er befand sich auf einer kleinen Lichtung, auf der sich zwei Wege kreuzten. Über ihm wiegten sich Kirschbaumäste in sanftem Wind. Weiße Blüten fielen wie Schnee auf die Lichtung. Auf jedem der vier Wege, die von hier fortführten, stand ein Jaguarmann.

Eleborn richtete sich auf und streckte kampfbereit die Arme. »Kommt!«, rief er herausfordernd, wohl wissend, dass es keine Hoffnung gab zu gewinnen.

Eine Stimme erklang seitlich aus den Büschen, herrisch, befehlsgewohnt. Die Jaguarmänner legten ihre Krallen auf den Boden. Zweien von ihnen wurden Kampfstäbe zugeworfen. Vermutlich hatten sie gerade den Auftrag bekommen, ihn unbedingt lebend zu fangen, dachte Eleborn. Das verbesserte seine Aussichten zu entkommen.

Eleborn lief auf einen der Männer mit einem Kampfstab zu. Wieder blockierte er mit den Unterarmen die ersten Angriffe. Ein Tritt gegen das untere Ende des Stabes verhinderte einen Schlag, der zwischen seine Beine gezielt hatte. In rasender Folge kam Hieb auf Hieb. Dann durchbrach der Elf die Deckung des anderen und rammte zwei Finger durch das offene Maul der Jaguarmaske in die Augen des Zapote.

Der Krieger heulte auf, Eleborn entriss ihm den Stab. So hart der Kampf gewesen war, er hatte kaum länger als drei Herzschläge gedauert. Mit einem wild ausholenden Hieb nach hinten verschaffte er sich Raum vor den anderen Angreifern.

Mehr als zwei von ihnen konnten nicht nebeneinander auf dem Weg stehen, ohne sich zu behindern. Eleborn setzte den Zurückweichenden sofort nach. Kurz vor der Lichtung rammte er das Ende des Stabes in den Boden, stieß sich ab und traf den vorderen der Jaguarmänner mit beiden Füßen in die Brust. Der Krieger stürzte nach hinten, seinem Kameraden entgegen, der für den Augenblick abgelenkt war. Mehr brauchte Eleborn nicht, um auf den Füßen zu landen und den zweiten Krieger mit einem Stoß ins Sonnengeflecht, dicht unter dem Brustbein, außer Gefecht zu setzen.

Etwas stach in seinen Hals, sanft, nicht bedrohlich. Ein seltsam bitterer Geschmack breitete sich in seinem Mund aus. Der Elf griff nach seinem Hals. Ein winziger Pfeil hatte ihn getroffen. Kaum mehr als ein mit Federn behafteter Zahnstocher. Ihm wurde schwindelig, die weißen Blütenblätter der Kirschbäume segelten in seltsamen Pirouetten um ihn herum. Der Blütenduft hatte etwas Lähmendes. Eleborn schwankte, als ihn eine Bola dicht oberhalb der Knie traf und sich ein zähes Lederband um seine Beine wickelte.

Als er sich auf den Stab stützte, wurde der ihm weggetreten. Er stürzte. Die Blütenwirbel hatten weitere dunkle Gestalten geboren, die ihn nun umringten.

»Das war ein guter Kampf, Waldmann«, sprach ihn einer der Zapote in der Sprache Drusnas an. Er hatte einen grausamen Akzent. Eleborn konnte seinen Worten kaum folgen. Vielleicht lag es auch am Pfeilgift. Ein Geschmack wie von frisch erbrochener Galle haftete ihm in Mund und Rachen.

»Männer wie du geben nicht auf. Ich habe Respekt davor. Aber ich möchte nicht, dass du noch einmal gegen meine Krieger kämpfst. Und ich möchte auch nicht, dass sich die anderen Auserwählten ein Beispiel an dir nehmen. Wir werden eine Lösung finden müssen.« Der Sprecher winkte seinen Männern. »Presst ihn auf den Boden, und haltet ihn gut fest. Lasst ihn ruhig schreien. Die übrigen Auserwählten sollen hören, welcher Preis für einen Fluchtversuch zu zahlen ist.«

Eleborn wurde von mehreren Kriegern zu Boden gepresst. Er konnte keinen Muskel mehr regen, aber ihm war jetzt weniger schwindelig. Ganz deutlich sah er, wie der Anführer der Jaguarmänner ein Messer mit einer schwarzen Obsidianklinge zog und sich vor ihm niederkniete.

»Knochen kann ich mit diesem Messer nicht zersägen, aber das ist auch nicht notwendig, um dich von deinen Füßen zu trennen.«

Lebende Schatten

»Ich werde am Fußgelenk ansetzen. Haut, Fleisch und Sehnen durchtrennt so eine Steinklinge sehr gut. Ich mach es langsam, damit du dir gut ansehen kannst, was ich tue.« Er blaffte seinen Männern einen Befehl zu. Im nächsten Moment packten sie Eleborn unter den Achseln und hoben ihn so an, dass er an seinen gefesselten Beinen entlang auf die Füße blicken konnte.

»Du scheinst mir ein harter Mann zu sein, auch wenn du für einen Drusnier etwas zart gebaut bist. Ich bin sehr gespannt, wann du zu schreien anfängst.« Ein erwartungsvolles Lächeln blitzte im Rachen seines Jaguarhelms auf.

Er setzte die Klinge an Eleborns Ferse, als er nach hinten gerissen wurde. Ein langer Pfeil ragte aus seiner Brust. Ein zweiter Jaguarmann brach zusammen. Die anderen sprangen auf und versuchten, in den Büschen, die den Pfad säumten, Deckung zu finden, doch plötzlich waren zwei Gestalten mit blitzenden Schwertern unter ihnen.

Ein abgetrennter Arm fiel auf Eleborns Brust. Die Finger, die einen Krallenstock umschlossen, zuckten noch. Der Kampf war gnadenlos und bereits vorüber, kaum dass er begonnen hatte. Schon waren die verräterisch schimmernden Schwerter wieder in den Scheiden verschwunden.

Acht oder neun Zapote hatten Eleborn eben noch umringt. Keiner von ihnen lebte noch.

Gemeinsam griffen die beiden fremden Krieger ihm unter die Achseln, rissen ihn hoch und trugen ihn fort, ohne sich damit aufzuhalten, die Lederschnur der Bola, die seine Beine fesselte, zu durchtrennen. Die Krieger waren ganz in Schwarz gekleidet, so wie die Jaguarmänner, nur dass sie keine Tierhelme trugen. Ihre Gesichter hatten sie mit Ruß eingeschmiert. Sie waren wie lebende Schatten.

Eine dritte Gestalt gesellte sich zu ihnen. Eine Frau, die ihr langes Haar zu einem Zopf gedreht und mit schwarzer Gaze umwickelt hatte. Sie sicherte ihren Rückzug mit einem riesigen Bogen. Ihr hatte er wohl zu verdanken, dass er keinen Fuß verloren hatte.

»Geht über die Mauer«, befahl sie knapp und ließ den Garten nicht aus den Augen. »Ich sehe keinen von diesen Katzenmännern mehr.«

Eleborn traute seinen Ohren nicht. Diese Stimme. Er hätte sie unter Hunderten erkannt. Dazu der Bogen! »Nandalee?«

Sie wandte sich nicht zu ihm um, ließ die Gärten nicht aus den Augen.

Eleborn wurde hochgezogen und über die Mauerkrone gewuchtet. Die Lederriemen an seinen Beinen wurden durchtrennt.

»Kannst du laufen?«

Jetzt erkannte er auch den Elfen, der ihn befreit hatte. »Gonvalon?«

Der Schwertmeister sah ihn scharf an und wiederholte: »Kannst du laufen?«

Eleborn nickte. Auf der Mauerkrone erschien Nandalee. Sie gab einen Schuss ab und sprang zu ihnen hinunter. »Schnell! Da kommen mehr Katzen, als ich Pfeile habe.«

Eleborn wurde wieder hochgezogen. »Lasst das, ich kann laufen.«

»Wenigstens das«, murrte der Elf, den er nicht kannte. »Ich möchte wissen, wer dich das Kämpfen gelehrt hat. Gehört verprügelt, der Kerl.« Mit diesen Worten drückte er ihm einen Dolch in die Hand. »Fang mal damit an. Die großen Klingen sind noch nichts für dich.«

Die tiefen Schatten eines Torbogens gebaren Jaguarmänner. Wie aus dem Nichts waren sie plötzlich auf der Gasse vor ihnen. Nandalee hob den Bogen und zog in fließender Bewegung die Sehne zurück. »Wir gehen durch sie hindurch«, befahl sie knapp.

Schon hatten die beiden Elfen wieder ihre Klingen in der Hand. Eleborn wollte ihnen folgen, doch Nandalee hielt ihn zurück. »Du sicherst unseren Rücken. Da, wo die beiden sind, ist der Tod, und dich brauche ich lebend.«

Eleborn setzte zu einem Protest an, als keine fünf Schritt hinter ihnen zwei Jaguarmänner über die Mauerkrone stiegen. Nandalee hob den Bogen. Ein Pfeil schnellte von der Sehne und nagelte einen Zapotekrieger an die weiß getünchte Steinmauer. Der zweite hatte sie fast erreicht. Eleborn hob den Dolch, doch er spürte noch immer das Gift in seinen Adern. Seine Glieder waren immer noch halb betäubt. Er würde es nicht schaffen, ihn aufzuhalten.

Nandalee hakte die Nocke eines neuen Pfeils ein, als der Krieger sprang. Als seine Obsidiankrallen die Sehne zerschnitten, versetze sie ihm einen Hieb mit dem Bogen, doch der Zapote ließ sich nicht aufhalten. Eleborn wurde bewusst, dass der Krieger ihn ignoriert hatte, weil Nandalee gefährlicher war. Er kniff die Augen zusammen. Sein Kopf schmerzte, ihm war schwindelig, und sein Mund schmeckte noch immer nach Galle.

»Katzengesicht!«

Der Zapote ignorierte ihn. Seine Krallen hinterließen tiefe Kerben auf Nandalees Bogen. Eleborn hob noch einmal seine Waffe und warf sie. Die Klinge traf dicht unter dem Schädelansatz und verschwand bis zum Heft im Hals des Zapote.

Nandalee öffnete eine Tasche am Deckel ihres Köchers und zog eine neue Sehne heraus. Sie schob den Bogen unter ihren Schenkel und nutzte das ganze Gewicht ihres Körpers, um die Sehne aufzuziehen.

Gonvalon winkte ihnen, alle Angreifer lagen tot am Boden. »Schnell, es kommen noch mehr.«

Die drei Elfen zogen Eleborn in das Labyrinth aus Treppen, Tunneln und Brücken, das sich unterhalb der Palastgärten ausbreitete. Bald hatte er jegliche Orientierung verloren. Zweimal mussten sie noch kämpfen, dann stiegen sie in einen Kanal hinab.

Der Gestank des knietiefen Morasts, durch den sie wateten, ließ Eleborn fast ohnmächtig werden. Er war dankbar, dass er in der Finsternis nicht sehen konnte, was es war. Er hörte die Laute kleiner Tiere, und einmal sah er, wie sich etwas Weißes durch den Schlamm wand, so lang und dick wie ein Unterarm.

Nach einer Weile schob Nandalee ihn in einen Tunnel, der so niedrig war, dass er kriechen musste. Über sich hörte er schnell fließendes Wasser im Stein. Es tröpfelte von der Decke. Der Tunnel wurde noch niedriger. Ein elendes Rattenloch. Wenn hier Wasser eindrang, dann würden sie alle ertrinken! Auf die Ellenbogen gestützt, kämpfte sich Eleborn Zoll um Zoll voran. Vollkommene Finsternis umfing ihn.

Plötzlich hielt der schwarzäugige Elf, der ihm vorangekrochen war, an, und sagte: »Hier endet der Tunnel. Kannst du schwimmen?«

»Natürlich«, antwortete Eleborn gekränkt.

»Es ist kalt.«

Eleborn bekam etwas in die Hand gedrückt. Ein zäher Lederriemen. Ein Gürtel?

»Lass das nicht los. Wir können noch kein Licht machen.«

Es platschte. Das Leder in seiner Hand ruckte, er wurde nach vorne gezogen, verlor den Boden unter den Füßen und schlug der Länge nach ins Wasser.

»Leise!«, zischte es irgendwo vor ihm in der Finsternis.

»Wo sind Nandalee und Gonvalon?«

»Die sichern unseren Rückzug und nehmen später einen anderen Weg.«

Eleborn richtete sich auf. Das Wasser war nur hüfthoch.

»Bind den Riemen an deinem Gürtel fest, damit du die Hände frei hast. Das Wasser wird gleich tiefer.«

Er gehorchte, zu benommen und erschöpft, um Widerspruch zu leisten. Sie schwammen weit. Langsam kroch die Kälte des Wassers tief in seine Knochen. Es fiel ihm immer schwerer durchzuhalten, aber er würde sich lieber die Zunge abbeißen, als den Fremden um Hilfe zu bitten, der sich so vollkommen gleichmäßig bewegte, als kenne er keine Müdigkeit.

Als sie endlich ein Ufer aus eingestürztem Mauerwerk erreichten, waren Eleborns Hände so kalt, dass er den Knoten der Lederschnur nicht zu lösen vermochte.

»Schneid den Riemen einfach durch.« Zum ersten Mal klang Nandalees Kamerad ein wenig versöhnlicher.

»Ich hab keine Waffe mehr«, gestand er müde.

»Was?«

»Sie steckt im Nacken eines Zapote, der Nandalee aufschlitzen wollte.«

»Ich geb dir einen Dolch, und du wirfst ihn weg!«

»Kam er aus der Weißen Halle?«, fragte Eleborn zerknirscht.

Sein Gegenüber schnaubte. »Natürlich nicht. Warum hätte ich dir eine wirklich gute Waffe geben sollen? Und obendrein noch eine, die unseren Feinden verrät, wer wir sind. Der Dolch stammte von einem Basar in der Stadt. Aber für die Arbeit von Menschenkindern war er erstaunlich gut.«

»Glaubst du nicht, dass sie ohnehin vermuten, wer wir sind? Dieser Kampf …«

»Zwischen Vermuten und Wissen besteht ein großer Unterschied. Und nun sei vorsichtig, vor uns liegt ein Schutthaufen, über den wir klettern müssen.«

Das Wasser wurde immer niedriger, bis Eleborn sich auf allen vieren vorwärtstasten musste. Die Steine des Haufens lagen locker und rutschten unter ihm. Plötzlich wurde seine Rechte ergriffen. Der Fremde zog ihn hoch. Türangeln kreischten. »Bleib da stehen!«

Einen Augenblick später flammte eine kleine, blaue Flamme auf. Sie zehrte an einem Docht, gewann an Kraft und verwandelte sich in ein warmes Gelb.

Eleborn blickte zurück. Hinter ihm lag ein Durcheinander grob behauener Steinquader, das sich in der Dunkelheit verlor. Vor ihm befand sich eine offene Tür, die mit grün angelaufenen Bronzebändern beschlagen war. Rote Farbe blätterte in breiten Streifen von dem alten Holz.

»Ein aufgegebener Keller«, erklärte der Fremde. »Nicht leicht zu finden.«

Eleborn trat nach ihm in ein niedriges Gewölbe. In den Ecken lagen Decken und abgewetzte, fleckige Ledertaschen. Es roch nach Moder und nasser Wolle.

»Schließ die Tür! Das Licht kann man noch am anderen Ende der Zisterne sehen.«

Der Elf gehorchte und ließ sich erschöpft auf eine Decke fallen, während sich sein unbekannter Retter auszog und mit einem Lumpen trocken rieb.

»Du bist der erste Elf, den ich kenne, dem ein Bart sprießt.«

»Und du? Spricht man dich oft auf deine Augen an?«, entgegnete Eleborn gereizt.

»Die meisten sind zu vorsichtig, um das zu tun«, entgegnete er und wickelte das schwarze Tuch ab, das sein weißblondes Haar verborgen hatte. »Übrigens, ich heiße Nodon.«

Eleborn schluckte. Nodon, der Schwertmeister des Dunkeln! Jeder Drachenelf hatte schon von ihm gehört. Er galt als kaltblütiger Mörder, der es liebte, sich wegen Nichtigkeiten zu duellieren.

»Mir scheint, du hast schon von mir gehört.« Nodon schenkte

ihm ein schmallippiges Lächeln. »Und nun sag mir, welche Himmelsschlange hat einen wie dich erwählt?«

Er würde sich nicht provozieren lassen, dachte Eleborn. Er würde ihm keinen Grund für ein Duell liefern, ganz gleich, wie beleidigend er wurde. »Ich diene dem Himmlischen«, sagte er voller Stolz.

Der Gesichtsausdruck des Schwertmeisters änderte sich. Die unnahbare Kälte wich aus seinem Blick, ja, es kam Eleborn so vor, als sähe Nodon ihn mitleidig an.

Die Stimme im Schatten

Bidayn kauerte auf dem Flachdach einer Backstube und ließ die gelbe Laterne, die am Eingang zum Haus der Seidenen hing, nicht aus den Augen. Den Kopf gegen die Ziegelmauer in ihrem Rücken gepresst, hatte sie die Knie angezogen und eine Decke um sich gewickelt. Von Ferne musste es so aussehen, als schliefe sie.

Die Ziegelsteine waren noch warm von der Hitze des Tages. Es war ein guter Platz, um Wache zu halten. Wenigstens diesen Dienst konnte sie Lyvianne noch leisten. Bidayn fühlte sich elend. Sie hätte härter um ihre Meisterin kämpfen müssen, sich nicht einfach den Befehlen Nandalees fügen dürfen. Lyvianne wäre zurückgegangen, um nach ihr zu suchen, da war sie sich ganz sicher.

Auf dem Nachbardach heulte ein einsamer Hund die beiden Monde an. Kurz darauf gab es Bewegung vor dem Tor der Seidenen. Ein Bote klopfte drängend. Bidayn war mehr als zweihundert Schritt entfernt, aber die Körpersprache des großen Mannes war überdeutlich. Er wirkte gehetzt. Was blitzte an seinem Gürtel? Dort steckte etwas Silbernes. Ein Messer?

Was da wohl vor sich ging? Bidayn konnte sich nicht erinnern, den Mann im Haus der Seidenen schon einmal gesehen zu haben. Dennoch kam er ihr irgendwie bekannt vor.

»Eine gute Späherin lässt auch ihre unmittelbare Umgebung nie aus den Augen«, erklang eine vertraute Stimme. Vor dem Treppenschacht, der aufs Dach führte, stand eine schattenhafte Gestalt.

»Und wer schläft, dem sinkt der Kopf auf die Brust oder auf die Schulter. So aufrecht, wie du dort gesessen hast, war unübersehbar, dass du ein Spitzel bist.«

»Herrin?« Bidayn schlug die Decke zurück und erhob sich.

Lyvianne trat ins Mondlicht. Sie trug noch immer die Gewänder des Bewahrers der Tiefen Gewölbe, aber sie hatte wieder ihre eigene Gestalt angenommen.

»Verzeih mir, dass ich mich auf dem Markt davongestohlen habe, Bidayn. Aber ich musste zurück zu dem Mann im Stein.«

Einen Moment fragte sich Bidayn, ob Lyvianne nur von ihrem Ehrgeiz oder vielleicht von einem bösen Geist besessen war. Sie hatte nicht vergessen, wie die Äste aus blauem Licht nach ihr gegriffen hatten.

»Geht es dir gut?«

»Ich bin sehr erschöpft.« Ihre Meisterin schenkte ihr ein müdes Lächeln. »Und sehr zufrieden.« Bei diesen Worten trat sie zur Seite, sodass Bidayn den Schatten auf der Treppe hinter ihr sehen konnte.

»Du musst uns nun zum Versteck deiner Freunde führen«, sagte eine warme, sympathische Männerstimme. Doch so freundlich der Schattenmann auch klang, von seinen Worten ging ein Zwang aus, dem Bidayn nichts entgegenzusetzen hatte. Sie begriff, dass sie mit einem Zauber belegt worden war.

»Ich bringe euch zu ihnen«, sagte sie ergeben.

Die Welt verteidigen

Nandalee konnte immer noch nicht glauben, Eleborn vor sich zu haben, so sehr hatte sich ihr einstiger Mitschüler verändert. Es war nicht diese lächerliche Bemalung, die vermutlich selbst die Mehrheit der Menschenkinder barbarisch fand. Er hatte einen Bart! Er bewegte sich anders. Seine Stimme hatte einen anderen Klang!

»Ich fasse noch einmal kurz zusammen. Der Himmlische hat dich nach Aram geschickt, damit du dort einen Spitzel der Blauen Halle ersetzt? Du, ein Elf der Weißen Halle?«

»Nicht irgendeinen Spitzel. Talawain ist der Vertraute des Unsterblichen. Er hat Einfluss auf die Politik eines riesigen Königreiches. Das ist keine Kleinigkeit.«

»Aber dieser Talawain musste verschwinden«, fuhr Nandalee fort, ohne auf die Einwände einzugehen. »Weil er ein Mörder war.« Sie lächelte schief. »Ungewöhnlich für einen Elf der Blauen Halle. Das ist doch eigentlich unser Part.«

»Man hat ihm den Mord untergeschoben.«

Nandalee machte eine wegwerfende Bewegung. »Wie dem auch sei. Dann hat dich der Unsterbliche damit beauftragt, nach einem verschollenen Hauptmann seiner Leibwache zu suchen. Und die Spur führte dich bis in die Tempelgärten der Zapote in der Goldenen Stadt.«

Eleborn nickte. »Ich bin froh, dass ihr gekommen seid. Alleine hätte ich es wohl nicht dort hinausgeschafft.«

»Das war unübersehbar«, meinte Nodon, fragte dann aber nach einem eisigen Blick von Nadalee: »Was weißt du über den Schlangenschlund?«

»Wenig. Die Auserwählten reden nicht viel darüber. Es kommt keiner zurück, der die Treppe in den Berg hinabsteigt. Dort unten gibt es einen Tempel. Sehr weit unten … Das ist alles, was ich gehört habe.«

»Was wirst du nun tun?«, wollte Nandalee wissen. Sie konnte

nicht nachvollziehen, dass Eleborn sich ohne direkten Befehl nach Nangog gewagt hatte. Und hätten sie ihn nicht gefunden, hätte der Kampf mit den Zapote ein übles Ende für ihn genommen.

Ohne es zu wissen, hatte er ihre Pläne zerstört. Nodon war es, der entdeckt hatte, dass die Katzenmänner ganz darauf fixiert waren, die Auserwählten an Fluchtversuchen zu hindern. Damit, dass jemand versuchen könnte, in den Garten einzudringen, hatten sie bislang nicht gerechnet. Nach dieser Nacht wäre das anders. Sie hatten die eine Gelegenheit, den Garten auszuspähen, verpasst.

»Ehrlich gesagt, bin ich unschlüssig, was ich tun soll«, gestand Eleborn. »Melde ich dem Unsterblichen Aaron, was geschehen ist, dann wird er nichts unversucht lassen, um Volodi zu retten. Er wird einen Streit mit dem Reich der Zapote beginnen und ihren Devanthar erzürnen. Unternehme ich aber nichts, dann wird der Hauptmann seiner Leibwache sterben.«

»Was ist daran schlecht, wenn zwei große Menschenreiche einen Krieg beginnen?«, fragte Nodon.

»Talawain hatte Einfluss auf den Unsterblichen Aaron. Vielleicht werde auch ich in seiner Gunst aufsteigen. Es wäre unklug, ausgerechnet diesen Mann zu schwächen«, entgegnete Eleborn ernst.

Nandalee sah zu Nodon. »Er weiß es noch nicht?«

Der Schwertmeister des Dunklen nickte.

»Was weiß ich nicht?« Eleborn sah die drei Elfen der Reihe nach an. »Was ist geschehen?«

»Wir wurden angegriffen«, sagte Nandalee mit tonloser Stimme. Sie hasste es, diejenige zu sein, die es ihm erklären musste. Sie hatte gehofft, Nodon hätte schon mit ihm gesprochen. Aber sie war die Anführerin, es lag bei ihr, solche Dinge zu tun. »Die Blaue Halle wurde angegriffen.«

»Die Zwerge«, stieß Eleborn hervor. »Aber die Blaue Halle hatte doch nichts mit der Tiefen Stadt zu tun!«

»Es waren nicht die Zwerge. Es waren die Devanthar. Die Blaue Halle ist zerstört. Es gab keine Überlebenden. Wie es scheint, haben sie auch eure Späher auf Daia getötet. Und …« Nandalee erhob sich, ging ein paar Schritte, rang um Worte. Wie erklärte man den Tod einer Himmelsschlange? »Der Himmlische …« Sie blieb vor Eleborn stehen.

Der Elf schüttelte den Kopf. »Nein. Das kann nicht sein! Das … die Devanthar sind nach Albenmark gekommen? Wie …« Er sah sie bittend an, als hoffe er, das alles sei nur ein makabrer Scherz.

»Die Devanthar haben Albenmark angegriffen, Eleborn, deshalb sind wir hier.« Nandalee sah, dass ihn ihre Worte kaum erreichten. Er stand unter Schock. Seine Himmelsschlange war tot. Ein Drache, alt wie die Welt. Ein Zeichen von Allmacht und Unvergänglichkeit – ausgelöscht.

»Wir müssen hinab zum Grund des Weltenmundes. Und du wirst uns dabei helfen.«

»Ich soll helfen, einen Krieg zwischen zwei Großreichen anzuzetteln? Die Menschen, die dann sterben werden, haben nichts mit dem zu tun, was in Albenmark geschehen ist«, sagte er schließlich.

Nandalee war überrascht. Er begriff anscheinend immer noch nicht. »Wir sind nicht hier, um Gerechtigkeit zu üben, Eleborn. Wir sind hier, um unsere Welt zu verteidigen, deren Unberührbarkeit die Devanthar nicht mehr akzeptieren. Wir werden die Devanthar davon überzeugen, dass sie einen Fehler gemacht haben, den sie auf keinen Fall wiederholen dürfen.«

Plötzlich flackerten die Flammen auf den Öllampen auf. Schlagartig wurde es kälter in ihrem Versteck. Nandalee griff nach ihrem Schwert. Die Tür schwang auf, und auf der Schwelle stand Dunkelheit.

Mein Name ist Manawyn

Eine Gestalt ganz in Schwarz gewandet trat in das verborgene Gewölbe. »Eine eindrucksvolle Rede, Nandalee«, sagte sie mit warmer, charismatischer Stimme. »Ich bin völlig deiner Meinung. Wir sind wieder sieben. Der Kreis schließt sich. Ich bin froh, dass ihr mich geholt habt.« Mit diesen Worten schlug der Fremde seine Kapuze zurück. Sein Gesicht war ausgezehrt, die Wangen eingefallen, die blauen Augen lagen tief in ihren Höhlen. Ein silberner Stirnreif hielt sein rabenschwarzes Haar zurück. »Mein Name ist Manawyn.«

Nandalee traute ihren Ohren nicht. Jeder Drachenelf kannte Manawyn. Er hatte auf Befehl der Himmelsschlangen die Weiße Halle gegründet. Er war eine Legende. Wie die anderen der Sieben hatte er sich in die Einsamkeit zurückgezogen.

Jetzt traten auch Lyvianne und Bidayn durch die Tür. Die Meisterin war erschöpft und wirkte fast so ausgezehrt wie Manawyn, doch in ihren Augen strahlte Triumph.

»Wo warst du all die Jahrhunderte?«, fragte Gonvalon respektvoll. Als er dabei schützend an Nandalees Seite trat, warf sie ihm einen ärgerlichen Blick zu. Sie konnte allein auf sich aufpassen!

»Ich bin der Mann im Stein, von dem du gelesen hast«, antwortete Manawyn und lächelte Nandalee gewinnend an. »Und wahrscheinlich bin ich nach dieser endlosen Gefangenschaft ein wenig verrückt. Wäre ich es nicht, würde ich auf dem schnellsten Wege in die relative Sicherheit Albenmarks zurückkehren, statt noch hier zu sein.«

»Was ist passiert, als ihr in den Krater gestiegen seid?«, fragte Nandalee.

Sie wusste, sie klang schroff, aber das war die einzige Frage, die wirklich von Bedeutung war. Manawyn konnte von unschätzbarem Wert sein. Er war an dem Ort gewesen, über den sie einfach keine verwertbaren Informationen fanden.

Der alte Elf trat in ihre Mitte. »Wir waren überheblich«, sagte der alte Elf. »Nach allem, was ich über dich gehört habe, bist du die bessere Anführerin, Nandalee. Wir haben den Krater nicht erkundet, sondern sind einfach in dem Glauben hinabgestiegen, dass sieben Drachenelfen unbesiegbar seien.« Er machte eine Geste, als wolle er mit seinen Armen die ganze Welt umfassen. »Zu meiner Zeit sah hier alles ganz anders aus. Die Menschenkinder sind wie Ameisen. Der ganze Kraterrand ist verändert. Als ich hierherkam, gab es nur eine Handvoll Häuser am Hang und eine kleine Festung, dort wo jetzt die Tempelgärten der Zapote liegen. Allerdings hatten die sieben großen Kulte der Großreiche Tempel im Inneren des Weltenmundes errichtet. Wir haben darin keine Gefahr gesehen.« Sein Blick wurde hart. »Ich war der Anführer. Ich wollte schnell hinein und wieder hinaus. Laut des alten Vertrages hätten wir Nangog nicht betreten dürfen. Ich wollte so wenige Stunden wie möglich hier verweilen. Wir sollten zur Gefesselten Göttin durchbrechen und erkunden, ob sie noch lebt. Wir sind nie bei ihr angekommen.« Er seufzte und ließ sich auf einer Decke nieder. Er bewegte sich langsam, als sei er noch immer geschwächt.

»Was ist geschehen?« Nandalee vermochte sich kaum der Faszination zu entziehen, die von Manawyn ausging. Sie betrachtete ihn durch ihr Verborgenes Auge. Seine Aura war nur ein schwaches Flackern, und das Gewebe aus Kraftlinien, das ihn umgab, wirkte unvollständig. Es gab nichts, was darauf hinwies, dass er versuchte, sie durch einen Zauber zu manipulieren. Bislang waren es nur seine Worte und seine Persönlichkeit, die sie gefangennahmen. Manawyn, der Gründer der Weißen Halle, war zu ihnen gekommen! Sie konnte es immer noch nicht fassen.

»Wir wollten schnell in den Weltenmund hinab, möglichst ohne Menschenkindern zu begegnen«, setzte er seine Erzählung fort. »Und wir waren uns sicher, würde es doch zu einem Kampf kommen, wäre er kurz und blutig für die Menschenkinder. Wir haben uns geirrt.« Er lächelte traurig. »Wir stiegen bei Nacht in den Krater hinab. In der Tiefe stießen wir dann auf ganze Wälder aus Eisenstangen. Sie alle waren durch Zauber miteinander vernetzt. Ich glaube, sie wurden errichtet, um die Grünen Geister fernzuhalten. Im Nachhinein habe ich mich oft gefragt, ob auch wir einen Alarm auslösten, als wir die Stangen passierten. Hinter dem Wald aus Eisenstangen fanden wir den Eingang zu einer großen Grotte, so gewaltig, dass der größte Wolkensammler ohne Mühe hätte hindurchfliegen können. Wir wussten, dass dies der Durchgang zum Gefängnis von Nangog war und wir nicht am Grund des Kraters suchen mussten.

Auch hier waren überall Spuren der Menschenkinder zu sehen. Sie hatten Häuser errichtet, die wie Schwalbennester an der hohen Decke hingen. Das hätte uns eine Warnung sein sollen, war es doch ein Zeichen, dass es etwas auf dem Boden gab, vor dem sie sich fürchteten. Wir aber hielten es in unserer Arroganz nur für eine der vielen versponnenen Eigenarten der Menschenkinder, für die ein kühler Verstand keine rationale Erklärung finden konnte. Wir scheiterten, weil wir so selbstsicher waren.« Er seufzte. »Wir gingen ins Innere der Grotte und kamen an ein ummauertes Becken, groß wie ein kleiner See. Das Wasser darin war von dunkelroter Farbe. Dort stießen wir auf den ersten Widerstand. Seltsame Krieger, verkleidet wie Raubkatzen, griffen uns an. Sie schlugen sich tapfer, dennoch hätten wir sie wohl alle getötet, wäre nicht dieses Ding im See gewesen! Es erhob sich plötzlich aus dem roten Wasser: eine Kreatur mit einem Kopf aus Metall, der halb offen lag, sodass man darin allerlei seltsames Räderwerk sehen konnte, das sich bewegte. Es war groß wie eine Himmelsschlange, sein schlangenhafter Leib ganz mit Federn bedeckt. Auch einige der Federn waren aus Metall. Und im selben Augenblick, als sich die Schlange erhob, sahen wir die Devanthar. Eine geflügelte Frau und eine Gestalt wie aus fließendem Licht versperrten uns den Weg in die Tiefe. Hinter uns aber war ein hässlicher, langarmiger Kerl erschienen und ein großer Mann, den

Flammen umspielten. Mit ihrer Zaubermacht unterstützten sie die Schlange. Wir konnten weder hinab zu Nangog noch zurück in den Krater.

Habt ihr jemals gesehen, wie eine alte Katze ihren Jungen beibringt, Mäuse zu töten? Sie fängt eine Maus lebend und bringt sie zu ihren Kindern. Dann sieht sie zu, wie die Kleinen mit der Maus spielen, bis sie tot ist. So war dieser Kampf. Wir konnten nicht entkommen. Wir waren in ihre Falle gelaufen.

Zuletzt versuchten wir in unserer Verzweiflung, die Devanthar anzugreifen. Ich glaube, dass zwei oder drei Drachenelfen einen einzelnen Devanthar besiegen können – doch wenn die Devanthar gemeinsam agieren, vervielfacht sich ihre Macht. Zwei verfügen gemeinsam über die Zauberkraft von vier einzelnen Devanthar. Vier schon über die Macht von sechzehn. Es war hoffnungslos. Zuletzt war nur noch ich übrig. Ich wurde von der Gestalt aus fließendem Licht besiegt. Sie ließ mich am Leben, um mich zu studieren, und als sie meiner überdrüssig wurde, schenkte sie mich ihrer geflügelten Schwester Išta. Meine Gefährtinnen und Gefährten haben sie enthauptet und ihre Köpfe in Nischen in einem großen Torbogen ausgestellt. Für mich aber ersann Išta das Gefängnis im Stein.« Manawyn hatte den Kopf gesenkt. Seine Stimme hatte an Kraft verloren.

»Waren deine Gefährten allesamt blond?«, fragte Eleborn.

Der erste Meister sah den jungen Elfen verwundert an. »Ja, wie kommst du darauf?«

»Ich glaube, mit eurem Kampf habt ihr ein Ritual begründet, das bis heute fortdauert. Die Zapote opfern an ihren Festtagen blonde Krieger einer Gottheit, die sie die Gefiederte Schlange nennen.«

»Wie konntest du in dem Stein überleben?«, fragte Nandalee. Sie wollte nichts über die Opferrituale der Zapote hören. Sie musste an den Auftrag der Himmelsschlangen denken, an ihre Gefährten. »Und was hast du mit Lyvianne und Bidayn getan?«

Sie konnte zwar sehen, dass die beiden im Augenblick nicht unter seinem Zauberbann standen, aber das unerwartete Erscheinen eines der Sieben machte sie stutzig. Warum hatten die Devanthar ausgerechnet ihn nicht getötet?

Manawyn hob langsam sein Haupt und sah sie an. In seinen blauen Augen erstrahlte eine unheimliche Kraft. Es lag ein Fanatismus in ihnen, wie er Nandalee fremd war. »Ich bin ein Drachenelf«, sagte er mit fester Stimme. »Ich habe mich geweigert zu sterben, bevor ich meine Mission erfüllt habe.«

»Das genügt mir nicht«, entgegnete Nandalee entschieden. »Bitte werde ein wenig konkreter.« Sie war sich der Blicke ihrer Gefährten bewusst. So sprach man nicht mit Manawyn, dem Ersten der Drachenelfen.

Doch er antwortete ohne Umschweife: »Išta war sich meiner Fähigkeiten wohl bewusst. Sie wusste, dass ich der Anführer unserer Gruppe gewesen war. Und sie wusste auch, dass die Himmelsschlangen selbst mich in die Geheimnisse der Magie eingeführt hatten. Als sie mein Gefängnis erschuf, da erklärte sie mir, dass sie mir einen langen, qualvollen Tod schenken würde. Einen Tod, bei dem meine Fähigkeiten mein Leiden verlängern würden, ohne mich letztlich retten zu können. Ich habe lange gebraucht, bis ich begriff, wie perfide ihr Plan war. Sie schloss mich in den Stein ein, und die dicken Bleiplatten verhinderten, dass meine Zauber nach außen wirken konnten. Doch nicht nur das – sie selbst waren verwunschen. Wann immer ich einen Zauber wirkte, wandte sich ein großer Teil der Kraft, die ich einsetzte, gegen mich. Hätte ich versucht, die Blei- und Steinplatten zu zerschmettern, wäre ich von der Kraft, die ich entfesselt hätte, selbst zerquetscht worden.

All dies erklärte sie mir genüsslich, bevor sie mein Gefängnis versiegelte. Natürlich habe ich ihr nicht geglaubt, und gleich nachdem ich einen Zauber gewoben hatte, der die Atemluft in meinem Gefängnis erneuerte, versuchte ich, es zu zerschmettern.

Zum Glück war ich vorsichtig. So zahlte ich nur mit drei gebrochenen Rippen und etlichen Prellungen. Da begriff ich, dass meine Gefangenschaft lange währen würde. Ich verlangsamte meinen Kreislauf. Ich habe viel geschlafen und nachgedacht.«

Manawayns Kopf war ihm wieder auf die Brust gesunken. Er wirkte unendlich müde.

»Wenn ich erwachte, bearbeitete ich das Blei über meinem Kopf mit meinen Nägeln. Ich weiß nicht, wie lange ich brauchte, um einen Spalt zu schaffen, der es mir erlaubte, die Platten zur Seite zu biegen. Monde, Jahre, Jahrzehnte? Zeit war nicht mehr messbar in meinem Gefängnis. Danach habe ich sehr vorsichtig ein nadeldünnes Loch durch den Stein gedacht. Mehr wagte ich nicht. Und selbst für diesen winzigen Angriff auf die Wände meines Gefängnisses wurde ich mit einem Ozean von Schmerzen bestraft. Ich dachte, ich müsste wahnsinnig werden. Immer wieder habe ich für Wochen aufgegeben, um neue Kraft zu sammeln. Doch als ich es endlich schaffte, wurde ich mit der köstlich frischen Luft eines versiegelten Kellergewölbes belohnt. Ich meine das nicht zynisch. Etwas freier atmen zu können, war ein Geschenk! Allerdings überkamen mich Zweifel, ob ich jemals entkommen könnte. So kerbte ich mit meinen Fingernägeln meine Geschichte in das weiche Blei. Ich gestehe, dass ich zu diesem Zeitpunkt wohl schon nicht mehr ganz klar dachte. Ich klammerte mich an mein Leben, konnte aber nicht verhindern, dass sich mein Körper von innen heraus auszehrte. Erst als ich meine Arbeit am Blei vollendet hatte und es nichts mehr gab, worauf ich mein Denken richten konnte, erreichte ich jene kristallene Klarheit, die mir das ganze Ausmaß der Strafe deutlich vor Augen führte.

Niemand würde mich je im Inneren des Steins suchen! Es gab ja nichts, das auf mich hinwies. Išta hatte mir mein Gefängnis gezeigt, bevor sie mich einsperrte. Kein Name war in den glatten Stein geschnitten. Kein Bild, das auf mich hinwies. Es war einfach nur ein Stein. Niemand würde je meine Geschichte im Blei lesen. Also erhob ich meine Stimme und wob einen neuen Zauber. Wie ein Insekt seine Fühler ausstreckt, wob ich eine Kraftlinie, die hinaus zur verketteten Tür und das erste Stück die Treppe hinaufreichte. Fast nie kam jemand hinab.

Mein magischer Sinn sah das Eisen der Ketten rosten. Wann immer sich jemand näherte und diese Kraftlinie berührte, aktivierte er einen Zauber, der meine Worte aufs Neue erklingen ließ. Meine Botschaft, die Neugierige zum Stein locken sollte. Doch die Menschenkinder verschreckte der Zauber nur, und sie kamen noch seltener.

Die Zeiten, in denen ich schlief, wurden länger. Bald hatte ich kaum mehr die Kraft, mich zu rühren, wenn ich wach war. Nur mein Verstand hatte alle Fesseln abgestreift. Ich wusste, ich würde mich in den Tod hinüberschlafen. Ich bemerkte, dass mein Zauber, mit dem ich meine Worte für die Ewigkeit hatte konservieren wollen, zu vergehen begann. Ich fand nicht mehr die Kraft, ihn zu erneuern. Alles, was mir noch an Willen verblieben war, wollte ich in einen letzten, meinen mächtigsten Zauber legen. Ich band meine Seele an mein Gebein, sodass ich niemals wiedergeboren werden würde. Und ich ersann einen Zauber, der von jedem, der sich meinem Gefängnis näherte, Lebenskraft stahl, um sie mir zuzuführen.

Da ich schwach war, besiegelte ich den Zauber mit meinem Blut. Ich gab mein Leben hin, um die Möglichkeit der Wiederkehr zu erhalten.« Er hob seine faltige Rechte, an der die Nägel lang wie Krallen waren. »Ich schlitzte meine Kehle auf und gab mein Leben in der Hoffnung, es zugleich zu erhalten. Einen letzten Funken meines Willens an das hagere Gerippe zu binden, das im Stein gefangen war. Und tatsächlich. Etwas blieb, bis Lyvianne kam.«

Nandalee sah zu der dunklen Meisterin, der vielleicht besten Zauberweberin der Weißen Halle. Sie wirkte ausgezehrt und mit ihrem rabenschwarzen Haar sah sie Manawyn sogar ein wenig ähnlich. *Sie* hatte die Taten Manawyns sicherlich gut verstanden. Nandalee hingegen war der alte Meister unheimlich. Sie wusste nicht, ob sie ihm vertrauen durfte. Wahrscheinlich würde er sie bei ihrem Versuch, zu Nangog vorzustoßen, sogar unterstützen. Aber sie ahnte, dass er das nicht täte, um ihnen zu helfen. Er wollte seine eigene, alte Mission erfüllen, und ihr Leben und das ihrer Gefährten wäre für ihn nur von untergeordneter Bedeutung.

»Warum hast du Lyvianne angegriffen, als sie dein Gefängnis öffnete?«

»Sie hatte die Gestalt eines Menschensohns, eines Priesters.« Er zog bedauernd die Schultern hoch. »Und ich gestehe, ich war gierig. Ich war nicht mehr weit davon entfernt, endgültig zu vergehen. Ich habe mich genährt, ohne an mein Opfer zu denken. Erst als ich wieder ein wenig zu Kräften kam, spürte ich, dass das kein Menschensohn sein konnte, der da zu mir gekommen war. Doch da war sie bereits geflohen.«

»Bei mir war es ganz ähnlich«, sagte Lyvianne. Sie hatte bisher geschwiegen und lehnte noch am Eingang ihres Verstecks. Sie sah blasser als gewöhnlich aus, und sie sprach leise. »Als ich gegessen hatte und mich etwas gestärkt fühlte, habe ich verstanden, was geschehen war. Ich ging zurück zum Tempel der Ište und sprach in Gestalt des Tuwatis mit dem Kolleg der Tempelvorsteher. Sie alle hatten Geschichten davon gehört, dass etwas Dunkles in den Tiefen Gewölben gefangen gehalten wurde. Dass dort eine fremde, daimonische Kraft in Bann geschlagen worden war. Die Älteren von ihnen hatten alle schon einmal gesehen, wie verstört die Bewahrer der Tiefen Gewölbe zurückkehrten, wenn sie ihrer Pflicht nachkamen. Ich erklärte ihnen, dass der Zauberbann, der das Böse fernhielt, geschwächt sei und Menschenopfer nötig seien, um ihn erneut zu stärken. Sie gaben mir zehn Sklaven. Junge, starke Männer, denen ich weismachte, dass sie mir bei der Reparatur einer beschädigten Wand helfen sollten. Aus Respekt vor dem Heiligtum wurden sie alle in feierliches Schwarz gewandet und ihre Häupter verhüllt. Sie halfen mit ihrem Leben, Manawyns Kraft zu stärken.

Als ich mit einem Mann in Schwarz zurückkehrte, erklärte ich den Priestern, neun Leben seien genug gewesen. Ich beruhigte sie, dass der alte Bann wieder stark sei und ich alle Pforten in die Tiefe erneut versiegelt hätte. Niemand wird nachsehen, was dort unten geschehen ist.«

Nandalee sah von Lyvianne zu Manawyn und wieder zurück. Ihr gefiel nicht, was geschehen war, aber es war nicht mehr rückgängig zu machen. Auch hatte sie der Bericht Manawyns darin bestärkt, einen Plan zu verfolgen, der schon nach Eleborns Erscheinen begonnen hatte, erste Konturen anzunehmen.

»Wir sind also wieder sieben«, sagte sie mit fester Stimme. »Ich bitte dich, Manawyn, und auch dich, Eleborn, uns nach Kräften zu unterstützen. Ich habe einen Plan, wie wir zu Nangog gelangen können, ohne dass man uns Beachtung schenken wird.« Lebend zurückzukommen war eine andere Sache, doch darüber wollte sie sich zunächst ausschweigen.

»Wir werden Folgendes tun …«

Ein Herz für die Götter

Endlich sah Eleborn das Dorf am Horizont. Das Licht der Mittagssonne funkelte auf den goldenen Flügelsonnen- und Löwenstandarten. Er hatte den Unsterblichen Aaron nach drei Tagen Suche gefunden.

Eine halbe Stunde später lenkte er den Streitwagen an den kleinen, von Steinmauern gesäumten Hirsefeldern vorbei den Hügel hinauf zu einer Ansammlung schäbiger Häuser aus ungebrannten Ziegeln. Am Fuß des Hangs, bei einem Teich, erstreckte sich ein gut bewässerter Dattelhain, aus dem neugierige Kinder hervorstürmten. Lachend und rufend liefen sie neben seinem Streitwagen einher, bis er den Dorfplatz erreichte, wo ein großes Sonnensegel aufgespannt worden war. In seinem Schatten saßen der Unsterbliche und einige der Würdenträger des Dorfes auf einfachen Schilfmatten und diskutierten lebhaft miteinander.

Eleborn hatte kaum die Pferde gezügelt, da war Ashot an seiner Seite. In den Seitenstraßen zum Marktplatz standen Krieger aus der neuen Leibwache der Kushiten. Auf einem Flachdach, von dem aus man den gesamten Platz überblicken konnte, hatten Bogenschützen Stellung bezogen. Sie alle hielten sich – so gut es ging – im Hintergrund, aber es war dennoch ziemlich auffällig, wie schwer der Unsterbliche bewacht wurde.

»Bringst du gute Nachrichten?«, fragte Ashot mürrisch. Der Hauptmann der Kushiten, der aus den Bauerntruppen aufgestiegen war, hatte sich offensichtlich seit Tagen nicht rasiert. Sein Gesicht war von Stoppeln bedeckt, und Staub klebte auf seiner Stirn. Er war einer von ganz wenigen Männern Arams, die keinen Vollbart trugen.

»Gut sind die Nachrichten nicht, aber er wird es wissen wollen. Sofort.«

Ashot schüttelte einfach nur den Kopf. »Vor zwei Tagen hat jemand versucht, ihn zu erdolchen. Eigentlich eine dumme Idee bei einem Unsterblichen, aber er trägt ja nie die Rüstung, die der Löwenhäuptige ihm geschenkt hat. Er findet, sie schüchtere die einfachen Menschen ein. Also trägt er nur eine Tunika oder einen Wickelrock. Er hatte Glück. Eine Naht von fünf Stichen längs über den Rippen und der Schreck, das war alles. Der Angreifer war ein aufgebrachter Idiot. Er hat den Stoß von oben nach unten geführt … Es kann jederzeit wieder geschehen. Die Landreform kommt bei den Reichen und Mächtigen nicht gut an. Es werden sich andere Verzweifelte oder Verrückte finden, die glauben, ihn töten zu können. Und er spricht mit jedem.« Ashot stieß einen tiefen Seufzer aus. »Er ist unbelehrbar.«

»Ich muss zu ihm, jetzt!«

Der Hauptmann der Kushiten schüttelte erneut den Kopf. »Nein. Wenn der Unsterbliche jetzt die Verhandlungen unterbricht, um mit einem Krieger zu sprechen, dann werden sie ihn für arrogant halten. Es geht nicht, gedulde dich ein wenig.«

Aaron nickte ihm zu. Er hatte ihn also wenigstens bemerkt. An seiner Seite saß ein Mann, den Eleborn erst auf den zweiten Blick erkannte. Mataan. Er war abgemagert, wirkte krank, nur noch wie ein Schatten des Mannes, den er einst gekannt hatte.

Er fragte Ashot, was geschehen war, und hörte von den Kämpfen mit den aufständischen Satrapen. Fand dieses Königreich denn niemals Ruhe?

Eleborn zog sich in den Schatten eines Strohdachs zurück und beobachtete, wie seine Pferde getränkt wurden. Die Kinder standen immer noch um seinen Wagen und bestaunten die Münzen und Amulette, die das Zaumzeug schmückten. Einige sahen auch verstohlen in seine Richtung. Mit seinem bemalten Oberkörper musste er sehr fremd auf sie wirken.

»Das findet man hübsch in den Wäldern?« Auch Ashot deutete nun auf die rotbraunen Muster, die Eleborns Brust und Arme schmückten.

»Du findest das ungewöhnlich? Du hättest mal das Zapote-Mädchen sehen sollen, das mir in der Goldenen Stadt das Bett warm gehalten hat. Ihr war ein Skorpion auf den Bauch gemalt worden, sodass der Stachel zwischen ihren Brüsten aufragte.«

»Mir scheint, da zeigt der Stachel in die falsche Richtung«, entgegnete Ashot trocken.

Eleborn antwortete mit einem anzüglichen Grinsen. Er hatte die Stunden mit Izel genossen. Seltsamerweise vermisste er sie. Eine Menschentochter! Manchmal fragte er sich, ob der Himmlische ihn nicht nur äußerlich verändert hatte. Unter den Götterdrachen war er der Einzige, der in den Menschenkindern nicht nur die Diener ihrer Feinde sah. Er hatte sich wirklich für sie interessiert. Deshalb hatte er die Blaue Halle geleitet, und alle seine Spitzel hatten ihm gelegentlich persönlich berichten müssen. Wie der Himmlische empfand auch Eleborn Mitgefühl für die Menschenkinder. Als Drachenelf konnte er sich so etwas eigentlich nicht leisten.

In die Gruppe unter dem Sonnensegel kam Bewegung. Der Unsterbliche erhob sich. Die alten Männer folgten seinem Beispiel und zogen sich dann mit ernsten Gesichtern zurück. Aaron winkte Eleborn zu sich.

»Du warst lange fort, Mikayla«, begrüßte ihn der Herrscher, als er sich vor ihm auf den Schilfmatten niederließ.

»Ich überbringe Euch Grüße von Hauptmann Volodi.«

»Du hast den Flüchtigen also gefunden.«

»Mit Verlaub, Erhabener, aber Volodi wurde aus dem Heerlager entführt und dazu gezwungen, in die Tempelgärten der Zapote zu gehen, wo ihn der Tod unter einem Opfermesser erwartet.«

Aaron beugte sich nach vorne. »Was?«, fragte er aufgebracht.

Eleborn erzählte ihm, was geschehen war, und mit jedem Wort wurde der Unsterbliche zorniger. »Warum haben sie ihn geholt?«, fragte Aaron fassungslos. »Einen meiner Feldherren!«

»Erinnert Euch an das, was Volodi vor dem Weißen Tor getan hat?«, mischte sich Mataan ein. »Wie er die Zapote gedemütigt hat, indem er den Platz mit Lampenöl tränkte, um sich mitsamt allen Jaguarmännern, die ihn umzingelt hatten, in Brand zu setzen. Damals ist er auf den Wolkenschiffen entkommen, mit denen Ihr auf die Jagd nach dem Himmelspiraten Tarkon Eisenzunge gegangen seid. Ich glaube nicht, dass die Zapote diesen Tag vergessen haben. Es war ein Heldenstück und eine Demütigung. Ich kann verstehen, dass sie sein Herz ihren Göttern schenken wollen.«

Aaron machte eine wegwerfende Handbewegung. »Ich werde nicht dulden, dass sie den Hauptmann meiner Leibwache mitten aus meinem Heerlager gestohlen haben. Ashot!« Er winkte dem Hauptmann der Kushiten. »Ich brauche meine Leibwache und Bogenschützen. Männer, die mit mir den Himmel stürmen würden, wenn ich es ihnen befehle. So viele wie möglich. Und ich brauche sie in zwei Tagen in der Goldenen Stadt.«

Eleborn konnte sich nicht erinnern, den Unsterblichen je so aufgebracht gesehen zu haben. In ihm regte sich der Verdacht, dass sich Aaron lieber mit den Zapote anlegte, als seine vertrackte Landreform Wirklichkeit werden zu lassen.

Fünf Lotusblüten

Zarah strich sich über die Arme. Das grobe Leinen war unangenehm. Sie hatte fast vergessen, wie es sich anfühlte. Ihr Kleid war ungewaschen. Ihr Haar unter einem schmutzig braunen Tuch verborgen. Sie hielt demütig den Kopf gesenkt und lauschte den Worten Barnabas. Er war ein wunderbarer Prediger. Seit er in die Stadt gekommen war, hatte sich die Zahl der Gläubigen mehr als verdoppelt. Er war ergriffen von Nangog, und selbst die Erste Mutter hatte ihn inzwischen in ihr Herz geschlossen. Er tat der Sache gut, und nur das zählte.

Barnaba redete gegen das Rauschen des Wassers an, das aus fünf mannshohen Rohren dicht unter der Decke in das große Sammelbecken stürzte. Von hier aus wurde es als ein breiter, unterirdischer Strom zum Fluss hin geleitet. Der Gestank der schäumenden, gelbbraunen Sturzbäche war atemberaubend. Niemand kam freiwillig hierher. Zarah war unbegreiflich, wer diesen Ort *Fünf Lotusblüten* genannt hatte. An diesem Ort den Worten Barnabas zu lauschen war wahrlich eine Prüfung des Glaubens. Die meisten hatten sich parfümierte Tücher oder kleine, mit wohlriechenden Kräutern gefüllte Kissen mitgebracht, die sie vor Mund und Nase hielten.

Zarah atmete durch ein Kissen mit getrockneten Veilchenblüten. Doch selbst sie vermochten den Gestank nicht zu besiegen. Nur Barnabas Worte spendeten ein wenig Trost. Er wusste, was kommen würde. Sie hörte es deutlich aus seiner Predigt heraus. Ihr Verrat war sein Wunsch gewesen. Es war die schwerste Last, die ihr je aufgebürdet worden war.

»Brüder und Schwestern, wen die Göttin erheben will, den wird sie prüfen. Ich weiß um euer aller Mühsal. Ich weiß, wie es ist, ins Licht gesehen zu haben und nicht zu jenen reden zu können, die im Dunkel verharren, weil in diesem Dunkel Schlangen hausen, die sich am Busen der Unsterblichen nähren. Ihr musstet so oft schweigen. Jedes Wort hundertmal auf eurer Zunge wägen. Ihr lebt in Angst, weil uns jene im Dunkel ewige Feindschaft geschworen haben. Doch Nangog erhört jedes unserer Gebete und jede unserer Bitten. Nangog wird uns stark machen, alles zu ertragen. Ihr glaubt, ihr habt den Kelch der Bitternis schon bis zur Neige geleert? Ihr irrt! Unsere dunkelste Stunde steht uns noch bevor. Sie hat jetzt begonnen!«

Ein ängstliches Raunen ging durch die Menge der Gläubigen. Bisher hatte Barnaba stets von den Verheißungen Nangogs gesprochen. So wie jetzt hatte ihn noch niemand reden hören. Er hob beide Arme und winkte ihnen, näher zu kommen. Sie hatten sich, nah der unteren Kanäle, durch die sie Fünf Lotusblüten betreten hatten, im Schlamm des Ufers der Kloake versammelt, und Barnaba war mitten unter ihnen. Er stand auf einem großen Stein, der aus der Decke gestürzt war. Auch er trug ein einfaches Gewand. Einen Wickelrock, der mit Schlamm und Unrat besudelt war. Deutlich konnten alle die Narben auf seinem Körper sehen. Er war schon durch viel Mühsal gewandert.

»Kommt, Brüder und Schwestern! Kommt zu mir, und so, wie ein guter Hirte seine Herde in der Finsternis vor den Wölfen behütet, so will auch ich euch beschützen. Will mit euch aus dem Kelch der Bitternis trinken und werde mit euch jede der dunklen

Stunden teilen, die uns erwarten. Kommt näher, meine Brüder und Schwestern! Kommt näher!«

Zarah fand sich in der Menge eingekeilt. Niemand erkannte in ihr die schöne Priesterin, die Barnaba bei den früheren Predigten so oft begleitet hatte. Nun wurde sie wie alle anderen geschoben und gestoßen. Leiber rieben sich an ihr. Lastenträger aus den Frachthöfen und Karawansereien, Fischer und Handwerker. Es gab nicht viele Alte auf Nangog. Nur die Jungen und Starken konnten auf dieser Welt überleben.

Jene, die Barnaba am nächsten standen, streckten die Arme aus, um den Prediger zu berühren und seinen Segen zu erhalten.

»Seid stark in eurem Glauben, und alle Fährnisse des Schicksals werden an euch brechen wie Wellen an einer Felsküste.«

Plötzlich wurden Rufe laut. Krieger mit hohen Schilden und Helmen, auf denen sich stolze Bronzekämme erhoben, stürmten die Eingänge der Fünf Lotusblüten. »Ergreift den Ketzer«, befahl die Stimme, die Zarah schon so oft Komplimente ins Ohr geflüstert hatte. »Schlagt jeden nieder, der Widerstand leistet.«

Zarah sah, dass die Krieger nur mit schweren Knüppeln bewaffnet waren, keiner hatte sein Schwert gezogen.

»Ruhig, meine Brüder und Schwestern! Kämpft nicht. Streitet nicht. Fügt euch, und ihr werdet sehen, Nangog ist mit euch. Es ist nicht euer Leben, das in Gefahr ist.« Barnaba stieg von seinem Stein herab, und eine Gasse bildete sich in der Menge der Gläubigen. »Habt keine Angst!«, rief er immer wieder, während Arcumennas Krieger sie einkreisten.

Er ging so nah an Zarah vorbei, dass sie ihn hätte berühren können. In diesem Augenblick empfand sie zum ersten Mal so etwas wie Liebe. Es war ein Gefühl, als würde ihr die Brust zu eng. Dieser geschundene Mann mit den flammenden Augen würde sich für sie alle opfern. Einen Mann wie ihn hatte es unter all jenen, bei denen sie je gelegen hatte, nie gegeben. Er war stark und hatte doch ein gütiges Herz.

»Ruhig, meine Freunde!«, rief Barnaba erneut. »Euch wird nichts geschehen!«

Zarah wollte ihn zurückhalten, doch schon war er an ihr vorübergegangen, und ihre Kraft reichte nicht aus, sich durch die Menge zu drängen. Sie kannte den Laris von Truria, der an der Spitze seiner Krieger stand, gut. Und sie wusste, welchen verhängnisvollen Fehler Barnaba gerade beging.

»Schweig!«, rief sie aufgebracht und erntete dafür Ellenbogenstöße.

»Unterbrich den Heiligen nicht!«, zischte ein großer Mann neben ihr. »Jedes seiner Worte ist Gold!«

Nein, jedes seiner Worte bringt ihn dem Tod näher, dachte sie verzweifelt und versuchte, sich in die Gasse zu drängen, die sich hinter Barnaba bereits wieder schloss. Kräftige Hände legten sich auf ihre Schultern. »Störe den Heiligen nicht!« Der große Kerl war stark wie ein Steinmetz. Es war unmöglich, sich ihm zu entwinden.

Zarah drehte sich um und blickte zu ihm auf. »Bitte, ich muss den Priester warnen.«

»Er wird ein Wunder wirken«, sagte der Kerl mit verklärtem Blick, der ganz und gar nicht zu seinem harten, wettergegerbten Gesicht passte. »Du wirst es sehen.« Mit diesen Worten packte er sie bei den Hüften und hob sie hoch, als sei sie ein kleines Mädchen.

»Nicht!« Das Letzte, was sie brauchte, war, aus der Menge herauszuragen. Sie war zu oft bei Arcumenna gewesen. Er würde sie trotz der Verkleidung erkennen!

»Du glaubst, du kannst mir befehlen, Priester?«, rief Arcumenna mit einer Stimme, die es gewohnt war, den Lärm auf Schlachtfeldern zu übertönen. »Ihr glaubt, eure Göttin beschützt euch?« Der Feldherr zog sein Schwert. »Ich zeige euch jetzt, was der Schutz eurer Göttin und die Worte dieses Heuchlers wert sind!«

Entdeckt

Arcumenna war außer sich. Was bildete sich dieser falsche Heilige ein? Dass er dessen Befehlen folgen würde! Er hob sein Schwert hoch über den Kopf. »Vorrücken! Drängt sie mit euren Schilden zusammen, bis sie sich nicht mehr rühren können!«

Seine Männer gehorchten augenblicklich. Jahrelang hatten sie gemeinsam an der Grenze zu Drusna gekämpft und dem Unsterblichen Ansur Sieg auf Sieg geschenkt. Jeder seiner Männer war ein Veteran und ihm unbedingt ergeben.

»Frieden!«, rief ihm der Priester mit hoch erhobenen Armen entgegen.

Dieser Wicht hatte jetzt fast den Rand der Menge erreicht. Arcumenna stürmte vor, leicht hinter seinen Schild geduckt, den rechten Arm zurückgenommen, bereit, mit seinem Schwert einen geraden Stoß zu führen. »Für Valesia!«, rief er mit donnernder Stimme, und seine Männer nahmen den Schlachtruf auf.

»Für Valesia!«, hallte es hundertfach von den Wänden der riesigen Grotte, in der sich die Abwässer der halben Stadt zu einem stinkenden See versammelten. Der Laris hob seinen Schild und rammte ihn einem dickleibigen Krämer vor die Brust, sodass der Kerl schnaufend zurücktaumelte. Er stürzte gegen die Menge, die sich dicht zusammendrängte. Arcumennas Rechte schnellte vor, und er schlug den Schwertknauf gegen die Stirn des Krämers, der quiekte wie ein Schwein auf dem Schlachthof. Zur gleichen Zeit sausten die Knüppel seiner Männer nieder.

»Bitte!«, rief der Priester. »Gnade!«

»Haltet ein!« Arcumenna musste seinen Ruf dreimal wiederholen, bis all seine Männer ihn bei dem Lärm verstanden hatten. »Drei Schritte zurück!«

Als sie vor der Menschenmenge zurücktraten, brachen etliche in der vorderen Reihe in die Knie. Sie hielten ihre blutüberströmten Gesichter in den Händen verborgen. Soweit Arcumenna es sehen konnte, war keiner seiner Männer verletzt. Dieser Pöbel war unbewaffnet. Es lag kein Ruhm darin, ihn niederzumachen.

»Tritt vor, Priester!«

Einige seiner Jünger versuchten, den falschen Heiligen zurückzuhalten, doch er schob ihre Hände zur Seite. Ein Feigling war der Kerl nicht. Das gefiel Arcumenna. Er hatte etwas übrig für mutige Männer, auch wenn er ganz offensichtlich kein Krieger war, so hager wie er aussah.

»Würdest du für deine Leute sterben?«, fragte der Laris.

»Ohne zu zögern.« Der Priester stand nun wenige Schritt vor ihm. Sein Körper war mit Narben bedeckt. Ganz offensichtlich war er nicht der Erste, der diesen Aufwiegler gefangen nahm.

»Dann knie nieder«, befahl Arcumenna und hob sein Schwert.

»Nein, Herr! Bitte nicht. Nein!«, schrien die Gläubigen auf und drängten dem Schildwall seiner Krieger entgegen.

»Ich gebe mein Leben für seines«, übertönte deutlich eine Frauenstimme das Geschrei.

»Ich opfere mich!«, schrie jemand anderes hysterisch.

»Nehmt mein Leben, Herr!« Ein bärtiger Lockenkopf trat vor Arcumenna und kniete neben dem Priester nieder.

Der Laris war überrascht. Seine Männer würden ihm zwar ohne zu zögern in jeden Kampf folgen, aber er machte sich nichts vor: Ganz sicher gäbe es kaum welche unter ihnen, die so bereitwillig ihr Leben geben würden, um ihn zu retten.

Arcumenna stieß sein Schwert in die Scheide. »Fesselt diese Bastarde, und bringt sie aus diesen verfluchten Kanälen heraus.«

»Danke, Laris«, sagte der Priester, der noch immer vor ihm niederkniete. In seinen Augen glühten eine Entschlossenheit und ein Fanatismus, die den Statthalter schaudern ließen. Dieser Mann war gefährlich. Es wäre klug, ihn zu töten. Doch nicht jetzt. Nicht vor den Augen all seiner Anhänger. Das würde nur einen Aufstand provozieren.

Arcumenna wollte aus diesen stinkenden Kanälen so schnell

wie möglich wieder heraus. Dies war kein Ort, um eine Schlacht zu schlagen. Er sah zu, wie seine Männer den Ketzern die Hände auf den Rücken banden und sie einzeln abführten. Erstaunt bemerkte er, wie viele Frauen unter den Gefangenen waren. Das war beunruhigend. Was hatte dieser Priester an sich, dass er die Weiber so anlockte? Und was brachte Männer und Frauen dazu, ausgerechnet jene Geister anzubeten, die so viel Not und Ungemach verbreiteten? War es Angst? Hier in der Goldenen Stadt waren sie doch sicher. Ob es nutzen würde, sie zu befragen, oder ob er nur verstockte Phrasen zu hören bekäme?

Eine der Frauen fiel ihm auf. Obwohl sie sich duckte und mit dem Schlamm des Kanals eingeschmiert war, als hätte sie sich darin gewälzt, war sie unübersehbar von gutem Wuchs und unter dem Schmutz schien sich ein hübsches Gesicht zu verbergen.

Er winkte einem seiner Krieger. »Bring mir dieses Weib da vorne!«

Die Gefangene wurde ihm unverzüglich vorgeführt. Sie hielt ihren Kopf gesenkt, wie es sich gehörte, wenn niederes Volk vor einen Statthalter trat. Sie stank, als lebte sie hier unten in der Kloake. Er zupfte ein Tuch aus seinem Gürtel und packte sie damit unter dem Kinn, um ihren Kopf anzuheben. Diese Augen … Es dauerte einige Herzschläge, bis er begriff, wer da vor ihm stand. »Du hier?« Er war fassungslos. Was hatte Zarah hier zu schaffen? Sie hatte doch gewusst, was geschehen würde. Einen Augenblick lang dachte er an Verrat. Doch das war absurd. Sie hatte den Priester und seine Anhänger ganz offensichtlich nicht gewarnt.

Zarah schenkte ihm einen ihrer unwiderstehlichen Blicke. »Gut, dass du mich gerettet hast«, sagte sie voller Inbrunst. »Sie haben mich gezwungen, hier zu sein. Sie haben meinen Verrat aufgedeckt.«

Das machte Sinn, dachte Arcumenna. Allerdings war seltsam, dass sie ihm nicht sofort entgegengelaufen war, nachdem er die Ketzer überwältigt hatte. Etwas stimmte an ihrer Geschichte nicht. Aber sie sollte erst einmal denken, dass er ihr glaubte. »Ich bin froh, dass ich dich retten konnte.« Er winkte zwei Wachen herbei. »Bringt sie nach hinten, wo sie vor diesem Pöbel in Sicherheit ist.«

Nachdenklich sah er ihr nach. Jetzt bewegte sie sich ganz anders, nicht mehr geduckt, sondern aufrecht und voller Stolz, wohl wissend, dass es kaum einen Mann gab, der ihr zu widerstehen vermochte.

Arcumenna überwachte, wie die Gefangenen aus dem Kanal ans Licht und zu einem nahe gelegenen Frachthof gebracht wurden, an dessen Ankertürmen sich zwei Wolkensammler festhielten, die unter der Flagge Valesias über den Himmel zogen. Die Gefangenen sollten noch heute an Bord. Je schneller, desto besser. Es herrschte Unruhe in der Stadt. Der Unsterbliche Aaron war in den frühen Morgenstunden durch das Goldene Tor gekommen, und ihm folgte eine ganze Armee.

Keiner wusste, was er hier wollte. Anfangs hatte Arcumenna befürchtet, Aaron sei ebenfalls gekommen, um die Ketzer gefangen zu nehmen. Aber etwas anderes ging vor. Seine Spitzel hatten ihm berichtet, dass die Hälfte seiner Truppen auf Wolkensammler verladen wurde. Ob er noch einmal gegen Tarkon Eisenzunge vorgehen wollte?

Frachtkörbe

Nodon musterte die riesigen, mehr als mannshohen Seiltrommeln, die auf dem Deck festgenagelt waren. Stümperhaft festgenagelt! Ihm war nicht klar, wozu die Seiltrommeln dienen sollten, aber ein größeres Gewicht sollte man ihnen besser nicht anvertrauen.

Der Elf kniete vor dem Frachtschacht, der quer durch das Schiff ging und in einem Loch im Rumpf mündete. Er war zehn Schritt lang und drei Schritt breit. Neben dem Schacht standen zwei lange

Körbe aus Weidenruten auf dem Oberdeck. Nebeneinander würden sie den Schacht ganz ausfüllen. An beiden Enden des vorderen Korbs wurden Seile festgeknotet. Bei dem Anblick wurde ihm ganz mulmig.

»Was ist unsere Aufgabe?«, fragte er Eleborn leise. Der Elf war in der ersten Dämmerung überraschend zurückgekehrt. Er hatte sie in Rüstungen gesteckt, wie die Kushiten sie trugen, und an Bord des Wolkensammlers geschmuggelt.

Eleborn hockte neben ihm auf einem Sack aus Segeltuch und döste. »Wir sind nur die Reserve«, murmelte er verschlafen. »Wir gehen als Letzte ins Gefecht. Die Tempeltore stürmen andere.«

Irgendwie beruhigte Nodon das nicht. Er sah sich die anderen Männer an, die ringsherum auf dem Deck im Schatten des Wolkensammlers dösten. Angeblich waren diese Kushiten eine Elitetruppe. Sie waren neu aufgestellt, kannten sich untereinander kaum und wurden auch noch durch Söldner ergänzt, die Gerüchten zufolge aus den Bordellen der Stadt angeworben worden waren. Der Schwertmeister hatte auch das einarmige Narbengesicht an Bord gesehen. Es stimmte also, dass alles mögliche Gesindel aufgeboten worden war, um diesen Angriff zu führen. Und sie saßen inmitten dieser Halunken und Halsabschneider! Nandalees Plan gefiel ihm mit jedem Augenblick weniger.

Nodon erhob sich, schlenderte zur Reling und sah zu den Tempelgärten der Zapote hinüber. Er hatte die Gärten so viele Stunden beobachtet, dass er dort jeden Weg, jedes Haus kannte. Er könnte sich blind orientieren. Aber was sich tief unter der Pracht aus Blüten und wucherndem Grün verbarg, wusste er nicht. Und das beunruhigte ihn. Ihm ging wieder die Geschichte vom Blutteich durch den Kopf, die Manawyn erzählt hatte. Von der Kreatur, die dort hauste. Nandalees Plan sah vor, dieser Bestie aus dem Weg zu gehen. Aber wie sollte das gelingen, wenn sie nicht einmal wussten, wo der Teich lag.

Eleborn trat an seine Seite. »Die Gärten sind schön, nicht wahr?«

Nodon war nicht danach, über Belanglosigkeiten zu plaudern.

»Du machst dir Sorgen?«

»Wie sollte ich nicht?«, entgegnete er gereizt. »Wir wissen ja noch nicht einmal, wie dieser Angriff ablaufen soll. Wir wissen nicht, wo wir letzten Endes hinmüssen. Ja, wir wissen nicht einmal, ob der Wind richtig stehen wird, sodass diese verdammten aufgequollenen Monster über die Gärten schweben werden. Ja, ich mache mir Sorgen.«

»Der Wind bläst um diese Tageszeit stetig nach Westen. Ich habe vorhin den Lotsen gefragt. Es wird wahrscheinlich kein Problem geben.«

Nodon mochte das Wort *wahrscheinlich* nicht, wenn es um eine Mission der Himmelsschlangen ging. Er war schon oft für den Dunklen ausgezogen. Wenn ein Drachenelf geschickt wurde, war die Aufgabe, die es zu lösen galt, nie leicht. Er hatte sich immer gut vorbereitet, deshalb lebte er noch. Deshalb war er eine Legende, selbst unter den Drachenelfen. Er war nie gescheitert. Aber heute hatte er das Gefühl, dass sich das ändern würde. In Nandalees Plan kam einfach zu oft das Wort *wahrscheinlich* vor. Wahrscheinlich würde der Wind richtig stehen. Wahrscheinlich war die Mehrzahl der Jaguarmänner durch den Angriff auf das Weiße Tor abgelenkt. Wahrscheinlich würden sie den Blutsee umgehen können und wahrscheinlich unbehelligt bis zu Nangog gelangen.

Und wie sollten sie überhaupt zu der gefesselten Göttin gelangen? Diese Welt war hohl wie ein Ei. Und Nangog schwebte wie ein riesiges Eigelb in der Mitte der Leere. Vielleicht mussten sie einen hundert Meilen tiefen Abgrund hinab, um zu ihr zu gelangen.

Nodon sah in den wolkenverhangenen Himmel. Würde er je wieder in die Sonne blicken?

»Na, Jungs, habt ihr die Hosen voll?« Kolja kam die Reling entlanggeschlendert. »Dich kenne ich doch, Blondschopf! Wo sind wir uns schon mal begegnet?«

»Auf der Hochebene von Kush, Hauptmann«, entgegnete Eleborn zackig. Dem Jungen machte es Spaß, ein Menschenkind zu spielen, dachte Nodon. »Ich bin Hauptmann Volodis Wagenlenker.«

»Volodis Wagenlenker?« Kolja strich sich nachdenklich über das Kinn. Da lag ein Ausdruck in seinen Augen, der Nodon nicht gefiel. Etwas stimmte mit dem Kerl nicht.

»Hast dich in der Schlacht wacker geschlagen. Hab von dir gehört. Und wer ist dein Kamerad da?«

»Einer der Kushiten, Hauptmann!«

»Ach, und ich dachte, das seien alles große, muskelbepackte Bauerntrampel.«

»Ich bin einer der kleinen, gemeinen Bauerntrampel«, entgegnete Nodon kühl.

Kolja sah ihn durchdringend an. Dann plötzlich fing der Hüne an zu lachen »Also, du bist ein Kerl wie dieser verdammte Ashot. Vor solchen wie dir muss man sich in Acht nehmen.«

»Vor allem, wenn man einen Katzenschwanz trägt, Hauptmann«, versuchte Eleborn die Lage mit einem Scherz zu entspannen.

»Ich bin kein Hauptmann mehr, Junge. Ich bin jetzt ein reicher Mann. Und ich bin nur hier, weil der Unsterbliche Aaron mich und meine Zinnernen für heute um einen Gefallen gebeten hat. Weil er weiß, wie unsere Herzen schlagen, hat er uns für diesen Kampf so unanständig viel Gold geboten, dass ich unmöglich ablehnen konnte.« Kolja grinste, und seine Narben verzogen sich zu einer Grimasse des Grauens. »Kommt zu mir, wenn euch die Zapote heute nicht die Eier abschneiden, und ich mache auch aus euch reiche Männer. Alles, was ihr für mich tun müsst, ist, auf ein paar hübsche Mädchen aufzupassen und ab und an ein oder zwei Schädel einzuschlagen. Nun, wär das was für euch?«

»Wie ist das mit den hübschen Mädchen? Sollen wir nur aufpassen, oder ist auch anfassen erlaubt«, fragte Eleborn mit einem anzüglichen Grinsen.

Nodon traute seinen Ohren nicht. Wie konnte man nur so tief

sinken? Er würde sich lieber die Zunge abbeißen, als sich mit solchen Sprüchen bei einem Drecksack wie Kolja anzubiedern.

Das Narbengesicht verpasste Eleborn einen freundschaftlichen Hieb auf die Schulter. »Du bist richtig, Junge. Bei meinem Haufen würde es dir gut gefallen. Es ist ein besseres Leben, als auf einem Streitwagen zu stehen und Staub zu schlucken. Du würdest ...« Kolja beugte sich vor und schnalzte mit der Zunge. Auch Nodon beugte sich weiter über die Reling. Unter ihnen lag der weite, weiße Platz jenseits des Tors, das zu den Tempelgärten führte. Dort war ein einzelner Mann mit rotem Umhang aufgetaucht. In der Mittagssonne glänzte das Gesicht des Mannes wie Silber.

»Das ist der Unsterbliche Aaron«, murmelte Kolja und wandte sich wieder zu ihnen um. »Seid froh, dass ihr nicht bei ihm kämpft. Da, wo er steht, verrecken die meisten.« Der Hüne schnaubte. »Es ist leicht, ein Held zu sein, wenn man eine Rüstung trägt, die einen unverwundbar macht. Und jetzt kommt mal mit, ihr Hübschen.« Kolja schlenderte in Richtung der großen Frachtluke im Deck. »Wagenlenker, du willst doch sicher bei den Ersten sein, die bei Volodi sind. Ich überlasse dir die Ehre – du wirst den ersten Trupp anführen, der landet.« Er deutete in Richtung Frachtluke, in deren Nähe Nandalee und die anderen Elfen kauerten. »Das sind deine Freunde, nicht wahr? Nimm sie alle mit.«

Nodon hatte das Gefühl, dass es nicht Gehässigkeit war, die Kolja zu der Entscheidung bewogen hatte. Da war etwas an diesem Krieger, das ihm seltsam vorkam. Er hatte in den Straßen der Stadt Gerüchte über Kolja gehört. Dieser Menschensohn war ganz bestimmt kein Feigling. Doch dort unten gab es etwas, vor dem selbst er sich fürchtete.

Kolja war weitergegangen. Er wählte noch mehr Männer für den ersten Landungstrupp aus. Es waren ausnahmslos Krieger, die nicht zu den Zinnernen gehörten.

»Los, in die Körbe mit euch, ihr Hunde«, rief er ausgelassen.

»Gebt es den Kätzchen dort unten! Jeder, der mir ein Katzenfell bringt, darf sich heute Nacht in meinem besten Haus all seine Wünsche erfüllen lassen.«

Nodon war verblüfft, für wie viel gute Laune die Aussicht sorgte, eine Nacht in einem Bordell freigehalten zu werden. Er würde sie niemals begreifen, diese Menschenkinder! Was bedeutete es schon, bei einer Frau zu liegen, die einen nicht liebte?

Eleborn war der Erste, der in den Korb stieg. Nodon folgte ihm mit einem mulmigen Gefühl. Der große Korb schwankte in der Frachtluke. Alle, die einstiegen, wirkten angespannt. Nur Manawyn lächelte. Der alte Elf war während seiner Gefangenschaft wohl verrückt geworden!

Bidayn stellte sich direkt neben Nodon. Sie klammerte sich mit beiden Händen am Rand des hüfthohen Korbs fest. Sie war nicht die Einzige, die das tat. Dicht gedrängt standen sie jetzt. Mehr als zwanzig Krieger. Nodon spürte, wie sich der Boden unter ihrem Gewicht durchbog, und das Flechtwerk aus Weidenästen bedenklich knarzte. Er musste sich zwingen, nicht ebenfalls nach dem Rand zu greifen.

»Zugleich!«, erklang der Befehl eines Wolkenschiffers, und die Kurbeln an den Seiten der Seilwinden wurden gedreht. Ruckend setzte sich der Korb in Bewegung und geriet sofort leicht in Schieflage. Nodon schloss die Augen und atmete ganz langsam aus. In seinem Geiste sah er, wie das Seil so ungleich nachgelassen wurde, dass eine Seite des Korbes nach unten wegkippte, und sie alle den Tempelgärten der Zapote entgegenstürzten.

»Ich wünschte, ich säße auf Nachtschwinge«, flüsterte Gonvalon hinter ihm.

Nodon musste lachen. Die Hälfte von ihnen besaß Pegasi und war unzählige Male über den Himmel geritten. Und nun vertrauten sie sich diesem zerbrechlichen Korb an und der vagen Hoffnung, dass die Menschenkinder es schafften, gleichmäßig zu kurbeln. Nicht nur Manawyn war verrückt!

Mit einem Ruck kam ihr Korb auf Höhe des untersten Frachtdecks zum Stehen. Durch den Spalt zwischen Bordwand und Korb konnte Nodon das Weiße Tor sehen. Der Unsterbliche Aaron sprach mit einem Priester. Glaubte er wirklich, die Zapote würden seinen Hauptmann freilassen?

Neue Regeln

Zwei Jaguarmänner stürmten in die kleine Küche, packten Volodi bei beiden Armen und rissen ihn vom Boden hoch.

»Was ist los?«, rief er erschrocken, als er zur Tür gezerrt wurde.

Sie riefen etwas in ihrem grässlichen Kauderwelsch.

»Die Gefiederte Schlange verlangt nach neuen Opfern«, übersetzte Ichtaca erschrocken.

»Das muss ein Irrtum sein.« Volodi stemmte sich gegen den Griff der beiden Krieger und fing sich einen Tritt in die Kniekehlen. »Heute ist kein Tag für ein Opfer«, begehrte er auf, während er durch die Tür gezerrt wurde.

Draußen stand Necahual, Quetzallis Bruder. »Es tut mir leid«, murmelte er und verschwand dann in Volodis Haus. Bevor der Drusnier weiter den Weg hinabgezogen wurde, sah er noch, wie Necahual aufgebracht auf seine Schwester einredete.

Volodi gab es auf, Widerstand gegen die Zapote zu leisten. Er wusste, dass es sinnlos war. Er dachte an Eirik und daran, wie gefasst sein Kamerad durch das Schlangenmaul getreten war. Sollte heute seine Zeit gekommen sein, wollte er nicht weniger würdevoll abtreten. Seine Ahnen würden auf ihn blicken, wenn es so weit war. Sogar hier in Nangog, da war er sich sicher. Sie wussten, wann und wo ihn die Stunde des Todes erwartete. Sie würden dort sein. Im Wind und im Rauschen der Blätter der Bäume.

Als sie am Schlangenschlund ankamen, wartete kein anderer Auserwählter. Hatten sie ihn zuerst geholt? War das ein Zufall?

Aus dem Schlund ertönte der unheimliche Hornruf. Der Priester mit dem prächtigen Federmantel stieg die erleuchteten Stufen hinauf. Volodi blickte zurück zu den Wegen, die hierherführten. Noch immer war kein anderer Auserwählter zu sehen.

Von Westen blies ein böiger Wind, beugte die Bäume und riss die letzten weißen Kirschblüten von den Ästen. Eingehüllt in weißen Blütensturm, stand Volodi allein vor den Priestern. Jetzt konnte er sie hören, die Stimmen seiner Ahnen. Sie waren hier!

Der tiefe Krug wurde ihm hingehalten, und er fasste hinein. Auf seinem Grund lag nur ein einziger Stein. Volodi zog ihn heraus. Er war golden.

»Das ist gegen die Regeln«, sagte er leise.

»Ab heute gelten neue Regeln«, entgegnete der Priester im Federmantel. Es war das erste Mal, dass Volodi seine Stimme hörte. »Du hast alles verändert. Nun komm!«

Durch die Augen der Schlange

»Ihr habt nur ihn geholt?« Quetzalli konnte nicht fassen, was ihr Bruder ihr gerade erklärt hatte. »Das ist gegen die Tradition! Ihr werdet die Gefiederte Schlange erzürnen!«

»Wir müssen unumkehrbare Tatsachen schaffen. Wir befürchten, dass der Unsterbliche Aaron seinetwillen in die Goldene Stadt gekommen ist. Volodi ist einer seiner Feldherren, ein Held aus dem Krieg gegen Luwien und ein Freund des Unsterblichen.«

»Ihr habt all dies längst gewusst.« Quetzalli hatte das Gefühl, als wachse ein Stück Eis in ihrem Bauch. Immer weiter breitete sich die Kälte aus. »Und ich habe es begonnen.« Sie sah verzweifelt zu ihrem Bruder auf. »Ich wusste nicht, wen ich auserwählte. Er war einfach nur ein goldhaariger Krieger wie all die anderen. Ihr hättet ihn niemals hierherholen dürfen.«

»Er wurde auserwählt«, sagte Necahual mit tonloser Stimme.

»Der Blick der Gefiederten Schlange fiel durch dich auf ihn. Und er hat uns durch seine Taten verhöhnt. Er muss geopfert werden! Du wirst es tun!«

Quetzalli sah ihn sprachlos an.

»Du wirst wieder eine Priesterin sein, wenn du es tust.« Ihr Bruder senkte den Blick. »Tust du es nicht, bist du wieder Fleisch. Ich habe dann den Befehl, dich sofort zurück in die Quartiere der Jaguare zu bringen.«

Quetzalli musste sich setzen. Sie wusste, die Gefiederte Schlange kannte keine Gnade und noch weniger ihre Priester. Ihr Leben gehörte seit ihrer Geburt der Priesterschaft. Von ihrem ersten Atemzug an war ihr der Weg vorherbestimmt gewesen, den sie gehen sollte. Es war ein Leben, das ihr kein Glück gebracht hatte. Mit ihrem vernarbten Leib würde sie nicht mehr für die Schlange jagen können. Izel und andere erfüllten nun diese Aufgabe. So führte ihr Weg sie also letztlich zum Blutstein oder zu den Jaguaren.

»Ich bin froh, dass ich Volodi die letzte Ehre erweisen kann«, sagte sie mit einer Stimme bar jeder Emotion. »Er ist ein tapferer Mann. Ich betrachte es als große Gnade der Schlange, dass ich bei seinem letzten Atemzug bei ihm sein darf. Ich werde es tun!«

Von der Freiheit

Artax nahm seinen Maskenhelm ab und musterte den Priester, der im Weißen Tor stand. Der Mann hatte sich Dornranken um die nackten, tätowierten Arme geschlungen. Die Dornen drückten in sein Fleisch, und Blut troff ihm von den Armen. Volodi hatte ihm einmal erzählt, dass die Zapote ihren Göttern Schmerz schenkten.

Er würde dieses Volk niemals begreifen, dachte Artax.

Und du solltest nicht hier sein. Du verspielst gerade alles, was du gewonnen hast. Ihr Devanthar wird dich hassen. Ja, vielleicht wird ein neuer großer Krieg wie der gegen die Luwier beginnen. Und all das nur wegen eines Barbaren? Wegen eines Söldners? Das ist weitaus verrückter, als sich Dornranken um die Arme zu wickeln!, mahnte ihn seine innere Stimme.

Artax ignorierte sie. »Verstehst du meine Sprache, Priester?«

Der Zapote nickte. Tiefe Falten umrahmten seine Augen. Seine Haut hing ihm in Lappen vom Hals herab. Er musste sehr alt sein. Hatten sie ihn geschickt, weil sein Verlust für den Tempel zu verschmerzen war?

»Ich weiß, dass der Hauptmann meiner Leibwache gegen seinen Willen hierhergebracht wurde.«

»Niemand betritt die Gärten des Tempels gegen seinen Willen«, entgegnete der Priester mit stoischer Ruhe. »Man muss Euch falsch unterrichtet haben, Herr.«

»Du weißt, wer ich bin?«

»Der Unsterbliche Aaron, Herrscher aller Schwarzköpfe.« Der Priester sagte das in einem Tonfall, als bedeuteten Titel und Würden gar nichts.

»Ich weiß, dass man meinen Hauptmann vor die Wahl stellte, die Frau, die er liebt, zu retten oder sie sterben zu lassen. Das nenne ich keine freie Entscheidung.«

»Er hatte die Freiheit, in sich zu gehen und zu erforschen, was ihm von Bedeutung ist. Wie ich hörte, habt Ihr diese Freiheit den Frauen und Kindern Eurer Feinde nicht gelassen. Ihr habt ganze Sippen ausgelöscht, Unsterblicher. Natürlich steht es mir nicht zu, darüber zu urteilen.« Er sprach ruhig, doch in seinen Augen meinte Artax ein höhnisches Funkeln zu sehen. Die Lügen über die Ereignisse im Steinhorst waren also schon bis in die Goldene Stadt gedrungen. Sie zu hören versetzte Artax einen Stich. Eleasar hatte in seinem Tod noch einen letzten Triumph errungen. Seine Bluttat bestimmte Aarons Ansehen inzwischen in größerem

Maße als sein Sieg über Muwatta. Dabei wusste Artax nicht einmal zu sagen, was ihn mehr verletzte: wegen seiner grausamen Entschlossenheit bewundert oder aber verachtet zu werden.

»Du weißt also, wozu ich fähig bin, Priester«, entgegnete er beherrscht. »Ich verlange meinen Hauptmann zurück. Liefert ihr ihn nicht samt seiner Frau aus, dann werde ich ihn mir holen.«

»Was einmal den Göttern gehört, ist für uns Sterbliche auf immer verloren. Das wird auf immer ...«

»Ich bin ein Unsterblicher, Priester!« Artax maß den Alten mit einem kalten Blick, trat einen Schritt zurück und setzte seinen Helm wieder auf. Seine Stimme hallte ihm dumpf in den Ohren, als er weitersprach. »Ich respektiere Eure Tempel, aber ich werde nicht dulden, dass meine Männer auf Eure Opfersteine gezerrt werden.« Artax trat noch einen Schritt zurück und legte die Hand auf den Griff seines Geisterschwertes. Er blickte in die Schatten, die das Tor warf. Er erinnerte sich, wie die Krieger der Zapote plötzlich aufgetaucht waren, als Volodi hier gestanden hatte. Wie aus den Schatten geboren, waren sie gewesen. Würden sie das noch einmal tun?

»Gib Befehl, meinen Hauptmann lebend vor mich zu führen! Sofort!« Mit diesen Worten zog er sein Schwert und hob es hoch über seinen Kopf.

Der Priester verschränkte seine Arme vor der Brust. »Ich nehme keine Befehle von einem Mann aus Aram entgegen. Ganz gleich, welcher Mann das ist.«

»Deine Freiheit, alter Mann.« Artax senkte das Schwert. Er hatte sich gewünscht, dass es nicht so kommen würde. *Hattest du das? Oder bist du inzwischen versessen auf das Kämpfen?*

Aus den Straßen, die vom Platz wegführten, erklang das dumpfe Geräusch von Katapultarmen, die auf die gepolsterten Rahmen des Stützgerüsts schlugen. Augenblicke später zersplitterten Amphoren, gefüllt mit Öl, rings um das Weiße Tor, während gleichzeitig Hunderte Krieger aus den großen Straßen hervorbrachen.

Sie hatten Leitern geschultert, keiner von ihnen würde durch das Tor die Gärten betreten.

Artax wich noch weiter zurück. Gestalten manifestierten sich im Schatten, während goldenes Öl über die Bodenplatten floss. Schon sah der Unsterbliche ganz deutlich die ersten Jaguarmänner.

Brandpfeile zogen schwarze Streifen über den strahlend blauen Mittagshimmel. Er hatte sich von Volodis Plan inspirieren lassen, nur dass er diesmal zu Ende geführt wurde. Fauchend schossen Flammen im Tor auf. Eine brennende Gestalt kam Artax entgegengetaumelt. Mit einem wilden Schrei hob sie die Krallen. Der Unsterbliche tötete den Krieger mit einem glatten Stich in die Brust. Dann eilte er fort vom Tor, hin zu den Mauern des Tempelgartens, wo schon die ersten Sturmleitern angelegt wurden.

Sturmlandung

»Jetzt!«, ertönte eine dunkle Stimme irgendwo oberhalb des Frachtschachtes.

Nandalee hörte, wie Dutzende Halteseile gekappt wurden. Das riesige Himmelsschiff setzte sich mit einem Ruck in Bewegung. Der Korb, in dem sie standen, begann leicht zu pendeln.

Die Elfe fragte sich, wie dieser Angriff glücken sollte. Sie würden kaum mehr als eine Ladung Krieger in Körben absetzen können, bevor der Wolkensammler über die Tempelgärten hinweggeglitten war.

»Absetzen!«, hallte ein Befehl durch den Frachtschacht. »Zugleich!«

Surrend stürzte ihr Korb der Tiefe entgegen. Erschrocken sah Nandalee nach oben. Die Männer hatten die Kurbeln an den Seilrollen losgelassen!

»Scheiße«, fluchte ein junger Krieger mit spärlichem Flaum auf den Wangen neben ihr. »Wir sind tot.«

Gonvalon legte Nandalee eine Hand auf den Arm. Sie stürzten in rasendem Fall dem Boden entgegen. Das Schiff war noch mehr als dreihundert Schritt von den Gärten entfernt. Sie würden irgendwo auf den Dächern des Gerberviertels aufschlagen!

Nandalee hatte ein Gefühl, als wolle ihr der Magen in den Mund springen. Der junge Krieger neben ihr stammelte ein Gebet. Aus den Augenwinkeln sah sie, dass Bidayn und Lyvianne sich bereitmachten abzuspringen. Besser, sich durch einen auffälligen Zauber retten, der sie sanft hinabschweben ließ, als am Boden zerschmettert zu werden. Aber was würde aus Gonvalon? Er hatte die Fähigkeit verloren, Zauber zu weben. Für ihn gab es keine Rettung.

Die Krieger in den beiden Körben schrien ihre Angst heraus. Hinter ihr erbrach sich jemand.

Gonvalon küsste sie auf die Stirn. »Spring!«, hauchte er.

Plötzlich gab es einen Ruck. Ihr Korb begann zu schwingen. Er stürzte immer noch der Tiefe entgegen, doch er wurde jetzt langsamer.

»Vorsicht!« Ein Schlag ließ Nandalee gegen Gonvalon taumeln. Dem jungen Krieger vor ihr wurde der Helm vom Kopf gerissen. Das Weidengeflecht knarrte bedenklich. Die beiden pendelnden Körbe waren gegeneinandergeschlagen.

Die Seiltrommeln wurden abgebremst. Noch immer glitten sie schnell in die Tiefe, doch ihr Sturz verlangsamte sich, je näher sie der Mauer des Tempelgartens kamen. Noch fünfzig Schritt bis zum Boden.

»Wir schaffen das«, sagte Gonvalon so voller Zuversicht, als hätte er schon Dutzende dieser verrückten Sturmlandungen mitgemacht.

Noch dreißig Schritt. Die beiden Körbe glitten über die Mauer des Tempelgartens hinweg.

Der junge Krieger neben Nandalee betete noch immer. Dabei flossen ihm Tränen über die Wangen. Wie hatte man ihn nur für eine solche Mission aussuchen können! Als die beiden pendelnden Körbe erneut gegeneinanderschlugen, war nicht nur das Knacken der verflochtenen Weidenäste zu hören – ein trockener, splitternder Laut kam dazu. Der Holzrahmen, dachte Nandalee.

»Achtung!«

Ringsum wogten Äste auf. Ihr Korb verfing sich in einer Baumkrone, doch das riesige Wolkenschiff glitt weiter. Ihr Frachtkorb wurde zur Seite gerissen. Nandalee verlor den Boden unter den Füßen.

Während neben ihr die Krieger schreiend in das Geäst eines Baumes stürzten, fiel Nandalee durch Rispen voller kleiner, weißer Blüten, die einen intensiven Lilienduft verströmten. Dünne Äste peitschten ihr ins Gesicht. Sie griff Halt suchend in das mattgrüne Laub. Mit der Hüfte prallte sie auf einen dickeren Ast. Ihre Finger krallten sich fest. Kurz nur, bevor der abrupte Ruck ihr die Muskeln zerren konnte, ließ sie los. Griff nach einem weiteren Ast, verlangsamte ihren Sturz, bis sie sich schließlich ganz gefangen hatte und leichtfüßig über dunkles Astholz dem Stamm des Baumes entgegeneilte. Auch die anderen Drachenelfen hatten sich gefangen. Sie hangelten an größeren Ästen. Ließen sich kontrolliert fallen und strebten dem Boden entgegen. Ein Teil der Menschenkinder hatte es auch geschafft, sich zu retten. Die meisten aber waren wie Fallobst zu Boden gestürzt. Nandalee sah ihre verdrehten Leiber unter dem Baum liegen.

Behände kletterte die Elfe das letzte Stück Stamm hinab, zog ihren Bogen aus der ledernen Schutzhülle und spannte ihn. Ein Stück neben ihr, unter dem Baum, saß der junge Krieger aus ihrem Korb. Fassungslos tastete er über seine Glieder und murmelte immer wieder: »Ich lebe. Ich lebe. Ich …«

Nandalee sah kurz nach oben. Die Frachtkörbe hatten sich aus den Ästen gelöst und wurden hastig nach oben gekurbelt. Von den beiden Wolkenschiffen, die nun über den Gärten schwebten, gingen etliche dicke Taue zu den Ankertürmen. So würden sie ihre Position halten. Schon beugten sich Gesichter über die Frachtschächte. Die Nächsten, die eine Sturmlandung wagen würden.

Nodon forderte ihre Aufmerksamkeit, indem er ihr winkte und auf einen Apfelhain deutete, in dem sich etwas unter dem Geäst bewegte. Vielleicht waren es die Krieger aus den anderen Landungskörben. Vielleicht ihre Feinde. Nandalee zog einen Pfeil aus dem Köcher, hakte die Nocke ein, bedeutete dem jungen Krieger, ihr zu folgen, und rannte zu ihren Gefährten. Die Elfen hatten sich im Schatten des Mangobaums versammelt, durch den sie so unsanft aus ihren Körben gerissen worden waren. Über ihnen kletterten die wenigen überlebenden Menschenkinder durch die Äste hinab und fluchten.

Und dann waren die Zapote da, sie stürmten aus dem Apfelhain, geduckt wie große Katzen mit ihren Krallenstöcken. Nandalee hatte gerade Zeit für einen Schuss, dann ließ sie den Bogen fallen und zog Todbringer. Lange hatte sie nicht mehr mit dem verfluchten Schwert gekämpft. Es fühlte sich gut an in der Hand. Für einen Herzschlag hatte sie das Gefühl, als vibriere der Griff in ihren Händen, als könne die Waffe es nicht erwarten, wieder Blut zu vergießen.

Mit weit ausholendem Hieb traf sie den vordersten der Angreifer, der noch seine Krallenstöcke hochriss, um die Klinge abzuwehren. Der Silberstahl zersplitterte den Obsidian, fuhr durch beide Hände des Menschensohns und hämmerte ihm tief in die Brust. Nandalee trat dem Sterbenden in die Magengrube und befreite ihre Klinge, um einen zweiten Angriff abzuwehren. Auch ihre menschlichen Gefährten hatten sich in den Kampf geworfen, doch unter sie waren die Jaguarmänner wie Schnitter ins Kornfeld gefahren. Bald war der Boden im Schatten des Mangobaums von Toten und Sterbenden bedeckt.

Plötzlich wichen die Jaguarmänner zurück. Nodon, Gonvalon und Manawyn setzten ihnen gnadenlos nach. Bidayn tastete über eine tiefe Schramme auf ihrer Wange, die stark blutete, schien aber ansonsten unverletzt zu sein.

»Zurück!«, rief Eleborn. »Lasst euch nicht zu den Pyramiden locken. Unser Ziel liegt dort.« Er deutete mit ausgestrecktem Schwert auf die Gärten jenseits des Apfelhains. »Dort liegt der Schlangenschlund! Der Eingang, der tief in den Weltenmund führt!«

Nandalee sah zwischen zwei Stufenpyramiden eine Wand aus Rauch und Feuer. Ferner Kampflärm hallte von dort. Von den Wolkenschiffen über ihnen senkten sich neue Frachtkörbe voller Krieger herab. Der Unsterbliche Aaron würde bald bis zum Eingang des verborgenen Tempels durchbrechen. Es wäre besser, wenn sie vor ihm dort wären und nicht zu Kämpfen befohlen werden konnten, die sie nicht ausfechten wollten.

Ihr Ziel war erreicht. Überall herrschte ein heilloses Durcheinander. Endlich würden sie zu Nangog gelangen können.

Am Schlangenschlund

»Ich brauche keine Schildträger! Seht lieber zu, dass die Bogenschützen abgeschirmt sind«, rief Artax und stieg über einen der Jaguarmänner hinweg. Die Zapote schickten jetzt auch Tempelwachen in den Kampf. Männer in Lendenschurz mit befiederten Schilden, die mit obisdiansplitterbesetzten Keulen kämpften. Für seine gut gerüsteten Krieger waren sie keine ernsthaften Gegner.

Ein Stein traf seinen Helm und riss ihm den Kopf nach hinten. Der Unsterbliche fluchte, schüttelte sich und ging weiter. »Bringt die Schleuderer um«, befahl er dem rotbärtigen Bogenschützen aus Garagum, der zum Hauptmann unter den Kushiten aufgestiegen war und den Befehl über die Bogenschützen der Garde führte.

»Wir schicken sie zu den Adlern, Herr!«, entgegnete Ormu knapp und wies seinen Männern die neuen Ziele zu.

Der Widerstand vor ihrem Schildwall zerbrach. Die Verteidigung der Zapote war schlecht organisiert und aussichtslos. Artax sah die Tempelwachen in die Haine und das dichte Buschwerk der umliegenden Gärten flüchten. Als eine Bola dicht über seinen Kopf hinwegzog, duckte er sich. Die Seilkugeln rissen einem Krieger hinter ihm den Speer aus der Hand. Von vorne lief ihm Ashot, umringt von einer kleinen Schar Himmelshüter in ihren prächtigen, weißen Umhängen, entgegen. Er zerrte einen blonden, bärtigen Mann neben sich her. »Das ist einer der Auserwählten«, rief er. »Einer der Männer, die wie Volodi für den Opferstein vorgesehen sind.«

»Weiß er, wo Volodi steckt?«

»Haben Zapote sich ihn geholt«, radebrechte der Drusnier mit schwerem Akzent in der Sprache Arams. »War ich mich eine Mann von Muwatta. Sie mich auch verschleppt von Kush, wie dich deine Hauptmann. Volodi jetzt Schlange gehen. Ich mich gesehen!«

»Was meint er?« Artax verstand den Mann kaum.

Ashot deutete hinter sich in die Gärten. »Irgendwo dort liegt der Eingang zu einem unterirdischen Tempel. So wie ich den Kerl verstanden habe, ist Volodi abgeholt worden, kurz bevor der Angriff begann. Der Eingang zum Tempel sieht wie ein Schlangenmaul aus. Ich glaube, das meinte dieser Drusnier mit *Volodi jetzt Schlange gehen.*«

Scheppernd schlugen Wurfsteine auf die Schilde und Rüstungen der Kushiten. Die Schleuderer der Zapote hatten sich zwar ins Unterholz des Gartens zurückgezogen, aber noch lange nicht aufgegeben.

»Dann ist das unser Ziel!«, entschied Artax.

»Aber wir haben die großen Pyramiden noch nicht von den Feinden gesäubert«, wandte Ashot ein. »Sie können sich neu sammeln und uns den Rückweg abschneiden, wenn wir uns nicht jetzt darum kümmern.«

Artax schüttelte entschieden den Kopf. Wenn sie nicht so rasch wie möglich zum unterirdischen Schlangentempel vorstießen, wäre all das vergebens gewesen. »Über den Rückweg machen wir uns Gedanken, wenn wir zurückgehen! Jetzt geht es vorwärts.« Er riss sein Schwert hoch. »Im Laufschritt mir nach!«

Den Drusnier, der den Weg kannte, in ihrer Mitte, hasteten sie durch den Garten. Auf einem Wegkreuz lagen drei tote Auserwählte. Die Priester hatten ihre Opfer für die Gefiederte Schlange lieber umgebracht, als sie den vorrückenden Kriegern Aarons in die Hände fallen zu lassen.

Artax musste daran denken, dass diese Männer allein seinetwegen gestorben waren. Sie hatten den Preis dafür zahlen müssen, dass er Volodi zurückverlangte.

Vielleicht war sein Hauptmann auch schon längst ermordet. Artax beschleunigte seinen Laufschritt. Die Männer um ihn keuchten. Schilde und Rüstungen schepperten. Die leicht gewappneten Bogenschützten überholten sie. Unter der Aufsicht von Ormu lieferten sie sich immer noch ein Gefecht mit den Schleuderern, die parallel zu den vorrückenden Kushiten durch das Dickicht eilten. Warum konnten die verfluchten Zapoter nicht einsehen, dass sie diese Schlacht verloren hatten, dachte Artax wütend. Dieses Gemetzel war unnötig.

Fauchend wie Raubkatzen brachen zwei Jaguarmänner aus einem Rosenbusch voller gelber Blüten. Sie hieben mit ihren Krallenhänden einen Bogenschützen nieder und standen plötzlich vor Artax. Ohne auf seine Leibwachen zu achten, gingen sie sofort auf ihn los. Eine Krallenfaust schrammte über seinen Leinenpanzer. Obwohl der Hieb auf der Rüstung der Devanthar nicht mehr als ein paar feine Kratzer hinterließ, ließ ihn die Wucht des Treffers zurücktaumeln. Sofort folgte ein zweiter Hieb, der auf seine Schwerthand zielte. Artax drehte die Klinge weg, sodass der Angriff ins Leere ging, und versetzte dem Zapote einen Ellenbogenstoß zwischen die Fänge des Jaguarhelms. Dann sauste seine Geisterklinge nieder. Selbst im hellen Tageslicht war das unheimliche grüne Leuchten deutlich zu erkennen, das den Stahl umspielte. Das Schwert schnitt durch Helm und Schädelknochen. Noch im Sterben hob der Zapote ein letztes Mal seine Krallenhände und hieb nach Artax' Beinen. Doch in dem Angriff lag keine Kraft mehr.

Im selben Moment stieß Ashot den zweiten Jaguarmann mit dem Schild zurück, und Ormu versenkte auf drei Schritt einen Pfeil in die Brust des Zapote-Kriegers, der von der Wucht des Treffers von den Beinen gerissen wurde.

»Weiter!«, rief Artax verzweifelt. Wieder hatten sie einige Augenblicke verloren. Ihnen lief die Zeit davon.

Endlich erreichten sie den Eingang zum unterirdischen Tempel. Rings um das marmorne Schlangenmaul lagen tote Jaguarmänner. Es sah aus wie in einem Schlachthaus. Die Wände des Tunneleingangs, die Fänge der Schlange, die wie Stalaktiten über ihren Köpfen ragten, alles war mit Blut bespritzt. Abgetrennte Arme und Köpfe lagen auf den vordersten Treppenstufen.

»Was ist hier geschehen?« Ashot stand das Entsetzen ins Gesicht geschrieben. »Wer war das?«

Artax deutete zu den Wolkenschiffen, von denen Körbe voller Krieger abgeseilt wurden. »So war das nicht geplant«, murmelte er, dann sagte er laut zu seinen Männern: »Ich glaube, jemand ist uns zuvorgekommen.«

»Und hat keinen einzigen Mann verloren? Seht Euch um, Erhabener, hier liegt kein einziger toter Zinnerner. Das geht nicht mit rechten Dingen zu!«

Artax nickte zustimmend. Doch wer immer das getan hatte, hatte ihnen geholfen. Entschlossen betrat er das Schlangenmaul. Er würde Volodi befreien!

In die Tiefe

Der endlose Tunnel in die Tiefe weitete sich. Auf jeder der breiten Stufen, die Nandalee hinabstieg, stand eine brennende Öllampe und tauchte die mit weißem Marmor verkleideten Wände in ein warmes Licht.

Die Elfe bemerkte Ritzzeichnungen auf den Wänden. Anfangs nur flüchtig wie Skizzen, die aber bald zu wohlausgeführten Reliefs wurden, je weiter sie gingen. Die Bilder zeigten einen Garten voller Blumen. Es gab Vögel und Schlangen, auch waren einige Priester zu sehen. Dann spannte sich über den Himmel ein weiter Schlangenleib, der statt Schuppen Federn trug. Die Kreatur war viele Schritt lang.

Der Tunnel machte einen weiten Bogen, und die Szenerie änderte sich. Decke und Wände wichen weiter zurück. Etwa fünfzig Schritt vor ihnen schloss eine solide Mauer den Tunnel ab, in die ein großes Tor eingefügt war. Die Wandreliefs waren hier bemalt: Sieben überlebensgroße Krieger mit blondem Haar kämpften gegen einen gefiederten Drachen mit goldenem Haupt.

»Das sind wir«, hörte Nandalee Manawyn sagen. »So sah der Schlangendrache wirklich aus. Es ist …« Seine Stimme brach, als er sah, wie der Drache einen Krieger mit seinen Krallen zerfetzte und einem zweiten den Schwertarm abbiss.

»Er bewegte sich schnell für seine Größe.« Manawyns Stimme klang rau, als er an ihr vorbeiging und mit seinen alten, faltigen Händen über die Reliefs strich. Er wirkte abwesend.

Direkt neben dem Tor war ein Bild der geflügelten Išta. In der Rechten hielt sie ein Schwert. Ihren Fuß hatte sie in den Nacken eines Toten gesetzt, aus dessen Halsstumpf Blut quoll. Mit der Linken aber hielt sie an ihrem langen blonden Haar den Kopf einer Elfe hoch. Nandalee erschauderte, als sie sah, dass in die beiden Seitenpfeiler des hohen Tors je drei Nischen geschnitten waren, in denen abgetrennte Köpfe lagen. Im Sturz des Tores war ebenfalls eine einzelne Nische angelegt. Sie jedoch war leer.

Bisher hatten sie nur ihren eigenen Atem und das leise Geräusch ihrer Schritte vernommen. Nun erklang jenseits des Tores Gesang. Dunkel, auf- und abschwellend – wie eine Beschwörung. Das Lied schien etwas bei Manawyn auszulösen. Seit er ihnen seine Geschichte erzählt hatte, hatte er nicht mehr viel gesagt. Doch auch schweigend strahlte er eine stumme Autorität aus. Jetzt jedoch wirkte er verändert auf Nandalee. Es schien, als sei er nicht mehr bei ihnen, sondern durch die Jahrhunderte zurück in die Vergangenheit geschritten. Manawyn war vor dem Tor stehen geblieben und betrachtete entrückt die abgetrennten Köpfe.

»Wir müssen weiter«, zischte Nodon. »Jemand kommt die Treppe hinab. Wenn es Krieger Arams sind, wird es Fragen geben, und sollten es diese verdammten Zapote sein …« Er seufzte. »Auf der anderen Seite des Tors erwarten uns sicher auch noch reichlich von diesen verdammten Katzen. Wir können hier nicht bleiben!«

Noch während Nodon sprach, war Manawyn vor den linken Pfeiler getreten, hatte sich auf Zehenspitzen gestellt und hob nun den Kopf aus der mittleren Nische. Die Devanthar schienen ihre Trophäen mit einem Zauber umsponnen zu haben: Das Fleisch der Toten war nicht verfault, ja es war nicht einmal dunkel oder faltig geworden. Ihre Augen waren geschlossen. Das ebenmäßige Gesicht wirkte ruhig, als schlafe sie nur. Sie war einmal eine Schönheit gewesen. Manawyn sah unendlich viel älter aus als diese Köpfe. Er sagte etwas zu Lyvianne, und die Zauberweberin reichte ihm einen Kamm.

»Der ist verrückt geworden«, stellte Nodon nüchtern fest und trat an dem ersten Meister vorbei durch das Tor.

Nandalee sah noch einen Augenblick zu, wie Manawyn zärtlich das goldene Haar der Toten kämmte. Vorsichtig löste er die Knoten. Sie hatten dafür wirklich keine Zeit, aber sie brachte es nicht übers Herz, den ersten Meister zu stören. Leise folgte sie Gonvalon und Eleborn.

Hinter dem Tor machte der weite Tunnel eine Kehre nach rechts. Es ging erneut steil in die Tiefe. Auch hier standen auf jeder der breiten Stufen Öllämpchen, die die Finsternis aus dem Berg bannten. Nandalee konnte etwa hundert Schritt weit sehen. Ein sanfter, kaum spürbarer, warmer Wind stieg aus der Tiefe auf. Der Atem Nangogs?

Sie hörte, wie hinter ihr Schwerter aus der Scheide gezogen wurden. Nun waren auch Lyvianne und Bidayn durch das Tor getreten. Beide hielten ihre Klingen in der Hand und schritten nun, ohne zu zögern, an Nandalee vorüber die weite Treppe hinab. Sie sah ihren Gefährtinnen nach. Sie ahnte, was sie alle dachten. Sie fragten sich, ob sie dasselbe Schicksal erwartete wie Manawyn und die anderen Meister der Weißen Halle.

Nandalee ging zurück zum Tor. Der erste Meister hielt immer noch den abgetrennten Kopf in Händen. Das lange Haar war nun sorgfältig gekämmt und glänzte wieder. Der alte Elf hob seinen Blick und nickte ihr zu. Dann setzte er den Kopf vorsichtig zurück in die Nische und ging ihr entgegen. Als er sie erreichte, legte er seine Rechte auf die Brust, dort, wo sein Herz war. »Ich war so lange in diesem Stein eingesperrt, dass ich dachte, auch mein Herz sei ein Stein geworden.« Seine Augen schimmerten feucht. »Ich habe mich geirrt.«

Nandalee hörte die Stimmen hinter ihnen nun ganz deutlich. Vielfach an den Tunnelwänden gebrochen, war schwer zu schätzen, wie weit sie entfernt sein mochten. Sie wurden vom rhythmischen Geräusch eiliger Schritte begleitet. Sie mussten sich beeilen!

Ohne ein weiteres Wort strebten sie gemeinsam immer zwei Stufen auf einmal nehmend in die Tiefe, bis sie die weite Kehre hinter sich ließen und sich ihnen ein atemberaubender Anblick bot. Die Höhlen der Zwerge in der Tiefen Stadt waren nichts im Vergleich zu dem, was nun vor Nandalee und Manawyn lag: Weit wie eine Landschaft breitete sich eine natürliche Grotte aus. Die Wände spielten in Farben von rostgeadertem Weiß über hellem

Rosa bis hin zu einem dunklen Orangerot. Ein Zauber musste in die Höhlenwände gewoben sein, denn es herrschte ein zartes Licht wie zur ersten Stunde der Dämmerung. Geschwungene Pfeiler aus natürlichem Fels, ein jeder für sich groß wie ein Berg, trugen die Decke, unter der bleicher Dunst hing. An einige dieser Pfeiler klammerten sich schlichte Häuser mit Fenstern wie dunkle Augenhöhlen. Sie lagen weit über dem Boden und waren nur über schmale Pfade zu erreichen. Nandalee erinnerte sich, wie Manawyn davon gesprochen hatte, dass die Zapote Häuser errichtet hatten, die wie Schwalbennester an der Höhlendecke klebten. Und sie hatte seine Erklärung nicht vergessen, warum sie so gebaut waren!

Mit mulmigem Gefühl stieg sie die letzten Stufen hinab, wo die anderen sie erwarteten. Vergessen waren die Zwistigkeiten der letzten Tage, zum ersten Mal spürte sie, dass sie alle in ihr die Anführerin sahen. Sie erwarteten ihre Befehle.

Rechts von ihnen, etwa zweihundert Schritt entfernt, hatten sich Krieger auf einer flachen Erhebung versammelt. Auf ihren Köpfen wippten lange, rote Federn. Sie trugen gesteppte, bunte Gewänder und gehärtetes Leinen als Rüstungen. Auch ihre Schilde waren mit Federn geschmückt. Die Zapote beobachteten sie und schienen nicht angreifen zu wollen, obwohl sie fast hundert waren.

Weit hinter ihnen, in einer Felsnische, die so groß war, dass sie die halbe Goldene Stadt in sich hätte aufnehmen können, lag eine Stufenpyramide. Eine steile Treppe führte in deren Mitte zur obersten Terrasse. Etwas bewegte sich dort. Nandalee kniff die Augen zusammen: Priester in Federschmuck standen um einen Opferstein versammelt. Es schien, als läge dort ein Mann. Ganz sicher war sie sich nicht. Die Entfernung war zu groß.

Gut sichtbar war hingegen ein kleiner See, der vor der Pyramide lag. Sein Wasser schimmerte im Dämmerlicht blutig rot.

»Hier ist es«, sagte Manawyn, und in seiner Stimme lag ein Zittern. »Das ist der See, aus dem der Schlangendrache kam.«

Von der Stufenpyramide ertönte Hörnerklang. Es war ein dumpfer, aufwühlender Laut, der sich in Nandalees Knochen krallte.

»Wo geht es in die Tiefe?«

Manawyn deutete nach links, wo sich die weite, abfallende Grotte in der Ferne in silbernem Licht verlor. Es war wunderschön hier, und zugleich spürte Nandalee die Angst, die sich seit Jahrhunderten ins Gestein gefressen hatte.

»Warten wir nicht, ob etwas aus dem See steigt. Lauft!«

Alte Macht

Es war Quetzalli völlig fremd geworden, von Zapote-Priestern mit Respekt behandelt zu werden. Seit sie zu Fleisch erklärt worden war, hatten aus ihrem Volk nur ihr Bruder und der Diener Ichtaca freundliche Worte für sie gehabt. Jetzt erinnerte sie sich wieder daran, wie es war, Ansehen zu besitzen. Sie stammte aus einer der ältesten Familien des Reiches. Ihr Urahn hatte als einer der Ersten vom Purpurfleisch gekostet.

All dies war nun zurückgekehrt. Sklavinnen hatten sie gewaschen und ihren nackten Leib mit öliger, schwarzblauer Farbe bemalt, von der das Blut des Auserwählten abperlen würde.

Um ihre Hüften war ein blütenweißes Seidentuch geschlungen, das noch nie zuvor getragen worden war. Jetzt schoben ihr die Sklavinnen die schweren goldenen Armreife über die Hände. Der Prunkkragen aus Gold und dunkler, alter Jade legte sich schwer und kühl auf ihre Schultern. Gedankenverloren betrachtete sie die feinen, schwarzen Linien, die zwischen Jade und Goldfassung lagen – es war eingetrocknetes Blut. Manches davon so alt wie die Pyramide, die sich vor ihr erhob. Sie stand zusammen mit den übrigen Priestern unter einem Baldachin aus Tausenden Federn. Es war ein Ort der letzten Einkehr, wo die Sklaven ihnen ihre Prunkgewänder anlegten und sie sich gesenkten Hauptes darauf vorbereiteten, einem Gott gegenüberzutreten.

Sklavinnen legten ihr den Federmantel um, den sie so lange nicht getragen hatte, und befestigten ihn mit Seidenschnüren am Kragen. Zuletzt wurden ihre Haare mit goldenen Kämmen hochgesteckt, die mit sich windenden Schlangen geschmückt waren. Sie war bereit.

Alle Blicke ruhten auf ihr. Sie spürte den alten Respekt. Es war, als sei sie nie fort gewesen.

Der ganz schwarz geschminkte Klingenhüter, der die Auserwählten durch den Schlangenschlund führte, trat vor sie, verbeugte sich ehrerbietig und reichte ihr mit beiden Händen das alte Opfermesser.

»Tochter der Schlange, nimm ein Leben, um Leben zu schenken«, sagte er feierlich, wie der Ritus es vorschrieb.

»Meine Hand wird auf dem schlagenden Herzen eines Helden ruhen, wenn deine Klinge scharf genug ist«, antwortete Quezalli feierlich. Sie hatte keines der Worte vergessen. Sie war wieder in ihre alte Haut geschlüpft, als sei sie niemals zur Gespielin der Jaguarmänner gemacht worden. Seit Jahrhunderten waren die Frauen ihrer Familie Priesterinnen gewesen. Hier zu stehen war ihre Erfüllung. Hier war sie ganz sie selbst.

Quetzalli nahm das Opfermesser entgegen, dessen Obsidianklinge die Farbe eines dunklen Waldsees hatte. Es lag vertraut in ihrer Hand, obwohl ein ganzes Leben vergangen zu sein schien, seit sie zum letzten Mal dieses Messer entgegengenommen hatte. Es stand den Jägerinnen zu, jene zu opfern, die sie in die Tempelgärten gebracht hatten. Die meisten machten von diesem Vorrecht keinen Gebrauch, doch Quetzalli hatte es stets als Ehre empfunden, zu Ende zu bringen, was sie im Namen der Gefiederten Schlange begonnen hatte.

Gemessenen Schrittes begann sie den steilen Aufstieg zum Opferstein hinauf. Sie ging allein, konzentrierte sich ganz auf ihre

Aufgabe. Ihr durfte nur der Klingenhüter folgen, und auch er musste Abstand halten.

Erst als sie die Hälfte der Treppen erklommen hatte, fiel ihr auf, dass etwas anders als sonst war. Eine seltsame Unruhe herrschte in der weiten Höhle. Doch Quetzalli hielt den Blick fest auf das Ende der Treppe gerichtet. All ihr Streben und Denken sollte nun allein auf die Gefiederte Schlange gerichtet sein. Sie dachte an weiße Haut und daran, wie der Schnitt unter dem Rippenbogen, nahe beim Herzen zu setzen war. Daran, wie sie ihre schmale Hand unter den Rippen hindurch nach oben schieben musste, um nach dem schlagenden Herzen zu greifen. Dem Herzen Volodis, der sie in seine starken Arme geschlossen hatte, als sie für ihr eigenes Volk nur noch Fleisch gewesen war.

Doch nun konnte sie all das hinter sich lassen. Ein Schnitt … ein letztes Herz, und sie würde wieder zur Priesterkaste der Gefiederten Schlange gehören. Die Vergangenheit wäre vergessen. Wäre sie das? Sie hatte fast das Ende der Treppe erreicht. Sah den Opferstein, auf dem Volodi festgebunden lag. Sah die vier Wachen, die in den vier Winden standen. Einer an jeder Ecke der Plattform. Zwei Adlerkrieger und zwei Jaguarmänner. Quetzalli wusste, unter den Jaguaren würde man immer über sie reden. Über die Priesterin, die einmal ihr Fleisch gewesen war. Nichts wäre je wieder wie früher. Sich an diesen Irrglauben zu klammern war dumm.

Sie nahm die letzte Stufe. Volodi drehte seinen Kopf und sah sie an. Er sagte nichts. In seinen Augen lag, was Worte niemals hätten ausdrücken können. Er hatte sie erkannt und wandte nun den Kopf wieder ab.

Der Opferstein war eine hüfthohe Säule. Volodis Becken ruhte auf der Säule. Seine Arme und Beine waren zurückgebogen und mit Lederriemen an schwere, goldene Ringe am Boden gebunden worden. Quetzallis Blick wanderte über die Bauchmuskeln zum Rippenbogen. Die Art der Fesselung erleichterte es, den Schnitt zu setzen, der ihr erlaubte, sein Herz herauszureißen.

Wohl Odi, dachte sie. Er war um ihretwillen zurückgekehrt. Ihr Bruder, Necahual, hatte ihr erzählt, wie er es geschafft hatte, den Drusnier dazu zu bringen, freiwillig in die Tempelgärten zu treten. Der Krieger hatte sie gewählt, die Verräterin, die ihn zum Tode hatte verführen wollen und ihn dann doch nicht ausliefern konnte. Die gefallene Priesterin, deren Leib von Narben entstellt war, war seine Wahl gewesen, als er jedes Mädchen in der Tempelstadt hätte haben können. Er war zärtlich und einfühlsam zu ihr gewesen. Er hatte gewusst, sie zu retten, war sein Tod. Kein Zapote hatte je für sie sein Leben gewagt. Quezalli wusste nicht, was er in ihr sah. Warum er das tat. Sie wusste nur, sie würde es niemals herausfinden. Für sie beide gab es keine Zukunft.

Ungewohnter Lärm ließ Quetzalli aufblicken. In der Höhle war eine regelrechte Schlacht entbrannt. Was bedeutete das? Die ungewöhnliche Akustik dieses Ortes verzerrte die Geräusche und ließ sie fern erklingen, doch die fremden Krieger waren schon bis fast auf zweihundert Schritt an die Pyramide herangelangt. Sie bewegten sich entlang des Blutteiches, ohne zu ahnen, in welch tödlicher Gefahr sie schwebten.

Volodi hatte ihr erzählt, dass er ein Feldherr im Königreich Aram gewesen war. War sein König gekommen, ihn zu retten? Dann würde noch in dieser Stunde ein Unsterblicher sein Leben verlieren.

Quetzalli blickte auf den prächtigen Opferdolch. Ihre Entscheidung war gefallen. Sie würde Volodi befreien und dann wahrscheinlich mit ihm sterben! Der Drusnier spannte seine Bauchmuskeln, um den Kopf, der in den Nacken gebogen war, anzuheben und sie anzusehen. Er sah zu ihr auf. Ohne Angst! Selbst jetzt vertraute er ihr noch. Sie könnte ihn niemals verraten.

Quetzalli wünschte, sie würde seine Sprache beherrschen und ihn darauf vorbereiten können, was sie jetzt tun wollte. Es musste alles sehr schnell gehen! Sie würde seine Handfesseln durchtrennen und dann seine Füße befreien. Die vier Krieger blickten angespannt auf das Kampfgeschehen. Die Fremden hatten die Schlachtreihe der Tempelwachen durchbrochen. An ihrer Spitze kämpfte ein Mann, der einen prächtigen Maskenhelm trug. Er focht wie ein Berserker. Niemand vermochte sich ihm zu widersetzen. Nur eine Handvoll Jaguarmänner stand jetzt noch zwischen ihm und der Pyramide.

»Töte ihn, und rufe die Schlange«, befahl der Klingenhüter hinter ihr.

Quetzalli hob den Opferdolch.

Blutige Tränen

Artax sah die Priesterin mit dem Dolch auf der Spitze der Pyramide. Sie waren so weit gekommen, und nun war im letzten Augenblick alles verloren. »Ormu!«, rief er aus Leibeskräften nach dem Bogenschützen aus Garagum und wehrte den Hieb eines Jaguarmanns ab. »Ormu!«

Die letzten Zapote kämpften mit dem Mut der Verzweiflung. Artax konnte das nicht verstehen. Die Schlacht war für sie verloren, das war offensichtlich. Warum ergaben sie sich nicht? Der Unsterbliche streckte den Jaguarmann vor sich mit einem wuchtigen Hieb nieder. Sein verwunschenes Schwert trennte den Arm ab, den der Krieger zum Schutz erhoben hatte, und drang ihm noch tief in die Schulter. Der Zapote schrie nicht. Er sackte zusammen, und als Artax das Schwert aus der grässlichen Wunde zog, kroch er ein Stück weit zurück. Er rief den letzten drei überlebenden Jaguarmännern etwas zu, dabei deutete er auf Kolja, der mit seinen Zinnernen von den Gärten heruntergestiegen und zur Verstärkung gekommen war. Artax nutzte den kurzen Moment der Sicherheit und wandte sich zu Ormu um. Im selben Augenblick war Ashot an seiner Seite und schirmte ihn mit seinem Schild ab.

»Schieß auf die Priesterin, Ormu!«

Der Bogenschütze hob die Waffe und zögerte. »Das ist sehr weit.«

»Schieß!«, befahl Artax. Noch zwei oder drei Herzschläge und Volodi wäre tot. Es war die letzte Gelegenheit.

Ormu hob die Waffe und zog in fließender Bewegung die Sehne zurück. Er hörte den Jäger ausatmen. Dann schnellte der Pfeil von der Sehne.

Artax murmelte gepresst ein Stoßgebet.

Der Pfeil fand sein Ziel. Die Priesterin wurde von der Wucht des Treffers nach hinten gerissen. Das Messer fiel ihr aus der Hand. Die anderen Zapote auf der Tempelspitze schrien auf.

»Schieß auf jeden Zapote, der sich Volodi nähert!«, befahl er Ormu und hob sein von grünem Licht umspieltes Schwert hoch über den Kopf. »Vorwärts Männer, stürmt den Tempel!« Ohne sich noch einmal umzusehen, rannte Artax los. Sein Herz schlug so schwer wie eine Trommel. Sein Atem ging keuchend, als er die steilen Stufen erreichte, die zum Tempel hinaufführten.

Die letzten überlebenden Jaguarmänner hatten sich an das gemauerte Ufer des unheimlichen roten Sees zurückgezogen. Die Kämpfe waren zum Erliegen gekommen. Nur die Krieger auf der Tempelspitze schienen entschlossen, noch Widerstand zu leisten. Sie formierten sich dort, wo die Treppe auf die oberste Terrasse der Stufenpyramide mündete.

Pfeile zogen über Artax hinweg. Ein Krieger in einer Adlerrüstung wurde in die Brust getroffen und stürzte die Treppe hinab. Nun standen nur noch drei Zapote vor Volodi.

Artax blickte kurz über seine Schulter. Unmittelbar hinter ihm lief Ashot die Treppen hinauf, dicht gefolgt von etlichen Kushiten. Kolja war bei Ormu geblieben und hatte eine Gruppe Bogenschützen um sich geschart. Gerade deutete er mit grimmigem Gesicht auf die Spitze der Pyramide. Die Krieger hoben ihre Waffen.

»Nein!«, schrie Artax. Sie durften nicht wahllos schießen. Wenn sie den Opferplatz mit Pfeilen eindeckten, war die Gefahr viel zu groß, auch Volodi zu treffen. Er schrie, winkte mit den Armen, doch Kolja gab den Schützen ein Zeichen weiterzumachen. Er musste ihn missverstanden haben!

Artax rannte um Volodis Leben. Stufe um Stufe. Seine Waden brannten. Seine Lungen füllten sich mit Feuer. Der Maskenhelm drohte ihn zu ersticken. Schweiß rann ihm in die Augen. Er spürte, wie seine Gefährten zurückblieben, wandte sich aber nicht um und hielt den Blick fest auf das Ende der Treppe gerichtet.

Plötzlich stürzte sich der letzte, noch verbliebene Adlerkrieger von der obersten Terrasse. Er fiel, weitete die Arme, und Flügel schwangen auf. Artax hielt staunend in seinem Lauf inne. Der Zapote hatte sich nicht nur in Federn gehüllt, nein, er schien wirklich ein Vogel zu sein! Durch den Schnabel der Helmmaske sah er die dunklen Augen des Kriegers funkeln. Mit kräftigen Flügelschlägen gewann er an Höhe, schwang sich auf über den Opferplatz. Zwei Pfeile verfehlten ihn.

Artax fasste sich und lief weiter, als er Ashot hinter sich gellend aufschreien hörte. »Über Euch, Herr!«

Als der Unsterbliche aufblickte, krallten sich Fänge aus Obsidian in seinen Maskenhelm. Artax verlor das Gleichgewicht, taumelte zurück und riss dabei sein Schwert hoch, um es dem unheimlichen Angreifer in den Leib zu rammen. Die steinernen Krallen brachen, und messerscharfe Splitter drangen durch die Sehschlitze in seinen Helm. Artax blinzelte. Etwas war ihm in die Augen geraten. Hart schlug er auf die Treppe auf und rollte einige Stufen hinab, dabei kreischte der Zapote wie ein Raubvogel. Auch er war gestürzt und seine Flügel zerbrochen.

Artax blinzelte. Seine Augen tränten. Es brannte. Er sah nur noch verschwommen. Sein Schwert war ihm entglitten. Benommen tastete er nach dem Dolch an seinem Gürtel. Er fand den Griff, zog die Waffe und rammte sie dem Vogelmann in die Seite, der auf den Stufen vor ihm lag und nicht aufhörte, wie ein angriffslustiger Raubvogel zu kreischen. Nichts Menschliches war mehr in diesen Schreien.

»Er ist tot«, erklang die vertraute Stimme Ashots.

Artax tastete nach seinen Augen. Seine Handschuhe glitten über das Metall des Maskenhelms. Er konnte nicht richtig sehen. Tränen rannen ihm die Wangen hinab. Es fühlte sich an, als sei ihm Salz in die Augen geschüttet worden. »Volodi …«, stieß er benommen hervor.

»Dort oben regt sich nichts mehr«, sagte Ashot mit belegter Stimme.

Artax stemmte sich hoch. Seine Finger streiften den Schwertgriff. Er umklammerte die verwunschene Klinge. Noch immer konnte er nicht richtig sehen. Seine Augen wollten nicht aufhören zu tränen.

»Herr …«

Artax blickte auf. Sein Rücken schmerzte vom Sturz. Sein linkes Knie fühlte sich an, als stecke ein glühender Nagel darin. Er blinzelte. Statt eines Gesichts sah Artax nur Schlieren aus zerlaufender Farbe. Er kniff die Augen fest zusammen, zählte stumm bis zehn und öffnete sie wieder, aber es wollte nicht besser werden.

»Herr, Ihr weint blutige Tränen.«

Die gefiederte Schlange

Der Pfeilhagel hatte aufgehört. Volodi öffnete vorsichtig die Augen. Er konnte nur flach atmen. Mit jedem Heben und Senken seiner Brust peinigte ihn ein stechender Schmerz. Ein Pfeil ragte aus seiner rechten Brusthälfte. Zwischen seinen Rippen hindurch hatte er sich in sein Fleisch gegraben. Ein zweiter Pfeil steckte in seinem rechten Oberschenkel. Um ihn herum war alles voller Blut. Drei tote Krieger lagen um den Opferstein, gebettet in ihre bunten Federmäntel. Ein Pfeil hatte seine linke Fußfessel durchtrennt, und Volodi hatte die Gelegenheit genutzt, sich vom Altarstein zu wälzen, während der schwarz bemalte Priester, der Quetzallis Messer aufgenommen hatte, von mehreren Pfeilen getroffen worden war.

Quetzalli, dachte Volodi verzweifelt. Sie war die Erste gewesen, die ein Pfeil getroffen hatte. Warum sie? Er hatte es in ihrem Blick gesehen. Sie hätte ihm niemals etwas zuleide getan. Sie hatte nach einem Fluchtweg für sie beide gesucht. Quetzalli!

Er zerrte an der rechten Lederfessel. Dadurch, dass er am Boden lag, hatte er etwas mehr Spielraum, sich zu bewegen. Volodi nahm einen der zersplitterten Pfeile, die um ihn herumlagen und begann, mit dessen verbogener Bronzespitze das Lederband zu bearbeiten, das ihn an den goldenen Ring im Boden fesselte.

Plötzlich fiel ein Schatten auf ihn. Ein hochgewachsener Krieger, dessen Gesicht unter einem Maskenhelm verborgen war, über den rote Tränen rannen. Ein Krieger mit hagerem, unrasiertem Antlitz stützte den Unsterblichen. Aaron und Ashot!

»Helft mir!« Volodi bezahlte für den Ruf mit einem schmerzhaften Stich in der Brust.

Mit raschen Schwerthieben durchtrennte Ashot die Fesseln. »Du lebst«, sagte der Bauer erleichtert. »Aber der Pfeil in deiner Brust …. Das sieht übel aus.«

Volodi hörte gar nicht hin. Was war mit Aaron? »Geht mich sich gut!«, sagte er entschieden und kämpfte seinen Schmerz nieder. Er setzte sich auf und versuchte, auf die Beine zu kommen. Er benötigte beide Hände, um sich am Opferstein hochzuziehen. Wo war Quetzalli?

Er entdeckte sie halb begraben unter dem Leichnam des schwarzbemalten Priesters. Auf den Opferstein gestützt, schleppte er sich voran. Er blickte auf den Pfeil in seiner Brust. Er steckte in einer Rippe. Er hatte Glück gehabt – ein Fingerbreit tiefer, und das Geschoss hätte sein Herz durchbohrt. Er griff nach dem Schaft, war aber von dem Blutverlust zu geschwächt, um ihn durchbrechen zu können. Wenn er hier lebend herauskam, würde er sich schnell wieder erholen. Hoffte er …

Endlich erreichte er Quetzalli. Volodi kniete bei ihr nieder und schob den Priester von ihrem zerbrechlichen Leib. »Quetzalli«, rief er, und Tränen liefen ihm über die Wangen. Ihr Gesicht war ganz mit Blut verschmiert, eine Hand umklammerte den Pfeil in ihrer Brust.

Quetzallis Augenlider flatterten. Ihre Lippen formten ein Wort. »Wohl …«

»Ich bin hier!«, sagte er aufgeregt.

Sie tat einen tiefen Seufzer. Ihr Blick wurde klarer. Sie tastete über ihre Brust.

Volodi sah, dass eines der Jadeplättchen ihres schweren Halsschmucks zersplittert war. Der Pfeil war darunter nicht tief in ihre Brust gedrungen. Der prächtige Priesterschmuck hatte sie wie eine Rüstung vor dem tödlichen Treffer bewahrt.

»Er hat die Priesterin aufgehoben, die Ormu mit seinem Pfeil niedergestreckt hat«, hörte Volodi Ashots Stimme hinter sich. »Ich versteh das nicht. Sie wollte ihm doch das Herz aus der Brust schneiden …«

»Sich mich retten wollte!«, rief Volodi aufgebracht.

»Geht es ihr gut?« Es waren die ersten Worte, die der Unsterbliche sprach. Seine Stimme war leise und beherrscht, so als kämpfe auch er gegen einen Schmerz an. Volodi sah das Blut, das vom Kinn der Maske tropfte. Seine Augen! »Was ist sich geschehen?«

Quetzalli stieß einen Schrei aus und deutete auf die Krieger des Unsterblichen, die sich auf dem Schlachtfeld am Ufer des Blutsees nach ihren Verwundeten umsahen. Keiner von ihnen bemerkte, wie sich die letzten überlebenden Jaguarmänner anschlichen. Die Zapote ergriffen einen großen, blonden Speerträger, der sich ein Stück weit von der Gruppe entfernt hatte. Volodi sah, wie einer von ihnen dem armen Kerl eine Krallenfaust in die Brust rammte und ihm das Herz herausriss.

Quetzalli redete aufgeregt in ihrer Sprache auf ihn ein und deutete zu der Treppe an der Rückseite des Tempels.

Die Jaguarmänner wurden nun von allen Seiten von Aarons Kriegern angegriffen. Der Zapote, der das blutige Herz in Händen hielt, warf das grausige Opfer in den See.

Quetzalli war inzwischen auf den Beinen. Sie zog sich Volodis rechten Arm über ihre Schulter und mühte sich ab, ihn zur Treppe zu bringen.

»Die Kerle sind so gut wie tot«, sagte er beruhigend, doch Quetzalli schüttelte nur den Kopf.

»Du musst dir keine Sorgen machen, Liebste.«

»Da ist eine Welle«, hörte er Ashot hinter sich sagen. Neugierig sah Volodi zum See zurück.

Etwas hob sich aus dem Wasser. Groß wie eine Insel. Länglich. Gold funkelte im unnatürlichen Licht der Höhle. Volodi hatte das Gefühl, sein Herz setze zu schlagen aus, als er erkannte, was da dem roten See entstieg: eine riesige Schlange mit goldenem Kopf. Ein Ungeheuer wie jene Kreatur, die die Zapote anbeteten. Die Gefiederte Schlange. Es gab sie wirklich!

Der Schlangendrache warf sich auf das Ufer des Blutsees, und die ganze Höhle erbebte unter dem Gewicht des Aufpralls. Aarons Krieger stoben schreiend auseinander. Die Gefiederte Schlange war entsetzlich schnell! Mühelos holte sie die Fliehenden ein, zerfetzte sie mit ihren Krallen und den silbern funkelnden Reißzähnen. Volodi sah, wie ein Bogenschütze seines Streitwagengeschwaders durchgebissen wurde, sodass nur ein Stück Rumpf und die Beine übrig blieben.

Der Schlangendrache metzelte die Krieger nieder, wie man Fliegen an einem schwülen Sommertag erschlägt. Aber er setzte den Fliehenden nicht lange nach. Nach wenigen Schritten schon hob er den Kopf, als würde er Witterung aufnehmen. Dann wandte er sich ab, kroch tiefer in die riesige Grotte, die sich in blaugrauem Dämmerlicht verlor. Es schien, als wolle er zum Herzen der Erde kriechen.

Kristalle

Lyvianne sah zur Höhlendecke, die sich im blaugrauen Dämmerlicht verlor. Das Zwielicht machte es schwer, Entfernungen zu schätzen. Wie hoch war sie wohl? Dreihundert Schritt? Vierhundert? Mehr? Nie zuvor hatte sie sich so klein und unbedeutend gefühlt. Dieser Ort war nicht für Elfen geschaffen.

Die Sieben waren auf dem Weg zu etwas, das selbst Alben und Devanthar gefürchtet hatten. Etwas, das die verfeindeten Weltenschöpfer dazu gebracht hatte, ein einziges Mal gemeinsam zu kämpfen. Und sie sollten es nun entfesseln. Bislang hatte Lyvianne sich die Riesin nicht wirklich vorstellen können. Sie hatte an ein großes Geschöpf gedacht. Plump und ungeschlacht wie die Menschenkinder und groß wie ein Turm. Aber Nangog musste viel mehr sein. Sie hatte die Welten Daia und Albenmark erbaut. Wie groß war eine Kreatur, die Berge erschuf? War sie vielleicht nicht einmal aus Fleisch und Blut? Eine Naturgewalt, die eine Form angenommen hatte? Ihr ging auf, wie naiv sie gewesen war. Nangog war gewiss kein plumper, riesiger Mensch. Sie konnte jede Gestalt haben!

Die Drachenelfe blickte zu Manawyn zurück. Hier zu sein hatte ihn schrumpfen lassen. Zu sehen, wie er den Kopf der toten Elfe kämmte, hatte ihn entzaubert. Er war nicht der, für den sie ihn gehalten hatte, als sie ihn aus dem Stein befreite. Er hatte Schwächen. Sein Blick kehrte immer wieder in die Vergangenheit zurück. Sein Körper mochte die Jahrhunderte überstanden haben, aber sein Herz war gestorben, als seine Gefährten fielen. Immer wieder wandte sich der schwarzhaarige Elf um. Er dachte nicht an Nangog. Er fürchtete allein das Ungeheuer, das die Devanthar erschaffen hatten.

Schweigend stiegen sie immer weiter in die Tiefe. Der Boden der Höhle war sanft abfallend. Wie lang war der Weg, der vor ihnen lag? All ihre Gefährten wirkten bedrückt. Vor ihnen lag Nangog, hinter ihnen der Schlangendrache, der Manawyn besiegt hatte – sie waren dem Untergang geweiht. Die Himmelsschlangen hatten sie geopfert!

Lyvianne wurde sich bewusst, dass sie ihr eigenes Ziel niemals erreichen würde, vollkommene Kinder zu gebären. Sie sah zu Gonvalon, der sich nah bei Nandalee hielt. Er ahnte nicht, wer seine Mutter war, ahnte nicht, dass er in der Weißen Halle jahrelang an ihrer Seite gelebt hatte. Vielleicht hatte sie ihre Kinder an den falschen Maßstäben gemessen? Sie hatte ihn im Schnee zurückgelassen, damit er starb. Aber er war stärker gewesen, als sie erwartet hatte. Die Gabe des Zauberwebens war nicht mächtig in ihm gewesen. Er war keine jener Lichtgestalten, die in ihren Träumen eines Tages die Nachfolge der Alben antreten würden. Elfen, die eine Macht in sich versammelten, die sie über alle anderen Geschöpfe Albenmarks stellte. Sie würden gerechte Herrscher sein und eine Welt der Schönheit und Harmonie erschaffen.

Sie hätte gerne Nandalee als ihre Schülerin gehabt. Sie war von ihnen allen am nächsten an jenem Ideal, von dem Lyvianne träumte. Wenn sie nur nicht so eine unbeherrschte Barbarin wäre! Sie folgte viel zu sehr ihren Gefühlen. Daraus konnte nichts Gutes erwachsen. Weise Entscheidungen wurden mit Bedacht getroffen, nicht auf der Grundlage von Emotionen. Aber vielleicht würde sie das noch lernen … Lyvianne lächelte. Nein, eher nicht.

Auch Nodon war nahe an dem Ideal, dem sie so lange schon folgte. Vielleicht etwas zu beherrscht. Lyvianne erlaubte sich, durch ihr Verborgenes Auge seine Aura zu studieren. Er war vollkommen in Harmonie mit sich und dieser fremden Welt. Er haderte nicht mit seinem Schicksal, ging ohne Furcht dem entgegen, was sie hier erwartete. War das Mut oder einfach nur ein Mangel an Fantasie?

Bei allen anderen sah sie Spuren von Furcht in ihrer Aura. Vor allem bei Bidayn und Manawyn. Der erste Meister ging hinten. Er hatte seine alte Kraft nicht wiedererlangt. Seine Aura war unstet wie ein Kerzenlicht im Wind.

Am stärksten strahlten die Auren von Gonvalon und Nandalee. Sie waren miteinander verschmolzen. Nicht einfach überlagert, wie es geschah, wenn man dicht beieinanderging. Ihnen wohnte eine Harmonie inne, die sie gleich sein ließ. War das Liebe?

In Eleborn hingegen brannte eine kalte, beherrschte Wut. Er hatte den Tod des Himmlischen nicht verwunden. Es war gut, dass er hier unten war, als Teil dieser Mission, von der es keine Wiederkehr geben konnte. Wohin hätte er gehen sollen in Albenmark? Ein Drachenelf, der seine Himmelsschlange verloren hatte … Das hatte es noch nie gegeben. Daraus konnte nichts Gutes erwachsen.

Sie dachte an all ihre Kinder, deren Seelen sie hatte fliegen lassen, damit sie ein langes Leben in einer unvollkommenen, fleischlichen Hülle überspringen konnten und einen Schritt weiter im Zyklus aus Tod und Wiedergeburt gingen. Wie viele von ihnen waren bereits zurückgekehrt? Hätten sie das Opfer verstanden, das sie ihnen gebracht hatte?

Ein seltsames Funkeln riss sie aus ihren Gedanken. Aus der Decke hoch über ihnen ragte ein grüner Kristall. Er musste groß wie der Stamm einer hundertjährigen Eiche sein, wenn sie ihn von hier unten so deutlich sehen konnten. Auch an den Höhlenwänden befanden sich nun Einsprengsel aus grünem Kristall. Was hatte es damit auf sich?

Ihr Verborgenes Auge enthüllte Lyvianne eine Aura aus goldenem Licht, das den riesigen Kristall pulsierend umhüllte. Er war lebendig, dachte Lyvianne überrascht. Das war anders als in Albenmark. Auch dort war alles in das magische Netz eingebunden, doch Steine und Metalle waren tot.

Weit hinter ihnen war ein dumpfes Geräusch zu vernehmen, und der Boden unter ihren Füßen erzitterte.

»Er kommt!«, rief Manawyn. »Er weiß, dass wir hier sind.«

»Lauft!«, befahl Nandalee und verfiel in den ausdauernden Trab der Jäger.

Bidayn war sehr blass. Lyvianne konnte sich gut vorstellen, was in ihrer Schülerin vorging. Die junge Elfe wusste, dass sie die schlechteste Läuferin von ihnen allen war. Sie würde bald zurückfallen.

»Ich bin bei dir«, sagte Lyvianne. »Du wirst nicht allein sein, Bidayn. Und dies ist nicht das Ende. Ich habe dir eine neue Haut versprochen. Und ich stehe zu meinem Wort.«

Die Höhlenwände veränderten sich. Immer häufiger waren die Kristalle nun zu sehen. In allen Größen wucherten sie nicht mehr nur an der Decke und den Wänden, sondern auch auf dem Boden, sodass ihr Weg immer beschwerlicher wurde. Immer wieder mussten sie den Kristallen ausweichen. Manche waren fein wie Grashalme und splitterten unter ihrem Schritt. Andere so dick wie Finger. Sie wurden mächtiger, je weiter sie vordrangen.

Bald versperrten sie ihnen den Weg und ließen kaum noch ein Durchkommen zu. Längst war es nicht mehr möglich zu laufen. Sie stiegen über klare grüne Säulen hinweg, duckten sich unter kristallenen Blüten, mächtig wie Pferdeleiber.

»Ich halte ihn auf!«, sagte Manawyn plötzlich. »Es ist mein Schicksal, ihm gegenüberzutreten.«

Nandalee nickte zögernd. Auch sie wusste, dass es kein Zurück mehr gab.

»Ich bleibe bei dir«, erklärte Nodon. »Es wird mir eine Ehre sein, von dir zu lernen, Meister.«

Er ist auf der Suche nach einem guten Tod, dachte Lyvianne. Vielleicht sollte ich es auch so machen.

»Ihr anderen folgt mir!«, befahl Nandalee in einem Tonfall, als wüsste sie ganz genau, was vor ihnen lag.

Lyvianne entschied, dass sie die Göttin sehen wollte. Jene Kreatur, die Alben und Devanthar so sehr gefürchtet hatten, dass sie ein Bündnis schmiedeten.

Der Kristallwald wuchs nun ohne Ordnung. Und auch die Bezeichnung Wald vermochte nicht wirklich zu beschreiben, wodurch sie sich bewegten – wuchsen in einem Wald die Bäume doch von der Erde dem Himmel entgegen. Hier aber wucherten die Kristalle in allen Winkeln und Richtungen, dabei waren sie so groß, dass sie Lyvianne, wie auch schon die Höhle selbst, das Gefühl vermittelten, völlig unbedeutend zu sein.

In einem der besonders großen Kristalle war ein Schatten eingeschlossen. Ein länglicher Leib, ihrem eigenen nicht unähnlich, nur größer, fast wie ein Troll, dabei aber feingliedriger. Was war das? Eine solche Kreatur hatte Lyvianne noch nie gesehen.

Bald sah sie weitere Schatten. Auch veränderte sich die Struktur des Chaos hin zur Ordnung. Es schien nun, als seien die Säulen ähnlich wie Bienenwaben angeordnet. Doch eine jede von ihnen war beschädigt, und Lyvianne spürte, dass das, was auch immer darin gewachsen war, seit Langem nicht mehr lebte.

Nandalee blieb unvermittelt stehen. Lyvianne sah an ihr vorbei. Sie hatten einen Ort erreicht, an dem es keinen festen Boden mehr gab … Vor ihnen erstreckte sich Zwielicht, weit wie ein Himmel. Einzelne der Kristallsäulen wuchsen in den freien Raum hinein. Sie hatten die Innenseite der Hohlwelt erreicht. So weit das Auge reichte, gab es entlang der Wand nur noch wuchernde Kristalle. Viele in Wabenstrukturen angeordnet. Sie erinnerten an Särge aus smaragdgrünem Glas, und in einem jeden lag ein länglicher Schatten. Nangog hatte sich ihre eigenen Kinder erschaffen, doch sie waren niemals geboren worden.

Nandalee erstieg einen Kristall, der weit in die Leere des Zwielichts hinausreichte. »Das letzte Stück des Weges muss ich alleine gehen. Sollte ich in einer Stunde nicht zurück sein, dann flieht. Dann gibt es keine Hoffnung mehr.« Mit diesen Worten ließ sie sich mit weit ausgebreiteten Armen rückwärts in die Leere fallen.

Nangog

Nandalee sah, wie Eleborn und Lyvianne Gonvalon zurückhielten. Sie hatte ihm nichts von ihrem Plan erzählt. Er hätte niemals zugelassen, dass sie sich dem Abgrund anvertraute. Das Letzte, was sie von ihrem Geliebten sah, waren der Schrecken und der Schmerz in seinem Antlitz. Sie wünschte, sie hätte auf andere Art gehen können. Schon als sie den Blutsee erblickt hatte, war ein Bild in ihrem Inneren erstanden: der Befehl zu springen, verbunden mit der Gewissheit, dass dies der einzige Weg war, um zu Nangog zu gelangen.

Ihre Gefährten und dann auch die himmelweiten Kristallwände verschwanden im Zwielicht. Nandalee verlor jedes Gefühl für Zeit und Raum. Ihr Sturz schien endlos zu dauern. Sie schlang die Arme um ihre Brust, wappnete sich für den Aufprall. Sie spürte, dass sie hier keinen Zauber mehr zu weben vermochte.

Da war etwas, das jegliche Magie einfach in sich aufnahm. Der Bann, den Devanthar und Alben gemeinsam auf Nangog gelegt hatten, verhinderte jeden weiteren Zauber. Und doch fühlte Nandalee die Macht der Riesin mit jedem Herzschlag deutlicher.

Ihr Sturz wurde langsamer. Nandalee sah nach unten. Etwas Dunkles, Drohendes zeichnete sich im Zwielicht ab. Sie streckte die Arme aus und zog die Beine an. Ihre Fluglage änderte sich. Nun stürzte sie mit den Füßen voran dem Dunkel entgegen. Ihr Fall verlangsamte sich weiter. Als sie auf der schwarzen Ebene landete, war ihr Aufprall nicht härter, als sei sie von einer niedrigen Mauer gesprungen.

Der Boden unter ihr federte leicht nach. Eine dünne, hellgraue Schicht, wie schmutziger Gips, der aus den Fugen alter, feuchter Wände sickerte, lag auf der Ebene. Jetzt bildeten sich Risse im Gips. Verwundert sah Nandalee sich um. Sie konnte keine Spur von der gefesselten Göttin entdecken.

Ich bin hier, erklang eine Stimme in ihren Gedanken. *Und ich weiß, warum du gekommen bist. Doch deine Gebieter haben nicht erkannt, welches Unrecht sie getan haben. Sie bereuen nicht. Sie schicken dich, weil sie darauf hoffen, dass ich ihnen helfen werde. Sage ihnen, ich habe nichts vergessen, und ich werde ihnen nicht vergeben.*

Nandalee griff nach dem Amulett an ihrem Hals. Es lag kein Hass in der Stimme. Sie war nüchtern, unerbittlich wie die Flut eines großen Stroms, der über die Ufer trat, ohne Zorn eine Stadt davonspülte und Hunderte Leben auslöschte, ohne dabei etwas zu empfinden. Nangog war eine in Fesseln geschlagene Naturgewalt. Und sie, Nandalee, war hierhergekommen, um dieser Gewalt wieder Freiheit zu schenken. Wäre Nangog ein Fluss, dann wäre sie, Nandalee, jemand, die heimtückisch die Dämme durchstach, um den Fluten freien Lauf zu schenken.

Die Risse im Gips unter ihren Füßen weiteten sich. Er zerbrach in Tausende Schollen, die auf der schwarzen Fläche zu treiben begannen.

Ich spüre mein Herz. Gib es frei, dann darfst du gehen. Dir und deinen Gefährten schenke ich zwei Stunden. So lange will ich warten, bis ich beginne. Lauf, Nandalee! Du hast ganz und gar begriffen, was du in diesem dunklen Spiel bist. Gib mir mein Herz und flieh!

»Du musst sie nicht alle töten«, sagte Nandalee beklommen. »Sie werden begreifen …«

Du begreifst nicht, was ich tun werde. Tu, weswegen du geschickt wurdest. Wie lange wirst du leben, wenn ich und die Himmelsschlangen dir zürnen? Willst du zu den Devanthar flüchten? Du, die Elfe, die ihr Reich auf Nangog aus den Angeln gehoben hat. Erfülle deine

Mission! Es ist nicht deine Aufgabe, dir Gedanken zu machen. Das haben jene getan, die dich geschickt haben.

Nandalee nahm das Bleiamulett vom Hals, in dem Nangogs Herz verborgen war, und hielt es hoch. »Du bist mit einem Bann belegt. Du kannst dich nicht rühren. Du brauchst mich, damit ich dein Herz an den richtigen Platz bringe.«

Ich kann mich nicht rühren? Nangog lachte auf, und ein plötzlicher Luftzug riss Nandalee fast von den Beinen. Der Boden unter ihren Füßen erzitterte. Er war ganz nass geworden. Das Wasser stieg schnell höher. Die Elfe sah auf. Vom Horizont her eilte ihr eine Mauer entgegen, so weit ihr Blick reichte. Nandalee wandte sich um, wollte fliehen, doch auch von der anderen Seite schnellte ihr eine Mauer entgegen. Vielleicht zehn Schritt hoch, von matter, weißer Farbe, durch die sich blassblaue Adern zogen.

Ich könnte dich einfach zerquetschen. Die Mauern hielten an. Sie waren keine zwanzig Schritt mehr voneinander entfernt.

Ein Lidschlag, und du bist tot.

»Wenn ich sterbe, wer wird dann das Kleinod aus der Bleihülle befreien?« Nandalee sah auf die hellen Wände und den mit Wasser bedeckten, schwarzen Boden. Sie wusste jetzt, wo sie war!

Du glaubst, ich könnte mir mein Herz nicht holen? Wie naiv! Die Wände rückten näher auf Nandalee zu.

»Ich weiß, wo ich bin! Du bist gelähmt. Der Zauber ist nicht gebrochen. Das Einzige, was du bewegen kannst, sind deine Lider. Ich weiß, ich stehe auf einem deiner Augen, das ein Zeitalter lang reglos in Apathie ins Zwielicht geblickt hat. Wenn ich hier sterbe, wird vielleicht ein weiteres Zeitalter vergehen, bevor jemand kommt, das Amulett aufzuheben.« Nandalee dachte an die Tiefe Stadt, daran, wie sie im Dienst der Himmelsschlangen geholfen hatte, die Zwergenmetropole auszulöschen. Das sollte sich nicht wiederholen! Sie verachtete die Menschenkinder dafür, wie gedankenlos sie ihre Umwelt zerstörten, für ihre Grausamkeit und all die ungeheuerlichen Dinge, die sie im Namen ihrer Götter taten. Und dennoch, sie waren wie Kinder. Nicht *sie* sollte der Zorn Nangogs treffen. Die Devanthar waren es, die ihren Kindern den Weg in diese Welt geöffnet hatten, wohl wissend, was geschehen würde.

Die mauerhohen Lider wichen zurück und verschwanden im Zwielicht. *Du setzt dich für die Menschenkinder ein? Du, eine Drachenelfe? Hast du meine Kinder gesehen, als du hier hinabgestiegen bist?*

Nandalee wusste nicht, was Nangog meinte.

Die Schatten in den Kristallen. Sie waren kurz davor zu schlüpfen, als die Devanthar und die Alben kamen. Nur zehntausend sollten es sein. Nicht zu viele, um zur Last für meine Welt zu werden. Voller Bangen und Hoffen habe ich sie wachsen sehen. Ich habe ihre Seelen geformt: edel, mit Respekt vor allem, was lebt. Ihre Seelen konnte ich retten, als ihre Körper starben. Sie wurden die Grünen Geister. Es war meine letzte Tat, bevor mich der Bann der Alben und Devanthar fesselte, sie mein Herz herausschnitten und zugleich verhinderten, dass ich starb. Nur meine Augen konnte ich noch bewegen. Ich sollte sehen, wie sie meine Brut *auslöschten, so nannten sie meine Kinder. Und nun sag mir, Nandalee, welche Gründe hätte ich, die Menschenkinder zu schonen, die auf der Welt leben, die meinen Kindern vorenthalten wurde?*

»Nur einen«, entgegnete Nandalee leidenschaftlich. »Du bist nicht so grausam wie die Alben und Devanthar. Die Menschenkinder wissen nicht, wozu sie missbraucht werden. Töte sie, und du bist nicht anders als jene, die deine unschuldigen Kinder gemordet haben.«

Deine Zunge ist gefährlicher als dein Schwert. Und dein Mut grenzt an Wahnsinn. Du bist weniger als ein Staubkorn auf meinem Auge und forderst mich heraus? Was ist mit jenen, die dir geholfen haben hierherzugelangen? Der Wurm, dem die Devanthar einen goldenen Kopf gaben, wird bald Manawyn und Nodon erreichen. Er wird sie beide töten. Ich aber könnte ihn aufhalten, Nandalee, wenn du mir mein halbes Herz gibst. Tust du es nicht, wird auch der Kristallgarten den Wurm nicht aufhalten. Er wird zu deinen anderen Gefährten vorstoßen. Sie alle werden mit ihrem Leben für dein Zögern bezahlen. Sind die Menschenkinder es wert, dass du deinen Liebsten opferst?

»Was wirst du den Menschenkindern antun?«

Ich werde ihre Städte von den Hängen meiner Berge stoßen. Ich werde die Erde beben lassen, bis auch der Letzte von ihnen unter Trümmern begraben ist. Ich werde die Flüsse und Meere über die Ufer treten lassen und sie ertränken. Ich werde die Wolkensammler alle Schiffsbesatzungen meucheln lassen. Die Bäume werden jene würgen, die sich in meine Wälder gewagt haben. Meine ganze Welt wird gegen sie kämpfen. Zuletzt auch meine Kinder. Ich werde ihnen Körper schenken. Nicht jene, in die sie hätten geboren werden sollen. Ich werde Körper suchen, die schon existieren und die Grünen Geister mit ihnen verschmelzen lassen. Sie werden vielerlei Gestalt haben. Nur eines wird ihnen allen gemein sein, der Hass auf die Menschenkinder. Ich werde mir meine Welt zurückerobern. Ich werde … Sie hielt kurz inne. *Der Wurm hat Manawyn erreicht, und dein Gefährte hält einzig ein Bronzeschwert, das die Menschenkinder erschaffen haben, in Händen. Ich glaube nicht, dass ich ihn noch retten kann. Um der anderen willen, entscheide dich, Nandalee. Schnell!*

Stimmte es, was die Riesin behauptete? Sie hatten den Drachen nicht gesehen, und kurz nach ihnen mussten Hunderte Menschenkinder in die große Höhle gestürmt sein. Würde er nicht zunächst gegen sie kämpfen? »Verschone ihre Städte!«

Nein! Ich werde sie fühlen lassen, dass ich erwacht bin, und selbst wenn du mich nicht aus meinen Fesseln befreist, so habe ich doch die Macht, meine Geschöpfe, ja, meine ganze Welt gegen sie kämpfen zu lassen. Gibst du mir mein halbes Herz, habe ich mehr Freiheiten zu wählen, auf welche Art ich kämpfe. Dann kann ich die Unschuldigen verschonen. Doch wisse, es sind nur wenige, die ohne Schuld sind.

Ich werde nur jene … Oh, dieser Manawyn ist tapfer … Aber er hat seine alte Kraft nicht wiedererlangt. Dieser Kampf wird nicht so lange dauern, wie sein erstes Duell mit dem Wurm.

Nandalee setzte sich. Ihr Herz war zerrissen, aber sie war entschlossen, sich nichts anmerken zu lassen. Sie wollte nicht noch einmal die Mitschuld an einem Massaker tragen. Nicht, wenn sie es verhindern konnte.

Dir bedeutete Manawyn wohl nicht viel? Und Nodon? Manawyn ist nun verwundet. Ich glaube, er will sterben. Nodon hingegen will leben. Und Bidayn? Oder Eleborn, Lyvianne und Gonvalon? Willst du sie alle opfern? Ich habe ein Zeitalter lang auf Erlösung gewartet. Ich habe Geduld gelernt.

Woher kannte die Riesin ihrer aller Namen?

Du trägst noch immer einen meiner Geister in dir, Nandalee. Auch wenn er sich nicht gerührt hat, ist er noch da. Ich weiß alles von dir. Ich kenne deine innersten Geheimnisse, die selbst vor den Himmelsschlangen verborgen sind, denn ein Teil von mir ist in dir. Ich weiß um das, was dieser garstige rote Drache zu dir gesagt hat. Du wirst jene verraten, die dir am meisten bedeuten, so wie du jetzt Manawyn und Nodon durch dein Zögern verrätst. Dies ist meine Welt. Ich bin mit ihr auf eine Art verbunden, die du dir nicht einmal vorzustellen vermagst. Hier bleibt nichts vor mir verborgen. Die Grünen Geister sind meine Augen. Die Kristalle, die ich in Jahrtausenden habe wachsen lassen, sind meine Nerven und Sehnen. Ich bin nur noch ein Schatten meiner selbst. Ich vermag zu sehen, aber kaum einzugreifen. Aber ich bin eine Göttin, Nandalee. Versuche nicht, mich zu verstehen. Ich entziehe mich dem Verständnis eines einfachen Albenkindes. Höre auf, mit mir zu feilschen! Rette deine Gefährten. Das schuldest du ihnen. Den Menschenkindern aber schuldest du nichts.

Nandalee blieb sitzen, das Amulett fest in ihrer Faust. Sie wollte sich nicht so leicht geschlagen geben. Sie hielt buchstäblich das Leben Tausender in der Hand. »Ich hatte gedacht, du seiest anders, gütiger … Aber du bist, was andere aus dir gemacht haben. Du hast dich verloren in Hass und Einsamkeit.«

Ich kann in dir lesen, Nandalee. Ich kenne jeden deiner Gedanken. Wie kannst du glauben, du könntest mich täuschen? Und wie kannst du mir Vorhaltungen machen? Hast du nicht einst einen Trollprinzen nur deshalb getötet, weil er den Hirsch erlegte, dem du so lange durch den Schnee gefolgt warst? Wie unbedeutend war seine Tat im Vergleich zu dem, was mir und meinen Kindern angetan wurde. Und du willst mich um meine Rache bringen?

»Ich habe erfahren müssen, welchen Preis Rache hat. Meine Sippe wurde ausgelöscht. Alle, die mich in meiner Kindheit und Jugend begleitet und mir Liebe geschenkt haben, sind tot. Tot wegen eines einzigen unbeherrschten Augenblicks. Du sagst, du kannst in mir lesen? Sieh genau hin! Sieh, was mir meine Rache gebracht hat! Glaubst du, die Devanthar werden tatenlos zusehen, wenn du ihre Kinder mordest? Sie werden gegen dich vorgehen. Gegen das, was noch geblieben ist. Aus Rache wird nur Rache geboren werden. Du kannst dies verhindern! Du bist es, die nun über die Zukunft entscheidet!«

Manawyn ist tot, sagte die Stimme in Nandalees Kopf, und sie spürte die Trauer der Riesin. *Nodon flüchtet. Auch er wird sterben.*

Nandalees Faust schloss sich noch fester um das Amulett. Sie konnte spüren, dass Nangog nicht gelogen hatte. Der Erste Meister war gegangen. Er war ihr unheimlich gewesen, aber sie hatte kein Recht gehabt, ihn zu opfern. Sie dachte an die Gefährten. Sie konnte sie retten …

Du wirst nicht nachgeben, nicht wahr? Du würdest einfach auf meinem Auge sitzen bleiben und auf deinen Tod warten, wenn ich nicht auf deine Forderungen eingehe.

Nandalee nickte, denn ihre Stimme versagte ihr, sträubte sich dagegen, das Todesurteil für Gonvalon und die anderen zu sprechen.

Ich werde nicht darauf verzichten, die Menschenkinder zu vertrei-

ben. Ich werde sie warnen, dass ich erwacht bin. Die Erde wird erzittern, und meinen Kindern werde ich Leiber geben, die es ihnen erlauben werden, die Menschen zu bekämpfen. Aber die Brut der Devanthar soll Gelegenheit haben, sich von meiner Welt zurückzuziehen. Mehr werde ich dir nicht bieten, Nandalee. Dies ist meine Welt, und ich werde nicht mein Recht aufgeben, Eindringlinge zu vertreiben.

Nandalee öffnete die Hand. Sie hatte die eiserne Entschlossenheit der Riesin deutlich gespürt. Sie wusste, dass es keinen Spielraum mehr für weitere Verhandlungen gab. Im Grunde hatte sie gar kein Recht, irgendetwas zu fordern. Die Himmelsschlangen hatten sie geschickt, um die Menschenkinder und Devanthar auf Nangog zu bekämpfen, bevor sie den nächsten Schritt wagten und auch noch Albenmark angriffen. Wie sollte sie da der Riesin verbieten, gegen jene Invasoren vorzugehen, die ihre Welt zerstörten?

Die Elfe faltete das Bleiblech auf, in das die Himmelsschlangen Nangogs halbes Herz gebettet hatten. Es war ein von innen heraus glühender Smaragd. Ein wunderschöner Stein, in dessen Facetten tausend Lichter zu tanzen schienen.

Die Riesin tat einen langen Seufzer. Plötzlich wurde Nandalee wie von Geisterhand emporgehoben. *Ich spüre meine Kraft zurückkehren*, frohlockte Nangog.

Nandalee wusste, dass sie nun machtlos war. Sie schwebte höher. Fünfzig Schritt. Hundert. Und doch sah sie immer noch nichts als das gewaltige schwarze Auge unter sich, das am Horizont mit dem Zwielicht verschmolz.

Ihr wurde bewusst, wie ausgeliefert sie war und dass sie nichts dagegen tun könnte, sollte Nangog sich nicht an ihr Wort halten. Nandalees Flug beschleunigte sich. Die schwarze Fläche unter ihr wurde von einem Augenblick zum nächsten zu milchigem Weiß. Schneller und schneller wurde sie. Der Wind zerrte an ihren Haaren. Sie ahnte, dass die bloße Anwesenheit des halben Herzens, befreit vom Mantel aus Blei, der Riesin schon einen Teil ihrer Macht zurückgegeben hatte.

Sie erreichte einen Abgrund, der in glosendes, grünes Licht getaucht war. Kristalle, mächtig wie die Ankertürme der Goldenen Stadt, ragten aus der einen Wand, die sie sehen konnte, während das andere Ende sich in der Ferne verlor. Zwischen den Kristallen war eine rötliche, vibrierende Masse zu sehen. Fleisch? Der Abgrund verlor sich in grünem Licht.

Das Herz in ihrer Hand wurde schwerer. Es begann zu wachsen! Schon war es so groß wie eine Faust, dann größer als ein Kinderkopf. Sein Gewicht zerrte an ihren Fingern. Sie konnte es nicht länger halten. Nandalee ließ es los und sah zu, wie es im Fall immer schneller anwuchs. Nun blieb ihr nur noch die Hoffnung, dass die Riesin Wort halten würde.

Die Gefiederte Schlange

»Such Deckung zwischen den Kristallen!«, rief Manawyn und stürmte vor, ohne auf seine eigene Deckung zu achten.

Das Drachenhaupt stieß nieder. Die großen unregelmäßigen Zähne schnappten. Zähne, die aus den Schwertern bestanden, die Manawyn und seine Gefährten einst im Kampf gegen das Ungeheuer verloren hatten.

Der Erste Meister ließ sich auf die Knie fallen, beugte den Oberkörper nach hinten und rutschte auf dem glatten Höhlenboden noch ein Stück weiter. Knapp verfehlten ihn die stählernen Reißzähne der Bestie. Manawyn hielt sein Bronzeschwert mit beiden Händen umklammert, jetzt stieß er es nach oben, dorthin, wo der goldene Kopf des Schlangendrachen in purpurne Schuppen überging.

Die Klinge glitt ab, ohne die Schuppen auch nur zu ritzen. Der Elf rollte sich zur Seite weg und wollte sich wieder aufrichten, als ein krallenbewehrter Fuß auf ihn niederging. Der Hieb öffnete seine Brust bis hinab in seinen Schritt: Dunkles Blut benetzte die purpurnen Schuppen, die an den Flanken des Ungeheuers in ein buntes Federkleid übergingen.

Nodon wich unwillkürlich einen Schritt zurück.

Der Drache senkte sein Haupt. Er hatte aus dem Angriff auf seine Kehle gelernt. Augen aus kristallgrünem Licht funkelten Nodon böse an. Dann stürmte die Bestie vor, ohne einen Laut von sich zu geben. Kein Fauchen, kein Schnauben. Nur ein leises, metallisches Klicken begleitete ihre Bewegungen.

Nodon wich weiter in den Kristallgarten zurück. Bald würden die baumdicken Streben das Ungeheuer aufhalten. Doch es gab keinen Weg zurück, wenn sie den Drachen nicht besiegen konnten.

Die Kreatur setzte ihm nach. Schnuppernd streckte sie den Kopf vor und zwängte sich unter einer Kristallsäule hindurch, die fast waagerecht aus der Höhlenwand wuchs. So tief geduckt, halb eingeklemmt, wirkte sie wehrlos. Nodon sprang vor und versetzte ihr einen Hieb quer über die Schnauze, doch sein Schwert hinterließ kaum eine Schramme auf dem goldfarbenen Metall. Schwarzer Geifer quoll aus dem Maul des Drachen, als er sich gegen den Kristall stemmte.

Nodon versuchte, mit einem tollkühnen Sprung auf die Schnauze des Drachen zu gelangen. Wenn er sein Schwert in das Auge der Bestie rammen könnte … Splitternd gab die Kristallsäule nach. Der Drache bäumte sich auf, und Nodon verfehlte sein Ziel. Eine Pranke fuhr auf ihn herab, und er wurde zu Boden geschmettert. Einen Teil der Wucht des Aufpralls setzte er in Bewegung um, rollte fort und war mit einem Satz wieder auf den Beinen, nur um sich sofort wieder fallen zu lassen und der Pranke auszuweichen, die wie bei Manawyn seine Brust zerfetzen wollte.

Die Kreatur war atemberaubend schnell. Nodon rollte nach links und kroch durch einen Spalt zwischen wuchernden Kristallen. Ein Prankenhieb zersplitterte die Kristallsäulen, als seien sie lediglich dünnes Glas. Er riss den Arm hoch, um sein Gesicht vor dem Hagel messerscharfer Splitter zu schützen. Dann kroch er hastig weiter, richtete sich auf, sobald der Platz genügte, und begann zu laufen.

Der Drache blieb ihm dicht auf den Fersen. Mit wuchtigen Hieben bahnte er sich einen Weg durch den Kristallgarten. Nichts vermochte ihn aufzuhalten!

»Halt durch!«, ertönte eine vertraute Stimme. Gonvalon! »Wir kreisen ihn ein.«

Der Schwertmeister war gemeinsam mit Eleborn gekommen. Ja, im Hintergrund sah er sogar Bidayn und Lyvianne.

Der Kopf des Drachen pendelte hin und her. Er wirkte unentschlossen, wen er zuerst angreifen sollte.

Eleborn schlitterte mit einem wilden Schrei über die glatte Fläche eines Kristalls, der leicht zum Boden hin geneigt aus der Wand wuchs.

Lyvianne ließ flackernde Lichter über die spiegelnden grünen Flächen huschen.

Der Drache warf den Kopf zur Seite und zerschmetterte mit einem Schwanzhieb den Kristall unter Gonvalon. Der Elf zog die Beine an, machte einen Salto und landete dicht neben dem Schlangenleib, während Eleborn ihn von der anderen Flanke angriff.

Auch Nodon stürmte erneut auf die Bestie zu und führte einen Hieb gegen die vordere Klaue.

Eleborn wurde von einem Schwanzhieb zur Seite gefegt. Er kroch unter eine Säule, die schon im nächsten Augenblick unter einem weiteren Hieb zersplitterte. Im selben Moment fuhr der Drache herum und schnappte nach Nodon. Obwohl sein ganzer Kopf aus Metall zu bestehen schien, roch sein Atem nach Verwesung.

Ein Wort der Macht hallte durch den Kristallgarten. Bidayn! Sie ließ die tausend Splitter schweben. Kurz verharrten sie reglos in der Luft. Es war, als sei die Zeit stehen geblieben. Dann prasselten die scharfkantigen Kristalle wie Hagelschlag auf den Drachen nieder. Das Metall seines Kopfes kreischte. Sein Rumpf zuckte und wand sich.

Nodon sah, dass Gonvalon dem Drachen seine Klinge in die Flanke getrieben hatte. Doch schon als sein Gefährte das Schwert wieder zurückzog, schloss sich die Wunde wieder. Es blieb nur eine kahle Stelle im Federkleid, die purpurn schillernde Schuppen zeigte.

Der Hagelsturm aus Kristallsplittern ebbte ab. Es war kaum eine Schramme auf dem Metall des Kopfes geblieben.

Der schlangenhafte Drache richtete sich auf wie eine Kobra, die zustoßen wollte.

Nodon wich zur Höhlenwand hin aus. Doch statt eines direkten Angriffs hämmerten die Krallen des Ungeheuers auf die Kristallsäulen. Es schien, als wolle es nun seinerseits einen Hagelsturm aus Splittern entfesseln. Nodon ließ seine Klinge kreisen und suchte Deckung zwischen den Kristallen. Eleborn war nicht schnell genug – er stöhnte auf. Ein pfeillanger Splitter steckte in seinem linken Oberarm. Gonvalon riss den jungen Drachenelfen zur Seite, als die Klaue des Drachen niederfuhr.

Wie konnte man ihn verwunden, fragte sich Nodon. Er dachte daran, wie Manawyn von seinem ersten Kampf mit der Kreatur erzählt hatte. Es hatte sich so angehört, als hätten sie den Drachen vielleicht sogar besiegt, wären nicht die Devanthar dazugekommen. Also wie war die Bestie zu verwunden?

Gonvalon lenkte den Drachen mit wilden Schreien ab, während Lyvianne den verwundeten Eleborn aus der Reichweite der Krallen brachte. Bidayn kauerte erschöpft am Boden und fluchte.

Der Schwertmeister war geschickt. Er bewegte sich fließend. Fast sah es aus wie ein einstudierter Tanz mit dem Drachen. Er blieb jedem der Angriffe stets um einen Lidschlag voraus, duckte sich, sprang hoch und wich den Krallenhieben und dem schnappenden Maul aus. Doch es gelang ihm nicht, zum Angriff überzugehen. Er war ganz und gar damit beschäftigt zu überleben.

Nodon nutzte die Gelegenheit, um sich seitlich an den Drachen heranzupirschen. Von dort sprang er auf den Rücken der Bestie, die sich aufbäumte und ihn abzuschütteln versuchte. Er griff in das Federkleid, um sich festzuhalten. Doch die Federn glitten aus dem Rücken des Drachen, als seien sie gar nicht mit dem Fleisch verwachsen.

Fast verlor Nodon das Gleichgewicht und stürzte, als ihm ausgerechnet das Bocken des Drachen einen Schubs nach vorn gab. Es gelang ihm, nach einer Feder aus Metall zu greifen. Sie hielt, und er schnellte hoch, wechselte den Griff und wollte sein Schwert wie einen Dolch tief in den Nacken des Ungeheuers treiben, als ihn ein Schwanzhieb traf und gegen die Höhlenwand schleuderte.

Benommen sah er eine Kralle auf sich niedersausen, als der Kristall neben ihm plötzlich zu wachsen begann und wie ein Speer auf die Brust des Drachen zielte. Das Ungeheuer wich zurück.

Nodon troff Blut von den Lippen. Der letzte Hieb hatte ihm mindestens zwei Rippen gebrochen. Keuchend stemmte er sich hoch und versuchte, den Abstand zum Drachen zu vergrößern. Überall um sie herum schoben sich nun knirschend Kristalle aus dem Fels. Sie drängten den Drachen an die gegenüberliegende Höhlenwand. Wütend setzte sich das Ungeheuer zur Wehr. Seine Tatzen zersplitterten dutzende Säulen, doch der Kreis aus Kristall, der sich um ihn schloss, wurde immer enger.

Die Luft war erfüllt von flirrendem Kristallstaub. Nodon versuchte, flach zu atmen. Er wusste, dass die feinen Splitter ihm die Lungen zerschneiden würden, wenn er sie einatmete.

»Schnell! Lauft!«

Nandalee! Sie trat hinter Bidayn aus dem Kristallgarten. »Nangog ist erwacht. Sie wird den Drachen aufhalten, doch nicht für lange. Lauft! Unsere Mission ist erfüllt.«

Ein Imperium zerfällt

Kolja trat durch das Weiße Tor. Ohne sich umzublicken, ließ er die Tempelgärten hinter sich. Er konnte keinem seiner Männer mehr trauen. Sie würden ihm nicht beistehen, wenn sein Stern sank. Und er konnte es ihnen nicht verübeln. Er hatte ihnen stets vorgelebt, dass allein der Starke durchkam. Noch waren sie nur verwirrt und begriffen nicht, was geschehen war. Aber sehr bald schon würde es offenbar werden.

An den Ankertürmen südlich der Gärten lagen Wolkenschiffe. Zwei von ihnen wurden ganz offensichtlich für den Abflug vorbereitet, denn lange Menschenschlangen drängten sich die steilen Treppen hinauf. *Sklavenschiffe*, dachte Kolja. Das traf sich gut! Dort konnte man immer einen Aufseher mehr gebrauchen.

Kurz überlegte er, ob er noch einmal in sein Zimmer zurückkehren sollte. Im geheimen Fach seiner Truhe hatte er einen Beutel mit Rubinen und Diamanten versteckt. Ein Vermögen, das ihm ein sorgenfreies Leben garantieren würde.

Doch das Freudenhaus wäre der erste Platz, an dem die neuen Garden Aarons nach ihm suchen würden. Das konnte er nicht riskieren. Wahrscheinlich wurde dem Unsterblichen bereits in diesem Augenblick klar, was er, Kolja, getan hatte. Warum er den Bogenschützen den Befehl gegeben hatte, die Spitze der Stufenpyramide mit einem Pfeilhagel einzudecken. Es war nicht um die Priester gegangen! Schließlich hatte dieser verfluchte Jäger aus Garagum ja dafür gesorgt, dass jeder, der sich Volodi mit einem Messer näherte, einen Pfeil abbekam. Kolja hatte gehofft, sein einstiger Freund würde im Pfeilhagel umkommen.

Seit der Unsterbliche Aaron ihn im ersten Morgengrauen zu sich befohlen und ihm eine unglaubliche Menge Gold dafür geboten hatte, wenn er mit den Zinnernen den Angriff auf die Tempelstadt unterstützte, hatte Kolja alles getan, um dieses Unternehmen zu sabotieren. Volodi durfte nicht aussagen! Er hatte ihn beseitigt, um die Zinnernen davor zu bewahren, immer weiter in Aarons

Schlachten ziehen zu müssen. Volodi wäre dem Unsterblichen sicher treu geblieben und hätte für ihn gekämpft, bis auch der Letzte der Söldner verreckt war. Auch die Geschäfte mit den Freudenhäusern in der Goldenen Stadt hätte Volodi wahrscheinlich gestört. Er hatte einfach zu viele Skrupel!

Kolja blieb mitten auf dem weiten Platz vor der Tempelstadt der Zapote stehen. Verwundete und Feiglinge, die sich vor den Kämpfen gedrückt hatten, sammelten sich hier. »Gib mir deinen Helm«, herrschte er einen Krieger an, der, die Ellenbogen auf die Knie gestützt, am Boden kauerte, sein Gesicht in den Händen vergraben. Erschrocken sah der junge Kämpfer zu ihm auf. Er schien nicht verwundet zu sein, war aber aschfahl. Manche mussten erst den Schrecken des Schlachtfeldes begegnen, um zu begreifen, dass sie nicht aus dem rechten Holz für einen Krieger geschnitzt waren.

»Deinen Helm!«, wiederholte Kolja herrisch.

Stumm reichte ihm der Mann seinen Helm. Er war aus Bronze und mit einem Busch aus weißem Rosshaar geschmückt. Ein schönes Stück, das gut zu dem Bronzepanzer und den Beinschienen passte, die Kolja trug. Der Hüne setzte den Helm auf. Er passte fast perfekt. Er sollte die Polsterung aus geflochtenem Stroh ein wenig anpassen. Aber für den Augenblick würde es vollauf genügen. Er sah sich aufmerksam um. Sein Gesicht war zu bekannt. Es war klüger, es zu verbergen, wenn er unerkannt als Söldner auf einem Wolkenschiff anheuern wollte.

Kolja nahm eine der kleineren Gassen, die auf den Weißen Platz mündeten, und lachte über sein verfluchtes Schicksal. Er hätte sich nicht mit einem Glückskind wie Volodi anlegen sollen. Wer außer ihm hätte es geschafft, lebend dem Opferstein der Zapote zu entkommen? Es hatte ihm leidgetan, seinen Freund auszuliefern, aber es war die richtige Entscheidung gewesen. Selbst gestern Nacht, als er vor den Unsterblichen zitiert wurde und Aaron ihm seine Pläne erläutert hatte, war Kolja noch optimistisch gewesen. Allerdings hatte er erst, als seine beiden Wolkenschiffe bereits bemannt wurden, Gelegenheit gehabt, einen Boten an die Zapote zu schicken, um sie zu warnen. Dass sie Volodi nicht einfach die Kehle durchgeschnitten hatten … Kolja schüttelte den Kopf. Aber wer verstand schon Männer, die sich gerne als Katzen verkleideten.

Er sah zu den Ankertürmen. Weit war es nicht mehr. Wie es schien, waren bald alle Sklaven an Bord. Die Banner Valesias schmückten die Schiffe. Ein weißer Tempel auf rotem Grund in Anspielung auf das prächtige Selinunt, das der Unsterbliche Ansur in einem weiten Tal erbauen ließ. Wenn es vollendet war, sollte es die schönste Stadt Daias sein. *Ausgerechnet Valesier*, dachte Kolja. Jahrelang hatten sie im Krieg mit Drusna gelegen. Ob sie wirklich einen Söldner aufnahmen, der mit unverkennbar drusnischem Akzent sprach?

Kolja warf einen Blick über seine Schulter. In der Gasse hinter ihm schwankte ein altes Männlein, das eine riesige Last frisch geschnittenen Schilfs auf dem Buckel trug. Sonst war niemand zu sehen. Er wurde also noch nicht verfolgt. Aber lange würde das nicht auf sich warten lassen. Er musste eines der beiden valesischen Wolkenschiffe besteigen, koste es, was es wolle.

Mit energisch ausgreifenden Schritten eilte er an der Mauer aus ungebrannten Ziegeln entlang, die den Frachthof umfasste, auf dem sich die beiden Ankertürme erhoben.

Selbst als Aarons Angriff begann, hatte er noch gehofft, dass alles gut enden würde. Seine Aufgabe sollte es sein, bis zum Schlangenschlund vorzustoßen und den Eingang zum unterirdischen Tempel zu sichern. Also hatte er statt erfahrener Krieger nur Kushiten für die erste Landung in den Tempelgärten ausgewählt. Krieger, denen man ihre Unerfahrenheit ansah oder die so mager waren, dass offensichtlich war, dass es ihnen an Kraft fehlen würde, ein längeres Gefecht durchzustehen. Und dann auch noch gegen diese Jaguarmänner, die auf der Ebene von Kush fast allein

Muwattas Streitwagengeschwader besiegt hatten. Was hätte da schieflaufen können?

Die Besatzungen der ersten Körbe waren samt und sonders Todgeweihte gewesen! Kolja hatte seinen Augen nicht getraut, als er vom Wolkenschiff aus sah, wie eine kleine Gruppe der Krieger die Jaguarmänner niedermachte. Wen hatte der Unsterbliche ihm da geschickt? Als diese fremden Krieger bis zum Schlangenschlund durchbrachen und entgegen ihrem Befehl auch noch den Weg in die Tiefe freikämpften, hatte Kolja geahnt, dass seine Glückssträhne, die ihn zu einem der reichsten Männer der Goldenen Stadt gemacht hatte, vorüber sein musste. Sein Befehl an die Bogenschützen, die Spitze der Pyramide zu beschießen, war ein letztes, verzweifeltes Aufbäumen gegen die neue Wendung gewesen, die sein Schicksal zu nehmen drohte.

Der Moment, in dem sich Volodi schwankend neben dem Altarstein erhoben hatte, hatte sein Schicksal besiegelt. Aber es war nicht das erste Mal, dass er stürzte. Schon als er nur ein einfacher Faustkämpfer gewesen war, hatte er mehr einstecken können als jeder andere. Sooft er zu Boden ging, war er wieder aufgestanden. So würde es auch diesmal sein.

Am Tor zum Frachthof standen Krieger aus der Leibwache des valesischen Statthalters. Kolja war überrascht, sie hier anzutreffen, versuchte aber, sich nichts anmerken zu lassen.

»Was willst du hier?«, wurde er von einem selbstgefällig blickenden Hauptmann angesprochen, der im faulen Garnisonsleben Fett anzusetzen begann.

»Ich bin Söldner. Der Lotse des Wolkenschiffs da vorne hat mich hierherbestellt«, log Kolja dreist. Er hatte ohnehin nichts mehr zu verlieren. Dank Tarkon Eisenzunge flogen alle Wolkensammler jetzt mit wesentlich mehr Söldnern an Bord, als es früher üblich war. Ganz an den Haaren herbeigezogen war seine Geschichte also nicht.

Der Hauptmann musterte ihn spöttisch. »Voccio muss sehr verzweifelt sein, wenn er jetzt schon Einarmige anwirbt.«

Kolja sah, wie über ihnen das erste Wolkenschiff die Haltetrossen löste und in den Himmel aufstieg. Das zweite Schiff würde ihm jeden Moment folgen.

»Ich habe Voccio vor Jahren das Leben gerettet.« Kolja hob seinen verstümmelten Arm. »Das hat mich den hier gekostet. Seitdem sorgt er dafür, dass ich immer einen Platz auf einem Wolkenschiff bekomme. Du musst mich durchlassen.«

Der Hauptmann betrachtete die lederne Prothese. »Diese Geschichte musst du mir erzählen, wenn du zurückkommst. Dass Voccio sich dankbar erweisen kann, ist ja ganz was Neues.« Mit diesen Worten winkte der Krieger ihn durch.

Kolja hätte ihm am liebsten die Zähne in den Rachen geschoben. Wenn es eine Sorte Männer gab, die er nicht leiden konnte, dann waren es solche, deren durchtrainierte Leiber unter Fettschwarten verschwanden, weil sie träge geworden waren. Meist hielten sich diese Mastschweine immer noch für vortrefflich. Kolja war sich sicher, dass sich der Kerl einbildete, ein unendlich viel besserer Schwertkämpfer zu sein.

Der Drusnier schluckte seinen Ärger herunter. Es war besser, einen überheblichen als einen misstrauischen Hauptmann getroffen zu haben. Dann blickte er zum Turm empor. Eben wurden die Ankerseile von den mit Goldblech beschlagenen Balken gelöst. Diese verdammte Himmelsqualle würde bald abfliegen!

Immer zwei Stufen auf einmal nehmend, stürmte er die Treppe an der Außenwand des Turms hinauf, drückte Lastenträger und Frachtmeister zur Seite, bis er einen kleinen, haarigen Mann traf, der ihn auf den ersten Blick an eine Spinne erinnerte. Seine Glieder waren so dünn, als habe er in seinem Leben noch nichts gehoben, was schwerer war als ein Becher voll Wein. Lange schwarze Haare bedeckten seine Unterarme. Sein Gesicht war voller Stoppeln, nur wenige davon grau, obwohl sein braungebrannter Schädel völlig kahl war. Mit großen, dunklen Augen sah er ihn an. »Noch ein Kerkermeister?«, fragte er spöttisch.

Kolja hatte den Eindruck, dass der Lotse dies durchaus für möglich hielt. Der Kerl musste Voccio sein, denn auf seine Tunika war eine stilisierte Sichelschwalbe gestickt, das Zeichen der Lotsengilde. Nie hatte ein Wolkensammler mehr als einen Lotsen.

»Ich suche einen Posten als Söldner. Braucht Ihr noch Männer, Herr?«

Voccio nickte in Richtung der Tempelgärten. »Du kommst von dort unten, nicht wahr? Bist fortgelaufen?«

»Ich …«, begann Kolja gedehnt, doch die Spinne schnitt ihm das Wort ab.

»Du schleppst keinen Sack voll Plunder mit dir herum, hast nicht einmal einen Mantel, der dir nachts als Decke dienen könnte. Erzähl mir keine Märchen, Mann. Du bist vor dem Kampf weggelaufen.«

»Ich bin vor den Jaguarmännern weggelaufen«, entgegnete Kolja aufgebracht. Noch nie hatte ihn jemand verdächtigt, ein Feigling zu sein. »Kennt Ihr die Jaguarmänner? Das sind keine Menschen, das sind Daimonen!« Er hob seine lederne Armprothese. »Ein Feigling erleidet nicht so eine Verletzung, er hat seine Narben auf dem Rücken, wenn er überhaupt Narben davonträgt.«

Voccio strich sich über sein schmales Stoppelkinn. »Wir fliegen zu den luwischen Bleiminen. Eine Reise von zehn Tagen, wenn die Winde günstig stehen. Ich biete dir Unterkunft und Essen und, weil ich ein großes Herz habe, auch noch drei Silberstücke.«

»Der übliche Sold wäre mehr als das Doppelte«, entgegnete Kolja ärgerlich.

Voccio klopfte ihm auf die Lederprothese. »Ein halber Mann bekommt auch nur den halben Sold. Aber ich will dich nicht überreden mitzukommen. Es ist deine Entscheidung.«

»Gut, drei Silberstücke!«

Voccio schüttelte den Kopf. »Jetzt bist du nur noch zwei wert. Männer, die ihrem Lotsen widersprechen, sollte man eigentlich gar nicht an Bord nehmen.«

Kolja stellte sich vor, wie er dieser kleinen, haarigen Spinne die dünnen Glieder ausrenkte. »Gut«, entgegnete er gepresst. Er hatte keine Wahl.

Wie eine zerbrochene Puppe

Arcumenna betrachtete die Seidene, die immer noch das schäbige Kleid trug, in dem er sie inmitten der Ketzer gefunden hatte. Er hatte sie gleich hinter dem Torhaus des Palastes genommen, ihr Kleid hochgeschoben und sie gegen die schmutzige Mauer gedrückt. Einige seiner Männer hatten ihm dabei zugesehen. Das störte ihn nicht sonderlich. Es war nicht das erste Mal. Wenn ihn die Lust überkam, dann fackelte er nicht lange, sondern nahm sich einfach, was sich ihm bot.

Heute war das keine gute Entscheidung gewesen. Auf diese Art hatte der Zauber gefehlt, der den Liebesnächten mit Zarah stets innegewohnt hatte. Sie war etwas Besonderes gewesen. Die Seidene! Ein Weib, von dem die Männer träumten und deren himmlisches Gesicht nur die wenigsten je zu sehen bekamen. Ganz zu schweigen von ihrem unvergleichlichen Körper. Aber der Zauber war dahin. Vielleicht war es ein Fehler gewesen, sie wie eine gewöhnliche Dirne vor seinen Leuten zu vögeln. Anfangs hatte ihn die Vorstellung, dies zu tun, aufgestachelt. Sie hatte eine Bestrafung verdient gehabt … Was fiel ihr ein, sich inmitten dieser Bettlerherde davonschleichen zu wollen! Warum hatte sie sich nicht zu erkennen gegeben? Arcumenna konnte das einfach nicht begreifen. Es fühlte sich an wie Verrat. Sie wäre lieber in einen Kerker gegangen, als sich zu ihm zu bekennen und in einem Bett mit Seidenlaken zu liegen.

Zarah hatte sich wie eine Magd verkleidet, also hatte sie sich selbst zuzuschreiben, dass sie auch so behandelt worden war. Und eigentlich hatte sie noch großes Glück gehabt. Arcumenna konnte sich sehr gut vorstellen, was die zwei oder drei besser aussehenden Frauen unter dem ketzerischen Lumpengesindel auf den Wolkenschiffen und in den Bleiminen erwartete. Wahrscheinlich selbst die Weiber, die zum Erbarmen aussahen. Er wusste nur zu gut, womit sich Männer zufriedengaben, die etliche Monde lang keinen Rock mehr gelüftet hatten. So war es auf jedem der Feldzüge gegen die verfluchten Drusnier gewesen. So würde es auch hier sein. Wenn Zarah also vernünftig denken konnte, dann wusste sie, was für einen Gefallen er ihr getan hatte, als er sie aus der Menge holte.

Wie sie da vor der Mauer kauerte …

Arcumenna schickte die Gaffer weg. Ihr Kleid war immer noch hochgerutscht. Ihre dunkle Scham war gut zu sehen. Sie hielt den Kopf gesenkt. Ihr langes Haar verdeckte ihr Antlitz. Arcumenna dachte daran, wie er als Junge einmal in einem Wutanfall sein liebstes Spielzeug zerbrochen hatte. Einen Reiter, bei dem unter den tönernen Beinen des Pferdes Bronzeräder angebracht gewesen waren, sodass er den stolzen Reiter an einer Schnur hinter sich herziehen konnte. Er hatte ihn vor eine Wand geworfen, als sein Vater ihn nicht zur Eberjagd mitnehmen wollte, obwohl er schon sieben gewesen war. Er hatte es bitter bereut. Die Pferdebeine waren zerbrochen, Kopf und Brust des Reiters in unzählige Scherben gesplittert. Nur ein Torso, dem kaum noch anzusehen gewesen war, was er einmal dargestellt hatte, war geblieben.

So wie sie an der Wand kauerte, erinnerte Zarah ihn an seinen zerbrochenen Reiter. War ihre gemeinsame Zeit vorüber? In ihrem schönen Stadthaus, mit eleganten Kleidern und ihrem fast schon beleidigenden Selbstbewusstsein hatte sie ihm besser gefallen. Einer Frau wie ihr war er zuvor nicht begegnet. Vielleicht genügte es ja, sie in ihr Haus zurückzuschicken und da von vorne anzufangen, wo sie vor ein paar Tagen aufgehört hatten. Sie hatte ihm durch ihren Verrat die Ketzer ausgeliefert. Und damit sich selbst gleich mit. Würde unter den Reichen und Mächtigen bekannt, dass sie die Grünen Geister anbetete, würde niemand mehr zu ihr kommen. Er war jetzt alles, was ihr noch blieb. Eine Zeit lang wäre es sicher interessant, sie zu beherrschen. Aber es würde nicht mehr wie früher werden.

Er winkte ein Dienstmädchen herbei, das bei den Ställen Hühner fütterte. »Bring sie in Ordnung!« Wie Zarah sich gehenließ, erfüllte ihn zunehmend mit Ärger. »Sorge dafür, dass sie gewaschen wird und ordentlich ihrem Stand entsprechend eingekleidet.«

»Ich fürchte, wir haben im Palast keine Hurenkleider, Herr«, entgegnete das Mädchen und schaffte es, trotz der Frechheit unterwürfig zu klingen. Arcumenna war versucht, sie zu ohrfeigen, doch dann sah er sie genauer an. Sie war ziemlich hübsch. Vielleicht würde sie Zarahs Nachfolgerin in seinem Bett werden. Sie hatte genau jenes Temperament, das die Seidene verloren zu haben schien.

»Dann kleide sie wie eine Hofdame ein. Und sorge dafür, dass sie in einer Sänfte nach Hause gebracht wird. In diesem Zustand soll sie keiner auf der Straße sehen.« Arcumenna schüttelte den Kopf. Zarah war eine Hure. Sie war ganz gewiss nicht zum ersten Mal auf solche Art geritten worden. Was hatte sie so aus dem Gleichgewicht gebracht? Er würde Wachen mit ihr schicken, für den Fall, dass sie noch einmal versuchen sollte zu fliehen. Sollte Kolja ruhig kommen und sich anmaßen, über sein verlorenes *Eigentum* zu gebieten. Ein Anlass zur Fehde mit dem Faustkämpfer kam ihm nur gelegen. Er würde ihm die Freudenhäuser abnehmen und Leon rächen!

Der Unsterbliche

Noch immer war das Klirren splitternder Kristalle zu hören. Wie lange würde Nangog den Drachen aufhalten können? Was für eine Kreatur war das, die offensichtlich von den Devanthar erschaffen worden war, um die Himmelsschlangen zu verhöhnen und gegen sie zu kämpfen.

Nun war auch Lyvianne endgültig davon überzeugt, dass die Schöpfer der Menschenwelt sich darauf vorbereiteten, Albenmark anzugreifen. Der Goldene musste wissen, was hier vor sich ging, damit er die Alben und seine Nestbrüder davon überzeugen konnte, dass die Zeit zu warten vorüber war. Auch die Zeit des Taktierens! Sie mussten angreifen, die Devanthar vernichten, solange das noch möglich war. Ein friedliches Leben mit ihnen war unmöglich. Wenn die Devanthar noch einige dieser Drachen erschufen, dann würde die Mark der Alben fallen.

Endlich erreichten sie den Ort, an dem sich die Pyramide erhob und wo der rote Teich lag. Die Menschenkinder hatten ein Schlachtfeld daraus gemacht. Dutzende Männer lagen hingemetzelt. Einige waren regelrecht zerhackt. Auch hier schien der Drache mit dem Goldkopf gewütet zu haben. Kurz fragte sich Lyvianne, warum die Devanthar für die Kreatur einen Kopf aus Gold erschaffen hatten? Wollten sie damit den Goldenen verhöhnen? Sie schob den Gedanken von sich und betrachtete das Gemetzel, fassungslos, dass all dies geschehen war, um einen einzelnen Mann zu retten. Wer das wohl gewesen sein mochte? Ein König? Ein Philosoph? Wessen Leben war so viel wert?

Vor ihnen bewegte sich eine kleine Schar von Kriegern auf den Ausgang zu. Jene Treppe, die durch das Tor mit den Elfenköpfen hinauf zum Schlangenschlund führte. Bald würde auch Manawyns Kopf in der leeren Nische ruhen. Sie hatten ihn nicht mitnehmen können. Nandalee hatte es verboten. Seinen Leichnam zu tragen hätte sie langsamer gemacht. Nun war er endgültig nur noch eine tote Hülle. Manawyns Seele war frei.

Lyvianne hatte sich gewundert, dass Nandalee diese kaltherzige, aber richtige Entscheidung getroffen hatte. Gonvalon hatte zu ihrem Befehl zwar geschwiegen, aber ihm war deutlich anzusehen gewesen, wie wenig er davon hielt. Ihr Sohn war einfach zu weich, dachte die Drachenelfe traurig. Sie hatte das schon immer gewusst. Wie lange die Liebe der beiden wohl noch halten würde? Es würde zu ihm passen, wegen dieser Lappalie einen Streit anzufangen.

Sie hatten die kleine Gruppe erreicht und wollten gerade an ihr vorübergehen, als sie ein drahtiger Krieger aufhielt.

»Woher kommt ihr?«, rief er mit harscher, befehlsgewohnter Stimme. Er wirkte unwirsch mit seinem stoppelbärtigen Gesicht und brennenden Augen. Auf ihn stützte sich ein großer Mann, dessen Antlitz hinter einem Maskenhelm verborgen war.

»Tiefer aus der Höhle«, entgegnete Nandalee ruhig. »Kolja hat uns dorthin geschickt, um die Flanke zu sichern. Dann kam dieses Ungeheuer …« Sie senkte die Stimme. »Die meisten meiner Männer sind tot.«

Keine schlechte Lügengeschichte, dachte Lyvianne und musste ein Schmunzeln unterdrücken. Kolja war nirgends zu sehen. Bevor diese Lüge auffliegen würde, wären sie längst auf und davon.

»Steigt die Treppe hinauf«, befahl der Mann mit dem Maskenhelm und deutete mit dem Schwert zu den Stufen hin. Es war eine ungewöhnliche Klinge, die von einem grünen Licht umspielt wurde. Ein verzaubertes Schwert in der Hand eines Menschensohns? Lyvianne konnte der Versuchung nicht widerstehen, ihn durch ihr Verborgenes Auge zu betrachten. Das Licht der Kraftlinien, die ihn umspielten, war blendend hell. Er war von etlichen Zaubern umwoben, sodass seine eigentliche Aura fast nicht mehr wahrnehmbar war. Das Schwert und seine Rüstung mussten von den Devanthar erschaffen worden sein.

»Was ist Euch geschehen, Herr?«, fragte sie, bemüht, nach echter Anteilnahme zu klingen.

»Splitter. Ich habe irgendwelche Splitter in die Augen bekommen. Es geht aber wieder besser.«

Er war kein guter Lügner, entschied Lyvianne. Sie spürte deutlich seine Angst, die er kaum mehr zu beherrschen vermochte. Er fürchtete zu erblinden, und da war noch eine andere Furcht … Er hatte Angst um sein Leben. Warum?

»Darf ich Euch helfen, Herr? Ich bin ein wenig erfahren …«

»Bei Hof erwarten ihn die besten Heilkundigen des Reiches!«, schnauzte sie der drahtige Kerl an, der ihn stützte. »Er braucht keinen Idioten, der an seinen Augen herummacht und alles verschlimmert.«

»Lass ihn, Ashot. Er meint es gut. Er …«, der Mann mit der Maske brach ab. Tief in der Höhle erklang ein gewaltiges Bersten. Der Boden erzitterte unter ihren Füßen. Der Drache musste sich aus seinem kristallenen Gefängnis befreit haben.

»Es ist keine Zeit dafür, wir müssen sofort hier heraus! Schnell!«, zischte Nandalee und sah Lyvianne vorwurfsvoll an.

Sicher sollten sie sich beeilen, doch diese Gelegenheit war einmalig! Ein Unsterblicher stand vor ihnen. Einer der sieben Herrscher Daias. Nandalee fehlte es einfach an Visionen. Welche Geheimnisse könnte sie durch diesen Menschensohn ergründen! Seine Gedanken und Erinnerungen wären ein unfassbarer Schatz.

Sein mürrischer Gefährte half dem Unsterblichen die Stufen hinauf. Der Menschensohn war völlig hilflos. Und dennoch bestand er darauf, als Letzter die Höhle zu verlassen. Ein Held ganz nach Gonvalons Geschmack, dachte Lyvianne.

Nandalee eilte als Erste die Treppe hinauf und gab ihnen allen das Tempo vor. Die beiden Menschenkinder und ihre Getreuen, die trotz des Drachens geblieben waren, konnten nicht mit ihr und den anderen Elfen mithalten. Und Lyvianne wollte nicht. Sie war einem Unsterblichen begegnet, der keine Ahnung hatte, wer sie war oder was sie zu tun vermochte!

»Darf ich deine Augen einmal sehen, sobald wir ins helle Sonnenlicht treten?«

»Die besten Heiler der Stadt …«, begann Ashot.

»Lass ihn, mein Freund. Was habe ich zu verlieren?«

Der drahtige Kerl bedachte sie mit einem warnenden Blick.

Lyvianne lächelte. Sie trug immer noch ihren Helm und die Verkleidung als ein Krieger der Menschenkinder. Wenn Ashot wüsste, wer und vor allem, was sie war … Sie studierte ihn, wie er seinem Herrscher die Treppen hinaufhalf. Wie er sich umsah, auf alles achtete. Vielleicht konnte er von Nutzen sein? Den Unsterblichen zu heilen, wäre eine Kleinigkeit. Aber seine Erinnerungen zu trinken, verzehrte viel Kraft. Kraft, die sie normalerweise von ihren Opfern nahm. Aber was nutzte es, wenn sie alles über einen Herrscher erfuhr und ihn dabei zu einem Greis machte, der nicht mehr lange regieren würde?

Es schien eine Ewigkeit zu dauern, bis sie die Gärten erreichten. Vor dem Schlangenschlund lagen Dutzende Verwundete. Männer, in deren Augen sich das Grauen spiegelte, dem sie im unterirdischen Tempel der Zapote begegnet waren. Lyvianne nahm ihren Helm ab. Die meisten der Krieger reagierten nicht darauf, dass sie sich als Frau zu erkennen gab. Zu sehr waren sie in sich gefangen.

Ashot jedoch starrte sie mit offenem Mund an. Noch bevor er etwas sagen konnte, zog sie ihn zu sich heran. »Ich bin eine Hexe, die Kolja mit in die Tiefe genommen hat, damit ich ihm Glück bringe. Ich kann deinen Herrscher heilen, aber das hat einen Preis. Würdest du zehn Jahre deines Lebens für das Augenlicht des Unsterblichen opfern?«

Der Krieger presste die Lippen zusammen, sodass alle Farbe aus ihnen wich.

»Ich kann auch gehen. Bring ihn zu seinen Heilern, und er wird blind sein. Es liegt bei dir, Ashot.«

Nandalee, die mit den anderen auf sie gewartet hatte und ihre

Worte hatte hören können, funkelte sie wütend an, hielt aber Abstand. Sie hatte begriffen, dass jeder, der zu dieser Frau in Rüstung gehörte, von nun an ebenfalls verdächtig wäre.

»Ich werde es tun«, sagte Ashot mit rauer Stimme. »Komm!« Er nahm den Unsterblichen bei der Hand. »Ihr müsst einen Augenblick rasten, Herr. Der Heiler wird sich Eure Wunden ansehen.«

Dem Unsterblichen war jetzt seine Unruhe deutlicher anzumerken. Er musste begriffen haben, wie schlimm es um ihn stand. Ashot führte ihn unter einen blühenden Kirschbaum.

»Im Schatten kann der Heiler doch nicht sehen …«

»Direktes Sonnenlicht könnte Euch schaden, Herr«, sagte Lyvianne sanft. »Ich vermag genug zu sehen. Macht Euch keine Sorgen. Bitte nehmt nun Euren Helm ab, Erhabener.« Sie blickte zu dem Krieger auf. »Knie dich neben ihn, Ashot. Hilf ihm.«

Der Krieger gehorchte, ließ sie aber nicht aus den Augen.

Lyvianne war überrascht, dass der Herrscher Arams wie ein ganz gewöhnlicher Menschensohn aussah. Er war nicht hässlich, aber keineswegs etwas Besonderes. Ein langer, in Locken gedrehter Bart reichte ihm weit auf die Brust hinab. Sein Haar war rabenschwarz, die Haut leicht gebräunt. Er hatte ein edles Antlitz, in dem sich gleichermaßen Großmut und Entschlossenheit spiegelten. Seine Augenlider und der Nasenrücken waren blutverklebt. Feine Obsidiansplitter hatten in seine Haut geschnitten, und seine Augen auf eine Art verletzt, dass er nie wieder richtig sehen würde, bliebe er der Kunstfertigkeit seiner Heiler überlassen.

Sie strich ihm sanft mit der Rechten über die Stirn, öffnete sich für all seine Gefühle und griff gleichzeitig mit der Linken nach Ashot. Seine Finger krallten sich in ihre Hand. Sie waren feucht. Deutlich spürte sie seine Angst.

Die Splitter einzeln zu entfernen, die den Unsterblichen verletzt hatten, hätte eine Stunde oder länger gedauert. Es waren zu viele! Diese Zeit hatte sie nicht! Fieberhaft dachte sie an andere Möglichkeiten und visualisierte in Gedanken ein Bild, in dem sie eine Kraft war, die all die Splitter anzog, so wie ein Magnetstein Eisenspäne an sich zog. Leise sprach sie ein Wort der Macht, um das Netz der Kraftlinien zu verändern. Hier auf Nangog war es anders gewoben. Zu zaubern fiel ihr schwerer als in Albenmark. Sie nahm von der Kraft Ashots. Sollte er verblühen, um Aaron Leben zu schenken.

Lyvianne hatte die Augen geschlossen, um sich ganz in ihre Kunst zu versenken. Sie spürte, wie sich die feinen Splitter in Aarons Fleisch bewegten. Sie war nun eins mit ihm. Spürte den Schmerz, den er fühlte, kannte seine Ängste und … Da war noch jemand! Ein anderer Geist lebte im Körper des Herrschers. Und noch einer … Immer mehr! Sie umlagerten den Aaron, der einmal ein Bauer gewesen war, spotteten über dessen Dummheit, sich mit der Priesterschaft der Zapote anzulegen, rieten ihm, sich nicht einer Unbekannten anzuvertrauen und eröffneten ihm schreckliche Visionen von dem, was der Löwenhäuptige mit einem blinden Herrscher tun würde.

Lyvianne zog sich erschrocken vor diesem Mysterium zurück, versuchte sich zunächst auf das Einfache zu konzentrieren. Sie war im Blut des Unsterblichen, in seinen Wunden, langsam zunächst und dann immer schneller werdend verwob sie diese Wunden. Ließ zusammenwachsen, was die Osidiansplitter durchtrennt hatten.

Sie sah durch seine Augen. Sah, wie die Kirschbaumkrone über ihnen, ein verschwommenes Bild aus Weiß und Grün, langsam wieder an Form gewann, bis sie zuletzt jedes Blatt und jede Blüte deutlich vor sich sah.

Ein Sturm von Stimmen brandete in Aarons Verstand auf. Gellend warnten sie ihn vor der Hexe, die nach ihrer aller Seele griff. Ihre Gedanken waren Gift und Dunkelheit. Doch dann erklang mitten unter ihnen eine Stimme, die alle anderen beherrschte. Der, den sie abfällig den Bauern nannten, der Mann, der einmal Artax geheißen hatte, war von einer Macht, die all die anderen verstummen ließ. Lyvianne betrachtete die Erinnerungen an sein Leben. Es war reich an Freud und Leid. Die anderen Geister in ihm berührte sie nur flüchtig. Sie waren klein, gefangen in einer Selbstgefälligkeit, die ihrem Dasein jeden Glanz genommen hatte. Der Mann, der einmal Artax gewesen war, war anders. In ihm brannte ein Feuer. Er wollte die Welt der Menschenkinder verändern, sie zu einem gerechten Ort machen, wo niemand mehr Hunger leiden oder die Willkür der Herrschenden fürchten musste. Sie sah all die Kämpfe, die Artax ausgefochten hatte, seine verzweifelte Liebe zu einer Barbarenprinzessin und seinen Abstieg in jenes düstere Tal, wo er dem eberköpfigen Devanthar begegnet war. Dort war sein Schwert zum Geisterschwert geworden, und er war einem Geheimnis nahe gekommen, das die Devanthar eifersüchtig hüteten.

Lyvianne zog sich aus den Gedanken des Unsterblichen zurück und öffnete ihre Augen. Einen Moment starrte sie ihn desorientiert an. Zu deutlich waren noch die Bilder seiner Erinnerungen, sie überlagerten sich mit dem, was ihre Augen ihr zeigten.

Der Herrscher lächelte sie an. »Danke«, sagte er mit warmer Stimme.

Lyvianne nahm ihre Hand von seiner Stirn. Flüchtig sah sie zu Ashot. Der Krieger wirkte erschöpft. Seine Schläfen waren ergraut, aber er hatte nicht zu viel von seinen Jahren verloren. Seine Veränderung mochte für andere von den Schrecken dieses Tags herrühren. Sie hatte keine allzu deutliche Spur hinterlassen.

Aaron ergriff ihre Hand. »Du musst mit mir kommen. Du könntest viel Leid von den Menschen nehmen, schöne Fremde.«

Lyvianne sah ihm tief in die Augen. Einsamkeit hatte sich dort eingenistet, hinter dem Strahlen, das jene blendete, die nur den Unsterblichen sehen wollten. »Ich kann nicht. Mein Schicksal ist ein anderes. Ich bin wie der Wind, du kannst mich nicht halten. Es ist mir bestimmt weiterzuziehen.«

Er ließ sie los. In seinen Augen spiegelte sich nun Bedauern. Er würde niemals versuchen, sie mit Gewalt aufzuhalten, das wusste sie. Dieser Mensch war tatsächlich ganz anders als die wenigen anderen Menschenkinder, die sie bis zum Grund ihrer Seele kennengelernt hatte.

Lyvianne setzte wieder ihren Helm auf und zog sich zu ihren Gefährten zurück. Sie ignorierte die schneidende Bemerkung Nandalees, dass bald die halbe Stadt einstürzen könnte und keine Zeit für irgendwelche Spielchen blieb. Lyvianne sah das anders. Sie war hier noch nicht fertig. Sie hielt sich dicht an Bidayns Seite, als sie die Tempelgärten verließen, den weiten Platz vor dem Weißen Tor querten und sich in den engen Gassen drängten, flankiert von einfachen Häusern, deren Flachdächer nun dicht gedrängt voller Gaffer standen, die sehen wollten, was in der Tempelstadt der Zapote vor sich ging.

Bald hatten sie eine der endlosen Treppen erreicht, die die Terrassen der Stadtviertel miteinander verbanden. Nandalee hatte einen Weg abseits der Hauptstraßen gewählt. Sie zog es vor, im Halbdunkel enger Stiegen zu bleiben. Sie erklommen ausgetretene Stufen, glitschig vom Unrat, der achtlos aus Fenstern geschüttet wurde, und von dem Wasser, das von der Wäsche tropfte, die an einem dichten Spinnennetz von Leinen hing und den Blick auf den Himmel zu einem Mosaikbild werden ließ. Lyvianne bemerkte, wie angespannt Nandalee immer noch war, als fürchte sie, ihre Mission könne noch im letzten Augenblick eine tragische Wendung nehmen. Wussten die Devanthar vielleicht schon, was geschehen war, und würden sie angreifen?

Lyvianne würde sich nicht von den Ängsten der jungen Elfe anstecken lassen. Sie zog Bidayn dicht an sich heran. »Ich habe dir ein Versprechen gegeben. Ich werde es einlösen. Lass uns im Gedränge auf dem Platz vor der Goldenen Pforte verschwinden.«

Bidayn wirkte ängstlich. »Wir können doch nicht ...«

»Willst du eine neue Haut haben, glatt wie Seide? Dann folge mir!«

Neue Wege

Auf dem Platz vor der Goldenen Pforte drängten sich Menschen, Maultiere, Sänften und Kamele. Die Luft schwirrte von Flüchen in allen Zungen der Menschenwelt, von Gebeten der Ängstlichen und den lautstarken Prahlereien jener, die ihre Angst hinter großen Worten versteckten. Auch alle Düfte Nangogs hatten sich hier versammelt. Der Geruch von Safran, Pfeffer und Koriander mischte sich mit dem Duft gegrillten Fleisches, der von den zahllosen kleinen Bratstuben, die den weiten Platz säumten, aufstieg und sich wie eine Glocke über den Platz legte. Wasserverkäufer mit großen Amphoren auf den Rücken geschnallt und Bäckerburschen mit Stangen voller Sesamkringel zogen durch die Menge. Gaukler und Musiker spielten für die Wartenden, die mit Karawanen durch das magische Tor, das die Welten miteinander verband, in ihre ferne Heimat ziehen wollten. Nur nachts kehrte hier für wenige Stunden Ruhe ein. Die Waren einer ganzen Welt mussten durch dieses Nadelöhr.

Nandalee wusste, dass ihnen nicht mehr die Zeit blieb, sich unter den Wartenden einzureihen. Sie vertraute Nangog nicht. Hatte die Göttin ihren Plan, die Goldene Stadt einfach von den Hängen des Weltenmunds zu wischen, wirklich aufgegeben? Nangog hatte sie geringer als ein Staubkorn auf ihrem Auge genannt. Warum sollte sie sich an das Versprechen ihr gegenüber halten?

Und selbst wenn sie es tat, was war für sie ein kleines Beben? Nandalee wusste nur eines, wenn es so weit war, wollte sie nicht in der Goldenen Stadt sein, um die Rache der Riesin zu erleben. Es würde Tausende Tote geben, dachte sie niedergeschlagen. Obwohl sie alles getan hatte, um dies zu verhindern. Wieder war sie gescheitert.

»Wo ist Lyvianne?«, fragte Gonvalon plötzlich.

Nandalee fuhr herum. Lyvianne und Bidayn waren im Gewühl der Menge verschwunden. »Diesmal warten wir nicht!«, entschied sie. Ihnen lief die Zeit davon. Nandalee hatte schon nicht begreifen können, was Lyvianne mit dem Unsterblichen getan hatte. Sie alle in Gefahr zu bringen, um dessen Wunden zu heilen, passte im Grunde gar nicht zu der Zauberweberin. Wahrscheinlich hatte sie in den Erinnerungen des Herrschers gelesen – doch das zu tun war nicht ihre Aufgabe. Sie hatten ihre Mission erfüllt und das Letzte, was Nandalee nun noch zu tun blieb, war, all ihre Gefährten lebend zurück nach Albenmark zu bringen.

»Wir können sie doch nicht einfach zurücklassen«, sagte Gonvalon schockiert. »Wir gehören zusammen. Wir stehen füreinander ein. Selbst für die Toten und erst recht für die Lebenden.«

Nandalee war verletzt. Ihr war nicht entgangen, wie sehr ihn ihre Entscheidung, Manawyns Leiche zurückzulassen, verstört hatte. Aber es ging hier um die Lebenden. »Es ist Lyvianne, die uns im Stich lässt, und ich bedauere, dass sie Bidayn verführen konnte, mit ihr zu gehen. Für uns gibt es kein Zurück mehr.« Sie deutete auf das mächtige Portal zwischen den Götterstatuen. »Dies ist unser Weg nach Albenmark, und in kurzer Zeit könnte er sich für lange Zeit schließen. Nangog ist voller Zorn aus ihrem magischen Schlaf erwacht. Was sie bislang getan hat, war Teil ihrer Träume in diesem Schlaf. Jetzt ist sie wach. Und sie sieht, dass es kein Traum war, was die Menschenkinder ihrer Welt angetan haben. Wie sie ganze Landstriche in Wüsten und ihre Flüsse in Kloaken verwandelt haben, Wälder zerstörten, die in Jahrhunderten gewachsen waren, und ihren Himmel mit Rauchschwaden überzogen. Als sie erwachte, wollte sie diese ganze Stadt vom Hang fegen.«

»Mäßige dich«, zischte Nodon. »Wir werden schon angestarrt.«

Nandalee hatte ihre Muttersprache benutzt, es konnte also kein Menschenkind verstanden haben, worüber sie redete. Aber sie hatte sich derart in Rage gesteigert, dass alle Gespräche um sie herum verstummt waren, und zahllose Menschenkinder sie, diesen seltsamen Krieger mit der hellen Stimme, anstarrten. Nodon hatte recht. Dieser Ort war der schlechteste der ganzen Stadt, um Aufmerksamkeit zu erregen. In der Goldenen Pforte stand einer der Silberlöwen der Devanthar und wachte über die Karawanen, die kamen und gingen. Und manchmal waren sogar die Götter selbst hier.

Nandalee packte Nodon. »Los, lies in meinen Gedanken, sei eins mit mir.« Lieber hätte sie sich Gonvalon offenbart, doch seit der Schwertmeister all seiner magischen Gaben durch Matha Naht beraubt worden war, war dies nicht mehr möglich. »Tu es!«

Nodon zog seine Hand zurück und warf Gonvalon einen fast entschuldigenden Blick zu. »Ich glaube dir«, sagte er ruhig. »Du musst mir nichts beweisen.«

»Aber wir haben Nangog befreit«, sagte Eleborn. »Sie kann doch nicht …«

»Sie wird auf uns keine Rücksicht nehmen. Wir sind Staubkörner für sie. Albenkinder! Geschöpfe jener Götter, die kamen, um sie in Fesseln zu schlagen. Dass wir sie nun befreit haben, ändert nichts daran, dass sie die Alben ebenso hasst wie die Devanthar. Und dass wir noch in der Stadt sind, wird sie nicht von ihrer Rache abhalten.« Sie deutete auf die enthauptete Gottheit bei der Goldenen Pforte. »Vor einigen Wochen erst hat die Stadt ein Erdbeben erschüttert, als Nangog noch schlief. Du hast die zerstörten Ankertürme gesehen, die eingestürzten Häuser. Diesmal wird es schlimmer werden. Sie ist voller Zorn. Ich möchte nicht hier sein, wenn ihre Wut die Stadt trifft. Deshalb können wir Lyvianne und Bidayn nicht mehr suchen. Ich hatte euch eindringlich gewarnt, dass wir keine Zeit zu verlieren haben, und Lyvianne hielt sich dennoch mit diesem Unsterblichen auf. Nun setzt sie unser aller Leben erneut aufs Spiel. Ich dulde nicht, dass einer von euch zurückgeht, um nach ihr zu suchen. Sie hat ihre Entscheidung getroffen. Wir schulden ihr nichts.«

»Sie hat Manawyn zurückgeholt. Sie hat ihr Leben gewagt, damit wir unsere Mission erfüllen«, entgegnete Gonvalon vorwurfsvoll. »Ich kann jetzt nicht einfach gehen.«

»Sie schert sich einen Dreck um uns«, versuchte nun auch Nodon, ihn zu überzeugen. »Sie hätte wenigstens sagen können, was sie will. Und warum ist Bidayn mit ihr gegangen? Bidayn ist nicht einmal eine Drachenelfe. Wo zieht sie die Kleine hinein?«

»Wenn sie sich falsch verhält, ist das keine Rechtfertigung für mich, es auch zu tun. Wir sollten zusammenstehen.«

Nandalees Gedanken überschlugen sich, sie wollte ihm widersprechen, doch dann besann sie sich. Die Welt um sie herum verblasste – es gab nur noch Gonvalon. Sie sah sein schmales Gesicht, seine melancholischen Augen, die so oft vor Liebe übersprühten, wenn er sie betrachtete, den weichen Mund, den sie unzählige Male geküsst hatte, den sehnigen Körper, der in den schönsten Nächten ihres Lebens neben ihr gelegen hatte. Sie dachte an sein Lachen, wenn sie etwas Verrücktes getan hatte. Und sie traf eine Entscheidung.

Gonvalon würde lieber in einer Stadt zurückbleiben, die dem Untergang geweiht war, als gegen seine Moralvorstellungen zu verstoßen. Das war der Mann, in den sie sich verliebt hatte. Der weiße Ritter, der stets auf der Seite des Lichtes blieb, selbst wenn die Himmelsschlangen ihn als Mörder aussandten. Sie wusste, wie sehr er an diesem Leben litt und dass sein Moralkodex das Einzige war, was ihm Halt gab. Sie würde ihn nicht zwingen, diesen Kodex gegen ihre Liebe abzuwägen. In den vergangenen Wochen war er ihr immer gefolgt. Nun war es an der Zeit, dass sie sich ihm anschloss, auch wenn es närrisch erschien, was er tun wollte.

»Ich erkläre unsere Mission für beendet«, sagte sie langsam. Ein letzter Zweifel, ob sie das Richtige tat, lag noch in ihren Worten. »Jeder ist nun frei, seiner Wege zu gehen.«

Die drei Drachenelfen sahen sie erstaunt an.

»Und du?«, fragte Eleborn verwundert. »Was wirst du tun?«

»Ich bleibe bei Gonvalon.« Dies laut auszusprechen machte ihr das Herz leichter. Es war keine vernünftige Entscheidung, aber sie wusste, ganz gleich, was auch geschehen mochte, sie würde es nicht bereuen.

Allein der Blick, voller Stolz und Liebe, den Gonvalon ihr in diesem Augenblick schenkte, war es wert, alles zu riskieren.

»Ich gehe mit euch«, sagte Nodon in seiner knappen Art.

Eleborn zögerte kurz, dann nickte er. »Ich auch.«

Nandalee hatte sich gewünscht, nicht diese Verantwortung tragen zu müssen. Und doch war sie auch froh, dass ihre Gruppe nicht zerbrochen war. Sie würden Nangog die Stirn bieten und gemeinsam mit den Menschenkindern erleiden, was sie entfesselt hatten.

Zweites Buch

DER HIMMEL IN FLAMMEN

Der Täuscher

Gleich würden sie den Hund hereinlassen. Den größten von ihnen.

Dojan hatte sie stets gefürchtet, diese Hunde. Deshalb war er zum Aufseher der Zwinger geworden, zum Hundeführer. Er hatte entschieden, dass es besser sei, der zu sein, der die Leine hält. Den Hunden hatte er nichts vormachen können – sie hatten seine Furcht stets gespürt. Er hatte sie sich mit Peitschenhieben und Dornhalsbändern gefügig gemacht, sie hatten gekuscht, aber sie hatten es gewusst.

Nicht so ihre Herren. Wie er sie hasste, diese selbstgefälligen Grundbesitzer. Sie hielten keine Sklaven, sie ließen Schuldner für sich arbeiteten. Und diese Schuldner entkamen ihren Verpflichtungen erst mit dem Grab. Manche nicht einmal dann! Mit Schaudern dachte er an den Fleischhandel mit der Goldenen Stadt. Dojan blickte hinauf zu den dunklen Sehschlitzen, oben, dicht unter der Decke der kleinen Arena. Die Mauern waren weiß getüncht, aber er konnte die Flecken unter der Tünche sehen. Sie ließen sie jedes Mal neu tünchen nach so einer Hinrichtung. Dann sah Dojan zum Gitter, das sich bald heben würde. Er konnte den Hund hecheln hören. Reißer nannten sie ihn. Ein wahres Ungeheuer. Fast so groß wie ein Pferd, mit struppig grauem Fell und himmelblauen Augen. So blauen Augen wie bei Hanna.

Er hätte wissen müssen, in welche Gefahr er sich begab. Sie war zu auffällig gewesen mit diesen leuchtenden Augen, ihrem goldenen Haar und ihrer selbstverliebten Art. Hanna hatte nicht die Fähigkeit, sich zu verstecken. Sie hatte nicht unsichtbar werden können. Nichts hatte ihrem Wesen mehr widersprochen.

Sie hatten sie gefunden. Und sie hatte ihnen seinen Namen genannt. Den Namen des Herrn der Bluthunde. Und ausgerechnet dieser Vollstrecker der Gerechtigkeit der Ungerechten war fehlbar gewesen.

Dojan ließ das Gitter nicht aus den Augen. Wann würde es sich endlich heben? Er war doch da! Er konnte Manasses Blicke spüren. Diese satten, selbstgefälligen Blicke! Weidete er sich an seinem Elend? An seinen gebrochenen Beinen. Er würde nicht weglaufen können. Sie hatten ihm mit Knüppeln die Knie zerschlagen, die Schienbeine und die Füße. Aber er hatte ihnen nichts gesagt. Drei Tage lang, bis sie des Fragens müde wurden. So gerne hätten sie gewusst, wie vielen er geholfen hatte. Das war seine Rache, sie im Zweifel zu lassen, wer von denen, die er als von Hunden zerrissen gemeldet hatte, in Wirklichkeit geflohen war. Wie oft hatte er sie hintergangen? Und was war aus jenen geworden, die ihren Hass auf die Großgrundbesitzer am Fluss niemals vergessen konnten? Würde einer von ihnen wiederkommen?

Der Gedanke an diese Zweifel, die seine Peiniger niemals verlassen würden, hatte ihm die Kraft gegeben, seine Martern zu ertragen. Hanna hatte nichts gehabt, woran sie sich festhalten konnte. Sie hatten sie zusehen lassen, wie sie ihn schlugen, nachdem sie ihnen seinen Namen verraten hatte. Und Hanna hatte ihnen auch von seiner Furcht vor Hunden erzählt. Sie hatte alles erzählt, und als sie nichts mehr preiszugeben hatte, hatte sie Geschichten erfunden, um nicht geschlagen zu werden und das Unvermeidliche hinauszuzögern. Gestern Nacht hatten sie sie zum Krebsbecken gebracht und an den Pfahl am Ufer gebunden. Er hatte zusehen müssen, wie sie aus dem Wasser gekommen waren. Jene großen Scherenträger, die mit einem Schnippen Zehen abtrennen konnten. Sie wurden gehätschelt und gemästet, um irgendwann in den Kochtöpfen der Reichen in der Goldenen Stadt zu landen. So würde auch Hanna wieder in die Goldene Stadt zurückkehren, von der sie immer geträumt hatte. Sie würde in die Häuser der Reichen kommen … Dafür hätte sie alles gegeben, als sie noch lebte. Dojan lachte bitter. Er hätte ihr nicht bei ihrer Flucht helfen dürfen. Er hätte es besser wissen müssen. Sie war nicht dazu geschaffen gewesen, unsichtbar zu werden.

Irgendwo hinter dem Gitter scharrte Reißer ungeduldig mit den Pfoten. Im Grunde hatte er Glück mit seiner Angst vor Hunden. Reißer würde ihn schnell erledigen. Es wäre nicht so wie letzte Nacht mit Hanna. Als sie ihrer Schreie überdrüssig wurden, hatten sie ihr die Stimmbänder durchtrennt, nicht etwa die Kehle. Wie er sie hasste, diese feisten Schweine. Er malte sich aus, was er ihnen antun würde. Sie hatten ihn viel über Grausamkeit gelehrt. Dojan schloss die Augen. Sein letztes Gefühl vor dem Tod sollte nicht Hass gewesen sein. Er versuchte, auch den pochenden Schmerz in seinen Beinen zu vergessen, der sich umso stärker meldete, als er den Hass losließ. Er dachte an all jene, die er gerettet hatte, die in Sicherheit leben konnten, weil er seinen Herren ein paar blutige, zerrissene Kleider gezeigt hatte.

Er hatte als einer der erfolgreichsten Hundeführer gegolten, die der große Fluss je gesehen hatte. Dojan lächelte still in sich hinein. Besonders gerne dachte er an das erste Mädchen, dem er zur Flucht verholfen hatte. Was für eine wunderbare Lügnerin sie gewesen war. Und wenn er sie angeschaut hatte, hatte er jede dieser Lügen wider besseren Wissens glauben wollen. Sie war klug gewesen und schön. Alles, was er ihr je erzählt hatte, hatte sie in sich aufgesogen, wie ein ausgetrockneter Schwamm Wasser aufnimmt. Ihr hatten die Götter alles im Übermaß geschenkt, was man brauchte, um in der Goldenen Stadt zu überleben. Bei ihrem größeren Bruder waren die Götter nicht so freigiebig gewesen. Er war ein braver Junge, stark für sein Alter, ehrlich und strebsam. Er hatte immer auf Zarah achtgegeben, sie beschützt, so gut er nur konnte, und gar nicht bemerkt, wie oft sie es war, die die Fäden ihres Schicksals in der Hand hielt.

Mit den beiden hatte sein Treiben angefangen. Er hatte sie unaufdringlich ermutigt zu fliehen, indem er Geschichten erzählt hatte von Dienern, denen es geglückt war zu entkommen. Und als die Geschwister dann endlich den Mut fanden, es zu tun, hatte er ihnen den Rücken freigehalten. Er hatte die anderen Hundeführer auf falsche Fährten geschickt und schließlich zerfetzte, blutige Kleider vorgelegt und behauptet, er habe gesehen, wie die Flusskrokodile sie geschnappt hatten. So hatte niemand mehr nach ihnen gesucht. Niemand war so frei wie die Toten, dachte er lächelnd.

Mit einem Scharren hob sich das Gitter. Er hörte das Knurren von Reißer. Gleich würde auch er zu den Toten gehören. Zu den Freien!

Verwandlung

Manasse betrachtete Dojan voller Abscheu. Nicht vielen war es gelungen, ihn zu hintergehen. Dieser verdammte Bastard hatte ihm wohl schon über Jahre etwas vorgemacht. Und jetzt lag er da und lächelte, als das Gatter aufging, statt sich vor Angst anzupissen. »Drecksack!«, zischte er.

Hanna hatte geschworen, dass Dojan Angst vor Hunden hatte, die er nur dadurch beherrschen konnte, dass er wie ein Tyrann über die Tiere regierte, ihre Leinen hielt, sie mit der Peitsche züchtigte und niemals nachgiebig war. Und jetzt wartete er lächelnd auf den Schlimmsten von ihnen!

Heute genoss er es, allein zu sein. Selbstverliebt seinen Spaß mit niemandem zu teilen. Es war üblich, die Herren der benachbarten Güter einzuladen, einer Hinrichtung beizuwohnen, so wie er es gestern getan hatte, als sie das Mädchen an den Pfahl gefesselt hatten. Es geschah nicht viel auf den großen Landgütern am Fluss. Jede Abwechslung war willkommen. Manasse bückte sich, um besser durch den schmalen Sehschlitz vor ihm blicken zu können. Reißer trat misstrauisch schnuppernd durch das Gitter. Er roch das Blut und das Fleisch, das schon brandig zu werden begann. Hunde mochten es, wenn ihr Fressen nicht mehr ganz frisch war. Doch irgendetwas stimmte nicht mit Reißer. Steifbeinig stakste er aus dem Tunnel und hielt sich dicht bei der Wand, statt über

Dojan herzufallen. Er musste doch sehen, dass der Hundeführer wehrlos war. Warum klemmte das Vieh seine Rute zwischen die Hinterläufe? Warum …?

Grüner Nebel glitt durch den Tunnel, durch den gerade erst Reißer gekommen war. Manasse wich ein Stück vom Sehschlitz zurück. Ein Grüner Geist! Zweimal hatte er sie von ferne in den Wäldern gesehen und Hunderte Geschichten über sie gehört. Was immer jetzt kommen würde, würde interessant werden. Er tastete nach der kleinen Glasphiole, die an einer Lederschnur um seinen Hals hing. In ihr war ein Pulver enthalten, das gegen die Geister schützte. Man musste es nur in eine offene Flamme schleudern, dann entstand ein Rauch, den die Waldgeister nicht ertragen konnten. Es war unanständig teuer gewesen, das Pulver. Aber es wirkte. Er hatte selbst einmal einen Reisenden zu Gast gehabt, dem das Pulver im tiefen Wald das Leben gerettet hatte. Manasse blickte aus den Augenwinkeln zur Fackel, die hinter ihm an einem Halter in der Wand steckte. Er war hier sicher!

Mit angehaltenem Atem verfolgte er, was unter ihm in der kleinen Hundearena geschah. Der Geist trieb Reißer vor sich her, drängte ihn in die Enge. Dabei winselte der große Bluthund so erbärmlich, als habe ihn ein Krokodil geschnappt. Dann atmete Reißer den Geist ein! Manasse presste sich die Hand auf Mund und Nase. Davon hatte er noch nie gehört. Reißer stand ganz still. Seine Rute war nicht länger zwischen seine Hinterbeine geklemmt. Er sah zu dem Sehschlitz hinauf. Kurz glaubte der Gutsherr, ein grünes Leuchten in den Augen des Bluthundes flackern zu sehen. Dann ging das Tier auf Dojan zu.

Der Krüppel lächelte nicht mehr, sondern war gelähmt vor Angst. Unfähig sich zu rühren, starrte er den Hund an, der ihm seine großen Pfoten auf die Brust setzte und ihn nach hinten drückte, bis er schließlich ganz auf ihm stand. Die Schnauze des Bluthundes kam dem Gesicht Dojans immer näher. Einen Augenblick sah es so aus, als wolle der Hund ihn küssen, als plötzlich der

Grüne Geist aus seinem Maul quoll. Ein Teil der Nebelgestalt drang in Dojans Mund und Rachen, der verzweifelt aufschrie.

Der größte Teil des bösen Geistes jedoch wand sich in schlangengleichen Spiralen um den Leib des Hundes und Dojans. Die beiden Körper bäumten sich unter spastischen Zuckungen auf und schlugen immer wieder hart aneinander. So hart, dass sich ihre Glieder verformten, als würden die Knochen brechen.

Manasse hatte so etwas noch nie gesehen. Gleichermaßen schockiert und fasziniert vermochte er den Blick nicht abzuwenden. Die starken Läufe Reißers knickten ein, und sein massiger Leib sank auf den Körper Dojans. Fast sah es aus, als liebten sich die beiden zuckenden Leiber. Da begann der grüne Nebel, von innen heraus zu glühen. Schillernde Fünkchen stiegen von ihm auf, tanzten durch die Arena und stürzten zurück zu den beiden Leibern, die …

Der Gutsherr traute seinen Augen nicht. Er drängte gegen den Sehschlitz, als wolle er durch die schmale Öffnung hindurchkriechen. Das konnte nicht sein! Das Fleisch von Hund und Mann veränderte sich. Die beiden Leiber verschmolzen miteinander! Sie waren nicht mehr länger zwei Kreaturen. Die Rippen Dojans klafften auf wie ein fleischiges Maul und zogen den Hund in den geöffneten Leib. Der Kopf des Bluthundes fiel auf Dojans Gesicht, und als hätten beide keine feste Form mehr, begannen sie ineinanderzufließen, bildeten einen neuen, größeren Kopf mit vorspringender Hundeschnauze und großen Hundeohren.

Die Kreatur aus den beiden Leibern wand und streckte sich. Und sie wuchs. Als der grüne Nebel gänzlich verschwand und das Ungeheuer, das aus Hund und Hundeführer entstanden war, sich aufrichtete, war es mehr als zweieinhalb Schritt hoch. Es hatte den Rumpf eines Menschen und auch dessen Arme, wenngleich diese in Händen endeten, die mit langen Klauen besetzt waren. Die Beine sahen drahtig und seltsam verdreht aus. Aber es waren Beine für lange, ausdauernde Läufe. Der Kopf der Kreatur wirkte am wenigsten menschlich. Mit fingerlangen Reißzähnen in einer Hundeschnauze schien die Bestie einem Albtraum entsprungen zu sein.

Nur die Augen erinnerten noch an Dojan. Große, braune Augen, hinter denen der rachsüchtige Verstand des Hundeführers blitzte. Nun sahen sie hinauf zu dem Sehschlitz. Witternd reckte die Bestie den Kopf vor. In dem Augenblick begriff Manasse, dass diese Kreatur, in der Dojans Verstand weiterlebte, wusste, dass er hier oben war.

Die Bestie fuhr herum und zwängte sich durch den kurzen Tunnel, der zu den Zwingern führte. Panisch sah sich der Gutsherr um. Er musste fliehen! Aber wohin? Er durfte nicht im Freien erwischt werden. Schon öfter hatte er gesehen, was Bluthunde mit flüchtigen Arbeitern anstellten. Und diese Bluthunde waren Streicheltiere im Vergleich zu der Bestie, die in der Arena geboren worden war. Verzweifelt blickte er auf den schmalen Riegel an der Tür der engen Kammer. Sieben Kammern wie diese und eine große, die viele Gäste aufnehmen konnte, umringten die Hundearena. Der Riegel war nur dazu da, um ungestört zu bleiben, falls man etwas anderes tun wollte, als sich am blutigen Gemetzel zu ergötzen. Einem ernsthaften Ansturm würde er nicht standhalten.

Manasses Blick blieb an der Fackel haften. Sie würde ihn retten. Als er sie aus dem Bronzehalter an der Wand zog, hörte er, wie unten eine Tür zersplitterte. Die Bestie hatte den Zugang zur Treppe, die hier hinaufführte, aufgebrochen.

Mit zitternden Händen tastete der Gutsherr nach dem Glasfläschchen. Deutlich konnte er scharrende Laute auf den Stufen hören. Stumm in sich hineinfluchend, riss er den dünnen Lederriemen vom Hals, als es ihm einfach nicht glücken wollte, den Verschluss des Fläschchens zu öffnen.

Er hörte, wie die Bestie draußen witternd von Tür zu Tür ging. Der Hals der Phiole brach, die Hälfte des gelben Pulvers rieselte zu Boden, und beinahe wäre die Flasche Manasses verschwitzten Fingern entglitten. Er war inzwischen fast verrückt vor Angst.

Es kratzte an der Tür. Ein tiefes, kehliges Knurren erklang. Wenigstens ein Teil des Pulvers gelangte in die Flammen der Fackel, bevor das Fläschchen doch noch seinen verschwitzten Fingern entglitt und klirrend zu Boden fiel.

Ein dicker, öliger Rauch von schwefelgelber Farbe wölkte auf, als der Sperrriegel aus der Halterung an der Wand gerissen wurde. Die Tür flog auf, und geifernd, mit leicht geducktem Gang schlich die Bestie in die enge Kammer, die Krallenhände vorgestreckt, als wolle sie Manasse damit das Herz herausreißen. Der Gutsbesitzer blies in den gelblichen Rauch, um ihn schneller in Richtung des Ungeheuers zu treiben. Wenn die Kreatur das Zeug doch nur endlich einatmen würde!

Der riesige Hundemann legte den Kopf schief und schnupperte misstrauisch. Es wirkte also! Ermutigt schob Manasse die Fackel vor. »Hau ab, du Vieh!«, schrie er voller Inbrunst und überlegte, wie er Jagd auf die Bestie machen könnte, wenn sie sich in die sumpfigen Flussauen flüchtete. Er hatte schon vor Augen, an welcher Stelle seines Hauses er den Kopf des Ungeheuers ausstellen könnte, als der Hundemann vorschnellte.

Ein einziger Biss trennte Manasses Hand mit der Fackel vom Arm.

Chimären

»Und so begab es sich, dass sich die Göttin in der Erde gegen ihre Fesseln aufbäumte. Und auch wenn sie fern der Macht war, die sie einst besessen hatte, so vermochte sie nun doch Ungemach über jene Welt zu bringen, die aus dem erschaffen worden war, was sie einst Daia gestohlen hatte. Sie rang mit ihren Ketten, ohne sie zerreißen zu können. So war ihr Zorn nur als fernes Donnergrollen zu vernehmen und vermochte nur einige kleine Kinder zu erschrecken, die noch an der Brust ihrer Mütter lagen. Und so sann sie darauf, das Gift ihrer Rache auf andere Art in ihre Welt zu tragen, der fleißige Hände fruchtbare Äcker abgerungen hatten, und wo die Kinder der sieben Reiche Ordnung brachten, wo zuvor nur Wildnis und Chaos geherrscht hatten.

Und ihr böser Wille erstarkte in den Geistern, die durch die Nacht streiften, und gab ihnen eine Zaubermacht, die sie zuvor nicht besessen hatten. So wurden sie zu Seelenverschlingern, die Menschenkinder in der Einsamkeit heimsuchten, um sie eins werden zu lassen mit Geschöpfen der Wildnis und Dunkelheit. So wurden jene Tapferen, die in den Bergen nach dem Gold der Erde suchten, von Geiern und Adlern heimgesucht, und die Geister verschmolzen ihre Leiber und erschufen widernatürliche Chimären, halb Mensch und halb Geschöpf der Wolken. Ähnlich erging es Jägern, die eins mit Wölfen und Tigern wurden. Doch wurde mir auch berichtet von Unglückseligen, die über den Frieden der Totenäcker wachten und die verschmolzen mit jenen, die sich, getrieben von der rachsüchtigen Göttin, aus der Erde erhoben.

Solcherart war dies Übel, dass es überall zugleich geschah, wo Menschen in der Neuen Welt lebten. Und bald gab es keinen Ort mehr, an dem sie vor den Chimären der gefesselten Riesin sicher waren. Doch bald schon ward den Unsterblichen zugetragen, was in ihren fernsten Provinzen geschah, und sie entschieden, einen großen Rat einzuberufen, um des Dunkels Herr zu werden, das die friedlichen Hütten ihrer Untertanen befallen hatte (…)«

Zitiert nach: Vermischte Schriften aus alter Zeit, Herausgeber: Unbekannt. S. 83. Verwahrt in der Bibliothek von Iskendria, Saal der versunkenen Königreiche, Regal XXXV, Brett VII.

Anmerkung: Abschrift eines alten Textes, den die Elfe Valynwyn in der Bibliothek der Menschenkinder in ihrer Stadt Iskendria entdeckte. Auch wenn die Geschichte über die Entstehung der Chimären grundsätzlich glaubwürdig erscheint, spricht doch einiges dafür, dass der Verfasser sich nie auf Nangog aufgehalten hat und auch nicht zeitnah zu den geschilderten Ereignissen gelebt hatte.

Jenseits des roten Tors

Bidayn wollte eine neue Haut mehr als alles andere, aber es machte ihr Angst, sich gegen die Befehle Nandalees gewandt zu haben. Ihr fehlte die Selbstsicherheit Lyviannes, die unerschrocken voranschritt und sich einen Weg durch das Gedränge der Menschenkinder bahnte. Allerorten raunte man, ein Krieg zwischen den Zapote und dem Unsterblichen Aaron von Aram sei ausgebrochen. Die Stadt schien wie von einem Fieber ergriffen. Tausende drängten in Richtung der Viertel, über die sich dunkle Rauchschwaden erhoben hatten – jene Gärten, denen Bidayn und Lyvianne gerade erst entronnen waren. Wüssten die Menschenkinder, welche Kreatur dort in der Tiefe lauerte, sie würden ihr Heil in der Flucht suchen.

Bidayn fragte sich, ob der gefiederte Drache wohl in die Stadt hinaufkäme, um ihrer Fährte zu folgen. Lyvianne war davon überzeugt, dass er die Höhle nicht verlassen würde. Aber nur, weil er das bisher noch nie getan hatte, hieß das doch nicht, dass er es grundsätzlich nicht konnte … Ängstlich behielt sie die Rauchschwaden im Auge und lauschte auf die Rufe der Menschenkinder. Waren da Anzeichen von Panik zu hören? Als sie zum wiederholten Male den Stand der Sonne überprüfte, blieb Lyvianne stehen.

»Wir haben sicher noch etwas Zeit, bevor das Beben kommt, von dem Nandalee gesprochen hat. Sie sagte doch, dass die Göttin noch ihre Kräfte sammelt«, beruhigte ihre Meisterin sie. »Fürchte dich nicht, ich werde dich hier herausbringen. Aber du wirst mir helfen müssen. Den Zauber, den es zu wirken gilt, kann ich nicht alleine weben. *Du* wirst das Wort der Macht sprechen, das uns die Kraft des Blutes schenkt.«

Bidayn nickte, obwohl sie ein Schauer durchlief. Sie war sich bewusst, was das bedeutete. Half sie Lyvianne bei diesem Zauber, dann hätte sie sich auf immer der dunkleren Seite der Magie verschrieben. Hatte sie diesen Weg einmal eingeschlagen, gab es kein Zurück mehr.

Schweigend folgte sie ihrer Meisterin, die ihren Weg durch die stinkende Stadt wieder aufgenommen hatte. In einer dunklen Gasse kauerte ein kleiner, schwarz-weißer Hund, der sein eigenes Gespei mit gierigen Happen wieder verschlang. Er erschien der jungen Elfe wie ein Sinnbild für die Menschenkinder, die sich hier inmitten von Dreck und Elend niedergelassen hatten. Sie waren in der Hoffnung auf schnellen Reichtum gekommen – und nun kauerten sie im Dreck und verschlangen Tag für Tag aufs Neue ihr eigenes Gespei, während nur jene reicher wurden, die auch in ihrer alten Heimat schon reich gewesen waren. All die anderen aber fraßen ihre unerfüllten Träume in sich hinein. Tag für Tag, bis der Tod an ihre Tür klopfte.

Endlich erreichten sie das schöne Haus der Seidenen, und Lyvianne klopfte an das rote Tor. Bidayn lächelte. Niemand in dem Haus ahnte, dass der Tod an ihre Tür gekommen war. Plötzlich empfand sie keine Gewissensbisse mehr wegen dem, was sie tun wollten. Die Menschenkinder lebten ohnehin einem schnellen Tod entgegen. Es spielte keine Rolle, wenn er ein wenig früher kam. Sie waren zum Tod geboren. Sie hingegen wäre immer noch jung, wenn die Urenkel der Seidenen das Licht der Welt erblickten. Sie lachte leise auf. Ein schlechtes Bild hatte sie da gewählt, denn die Seidene würde natürlich keine Urenkel haben. Nicht einmal Söhne oder Töchter.

Eine kleine Luke öffnete sich in der Tür. Die beiden Elfen nahmen ihre Helme ab, sodass der Türwächter sie erkennen konnte. Er öffnete unverzüglich, obwohl er mit großen Augen ihren kriegerischen Aufzug betrachtete. »Die Herrin dachte, ihr wärt fortgegangen«, sagte der schielende Mann konsterniert.

»Nun sind wir wieder zurück!«, entgegnete Lyvianne leichthin. »Wo finden wir die Herrin?«

Der Türwächter zuckte die Schultern. »Sie ist verschwunden, obwohl keiner sie hat gehen sehen«, sagte er unübersehbar unglücklich darüber, dass sein wichtiger Posten durch dieses Verhalten der Seidenen ad absurdum geführt wurde.

Lyvianne sah zum Himmel hinauf. »Wir warten auf sie. Es bleibt noch Zeit.«

Bidayn wünschte sich, sie wäre so ruhig wie ihre Meisterin. Unauffällig musterte sie die gewölbte Decke des kleinen Torhauses, in dem sie standen. War dies ein guter Platz bei einem Erdbeben? Waren die Steine hinter dem weißen Putz wirklich ordentlich gesetzt?

Der Diener verschloss sorgfältig das rote Tor und kauerte sich wieder auf den grauen Stein, auf dem ein schmuddeliges, gelbes Kissen lag. Den Ort, an dem er sein Leben damit verbrachte, darauf zu warten, dass es klopfte.

Eine junge Dienerin blickte von der holzgefassten Brüstung im ersten Stock zu ihnen hinunter. Bidayn kannte sie. Ihre Aufgabe war es, die kostbaren Seidenkleider ihrer Herrin zu hüten. Nun lief sie eilig die Treppe hinab. Obwohl sie sich an einem freundlichen Lächeln versuchte, war ihr deutlich die Missbilligung darüber anzumerken, Frauen im Gewand von Kriegern vor sich zu sehen.

»Die Herrin war enttäuscht, dass ihr ohne Abschied gegangen seid, nachdem sie so gut zu euch gewesen ist«, sagte sie spitz. Ihr langes, honigfarbenes Haar hatte sie straff zurückgekämmt und zu einem dicken Zopf geflochten, der ihr über die Schulter fiel und fast bis zu ihrer Hüfte reichte.

Sie hat beneidenswert weiße Haut, dachte Bidayn eifersüchtig. Wahrscheinlich bestahl sie die Seidene und nutzte heimlich deren Tinkturen und Salben.

»Wir sind durstig, Mädchen«, sagte Lyvianne in einem Tonfall, der keinen Zweifel daran aufkommen ließ, wer Herrin und wer Dienerin war. »Ich habe den frischen Pfirsichsaft vermisst, den es hier stets gab. Bring uns zwei Becher davon.«

»Wie Ihr wünscht«, murmelte das Mädchen unterwürfig und eilte in Richtung Küche davon.

Bidayn war noch immer von diesem plötzlichen Wechsel im Verhalten der Dienerin verblüfft, als Lyvianne sich lächelnd an sie wandte. »Mach dir keine Sorgen. Du weißt, dass sie in der Hitze der Mittagsstunden fast immer zu Hause ist. Sie wird kommen. Ich kann es fühlen.«

Sicherheit

Zarah spähte zwischen den Vorhängen der Sänfte zu den Wachen und fluchte leise. Erst war sie völlig geschockt gewesen, dass ihre geplante Gefangennahme durch Arcumenna vereitelt worden war. Sie hatte zu den wenigen Auserwählten gehört, denen Barnaba in aller Deutlichkeit geschildert hatte, was die Stadt erwartete, wenn Nangog erwachte. Es gäbe dann nur noch einen einzigen sicheren Ort – hoch am Himmel musste man sein! In den Straßen der Goldenen Stadt wären Leben und Tod allein Glückssache.

Als Arcumenna sie wie irgendeine Dienstmagd genommen hatte, war die Erstarrung von ihr gefallen. Ganz bewusst hatte sie sich aufgeführt wie eine Magd. Ihr machte es nichts aus, wenn jemand dabei zusah, wie sie fickte. Auch nicht, wenn sie an einer schmutzigen Hofwand entwürdigt wurde. Sie hatte Schlimmeres erlebt.

Ganz bewusst hatte sie die Gebrochene gespielt. Sie hatte kein Interesse an Arcumenna mehr. Sie wollte fort von hier. Dort, wo das Schicksal Barnaba und all die anderen Gläubigen hinführen würde, war ihr Platz. Sie hatte gehofft, dass Arcumenna erkannte, dass er mit seiner Tat nicht nur sie, sondern vor allem auch sich selbst gedemütigt hatte. Hatte gehofft, dass er an einem apathischen Wrack alles Interesse verlieren würde. Stattdessen hatte er sie waschen lassen, sie in dieses kratzende Kleid gesteckt und der Willkür einer Dienerin überlassen, die sich wohl schon ausmalte, wie sie ihren Platz im Bett des Arcumenna übernehmen würde. Zarah lachte. Es war ein harter, freudloser Laut. Dann blickte sie wieder nach draußen.

Sie hatten gerade das Portal am Fuß der langen Treppe passiert, die hinauf zum Palast des Statthalters der Ischkuzaia führte. Es war nun nicht mehr weit bis zu ihrem Stadthaus. Dies war eines der besseren Viertel. Die Häuser waren hoch und aus Stein errichtet. Sie stellte sich vor, wie die Wände auf die Straße stürzten. Es blieb nicht mehr viel Zeit, und sie wusste nicht, wohin sie gehen sollte. Doch auch das war nicht mehr ihre Sorge. Nicht *sie* entschied, wohin sie ging. Fünf Krieger aus Arcummenas Leibwache, angeführt von dem Einäugigen Horatius, eskortierten ihre Sänfte. Horatius war unter allen Hauptleuten des Statthalters der mit Abstand phantasieloseste. Ihn würde sie nicht verführen können. Er würde stets an ihrer Seite bleiben, bis sie in den Palast des Statthalters zurückgekehrt war. Andere hätte sie vielleicht verführen können, sie dazu verleiten können, gemeinsam mit ihr durchzubrennen. Aber dieser Mann begeisterte sich nicht an Frauen oder an Wein. Ihn interessierten nur Waffen und Geschichten über Schlachten. Er hatte nicht begriffen, worum es im Leben ging.

Wieder spähte Zarah durch die Vorhänge. Die Zeit wurde knapp. Sie mussten fort von der Straße. Das war der allerschlechteste Ort, an dem man bei einem bevorstehenden Erdbeben sein konnte. Ärgerlich feuerte sie die Sänftenträger an, nicht wie fußkranke Maultiere daherzuschleichen. Sie musste ihr Haus erreichen!

Zarah dachte an den tiefen Keller mit der gewölbten Decke, in dem sie ihren Wein lagerte. Dieses starke Gewölbe würde gewiss allen herabstürzenden Trümmern widerstehen. Erneut befahl sie den Sänftenträgern, schneller zu laufen. Es war nicht mehr weit.

Wenn sie erst ihr Haus erreichte, wäre sie in Sicherheit!

Ich rieche Blut

Gonvalons Blick wanderte über die Menschenmenge vor der Goldenen Pforte. Gemeinsam mit Nandalee, Nodon und Eleborn stand er auf den Stufen des Tempels der Schöpfer, in dem alle Devanthar einen eigenen Altar hatten. Von hier aus hatten sie den besten Überblick, obwohl er nicht glaubte, dass sie Lyvianne und Bidayn hier noch entdecken würden. Was immer sie bewogen hatte, ihre Gefährten zu verlassen, hatte sie mit Sicherheit zurück in die Stadt geführt. Aber wohin?

Gonvalon sah zu Nandalee. Sie war ganz die Jägerin. Sie bemerkte nicht, dass er sie beobachtete, so sehr war sie darauf konzentriert, den weiten Platz nach Bidayn und Lyvianne abzusuchen. Vielleicht wollte sie sich aber auch nicht anmerken lassen, dass sie seine Blicke spürte. Er wusste, dass sie gegen ihre Überzeugung geblieben war – seinetwegen. Sie hatte sich hier auf Nangog verändert. War härter geworden, vermochte ihre Gefühle besser zu beherrschen. Gonvalon wusste, wie schwer sie darum gerungen hatte. Sie hatte bereut, aus Frustration und Wut den Trollprinzen mit einem Pfeil niedergestreckt zu haben, der vor langer Zeit ihre Jagdbeute erlegt hatte. Sie wollte beherrscht sein und keine falschen Entscheidungen mehr treffen. Er sehnte sich danach, mit ihr allein zu sein. Er wollte mit ihr reden. Vor den anderen würde sie keine Kritik dulden. Wenn sie eine Drachenelfe sein wollte, dann durfte die Grundlage ihrer Entscheidungen nicht sein, was andere von ihr erwarteten. Sie allein war das Maß, denn sie war es, die künftig mit ihren Taten leben müsste. Hatte sie das begriffen, als sie entschied, nach Lyvianne und Bidayn zu suchen? Er hatte seine Zweifel.

»Vielleicht weiß ich, wo sie sind«, sagte Nodon gepresst.

Nandalee fuhr zu ihm herum. »Wo?«

»Ich bin mir nicht sicher«, beeilte sich Nodon zu sagen. »Ich versuche nur die ganze Zeit einen Sinn hinter dem, was sie tun, zu finden. Vor einer Weile habe ich gehört, wie sie über Bidayns Haut sprachen. Über die Narben. Lyvianne hat versprochen, ihr zu helfen …«

»Und?«

»Die Seidene«, stieß Gonvalon hervor. Ihm war schon am Tag ihrer Ankunft in der Goldenen Stadt aufgefallen, wie sehr Bidayn die Schönheit ihrer Gastgeberin bewundert hatte.

»Das werden sie doch nicht tun …«, sagte Nandalee. »Wir waren ihre Gäste. Sie hat uns geholfen …« Die junge Elfe schüttelte den Kopf. »Es muss einen anderen Grund geben!«

Gonvalon konnte sich sehr wohl vorstellen, dass Lyvianne ihre Gastgeberin ermorden würde. Für sie zählte ein Menschenleben nichts. Er legte seine Hand auf Nandalees Arm.

Sie sah ihn an, voller Verzweiflung »Gehen wir zum Haus der Seidenen«, entschied sie dann. »Eine andere Fährte haben wir ohnehin nicht.«

Keiner widersprach. Nandalee führte sie durch verwinkelte Gassen und über Straßen, die Gonvalon nie zuvor betreten hatte. Er wunderte sich, wie gut sie diese riesige Stadt zu kennen schien. Schneller, als er erwartet hätte, erreichten sie das Haus mit dem roten Tor. Im Gegensatz zu sonst stand es leicht angelehnt.

»Lyvianne?«, rief Nandalee über die Straße hinweg.

Sie erhielten keine Antwort. Nodon zog sein Schwert. »Ich rieche Blut«, sagte er leise.

Gonvalon roch nur den Duft von gebratenem Fleisch und Gemüse. Die Mittagsstunde war nicht fern. In einem der Häuser würde es bald ein üppiges Mahl geben. Er sah Nodons Anspannung und entschied sich, den scharfen Sinnen des erfahrenen Schwertkämpfers zu vertrauen. Er legte die Hand auf den Griff seiner Waffe.

»Gehen wir hinein«, entschied Nandalee, nahm den Bogen von der Schulter und zog die Sehne auf.

Gonvalon war als Erster beim Tor. Er rammte es mit der Schulter auf. Hinter ihm stand Nandalee und sicherte ihn mit einem Pfeil auf der Sehne.

Im Durchgang des Torhauses kauerte ein alter Mann, der erschrocken die Arme hochriss. »Tut mir nichts! Bitte, tut mir nichts! Ich hab damit nichts zu tun. Ich …« Als er erkannte, wer sie waren, warf er sich zu Boden und verbarg mit den Händen schützend seinen Kopf.

Nandalee trat zur Seite und sicherte mit halb gespanntem Bogen den Innenhof. Ihr Blick wanderte über die umlaufende Galerie, an der die Türen zur ersten Etage lagen. Der Hof war wie ausgestoben. Nur in seiner Mitte lag lang hingestreckt eine rote Gestalt.

Gonvalon brauchte einen Herzschlag, um zu begreifen, was er da sah, so fremd war es ihm: Vor ihm lag eine gehäutete Frau! Ihr ganzer Leib war nacktes, rotes Fleisch, überzogen von einem Netzwerk von Adern.

»Bei den Alben«, stammelte Eleborn neben ihm. »Sie lebt noch!«

Jetzt sah auch Gonvalon, wie sich die Lippen der Frau bewegten. Ihre großen, grünen, lidlosen Augen waren auf ihn gerichtet. Er konnte nicht verstehen, was sie sagte, las nur die Qual in ihren Augen. Er war fassungslos, dass Lyvianne und Bidayn das hatten tun können.

Nodon, der zu ihnen aufgeschlossen hatte, hob etwas mit der Spitze seines Schwertes hoch. Es war durchscheinend, wie Pergament. Ein Rautenmuster war darauf zu erkennen. »Auch Bidayn hat sich gehäutet.«

Gonvalon hörte Eleborn hinter sich würgen. Der Schwertmeister hatte das Gefühl, dass ihm der Boden unter den Füßen weggezogen wurde. Wie hatte Lyvianne nur so grausam sein können! Wie … Das Wanken des Bodens war mehr als nur ein Gefühl gewesen. Die Erde unter ihm bäumte sich auf. Ein dumpfes Geräusch stieg aus der Tiefe auf – als zerbreche etwas. Dann wurde es tausendfach variiert. Ein breiter Riss lief durch die Hauswand ihm gegenüber. Ein Teil der Galerie sackte zur Seite.

Nandalee packte ihn und zog ihn in den gewölbten Durchgang des Torhauses. Steine prasselten in den Hof. Nodon war noch immer dort. Sein Schwert beschrieb einen blitzenden Bogen. Die Haut, die er aufgespießt hatte, flog davon. Seine Klinge stach nieder und durchbohrte das Herz der Sterbenden. Ihre bebenden Lippen kamen zur Ruhe, als eine ganze Hauswand in den Hof stürzte. Staub wirbelte auf und legte sich wie eine neue Haut über ihren geschundenen Leib. Ziegelsteine rollten bis zum Durchgang des Torhauses. Doch nicht einer berührte die Tote.

Das Beben endete so unvermittelt, wie es begonnen hatte. Inmitten des Schutts lag eine zersplitterte Kleidertruhe. Ein Seidenschal in den tausend Rottönen eines Sonnenaufgangs glitt in einer Kaskade aus schillernden Farben heraus. Wie bunte Blüten, davongetragen vom Frühlingswind, flatterten die Kleider der Seidenen durch den Hof. Der Schal legte sich um den Hals der Toten und bedeckte ihre Augen, die hinauf zu einem Wolkenschiff blickten, das über den Himmel schwebte.

Im Himmel

»Seht, meine Brüder und Schwestern, wie Nangog die Stadt straft, die uns in Verdammnis schicken wollte!«, rief Barnaba, und seine Stimme war so gewaltig, dass sie auch zu dem zweiten Wolkenschiff trug, das dicht neben ihnen durch den Himmel glitt.

Der Prediger ließ den Blick über die Stadt tief unter ihnen wandern. Es war genauso, wie Nangog es ihm in seinen Visionen gezeigt hatte. Wie von unsichtbaren Hämmern getroffen, brachen die Paläste und hohen Wohnhäuser in sich zusammen. Ankertürme knickten, als seien sie nicht mehr als lange Grashalme, nach denen übermütige Burschen mit Weidenruten schlugen. Staub erhob sich in rotbraunen Wolken über der Stadt, und das Getöse dröhnte ihnen selbst hier, hoch am Himmel, in den Ohren.

»Halt dein Maul, Prediger, oder ich lass dich deine Zähne fressen!«, fuhr ihn der Hauptmann der Wachen an, die als ihre Kerkermeister mit an Bord gegangen waren. Er war ein großer, gedrungener Kerl, dessen Hals so kurz war, dass es schien, als würde sein Kopf direkt aus dem Rumpf wachsen. Ein kurzer, eckiger Bart betonte das breite Kinn, sein Schädel war kahlgeschoren. Man musste ihn nur ansehen, um zu wissen, dass er ein grausamer Mann war, dachte Barnaba, aber selbst er sollte Gelegenheit haben, errettet zu werden.

Der Priester hob dem Hauptmann seine Hände entgegen, um die dünne Hanfseile so fest geschlungen waren, dass sie Barnaba tief ins Fleisch schnitten. »Befreie mich, und du kannst einer von uns werden, erleuchtet von der Weisheit der Großen Göttin und stets von ihr beschützt. Sieh hinab, Krieger! Sieh, wie deine Welt zerbricht! Folge mir zu neuen Ufern! Erkenne …«

Der Krieger zog sein Schwert, eine lange, mörderisch spitz zulaufende Bronzeklinge, wirbelte sie herum und versetzte Barnaba mit der flachen Seite einen Schlag auf den Rippenbogen, direkt unter dem Herzen.

Barnaba traten Tränen in die Augen, als ihm pfeifend die Luft aus den Lungen floh. Er brach in die Knie und verfluchte stumm sein Fleisch, das so schwach war. Ein erschrockenes Raunen ging durch die Menge seiner Gläubigen. Sie wollten ihm helfen, doch nun zogen auch andere Krieger aus ihrer Eskorte die Schwerter.

»Bitte, meine Freunde …«, stieß Barnaba schwer atmend hervor. »Mir geht es gut. Wir …«

»Dir geht es gut, Aufwiegler?« Den Worten folgte ein Tritt in Barnabas Magengrube. »Ich darf dich zwar nicht umbringen, aber Arcumenna war sehr deutlich, dass ich dir, wann immer es mir beliebt, die Scheiße aus den Därmen prügeln kann.« Der Krieger packte Barnaba an den Haaren und riss seinen Kopf hoch. »Wenn es dir gutgeht, Priester, dann bin ich meinen Pflichten nicht nachgekommen.«

Der Hauptmann deutete auf die Goldene Stadt hinab. Zehntausende Schreie klangen zu ihnen herauf. Das Getöse einstürzenden Mauerwerks war Wehklagen gewichen. Dichte Staubwolken wogten durch die Gassen und stiegen zum Himmel hinauf. Allerorten waren Brände ausgebrochen.

»Du hast davon gewusst und sie nicht gewarnt, Priester?« Ein Schwerthieb, erneut mit der flachen Seite, ging auf Barnabas Hüfte nieder. »Allein dafür sollte ich dich schon totprügeln, du Drecksack. Predigst Frieden und lässt die Menschen zu Tausenden verrecken, wo du hättest helfen können!«

»Sie wollten nicht hören …«, stieß Barnaba keuchend hervor.

Der Hauptmann ließ ihn los, nur um ihm sofort wieder einen Fausthieb in die Magengrube zu verpassen, der ihn in sich zusammenklappen ließ. Zitternd lag er an Deck und würgte. Er wünschte, er wäre tot.

Über ihm wanden sich die Tentakel des Wolkensammlers, der das Gefangenenschiff trug. Ein abstoßendes Gewimmel schleimtriefender Fangarme. Barnaba atmete schwer aus. Galle stieg ihm in den Mund.

»Du solltest aufhören, ihn zu prügeln. Noch zwei oder drei Schläge, und er ist kaputt.« Es war eine starke, dunkle Stimme mit schwerem drusnischem Akzent, die da gesprochen hatte.

»Wer bist du?«, fragte der Hauptman wütend. Dabei schob er einen Fuß unter Barnabas Leib und drehte ihn auf die Seite.

Der Prediger fühlte sich, als sei er nur noch willenloses Fleisch. Er war völlig außerstande, noch Widerstand zu leisten. Jetzt konnte er seinen Fürsprecher sehen. Es war ein hünenhafter Krieger in guter Rüstung, der einen Helm mit weißem Rosshaarschweif trug. Ganz offensichtlich gehörte er nicht zum Gefolge des Hauptmanns.

Der Fremde zögerte und schien nicht antworten zu wollen.

»Na los, sag schon! Wer bist du?«, fuhr ihn der Hauptmann ärgerlich an. »Sprich, oder ich lasse dich über Bord werfen!«

Der Hüne hob beschwichtigend eine Hand, klang aber keineswegs eingeschüchtert, als er antwortete: »Ich bin nur ein Söldner mit ein wenig Erfahrung darin, Leute totzuprügeln. Und ich sage dir, dein Prediger da unten verträgt nicht mehr viel. Noch zwei oder drei Schläge und er ist hinüber.«

»Und ich sage dir, ich kann dieses Schwein noch eine ganze Weile quieken lassen, bevor es sich verabschiedet.« Mit diesen Worten setzte der Hauptmann die genagelte Sohle seiner Sandalen auf Barnabas Rechte und begann langsam, den Druck zu erhöhen. »Und du nimmst jetzt deinen Helm ab. Ich will dein Gesicht sehen.«

Der Hüne lachte. »Die meisten sind froh, wenn sie es nicht sehen.« Mit diesen Worten hob er den Helm und zeigte ein grässliches, von fleischigen Narben entstelltes Antlitz. Seine Nase war nur eine unförmige Masse, eines seiner Ohren ein merkwürdig amorpher Klumpen. Er besaß keine Augenbrauen mehr. Sein Schädel war ebenfalls kahlgeschoren. »Man nennt mich Kolja«, sagte er und lächelte dabei, was sein Antlitz noch erschreckender aussehen ließ. »Ich wollte mich nicht einmischen, Hauptmann.

Wie gesagt, ich habe einige Erfahrung darin, Leute totzuschlagen. Ich war einmal Faustkämpfer. Und ich sage dir, dein Priester da ist bald hinüber. Solltest du ihn nicht lebend abliefern?«

»Ich sagte doch, ich lass ihn noch ein wenig quieken.« Bei diesen Worten verstärkte der Hauptmann den Druck seines Fußes. Barnaba hörte die Knochen seiner Hand knacken und stöhnte laut auf.

»Helft dem Klugscheißer zurück in die Goldene Stadt!« Der Befehlshaber bedeutete seinen Männern, Kolja zu ergreifen. »Lasst ihn auf dem kurzen Weg reisen.«

Der Hüne zog ein prächtiges, silbern schimmerndes Schwert. Er wirkte nicht im Geringsten beunruhigt. Barnaba wünschte sich, er wäre ebenso kaltblütig.

Der Hauptmann hob ebenfalls sein Schwert und sah zu den Gläubigen. »Seht ihr die Hand eures Priesters? Ihr redet so viel von Frieden und Harmonie. Aber wer von euch hat auch nur eine Hand erhoben, um das Unglück der Goldenen Stadt zu verhindern? Ich verachte euch. Für mich seid ihr nichts als Heuchler!« Er funkelte nun Barnaba wütend an. »Deine Hand sollte dort unten sein, wo jetzt jede Hilfe gebraucht wird. Ich finde, das schuldest du der Stadt.«

Barnaba war unfähig zu sprechen oder sich auch nur zu bewegen. Jeder Atemzug fühlte sich an, als würden ihm glühende Dolche in die Brust getrieben. Er sah das hoch erhobene Schwert, das gleich seine rechte Hand abtrennen würde, aber er war jenseits von Angst. Ein wenig war es, als sähe er einem Fremden zu. Es berührte ihn nicht mehr. Er hatte zu viel erlitten.

Das Schwert sauste nieder, aber der Schmerz blieb aus. Eine kraftvolle, fremde Stimme füllte Barnabas Verstand. Nicht die Göttin … Das Schwert des Hauptmanns war dicht neben Barnabas Hand in die Planken des Oberdecks gefahren. Der Hauptmann gab seltsame, glucksende Geräusche von sich und begann zu schweben.

Barnaba blinzelte, traute im ersten Moment seinen Augen nicht. Sein Folterer wurde in die Luft gehoben. Aus seiner Brust ragte ein langer Dorn. Ein Tentakel mit einer Knochenspitze hatte ihn durchbohrt.

Ich werde dich beschützen, Barnaba, war da wieder die Stimme in seinem Kopf. *Ich bin* Wind vor regenschwerem Horizont im Frühlingsmorgenlicht über dem Grünen Meer, *der Wolkensammler, der dieses Schiff trägt. All deine Qualen werden ein Ende haben.*

Die Wachen des Hauptmanns hatten von dem hässlichen Hünen abgelassen, und sahen stattdessen schockiert zu ihrem schwebenden Anführer.

Plötzlich schlangen sich Fangarme um Barnaba. Auch er wurde emporgehoben. Seine Anhänger riefen aufgeregt durcheinander. Einige der mutigeren, wie der Flötenspieler Artiknos und Merob, die Erste Mutter, drängten an den Wachen vorbei und versuchten, seine Hände zu ergreifen. Doch er wurde zu schnell in die Höhe gehoben.

Der Schleim, der von den Tentakeln des Wolkensammlers troff, war angenehm kühl und betäubte den Schmerz in seinen Wunden. Auch konnte er etwas besser atmen. »Werft eure Waffen weg«, befahl er den Kriegern mit zittriger Stimme. »*Wind vor regenschwerem Horizont im Frühlingsmorgenlicht über dem Grünen Meer* duldet keine weitere Gewalt gegen meine Gefolgschaft.«

Wie um seine Worte zu unterstreichen, schwenkte der Tentakel, von dem der immer noch zuckende Hauptmann hing, weit über die Reling hinaus und ließ den Sterbenden von der Knochenklinge gleiten, sodass er in die Tiefe stürzte.

Barnaba blickte zu dem Lotsen des Wolkenschiffes, einem drahtigen, kleinen Mann, der ihn ein wenig an eine Spinne erinnerte. »Wir werden einen südwestlichen Kurs fliegen. *Wind vor regenschwerem Horizont im Frühlingsmorgenlicht über dem Grünen Meer* und sein Bruder kennen den Kurs. Folge ihren Anweisungen.«

Zu sprechen hatte ihn mehr erschöpft, als er erwartet hatte. Sein Kopf sank ihm auf die Brust. Er hatte nicht einmal mehr die Kraft, Ekel vor der Umarmung der Tentakel zu empfinden. Sie hielten ihn fest umschlungen und hoben ihn langsam dem aufgedunsenen Leib des Wolkensammlers entgegen.

Im Wald aus wogenden Fangarmen öffnete sich ein breiter Spalt im Fleisch der Kreatur. Ein Maul? Gallert troff auf Barnaba herab und rann in warmen, zähen Schlieren über sein Gesicht. Inmitten des Mauls sah er ein blassweißes Licht, und dieser Anblick erfüllte ihn mit tiefem Frieden. Mit der Gewissheit des Sterbenden wusste er, dass dort seine Xana Ikuška auf ihn warten würde.

Ein Lächeln lag auf seinen Lippen, als er im Leib des Wolkensammlers verschwand.

In fremder Haut

Hustend kroch Bidayn unter dem halb verschütteten Torbogen hervor. Voller Sorge betrachtete sie die Schürfwunden auf ihren Armen. Nach dem Getöse der einstürzenden Bauten war es nun geradezu still. Nur leises Wimmern war zu hören. Irgendwo in der Nähe steigerte sich ein Hund in immer schrilleres Gekläff. Die Luft war so voller rotem Ziegelstaub, als hinge dichter Nebel in den Straßen. Das, was von den Straßen übrig geblieben war …

Dort, wo eben noch eine fünfzehn Schritt breite, sanft ansteigende Treppe gewesen war, die zur nächsten Terrasse der Stadt führte, erstreckte sich nun eine Geröllhalde. Rote Ziegelsteine und Fragmente aus Marmorverblendungen hatten die Treppe völlig verschwinden lassen. Dazwischen ragten Mauerstücke auf, die, obwohl sie auf die Straße gestürzt waren, noch einen Verband aus Ziegeln bildeten. Säulenkapitelle und ein einzelner Kopf aus grauem Stein erhoben sich aus dem Schutt.

Der Staub kratzte in Bidayns Hals. Ihr Mund war trocken. Lyvianne stand vor ihr, eine Gestalt aus Staub. Ihre Augen wirkten unnatürlich groß in der roten Maske, zu der ihr Gesicht geworden war.

»Wir haben Glück gehabt«, sagte sie mit rauer Stimme. Dann sah sie Bidayn zweifelnd an. »Geht es dir gut?«

Bidayn hob ihre Arme. Das Blut der Schürfwunden hatte mit dem Staub einen zähen Brei gebildet.

»Du musst dir keine Sorgen machen. Das ist jetzt deine Haut. Sie wird verheilen, und es werden keine neuen Narben bleiben. Komm jetzt, es ist nicht mehr weit bis zur Goldenen Pforte.«

Bidayn sah sich um. Sie hatte jegliche Orientierung verloren. Nichts sah mehr aus wie vor wenigen Augenblicken. Sie dachte an die Menschen, die eben noch auf der Straße gewesen waren. Ein Stück voraus ragten schräg die Pfosten einer goldbeschlagenen Sänfte aus dem Geröll. Von den Trägern war nichts zu sehen. Sie folgte Lyvianne, die sich entschlossen den Hang aus Trümmern hinaufkämpfte. Jeden Schritt galt es mit Bedacht zu setzen. Nichts war mehr festgefügt in dieser Welt. Auch im Geröllhang war noch Bewegung, Steine sackten nach. Hinter ihnen stürzte eine ganze Hauswand auf die Straße, und eine neue Wolke aus Staub kroch den Hang hinauf.

Bidayn trat auf etwas Weiches. Sie blickte hinab und sah eine zierliche Hand mit Silberringen zwischen den Ziegelsteinen. Sie regte sich nicht. Die weiße Haut erinnerte die Elfe an das, was sie vor dem Beben getan hatte. Es war ihre Entscheidung gewesen. Lyvianne hatte ihr nur die Möglichkeit angeboten. Hätte sie der Meisterin nicht zugestimmt, wäre nichts geschehen. Bidayn strich vorsichtig über ihre nackten Arme. Es gab keine Narben mehr! Mit Schrecken dachte sie an das, was geschehen war. Daran, wie sie das Wort der Macht gesprochen hatte, das sie mit der Menschentochter verband. Sie hatten nackt nebeneinandergelegen, die Hände ineinander verschränkt. Und dann hatte die Haut begonnen, sich zu bewegen … in Wellen, als sei irgendetwas darunter. Sie war zum Leben erwacht, war über ihre Finger gekrochen, während sie die Menschentochter verließ. Gleichzeitig hatte sie selbst begonnen, sich zu häuten, wie eine Schlange, nur dass dort, wo ihre Haut gewichen war, für endlose, peinigende Augenblicke nur rohes Fleisch geblieben war, bis die Menschenhaut darüberkroch und anwuchs. Die Menschentochter aber hatten sie nackt, als Jammergestalt aus rohem Fleisch zurückgelassen. Noch lebend, doch zum Tode verdammt.

Die neue Haut hatte sich ganz und gar ihrem Körper angepasst. Bidayn fühlte keinen Unterschied zu früher, obwohl Lyvianne sie gewarnt hatte. Möglicherweise würde die Haut der Menschentochter in einigen Jahren zu altern beginnen. Sicher war das allerdings nicht. Und selbst wenn es nach einer Weile dieses Problem gäbe, sie würde es noch einmal tun. Menschenkinder gab es ja mehr als genug, und sie wusste nun, wie dieser Zauber zu weben war. Wieder strich sie sich über die Arme. Es war gut, nicht mehr gebrandmarkt zu sein! Sie würde keine mitleidigen Blicke mehr für ihre Narben ernten. Sie würde sich endlich Männern zeigen können. Sie hatte Sehnsucht danach, in starken Armen zu liegen, fremden Atem auf ihrer Haut zu spüren und Begehren in den Blicken zu lesen, die ihren nackten Körper betrachteten. Endlich würde sie wieder ganz sein! Was Nangog ihr genommen hatte, hatte sie sich auch auf Nangog zurückgeholt. Es war ihr gutes Recht gewesen, das zu tun!

Zuerst hörten sie das Geschrei. Es klang anders als das Wimmern der Verletzten und Wehklagen jener, die inmitten der Trümmer verzweifelt nach Überlebenden suchten. Panik lag in diesen Schreien und die Gier, um jeden Preis zu überleben, koste es, was es wolle. Und dann standen sie am Rand des großen Platzes vor der Goldenen Pforte. Ein gestürzter Ankerturm hatte einen Wall aus Schutt quer über die weite Fläche gelegt. Von den Lagerhäusern, die ihn einst umgeben hatten, reichten Zungen aus Ziegelstein und gesplitterten Balken über das Pflaster. Plünderer wühlten zwischen den Ruinen nach Schätzen, entschlossen, die Gunst der Stunde zu nutzen und unerwartet als reiche Männer heimzukehren.

Unübersehbare Menschenmengen drängten dem magischen Tor entgegen. Erbarmungslos schlugen sie einander nieder, krochen über die Gestürzten hinweg, schrien und meuchelten, um zum Tor zu gelangen, denn sie alle hatten begriffen, Sicherheit gab es allein jenseits der Goldenen Pfade.

In dem Augenblick, als Bidayn die Menge sah, wusste sie, dass sie und Lyvianne niemals mit heiler Haut auf die andere Seite des Platzes kommen würden. Selbst wenn sie bereit wären, Gewalt anzuwenden. Es waren zu viele Menschenkinder dort, und ständig drängten neue aus den Trümmern der Stadt nach. Was sie sah, war ein Mahlstrom aus Fleisch, und er verschlang mehr Leiber, als er ausspie.

»Du musst es wieder tun«, sagte Lyvianne.

Bidayn verstand nicht, was ihre Meisterin meinte.

»Damals, als du dir deine Narben geholt hast, hast du den Lauf der Zeit für dich verändert. Du hast dich so schnell bewegt, dass alle um dich herum wie erstarrt gewirkt haben. Du hast mir davon erzählt. Das musst du wieder tun, sonst werden wir dieser Stadt nicht entkommen.«

Bidayn schüttelte entschieden den Kopf. Das war genau jener Zauber gewesen, für den sie mit ihren Narben bezahlt hatte. Das magische Netz, das sie zu stark manipuliert hatte, hatte sich gegen sie gewandt. Wenn sie diesen Fehler ein zweites Mal beging, wäre alles vergeblich gewesen. Sie wollte diesen Schmerz nicht noch einmal fühlen, nicht noch einmal zur Aussätzigen werden.

»Ich kann das nicht …«, sagte sie mit tonloser Stimme. »Ich …«

»Wir werden sterben, wenn wir nicht schnell flüchten«, drängte Lyvianne. »Die Devanthar werden kommen, um zu sehen, was hier geschehen ist. Sie werden sehr schnell begreifen, dass Nangog

Hilfe hatte. Was, glaubst du, werden sie mit uns tun?« Lyvianne strich über den Griff des Schwertes an ihrer Seite. »Ich werde mir lieber selbst die Kehle durchschneiden, als mich lebend von den Devanthar fangen zu lassen. Noch lieber würde ich allerdings entkommen. Zeig mir, was zu tun ist!«

Bidayn zögerte. Dann dachte sie an den unheimlichen Ebermann. Lyvianne hatte recht, ihnen blieb keine Wahl. Aber sie würde den einen Zauber, in dem sie ihrer Meisterin voraus war, nicht verraten. Sie schloss die Augen und griff nach dem Netz der Kraftlinien, das alles durchdrang. Deutlich spürte sie die Pfade, die zum Albenstern hinführten. Starke, pulsierende Linien, die sich von der Matrix Nangogs deutlich abhoben. Das Goldene Netz war dieser Welt aufgezwungen worden, es war kein natürlicher Bestandteil von ihr.

Bidayn öffnete ihr Verborgenes Auge und studierte das Netz aus Kraftlinien, das sie umgab. Hell flackerten die Auren der Menschen in den Farben von Zorn und Angst. Sie griff nach der Magie der fremden Welt und unterwarf sie ihrem Willen, formte den Strom der Kräfte, bis die Bewegungen der Menschenkinder immer langsamer wurden und schließlich ganz erstarrten. Bidayn wusste, dass dies eine Täuschung war. Ihre Wahrnehmung hatte sich verändert. Nichts um sie wurde langsamer. Sie war schneller geworden – so viel schneller, als würde die Welt um sie herum stillstehen. Sie spürte, wie das magische Netz sich dagegen aufbäumte, in widernatürliche Bahnen gezwungen zu werden. Diesmal war sie vorbereitet. Sie nahm auch von der Kraft der Albenpfade, die sich in der Goldenen Pforte kreuzten. Daraus wob sie ein Netz, das sie und Lyvianne umgab und sie unberührbar für die Kräfte Nangogs machte.

Sie öffnete die Augen. Lyvianne stand vor ihr wie aus Stein gemeißelt. Bidayn hob ihre Meisterin auf und legte sie sich über die Schulter. Die Elfe war starr, keiner ihrer Muskeln bewegte sich. Geschickt schlängelte sich Bidayn zwischen den fliehenden Menschen hindurch, die inmitten ihrer Bewegung erstarrt waren. Es war eine stille Welt, aus der alle Geräusche außer dem ihres Atems verschwunden waren. Es war, als sei sie in ein Bild hineingestiegen. All die gemalten Figuren waren dazu verdammt, in ihrer Pose zu verharren. Nur sie konnte sich bewegen.

Bald war das Gedränge zu groß, um noch voranzukommen. Sie stieg auf das eingeknickte Vorderbein eines strauchelnden Kamels, schob Lyvianne vor sich hoch zum Lastsattel, von dem Säcke mit Reis hingen. Als sie hinaufgesprungen war, schulterte sie ihre Meisterin erneut und schritt von dort über die Köpfe und Schultern der Menge hinweg. Fest wie Statuen standen die Menschenkinder, sodass sie ihre Tritte sicher setzen konnte, ohne ein einziges Mal zu schwanken.

Sie spürte, wie das magische Netz der fremden Welt gegen sie aufbegehrte, sich enger zusammenzog und sie vernichten wollte, doch ihr Bannzauber bewahrte sie diesmal vor Schaden. Bidayn lachte hell auf. So gut hatte sie sich nicht mehr gefühlt, seit sie bei ihrer ersten Reise nach Nangog aus der Kristallhöhle ausgebrochen war und die Menschenkinder entwaffnete, die sie dort belagert hatten. All ihre Selbstzweifel waren von ihr abgefallen.

Plötzlich nahm sie eine Bewegung wahr. Das war doch nicht möglich! Wer außer ihr …? Der silberne Löwe der Devanthar schwang sich auf die Menschenleiber und sprang ihr in weiten Sätzen entgegen. Die Köpfe, über die er hinwegschritt, platzten unter seinem Gewicht wie Eierschalen. Er bewegte sich ein wenig langsamer als sie, aber ohne Zweifel beherrschte auch er ihren Zauber. Nun riss er sein Maul auf und zeigte ihr seine dolchlangen Zähne. Blut spritzte in seine silberne Mähne, als er ihr entgegeneilte und fast mit jedem Schritt ein Leben auslöschte.

Bidayn wurde sich schlagartig bewusst, dass sie ganz und gar auf sich allein gestellt war. Niemand würde ihr helfen können, ja, es gab nicht einmal jemanden, der sah, was geschah. Seit sie den

Zauber gewoben hatte, war weniger Zeit vergangen, als ein Stein brauchte, um von ihrer Hand zu Boden zu fallen. Die Menschenkinder würden einfach nur zwei tote Daimoninnen am Ende einer Schneise des Gemetzels finden. Und keiner hätte gesehen, wie der Tod mitten unter ihnen Einzug gehalten hatte. Und was noch schlimmer war: Sie hätte Lyvianne ermordet! Ihr unbedachtes Handeln würde ihre Meisterin nun das Leben kosten.

Bidayn stieß Lyvianne von der Schulter und zog ihr Schwert. Zugleich konzentrierte sie sich darauf, die Zeit noch weiter zu verlangsamen. Das magische Netz Nangogs begehrte immer stärker gegen ihren widernatürlichen Zauber auf. Es war ein Gefühl, als befände sie sich im Inneren einer Nussschale, auf die stetig größerer Druck ausgeübt wurde. Wie lange würde ihr Bann noch bestehen?

Sie wurde schneller, aber der Silberlöwe zog mit! Nur noch ein Augenblick, dann hätte er sie erreicht … Sie riss das Schwert hoch, vermochte mit knapper Not den ersten Tatzenhieb abzublocken, wurde aber von der Wucht des Angriffs zurückgeschleudert. Eilig setzte der Löwe ihr nach. Bidayn kämpfte gegen die aufkeimende Panik an, rappelte sich auf und floh vor dem Löwen. Jetzt war sie wieder ein wenig schneller. Der Abstand vergrößerte sich, doch blieb er stets zwischen ihr und der Goldenen Pforte, um ihr den Fluchtweg abzuschneiden. Sie begriff, dass sie sich ihm stellen musste.

Bidayn versuchte sich an den Schwerttanz Gonvalons zu erinnern. All die frühen Morgenstunden des Übens, die sie lehren sollten, mit sich im Gleichgewicht zu bleiben und die Kraft des Gegners gegen ihn zu wenden. Auf den Schultern eines bärtigen Greises hielt sie inne und wandte sich zu ihrem Verfolger um. Sie könnte schneller als der silberne Löwe sein! Sie wusste es!

Entschlossen lief sie ihm entgegen und tatsächlich verlangsamte sich das Raubtier. Sie versetzte ihm einen Hieb quer über die Schnauze, doch ihre Klinge richtete auf dem silbern schillernden Metall kaum einen Schaden an. Sie wich ihm aus und entging nur knapp einem weiteren Tatzenhieb. Jetzt war er wieder genauso schnell wie sie. Wann immer sie ihrem Zauber mehr Kraft gab, zog er nach, als seien sie miteinander verbunden.

Bidayn wich ein Stück zurück und strauchelte, als sie von einer Schulter abrutschte. Sofort war der silberne Löwe bei ihr. Die Elfe warf sich zurück, und der Tatzenhieb, der ihr gegolten hatte, riss einem jungen Lastenträger das Gesicht weg. Beklemmend spürte sie die Hitze der Kraftlinien, die sich immer enger um sie zusammenzogen, wie ein Fischernetz, das eingeholt wurde. Das magische Gefüge wehrte sich immer entschiedener gegen die Verzerrung der Zeit. Lange würde ihr Bann sie nicht mehr schützen.

Sie schob sich zwischen die Leiber der Menschen, suchte nun eher Deckung, als dass sie noch über einen Angriff nachdachte. Dabei bewegte sie sich bewusst immer weiter von Lyvianne weg. Der silberne Löwe folgte ihr und fegte mit wütenden Hieben die Menschenkinder zur Seite.

Bidayn duckte sich unter einem Kamel hindurch, auf dessen Rücken ein kleines Zelt aufgeschlagen war, das durch die allgemeine Panik gerade zu verrutschen begonnen hatte. Eine verschleierte, schlanke Frau stürzte zwischen den Vorhängen aus grün und weiß gestreiftem Leinen. Doch wie alles auf dem weiten Platz war auch diese Szene in der Zeit gefroren, so schnell bewegten sie sich. Bidayn steigerte ihr Tempo ein weiteres Mal, und ein Gefühl überkam sie, als sei sie in einem glühenden Käfig gefangen. Aus der Tunika unter ihrer Rüstung stieg Dampf auf. Ihr Schweiß verdunstete und bald schon würden die Kraftlinien unbarmherzig in ihr Fleisch schneiden.

Ein Tatzenhieb rammte durch den Leib des Kamels. Überdeutlich sah Bidayn Fleischfetzen zwischen den Krallen des Löwen, die sich krümmten, gebraten wurden und dann zu schwarzer Kohle verbrannten, während Blut auf der fast menschenkopfgroßen Pfote verdampfte. Die Elfe schrie auf, so nah war ihr die Pfote gekommen. Sie spürte die sengende Hitze, die von dem Metall ausging, fast wie eine körperliche Berührung.

Ihre Angst verlieh ihr Flügel. Vergessen war die Gefahr, die vom magischen Netz ausging. Der Löwe war viel konkreter, und er würde nicht mehr lange brauchen, um sie zu erwischen. Hinter dem Kamel schob sich Bidayn zwischen zwei Lastenträgern hindurch, erreichte einen von Leibwachen umringten Würdenträger, griff ihm in den dichten Bart, setzte einen Fuß auf seinen ausladenden Wanst, der durch eine breite Bauchbinde noch betont wurde, und schwang sich hoch auf die Schultern des Mannes. Die Speere seiner Leibwächter ragten wie ein geschliffener Bronzewall um sie auf.

Der Löwe erschien zwischen den Lastenträgern. Doch seine Bewegungen wirkten ungelenk, und dunkler Rauch quoll aus seinem Schlund. Er versuchte zu brüllen, doch statt des wilden Schreis, den er eben noch von sich gegeben hatte, entrang sich seiner Kehle nun ein Geräusch von kreischendem Metall.

Sollte sie das Rennen gegen ihn gewinnen können? Immer drängender empfand Bidayn die Hitze des magischen Netzes, das gegen sie aufbegehrte. Flüchtig blickte sie auf ihre Hand. Ihre Haut begann sich zu röten, als habe die Sonne sie verbrannt. Sie sprang von den Schultern des Würdenträgers, zwischen den Speeren hindurch in die Menge. Ihr Fuß traf das Gesicht einer alten Frau, ohne Halt zu finden. Abgleitend krallte sie sich in das struppige Haar ihres Opfers, schwankte und trat auf den Kopf eines erstaunlich kleinen Mannes, dessen Haar sich in der Mitte des Hauptes zu lichten begann, sodass eine Insel braungebrannter Haut in dem Meer rot eingestaubter Locken erschien.

Der Löwe schien Schwierigkeiten zu haben sich zu bewegen, als würde eine unsichtbare Macht ihn zurückhalten. Bidayn balancierte mit einem Fuß auf dem Kopf des kleinen Mannes, mit dem anderen auf der Schulter der Alten und hielt sich mit der Linken an einem aufragenden Speerschaft fest. Verwundert beobachtete sie das Tier. Seine Pfoten gruben sich in das Pflaster. Er lehnte sich vor, kam aber nicht von der Stelle. Immer mehr Qualm stieg von ihm auf. Er rauchte aus all den Spalten zwischen den Schuppen, aus denen sein Leib zusammengesetzt war. Linien aus gelb glühendem Licht spielten über seinen Silberleib, wurden dichter und heller. Sie bildeten ein Rautenmuster!

Jetzt erst begriff Bidayn, was sie sah. Anders als sie war der Löwe von keinem Schutzbann umgeben. Er hatte sich im magischen Netz Nangogs verfangen, das alles vernichtete, was zu tief in die Ordnung eingriff, die die Riesin einst erschaffen hatte.

Bidayn atmete erleichtert aus und ließ sich in der Zeit vorwärtsfallen. Nicht zu sehr, nur gerade genug, um den Ansturm gegen ihren Bannspruch ein wenig zu lindern. Das Ende des Silberlöwen kam schnell: Die Linien aus gleißendem Licht brannten sich in das Metall und zerteilten den Löwen in tausend rautenförmige Blechstücke, ebenso sein Innenleben aus seltsamen, gezahnten Rädern, Spulen aus Metallbändern und grünen Kristallen. Er sah aus, als sei er in eine jener mörderischen Fallen geraten, wie sie die Zwerge in der Tiefen Stadt in ihren Tunneln aufgestellt hatten. Von schweren Messern zerteilt, bis zur Unkenntlichkeit verstümmelt.

Erschöpft folgte Bidayn der blutigen Spur, die der Löwe hinterlassen hatte. War er nicht abgestellt gewesen, die Menschenkinder zu beschützen? Ihr Leben schien ihren Göttern nicht viel zu bedeuten.

Sie fand Lyvianne immer noch stürzend, kaum zwei Handbreit tiefer gesunken, so wenig Zeit war vergangen. Mit einem Seufzer stemmte sie sich ihre Lehrerin erneut auf die Schulter und trat durch die Goldene Pforte. Sie drang tief in das magische Wegenetz ein, wählte Abzweige, um ihre Fährte zu verwischen, und trat dann durch den Albenstern, der sich an jenem Ort befand, an dem über die Zukunft dreier Welten entschieden werden würde.

Ein neues Leben

Als Zarah die Augen öffnete, sah sie nichts als roten Staub. Benommen versuchte sie sich zu erinnern, was geschehen war. Etwas lag schwer auf ihr. Sie regte ihre Glieder. Klackend stießen Steine gegeneinander. Ihr Mund war voller Staub, ihre Kehle eine Wüste und jeder Atemzug eine Qual. Sie versuchte zu schlucken, doch das verschaffte ihr keine Linderung. Sie musste trinken! Sie konnte sich nicht erinnern, sich je in ihrem Leben so durstig gefühlt zu haben. Blinzelnd erkannte sie nun die Vorhänge einer Sänfte. Aber sie stand schief, so als seien die hinteren Tragebalken gegen eine Hauswand gelehnt. Ziegelsteine lagen auf ihren Beinen. Zarah bewegte sich erneut. Ein stechender Schmerz fuhr durch ihren linken Knöchel. Und mit dem Schmerz kehrte die Erinnerung zurück. Horatius, der Hauptman ihrer Eskorte, hatte etwas gerufen. *Die Wand!* Danach waren alle Erinnerungen ausgelöscht.

Zarah tastete nach ihrem Kopf. Ihre Schläfe war geschwollen. Sie hatte einen Hieb abbekommen. Stöhnend befreite sie sich von den Steinen in der Sänfte und kroch zwischen den Vorhängen hindurch. Was sie sah, ließ ihren Atem stocken. Sie hatte gewusst, dass es kommen würde. Barnaba hatte das Beben, mit dem Nangog die verderbte Stadt vom Weltenmund abschütteln wollte, in grellen Farben geschildert, aber der Anblick der Straße vor ihr übertraf alles, was sie sich hatte vorstellen können.

Neben ihrer Sänfte lagen zwei Männer ihrer Eskorte. Horatius schien noch zu leben, jedenfalls hob und senkte sich seine Brust. Die anderen Wächter waren verschwunden. Hinter der Sänfte lag das Kapitell einer Säule. Es hatte die Sänfte angehoben. Zarah sah Arme unter dem Kapitell aus den Trümmern ragen und wandte sich hastig ab. Die anderen beiden Sänftenträger schienen geflohen zu sein.

Sie stand inmitten eines Trümmerfeldes, aus dem sich einzelne Häuserwände erhoben. Dazwischen wogte roter Staub. Vereinzelte Schreie drangen aus dem Geröll, Wimmern und Klagelaute. Eine alte, brüchige Stimme bettelte um Wasser, aber Zarah konnte nicht ausmachen, von wo sie kam.

Langsam begriff sie, was die Katastrophe für sie bedeutete. Sie konnte Arcumenna entkommen! Sie konnte allem entkommen und ihre Vergangenheit hinter sich lassen. Sie hatte ein neues Leben geschenkt bekommen. Mit widerstreitenden Gefühlen sah sie auf Horatius hinab. Sie sollte einen Stein nehmen und ihm den Schädel einschlagen. Der Hauptmann war so pflichtversessen, dass er nach ihr suchen würde, wenn er nicht ihren Leichnam in der Sänfte fand. Er würde nicht wie die überlebenden Träger und Wachen einfach davonlaufen.

Zarah hob einen schweren Ziegelstein hoch und kauerte sich neben den Krieger. Ein paar Schläge, und sie würde nie mehr über Horatius nachdenken müssen. Inmitten dieser Katastrophe würde sich niemand über einen Toten mehr zwischen den Ziegelsteinen Gedanken machen.

Sie ließ den Ziegel fallen. Sie wollte ihr neues Leben nicht mit einem Mord beginnen. Leise betete sie zur Großen Mutter, sie in Zukunft vor Männern wie Horatius zu beschützen. Dann nahm sie sich einen gesplitterten Speer als Krückstock und hinkte davon. Es fiel ihr schwer, sich zu orientieren, so sehr hatte sich alles verändert. Jedes dritte Haus war in sich zusammengesunken, die Straßen unter Schutt verschwunden und der Rauch unzähliger Brände zog den Hang hinab.

Hoffentlich war ihr Heim nicht ebenfalls völlig verwüstet. Sie hatte einige Edelsteine und etliche Goldmünzen in dem Keller versteckt, in dem sie ihre Weinamphoren lagerte. Genug, um nie mehr in ihrem Leben Armut leiden zu müssen, ganz gleich, wohin sie ging.

Zarah sah zum Himmel hinauf, der hinter Staubwolken und Rauchschleiern seltsam entrückt wirkte. Sie würde sich einen Platz auf einem Wolkensammler suchen. Sie wusste, wohin sie wollte und wo sie für immer in Sicherheit sein würde.

Goldene Kaskaden

Endlich war der Boden unter Nandalees Füßen zur Ruhe gekommen und bäumte sich nicht mehr gegen die Stadt auf, die gegen den Willen Nangogs an den Hängen des Weltenmunds entstanden war und deren Abwässer den Großen Fluss in eine Kloake verwandelten. Fest drückte sie die Hand Gonvalons, der an ihrer Seite kauerte. Ihn neben sich zu haben hatte ihr gegen jede Vernunft die Gewissheit gegeben, die Katastrophe zu überleben. Selbst als der Ziegelstaub der einstürzenden Häuser sie in dem engen Gewölbe des Torhauses fast erstickt hätte, hatte er eine solche Zuversicht und Gelassenheit behalten, dass auch Nandalee ihre Angst überwinden konnte.

Sanft zog er ihr das staubverklebte Tuch vom Mund und küsste sie, ohne sich darum zu scheren, was Eleborn und Nodon von ihnen dachten. Mit geschlossenen Augen genoss sie seine Zärtlichkeit und träumte davon, mit ihm auf eine lange Jagd in der Savanne jenseits des Jadegartens zu gehen. Keine Pflichten mehr zu haben, wieder eins zu werden mit der Wildnis und dem Krieg zwischen Himmelsschlangen und Devanthar zu entfliehen.

Nodons Räuspern zerstörte den Tagtraum. Noch hatte sie ihre Pflicht nicht erfüllt. Sie musste ihre Gefährten zurück nach Albenmark bringen. Lyvianne und Bidayn hatten sich entschieden, ihren eigenen Weg zu gehen. Nun ging es nur noch um Nodon, Eleborn und Gonvalon. Sie würden heimkehren, und zurück in Albenmark müsste sie vor den Himmelsschlangen Zeugnis ablegen, was geschehen war.

»Bald«, flüsterte Gonvalon und hielt sie nicht zurück, als sie sich aus seiner Umarmung löste.

Nandalee spürte, wie ihr das Blut in die Wangen schoss, als Nodon und Eleborn sie ansahen.

»Macht euch keine Hoffnungen«, sagte Gonvalon gut gelaunt hinter ihrem Rücken. »Sie küsst nur mich. Ihr werdet niemals erfahren, wie es ist, mit beiden Füßen auf dem Boden zu stehen und doch zu schweben.«

»Ich finde die Erfahrung mit dem Erdbeben ging durchaus in diese Richtung«, entgegnete Nodon trocken. »Gehen wir nun?«

Gonvalons Anspielung hatte Nandalee nur noch verlegener gemacht. Sie trat in den staubverhangenen Innenhof. Zarahs Haus schien bis auf die eine eingestürzte Wand nur wenig Schaden durch das Erdbeben genommen zu haben. Auch der Türwächter hatte zwischen ihnen im Durchgang des Torhauses überlebt, obwohl seine geistige Verfassung sichtlich gelitten hatte. Er schlotterte immer noch, sei es nun wegen des Bebens oder wegen dem, was Lyvianne und Bidayn getan hatten.

»Wir sollten nicht zur Goldenen Pforte zurückkehren«, entschied Nandalee. »Wenn die Devanthar kommen, werden sie diesen Weg nehmen. Wir sind dort nicht mehr sicher. Sie werden sehr bald ahnen, dass Elfen hier waren, und so gut wir uns auch verkleiden, wenn sie die Welt durch das Verborgene Auge betrachten, sind wir so auffällig wie Melonen, die zwischen Erbsen liegen.«

Niemand widersprach ihr, und so traten sie an das rote Holztor, das hinaus auf die Straße führte. Steine verkeilten die Pforte, aber sie ließ sich so weit öffnen, dass sie sich hinauszwängen konnten. Der Anblick verschlug Nandalee die Sprache. Sie hätte nicht erwartet, dass Nangog die Stadt derart verwüsten würde. Die Göttin hatte ihr doch versprochen, dass sie die Goldene Stadt nicht vom Hang des Weltenmundes fegen wollte. Was Nandalee nun sah, ließ sich damit kaum in Einklang bringen. Nangog hatte sie angelogen … Oder vielleicht war es auch einfach nur so, dass die Vorstellungen eines einfachen Albenkindes und einer Schöpfergöttin nicht übereinstimmen konnten. Wenn das hier ein leichtes Beben war, was würde die Menschenkinder erwarten, wenn Nangog ihrem Zorn freien Lauf ließ?

Schweigend suchten sie sich ihren Weg zwischen Schutthalden

und Häuserruinen, immer bergab. Nandalee hatte das Gefühl, dass die Viertel der Reichen und die Tempelbauten schwerer getroffen worden waren, denn als sie zu den Schilf- und Holzhütten nahe am Fluss gelangten, sahen sie weniger Verwüstungen. Feuer waren hier ebenfalls ausgebrochen, doch es sah aus, als könnten die Menschenkinder das Unglück, das über sie gekommen war, beherrschen.

Wieder bockte die Erde unter ihren Füßen auf. Die Menschenkinder, die eben noch mit Ledereimern gegen das Feuer gekämpft hatten, ließen von den Flammen ab und suchten die Sicherheit der breiten Straßen und Marktplätze. Einzelne Prediger hatten Menschentrauben um sich versammelt und riefen die Verängstigten dazu auf, ihre Götter um Hilfe anzuflehen. Gleichzeitig behaupteten sie, das Unglück sei der Lohn für die Sünden der Goldenen Stadt. Ob sie auch nur ahnten, wie nah diese Behauptung an der Wahrheit war?, fragte sich Nandalee, während sie sich an der Spitze ihrer Gefährten durch das Gedränge schob.

Mit lautem Getöse brach eine Reihe steinerner Lagerhäuser weiter oben am Hang in sich zusammen. Wasser schien aus den Fundamenten der Lager zu quellen und ergoss sich in blassgolden schillernden Kaskaden über den Rand der Terrasse oberhalb des Fischerviertels. Nandalee meinte in der Ferne Jubelrufe zu hören. Die Menge um den nächststehenden Prediger folgte nicht länger den Worten über Sünden und Verdammnis. Sie sahen auf, und plötzlich rief ein rothaariger Mann mit pockennarbigem Gesicht: »Das sind die Palmöl-Lager!« Augenblicklich zerstreute sich die Menge. Der Prediger bedachte die Menschenkinder mit wüsten Flüchen.

»Komm, lass uns weitergehen«, sagte Gonvalon sanft und zog sie mit sich.

Nandalee würde die Menschenkinder niemals verstehen. Wie konnten sie inmitten der Katastrophe in Begeisterung ausbrechen, nur weil es die Aussicht gab, Öl von den schmutzigen Gassen schöpfen zu können?

Die Gefährten tauchten in das Labyrinth der auf Stelzen gebauten Fischerhütten ein. Unter den Häusern türmte sich allerlei Unrat. Zerbrochene Krüge, leckgeschlagene Boote, zerrissene Netze. Nandalee sah einen einäugigen Hund mit gelbem Fell gierig aus einem schmalen Rinnsal Palmöl trinken, das sich seinen Weg durch den Schlamm suchte.

Überall liefen Männer mit Schüsseln, Schalen und Töpfen herum, um möglichst viel von dem kostbaren Nass zu retten. Nandalee beobachtete einen nackten Alten, der mitten in einer Pfütze saß und sich mit einer Mischung aus rotem Schlamm und Öl einrieb. Als er ihren Blick bemerkte, schenkte er ihr ein zahnlückiges Lächeln. »Ist gut für meine Haut!«, erklärte er und rieb sich mit beiden Händen über seine eingefallene Brust, aus der seine Rippen hervorstachen wie Spanten aus dem Skelett eines gestrandeten Bootes.

Über ihm hingen an Hunderten dünnen Seilen kleine, fingerlange Fische zum Trocknen, die nun alle mit rotem Staub bedeckt waren. Ihre verdorrten Körper tanzten wie Blätter im Wind.

»Hierher!«, rief Nodon, der auf einem Steg mit einem knochigen Menschensohn verhandelte. Schließlich drückte er dem Mann seinen ganzen Geldbeutel in die Hand und winkte sie hinunter zu einem primitiven Boot. Es war aus dicken, durch Seile miteinander verbundenen Schilfbündeln gefertigt. Die Bündel an Bug und Heck waren hochgebogen und mit roter Farbe getränkt. Sie mussten sich rittlings auf das Boot setzen, als würden sie einen Baumstamm reiten. Ihre Beine hingen ins Wasser.

Nodon reichte ihnen allen Paddel und stieß das Boot vom Steg ab. Ringsherum schillerte das Wasser in allen Regenbogenfarben vom Palmöl, das als dünner Teppich darauf trieb.

»Schneller!«, rief Nodon und tauchte sein Paddel ins Wasser »Schn…«

Ein tiefer, dumpfer Ton hallte über das Wasser. Nandalee blickte über die Schulter zurück zur Stadt. Über den Lagerhallen wuchs eine Flammenwand hoch in den Himmel. Dichter, schwarzer Rauch quoll aus den Ruinen und wurde vom Wind hinab zu den tiefer gelegenen Terrassen gedrückt, wo er sich wie ein schwarzes Tuch über das Armenviertel legte. Inmitten des Rauchs sah Nandalee die Flammen dem Weg des Palmöls folgen.

Die Elfe blickte auf das Wasser. Sie waren immer noch von schillernden Ölschlieren umgeben. »Stromaufwärts!«, rief sie. »Wir müssen weg vom Öl!«

Die Hitze der Flammen wogte wie warmer Atem über das Wasser des Großen Flusses. Schweigend paddelten sie um ihr Leben. Stießen die breiten Ruderblätter ins Wasser, legten all ihre Kraft hinein und fanden schnell in einen guten Rhythmus. Ihr Schilfbündelboot war leicht. Es hatte wenig Tiefgang und glitt wie auf Flügeln über die schmutzigen Fluten. Andere Schiffe auf dem Fluss drehten bei. Der Rauch verdunkelte den Himmel. Funken flogen wie Glühwürmchenschwärme weit über das Wasser hinaus. Ein unangenehmer, öliger Geschmack hatte sich in Nandalees Mund festgesetzt.

Ihr Boot war nur noch von unregelmäßigen Ölflecken umgeben. Sie hatten sicheres Fahrwasser erreicht und verlangsamten ihren Paddelschlag. Nandalee wagte es, wieder zurückzusehen. Flammen tanzten nun auch auf dem Wasser und krümmten sich wie eine riesige Feuerschlange mit der Strömung den Fluss hinab. Zwei Schiffe mit brennenden Segeln versuchten, einem der Frachthäfen zu entkommen. Von überallher strömten kleine Fischerboote der Stadt entgegen. In den Gesichtern der Männer, die gegen die Kraft des Stroms anpaddelten, spiegelten sich Entsetzen, Verzweiflung und die Entschlossenheit, wider jede Vernunft nach Freunden und Verwandten in dem Inferno zu suchen.

Nandalee sah Männer in Flammen gehüllt aus dem dichten Rauch herausbrechen und sich ins Wasser stürzen. Gellende Schreie hallten über den Fluss, begleitet vom Fauchen der Flammen, die sich durch die Elendsviertel fraßen.

Wo keine schwarzen Rauchschleier den Blick auf den Hang versperrten, war das ganze Ausmaß der Zerstörung zu sehen: Hunderte Häuser waren nur noch Ruinen. Breite Schneisen aus Schutt reichten über die Terrassen hinab bis zum großen Fluss. Kaum einer der hohen Ankertürme stand noch. Überall loderten Brände in Ruinen. Aus niedergebrochenen Aquädukten ergossen sich Ströme von Wasser in die gezeichnete Stadt. Und doch gab es auch ganze Stadtviertel, die kaum Schaden genommen hatten. Vornehmlich dort, wo die Häuser weniger hoch gewesen waren.

Gonvalon legte ihr die Hand auf die Schulter. Seine Berührung tat Nandalee gut. Und sie war froh, dass er nichts sagte. Kein Wort hätte den Schmerz zu lindern vermocht, den sie empfand. Dies war ihr Werk! Nangog hatte die Erde erschüttert, doch sie, Nandalee von den Windgängern, war es gewesen, die Nangogs Fesseln gelöst hatte. Hätte sie der Gefesselten Göttin nicht die Hälfte ihres Herzens zurückgebracht, wäre all dies nicht geschehen.

Das verfluchte Haus

Talawain hockte nun schon eine Stunde unter dem Torbogen zur Gasse der Gewürzhändler. Aufmerksam beobachtete er aus den Augenwinkeln das Treiben auf der Straße. Für den flüchtigen Beobachter musste es aussehen, als döse er wie so viele andere während der heißesten Stunden des Tages einfach nur vor sich hin. Seinen Gewändern war deutlich anzusehen, wie lange er gereist war. Der Saum seines Wickelrocks war schmutzig und ausgefranst. Die lange Tunika hatte ihre leuchtend rote Farbe verloren. Er trug einen breitkrempigen Strohhut, unter dem die nun tiefschwarz gefärbten Haare auf seine Schultern fielen. Ein wenig unsicher tastete er über seine Wangen nach dem falschen Bart aus

Ziegenhaaren, den er selbst geknüpft hatte. Ein Mann ohne Bartwuchs und mit goldenem Haar war einfach zu auffällig. Seit er die Hochebene von Kush verlassen hatte, hatte er nicht einen Zauber gewoben. Auch hatte er nicht gewagt, einen der Albensterne zu nutzen. Zu groß erschien ihm die Gefahr, dass Išta doch noch auf ihn aufmerksam wurde. Er war den weiten Weg nach Ugara zu Fuß gegangen. Meile für Meile, bis er seine Füße kaum noch spürte. Quer durch Luwien war er gewandert. Über Gebirge und durch Wüsten. Anfangs hatte er sich als heimkehrender Krieger ausgegeben, aber in dieser Rolle wurde er mit zu vielen Fragen über die Schlacht auf der Ebene von Kush behelligt. Dann war er als Bettler unterwegs gewesen. Doch in dieser Maske hatte er ebenfalls Aufmerksamkeit erregt. Kein Bettler wanderte mit den langen ausholenden Schritten, die er über Stunden durchhielt. Zuletzt war er darauf verfallen, sich als Gewürzhändler zu verkleiden. Er hatte einige Pfund Safran erworben, was gut zum Ziel seiner Reise passte. Er wollte zu Nyllan. Er war einer von zwei Spitzeln der Blauen Halle, die er in Luwien kannte. Zu Rowayn, dem Knochenschnitzer, wagte er nicht zu gehen. Er lebte in Isatami, der alten Tempelstadt, in der einmal im Jahr die Heilige Hochzeit gefeiert wurde.

Talawain hatte beide Elfen in der Bibliothek der Blauen Halle kennengelernt. Er war auf sie gestoßen, weil sie Texte über Išta eingesehen hatten. Berichte früherer Spitzel und Sagen aus der Überlieferung der Menschenkinder. So wie die beiden anderen hatte auch er versucht, das Wesen dieser launischen Göttin besser kennenzulernen und zu ergründen, was genau geschehen war, als Išta entdeckte, dass der Purpurne und ihre Schwester Anatu ein Liebespaar geworden waren. Nächtelang hatten sie zu dritt darüber diskutiert, was geschehen sein mochte. Hatte Išta ganz allein eine Himmelsschlange bezwungen? Und warum war Anatu ihrem Geliebten nicht zu Hilfe geeilt? Zu zweit hätten sie doch stärker sein müssen als Išta. Was hatten die Devanthar Anatu angetan?

Wo waren die Gebeine des Purpurnen? Lebte er vielleicht noch als ein Gefangener im Gelben Turm? Oder stimmte die Geschichte, die sich die Menschenkinder erzählten, in der die Devanthar aus dem Schädel des Purpurnen ein Gefängnis für ihre Schwester Anatu erschaffen hatten?

Noch drei weitere Male hatten sie sich in der Blauen Halle getroffen und miteinander diskutiert. Rowayn war ganz besessen davon gewesen, den geheimnisumwobenen Berg Luma zu finden, auf dem Anatu einen Palast aus Mondlicht erbaut haben sollte. Talawain und Nyllan hatten dies stets für ein Märchen gehalten, doch Rowayn hatte darauf bestanden, dass in jedem Märchen auch ein Körnchen Wahrheit steckte.

Außerhalb der Blauen Halle hatten sie sich nie getroffen. Dass Talawain wusste, in welchen Städten die beiden lebten und welchen Berufen sie in ihrer Maske als Menschen nachgingen, war eigentlich schon ein grober Verstoß gegen die Regeln der Blauen Halle. Um die Sicherheit der Spitzel zu gewährleisten, sollten sie keinen Umgang miteinander pflegen. So würde niemand, wenn sie von den Devanthar gefangen genommen und gefoltert würden, andere Drachenelfen verraten können.

Dass er Nyllan nun in seinem Laden besuchen wollte, war ein noch gröberer Verstoß gegen die Sicherheitsregeln, als einander zu kennen und zu wissen, wo sie lebten, aber Talawain brauchte Hilfe, die er nur von einem Vertrauten erhalten könnte. Er hatte nichts über das Kloster in Erfahrung bringen können, in das die Prinzessinnen gebracht wurden, die mit dem Unsterblichen die Heilige Hochzeit feierten. Jeder Luwier kannte Geschichten über diesen Ort, aber keiner wusste, wo er lag. Und wenn jemand doch behauptete, etwas zu wissen, entpuppte sich das vermeintliche Wissen meist als wüste Lügengeschichte. Immer hieß es dann, das Kloster befände sich verborgen in den nächsten Bergen oder Hügeln.

Talawain nahm den Wanderstab, der neben ihm an der Mauer

lehnte, und stemmte sich hoch. Er hatte lange genug unter dem Torbogen gekauert. Er war sich sicher, nicht beobachtet zu werden. Langsam schlenderte er an den offenen Läden vorbei, in deren Auslagen getrocknete Blüten, gemahlene Gewürze in satten Erdfarben, seltsame Wurzeln und Harze feilgeboten wurden. Talawain genoss die berauschenden Düfte, die mit jedem Schritt in ihren Nuancen wechselten, gefangen unter den bunten Sonnensegeln, die tief über der engen Gasse hingen und Wind und Regen fernhielten. Die Wände der Häuser waren weiß getüncht, die Türen in grellen Farben bemalt. Es war ein Ort, der alle Sinne anregte. Sicherlich genoss es Nyllan, hier zu leben.

Ugara war ein klug gewählter Ort, um Informationen zu sammeln. Viele Handelsrouten kreuzten sich hier. Von der Hafenstadt stach ein Teil der luwischen Zinnflotte in See, um zu den Inseln in der Meerlunge weit im Westen zu segeln. Wenn sie zurückkehrten, brachten sie Bernstein, Honig, kostbare Pelze und vor allem das Zinn, das unverzichtbar zur Herstellung von Bronze war. Aus dem Osten und Süden kamen Gewürzkarawanen nach Ugara, und die Ischkuzaia im Nordosten brachten Seide. Wenn Nyllan gute Verbindungen zu den Karawanenführern und Seefahrern unterhielt, würde er Geschichten aus der halben Welt zu hören bekommen.

Talawain dachte an den Palast des Unsterblichen Aaron. Er vermisste seine Pflichten dort, das Gefühl, dass nichts im Reich ohne sein Wissen geschah. Er hatte Aram viele Jahre lang fast allein regiert, während Aaron seinen perversen Vergnügungen nachgehangen hatte. Und jetzt, da der Unsterbliche wie ausgetauscht war und sich so vieles im Reich veränderte, musste er fliehen! Was hätte er nicht alles für die Menschenkinder tun können? Aram hätte ein Land werden können, in dem Gerechtigkeit regierte. Der neue Aaron hatte das gewollt. Wie wohl seine Landreform voranging?

Talawain sah traurig in den Staub der Straße. Das waren nicht mehr seine Sorgen. Er sollte keinen Gedanken mehr daran verschwenden. Er zwang sich, aufrecht zu gehen, den Kopf stolz erhoben. Aram lag hinter ihm. Alles, was er für Aaron noch tun konnte, war, nach Shaya zu suchen. Deshalb war er hier.

Er ging die Straße bis zum Ende und blickte in jeden der offenen Verkaufsstände, ohne Nyllan zu entdecken. Verwundert machte er kehrt. Diesmal hielt er an jedem der Stände kurz an. Die Häuserfronten waren zur Straße hin offen, sodass sie an Marktstände erinnerten, nur dass sie nach hinten hin ummauert waren und in der ersten Etage die Wohnungen der Besitzer lagen. Fast in der Mitte der Straße gab es ein großes Haus, dessen Vorderfront mit Brettern vernagelt war. Talawain blickte durch die Ritzen ins Innere. Im Dunkel war nicht viel zu erkennen.

»Suchst du Lilluma, Fremder?«, erklang eine harte Frauenstimme hinter ihm.

Der Elf drehte sich um. Lilluma war der Menschenname gewesen, den Nyllan benutzt hatte. Talawains Gedanken überschlugen sich. Was war geschehen? Hatte Nyllan den Laden aufgegeben? Oder hatten sie entdeckt, dass er ein Daimonenkind war? Wenn ja, dann konnte er niemandem in dieser Straße vertrauen. Sie alle würden beobachten, wer kam, um Lilluma zu besuchen.

Eine Frau mit knochigem Gesicht beugte sich auf der anderen Seite über die Koriandersäcke in ihrem Laden. Zwei Schläfenzöpfe hielten ihr langes Haar im Zaum. Sie trug eine weite Tunika, die um ihren hageren Leib schlotterte.

»Wer ist Lilluma?«, fragte Talawain arglos.

»Der arme Wicht, dem dieser Laden zuletzt gehört hat. Warum glotzt du durch die Spalten zwischen den Brettern. Da gibt es nichts zu sehen.«

»Ist der Laden zu kaufen?«

Sie hob die Brauen und maß ihn mit misstrauischem Blick. Er sah nicht aus wie jemand, der sich einen Laden in einem Basar leisten konnte. »Ich würde dir nicht raten, dort ein Geschäft zu eröffnen.« Sie warf den Kopf zur Seite und spuckte über ihre linke Schulter. »Ist verflucht, das Haus. Hat bisher noch jedem Unglück gebracht, der sich dort niedergelassen hat.«

Talawain blickte noch einmal zu dem Haus mit dem vernagelten Laden. Dann nickte er der Händlerin freundlich zu. »Danke für die Warnung.« Mit diesen Worten ging er weiter. Vielleicht wollte die Menschentochter nur verhindern, dass ein weiterer Gewürzhändler in die Gasse zog und ihr das Geschäft schwer machte. Wenn sie die Wahrheit sagte, würde er auch anderswo noch mehr über das Haus erfahren.

Er verließ den Basar der Gewürzhändler und schlenderte ziellos durch die Straßen der Stadt, bis er eine Garstube entdeckte, die nach den Maßstäben, die für Menschenkinder galten, recht reinlich aussah. Er wählte einen Platz mit einer Mauer im Rücken, von dem aus er einen guten Blick auf die Straße hatte, selbst aber im Halbschatten eines Sonnensegels saß. Abgesehen von einem Seemann, der mit dem Kopf auf den Armen eingeschlafen war, gab es keinen Gast in der engen Stube, die nur aus zwei schmalen Tischen und einem kleinen Garofen bestand.

»Brot, Käse und deinen besten Wein«, verlangte Talawain mit einem Lächeln, dazu legte er drei Kupferstücke auf den Tisch, um zu zeigen, dass er auch zahlen konnte.

Der Wirt musterte ihn nur flüchtig, nahm zwei der Münzen, stellte ihm einen Krug und einen schönen, rot glasierten Becher auf den Tisch. Dann ging er kurz fort, um Brot und Käse zu holen.

»Du bist fremd?«, fragte er nach seiner Rückkehr nicht sonderlich interessiert.

»Mein Bruder schickt mich. Angeblich ist ein Laden im Gewürzbasar frei geworden.« Talawain brach ein Stück vom Brot ab und begann zu essen. »Soll herausfinden, warum das Haus leer steht und ob es einen guten Namen hat.«

»Einen guten Namen?« Der Wirt schnaubte, dass sein Doppelkinn wackelte. »Jeder im Viertel kennt dieses Haus. Sein Vorbesitzer hat es billig verkauft, weil es darin spukte.«

Talawain schluckte. »Spuken?«

»Lebende Schatten«, murmelte der Wirt geheimnisvoll und schlug das Zeichen des schützenden Horns. »Der Besitzer war fast verrückt vor Angst und heilfroh, dass sich ein Fremder gefunden hat, der ihm das Haus abkaufen wollte.«

Talawain konnte sich vorstellen, was Nyllan getan hatte, um günstig an das Haus zu kommen. Er wunderte sich allerdings, dass der Elf so verwegen gewesen war, von seiner Zauberkunst Gebrauch zu machen.

»Dieser Lilluma war ein seltsamer Kerl. Er hat das Haus gekauft, das niemand im ganzen Viertel hätte haben wollen. Der hatte Gold wie unsereins Dreck unter den Sohlen. Alles, was er anpackte, machte ihn reicher. Er war den alteingesessenen Gewürzhändlern bald ein arger Dorn im Arsch.« Der Schankwirt stieß ein kläffendes Lachen aus, holte sich auch einen Becher, setzte sich und schenkte sich, ohne zu fragen, von Talawains Wein ein. »Lilluma verstand es wahrlich, das Leben zu genießen. Nachts zog er oft mit irgendwelchen Kapitänen oder Fernhändlern durch die Schenken, war aber stets beim Morgengrauen wieder in seinem Laden und stand hinter seinen Gewürzsäcken. Er hat immer nur beste Ware gehabt.« Der Wirt schlug sich mit der flachen Hand auf die Wange. »Sieh mich an. Ich hab auch jede Nacht bis sonst wann geöffnet. Diese verdammten Ruderer von den Galeeren. Wenn die auf Landgang sind, finden die kein Ende und saufen wie die Löcher. Ich war mal ein hübscher, schlanker Junge.« Wieder klatschte er sich auf seine feisten Wangen. »Viel davon geblieben ist nicht. Hab Ränder unter den Augen wie eine alte Hure, Schweinebacken und einen Wanst wie einen Rammbock. Aber dieser Lilluma, das schwöre ich dir, der ist in den zehn Jahren um keinen Tag gealtert. Mir sind in dieser

Zeit alle Haare ausgefallen, aber der Gewürzhändler hatte nicht mal ein einziges graues Haar. Sah immer noch aus wie ein zartes Jüngelchen.«

Talawain seufzte innerlich. Wenn stimmte, was der Wirt erzählte, dann hatte Nyllan so ziemlich keinen Fehler ausgelassen, vor dem sie bei ihrer Ausbildung in der Blauen Halle gewarnt worden waren. Wie hatte er nur so verdammt leichtsinnig sein können! Sie wurden angehalten, stets unauffällig zu sein und den Eindruck zu erwecken, dass auch sie alterten.

Der Wirt schenkte sich einen zweiten Becher ein und leerte damit den Krug.

»Weißt du«, raunte er und beugte sich dabei so weit über den Tisch, dass Talawain seinen warmen Atem auf dem Antlitz spürte. »Manche munkeln, dass Lilluma einen Pakt mit diesen lebenden Schatten geschlossen hat, die den Vorbesitzer vertrieben haben. Hat ihnen seine Seele verkauft.« Wieder schlug der Wirt das Zeichen des schützenden Horns. »Und dafür bekam er Erfolg und ewige Jugend. Bis die Nacht kam, in der der Preis zu zahlen war. Es heißt, sie hätten in der ganzen Gewürzgasse seine Schreie gehört. Sollen sich sehr seltsam angehört haben. Mehr wie ein quiekendes Schwein als wie ein Mensch. Als sie sich reintrauten ins Haus – da war die Mittagsstunde schon weit vorüber –, haben sie ihn mit dem Kopf nach unten von einem Deckenbalken hängend gefunden. War ausgeweidet wie ein Vieh beim Fleischhauer. Finger, Zehen, Nase, Ohren … Alles Mögliche hatten sie ihm abgeschnitten, wer immer ihn in der Nacht besucht hatte. Die Wände waren über und über mit Blut bespritzt. Seine Gewürze, die Möbel und Kleider, alles haben die Händler aus dem Basar weit draußen vor der Stadt verbrannt. Zusammen mit seinen sterblichen Überresten. Und seine Asche wurde ins Meer gestreut. Wenn dir an deinem Bruder liegt, dann lass ihn nicht dieses Haus kaufen. Ist kein guter Ort …«

Talawain hatte bei der Beschreibung der Leiche an Kazumi

denken müssen. Er konnte sich vorstellen, wer zu Nyllan gekommen war.

»Wann ist das geschehen?«

»Vor ein paar Wochen erst.« Der Wirt erhob sich, um sich einem neuen Kunden zuzuwenden.

»Etwa zu der Zeit, als die Schlacht auf der Ebene von Kush geschlagen wurde?«

»Könnte hinkommen. Vielleicht war es auch früher.«

Tief in Gedanken schnitt Talawain den Käse auf. Er war sauer und alt, aber der Elf schmeckte es kaum. War Išta zu Nyllan gekommen oder waren es seine Nachbarn gewesen, die sich einen zu erfolgreichen Konkurrenten vom Hals schaffen wollten? War Nyllan in derselben Nacht gestorben, in der Išta zu Kazumi gekommen war? Wie viele Spitzel der Blauen Halle hatte die Devanthar entdeckt?

Er schob Brot und Käse zur Seite. Ihm war der Appetit vergangen. Es wäre vernünftig, einfach zur Blauen Halle zurückzukehren, statt ohne Auftrag seinen eigenen Feldzug für den Unsterblichen Aaron zu führen. Aber konnte er Shaya einfach vergessen und sie ihrem Schicksal überlassen? Sie zu retten wäre auch eine Buße für seinen Mord an Aya, die er einst in die Löwengrube des Palastes von Akšu gestoßen hatte. Aya ... Shaya ... Das Schicksal ging seltsame Wege. Wie ähnlich die Namen der beiden doch waren. Beide hatten sie Aaron geliebt. Wenigstens Shaya sollte er für ihn retten.

Er wusste, wenn er nicht nach Albenmark ging, gäbe es nur noch Rowayn, der ihm helfen konnte. Dass dieser ausgerechnet in Isatami leben musste. Die alte Tempelstadt war neben dem Palast des Unsterblichen vermutlich der gefährlichste Ort in Luwien. Regelmäßig erschien Išta ihren Priestern in der Stadt. Und eben diesen Priestern lieferte Rowayn seine auserwählten Knochenschnitzereien.

Talawain winkte dem schwatzhaften Wirt zum Abschied, der

ganz in ein Gespräch mit dem neuen Gast vertieft war. Es war ein weiter Weg nach Isatami. Und er würde wieder die Landstraße nehmen. Dazu Albenpfade zu benutzen fehlte ihm der Mut.

Er dachte an sein letztes Treffen mit Rowayn. Sie waren sich in der Blauen Halle in der Aula der Fechter begegnet. Dutzende andere Elfen waren dort zugegen. Allesamt Spitzel, denen ihre Berufung zum Leben geworden war. Kein Ort, an dem sie beide hätten erkennen lassen dürfen, dass sie heimlich befreundet waren. Rowayn hatte ihn angelächelt, als habe er das große Fechtturnier gewonnen. »Das Meer verbirgt alle Geheimnisse«, hatte er ihm zugeraunt. Talawain hatte nicht verstanden, was damit gemeint sein mochte. Isatami lag mehr als tausend Meilen vom Meer entfernt.

Wer, wenn nicht er

Artax stand auf der Terrasse des Statthalterpalastes. Unter ihm breitete sich die verwüstete Stadt aus. Was er sah, ließ sein Herz bluten. Sein eigener Palast war nicht dramatisch vom Beben betroffen. Der Thronsaal war eingestürzt, ein Wohntrakt und ein Pferdestall. Es schien wohl keine Toten gegeben zu haben. Und so hatte er die Dienerschaft und alle Krieger, die den Angriff auf die Tempelgärten der Zapote unverwundet überstanden hatten, hinaus auf die Straßen geschickt, um zu helfen. Ashot war bei ihnen, er würde dafür sorgen, dass alles unter der Aufsicht eines kühlen Kopfes geschah.

Auf dem weiten Hof des Palastes unterhalb der Terrasse und in den intakten Gebäuden wurden Notquartiere vorbereitet. Seine Vorratskammern waren geöffnet worden. Sie mussten nun alle eng zusammenstehen. Er würde alles geben, was hier war, und er würde Vorräte aus Aram kommen lassen. Eigentlich wollte er unten in der Stadt sein. Es widerstrebte ihm, hier zu stehen und nichts zu tun, als nachzudenken. Aber wenn er über die zerstörte Stadt blickte, dann konnte er in die Zukunft sehen. Dies hier war nur der Anfang. Die eigentliche Katastrophe stand ihnen noch bevor. Und im Vergleich zu dem, was noch kommen würde, war die Zerstörung der Goldenen Stadt eine Kleinigkeit.

Das Klacken von Holz auf Stein riss Artax aus seinen düsteren Gedanken. Volodi kam auf die Terrasse, begleitet von seiner Zapotepriesterin. Der Söldner stützte sich schwer auf eine Krücke und war sehr blass. Aber er grinste breit, so wie er es immer getan hatte, ganz gleich, mit welchem Unglück das Schicksal ihn überschüttete. Mataan ging hinter den beiden. Auch er brauchte einen Stock, um gehen zu können. Er würde nie wieder als Krieger in die Schlacht ziehen. Das war der Preis, den er dafür gezahlt hatte, seinem Herrscher beim Kampf um den Steinhorst das Leben zu retten. Mataan hatte damit begonnen, einige Aufgaben des Hofmeisters Datames zu übernehmen. Er fluchte über die Berge von Tontafeln, die Tag für Tag immer höher wuchsen, und die kleingeistigen Schreiber und Höflinge, die aus einfachen Dingen einen undurchschaubaren Staatsakt machten. Er hatte ein neues Schlachtfeld gefunden, und auch wenn er dort niemals so glänzen würde, wie Datames es getan hatte, so ging er die Sache doch mit Hingabe an, und was er machte, machte er gut und mit pedantischer Genauigkeit.

Artax sah Volodi lange an. Er würde den langhaarigen Drusnier vermissen. »Du wirst nicht länger an meinem Hof bleiben können«, begann er ohne Umschweife.

Das Lächeln auf Volodis Lippen erstarb. »Was ich mich nicht gut gemacht?«

»Du bist hier nicht länger sicher, mein Freund«, sagte Artax bitter. »Dunkle Wolken ziehen am Horizont auf. Mein Überfall auf die Zapote wird ein Nachspiel haben, und ich möchte nicht, dass du jenen unter die Augen kommst, die sich eigentlich meinen Kopf holen wollen.«

»Bin ich mich Hauptmann von Leibwache. Ist sich mein Zweck, zwischen dich und Leute zu stehen, die sich dich holen wollen deinen Kopf.«

Artax musste lächeln. »Du bist verwundet. Du hattest eine schwere Zeit …« Er betrachtete die Priesterin. Er konnte nicht begreifen, was die beiden zusammengebracht hatte, aber obwohl sie mit dem Opfermesser in der Hand über Volodi gestanden hatte, schien sie ihn zu lieben. »Mir scheint, es gibt nun noch jemand anderen, den du schützen musst. Ich fürchte, die Zapote werden in ihr eine Verräterin sehen. Auch sie ist hier nicht sicher.«

»Kann ich mich stellen vor zwei«, beharrte Volodi. »Habe ich mich breite Brust und starken Arm. Kann ich mich gut Schutz machen.«

»Das weiß ich. Und doch könnte der Augenblick kommen, wo du dich entscheiden musst und nur einem von uns helfen kannst. Ich möchte nicht, dass du jemals in deinem Leben in die Lage kommst, wählen zu müssen. Geh so weit fort von meinem Königshof wie möglich. Wenn bessere Zeiten kommen, dann werde ich nach dir schicken. Du weißt, an meiner Seite wird es immer einen Platz für dich geben.«

Volodi schüttelte fassungslos den Kopf. »Wenn sich Hauptmann von Leibwache ist sich nicht an Seite von sein König in schwere Zeit, wann dann?«

»Wenn man einen Kampf nicht gewinnen kann, Volodi, dann muss man sich zurückziehen und einen besseren Tag abwarten, um für seine Sache zu streiten. Du warst immer ein guter Anführer, du weißt, dass ich recht habe.«

Volodi rang mit den Tränen. In seinen Augen lag Trotz.

»Bitte, mein Freund, zwing mich nicht dazu, dich von meinem Hof zu verbannen. Lass uns im Guten auseinandergehen. Ich werde mit dir nicht über diesen Befehl diskutieren. Es muss sein.«

Dem Drusnier sank der Kopf auf die Brust. Artax hasste sich in diesem Augenblick, doch er wusste tief in seinem Herzen, dass es die richtige Entscheidung war, ihn fortzuschicken. »Mataan, wirst du Volodi zur Goldenen Pforte eskortieren? Ich wünsche, dass er noch in dieser Stunde die Stadt verlässt. Es steht ihm und seiner Gefährtin frei zu gehen, wohin sie wollen.«

»Wie Ihr befehlt, Unsterblicher Aaron«, entgegnete der Fischerfürst kurz angebunden. Er war kein Freund des Drusniers, aber es war unübersehbar, dass er nicht damit einverstanden war, dass der Hauptmann auf diese Art vom Hof entfernt wurde. Doch auch er wusste, dass es sein musste. Bald würden Schuldige für die Katastrophe gesucht werden, die die Goldene Stadt heimgesucht hatte, und dann wäre es besser, wenn Volodi nicht unter die Augen der selbsternannten Gerechten käme.

Artax blieb allein auf der Terrasse zurück. Den Blick in die Ferne gerichtet. Auch über den Gutshöfen und kleinen Dörfern am Großen Fluss standen Rauchfahnen. Wie weit war das Beben zu spüren gewesen? War es mehr als nur ein Beben gewesen? Daia brauchte Nangog. Sie brauchten das Korn dieser Welt. Wenn die Karawanen mit Lebensmitteln nicht mehr nach Daia zogen, würde es Hungersnöte geben. Datames hatte Aram gut auf schwere Zeiten vorbereitet. Jede Stadt, ja selbst jedes Dorf, hatte Vorratsspeicher angelegt. Hunger, wie ihn Artax noch aus seiner Kindheit kannte, hatte es seit vielen Jahren nicht mehr gegeben. Aber er hatte nie vergessen, wie es war, die ganze Nacht nicht schlafen zu können, weil einem der Hunger die Gedärme zusammenzog. Er konnte sich an Kinder erinnern, die die Winter in Belbek nicht überlebt hatten. Und an die Alten mit den aufgeblähten Bäuchen, die zu lange keine Mahlzeit mehr gesehen hatten. Wenn die Karawanen nicht mehr durch die Goldene Pforte zogen, dann war alles, was heute geschehen war, nur das Vorspiel zu einer noch viel größeren Katastrophe. Auf jeden Toten hier in der Stadt würden hundert in den sieben Königreichen folgen.

Artax ballte in hilfloser Wut die Fäuste. Sein Volk erwartete Schutz und eine gute Regierung von ihm. Es durfte keine Kriege mehr wie den mit Muwatta geben. Und die grausamen Bräuche der Zapote mussten verboten werden. Gab es denn keine Vernunft in der Welt?

Es dauerte bis nach Sonnenuntergang, bis der Besucher kam, den er so lange erwartet hatte. Der Löwenhäuptige war plötzlich einfach da, Artax hatte ihn nicht kommen sehen. Wie aus dem Nichts war er neben ihm auf der Terrasse erschienen.

»Es ist schade, dass du nicht zu mir kommst, wenn ich in meinen Gebeten um deine Hilfe flehe«, sagte Artax statt einer Begrüßung. Er konnte nicht anders, er war zu enttäuscht von seinem Devanthar.

»Und deshalb hast du dir das hier einfallen lassen?«, erwiderte der Löwenhäuptige so scharf, dass sich Artax die Nackenhaare aufrichteten und ihm ein eisiger Schauer über den Rücken lief.

»Ich verstehe nicht, was du meinst, Erhabener.«

Der Devanthar machte eine ausholende Geste zur Stadt hin. »Eine eindrucksvolle Art, uns zu rufen.«

»Das ist nicht mein Werk.«

»Nicht? Viele meiner Brüder und Schwestern sehen das anders, und es hat mich einige Mühe gekostet, den Großen Jaguar davon abzuhalten hierherzukommen und sich deinen Kopf zu holen.«

Willkommen bei den lebenden Toten, raunten die Stimmen in seinem Kopf.

»Ich weiß nicht …«

»Das glaube ich dir nicht«, brüllte der Löwenhäuptige. »All die Jahre habe ich dich beschützt. Ich habe in dir etwas Besonderes gesehen, und dann machst du das! Stürmst die Tempelgärten der Zapote, um einen Söldner von ihrem Altar zu holen. Was kommt als Nächstes? Wirst du den Unsterblichen Labarna meucheln und Shaya befreien?«

»Ich verstoße nicht gegen die Gesetze der Götter«, entgegnete

Artax steif. »Ich verabscheue, was der Prinzessin angetan wurde. Aber ich werde sie nicht befreien.«

Die geschlitzten, goldenen Löwenaugen sahen ihn durchdringend an. »Ich verstehe dich nicht, Artax«, sagte er nun ruhiger. »Du rufst den Zorn der Götter auf dich herab, um einen Söldner zu retten, aber die Frau, die du liebst, lässt du im Stich?«

»Sie wurde von ihrem Vater an Muwatta verheiratet. Es wurde ein Ehevertrag geschlossen. Die Hoch...« Seine Stimme versagte ihm. »Was in Isatami geschah, war Teil eines alten Rituals. Ebenso wie das Schicksal, das sie erwartet. Volodi aber wurde entführt. Er ist erpresst worden, um durch das Weiße Tor zu gehen.«

Der Löwenhäuptige sah ihn lange an. »Und das ist alles? Oder warst du vielleicht dort, weil du Shaya nicht retten kannst? Hast du ausgelebt, was du dir bei deiner Geliebten versagtest?«

»Nein!«, sagte Artax entschieden, war sich plötzlich aber nicht mehr so sicher, ob der Löwenhäuptige nicht einen Blick in jene Abgründe seiner Seele geworfen hatte, die er selbst vor sich verborgen hielt.

»Wie dem auch sei, Unsterblicher Aaron, sehr bald wird sich dein Wunsch erfüllen, und ich bringe dich zum Gelben Turm. Alle Devanthar werden dann versammelt sein. Doch sie werden nicht kommen, um sich deine Träume von einer besseren Welt anzuhören. Du trittst vor ein Tribunal.«

Alte Freunde

Amalaswintha schob sich aus dem Turmluk des Aals und nahm einen tiefen Atemzug. Nach dem Mief im Aal war selbst die kühle, feuchte Luft über dem Meer der Schwarzen Schnecken Balsam für ihre Lungen.

»Ich glotz dir ja gerne unter die Röcke, Weib, aber könntest du trotzdem aussteigen? Ich will mir auch mal die Füße vertreten«, erklang hinter ihr die Stimme eines dieser ungehobelten Unholde, mit denen sie seit Wochen an den Pedalen der Kurbelwelle saß, mit deren Hilfe das kleine Tauchboot angetrieben wurde.

Einen Moment war die Zwergin versucht, auf der Eisenleiter abzurutschen und dem Kerl einen Absatz ins Gesicht zu rammen. Doch dann entschied sie sich lieber dafür, dieses verdammte Boot so schnell wie möglich zu verlassen. Die Reise war vom ersten Tag an erniedrigend gewesen. Es gab keine Privatsphäre in dem winzigen Tauchboot. Wenn sie sich erleichtern musste, dann war das vor aller Augen geschehen. Auch wenn sie völlig überraschend von Eikin, dem Alten in der Tiefe aus den Ehernen Hallen, in diesen verfluchten unterirdischen Turm verbannt worden war, konnte es hier nur besser werden.

Glamirs Turm, der Ort, den sie erreicht hatten, war ein Geheimnis. Die Aalschiffer an Bord wussten so gut wie nichts über diesen Platz, an dem sie und ihre drei Gefährten in Sicherheit sein sollten. Schwarzer Farbstoff wurde hier gewonnen, aber das schien nur ein Vorwand zu sein. Jeden Tag erzählten sich die Schiffer andere Geschichten über den Turm. Dass Glamir dort nach einem Schatz suchte, dass er aus Drachenschuppen Rüstungen baute, die unverwundbar machten oder er nach einem Elixier suchte, das Eikin Unsterblichkeit schenken sollte. Alles Unsinn, dachte Amalaswintha. Nicht einmal Galar, Hornbori und Nyr, die schon einmal da gewesen waren, wussten, was in dem Turm vor sich ging. Oder sie wollten es ihr nicht sagen, das traute sie den dreien auch zu.

Sie schritt das letzte Stück über den schwankenden Rumpf des Aals und sprang zur gemauerten Anlegestelle hinüber, an deren Eisenringen das Boot vertäut lag. Es waren nur ein paar Schritt bis zu der von grüner Patina verkrusteten Tür des Turms. Amalaswintha schwankte ein wenig. Es war ungewohnt, festen Boden unter den Füßen zu haben.

Zwei Fackeln rechts und links der Tür waren die einzigen

Lichtquellen weit und breit. Ihr fielen einige Armbrustschützen auf, die mit ihren Waffen im Anschlag nervös über das dunkle Wasser spähten. Wer in aller Welt sollte sie denn hier angreifen? Glamirs Turm lag auf einer Felseninsel irgendwo verloren im Meer der Schwarzen Schnecken, tief unter der Erde.

Amalaswintha sah an dem von dunklen Algen bedeckten Gemäuer hinauf. Turm war ein reichlich übertriebener Name für den gedrungenen Stummel aus Mauerwerk, der sich auf dem Felsriff erhob und nach ein paar Schritt mit der Höhlendecke verschmolz. Sie lächelte. Zwerge hatten eine Gabe, für kleine Dinge große Namen zu finden.

Entschlossen trat sie durch die Tür und blieb überrascht stehen. Sie war in einen Brunnenschacht getreten! Ein Stück unter ihr schimmerte im Fackellicht schwarzes Wasser. Eine schmale Treppe wand sich entlang der Innenmauer des Schachtes nach oben. Ringe aus getrockneten Algen zeigten die Wasserstände der Vergangenheit. Eine gewölbte Kuppel schloss den Innenraum ab. Auch auf ihr waren noch dunkle Algenreste zu erkennen.

Amalaswintha wurde mit Schrecken bewusst, dass der Innenraum des Turms wohl regelmäßig vollständig unter Wasser stand. Und dann gäbe es keinen Weg mehr hinaus! Eilig lief sie die letzten Stufen bis zum Luk am Ende der Treppe hinauf und trat mit einem mulmigen Gefühl unter der schweren Kupferkuppel hindurch, die über den Durchstieg gesenkt werden konnte, um dann mit etlichen Riegeln verschlossen zu werden. Über dem Durchstieg hingen gut geölte Ketten von der Decke.

»Wer zum Henker hat diese Vettel hier hereingelassen!«, grollte eine dunkle Stimme.

Zwischen Stapeln von Körben, Fischreusen und Fässern erwartete sie der mit Abstand abstoßendste Zwerg, den Amalaswintha je gesehen hatte: ein graubärtiger Alter, der sich schwer auf eine Krücke stützte. Ihm fehlten der rechte Arm und das rechte Bein. Sogar sein rechtes Auge fehlte. Jedenfalls trug er darüber eine

Klappe, auf die mit Goldfaden ein strahlendes Auge gestickt war. Seine rechte Gesichtshälfte war von tiefen Narben entstellt.

»Wer auf die Idee kam, uns ein Weib zu schicken, dem haben sie ins Hirn gepisst! Verflucht, packt diesen Haufen Röcke und steckt sie wieder in den Aal, aus dem sie hervorgekrochen sind.« Bei diesen Worten deutete er mit seinem nur wenige Zoll langen Armstumpf auf sie. »Los, schafft sie mir aus den Augen.«

»Gerne überbringe ich Eikin, dem Alten in der Tiefe in den Ehernen Hallen, deine Nachricht, dass man ihm ins Hirn gepisst habe. Ich bin wirklich neugierig, wie er das aufnehmen wird, Glamir. Soll ich meine Gefährten, Hreidmar, Fundin und Onar und ihr Kind, auch wieder mitnehmen? Sie sind ebenso auf Befehl Eikins hier wie ich. Aber offenbar gilt das Wort des Alten aus der Tiefe in deinem Turm nichts.«

Glamir zog die Brauen zusammen. »Du glaubst, du kannst mich erpressen, du Flittchen? Hast du eine Ahnung, worauf du dich hier einlässt? Ich habe hier fast fünfzig Männer im Turm. Die meisten haben seit über einem Jahr kein Weib mehr gesehen. Benutz mal dein Hirn zum Denken, und dir wird klar werden, dass du gar nicht hier sein willst.« Wütend sah er zur Treppe, auf der gerade ihre Mitverbannten erschienen. »Der Wortefurzer, die Amme und der Querulant. Bei den Alben! Was habe ich getan, euch schon wieder am Hals zu haben?«

»Eikin wünscht, dass wir dich bei deiner Arbeit unterstützen«, entgegnete Galar der Schmied frech. »Wie es scheint, tut ihr doch mehr, als nur Schnecken auszuquetschen.«

Glamir lief rot an. Eine dicke, blaue Ader begann, an seiner Schläfe zu pochen. »Du …« Er hob seinen verstümmelten Arm. »Du …«

Frar, der kleine Quälgeist, den Nyr tagein, tagaus auf dem Arm hielt, fing an zu quengeln. Er hatte abnorm oft Hunger, und es war stets ein Problem, ihn zu füttern. Nie gab es Milch, sie mussten immer improvisieren, und der Junge wurde nie richtig satt.

Galar warf Amalaswintha wieder einen seiner düsteren Blicke zu. Es war nicht ihre Schuld, dass sie keine Amme war! Jedes Mal, wenn sie sich das stinkende Häufchen Elend in Nyrs Armen ansah, wusste sie, dass sie niemals Kinder haben wollte.

»Hab ihr keine Ziege, die Mich gibt?«, fragte der Richtschütze aufgebracht.

»In meinem Turm gibt es immer noch keine Weiden, Amme!«, zischte Glamir ihn ärgerlich an.

»Bitte, bitte, meine Freunde«, mischte sich nun Hornbori ein. »Wir alle sitzen in einem Boot. Lasst uns einen Weg finden, miteinander auszukommen. Wir sind nicht hier, um deine Geduld auf die Probe zu stellen, Glamir. Ohne dir zu nahetreten zu wollen, glaube ich doch, sagen zu können, dass wir wesentlich unglücklicher über die Entscheidung Eikins sind, als du es jemals sein wirst, denn wir …«

»Halt's Maul, Wortefurzer!«, fuhr Glamir ihn an, dann winkte er nach einem seiner Arbeiter. »Bring dieses Gelump in dieselbe Zel… äh, Kammer, in der sie beim letzten Mal untergebracht waren.«

»Ich protestiere auf das …«

»Rebellen setze ich auf dem Felsen vor dem Turm aus«, zischte Glamir Hornbori an. »Also überlege dir, was du sagst, oder du debattierst demnächst mit den Seeschlangen dort draußen.«

Alles ist besser als noch eine Nacht in einem Aal, dachte Amalaswintha, aber nur so lange, bis sie das Quartier sah, in dem sie untergebracht wurden. Es war eine feuchte Höhle, aus dem Fels geschlagen, ohne vernünftige Betten und mit einem stinkenden Eimer in der Ecke, um seine Notdurft zu verrichten. Als sich die Tür hinter ihnen schloss, wurde sie verriegelt. Sie waren Glamirs Gefangene.

»Der wird uns verhungern lassen«, murmelte Nyr, der Frar einen Daumen in den Mund gesteckt hatte, was den Jungen offensichtlich beruhigte.

»Das wird er nicht riskieren«, wandte Hornbori lahm ein.

»Doch!«, sagte Galar entschieden, und betretenes Schweigen senkte sich über die Zwerge. Vor wenigen Monden erst war das Trio als Helden, die einen riesigen, weißen Drachen erlegt hatten, gefeiert worden. Doch durch die Rache der Himmelsschlangen wurden sie zu den Verantwortlichen für den Untergang der Tiefen Stadt. Denn die Drachen hatten sich nicht damit begnügt, lange nach den Mördern zu suchen. Sie hatten gleich alle getötet, wobei – welche Ironie – ausgerechnet jene drei Zwerge, die wirklich Drachenblut vergossen hatten, das Massaker überlebt hatten.

Eikin, der Alte in der Tiefe in den Ehernen Hallen, bewunderte Galar, Hornbori und Nyr für das, was sie getan hatten. Aber er wollte sie um keinen Preis in seiner Stadt haben und so vielleicht den Zorn der Himmelsschlangen auf sich ziehen. Deshalb waren sie hierher in Glamirs Turm verbannt worden. Hier würde kein Drache sie jemals finden.

»Ich denke, ihr solltet Glamir sagen, wer ihr wirklich seid. Vielleicht ist er ja einer eurer Bewunderer«, sagte Amalaswintha schließlich.

»Ein Arsch ist der und sonst nichts«, murmelte Galar wütend.

»Nee, nur ein halber Arsch«, ergänzte Nyr. »Mehr ist an ihm doch nicht mehr dran.«

»Ich finde, Amalaswintha hat recht. Wir sollten das Ganze diplomatisch …«

»Halt's Maul, Wortefurzer«, schnauzte Galar Hornbori an. »Zumindest dich hat er sofort durchschaut.«

Amalaswintha legte sich auf eines der schmuddeligen Lager. Auch wenn der Sack, auf dem sie lag, mit übel stinkendem Stroh gefüllt war, war er doch besser als alles, was die Aale in den letzten Wochen zu bieten gehabt hatten. Sie war froh, dass diese endlose Irrfahrt durch unterirdische Flüsse und Seen endlich ein Ende gefunden hatte. Sie waren mit einem kleinen Konvoi bei Glamirs Turm angekommen. Die Frachtboote sollten ihn mit allem versorgen, was er brauchte, um über den Herbst zu kommen – dann, wenn das Wasser so hoch anstieg, dass der Turm gänzlich im Meer der Schwarzen Schnecken versank und kein Aal mehr anlegen konnte.

Amalaswintha blendete den Streit ihrer Mitgefangenen aus, schloss die Augen und genoss es, ihre müden Glieder zu strecken. Mit Glamir würde sie fertigwerden, dachte sie mit selbstbewusstem Lächeln. Sie wusste schon, wie sie es anfangen würde. Längstens zwei Tage, und der Mistkerl würde ihr wie ein zahmer Ziegenbock aus der Hand fressen.

In den Stein blicken

Als Amalaswintha aus tiefem, traumlosem Schlaf erwachte, wusste sie im ersten Augenblick nicht, wo sie sich befand. Es stank um sie herum, war feucht und dunkel wie immer in den letzten Wochen. Aber das schleifende Geräusch der Kurbelwelle fehlte, ebenso wie das leichte Schwanken des Aals.

»Was hat Frar denn da?«

Es war Hornbori, der sprach. Amalaswintha zog es vor, die Augen geschlossen zu halten, um nicht mit ihren drei ungewollten Gefährten reden zu müssen.

»Das ist ein Hammer«, entgegnete Nyr schläfrig.

»Ein Hammer? Woher hat der Kleine einen Hammer? Wie kannst du einem Kind einen Hammer geben! Der schlägt sich noch den Schädel ein und …«

»Es ist nur ein kleiner Hammer«, murmelte Nyr ärgerlich. »Und irgendwas zum Spielen muss er doch haben.«

»Einen Hammer«, sagte Hornbori fassungslos. »Das ist …«

»Woher kommt der Hammer?«, mischte sich nun auch Galar ein.

»Hab ihn mitgehen lassen. Ich meine, als klar war, dass wir

wieder in diese feuchte Zelle verknackt werden, dacht ich mir, dass sich unser halber Gastgeber verdient hat, dass ich ihn ein bisschen beklaue.«

»Hast du auch was Nützliches geklaut?«, fragte Galar.

»Frar liebt seinen Hammer«, kam es beleidigt von Nyr. »Ihr wisst doch noch, wie sehr er das Geräusch von Hammerschlägen mochte. Das ist wie ein Wiegenlied für ihn. Wenn er groß ist, wird er bestimmt einmal Schmied. Und wenn er am Griff lutscht, beruhigt ihn das.«

»Der Kleine lutscht jetzt am schmuddeligen Griff irgendeines alten Hammers«, empörte sich Hornbori.

»Er hat es ja auch überlebt, die schmuddeligen Daumen von Nyr im Mund zu haben«, konterte Galar. »Ein bisschen Dreck hat noch keinem Kind geschadet.«

Amalaswintha versuchte, die Stimmen auszublenden und ihre besondere Gabe zu erwecken. Auf der Schwelle zwischen Schlaf und Wachen ließ sie ihren Geist wandern. Sie sah in den Stein, verließ ihre enge Zelle und erkundete den Turm und den Fels, in den er gebettet war. Der kurze, gemauerte Stummel auf der Klippe im unterirdischen Meer war nur ein winziger Teil der Anlage. Glamir und seine Männer hatten sich tief in den Fels der Höhlendecke gegraben. Die Anlage war seltsam. Es schien verschiedene Schmieden und Werkstätten zu geben. Ganz sicher war sich Amalaswintha jedoch nicht. Am klarsten sah sie die Adern der verschiedenen Erze. Obwohl ihr der verwunschene Blick durch den Stein erlaubte, Hohlräume im Fels zu erkennen, blieb ihr verborgen, *was* in den Hohlräumen gemacht wurde. Sie sah weder die Einrichtungen, noch war es ihr möglich zu sagen, ob sich jemand oder etwas dort aufhielt. Sie erkannte nur das Metall der Werkzeuge und ihre groben Formen.

Besonders seltsam war ein recht breiter, fast eine Meile langer Tunnel, der ins Nichts führte. Amalaswintha konnte sich nicht erklären, welchen Nutzen er haben mochte. Es musste viel Kraft gekostet haben, ihn aus dem Fels zu brechen, und sie bezweifelte, dass die wenigen Männer Glamirs dieses Werk vollbracht hatten. Dieser Tunnel hatte beim Bau zusätzliche Arbeitskräfte erfordert. Sie richtete ihren Blick nach oben, durchdrang all die Gesteinsschichten, bis sie hinauf zu Geröll, Humus und Wurzeln gelangte. Der Turm war gut durchdacht angelegt. Die Rauchabzüge der Schmieden mündeten in eine große, natürliche Höhle, sodass niemand an der Oberfläche Rauch aus einem vermeintlichen Kaninchenloch im Waldboden aufsteigen sehen konnte. Es gab einen dünnen Kohleflöz, der bei den Bauarbeiten bereits entdeckt worden war und nun ausgebeutet wurde, um die Schmiede und einige Heizöfen zu versorgen. Metall war im Gestein kaum vorhanden. Ein paar Einsprengsel Eisenerz war alles, was sie entdecken konnte.

Nun wandte Amalaswintha sich den Gesteinsformationen in der Tiefe zu. Der Brunnenschacht durchstieß eine Klippe, die über einem dunklen Abgrund aufragte. Niemals hätte sie erwartet, dass der See so unglaublich tief war. Glamirs Turm erhob sich über einem Spalt, der hinab bis zum Herzen der Welt zu reichen schien. Zum ersten Mal empfand die Zwergin ein Gefühl von Beklommenheit. Ihr ganzes Leben hatte sie in Höhlen verbracht. Sie war es gewohnt zu wissen, dass sich über ihr Gebirge aus Felsgestein erhoben, viele hundert Schritt dick. Nie hatte ihr das etwas ausgemacht! Im Gegenteil, tief unter der Erde fühlte sie sich geborgen. Aber hier war es anders. Glamirs Turm schwebte über einem unterirdischen Abgrund. Das Gestein, auf dem er errichtet war, war porös. Das Wasser war tief in die Klippe eingedrungen. Sie hingen fast in der Schwebe.

Amalaswintha spürte, wie ihr Herz schneller zu schlagen begann und Panik sie zu überwältigen drohte. Die Klippe war Jahrtausende alt. Sie würde nicht abbrechen – aber wenn es geschähe, meldete sich die Stimme der Panik, dann würde das Wasser in die unteren Etagen des Turms eindringen, und sie säßen in ihrem

Kerker wie Ratten in der Falle. Sie wollte aufwachen, die Trance hinter sich lassen und einfach nur die festen, feuchten Wände ihres Kerkers sehen und ihren drei verrückten Gefährten lauschen. Wollte, dass ihre Welt so klein wurde, dass die größte Sorge war, ob es klug war, ein Kind am schmutzigen Stiels eines Hammers lutschen zu lassen, als ihr Blick auf etwas am Rand des Abgrundes fiel. Etwas, was sie noch nie gesehen hatte. Es war gewaltig, fremdartig und entzog sich jeder vernünftigen Erklärung.

Und es konnte keinen Zweifel daran geben, dass dies der Grund war, warum Glamir seinen Turm auf dieser Klippe im Nirgendwo errichtet hatte.

Von Schmied zu Schmied

Galar war selbst ein wenig überrascht, dass sie ihn zu Glamir gebracht hatten. Er wusste nicht genau, was Amalaswintha den Wachen zugeflüstert hatte, aber es hatte sie so sehr überzeugt, dass sie ihn umgehend vor den verstümmelten Schmied geführt hatten.

Glamirs Kammer stank nach ungewaschenen Kleidern und schimmelnden Essensresten. Sie war erstaunlich klein und kaum weniger feucht als der Kerker, in den man sie gesperrt hatte. Auf Luxus schien der alte Zwerg keinen sonderlichen Wert zu legen.

Glamir saß in einem wuchtigen Sessel mit hoher Lehne und abgewetzten, braunen Lederpolstern. Er trug nur eine Lederhose. Das Bett hinter ihm war zerwühlt, seine Haare zerzaust, als sei er gerade erst aufgestanden. Galar hatte keine Ahnung mehr, welche Tageszeit war. Sein Zeitgefühl war ihm während der Reise im Aal und den Tagen im Kerker völlig abhanden gekommen.

»Du kennst also mein Geheimnis«, kam Glamir unverblümt zur Sache. »Dann lass mal hören.« Er beugte sich vor und kratzte sich seinen Beinstumpf.

Amalaswintha hatte Galar alles genau erzählt. Anfangs hatte er die Sache mit ihrer Gabe nicht glauben wollen, bis sie ihn auf den kleinen Tunnel ansprach, den er in der Tiefen Stadt heimlich an seinen Brunnen angeschlossen hatte. Niemand wusste davon! Allerdings war er sich immer noch unsicher wegen der Geschichte, die sie ihm anschließend aufgetischt hatte. Das klang zu unwahrscheinlich.

»Ich höre!«, brummte Glamir unfreundlich und fixierte ihn mit seinem verbliebenen Auge.

»Du bist wegen der Metallwand hier«, sagte Galar gedehnt.

Die Aussage schien Glamir nicht sonderlich zu beeindrucken, deshalb sprach er rasch weiter: »Diese Wand ist riesig. Sie reicht mehr als eine Meile in die Tiefe und ist sogar noch breiter. Sie ist mehr als fünf Schritt dick. Ein kleines Stück liegt offen am Abgrund unter dem Brunnenschacht. Du versuchst, die Wand zu durchbohren, um herauszufinden, was dahinter liegt. Aber da ist nichts. Es gibt dort keine Höhlen, keine Geheimnisse. Die Wand an sich ist das Geheimnis.«

»Soso«, antwortete Glamir ironisch. »Jetzt bin ich aber wirklich beunruhigt. Hat man euch verdorbene Pilze zu essen gegeben? Ich muss dringend mit dem Koch sprechen. Er sollte wirklich nicht wahllos alle Küchenabfälle an euch verfüttern.«

Galar war verwirrt. Glamir wirkte nicht im Mindesten beeindruckt. Hatte Amalaswintha nur wirre Geschichten erzählt? Aber woher hatte sie dann von dem geheimen Tunnel bei seinem Brunnenschacht gewusst? »Würdest du mir denn sagen, was es mit dem seltsamen Tunnel auf sich hat, der eine Meile lang pfeilgerade in den Fels getrieben wurde, um dann im Nichts zu enden?«

Glamir grinste spöttisch. »Erstaunliche Geschichten hast du da auf Lager. War es das jetzt, oder wirst du mich noch mit weiteren Märchen unterhalten?«

Galar war verzweifelt. Glamir ließ alles an sich abgleiten. Nun hatte er nur noch eine letzte Karte auszuspielen. Amalaswintha hatte ihm dringend geraten zu offenbaren, wer sie wirklich waren.

Wenn Glamir schon sonst nichts beeindruckte, dann vielleicht die Drachen, die sie zur Strecke gebracht hatten.

»Meine Gefährten und ich, wir haben dich belogen.« Eigentlich ging es ihm gegen den Strich, sich derart bei Glamir anzubiedern. So etwas hatte er in seinem ganzen Leben noch nicht getan. Er hätte Hornbori schicken sollen, doch wahrscheinlich wäre sein speichelleckender Gefährte bei Glamir nicht einmal vorgelassen worden. Die beiden trennten Welten.

»Lügner seid ihr also.« Glamirs Stimme war schärfer geworden, und etwas Lauerndes lag im Blick des Schmieds, als er hinzufügte: »Habt ihr auch den Alten in der Tiefe belogen?«

Plötzlich war sich Galar sicher, dass der Kerl sie schon hätte ertränken lassen, würden sie nicht unter dem Schutz des Zwergenfürsten stehen.

»Er weiß, wer wir sind. Deshalb hat er uns hierhergeschickt. Hat er dir nicht mitgeteilt, welche Gäste unter deinem Dach weilen?« Auf die Andeutung, dass sein Fürst Glamir nicht über alles informierte, war Galar stolz. Solche Spitzen hatte er früher nicht verteilt. Das kam vom Umgang mit Hornbori.

Glamir fluchte leise und kratzte sich erneut an seinem Beinstumpf. »Weißt du, wie das ist, wenn dir die Zehen jucken, obwohl du gar keine mehr hast?«

»Nein.«

»Dann erzähl mir mal, wer du heute zu sein vorgibst.«

Galar schluckte seinen Ärger hinunter, spürte aber, dass er nicht verhindern konnte, vor Zorn rot zu werden. Dieser Krüppel sollte es nicht übertreiben! »Ich bin Galar, Schmied aus der Tiefen Stadt. Meine Gefährten sind Hornbori und Nyr. Wir haben die beiden Drachen getötet.«

Glamir nahm einen Riegel Kautabak vom Tisch neben sich und biss ein ordentliches Stück ab. Er kaute eine Weile, bis er schließlich nickte. »Jetzt verstehe ich, warum Eikin euch nicht in den Ehernen Hallen haben wollte und hierher zurückgeschickt hat.«

Er spuckte einen bräunlichen Schleimklumpen aus und verfehlte den Napf, der neben ihm auf dem Boden stand, nur knapp. »Wie ist es, damit zu leben, dass man für den Untergang der Stadt verantwortlich ist, in der man aufwuchs? Den Tod aller verursacht zu haben, die dir geholfen haben zu werden, was du bist?«

Es war, als hätte ihm der Alte eine glühende Eisenstange direkt aus der Esse in den Magen gerammt. »Scheiße …« Galar wich zwei Schritte zurück.

»Ganz genau, Junge, an dir klebt Scheiße. Auf alle Zeit, wohin auch immer du gehst. Alle bewundern den Drachentöter, aber keiner will ihn in seiner Stadt haben. Glaubst du, das hier ist ein guter Unterschlupf? Das hier sind miese, feuchte Höhlen. Der Turm macht jeden krank, der länger als ein paar Wochen in ihm lebt. Ist mein Glück, dass ich die Hälfte meiner Knochen unten im Brunnen gelassen habe. So plagt mich mein Rheuma weniger.« Glamir lachte, ein heiseres, freudloses Lachen, das in trockenen Husten überging. »Jetzt habe ich dich also am Hals, und es gefällt dir, deine Nase in meine Angelegenheiten zu stecken. Schwafelst von riesigen Metallwänden und Tunneln, die nirgendwohin führen. Versuchst zu verstehen, warum ich hier bin, und kannst dich nicht mit der Wahrheit anfreunden, dass du nur in einem dreckigen, nassen Turm am Arsch der Welt steckst, in dem Schnecken gefangen werden, um sie wegen ein bisschen schwarzer Farbe auszuquetschen. Du brauchst es groß und geheimnisvoll, nicht wahr? Du brauchst etwas, das all die Toten rechtfertigt. Das wirst du hier nicht finden. Und auch nirgendwo anders! Das musst du mit dir alleine ausmachen.«

Galar hatte mit den anderen nie über den Untergang der Stadt gesprochen. Er war vor seiner Schuld davongelaufen, genauso wie Nyr und Hornbori.

»Weißt du, was du für mich bist?«, setzte Glamir unbarmherzig nach. »Ein Kind, das mit seinen Freunden auf einer Bergweide spielen gegangen ist. Und da hast du ein paar Kiesel gefunden und am Waldrand einen Auerochsen entdeckt. Einen großen Bullen mit Hörnern, fast so lang wie du. Du hast dir ausgemalt, wie dich alle bewundern werden, wenn du diese Trophäe erringst. Und dann bist du mit deinen Kieseln losgezogen. Leider haben sie nicht ausgereicht, um den Auerochsen zu erlegen. Es reichte nur, ihn so richtig wütend zu machen. Und als er auf dich lospreschte, da bist du auf den nächsten Baum geklettert. Aber die anderen, die haben es nicht geschafft, und du hast aus deinem sicheren Versteck zugesehen, wie sie verreckten.« Glamir spie einen weiteren Schwall braunen Schleim aus. Und diesmal traf er den Spucknapf.

»Wenn du den Rat eines alten Mannes willst, dann stell dich deinen Toten. Weiter als bis hier kann man nicht mehr fortlaufen. Und jetzt verkriech dich in deine Höhle. Ich bin fertig mit dir.«

Die Pfeilspitze

Galar schlich wie ein geprügelter Hund davon. Für dieses Mal hatte er den Schmied noch kleingekriegt, aber das würde nicht lange halten, dachte Glamir besorgt. Er musste eine andere Lösung finden.

Er griff nach der Pfeilspitze, die zwischen Pergamentrollen und Kautabakvorräten auf dem großen Arbeitstisch lag. Sie wirkte unscheinbar, und doch mochte sie die Welt aus den Angeln heben. Er hatte mit seinen Gliedern für diese Pfeilspitze bezahlt. Und mit dem Leben von sieben seiner Gefährten. Sie sah aus, als sei sie aus gewöhnlichem Stahl geschmiedet, doch das Metall kam aus dem Brunnenschacht.

Glamir dachte an die Geschichte über die riesige Metallwand, die Galar ihm aufgetischt hatte. Verrückt! Eine Metallwand von mehr als einer Meile! Wer sollte so etwas erschaffen haben. Die Alben? Das war nicht ihre Art. Galar musste verrückt sein, daran zu glauben. Ja, es gab im Gestein der Klippe einen Abbruch und dort waren sie beim Schneckensammeln auf eine Metallwand gestoßen. Aber das war es auch. Sie war im Gestein eingebettet, was zugegebenermaßen seltsam war, denn es ließ sich kein Zweck für diese Wand erkennen. Nichts gab Anlass zu der Vermutung, dass sie von außergewöhnlicher Größe war. Man musste ein Stück in eine Felsnische kriechen, um sie zu erreichen. Von dort kam der Stahl der Pfeilspitze. Doch es war schwer, etwas von dem Metall zu lösen. Ein paar winzige Späne, das war alles, was jeder Tauchgang brachte. Das Metall war fast unverwüstlich. Sie kratzten mit Diamant über die Metallplatte, und mit einem Magneten zogen sie die winzigen Späne an, die sich dabei lösten. Zum Glück ließ sich dieses fremdartige Metall nicht schwerer schmelzen als herkömmlicher Stahl.

Glamir wog die Pfeilspitze in der Hand. So viel Blut und Zeit hatten sie dafür gegeben. Und sie mussten noch mindestens zwei Dutzend solcher Pfeilspitzen herstellen, bevor sie daran denken konnten, sie einzusetzen. Glamir spuckte einen Strahl Tabaksaft in den Napf neben seinem Sessel. Er würde es nicht mehr erleben, wie sie die Welt veränderten. Aber das spielte keine Rolle, denn er hatte den ersten Schritt getan. Das würde nicht in Vergessenheit geraten. Zwerge hatten Geduld. Der Tag der Abrechnung mit den Himmelsschlangen würde kommen!

Glamir starrte auf die Tür, durch die der junge Schmied verschwunden war. Sie waren sich gar nicht so unähnlich. Aber auf einem Misthaufen konnte es nicht zwei Hähne geben. Er musste ihn loswerden, und er wusste auch schon wie. Seine Neugier und Selbstüberschätzung würden Galar zum Verhängnis werden. Er sollte nicht lange damit warten, den Anführer der Drachentöter loszuwerden, überlegte Glamir. Je früher der Störenfried verreckte, desto besser.

Auf Leben und Tod

Nachtatem nahm seinen Platz in der Höhle unter den Basaltklippen ein. Die weite Felsnische auf der anderen Seite der Halle war leer. Dort hatte der Himmlische sich niedergelassen, wenn sie sich zur Beratung versammelten oder die Berichte der heimkehrenden Drachenelfen hörten. Es war nun schon die zweite leere Nische. Eine Mahnung, dass sie nicht unbesiegbar waren.

Er lauschte auf die Schritte auf der Treppe, die zu ihnen hinabführte, und öffnete seine Gedanken für seine Brüder. Sie waren gekommen, um zu hören, was geschehen war, obwohl sie alle es im Grunde schon wussten – Nangogs Erwachen war auf allen Welten zu spüren gewesen. Ihr Griff nach dem magischen Netz war in Wellen durch die Schöpfung gelaufen. Die kleinen Vögel im Jadegarten hatten für einen Moment mit ihrem Gesang innegehalten, als Nangog erwacht war. Gewiss hatten nicht alle Geschöpfe gespürt, dass die Geschichte der drei Welten in diesem Augenblick eine neue Wendung genommen hatte, doch die feinfühligeren waren sich bewusst, dass etwas vorgefallen war, auch wenn es sich nicht ihrem Begreifen erschloss.

Er spürte die Unruhe seiner Nestbrüder. Nur der Goldene schien nicht dem Bericht der Drachenelfen entgegenzufiebern. Wusste er mehr als sie? Nachtatem lauschte erneut auf die Schritte. Es waren zu wenige! Nur zwei Elfen kamen die Treppe hinab! Und da erschienen sie auch schon: Lyvianne und Bidayn. Wo waren die anderen? Warum war Nandalee nicht hier?

Es fiel ihm schwer, seine Ungeduld zu beherrschen. Er musste sich zwingen, keine Fragen zu stellen und dem Bericht der Ereignisse zu lauschen. Es war Lyvianne, die in ihre Mitte trat und über die Mission auf Nangog Rechenschaft ablegte. Die Meisterin der Weißen Halle erhob keine Anklage gegen Nandalee, doch hinter ihren Worten schimmerte deutlich auf, dass sie die junge Elfe für zu unerfahren hielt. Sie berichtete von der ziellosen Suche in der Goldenen Stadt. Davon, wie jeder eigene Wege gegangen war, statt geführt zu werden. Sie machte keinen Hehl daraus, dass es ein glücklicher Zufall gewesen war, auf den Mann im Stein gestoßen zu sein.

Nachtatem spürte das Unbehagen seiner Nestbrüder, als Lyvianne über Manawyn sprach. Sie alle hatten gehofft, dass diese Geschichte niemals ans Licht kommen würde. Sie hatten Manawyn, wie alle anderen Elfen seiner Mission, für tot gehalten. Es war das unrühmlichste Kapitel im Buch der Drachenelfen. Sie hatten den Begründer der Weißen Halle und die anderen ersten Meister nach Nangog geschickt, um zu erkunden, was im Weltenmund vor sich ging. Und ihre besten Krieger waren gleich bei ihrer ersten Mission gescheitert. Deshalb hatten sie das Gerücht verbreitet, die ersten Meister hätten sich in die Einsamkeit zurückgezogen, um in der schwersten Stunde Albenmarks zurückzukehren.

Ihr werdet dieses Geheimnis immer für euch behalten! Die Gedanken des Roten waren wie ein Flammensturm, unter dem selbst Lyvianne kurz zusammenzuckte.

Die beiden Elfen würden schweigen, sie hatten von sich aus begriffen, was ihre Entdeckung für die Weiße Halle bedeuten mochte. Obwohl es die Schule der Meuchler ohnehin nicht mehr gab. Die Novizen und Meister waren, seitdem die Himmelsschlangen sie nach dem Angriff auf die Blaue Halle fortgeschickt hatten, nicht mehr zurückgekehrt, und sie würden sich gewiss für lange Zeit nicht in jenem abgelegenen Tal versammeln, in dem die Weiße Halle lag. Sie würden sich nirgends mehr versammeln. Sie waren ein zu attraktives Ziel für einen Gegenschlag der Devanthar – und der würde kommen, dessen waren sich Nachtatem und seine Brüder vollkommen sicher.

Wie genau Nangog ihr halbes Herz zurückerlangt hatte, vermochte Lyvianne nicht zu berichten. Es war Nandalee gewesen, die dies vollbracht hatte und die zum Erstaunen Lyviannes nicht zurückgekehrt war. Die Meisterin erklärte, wie sie und Bidayn sich von den anderen getrennt hatten, die auf schnellstem Wege zum Goldenen Tor wollten. Sie gestand, dass sie ihrer beider Leben aufs Spiel gesetzt hatte, um Bidayn eine neue Haut zu schenken. Nachtatem spürte, dass diese Details seine Nestbrüder kaum interessierten. Die Mission war geglückt, das allein zählte, und dass mit Opfern zu rechnen war, war ihnen von Anfang an klar gewesen.

Lyvianne schilderte in eindrucksvollen Farben das Beben, das die Goldene Stadt verwüstet hatte, und berichtete, wie ihre Novizin Bidayn einen der Silbernen Löwen der Devanthar bezwungen hatte.

»Bidayn hat in höchster Gefahr Tapferkeit und einen kühlen Kopf bewiesen. Als ihre Meisterin möchte ich vorschlagen, sie nun unter die Drachenelfen aufzunehmen. Sie ist durch ihre Taten auf Nangog ohne Frage über den Rang einer Novizin hinausgewachsen«, schloss sie ihren Bericht.

Es war selten, dass in dieser Runde vorgeschlagen wurde, eine Novizin zur Drachenelfe zu erheben. Üblicherweise entschieden die Meister der Weißen Halle darüber. Der Dunkle konnte spüren, dass seine Nestbrüder dennoch geneigt waren zuzustimmen.

Bitte erklärt noch einmal genau unter welchen Umständen ihr Euch von Euren Gefährten getrennt habt, Dame Lyvianne? Nachtatem ahnte, dass Lyvianne nicht alles erzählt hatte, und es kostete ihn einige Beherrschung, nicht direkt nach Nandalee zu fragen. In jeder Zukunft, die er für sie gesehen hatte, war sie lebend von Nangog zurückgekehrt. Was war geschehen?

Widerstrebend bekannte sich Lyvianne dazu, ihre Gefährten verlassen zu haben, ohne die Erlaubnis Nandalees einzuholen. Sie und Bidayn hatten das Gedränge um die Goldene Pforte genutzt, um sich davonzuschleichen. Die Meisterin berichtete, wie es schon zuvor zu einer Auseinandersetzung mit Nandalee gekommen war, weil sie darauf bestanden hatte, den Unsterblichen Aaron, der geblendet worden war, zu heilen.

Ihr habt einem unserer Erzfeinde das Augenlicht zurückgegeben?, brauste der Flammende auf und schob sich aus der weiten Felsnische, die sein Lager war. *Die Unsterblichen sind die ersten Diener der Devanthar unter den Menschenkindern. Wie konntet Ihr ihn retten? Das ist Verrat!*

»Ich habe ihn nicht gerettet, ich habe ihm seine Geheimnisse entrissen«, entgegnete Lyvianne, ohne vom sengenden Zorn des Flammenden eingeschüchtert zu sein. »Ich weiß nun, wo sich die zweite Hälfte von Nangogs Herzen befindet. Die Devanthar verbergen es in einem abgeschiedenen Tal in Aram, nur einen Tagesritt von der Kupfermine Um el-Amand entfernt. Es gibt dort immer einen Devanthar als Wache. Sie lösen einander in dieser Pflicht ab.«

Der Dunkle spürte, welch kopfloses Begehren diese Nachricht bei seinen Nestbrüdern auslöste. Sie wollten das halbe Herz an sich bringen und dachten in ihrer Gier nicht bis zum Ende.

Ruhig, sprach er nur in ihren Gedanken. Die beiden Albenkinder sollten seine Worte nicht hören. *Es wäre nicht klug, jetzt noch einen Schlag gegen die Devanthar zu führen.*

Wir würden sie entwaffnen, begehrte der Flammende auf.

Haben wir das Herz, können wir ihnen unsere Bedingungen für einen Frieden diktieren. So sprach der Goldene in ihrer aller Gedanken. *Wir müssen es haben!*

Wahrt eure Würde im Angesicht von zwei Albenkindern, mahnte der Frühlingsbringer. *Zeigt ihnen nicht so deutlich euer Begehren!*

Nachtatem war unzufrieden mit der Wendung, die das Gespräch nahm. Es war an der Zeit, es wieder in die richtigen Bahnen zu lenken. *Was gewinnen wir, wenn wir die zweite Hälfte des Herzens holen?*, begann er. *Wollen wir Nangog wirklich ihre alte Stärke zurückgeben? Würde sie es uns danken? Wir gehörten zu denen, die sie hintergangen haben! Welchen Grund hätte sie, uns freundlich gesonnen zu sein. Wenn wir sie ganz erwecken, erschaffen wir eine dritte Kraft. Zwischen uns und den Devanthar gibt es ein Gleichgewicht. Das ist vorüber, wenn sie erwacht. Wer immer sie auf seine Seite zieht, kann den anderen vernichten. Und was ist der nächste Schritt? Eine Seite bleibt mit Nangog allein übrig. Wird sie der Versuchung widerstehen können, auch noch die Letzten ihrer Kerkermeister zu vernichten?*

Wenn wir das fehlende Teil ihres Herzens besitzen, entscheiden wir, ob, und wenn ja, wann Nangog es erhalten wird, widersprach ihm der Goldene temperamentvoll. *Ich plädiere dafür, dass wir es den Devanthar nehmen.*

Sein Nestbruder gebärdete sich mit einem Selbstbewusstsein, das nahe an Arroganz grenzte, dachte Nachtatem zufrieden. Mochte er noch so im Lichte erstrahlen, seine Nestbrüder blendete er damit nicht.

Was gewinnen wir außer einer neuen Bürde? Frühlingsbringers Schwanz peitschte aufgeregt über den Granitboden. Er gab sich keine Mühe zu verbergen, dass er aufgebracht war. *Wir sollten Entscheidungen dieser Tragweite in aller Tiefe durchdenken. Deshalb frage ich noch einmal: Was gewinnen wir? Müssen wir befürchten, dass die Devanthar der Riesin die zweite Hälfte ihres Herzens bringen? Kaum, denn sie können es sich nicht leisten, die Welt Nangog zu verlieren. Nangog ist die Kornkammer ihrer überbevölkerten Welt. Sie werden mit aller Kraft versuchen, die Riesin wieder in ihre Schranken zu weisen. Und nun nehmen wir einmal an, wir besäßen das Herz. Wäre uns daran gelegen, Nangog all ihre Macht zurückzugeben? Nein! Und glaubt ihr, die Devanthar wissen das nicht, Brüder? Wenn wir unseren Bruder, den Himmlischen, rächen und die Devanthar vernichten wollen, dann müssen wir es selbst tun! Darauf zu hoffen, dass Nangog uns diese Last abnimmt, ist nicht klug. Die einzige Alternative zu ihrer Vernichtung ist ein ernsthaftes Friedensangebot. Wenn wir diesen Weg gehen wollen, dann müssen wir es schnell tun. Ich denke, die Devanthar sinnen bereits in dieser Stunde auf Rache. Wir sollten uns künftig nicht mehr alle an einem Ort versammeln. Unterschätzt die Devanthar nicht. Sie sind Weltenschöpfer, sie haben schon zwei unserer Brüder getötet. Ich bin überzeugt, sie haben die Macht, uns alle zu vernichten, wenn sie wüssten, wo sie uns versammelt antreffen könnten. Wenn wir uns für den Krieg entscheiden, dann müssen wir ihnen zuvorkommen. Wir müssen diejenigen sein, die zuerst zuschlagen. Der Krieg, der uns bevorsteht, wird anders sein als jeder, der zuvor geführt wurde. Es gibt nicht Gewinner und Verlierer. Es gibt die Überlebenden und jene, die nur noch Geschichte sind. Eine Niederlage wird gleichbedeutend mit völliger Vernichtung sein.*

Nachtatem war überrascht, solche Reden von Frühlingsbringer zu hören, der sonst immer als ruhig und besonnen galt.

Wie also schaffen wir die Devanthar aus der Welt?, fragte der Flammende.

Nachtatem sah die Mordlust in den Augen seines Bruders, und er wusste, auch der Nachtblaue, der von ihnen allen am meisten Raubtier war, würde den Weg des Krieges wählen.

Was immer wir tun, es sollte wohl überlegt sein. Ich bin nicht dagegen, die Devanthar auszulöschen, aber es muss beim ersten Versuch gelingen. Einen zweiten werden wir nicht bekommen. Es war der Rote, der gesprochen hatte. Er war launisch und leidenschaftlich. Er liebte es, die Gestalt von Elfen anzunehmen und sich unter sie zu mischen und schönen Frauen nachzustellen. Eine Angewohnheit, die ihm von seinen Brüdern schon viel Spott eingebracht hatte. So leidenschaftlich er bei Elfendamen war, so unbarmherzig konnte er auch als Krieger sein. Das Leben auf alles oder nichts zu reduzieren, entsprach ganz seiner Art.

Die Devanthar werden nicht damit rechnen, dass wir sehr schnell noch einmal zuschlagen, sagte der Goldene. *Es durchbricht das Muster unserer Auseinandersetzung. Bislang gab es immer Schlag und Gegenschlag. Überraschen wir sie, während sie denken, sie seien am Zug! Ihr Zorn über das, was getan worden ist, und ihre Gier nach Rache werden sie unvorsichtig sein lassen. Sie werden nicht glauben, dass wir so schnell noch einmal zuschlagen könnten. Auch ich bin dafür, diesen Krieg zu Ende zu bringen, jetzt. Vernichten wir sie, bevor ihnen einfällt, wie sie uns vernichten können. Nach dem, was auf Nangog geschehen ist, gibt es keinen Weg mehr zurück zum Frieden. Nun kommt es nur noch darauf an, wer als Erster den entscheidenden Schlag führt.*

Und wann besprechen wir unsere Pläne mit den Alben?, wandte Nachtatem ein. *Sie sind unsere Schöpfer. Wir sind die Wächter ihrer Welt. Ihre Krieger. Ich war immer stolz darauf, genau das zu sein. Aber ein Krieger, der ohne den Befehl seines Herrn einen Kampf beginnt, ist ein Rebell. Und das will ich nicht sein.*

Wenn wir auf sie warten, können wir den Devanthar gleich unsere Kehlen anbieten, fauchte der Flammende. *Was ist mit dir los, Bruder. Fehlt es dir am Mut zu kämpfen?*

Nachtatem war diese Begeisterung für einen Kampf auf Leben und Tod unheimlich. *Ich habe oft genug gekämpft, um zu wissen, dass der, der seinen Gegner besser kennt, meist siegt. Ich bin dagegen, einfach unüberlegt loszuschlagen. Und ich bin dagegen, dass wir vor zwei Albenkindern unsere Kriegspläne schmieden.*

Sie können uns nicht verstehen, wandte der Nachtblaue ein.

Aber sie merken uns an, dass wir uns uneins sind, entgegnete Nachtatem scharf.

Wir könnten sie fressen. Der Nachtblaue bleckte die Zähne. Geifer troff von seinen mächtigen Kiefern, und Nachtatem war sich nicht sicher, ob sein Bruder nur einen schlechten Scherz machte.

Soll das der Lohn dafür sein, dass sie uns gut gedient haben? Der Goldene schob sich aus seiner Felsnische und nahm dabei den Kopf zurück, als wolle er im nächsten Augenblick wie eine Schlange zustoßen.

Dame Bidayn! Nachtatem drang nun in die Gedanken der beiden Albenkinder ein. *Wir haben entschieden, dass Ihr zur Drachenelfe erhoben sein sollt. Wen von uns wollt Ihr als Euren künftigen Gebieter erwählen.*

Ohne zu zögern, trat die junge Elfe vor den Goldenen. »Ihm soll mein Leben gehören. Ihm will ich dienen, bis der Tod mich findet.« Mit diesen Worten sank sie vor dem Goldenen auf die Knie, der diese Unterwürfigkeit sichtlich zu schätzen wusste.

Erhebt Euch, Dame Bidayn. Von nun an seid Ihr die meine, entgegnete der Goldene feierlich. *Ihr wisst, welche letzte Prüfung Ihr zu bestehen habt. Mögen die Alben über Euch wachen, wenn Ihr allein in der Wildnis von Bainne Tyr seid. Es ist Euch nun erlaubt zu gehen. Mag Eure Meisterin, die Dame Lyvianne, Euch helfen, diese Reise vorzubereiten. Wenn das Glück mit Euch ist, sehen wir uns im Jadegarten, Dame Bidayn.*

Heimat

Volodi war glücklich. Er atmete tief ein und genoss den Duft des spätsommerlichen Waldes. Bald würde das erste Laub fallen. Er hatte den Geruch der Eichen vermisst, das trockene Hämmern eines Spechtes in der Ferne. Seine Heimat! So lange war er nicht mehr hier gewesen. Es war ein guter Tag. Über ihrem Weg wölbten sich Eichen und Buchen zu einem dichten Dach, durch das nur vereinzelt Sonnenspeere herabstießen, um den Wald in ein magisches Licht zu tauchen.

Schneeschwingen, die großen, weißen Schmetterlinge, die im Sommer über die fetten Kuhweiden gesegelt waren, tanzten in dichten Schwärmen ihren Todesreigen in den Säulen aus goldenem Licht. Sie würden die ersten kalten Nächte, die nicht mehr fern waren, nicht überleben.

Quetzalli ging neben ihm. Mit weiten Augen folgte sie jeder Bewegung im lichten Unterholz. Sie hatte ihm verständlich gemacht, dass in ihrer Heimat der Wald die Unvorsichtigen fraß. Ganz offensichtlich traute sie dem Wald Drusnas trotz seiner Beteuerung, dass es hier anders sei, nicht. Sie fror, obwohl noch nicht einmal der Herbst angebrochen war. Der Winter würde hart für sie werden, dachte Volodi. Zapote schien ein warmes Land zu sein. Er hatte ihr nicht begreiflich machen können, was Schnee war. Er würde gut auf sie achten müssen. Sie trug ein schönes Kleid aus rotem Leinen. Er hätte ein Wollkleid für sie wählen sollen oder wenigstens einen wollenen Umhang.

Volodi mochte es, sie einfach nur anzuschauen. Sie hatte ihren Stolz wiedergefunden, ging sehr gerade und auf eine Art, die zeigte, dass sie aus einer Familie stammte, die es gewohnt war zu herrschen. Mataan hatte sich als überraschend großzügig erwiesen, als er sie beide für die Rückkehr nach Drusna ausgestattet hatte. Der Fischerfürst hatte Volodi überrascht. Er hatte immer das Gefühl gehabt, dass Mataan für Söldner nichts übrighatte. Er hatte sich in ihm getäuscht.

Quetzalli trug breite goldene Armreife und eine Kette aus goldgefasster Jade. Wie eine Fürstin sah sie aus. Volodi freute sich darauf, wie sie am Hof seines Vaters bestaunt werden würde. Bald würde sie seine Sprache gelernt haben, und er malte sich aus, wie sie faule Mägde mit der Drohung erschreckte, ihnen das Herz herausschneiden zu wollen. Er grinste gut gelaunt.

»Du glücklich?«, fragte Quetzalli leise.

»Glücklich, mit dir hier zu sein. Mein Vater wird ganz schön staunen, wenn er sieht, dass sein jüngster Sohn, von dem er nie mehr als Ärger erwartet hat, mit einer Prinzessin nach Hause kommt.«

»Ich nicht Prinzessin«, sagte sie ernst.

Volodi lächelte breit. »Aber das wissen die anderen ja nicht. Sie werden uns glauben, was immer wir ihnen sagen.«

»Ich nicht Prinzessin«, wiederholte Quetzalli.

»Und wenn du die niederste Dienstmagd wärst, wäre ich immer noch stolz, dass du meine Frau bist. Du bist das Beste, was mir in meinem Leben begegnet ist.«

Quetzalli sah aus, als wolle sie etwas sagen, fand aber nicht die richtigen Worte. Er kannte dieses Gefühl nur zu gut. In Aram war er ein stammelnder Idiot gewesen. Oft hatte er sich unverstanden gefühlt. Volodi nahm Quetzalli fest in die Arme. »Ich kann in deinem Herzen lesen, meine Schöne. Wir werden keine Worte brauchen.«

Plötzlich wurde ihm bewusst, dass er Quetzalli mit aller Kraft gegen seinen Bronzekürass quetschte. Er lockerte die Umarmung. Sie strahlte ihn an. Volodi grinste verlegen. Er war noch nie so glücklich gewesen.

Auch ihn hatte Mataan zum Abschied reich beschenkt. Er trug einen prächtigen Bronzepanzer, auf dessen Brust der Löwe Arams prangte. Die Augen der Bestie waren aus Bernstein, mit geschlitzten Pupillen aus Onyx. Es war die Rüstung eines Feldherrn. Zwei schmale, goldbeschlagene Schwertgurte aus rotem Leder kreuzten sich über seiner Brust, sodass die Griffe der Waffen über seinen Schultern aufragten. Es waren beides Eisenklingen aus Luwien. Am Gürtel um seine Hüften hing ein schöner Helm mit weißem Rosshaarbusch, und seine Schienbeine wurden von fein gearbeiteten Beinschienen geschützt, die über den Knien in Löwenköpfen mündeten. Sein Bruder würde blass vor Neid werden, wenn er die Rüstung und die Waffen sah.

Er würde ihm eines der beiden Schwerter schenken.

Sie erreichten den Waldrand, und Volodi ließ den Blick über die Felder auf der weiten Lichtung schweifen. Das meiste Korn war schon eingefahren worden. Nur wenige Feldarbeiter waren noch zu sehen. In einiger Entfernung trieb ein junges Mädchen einen Schwarm Gänse über eine Weide und sah neugierig zu ihnen hinüber. Inmitten der Felder, auf einem flachen Hügel, erhob sich das Langhaus seines Vaters, das von einer hölzernen Palisade umringt wurde. Ställe und Gesindehäuser umgaben die Halle, die mit goldenem Stroh gedeckt war. Ganz offensichtlich war das Dach erst in diesem Sommer erneuert worden. Es stand erstaunlich wenig Vieh auf den Weiden nahe beim Herrensitz. Ob es wieder Ärger mit irgendwelchen Räubern gab?

»Das ist mein Zuhause«, erklärte Volodi stolz.

Quetzalli ließ sich Zeit, die weite Lichtung und alles, was sich darauf befand, in sich aufzunehmen. Dann kniete sie nieder, riss ein Grasbüschel aus, roch daran und rieb die schwarze Erde, die von den feinen, weißen Wurzeln hing, zwischen den Fingern. »Land gut«, sagte sie schließlich.

Er mochte ihre direkte Art. »Ja, das Land ist wirklich gut«, sagte er lächelnd. »Hier wachsen Korn und Kinder.«

Jetzt lächelte auch sie.

Volodi sah, dass man beim Herrenhaus auf sie aufmerksam geworden war. Am Durchgang der Palisade sammelte sich ein kleines Trüppchen von Feldarbeitern und Gesinde. Es mussten wirklich unruhige Zeiten sein. So misstrauisch waren die Leute seines Vaters nicht gewesen, als er gegangen war.

Mit kräftigen Schritten ging Volodi den Männern und Frauen entgegen. Seine Verletzung durch den Pfeil war gut verheilt und bereitete ihm kaum noch Schmerzen. Quetzalli hielt sich leicht hinter ihm. Ihr war nicht entgangen, dass etwas nicht stimmte.

»Wer bist du?«, rief ein kleiner, schwarzhaariger Kerl, der die Gruppe anführte. Volodi erinnerte sich noch gut an ihn. Es war Vadim, der Wagenlenker seines Vaters.

»Na, Vadim, prügelt dich immer noch dein Weib, wenn sie schlechte Laune hat? Hast du so viele Schläge auf den Kopf bekommen, dass du den Sohn deines Herrn nicht mehr erkennst, wenn er vor dir steht?«

Vadim hatte eine große, streitsüchtige Frau geheiratet und war seitdem abwechselnd verspottet oder bedauert worden. Sie hatte das Sagen in seinem Leben, aber sie schien die Richtige für ihn zu sein, denn er hatte nie rebelliert. Nicht einmal, wenn er ab und an mit einem blauen Auge zum Dienst bei seinem Vater erschienen war.

»Du bist Volodi?« Der kleine Mann musterte ihn ungläubig. »Deine Haut ist so dunkel. Du bist auch größer als der Sohn unseres Herrn.«

»Vielleicht bist du ja kleiner geworden, Vadim. Hast du vergessen, du musstest zu mir aufblicken, seit ich dreizehn bin.« Er wandte sich an den bulligen Schildträger seines Vaters, der hinter

Vadim stand. »Was ist mit dir, Grisha? Erkennst du mich auch nicht? Was macht dein Bein? Im Frühling, als ich gegangen bin, hatte dich ein Eber auf der Jagd erwischt, und du hast gehinkt wie ein Greis. Und du, Mila? Sind deine Zwillinge groß geworden? Als wir uns zum letzten Mal gesehen haben, hast du dich beschwert, wie sie dich beißen, wenn sie an deinen Brüsten liegen.«

»Er ist es wirklich«, rief Grisha mit seinem tiefen Bass. Er schob den Wagenlenker Vadim zur Seite und schlang seine mächtigen Arme um Volodi. »Junge …« Er schniefte. »Gut, dass du wieder da bist. Wir hatten schwere Zeiten.«

Jetzt traten auch die anderen näher, klopften ihm auf die Schulter und bestaunten seine Rüstung und seine Waffen. »Bist ein reicher Mann geworden«, murmelte Grisha. »Hattest einen großzügigen Soldherrn, was?«

»Ich bin der Hauptmann der Leibwache des Unsterblichen Aaron«, erklärte Volodi stolz. »In der Schlacht auf der Hochebene von Kush habe ich dreihundert Streitwagen angeführt. Ich war auch in Nangog und bin mit einem Schiff über den Himmel geflogen.«

»Schön, dass du reich geworden bist. Einen Helden hätten wir hier auch gut gebrauchen können«, schimpfte Vadim.

»Genau, einen Helden.« Volodi lachte. Vadim hatte sich nicht geändert. Vor seinem Weib kuschte er, aber bei jedem anderen hatte er ein freches Mundwerk. »Zwei Helden in einem Langhaus sind einer zu viel.« Er sah sich um. »Wo steckt Bozidar?«

Alle verstummten, ja, sie wichen plötzlich seinem Blick aus.

»Was ist los?«

»Du hast es nicht gehört?«, begann Vadim.

»Was lauft ihr da zusammen wie ein Haufen Hühner? Habt ihr keine Arbeit mehr?«

Die harte, alte Stimme hätte Volodi unter Tausenden erkannt. Seine ganze Kindheit hatte sie ihm Angst gemacht. Selbst jetzt jagte ihr Klang ihm einen Schauer über den Rücken. Es war sein

Vater – Ilja, der Herrscher über diese Lichtung und über die Wälder in Umkreis eines Tagesritts. Er war ein harter Mann, der nie einen Hehl daraus gemacht hatte, dass sein Herz nur seinem Erstgeborenen Bozidar gehörte. Was immer Volodi auch geleistet hatte, an seinen Bruder hatte er nie herangereicht. Für seinen Vater war er nicht mehr wert gewesen als der Dreck unter den Fingernägeln.

Das Gesinde und die alten Kampfgefährten seines Vaters traten zur Seite, sodass er den Alten sehen konnte. Er stand unter der Tür des Langhauses, ein großer Mann mit einem mächtigen weißen Schnauzbart, der sein Gesicht in zwei Hälften teilte. Das Alter hatte ihm die Muskeln weggeschmolzen. Er war drahtig, seine faltige Haut wettergegerbt. Unnachgiebig wirkte er, als hätten die Jahre ihn härter und härter gemacht.

»Komm näher, Krieger!«, befahl er.

War es ein gutes Zeichen, dass sein Vater ihn noch nicht erkannt hatte? Volodi ging ihm entgegen, Quetzalli blieb an seiner Seite. Spürte sie seine Anspannung? Er hatte ihr nie von seinem Vater erzählt. Davon, wie sehr er ihn immer enttäuscht hatte.

»Volodi.« Er klang nicht überrascht. Seine Stimme war nicht zu deuten.

»Vater«, entgegnete er knapp. »Du hast dich gut gehalten.«

Iljas Wangen zuckten. Das war schon früher kein gutes Zeichen gewesen. Schon hatte er seinen Vater wieder verärgert, und wie meist hatte er nicht die geringste Ahnung, womit.

»Du hast es dir in der Fremde also gut gehen lassen.« Ilja maß die Rüstung mit verächtlichem Blick. »Was ist das für ein Tier mit Katzenaugen?«

»Ein Löwe.«

»Was ist das? Hast du vergessen, woher du kommst? Eine Katze als dein Zeichen zu führen …« Er spuckte ihm vor die Füße. »Was bist du? Ein Krieger zum Streicheln, dass du dich mit einer Katze vergleichst.«

Nichts hatte sich verändert, dachte Volodi bitter. »Der Löwe ist das Zeichen Arams. Der Devanthar dieses Reiches hat ein Löwenhaupt. Löwen sind stolze und mächtige Raubtiere.«

»Bist du ein Sohn Arams geworden? Hast du dich deshalb so lange nicht mehr blicken lassen? Hast du vergessen, dass wir dem alten Bären dienen? Er wird es nicht mögen, wenn du mit so einer Rüstung durch seine Wälder läufst. Hättest sie dalassen sollen, wo du hergekommen bist.« Er bedachte Quetzalli mit einem abfälligen Blick. »Und was macht die Schlampe hier? Hast du dir eine Ischkuzaia-Sklavin ins Bett geholt? Wundert mich nicht. Richtige Weiber lachen sicher über einen Katzenmann.«

»Böser, alter Mann!«, sagte Quetzalli aufgebracht und funkelte ihn so wild an, als wolle sie ihm das Herz aus der Brust reißen. Dann spuckte sie ihm vor die Füße.

Sein Vater war für einen Augenblick sprachlos. Volodi fing seine Hand mitten im Schlag. Er war überrascht, wie leicht es ihm fiel, die zur Faust geballte Rechte seines Vaters niederzudrücken. Früher war er ihm immer so unüberwindlich erschienen. »Quetzalli war eine der höchsten Priesterinnen in ihrem Volk. Sie hat in Zapote den Rang einer Prinzessin. Du wirst dich ihr gegenüber benehmen, für eine Nacht. Dann sind wir fort.«

»Kneifst du also wieder den Schwanz ein?«, knurrte sein Vater. »Das war ja schon immer deine Art.«

»Es ist unmissverständlich, wie sehr dich mein Besuch freut. Ich verstehe. Du hältst deinen Stuhl für Bozidar warm. Ich werde euch beiden nicht in die Quere kommen. Soll er über ein Dutzend Kühe und alte Männer herrschen.«

»Du weißt nichts über deinen Bruder?«

»Was müsste ich über ihn wissen? Dass er dein Liebling ist? Ich habe begriffen, dass sich in all den Jahren nichts geändert hat.«

Ilja trat zur Seite und gab ihm ein Zeichen, in die Halle einzutreten. »Du solltest deinen Bruder begrüßen.«

Einen Moment war Volodi versucht, sich seinem Vater zu verweigern. Sollte Bozidar doch zu ihm kommen! Überhaupt, warum ließ sich sein Bruder nicht blicken? Nur weil er mit Bozidar selten Streit gehabt hatte, gab er nach und trat ein. Seinem Bruder war es meist unangenehm gewesen, dass ihr Vater sie so unterschiedlich behandelt hatte.

In der großen, lichtlosen Halle hatte sich nichts verändert. Ihr Boden bestand aus gestampftem Lehm. In der Mitte war eine lange Feuergrube ausgehoben. Die hohe Decke war von Ruß geschwärzt. Der schwere Duft von frischem Sommerheu, das bei den Schlafplätzen liegen musste, hing in der Luft. Dort, wo die Dachschräge auf den Lehmboden traf, waren mit Balken und Wolldecken kleine Nischen abgetrennt, in denen das Gefolge seines Vaters schlief. Am Ende der Halle, dort, wo auf einem niedrigen Sims der hohe geschnitzte Lehnstuhl Iljas stand, waren die Schlafnischen der Familie.

»Rieche Tod hier«, sagte Quetzalli sehr leise.

Volodi roch nichts Ungewöhnliches. Neben dem Geruch nach Heu stank es nach Rauch, kaltem Fett und vergossenem Honigwein. So wie immer schon. Es war dunkel in der Halle. Das einzige Licht fiel durch die breite, zweiflügelige Eingangstür und den Rauchabzug unter dem Dachfirst. Alles war wie immer.

Ilja ließ sich stöhnend neben einer der Nischen nieder und zog den Vorhang zur Seite. Im Heu dahinter lag ein alter Mann. Seine Augen waren nach innen verdreht und zeigten nur noch das Weiße. Sabber troff ihm aus dem Mundwinkel über lange, schlohweiße Bartstoppeln. Er schien nur aus faltiger Haut und Knochen zu bestehen.

Volodi hatte den Mann nie zuvor gesehen. »Wer ist das?«

»Bozidar«, sagte Ilja mit brechender Stimme. »Das ist Bozidar.«

Volodi hatte immer schon Probleme mit den makaberen Scherzen seines Vaters gehabt. Doch das hier war das Abgeschmackteste, was sich der Alte je geleistet hatte. »Das reicht! Ich gehe!«

Quetzalli strich dem Greis über den Kopf. »Hat Dunkel berührt«, sagte sie betroffen. »Bleib, Wohl-Odi.«

Er verstand nicht mehr, was hier vor sich ging.

»Was soll das heißen, ›hat Dunkel berührt‹?«, fragte sein Vater sichtlich aufgewühlt.

Quetzalli rang mit den Worten. »Von weit gekommen … hat Leben gestohlen«, sagte sie schließlich.

»Verdammt, kann die Schlampe nicht vernünftig reden?«, fluchte Ilja. »Was soll das heißen? Ich verstehe nicht, was sie meint.«

Volodi betrachtete den Mann, der sein Bruder sein sollte und um mindestens ein Jahrzehnt älter aussah als sein Vater. »Du glaubst wirklich, dass das Bozidar ist?«

»Er ist es! Er ging in den Geisterhain, um sich von den Seelen der Erschlagenen loszusagen. Dort ist irgendetwas geschehen … Als er noch klarer bei Verstand war, hat er manchmal von einem wunderschönen Weib gesprochen, das er dort getroffen haben will. Es muss eine Hexe gewesen sein! Sie hat das aus ihm gemacht.« Er seufzte voller Schmerz und Verzweiflung. »Er hat dieselben Narben wie dein Bruder. So unglaublich es ist, es ist wahr.« Er blickte zu dem alten, hölzernen Thron. »Du musst bleiben, Junge. Nach mir gibt es niemanden außer dir, der über Drei Eichen herrschen wird.«

»Jetzt soll ich bleiben?« Er schüttelte den Kopf. »Bei dem Empfang.«

»Ich werde dich nicht anbetteln, bockiger Mistkerl. Du bist mein Sohn, mein Erbe. Tu verdammt noch mal, was deine Pflicht ist! Du hast immer alles versaut. Mach es dieses eine Mal richtig!«

Volodi traute seinen Ohren nicht. »Ich habe alles versaut? Ich konnte dir nie etwas recht machen. Warum glaubst du, dass es jetzt besser klappen sollte.«

»Du hast keine Wahl. Dein König hat dich und diese Schlampe von seinem Hof verjagt, nicht wahr.«

»Nenn Quetzalli noch einmal Schlampe, und du siehst mich in deinem ganzen Leben nicht mehr wieder. Sie ist mein Weib, und du wirst sie gefälligst mit Respekt behandeln.«

»Ihr beide könnt nirgendwohin. Warum sonst solltest du nach all den Jahren wiedergekommen sein? Doch wohl kaum, weil du mich vermisst hast. Erzähl mir also nichts. Du hast es auch bei deinem Katzenkönig verbockt. So wie immer.«

Volodi war kurz davor, auf seinen Vater einzudreschen. »Komm, Quetzalli. Dies ist nicht unser Zuhause. Ich habe mich geirrt. Gehen wir.«

Quetzalli legte ihm sanft die Hand auf den Arm und schüttelte den Kopf.

»Na also«, triumphierte sein Vater. »Die Schl… dein Weib hat begriffen, dass es für euch keinen anderen Platz gibt. Weiber verstehen eben schneller, wo sie hingehören.«

»Du bist es nicht, der versteht, Vater. Ich habe mir in der Fremde einen Namen gemacht. Ich bin Volodi, der über den Adlern schreitet, Hauptmann der Zinnernen. Jeder Unsterbliche wird mich an seinem Hof willkommen heißen.« Er blickte zu dem Thron. »Ich habe lange aufgehört, davon zu träumen, einmal auf diesem alten Stuhl zu sitzen. Er bedeutet mir nichts mehr.«

Ilja stemmte sich stöhnend hoch und schlug ihm überraschend mit der flachen Hand vor den Brustpanzer. »Hör auf das Herz, das unter dieser verdammten Katzenfresse schlägt. Das weiß genau, wo dein Platz ist, du störrischer Esel. Du hättest hier kämpfen sollen statt für diesen Katzenkönig in der Fremde. Wir hätten hier jedes Schwert gebrauchen können. Zwei Kriege haben wir gegen die verfluchten Valesier geführt. Leon, dieser verdammte trurische Feldherr des Unsterblichen Ansur, hat uns derart in den Arsch getreten … Möge er in der Gosse verrecken, auf dass die Straßenköter ihm die Eingeweide herausreißen! Die Hälfte unserer jungen Männer hat er ins Grab gebracht. Wir sind am Arsch! Wir haben die besten Landstriche im Westen verloren. Und damit seine Horden nicht durch die Wälder ziehen und unsere Ahnenhaine plündern, zahlen wir den Valesiern jetzt Tribut. Zehn Kisten voller Gold, alle drei Monde! Wir haben Frieden, aber diese Hunde haben immer noch nicht damit aufgehört, unser Land auszubluten. Hier hättest du kämpfen sollen, verdammt noch mal. Und jetzt sag mir noch einmal, wie dein Weib heißt, damit ich sie mit einem Namen ansprechen kann.«

»Quetzalli.«

»Was? Was für eine Art Name ist das denn? Ketz… Ketza… Verdammt noch mal, ich verbiegt mir doch nicht meine alte Zunge.« Er sah auf Quetzalli hinab. »Alli nenn ich dich. Das muss reichen.«

»Wir bleiben. Regeln!«, entgegnete Quetzalli, ohne sich darum zu scheren, wie sein Vater ihren Namen verstümmelte. »Eins. Wir schlafen eigenes Dach. Zwei. Ich nicht Dienerin. Drei. Du Respekt Volodi. Wenn nicht geht, wir gehen.«

»Mir hat noch nie ein Weib unter meinem Dach gesagt, was ich zu tun habe!«, knurrte sein Vater sie an.

»Dann heute Anfang!«, sagte sie entschieden und verließ die Halle.

Für Drusna

Volodi stützte sich schwer auf seinen Dreschflegel und atmete keuchend. Er war schweißgebadet, sein Körper mit goldener Weizenspreu bedeckt. Sie hatten das letzte Korn von den Feldern eingefahren, und den ganzen Morgen stand er nun schon auf der Tenne und drosch mit wuchtigen Hieben die Körner aus den Ähren. Er hatte diese Arbeit früher schon verrichtet, konnte sich aber nicht erinnern, sich dabei je so müde gefühlt zu haben. Auch stach seine Pfeilwunde in der Brust jetzt wieder heftiger. Klug wäre es, sich Ruhe zu gönnen, aber der Winter kam schnell in den Wäldern und auf Drei Eichen wurde jede helfende Hand gebraucht.

»Na, großer Krieger, richtiges Tagwerk bist du wohl nicht mehr gewohnt.« Auch Grisha hatte in seiner Arbeit innegehalten. Der alte Schildträger seines Vaters nahm einen tiefen Schluck aus seinem Lederschlauch und spritzte sich ein wenig Wasser auf seine weißhaarige Brust, auf der goldene Grannen und Stängelteile glänzten.

»Ist harte Arbeit«, entgegnete Volodi ein wenig atemlos.

Grisha warf ihm den Lederschlauch herüber. »Trink etwas, das hilft. Du kennst ja den Spruch: Liegst nach der Tenne auf dem Rücken, kein Weib kann dich beglücken.« Der Alte grinste breit. »Und morgen wird es noch schlimmer. Wenn du aufwachst, wirst du glauben, dass du keines deiner Glieder mehr bewegen kannst.«

Volodi wischte sich mit dem Arm den Schweiß von der Stirn. Er war vor einigen Tagen im Geisterhain gewesen, um den Stimmen der Ahnen zu lauschen und die Seelen der Erschlagenen hinter sich zu lassen. Zu lange hatte er sich nicht mehr gereinigt. Zu viele Tote galt es zu vergessen. Der Priester hatte ihm ins Gewissen geredet, dass er oft wiederkehren müsste, bis seine Schuld an den Toten beglichen sei. Dabei war schon der eine Weg zum Geisterhain schwer gewesen. Zwei Tage hatte er mit seinem Vater darüber gestritten. Der Alte hatte Angst gehabt, dass es ihm wie Bozidar ergehen würde. Sein Bruder war auf dem Rückweg vom Geisterhain von der Daimonin überfallen worden, die ihm sein Leben gestohlen hatte. Ilja konnte sich einfach nicht damit anfreunden, dass er nicht Bozidar war, dachte Volodi leicht verärgert. Er hatte ein anderes Schicksal als sein Bruder. Er musste sich anderen Versuchungen stellen.

Er sah hinüber zu der kleinen Hütte, die er mit Quetzalli bewohnte. Sie saß eingemummt in ein Wollkleid und eine Decke in der Sonne und rupfte einen schwarzen Hahn. Golden schimmerten ihre Armreife. Auch wenn sie einfache Kleidung trug, mochte sie ihren Schmuck nicht ablegen. Sie hatte verstanden, dass die meisten Drusnier sie für eine Sklavin aus dem Reitervolk der Ischkuzaia hielten. Von den Zapote hatte hier noch nie jemand etwas gehört. Ihr Reich war einfach zu fern.

Vielleicht wollte Quetzalli mit den Armreifen einfach nur deutlich machen, dass sie keine Sklavin war. Keine Sklavin trug Gold. Sie schien seinen Blick gespürt zu haben. Plötzlich sah sie auf, lächelte und winkte ihm zu. Allein, sie so zu sehen, schenkte ihm neue Kraft. Er würde sich an das Leben hier gewöhnen.

»Lässt du uns mal ein Weile allein, Grisha?«, erklang die Stimme des Vaters hinter seinem Rücken.

Der alte Schildträger sah ihn beschwörend an, nicht schon wieder einen Streit mit seinem Vater zu beginnen. Dann zog er sich in den Schatten des Langhauses zurück.

»Ich muss mit dir reden, Junge.«

Volodi drehte sich mit einem Seufzer um. Sein Vater hatte dunkle Ringe unter den Augen. Er sah müde aus. Auch ihn zermürbten ihre Streitereien. »Dein Weib, sie macht den Leuten hier Angst.«

Volodi lächelte spöttisch. »Dann schlägt sie ja ganz nach dir.«

»Zieh nicht alles ins Lächerliche. Es ist eine Sache, ob ich jemanden anschreie oder ab und zu den Knüppel tanzen lasse, wenn es sein muss. Mit deinem Weib ist das anders ...«

»Ich kann mich noch gut erinnern, wie du den jungen Stepan dort vorne am Tor gehenkt hast. Und das nur, weil er einen Krug voller Weizen für seine alte Mutter gestohlen hatte.«

»Der Bastard hatte mir keine Wahl gelassen«, brauste sein Vater auf. »Es ist eine Sache, ob er während der Erntezeit einen Scheffel Weizen stiehlt oder ob er es zu Beginn eines Frühlings tut, in dem alle Hunger leiden. Wenn du erst auf meinem alten Stuhl sitzt und der Herr von Drei Eichen bist, dann wirst du besser verstehen, was ich meine.«

»Komm zur Sache. Was stört dich an Quetzalli?«

»Mich stört, dass sie kein vernünftiges Weib von hier ist. Aber das tut nichts zur Sache.« Er senkte die Stimme, was sonst so gar nicht seine Art war, und schlug das schützende Horn. »Mila hat sie heute Morgen gesehen. Wie sie diesen verdammten, schwarzen Hahn geschlachtet hat. Das war unheimlich.«

»Einen Hahn zu schlachten? Nur weil er schwarz ist?« Volodi lachte laut auf. »Seit wann schreckt dich das abergläubische Geschwätz von Weibern? Was ist schon dabei, einem Hahn im Morgengrauen den Kopf abzuhacken?«

»Wenn sie es so getan hätte, ganz sicher nichts. Aber so wie Mila es erzählt hat, hat sie sich vor den Hahn gesetzt, bis er freiwillig zu ihr kam, und dann hat sie ihm das Herz aus der Brust gerissen und es in einer kleinen Kupferschale hinter eurem Haus verbrannt. Mila hält sie jetzt für eine Hexe, und sie hat die Geschichte schon herumgetratscht. Das wird es für euch beide nicht einfacher machen, hier Fuß zu fassen. Warum tut diese Schl... dein Weib so was?«

Volodi war sich auch nicht sicher. »Für die Gefiederte Schlange vielleicht?«

»Eine Schlange mit Federn? Was soll das sein?«

»Ihr Devanthar.« Er dachte daran, wie er auf dem Altar gelegen und die schreckliche Kreatur aus dem Blutsee auftauchen gesehen hatte. »Ich werde mit ihr reden. Sie soll besser darauf achten, dass ihr niemand mehr zusieht.« Plötzlich musste Volodi lächeln. Die Lösung war noch viel einfacher. »Außerdem hatten wir doch nur einen schwarzen Hahn. Es wird also nicht wieder vorkommen.«

»Der Große Bär mag es nicht, wenn man in seinen Wäldern irgendwelche Schlangen anbetet«, sagte Ilja kühl. »Mach das deinem Weib klar und ...« Am Waldrand erschien ein Trupp Reiter. Sein Vater fluchte.

»Wer ist das?« Die Reiter kamen geradewegs auf das Gehöft zu.

»Krieger im Auftrag des Unsterblichen Iwar, unseres geliebten Herrschers. Und bei ihnen ist Alba, der Schiss einer räudigen Gossenkatze. Er ist der Berater der Steuereintreiber unseres Unsterblichen. Er schlägt vor, was benötigt wird, in welcher Form die Steuern einzutreiben sind, wie hoch sie sein sollen. Das sind natürlich nur Vorschläge. *Er* stiehlt keine Kuh, streckt die Hand in keine Truhe. Das tun nur die Männer des Unsterblichen Iwar. Sie spielen uns vor, dass unser Herrscher die Abgaben eintreibt, die wir Valesia seit unserer letzten Niederlage zu entrichten haben. So wird der Schein gewahrt.

In Wahrheit aber liegen alle Entscheidungen bei Alba. Und auch wenn er sich ganz in Weiß kleidet, hat er eine schwarze Seele. Es macht ihm Spaß, uns zu schikanieren. Seine beiden Söhne sind im Kampf gegen Drus gefallen. Er lässt keine Gelegenheit aus, uns dafür büßen zu lassen. Ich werde mit ihm reden. Du hältst dich von ihm fern, Volodi. Er ist ein übler Geselle.«

Volodi dachte gar nicht daran. »Es gibt eine Menge Leute, die mir auch nachsagen, ein übler Geselle zu sein. Es wird interessant sein, Alba zu begegnen.«

»Ich rede!«, sagte Ilja entschieden. »Du stehst neben mir und hältst dein Maul. Versuch ein wenig zu sein wie dein Bruder Bozidar.«

Ich soll wie ein sabbernder, alter Greis sein, dachte Volodi und schämte sich augenblicklich. Bozidar war nicht schuld daran, dass ihr alter Vater in ihm immer noch seinen Liebling sah.

Ilja ging ihm voran zum Tor in der Palisade. Die Reiter drangen bereits ins Gehöft ein, bevor er sich ihnen in den Weg stellen konnte. Alba wurde von drei Kriegern begleitet, von denen jeder ein Packpferd am Zügel führte. Plünderer, war Volodis erster Gedanke. Solche Männer hatte er ausgeschickt, um seine Truppen auf dem Streifzug zu den geheimen Schmieden Luwiens mit Vorräten aus dem Land zu versorgen. In einem Schildwall würden sie nicht ihren Mann stehen. Sie waren verschlagen, kämpften nur, wenn sie sich stärker fühlten oder ihre Gegner überraschen konnten und waren sehr schnell wieder verschwunden, wenn sie auf ernsthaften Widerstand stießen. Die drei trugen Schuppenpanzer aus Bronze. Ihre Rüstungen waren schlecht gepflegt. Grünspan und Dreck hatten sich zwischen den einzelnen Bronzeplättchen abgelagert. Um Kinder und Greise zu erschrecken, waren sie die Richtigen. Ihn beeindruckten sie nicht.

»Ich grüße dich, Ilja, Fürst von diesem Misthaufen.« Alba hob flüchtig die Hand zum Gruß. Er war einmal ein Krieger gewesen, dessen war sich Volodi sicher. Der alte Mann, der die Steuereintreiber anführte, hielt sich gut im Sattel. An seiner Seite hing ein langes Schwert. Volodi schätzte, dass es eine Eisenklinge war.

»Auch ich grüße dich, Alba, Fürst von gar nichts«, entgegnete sein Vater, und in diesem Augenblick war Volodi zum ersten Mal, seit er heimgekehrt war, stolz auf den Alten.

Alba nahm die Beleidigung mit einem Lächeln. »Wenigstens habe ich genug Hirn, noch nie in meinem Leben den Mann herausgefordert zu haben, der festsetzen wird, wie viel Steuern ich dem Unsterblichen Iwar schulde. War der stolze Augenblick es wert, dass deine Leute im nächsten Frühling hungern werden?« Er machte eine Geste in Richtung der abgeernteten Felder. »Und das, obwohl ihr so fleißig die Ernte eingefahren habt?«

Iljas kleines Gefolge versammelte sich vor dem Tor der Festhalle. Misstrauisch und ängstlich verfolgten sie, was geschah. Auch Quetzalli hatte ihren Platz vor der Hütte verlassen. Sie stellte sich an Volodis Seite und griff nach seinem Arm. Es tat gut, ihre Berührung zu spüren.

Volodi versuchte, vom Äußeren des Mannes, der gekommen war, um sie auszuplündern, ein Bild seiner Seele zu gewinnen. Alba ritt einen Schimmel. Er trug sein weißes Haar schulterlang und bändigte es mit einem schmalen Silberreif. Er war glatt rasiert, sein schmales Gesicht wurde von hellgrünen Augen beherrscht. Eine leicht gebogene Nase wölbte sich über schmale Lippen, deren Mundwinkel nach unten wiesen, als habe er vor Langem das Lächeln aufgegeben, das im Herzen geboren wurde. Es war ein hartes

Gesicht, und Volodi entschied für sich, dass es nicht klug war, diesen Mann zu reizen. Alba wartete nur darauf, einen Anlass zu finden, grausam zu sein.

Nun drehte er sich in seinem Sattel und sah sich um. »Du hast deine Kühe in den Wald schaffen lassen, Ilja. Glaubst du, ich kenne deine Betrügereien nicht? Es ist unendlich ermüdend, tagein, tagaus zu erleben, wie alle kleinen Fürsten dasselbe tun und sich dabei noch für klug halten. Glaubst du, ihr seid klug, Ilja?«

»Wäre es klug, darauf eine Antwort zu geben?«, entgegnete Ilja mit einer Glattzüngigkeit, die Volodi seinem Vater nicht zugetraut hätte.

Alba schmunzelte. »Du wirst mir zehn fette Kühe geben und hundert Scheffel Weizen. Und heb etwas von deinen Schätzen auf. Vor der Wintersonnenwende werde ich noch einmal wiederkommen.« Der Valesier wendete sein Pferd und blickte auf Quetzalli herab.

»Du bist ja reicher, als ich dachte, Ilja. So ein Weib hab ich noch nie gesehen. Ist das eine Konkubine vom Seidenfluss? Du solltest sie besser einkleiden, Ilja. So kommen ihre Reize gar nicht zur Geltung.«

Volodi griff sich über die Schulter, doch er trug kein Schwert.

»Ich werde doch noch ein wenig bleiben, Ilja. Wo hat der Fürst dieses Misthaufens denn sein bestes Bett stehen?«

»Ich kann sie dir nicht überlassen, Alba. Sie ist nicht mein. Sie ist die Gemahlin eines Reisenden.«

Volodi traute seinen Ohren nicht. Was sollte das werden? Ilja bat ihn mit einem flehenden Blick still zu bleiben.

»Eines Reisenden?«, wiederholte der Valesier spöttisch. »Und wo ist der gute Reisende, der sich so weit abseits aller bedeutenden Straßen bewegt, die durch diese verfluchten Wälder führen. Wieder verreist? Erzähl mir nichts, Ilja. Ich weiß um die Torheiten alter Männer, schließlich bin ich selbst einer. Sich ein junges Weib ins Bett zu holen ist nicht so außergewöhnlich. Nur die Wahl, die du getroffen hast, ist bemerkenswert. Was trägt sie denn da? Ist das Gold?« Der Valesier schwang sich aus dem Sattel.

»Bitte, ich beschwöre dich, Alba. Der Reisende ist zur Jagd ausgeritten. Er kann jeden Augenblick zurückkehren. Und er ist kein Mann, der duldet, dass jemand seine Frau behelligt.«

Alba schnippte mit den Fingern, und seine Eskorte saß ab. Einer der Krieger packte Ilja. »Nun hör mir mal gut zu, alter Knabe. Erstens befiehlt euch der Friedensvertrag, den der Unsterbliche Iwar unterschrieben hat, eure Schätze künftig mit uns zu teilen. Ich kann mir hier also nehmen, was ich will.« Er hob die Rechte, auf deren Mittelfinger ein großer Siegelring steckte. »Ich trage das Siegel des Iwar. Ich bin ermächtigt, in seinem Namen den Tribut einzufordern, der meinem Volke zusteht. Und dieses Weib soll Teil dieses Tributes sein. Und zweitens, werter Ilja, halt mich bitte nicht für dumm. Es gibt keinen Reisenden, denn die Frau eines Gastes hätte wohl kaum den Morgen damit verbracht, ein schwarzes Huhn zu rupfen. Glaubst du, ich hätte die Federn auf ihrem Kleid nicht gesehen?«

»Du solltest das nicht tun«, mischte sich nun Volodi ruhig ein. »Nimm unsere Kühe und unser Korn und geh oder ...« Zwei Speerspitzen richteten sich auf Volodi. »Oder füttere das Gras für unsere Kühe und unser Korn mit deinem verfaulenden Leichnam unter ihren Wurzeln.«

»Stecht ihn ab und ...«

Volodi schnellte vor. Mit der Linken versetzte er dem Valesier einen Haken und griff zugleich mit der Rechten nach dessen Schwertgriff. Als Alba zurücktaumelte, kam die Klinge frei. Volodi stach sie dem nächststehenden Speerträger durch die Innenseite des Oberschenkels, dorthin, wo die großen Adern lagen. Gleichzeitig packte er mit der freien Hand Alba und zog ihn zu sich heran.

Die beiden überlebenden Leibwachen wichen aus Angst, ihren Herrn zu verletzten, zurück. Volodi setzte ihnen nach, stieß Alba nach vorne und stach einem der Krieger das Eisenschwert durch den Hals. Der andere packte sein Pferd bei der Mähne und schwang sich in den Sattel.

Volodi ließ Alba los, umklammerte den Schwertgriff mit beiden Händen und schmetterte die Waffe mit aller Kraft gegen die Schnauze des Pferdes. Er hörte Knochen und Zähne splittern; Blut quoll aus den Nüstern des Roten, der mit schrillem Wiehern stieg, sodass sein Reiter zu Boden stürzte. Dann stetzte Volodi dem Mann einen Fuß auf die Brust und rammte ihm das Schwert in den Mund, als er um Gnade flehte. Es glitt durch den Nacken bis tief in die weiche Erde. Während der Leibwächter noch zuckte, drehte sich Volodi zu Alba um.

»Ich bin ein reicher Mann«, bettelte der Valesier. »Lass mich leben, und wir können das alles noch im Guten klären. Ich werde nie wieder hierherkommen und Steuern von Ilja abpressen.«

»Stimmt«, sagte Volodi hart, griff mit beiden Händen nach dem Kopf des Valesiers und riss ihn mit einem Ruck zur Seite, sodass sein Genick brach.

Das Gesinde stand sprachlos um die Toten. Vadim, der Wagenlenker seines Vaters, hatte das verletzte Pferd beim Zaum gepackt und redete auf es ein. Der Kampf hatte kaum länger als zwanzig Atemzüge gedauert.

»Du bist ein Daimon«, sagte Ilja fassungslos. »Das ist nicht das Werk eines einfachen Mannes. Was hast du nur getan? Dafür werden wir alle hängen! Glaubst du etwa, Alba sei allein gewesen? Jeden Augenblick kann eine ganze Kolonne Packpferde aus dem Wald kommen, begleitet von Dutzenden Kriegern.«

»Quetzalli«, sagte Volodi ruhig. »Hol meine Rüstung und meine Waffen. Pack ein paar Decken und etwas zum Essen zusammen. Wir gehen in die Wälder.«

»Und das war es?«, fuhr ihn sein Vater an.

Volodi versetzte dem Alten eine rechte Gerade, die ihn mit aufgeplatzten Lippen zu Boden schickte. »Du hast versucht, den

Streit zu schlichten, den der fremde Krieger mit Alba angefangen hat. Ich war hier nur ein Gast und bin nach den Morden in die Wälder geflohen.« Er blickte in die Runde. »Hat das jeder verstanden? Es war nicht Iljas Sohn, der hier gemordet hat, sondern ein durchreisender Söldner. Ihr habt versucht, es zu verhindern. Die besten Lügen enthalten stets ein Körnchen Wahrheit. Erzählt, dass er mein Weib begehrt hat. Ich bin sicher, sie ist nicht die Erste, die er wollte. Die Männer aus seinem Tross werden ihn kennen. Sie werden es glauben.«

Sein Vater rappelte sich auf. »Endlich kämpfst du für Drusna«, sagte er und spuckte Blut. Dann nahm er ihn in die Arme. Zum ersten Mal, seit er heimgekehrt war.

Allein

Nandalee hätte am liebsten laut in die Savanne hinausgeschrien, doch sie wusste, auch das würde ihren Zorn und ihre Enttäuschung nicht lindern. Sie fühlte sich verraten. Schwer atmend rang sie um ihre Fassung. Es war geschehen, sie konnte nichts mehr daran ändern, ganz gleich, was sie tat. Sie schloss die Augen, zwang sich zur Ruhe. Sie spürte, wie Gonvalon den flachen Hügel hinaufkam und auf Armeslänge hinter ihr stehen blieb. Er sagte nichts, berührte sie nicht, wartete einfach ab, im Bewusstsein, dass ihr nicht verborgen geblieben war, dass er hinter ihr stand. Er kannte sie so gut. Er würde sie niemals enttäuschen. Diese Gewissheit half ihr, ihren inneren Frieden wiederzufinden.

»Es geht schon wieder.«

Ihr Zorn schwang immer noch in ihrer Stimme nach und strafte ihre Worte lügen.

»Ich könnte noch ein paar Tage bei dir bleiben«, sagte Gonvalon in einem Tonfall, als würde er es wirklich nicht besser wissen. Sie wandte sich um und lächelte. Es war ihr erstes Lächeln, seit sie in den Jadegarten heimgekehrt war und davon erfahren hatte, dass Gonvalon, Nodon, Eleborn und sie nicht vor den Rat der Himmelsschlangen gerufen würden, um von ihrer Mission zu berichten. Das hatten Lyvianne und Bidayn schon getan. Nandalee war über den Verrat der beiden völlig außer sich gewesen. Gonvalon hatte versucht, sie zu beruhigen, indem er erklärt hatte, dass die beiden nun einmal zuerst zurückgekehrt waren, und die Himmelsschlangen so schnell wie möglich einen Bericht hatten hören wollten.

Rein vom Verstand her konnte Nandalee das sogar nachvollziehen. Aber dass sie nicht vor die Drachen gebeten worden war, schmerzte dennoch. Sie hatte allein Nachtatem berichtet, der sich sehr für Nangogs Reaktion interessiert hatte. Er schien nicht überrascht gewesen zu sein, dass die Riesin sich ihren *Befreiern* gegenüber nicht dankbar gezeigt hatte. Auch was Nandalee über die Größe der Göttin erzählte, beindruckte den Drachen nicht sonderlich, allerdings hatte er viele Fragen nach den grünen Kristallen gestellt.

»Was hältst du von Gazellenbraten an einem Lagerfeuer unter Vollmondhimmel?«

Nandalee sah Gonvalon dankbar an. Wieder hatte er sie aus ihren düsteren Gedanken gerissen.

»Versuche nicht, die Himmelsschlangen zu verstehen«, sagte er mit traurigen Augen. »Ich habe das schon lange aufgegeben. Denkst du noch über einen Pfeil nach, wenn du ihn von der Sehne hast schnellen lassen? So sind wir für sie. Wir sind ihre Pfeile. Hast du dich je bei einem Pfeil bedankt, der einen deiner Feinde tötete?«

»Ich sollte darüber nachdenken«, entgegnete sie lächelnd.

»Und wie steht es nun mit einer romantischen Nacht am Lagerfeuer?«

»Waren wir nicht eben noch beim romantischen Abendessen?«

Er grinste schelmisch. »Ich bin eben ein Mann mit Visionen.«

Nandalee schüttelte entschieden den Kopf. »Es geht nicht, du weißt das. Ich muss diese letzte Prüfung allein bestehen. Du darfst nicht hier sein. Es würde einen Makel auf alles werfen.«

Gonvalon runzelte die Stirn. »Niemand, der mich kennt, wird mich ernsthaft verdächtigen, eine Hilfe zu sein, wenn es darum geht, einen wilden Pegasus zu bändigen.« Er blickte zu Nachtschwinge, der ein Stück entfernt graste. Der Rappe hob den Kopf und sah zu ihnen hinüber. Er war zu weit entfernt, um sie gehört haben zu können, aber er spürte, dass über ihn gesprochen wurde. Es hieß, dass keine Worte mehr nötig waren, wenn ein Drachenelf den richtigen Pegasus fand. Die Gedanken von Ross und Reiter waren eins. Sie verstanden einander ohne Blicke, Befehle oder Gesten.

»Ich habe drei Monde gebraucht, um mit Nachtschwinge zurückzukehren. Länger als die meisten …«

»Und dennoch muss ich auf dich verzichten«, sagte Nandalee liebevoll. »Ich muss es allein tun.«

Gonvalon seufzte. »Und ich musste dich fragen.« Er nahm sie in die Arme. »Bitte mach es besser als ich. Ich kann keine drei Monde auf dich verzichten … «

»Ich brauche eine Zeit für mich allein. Du weißt, ich liebe die Wildnis … Aber zu lange mag auch ich nicht auf dich verzichten.« Was für eine lahme Liebeserklärung, dachte sie betroffen, kaum dass die Worte über ihre Lippen gekommen waren. Sie war nicht gut in solchen Dingen. Sie hatte die Wahrheit gesagt, aber irgendwie hörte sie sich nicht gerade romantisch an. »Ich liebe dich«, setzte sie nach und gab ihm einen Kuss.

Er hielt sie fest, erwiderte ihren Kuss mit einer Leidenschaft, die sie wünschen ließ, er bliebe doch noch eine Nacht bei ihr.

Als Gonvalon sich schließlich von ihr löste, sah er sie mit dem Blick an, den sie so sehr mochte – selbstbewusst und ein wenig schelmisch. »Als ich dir zum ersten Mal begegnet bin und du nackt durch die verschneiten Wälder liefst, verfolgt von einem ganzen Heer von Trollen, hatte ich schon den Verdacht, dass du ein ziemlich wildes Mädchen bist. Ich wünsch dir Glück auf deiner Jagd. Komm schnell in den Jadegarten zurück! Ich warte dort auf dich.« Mit diesen Worten wandte er sich ab, und Nandalee, die sonst so gerne alleine ausgedehnte Jagdausflüge gemacht hatte, fühlte sich plötzlich einsam.

Sie wollte ihm etwas nachrufen. Etwas, das so frech war wie seine letzten Worte. Das von ihrer Liebe sprach … Ihr fiel nichts ein. Ihr Kopf war leer. »Ich liebe dich, Gonvalon«, sagte sie leise. Sein Hintern sah gut aus, dachte sie. Aber das wäre wohl kaum der passende Abschiedsgruß. Warum fiel es ihr so schwer, ganz unbefangen zu sein? Für ihn schien es selbstverständlich wie das Atmen zu sein, ihr Komplimente zu machen. Wenn er sich noch einmal umdrehte und ihr zuwinkte, würde alles gut werden, dachte sie und schalt sich in Gedanken dafür, solchen Albernheiten nachzuhängen.

Er sprang auf den Sattel, schob seine Füße in die Lederschlaufen und nahm die langen Zügel auf. Nachtschwinge preschte los, gallopierte, mit den Flügeln schlagend, gegen den Wind an und erhob sich in den weiten blauen Himmel. Gonvalon flog eine weite Schleife und winkte ihr noch einmal zu.

Zu spät, dachte sie beklommen. Er hätte es tun sollen, bevor er in den Sattel sprang. Das war kein gutes Omen. »Ich liebe dich!«, rief sie aus Leibeskräften, um ihre törichten Gedanken auszulöschen. Er hatte sie nicht mehr gehört. Er sah nicht zurück.

Nandalee sah ihm nach, bis er nur noch ein winziger, schwarzer Punkt am weiten, blauen Himmel über der Savanne war und schließlich ganz verschwand. Dann hob sie ihr Bündel auf. Eine Ledertasche mit ein wenig Salz, Reis, Bohnen und trockenem Brot. Den schmalen Ledersattel, den man benötigte, um auf einem Pegasus stehend reiten zu können, sowie eine Decke, zu einer Rolle verschnürt, Pfeil und Bogen und ihr Schwert Todbringer. Sie hatte lange gezögert, die Waffe mitzunehmen. Sie würde ihr die meiste Zeit nur hinderlich sein. Aber sollte der Rotrücken, der die Pegasi niedergemetzelt hatte, noch einmal ihren Weg kreuzen, würde sie die Waffe brauchen. Sie war sich bewusst, dass sie in sein Revier eindrang. Sie würde vorsichtig sein müssen. Normalerweise machten Drachen keine Jagd auf Elfen, aber dieser war ihr Feind. Er würde sich nicht darum scheren, was als normal galt. Mit einem letzten Blick zum Himmel schulterte sie ihre Last. Sie trug zu viel, sie wusste das. Als Jägerin in den Wäldern Carandamons hatte sie nie so viel Ballast mit sich geführt.

Trotz des schweren Gepäcks und der Gefahr durch den Rotrücken wurde ihr das Herz mit jedem Schritt leichter. Es tat gut, wieder allein in der Wildnis zu sein. Schon bald streifte sie durch das hohe Büffelgras, das nach dem trockenen Sommer eine tief goldene Farbe angenommen hatte. Es überragte sie ein ganzes Stück. Sie konnte kaum zwei Schritt weit sehen. Aus ihrer Heimat war sie es gewohnt, einen weiten Blick zu haben. Selbst in dunklen Fichtenwäldern war das Sichtfeld größer als hier!

Der Wind ließ das Gras leise rascheln. Ein Geräusch, das ihr erlaubte, sich fast lautlos zu bewegen. Hielt der Wind inne, verharrte auch sie. Sie wusste um die Löwen, die hier jagten, die Hyänen, die nach Aas suchten, die Sandvipern und Skorpione. All ihre Sinne waren auf das Äußerste gespannt. Die Wasserstelle, an der der Rotrücken über die Pegasi hergefallen war, lag nur drei Meilen entfernt, aber sie schlug einen weiten Bogen, um sich gegen den Wind zu bewegen, damit Räuber nicht allzu leicht ihre Witterung aufnehmen konnten. Immer wieder blickte sie zum Himmel. Es zeigten sich weder Pegasi noch der Drache.

Als sie die Fährten von Gazellen und einer kleinen Büffelherde kreuzte, die eine Schneise durch das hohe Gras gezogen hatten, hielt sie inne und betrachtete das Land durch ihr Verborgenes Auge. Der Blick auf die magische Welt zeigte ein ganz anderes Bild. Kein Gras versperrte ihr die Sicht. Sie sah die Kraftlinien, die das Land durchzogen, und die Auren der Tiere. Eine halbe Meile entfernt entdeckte sie bei einem aufgegebenen Termitenhügel eine Gruppe von Löwen. Sie hatten gefressen und dösten schläfrig in der Sonne. Von ihnen ging keine Gefahr aus. Aber etwas stimmte nicht. Einige der Kraftlinien vibrierten wie die Saiten eines Instruments, das eben erst angeschlagen worden war. Hier war Magie gewirkt worden, die sich gegen die natürliche Ordnung wandte. Konnte das der Rotrücken gewesen sein? Beherrschte er überhaupt die Kunst des Zauberwebens?

Vorsichtig pirschte Nandalee weiter. Kein Wild war bei der Wasserstelle. Aber nahe dem Gebüsch, in dem sie sich mit Gonvalon versteckt hatte, fand sie einen verlassenen Lagerplatz. Wer immer hier gewesen war, war allein gekommen. Sie fand einen schmalen, recht kleinen Fußabdruck. Eine Elfe?

Nandalee sah die ins Erdreich gegrabene Feuergrube. Alle Glut war längst verloschen – der Lagerplatz war seit mindestens einem Tag verlassen. Der Ort für die Feuerstelle war nicht gut gewählt. Trotz der Grube musste man den Widerschein der Flammen weit gesehen haben. Nur ein paar Schritt weiter gab es eine Senke, die ein viel besserer Lagerplatz gewesen wäre.

Nandalee legte Sattel, Decke und den Proviantbeutel ab, dann folgte sie der Spur, die zum Wasserloch führte. Wer immer hier gelagert hatte, hatte entweder meisterhaft seine Fährten verwischt oder war nur ein einziges Mal zum Wasser hinabgegangen. Die Jägerin hielt inne. Die Sonne küsste den Horizont. Es würde schnell dunkel werden. Da die Spuren im Schlamm leicht zu lesen waren, entschied Nandalee, zunächst in einem weiten Kreis um den Lagerplatz zu gehen und dort nach weiteren Fährten zu suchen.

Die einzige Spur, die sie fand, kam von Osten. Nandalee wusste, dass etwa zehn Meilen entfernt ein großer Albenstern lag. Die andere Jägerin musste von dort gekommen sein.

Im letzten Abendlicht ging Nandalee zurück zum Wasserloch. Der Schlamm am Ufer war von den Hufabdrücken verschiedenster Tiere gezeichnet. Eine Herde Gnus hatte sich genähert, hielt aber Abstand, während der Leitbulle sie aufmerksam beobachtete. Sie warteten darauf, dass dieser sonderbare Zweibeiner vom Wasser verschwand.

Nandalee fand die Spuren der Pegasi-Herde. Die Fußspuren vom Lager führten mitten unter die Herde, als sei, wer immer hier gewesen war, geradewegs zu den geflügelten Pferden gegangen und auf eines aufgestiegen. Verblüfft öffnete Nandalee ihr magisches Auge. Deutlich sah sie die schwingenden Kraftlinien rings herum. Hier war der Zauber gewoben worden, der sich gegen das Gefüge Albenmarks gestellt hatte!

Und jetzt wusste Nandalee, wer vor ihr zum Wasserloch gekommen war. Sie hatte Bidayn von ihrer Begegnung mit den Pegasi und dem Rotrücken erzählt. Sie wusste, dass ihre Freundin den Goldenen gewählt hatte und zur Drachenelfe erhoben werden sollte. Sie musste nur noch ihr Reittier einfangen. Wahrscheinlich hatte sie sich heute auf den Weg zum Jadegarten gemacht. Sie hätte ihr begegnen können, als sie mit Gonvalon hierhergeflogen war. Die verwunschene Wüste zu überwinden, die den Jadegarten umschloss, war der letzte Teil der Prüfung. Ritt man einen Pegasus, war es leicht. Aber wehe dem, der zu Fuß durch die Wüste wollte …

Nandalee stellte sich vor, wie sich ihre Freundin in diesem Moment im Jadegarten feiern ließ. Sie war froh, nicht dort zu sein oder gar Bidayn hier in der Wildnis getroffen zu haben. Was sie in der Goldenen Stadt in der Villa der Seidenen getan hatte, würde für immer zwischen ihnen stehen. Was war nur aus der schüchternen, jungen Elfe geworden, die sie einst in der Höhle des Schwebenden Meisters getroffen hatte? Jene Bidayn, die sich vor dem Weißen Drachen gefürchtet hatte und in Sayn verliebt gewesen war, ohne dem arroganten Schönling davon je ein Wort zu sagen. War es das, was die Weiße Halle aus ihnen machen sollte? Ganz und gar verdrehte Geschöpfe, fern jeder Moral? Mörder, die keine

Skrupel kannten? Sie würde nicht so werden, schwor sich Nandalee und kehrte zu der Senke zurück, die hinter Bidayns verlassenem Lagerplatz lag.

Sie entfachte ein kleines Feuer, kochte in einem kleinen Topf ein wenig Reis und Bohnen und sah den Sternen zu, wie sie ihren Weg über den Himmel begannen. Es mochte Tage dauern, bis die Pegasi-Herde wiederkehrte. Sie versuchte sich vorzustellen, wie sehr die Tiere in Panik geraten sein mussten. Sie wusste, was Bidayn getan hatte: Sie hatte den Zauber gewoben, der sie schneller werden ließ. Plötzlich war sie mitten in der Herde gewesen und hatte auf dem Rücken eines Tiers gestanden, das vermutlich auch schon aufgeschirrt gewesen war. Eine Reiterin, die den Fluss der Zeit manipuliert hatte, konnte nicht abgeworfen werden. Für sie waren alle Sprünge und jedes Bocken des auserwählten Pegasus so langsam gekommen, dass sie sich in Ruhe darauf einstellen konnte, ihr Gleichgewicht zu behalten. Wie lange der ungleiche Kampf wohl gedauert hatte?

Was Bidayn getan hatte, war nicht gegen die Regeln dieser Prüfung, aber es verstieß gegen ihren Geist. Sie würde es anders machen, entschied Nandalee. Aber wie lange musste sie wohl warten, bis die Herde an dieses Wasserloch zurückkehrte? Sie sah erneut zu den Sternen und dachte an Gonvalon. Daran, dass er erst so spät zurückgewunken hatte.

Das war ein schlechtes Omen gewesen. Ihre Pirsch auf die Pegasi würde lange dauern.

STERNAUGE

In der Dämmerung des neunten Tages kamen die Pegasi zum Wasserloch zurück.

Zunächst war es nur jener Hengst, der so tapfer gegen den Drachen gekämpft hatte. Er kreiste lange über der Wasserstelle, bis er schließlich nach Süden abdrehte. Nandalee hatte sich ein Tarnnetz aus geflochtenem Büffelgras gefertigt, das sie fast unsichtbar werden ließ. Reglos kauerte sie darunter verborgen, zwanzig Schritt vom Wasser entfernt, im Gras. In den Händen hielt sie ein starkes Hanfseil, in das sie eine weite Schlinge geknüpft hatte.

Sie hatte keine Ahnung, wie man einen Pegasus einfing. Jeder der Drachenelfen, den sie bisher darauf angesprochen hatte, machte ein großes Geheimnis daraus, wie er an sein Reittier gekommen war. Sie würde es so versuchen, wie man ein Wildpferd fing. Mit einem Lasso.

Angespannt wartete sie auf die Ankunft der Herde. Sie kamen aus der Sonne. Vor einem Himmel, der von dramatischem Orange über Blassrosa zu zartem Graublau überging. Jetzt kreisten vier Hengste tief über der Wasserstelle. Jener Rappe, den sie in Gedanken Sternauge getauft hatte, war der Erste, der landete. Er preschte das Ufer entlang, faltete graziös seine großen Schwingen und nahm Witterung auf. Ein helles Wiehern war das Zeichen für die anderen zu kommen. Nach und nach landete die ganze Herde. Zuletzt die Jungtiere.

Nandalee hatte die letzten Tage überlegt, wie ein Wild zu fangen war, das einfach davonfliegen konnte. Sie hatte erwogen, eines dieser seltsamen Wurfseile mit den Steinen an ihren Enden zu fertigen, die von den Jaguarmännern auf Nangog benutzt worden waren. Geschickt geworfen, war es sicherlich gut geeignet, Beute zu Fall zu bringen. Aber wie groß war die Gefahr, dass der Pegasus, den sie fangen und zähmen wollte, sich dabei verletzen würde? Es musste also das Lasso sein. Sie war den Fährten rund um die Wasserstelle gefolgt und hatte entdeckt, dass einige der Hengste mit etwas Abstand zur Herde auf Wache standen.

Nahe einem dieser Plätze hatte sie ihr Versteck eingerichtet. Sie war gewaschen und dann mit Büffeldung eingerieben, sodass ihr Körpergeruch sie nicht verraten konnte. Alles, was sie jetzt noch brauchte, war Geduld und ein wenig Glück. Sie wusste nicht, ob *ihr* Hengst zu ihrem Versteck kommen würde. Sie wollte keinen anderen als den Rappen mit der sternförmigen Blesse auf der Stirn. Sternauge, das sollte ihr Pegasus sein, ein stolzes, mutiges Tier, das vor keinem Feind zurückschreckte, und sei er auch noch so übermächtig.

Bald hatte sich die Herde satt getrunken. Einige der jüngeren Tiere tollten im Wasser, während die älteren grasten. Keinen Augenblick ließ die Aufmerksamkeit der Hengste nach. Sie standen auf Hügelkuppen und beobachteten das weite Grasland, achteten auf verräterische Bewegungen im Büffelgras. Zu Nandalee kam ein Roter mit langen, wulstigen Narben auf der Flanke. Auch er schien ein Drachenkämpfer zu sein.

So schön die geflügelten Pferde anzusehen waren, sie waren auch Kämpfer. Nandalee kannte zahllose Geschichten um legendäre Kämpfe und Fluchten, die in der Weißen Halle und auch schon in der Höhle des Schwebenden Meisters erzählt worden waren. Geschichten darüber, wie Pegasi ihren Elfenreitern das Leben gerettet hatten, wie wuchtige Huftritte die Schädel von Angreifern platzen ließen wie Melonen. Manchmal war das Band zwischen dem Pegasus und seinem Reiter so eng, dass das geflügelte Pferd selbst dann nicht wich, wenn sein Elf im Kampf gefallen war. Sie hielten Wache bei dem Toten, bis andere Drachenelfen kamen oder sie selbst starben.

Der rote Hengst kam Nandalee so nahe, dass sie mit ausgestreckter Hand einen seiner Vorderläufe hätte berühren können. Sie wagte kaum noch zu atmen, blickte auf die mächtigen Hufe und dachte daran, wie viel Schaden sie anzurichten vermochten.

Eine Ewigkeit schien zu vergehen, bevor der Hengst den Hügel wieder verließ. Es war inzwischen dunkel geworden. In der Wasserstelle spiegelte sich das Licht der Sterne. Die ersten Pegasi flogen davon. Nandalee sank das Herz. Wie lange würde sie warten müssen, bis die Herde zurückkehrte? Wohin zogen sie weiter? Ihnen zu Fuß zu folgen war aussichtslos. Sie wusste, dass ihr nichts anderes übrig blieb, als zu warten, bis sie zurückkehrten.

Nach und nach verließen alle Tiere das Wasserloch. Zuletzt war nur noch Sternauge übrig. Er ist der Erste, der kommt, und der Letzte, der geht, dachte sie. Ein Krieger. Zum ersten Mal überlegte sie, was es für die Herde bedeuten mochte, wenn sie ihr diesen Hengst nahm.

Sternauge drehte eine letzte Runde um die Wasserstelle, dann trottete er langsam ihren Hügel hinauf. *Komm näher*, dachte Nandalee. *Noch ein wenig!* Dies war ihre einzige Gelegenheit. Sie durfte nicht zu früh aufspringen. *Los*, feuerte sie ihn in Gedanken an. *Noch etwas!* Er kam in gerader Linie auf sie zu, hielt manchmal inne, zupfte ein wenig am hohen Gras und schritt weiter. Schließlich stand er unmittelbar vor ihr. Wieder hielt Nandalee den Atem an. Ihre Hände schlossen sich fester um das Hanfseil, mit dem sie ihn fangen wollte.

Sternauge beugte sich vor und fraß vom trockenen Gras ihres Tarnnetzes. Warum weidete er nicht vom frischen Gras rings herum? Hatte er …?

Der Hengst biss ins Netz und zog es mit einer energischen Kopfbewegung zur Seite. Nandalee rollte unter seinen Hufen weg. Er hatte die ganze Zeit über gewusst, dass sie dort war!

Mit einem Satz war sie auf den Beinen. Der Rappe wich ein Stück vor ihr zurück. Er schien keine Angst zu haben – er war wachsam, aber nicht aggressiv. Sternauge hätte sie in ihrem Versteck in den Boden trampeln können, während sie darauf vertraut hatte, dass ihre Tarnung sie vor seinen Blicken verbarg. Wie hatte er sie entdeckt? Ganz bestimmt hatte er sie nicht wittern können.

Sie standen einander gegenüber, maßen sich mit Blicken. Nandalee wusste nicht, was sie tun sollte. Jetzt wäre die Gelegenheit gewesen, ihr Lasso zu nutzen. Stattdessen ließ sie es fallen. Es kam ihr schäbig vor, ihm, der neugierig zu ihr gekommen war, die Freiheit zu rauben. Als Sternauge vorsichtig mit seinen Nüstern gegen ihre Brust stieß, strich Nandalee ihm über den Hals. Sein Fell war rau und staubig. Er schnaubte leise. Nie zuvor hatte sie erlebt, dass ein Wildtier so zutraulich war. Hatte er etwa auf sie gewartet? Nein, der Gedanke war abwegig!

Sie hob ihre Hand und berührte die sternförmige Blesse auf seiner Stirn. Wenn sie doch nur in seinen Gedanken lesen könnte! Die übrigen Pegasi waren am Nachthimmel verschwunden. Er aber schien keine Eile zu haben, ihnen zu folgen.

»Wirst du mir erlauben, dich zu reiten?«, fragte sie leise.

Sternauge legte den Kopf schief und schnaubte leise. Es kam ihr fast wie eine Antwort vor. Sollte sie es wagen? Sie würde das Seil als Zaumzeug nutzen und den Sattel, den sie in ihrem Versteck verborgen hatte, zwischen seinen Schwingen auflegen müssen, um einen Halt zu haben, wenn sie auf seinem Rücken stand.

Ganz langsam bückte Nandalee sich und griff nach dem Hanfseil. Sie zog die Schlinge weit auseinander und hob sie vorsichtig an. Sternauge zuckte nicht zurück, als sie das Seil über seinen Kopf schob. Ebenso vorsichtig nahm sie den Sattel, der aus einem breiten Ledergurt bestand, dessen Sitzfläche aber verlängert und fast eben war. Auf diesem Sattel saß man nicht, Drachenelfen standen auf dem Rücken ihrer Pegasi. Mehrere aufgenähte Schlaufen gaben den Füßen in verschiedenen Standpositionen einen sicheren Halt. Die Innenseite war mit weichem Stoff gepolstert, damit der Sattel möglichst bequem für den Pegasus zu tragen war.

Es war Nandalee bewusst, dass den ungewohnten Sattel zu akzeptieren und das Festzurren des Ledergurts über sich ergehen zu lassen, für ein freies Tier die größte Überwindung war. Doch Sternauge schnaubte nur einmal leise und schlug mit seinem Vorderhuf in den staubigen Boden. Noch immer hielt er still und sah die Elfe aus klugen Augen an.

Nandalee legte die Hand flach auf seine Blesse und bereitete sich auf das Aufsteigen vor. Sie wartete, bis ihr Atem denselben Rhythmus wie sein Atem fand. Sie suchte die Verbindung mit seinen

Kraftlinien und spürte, wie entspannt er war. Er hatte gewusst, dass sie kommen würde und dass es sein Schicksal war, mit ihr zu gehen. Was zwischen ihnen war, brauchte keine Worte. Seine Gefühle durchdrangen sie. Sie wusste um sein Leben, um seine Kämpfe. Er hatte beim Angriff des Drachen seine Stute und sein Fohlen verloren. Sein Leben, wie er es bisher geführt hatte, war zerfallen. Er war bereit, mit ihr zu gehen.

»Ich werde immer gut auf dich achten, Sternauge.«

Er mochte den Namen, den sie für ihn erwählt hatte, und drückte seine warmen Nüstern gegen ihren Hals. Ihr Pakt war besiegelt. Auf immer.

Sie schwang sich auf seinen Rücken, stellte die Füße in die Schlaufen, spürte, wie sich seine Muskeln unter dem Leder bewegten. Nandalee beugte sich leicht nach vorne, dann lief Sternauge gegen den Wind den Hügel hinab und durch das seichte Wasser, nahe beim Ufer. Immer stärker schlug sein Herz, und im gleichen Maße beschleunigte sich auch ihr Herzschlag. Das Wasser sprühte in tausend funkelnden Perlen im Mondenlicht und benetzte ihr Antlitz.

Dann hoben sie ab und flogen den Sternen entgegen.

Der Brunnen

Glamir schob den Riegel zurück und betrat die Kammer, die er seinen unerwünschten Gästen zugewiesen hatte. Zehn Tage hatte er sich Zeit mit seinem Besuch gelassen. Der kleine Raum war erstaunlich sauber. Es roch zwar nach benutzten Windeln, aber auch ein wenig nach Parfüm. Er kannte diesen schweren Moschusduft zu gut. Amalaswintha legte ihn jedes Mal auf, wenn sie eine Stunde Freigang hatte. Sie machte alle Zwerge im Turm damit verrückt. Der Geruch blieb, selbst wenn sie schon gegangen war, noch eine ganze Weile in der Luft hängen. Glamir hatte beobachtet, wie seine Männer einfach die Arbeit Arbeit sein ließen, wenn sie vorüberging, sie angafften und noch lange danach mit geschlossenen Augen träumten. Wie hatte Eikin ihm das antun können? Wie hatte der Alte aus der Tiefe ihm eine Frau hierherschicken können?

Glamir spürte ein Jucken zwischen den Schenkeln. Selbst bei ihm hatte sie längst vergessene Gefühle erwachen lassen. Es war nicht gut, sie hier zu haben. Über kurz oder lang würde es Streit wegen Amalaswintha geben. Er sollte sie in Ketten legen und im Brunnen versenken. Vermutlich erwartete ihn dann dasselbe Schicksal. Dieses Flittchen hatte durchblicken lassen, dass der Alte in der Tiefe sie schätzte. Aber hätte er sie dann mit den Drachentötern hierhergeschickt? Vielleicht war das ja Eikins Art, diese Frau in Ketten zu schlagen und in einem Brunnen zu versenken.

»Wir fühlen uns geehrt, Besuch vom Herrn des Turms zu bekommen«, sagte sie mit rauchiger Stimme, die ihm ein angenehmes Kribbeln im Bauch verursachte. Sie schaffte es, gleichzeitig anzüglich und ironisch zu klingen, während die anderen drei Zwerge ihn mit eisigem Schweigen empfingen.

Es fiel Glamir schwer, den Blick von ihr zu lösen. Wäre er nicht hier in diesem Turm am Ende der Welt, um eine Mission zu erfüllen, die all seine Kraft und Hingabe erforderte, sie hätte seine Traumfrau sein können. Andererseits hätte sie wohl an keinem anderen Ort auch nur einen Blick für den halben Mann übrig, den die Smaragdspinnen verstümmelt hatten. Dabei war er an entscheidender Stelle noch vollständig!

Amalaswintha war üppig, ohne dick zu sein. Ihr Gesicht fein geschnitten, mit sinnlichen, vollen Lippen. Die tiefgrünen Augen überschattet von buschigen Brauen, die ihrem Gesicht etwas Animalisches verliehen. Sie trug ein tailliertes, rotes Kleid, das völlig unangemessen für diesen Kerker war. Das tiefe Dekolleté brachte ihre Brüste gut zur Geltung und erweckte in Glamir den Wunsch, seine verbliebene Hand darin zu versenken.

»Geht es Euch gut, mein Fürst?«, fragte sie kokett und spielte dabei mit einer Strähne ihres langen, rabenschwarzen Haares. Sie war sich wohl bewusst, was er träumte.

Und warum sollte er nicht seine Stellung ausnutzen, um ein wenig Spaß mit ihr zu haben? Er war genauso ein Gefangener dieses Turms wie sie. Er hatte kein besseres Quartier als seine Männer, bekam denselben üblen Fraß wie sie. Nie hatte er seine Stellung genutzt, sich irgendeine Vergünstigung zu verschaffen. Warum nicht dieses eine Mal?

Glamir räusperte sich. Er musste sich zusammenreißen, es würde den empfindlichen Frieden des Turms stören, wenn er allein ein Weib hätte. Bald, wenn der Turm völlig in den Fluten versinken würde, wären sie für viele Wochen von der Außenwelt abgeschnitten. In der Vergangenheit war es in diesen Zeiten schon wegen Nichtigkeiten zum Streit gekommen. Es war eine Sache, für Monde tief in einem Berg zu bleiben, aus dem etliche Wege ins Freie führten, so dass man, wenn einem der Sinn danach stand, jederzeit einen Spaziergang unter weitem Himmel machen konnte. Doch es war etwas völlig anderes, hier unten eingesperrt zu sein. Der Alte in der Tiefe und er hatten dieses Problem unterschätzt. Bei der letzten Flut hatte es einen Streit gegeben, weil einer seiner Schmiede angeblich jedes Mal ein Stück Bauchfleisch mehr in der Suppe hatte als die anderen.

Wahrscheinlich war es nichts als Zufall gewesen. Ein Zufall, der diesem Schmied am Ende das Leben gekostet hatte. Jemand hatte ihm in einem abgelegenen Stollen aufgelauert und ihn kaltblütig niedergestochen. Es hatte nie geklärt werden können, wer diese Bluttat begangen hatte. Danach war ein erbitterter Streit zwischen den Freunden des Toten und denjenigen ausgebrochen, die ihm vorgeworfen hatten, Fleisch zu stehlen. Die Besatzung des Turms hatte sich binnen zwei Tagen in zwei Lager gespalten. Jeder hatte sich für eine Seite entscheiden müssen. Es war zu handfesten Schlägereien gekommen, und wäre nicht schließlich das Wasser wieder gesunken und ein Aal vor Anker gegangen, es hätte gewiss noch weitere Tote gegeben. Glamir hatte in den Wochen danach die halbe Besatzung des Turms austauschen müssen, um den Frieden wiederherzustellen.

Sein Blick wanderte wieder zu den Brüsten Amalaswinthas. Was für eine Versuchung war sie im Vergleich zu einem lächerlichen Stück Bauchspeck. »Ich würde mich freuen, dich heute Abend zu einem kleinen Imbiss zu empfangen«, sagte er wider jede Vernunft. Aber heute Abend würde es etwas zu feiern geben. Und danach wäre er enthaltsam. Nur dieses eine Abendessen!

»Galar, wenn du Manns genug bist, in den Brunnen zu steigen, dann komm mit mir. Ich brauche heute einen mutigen Begleiter.« Er hob seinen Armstumpf. »Und vor allem einen, der noch beide Hände benutzen kann. Ich zeige dir, wo wir das Metall gewinnen, das diesen Turm so besonders macht.«

»Ihr steigt hinab zu der Metallwand im Fels?«, fragte Amalaswintha neugierig.

Glamir schüttelte den Kopf. »Es gibt keine Metall*wand*! Nur ein Stück Metall im Fels.«

»Aber es sieht ganz anders aus als eine Erzader, nicht wahr?«

»Ja, das tut es«, gestand er widerwillig ein. »Aber ganz sicher ist sie nicht eine Meile lang und ein paar Fuß dick!«

»Wenn du es sagst, mein Fürst.« Sie hatte wieder diesen Ton, der halb ironisch, halb anzüglich klang. Wenn sie den beibehielt, würde das Abendessen kein Vergnügen werden, dachte er säuerlich.

»Also, Galar, wie steht es mit deinem Mut?«

»Bestens«, entgegnete der Schmied streitlustig. »Genau wie mit meinem Verstand. Und der warnt mich davor, mit dir zu gehen. Warum hast du dich so lange nicht mehr blicken lassen? Und vor allem, woher kommt dein plötzlicher Sinneswandel?«

Glamir versuchte sich an einem unschuldigen Lächeln. »Ist ein paar Tage niemand mehr so tief hinabgestiegen. Die verdammten Spinnen waren unruhig. Aber jetzt sieht alles gut aus. Ist natürlich was anderes, auf eine halbe Meile Entfernung einen Drachen abzuschießen, als sich wie ein Stein im Wasser versenken zu lassen, wo jederzeit die Spinnen aus dem Dunkel kommen können.«

»Willst du damit sagen, wir alle seien Feiglinge?«, rief Nyr entrüstet.

»Nein, er möchte nur erreichen, dass Galar eine Entscheidung trifft, ohne seinen Verstand zu benutzen«, mischte sich Hornbori ein. »Und so, wie ich unseren Freund kenne, wird Glamir das auch gelingen.«

»Kümmer dich gefälligst um deinen eigenen Scheiß, Wortefurzer«, schnauzte Galar und erhob sich von seinem Lager. »Erinnere dich, dass selbst die Drachen es nicht geschafft haben, mich umzubringen.«

»Was unterstellst du mir!«, empörte sich Glamir. »Du stehst unter dem Schutz des Alten in der Tiefe. Ich würde niemals die Hand gegen dich erheben.« Bei diesen Worten legte er feierlich seine Linke auf sein Herz. »Das schwöre ich bei den Bärten meiner Ahnen.«

»Es würde dir ohnehin nicht gelingen«, entgegnete Galar selbstsicher. »Also gehen wir. Ich kann es kaum erwarten, dieser verschissenen Kammer zu entkommen.«

Deine Arroganz wird dich umbringen, ich werde fast nichts dazutun müssen, dachte Glamir und sagte: »Also gehen wir.«

Er führte den Schmied hinab zu der Kammer über dem Brunnen. Dort waren bereits zwei Fassanzüge für sie vorbereitet worden. Glamir hasste es, sich dabei helfen lassen zu müssen, in den Fassanzug zu steigen, aber verstümmelt wie er war, brauchte er jemanden, der ihn stützte, während ein zweiter Zwerg die Lederlaschen festzog.

Amüsiert sah er zu, wie Galar mit einer Mischung aus Neugier und Misstrauen seinen Fassanzug ansah. Man musste irre sein, um in so ein Ding zu steigen und sich in den dunklen Brunnen versenken zu lassen. Aber Galar war irre! Nach den Geschichten, die Glamir über den Schmied aus der Tiefen Stadt gehört hatte, war er sich da ganz sicher. Ja, sie waren sich ziemlich ähnlich. Und genau deshalb musste er ihn loswerden.

»Was ist das für ein Ding?«, fragte Galar skeptisch und betrachtete das Fass mit der angenieteten Lederhose und den dicken Lederärmeln, die aus der Seite herausragten.

»Das ist der V-7«, entgegnete Glamir und genoss den fragenden Gesichtsausdruck des Schmieds.

»Ein Variante-sieben-Fassanzug. Das Beste, was wir im Moment zu bieten haben. Erhöhte Bleigewichte, ein größeres Sichtglas, geschützt durch ein Stahlgitter, zwei Abluftöffnungen und das Fass wurde nie zur Lagerung alkoholischer Getränke genutzt. Alle Erfahrungen der letzten Jahre sind in den V-7 eingeflossen. Schau mal zum Beispiel dort vorne, unter dem Sichtfenster der Kasten. Das ist ein Barinstein, der in eine Halbkugel aus Spiegelglas eingelassen wurde. So wird sein Licht gebündelt und gibt einen stärkeren Strahl, der direkt nach vorne leuchtet, wohin du schaust. Und falls es nötig wird, rasch im Dunklen zu stehen, schließt du die Blende davor. Hätte ich so einen Anzug bei meinem Unfall getragen, hätte ich vielleicht meine Glieder behalten.«

»Wieso?« Galar runzelte die Stirn, stieg aber in das Fass und ließ sich in die Lederbeine helfen.

»Die Smaragdspinnen folgen dem Licht, wenn du hochgezogen wirst. Gibt es kein Licht, hast du bessere Aussichten, ihnen zu entkommen.«

»Mein Fass stinkt nach Fisch«, maulte Galar.

»Waren Heringe drin eingelegt. Aber glaub mir, das ist besser als die Branntweinfässer, die wir anfangs genommen haben. Der Alkohol zieht zu tief ins Holz ein. In dem Fass kann es ganz schön warm werden, und wenn du zu schwitzen anfängst, dann dunstet Alkohol aus dem Holz. Ist nicht gut, fünfzig Schritt tief im Brunnen plötzlich besoffen zu sein. Hab drei gute Männer verloren, bis wir verstanden haben, woran es lag. Heringsgeruch ist viel besser!«

Glamir streckte seinen linken Arm in den seitlich angebrachten Ärmel aus Büffelleder. Riemen wurden straff um sein Handgelenk und seinen Oberarm gezogen, damit kein Wasser ins Innere des Fasses eindringen konnte. Sein rechter Arm war eine Sonderanfertigung. Die Prothese konnte eine Harpune verschießen, aber davon musste Galar nichts wissen.

Glamir beobachtete den Schmied durch das große, gewölbte Glas, das in die Vorderseite des Fasses eingelassen war. Sein eigenes Fass war eine Sonderanfertigung. Zwei zusätzliche Gläser waren rechts und links in Kopfhöhe angebracht, sodass er einen besseren Überblick hatte. Das einzig Gute an den Smaragdspinnen war das seltsame, phosphoreszierende Licht, das sie umgab. Im Gegensatz zu Muränen oder Seeschlangen konnte man sie von Weitem kommen sehen.

»Was sind denn das für Hebel hier drinnen?«, maulte Galar, seine Stimme klang dumpf durch das Fass. »Welcher hirnlose Zwerg hat sich das denn ausgedacht? Wie soll ich die bedienen, wenn meine Arme in Lederschläuchen außerhalb des Fasses stecken?«

»Ganz einfach, du beißt in den Holzgriff und drehst den Kopf zur Seite. Mit dem blauen Hebel rechts entriegelst du das Rückschlagventil. Keine große Sache.«

»Ein Ventil?« Galar starrte ihn fassungslos durch das Glas seines Fassanzugs an. »Warum sollte ich ein Loch im Fass öffnen?«

»Ein Rückschlagventil!«, antwortete Glamir genüsslich schmunzelnd. »Es kommt kein Wasser rein, jedenfalls wenn alles in Ordnung ist. Es entweicht Luft, wenn der Druck im Fass zu hoch wird.« Er deutete zu den Pumpen im Hintergrund der Höhle, die wie zwei überdimensionale Blasebälge aussahen, über denen zwei hölzerne Hebel aufragten. »Wir haben Schläuche aus einem seltenen Baumblut angefertigt. Sie sind von innen mit einem Spiraldraht stabilisiert. Darüber wird Luft zu uns heruntergepumpt. Und wenn der Druck im Fass zu groß wird, dann öffnest du ein Ventil.«

»Woran merk ich das denn?«

»Du bekommst Ohrenschmerzen. Es hilft, weit den Mund aufzumachen. Besser ist aber, wenn du das Ventil öffnest. Dann wird Luft abgelassen und der Druck ausgeglichen. Tust du das nicht, und der Druck wird immer stärker, könnte irgendwo über dir der Schlauch platzen.«

»Der aus Baumblut gefertigt ist«, sagte Galar hörbar verstört.

»Ein elastisches Harz. Mach dir keine Sorgen deshalb.«

»Und der rote Holzgriff links?«

»Damit verriegelst du die Öffnung für den Schlauch oben im Fass. Sollte der Schlauch platzen und Wasser eindringen, hast du immer noch genug Atemluft im Fass, um sicher hochgezogen zu werden. Das Fass hängt an einer schweren Stahlkette, die an einer Öse im Fassdeckel aus Kupfer befestigt ist. Wir holen jeden hoch. Du musst keine Angst haben.«

»Ich hab keine Angst«, knurrte Galar gereizt.

»Angst hilft dir, da unten zu überleben, Junge. Du solltest besser nicht zu mutig sein. Die Tollkühnen sind immer die ersten Toten.«

»Ist ja wohl keine Schlacht, in die wir ziehen.«

Glamir sagte dazu nichts. Der Junge würde schon noch sehen, worauf er sich eingelassen hatte. »Links von dir findest du ein Seil. Wenn du daran dreimal ruckartig ziehst, ist das das Signal, dass du schnell heraufgezogen werden willst. Einmal ziehen heißt, den Kranarm, von dem du hängst, nach rechts schwenken, zweimal ziehen, nach links schwenken und viermal ziehen, dass sie mehr Kette geben sollen, damit du tiefer sinken kannst. Vorne am Fass gibt es Lederschlaufen, in denen Werkzeug steckt. Ein Pickel, ein Stemmeisen, ein Hammer und vor allem ein starker Magnetstein. Du wirst nur ein paar kleine Späne aus dem seltsamen Eisen dort unten lösen können. Mit dem schweren Lederhandschuh kannst du sie nicht greifen, der Magnetstein hilft dir, sie einzusammeln.«

Galar nickte.

»Noch Fragen?«

»Das Blei hier im Fass dient dazu, dass wir schneller sinken, richtig?«

»Es ermöglicht uns, überhaupt zu sinken«, erklärte Glamir. »Ohne das Blei treiben die Fässer auf dem Wasser.«

»Warum ist es nicht so angebracht, dass man es einfach abwerfen kann? Dann würde das Fass aus eigener Kraft nach oben steigen.«

Dumm war er nicht, dachte sich Glamir. Sie hatten das anfangs auch versucht. »Kommt das Fass zu schnell nach oben, passiert irgendetwas mit deiner Lunge. Wir wissen nicht genau was. Aber es kann passieren, dass du aus der Nase und dem Mund zu bluten beginnst und verreckst. Zu schnell aufzusteigen ist nicht gut. Jedenfalls nicht, wenn du fünfzig Schritt tief im Wasser bist. Noch weitere Fragen? Das ist die letzte Gelegenheit. Wenn erst einmal der Kupferdeckel auf dem Fassanzug festgeschraubt ist, gibt es keine Möglichkeit mehr, miteinander zu reden.«

»Genug gequatscht! Gehen wir runter«, entgegnete Galar großspurig.

Wieder fühlte sich Glamir daran erinnert, wie er gewesen war, als er noch all seine Gliedmaßen besessen hatte. »Gut. Ich werde dir unten ein Lichtzeichen geben, wenn wir die Stelle erreichen, an der du in einer Felsnische die kleine Metallwand findest. Du gehst rein, und ich sichere dir den Rücken. In der Nische ist es so eng, dass nur einer darin arbeiten kann.«

»Gut, machen wir so. Ich werde einen schönen Klumpen Metall mit hochbringen.«

Aber sicher doch, dachte Glamir. *Wir haben in all den Monden gerade genug für eine Pfeilspitze zusammenkratzen können, und du kommst gleich mit einem ganzen Klumpen. Du wirst dich noch wundern, wenn du deinen Pickel an der verdammten Wand platt haust und du das Gefühl hast, die Luft in deinem Fass fängt an zu kochen.*

»Schließt die Fässer«, rief er den wartenden Arbeitern zu.

Mit einem dumpfen Laut senkte sich der schwere, gewölbte Kupferdeckel. Glamir konnte hören, wie die Schrauben angezogen wurden. Wie immer war ihm, als würde der Deckel seines Sargs verschlossen. Wer in den Brunnen hinabstieg, der sollte mit sich und der Welt im Reinen sein. Zu viele waren von dort unten nicht lebend wiedergekehrt.

Er hörte, wie die schwere Kette am Deckel befestigt wurde und gab ein Handzeichen, dass er bereit war. Klirrend bewegten sich die Kettenglieder, dann wurde er emporgehoben. Der Kranarm, von dem er hing, schwenkte über die Öffnung inmitten der gewölbten Decke, die den Brunnen abschloss. Sie war weit genug, dass vier Zwerge in Fassanzügen nebeneinander hindurchgelassen werden konnten. Das dunkle Wasser im Brunnen stand hoch. Noch anderthalb Schritt, und es würde bis zur gewölbten Decke reichen. Dann müssten sie den Brunnen endgültig mit der schweren Kupfertür verschließen. Viele Gelegenheiten, um in die Tiefe zu steigen, gab es nicht mehr. Dann begannen die Wochen des Wartens, in denen sie alle im Turm eingeschlossen waren.

Der alte Zwerg spähte mit zusammengekniffenem Auge ins Wasser, suchte nach dem verräterischen Leuchten der Smaragdspinnen, konnte aber nichts entdecken. Sie würden kommen, er wusste es, aber noch hatten sie Zeit. Als Galar in seinem Fassanzug neben ihm in der Luft schwebte, gab er das Zeichen zum Hinablassen. Er sah Galar die Anspannung an. Die Scheibe in seinem Fass war schon beschlagen. Ein Zeichen dafür, wie sehr er schwitzte.

Ruckend senkten sie sich dem Wasser entgegen. Glamir legte die Hand auf die Blendlaterne mit dem Barinstein. Er wollte sie so spät wie möglich öffnen. Nicht nur die Spinnen waren durch ihr Licht von Weitem zu sehen, auch sie würde ihr Licht verraten.

Sein Bein tauchte ins Wasser. Intuitiv hielt er den Atem an. Es war verrückt, was sie hier taten. Es gab so viele Möglichkeiten, in diesen verdammten Fassanzügen zu Tode zu kommen. Die Einfassung der Scheibe konnte undicht werden, eine Daube unter dem Wasserdruck nachgeben, sodass sich ein Spalt öffnete – und dann gab es noch all die Kreaturen, die die Finsternis gebar. Als das Wasser über ihm zusammenschlug, tastete er nach dem Pickel in der Lederschlaufe am Fass. »Ich komme wieder hoch«, schwor er sich leise. »Alles wird gutgehen.«

Der alte Schmied begann leise zu zählen. In der Dunkelheit des Brunnens verstrich die Zeit langsamer. Augenblicke dehnten sich ins Unendliche. Er spürte einen leichten Druck auf den Ohren und biss in den blauen Griff neben seinem Kopf. Vorsichtig öffnete der das Abluftventil. Durch das kleine Seitenfenster sah er silberne Luftblasen im Wasser aufsteigen. Noch erhellte das Licht der Brunnenöffnung das Wasser. Er sah die Wände mit der weiten Treppe. Auf dem Mauerwerk entdecke er einzelne Schwarze Schnecken. Er sollte ein paar Männer runterschicken, um sie zu ernten, sobald er zurück war. Der kostbare schwarze Farbstoff, der aus den Schnecken gewonnen wurde, war ihre Tarnung, der offizielle Grund, warum dieser Turm existierte. Die Farbe war begehrt. Ihr Gewicht wurde in Gold aufgewogen. Sie verbleichte niemals. Alle wichtigen Dokumente, die nicht in Stein gemeißelt waren, wurden mit dieser Tinte niedergeschrieben. Und Kleidung, die man damit färbte, verlor nie mehr ihr tiefes Schwarz.

Die Fenster in seinem Fassanzug begannen zu beschlagen. Glamir fluchte. Als wäre die Sicht nicht schon schlecht genug. Er hatte jetzt fast die Grenze zur ewigen Dunkelheit erreicht. Die Wände des Brunnenschachts konnte er schon nicht mehr sehen. Seine Hand tastete nach der Blendlaterne außen am Fass. *Noch nicht*, ermahnte er sich. *Noch nicht!*

Er hatte das Zählen vergessen. *Mist!* Wie tief sie wohl schon waren? Das Zwielicht war zur Dunkelheit geworden. Die Eisenkette, an der er hing, war markiert. Sobald fünfzig Schritt erreicht waren, würden die Männer oben an den Kränen ihn nicht mehr tiefer sinken lassen. Aber es war besser mitzuzählen, um einen Anhaltspunkt zu haben, wie lang es noch dauern mochte.

Auch Galar hatte seine Blendlaterne noch nicht geöffnet. Er hat Disziplin, dachte Glamir. Nur wenige widerstanden bei ihrem ersten Tauchgang der Versuchung, zumindest einen kurzen Blick auf die Brunnenwand zu werfen. Nur um zu wissen, dass sie noch da war und sie nicht von endloser Schwärze umfangen waren, so als sei man von einem der Goldenen Pfade ins Nichts gestürzt, in die grenzenlose Dunkelheit zwischen den Welten.

Er dachte wieder an Amalaswintha und daran, dass es ein Fehler wäre, mit ihr zu Abend zu essen, aber *einen* Fehler durfte er sich erlauben. An jedem anderen Ort würde sie ihn mit Missachtung strafen, aber hier war er der Herr. Der Herrscher über den Turm. War es unmoralisch, diese Gelegenheit zu nutzen? Schließlich zwang er sie zu nichts. Er würde geschehen lassen, was immer kam. Glamir schloss die Augen und gab sich ganz seinen Phantasien hin. Es war lange her, seit er bei einem Weib gelegen hatte.

Ein plötzlicher Ruck riss ihn aus seinen Tagträumen. Sie mussten die Tiefe von fünfzig Schritt erreicht haben. Glamir tastete nach seiner Laterne und zog die Blende zurück. Warmes, gelbes Licht schnitt in die Dunkelheit. Es war nicht sehr grell, genügte aber, um einige Schritt weit zu sehen. Sie hatten die Bohrung durch den Felsvorsprung, auf dem sein Turm errichtet war, hinter sich gelassen. Vor ihnen war undeutlich die Wand der unterseeischen Klippe zu erkennen, auf der Nester aus fleischigen Fäden wucherten. Über ihnen war der untere Rand des Brunnenschachts.

Galar zog bereits an seinem Seil. Augenblicke später schwenkte er sanft auf die Wand zu. Auch Glamir gab Befehl, ihn zur Felswand zu schwenken. Deutlich zeichnete sich die Höhlung in der Klippe nun im Licht der Blendlaterne ab. Galar war bereits am Fels angelangt. Sie hingen ein wenig zu tief. Er benutzte den Pickel, um sich den Steilhang hinaufzuarbeiten, und verschwand dann in der

Höhle. Sie reichte nicht tief ins Gestein. Vielleicht drei, höchstens vier Schritt.

Glamir sah eine weiße Krabbe auf langen Beinen davonstelzen und aus dem Lichtkegel der Blendlaterne flüchten. Der Schmied seufzte. Was zu tun war, gefiel ihm nicht, aber Galar war eine Gefahr für den Turm. Wer er war, hatte bereits die Runde gemacht. Die Männer kannten ihn gar nicht, aber sie empfanden Respekt vor dem, was er und die anderen zwei Fremden getan hatten. Sie waren die Drachentöter! Sie hatten wahr gemacht, wovon fast alle Zwerge träumten. Sie hatten einen der großen Tyrannen vom Himmel geholt! Wie dumm die drei dabei vorgegangen waren, sahen sie nicht. Sie hatten durch ihre Taten ihre Heimatstadt vernichtet.

Glamir wandte sich dem Abgrund zu, dem endlosen Dunkel, in das die Klippe hinabreichte. Sein Lampenschein schnitt nur eine kurze Bahn in die Finsternis, aber er würde sehr weit zu sehen sein. Er wartete.

Hinter sich hörte er dumpf das Klirren von Galars Pickel. Der Schmied mühte sich an der Eisenwand ab. Sollte er sich nur müde arbeiten. Das Ende würde leichter sein, wenn er keinen Widerstand mehr leisten konnte. Tief im Dunkel erschien ein blassgrünes, phosphoreszierendes Licht. Sie kamen.

Glamir entschied, noch ein wenig zu warten, bevor er dreimal an der Signalleine ziehen würde. Er wollte ganz sicher sein, dass sie in die Höhle fanden, obwohl auch sie wahrscheinlich den Klang des Pickels hörten. Der Anblick der Smaragdspinnen ließ seine alten Narben brennen. Er fühlte sich schlecht.

»Es muss sein!«, sagte er mit fester Stimme, aber das half nicht. Er war in seinem Leben schon vieles gewesen. Aber heute wurde er zum ersten Mal zum Verräter.

Smaragdspinnen

Galar hieb mit aller Kraft auf die Metallwand, die er im Fels verborgen gefunden hatte. Dann untersuchte er im mattgelben Licht der Blendlaterne das Metall. Er hatte nur eine kleine Schramme im Metall hinterlassen. Er schien nicht einmal einen Span gelöst zu haben. Deutlich sah er die Spuren jener, die vor ihm hier gewesen waren. Er empfand Respekt vor den Männern. Um überhaupt eine Spur zu hinterlassen, musste man schon ziemlich fest zuschlagen können.

Das Werkzeug, das sie ihm mitgegeben hatten, war für diese Aufgabe nutzlos. Vielleicht könnte er mit einem Diamanten ein paar Späne aus der Metallplatte kratzen? Seltsam, dass Glamir darauf noch nicht gekommen war. Vielleicht hatten sie hier einfach keinen Diamanten, der sich in ein Werkzeug einpassen ließ. Und da der Turm in Kürze von der Außenwelt abgeschnitten wäre, würden sie auch lange kein neues Werkzeug bekommen.

Wieder hieb Galar mit aller Kraft den Pickel vor die Wand. Sie vibrierte nicht, bewegte sich nicht das kleinste bisschen, ganz gleich, wie heftig er darauf eindrosch. Sie musste dick sein und bestimmt endete sie nicht ein kleines Stück rechts oder links vom Fels, in den sie eingebettet war. Der Schmied dachte daran, was Amalaswintha erzählt hatte. Konnte es eine so riesige Metallwand mitten im Felsgestein geben? Und wenn ja, was war ihr Nutzen? Und wer hatte sie errichtet?

Statt weiter an der Wand zu arbeiten, leuchtete er zur Seite und betrachtete den Fels, in den sie verschwand. Das Gestein war porös. Er hob den Pickel. Schon mit dem ersten Hieb gelang es ihm, einen faustgroßen Brocken loszulösen. Ein wenig Geröll rutschte nach. Vielleicht war es doch keine so gute Idee, Gestein zu brechen, ohne vorab die Höhlendecke und die Seitenwände vernünftig abzustützen. Eigentlich sollte er es besser wissen. Sein Leichtsinn war nicht … Mehr Geröll löste sich an der Stelle, an der er den Steinbrocken herausgebrochen hatte. Der Fels gab ein bedrohliches Knirschen von sich. Jetzt rieselten auch von oben feine Gesteinssplitter herab und tanzten im Lichtkegel seiner Blendlaterne.

Galar wich ein Stück zurück. Er war kein Steiger. Er hatte so gut wie keine Ahnung vom Bergbau. Hätte er nur die Finger davon gelassen! Seine verfluchte Neugier würde ihn eines Tages noch umbringen.

Er trat noch einen Schritt zurück. Es hatte aufgehört, der Berg war wieder ruhig. Erleichtert atmete er auf. Sein Kopf schmerzte. Es war ein Gefühl, als habe jemand Finger in seine Ohren gesteckt und versuchte nun, ihm das Gehirn auszuquetschen. Das Ventil! Er hatte es völlig vergessen!

Welcher Hebel war es auch gleich? Der blaue oder der rote? Er versuchte es mit Blau. Seine Zähne gruben sich in den Holzgriff. Diese Fassanzüge waren wirklich nicht ausgereift. Der Druck ließ nach. Er blinzelte und betrachtete die Metallwand. Wenn er es schaffte, ein paar winzige Späne mit nach oben zu bringen, könnte er froh sein. Nyr sollte sich das einmal ansehen. Er war ein findiger Kopf, und es war an der Zeit, dass er mal an was anderes dachte als an den kleinen Hosenscheißer. Frar hatte sich erstaunlich gut gemacht. Er war groß für sein Alter. Drachenblut und vorgekaute Sardinen hatten ihn nicht umgebracht. Der Junge würde es ein paar Stunden ohne Nyr aushalten.

Galar drehte sich in der Felsnische um. Vor dem Ausgang war kein Lichtschein mehr. Glamir war verschwunden. Ob der Alte ein paar dieser ekelhaften Schnecken sammelte?

Galar trat bis zum Höhlenrand und sah nach oben. Da war nichts. Kein Licht, nicht einmal das des Einstiegslochs in die Kuppeldecke. Unten vielleicht? Er musste sich weit vorbeugen, um in den Abgrund zu blicken. Schatten, gehüllt in unstetes, grünes Licht, hasteten den Hang hinauf. Von Glamir gab es keine Spur. Der Alte hatte sich verdrückt und ihn zurückgelassen! Galar griff nach dem Notseil, zog ruckartig daran. Kein Widerstand. Was …?

Das durchtrennte Ende des Seils sank durch den Lichtkegel seiner Blendlaterne.

Schlagartig wurde dem Schmied klar, warum Glamir ihn mit zur Wand hinuntergenommen hatte. Er wollte ihn aus dem Weg räumen. Aber so leicht verreckte er nicht! Galar trat zurück in die Felsnische. Die verdammten Spinnen konnten ihn hier nur von vorne angreifen. Er war ein Drachentöter! So leicht würde er sich nicht umbringen lassen!

Er zog das Messer, das in einer der Fassschlaufen steckte. Zusammen mit dem kurzstieligen Pickel waren es die besten Waffen, um sich gegen Spinnen zur Wehr zu setzen. Das hoffte er zumindest. Seine Erfahrungen mit Spinnen beschränkten sich auf solche, die man ohne Schwierigkeiten mit der flachen Hand erschlagen konnte.

»Kommt schon!«, rief er so laut, dass ihm in dem engen Fass die Ohren dröhnten. »Ich mach euch fertig!«

Die erste Spinne, die in die Felsnische einstieg, ließ ihm den Atem stocken. So groß sollten solche Viecher nicht sein! Die langen, schlanken Beine trugen einen wuchtigen Rumpf. An Land würde die Spinne einfach über ihn hinwegstelzen können, ohne dass ihr Bauch ihn berühren würde. Die beiden Vorderbeine endeten in spitzen Dornen. Unter dem Maul wuchsen zwei kleinere Arme hervor, die in Scheren, groß wie Schwerter, mündeten. Leuchtend grüne Augen blickten aus dem dunklen Körperpanzer auf ihn herab. Ein geisterhaftes, grünes Licht umspielte die Spinne.

Galar wurde bewusst, dass er einen Fehler bei der Wahl seiner Waffen begangen hatte. Mit der Brechstange hätte er vielleicht eines der gepanzerten Spinnenbeine zerschmettern können, mit dem Pickel hingegen könnte er höchstens auf einen Glückstreffer hoffen. Er wünschte, er hätte eine vernünftige Axt dabei!

Eines der Vorderbeine schnellte vor. Er wich zur Seite aus. Viel Platz war in der verdammten Felsnische nicht. Sofort schnellte das zweite Bein vor. Dieser riesige Mistkäfer wollte ihn einfach aufspießen! »So leicht tötest du mich nicht!«, schrie er wütend und warf sich der Seespinne entgegen.

Eine Schere schnappte nach der Hand, in der er sein Messer hielt. Er zuckte zurück. Die Schere schloss sich um die Spitze der Klinge und durchtrennte sie so leicht, als sei sie nicht erstklassiger Zwergenstahl, sondern ein dünnes Ästchen. Plötzlich konnte sich Galar sehr bildlich vorstellen, wie Glamir seine Gliedmaßen verloren hatte. Die zweite Schere schnappte nach einem seiner Beine. Er ließ den Pickel mit aller Wucht auf den dicken Hornpanzer niedersausen. Die Spitze drang in die Schere ein, aber dann wurde ihm die Waffe aus der Hand gerissen, als die Spinne den Scherenarm zurückzog.

Galar griff nach dem Brecheisen in der Lederschlaufe, als die in Dornen endenden Beine erneut vorstießen. Im plumpen Fassanzug konnte er nicht schnell genug ausweichen. Einer der Dornen schrammte über das Holz. Es gab ein kreischendes Geräusch. Galar wurde nach hinten geworfen, und ein eisiger Strahl Wasser schoss ihm ins Gesicht.

Ich bin tot, war sein erster Gedanke. Er stach mit dem verstümmelten Messer nach den Spinnenbeinen, richtete aber keinen Schaden an. Wieder stießen die Dornbeine auf ihn hinab.

Er ließ sich in die Knie sacken. Eines der Beine kratzte neben ihm über die Metallwand und hinterließ eine tiefe Schramme. *Jetzt weiß ich, wie man dieser Wand beikommt*, dachte Galar resignierend, *werde aber verrecken, bevor ich es irgendjemandem sagen kann*. Das eiskalte Wasser im Fassanzug stand schon bis zu seinem Brustbein. Er erinnerte sich daran, dass ihm der Steuermann eines Aals einmal erzählt hatte, dass Tauchboote nie ganz voll Wasser liefen, wenn es keine zweite Öffnung gab. Es hielt sich immer eine Luftblase an der höchsten Stelle.

Galar biss in den roten Hebel, mit dem der Verschluss für den Schlauch oben im Fass bewegt werden konnte. Er drehte den Kopf und hörte über sich etwas klacken. Das Wasser spritzte ihm immer noch ins Gesicht. Da fuhr ein sengender Schmerz durch seinen Oberschenkel. Er dachte an das abgetrennte Bein Glamirs und sah an sich hinab, aber das gewölbte Fass versperrte seine Sicht. Eine Wolke aus Blut wogte in den Lichtkegel der Blendlaterne. Das war das Ende, dachte er bitter. In einem Brunnen am Arsch der Welt verrecken, nachdem sein Brunnen in der Tiefen Stadt ihm beim Drachenangriff das Leben gerettet hatte! Das Schicksal machte üble Scherze.

Die Smaragdspinne zog sich ein Stück zurück. Sie wusste, dass der Kampf vorüber war, und er nicht mehr fliehen konnte. Weitere Spinnen umringten seine Mörderin. Sie hoben aufgeregt ihre vorderen Beinpaare und winkten damit. Es sah ganz so aus, als würden sie erhitzt über etwas streiten. Vermutlich darüber, wie die Beute aufzuteilen war. »Meine Füße kann ich nur empfehlen«, murmelte Galar matt. »Der Geruch tötet sogar Fliegen. Aber damit habt ihr hier unten wohl keine Probleme.«

Er sah der Blutfahne zu, die wirbelnd durch den Lichtkegel trieb. In Gedanken zog sein Leben an ihm vorbei. All die verpassten Gelegenheiten, bei denen ihm sein Stolz und sein Dickkopf im Weg gestanden hatten, und die wenigen glorreichen Momente. Der Tod der beiden Drachen gehörte dazu und der Tag, an dem er seinen Tunnel voller Fallen in der Tiefen Stadt vollendet hatte.

Sein Blick wanderte zurück zu den Seespinnen. Warum führten die so lange ihren seltsamen Tanz auf? So viel Beute gab es hier doch nicht aufzuteilen. Das Wasser reichte ihm nun bis zum Kinn, aber der dicke Strahl, der ihm eben noch ins Gesicht gespritzt war, war zu einem schmalen Rinnsal verebbt. Ertrinken würde er wohl nicht, dachte er erleichtert. Besser, von Seeungeheuern zerlegt werden, das war ein angemessener Tod.

Galar hob das gekappte Messer, wenn er damit auch nicht zu mehr als etwas symbolischem Widerstand in der Lage wäre. Etwas Funkelndes im Geröll neben ihm erweckte seine Aufmerksamkeit. Erst hielt er es für die abgetrennte Messerspitze, aber die Form passte nicht. Es war zu schmal. Er tastete mit dem klobigen Handschuh danach, bekam es aber nicht zu fassen. Vielleicht lag es daran, dass ihm die Kälte schon zu tief in die Glieder gefahren war. Seine Zähne klapperten. Das Wasser im Fassanzug war wirklich eisig.

Er zog den Magnetstein aus seiner Fassschlaufe und führte ihn in Richtung des Metallsplitters. Er wurde angezogen und klebte an dem grauen Stein fest. Im selben Augenblick kroch die Spinne in die Felsnische zurück. Ihre Zangenarme griffen nach seinen Stiefeln. Er wurde von der Metallwand weggezogen und lag bald inmitten eines Waldes aus Spinnenbeinen. Das Wasser im Anzug spülte über ihn hinweg. Er versuchte, sich wieder aufzusetzen, damit sein Kopf in der kleinen Luftblase im oberen Fünftel des Fasses blieb. Zweimal rissen sie ihn wieder zu Boden, doch dann ließen die Spinnen ihn sitzen. Die Räuber krochen übereinander, stießen ihn mit ihren Vorderbeinen und zwackten ihn mit ihren Scheren. Aber keine verletzte ihn ernsthaft. Es machte eher den Eindruck, als untersuchten sie ihn neugierig.

Als er an den Rand der Nische gezogen wurde, konnte er in die Tiefe blicken. Der ganze Hang war voller Spinnen, es mussten weit über hundert sein. Und einige von ihnen waren noch deutlich größer als das Vieh, das ihn als Erstes angegriffen hatte.

Galar zitterte inzwischen unkontrolliert. Mit dem Blut rann auch die restliche Wärme aus seinem Körper. Er biss die Zähne zusammen und konnte doch nicht verhindern, dass sie rasend klapperten. Es ging zu Ende mit ihm. Ihm war schwindelig. Er schob den Magnetstein in die Halterung am Fass und stützte sich dann mit beiden Händen auf dem Boden auf, um nicht zur Seite zu kippen. Auch wenn er tief einatmete, hatte er das Gefühl, nicht genug Luft zu bekommen. Er war allerdings zu müde, um darüber in Panik zu geraten. Warum rissen sie ihn nicht einfach in Stücke, dann wäre es vorüber?

Eine der großen Spinnen hob ihn auf. In ihren Scheren war sein Fass nicht mehr als eine Walnuss in einer Zange. Ein leichter Druck und das dicke Eichenholz würde zersplittern, dann wäre es endlich vorüber. Galar atmete jetzt hechelnd, so als sei er eine weite Strecke gelaufen. Seine Sinne begannen sich zu trüben. Er hatte das Gefühl, inmitten einer Flut aus glosendem, grünem Licht aufwärtszutreiben.

Plötzlich wurde die Luft im Fass besser. Er lag auf dem Boden. Gluckernd floss das Wasser durch das zerstörte Abluftventil. Eine der Fassdauben war zerbrochen, sodass frische Luft eindringen konnte. Gierig, wie ein Verdurstender Wasser trinkt, schnappte er nach Luft. Er war zu schwach, um sich aufzusetzen. Seine Zähne klapperten noch immer. Er hörte Stimmen, sah einen Graubart hinter der Glasscheibe im Fass. Jemand machte sich an seinem verletzten Bein zu schaffen. Dann knirschten die Schrauben, die den Kupferdeckel festhielten, in ihren Gewinden. Kaum dass der Deckel abgenommen wurde, packten ihn kräftige Hände und zogen ihn aus dem Fass.

»Er ist völlig ausgekühlt. Wir müssen ihn ausziehen und in warmes Wasser legen«, sagte jemand hinter ihm.

»Besser wäre es, ihn mit einem netten Weib in ein warmes Bett zu packen. Nichts weckt die Lebenskräfte so schnell wie ein hübsches, anschmiegsames Mädchen.«

»Idiot!«, schimpfte die erste Stimme.

Galar war glücklich, wieder frei atmen zu können. Überdeutlich nahm er all die Gerüche um sich herum wahr. Die Kleider der Zwerge, die nach altem Schweiß stanken, den Fischgeruch, das Öl auf den Eisenketten, Rauch.

Glamirs Gesicht erschien über ihm. Sein Mienenspiel verriet nicht, ob er enttäuscht war, ihn wiederzusehen. »Du bist erstaunlich zäh«, sagte er anerkennend.

»Und du bist ein erstaunliches Arschloch.«

Alle Gespräche verstummten.

»Er ist noch nicht ganz bei sich«, wiegelte Glamir lächelnd ab, aber in seinem Blick spiegelte sich blanker Hass. »Wir hätten gerne gewusst, was du mit den Spinnen gemacht hast. Üblicherweise fressen sie Zwerge, aber dich haben sie auf ihren Rücken hier heraufgetragen … als seist du ihr König. Was ist an dir besonders? Bist du selbst für Spinnen unverträglich?«

Galar hatte keine Ahnung, warum die Spinnen ihn verschont hatten, aber das würde er ums Verrecken nicht zugeben. »Stimmt, bin ihr König«, murmelte er schwach. »Am Magnet ist mein Krönungsgeschenk.«

Aus den Augenwinkeln sah er, wie der Stein aus der Lederschlaufe gezogen wurde. Sofort bildete sich eine Traube von Gaffern.

»Das ist mehr, als wir alle zusammen bisher heraufgeholt haben!«, rief jemand, völlig außer sich. Galar spürte, dass sie ihn dafür nicht liebten.

»Ich kann das wieder tun«, behauptete er frech.

Matt winkte er Glamir, sich über ihn zu beugen. »Du wirst mich in alle Geheimnisse des Turmes einweihen«, murmelte er mit letzter Kraft. »Dann verrate ich deinen Männern nicht, dass du ein Mörder bist.«

»Du verrätst gar nichts«, flüsterte Glamir ihm ins Ohr. »Du wirst dich leider von deinen schweren Wunden nicht erholen. Jeder hier hat gesehen, dass du mehr tot als lebendig bist. Wir werden dich als einen Helden in Erinnerung behalten.«

Galar sah in den Augen des alten Zwergen, dass es ihm ernst mit seiner Drohung war. »Ich kann dir helfen, an mehr Metallsplitter zu gelangen. Du musst nicht mehr Jahre warten, bis du …« Galar war am Ende seiner Kräfte. Er wollte Glamir noch sagen, dass er keine Männer mehr verlieren müsste. Galar war überzeugt, dass die Spinnen ihm nichts tun würden. Doch der Schmied brachte kein Wort mehr über die Lippen. Seine Zähne fingen wieder an zu klappern. Er konnte sich nicht beherrschen, sein ganzer Körper zitterte.

»Er wird sterben!«, rief jemand.

Die Gesichter der Zwerge verschwammen vor Galars Augen.

»Ich bleibe bei ihm.« Die Stimme war unverkennbar. »Schafft ihn hier raus. Ich werde mich um ihn kümmern.«

Galar wollte aufbegehren, doch er brachte nur ein Röcheln zustande. Sie durften ihn nicht mit Glamir allein lassen!

Übermut

Nandalee erwachte im ersten Morgenlicht in ihrem Lager nahe der Wasserstelle. Einen Augenblick hing sie noch der Erinnerung an die letzte Nacht nach, dem Flug auf dem Pegasus. Sie sah sich um. Der große, schwarze Hengst war verschwunden. Schlagartig hellwach setzte sie sich auf. Am Rand des Lagers sah sie noch die Hufspuren.

Sie hatte ihm vertraut! Wie hatte sie so dumm sein können? Sternauge war ein wildes Tier. Sie hatte gestern überlegt, ihm eine leichte Fußfessel anzulegen, dass er sich zum Grasen zwar bewegen konnte, es aber unmöglich war davonzulaufen oder gar zu fliegen. Sie hatte es nicht getan, weil sie es schäbig gefunden hatte. Er war freiwillig zu ihr gekommen. Er hatte sie erwählt, genauso wie sie ihn unter allen Hengsten seiner Herde auserwählt hatte.

Ein ausgelassenes Wiehern ließ sie aufblicken. Sternauge kreiste über ihr, dann stieß er in weitem Bogen hinab und landete am flachen Ufer des Wasserlochs. Nandalee schämte sich, ihm nicht getraut zu haben. Doch er trabte zu ihr zum Lager hinauf und versprühte gute Laune. Neugierig sah er ihr zu, wie sie ihre wenigen Habseligkeiten packte und in ihre Decke einrollte. Nachdem sie ihn gesattelt hatte, ging sie zuletzt zum Wasserloch hinab und füllte ihren Lederschlauch. Es würde kein langer Flug werden bis zum Jadegarten.

Sternauge ließ sich die Deckenrolle und die zusammengebundenen Waffen, ohne zu bocken, aufschnallen. Neugierig drehte er seinen Kopf nach hinten und versuchte zu sehen, was sie tat. Endlich sprang auch sie auf seinen Rücken, und nach einem kurzen Trab den Hügel hinab hoben sie ab.

Nandalee war sich ein wenig unsicher, wie sie den Hengst dazu bringen sollte, ihr Ziel anzufliegen. Sie konnte versuchen, ihn über das Seil, das sie um seinen Hals gelegt hatte, in eine bestimmte Richtung zu drängen, aber ihr widerstrebte das. Gonvalon hatte ihr einmal erzählt, dass Nachtschwinge am besten flog, wenn er ihm seinen freien Willen ließ. Vor allem im Luftkampf.

Leider hatte sie Gonvalon nicht danach gefragt, wie er es schaffte, Nachtschwinge klarzumachen, wohin der Flug gehen sollte. Gestern hatte Nandalee in ihren Gedanken ein Bild des Wasserlochs erstehen lassen und gehofft, Sternauge könne ihre Gedanken spüren. Nach einiger Zeit war er tatsächlich dorthin geflogen, aber vielleicht hatte er es auch nur deshalb getan, weil sie von dort aufgebrochen waren.

Nandalee dachte an das schroffe Felsmassiv, das sich inmitten der Wüste erhob und in seinem Herzen den Oasengarten verbarg, der ihr zur neuen Heimat geworden war.

Nach einer Weile änderte Sternauge die Flugrichtung. Er hielt nun tatsächlich auf den Jadegarten zu, der noch weit hinter dem Horizont verborgen lag. Ein Zufall? Oder wusste er, dass alle Drachenelfen dorthin flogen? Er war klug, davon war Nandalee überzeugt. Schließlich hatte er sie erwartet.

Fast zwei Stunden flogen sie in gut hundert Schritt Höhe über die weite Savanne. Nandalee sah die großen Herden ziehen, die von Horizont zu Horizont die weite Ebene füllten. Sie wanderten nach Westen, dorthin, wo es noch Wasser gab. Das Land unter ihnen wurde karger. Die Akazien, die ohnehin nur vereinzelt inmitten des Grasmeers aufragten, verschwanden ganz. Bald waren rote Termitenhügel die einzigen Erhebungen, die sie noch sah. Rotbraune Monolithen, erbaut in Jahrzehnten und unter der gleißenden Sonne des Sommers zu Festungen, hart wie aus Stein, gebrannt.

Das Gras wurde niedriger. Es hatte eine fahlgelbe Farbe. Breite Sandzungen reichten nun in die Savanne. Nur sehr selten sah Nandalee noch größere Tiere. Einen einzelnen Büffelbullen, ein hageres Wildpferd. Sie näherten sich der Todeszone, jenem sechzig Meilen weiten Streifen Wüste rings um den Jadegarten, den die Drachen mit einem Zauber belegt hatten, der sich gegen jeden wandte, der sie zu durchqueren versuchte. Nur wer fliegen konnte oder die Tore zum Goldenen Netz zu öffnen vermochte, sollte den Jadegarten erreichen. Nur ein Novize, der seine letzte Prüfung bestand und einen Pegasus fing und bändigte, konnte dorthin zurückkehren.

Bald war unter ihnen nur noch Sand, aus dem sich einzelne, bleiche Felsformationen erhoben. Es war so einfach gewesen, dachte Nandalee. Sie hatte nur auf die Rückkehr der Herde warten müssen. Das konnte nicht der Sinn der Prüfung sein. Wenn sie jetzt heimkehrte, dann hätte sie all die anderen betrogen, die so lange damit gerungen hatten, einen Pegasus zuzureiten.

Mochte Bidayn sich ihr Recht, eine Drachenelfe zu sein, mit einem Zaubertrick erschleichen, sie würde so etwas nicht tun. So vorzugehen höhlte den Status der Drachenelfen aus. Sie würde es anders machen. Versonnen betrachtete sie die tote Landschaft, die unter ihnen dahinzog. Dann öffnete sie ihr Verborgenes Auge. Das Netz der Kraftlinien war hier ungewöhnlich dicht. Aber nichts wies darauf hin, dass die natürliche Ordnung grundlegend gestört war. Die Himmelsschlangen waren Meister in der Kunst des Zauberwebens, wahrscheinlich war ihre Magie zu fein gesponnen, als dass sie hätte erkennen können, was sie hier getan hatten. Oder aber die Geschichte von der verwunschenen Wüste war eben nur dies – eine Geschichte. Nandalee lächelte. Auch das würde sie den Himmelsschlangen zutrauen, dass sie sich ganz und gar auf die Macht der Worte verließen, die manchmal einen Zauber überflüssig machen konnte.

»Lande, Sternauge!«, rief sie gegen den Wind an.

Der Pegasus gehorchte nicht. Er flog stur weiter. Nandalee zog erst kurz am Seil, doch als Sternauge auch darauf nicht reagierte, stellte sie sich vor, wie sie beide über den gelben Sand schritten.

Sternauge schüttelte wild den Kopf und geriet dabei ins Trudeln. Nandalee hatte Mühe, ihren Stand auf seinem Rücken zu halten. Schließlich landete er doch und sah sie auf eine Art an, die beredter war als alle Worte. Er fürchtete ganz offensichtlich die Wüste. Nervös blähte er seine Nüstern. Sein Kopf pendelte ruhelos. Spürte er etwas, das Nandalee nicht wahrzunehmen vermochte?

Sie nahm den Wasserschlauch von seinem Rücken. Mehr würde sie nicht brauchen. Sie schätzte, etwa einen Tagesmarsch vom Jadegarten entfernt zu sein. »Weißt du, in den Jadegarten zurückzukehren soll eine Prüfung sein. Eine herausragende Leistung. Aber was ich bisher getan habe, war alles andere als herausragend. Ich werde das letzte Stück zu Fuß gehen. Erwarte mich an der Schlucht, die in den Garten der Himmelsschlangen führt. Zur Dämmerung sollte ich dort ankommen.«

Sternauge schüttelte den Kopf. Hatte er ihre Worte verstanden? Wohl kaum. Was dachte sie nur für einen Unsinn, schalt Nandalee sich in Gedanken. Er war einfach nur nervös. Sie stellte sich das Bild der Schlucht vor. »Dort«, sagte sie leise und eindringlich, »wirst du warten.«

Der Hengst schien zu begreifen, wie ernst es ihr war. Er schnaubte ärgerlich, dann preschte er davon und stieg flügelschlagend in den Himmel hinauf. Für eine Weile drehte er noch weite

Kreise über ihr, dann drehte er ab und flog dem Jadegarten entgegen.

Nandalee orientierte sich am Stand der Sonne und schritt kräftig aus. Sehr bald schon begann ihr die trockene Hitze zuzusetzen. Sie griff nach dem Wasserschlauch, ließ ihn aber wieder sinken. So rasch durfte sie nichts trinken. Bis zur Zeit der größten Hitze waren es noch mindestens zwei Stunden. Das war die erste ihrer selbstauferlegten Prüfungen: Bis Mittag sollte sie den Wasserschlauch nicht anrühren. Sie riss einen breiten Streifen vom Saum ihres fahlgrünen Jagdhemdes und wickelte ihn sich um Mund und Nase. So würden ihre Schleimhäute weniger schnell austrocknen.

Bald schon war der Stoff von ihrem Atem feucht. Es mochte eine halbe Stunde vergangen sein, bis sie eine Veränderung bemerkte. Der Sand unter ihren Füßen vibrierte. Er bewegte sich, obwohl nicht der geringste Lufthauch über die weite Ebene strich. Nandalee kniete nieder, um das Phänomen genauer zu betrachten. Die Sandkörner tanzten, als lägen sie auf einem Blech, gegen das von unten mit einem Trommelstock geschlagen wurde.

Nandalee öffnete ihr Verborgenes Auge. Das Muster der Kraftlinien hatte sich drastisch verändert! Sie waren kein weitmaschiges Netz mehr, sondern erinnerten an Strahlen, die alle auf einen Punkt zuliefen. Auf sie! Etwas hatte sie aufgespürt. Nandalee beschleunigte ihre Schritte, um aus dem Zentrum der Linien zu entkommen, aber selbst als sie zu laufen anfing, wollte es ihr nicht gelingen. Sie spürte, wie eine Macht sich immer mehr aufbaute, hatte aber keine Ahnung, auf welche Art sie sich gegen sie wenden würde. Sie konnte keinen Schutzzauber wirken, wenn sie nicht wusste, wie sie angegriffen wurde.

Ein Stück voraus ragte einer der knochenbleichen Felshügel aus dem Sand. Festen Boden unter den Füßen zu haben konnte nicht schaden. Sie hatte das Gefühl, dass der Sand unter jedem ihrer Schritte ein wenig mehr nachgab. Plötzlich überfiel sie die Vorstellung, dass sich unter ihr ein Strudel aus Sand bilden würde, um sie für immer zu verschlingen.

Keuchend erreichte sie das flache Felskliff, kletterte hinauf. Der Sand hatte den Stein in Jahrtausenden glatt poliert. Es gab nur wenige Griffe dort, wo der Fels unter der Einwirkung von Hitze und Kälte aufgeplatzt war. Auf der Kuppe ließ sie sich nieder und blickte über das Sandmeer. Der Jadegarten war noch nicht zu sehen. Kein Lebewesen regte sich. Nicht einmal ein Vogel war am Himmel zu sehen. Sie saß inmitten der Todeszone, nur mit einem Wasserschlauch und ihrem mörderischen Übermut. Niemandem würde es einfallen, hier nach ihr zu suchen. Es konnte Wochen dauern, einen Pegasus zu fangen. Das war nicht ungewöhnlich. Niemand würde sich also Sorgen um sie machen. Alle würden denken, dass sie irgendwo in der Savanne war, wo es ausreichend Wasser und Wild gab. Eine Weile fluchte Nandalee vor sich hin, dann siegte ihr Pragmatismus. Sie musste sich aus eigener Kraft aus dieser Lage befreien. Nandalee öffnete ihr Verborgenes Auge und betrachtete das Sandmeer. Der Lauf der Kraftlinien veränderte sich wieder. Sie fanden in ihr natürliches Muster zurück. War der Sand der Schlüssel zu dem Zauber? Wandte er die Magie des Landes gegen sie, sobald er sie spürte?

Etwa eine halbe Stunde dauerte es, bis keine Spur des Zaubers mehr zu entdecken war. Nandalee blickte zum nächsten Felskliff, das sich über den Sand erhob. Es lag etwa eine Meile entfernt und würde sie ein paar Grad in die falsche Richtung führen, fort vom Jadegarten. Sie erinnerte sich, dass es rings um die Oase nichts als Sandwüste gab. Mindestens zehn Meilen weit war dieser letzte Abschnitt, der an die Todeszone anschloss. Dort gäbe es keine rettenden Felsinseln mehr, auf die sie flüchten könnte.

Doch darüber würde sie sich Sorgen machen, wenn sie dort ankam. Vielleicht reichte der Zauber ja gar nicht bis dort? Und zunächst einmal konnte sie ja von Fels zu Fels laufen.

Nandalee betrachtete nachdenklich den Wasserschlauch. Wenn

sie so oft eine Rast einlegen musste, damit sich der Sand jeweils wieder beruhigen konnte, würde sie ihr Ziel allerdings nicht mehr heute erreichen. Es wäre besser, mit dem ersten Schluck so lange wie möglich zu warten, auch wenn ihre Kehle schon völlig ausgedörrt war.

Die Kriegerin

Sie war am Ende, dachte Nandalee, und stemmte sich mit letzter Kraft gegen die Gewalt des Sturms. Sie hatte einen unsichtbaren Kokon gewoben, einen Wall aus magischen Schutzlinien, um den wütend auf sie einstürmenden Sand fernzuhalten. Doch mit jedem Schritt schwanden ihre Kräfte. Der Kokon wurde enger, und der Sand rückte näher.

Einzelne Körner durchstießen ihren Schutzwall und bohrten sich wie winzige Geschosse in Haut und Augen. Sie war halb blind und torkelte vor Schwäche. Hin und wieder begann sie zu kichern. Ein irres, freudloses Lachen, das aus der Tiefe ihrer Seele aufstieg. Sie hätte gar nicht hier sein müssen! Sie könnte jetzt in Gonvalons Armen liegen! Jetzt, im Angesicht des Todes, begriff sie, was ihre eigentliche Prüfung gewesen war. Es ging nicht wirklich um den Pegasus, sondern allein um sie. Sie hätte ihren Hochmut überwinden sollen! Hätte akzeptieren sollen, dass Dinge manchmal einfach sein können.

Stattdessen hatte sie sich diese unnötige Prüfung auferlegt. Ob jeder der Drachenelfen hier mit seinen verborgenen Schwächen konfrontiert worden war? Was mochte es bei Gonvalon gewesen sein? Keine hübsche Elfe um sich zu haben? Wieder brach sie in ihr irres Kichern aus. Sie sank auf die Knie. Warum noch kämpfen? Sie wusste nicht, wie lange sie vorwärtsgestolpert war. Mehr als einen Tag? War es Nacht geworden? Der Himmel war so finster, dass sie es nicht beurteilen konnte. Eigentlich hätte sie das letzte Stück Weg geschafft haben sollen. Aber vielleicht ging sie auch im Kreis. Der tosende Sturm nahm ihr jede Sicht, machte jede Orientierung unmöglich. Auch ihr Verborgenes Auge half ihr nicht weiter. Öffnete sie es, wurde sie von strahlendem Licht geblendet, so hell, als blicke sie in die Sonne am wolkenlosen Wüstenhimmel.

Alle Kraftlinien um sie herum leuchteten in tödlich weißem Licht. Sie waren verformt, vibrierten im Kampf darum, wieder die natürliche Ordnung herzustellen, und hatten sich in weitem Kreis um sie geschlossen. Ihre Energie machte den Sand lebendig. Jedes einzelne Sandkorn war ihr Feind und stürmte gegen sie an. Sie bewegte sich durch einen Sturm, der durch ihre bloße Anwesenheit entfesselt worden war. Die Wüste wollte sie vernichten, vorher würde das Land keinen Frieden finden.

Ihr Kokon war weiter geschrumpft. Bald würde der Sand erbarmungslos über ihre Haut schmirgeln, würde sie abtragen, ebenso wie ihr Fleisch, bis von ihr nichts bliebe als ein blank poliertes, strahlend weißes Skelett. Sie hatte solche Skelette auf ihrem Weg gesehen – Hochmut schien keine seltene Untugend unter angehenden Drachenelfen zu sein.

Nandalee kämpfte sich auf die Beine. Sie presste ihre rissigen, ausgedörrten Lippen zusammen. Zu ihrem Hochmut gehörte, dass sie bis zuletzt kämpfte. Die Niederlage war sicher, aber sie würde nicht aufgeben, solange auch nur ein Funken Kraft in ihren Gliedern steckte.

Sand peitschte scharf über ihre Hand. Der schützende Kokon brach zusammen. Nandalee bäumte sich ein letztes Mal auf. Ihre innere Kraft war fast aufgebraucht. Sie spürte, wie ihre Verbindung zum magischen Netz sich aufzulösen begann. So also fühlte sich der Rückzug vom Leben an. Sie blinzelte gegen die Krusten aus Sand und Blut, die ihre Augenwinkel verklebten, um ihre Hand zu sehen. Der Handrücken war eine einzige, offene Wunde, aufgeschürft und blutig. Aber sie fühlte kaum Schmerz. Nicht einmal dafür hatte sie noch Kraft. All ihren Willen steckte sie in ein einziges, letztes Ziel: vorwärtszutaumeln, solange es noch ging.

Der Sand rutschte unter ihren Füßen weg, ließ sie straucheln, aber immer und immer wieder zwang sie sich auf die Beine, oft nur, um einen Schritt zu tun und erneut zu straucheln. Sie verweigerte sich dem Tod.

Der gnadenlose Sand schliff über ihr Gesicht, zerrte an ihren Kleidern und versuchte, sie zurückzudrücken. Vornübergebeugt stemmte sie sich gegen die Macht der Elemente. Noch ein Schritt und noch einen …

Sie war am Ende aller Schmerzen angelangt. Der Sand peinigte sie nicht länger. Es war, als liebkose er sie, brächte Kühlung im Glutofen der Wüste.

Noch einen Schritt …

Dunkelheit umfing sie. Nicht mehr lange, und alles war vorüber.

Noch einen Schritt…

Sie strauchelte, schaffte es nicht mehr, sich aufzurichten. Ihr Haupt sank auf den Sand. Ihre Augen waren inzwischen so verklebt, dass sie sie kaum mehr öffnen konnte. Selbst einfach nur zu atmen war eine Anstrengung, die ihre Kräfte überstieg. Sie hatte sich einen letzten Schluck Wasser aufgehoben. Ihre geschwollene Zunge tastete über ihre aufgesprungenen Lippen. Sie wollte trinken, den Abschied noch ein wenig hinauszögern, aber ihre Arme verweigerten ihr den Dienst. Wie totes Holz hingen sie von ihrem Körper herab, losgekoppelt von ihrem Willen.

Willkommen, Dunkelheit!, dachte sie. *Ich will dich wiederfinden, Gonvalon. Gib auf dich acht. Meine Seele wird sich erneut in Fleisch kleiden. Sie wird nach dir suchen. Du bist der Eine. Gib auf dich acht!*

Drei Schritte

Etwas Nasses fuhr über Nandalees Gesicht. Wieder und wieder. Es war unangenehm. Sie wollte etwas sagen, aber ihrer Kehle entfuhr nur ein krächzender Laut. Ihre Augenlider waren verklebt. Sie konnte sie nicht öffnen. Erst als der feuchte Lappen zweimal über ihr linkes Auge wischte, konnte sie wenigsten dieses aufschlagen.

Der Himmel war silbernes Fell.

Die Elfe blinzelte, unfähig zu begreifen, was sie sah. Wieder fuhr der Lappen über ihr Gesicht. Warm, feucht, drängend. Sie erinnerte sich, wie sie in den Sand gestürzt war und auf den Tod gewartet hatte. Wie es schien, würde sie noch länger warten müssen.

Ihre Glieder schmerzten. Sie bewegte ihre linke Hand. Ihr Körper gehorchte wieder ihrem Willen, aber viel kräftiger war sie nicht geworden. Sie war also offensichtlich noch in der Wüste. Aber wer wischte über ihr Gesicht? Ihre Sinne mussten ihr einen Streich gespielt haben.

Sie öffnete erneut ihr linkes Auge. Eine große, blassrote Zunge leckte über ihre Wange. Wieder sah sie silbernes Haar und dann ein bernsteinfarbenes Auge mit geschlitzter Pupille. Erschrocken stöhnte sie auf, wollte zurückweichen, aber ihr Leib war wie an den Boden genagelt. Sie hatte einfach keine Kraft. Über ihr stand ein Silberlöwe!

Sie hielt den Atem an, kämpfte die aufsteigende Panik nieder und zwang sich, erneut in das Auge zu blicken, das kaum eine Handbreit von ihrem Gesicht entfernt war. Wenn der Silberlöwe sie fressen wollte, hätte er damit sicher schon begonnen. Er würde nicht erst ihr Gesicht sauber lecken, um ihr dann die Kehle durchzubeißen.

Sie dachte an den Silberlöwen, den sie nach dem Erdbeben im Jadegarten aus der halb verschütteten Höhle gerettet hatte. War das ihr Löwe? Sie drehte den Kopf zur Seite und blickte an einem kräftigen Raubkatzenbein vorbei zum Horizont. Wüste. Die Luft tanzte in der drückenden Hitze. Silberne Schlieren zogen über den heißen Sand, gaukelten dem leichtgläubigen Betrachter kristallklare Seen vor, wo es nur Staub und Durst gab. Über den falschen Seen erhoben sich Felsen. Unmöglich zu schätzen, wie weit entfernt sie waren. Fünf Meilen oder auch zehn? Nur eins war gewiss, so schwach, wie sie war, würde sie nicht aus eigener Kraft dorthin gelangen.

Der Silberlöwe leckte über ihre aufgesprungenen Lippen. Die Feuchtigkeit zu spüren tat unendlich gut. Nandalee erinnerte sich an ihren Wasserschlauch, den letzten Schluck, den sie aufgespart hatte. Sie griff nach ihrer Hüfte. Die Hoffnung auf einen Mund voll brackigen Wassers gab ihr neue Kraft. Sie hob den Schlauch an die Lippen, drückte den Verschluss auf. Aber es war kein Wasser mehr da! Ungläubig drehte und wendete sie die Lederblase. Eine Naht war aufgeplatzt. Das Nass im trockenen Wüstensand versickert.

Sie schluchzte. Es war ein Gefühl, als würde ihr eine Scherbe durch die trockene Kehle gezogen. Verzweifelt tastete sie mit ihrer aufgedunsenen Zunge über die Lippen, die der Silberlöwe eben angefeuchtet hatte.

Die große Raubkatze sah sie aufmerksam an. Was ging in diesem Kopf vor sich, fragte sich Nandalee, und ihr Blick wanderte zur Kehle des Silberlöwen. Wenn sie dem Raubtier den Hals aufschneiden könnte … das Blut. Nandalee glaubte es fast zu schmecken, warm, metallisch. Es würde sie retten. Sie tastete nach ihrem Jagdmesser. Es war fort. Verloren, irgendwo in dem schrecklichen Sturm.

Wieder wanderte ihr Blick zur Kehle der Raubkatze. Sie glaubte die großen Adern unter dem silbernen Fell pulsieren zu sehen. Der Silberlöwe wich vor ihr zurück. Nur einen einzigen Schritt, doch damit war er schon außer Reichweite.

Der Gedanke an das Blut gab Nandalee neue Kraft. Sie stemmte sich hoch und blickte zum fernen Horizont. Versuchte erneut zu schätzen, wie weit die Berge des Jadegartens entfernt waren. Die Luftspiegelungen verzerrten die Wirklichkeit. Zehn Meilen waren es nicht, redete sich Nandalee ein und wusste doch in ihrem Innersten, dass es unmöglich war, unter diesen Bedingungen eine Strecke abzuschätzen.

Sie blickte zurück in die Wüste, die hinter ihr lag. Ein Meer aus blassgelbem Sand. Drei Fußstapfen führten zu der Stelle, an der sie lag. Dahinter gab es keine Spur. Der Sand bildete leichte Wellenlinien, wie Wasser, über das eine sanfte Brise strich. Langsam dämmerte ihr, was das, was sie sah, bedeutete. Sie war der Todeszone um drei Schritte entronnen, hatte mit ihrem letzten Aufbäumen den verwunschenen Zirkel hinter sich gelassen, den die Drachen in die Wüste gezogen hatten. Dort, gleich hinter der dritten flachen Mulde im Sand, lag die unsichtbare Grenze, an der der Zauberbann endete.

Sie war der Todesfalle der göttergleichen Himmelsschlangen entgangen! Sie durfte nicht einfach wie ein Stück Vieh in der Wüste verenden. Wieder blickte sie nach der Kehle der Raubkatze. Die Rettung war zum Greifen nah. Sie machte einen ersten schwankenden Schritt, und augenblicklich wurde ihr schwindelig. Ihr leerer Magen rebellierte, ein pochender Schmerz wütete hinter ihrer Stirn. Nandalee schloss die Augen und sammelte sich. Sie machte einen weiteren, unsicheren Schritt.

Sie tastete nach der Kruste aus geronnenem Blut und Sand, die ihr rechtes Auge verklebte. Rieb vorsichtig über die wunde Haut und machte den nächsten Schritt. Als sie die Augen öffnete, war der Silberlöwe ein Stück vor ihr zurückgewichen. Der Abstand zu ihm hatte sich um keinen Zoll verringert. Wusste er, was sie wollte? Wie könnte sie ihn ködern? Kurz überlegte sie, in die Knie zu gehen, um kleiner und weniger bedrohlich auszusehen, aber sie hatte Angst, nicht wieder auf die Beine zu kommen. Und bedrohlich sah sie für den Silberlöwen ganz gewiss nicht aus!

Was hatte ihn zu ihr geführt? Hatte er von den hohen Klippen des Jadegartens einen winzigen, unbeweglichen Punkt in der Wüste gesehen. Beute? Er war kein Aasfresser. Bestand ein Band zwischen ihnen, seit sie ihm das Leben gerettet hatte, wie es einst ein Band zwischen ihr und der kleinen Misteldrossel Piep gegeben hatte? Dem Vogel, den sie in der Weißen Halle aufgezogen hatte, über den die anderen Novizen so gespottet hatten, und der doch Gonvalon zu ihr geführt hatte, als sie verloren gewesen war.

Sie wollte nicht wissen, ob es ein Band zwischen ihnen gab. Er war ihre Beute. Sein Leben würde ihr Leben sichern, das war alles, was sie miteinander verband! Nandalee hielt den Blick fest auf ihn gerichtet und machte einen Schritt vorwärts. Er wich zurück. Sie wollte ihn ködern, ihm etwas Freundliches sagen oder wenigstens einen gurrenden Laut hervorbringen, aber ihre Kehle war zu trocken. Sie stieß ein Krächzen aus wie ein Aasvogel.

Wenn sie plötzlich loslief, dann könnte sie ihn vielleicht erwischen. Sie stellte sich vor, wie sie ihre Arme um seinen Hals schlang, ihn zur Seite riss und ihm die Kehle durchbiss. So würde sie es tun müssen. Sie hatte kein Messer, und in dieser verdammten Wüste gab es auch keine Aussicht, einen Stein oder ein Stück Holz zu finden. Hier gab es nichts außer Sand. Lange würde sie nicht durchhalten. Sie musste es schnell tun. Alles sprach gegen sie. Mit seinen Fangzähnen und Tatzen war der Silberlöwe deutlich besser für einen Kampf gewappnet. Und er war ohne Zweifel stärker und schneller. Sie musste ihn überraschen, das war ihre einzige Hoffnung. Und er durfte es nicht schaffen, sich umzudrehen, wenn sie sich am Boden wanden und sie seine Kehle umklammert hielt. Sonst würde er ihr mit seinen Hinterläufen die Eingeweide aus dem Leib reißen.

Nandalee machte ein paar Schritt nach vorne, er wich zurück. Sie fluchte innerlich, aber ihre Wut gab ihr die Kraft weiterzugehen. Könnte sie ihn durch einen Zauber überwältigen? Ein Wort der Macht, das ihn erstarren ließ, wehrlos machte? Sie versuchte erneut zu sprechen, brachte aber wieder nur ein Krächzen hervor.

Sie fühlte sich wie ein altes Maultier, dem eine Möhre vor die Nüstern gehalten wurde, damit es willfährig einen Karren zog.

Sie dachte an die drei Schritte, die den Unterschied zwischen Leben und Tod ausgemacht hatten, und ging weiter. Die Sonne stieg höher. Unerbittlich brannte sie auf die Wüste und verwandelte die Luft in flüssiges Glas, das Nandalee bei jedem Atemzug die Kehle versengte. Sie schleppte sich voran, immer den Blick auf das silbrige Fell des Löwen gerichtet. Längst dachte sie gar nichts mehr, hatte alle Hoffnung aufgegeben, ging nur noch. Noch einen Schritt und noch einen, bis sie in das Loch einer Wüstenmaus trat, ihr der Fuß umknickte und sie stürzte. Schwer kam sie wieder hoch, ging weiter, bis ihr erneut die Beine wegknickten, diesmal aus Schwäche.

Die Sonne stand im Zenit. Sie verbrannte Nandalees Gesicht. Sie kroch auf den Knien weiter. Sie durfte nicht aufhören, sich zu bewegen. Jeder Schritt zählte. Erste dürre Grasbüschel ragten aus dem Sand. Vielleicht gab es ein Wasserloch. Sie sah Vogelspuren neben dem Gras. Es gab hier Leben. Sie durfte nicht aufgeben. Drei Schritt konnten den Unterschied zwischen Leben und Tod ausmachen, ermahnte sie sich immer wieder und peitschte sich an, bis ihre Arme zitternd nachgaben, und sie auf den Bauch sackte.

Sie rutschte auf dem Bauch weiter. Kämpfte sich durch den glühend heißen Sand, bis jegliche Kraft, sich zu bewegen, verlosch. Wohin war der Silberlöwe verschwunden? Er hatte sie aufgegeben, dachte Nandalee bitter und war sich nur zu bewusst, dass sie ohne ihn erst gar nicht bis hierhergekommen wäre. Wie weit mochte sie gegangen sein? Eine Meile? Zwei?

Es spielte keine Rolle mehr. Sie war zu weit vom Jadegarten entfernt, um zufällig entdeckt zu werden. Niemand verließ die schützende Oase, um sich der gnadenlosen Glut der Wüste auszusetzen. Hier gab es nichts, das diese Strapaze lohnte.

Die linke Wange im Sand, das strähnige Haar halb vor ihr Gesicht gefallen, lag sie da, unfähig sich zu bewegen. So würde man sie finden. Ihr Blick ging über die gleißende Ebene. Etwas Dunkles bewegte sich in ihre Richtung. Sie sah es nicht ganz klar. Es kam nur langsam näher. Es verschwand in den flirrenden Luftspiegelungen, war plötzlich wieder da und verschwand erneut. Hoffnung keimte in ihr auf, bis der dunkle Punkt von einem Augenblick zum anderen Konturen gewann und dann ganz klar zu sehen war: Es war ein großer, schwarzer Käfer, der eine Kugel aus dunklem Kot rollte. Sein Hinterleib schimmerte metallisch grün, der Halsschild war schwarz. Die Fühler, die aus seinem Kopf wuchsen, verdickten sich nach vorne, sodass sie wie winzige Keulen aussahen.

Vor Nandalees innerem Auge tauchte der Mistkäfer auf, den sie vor so endlos langer Zeit in der Höhle des weißen Drachens, ihrem ersten Lehrmeister, beobachtet hatte. Wie er, statt einer Rille im Bodenmuster zu folgen, über die schmalen Seitenwände der parallel verlaufenden Furchen im Boden gestiegen war. Er hatte sich keiner vorbestimmten Bahn fügen wollen, hatte seinen eigenen Weg gemacht.

Die Elfe dachte an die Worte des Schwebenden Meisters über den Käfer: *Er frisst Exkremente, wisst Ihr. Und er kommt bestens damit klar. Er sammelt sie auch für seinen Nachwuchs. Er dreht sie zu Kugeln, die ein Vielfaches seines eigenen Gewichtes betragen. Darin legen die Weibchen ihre Eier ab, und die Jungen werden in eine Welt geboren, in der sie vor lauter Exkrementen das Tageslicht nicht sehen. Ihr ganzes Leben dreht sich um Scheiße! Hört sich ein bisschen an wie Euer Leben im Moment, nicht wahr? Aber wisst Ihr, was wirklich faszinierend ist? Die Männchen rollen die Kugeln aus Mist, die von so erdrückendem Gewicht sind, mit ihren Hinterbeinen. Sie blicken dabei nach vorn in die Sonne. Sie haben das Beste aus ihrem Leben gemacht. Lernt von ihnen. Wenn Ihr den Mist in Eurem Leben schon nicht loslassen könnt, packt ihn wenigstens hinter Euch, dass er Euch nicht andauernd den Blick auf die Zukunft versperrt.*

Nandalee erwog, ihren Mund zu öffnen, um den Käfer in die vermeintliche Höhle zu locken. Wie viel Feuchtigkeit enthielt ein Mistkäfer? Doch dann schob sie sich vorwärts und entschied sich, dem Käfer nichts zu tun. Einige Schritt konnte sie dem Tod noch abtrotzen, dachte sie entschlossen.

Sie war noch nicht bereit zu gehen.

Roter Durst

Nandalee trieb in einem Meer von roten Blütenblättern in aufgewühlter See. Angenehme Kühle liebkoste ihre Haut. Sie atmete Wasser. Ihre Kehle war endlich wieder feucht. Tief unter sich im Meer sah sie zwei mächtige Schlangendrachen, die vor einer riesigen Scheibe aus gehämmertem Silber eng umschlungen miteinander rangen. Liebten sie sich? Kämpften sie miteinander? Es war unmöglich, das zu sagen. Der eine war schwarz wie die Nacht, der andere so silbern wie die Scheibe, vor der sie ihr leidenschaftliches Duett aufführten.

Ein Schwanzhieb traf Nandalee und schleuderte sie davon. Ihre Kehle war sofort wieder trocken. Ihr ganzer Leib ein dumpfer Schmerz. Sie blinzelte, sah die endlose schwarze Ebene der Wüste im Mondlicht vor sich ausgebreitet. Eine unheimliche Kreatur näherte sich ihr. Ein Gazellenkopf, der ruckend auf seinen Hörnern schreitend näher kam.

Nandalee glaubte, erst zu träumen, als sie auch den Kopf des Silberlöwen erkannte. Seine Fänge waren in den Hals der Gazelle gegraben. Ihre Läufe zuckten im Sand. Er ließ das sterbende Tier neben Nandalee niederstürzen, und sie machte sich augenblicklich über die aufgerissene Kehle her, trank von dem warmen Blut, und als ihr erster Durst gestillt war, riss sie mit den Zähnen Fleischstücke aus der verendeten Gazelle.

Der Silberlöwe brach mit seinen langen Krallen den Leib des

Tieres auf und begann, ebenfalls zu fressen. Immer und immer wieder grub Nandalee ihre Zähne in das Fleisch und spürte, wie der tote Leib ruckte, als der Löwe seinen Teil der Beute nahm. Mund an Mund lagen sie, als seien sie aus einem Wurf.

Als Nandalees Hunger und Durst gestillt waren, schlief sie erschöpft ein. Sie erwachte gestärkt im ersten Morgenlicht. Der Silberlöwe saß neben ihr, als wartete er auf sie. Die Jägerin fand die Kraft, sich aufzurichten. Ein schaler Geschmack lag ihr im Mund. Sie mied es, den Kadaver der Gazelle anzusehen. Sie würde vergessen, was in der vergangenen Nacht geschehen war. Sie lebte, allein das zählte.

Sie strebte den Felsen am Horizont entgegen. Bald spürte sie die Schwäche zurückkehren. Die zwei Tage in der Wüste hatten sie ausgezehrt. Sie fand nicht in den weit ausholenden, ausdauernden Schritt, mit dem sie durch die eisigen Weiten Carandamons und der Snaiwamark gestreift war.

Der Silberlöwe begleitete sie. Er blieb stets in Sichtweite, mal war er ein Stück voraus, dann ließ er sich wieder zurückfallen. Die Felsen wuchsen vor ihnen empor, und als die weiße Hitze der Mittagssonne die Wüste erneut in einen Glutofen verwandelte, erreichten sie die ersten Ausläufer der Berge. Nandalee flüchtete in den Schatten einer engen Schlucht und fand Wasser. Es war brackig, und Wasserlinsen trieben auf der Oberfläche. Dennoch trank sie. Sie musste sich beherrschen, nicht zu viel von der lauwarmen Brühe zu schlucken. Als sie ihren ersten Durst gestillt hatte, zog sie sich aus und wusch Staub und Blut von ihrem Leib.

Ihre aufgeschürfte Hand brannte. Die Wunde hatte sich entzündet. Sattgetrunken und schläfrig legte sie sich auf einen Fels und schlief erneut ein. Als sie erwachte, war es wieder Nacht. Der Silberlöwe war verschwunden. Sie wartete eine Weile, aber er kehrte nicht zu ihr zurück. Allein verließ sie die Schlucht und suchte nach der engen Klamm, die durch den Ring aus Felsen zur Oase hinführte.

Die Nacht schenkte Nandalee keine Erleichterung. Sie hatte das Gefühl, dass das Feuer der Wüste in ihr weiterbrannte. Ihre Kraft verließ sie wieder. Immer häufiger musste sie auf ihrem Weg innehalten und sich erschöpft an einen Fels lehnen. Immer länger wurden ihre Pausen. Wieder war sie stehen geblieben. Sie tastete nach ihrer Stirn, und kalter Schweiß benetzte ihre Finger. Fieber schüttelte ihren ausgemergelten Körper. Sie hörte das Rauschen von Schwingen und glaubte, Rosenduft zu riechen. War sie noch wach?

Sie kniff sich. Etwas Feuchtes drückte sich in ihr Gesicht. Ein großes, schwarzes Auge sah sie an. Verschwommen sah sie eine Blesse auf schwarzem Fell. Sternauge! Sie musste die Klamm zum Jadegarten erreicht haben. Er hatte auf sie gewartet.

Mit letzter Kraft zog sie sich auf seinen Rücken und krallte ihre Finger in die Lederschlaufen des langen Sattels. Um zu stehen, hatte sie keine Kraft. Seine Schwingen streiften ihr Gesicht, als er sich in den Sternenhimmel erhob. Nandalee dachte an die Pyramide im Herzen des Gartens. Sternauge schnaubte zum Zeichen, dass er verstanden hatte.

Es war kein langer Flug. Nandalee krallte sich verzweifelt in die Lederschlaufen auf dem Sattel. Sie hatte Angst, wieder ohnmächtig zu werden und aus dem Himmel zu stürzen. Klug wäre es gewesen, den Pegasus einfach durch die Klamm in das verborgene Tal preschen zu lassen. Aber kein Drachenelf, der sein Reittier gefunden hatte, hatte je diesen Weg genommen. Sie musste fliegen und vor der Pyramide landen, wenn sie nicht ihr Gesicht verlieren wollte.

Flötenspiel und sanfter Trommelschlag schlichen sich in ihr Bewusstsein. Fast hätte sie die Grenze zum Schlaf überschritten. Unter sich sah sie den weiten Garten Nachtatems. Fackeln beleuchteten die verschlungenen Wege. Auf einer Wiese nahe der Pyramide waren Zelte aufgeschlagen. Nandalee biss sich auf ihre spröden Lippen, damit der Schmerz die Benommenheit vertrieb.

Das Fieber hatte sie fest im Griff. Sie versuchte sich aufzusetzen, doch die Schwungfedern des Pegasus streiften ihre Beine. Sie würde seinen Flug stören, wenn sie nicht fest im Sattel stand, so wie es sich für einen Pegasusreiter gehörte, hatte aber nicht die Kraft sich aufzustellen. So blieb sie auf seinem Rücken liegen, klammerte sich an die Sattelschlaufen und hoffte, dass alles gutgehen würde.

Etwas abseits, im Schatten blühender Tulpenbäume, war ein besonders großes, dunkelrotes Zelt aufgestellt worden. Sein Tuch war mit aufwendigen Goldstickereien geschmückt, die fliegende Schlangendrachen zeigten. Dort musste Nachtatem zu finden sein, dachte Nandalee und versuchte, Sternauge an diesen Gedanken teilhaben zu lassen. Augenblicklich flog ihr Pegasus eine weite Kehre und ging sehr langsam tiefer. Ihr war es ein Rätsel, wie er sie verstehen konnte, vermochten doch nicht einmal die Himmelsschlangen, in ihren Gedanken zu lesen.

Sternauge musste gespürt haben, wie unsicher sie im Sattel hing, und fürchtete wohl, dass sie bei einem tollkühnen Flugmanöver stürzen könnte, denn er bewegte sich unendlich sanft. Dicht über der Wiese spreizte er die Schwingen, um mit weniger Schwung zu landen. Seine großen Hufe trommelten auf den Boden, der dicht wie Schnee mit roten Blütenblättern bestreut war. Grassoden flogen auf. Nach etwa dreißig Schritt kam er zum Stillstand.

Nandalee stürzte mehr aus dem Sattel, als dass sie abstieg. Sie lehnte einen Augenblick an Sternauge, dann zwang sie sich, gerade zu stehen. Die Musik im Lager war verstummt. Kobolde mit Fackeln in den Händen eilten ihr entgegen. Die Plane am Eingang des großen, roten Zeltes wurde zurückgeschlagen. Eine breite Lichtbahn schnitt in die Dunkelheit. Und inmitten des Lichtes stand ein goldhaariger, hochgewachsener Elf von betörender Schönheit.

»Es tut mir leid, Euch in diesem Zustand zu sehen, Dame Nandalee.« Die Stimme des Elfen ließ ihr Herz aufgehen. Sie war Verheißung. Allein sie zu hören linderte ihren Schmerz. Wenn sie in dieses Zelt trat, dann würde ihre Zukunft so strahlend sein wie die Gestalt, die vor ihr stand und sie mit ihrem Lächeln willkommen hieß.

Noch hatte sie die Wahl. Es war der allerletzte Augenblick. Sie sah durch den offenen Eingang, wer im Zelt weilte. Bidayn und Lyvianne.

Sie stand vor dem Lager des Goldenen, der Elfengestalt angenommen hatte.

»Mögt Ihr nicht eintreten, Dame Nandalee, und alle Mühsal hinter Euch lassen?« Er trat ein wenig zur Seite und wies auf das Zelt, das ein Meer von Lichtern erhellte. Auf einem Löwenfell lag Bidayn, nackt, ihr Rücken voller Blut und leuchtender Farben. Sie empfing die Tätowierung, die den Bund mit dem Goldenen besiegelte, ihrem eigenen Drachen. Noch war erst der Entwurf vollendet. Eine mächtige, geflügelte Schlangengestalt, die mit ihren Krallen an einem Netz zerrte, das eine Kugel umfing.

Bidayn winkte ihr zu und lächelte, so wie damals, als sie gemeinsam in die Weiße Halle gegangen waren und sie sich manche Nacht zu Nandalee in deren Kammer geschlichen hatte. Das Gesicht ihrer Freundin war schmaler geworden, härter. Sie hatte sinnliche Lippen und große, schwere Brüste, fast so weiß wie Milch. Nandalee musste daran denken, woher diese Haut stammte. Nichts würde je wieder so sein wie früher. Bidayn hatte ihren eigenen Weg gefunden.

Ihr werdet dieses Zelt nicht betreten, Dame Nandalee, ebenso wenig, wie Ihr mit Gonvalon gehen werdet, schnitt eine Stimme wie ein Messer in ihre Gedanken. Zwischen den Tulpenbäumen trat die Gestalt eines Elfen hervor, dem das Dunkel der Nacht zu folgen schien. In seiner Nähe verblasste das Licht, das vom Zelt ausging, und obwohl er aus dem Schatten der Bäume heraustrat, schien ihm die Dunkelheit zu folgen. Nachtatem, ihr Meister, hatte sie gefunden. Seine eisblauen Augen musterten sie voller Missfallen.

Wie könnt Ihr so hierherkommen, meine Dame? Ihr gehört zu mir, und wenn Ihr zerlumpt und verletzt auf einem Fest der Drachen erscheint, dann fällt dies auf mich zurück. Ich wirke schwach, wenn Ihr ein Abbild von Schwäche seid. Ihr seht nicht aus wie eine Drachenelfe, sondern wie ein geprügelter Kobold!

Äußerlich ließ sich Nachtatem seinen Zorn nicht anmerken. Ein kühles Lächeln spielte um seine Lippen, als für alle vernehmbar seine dunkle, wohltönende Stimme erklang. »Mir scheint, Ihr hattet einen schweren Kampf, Dame Nandalee. Täusche ich mich, oder umgibt Euch der Geruch von Blut.«

»Gazellenblut«, sagte sie mit kratziger Stimme. Sie litt wieder Durst und hatte Angst, dass sie jeden Augenblick vor Schwäche zu Boden sinken könnte. Nachtatem brüskiert zu haben wühlte sie zutiefst auf. Alles, was sie je gewollt hatte, war, ihm zu gefallen. Ihn zu sehen, ließ sie alles andere vergessen. In einem fernen Winkel ihres Bewusstseins war ihr klar, dass diese Gefühle dem Zauber der Himmelsschlangen entsprangen. Alle Geschöpfe Albenmarks verehrten sie. Es war unmöglich, ihnen zu begegnen und von ihnen nicht vereinnahmt zu sein, selbst wenn sie nur in Elfengestalt erschienen und ihren Drachenleib verbargen.

»Mir scheint fast, die Dame Nandalee hat in Gazellenblut gebadet, so stark wie ihr dieser sinnliche Duft anhaftet.« Der Goldene ließ auf laszive Art seine Zunge über seine Lippen spielen. »Ich gratuliere Euch zur Wahl dieses Duftes, meine Dame. Er passt zu Euch. Er macht Euch begehrenswert. Man möchte Euch geradezu verschlingen. Wusstet Ihr, wie sehr mein dunkler Nestbruder rohes Fleisch schätzt? Ihr solltet zweimal darüber nachdenken, diesen Duft aufzulegen, bevor Ihr ihn besucht. Manchmal kann er überraschend zügellos sein.«

Nandalee schwankte leicht. Ihr Blick klammerte sich an den

Dunklen. Stumm bat sie ihn darum, sie einfach mit sich zu nehmen und von hier fortzubringen. Sie brauchte seine Stärke nun. Sie würde jeden Augenblick zusammenbrechen, und sie wollte ihn nicht noch weiter brüskieren. Er sah so gut aus, wenn er Elfengestalt annahm. Schon als sie ihn zum ersten Mal gesehen hatte, hatte sie sein ernstes Gesicht mit den vollen Lippen und dem energischen Kinn, das eine Spur zu breit war, sehr gemocht. Er trug sein schwarzes, leicht gewelltes Haar schulterlang, sodass es auf seinen Brustpanzer aus blauschwarzen Schuppen fiel, die seinen eigenen Schuppen in Drachengestalt ähnelten. Obwohl es ein warmer Abend war, war er mit einer weißen Hose aus weichem, lose fallendem Stoff angetan, die in kniehohen Schaftstiefeln steckte. Breite, goldene Reife schmückten seine blassen Arme. Er strahlte Macht aus und Selbstbewusstsein. Ihn zu sehen erinnerte Nandalee stets daran, wie unbedeutend sie war.

Wie hatte Gonvalon sie genannt? Die Drachenelfen waren nur Pfeile, die die Himmelsschlangen von ihren Bögen verschossen. So viel Arbeit ein Jäger auch in die Herstellung eines Pfeils steckte, wurde er doch unbedeutend, war er in der Schlacht erst einmal verschossen.

»Komm!«, befahl der Dunkle brüsk und streckte ihr die Hand entgegen.

Nandalee musste all ihre verbliebene Kraft für diese letzten Schritte aufbieten, doch kaum berührte sie den Drachen in Elfengestalt, durchflossen sie neue Kraft und ein Wohlgefühl, das sie gegen ihren Willen aufseufzen ließ.

»Noch in dieser Nacht wirst du ganz die Meine sein«, sagte er verheißungsvoll und führte sie zum Eingang der alten Pyramide.

Gezeichnet

Der Dunkle führte sie hinab in jenes weite, überflutete Gewölbe, in dem er den Gazala, seinen Seherinnen, lauschte. Als sie eintraten, verstummte ihr unablässiges Murmeln.

Nandalee fühlte ihre Blicke auf sich lasten. Würden diese Wesen, die halb Gazelle, halb Elfe waren, und denen die Fähigkeit, in die Zukunft sehen zu können, jede Hoffnung auf ein normales Leben genommen hatte, zusehen bei dem, was nun kommen würde? Der Dunkle sagte etwas in einer Sprache, die sie nicht verstand. Seine Worte hallten unheimlich von den Wänden wider.

Alle Gazala verbeugten sich. Es war eine Bewegung voller Anmut, zugleich aber auch von verstörender Gleichzeitigkeit, als seien sie alle nur ein einziger Körper. Sie verließen das weite Gewölbe.

»Entkleidet Euch bitte, Dame Nandalee.«

Sie hatte es bislang nie als unschicklich empfunden, sich nackt zu zeigen, aber es lag etwas im Blick der geschlitzten Pupillen des Drachen, das sie erschauern ließ. Unfähig sich zu rühren, sah sie ihn einfach nur an. Er trat nahe vor sie. Wohlgeruch entströmte seinem Atem. Langsam, zärtlich strich er ihr über die Wange. Sie sah, wie der Nagel seines Mittelfingers sich in eine Kralle verwandelte.

Die Hand glitt tiefer. Sie hörte das Reißen von Stoff. Streifen um Streifen schnitt er ihr die zerrissenen Kleider vom Leib. Dabei sah er ihr unverwandt in die Augen, als sei ihre Nacktheit völlig nebensächlich und alles, was ihn interessierte, in ihrem Blick zu finden.

Er ging vor ihr im flachen Wasser des Gewölbes in die Knie, noch immer ohne den Blick von ihren Augen zu lassen. Die Kralle schlitzte das Leder ihrer Stiefel, und Nandalee stellte sich vor, mit welcher Leichtigkeit sie ihre Haut zerfetzen würde.

Zwei Gazala waren zurückgekehrt und traten an ihre Seite. Eine trug eine flache Schale mit klarem Wasser, auf deren Grund das Bild eines blühenden Kirschbaums gemalt war, die andere Gazellenfrau hielt seidene Tücher auf ihren Armen.

Der Dunkle nahm eines der blütenweißen Tücher, tunkte es in das Wasser und begann vorsichtig, ihre Haut abzutupfen. Das Wasser war angenehm kühl. Leichter Anisgeruch haftete ihm an. »Eure Haut muss vollkommen sauber sein, Dame Nandalee. Ich werde Euch verletzen, wenn ich Euch das Bild, das Euch zur Drachenelfe macht, unter die Haut steche. Gelangt Schmutz in die Wunden, dann könnten sie sich entzünden.« Er tupfte über ihre Brüste und ein wohliges, warmes Gefühl breitete sich in ihrem Bauch aus. Ihre Brustwarzen richteten sich auf, doch er hatte keinen Blick dafür. Nach wie vor sah er ihr ins Gesicht, so als gäbe es nur ihre Augen und alles andere sei ohne Belang.

»Ich werde Euch Schmerzen bereiten, Dame Nandalee, sie sind Teil des Rituals. Sie werden lange anhalten. Es wird ein großes Bild werden, auch wenn ich noch nicht weiß, wie es aussehen wird. Ganz gewiss wird es Euren Rücken füllen, vielleicht auch Teile der Arme und Beine. Ihr werdet dieses Gewölbe erst wieder verlassen, wenn es vollendet ist. Und wenn Ihr geht, meine Dame, dann werdet Ihr äußerlich wie innerlich eine andere sein.«

Während er sprach, tupfte er immer weiter ihren Leib ab. Die besudelten Seidentücher ließ er achtlos fallen. Sie trieben wie verlorene Blüten im Wasser um ihre Knöchel.

»Ich vermag Euch nicht zu sagen, was geschehen wird. Es ist jedes Mal anders. Der Schmerz wird wie Wellen gegen Eure Seele branden. All Eure Sinne werden berührt sein. Eure Augen mögen Euch Trugbilder vorgaukeln oder Ihr mögt plötzlich einen unerträglichen Heißhunger verspüren. Gebt Euch ganz Euren Gefühlen hin. Die Gazala werden stets nahe sein. Sie werden jeden Eurer Wünsche erfüllen, meine Dame, nur einen nicht. Der Schmerz endet erst, wenn das Bild vollkommen ist. Und wenn er endet, wird eine Zeit kommen, in der Ihr Euch nach ihm zurücksehnt, denn nichts von allem, was Ihr je erleben werdet, wird sein wie die nächsten Tage. Wenn Ihr Euch fallen lasst und mit dem Schmerz treibt lasst, wird er Euch nach einer Zeit Lust bereiten, wie Ihr sie noch nie kennengelernt habt.«

Der Dunkle fasste ihr Kinn und wandte ihr Gesicht zur Seite. Jetzt endlich war der Bann seiner eisblauen Augen gebrochen. Blaugrauer Rauch trieb über das Wasser, wob einen Schleier, der das weite Gewölbe unwirklich erscheinen ließ. Kristallschalen, in denen kleine Kerzen brannten, trieben auf dem Wasser und verbreiteten ein gelbes Licht, das, vom dunklen Wasser reflektiert, ein fließendes, gelbes Muster auf die gewölbte Decke reflektierte.

Die flache Insel, die sich in der Mitte der Höhle aus dem Wasser erhob, war nun mit schweren Teppichen und Kissen bedeckt. Nahe beim Wasser brannte in Kupferschalen Räucherwerk. Ein schwerer, harziger Duft kratzte in Nandalees Hals und umschmeichelte zugleich ihren Geruchssinn. Er trug zunächst den Duft von Moschus mit sich und einen Hauch vom Aroma überreifer Mangos, dann wandelte er sich wieder und roch wie Zitronengras, das man zwischen den Fingern zerrieb.

Der Dunkle nahm sie bei der Hand und führte sie zur Insel. Die Gazala trugen Obst in Schüsseln aus hauchzarter Keramik herbei. Kirschen und schwere, reife Trauben, goldene Äpfel, dunkelrote Beeren und seltsame mit Stacheln besetzte Früchte, die sie noch nie zuvor gesehen hatte. In anderen Schalen entdeckte sie Gebäck. Der Duft von gewürztem Fleisch mischte sich unter die Aromen, die im Rauch schwangen.

»Legt Euch nieder, meine Dame«, sagte der Dunkle sanft. Er bettete ihr Haupt auf eine steife Nackenrolle. Hinter Nandalee kniete eine Gazala nieder, die ihr strähniges Haar nahm und es durch ihre feingliedrigen Finger gleiten ließ.

»Ihr mögt den Geruch von Vanille, meine Dame?«, fragte er, während er die Lederschließen seines Schuppenpanzers öffnete.

»Ja.«

Der Dunkle lächelte sanft. »Ich auch«, sagte er, legte die Rüstung ab und streifte die Tunika, die er darunter getragen hatte, über seine Schultern. Seine helle Haut schimmerte, als sei sie leicht geölt.

Warmes Wasser benetzte Nandalees Haar. Die Gazellenfrau massierte ihre Kopfhaut sanft mit den Fingerspitzen, und jede ihrer Berührungen jagte ihr ein angenehmes Schaudern über den Rücken. Dann wusch die Gazala Nandalees Haar über einer Schale. Sie mengte dem Wasser Vanilleöl bei, dessen Duft kurz alle anderen Gerüche überlagerte.

Weitere Gazala brachten ein weißes Tuch, auf dem Bambusstiele lagen, die an Pinsel erinnerten, nur dass nicht Haare, sondern jeweils fünf oder sechs, nicht einmal einen halben Zoll lange Stahlnadeln von der Zwinge aus feinem Seidengarn gehalten wurden. Neben den Tätowiernadeln lagen auch wirkliche Pinsel, deren rote Haarbüschel etwa so dick wie Nandalees kleiner Finger waren. Schweigend trugen die Gazala Dutzende weiße Schälchen heran, in denen alle nur erdenklichen Farben schimmerten. In einem weiten Halbkreis stellten sie sie um Nandalee ab.

Der Dunkle war nun nackt. Er band sein Haar zurück in den Nacken und kniete neben ihr nieder. »Ihr erlaubt, dass ich heile, was die Wüstensonne Eurer Haut angetan hat?«

Wie hätte sie dieser sanften, dunklen Stimme widersprechen können? Sie würde zustimmen, was immer er von ihr verlangte. Nun war er mit allen Sinnen bei ihr, das las sie in seinen Augen. Die Gazala, die weite Grotte, der Rauch, das alles existierte für ihn nicht. Nur sie allein war in diesem Augenblick von Bedeutung für diesen Drachen, der so alt wie die Welt war.

Nandalee nickte. Sie hatte Sorge, ihre raue Stimme würde seine Ohren beleidigen, und sie sehnte sich nach nichts mehr, als ihm zu gefallen.

Seine Fingerspitzen glitten sanft über ihre Haut. Die Kralle, die ihre Kleider zerfetzt hatte, war wieder verschwunden. Seine Berührung war sanft wie ein Lufthauch. Ein Prickeln überlief ihre

Haut. Sie sah, wie Rötungen verschwanden, wie die Verletzung an ihrer Hand heilte. Als seine Finger ihre Lippen streiften, berührte sie sie mit der Zungenspitze. Die geschlitzten Pupillen des Dunklen verengten sich.

Wie hatte sie das tun können, dachte Nandalee erschrocken. Er musste sie für völlig schamlos halten, wusste er doch, dass sie und Gonvalon ein Paar waren. Beschämt senkte sie den Blick, und doch fuhr ihre Zungenspitze erneut über die Lippen, die der Dunkle eben erst berührt hatte. Sie waren weich und geschmeidig, als hätten sie niemals vom Glutodem der Wüste gekostet.

Irgendwo fern in der Pyramide erklang Musik, leise Gongschläge, die tief im Bauch vibrierten, begleitet von Saitenspiel und einer melancholischen Flöte. Die Melodie war unaufdringlich, lud dazu ein, die Lider zu schließen und zu träumen.

»Ihr werdet auf dem Bauch liegen, während ich an dem Bild arbeite, und Ihr werdet nicht sehen können, was ich tue, deshalb gebt nun acht.« Der Dunkle griff nach einem der Bambusstöcke mit den kurzen Tätowiernadeln. »Reicht mir Eure Hand, meine Dame.«

Nandalee setzte sich auf. Warmes Wasser troff über ihren Rücken. Die Gazala trocknete ihr mit einem weichen Tuch das Haar.

Als der Dunkle ihre Hand ergriff, richteten sich die feinen Härchen auf ihrem Arm auf, und wieder war da dieses warme, wohlige Gefühl in ihrem Bauch. Sie versuchte an Gonvalon zu denken, an seine zärtlichen Küsse. Daran, wie er einfach stumm für sie da sein konnte, wenn kein Wort ihren Weltschmerz zu lindern vermochte. Sie sollte ihm ganz und gar gehören und die Berührung des Dunklen nur als Teil einer unangenehmen, letzten Pflicht empfinden. Doch dem war nicht so. Sie sehnte sie herbei.

»Hiermit werde ich zunächst alle Linien zeichnen und danach die Flächen zwischen ihnen mit Farbe füllen. Viele tausend Male werde ich die Nadeln unter Eure Haut stoßen, meine Dame.« Mit diesen Worten stach er in ihren Handrücken. Wieder und wieder und wieder. Es war eine geübte Bewegung ohne Eile, sicher. Als er ihre Hand losließ, zog sich eine geschwungene, blutrote Linie vom Zeigefinger zum Handgelenk. Ein einzelner Blutstropfen rann über ihren Daumen hinab und tropfte auf den Teppich, auf dem sie saß.

Es war kein intensiver Schmerz gewesen. Sie hatte ihn ohne mit der Wimper zu zucken ertragen. Sie war eine Kriegerin!

»Täuscht Euch nicht, meine Dame«, sagte der Dunkle eindringlich, als habe er ihre Gedanken erraten. »Der Schmerz wird wachsen, so wie eine Lawine wächst und schließlich alles mit sich fortreißt, was sich ihr in den Weg stellt. Ihr müsst mit dem Schmerz fließen, oder Ihr werdet ihm nicht widerstehen, wenn ich die Nadeln Stunden um Stunden in Eure zarte Haut versenke. Ich darf nicht zu zaghaft sein, denn steche ich nicht tief genug, dann wird das Bild verblassen und schließlich ganz verschwinden. Steche ich aber zu tief und Ihr blutet, dann wird das Blut die Farbe aus den Wunden spülen, und ich muss mein Werk erneut beginnen, wenn die Verletzung verheilt ist.«

Er nahm einen der Pinsel, tunkte ihn in leuchtend rote Farbe und klemmte ihn unter den Mittelfinger seiner flach ausgestreckten linken Hand, dann streifte er den kurzen Bambusstock mit den Nadeln mit fließender, wohlgeübter Bewegung durch die Farbe auf dem Pinsel, sodass sie alles gut sehen konnte. »So nehme ich die Farbe auf. Es geht schnell, auch wenn ich die Nadeln viele tausend Male aufs Neue benetzen muss. Nun wisst Ihr, was ich Euch antun werde, meine Dame. Seid Ihr bereit, diese letzte aller Prüfungen über Euch ergehen zu lassen?«

Nandalee nickte, ohne zu zögern, doch mit einem Anflug von schlechtem Gewissen. »Gonvalon …«, sagte sie leise.

»Ich habe ihm einen Boten schicken lassen. Er weiß, dass Ihr wohlbehalten zurückgekehrt seid, meine Dame.«

Nandalee glaubte einen Anflug von Ärger aus den Worten herauszuhören.

»Er weiß, was wir hier tun. Auch er war einmal ein Drachenelf und ist diesen Weg gegangen. Nun dreht Euch um, legt Euch auf den Bauch, lauscht der Musik und öffnet Euch den betörenden Düften, die uns umschmeicheln. Wir müssen unsere Seelen in Einklang bringen, um das eine Bild zu finden, in dem wir uns beide widerspiegeln.«

Nandalee gehorchte. Sie fühlte sich leicht benommen. Lag es am Fieber oder war etwas im Rauch, das ihre Wahrnehmung veränderte? Alles geschah langsamer. Jedes Gefühl war tiefer. Der Dunkle strich ihr sanft über den Rücken. Seine schlanken Hände liebkosten ihre Schultern, lösten kleine Knoten in ihren Muskeln. Bald fühlte es sich so an, als würden seine Hände ihren Leib verstehen und auf ihm spielen wie ein Musiker auf einem wohl vertrauten Instrument. Er wusste, wo seine Berührung samtenen Schmerz verursachen würde und wo sie ihr Lust bereitete. Sie bewegte sich, presste ihren Leib seinen Händen entgegen und stöhnte leise. Feuchte Hitze wogte zwischen ihren Schenkeln. Seine Hände fuhren ihre Wirbelsäule hinab. Tiefer und tiefer … Er hauchte einen Kuss auf ihren Nacken. »Ich sehe es«, sagte er leise.

Seine Hände flohen, ließen sie allein mit ihren aufgewühlten Gefühlen. Dann kam der Schmerz. Ein erster Stich dicht neben der Wirbelsäule. Sie zuckte, mehr überrascht als wegen der Pein. In schneller Folge kamen weitere Stiche, nur kurz unterbrochen, wenn er die Nadeln über den Pinsel strich, um neue Farbe aufzunehmen.

Der Schmerz wanderte in weitem Bogen hinauf zu ihrem Schulterblatt. Sie versuchte, nicht dagegen anzukämpfen. Es war so, wie der Dunkle es prophezeit hatte, der Schmerz wuchs, wurde mit jeder neuen Linie, die er begann, unerträglicher. Sie verkrampfte sich, kämpfte dagegen an und wusste, dass es falsch war. Die Lawine würde sie verschlingen, wenn sie nicht mit ihr mitschwamm, und doch vermochte sie nicht aufzugeben. Zu kämpfen war ihre

Natur, eher ging sie unter, als aufzugeben. Tränen rannen ihr über die Wangen, aber sie biss die Zähne zusammen und verweigerte sich jedem Schluchzen. Ein Zucken ihrer Schultern mochte den Verlauf der blutigen Linien stören, die sich in ihr Fleisch gruben. Sie kämpfte weiter, war erschöpft, spürte nagenden Hunger und die irrationale Lust, sich auf den Dunklen zu stürzen und ihn zu beißen.

Aber etwas im Rauch nagte an ihrem Willen, ließ den Wunsch aufkeimen, sich zu ergeben. Auch die leise Musik erweckte in ihr die Sehnsucht nach Unterwerfung. Sie wollte sich einfach nur noch fügen, mit dem Schmerz gehen, ihn zu einem Teil von sich machen und ihn voller Wollust genießen. Es war dieser Augenblick am Rand der Erschöpfung, in dem der Dunkle die Nadeln zur Seite legte und seine kundigen Hände nach den verborgensten Stellen ihres Körpers tasteten. Und ihr Widerstand zerbrach. Sie gab sich ihm hin und empfand eine bislang unbekannte Lust darin, sich einfach treiben zu lassen, nur noch Körper zu sein. Nie zuvor war sie so frei gewesen.

Rausch der Sinne

Hatte der Dunkle ihr eine Droge gegeben? Lag ein Zauberbann auf ihr? Nandalee gab sich ihm mit einer Leidenschaft hin, die sie niemals für möglich gehalten hätte. All ihre Sinne schienen durch den Schmerz geschärft zu sein. Wenn sie vom Obst kostete, dann war es köstlicher als alles, was ihr je über die Lippen gekommen war. Der leichte Rotwein berauschte sie, als ginge er ihr direkt ins Blut. Blumig und mit einem Nachgeschmack nach den Waldbeeren eines sonnigen Herbstes, war er wie kein zweiter Wein, den sie je gekostet hatte. Das helle Brot war kross, krachte zwischen ihren Zähnen, Fleisch und Saucen unvergleichlich.

Sie schlemmte stundenlang, auf dem Bauch liegend, während

ihr neuer Meister weiter das Bild in den Rücken stach. Er war genauso besessen wie sie. Kaum dass er sich eine Pause gönnte. Nur wenn sie einander liebten, legte er den Pinsel und die Nadeln zur Seite. Manchmal überfiel er sie wie ein hungriges Tier, nahm sich, was er begehrte, ohne an sie zu denken. Dann wieder war er der vollkommene Liebhaber, zärtlich, zuvorkommend und allein darauf bedacht, sie zu unbekannter Ekstase zu führen. Sie war dabei ganz passiv, ließ ihn gewähren, vertraute sich ihm ganz an. Und sie spürte, wie er trotz aller Leidenschaft sehr darauf achtete, die frischen Wunden nicht zu früh zu berühren und dem Bild, das auf ihrer Haut erstand, Schaden zuzufügen. Willig gab sie sich hin und genoss seine Lust, bis sie schließlich völlig erschöpft in seinen Armen einschlief.

Jedes Mal wenn sie erwachte, war der Schmerz der Nadeln schon da. Jede Freude wurde von ihm begleitet, bis Nandalee insgeheim zu fürchten begann, dass sie von nun an ohne Schmerz vielleicht für jedes Empfinden taub sein könnte. Sie vermochte nicht zu sagen, wie lange dieser Rausch andauerte. Zeit verlor an Bedeutung. Schlaf, Schmerz, Lust – alles vermengte sich, schien sich endlos zu dehnen. Er verweigerte ihr einen Blick auf das gesamte Bild. Sie sah, dass sich ein blauschwarzer Drachenschweif ihren linken Oberarm hinabwand.

Er begann, ein Bild in ihren rechten Oberschenkel zu stechen, als er sie blendete. Es war ein überraschender, neuer Schmerz. Ein Gefühl, als sei eine der Nadeln tief in ihren Kopf gedrungen, und von einem Moment auf den anderen konnte sie nicht mehr sehen. Panik überkam sie. Sie wollte fliehen, aber er drückte sie gnadenlos auf den Teppich, der inzwischen von der Farbe seiner Pinsel durchtränkt war. Sie spürte noch die Seidentücher, mit denen er Farbe abtupfte und ihr Blut, das ihr Bein hinunterlief. Immer wieder hielt er jetzt inne, um kritisch sein Bild zu prüfen.

»Was … was ist mit meinen Augen?«, fragte sie nach langem Schweigen voller Angst.

»Ihr sollt das Werk nicht sehen, bevor es vollendet ist, Dame Nandalee. Beweist mir Euer völliges Vertrauen, indem Ihr Euch mir blind ausliefert. Das Werk ist fast vollbracht, meine Dame.«

Sie hatte sich verändert. Nur ein paar Tage zuvor hätte sie gegen ihn aufbegehrt. Wie konnte er das tun! Aber jetzt war alles anders. Sie war sein. Und auch er hatte sich ihr in den vergangenen Tagen offenbart. Sie war sich fast sicher, dass er sie begehrte, nicht nur um hier und jetzt seine Lust zu befriedigen. Er respektierte sie. Sie hatte seine Einsamkeit gespürt und wie sehr er sich danach sehnte, mit ihr alles zu teilen. Aber sie würde gehen. Auch wenn er vielleicht glaubte, sie zu lieben, würden sie einander nie von gleich zu gleich begegnen.

Nandalee nahm hin, was war, ließ sich zwischen Fieberwahn und Ekstase treiben. Er arbeitete nun abwechselnd mal an ihrem rechten Bein, mal füllte er auf ihrem Rücken Flächen mit Farbe. Sie spürte seine Unrast. Etwas, worüber er nicht mit ihr reden wollte, beunruhigte ihn.

Irgendwann erwachte sie, und die leise Musik, die sie all die Tage begleitet hatte, war verstummt. Er war fort, sie spürte es ebenso, wie sie wusste, dass sie wieder würde sehen können, wenn sie die Augen aufschlug. Sie zögerte es hinaus, blieb still liegen und hoffte wider besseres Wissen, dass er noch einmal zurückkehren würde. Dass es einen Abschied gäbe, feierliche Worte, ein letztes Beisammensein.

Sie wartete lange. Doch der Dunkle kam nicht zurück. Endlich sah sie sich blinzelnd um. Sie lag inmitten der feinen Seidentücher, mit denen er bei seiner Arbeit Blut und Farbe von ihrer Haut gewischt hatte. Sie waren überall, auf dem flachen Fels, der ihre Insel fern der Welt gewesen war, im dunklen, warmen Wasser, das den Boden des Gewölbes verbarg. Das geheime Refugium des Dunklen sah aus wie ein blühender Apfelhain, der von einem wütenden Frühlingssturm heimgesucht worden war und dessen makellos weiße Pracht der Wind in den Schmutz gezerrt hatte.

Nandalee drehte den Kopf, soweit sie konnte, und versuchte, das Bild auf ihrem Rücken zu erkennen. Doch alles, was sie deutlich erkennen konnte, war eine schwarze Drachenklaue auf ihrer linken Schulter sowie das Schweifende an ihrem linken Oberarm. Dann fiel ihr Blick auf ihr rechtes Bein. Um ihren Oberschenkel wand sich der lange Schweif eines zweiten Schlangendrachen. Er reichte bis unter ihr Knie. Nandalee entfuhr ein leiser Schrei. Hatte sie zwei Drachen auf ihrem Rücken? Das hatte es, soweit sie wusste, noch nie gegeben!

Die Elfe kauerte sich zwischen die fast leeren Farbschalen, aß ein wenig kalte Hühnerbrust, die nicht mehr so unvergleichlich schmeckte wie während ihres Rausches. Was für ein Bild befand sich auf ihrem Rücken?

Sie erhob sich, sah sich ein letztes Mal um. Noch immer trieben Kerzen in Kristallschalen über das dunkle Wasser und woben Netze aus goldenem Licht auf die Decke des Gewölbes. Ohne die Gazala und vor allem ohne den Dunklen wirkte das unterirdische Versteck trostlos. Wohin mochte er gegangen sein? Nandalee bückte sich nach dem Krug mit dem köstlichen Wein, als sie zwischen den Seidentüchern etwas golden glitzern sah. Sie schob die Tücher zur Seite und fand ein weißes Kleid, geschnitten wie die langen Gewänder, die die Meister der Weißen Halle getragen hatten. Lange hielt Nandalee es nur in der Hand, strich über den feinen Leinenstoff und die goldenen Stickereien an den Säumen. Plötzlich spürte sie einen Kloß im Hals. Sie war eine Drachenelfe!

Sie wünschte, Gonvalon wäre jetzt hier, oder Ailyn, die Meisterin des waffenlosen Kampfes aus der Weißen Halle. Oder Cullayn, der schweigsame Jäger mit dem entstellten Gesicht, der mit seinem Gefährten, dem schönen Tylwyth, durch die Weite der Snaiwamark streifte. Ob die beiden in der Blauen Halle gewesen waren, als die Devanthar angegriffen hatten?

Sie musste an alle denken, die sie ein Stück auf ihrem Weg bis hierher zu diesem Hort der Geheimnisse begleitet hatten. An die Kobolde der Weißen Halle, die sie und ihre Launen gefürchtet hatten, und an Sata, jene alte Koboldin auf dem *Blauen Stern*, dem Himmelsschiff, das jenem Alben gehörte, den alle nur den Sänger nannten. Sata hatte sich auf raue, aber herzliche Art ihrer angenommen, als sie halb erfroren auf das schwebende Schiff des Alben gekommen war.

Auch dachte sie an Eleborn, der nach ihrer Rückkehr von Nangog den Jadegarten verlassen hatte, um seine Familie in Arkadien zu besuchen und dort um seinen verlorenen Meister, den Himmlischen, zu trauern. Gewiss hätte er sie mit einer seiner wunderbaren Skulpturen aus Wasser und Licht beschenkt, wenn er jetzt hier wäre. Ganz in melancholische Gedanken versunken, legte Nandalee das Kleid an.

Es war ihr auf den Leib geschnitten. Wer es wohl genäht hatte? Die Gazala? Sie schloss die Haken über ihrer Brust und am steifen Stehkragen, der ihr fast bis zum Kinn reichte. Dann schlang sie plötzlich die Arme um ihren Leib. Hielt sich fest, wollte sich spüren und war sich doch nur allzu bewusst, dass etwas von ihr nun für immer verloren war. Es hatte sich aufgelöst, wie jene Schleier aus berauschendem, graublauem Rauch, die vor wenigen Stunden noch durch das Gewölbe gezogen waren. Sie war keine Novizin mehr, sondern Teil des Ordens von Mördern, den die Himmelsschlangen gegründet hatten. Sie hatte sich entschieden und den Weg der Unschuld für immer verlassen. Sie gehörte nun dem Dunklen!

Aber ihr blieb ein Gewissen, entschied sie. Sie würde als Meisterin nicht minder rebellisch sein, als sie es als Schülerin der Weißen Halle gewesen war. Nandalee raffte ihr neues, bis zu den Hüften geschlitztes Kleid, um durch das Wasser zu waten, und verließ das Gewölbe über den Weg, den zu finden sie bei ihrer Gefangenschaft hier unten einst so viel Zeit gekostet hatte. Sie war noch nicht weit durch den Tunnel geschritten, der sie in die Freiheit führen würde, als sie in einer erleuchteten Wandnische ihr Schwert

Todbringer fand. Der mächtige Zweihänder steckte in einer neuen Scheide aus braunem Leder, um die ein messingbeschlagener Gürtel gewickelt war, der es ihr erlauben würde, das Schwert auf dem Rücken zu tragen. Neben der Waffe lehnten ihr Bogen und ein neuer Köcher, ebenfalls aus braunem Leder und prall gefüllt mit Pfeilen.

Warum beschenkte der Dunkle sie, zeigte sich aber nicht? Sie legte die Waffen an. Es tat gut, wieder den Bogen in Händen zu halten. Wenn der Dunkle ihn hierhergebracht hatte, musste das wohl bedeuten, dass er ihr erlaubte, die Waffe zu nutzen, obwohl dies in der Weißen Halle auf so viel Widerstand gestoßen war. Die Meister fanden es unehrenhaft, einen Feind auf große Distanz zu töten, ohne ihm in die Augen gesehen zu haben. Nandalee hatte das immer für verlogen gehalten. Kaum ein Geschöpf Albenmarks konnte gegen einen Schwertkämpfer aus der Weißen Halle bestehen. Wer einem Drachenelfen gegenüberstand, den die Himmelsschlangen geschickt hatten, der war verloren. Ihren Klingen war ebenso wenig zu entkommen wie einem wohl gezielten Pfeil.

Mit festem Schritt verließ sie die Pyramide und trat aus dem uralten Gemäuer in eine sternenklare Nacht. Gonvalon stand auf der Wiese, von der nun alle Zelte verschwunden waren. Hinter ihm weideten Sternauge und Nachtschwinge.

Er trug nicht länger das Gewand eines Meisters der Weißen Halle, sondern hatte sich neu eingekleidet. Taubengrau war die Farbe seines langen Waffenrocks. Verspielte Ranken in einem Rot an der Grenze zum Purpur säumten die Ärmel und reichten ihm bis fast zu den Ellenbogen. Er trug keine Waffen. Ihn so zu sehen versetzte Nandalee einen Stich. Sein Gesicht, gerahmt von goldenem Haar, wirkte schmaler. Auch er hatte sich verändert.

Nandalee dachte an den Rausch, den sie mit dem Dunklen gelebt hatte, und senkte beschämt den Blick. »Ich …«, begann sie zögerlich, als er ihr sanft die Hand auf den Mund legte.

»Bitte sag nichts. Auch ich war einst ein Drachenelf. Ich weiß, was geschehen ist. Sie sind unwiderstehlich.« Er lächelte, diesmal ganz ohne den melancholischen Blick, mit dem er sie sonst so oft ansah. Seine Augen strahlten. »Wichtig ist allein, dass du nun hier bist. Du bist nicht bei ihm geblieben. Ich wusste, du würdest zurückkommen. Sie sind nur ein Rausch. Wir können ihnen nicht lange nahe sein, wir würden vergehen wie Motten, die ins Licht fliegen.«

Nandalee war unglaublich erleichtert. Kurz fragte sie sich, was er wohl mit dem Goldenen erlebt hatte, dann schob sie den Gedanken daran weit von sich. Auch das war ohne Belang für sie beide. Plötzlich spielte jenes freche Lächeln um seine Lippen, das er bei ihrer ersten Begegnung gezeigt hatte, als sie gänzlich unbekleidet vor einem Heer von Trollen durch die Wildnis geflohen war und er kam, um sie zu retten. »Ich weiß, was dich im Augenblick am meisten quält.«

Sie sah ihn fragend an.

»Du möchtest wissen, wie deine Tätowierung aussieht, nicht wahr?«

»Dir steht der Sinn danach, mich nackt zu sehen?«

Sein freches Lächeln wurde noch ein wenig breiter. »Immer, meine Schöne. Und doch will ich dir vor allem zu Diensten sein, wenn auch nicht ganz ohne Hintergedanken.«

»Du müsstest mir den Kopf verdrehen, damit ich auf meinen Rücken sehen kann«, entgegnete sie keck.

»Nichts lieber als das, aber ich wüsste auch noch einen anderen Weg. Wenn du natürlich deine unerträgliche Neugier plötzlich abgelegt hast und zur weisen, allem weltlichen entrückten Drachenelfe gereift sein solltest, entschuldige ich mich, solche Banalitäten an Euch herangetragen zu haben, Meisterin.«

Nandalee öffnete den Schwertgurt und streifte ihren Köcher ab. »Los, zeig mir, wie es geht.«

Gonvalon ging zu Nachtschwinge und hob eine große Satteltasche vom Rücken des Pegasus. Etwas darin klirrte leise, als er zu ihr zurückkam.

Nandalee wartete, bis er wieder vor ihr stand, dann löste sie die Haken ihres Kleides und ließ es zu Boden gleiten. Sie genoss seine Blicke. Sie wusste, dass er vor ihr schon viele Frauen geliebt hatte, aber er sah sie an, als sei sie die Eine, die Vollkommene, die er sein ganzes Leben lang gesucht hatte.

Auch sie war nicht unerfahren in der Liebe gewesen, als sie Gonvalon zum ersten Mal begegnete, aber mit ihm war es anders als mit allen anderen. Sie fühlte sich schön, wenn er sie so ansah, dabei fand sie sich selbst zu dünn und wenig weiblich. Gonvalon löschte diese Selbstzweifel aus und wurde es nie müde, ihren Körper aufs Neue mit all seinen Sinnen zu erforschen – als sei sie ein wunderbares Rätsel, dem auf den Grund zu gehen er gern sein ganzes Leben widmen würde.

»Man könnte meinen, du hättest noch nie eine Frau gesehen«, scherzte sie, nachdem sie eine Weile seine Blicke genossen hatte.

»Keine wie dich«, entgegnete er mit einer Leidenschaft, die jeden Gedanken daran verbannte, dass dies nur eine Floskel sein könnte. Er legte die Satteltaschen auf den Boden und holte mehrere Blendlaternen heraus.

»Du wusstest, dass ich nachts zurückkehren würde?«

Er schüttelte lächelnd den Kopf. »Ich wusste, du würdest zurückkehren. Das war alles. Ich habe mich darauf vorbereitet, dass es etwas dauern könnte. Ich weiß ja seit einer Weile schon, dass du nur selten tust, womit alle rechnen.« Er sagte das nicht vorwurfsvoll, sondern so herzlich, dass Nandalee nicht anders konnte, als neben ihm niederzuknien und ihn leidenschaftlich zu küssen. Es wurde ein langer Kuss. Gonvalon zog sie so fest in seine Arme, als seien sie ein Jahrhundert lang getrennt gewesen. Schließlich war sie es, die sich löste. Sie war neugierig, endlich das Bild auf ihrem Rücken zu sehen.

»Wartest du schon lange auf mich?«

Er zuckte mit den Schultern, als bedeute es nichts. »Zwei Tage. Es waren noch andere hier. Nodon und die übrigen Drachenelfen aus der Bergfeste. Du hast lange geschlafen, nachdem Nachtatem gegangen war.«

Es lag ihr auf der Zunge zu fragen, wohin die Himmelsschlange verschwunden war, doch sie fürchtete, Gonvalon damit zu verletzen. »Wie lange war ich in der Pyramide?«

»Elf Tage«, sagte Gonvalon knapp, und diesmal lag ein Hauch von Bitternis in seiner Stimme. Er sah nicht zu ihr auf, sondern begann, die Lichter in den Blendlaternen zu entzünden. Dann stellte er sie auf einen der mächtigen Steinquader, die aus der Seitenwand der Pyramide gebrochen waren.

Nandalee hatte gedacht, dass sie noch länger beim Dunklen geblieben war. Sie hatten so vieles geteilt. Elf Tage nur …

»Komm!« Gonvalon winkte sie zu sich und zog etwas, das in ein dickes, rotes Wolltuch gehüllt war, aus der Satteltasche. Vorsichtig schlug er das Tuch zurück; darin verbarg sich ein fast einen Schritt langer Spiegel.

»Wo hast du den her?« Nandalee drehte sich davor und konnte nun wenigstens einen Teil des Bildes auf ihrem Rücken sehen.

Gonvalon zog noch einen Handspiegel aus der Satteltasche. »Nimm den hier. Benutze ihn, um das andere Spiegelbild zu betrachten.« Er lachte. »Ich hab einige Übung darin, so siehst du am meisten. Die Spiegel stammen übrigens vom verehrten Schwertmeister Nodon. Er ist eitler, als ich gedacht hätte. Er hat sie hierher mitgebracht und mir unter der Androhung überlassen, mir sämtliche Glieder abzuhacken, wenn auch nur eine Schramme auf die Spiegel kommt.«

Nandalee hörte ihm kaum zu. Sie hatte den Handspiegel genommen und drehte ihn, bis sie durch den zweiten Spiegel ihren ganzen Rücken sehen konnte. Zwei Drachen waren darauf tätowiert. Sie glichen jenen aus ihrem Fiebertraum in der Wüste. Ein Silberner und ein Schwarzer. Beide rangen miteinander, oder war es ein Liebesspiel? Im Hintergrund war eine gehämmerte Silberscheibe zu sehen. Davor, mit der Spitze nach unten, ihr Schwert, Todbringer.

»Was mag das bedeuten?«, fragte sie Gonvalon.

Der Schwertmeister schüttelte den Kopf. »Ich weiß es nicht. Das Schwert steht zwischen den Drachen, aber es scheint sie nicht daran zu hindern, einander zu befehden. Die Silberscheibe ...? Ein Rätsel. Soll es der Mond sein? Und die beiden Drachen ...? Der Schwarze könnte Nachtatem sein. Aber der Silberne ...? Es hat nie eine Himmelsschlange von dieser Farbe gegeben. Jede Tätowierung ist ein Spiegel deines Schicksals. Meine zeigte die Verbundenheit mit dem Goldenen und dem Schwert. Für lange Zeit war ich sein Auserwählter, sein Schwertmeister, der Erste unter seinen Mördern. Du hast mir geholfen, einen anderen Weg zu finden. Doch der Goldene bedroht mich nun. Auch wenn er mir meine Tätowierung genommen hat, so bin ich sicher, dass ich eines Tages entweder durch ihn oder durch das Schwert fallen werde. Diese beiden Kräfte bestimmen mein Leben.«

»Willst du sagen, auch mein Leben wird durch das Schwert bestimmt?«

Gonvalon sah sie verwundert an. »Du bist eine Drachenelfe. Du hast dich für den Weg des Schwertes entschieden. Ich weiß nicht, ob das Schwert dich symbolisiert. Ich hoffe nicht, denn es ist nicht gut, zwischen zwei Drachen zu stehen.«

Nandalee betrachtete die Tätowierung lange durch den Spiegel. »Es ist nur ein Bild«, sagte sie schließlich. »Über meinen Lebensweg entscheide allein ich. Gar nichts ist vorherbestimmt!«

Gonvalon war klug genug, nicht zu widersprechen, aber sie sah ihm an, dass er anders darüber dachte. »Findest du, dass mich die Tätowierung entstellt?«

Er wirkte überrascht, dann sah er sie lange an. »Ich liebe dich, Nandalee. Für mich wirst du immer schön sein. Ganz gleich, ob du den Leib eines Rehs aufbrichst, mich mit blutbespritztem Gesicht anschaust und deine Arme bis zu den Ellenbogen in den Eingeweiden stecken oder du frisch gewaschen einem See entsteigst. Du bist die Eine. Und das wirst du immer sein.«

Sie war so unglaublich erleichtert, suchte nach Worten, und wieder wollte es ihr nicht gelingen, ihre Liebe in Sprache zu kleiden. Gonvalon schien auch nichts zu erwarten. Er nahm den Handspiegel wieder an sich, schlug den großen Spiegel in die Wolldecke ein und löschte die Blendlaternen. »Ich habe ein verborgenes, kleines Tal in den Bergen entdeckt. Es gibt dort ein paar Bäume, eine kleine Quelle und ein paar Felsblöcke, die ganz gutes Rohmaterial für Büsten abgeben. Magst du mir zusehen, wie ich mich in den Pausen als Bildhauer versuche.«

»Den Pausen?«

Gonvalon lächelte anzüglich.

»Du glaubst wirklich, dass du in den Pausen etwas anderes tun wirst, als schwer atmend auf dem Rücken zu liegen, alter Mann?«

Er ging zu Nachtschwinge und zurrte die großen Satteltaschen fest. »Willst du es herausfinden?«

»Andere würden sich vermutlich erst einmal bei der Felsenburg melden. Gewiss erwarten mich Nodon und die übrigen Drachenelfen des Dunklen zu einem Willkommen.«

»Tja, *andere* sind so entsetzlich langweilig und vorhersehbar«, sagte Gonvalon gedehnt und fügte dann herausfordernd hinzu. »Aber manche verändert das Ritual von Grund auf.«

»Irgendwie fühle ich mich wirklich ganz anders«, sagte sie leise, kniete nieder und wickelte ihre Waffen in das neue Kleid.

»Was hast du vor?« Gonvalon war sichtlich irritiert.

»Als du die Trolle vor mir gerettet hast, hast du mich nackt auf deinem Pegasus reiten lassen. Und das bei bitterem Frost. Ich wollte das immer schon einmal bei angenehmeren Temperaturen wiederholen.«

Breit grinsend ging sie an ihm vorbei. Sternauge trabte ihr entgegen und begrüßte sie schnaubend. Sie tätschelte seine Nüstern.

»Ich glaube, wenn ich so auf Nodons kleinem Fest erscheine, wird man noch eine Weile darüber reden.« Sie blickte über die Schulter und genoss Gonvalons Gesichtsausdruck.

Plötzlich öffnete er seinen Gürtel und begann, seinen grauen Waffenrock über die Schultern zu streifen.

»Was wird das?«

»Da du die Gewandfrage für diesen Abend entschieden hast, habe ich wohl keine Wahl, als …«

»Glaubst du wirklich, ich wäre lieber dort als mit dir allein, mein Liebster?«

Gonvalon lächelte schelmisch. »Ich bin nicht davon ausgegangen, dass du länger bleiben würdest, als nötig ist, um einen Skandal zu provozieren. Was bei dieser Abendgarderobe eine Angelegenheit von ein paar Augenblicken wäre. Augenblicke, die ich mir um nichts in der Welt entgehen ließe.«

»Du glaubst wirklich, ich würde …«

Gonvalon nickte sehr ernst. »Aber natürlich. Das passt zu dir. Ich habe keinen Moment gezweifelt.«

»Du meinst, ich …«

Er lachte und schüttelte den Kopf. »Lass uns aufhören mit dem Unsinn. Komm einfach mit mir. Lass uns verschwinden. Wenn sie uns brauchen, werden sie uns finden. Fliehen wir vor der Welt, solange sie uns noch gehen lässt. Schenk dich mir! Mein Herz ist wund vor Sehnsucht nach dir, und nur du kannst es heilen.« Mit diesen Worten sprang er auf den Rücken von Nachtschwinge, griff nach den Zügeln und preschte los. Er blickte nicht zurück, als sei er ganz sicher, dass sie ihm folgen würde. Und er hatte recht. Bei ihm zu sein war alles, was sie wollte.

Mit leichtem Herzen sprang nun auch Nandalee auf den Rücken ihres Pegasus, der Nachtschwinge in wildem Galopp folgte. Er preschte gegen die sanfte Brise, die über die Wiese strich, und bald schon hoben sie ab und glitten mit schwerem Flügelschlag über den Jadegarten gen Osten. Gonvalon liebte sie noch, dachte

Nandalee unendlich erleichtert. Das Ritual mit Nachtatem hatte nichts daran geändert.

Sie flog ausgelassen jubelnd in den Himmel. Hinter den schroffen Schatten der Berge zeigte sich ein zarter Streifen silbernen Lichts. Zum ersten Mal seit langer Zeit war sie glücklich.

Die Wolkenstadt

Barnaba stand am Bug des Wolkenschiffes. Unter ihnen zogen tief hängende Wolken, keine zwanzig Schritt links von ihnen erhob sich eine fast senkrechte Wand aus rotem Fels. Wind und Wetter hatten tiefe Wunden in das Gestein geschlagen, in dem sich verkrüppelte Bäume festklammerten.

Barnaba ließ seinen Blick über das Deck des Wolkenschiffes schweifen. Seine Anhänger kauerten um den Baum, der in schwarze Erde gebettet mitten aus dem Rumpf wuchs. Sie beteten zu Nangog. Hin und wieder wagte es einer aufzublicken und die seltsame Kreatur anzugaffen, die neben ihm auf der Reling kauerte: ein Geschöpf, halb Adler, halb Weib. Statt Armen wuchsen weite Schwingen aus ihrem Frauenkörper. Nase und Mund waren zu einem gekrümmten Schnabel verwachsen, das übrige Gesicht war hingegen fast noch menschlich. Die Beine unterhalb der Knie hatten sich in verhornte Vogelbeine verwandelt, die in messerscharfen Krallen endeten. Barnaba hatte die Kreatur davon überzeugen können, ein Tuch um die Lenden zu tragen, um weniger Anstoß unter seinem Gefolge zu erregen. Das Ungeheuer ließ sich von ihm anfassen, aber von niemandem sonst.

Im Bauch des Wolkensammlers hatte er davon geträumt, was auf der Welt geschehen war. Wie die Geschöpfe Nangogs mit Menschen verschmolzen waren und den Grünen Geistern Leiber geboren hatten. Tausende neue Ungeheuer streiften durch die weiten Wälder, und sie hatten hunderterlei Formen angenommen.

Sie alle waren vom Hass auf die Eindringlinge in ihre Welt beseelt, allerdings spürten sie auch, wer seinen Weg zur Großen Göttin gefunden hatte. Wehe denen, die den Devanthar nicht abgeschworen hatten! Bei ihrem ersten Besuch hatte die Kreatur einen Wolkenschiffer aus der Takelage gezerrt und in die Tiefe stürzen lassen. Danach war sie für eine Weile verschwunden gewesen. Barnaba hegte keinen Zweifel daran, dass das Vogelweib ein Festmahl am zerschmetterten Kadaver des Unglücklichen abgehalten hatte.

Ein ängstliches Raunen seiner Jünger riss ihn aus seinen Gedanken, und er drehte sich um. Steuerbord schrammten die Spitzen der Masten, die fast waagerecht aus dem Rumpf ragten, beinahe die Felswand. Seit einigen Stunden flogen sie nun schon zwischen himmelhohen Tafelbergen hindurch, die sich wie geborstene Säulen eines riesigen Palastes aus dem weiten Dschungel erhoben. Sie waren so nah, dass Barnaba ganz deutlich eine hundegroße Eidechse die Felswand hinaufklettern sah.

»Wir alle sind in der Hand der Großen Göttin«, sagte er laut. »Fürchtet euch nicht, meine Freunde, unsere neue Heimat ist nah.«

Barnaba sah zurück. Sie hatten schon vor über einer Stunde die Sicht zum zweiten Wolkenschiff verloren, das während des Bebens mit ihnen aus der Goldenen Stadt geflohen war. Der Priester streichelte über die dünne Wurzel, die das Holz der Reling gespalten hatte. Der Schiffsbaum war überall an Bord präsent. Sein Wurzelwerk hatte alle Decks durchdrungen, und seine Äste reichten tief in den Leib des Wolkensammlers *Wind vor regenschwerem Horizont im Frühlingsmorgenlicht über dem Grünen Meer* hinein. Es war der Baum, der das Schiff und die riesige, tentakelbewehrte Kreatur eins werden ließ. Wie Nervenbahnen verbanden sich Äste und Wurzelwerk mit dem Konstrukt aus totem Holz. Die Lotsen in ihren gläsernen Kanzeln unter dem Rumpf konnten ihre Gedanken durch den Baum an den Wolkensammler übermitteln. Meist jedenfalls. Barnaba bezweifelte, dass es auf ganz

Nangog einen zweiten Mann gab, der eine dieser Himmelskreaturen so verstand wie er. Er hatte die Träume von *Wind vor regenschwerem Horizont im Frühlingsmorgenlicht über dem Grünen Meer* geteilt, war in die verwickelten Gedanken der sieben Gehirne des Wolkensammlers eingetaucht. Er wusste, dass das riesige Geschöpf Gedichte über Schneeflocken ersann, wusste, an welchen Baumriesen er besonders gerne ankerte und teilte die Erinnerung daran, wie der junge Wolkensammler von einem Adler schwer verletzt worden war. *Wind vor regenschwerem Horizont im Frühlingsmorgenlicht über dem Grünen Meer* mochte die Kreatur, die auf der Reling hockte, nicht. Obwohl sie so grotesk entstellt war, erinnere sie ihn immer noch zu sehr an einen Adler. Sie weckte kämpferische Gefühle in ihm.

Kolja stieg aus einem Luk an Deck und kam zu ihm herüber. Der narbige Krieger ließ seine verbliebene Hand stets auf dem Schwertknauf ruhen, wenn er in die Nähe des Vogelweibs kam. Barnaba wusste, wer der Söldner gewesen war. Der Wolkensammler hatte ihn vor *Bluthand*, wie er Kolja nannte, gewarnt.

»Veccio flucht so lautstark, dass man ihn im halben Schiff hören kann«, rief Kolja Barnaba entgegen. Er blieb in einigem Abstand stehen und ließ das Vogelweib nicht aus den Augen. »Vorhin wäre seine Kanzel fast von einer Felsnadel abgerissen worden, die plötzlich aus den Wolken aufragte.«

»Sag dem Lotsen, dass wir in weniger als einer halben Stunde unser Ziel erreichen werden. Ich fürchte, das letzte Flugmanöver wird ihn noch einige Nerven kosten.«

Der Söldner sah ihn so überrascht an, dass Barnaba schmunzeln musste. »Ich bin ein Heiliger Mann. Ich weiß um alles, was auf dem Schiff geschieht, so auch, dass Veccio dich hierhergeschickt hat, um diese Auskunft einzuholen.«

Kolja musterte ihn argwöhnisch. Barnaba konnte spüren, dass ihm der hünenhafte Krieger nicht glaubte. Und er hatte völlig recht – es war *Wind vor regenschwerem Horizont*, der ihn über alles, was an Bord geschah, informierte. Barnaba musste nur über eine der Wurzeln streichen, um mit ihm verbunden zu sein.

»Soll ich Veccio auch das mit dem letzten Flugmanöver ausrichten?«

»Hast du Sorgen, dass er vor Angst in seine Glaskanzel pisst?« Kolja schüttelte seinen entstellten Kopf. »Das hat er schon.«

»Es liegt bei dir, wie viel du ihm verrätst.«

Der Hüne grunzte und kehrte zurück zu dem Luk, durch das er gekommen war. Er würde durch zehn Decks hinabsteigen, bis zu der gläsernen Lotsenkanzel, die unter dem Rumpf des Schiffes hing. Nur von dort gab es freie Sicht in jede Richtung, außer nach oben.

Es missfiel Kolja sichtlich, den Laufburschen zu spielen. Bluthand war ein passender Name für ihn. In der Wolkenstadt, unter den Himmelspiraten von Tarkon Eisenzunge, würde er sich gewiss wohler fühlen als hier bei ihnen.

Wind vor regenschwerem Horizont verlor ein wenig an Höhe, und das Schiff tauchte in die Wolkenbank. Barnaba war enttäuscht gewesen, als er zum ersten Mal durch Wolken geflogen war. Im Sonnenlicht sahen sie wunderschön aus, als seien sie aus Ziegenkäse geschnitten. Doch durchquerte man sie, verflog aller Zauber, und es blieb nur besonders dichter, kühler Nebel.

Das Vogelweib stieß einen krächzenden Laut aus und trat nervös von einem Bein auf das andere. Spürte sie, wohin die Reise ging? Gab es noch Verstand in diesem Kopf? Barnaba dachte an die Zeit, die er im Leib des Wolkensammlers verbracht hatte. Den langen Traum von dieser neuen Welt, der ihm Antwort auf seinen brennenden Schmerz gegeben hatte. Hier auf Nangog könnte sein Feldzug der Rache, nach dem er sich so sehnte, die Fackel der Freiheit entzünden. Seine Rache bekäme einen übergeordneten Sinn. Sich dafür zu opfern, wäre nicht mehr nur selbstsüchtig, er opferte sich zugleich auch für die Freiheit dieser Welt, die so anders als seine ferne Heimat sein könnte. Barnaba tastete nach dem

Dolch an seinem Gürtel. Die Waffe, die er vor der Vernichtung bewahrt hatte und die das Blut des Unsterblichen Aaron vergießen würde.

Voller Zuversicht blickte er in den Nebel. Seine Zukunft lag klar vor ihm. Er würde diese Welt verändern. Es hatte bereits begonnen, doch was bisher geschehen war, war nichts im Vergleich zu dem, was er entfesseln würde, wenn er erst das Traumeis gewann. Nangog war ihm in seinem Traum im Leib des Wolkensammlers erschienen, und sie hatte ihm verheißen, was durch das Traumeis bewegt werden konnte.

Der Nebel lichtete sich. Sie hatten die Wolkendecke durchstoßen und flogen auf eine Felswand zu, in der sich eine gewaltige Öffnung befand, so, als sei sie vom Hammer eines zornigen Gottes getroffen worden. Sie erinnerte Barnaba an ein Tor, groß genug, dass selbst die gewaltigsten der Wolkensammler hindurchfliegen konnten. Doch vielleicht hundert Schritt im Inneren des Tors wogte ein silberner Schleier, der die Sicht tiefer in den Berg hinein versperrte. Bäume und mannshohe Farne wucherten in dieser Öffnung. Ein Schwarm großer, roter Vögel kam ihnen entgegengeflogen, als sie sich dem Loch im Fels näherten.

Das Vogelweib schwang sich in die Luft auf und segelte auf weit ausgebreiteten Schwingen neben dem Wolkensammler. Plötzlich überkamen Barnaba Zweifel. Hatte er sich verschätzt? War der Durchlass wirklich groß genug? Seine Gefolgsleute blickten auf dem Deck kniend zu ihm auf. Der Priester breitete die Arme aus. »Alles wird gut!«, sagte er mit Donnerstimme, sich wohl bewusst, dass er nun auch gegen seine eigene Angst anpredigte. »Wir sind in der Hand Nangogs. Sie führt und schützt uns.«

Das Wolkenschiff war keine hundert Schritt mehr von der Öffnung entfernt. Der aufgedunsene Leib von *Wind vor regenschwerem Horizont* gab zischende und glucksende Laute von sich. Die Tentakel peitschten nervös in die Luft. Die stärksten der Fangarme tasteten nach der roten Felswand, einige fanden Halt. Sie zerrten das Schiff tiefer in die Höhle hinein, es wurde dunkler, und eine kühle Brise, die feine Wassertröpfchen mit sich trug, schlug ihnen entgegen.

Die Vögel, die im Schiffsbaum lebten, zwitscherten nervös. Nun begann auch Barnaba zu beten. Stumm flehte er die Große Göttin an, sie alle zu schützen. Vom Silberschleier drang nun ein lautes Rauschen zu ihnen. Ein Wasserfall lag hinter dem weiten Loch in der Felswand, und *Wind vor regenschwerem Horizont* flog geradewegs auf die tosende Gischt zu!

Ein Ruck lief durch das Schiff, als der Leib des Wolkensammlers gegen die gewölbte Decke aus rotem Gestein stieß. Das Schiff scherte nach Steuerbord aus, und mit scharfem Knall brach die Spitze des Steuerbordhauptmastes. Lauter und verzweifelter ertönten die Gebete seiner Gefolgsleute. Tentakel schnellten nach vorn und zerrten sie dem Wasserfall entgegen. Das Prasseln des Wassers war ohrenbetäubend. Der Leib des Wolkensammlers hing wie ein großer Schirm über dem Schiff. Obwohl sich um sie herum ein Getöse erhob, als wolle die Welt zerbrechen, spritzte nur Sprühwasser über das Deck, als sie ganz und gar vom Silberschleier des Wasserfalls eingehüllt wurden.

Plötzlich war das Vogelweib wieder da. Nass und mit zerzaustem Gefieder landete es neben Barnaba auf dem Deck. Er strich ihr über das lange, schwarze Haar. Sie gab wimmernde Laute von sich, drückte aber den Kopf fest gegen seine Hand, als habe sie lange nicht mehr die Berührung einer barmherzigen Hand gespürt. Wer sie in ihrem früheren Leben wohl gewesen war? Noch während er dies dachte, schob sich der Leib des Wolkensammlers vollends durch den Wasserfall, und sie tauchten in eine breite Bahn aus goldenem Licht ein.

Barnaba hielt den Atem an … sie flogen in eine Höhle hinein, die fünf oder sechs Meilen weit sein musste! Es schien, als sei der ganze Tafelberg, dem sie entgegengeflogen waren, von innen ausgehöhlt. Speere aus Licht durchbrachen die Finsternis. Er eilte zur

Reling und lehnte sich weit nach vorn, um am Leib von *Wind vor regenschwerem Horizont* vorbei zur Decke der Höhle blicken zu können. Sie war von Öffnungen, groß wie Stadttore, durchbrochen. Wurzelwerk und dunkelgrüne Ranken wucherten dort. Vor dem Himmel zeichnete sich das Blätterwerk von Bäumen ab. Wahrscheinlich waren die Lichtschächte von oben, wenn jemand den Tafelberg überflog, trotz ihrer Größe kaum auszumachen. Tarkon hatte das vollkommene Versteck gefunden! Nun wunderte es Barnaba nicht mehr, dass der Himmelspirat von den Unsterblichen so lange vergeblich gejagt worden war. Diesen Ort konnte man nur mit Hilfe eines Verräters aufspüren.

Der Priester ahnte, was nun kommen würde. Auf einem breiten Felsvorsprung am gegenüberliegenden Ende der Höhle war eine Siedlung errichtet worden. Holzbaracken und Zelte umringten ein halbes Dutzend steinerner Bauten. Das Einzige, was dort wirklich solide aussah, waren die drei Ankertürme, an denen zwei kleinere Wolkensammler vertäut waren. Schon aus der Ferne konnte Barnaba sehen, dass in der Siedlung helle Aufregung herrschte. Auf den Flachdächern der Steinbauten sammelten sich Bogenschützen, während andere Männer eilends an Bord der Wolkenschiffe gingen. Er hörte, wie sich das Rauschen des Wasserfalls veränderte. Ihr zweites Schiff hatte seinen Weg in die Höhle gefunden. Jetzt erst bemerkte er, dass der Grund der Höhle ganz von einem See eingenommen wurde. Unterhalb der Siedlung gab es Stege, und einige kleine Boote waren auf das Ufer hinaufgezogen worden.

Auf kleinen Terrassen entlang der Höhlenwände wuchsen Bäume, und an einer Stelle waren sogar Reisfelder angelegt worden. Wahrscheinlich ernährte all das nicht einmal Tarkons Männer. Der Piratenfürst würde nicht begeistert sein, wenn Hunderte Gläubige der Großen Göttin in der legendären Wolkenstadt Zuflucht suchten.

Kolja kam aus der Luke in der Mitte des Decks gestiegen. Der

Söldner sah sich staunend um, dann eilte er an Barnabas Seite. »Soll ich das Schiff gefechtsbereit machen lassen?«

Der Priester schüttelte den Kopf. »Wir kommen in friedlicher Absicht.«

»Dann hoffe ich mal, dass die Bogenschützen dort hinten das auch wissen.«

»Die Große Göttin beschützt uns. Hab keine Sorge, mein Freund.«

»Ein ordentlicher Schild wäre mir lieber«, murmelte Kolja leise.

»Komm mit mir zum Bug, wir werden den Piratenfürsten empfangen.«

»Das halte ich für keine gute Idee, Priester. Ich war bei der Flotte, die unter der Führung des Unsterblichen Aaron und der Ischkuzaia-Prinzessin Shaya den Piratenfürsten in eine Falle lockte. Ich schätze, dass Tarkon sich noch an mich erinnert. Mein Gesicht vergisst man leider nicht so schnell. Vor allem, wenn man von mir ein Schwert in den Bauch gerammt bekommen und das wie durch ein Wunder überlebt hat.«

Barnaba traute seinen Ohren nicht. »Du hast was?«

»Den Kerl abgestochen«, sagte Kolja ohne das geringste Anzeichen von Reue. »Er hatte versucht, den Unsterblichen Aaron umzubringen, und ich gehörte zur Leibwache Aarons.« Der Hüne zuckte mit den Schultern. »Hab nur meine Pflicht getan.«

Barnaba seufzte. »Gibt es einen Krieg, in dem du nicht dabei gewesen bist?«

»In den letzten zehn Jahren nur wenige.« Kolja grinste ihn an. »Ich bin dann mal wieder unter Deck, bevor mich Tarkon sieht. Wollte nur wissen, ob hier oben alles klar ist.«

Der Priester sah dem Söldner mit gerunzelter Stirn nach. Der Kerl begann sich aufzuspielen, als sei er der Schiffsführer. *Nachsehen, ob alles klar ist …* Er sollte Kolja Gelegenheit geben, seinen Mut zu kühlen. Barnaba lächelte in sich hinein. Er wusste schon, wo dies sein würde – vorausgesetzt, Tarkon fand den Drusnier nicht.

Immer noch lächelnd ging Barnaba allein zum Bug und beobachtete, wie sich eines der kleinen Wolkenschiffe von seinem Ankerturm löste. »Geht unter Deck«, rief er seinen Jüngern zu. Vielleicht würden die Piraten sie doch mit einem Pfeilhagel empfangen.

Der Wolkensammler, der ihnen entgegenflog, gewann schnell an Höhe. Barnaba sah, wie ein einzelner Mann auf die Reling stieg und zu ihm hinübersah. Bald waren sie in Rufweite.

»Ich biete euch Frieden«, rief Barnaba mit der geübten Stimme eines Predigers. Als Antwort erhielt er nur Gelächter.

Plötzlich wurde der Mann auf der Reling von einem Tentakel seines Schiffs ergriffen, der sich um seinen Leib schlang und ihn über den Abgrund hinweg zu *Wind vor regenschwerem Horizont* trug. Über Deck löste sich die Umklammerung, und der Krieger landete leicht federnd auf den Planken, keine zehn Schritt von Barnaba entfernt.

»Wir kommen in Frieden«, sagte der Priester entschieden und hob beide Hände, sodass der Pirat sehen konnte, dass er unbewaffnet war.

»Das ist auch besser für euch«, entgegnete der Fremde selbstbewusst. Er hatte eine dunkle, sympathische Stimme. »Ihr seid also der Prediger.«

Barnaba war einigermaßen verblüfft. »Ihr kennt mich?«

»Du bist Barnaba, einst die rechte Hand des Abir Ataš, Hohepriester Arams, der einige sehr unschöne Dinge über mich verbreitet hat. Und ich schätze, du errätst, wer ich bin.« Der Pirat lächelte. Er hatte ein schmales, gut aussehendes Gesicht, das von dunklen Augen beherrscht wurde. Ein rotes Stirnband bändigte sein schulterlanges, ergrauendes Haupthaar. Er beherrschte die Sprache Arams fast ohne Akzent und schien gebildet zu sein, obwohl ihm eine gewisse Wildheit anhaftete. Jetzt erst bemerkte Barnaba, dass sein Gegenüber unbewaffnet war.

»Die Große Göttin hat mich in meinen Träumen auf deine Ankunft hingewiesen, Priester.« Er blickte zu dem mächtigen Wolkensammler hinauf. »Allerdings hat sie einige Kleinigkeiten ausgelassen … etwa, wie du hier erscheinen würdest. Ich gestehe, das Erscheinen dieser Schiffe hat mir und meinen Männern einen gehörigen Schreck eingejagt.«

Mir hat Nangog auch nicht alles offenbart, dachte Barnaba und blickte zu der ärmlichen Siedlung der Piraten. Er hatte sich die Wolkenstadt prächtiger vorgestellt. »Ich nehme an, vor mir steht Tarkon Eisenzunge«, sagte der Prediger ein wenig konsterniert. Dass auch der Pirat ein Vertrauter der Großen Göttin zu sein schien, überraschte ihn. Gewiss, ohne ihren Schutz hätte er niemals so lange überlebt. Aber dass sie ihm Träume und Visionen schickte … Das sollte ihren Priestern vorbehalten sein! Er maßte sich ja auch nicht an, mit der Waffe in der Hand für die Göttin zu streiten. Aber vielleicht war sich Tarkon ja gar nicht bewusst, wie bevorzugt er war. Er musterte den großen, sehnigen Mann abschätzig. Tarkon war bartlos, was ungewöhnlich für einen Krieger war. Welchem Volk er wohl entstammte?

Auch der Piratenfürst taxierte ihn mit seinen schwarzen Augen. »Du bist vernarbt wie ein altes Maultier, Priester. Als ich in meinem Wolkensammler ruhte, wurde ich gänzlich wiederhergestellt. Mir scheint, dein Großer liebt dich nicht.«

»Ich bat ihn, meine Narben behalten zu können«, entgegnete Barnaba gereizt. »Eine jede erinnert mich daran, welche Gräuel noch ungesühnt sind.«

Tarkon wirkte plötzlich ernster. »Hört sich so an, als sei es nicht gut, dich zum Feind zu haben. Lass uns also ganz offen reden. Wir beide stehen auf derselben Seite. Aber ich begreife nicht ganz, warum du hierhergekommen bist. Auch das hat Nangog mir in meinen Träumen nicht verraten. Und sag mir, wofür du kämpfst. Ganz frei heraus und ohne irgendwelchen Phrasen.«

»Ich will den Tyrannen Aaron tot sehen. Und ich will, dass Nangog eine freie Welt wird, auf der die Unsterblichen und selbst die Devanthar keine Macht mehr haben.«

Tarkon packte ihn leidenschaftlich bei den Schultern, zog ihn heran und umarmte ihn, dass Barnaba fast die Luft wegblieb. »Du bist mein Mann, Priester. Das ist auch mein Kampf.«

Barnaba war erleichtert und zugleich auch enttäuscht. Er hatte hier eine Zuflucht für seine Jünger gesucht und einen Verbündeten. Allerdings hatte er einen mächtigeren Mann erwartet als den, der vor ihm stand. Überall wurde erzählt, dass Tarkon jeden Gefangenen vor die Wahl stellte, seinen alten Herrschern abzuschwören und ein freier Mann zu werden oder den Wolkentod zu sterben. Das war wohl auch nur eines der vielen Märchen, die sich um den Himmelspiraten rankten. In der Siedlung auf der Klippe lebten vielleicht fünf- oder sechshundert Menschen. Barnaba hatte darauf gehofft, hier zwei- oder dreitausend Piraten vorzufinden. Eine mächtige Festung, verteidigt von einem ganzen Heer, das sich der Freiheit verschworen hatte.

»Gut, dass wir uns in unseren Zielen einig sind«, sagte der Priester und löste sich aus Tarkons Umarmung. Seine Enttäuschung war ihm anzuhören. »Ich werde dir helfen, hier eine richtig große Gemeinde aufzubauen. Ich muss zunächst noch eine Reise antreten, doch wenn ich wiederkomme, werde ich mich ganz deiner Sache verschreiben. Und mach dir keine Sorgen: Unsere Schiffe haben Korn und Pökelfleisch geladen. Wir versorgen uns selbst. In meinem Gefolge reisen auch sehr viele Frauen. Das ist gut für die Moral. Wenn sich das herumspricht, dann werden mehr Männer von den gekaperten Schiffen zu dir überlaufen. Du wirst sehen, wir werden uns mit der Zeit ein richtiges kleines Königreich aufbauen. Ich bin dein Priester, und du wirst hier herrschen.«

Tarkons Lächeln war anfangs immer breiter geworden, doch bei den letzten Worten verblasste es schlagartig. »Du hast es doch nicht begriffen, Priester. Es kann nicht unser Ziel sein, einen Tyrannen durch einen anderen zu ersetzten. Und jeder Herrscher wird irgendwann zum Tyrannen. Ich will keine Krone, und du kannst mir auch kein Königreich schenken. Es gibt längst ein Reich der Freien, verborgen vor den Unsterblichen. Und ich bin der Schild, der es schützt.«

Barnaba schluckte. Er sah zu der kleinen Siedlung und dann wieder zu Tarkon. Der Piratenfürst hatte offensichtlich den Sinn für die Realitäten verloren. Der Priester nickte ernsthaft. »Der Schild der Freien. Das ist gut.«

»Warum so ironisch?«

Barnaba hob abwehrend die Hände. »So habe ich das nicht gemeint. Bitte entschuldige, wenn es dir so erschien. Ihr habt da eine schöne Stadt gebaut. War sicher schwer, hier in der Höhle, so ganz ohne Mittel.« Er brauchte Tarkon. Er durfte ihn nicht verärgern, auch wenn er ganz offensichtlich irre war.

Der Pirat kniff die Augen zusammen und sah ihn misstrauisch an. »Du nennst das da schon eine Stadt?« Bei seinen Worten nickte er in Richtung der Siedlung. »Das ist ein Dreck. Mehr hat die Bande von Halsabschneidern, die mit mir auf Kaperfahrt geht, nicht zuwege gebracht. Das sind keine Bauern und Handwerker, musst du wissen. Sag mal … dieses Vieh da …« Er deutete auf das Vogelweib, das nicht weit von ihnen auf dem Deck kauerte. »Kann das kämpfen?«

»Sie hat einen Wolkenschiffer aus unserer Takelage gepflückt.« Barnaba ging zu der armen Kreatur und strich ihr sanft über das Haar. Tarkon sollte sehen, dass er Macht über die neuen Geschöpfe Nangogs besaß. Zumindest hoffte Barnaba, dass auch die anderen Kreaturen, die Nangog ihm in seinen Visionen gezeigt hatte, zahm wurden, wenn er auf sie zuging.

Tarkon versuchte sie nun auch zu berühren, aber das Vogelweib schnappte sofort mit dem Schnabel nach ihm. Eilig trat der Pirat zwei Schritte zurück.

Barnaba sprach beruhigend auf sie ein, dann wandte er sich wieder an den Piraten. »Es sieht so aus, als hätte diese Bestie Gefallen an Menschenfleisch gefunden. Sie wird uns sicher helfen.

Aber zurück zum Wesentlichen. Wirst du mein Gefolge hier in deiner Höhle aufnehmen und beschützen?«

»Hier?« Tarkon wirkte irritiert. »Ich glaube nicht, dass dies …« Plötzlich weiteten sich seine Augen. Dann begann er zu lachen. »Du weißt es nicht! Sie hat es dir nicht gezeigt, richtig?«

»Wovon redest du?«

»Sie sind alle hohl, die Tafelberge. Alle, an denen du vorübergeflogen bist. Die Säulen der Großen Göttin, sie waren für ihre Kinder geschaffen. Die Kinder, die ihr abschließendes Schöpfungswerk sein sollten. Jene nie vollendeten Leiber, deren Seelen zu den Grünen Geistern wurden. Sie hat uns ihre Säulen geschenkt! Sieben Städte haben wir gegründet und dreiundvierzig Dörfer. Mehr als dreißigtausend haben hier, im verborgenen Refugium der Freien, Zuflucht gefunden. Die Geschichten über die Wolkenstadt habe ich mit Bedacht ausgestreut, um unsere Feinde in die Irre zu führen. Sie werden uns niemals *in* den Bergen suchen. Dort liegt die wirkliche neue Welt! Eine Welt ohne selbstverliebte Satrapen, fette Handelsherren und grausame Gutsbesitzer. Hier fängt ein jeder ohne Vergangenheit neu an. Alle sind gleich, ob Fürstensohn oder Bettlerkind. Hier zählt nur der Mensch. Und über uns allen wacht Nangog. Hier hat die Erde nicht gebebt. Hier sind keine Schreckenskreaturen wie dieses Vogelweib erschienen, und die Frauen, die hier leben, können Kinder gebären.«

Barnaba war sprachlos. Das war mehr, als er sich je erträumt hatte. Zugleich blieb er misstrauisch. Was er in diesem Berg sah, passte so ganz und gar nicht zu den Geschichten des Piraten. Vielleicht war er doch verrückt. »Warum hast du hier dein Lager aufgeschlagen? Warum nicht bei einer der Städte?«

Tarkon war seine Enttäuschung anzusehen. »Du glaubst mir nicht? Ein Priester ohne Glauben.« Der Pirat schüttelte den Kopf. »Dies hier ist der einzige Berg, in den Wolkensammler hineinfliegen können. Sieh dich um!« Er weitete die Arme. »Siehst du hier einen Ort, an dem man eine Stadt errichten könnte? Die steilen

Hänge, der tiefe See. Wo würdest du eine Stadt bauen? Weil ich meine Wolkenschiffe hier im Berg verstecken kann, haben mich die Häscher der Unsterblichen nie gefunden. Es gab Zeiten, da haben mehr als sechzig Schiffe an allen Himmeln nach mir gesucht. Die Zugänge zu den anderen Bergen sind klein. Sie liegen verborgen im Dschungel oder in unzugänglichen Tälern. Du willst eine der Städte sehen? Gehen wir. Die nächste liegt drei Tagesmärsche entfernt. Unsere schönste Stadt liegt sieben Tagesmärsche von hier. Du solltest sie sehen, Priester, sie ist wirklich …«

Barnaba hob abwehrend die Hände. »Ich glaube dir.«

Es war im Augenblick gleichgültig, ob das Reich der Freien nur in Tarkons Kopf existierte oder ob es Wirklichkeit war. Ganz sicher war es ein schöner Traum. Aber Barnaba konnte ihn noch nicht mit dem Piraten teilen. Nicht jetzt! »Ich werde mit diesem Schiff schon morgen deinen Hafen verlassen müssen. Nangog will es so. Ich werde nach etwas suchen, womit wir die Himmel erobern und die Tyrannen endgültig besiegen. Wenn ich es finde, dann werden die Freien sich nicht mehr in Höhlen verstecken müssen. Es wird die Welt verändern! Es wird alle frei machen. Nangog hat mich auserwählt, das Traumeis zu finden.« Barnaba dachte an die Visionen, die er im Leib des Wolkensammlers gehabt hatte, als seine Wunden heilten und die Große Göttin ihm nahe gewesen war. Er hatte eine Ebene aus Eis gesehen, die von Horizont zu Horizont reichte. Sie würden viele Tage über das Eis fliegen, bis sie den Ort erreichten, an dem der größte Schatz Nangogs lag.

»Ich werde ins ewige Eis aufbrechen, Tarkon. Dorthin, wo nachts grüne Lichtbögen über den Himmel tanzen. Es ist ein Ort von strenger Schönheit. Ein Ort für Götter und Geheimnisse.«

Tarkon sah ihn ernst an. »Du willst an einen Ort, an dem Träume zu Eis werden? Das ist nicht klug. Dort wirst du nur eines finden, Priester, den Tod.«

Zu viele Kriege

»Du bist sicher, dass du das schaffen kannst? Es ist eine sehr gefährliche Aufgabe, Lamgi.« Plötzlich überkamen Artax Zweifel, ob er dem schlaksigen Kerl mit dem rasierten Schädel diese Pflicht auferlegen sollte. Lamgi hatte tapfer auf der Ebene von Kush gekämpft und war einer der Scharführer in seiner neuen Leibwache geworden, aber was er nun von ihm verlangte, war im höchsten Maße selbstmörderisch.

Der Bauernkrieger nickte selbstbewusst. »Es heißt, Tarkon stellt jeden Gefangenen vor die Wahl, sich ihm anzuschließen oder den Wolkentod zu sterben. Niemand wird sich wundern, wenn ich mich dafür entscheide zu leben, Herrscher aller Schwarzköpfe.«

»Aber du weißt auch, dass noch nie jemand aus dem Versteck Tarkons geflohen ist. Ich möchte dich nicht überreden …«

»Es gibt immer ein erstes Mal«, entgegnete Lamgi erstaunlich selbstbewusst. »Ich werde Euch nicht enttäuschen, Erhabener.«

»Dein außerordentlicher Mut soll mit einer ebenso außerordentlichen Belohnung geadelt werden. Dir steht ein Wunsch frei, wenn du wiederkehrst, Lamgi. Wenn ich dank dir Tarkon Eisenzunge besiegen kann, wirst du viele Menschen gerettet haben.«

Lamgi verneigte sich demütig. Er bewegte sich erstaunlich gewandt für einen großen, knochigen Mann. »Ich möchte Euch nicht brüskieren, Erwählter, aber wenn Ihr erlaubt, weiß ich schon jetzt, was ich einst sein möchte.«

»Sprich.«

»Macht mich zu einem der Hauptleute unter den Kushiten, wenn ich zurückkehre, Herrscher aller Schwarzköpfe. Es ist mein größter Wunsch, Euch zu dienen und Euch immer nahe zu sein.«

»Dein Wunsch wird dir erfüllt werden, Lamgi. Und ich wünsche dir Glück bei dieser schwierigen Aufgabe. Mögen wir uns bald wiedersehen.«

Der Bauernkrieger verneigte sich und verließ dann das kleine

Zelt, das inmitten des Trümmerfelds des Töpferviertels aufgeschlagen stand. Ashot, der die ganze Zeit über schweigend neben dem Eingang gestanden hatte, spuckte aus, nachdem Lamgi verschwunden war. »Ich trau dem Kerl nicht. Ihr solltet ihn nicht in Eure Nähe lassen, Erhabener. Etwas stinkt an dieser Sache.«

»Was hat er verbrochen, dass du ihn so sehr verachtest?«

»Er hat in der Schlacht in Eurem Rücken gestanden, Herr. So wie Narek. Er hätte sehen müssen, wer Narek ermordet hat – aber er behauptet, ihm sei nichts aufgefallen.«

Artax seufzte. »Das ist alles? Du hast selbst in der Schlacht gekämpft. Du weißt, wie es war. Man hat nur Augen für die Feinde und dazu eine verdammte Todesangst. Ich finde es nicht verdächtig, dass er nicht bemerkt hat, wie Narek starb.« Artax spürte einen Kloß im Hals aufsteigen. Es war so viel geschehen, seit er seinen toten Freund nach Belbek zurückgebracht hatte. Er hatte keine Zeit gehabt, um Narek zu trauern. Die Wunde, die sein Tod hinterlassen hatte, hatte nicht heilen können.

»An jenem Tag sind viele tapfere Männer an meiner Seite gefallen«, sagte er bitter. »An die meisten erinnere ich mich auch nicht mehr.«

»Ich mag ihn nicht«, beharrte Ashot. »Er hat so etwas …« Er hob hilflos die Hände. »Es ist, als wäre er nicht da. Er verschwindet trotz seiner auffälligen Gestalt, wenn er unter Menschen ist. Er trinkt nicht, flucht nicht, hat keine Laster. Wenn er auf ein Fest geht, dann kann sich hinterher niemand sicher erinnern, ob er tatsächlich da gewesen ist, weil er mit niemandem geredet hat. Er steht nur in einer schattigen Ecke und sieht zu. Er ist wie ein Geist. So einen Mann könnt Ihr nicht als Hauptmann in Eurer Leibwache gebrauchen, Unsterblicher.«

»So, wie du ihn beschreibst, ist er genau der Richtige für diese Mission.« Artax blickte auf den Tisch voller Tontafeln, die nie weniger wurden, ganz gleich, wie hart er arbeitete. »Seit dem großen Beben sind drei Kornschiffe von Tarkon gekapert worden. Du weißt, dass der Winter Hunger in die sieben Königreiche bringen wird. Ich bin mir mit dem Unsterblichen Labarna, mit Leon, dem Statthalter von Valesia, und Prinz Subai, Statthalter von Ischkuza, einig. Wir müssen herausfinden, wo Tarkon sein Versteck hat, und die Bedrohung durch den Piraten ein für alle Mal beenden. Sie alle suchen nach ihm, und alle werden sie Truppen und Himmelsschiffe zur Verfügung stellen, wenn er gefunden wird.«

Ashot senkte niedergeschlagen das Haupt.

»Was?«, fragte Artax gereizt.

»Ihr führt zu viele Kriege, Herr. Die Ebene von Kush, Bessos und Eleasar, der Kampf gegen die Zapote … Gibt es denn niemals Frieden?«

Artax ging zum Eingang des Zeltes und wies auf die verwüstete Stadt. »Siehst du das, Ashot? Tausende dort unten hungern. Sie haben kein Dach mehr über dem Kopf. Haben alles verloren. Eines der Schiffe, das Tarkon plünderte, sollte Lebensmittel für die Hungernden dieser Stadt bringen. Kann ich das dulden, Ashot? In den Lazaretten gibt es Männer, denen nun die Handvoll Korn fehlt, um einen Tag länger zu leben. Was für ein Herrscher wäre ich, wenn ich das dulden würde?«

Ashot seufzte. »Ich sagte ja nicht, dass es nicht gute Gründe gäbe …«

»Komm, mein Freund. Es ist viel zu tun. Die anderen warten auf uns. Wir sollten nicht so lange der Versammlung fernbleiben. Sonst sieht es noch so aus, als drückten wir uns um unsere Verantwortung.«

Artax verließ das Zelt und schritt über den hölzernen Steg, der über die Ruine des Tempels der kleinen Götter führte. Hier waren vor dem Beben Heiligen aus allen Regionen Daias Altäre errichtet worden. Am Ende des Stegs gab es nur noch einen Weg aus schmalen Planken, die durch das weite Trümmerfeld gelegt waren. Unter dem einzigen, verbliebenen Mauerbogen des Aquädukts in diesem Viertel war eine hölzerne Plattform auf Stelzen errichtet worden. Im Wind, der vom Großen Fluss den Hang des Weltenmunds heraufwehte, flatterten die Banner der Unsterblichen.

Hierher kamen die Bittsteller aus den Ruinen, die Baumeister, die aus allen Ländern Daias herbeigerufen worden waren und sich bemühten, wieder Ordnung in die halb zerstörte Stadt zu bringen. Freiwillige Helfer meldeten sich hier und wurden Trupps zugeteilt, die damit begonnen hatten, systematisch die Trümmer zu beseitigen. Diese Plattform war zum Herzen der Goldenen Stadt geworden. Alle Entscheidungen von Bedeutung wurden hier getroffen.

Beim Näherkommen sah Artax Labarna, den Unsterblichen von Luwien, der alle Männer um sich herum überragte. Der Herrscher trug nur eine schlichte, braune Tunika. Seine Hände waren aufgeschürft. Er war sich nicht zu schade, selbst mit anzupacken, wenn es galt, schwere Gesteinsbrocken zu bewegen. Als er Artax bemerkte, winkte er ihm aufgeregt zu. »Ein Wunder ist geschehen!«

Artax erklomm dicht gefolgt von Ashot die kurze Leiter zur Plattform. Labarna kam ihm entgegen. Der Unsterbliche war über und über mit dem roten Staub geborstener Ziegelsteine bedeckt. »Wir haben noch drei Überlebende gefunden. Beim Platz der tausend Zungen. Sie waren in einem Gewölbe verschüttet. Es gab dort Wasser und ein wenig zu essen. Sie sind völlig abgemagert und zu schwach, um auf den Beinen zu stehen, aber sie leben. Und das dreiundzwanzig Tage nach dem Erdbeben. Es ist unglaublich! Ein Wunder!«

»Das ist gut«, sagte Artax begeistert. »Wirklich gut! Unsere Stadt braucht Wunder. Sie geben allen Kraft und neue Hoffnung.« Aus dem Augenwinkel sah Artax den Galgen hinter dem Aquädukt. Nicht alles, was Labarna tat, gefiel ihm. Gegen Plünderer war der Luwier unbarmherzig. Sie wurden hierhergebracht und gehenkt. Allerdings hatte Artax auch schon erlebt, dass Labarna im Zweifel für den Angeklagten entschied.

Artax sah sich um. Einige Würdenträger und Hauptleute standen auf der Plattform, Schreiber und auch zwei Baumeister, deren Aufgabe es war zu entscheiden, welche Gebäude noch zu retten waren und welche zur Sicherheit eingerissen werden sollten.

»Wo steckt Arcumenna?«

Labarna schnaubte verächtlich. »Er erholt sich von der Last der Verantwortung. Wie immer während der heißesten Tagesstunden. Wenigstens arbeiten seine Männer noch.«

Artax seufzte. Er hatte versucht, alle Unsterblichen dafür zu gewinnen, ein Zeichen zu setzen und den Einwohnern der Goldenen Stadt mit allen Mitteln zu helfen. Nur Labarna war ihm gefolgt. Krieger, die sich vor wenigen Wochen erst auf der Hochebene von Kush als Todfeinde begegnet waren, arbeiteten nun Seite an Seite. Madyas, der Unsterbliche, der über die Ischkuzaia herrschte, hatte seinen Sohn Prinz Subai, seinen Statthalter auf Nangog, angewiesen, ihnen zu helfen. Doch der ritt lieber mit seinen Adlern zur Jagd in die Wälder. Wenn er wenigstens den Daimonen nachstellen würde, über die sie nun immer mehr Berichte erhielten. Mit Schaudern dachte Artax an den Krokodilmann, dessen Leiche man ihm vor drei Tagen gezeigt hatte. Vielleicht konnte er den Prinzen ja bei seinem Stolz packen und ihn überreden, diesem gefährlicheren Wild nachzustellen. Bislang halfen nur einige wenige Männer seiner Leibwache bei den Aufräumarbeiten. Manchmal stolzierte Subai durch den Schutt und gab mehr oder weniger sinnvolle Befehle.

Arcumenna, der Laris von Truria und Statthalter auf Nangog, vertrat den Unsterblichen Ansur von Valesia. Er bemühte sich nach Kräften. Wenn es nicht zu heiß war … Sein Herrscher hatte keinen einzigen der Arbeiter aus Selinunt abgezogen, der Weißen Stadt, die er in seinem Königreich errichten ließ. Sein Traum war es, die schönste Stadt Daias zu erbauen. Iwar, der Unsterbliche von Drusna, verfügte zwar über keine Mittel und Vorräte, aber er hatte fünfhundert kräftige Holzfäller geschickt, unter der Bedingung, dass andere sich darum kümmerten, sie zu verköstigen und zu bezahlen.

Die Zapote lehnten jede Zusammenarbeit mit ihm ab. Wahrscheinlich würde es wegen seines Überfalls auf den Tempel zum Krieg mit ihnen kommen, dachte Artax bitter. Ashot hatte recht: Er war dazu verdammt, von Schlachtfeld zu Schlachtfeld zu ziehen.

Der Statthalter der Schwimmenden Inseln war ebenfalls seinen eigenen Weg gegangen. Er organisierte den Wiederaufbau des Hafens und half dort – ohne sich mit jemandem abzusprechen. Aber immerhin kamen von den Inseln Lebensmittel und Arbeiter.

Labarna trat an seine Seite. Neben dem Luwier fühlte er sich jedes Mal wie ein Zwerg. Labarna war der größte Mann im Heer Muwattas gewesen. Bewaffnet mit einer riesigen Keule, war er in der Schlacht genauso unaufhaltsam wie ein Kriegselefant. Gemeinsam blickten sie über das weite Trümmerfeld, das sich den Hang hinab bis zum Großen Fluss erstreckte. Manchmal ragte ein einzelnes Gebäude inmitten von Ruinen auf. Einige Viertel waren rätselhafterweise fast ganz verschont geblieben. Alle unversehrten Häuser hatten die Statthalter beschlagnahmt, um Obdachlose und Flüchtlinge, die jeden Tag in größerer Zahl in die Ruinenstadt strömten, unterzubringen.

»Ich weiß, was du denkst, Aaron«, sagte Labarna noch voller Begeisterung über das Wunder der Geretteten vom Platz der tausend Zungen. »Es ist übermenschlich. Es sieht so aus, als könnten wir es niemals schaffen. Manchmal bin auch ich verzweifelt. Vor drei Tagen haben wir den Befehl gegeben, nicht mehr nach Verschütteten zu suchen, weil nur noch Tote geborgen worden waren. Es schien unmöglich, dass nach so langer Zeit noch jemand lebte. Aber Wunder geschehen. Wir werden diese Schlacht gemeinsam schlagen, Aaron. Wir werden die Goldene Stadt wieder aufbauen, größer und prächtiger, als sie je zuvor war! Wir werden …«

Labarna stockte. Plötzlich knieten die Männer rings herum nieder und neigten demütig ihre Häupter. Alle Gespräche waren verstummt. Artax spürte, wie sich die feinen Härchen in seinem Nacken aufrichteten. Langsam drehte er sich um. Inmitten der Schutthügel stand eine löwenhäuptige Gestalt.

»Aaron, Unsterblicher Arams, Herrscher aller Schwarzköpfe, meine Brüder und Schwestern schicken mich als Boten«, sprach der Devanthar mit Donnerstimme. »Als Erster unter den Menschen ist Euch die Gnade gewährt, in den Gelben Turm zu kommen. Sie werden Euch erhören, so wie es Euch versprochen ward.«

Leises Raunen ging durch die Versammelten.

Aaron spürte, wie alle zu ihm aufblickten

Mach dir keine Hoffnungen, erklang die Stimme des Devanthar in seinem Kopf. *Es ist ein Tribunal, vor das du treten wirst. Išta will dein Blut. Sie erwarten uns. Noch in dieser Stunde!*

Unter Göttern

Wie tausend feine Nadeln schnitt der eisige Wind in sein Gesicht. Der Löwenhäuptige hatte Artax durch das Goldene Tor gebracht. Sie waren nur ein paar Schritt auf dem verwunschenen Pfad zwischen den Welten gegangen. Nun standen sie auf einem sturmumtosten Felsvorsprung hoch in den Bergen. Feiner Schnee wurde vor dem Wind hergetrieben. Vor ihnen lag ein steiler Pfad, der noch höher führte. Artax legte den Kopf in den Nacken, und dann sah er ihn, den Turm, von dem er zum ersten Mal als Kind gehört hatte. Die gelbe Trutzburg der Götter! Sie verschmolz mit den dunklen Wolken.

»Komm!«, ermahnte ihn der Löwenhäuptige. »Meine Brüder und Schwestern sind ungeduldig.«

Artax folgte dem Devanthar, der mit eiligen Schritten den steilen, schneebedeckten Pfad erklomm. Bald schon begann Artax zu keuchen. Es war so wie damals auf dem Wolkenschiff, das immer höher in den Himmel gestiegen war. Hechelnd rang er um Luft, atmete schneller und schneller und hatte doch das Gefühl, langsam erdrosselt zu werden.

Bald musste er alle paar Schritte eine kurze Rast einlegen.

Verärgert kam der Löwenhäuptige zurück. »Ihr Menschen seid zu schwach«, grollte er, legte seine große Hand an Artax' Kehle und ließ sie dann langsam auf dessen Brust hinabgleiten, bis sie über dem Herzen ruhte. Dabei stieß er eine Folge dunkler, grollender Laute aus, die Artax bis ins Mark gingen. Nie zuvor hatte er etwas Vergleichbares gehört. Wenn dies eine Sprache war, dann war sie dazu ersonnen worden, den dunkelsten Abgründen der Seele nachzuspüren.

Plötzlich hatte er ein Gefühl, als zerreiße etwas in seiner Kehle. Ein scharfer Schmerz stieß von seinem Hals hinab in die Lungen, so intensiv, dass ihm Tränen in die Augen traten. Er währte einen Herzschlag lang, dann konnte Artax frei atmen.

»Wird es nun gehen?«, fragte der Löwenhäuptige.

»Ja. Danke.« Artax hatte erwartet, dass ihm das Sprechen schwerfallen würde oder er zumindest eine raue Stimme hätte, doch beides war nicht der Fall. Er konnte wieder frei atmen, das Gefühl zu ersticken, war verflogen.

»Komm«, drängte der Devanthar und eilte erneut voraus.

Der Aufstieg dauerte noch gut eine halbe Stunde, dann erreichten sie einen Torbogen, so hoch wie eine alte Zeder. Mannslange Eiszapfen hingen von der Wölbung hinab und ließen Artax an einen Raubtierschlund denken. Der Wind erzeugte seltsame Laute, als er durch die Eiszapfen strich. Sie erinnerten an das leise Wimmern eines verwundeten Tiers. Hinter dem Tor lag ein fensterloser Saal, der sich in Schatten verlor. Das Echo ihrer Schritte hallte von den fernen Wänden wider.

Der Löwenhäuptige führte ihn zu einer Treppe, deren Stufen so hoch waren, dass es unangenehm war, sie zu ersteigen. Artax kam sich vor wie ein kleines Kind. Dieser Turm war wahrlich nicht für Menschen erbaut worden. Sie verließen die Treppe und durchquerten einen zweiten Saal. Hier war es heller, doch bald wünschte Artax sich, es wäre so dunkel wie unten beim Eingang. Etwas stimmte mit diesem Raum nicht. Sie gingen auf eine große Tür zu, neben der ein gewaltiger Tierschädel an der Wand lehnte. Jedes Mal, wenn sie die Tür fast erreicht hatten, schien sie ein Stück vor ihnen zu fliehen. Verwirrt blickte Artax zurück. Die Treppe lag nur ein kurzes Stück hinter ihnen, aber sie gingen und gingen, ohne voranzukommen. Die Decke wurde von einem weit gespannten Kreuzgewölbe getragen. Zwei Reihen von Säulen untergliederten den Saal. Jedes Mal, wenn er zur Decke sah, hatte er das Gefühl, dass ganz am Rande seines Gesichtsfeldes die Streben des Gewölbes verrutschten. Ein Anblick, der ihm Übelkeit bereitete.

Plötzlich standen sie vor dem Schädel, als hätten sie einen weiten Sprung quer durch den Saal getan. Da war etwas in diesem knöchernen Gefängnis. Etwas bewegte sich in den Schatten. Flüchtig glaubte Artax eine Gestalt zu sehen. Oder war es ein Trugbild? Als er genauer hinsah, waren dort nur noch Schatten.

»Sei nicht zu neugierig«, warnte der Löwenhäuptige. »Es gibt Wissen, das dir für immer deinen Seelenfrieden rauben würde. Es anzustreben ist nicht weise. Und nun folge mir.« Wie von Geisterhand schwang die hohe Tür vor ihnen auf. Vor ihnen lag ein weiterer Saal, durch den Säulen aus Schatten wanderten. Sie erinnerten Artax an die breiten Lichtbahnen, die an sonnigen Tagen durch die schmalen Dachluken in seinen düsteren Thronsaal in Akšu fielen. Doch hier waren Licht und Schatten vertauscht. Der weite Saal war hell, ohne dass es ein einziges Fenster gegeben hatte. Und durch das Licht bewegten sich Schattensäulen, unstet, springend, manchmal flackerten sie sogar und verblassten, um dann urplötzlich an anderer Stelle neu zu erstehen. Die befremdlichen Lichtverhältnisse machten es Artax unmöglich zu sagen, wie groß der Saal war. Auch konnte er nicht einschätzen, wie viele Devanthar sich versammelt hatten. Dreißig? Vierzig? Manche standen in kleinen Gruppen beisammen, andere allein, und immer wieder verschwanden einzelne in den tanzenden Schattensäulen, um binnen eines Herzschlags an anderer Stelle im Saal wieder zu erscheinen.

Kaum dass er die Schwelle der hohen Tür überschritten hatte, erscholl hinter ihm das leise Wimmern, das er schon gehört hatte, als er den Turm betreten hatte. Es war ein Laut, bar jeglicher Hoffnung. Die Stimme des Wahnsinns.

Mit dumpfem Klang schloss sich hinter ihm die Tür, und der Löwenhäuptige erhob an seiner Seite die Stimme: »Es sind alle meine Brüder und Schwestern hier, bis auf eine, Artax, der ich dich zum Unsterblichen Aaron erhoben habe. Wir haben uns versammelt, um über dich zu richten.«

»Er hat gestohlen, was der Schlange gehörte«, kam es zischelnd aus der Dunkelheit. Kurz erhaschte Artax einen Blick auf einen Schlangenleib, der sich um eine graue Säule wand. Mächtige Schwingen wuchsen aus dem Rücken der Kreatur, und geschlitzte Pupillen durchbohrten ihn mit ihrem Hass.

Artax war froh, als die Kreatur wieder von gnädiger Dunkelheit verschlungen wurde.

»Den Frieden des Tempels hat er gebrochen, Priester gemordet und den Auserwählten vom Altar geraubt. Ich verlange, dass sein Herz der Gefiederten Schlange geopfert wird.«

Artax nahm all seinen Mut zusammen, blickte fest auf die Säule aus Dunkelheit, die die Schlange verschlungen hatte, und antwortete: »Wer in den Ring tritt und als Erster die Faust erhebt, dem steht es nicht zu zu jammern, wenn er durch die Faust fällt.«

In einem fernen Winkel des Saals ertönte Gelächter.

»Gut gesprochen, Mensch«, rief eine helle Stimme.

»Volodi aus Drusna, Hauptmann meiner Leibwache, wurde nach der Schlacht auf der Hochebene von Kush entführt, von Männern, die ich für Verbündete gehalten hatte. Vor dem Weißen Tor der Tempelstadt hat man ihm offenbart, dass die Frau, die er liebte, einen grausamen Tod sterben würde, wenn er nicht anerkennen würde, ein Auserwählter zu sein. Er hat nicht freiwillig die Tempelgärten betreten! Die Tempeldiener Zapotes haben sich die Freiheit genommen, mir einen Mann zu stehlen, der sich mir verschworen hatte. Und deshalb habe ich mir die Freiheit genommen, mir zurückzuholen, was mir gehört. Männern, die mit ihrem Leben für mich einstehen, schulde ich nicht weniger als genau das: mein Leben für sie zu wagen. Wenn dies nicht Eure Vorstellungen der Tugenden eines Herrschers sind, dann füge ich mich Eurem Richtspruch. Ich jedoch werde nie anders handeln, als ich es für Volodi getan habe.«

Ein riesiger, schwarzer Bär löste sich aus den Schatten. Eines seiner Augen war blutunterlaufen, seine Schnauze von den Schrammen vieler Kämpfe verunstaltet. Vor Aaron richtete er sich auf die Hinterbeine auf. Der Bär überragte ihn um drei Haupteslängen. »Du bist ein Mann nach meinem Geschmack, Aaron von Aram«, sagte er mit brummiger Bassstimme.

Artax war sich nicht sicher, ob das ein Kompliment war, oder ob es ganz anders zu verstehen war. »So wie du sollten all unsere Unsterblichen sein.«

»Doppelzüngig und intrigant wünschst du dir unsere Herrscher?«, fragte eine wohlmodulierte Stimme. Zwischen den wandernden Schatten trat eine hochgewachsene Frau in einem himmelblauen Kleid, gesäumt von filigranen Silberborten, hervor. Ihr fein geschnittenes Gesicht wurde von schwarzem Haar gerahmt, und schwarze Schwingen ragten über ihren Schultern auf. Išta!

»Worte sind wohlfeil, meine Schwester«, grollte der Löwenhäuptige neben Artax. »Welche Beweise hast du gegen Aaron vorzubringen?«

Išta wandte sich nun an die Versammlung der Göttlichen. »Viele von euch haben mich begleitet, als ich zum Grab der Riesin hinabstieg, um ihre Fesseln zu prüfen. Ihr alle habt den toten Elfen gesehen, der eine Rüstung der Leibwache des Unsterblichen

Aaron trug. Doch habt ihr auch die richtigen Schlüsse aus dem gezogen, was ihr gesehen habt?

Es war Aaron, der die Elfen dort hinabgeführt hat. Er hat ihnen den Weg zu Nangog geöffnet. Sie haben seinen Angriff genutzt, um in die verborgenen Tiefen des Tempels hinabzusteigen. Wäre nicht ein ganzes Heer eingefallen, die Jaguarmänner hätten die Elfen vielleicht aufgehalten. Und selbst wenn nicht, hätten unsere Priester meinen Bruder, die Gefiederte Schlange, sofort um Hilfe angerufen. Es hätte nicht verborgen bleiben können, was dort geschieht. Wir wären den Zapote zu Hilfe geeilt, so wie beim letzten Mal, als Elfen es wagten, in den Weltenmund hinabzusteigen.

Aber Aaron hat sie unter seinen Mantel schlüpfen lassen. In seiner Einfalt hat er sich zu ihrem willfährigen Diener gemacht. Dass Nangog fast befreit wurde, dass unsere Städte von Flutwellen, Erdbeben und Feuersbrünsten zerstört wurden. Dass Hunger in unsere Königreiche kommen wird und dass das Gleichgewicht zwischen den drei Welten auf immer gestört wurde, ist die Schuld eines einzigen Mannes, Aarons! Nie zuvor gab es einen Menschen, der uns so großen Schaden zugefügt hat. Ich verlange seinen Tod. Ein langer, grausamer Tod soll es sein. Und viele Menschen sollen Zeugen unseres Urteils sein, auf dass sie gewarnt seien!«

Artax war erschüttert. Er erinnerte sich an die toten Jaguarmänner, die er am Schlangenschlund gesehen hatte. Unter seinen Wachen machten Erzählungen die Runde, dass sich unter Koljas Söldnern ein kleiner Trupp Schwertkämpfer befunden hatte, der die Krieger der Zapote das Fürchten gelehrt hatte. Jene Männer Koljas waren seit der Schlacht, ebenso wie der vernarbte Drusnier, spurlos verschwunden. Sie waren nun unter Kushiten und Zinnernen die geheimen Helden des Kampfes in der Tempelstadt. Niemals wäre es Artax eingefallen, dass Daimonen für ihn gefochten haben könnten. Seine Krieger hatten schon öfter als nur einmal vollbracht, was alle für unmöglich hielten.

»Was sagst du zu diesen Anschuldigungen?«, kläffte ihn ein großer weißer Wolf an.

»Ich bin erschüttert«, sagte er wahrheitsgemäß. »Genau wie ihr erfahre auch ich erst in diesem Augenblick, dass ich von Daimonenkindern getäuscht wurde. Und ich zweifle nicht daran, dass die Worte Ištas wahr sind. Nun fügt sich so manches, was mir rätselhaft geblieben war.«

»Du willst es nicht gewusst haben?«, verhöhnte ihn Išta. »Du hast jahrelang einen Elfen als engsten Vertrauten an deinem Hof geduldet. Einen Mann ohne Bart und mit goldenem Haar unter Hunderten bärtigen, schwarzhaarigen Männern. Willst du uns ernsthaft vorlügen, du hättest nicht bemerkt, wie andersartig er war?«

Artax las in den Gesichtern der Devanthar – sofern es keine undeutbaren Tierfratzen waren –, dass der Kampf um seine Sache verloren war. Išta war letztlich also doch an ihr Ziel gelangt. Sie würde seinen Kopf bekommen. Aber diese Gewissheit schenkte ihm auch Freiheit. Er konnte nicht mehr verlieren, nur noch gewinnen, ganz gleich, was er sagte. Er musste sich keinen Regeln der Höflichkeit mehr unterwerfen.

»Andersartigkeit ist also ein Grund, sofort das Schlimmste zu vermuten?« Er ließ seinen Blick über die versammelten Götter wandern. »Es überrascht mich, dies aus dem Munde jener zu hören, die so großen Wert darauf legen, ihren Geschwistern auf keinen Fall zu gleichen.«

»Zerreißt das Großmaul!«, forderte eine Gestalt, die ganz in lodernde Flammen gehüllt war, von denen jedoch eigentümlicherweise kein Licht ausstrahlte.

»Ja, ich gestehe«, fuhr Artax fort. »Ich war vielleicht arglos. Ich habe meinen Hofmeister Datames nie nach seinem Aussehen beurteilt. Für mich zählte allein seine Arbeit. Und selbst wenn er ein Daimon gewesen ist, so sind seine Verdienste um Aram unleugbar. Er hat die Verwaltung reformiert. Selbst jetzt, da er fort ist, arbeiten meine Schreiber und Beamten immer noch besser als vor seiner Zeit. Ich habe nie erkannt, dass er ein Spitzel war, und dies war auch nicht der Grund, warum ich ihn schließlich von meinem Hof verbannte.« Artax blickte herausfordernd zu Išta. »Im Zelt des Datames wurde ein Mord begangen, so grausam, dass er selbst meine Veteranen erschütterte. Ein junges Mädchen aus den Seidenstädten war das Opfer. Und ein jeder glaubte, Datames sei es gewesen. Ich jedoch weiß es besser. Išta kam als Mörderin in mein Heerlager, um Datames, den sie nicht in seinem Zelt angetroffen hatte, durch diese Bluttat zu vernichten. Und nun, himmlische Herrscherin von Luwien, beantworte mir zwei Fragen. Warum kamst du nicht zu mir, um mir zu sagen, wer sich hinter der Maske des Hofmeisters verbarg? Und wie lange wusstest du schon um sein Geheimnis?«

»Wie kannst du es wagen?«

Der Zorn der Göttin traf Artax wie glühende Lohe. Ganz so, als sei ihr verzehrender Hass greifbar geworden. Er wich einen Schritt vor ihr zurück, senkte aber nicht den Blick. »Soll ich an deiner Stelle antworten, allmächtige Išta? Kleinliche Intrigen waren es, die dich schweigen ließen. Dein Wunsch, mich zu vernichten, wenn ich hier im Gelben Turm vor die Devanthar trete, um euch meinen Traum von einer besseren Welt zu schildern. Dein Wunsch war es, dass meine Visionen unausgesprochen bleiben und ich mich nicht über deinen Sterblichen, Muwatta, erhebe.« Artax wandte sich an all die Gestalten im Licht und im Schatten. »Ihr kennt eure Schwester. Ihr wisst, dass es wahr ist, was ich sage. Meine Schuld ist einzig, den Intrigen einer Göttin nicht gewachsen gewesen zu sein, denn ich bin nur ein Sterblicher, und meinem Charakter entspricht es nicht, einzig auf meinen Vorteil bedacht zu sein.«

»Du …« Išta wollte ihm an die Kehle, doch der Löwenhäuptige und der Bär stellten sich schützend vor ihn.

»Und was sind deine Visionen, Menschensohn?«, fragte eine

wunderschöne Frau mit Haaren aus sich windenden Schlangenleibern.

Artax war überrascht, gefragt zu werden. Er hatte fest damit gerechnet, nun der Willkür Ištas ausgeliefert zu sein, doch die Göttin schien auch unter ihren Brüdern und Schwestern nicht nur Freunde zu haben. »Blicke ich auf die kurze Zeit, die ich die Ehre habe, der Unsterbliche Arams zu sein, so habe ich das Gefühl, wir werden belagert. Ich wurde Unsterblicher, weil mein Vorgänger im Himmel über Nangog auf seinem Palastschiff von einer Daimonin angegriffen und ermordet wurde. Ich selbst begegnete ihnen in den Wäldern Nangogs. Heute erfahre ich, dass ich ihnen unwissentlich geholfen habe, Nangog und all unseren Königreichen schweren Schaden zuzufügen. Und mir wird auch noch offenbart, dass mein engster Berater ein Daimon war. Ich fühle mich, als würde ich in einer Festung belagert. Einer Festung, in der es womöglich Verräter innerhalb der eigenen Mauern gibt.« Er blickte bei diesen Worten auf Išta und sah, dass die Göttin vor Wut schäumte. »Ich erfahre, dass zumindest eine von euch um den Verräter wusste, mir aber nichts sagte. Warum? Wie viel Schaden hätte abgewendet werden können, hätte ich früher um die Schlange gewusst, die ich an meinem Busen nährte! Wie viele andere Spitzel wie ihn gibt es? Warum zieht ihr eure Kinder, uns Menschen, nicht ins Vertrauen? Gebt uns Waffen in die Hand, die uns erlauben, Daimonen zu erschlagen, und ihr werdet sehen, auch wir verstehen es zu kämpfen.

Ich denke, ihr alle wisst, dass ich eigentlich nur ein einfacher Bauer bin. Aber selbst ich weiß, wer im Krieg nichts wagt, wer es immer den anderen überlässt, Ort und Zeit der Schlacht zu bestimmen, der wird untergehen. Seien wir nicht länger die Belagerten! Greifen wir an! Nehmen das Schwert in die Hand, drängen die Daimonen in ihre Welt zurück und besetzen alle Pforten, auf dass sie nie wieder zu uns gelangen können.

Ich bin auf der Hochebene von Kush mit einem Heer von Bauern den Kriegern des Unsterblichen Muwatta entgegengetreten. Muwattas Männer waren allesamt ausgesuchte Kämpfer, und sie hatten die besseren Waffen. Dennoch siegte ich. Dies mag uns auch gelingen, wenn wir gegen die Daimonen antreten. Schließen wir unsere Reihen, vergessen wir die kleinlichen Fehden von gestern! Sprechen wir mit einer Stimme! Lasst unsere Heere wie ein riesiges Schwert sein, geführt von einer einzigen Hand, und wir werden siegen!«

»Du bist wahrlich ein Mann nach meinem Geschmack«, brummte der Bär.

»Bitte, Bruder«, insistierte Išta, »vergessen wir über all die schönen Worte nicht, was er getan hat. Er führte die Elfen zu Nangog! *Er* ist die Wurzel allen Übels, mit dem wir uns herumzuschlagen haben.«

»Sprichst du da nicht eher von dir, Schwester?« Der Löwenhäuptige machte einen Schritt in Richtung der geflügelten Göttin. »War es nicht *dein* Rat, die Blaue Halle anzugreifen? Und waren die Ereignisse auf Nangog nicht die Antwort auf unsere Tat?«

Auf die Bemerkung folgte Schweigen, doch aus dem Mienenspiel einiger der Devanthar schloss Artax, dass sie noch immer miteinander sprachen, in Gedanken vielleicht oder auf irgendeine andere Art. Wahrscheinlich würden die Götter seine Gefühle als anmaßend empfinden, aber es ärgerte ihn, ausgeschlossen zu sein. In dem, was gerade geschah, spiegelte sich eines der grundsätzlichen Probleme: Die Unsterblichen waren für die Devanthar wie Kinder. Sie hatten nicht teil an den Entscheidungen, die getroffen wurden, sie waren lediglich die Ausführenden. Dennoch wagte er nicht, etwas zu sagen.

Die Devanthar waren einschüchternd, ein jeder von ihnen eine Naturgewalt. Und sie waren so unorganisiert und von unberechenbarer Willkür wie Naturgewalten. Wenn ihre Kräfte nur gebündelt wären, dachte Artax. Sie könnten gewiss alles erreichen! Stattdessen befehdeten sie einander und machten es den Daimonen leicht.

»Meine Brüder und Schwestern streiten darüber, wie die bisherigen Ereignisse zu bewerten sind«, erklärte plötzlich der Löwenhäuptige mit leiser, dunkler Stimme. Hatte der Devanthar in seinen Gedanken gelesen? Artax hatte in den vergangenen Monden viel darüber nachgedacht, was geschehen war. Er räusperte sich. Plötzlich fühlte er sich unbedeutend und klein. Es kostete ihn all seine Willenskraft, überhaupt ein Wort herauszubringen.

»Ich sehe in den Dingen, die geschehen sind, ein Muster.« Er sah zu Boden, um nicht von den bohrenden Blicken der Götter abgelenkt zu sein und klarer seinen Gedanken folgen zu können. »Ich glaube, der Mord an meinem Vorgänger war ein Versuch herauszufinden, wie sterblich wir Unsterblichen sind, und was geschieht, wenn einer von uns unter einem Daimonenschwert fällt. Danach scheinen sie Späher nach Nangog geschickt zu haben. Sie haben die Welt erkundet. Als Nächstes folgten die Katastrophen. Die Ordnung, die wir errichtet haben, ist erschüttert. Unseren Königreichen drohen in diesem Winter Hungersnöte, denn wir sind abhängig vom Korn Nangogs. Vielleicht wird es zu Aufständen der Hungernden kommen.« Artax machte eine kurze Pause, um seinen nächsten Worten mehr Gewicht zu verleihen. »Sie haben uns auf vielfache Weise geschwächt. Es ist offensichtlich, was folgen wird: die Invasion Nangogs. Alles, was bislang geschah, läuft darauf hinaus.«

Jetzt hob Artax seinen Blick, und was er sah, erschreckte ihn zutiefst. Seine Worte hatten Betroffenheit ausgelöst! Waren die Götter denn so sehr in ihren Intrigenspielen gefangen, dass sie nicht mehr sehen konnten, was vor sich ging? Oder waren sie nur erschrocken über seine Dummheit. Hatte er etwas übersehen? Auch ihm war bewusst, dass sich nicht alle Mosaiksteine in das Bild fügten, das er entworfen hatte. Die Frau, die ihm geholfen hatte, als er erblindet war, musste eine Daimonin gewesen sein.

Warum hatte sie das getan? Wenn sie Chaos stiften wollten, war ihnen mit einem blinden Unsterblichen doch eher geholfen.

»Spricht da nicht nur ein ängstliches Herz?«, zischte die Geflügelte Schlange. »Wie weit ist es mit uns gekommen, Brüder und Schwestern, wenn wir nun auf die Phantasien eines ängstlichen Mannes hören? Wissen wir nicht besser, was wirklich geschehen ist? Wir kennen den Grund, warum die Himmelsschlangen ihre Elfen nach Nangog schickten. Wenn wir von nun an Frieden bewahren, dann wird es keine weiteren Kämpfe geben. Bringen wir Ordnung in unser eigenes Haus! Strafen wir diesen Tempelschänder, der es den Elfen erleichtert hat, so viel Unheil zu stiften. Ich verlange sein Herz! Er soll auf dem Altar jenes Tempels sterben, den er entweiht hat!«

»Unsere Schwester hat recht!«, pflichtete ein Devanthar mit Adlerkopf bei. »Hören wir nicht auf ein Hasenherz! Schlimm genug, dass wir uns so weit erniedrigten, ihn hier vor uns sprechen zu lassen. Sein Gestammel erinnert mich an einen Blinden, der versucht, Farben zu beschreiben.«

Artax spürte, wie die Stimmung erneut kippte und sich gegen ihn wandte. Wenn er die Götter jetzt nicht für sich gewann, dann war er ein toter Mann. »Die Invasion hat bereits begonnen!«, sagte er mit fester Stimme.

»Wovon redest du da?«, herrschte ihn der Ebermann an, dem er schon einmal in dem unheimlichen Berg unweit der Kupfermine Um el-Amand begegnet war.

»Davon, was mir vor drei Tagen gezeigt wurde: ein Daimon halb Mann, halb Krokodil. Er hatte die Fischer auf dem Großen Fluss angegriffen, ihre Boote zerfetzt und seine unglücklichen Opfer hinab in die Fluten gezogen. Er war kaum kleiner als Ihr es seid, Göttlicher. Zwei Wochen wurde er gejagt. Und als meine Krieger ihn stellten, hat er fünf von ihnen getötet und sieben weitere schwer verwundet. Jeden Tag gibt es neue Berichte über Daimonen. Ganze Dörfer wurden schon aufgegeben, weil die Menschen

Angst haben. Mir wurde von geflügelten Frauen berichtet, die mit Adlerfängen die Bauern auf den Feldern zerreißen, von Hundemännern, lebenden Bäumen und selbst von Toten, die sich wieder aus ihren Gräbern erhoben haben sollen. Ich rede hier nicht über Ängste. Dass die Invasion begonnen hat, ist eine Tatsache!«

Wieder herrschte lange Schweigen, und Artax konnte nur vermuten, dass die Devanthar miteinander in Gedanken sprachen. Auch kam es ihm vor, als würden sie sich in zwei Lager teilen. Es kam Bewegung in die Götter, der Tanz der Schattensäulen wurde schneller, selbst die Wände und die gewölbte Decke über ihm schienen zu zerfließen und sich neu zu formen. Nichts in diesem Raum war von Bestand. Ihre Architektur war genauso launisch und unstet wie die Götter, die sie erschaffen hatten.

»Du wirst nicht sterben«, raunte ihm der Löwenhäuptige zu. »Aber du hast mächtige Feinde, die von nun an nur darauf warten, dass du einen Fehler machst.«

Ein außerordentlich hässlicher Devanthar mit überlangen, muskulösen Armen löste sich aus der Gruppe der Götter und trat vor Artax. »Was brauchst du, um die Daimonen besser bekämpfen zu können?«

»Einigkeit«, antwortete er ohne Zögern. »Alle Unsterblichen sollen sich versammeln. Unsere Fehden müssen beigelegt werden. Wir müssen umeinander wissen, uns verstehen und vertrauen lernen. Wir …« Er stockte. Ihm war nur zu bewusst, dass sich der Unsterbliche der Zapote wohl kaum mit ihm an einen Tisch setzen würde. »Ihr Götter müsst dabei anwesend sein. Alle! Es wird Streit geben, den nur ihr schlichten könnt.«

Der Bär an Artax' Seite brach in tiefes, dröhnendes Gelächter aus. War es so naiv anzunehmen, dass die Devanthar untereinander Frieden hielten und alle gemeinsam ein Ziel verfolgten?

»Ein solches Treffen will vorbereitet sein«, erhob der adlerköpfige Gott seine Stimme. »Die Unsterblichen werden Zeit brauchen. Und ein Hungerwinter steht vor der Tür. Vor dem Frühling ist keine große Zusammenkunft möglich. Ich unterstütze den Vorschlag Aarons von Aram. Wählen wir den Tag des Opferfestes zu Frühlingsbeginn. Und versammeln wir uns in Selinunt. Bis dahin wird die neue Hauptstadt des Unsterblichen Ansur vollendet sein. Feiern wir ein Fest der Menschen und Götter, um sie einzuweihen. Ein Fest, das der Beginn eines neuen Zeitalters sein wird«, endete er, und in seiner Stimme lag eine Euphorie, die Artax alles vorangegangene Ungemach vergessen ließ.

Er hatte es geschafft! Die Welt würde sich zum Guten verändern.

Russas Blitze

Talawain schritt die Prachtstraße mit den blau geklinkerten Mauern entlang, die auf die große Zikkurat von Isatami zuführte. Dutzende abgerissene Gestalten wie er gingen, auf ihre Stecken gestützt, dem Tempel entgegen.

Der Elf hatte sich die schwarzen Federn des Pilgers an seinen schäbigen Umhang gesteckt. Er gab sich als einer der zahllosen Išta-Pilger aus, die zum großen Heiligtum der Göttin strebten, um für die Heilung einer Krankheit, eine gute Ernte oder einfach eine glückliche Wendung ihres elenden Lebens zu beten. Aber sein Ziel war nicht der prächtige Tempel. Aus den Augenwinkeln musterte er die Häuser, die hinter der blauen Mauer lagen, bis er endlich jenes entdeckte, auf das mit verblassender, roter Farbe das Bild der Göttin auf bröckelnden, weißen Putz gemalt war. Von hier war es nicht mehr weit zu Rowayns Laden. Talawain musste nur noch die nächste Gasse, die nach links abzweigte, nehmen, und nach ein paar Schritten würde er vor dem Geschäft des Knochenschnitzers stehen.

Der Elf sah zum Tempel hinüber. Sich so nahe beim bedeutendsten Išta-Heiligtum Luwiens niederzulassen war schon tollkühn. Er erinnerte sich daran, wie er Rowayn dessen Arglosigkeit vorgehalten hatte, worauf sein Freund in Gelächter ausgebrochen war und ihm vorgehalten hatte, Hofmeister im Palast eines Unsterblichen zu sein wäre durch nichts anderes zu überbieten. Rowayn hatte recht gehabt – es war letztendlich nicht gut gegangen.

Er verließ die breite Prachtstraße und bog in eine Gasse ein, die von kleinen Läden gesäumt wurde. Ihre Auslagen ähnelten sich: Es gab bunte Tontafeln, auf denen Išta abgebildet war, und andere, auf die Segenssprüche geschrieben waren, breitkrempige Strohhüte für Pilger, Sandalen und Ledertaschen sowie allerlei Amulette. Sogar kleine Nachbildungen der Zikkurat konnte Talawain entdecken und Bilder, die den Unsterblichen bei der Heiligen Hochzeit zeigten. Fassungslos blieb der Elf stehen. Wie konnte man Bilder von einem Gott beim Liebesakt verkaufen! Er würde die Menschenkinder niemals ganz verstehen, dachte er verstört.

»Und, schöner Mann, gefällt dir, was du siehst?« Eine junge Frau von vielleicht sechzehn oder siebzehn Jahren beugte sich über die Auslage und schenkte Talawain ein bezauberndes Lächeln. »Das hier ist der Unsterbliche Muwatta«, sie strich mit der Hand über den nackten Gott, doch Talawain war nicht mehr von dem Bild, sondern von ihren hellgrünen Augen gefesselt. Sie waren mit Ruß umrandet, was sie noch größer und geheimnisvoller aussehen ließ.

»Er feiert die Heilige Hochzeit mit der Barbarenprinzessin Shaya«, erklärte die junge Frau und fuhr in verschwörerischem Ton fort. »Bei den Wilden musst du mit einer Prinzessin kämpfen, bevor du sie zum Weib nehmen kannst. Shaya hat mehr als ein Dutzend ihrer unglücklichen Freier erschlagen. Aber Muwatta konnte sie besiegen. Er hat sie niedergestreckt, mit seinem Gürtel gebunden und hierhergebracht.«

»Direkt zum Tempel?«

Die Verkäuferin lachte. »Natürlich nicht. Ich sagte doch, dass

Shaya eine Barbarenprinzessin war. Sie musste erst ins Bad, denn die Wilden waschen sich nie, weißt du.« Sie lächelte keck. »Ich würde wetten, dass du nach einem Bad auch noch besser aussehen würdest.«

»Da halte ich nicht dagegen.« Talawain erwiderte das Lächeln. Die Verkäuferin hatte hohe Wangenknochen und schmale, schön geschwungene Lippen. Ihre Augen standen etwas zu weit auseinander. Auf den ersten Blick war sie keine klassische Schönheit, aber ihr Lächeln und die strahlenden Augen ließen dies schnell vergessen. Sie machte sicher gute Geschäfte.

»Suchst du etwas in meinem Laden oder in meinen Augen, schöner Fremder?«

Talawain räusperte sich verlegen. »Also, ehrlich gesagt, suche ich einen anderen Laden. Mein Bruder war zur Heiligen Hochzeit hier, und er hat bei einem Knochenschnitzer ein Bild der Išta in Auftrag gegeben, das sie mit einem flammenden Schwert zeigen sollte. Es hieß, Anfang des Herbstes wäre die Arbeit vollendet und man könnte …«

»Ich hoffe, dein Bruder hat den Knochenschnitzer nicht angezahlt«, unterbrach die Händlerin ihn.

»Warum?«

»Weil er seine Münzen nie wiedersehen wird.« Sie wies ein Stück die Gasse hinab auf ein Haus, über dessen Fenstern schwarze Rußzungen auf dem Mauerwerk zu sehen waren. »Das war das Geschäft von Zidanza. Er war der einzige Knochenschnitzer in dieser Gasse. Dort gibt es nichts mehr abzuholen, und niemand wird dir die Münzen deines Bruders zurückgeben. Du hast kein Glück, schöner Fremder. Aber ich könnte dir helfen.«

Talawain hörte kaum noch hin. Die Erinnerung an Rowayn beherrschte seine Gedanken. Fast hörte er dessen ausgelassenes Lachen. Er war so sorglos und fröhlich gewesen! Was war nur geschehen? »Wie ist er gestorben?«

»Wenn du Geschichtenerzähler suchst, Fremder, dann geh

zum Kornmarkt, da lungern immer welche herum. Ich führe einen Laden.«

Hilflos blickte Talawain auf die Auslage. Mit diesem Plunder konnte er nichts anfangen.

»Das hier ist genau das, was du brauchst«, erklärte die Verkäuferin nun wieder lächelnd und nahm einen kleinen Lederbeutel, der von einer geflochtenen, roten Schnur hing, aus der Auslage und drückte ihn Talawain in die Hand.

»Was ist das?« Er spürte etwas Weiches in dem Beutel.

»Einer der mächtigsten Glücksbringer, den du in der Stadt bekommen kannst. Er hilft auch gegen Zahnfäule, Gicht, das Frühlingsfieber und Schmerzen im Wochenbett.« Ihre Stimme sank zu einem Flüstern. »In dem Beutel ist Erde, auf die die Göttin Išta ihren Fuß gesetzt hat. Heiliger Boden! Streust du diese Erde über einen Acker, wird er im nächsten Jahr doppelt so viele Früchte tragen. Nur die Asche einer Braut der Himmlischen Hochzeit, die verbrannt wird, weil sie unfruchtbar blieb, besitzt noch mehr Zaubermacht.«

Talawain traute seinen Ohren nicht. Dieses Säckchen Dreck sollte Glück bringen? »Und wo werden diese Prinzessinnen verbrannt?«

»Auf einem Feld vor dem Haus des Himmels.« Sie sah ihn misstrauisch an. »Kein normaler Sterblicher weiß, wo das ist. Das kann dir jedes Kind sagen. Von wo kommst du, Fremder, dass dir solche Dinge nicht bekannt sind.«

»Aus Aram.«

»Ach so …« Sie rollte mit ihren wunderschönen Augen, als sei damit alles erklärt, da alle Bewohner Arams entsetzliche Narren waren.

»Was kostet mich dieser Glücksbringer?«

Sie sah ihn abschätzend an. »Eine Silbermünze«, sagte sie schließlich.

Ihm war nicht nach Feilschen zumute. Er griff in seinen Geldbeutel und holte das abgehackte Ende eines Silberbarrens hervor. Ein Stück, das fast so lang und dick wie das oberste Glied seines kleinen Fingers war. »Das muss genügen«, sagte Talawain in einem Tonfall, der keinen Zweifel daran ließ, dass er nicht weiter verhandeln würde.

Die Verkäuferin wog das Silberstück in der Hand. Dann nickte sie. »Du machst ein gutes Geschäft, Fremder aus Aram.«

Talawain ergriff ihre Hand, noch bevor sie das Silber in der Auslage verschwinden lassen konnte. »Und jetzt sagst du mir, was dem Knochenschnitzer geschehen ist. Wenn ich ohne eine gute Geschichte in mein Dorf zurückkehre, dann wird mein Bruder glauben, ich hätte nur sein Geld durchgebracht, statt meine Pflicht zu tun. Die Geschichte ist Teil unseres Geschäfts.«

»Es gibt Dinge, über die man besser nicht spricht, Fremder. Dunkle Dinge, die, wenn man mit Worten an ihnen rührt, noch weiter an Macht gewinnen und einem …«

Talawain hielt ihr mit der Linken den kleinen Lederbeutel hin. »Ich habe ja jetzt einen mächtigen Talisman. Also erzähle, mir wird schon nichts passieren!«

Sie blickte nervös die Gasse hinauf und dann zum Himmel, als fürchte sie, dass jeden Augenblick rächende Geister über sie herfallen könnten. »Zidanza hat die kleinen Götter erzürnt. Er hat immer nur Išta in Knochen geschnitzt. In großer Vollkommenheit! Seine Amulette und Reliefs und kleinen Statuen waren weit über die Grenzen unserer Stadt hinaus bekannt. Er konnte doppelt so viel für seine Arbeit verlangen wie andere Knochenschnitzer. Ein paar Tage vor seinem Tod kam ein reicher Karawanenführer aus Garagum und wollte eine Statue so groß wie seine Hand haben, die Russa, den Blitzeschleuderer, zeigt, einen Berggott aus seiner Heimat. Es gab einen lauten Streit in Zidanzas Werkstatt. Die Fenster standen offen, denn es war ein heißer Sommertag. Ohne zu lauschen, konnte ich bis hierher verstehen, was gesprochen wurde. Der Barbar bestand darauf, das Bildnis Russas zu bekommen. Er behauptete, der Gott selbst habe ihn geschickt, um eines der Wunderwerke des Meisters Zidanza zu holen, das in seinem Tempel einen Ehrenplatz erhalten solle. Der Fremde wollte mit einem faustgroßen Goldklumpen zahlen. Man stelle sich das einmal vor! So viel Gold! Ich hätte keinen Herzschlag gezögert, den Auftrag anzunehmen und alles andere stehen und liegen zu lassen. Nicht so Meister Zidanza. Er hat den Karawanenführer hinausgeworfen und laut verkündet, all seine Kunstfertigkeit gehöre allein Išta. Da hat ihn der Fremde verflucht! Seine Worte konnte ich nicht verstehen. Es muss die Sprache der Barbaren in Garagum gewesen sein, aber der Tonfall war eindeutig.«

Die Händlerin hatte nur im Flüsterton gesprochen. Jetzt blickte sie noch einmal die Straße hinauf. »Drei Tage lang geschah nichts, und ich dachte mir schon, dass Flüche, in denen die Namen anderer Götter ausgesprochen wurden, in der Stadt Ištas keine Macht hätten. Ich irrte mich.« Sie tastete nach einem Knochenamulett der Göttin, das sie um den Hals trug. »In der dritten Nacht nach dem Streit erwachte ich von schrecklichen Schreien. Ich schlafe hier im Laden, musst du wissen. Als ich die Tür aufmache, wurde ich fast geblendet. Ein gleißender, weißer Blitz fuhr aus dem Laden des Zidanza zum Himmel hinauf. Dann flackerten noch weitere Blitze in seinem Laden. Es hat ganz seltsam gerochen. Du kannst gerne die anderen Händler fragen. Alle haben es gesehen! Wir wagten uns erst in Zidanzas Laden, als ein Priester gekommen war.«

Jetzt schloss sich ihre Faust fest um ihr Amulett, und in ihren Augen spiegelte sich ein Grauen, als würde sie die Schrecken jener Nacht ein zweites Mal durchleben. »Dort im Laden war alles mit feinem, öligem Ruß bedeckt – Decke und Wände, die schönen Schnitzarbeiten, sein Werkzeug, einfach alles. Mitten im Raum lagen seine Sandalen. Sie waren ganz versengt und mit sehr feiner, weißer Asche bedeckt. Sein Schmuck lag neben den Schuhen. Der Priester fand auch drei Zähne in der Asche. Das war alles, was von Meister Zidanza geblieben war.« Sie schlug mit der Linken das

Zeichen des schützenden Horns. »Statt ein reicher Mann zu werden, hat er seinen eigenen Tod heraufbeschworen.«

»Wann geschah das?«, fragte Talawain, obwohl er sich fast sicher war, welche Antwort er erhalten würde.

»Etwa zu der Zeit, als sich euer Unsterblicher, der Blutkönig, der unschuldige Frauen und Kinder ermorden lässt, auf der Ebene von Kush seinen Sieg gestohlen hat.«

Mit mulmigem Gefühl blickte Talawain über die Häuserdächer hinweg zur Zikkurat. Er war sich sicher, dass dies nicht das Werk irgendeines Berggottes war. Išta hatte Rowayn ermordet, ebenso wie Nyllan in Ugara und Kazumi, die sie in seinem Zelt im Heerlager auf der Hochebene von Kush angetroffen hatte. Sie hatte jeden getötet, der Umgang mit ihm gehabt hatte. Oder war es noch schlimmer? Hatten die Devanthar das Werk der Blauen Halle entdeckt und mit der Jagd auf die Elfenspitzel begonnen?

Talawain griff in seine Geldbörse und drückte der Händlerin ein paar Kupfermünzen in die Hand. »Das war wahrlich eine eindrucksvolle Geschichte. Damit kann ich nach Hause gehen. Aber sag, ist es möglich, einen Blick in Zidanzas Werkstatt zu werfen? Vielleicht hatte er die Arbeit für meinen Bruder ja schon abgeschlossen?«

»Du solltest dieses Haus besser nicht betreten. Ich sagte doch schon, etwas Dunkles ist dort geblieben. Der Geist von Zidanza … Auch wirst du nichts mehr finden. Priester sind gekommen und haben alle vollendeten Werke des Meisters zum höheren Lob der Göttin mit sich genommen. Sie sind an Tempel im ganzen Land verschenkt worden. Türen und Fenster sind mit heiligen Siegeln verschlossen. Wer sie zerbricht, ruft den Zorn der Göttin auf sich herab … Alles, was du dort noch finden kannst, ist dein Unglück.«

Die Worte hallten in ihm nach. Er sollte aufgeben. Nicht fern der Stadt lag ein großer Albenstern. In weniger als einer Stunde könnte er in Sicherheit sein. Wieder sah er zu der Zikkurat. Er war der Einzige, der Shayas Leben vielleicht retten könnte. Aber dazu musste er herausfinden, wo dieses verfluchte Kloster lag. Wenn es einen Hinweis auf das geheimnisumwobene Haus des Himmels gab, dann hier in Isatami, der Stadt der Tempel und Priester. Der Stadt, über die Ištа selbst wachte. Aber wie könnte er hier überleben?

»Ich danke dir für deine Hilfe«, sagte er der Händlerin höflich.

»Meidet dieses Haus, Fremder!«, ermahnte sie ihn noch einmal. »Es ist ein verfluchter Ort. Wir alle hier leiden darunter, denn diese Gasse wird gemieden, seit Zidanza auf so ungewöhnliche Weise starb. Es kommen viel weniger Kunden. Wer es sich leisten kann, gibt seinen Laden auf und eröffnet ihn anderswo in der Stadt neu.«

»Tut mir leid«, murmelte Talawain und ging davon. Er hatte sich schon viel zu lange und intensiv mit der jungen Frau unterhalten. Sie würde ihn so schnell nicht vergessen, und das war genau das Gegenteil dessen, was er beabsichtigt hatte. Er musste unauffällig bleiben.

Langsam schlenderte er an dem Haus vorbei, in dem Rowayn gestorben war. An Türen und Fenstern waren Siegel aus getrocknetem Lehm angebracht. Es war reine Intuition, dass er sein Verborgenes Auge öffnete. Klug war es nicht. Jeder Zauber, den er wob, veränderte das magische Netz geringfügig. Es war, als werfe man einen Stein in einen See, über den eine leichte Brise wehte. Zwischen den sanften Wellen fielen die anderen Wellen, die vom Aufschlagpunkt des Steines davoneilten, kaum auf. Doch wer auf der Lauer lag, würde sie bemerken.

Die Siegel erstrahlten in einem matten, goldenen Licht. Talawain sah nicht mehr hin. Er ging auf der Straße weiter und hoffte, nicht aufgefallen zu sein. Hier waren nicht nur Priester am Werk gewesen. Išta selbst oder ein anderer Devanthar musste diesen Zauber gewoben haben, dessen Kraftlinien zur Zikkurat hin liefen. Hätte er eines der Siegel zerbrochen, wäre das im Tempel bemerkt worden. Išta hatte ihm eine Falle gestellt.

»Das Meer verbirgt alle Geheimnisse«, hatte ihm Rowayn einst zugeraunt. Was das bedeutete, mochte er in diesem Haus erfahren oder auch nicht. Ganz sicher lieferte er sich seinen Feinden aus, wenn er hineinzugelangen versuchte.

Alles, was du dort noch finden kannst, ist dein Unglück, waren die Worte der Händlerin gewesen. Talawain bog in eine andere Gasse. Er hatte alle Hoffnungen darauf gesetzt, Rowayn zu treffen. Nun gab es nur noch Hoffnung für Shaya, wenn er einen geschwätzigen Priester fand, der ihm verriet, wo das Haus des Himmels zu finden war. Vermutlich wäre es leichter, einen sprechenden Hund zu finden, dachte Talawain niedergeschlagen. Aber er würde nicht aufgeben!

Glamirs Geheimnis

Galar spürte, wie an der dünnen Signalleine gezogen wurde. Er fluchte leise. Er hatte zu wenig Zeit gehabt.

Zwei Wochen hatte er gebraucht, um sich von seiner Verletzung so weit zu erholen, dass er wieder in den Fassanzug steigen konnte. Seither war er viele Male hinabgetaucht. Sie hatten Glück gehabt, dass der Herbstanfang in den Bergen überraschend trocken geblieben war. Der Pegelstand im Meer der schwarzen Schnecken war nur langsam gestiegen, aber schon als er in den Brunnen hinabgetaucht war, hatte das Wasser nur noch wenige Zoll unter der großen Kupferluke gestanden. Bald würde der einzige Zugang zu Glamirs Turm endgültig verschlossen werden.

Galar beugte sich vor und hielt den Magnetstein dicht über den Boden, um jede Unze des kostbaren Metalls einzusammeln. Die große Smaragdspinne, die ihm mit ihren Dornbeinen geholfen hatte, die Metallwand zu bearbeiten, spürte, dass er fortwollte, und kroch aus der Nische im unterseeischen Felsgestein hinaus zum Steilhang. Der Zwerg griff einen letzten langen Metallspan, verstaute ihn in dem kleinen Korb am Gürtel seines Fassanzugs und trat ebenfalls aus der Nische. Drei kurze, ruckartige Züge an der Signalleine waren das Zeichen, dass er bereit war, hochgezogen zu werden.

Die Spinne beobachtete ihn aus ihren grün schillernden Augen. Galar wusste nicht, warum ihn die Ungeheuer aus der Tiefe verschonten. Für alle anderen Zwerge, die in den Brunnen hinabstiegen, war jeder Tauchgang nach wie vor gefährlich. Nur für ihn nicht. Die Spinnen hatten ihm in den letzten zehn Tagen sogar geholfen, an der rätselhaften Metallwand zu arbeiten. Kurze Zeit hatte Galar sich der trügerischen Hoffnung hingegeben, dass es ihm vielleicht gelingen mochte, ein Loch durch die Wand zu brechen und zu sehen, was sich dahinter verbarg. Aber sie war zu dick, ganz so, wie Amalaswintha es gesagt hatte. Obwohl damit bisher all ihre Voraussagen über die Metallwand eingetroffen waren, wollte Galar einfach nicht glauben, dass hinter der Wand nichts als taubes Gestein war. Niemand errichtete ein solches Bollwerk, um dahinter nichts zu verstecken!

Die Kette an seinem Fassanzug straffte sich, und er wurde nach oben gezogen. Galar biss in den Hebel, der das Ventil seitlich am Fass öffnete, und ließ etwas Luft ab. Sofort spürte er, wie der Druck im Fassanzug nachließ. Er würde die Zeit, die sie im Turm gefangen waren, nutzen, um gemeinsam mit Nyr einen neuen Fassanzug zu bauen. Es gab noch viele Möglichkeiten, dieses klobige Ungetüm zu verbessern.

Galar beugte sich vor. Die Scheibe im Fass gab ein zu eingeschränktes Sichtfeld. Auch das würde er verbessern. Flüchtig sah er noch die Spinne, die von unstetem, grünem Licht umspielt wurde. Sie blieb bei der Nische im Fels, und Galar hatte das Gefühl, dass sie ihm nachblickte. Mochten sie ihn, weil er Drachen getötet hatte? Was unterschied ihn sonst von den anderen Zwergen Glamirs? Dieses Geheimnis würde er wohl nie lüften. Es schien eine Ewigkeit zu vergehen, bis er endlich durch die Luke in der gewölbten Decke über dem Brunnen gezogen wurde. Das Wasser stand nur noch zwei Fingerbreit unter der Mauerkante – es war während seines Tauchgangs noch einmal gestiegen! Noch als er in seinem schweren Fassanzug am Kranarm über dem Boden schwebte, schoben drei Zwerge das Kupferluk über die Öffnung und begannen, es mit fingerdicken Schrauben zu verschließen.

Dann wurde Galar abgesetzt. Er legte seine Arme an, die in Lederwulsten steckten, die seitlich aus dem Fass ragten. So konnten die Arbeiter, die den Verschluss seines Tauchanzugs lösten, besser an ihn heran. Jedes Mal genoss Galar den Augenblick, wieder *frische* Luft atmen zu können. Selbst die nach Tang, verfaultem Fisch und dem Schweiß viel zu lange nicht gewaschener Kleidung stinkende Luft im Turm war eine Wohltat im Vergleich zu dem Odem, der den Fassanzug erfüllte. Kaum dass der Deckel abgehoben wurde, klopfte Glamir mit seiner Krücke gegen das Fass. »Hast auch schon mal mehr hochgebracht, Kleiner.« Der alte Schmied hatte bereits den Magnetstein und den Korb mit den Metallsplittern an sich genommen.

Galar war versucht, ihn anzuschnauzen und ihn darauf hinzuweisen, dass allein dieser Tauchgang dreimal so viel von dem kostbaren Metall gebracht hatte, wie Glamir und seine Männer in mehr als einem Jahr hochgeholt hatten. Aber er war zu müde zum Streiten. Wie nach jedem Tauchgang pochte ein stechender Schmerz hinter seinen Schläfen. Sein Mund war erfüllt vom widerlichen Geschmack des elastischen Harzes, aus dem sein Atemschlauch bestand. Willfährig ließ sich Galar aus dem Fass heben und nickte dankbar, als ihm einer von Glamirs Männern einen Humpen Bier reichte. Galar leerte ihn in einem einzigen Zug.

»Du hast gut gearbeitet, Junge«, erklärte Glamir in aufgeräumter Stimmung. »Hast du die Kraft, mich auf einen kleinen Spaziergang zu begleiten? Ich würde dir gerne etwas zeigen. Du hast es dir wirklich verdient.«

Galar erhob sich müde, er hätte gerne noch ein Bier getrunken, aber Glamir war launisch. Er mochte es sich schon im nächsten Augenblick anders überlegen. Seit über drei Wochen wartete Galar darauf, dass der alte Schmied ihm endlich verriet, was er mit dem Metall aus dem Brunnen plante. Alles in allem war Glamir ein wenig umgänglicher geworden. Er speiste nun oft zusammen mit Amalaswintha, und nur die Alben wussten, was die beiden noch miteinander taten. Hornbori behauptete, die Zwergin sei Glamirs Geliebte geworden, aber Galar konnte sich nicht vorstellen, dass dieses eingebildete Weibsbild im Bett mit einem Krüppel lag.

Ganz ignorieren sollte er Hornboris Ausbrüche aber nicht. Der Wortefurzer zeigte ernste Anzeichen von Eifersucht. Er würde ihm demnächst einmal den Kopf zurechtrücken, damit es nicht noch zu einem Unglück kam. Hier in seinem Turm war Glamir der unumschränkte Herrscher, und gegen ihn aufzubegehren konnte nicht gut enden. Es sei denn, der Alte trieb es zu weit mit Amalaswintha. Auch seine eigenen Männer schätzten es nicht, dass der Schmied mehr und mehr Zeit mit der Zwergin verbrachte. Eine einzige Frau, eingesperrt mit siebenundvierzig Zwergen in einem Turm, den sie nun auf etliche Wochen nicht verlassen konnten, das würde nicht gutgehen, wenn nur einer Spaß mit dem Weib hatte und alle anderen nicht. Galar wunderte sich, dass das nicht auch Glamir begriff.

Noch immer erschöpft, folgte er dem Schmied, der schwer auf seine Krücke gestützt voraushinkte. Der Alte führte ihn über enge Treppen und durch Tunnel hinauf zu den verborgenen Kammern, die tief in das Felsgestein getrieben waren. In diesem Abschnitt des Turms war Galar noch nie gewesen. Schwere Türen, die meist auch noch bewacht wurden, versperrten den Weg. Doch heute trafen sie auf niemanden. Sie gingen schweigend. Nur das Klacken der Krücke und ein gelegentlicher Schnaufer Glamirs störten die Stille.

Endlich erreichten sie eine mit breiten Eisenbändern beschlagene Eichentür, die in ihrer Mitte drei nebeneinanderliegende Schlüssellöcher besaß. Glamir löste den schweren Schlüsselbund von seinem Gürtel. Als er die Schlüssel in den Schlössern drehte, war scharfes, metallisches Klacken und das leise Geräusch gut geschmierter Zahnräder zu hören. Galar trat ein wenig näher. Er kannte sich mit Schlössern gut aus. Gern hätte er sein Ohr auf das Eichenholz gelegt, um dem verborgenen Mechanismus zu lauschen, den der Alte mit dem Drehen der Schlüssel in Gang gesetzt hatte. Zuletzt vernahm er ein leises, schleifendes Geräusch, als würden schwere Sperrriegel seitlich ins Felsgestein zurückweichen.

»Ist ein feines Schloss. Hab lange dran getüftelt«, erklärte Glamir mit wichtigtuerischem Lächeln und zog die Schlüssel ab. »Diese Kammer birgt das größte Geheimnis meines Turms. Es ist eine Entdeckung, die den Zwergenvölkern Freiheit von den Tyrannen am Himmel schenken wird … Obwohl ich mir sicher bin, dass du es nicht einmal begreifen wirst, wenn du direkt davorstehst.« Er lachte spöttisch und drehte sich zu Galar um. »Schluck nicht deinen Ärger. Ich weiß genau, dass du mich für ein altes Arschloch hältst, und allein deine Begierde zu erfahren, was hier im Turm wirklich vor sich geht, deinem lockeren Maul Zügel anlegt.«

»Quatschen wir nicht, gehen wir endlich hinein«, entgegnete Galar. Er würde die Überheblichkeit des Alten tatsächlich nicht mehr lange ertragen können. Besser, sie brachten es schnell hinter sich.

Glamir stieß die Tür auf. Eine einzelne Öllampe brannte auf einem Tisch, vermochte die Dunkelheit aber nicht zu vertreiben. Neben dem Tisch waren zwei Windenarmbrüste auf massiven, hölzernen Dreibeinen aufgebockt worden. Die Waffen wiesen in die Dunkelheit.

»Ich weiß, dass dir Amalaswintha von diesem Tunnel erzählt hat, Galar, du musst dir also nicht die Mühe machen, überrascht zu tun. Die Überraschung wird sein, was unsere kleine Hexe nicht weiß. Das hier ist ein Schießstand.«

Galar war wenig beeindruckt. Dass er auf einem Schießstand war, hatte er sich schon gedacht, kaum dass er die Armbrüste gesehen hatte.

Glamir schien zu bemerken, dass seine Offenbarung nicht den gewünschten Effekt hatte. Er nahm die Öllampe vom Tisch und gab sie Galar. »Geh mal ein bisschen voraus. Ich lade inzwischen die beiden Armbrüste. Ich verspreche dir, du wirst zutiefst von dem beeindruckt sein, was du siehst.«

Galar gefiel der Gedanke gar nicht, vor zwei Armbrüsten herumzulaufen, die gerade geladen wurden. Ein Unfall auf einem Schießstand … So etwas konnte passieren. War das der zweite Versuch, ihn loszuwerden, nachdem er den *Unfall* bei seinem Tauchgang überlebt hatte? Mit der Öllampe in der Hand wäre er in dem langen Tunnel ein unübersehbares Ziel. Und eine fest auf ein Dreibein montierte Armbrust konnte auch ein Einarmiger ohne Schwierigkeiten bedienen.

»Haben wir ein Problem?«, fragte Glamir.

Der Schmied wusste mit Sicherheit ganz genau, was jetzt in ihm vorging, dachte Galar. Und ganz sicher genoss er es. Galar entschied, lieber zu verrecken, als wie ein Feigling dazustehen. »Derjenige von uns, der ein Problem damit hat, ein bisschen spazieren zu gehen, bin ganz sicher nicht ich.« Mit diesen Worten nahm er die Lampe und ging tiefer in den Tunnel hinein. Er war nur etwa vier Schritt breit, aber wenn stimmte, was Amalaswintha behauptet hatte, dann ersteckte er sich über etwa eine Meile. Was hatte sie noch gesagt? Er sei *pfeilgerade*. Sie war wirklich gut mit ihren Vorhersagen.

Hinter sich hörte Galar das metallische Klicken der Winde, mit der eine der beiden Armbrüste gespannt wurde. Ein Geräusch, das ihm die Haare im Nacken zu Berge stehen ließ. Ob Glamir ein guter Schütze war?

Galar war versucht, ein wenig schneller zu gehen. Aber in dem engen Tunnel würde das wenig nutzen. Er war ein erstklassiges Ziel! Zu seiner Linken entdeckte er ein Fass und noch eines und noch eines … Was war das? Sie waren in einer Reihe hintereinander aufgestellt. An der Frontseite des vorderen Fasses entdeckte er ein Loch in einer Fassdaube. Das Holz am Rand des Lochs war nicht gesplittert. Er wollte an dem Fass rucken, um es sich näher anzusehen, aber es rührte sich nicht vom Fleck.

»Sie sind mit Abraum aus den Tunneln gefüllt«, rief Glamir hinter ihm. Im nächsten Augenblick hörte das Klicken der Winde auf. Eine der Armbrüste war gespannt.

Galar stellte sich vor, wie der alte Schmied jetzt den Bolzen auflegte und die Waffe ausrichtete. Kalter Schweiß rann ihm den Rücken hinab. Er verfluchte seinen Stolz. Er hätte nicht vor den Armbrüsten herumlaufen müssen. Wie schwer wäre es gewesen, irgendeine fadenscheinige Ausrede zu finden? Er blickte zurück. Glamir hatte kein zweites Licht entzündet und war nicht zu sehen.

Wieder war das Klicken einer Winde zu hören. Jetzt lud der Schmied also die zweite Waffe. Er würde zurückgehen, entschied Galar. Ganz langsam, ohne das geringste Anzeichen von Eile zu zeigen! Er zwang sich dazu zu schlendern, als ginge er über den großen Waffenmarkt, der früher immer zu Beginn des Winters in der Marmorhalle der Tiefen Stadt abgehalten worden war. Meisterschmiede von nah und fern hatten den Markt besucht und ihre besten Arbeiten feilgeboten. Galar erging sich ganz in seinen Erinnerungen.

»Stell die Lampe auf das vorderste der Fässer und bleib in einer Linie mit ihr, wenn du zurückkommst«, hallte Glamirs unfreundliche Stimme durch die Dunkelheit.

Was sollte das nun wieder? Galar stellte die Lampe ab, ganz Gefangener seines Wunsches, kein Feigling zu sein.

»Komm schon! Beeil dich! Ich bin ja selbst ohne Krücke noch schneller als du!«

Galar dachte nicht daran, sich hetzen zu lassen. Jetzt ging er erst recht langsam.

Das Klicken der zweiten Armbrust verstummte. Ein leises Knirschen erklang, als würde die schwere Waffe ausgerichtet. Ein zweites Licht flammte auf. Es gab also doch noch mehr Lampen. Deutlich erkannte Galar nun die Silhouette des Schmiedes, der an einem der Dreibeine lehnte. »Los, nimm die Beine in die Hand.«

Galar wurde noch etwas langsamer und störte sich nicht an den Flüchen, die folgten. Endlich erreichte er den Schmied.

»Geh zur linken Armbrust«, kommandierte der alte Schmied. »Ich habe sie einen Zoll weit zur Seite gerückt. Verändere bloß nicht die Ausrichtung! Alles ist perfekt vorbereitet. Du wirst dicht neben dem ersten Loch ins Fass treffen. Der rote Bolzen auf der Führungsschiene trägt eine Spitze aus Spinnenstahl, meiner hier eine normale. Und nun zieh den Auslöser. Du wirst das vorderste Fass treffen.«

Galar peilte über die Führungsschiene für den Bolzen. Deutlich konnte er die Öllampe auf dem ersten Fass sehen. Er verzichtete auf Fragen, wohl wissend, dass Glamir ohnehin nur antwortete, wenn es ihm in den Kram passte.

Surrend entspannte sich der Stahlbogen der Armbrust. Galar hörte den Bolzen einschlagen. Es folgte ein eigenartiges, lang anhaltendes Geräusch, das er nicht zuordnen konnte. Glamir schoss indessen auch seinen Bolzen ab. Er hatte nicht auf die Fässer gezielt. Galar hatte keine Ahnung, worauf sonst.

»Und nun wandern wir«, forderte der Schmied ihn gut gelaunt auf. Es war unübersehbar, wie sehr er seine Spielchen genoss. »Beide Bolzen waren exakt gleich schwer. Die Spannung der Waffen war gleich. Ihre Reichweite beträgt etwas mehr als zweihundertfünfzig Schritt.«

Der Schmied nahm die zweite Öllampe und hinkte auf seine Krücke gestützt los.

»Und?«, fragte Galar reichlich entnervt. »Was sagt mir das?«

»Nur die Ruhe, Junge. Noch zweihundertfünfzig Schritt, und die Antworten liegen buchstäblich vor dir.«

Galar griff sich unterwegs die Öllampe, die er auf dem Fass abgestellt hatte. Ihr Weg zog sich endlos, und der verfluchte Alte brachte die Zähne nicht mehr auseinander. Schließlich erreichten sie das Ende der Fassreihe.

Glamir fand seinen Bolzen. Er lag auf dem blanken Felsboden. Nervös schwenkte er seine Lampe hin und her. »Etwas Spiel gibt es immer«, murmelte er. »Das hat nichts zu bedeuten. Das … ah, da! Da ist er! Siehst du ihn dort vorne. Noch ein Stück voraus. Da liegt der rote Bolzen!«

Galar traute seinen Augen nicht. Die rote Farbe war fast vollständige abgeschliffen, die hölzernen Finnen, die den Flug stabilisieren sollten, waren ganz verschwunden. Galar hob den Bolzen auf und betrachtete ihn von allen Seiten.

»Es ist der, den du eben abgeschossen hast«, erklärte der Schmied triumphierend.

Das war unmöglich, dachte Galar. Er ging zurück zum letzten Fass. Die mittlere Daube war an zwei Stellen zersplittert.

»Er ging durch all die Fässer, Junge! Es ist so. Bist du dir darüber im Klaren, was das bedeutet?«

Galar drehte das Geschoss in den Händen. Auf dem metallenen Bolzenkopf zeigte sich keine Schramme. Vorsichtig tastete er über die Spitze. Obwohl er sie kaum berührt hatte, rann Blut seinen Finger hinab.

»Ist immer noch übel scharf, was? Sie durchdringen alles, Galar. Ich hab es dutzendfach versucht. Nichts hält sie auf. Und sie werden dabei nicht einmal langsamer. Sie fliegen genauso weit wie ein Bolzen, der einfach nur Luft zerteilt.« Mit jedem Wort wurde die Stimme des Alten schriller. »Du begreifst, was das bedeutet?«

»Das sind Drachentöterbolzen«, sagte Galar aufgewühlt. Hätten sie solche Pfeile bei der Verteidigung der Tiefen Stadt gehabt …

»Du kannst mit einer einfachen Armbrust ein Loch in das Hirn einer Himmelsschlange schießen. Damit holen wir die Götterdrachen vom Himmel! Du bist der erfahrene Drachenjäger, und ich liefere dir die Geschosse, Galar. Was du an Metall heraufgeholt hast, reicht für dreihundert Armbrustbolzen und mindestens dreißig Speerspitzen, falls wir auch Speerschleudern bauen wollen.«

Galar ließ den Bolzen fallen und schloss den Alten in die Arme. Er war den Tränen nahe. Er hatte nicht geglaubt, dass der Untergang der Tiefen Stadt jemals gerächt werden würde. »Gemeinsam werden wir die geflügelten Tyrannen vom Himmel fegen. Wir brauchen nur eine Gelegenheit, bei der sie alle an einem Ort versammelt sind und bei der wir in Waffen erscheinen, ohne dass sie etwas ahnen. Wir müssen uns ihnen als Söldner anbieten.« Galar konnte es förmlich vor sich sehen, wie die Himmelsschlangen von den Bolzen durchlöchert wurden, wie sie auf die Erde hinabstürzten, die dünnen Knochen in ihren Flügeln splitterten und sie im Todeskampf zuckten. »Wir werden unsere Toten rächen!«

Erinnerungen an eine verlorene Kindheit

»Wenn ich an meine Mutter zurückdenke, dann gibt es ein Bild, das mehr als alle anderen meine Erinnerungen beherrscht. Noch heute vermag ich sie mit zwei Fächern in der Abendsonne vor goldenen Felsen tanzen sehen, wenn ich die Augen schließe. Sie hatte dem Schwert abgeschworen, doch nicht dem Schwerttanz, den Gonvalon, mein Vater, sie einst gelehrt hatte. Voller Anmut waren ihre Bewegungen, und ich erschreckte mich jedes

Mal, wenn sich mit lautem Geräusch die Fächer öffneten, auf die kunstvoll ein schwarzer Drache gemalt war.

Ganz gleich, was man über sie erzählt, sie hat den Dunklen niemals verraten. Und ebenso wenig Gonvalon. Ich weiß es, weil ich es in ihren Augen gelesen habe, wenn sie von meinem Vater erzählte. Von jenem halben Jahr, in dem sie glücklich gewesen waren. Als sie gemeinsam auf Sternauge und Nachtschwinge in den Himmel ritten und die verborgensten Winkel des Jadegartens erkundeten. Ihre Stimme veränderte sich, wann immer sie von dieser Zeit sprach. Sie verlor ihre Härte, ja, manchmal erschien es mir sogar, als würde sie dann jünger werden. Ich war damals ein Kind. Die Alben allein wissen, wie sehr meine Wünsche meine Erinnerungen färbten.

Wie oft sehne ich mich danach, ich könnte zurück in jene Tage, als die Welt noch geordnet war in Schwarz und Weiß. In der meine Mutter eine Streiterin des Lichts war und mein Vater ein Held, dessen Namen jeder Elf kannte. So sehr wünschte ich mir, dem Vater, dem ich nie begegnet war, nahezukommen, dass ich begann, seine wiedergeborene Seele zu suchen. Ich wollte das alte Leben in ihm erwecken und die Erinnerungen, die bei jeder Wiedergeburt tief begraben werden, ans Licht holen. Ich beschritt einen dunklen Weg, wollte aber doch nur Gutes. Ich wollte verstehen, warum ich so anders war. Hätte ich mich doch nur mit den Geschichten aus meiner Kindheit begnügt. Ich fand ihn. Ich zerstörte all meine Illusionen. Ich entzweite mich mit meiner Schwester, die ich doch liebe. Und ich ließ die Ungeheuer der Vergangenheit frei, die ins Dunkel zu sperren meine Mutter sich so sehr bemüht hatte …«

Mein brennendes Herz, Kapitel XI – Erinnerungen an eine verlorene Kindheit, S. 103 ff., verfasst von Meliander von Arkadien, verwahrt in der Bibliothek von Iskendria, im Saal des Lichtes, in einer Amphore vergraben an einem Ort, der nur Galawayn, dem Hüter der Geheimnisse, bekannt ist.

Die Rebellenarmee

Volodi hob den Bogen und legte auf das junge Reh an. Er war ein miserabler Schütze, doch er durfte nicht danebenschießen. Quetzalli schaffte es, jeden Tag mindestens eine Forelle zu fangen. Sie mussten keinen Hunger leiden, aber Volodi konnte keinen Fisch mehr sehen. Es war an der Zeit, dass ein ordentliches Stück Fleisch über das Feuer vor ihrer Laubhütte kam.

Nachdem er Alba getötet hatte, waren sie weit in die Wälder geflohen. Anfangs war es romantisch gewesen. Aber zu viele Forellen und der Dauerregen der letzten Tage hatten ihrem Abenteuer den Glanz genommen. Quetzalli fror, obwohl sie nachts beide Decken bekam und Volodi in seinen Kleidern schlief. Wie würde erst der Winter werden! Er musste dringend eine bessere Unterkunft als die Hütte aus verflochtenen Ästen bauen. Hätte er nur daran gedacht, eine Handaxt bei ihrer Flucht mitzunehmen! Und ein paar Schafsfelle für Quetzalli. Hätte, hätte, hätte … Sie würde eine Rehhaut bekommen!

Entschlossen hob er den Bogen, als irgendwo hinter ihm ein Pferd schnaubte. Der Kopf des äsenden Rehs schnellte hoch. Volodi schoss im selben Moment, als seine Beute mit einem weiten Satz im Schutz eines Tannendickichts verschwand.

Volodi fluchte stumm und duckte sich tiefer ins Gebüsch, in dem er stundenlang darauf gewartet hatte, dass sich ein Reh auf die Lichtung wagte. Ein Reiter in diesem Teil des Waldes konnte nichts Gutes bedeuten. Dieser Ort war zu abgelegen von allen Wegen. Hierher verirrte sich niemand zufällig. Wahrscheinlich war ein Preis auf seinen Kopf ausgesetzt. Behutsam legte er den Bogen auf den weichen Waldboden und zog sein Messer. Lieber vertraute er sein Leben einer Klinge an als seinen Fertigkeiten als Schütze.

Zwischen den Tannen erschien eine Schattengestalt, die ein Pferd am Zaum führte. Einen alten Roten mit durchgebogenem Rücken. Eine echte Schindmähre.

Die Schattengestalt hielt eine große Axt in der Linken. Volodi lächelte. Die Götter liebten ihn. Jetzt würde er Quetzalli ein Haus aus schweren Baumstämmen bauen können.

Geduckt bewegte er sich durchs Gebüsch und dann durch den hohen Farn auf der Lichtung. Der Fremde blieb im Schatten der Tannen. Wenn er in diese Richtung weiterging, würde er nach ein paar hundert Schritt auf ihren Lagerplatz stoßen.

Volodi fand einen morschen Ast. Entschlossen packte er ihn, schleuderte ihn quer über die Lichtung, wo er mit einigem Getöse in einem Brombeerdickicht verschwand.

Der Fremde blieb stehen und musterte misstrauisch das Gebüsch. Volodi schlug einen Bogen, sodass er in den Rücken dieses verfluchten Kopfgeldjägers gelangte. Fast hatte er den Mann erreicht, als der Rotfuchs schnaubte. Der verfluchte Gaul war aufmerksamer als sein Herr. Volodi stach ihm mit dem Dolch in die Hinterhand. Das Pferd keilte aus, machte einen Satz nach vorn und rammte den überraschten Axtträger, der zu Boden ging.

Sofort war Volodi über ihm, setzte einen Fuß auf die Hand, die die Axt hielt, und drückte sie in den weichen Waldboden. Entschlossen, dem Kerl die Kehle durchzuschneiden, beugte er sich vor und blickte in ein bartloses Gesicht. Er hatte einen Jungen niedergestreckt, der höchstens fünfzehn Jahre sein mochte. Aus großen, blauen Augen blickte er unter strähnigem, blondem Haar zu ihm auf.

»Du bist Volodi von Drei Eichen!«, rief der Junge begeistert, statt mit Todesangst, die jeder vernünftige Mensch hätte, wenn ein Krieger ein gezücktes Messer auf seine Kehle richtete.

»Nie von dem Kerl gehört«, murmelte Volodi.

Der Junge lachte. »Doch, du bist es. Der Krieger mit den Eisenwaffen. Der über den Adlern schreitet. Der, der nie eine Schlacht verloren und die Steuereintreiber der verfluchten Valesier niedergemetzelt hat. «

»Legt er auch noch goldene Eier, dieser Volodi?«

Jetzt wirkte der Junge doch ein wenig verunsichert. »Wer bist du?«

»Nur ein Söldner, der genug davon hat, für fremde Herren seine Haut zu riskieren.« Volodi schob das Messer zurück in die Scheide. »Und wer bist du?«

»Ich bin Fedor von Bärenfurt. Anführer des Rebellenheeres, das die verfluchten Valesier aus den Wäldern jagen wird. Ich suche schon viele Tage nach dir!«

Volodi stand auf, hielt dem Jungen die Hand entgegen und half ihm auf die Beine. Fedors Lippe war aufgeplatzt und blutete. »Ein Heerführer bist du also. Ziemlich jung …«

»Willst du damit sagen, ich sei ein Lügner?«

Volodi hob abwehrend die Hände. »Natürlich nicht, ich bin schließlich nicht auf ein Duell mit dir aus.«

Fedor runzelte die Stirn. »Nimmst du mich gerade auf den Arm?«

»Das würde wohl auch auf ein Duell hinauslaufen, nicht wahr?« Volodi schüttelte den Kopf. »Du bist zu hitzköpfig, Junge. Und nein, ich nehme dich nicht auf den Arm.« Er lächelte. »Ich bin ja schließlich nicht deine Amme.«

Fedor hob die Axt. »Du tust es schon wieder!«

»Ich bitte um Verzeihung.« Bei diesen Worten beugte Volodi demütig das Haupt. Als er aus den Augenwinkeln sah, wie der Junge sich entspannte, versetzte er ihm einen Fausthieb in die Magengrube, packte die Axt und drehte sie Fedor aus den kraftlosen Fingern. »Das war …«, japste der Junge, » … gemein.«

»Gemein wäre, dir die Kehle aufzuschlitzen und dich auszuplündern. Die meisten Söldner, die ich kenne, hätten das längst getan. Solche Männer sind nicht sehr duldsam, wenn man ihnen mit einer Axt in der Hand entgegentritt.« Volodi wog die Waffe in der Hand. Der Kopf war aus Bronze gefertigt. Eine Eisenaxt wäre eher geeignet, um Bäume zu fällen. Aber die hier war allemal besser als nichts. »Ich behalte die Axt. Sie ist mein Lohn dafür, dass ich heute ein netter und duldsamer Mann bin und dich am Leben lasse.«

»Das darfst du nicht«, entrüstete sich Fedor. »Das ist …«

»Willst du mich einen Dieb nennen?«, fragte Volodi kühl.

»Ich …« Der Junge rang mit sich. Schließlich schüttelte er den Kopf.

»Kluger Kopf.« Volodi schulterte die Axt und wollte sich auf den Weg machen, seinen Bogen wieder einzusammeln, als hinter ihm erneut die Stimme des Jungen erklang.

»Du bist doch Volodi von Drei Eichen.«

»Ich sagte …« In diesem Moment sah Volodi Quetzalli. Sie stand am anderen Ende der Lichtung, eine Decke über den Schultern, und hielt zwei Lachse hoch. Sie schien den Jungen, der noch halb im Schatten der Tannen stand, nicht bemerkt zu haben, hatte nur ihn gesehen, wie er mit der Axt über der Schulter aus dem Wald stolziert kam.

»Volodi hat eine Barbarenprinzessin aus dem Grasland geheiratet. Du bist es!«

Nun hatte Quetzalli den Fremden entdeckt, sie zögerte kurz, aber als ihr klar wurde, dass auch sie bemerkt worden war, ging sie ihm weiter entgegen. Volodi drehte sich nicht mehr nach Fedor um. Er nahm Quetzalli in den Arm. »Also wieder Fisch«, sagte er lächelnd.

»Wer Mann?«

Der Junge war ihm gefolgt, und als er die Frage hörte, verbeugte er sich. »Ich bin Fedor von Bärenfurt, Anführer der Rebellenarmee, die die Valesier vertreiben wird. Wir hoffen darauf, dass auch Volodi sich uns anschließen wird. Mit einem Helden wie ihm können wir nicht verlieren.«

Volodi sah Quetzalli an und rollte mit den Augen. Er hatte zu viele Helden sterben sehen, um auf solche Sprüche etwas zu geben. »Der Junge ist sehr anhänglich«, sagte er entnervt.

»Du essen Fisch?«

Fedor nickte heftig.
»Wir essen, dann reden.«
Volodi kannte Quetzalli gut genug, um nicht zu widersprechen. Fedor holte sein Pferd, und gemeinsam gingen sie zum Lager, wo Quetzalli die Fische vorbereitete, während Volodi sich an den seichten Fluss setzte. Auf dem träge fließenden Wasser trieben goldene Blätter. Er warf mit Kieseln danach, als sich Fedor neben ihm niederließ.
»Schöner Platz hier!«, fing der Junge an.
»Wir können hier nicht den Winter verbringen. Meine Frau kommt aus einem sehr warmen Land«, sagte Volodi und dachte mit Schrecken an die langen Wintermonde. Sie hatten auch nicht genug Vorräte, um diese Zeit zu überstehen. Irgendwo musste er Lebensmittel auftreiben, eine kleine Pfanne, Salz … Es fehlte ihnen an fast allem.
»Ich kenne da eine Jagdhütte. Liegt sehr einsam. Man müsste ein bisschen was am Dach tun, aber dann kann man den Winter dort ganz gut überstehen.«
»Du willst mir also ein Geschäft vorschlagen?« Volodi maß Fedor mit abfälligem Blick. »Wenn ich wirklich dein Held wäre, dann würdest du mir die Hütte einfach so zeigen.«
»Aber wir brauchen dich im Kampf! Ohne dich können wir es nicht schaffen! Ich hab keine Wahl.« Fedor wirkte wirklich bedrückt. »Sonst bin ich nicht so. Zu feilschen ist nicht meine Art.«
»An was für eine Schlacht hattest du denn gedacht?«
Die Augen des Jungen weiteten sich. »Du denkst also doch darüber nach!« Er schlug sich mit der flachen Hand auf den Schenkel. »Ich hab es doch gewusst. Du wirst keine Gelegenheit verstreichen lassen, die verdammten Valesier in den Arsch zu treten. Du kennst doch den Winterstein? Den großen Thingplatz.«
Volodi stöhnte. Natürlich kannte er den Platz, an dem sich die Fürsten der Region zweimal im Jahr versammelten, um Streitigkeiten zwischen den großen Sippen und einzelnen Fürstentümern

beizulegen. Inmitten weiter Wiesen erhob sich ein einsamer Kreidefelsen. An seinem Fuß fanden die Versammlungen statt. Volodi hatte auch gehört, was sich jetzt am Fuß des Wintersteins befand.

»Du bist verrückt, Kleiner. Wenn du dich umbringen willst, dann nimm dir doch einfach einen Strick.«

»Essen!«, rief Quetzalli.

Volodi stand auf und ging mit Fedor zu der kleinen Laubhütte, vor der sich ihre Feuerstelle befand. Quezalli nahm einen Fisch vom Feuer und zerteilte ihn auf einem flachen Stein. Dann schlug sie den heißen Fisch in große Ahornblätter ein und reichte ihnen je eine Portion. Holzschalen oder gar Teller hatten sie nicht.

Fedor fing sofort an zu essen. »Köstlich!«, sagte er begeistert und spuckte ein paar Gräten aus. Dann begann er von der Hütte im Wald zu erzählen.

Quetzalli sah Volodi auf eine Art an, die er nur zu gut kannte. Sie hatte eine Entscheidung getroffen. »Du gehen. Zurück vor Schnee!«

»Ich kann doch nicht …«, begann Volodi.

»Ich nicht Mädchen!«, unterbrach sie ihn entschieden und blickte zu Fedor, der ausnahmsweise klug genug war, seinen Mund zu halten. »Volodi gut kämpfen. Du geben gut Haus.«

»Ein sehr gutes Haus! Es ist wirklich …«

»Eine Hütte mit einem undichten Dach«, grollte Volodi. »Dafür allein tu ich gar nichts. Ich bekomme noch so viel an Vorräten, dass sich ein Maultier einen Bruch daran hebt. Zwei Sack voll Korn, ein kleines Salzfass, einen Sack Äpfel, Speck und was mir sonst noch so einfällt.«

Fedor hob beschwichtigend die Hände. »Wir werden genug Beute machen. Das ist überhaupt kein Problem.«

»Ich weiß nicht …« Mit diesem Jungen in den Krieg zu ziehen war keine gute Idee.

»Du gehen!«, beharrte Quetzalli. »Zurück vor Schnee.«

Er sah die Angst in ihren braunen Augen. Sie würde alleine zurechtkommen. Sie fürchtete sich nicht vor Wölfen oder Bären, es war das wenige, was sie über die Winter in Drusna gehört hatte, das ihr Todesangst einjagte. Sie fror schon jetzt, dabei waren die Temperaturen noch recht angenehm. Der Winter war ein Feind, den sie nicht einschätzen konnte. Und Volodi wusste, wenn er keinen besseren Platz fand, dann würde sie vor dem nächsten Frühling sterben. Sie würde die langen, klaren Frostnächte, in denen es so kalt wurde, dass einem selbst in einem schützenden Langhaus der Atem im Bart gefror, wenn man sich ein paar Schritt von der Feuergrube entfernte, nicht überleben. Er hätte mit ihr nicht hierherkommen dürfen!

»Also gut, Junge. Eine Schlacht. Du hast es gehört, vor dem ersten Schnee haben wir uns in der Jagdhütte einquartiert, von der du erzählt hast.«

Fedor legte feierlich die Hand auf sein Herz. »Das schaffen wir leicht«, erklärte er voller jugendlichem Überschwang.

Volodi hatte kein gutes Gefühl, als er nach dem Essen das Pferd des toten Steuereintreibers Alba sattelte. Quetzalli schenkte ihm einen leidenschaftlichen Kuss. Es war offensichtlich, dass ihr die Worte fehlten, um sich auszudrücken. Sie hielt seine beiden Hände. »Gut zurückkommen.«

»Ganz sicher«, sagte er mit belegter Stimme und strich ihr eine Strähne aus dem schmalen Gesicht.

Sie hauchte ihm noch einen Kuss auf die Lippen, dann zog sie sich in die Laubhütte zurück. Er wusste, dass sie Abschiede ebenso hasste wie er.

Zwei Tage lang ritt er mit Fedor durch den Wald. Es war regnerisch, und der Wind klatschte ihnen nasse Herbstblätter ins Gesicht. Fast die ganze Zeit über dachte Volodi an Quetzalli. Er hätte nicht gehen sollen. Nicht mit diesem jungen Burschen, der von der Wirklichkeit des Krieges keine Ahnung hatte.

Schließlich erreichten sie einen Lagerplatz in einem lichten

unregelmäßiges Quadrat, jede Seite mindestens fünfhundert Schritt lang. Die Wälle waren aus Erde errichtet und wurden von einer Brustwehr aus miteinander verflochtenem Geäst gekrönt. Ein breiter Graben voll schlammigen Wassers umgab das Lager. Nur ein einziger Weg führte hinein. Er wurde von einem hölzernen Turm beherrscht, der sich über dem weiten Tor erhob.

Links hinter dem Tor lagen Viehgatter, in denen sich Hunderte Rinder drängten. Dahinter erhoben sich lange Holzschuppen, die wohl als Lagerhäuser und Kasernen dienten. Soweit Volodi wusste, war die Festung am Winterstein mit mindestens fünfhundert Valesiern belegt. Dazu kamen noch die Steuereintreiber des Unsterblichen Iwar.

Die Beute aus allen Fürstentümern im Umkreis von über hundert Meilen wurde hier gesammelt. Alle zwei Wochen brach eine schwer bewachte Karawane nach Westen auf – angeblich wurden die meisten Vorräte nach Selinunt geschafft, um all die Arbeiter zu ernähren, die dem Unsterblichen Ansur eine neue Hauptstadt ganz aus Marmor errichteten.

»Wir reiten voraus und werden den hohen Besuch ankündigen«, erklärte der vordere der beiden Reiter. »Du wirst für einigen Wirbel im Heerlager sorgen, Junge.« Mit diesen Worten preschten sie den Hügel hinab.

Volodi wandte sich um. Hinter ihnen kämpfte sich ein zweirädriger Karren den schlammigen Weg zur Hügelkuppe hinauf. Weit im Osten preschte eine mit Speeren bewaffnete Patrouille aus dem Wald.

»Los, bringen wir es hinter uns.« Fedor sprach mit belegter Stimme. Seine Anspannung war ihm deutlich anzuhören.

Volodi schritt den Hügel hinab. Gerade passierte ein schwer beladener Zug Maultiere das Festungstor. Die beiden Reiter drängten sich daran vorbei und verschwanden aus Volodis Blickfeld.

Als er und Fedor das Tor erreichten, war es fast schon dunkel. Über ihnen, auf der Plattform des Turms, schlugen hohe Flammen aus einer Feuerschale, an der sich drei Krieger wärmten. Die beiden Wachen unten am verschlossenen Tor hatten es nicht so gut. Frierend und in durchnässten Kleidern standen sie auf ihre Speere gestützt. Der Kleinere der beiden, ein ausgemergelter, blonder Mann, wandte sich an Fedor. »Lass ihn hier, und hau ab, Junge. Wenn du die Belohnung einforderst, wird dir das nicht gut bekommen. Die nehmen dir deine kostbaren Schwerter ab und vielleicht noch mehr.«

»Quatsch nicht, Schenya«, mischte sich der Zweite ein. »Du wirst schon bekommen, was du verdienst. Hör nicht auf diesen Schwarzseher. Mach dir keine Sorgen.«

Das Tor öffnete sich. Zwei Männer mit Fackeln standen im Durchgang. Schon an der Art, wie sie sich bewegten, und an ihren Blicken erkannte Volodi, dass es Veteranen waren. Obwohl es nichts zu befürchten gab, waren sie auf der Hut, blickten zu dem Karren, der den Hügel hinabkam, und musterten Fedor genau.

Ein fünfter Mann trat hinzu und durchmaß den Torraum. Er war hager wie der Tod, nicht sonderlich groß, aber mit einem prächtigen Bronzepanzer gewappnet, auf dem ein schön gearbeiteter Adler seine Flügel ausbreitete. Seine Haare waren schlohweiß, und er ging leicht gebeugt, seine Augen aber waren jung geblieben.

»Du also bist der verdammte Drusnier, der Alba abgestochen hat.«

Volodi hob stolz den Kopf. »War mir ein Vergnügen.«

Eine schallende Ohrfeige war die Antwort des Alten. »Leider habe ich Befehl, dich vor den Unsterblichen Ansur bringen zu lassen. Wenn es nach mir ginge, würde ich dich einfach hier am Turm aufknüpfen lassen. Dem Unsterblichen zu begegnen ist zu viel der Ehre für so ein Stück Dreck, wie du es bist.«

Volodi blickte aus den Augenwinkeln zu Fedor. Der Junge zitterte. Das hier war zu viel für ihn. Es wäre besser gewesen, Radik hätte ihn hierhergebracht. Der Rotschopf war zu dumm, um sich zu fürchten.

Der Kommandant des Lagers wandte sich an Fedor. »Zeig doch mal die beiden Schwerter, die du da auf dem Rücken trägst.«

Volodi hatte fest damit gerechnet, dass sie sich die Waffen ansehen würden. Der Alte stand nun genau vor Fedor, seine fackeltragenden Leibwächter hielten sich hinter ihm. Die beiden Torwachen standen seitlich von Volodi, ebenfalls begierig darauf, die kostbaren Eisenklingen zu sehen.

»Du willst den Jungen wohl ausrauben, statt ihn zu belohnen, Valesier. Du bringst den Kleinen um, und dann wirst du vor deinem Herrscher behaupten, du hättest mich gefangen, und Ruhm und Ehre dafür ernten. Ist es nicht so?«

Eine zweite Ohrfeige war die Antwort.

Volodi taumelte zurück und stürzte, dabei zog er die linke Hand aus der lose geknüpften Fessel. Fedor hatte eines der Schwerter gezogen, ganz wie der Alte es gewünscht hatte.

Gier funkelte in den Augen des Valesiers. »Gib mir das Schwert, Junge. Das ist die Waffe eines Feldherrn und nicht eines Ziegenhirten. Ich biete dir fünf Silberstücke für jede der Klingen. Ich bin kein Dieb. Das ist ein überaus großmütiges Angebot.«

»Die Schwerter sind das Hundertfache wert«, sagte Fedor und wich ein Stück zurück. Er hielt die Waffe nur mit zwei Fingern und hob sie ganz vorsichtig hoch, sodass niemand auf den Gedanken kommen konnte, er wolle angreifen. »Ich nehme an, das Angebot beinhaltet auch mein Leben und freien Abzug.«

»Schlauer Junge.« Der alte Valesier lächelte breit und griff nach der Börse an seinem Gürtel. »Du könntest einer meiner Steuereintreiber werden.«

Fedor warf Volodi das Schwert zu.

Volodi schnappte es noch im Flug, führte mit der breiten Seite einen Rückhandhieb gegen die Schläfe des Kommandanten und stach in fließender Bewegung einem der beiden Leibwächter durch die Kehle.

Der zweite Veteran versuchte, ihm die Fackel ins Gesicht zu

rammen. Volodi duckte sich, Flammen griffen nach seinem Haar und verloschen sofort wieder im Regen. Aus der Hocke heraus stach er dem Angreifer in den Unterleib und trieb die Klinge weit hinauf in dessen Eingeweide. Sein Schwert saß zu tief im Körper des Sterbenden, um es schnell wieder freizubekommen. Er griff die Fackel, die dem Krieger aus der Hand gefallen war, und fuhr herum, gerade rechtzeitig, um einen Speerstoß eines der Torwächter abzublocken. Volodi, der noch immer geduckt war, unterlief die Speerspitze, schnellte hoch und rammte dem Angreifer die Fackel unter das Kinn. Sofort stand der Bart des Kriegers in hellen Flammen. Schreiend ließ er seinen Speer fallen und schlug auf das brennende Haar ein, als Volodi ihm in den Magen boxte.

Der Wächter klappte zusammen.

Der zweite Speerträger, jener, der Fedor gewarnt hatte, ließ seine Waffe fallen. »Ich bin Drusnier. Die haben mich in den Dienst gezwungen!«

Fedor starrte Volodi mit offenem Mund an. Der Junge hatte noch nicht einmal sein Schwert gezogen.

»Schafft die Männer unter den Torbogen«, befahl Volodi barsch. »Schnell!« Mit diesen Worten packte er den Alten, zerrte ihn ins Trockene und schlug ihm noch einmal vor den Kopf, damit er nicht vor der Zeit wieder zu sich kam.

»Was ist da unten los?« Ein Kopf erschien zwischen den Zinnen des Torturms. Es war zu dunkel, um im prasselnden Regen mehr als huschende Schatten zu erkennen. Der Kampf hatte kaum zehn Herzschläge gedauert und war fast lautlos gewesen. Fast … Volodi fluchte stumm. An die Turmbesatzung hatte er nicht gedacht, als er den Plan zum Überfall ausgeheckt hatte.

»Die haben sich diesen Volodi geschnappt und prügeln ihm die Scheiße aus dem Leib. Willst du runterkommen und mitmachen?«, rief der drusnische Torwächter geistesgegenwärtig.

»Du meinst, ich soll meinen Posten verlassen, wo der Alte danebensteht? Im Leben nicht, Schenja! Da wär ich ja gleich der Nächste, dem das Fell gegerbt wird.« Mit diesen Worten verschwand der Wachtposten hinter den Zinnen.

»Danke«, flüsterte Volodi und schaffte den zweiten Leibwächter unter den Torbogen außer Sicht.

Schenja packte seinen bewusstlosen Gefährten und brachte ihn ebenfalls unter das Tor. »Ihr müsst mich mitnehmen. Hier kann ich nicht mehr bleiben.«

»Willkommen in Fedors Heer.« Volodi drückte ihm die Hand und warf dem Jungen, der noch immer vor Entsetzen gelähmt war, einen spöttischen Blick zu. »Das ist anders als in den Heldensagen, wenn man plötzlich selbst Blut an den Händen hat.«

»Du … du hast vier Männer getötet.«

Volodi schüttelte den Kopf. »Nein, tot sind nur zwei.« Er stieß mit dem Fuß nach dem bewusstlosen Festungskommandanten. »Den hier nehmen wir mit. Für den werden wir ein hübsches Lösegeld bekommen. Und wenn nicht, können wir ihn ja immer noch an irgendeine Eiche hängen. Er mag das Hängen, hatte ich den Eindruck.«

Die Reiter kamen den Hügel hinabgeprescht. In der beginnenden Nacht waren sie mit ihren weiten Umhängen nicht mehr als fliegende Schatten.

»Es klappt!«, jubilierte Fedor. »Es klappt.«

»Man verteilt das Fell des Bären erst, wenn man ihn erlegt hat«, murmelte Volodi. Er blickte durch das Tor ins Lager. Das Wetter war auf ihrer Seite. Bei dem strömenden Regen hatte jeder, den sein Dienst nicht ins Freie zwang, Zuflucht in den Baracken gesucht. Auch hielt er die Wachfeuer klein und sorgte dafür, dass kaum ein Licht in der Dunkelheit flackerte.

Die Reiter erreichten das Tor. Sie hatten ihre Pferde gezügelt. Radik, der den Trupp anführte, winkte frech den Wachen oben auf dem Torturm zu. Dann führte er seinen Trupp im Schritt in die Festung hinein.

Der Wagen vom Hügel näherte sich ebenfalls dem Tor. Auf dem verschlammten Weg kam er nur quälend langsam voran. Volodi hob den Schild eines der toten Leibwächter auf und schob seinen Arm durch die Lederschlaufen. Dann zog er sein Schwert aus dem Toten.

Von den Pferchen hinter dem Tor war unruhiges Muhen zu hören. Radik und seine Männer hatten mit ihrer Arbeit begonnen.

Volodi schlug das schützende Horn. Gleich würde der Tanz losgehen. »Nimm dir den anderen Schild, Fedor«, flüsterte er. Nervös blickte er zu dem Karren. Es sah aus, als hätte er sich festgefahren. Die beiden Kutscher waren vom Bock gesprungen und machten sich an den großen Rädern zu schaffen. »Wenn es nicht so läuft wie geplant, werden wir vielleicht das Tor halten müssen, damit die anderen entkommen können.«

Fedor nahm sich den zweiten Schild und stellte sich an Volodis Seite. Er konnte den Jungen schwer atmen hören. Der Drusnier wusste nur zu gut, wie schwer es war, vor der Schlacht die Angst niederzuringen. In der Festung lagen über fünfhundert Krieger. Wenn Alarm gegeben wurde, dann gab es für die Männer in Fedors Heer, das gerade einmal dreiundzwanzig Köpfe zählte, keine Hoffnung, lebend zu entkommen.

»He, was macht ihr da unten?«, rief eine raue Stimme vom Wachturm.

Von den Pferchen kam keine Antwort. Volodi konnte nur huschende Schatten sehen. Dann plötzlich lief ein Rind an ihm vorbei.

Oben auf dem Turm erklang ein Horn. Volodi drehte sich nach dem Karren um. Er steckte noch immer fest. Wenn sie ihn nicht bewegt bekamen, waren sie alle tot! »Fedor, Schenja, helft, den Wagen wieder flottzumachen. Ich geh rein, ein wenig Unruhe stiften.«

Mehr und mehr Rinder trotteten nun durch das Festungstor. Radik hatte den Befehl, so viele Pferche wie möglich zu öffnen und das Vieh davonzutreiben. Mit der Herde als Beute waren sie beweglicher als mit Karren oder zu schwer beladenen Maultieren.

Volodi stieß mit dem Schild eine große, gescheckte Kuh zur Seite und schob sich auf den weiten Hof der Festung. Das Vieh staute sich schon vor dem Tor. Die Tiere waren unruhig, keilten aus, und der Lärm nahm mit jedem Augenblick zu.

Vom Turm schallte das Wachhorn. »Alarm! Wir werden angegriffen.« Der strömende Regen dämpfte die Stimme des Türmers, aber lange würde es nicht mehr dauern, bis jemand in den Baracken merkte, was draußen geschah.

Volodi fand Radik in dem Gewimmel. »Hör auf!«, rief er dem jungen Krieger zu. »Nimm deine Männer, und sieh zu, dass ihr fortkommt!«

Immer mehr Rinder drängten sich vor dem Tor, als sich die Tür der vordersten Baracke öffnete. Ein matter Lichtstreifen vergoldete den Regenschleier vor dem Eingang, und ein schwarzbärtiger Krieger erschien in der Tür. »Was geht da vor?«, rief er mit volltönender Stimme.

»Das Wetter macht die Rinder verrückt!« Volodi ging ihm entgegen und winkte abwiegelnd. Er hoffte, dass der Krieger, vom Licht der Stube noch nachtblind, nicht genau sehen konnte, was geschah. »Die Viecher haben ein Gatter niedergetrampelt, aber wir treiben sie schon zurück. Ich hab keine Ahnung, was sich der Türmer denkt, so einen Lärm zu veranstalten.« Kaum waren die Worte über Volodis Lippen, erscholl erneut das Alarmhorn auf dem Turm.

Der Schwarzbart fluchte und griff neben der Tür nach seinem Umhang. »Ich werde den Türmer zum Schweigen bringen. Verdammter Idiot. Der versetzt noch die ganze Garnison in Unruhe.«

Bei zwei weiteren Baracken gingen die Türen auf. Mehrere Bewaffnete traten hinaus. Das war es, dachte Volodi. Jeden Moment würden sie merken, dass etwas nicht stimmte. Er blickte zurück. Viel konnte er auch nicht sehen.

Der Türmer rief etwas, doch seine Worte gingen im Rauschen des Regens unter. Wieder stieß er ins Horn. Immer mehr Barackentüren öffneten sich. Männer liefen ins Freie, um die Rinder einzufangen, die nun überall innerhalb der weiten Festungsanlage herumliefen. Noch glaubte niemand an einen Überfall, wie es schien. Die Männer stellten den Rindern nach. In ihrer Festung hinter Wall und Graben und nach all den Siegen, die sie über die Drusnier errungen hatten, hielten sie sich für unangreifbar.

Volodi zog sich eilig zum Tor zurück. Jetzt gab es ein Durchkommen, denn Radik und seine Männer scheuchten die Rinder, die sie nicht mitnehmen konnten, zwischen die Baracken in der Erdfestung. Der Stau vor dem Tor hatte sich aufgelöst. »Rückzug!«, rief Volodi leise und eilte von Reiter zu Reiter. »Rückzug!«

Die jungen Krieger hörten auf ihn. Immer und immer wieder hatte er ihnen in den letzten Tagen eingeschärft, dass Disziplin der Schlüssel zum Sieg war. Ohne zu murren, befolgten sie seine Befehle. Volodi rannte als Letzter in Richtung Tor, als hinter ihm der Lärm losging. Jemand hatte entdeckt, dass das Tor offen stand.

Schatten hasteten in seine Richtung.

Fedor und die Kutscher schoben den Karren in den Durchgang unter dem Turm. Volodi musste unter der Achse hindurchkriechen, um zu entkommen. Kaum hatte er das geschafft, sprang er auf und schlug mit dem Schwert auf das schmale Stück Achse ein, das zwischen Ladefläche und Rad zu sehen war.

Die Valesier warfen sich auf der anderen Seite des Tors gegen den Wagen.

»Zündet ihn an«, befahl Volodi und versetzte der Achse einen weiteren Hieb.

Auf der Ladefläche des Karrens stand ein Topf mit glühenden Kohlen. Volodi hörte das drohende Zischen von Öl, das in die Glut gegossen wurde.

Noch ein Hieb traf die Achse. Im selben Moment loderte eine

gelbe Flamme auf und setzte die Plane des Karrens in Brand. Hitze griff nach Volodi. Ein letzter Schwerthieb. Die Achse splitterte, und der Wagen neigte sich zur Seite.

Das Feuer fand immer mehr Nahrung. Eilig zog Volodi sich zurück. Sie hatten alles mögliche Brennbare auf den Karren geladen: Speck, Reisigbündel, Lampenöl, ein kleines Fass mit Fischtran. Das Feuer blockierte nun den einzigen Weg aus der Festung der Valesier. Und wenn sie Glück hatten, würde auch noch der hölzerne Torturm in Brand geraten. Hoffentlich machten sie den Fehler, Eimer mit Wasser zu holen, um das brennende Fett zu löschen, dachte Volodi. Sie würden das Feuer damit nur noch mehr anfachen.

Fedor wartete mit einem Pferd vor dem Tor auf ihn. »Wir haben ihnen über fünfhundert Rinder gestohlen«, rief er begeistert gegen das Fauchen der Flammen. Der Platz vor dem Tor war in unstet tanzendes Licht getaucht. »Wir werden …«

Ein Pfeil schnitt ihm das Wort ab. Er war fast bis zur schwarzen Befiederung in seine Brust gedrungen. Volodi packte die Zügel von Fedors Pferd und zog es hinter sich her, fort von der Festung und dem Bogenschützen auf dem Torturm in die schützende Dunkelheit.

Erst als sie den Hügel erreichten, wagte Volodi anzuhalten. Fedor war nach vorn auf die Mähne seiner Stute gesackt. Der Drusnier stieg ab und hob den Jungen von seinem Pferd. Blut rann ihm von den Lippen. Der Pfeil hatte ihm die Lunge durchbohrt.

»Ich …«

»Nicht reden, du brauchst deine Kraft, um wieder gesund zu werden.«

Fedors Augen wurden so weit wie an dem Tag ihrer ersten Begegnung, als er in ihm seinen Helden erkannt hatte. »War das … ein großer Sieg?«, stieß er unter Schmerzen hervor.

»Man wird überall in Drusna von Fedor von Bärenfurt und seinen tapferen Recken sprechen, die die Valesier besiegten, ihnen ihre Beute wieder abjagten und sie in ihrer eigenen Festung eingesperrt haben.«

Fedors Augen starrten, ohne zu blinzeln, in den Regen. Er hörte Volodi nicht mehr.

Hinter ihnen brannte der Turm der Festung lichterloh.

»Du hast die Fackel zum Aufstand entzündet«, sagte Volodi mit rauer Stimme. »Sie wird überall in Drusna leuchten.«

Auf der Suche nach dem Meer

»Du malst wirklich die schönsten Götterbilder der Stadt, Meister Šutarna!« Begeistert schob der Erste Schreiber die Pergamentrolle in eine lederne Schutzhülle. Er war ein relativ junger Mann, bei dem das gute Leben im Tempel bereits Spuren zu hinterlassen begann. Seine Hüften waren füllig, und deutlich zeigte sich der Ansatz eines Doppelkinns. Ganz im Schwarz der Schreiber des Tempels gekleidet, wirkte er dennoch ehrfurchtgebietend. Aus einem roten Etui an seinem Gürtel ragten zwei goldene Griffel – das Zeichen seines Amtes als Erster Schreiber des Išta-Tempels.

»Das Bild der Geflügelten wird einen Ehrenplatz erhalten«, fuhr er begeistert fort.

Talawain verneigte sich. »Ihr schmeichelt meinen bescheidenen Gaben, Erster Schreiber. Ich bin nur die Hand, die den Pinsel hält; ich bin sicher, die Göttin selbst ließ Schönheit in das Werk fließen, wenn es Euch so sehr gefällt.«

»Du bist zu bescheiden, Šutarna. Es ist ein Gewinn für unsere Stadt, dass du dich hier niedergelassen hast.« Der Aufseher der Schreibstube des Išta-Tempels senkte seine Stimme. »Nur hat man dich schlecht beraten, dass du dich ausgerechnet neben dem Haus des Verfluchten niedergelassen hast. Hat dir denn niemand von den besonderen Todesumständen des Knochenschnitzers erzählt?«

»Ich hörte davon erst, nachdem ich das Haus gekauft hatte.«

Der Erste Schreiber gab ein keckerndes Geräusch von sich, das wohl Missbilligung ausdrücken sollte. »Ich hoffe, du hast keinen zu hohen Preis gezahlt. Die Läden in dieser Gasse gehen nicht mehr gut.«

»Ich fürchte, der Töpfer war ein besserer Geschäftsmann als ich.«

»Ein guter Töpfer war er jedenfalls nicht«, sagte sein Gegenüber stirnrunzelnd. »Es ist doch immer dasselbe mit euch Künstlern. Habt ihr wirklich Talent in eurem Fach, seid ihr in Geschäftsdingen arglos wie Kinder.«

»Ich fasse das als ein Kompliment auf«, sagte Talawain demütig.

»So ist es auch gemeint.« Er klopfte auf die Lederrolle. »Morgen früh werde ich dieses Bild im Priesterkollegium zeigen. Wir suchen noch nach einem Geschenk für den Unsterblichen Ansur, den Herrscher Valesias.«

Talawain blickte überrascht auf. »Das ist sehr weit fort von hier.«

Der Erste Schreiber lächelte selbstgefällig. »Zum Opferfest im Frühling werde ich zusammen mit den bedeutendsten Priestern dorthin reisen. Der Unsterbliche Ansur feiert ein Fest zur Einweihung des Weißen Selinunt. Ein Fest, wie es unsere Welt noch nicht gesehen hat. Alle Unsterblichen werden sich dort versammeln, und selbst die Götter werden anwesend sein, um mit uns zu feiern. Der Hofstaat des Unsterblichen Labarna hat schon begonnen, Vorbereitungen für die Reise zu treffen. Zur Mitte des Winters werde auch ich an den Hof abberufen werden, um mit meinen bescheidenen Gaben zu helfen. Aber zurück zu dem Bild. Ich werde dir eine große Tierhaut bringen lassen. Darauf sollst du mit deinen schönsten Farben Išta und den adlerköpfigen Devanthar der Valesier malen.« Wieder klopfte er auf die Lederrolle. »Ich bin sicher, mit diesem kleinen Meisterwerk hast du dir den Auftrag verdient, Šutarna. Und wer weiß, vielleicht wird auch der

Unsterbliche auf dein Talent aufmerksam werden, denn Labarna höchstselbst wird jedes Geschenk begutachten, das wir nach Selinunt tragen.«

Talawain hatte Mühe, seine Aufregung zu verbergen. Ein Fest, bei dem alle Götter und alle sieben Großkönige zugegen waren. Das hatte es in der Tat noch nie gegeben. Es konnte nur eines bedeuten: Dort sollte ein Pakt geschlossen werden, und der konnte nur gegen Albenmark gerichtet sein!

Der Elf begleitete den Schreiber zur Tür und sah ihm nach, bis er am Ende der Gasse in die Prachtstraße zum Išta-Tempel abbog. Er musste so rasch wie möglich nach Albenmark. Aber wenn er die Blaue Halle aufsuchte, würden sie ihn nicht mehr gehen lassen. Dafür, dass er auf eine selbstmörderische Mission für einen Unsterblichen gehen wollte, um dessen Geliebte zu retten, hätte der Himmlische gewiss kein Verständnis. Ja, vielleicht würde er es sogar als Verrat betrachten. Selbst wenn die Himmelsschlange ihm wohlgesonnen wäre, würde sie ihn nicht mehr ziehen lassen.

Dies war vielleicht die wichtigste Information, die er in all den Jahren als Spitzel erhalten hatte. Und sie war ihm einfach so zugefallen …

Es war schon spät. Am Himmel zogen dunkle Wolken auf. Der Winter in Isatami brachte viel Regen. Talawain bemerkte, wie ihn die Händlerin, die ihn über Rowayns Schicksal aufgeklärt hatte, beobachtete. Mit dem abgerissenen Pilger, als der er zu ihr gegangen war, hatte Šutarna wenig gemeinsam. Er trug jetzt einen gepflegten, schwarzen Bart und – zumindest nach den Maßstäben der Händler in dieser Gasse – vornehme Gewänder.

Talawain trat auf die Gasse hinaus, klappte den schweren Holzladen vor das große Fenster, verriegelte dann sorgsam die Eingangstür und ging in den hinteren Teil seines Ladens, in dem er auch lebte. Er galt als Eigenbrötler, pflegte mit niemandem Umgang und war nicht sonderlich beliebt.

Eine Zeitlang sah er nachdenklich auf sein Bett. Eigentlich

sollte heute der große Tag sein. Vielleicht auch der Tag seines Untergangs … Aber jetzt hatte sich binnen einer Stunde alles geändert. Wenn er sich irrte und heute durch seine Taten Išta auf sich aufmerksam machte, würde er sicherlich nicht mehr entkommen. Vielleicht war er der einzige Elf der Blauen Halle, der um diese Zusammenkunft der Herrscher wusste. Er kannte den Tag und den Ort. Er durfte nicht länger hierbleiben!

Und dennoch … Entschlossen schob er das Bett zur Seite und dann die große, aus Binsen geflochtene Schale, die das Loch im gestampften Lehmboden verbarg. Fünf Wochen lang hatte er an dem Tunnel zum Nachbarhaus gearbeitet. Ganz sicher gab es auf dem Fußboden keine magischen Siegel, redete er sich ein. Er konnte es wagen!

Er zwängte sich in den engen Tunnel. Acht Schritt war er lang und so niedrig, dass er sich nur auf allen vieren bewegen konnte. Überall in seinem kleinen Haus hatte er den roten Lehm versteckt, den Aushub des Tunnels. Am Ende des Tunnels entzündete er eine Öllampe. Daneben lehnte der messingbeschlagene Grabstock an der Erdwand, mit dem er sich Zoll um Zoll durch den zähen Boden gekämpft hatte. Er ähnelte einem Speer mit gebrochenem Schaft, war kaum länger als sein Unterarm und hatte ein schmales Stichblatt an seinem Ende.

Eine Weile kauerte Talawain am Ende des Tunnels und lauschte. Angeblich war, seit die Priester Rowayns Laden versiegelt hatten, niemand mehr dort gewesen, aber man konnte nie wissen. Es war so still unter der Erde, dass er sein Blut in den Ohren rauschen hörte.

Schließlich nahm er den Grabstock und rammte ihn gegen die Decke aus Lehm. Klumpen lösten sich und fielen in den Tunnel hinab. Feiner Staub brannte Talawain in den Augen.

Immer und immer wieder stieß er den Grabstock nach oben, bis er plötzlich ins Leere stach und rußbedeckte Erdklumpen in den Tunnel hinabstürzten.

Talawain nahm einen der Erdbrocken in die Hand. Die Geschichte der Händlerin stimmte also. Rowayn war verbrannt. Ein bisschen Ruß, das war alles, was von seinem Freund geblieben war.

Er ließ den Klumpen fallen. Mit energischen Stößen erweiterte er die Öffnung, bis er sich schließlich durch sie hindurchzwängen konnte. So wie sein Haus bestand auch Rowayns Laden nur aus einem einzigen Raum. Es war ein Ort der Finsternis! Alles war mit öligem Ruß bedeckt. Der schöne Tisch, an dem er gearbeitet hatte. Das Schnitzwerkzeug, das wohl noch genauso dalag, wie Rowayn es aus der Hand gelegt hatte. Gekrümmte Messer, verschiedene Feilen, ein kleiner Bohrer.

Unter dem Tisch lagen Knochensplitter auf dem Boden.

Talawain öffnete sein Verborgenes Auge. Sofort wurde offenbar, dass es hier drinnen keine magischen Siegel gab. Allerdings hatte sich der Abglanz eines machtvollen Zaubers erhalten. Immer noch vibrierten die Kraftlinien, die das Zimmer teilten.

»Das Meer verbirgt alle Geheimnisse«, sagte Talawain leise. Was hatte Rowayn ihm damit sagen wollen? War es nicht vermessen, darauf zu hoffen, dass er etwas fand, was Išta übersehen hatte? Ganz sicher hatte Rowayn sein Versteck nicht durch einen Zauber getarnt.

Talawain ging im Zimmer auf und ab. Er leuchtete in alle Winkel, schob das Bett zur Seite und untersuchte die Unterseite des Tisches. Nichts! Nur Ruß.

Er begann, ein zweites Mal das Zimmer zu durchsuchen. Langsamer, systematischer diesmal. Mit den Händen tastete er über die Wände. In der Bettnische entdeckte er etwas – hauchdünnes Pergament war auf die Wand geklebt. Es war ebenso rußgeschwärzt wie alles andere. Man musste mit den Fingerspitzen darüber tasten, um den Unterschied zu den Lehmwänden zu bemerken.

Vorsichtig wischte Talawain über die Wand. Der Ruß verschmierte, gab aber nicht preis, was sich unter ihm verbarg. Ungeduldig ging der Elf zum Tisch, auf dem die Werkzeuge lagen, nahm eines der Schnitzmesser und löste mit ihm ein handgroßes Stück Pergament von der Wand. Darunter verbarg sich nur grober Lehmputz wie an allen übrigen Wänden. Er drehte das Pergamentstück um. Auf der Rückseite war nichts. Die Nachricht, wenn es denn eine gab, musste sich unter dem Ruß verstecken!

Ungeduldig kroch er durch den Tunnel zurück in seinen Laden, stellte mehrere Lampen auf seinen Arbeitstisch, um genügend Licht zu haben, dann holte er die Ziegenlederflasche mit dem Branntwein. Vorsichtig goss er etwas davon in eine flache Schale, suchte ein paar Lumpen zusammen und begann, das Pergament mit alkoholgetränkten Stofffetzen abzutupfen.

Und endlich hob sich der schwarze Schleier. Talawain hatte eine stilisierte Welle freigelegt, wunderschön in verschiedenen Blautönen gehalten. Das Meer hatte er gefunden. Wo aber waren die Geheimnisse, die es verbarg?

Das verborgene Land

Bis zum Morgengrauen hatte Talawain sechs weitere Pergamentstreifen geborgen, in seine Werkstatt gebracht und gesäubert. Er hoffte, dass sich im Gesamtbild ein Hinweis verbarg. Er hatte die Muster der Wellen untersucht, ihnen Zahlen zugeordnet und versucht, daraus Buchstaben abzuleiten. An zwei Stellen hatte er sehr vorsichtig die Tusche des Bildes entfernt, um zu sehen, ob sich darunter etwas verbarg. Alles vergebens! Rowayns Meer wollte sein Geheimnis nicht preisgeben.

Zuletzt hielt er die Pergamentstreifen ganz nah an die Flamme einer Öllampe, um nach einer Geheimschrift zu suchen, die vielleicht bei Hitze oder einem veränderten Licht sichtbar wurde. Auch das half nicht weiter. Durch sein Verborgenes Auge betrachtet war ebenfalls nichts Auffälliges zu entdecken. Es war zum Verzweifeln.

Im ersten Tageslicht ließ Talawain sich völlig erschöpft auf sein Lager sinken. Sieben Wochen hatte er auf diese Nacht hingearbeitet, und nun sah es so aus, als sei er einem Irrtum aufgesessen. Er lauschte auf die Geräusche draußen auf der Straße. Die Holzläden vor den Auslagen wurden hochgeklappt, die Händler tauschten neuesten Tratsch aus. Ein früher Brotverkäufer pries seine Ware an.

Talawain sank in einen unruhigen Schlaf. Er träumte von Išta, die über die Wellen eines aufgewühlten Meeres schritt und ihn verspottete. Sie war mit Schild und Speer bewaffnet. Herausfordernd schlug sie den Schaft des Speers vor den Schild, dass es laut krachte. Plötzlich schleuderte sie ihm die Waffen entgegen.

Mit einem Schrei fuhr Talawain auf. Er war in Schweiß gebadet. Sein Herz schlug wie rasend. Und immer noch war das Krachen zu hören. Benommen sah der Elf sich um. Die Tür … jemand hämmerte gegen die Tür. »Moment, ich komme.« Hastig raffte er die Pergamentstreifen des Bildes zusammen und versteckte sie unter seiner Nachtdecke. Noch benommen öffnete er die Tür, wo der Erste Schreiber auf ihn wartete.

»Mir scheint, du nutzt nicht die Nacht zum Schlafen, Šutarna. Išta gefällt es nicht, wenn man die von ihr gesetzte Ordnung der Dinge missachtet«, sagte er anstelle einer Begrüßung streng. »Dennoch hat die Göttin sich dir gnädig erwiesen. Das Priesterkollegium hat sich fast einhellig für dich ausgesprochen. Wir möchten eine deiner Arbeiten als eines der Geschenke für den Unsterblichen Ansur haben.«

Talawain verneigte sich. »Ich danke Euch untertänigst, Erster Schreiber. Ich weiß, dass ich diese Gunst Euch zu verdanken habe. Gerne würde ich mich dafür erkenntlich zeigen. Seit Langem schon möchte ich den Dienerinnen im Haus des Himmels ein Geschenk machen, da ich großen Respekt vor ihrem Dienst an der Göttin in tiefster Einsamkeit empfinde. Sagt, wisst Ihr, auf welchem Wege ich ihnen eines meiner Bilder zukommen lassen könnte?« Es war ein plumper, letzter Versuch, das Kloster zu finden, in dem Shaya gefangen gehalten wurde, das wusste Talawain, aber nach seinem Scheitern in der letzten Nacht war er in der Stimmung für Verzweiflungstaten.

Der Priester runzelte die Stirn. »Es ist ein Geheimnis, wo das Haus des Himmels liegt. Nur wenige Auserwählte kennen den Weg dorthin. Es heißt, man müsse zwischen den Welten wandern, um dorthin zu gelangen. Wenn du mir aber ein Bild für die Priesterinnen dort gibst, werde ich sicherlich eine Möglichkeit finden, es ihnen überbringen zu lassen.«

»Bis wann müsste ich mein Bild denn vollenden, damit die Barbarenprinzessin es noch vor ihrer Opferung sieht? Ich glaube, ein eindrucksvolles Bild der Göttin könnte ihr verdeutlichen, welche außerordentliche Ehre es ist, ihr Blut für Išta und unser Land zu vergießen.«

Der Erste Schreiber lachte auf. »Was für ein nobler Gedanke, Šutarna, doch fürchte ich, dass es zu den Eigenarten von Barbaren gehört, dass ihnen alles Noble fremd bleibt. Du magst dein Bild malen, und die Priesterinnen werden es gewiss zu schätzen wissen, aber das Herz der Barbarin wird es gewiss nicht berühren. Man erzählte mir unlängst, dass diese *Prinzessin* lange Wochen lieber unter Ziegen lebte als im Kloster. Sie wird zu Frühlingsbeginn hingerichtet werden, wobei man im Haus des Himmels, das hoch in den Bergen liegt, einen recht eigentümlichen Brauch pflegt zu entscheiden, wann der erste Frühlingstag ist. Im Klostergarten steht ein großer Kirschbaum. Wenn sich seine ersten Blüten öffnen, wird die Barbarenprinzessin sterben. Zu diesem Zeitpunkt sind überall sonst im Reich die Kirschblüten längst gefallen.«

»Aber sie wird doch geopfert, um dem Reich Fruchtbarkeit zu schenken. Und das geschieht, wenn die Obstblüte überall sonst schon vorüber ist und das Korn schon hoch steht?«, wandte Talawain verwundert ein.

Der Erste Schreiber strich sich nachdenklich über den Bart. »Ja, das ist schon etwas unglücklich«, gab er schließlich zu. »Aber unsere Sorge ist das nicht. Halte dich bereit, in den nächsten Tagen mit der Arbeit am Bild für den Tempel zu beginnen, und wenn dein Geschenk für das Haus des Himmels vollendet ist, werde ich mich darum kümmern, dass es die Priesterinnen erreicht.« Mit diesen Worten wandte sich der Erste Schreiber ab, und Talawain verschloss sorgsam die Tür seines Ladens. Heute wollte er keine Kunden mehr sehen.

Bei einem kargen Mahl aus altem Brot und Schafskäse brütete er weiter über dem Geheimnis von Rowayns Bild. Schließlich entschied er sich, das Haus seines toten Freundes bei Tageslicht zu besuchen. Er konnte es zwar nicht wagen, eines der Fenster zu öffnen, aber durch die Spalten in den Holzläden sollte genug Licht einfallen, um eine bessere Sicht als bei Nacht zu haben.

Erneut kroch er durch den Tunnel. Als er den Kopf aus dem Loch im Fußboden streckte, war er überrascht. Durch den Ruß an den Wänden wirkte das Zimmer genauso finster und abweisend wie zuvor in der Nacht. Nur drei schmale Lichtbahnen, in denen goldene Staubflöckchen tanzten, schnitten durch den Raum. Ein Lichtstreifen fiel genau in die Bettnische. Talawain, der sonst nicht viel auf Omen gab, nahm es als ein Zeichen. Noch einmal ging er zu der Wand. Der Lichtpunkt leuchtete mitten auf den roten Lehmputz. Er klopfte rings um das Licht die Wand ab, in der Hoffnung einen verborgenen Hohlraum zu finden. Aber da war nichts. Im Gegenteil, diese Wand schien sogar besonders solide zu sein.

Der Elf stutzte. Warum sollte eine Wand stärker als alle anderen sein? Er trat aus der Nische und klopfte auf das Wandstück daneben. Der Ton klang dumpfer, erdiger.

Talawain nahm eines der Messer vom Arbeitstisch und kniete sich auf Rowayns Bett. Vorsichtig begann er, mit der Klinge am Lehm zu kratzen. Bald schon brach ein Stück heraus, und darunter kam hellerer, festerer Putz zum Vorschein. Auf dem Stück, das er freigelegt hatte, war eine stilisierte Palme auf ockerfarbenem Untergrund zu sehen.

Aufgeregt schob Talawain das Messer unter die Bruchkante und hebelte mehr Lehm von der Wand. Eine gestrichelte Linie, die durch das Ocker führte, kam zum Vorschein. Er folgte der Linie, bis weitere Palmen und dann eine Gruppe Häuser erschienen, die von einer Mauer umgeben waren. Daneben war ein schwarzer Schriftzug auf dem Putz aufgetragen: *Alalach*.

Talawain kannte die Stadt dem Namen nach. Sie lag nicht weit von der Grenze zu Aram in einer fruchtbaren Ebene. Er hatte Rowayns Geheimnis entdeckt!

Sinnend betrachtete er die Wand und versuchte zu schätzen, wo unter dem roten Putz er Isatami finden würde, wenn die Karte maßstäblich gezeichnet war. Nur eine genaue Karte würde ihm bei seiner Suche wirklich helfen. Er setzte drei Ellen entfernt, links oberhalb von Alalach, die Klinge an und hatte bald eine Lücke in den Lehm gekratzt. Erst fand er nur Hügelland, in dem vereinzelt Zedern eingezeichnet waren, dann stieß er erneut auf eine gestrichelte Linie, die gewiss einen Karawanenweg darstellte. Er folgte ihr und legte eine Gruppe von roten Häusern frei, in deren Mitte sich eine Zikkurat erhob, die große Stufenpyramide, die Isatami beherrschte.

Stundenlang arbeitete Talawain weiter und legte immer größere Teile der Karte frei. Er hatte keine Ahnung, wo er nach dem Haus des Himmels suchen sollte. Unweit der Grenze zu Drusna war der Berg Luma eingezeichnet. Jener Berg, auf dem einst die Devanthar Anatu einen Palast aus Mondenlicht errichtet hatte. Talawain hatte diese Geschichte immer für eine der vielen Legenden um Išta gehalten, denn diese hatte Anatu im Kampf überwunden und im Gelben Turm eingekerkert. Aber wenn Rowayn den Berg auf seiner Karte an einem ganz konkreten Ort eingezeichnet hatte, dann musste er Beweise dafür entdeckt haben, dass es diesen Palast wirklich gab.

Rowayns Karte war ein Schatz! Alles Mögliche war darauf verzeichnet, auch Erzgruben, Handelsrouten oder die geheimen Siedlungen der Erzschmiede, in denen die hochwertigen Eisenwaffen für das Heer Luwiens hergestellt wurden. Und dort, wo der Platz es erlaubt hatte, waren sogar Nachbarreiche eingezeichnet. So war ein Teil des nördlichen Aram zu sehen, bis hin zur großen Kupfermine Um el-Amand, in deren Nähe sich das von den Devanthar bewachte Dunkle Tal befand – auch dieser Ort fehlte auf Rowayns Karte nicht.

Es war tief in der Nacht, als Talawain das Haus des Himmels fand. Es lag in einer schroffen Bergkette weit im Norden von Luwien, nicht fern der Grenze zu Ischkuza. Ein siebenstrahliger, goldener Stern verriet, dass es einen großen Albenstern in dem Tal gab. Aber diesen Weg würde er nicht nehmen können, dachte Talawain.

Erschöpft ließ er sich auf das über und über mit Lehmbrocken bedeckte Lager seines toten Freundes sinken. Endlich war seine Suche zu Ende. Bis zur Kirschblüte in den Bergen würden noch viele Monde vergehen, hatte der Winter doch noch nicht begonnen.

Er würde die Karte kopieren, entschied Talawain. Das hinter dem Putz verborgene Land war das Lebenswerk von Rowayn gewesen. Er war gestorben, ohne sein Geheimnis weitergeben zu können. Er schuldete es ihm, dass dieses Wissen nicht verloren ging. Auch musste der Himmlische vom Götterfest erfahren, das zum nächsten Frühjahr in Selinunt stattfinden sollte. Doch wie sollte er es anstellen, dass die Himmelsschlange ihn wieder hierher zurückkehren ließ? Dem großen Drachen bedeutete Shaya nichts.

Zu aufgewühlt, um einzuschlafen, und zu erschöpft, um durch den Tunnel in seine Werkstatt zurückzukriechen, dachte er über seine Zukunft nach, und er entschied, etwas zu tun, wovon er schon lange geträumt hatte.

Der Held eines Winters

»Ein ums andere Mal schlug Arcumenna, der Laris von Truria, unsere tapferen Krieger, denn er führte Krieg, wie sein Unsterblicher Herrscher Städte baute. Eine Mauer von Schilden war seine erste Schlachtreihe, dahinter standen Tausende Bogenschützen, die dunkle Wolken des Todes auf die Tapferen der Wälder niedergehen ließen. Auf den Flanken des Schildwalls die Streitwagen, bereit vorzustoßen, wenn der Angriff im Pfeilsturm zerbrach. Arcumenna besiegte Heere, die seinen Truppen um das Dreifache überlegen waren, denn für die Männer Drusnas ist der Krieg eine Sache der Ehre. Ein Duell, in dem der bessere Schwertkämpfer siegt. Doch Ehre ist ein schlechter Schild gegen Pfeile. Bei jedem Kampf starben Hunderte von uns, noch bevor ihre Schwerter und Äxte die Schilde der Feinde berührt hatten. Drusna verlor seine Helden und weite Landstriche, und zuletzt verlor es auch den Mut zu kämpfen, denn die tapfersten jungen Männer waren längst auf unzähligen Schlachtfeldern verblutet. So wurde ein Friede geschlossen, den der Unsterbliche Ansur diktierte.

Ein Friede sollte das Ende des Sterbens bedeuten. Der Friede aber, den die Valesier Drusna auferlegten, war nicht von dieser Art. Sie plünderten die Vorräte, sodass in jenem Winter auch im entlegensten Dorf der Wälder Hunger Einzug hielt. Und bevor der Frühling kam, waren erneut viele zu den Ahnen gegangen, obwohl die Waffen ruhten. Als aber der zweite Hungerwinter drohte, da erhob sich einer, der Volodi von Drei Eichen genannt wurde. Und er stahl den Valesiern das Vieh, das sie gestohlen hatten, und er erschlug ihre Krieger, wo immer er sie fand. Seine Beute aber verschenkte er freimütig, und bald schon hatte sich ein ganzes Heer um sein Banner versammelt.

Als aber der erste Schnee fiel, verschwand Volodi, als sei er nur ein Geist des Herbstes gewesen und dahingegangen wie die goldenen Blätter der Eichen. Der Unsterbliche Iwar aber hatte neuen Mut gefasst, denn endlich war ein Mann gekommen, der den Drusniern zeigte, dass sie noch siegen konnten. Und Iwar stellte sich gegen die Vasallen des Unsterblichen Ansur, die wie Fürsten in Drusna regierten und das Land bis aufs Blut ausbeuteten, damit ihr Herrscher seine Weiße Stadt bauen konnte. Iwar hob den Bann auf, der gegen Volodi gesprochen war und der den größten Helden Drusnas zu einem Gesetzlosen gemacht hatte. Und obwohl es mitten im Winter war, schickte er seine Boten in alle Winde, auf dass sie Volodi suchten und dem Volk verkündeten, dass ihr Held künftig der Hauptmann der Leibwache im Königspalast sei und der erste Berater Iwars. Jeder in den Wäldern sollte erfahren, dass eine neue Zeit angebrochen war.

Niemand ahnte zu jener Zeit, dass die Valesier längst ihre Schlingen ausgelegt hatten und beschlossen war, dass der, den ihre Schwerter nicht niederzustrecken vermochten, in Selinunt sterben sollte. Die Nacht vor dem Opferfest, zu dem sich alle Unsterblichen versammeln wollten, sollte Volodis letzte Nacht werden (...)«

Das Buch der Wälder – Die Chronik der Könige Drusnas, Bd. I: Von den Anfängen bis zum Jahr des Flammenden Himmels. Kapitel XCII, S. 776 ff., verwahrt in der Bibliothek des Heiligen Guillaume in Aniscans.

Ein Freundschaftsbesuch

Arcumenna war sich der hasserfüllten Blicke, die jedem seiner Schritte folgten, nur zu bewusst. Und er war dankbar, dass ihm der Unsterbliche Ansur eine Eskorte seiner Palastwache mitgegeben hatte. Zu viele Valesier waren in den letzten Wochen in

Drusna gemeuchelt worden, und Arcumenna wollte nicht Teil dieser Namensliste werden, an deren Anfang der verdiente Laris Alba stand.

Die genagelten Sohlen seiner Stiefel knallten im Gleichschritt mit denen seiner Leibwachen, als sie die schmutzige Halle des Langhauses durchquerten, das der Unsterbliche Iwar einen Palast nannte. Das Einzige, was die Halle von den dreckigen, wanzenverseuchten Katen seiner Untertanen unterschied, war ihre Größe und die verschwenderische Ausstattung mit Gold. So waren die wuchtigen Eichsäulen, auf denen die Dachbalken ruhten, mit Goldblech beschlagen. Man musste schon ein Barbar sein, um zu glauben, dass die reichliche Verwendung von Gold jedes Gebäude veredelte. Wie anders war da das Weiße Selinunt, das sein Herrscher, der Unsterbliche Ansur, errichten ließ. Nur wenige Wochen noch und die Stadt wäre vollendet. Der Stein gewordene Traum eines großen Herrschers.

Sie hielten vor der apfelgrünen Tür am Ende der Halle. Zwei bullige Drusnier mit ungepflegten Bärten lehnten dort auf schweren doppelköpfigen Äxten. Allein ihr Anblick ließ Arcumenna die Galle überlaufen. Was sie hier taten, war herumzulümmeln, statt Wache zu stehen. Und der Linke der beiden stank auch noch nach billigem Wein. Hier in Drusna war alles dreckig und heruntergekommen. Wie sehr er dieses Königreich hasste!

»Ich bin Arcumenna, der Laris von Truria, Gesandter des Unsterblichen Ansur von Valesia. Ich bringe wichtige Nachricht für euren Herrn, den Unsterblichen Iwar.«

»Iwar ist jetzt beschäftigt«, entgegnete abfällig grinsend der Kerl, der nach Wein stank. »Du wirst später wiederkommen müssen, Memma.«

»Das kann ich wohl tun, aber ist es weise, den Zorn von vielleicht gleich zwei Unsterblichen zu riskieren, nur weil du nicht kurz zu deinem Gebieter gehen magst, um in einer dringlichen Angelegenheit um einen Augenblick Zeit für mich zu bitten? Ich weiß nicht, wie es um den Langmut deines Herrschers bestellt ist, wackerer Recke mit dem Odem vergorener Trauben, aber der Unsterbliche Ansur pflegt seinen Untergebenen schon für geringere Ärgernisse den Kopf vor die Füße zu legen.«

Der Drusnier starrte ihn aus kleinen, blauen Äuglein an. Seine Wangen röteten sich, und eine steile Zornesfalte bildete sich zwischen den Brauen.«Hä? Was sagst du? Kannst du auch ordentlich reden?«

»Memma meint, Iwar könnte herumschreien, wenn wir ihn nicht zu unserem Herrscher bringen.«

»Aber …«

Der zweite Wachposten winkte abwiegelnd und öffnete das Tor. »Soll er sich nur mit Iwar herumschlagen.« Mit diesen Worten öffnete er die Tür. »Deine Leibwächter bleiben hier. Die brauchst du dort nicht. Wir sind hier doch unter Freunden.«

Die Ironie des Wächters gefiel Arcumenna nicht. Er merkte sich genau das Gesicht des Mannes, der eine kleine, rote Narbe unter seinem linken Auge hatte. Wenn sich die Gelegenheit bot, würde er ihn beseitigen lassen. Dieser Krieger war intelligent und aufsässig. Solche Männer sollte Iwar nicht um sich haben, das würde künftig nur Ärger bringen.

Der Krieger führte ihn über einen kleinen Flur, der vor einer roten Tür endete. Energisch klopfte er. Von drinnen erklang irgendein unartikulierter Laut, den der Krieger offenbar als Aufforderung zu öffnen verstand.

»Du bist willkommen«, sagte er mit spöttischem Lächeln und zog die Tür auf.

Arcumenna hatte kaum einen Fuß über die Schwelle gesetzt, als neben ihm klirrend ein Weinkrug an der Wand zerbarst. »Ich wollte nicht gestört werden«, grollte eine trunkene Bassstimme. »Raus mit euch!«

Auf einem hohen Lehnstuhl hockte ein schwarzbärtiger Kerl, massig wie ein Bär. Zwei dralle, blonde Frauen standen hinter ihm. Eine kraulte ihm das lockige Haar, während die zweite eher lustlos an einer Harfe zupfte.

Arcumenna kniete vor dem Unsterblichen Iwar nieder. »Mein Gebieter, der Unsterbliche Ansur schickt mich mit einer dringenden Botschaft, Erhabener. Ich bitte Euch, mich zu erhören.«

Iwar blinzelte, als habe er Mühe, ihn zu erkennen. Offensichtlich war der Unsterbliche wieder einmal sturzbetrunken. Arcumenna konnte sich nicht erinnern, den Herrscher Drusnas jemals nüchtern gesehen zu haben. Kein Wunder, dass sein Königreich vor die Hunde ging.

»Du kannst bleiben«, murrte Iwar.

»Ich bitte es zu entschuldigen, wenn ich Umstände mache, aber die Angelegenheiten, die wir zu besprechen haben, erfordern eine gewisse Diskretion.« Arcumenna liebte es, der Sprache der Barbaren ein Maximum an Förmlichkeit abzuringen. Damit löste er jedes Mal Verblüffung aus. Seine Grammatik und seine Aussprache waren vollkommen, und doch redete kein Drusnier wie er.

Iwar glotzte ihn einen Moment an, als müsse er die gehörten Worte neu sortieren, um ihnen einen Sinn abzuringen. »Geht«, fuhr er plötzlich die Weiber an, die sich beeilten, das Zimmer zu verlassen.

Eine Hand legte sich schwer auf Arcumennas Schulter. »Dein Schwert und deinen Dolch, Memma. Du wirst keine Klingen brauchen, wenn du mit meinem Herrscher sprichst. Deine giftige Zunge ist schon Waffe genug.«

Der Valesier erhob sich, löste seinen Waffengurt und drückte ihn dem Leibwächter in die Hand. Augenblicklich verließ der Krieger den Raum und schloss hinter sich die Tür.

»Dann pack mal aus, Memma.«

Es fiel Arcumenna schwer, seinen Zorn zu beherrschen. Dass selbst der Unsterbliche ihn mit dem Spottnamen ansprach, den man in ganz Drusna für ihn benutzte, war ein unverzeihlicher Affront. Aber Spott war das Letzte, was den Drusniern geblieben war, alles andere hatten sie ihnen abgenommen, dachte der Feldherr, und seine Laune besserte sich ein wenig.

»Der Unsterbliche Ansur ist bedrückt über die Verstimmung, die zwischen deinem Volk und seinen Männern herrscht.«

Iwar lachte auf. Es war lautes, freudloses Gelächter. »Verstimmung? Nenn die Dinge doch beim Namen: Dutzende eurer Krieger wurden niedergemetzelt. Meine Steuereintreiber wurden gehenkt, wenn sie sich mit weniger als hundert Reitern als Eskorte in die Wälder wagten. Außenposten sind niedergebrannt, und Hunderte Lasttierladungen von Abgaben, die wir eingezogen haben, wurden gestohlen. Verstimmung … das ist wirklich nicht das, was die *Stimmung* in meinem Königreich beschreibt.«

»Doch seit dieser Volodi verschwunden ist, ist es wieder etwas ruhiger geworden«, wandte Arcumenna ein, der sehr wohl um die Lage in Drusna wusste. Vor zwei Wochen war er aus der Goldenen Stadt abberufen worden. Seitdem hatte er unzählige Stunden damit verbracht, Berichte über den Aufstand in Drusna zu studieren und mit Männern zu sprechen, die Augenzeugen der Überfälle gewesen waren.

»Der Kerl wird wiederkommen.« Iwar erhob sich leicht schwankend aus seinem Lehnstuhl, ging zu dem kleinen Tisch neben dem zerwühlten Bett und schenkte sich einen Becher Wein ein. »Auch was? Ist guter Wein, kommt von den Aegilischen Inseln.«

Sosehr Arcumenna sonst den schweren Roten der Aegilen schätzte, nun lehnte er dankend ab. Es galt, bei dieser heiklen Mission einen klaren Kopf zu behalten. »Der Unsterbliche Ansur wünscht nicht zu warten, bis es dem Banditen beliebt wiederzukommen. Er wäre sehr erfreut, wenn Ihr alle Kräfte aufbieten würdet, um nach ihm suchen zu lassen, erhabener Iwar.«

»Jetzt, da der Winter begonnen hat?« Der Unsterbliche knallte den Weinkrug auf den Tisch. »Hast du eine Vorstellung, worum du mich da bittest?«

»Mit Verlaub, nicht ich bitte Euch, sondern der Unsterbliche Ansur.«

»Ein Mann, der sich im Winter in den Wäldern verkriecht, ist unauffindbar.« Iwar machte eine vage Geste zum verschlossenen Fenster. »Dieser Volodi hat da draußen mehr Freunde als ich. Niemand wird verraten, wo er sich verkrochen hat. Sollte ich mir einfallen lassen, ihm etwas anzutun, kostet mich das den Thron.«

»Aber, aber ...« Arcumenna hob beschwichtigend die Hände. »Wer sagt denn, dass Ihr diesem Rebellen etwas *antun* sollt. Dem Unsterblichen Ansur ist die schwierige Lage, in der Ihr Euch befindet, vollauf bewusst. Ihr sollt Volodi nicht bestrafen. Ganz im Gegenteil. Lobt ihn in aller Öffentlichkeit für das, was er getan hat. Und dann ernennt ihn zum Hauptmann Eurer Leibwache. Fordert ihn auf, hierher an den Hof zu kommen, und schwört vor Euren Priestern, dass Ihr ihn mit Eurem Leben beschützen werdet, sollte ein Valesier versuchen, Volodis Blut zu vergießen.«

Iwar glotzte ihn an und traute ganz offensichtlich seinen Ohren nicht.

»Natürlich werden wir vor aller Welt gegen diese Ehrungen protestieren, aber vertraut mir, das wird nichts zu bedeuten haben. Es ist der ausdrückliche Wunsch des Unsterblichen Ansur, dass Ihr Volodi an Euren Hof holt und wie Euren besten Freund behandelt.«

»Und warum sollte ich das tun?«, fragte der Herrscher misstrauisch.

»Euer Volk wird Euch dafür lieben. Aber das ist zugegebenermaßen nur eine Nebensächlichkeit ... Wirklich von Bedeutung ist, dass Euch der Hauptmann Eurer Leibwache zum Fest der Götter ins Weiße Selinunt begleiten wird. Dort werden er und seine Zapote-Priesterin für immer verschwinden. Der Unsterbliche Ansur hat mir bereits die Gruft gezeigt, die für die beiden vorgesehen ist. Ein Hohlraum im Fundament des Tempels der kleinen Götter. Niemand wird sie dort je wiederfinden. Gewiss wird Volodi in den Sagen deines Volkes unsterblich werden. Sie werden allen möglichen Unsinn zurechtspinnen, wie es immer geschieht, wenn jemand einfach verschwindet. Ist er erst einmal fort, wird die Rebellion sehr schnell in sich zusammenbrechen.«

»Muss ich ihn töten?« Ein weinerlicher Ton lag in der Stimme des Säufers.

»Sagen wir einmal so, es wird nicht sein Blut an deinen Händen haften.«

Von der Ehre

Talawain genoss den scharfen Ritt durch den herbstlichen Wald. Die Bäume hatten sich in strahlendes Gold gewandet. Der würzige Duft verrottenden Laubes lag in der Luft und erinnerte daran, dass all die Pracht des lichten Waldes nur ein Vorspiel zum Todesschlaf des Winters war. Eine plötzliche Bö zog einen Schleier wirbelnder Blätter über den Hohlweg.

Talawain duckte sich dicht über den Nacken des Rappen. Der Wind spielte mit seinem offenen Haar. Warmes Fell liebkoste seine Wange. Er spürte das Rauschen des Blutes unter dem seidigen Haar, den wilden Herzschlag des Hengstes, der den ausgelassenen Ritt ebenso genoss wie er. Der enge Waldweg öffnete sich auf eine Lichtung, die von einem prächtigen Herrenhaus beherrscht wurde. Doch hier waren der Natur Zügel angelegt. Kein goldenes Blatt lag auf dem gestutzten Gras, das viel zu grün für diese Jahreszeit war. Aber vielleicht hatte er auch zu viele Jahre in Königreichen verbracht, in denen die gnadenlose Sonne allzu schnell jedes Grün vergilben ließ.

Nahe beim Haus standen blühende Kirschbäume. Nun spürte Talawain deutlich die Vielzahl von Zaubern, die gewoben waren, um den natürlichen Ablauf der Jahreszeiten dem Willen des Hausherrn unterzuordnen. Fast hatte er vergessen gehabt, wie sehr sein

Vater diese Spiele liebte, wie viel es ihm bedeutete, alles in seiner Umgebung zu beherrschen. Es war einer der Gründe gewesen, warum er vor über einem Jahrhundert in die Blaue Halle geflüchtet war. Damals hatte er der Tyrannei entfliehen wollen. Und nun war dies der einzige Ort in ganz Albenmark, an den er gehen konnte. Überall anderswo würde man ihn aufhalten. Und ausgerechnet sein tyrannischer Vater, der Schatten, der über seiner Kindheit lag, hatte diese Macht für immer verloren. Deshalb kam er hierher. Talawain wusste nicht, ob Solaiyn ihm helfen würde. Er war sich nur sicher, dass der alte Fürst ihm keine Fesseln mehr auferlegen konnte.

Feiner, weißer Kies spritzte unter den Hufen, als er seinen Hengst zügelte und in eine langsamere Gangart fallen ließ. Im Säulengang des linken Flügels des Anwesens erschienen zwei Silene – bocksbeinige Tunichtgute mit wilden Bärten und waldgrünen Augen, in denen der Schalk glänzte. Einer der beiden eilte auf den Kiesweg und griff nach den Zügeln des Rappen. »Du erlaubst, dass ich dein Pferd unterstelle, Herr?«

Talawain musste unwillkürlich lächeln. Ihn Herr zu nennen und gleichzeitig zu duzen, war außergewöhnlich subtil für einen Silen. Das musste der Einfluss seines Vaters sein, der zweifellos diesen beiden Raufbolden ebenso seinen Willen aufgezwungen hatte, wie der Natur auf der Lichtung, die sein Heim umgab. Die beiden hatten noch nicht im Dienst seines Vaters gestanden, als er das letzte Mal hier gewesen war. Das musste vor … vierzehn Jahren gewesen sein. Ja, so lange war es her, dachte er bestürzt. Die Zeit war wie im Flug vergangen.

»Reib ihn trocken, und gib ihm etwas Hafer zu fressen«, befahl Talawain und schwang sich aus dem Sattel. Er trat in den Säulengang und winkte dem zweiten Silen. »Bring mich zu Fürst Solaiyn.«

Der Bocksmann maß ihn mit düsterem Blick. »Ich glaube, der Fürst ist nicht in der Stimmung, Fremde zu empfangen. Er hat sich zurückgezogen. Bittsteller empfängt er erst morgen wieder.«

»Melde ihm seinen Sohn Talawain als Bittsteller, vielleicht ist er dann gnädiger gestimmt.«

Der Silen zog die buschigen Augenbrauen zusammen und musterte ihn argwöhnisch. »Du bist nicht tot?«

Talawain blickte lächelnd an sich hinab. »Offensichtlich nicht.«

»Aber alle …« Der Silen stockte, rang einen Moment mit sich und fuhr dann fort: »Gewiss wird dein Vater dich empfangen, junger Herr.« Er wandte sich um und eilte mit klappernden Hufen zum südlichen Flügel. Dort öffnete er die Tür zu einem langen Korridor und hielt inne. »Du findest deinen Vater in der kleinen Bibliothek hinter dem Tanzsaal. Um diese Tageszeit ist er immer dort und blickt hinaus aufs Meer. Vielleicht ist es besser, wenn du gleich selbst zu ihm gehst, junger Herr. Mir würde er womöglich nicht glauben, wenn ich von deiner Ankunft berichte.«

Wie es schien, war sein Vater noch tyrannischer geworden, dass der Silen ihn so sehr fürchtete. Der bocksbeinige Diener verbeugte sich und Talawain betrat den Korridor. Fast dreißig Schritt maß der lichtdurchflutete Gang, der sich entlang des ganzen Südflügels des Hauses erstreckte. In Wandnischen waren Statuen aufgestellt, Arbeiten der erlesensten Bildhauer Arkadiens. Talawain entdeckte zwei neue Standbilder, die seit seinem letzten Besuch hinzugekommen waren. Eines zeigte einen gebückten Athleten, der seine Beinmuskeln dehnte. Das zweite einen Jäger mit gesenktem Bogen, der in die Ferne spähte. Beides waren nackte Männer.

Schmunzelnd erinnerte er sich an die Kommentare seiner beiden kleineren Schwestern über die nackten Männer. Wie sie mit errötenden Wangen gekichert hatten. Als Kinder hatten sie hier manchmal heimlich Verstecken gespielt und sich dabei hinter die Sockel der Standbilder gezwängt. Dabei hatte sein jüngerer Bruder einmal aus Versehen den Finger eines marmornen Kobolds abgebrochen. Ihr Vater Solaiyn hatte ihn zur Strafe dafür drei Tage ohne Licht in die Familiengruft gesperrt. Alles Bitten und Flehen hatte ihn davon nicht abbringen können. Als Asfahal seine Strafe abgesessen hatte, war er verändert gewesen. Noch am selben Tag hatte er einer der geliebten Statuen ihres Vaters mutwillig eine Hand abgehackt. Danach hatte er ein Pferd gestohlen und das Haus für immer verlassen. Er war erst siebzehn gewesen. Ein Kind noch, denn Elfen verließen üblicherweise erst irgendwann in den Fünfzigern ihre Familie, um ihre eigenen Wege zu gehen.

Talawain beschleunigte seine Schritte. Plötzlich waren die Erinnerungen, die in ihm aufstiegen, unangenehm. Er hatte so vieles verdrängt. Über zehn Jahre hatte er nicht mehr an seinen Vater und seine Geschwister gedacht. Und nun kam er, weil er einen Gefallen erbitten wollte, den ihm niemand sonst gewähren würde. Er strich über das Kartenrohr aus zähem Leder, das er wie einen Köcher auf dem Rücken trug.

Als er die Tür zur kleinen Bibliothek erreichte, öffnete er, ohne anzuklopfen. Sein Vater stand mit vor der Brust verschränkten Armen an einem der großen Fenster, die auf das Meer blickten. Er wandte sich nicht um, obwohl er ganz sicher gehört hatte, dass jemand den Raum betreten hatte. Sein schulterlanges, silberblondes Haar wurde von einem schmucklosen, goldenen Stirnreif zurückgehalten. Er trug einen langen, gerade geschnittenen Hausmantel aus feinem, flaschengrünem Tuch, der genauso aussah wie jene Mäntel, an die Talawain sich aus seiner Kindheit erinnerte.

»Ich freue mich, Euch bei guter Gesundheit zu sehen«, sagte Talawain förmlich. Ein herzlicher Umgangston war nicht die Sache seines Vaters.

Solaiyn wandte sich langsam zu ihm um. Seine linke Braue hob sich ein wenig. Ob das Überraschung oder Missbilligung ausdrückte, vermochte Talawain nicht zu beurteilen.

»Wie ich sehe, hast du deinen eigenen Tod verpasst, mein Sohn.« Er nickte sanft, und der Anflug eines Lächelns spielte um seine blassen Lippen. »Erfreulich.«

Das Gefühl, das das Wort ausdrücken sollte, fand keinen Widerhall im Tonfall Solaiyns.

Das Gesicht seines Vaters war schmaler geworden, seit sie sich zuletzt begegnet waren. Sehr deutlich zeichneten sich seine hohen Wangenknochen auf der marmorweißen Haut ab. Asfahal hatte früher immer gesagt, Vater sehe selbst aus wie eine seiner Statuen, nur dass sein Herz noch härter als Stein sei.

»Ich fürchte, ich verstehe nicht ganz, was Ihr mit meinem verpassten Tod meint, Vater.«

»Du bist also gerade erst zurückgekehrt«, stellte Solaiyn ohne weitere Erklärung nüchtern fest. »Eure übermütigen Sticheleien sind mit einem vernichtenden Schlag beantwortet worden.«

»Wovon sprichst du?«

»Vom Unheil, das die Elfen der Blauen Halle heraufbeschworen haben!« Er war jetzt in denselben Tonfall verfallen, in dem er Asfahal einst verkündet hatte, dass er ihn in die Familiengruft sperren würde. »Weil ihr sie gereizt habt, haben die Devanthar die letzte Grenze überschritten. Sie sind nach Albenmark gekommen und haben die Blaue Halle vernichtet! All die Narren, mit denen du dich verschworen hast, sind tot. Selbst der Himmlische wurde von den Devanthar ermordet. Und so, wie ich hörte, haben sie auch gründlich mit den Spitzeln aufgeräumt, die ihr törichterweise in eurem Wahn, ihr könntet vor den Devanthar verborgen bleiben, nach Daia geschickt habt.«

Talawain hatte das Gefühl, als würde ihm der Boden unter den Füßen weggerissen. Er taumelte einen Schritt zurück und musste sich an einem der Bücherregale abstützen. »Das kann nicht sein …«, stammelte er. Und doch erklärte es alles. »Der Himmlische …«

»Er wurde in euren unterirdischen Gewölben unter einem Gebirge aus Felsgestein begraben«, fuhr sein Vater gnadenlos fort. »Deine Himmelsschlangen leiden unter Größenwahn. Nur weil die Alben es ihnen überlassen haben, sich um die Geschäfte der Schöpfung zu kümmern, sind sie noch lange keine Götter wie die Devanthar. Das ist ganz so, als würde sich mein Türwächter plötzlich für den Erbauer und Herrscher dieses Palastes halten, nur weil ich den Schlüssel dazu seiner Obhut überlassen habe.«

Talawain hob beschwörend die Hände. »Lasst es, Vater. Hört auf! Viele gute Freunde von mir sind tot. Verschont mich mit Eurem Sarkasmus. Ich will nicht …« Seine Stimme brach. Die Blaue Halle zerstört! Er konnte sich das einfach nicht vorstellen. Sie waren die Augen und Ohren der Himmelsschlangen gewesen. Wie hatte ihnen entgehen können, dass die Devanthar auf ihre Vernichtung sannen! Hatte sein Vater etwa recht? Waren sie zu eitel und selbstgefällig geworden, um die Gefahren zu bemerken, die sie durch ihre Taten heraufbeschworen hatten?

»Setz dich«, sein Vater deutete auf den großen Lehnstuhl vor dem Kamin. »Du siehst aus, als seist du sehr erschöpft. Soll ich dir etwas zu trinken bringen lassen?« Sein Tonfall war noch immer kühl und distanziert, und doch waren es die mitfühlendsten Worte, die er von seinem Vater je gehört hatte.

Talawain ließ sich in das weiche Leder sinken. Er starrte in den Kamin, auf die zusammengefegte Asche und versuchte für sich, seine Welt neu zu ordnen, in der alles verloren war, wofür er die letzten Jahrzehnte gelebt hatte.

»Du wirst wieder gehen, nicht wahr?«

Talawain blickte in das harte, ausgezehrte Gesicht des alten Elfen. Jetzt erst sah er die Traurigkeit, die dort regierte: die Falten, die Bitterkeit und der Ehrgeiz, sich auf keinen Fall irgendwelche Gefühle anmerken zu lassen. »Ja, ich werde wieder gehen. Ich bin hier, weil ich Eure Hilfe brauche. Weil Ihr der Einzige seid, dem ich im Augenblick vertraue.«

Erneut spielte ein dünnes Lächeln um Solaiyns Lippen. »Ich hätte nicht erwartet, so etwas je aus deinem Munde zu hören. Dass ich der Einzige bin, dem du noch vertraust. Es hört sich so an, als hättest du genauso wenig Freunde wie ich.«

»Meine Freunde sind tot. Und jene, die leben, werden mich nicht nach Daia zurückgehen lassen. Aber ich habe noch eine letzte Pflicht zu erledigen. Es ist eine Frage der Ehre.«

»Eine Frage der Ehre?«

Da war er wieder, jener sarkastische Tonfall, der Talawain und seinen Geschwistern die Kindheit und Jugend vergiftet hatte.

»Versteh mich nicht falsch, Junge. Ich werde dich nicht aufhalten. Ich möchte nur verstehen, warum du gehst. Alle sind gegangen, und bei deinen Geschwistern habe ich die Gelegenheit versäumt, sie zu fragen, womit ich sie vergrault habe.«

Talawain dachte daran, wie sein Vater am Fenster gestanden hatte, als er eingetreten war. Solaiyn war auf der Suche nach dem Weg, der ihn in die Einsamkeit geführt hatte. Wollte er ihn zurückgehen? Oder wollte er nur verstehen? Sein Vater sollte zumindest *sein* Leben kennen. Das schuldete er ihm. Und bald schon wäre er der Letzte, der es kennen würde. Talawain war sich nur zu bewusst, wie schlecht seine Aussichten waren, von der Reise zum Haus des Himmels zurückzukehren.

Und so erzählte er von seinem Leben, seinen Missionen im Dienst der Blauen Halle, den vielen Jahren, in denen er als Hofmeister des Unsterblichen von Aram die Geschicke eines Reiches entscheidend mitbestimmt hatte, das um ein Vielfaches größer war als Arkadien. Er berichtete auch von der Blauen Halle, seinen Freunden dort und von der Großmut und Weisheit des Himmlischen. Es war der Bericht seines Lebens.

Vor den Fenstern war es längst dunkel geworden. Sein Vater hatte ein Feuer im Kamin entfacht und sich einen weiteren Sessel geholt, als er zum Stehen zu müde geworden war. Nicht ein einziges Mal hatte Solaiyn ihn unterbrochen, als habe er Angst gehabt, ein falsches Wort könne den Redefluss seines Sohns zum Verstummen bringen.

Nachdem Talawain seine Erzählung beendet hatte, saßen sie lange schweigend beieinander und blickten ins Feuer. Es war ein angenehmes, verstehendes Schweigen. Eine Stille, die jedem Raum für seine eigenen Gedanken ließ.

»Du hattest ein erfüllteres Leben als ich«, sagte sein Vater schließlich. »Auch wenn ich die geflügelten Tyrannen nicht schätze, werde ich eine der Himmelsschlangen aufsuchen und ihr die Kopie von Rowayns Karte und deinen Bericht über die bevorstehende Versammlung der Devanthar und der Unsterblichen überreichen.«

»Danke.«

»Doch nun habe auch ich eine Bitte an dich. Sei dir dessen ganz bewusst, warum du gehst!«

»Es ist eine Frage der Ehre«, entgegnete Talawain und war auf der Hut. Der Abend war gut gewesen. Würde sein Vater zum Schluss doch wieder alles verderben?

»Ehre!«, sagte er spöttisch. »Ehre ist nicht mehr als ein Schleier, hinter dem sich stets dunkle Gefühle verbergen. Versteh mich nicht falsch, Junge, ich respektiere deinen Mut, daran scheint es dir wahrlich nicht zu fehlen. Lediglich an Verstand.«

Talawain seufzte und erhob sich. Wie hatte er hoffen können, dass sein Vater sich verändert hatte? Ihm fehlte es wohl tatsächlich an Verstand! »Es ist spät, ich werde mich zur Ruhe begeben.«

Solaiyn griff nach seinem Arm und hielt ihn zurück. »Bleib. Ich … Bitte verzeih mir, du kennst meine schroffe Art. Aber so soll es heute nicht enden. Ich wünsche mir nur, dass du dir über deine wirklichen Gefühle im Klaren bist, wenn du in deine letzte Schlacht in der Welt der Menschenkinder ziehst. Es wird dich stärker machen.«

»Und Ihr wisst etwas über meine Gefühle, Vater?«

»Glaub mir, Junge, ich hatte sehr viel Zeit, über falsches Ehrgefühl nachzudenken und so manches zu bedauern, was ich in meinem Leben getan habe. Ehre ist etwas, was noch weniger greifbar ist als die Liebe. Jeder versteht etwas anderes darunter. Die Ehre einer Frau kann in einer einzigen Liebesnacht vernichtet werden.

Ich habe Gleiches aber noch nie über einen Mann gehört. Im schlimmsten Fall nimmt sein guter Ruf ein wenig Schaden, wenn er sich auf das Liebesabenteuer einlässt. Läuft ein Mann vor einem Kampf davon, ist seine Ehre dahin. Einer Frau – selbst einer Kriegerin – sieht man das nach. Und wie oft, wenn vermeintlich um die Ehre gekämpft wird, geht es in Wahrheit um dunklere Gefühle? Um verletzte Eitelkeit, den Wunsch nach Rache oder anderes … Wer für etwas Edles einsteht, der muss nicht die Ehre vorschieben, sondern nennt seinen Grund zu kämpfen beim Namen.«

Im ersten Moment war Talawain ärgerlich, und er wollte schon gehen, als ihm bewusst wurde, dass dies eine Flucht wäre. Diesmal würde er vor der Antwort fliehen, die sein Vater eingefordert hatte, und nicht vor der harschen Art Solaiyns.

Er blieb sitzen. Warum fiel ihm die Antwort so schwer? Tat er es wirklich für den Unsterblichen Aaron? Er würde ein besserer Herrscher sein, wenn er Shaya zur Seite hatte. Oder wollte er auf diese Weise Kazumi rächen, indem er Ištas Pläne durchkreuzte? »Ich glaube, ich tue es, weil Shayas Leben nicht verlöschen darf, und ich der Einzige bin, der dies noch verhindern kann.«

Sein Vater nickte. »Aber wohin soll die Prinzessin gehen, wenn du sie rettest? Sie kann niemals zu dem Unsterblichen zurückkehren, denn wenn sie erkannt wird, dann ist das ihr Tod, und auch dieser König Aaron wird in schwere Bedrängnis geraten. Zu ihrem Volk kann sie auch nicht mehr zurückkehren. Hast du dir das reiflich überlegt? Würde sie das Leben, das du ihr schenkst, wirklich haben wollen?«

»Ja.« Natürlich war er sich dieser Schwierigkeiten bewusst. Viele Nächte hatte er wach gelegen und darüber nachgedacht. Und es gab den einen einzigen, verzweifelten Weg, dieses Dilemma zu lösen.

Er verriet ihn seinem Vater.

Solaiyn sah ihn erschüttert an. Nie zuvor hatte Talawain Tränen in den Augen seines Vaters gesehen. Der alte Elf zog ihn an sich, hielt ihn in den Armen und wollte ihn gar nicht mehr loslassen. »Du bist ein besserer Mann, als ich es je war, mein Sohn. Ich bin stolz auf dich, und zugleich bin ich zutiefst verzweifelt über das, was du zu tun gedenkst.«

Der letzte Schlag

Der Goldene stieß in steilem Bogen hinab und flog nun dicht über der aufgewühlten See der weiten Meeresbucht entgegen, deren schwarze Klippen sich wie steinerne Wächter vor ihm erhoben. Gischt sprühte über seine weit gestreckten Flügel und perlte von seinem Schuppenleib ab. Wilde Böen griffen nach ihm, als wollten sie ihn von seinem Ziel fortzerren, jenem Höhleneingang, der nicht weit über der Tidenmarke im Fels klaffte. Im letzten Augenblick legte er die Flügel an den Leib, ließ sich von seinem Schwung weitertragen und landete mit vorgestreckten Krallen auf nassem Basalt. Leicht schlitternd kam er schließlich zum Halt.

Das Felsgestein erbebte unter den wütenden Wellen, die gegen die Steilklippen anrannten. Es war der bislang schlimmste Sturm in diesem Winter. Ein Tag, an den man sich noch lange erinnern würde. Aus vielerlei Gründen …

Der Goldene kroch tiefer in die Höhle, hinab zu jener weiten Grotte, in der er sich schon so oft mit seinen Nestbrüdern versammelt hatte. Als er den Platz in seiner Felsnische einnahm und den Blick durch die Runde schweifen ließ, musste er feststellen, dass er als Letzter gekommen war. Selbst Nachtatem, der so oft auf ihren Versammlungen gefehlt hatte, war anwesend.

Du hast sicherlich gute Gründe, uns mit so dringenden Worten zu dieser Zusammenkunft gebeten zu haben, eröffnete der Frühlingsbringer ihr Treffen. Er war höflich und pragmatisch wie immer. Der Goldene sah seinen Brüdern an, dass nicht alle so duldsam waren. Manche von ihnen verließen im Winter nur ungern ihre Refugien. Natürlich konnten sie sich gegen die Unbilden des Wetters wappnen. Ein Wort der Macht genügte, die Kälte zu bannen. Doch gegen das tief in ihrem Gemüt verwurzelte Bedürfnis, sich im Winter unter Felsgestein zu verkriechen, half kein Zauberwerk.

Talawain, ein Meister der Blauen Halle, ist den Nachstellungen der Devanthar entgangen und konnte uns eine wichtige Nachricht schicken, bevor er nach Daia zurückkehrte, um dort weiter seine Pflicht zu tun. Der Goldene hatte zwar keine Ahnung, warum Talawain nach Daia zurückgekehrt war, er hatte es nicht aus den krausen Gedanken des alten Solaiyn lesen können, doch würde sich das Eingeständnis, dass er nicht wusste, was der Elf dort tat, nicht gut machen. Er würde ihn nur als Helden hinstellen. *Zum Opferfest im Frühling wird es in Selinunt im Königreich Valesia eine Zusammenkunft aller Unsterblichen und Devanthar geben. Ein Ereignis, das bislang einmalig in der Geschichte der Menschenkinder ist. Und eine Gelegenheit, wie sie sich kein zweites Mal bieten wird. Wir können sie alle vernichten und damit das Zeitalter ewigen Friedens einläuten!*

Oder aber das Zeitalter der Bruderkriege, meldete sich der Smaragdfarbene zu Wort. *Wir dürfen die Devanthar und ihre Unsterblichen nicht vernichten. Jede Kraft in den drei Welten braucht eine Kraft, die ihr entgegenwirkt. Sonst kann es kein Gleichgewicht geben. Wenn die Devanthar verschwinden, dann werden wir uns eines Tages untereinander bekriegen. Wir sind Raubtiere. Wir brauchen einen Feind, sonst werden wir uns selbst zerfleischen.*

Was ist denn das für eine versponnene Philosophie?, ereiferte sich der Flammende. Er war so zornig, dass der Goldene deutlich spüren konnte, wie es in der Ratshöhle wärmer wurde. Auch wenn der Flammende für ihn sprach, waren dessen Gedanken von so vielen negativen Gefühlen begleitet, dass es unangenehm war, seine Stimme in sich zu hören. Er war ganz anders als der Smaragdfarbene, der vielleicht weltfremd war, aber durchdrungen von einer Harmonie, die es angenehm machte, seinen Gedanken zu lauschen.

Der Schwanz des Flammenden peitschte mit scharfem Knall gegen das Felsgestein der weiten Nische, in der er kauerte. *Was glaubt ihr, aus welchem Grund versammeln sich die Unsterblichen und die Devanthar? Sie planen, einen Schlag mit bislang ungekannter Macht gegen uns zu führen. Und wir sollen die Gelegenheit auslassen, gegen sie vorzugehen, Brüder? Ihr alle habt den Bericht von Lyvianne und Bidayn gehört. Ihr wisst, was auf Nangog geschehen ist. Und nun wollt ihr warten, bis sich Gleiches oder gar Schlimmeres in Albenmark ereignet? Ohne mich! Wir wurden von den Alben dazu berufen, diese Welt zu beschützen. Ich stehe zu dieser Pflicht!*

Für mich macht es einen großen Unterschied, ob wir durch unsere Drachenelfen den Krieg nach Nangog tragen, wo nach altem Recht weder Albenkinder noch Menschenkinder leben sollen, oder ob wir Daia direkt angreifen, meldete sich der Rote zu Wort.

Der Goldene war überrascht, dass sich sein Nestbruder so friedlich gab, konnte doch auch er ein gnadenloser Kämpfer sein.

Lasst mich durch eine Metapher darlegen, wie ich unsere Lage sehe, sagte der Goldene ruhig. Er musste ihre Debatte wieder in die richtigen Bahnen lenken, bevor die Friedliebenderen unter ihnen die Meinungsmehrheit errangen. *Stellt euch vor, durch einen glücklichen Zufall erfahrt ihr, dass eure Feinde einen mächtigen Kriegsspeer schmieden. Eine Waffe, die jede Rüstung durchdringen kann. Ihr könntet die Waffe zerstören, bevor sie vollendet ist, oder aber euch abwenden und darauf hoffen, dass euch der Speer niemals in den Rücken gestoßen wird. Was werdet ihr tun? Ist es klug, vor der Gefahr die Augen zu verschließen und darauf zu hoffen, dass unser Feind die Waffe nicht nutzen wird?*

Stell uns nicht als arglose Narren dar, fauchte der Nachtblaue aufgebracht und bleckte die Zähne. Wachsam wandte der Goldene sich ihm zu. Sein dunkelblau geschuppter Bruder war mit den Narben zahlloser Kämpfe bedeckt. Er war der Einzige unter seinen Nestbrüdern, dem er zutraute, dass ein Streit in Gedanken mit ihm jederzeit in einen Streit mit Klauen und Fängen umschlagen konnte. *Findet ihr es nicht seltsam, Brüder, dass uns diese Nachricht erreicht, obwohl doch alle Spitzel aus der Blauen Halle ermordet wurden? Wer hat sie überbracht? Warum steht dieser Bote nicht hier vor uns, damit wir in seinen Gedanken lesen können? Wollen die Devanthar uns in eine Falle locken? Oder willst du uns zu deinem Speer machen, den wir den Devanthar in den Rücken stoßen, während sie noch ihre Wunden lecken?*, fragte der Nachtblaue und ließ ihn nicht aus den Augen.

Überbracht wurde die Nachricht von Solaiyn, dem Vater des Talawain, eines der Meister der Blauen Halle, der lange Jahre für uns am Hof des Unsterblichen Aaron sein Leben wagte. Talawain ist über jeden Zweifel erhaben, Brüder, wiegelte der Goldene ab.

Und warum ist er dann nicht hier?, setzte der Nachtblaue nach.

So wie ich den alten Elfen verstanden habe, führt Talawain eine Fehde gegen die Devanthar Išta. Er will etwas tun, das ihr Schaden zufügt. Er ist bereits nach Daia zurückgekehrt. Wir können ihn nicht mehr erreichen. Ich sehe in seiner Tat, uns diese Nachricht zu schicken, einen Beweis seiner Loyalität. Er ist das Risiko eingegangen, von den Devanthar entdeckt zu werden, als er durch das Goldene Netz zu seinem Vater reiste. Der Goldene fühlte sich mehr und mehr in die Enge getrieben und wurde mit jedem Wort des Nachtblauen zorniger. Er wusste, er musste einen kühlen Kopf bewahren, aber am liebsten hätte er seinem impertinenten Bruder die Kehle durchgebissen.

Warum tritt er nicht vor uns?, beharrte der Nachtblaue. *Was hat er zu verbergen?*

Nichts! Es war das erste Mal, dass Nachtatem seine Stimme in ihren Gedanken erhob. Fast unsichtbar im Schatten seiner Felsnische, waren nur seine himmelblauen Augen deutlich zu sehen. *Es ist doch offensichtlich, dass er befürchtete, dass wir ihn nicht mehr hätten ziehen lassen, wäre er vor uns getreten. Er ist der letzte lebende Meister der Blauen Halle. Der Letzte, der um viele der Geheimnisse weiß, die nun für immer verloren gegangen sind. Talawain wird uns nicht hintergehen. Allerdings könnte es sein, dass die Devanthar ihn ohne sein Wissen zu ihrem Boten gemacht haben, weil sie uns eine Falle stellen wollen. Mir erscheint es leichtfertig, dass sie sich außerhalb des Gelben Turms alle an einem Ort versammeln wollen.*

Sie fühlen sich im Augenblick nicht bedroht, sagte der Smaragdfarbene und wirkte bedrückt.

Der Goldene spürte, dass sich sein Nestbruder, obwohl er diesen Angriff nicht wollte, verpflichtet fühlte, seine Gedanken mit ihnen allen zu teilen.

Unser Streit folgt seit Langem einem immer gleichen Muster, fuhr der Smaragdfarbene fort. *Eine Seite führt einen Schlag. Dann führen die anderen einen Gegenschlag. Die Angriffe wechseln sich ab. Wir haben den letzten Schlag geführt. Nun bereiten sie ihren vor, und ich muss meinem flammenden Bruder zustimmen. Es scheint, dass sie einen Schlag von bislang ungeahnter Kraft führen wollen. Einen Schlag, der unseren Streit beendet, weil er mit vernichtender Grausamkeit erfolgt.*

Da hört ihr es, Brüder, selbst der Friedlichste unter uns hat begriffen, was wir zu erwarten haben, triumphierte der Flammende.

Unsere Lage ist ganz einfach. Jetzt war die Gelegenheit, die Abstimmung zu gewinnen, dachte der Goldene und gab sich keine Mühe, diesen Gedanken vor seinen Brüdern zu verbergen. *Wir haben durch einen Glücksfall die einmalige Gelegenheit, unsere Feinde zu vernichten. Feinde, von denen wir wissen, dass sie sich versammeln, um unseren Untergang vorzubereiten. Schlagen wir nicht zu, geben wir ihnen die Gelegenheit, Albenmark ungeahnten Schaden zuzufügen. Lasst uns den Angriff auf eine Art führen, die uns nicht ausliefert, falls dies eine Falle ist. Öffnen wir einen Drachenpfad nach Selinunt, wo es keinen Albenstern gibt. Und schicken wir einen alles vernichtenden Flammenstrahl auf die Stadt und die Devanthar hinab.*

Die Gedanken seiner Brüder überschlugen sich. Für den Begriff »alles vernichtender Flammenstrahl« erntete er reichlich Spott. Nur der Flammende schwieg. Der Goldene wusste es besser, und er genoss das Konzert ihrer Gefühle, als er weiter ausführte, was er meinte: *Es war die Art, auf die die Devanthar ihre großen Zauber weben, die in mir den Gedanken keimen ließ, Ähnliches zu versuchen. Ihr wisst, dass sich die Macht der Magie mit jedem Devanthar vervielfacht, der neue Fäden in das Gespinst des Zaubers einbringt. Es ist auch möglich, unseren Drachenodem zu verstärken, ja, ihn zu etwas gänzlich anderem werden zu lassen, als wir es bislang kennen. Der Flammende hat mich bei meinen Versuchen unterstützt. Die Ergebnisse waren erstaunlich! Wenn wir alle sieben unsere Flammen magisch zu einem einzelnen Strahl bündeln, so wird er ganz Selinunt zerstören. Ja, es wäre sogar möglich, den Zauber so zu gestalten, dass wir auf Jahrhunderte das Tal vergiften, dass dort ein kaltes Feuer bleibt, das die Menschenkinder zunächst nicht spüren, das ihre Haut wie Sonnenstrahlen verbrennt und sie letztlich tötet, wenn sie sich ihm zu lange aussetzen. Und selbst wer nur für kurze Zeit an dem Ort verweilt, an dem das kalte Feuer als unsichtbare Macht wirkt, wird fortan ein Gift in sich tragen, das ihn langsam töten wird.*

Welchen Nutzen hätten wir von einer so heimtückischen Tat? Der Frühlingsbringer war entsetzt, und der Goldene spürte, dass außer dem Nachtblauen und dem Flammenden all seine Brüder von diesem Gedanken befremdet waren.

Brüder, ihr müsst in die Zukunft denken! Wir erschaffen einen Ort von bizarrer Schönheit, einen Ort, wie es keinen zweiten in der Welt der Menschenkinder gibt. Und es wird der Platz sein, an dem ihre Götter gestorben sind. Ich möchte nicht, dass dort eine Wallfahrtsstätte entsteht, wo man der Märtyrer gedenkt. Ein Ort, aus dem sie neue Kraft schöpfen. Das Tal soll verflucht sein. Es soll gemieden werden. So werden auch ihre Götter schneller in Vergessenheit geraten. Der Goldene fühlte, wie nach diesen letzten Argumenten der Widerstand seiner Brüder zu bröckeln begann.

Und was tun wir, wenn die Devanthar nicht *dort sind?*, fragte Nachtatem. Allein er und der Frühlingsbringer waren jetzt noch gegen ihn.

Du weißt, Bruder, wenn alle Devanthar an einem Ort versammelt sind, dann werden wir sie spüren. Es gab keine Lücke in seinem Plan. Der Goldene hatte tagelang darüber gebrütet, jede Möglichkeit abgewogen. *Sollten die Devanthar nicht in Selinunt sein, dann werden wir den Drachenpfad sofort wieder schließen. Wir wollen ja nicht, dass sie vor der Zeit von unserer neuen Waffe erfahren.*

Aber du weißt, wie vage dieses Gefühl ist, Bruder!, entgegnete Nachtatem scharf. *Vor allem, wenn der Abgrund zwischen den Welten uns trennt. Sie können irgendwo im Umkreis vieler Meilen sein. So weit wird dein alles vernichtender Flammenstrahl doch wohl kaum seine Zerstörungskraft entfalten.*

Sie müssen schon im Umkreis von hundert Schritt sein, räumte der Goldene ein. *Sonst wird der Flammenstrahl sie vermutlich nicht töten. Wir werden einen Drachenelfen schicken müssen, der für uns das Ziel markiert oder uns ein Zeichen zum Abbruch gibt, sollten die Devanthar nicht gekommen sein.*

Ich nehme an, auch das ist schon wohldurchdacht. In den Gedanken Nachtatems war sein Unwille deutlich zu spüren. Seine anderen Brüder hingegen lauschten einfach nur. Er hatte sie fast gewonnen.

Nicht allein durchdacht. *Ich habe einen Umhang mit Zaubern durchwoben. Unser Drachenelf soll ihn an den Ort bringen, an dem sich Unsterbliche und Devanthar versammeln werden. Es genügt, wenn er diesem auf hundert Schritt nahe kommt. Liegt die rote Wollseite oben, dann bedeutet es, dass unsere Feinde dort sind. Sehen wir das himmelblaue Innenfutter, greifen wir nicht an. Mein Zauber bewirkt, dass sich der Drachenpfad genau über dem Umhang öffnen wird.*

Dein auserwählter Elf wird dann wohl auch in den Flammen sterben, bemerkte der Smaragdfarbene.

Gehen wir dieses Risiko nicht bei jeder Mission ein, auf die wir unsere Mörder schicken?, fragte der Goldene befremdet. Warum sollten sie sich Gedanken über das Schicksal eines einzelnen Elfen machen? Dies war doch der Zweck, wozu sie die Drachenelfen erschaffen hatten. Sie sollten in ihren Diensten morden und sterben.

Und welchen unserer Krieger hast du zum Tode auserkoren?, fragte der Rote.

Der Goldene spürte die Unruhe seiner Brüder. Niemand wollte einen Drachenelfen für eine Mission opfern, bei der es nicht die geringste Hoffnung gab zu überleben.

Ich hatte an Gonvalon gedacht. Er hat mich verraten. Er ist der erste Drachenelf, der sich gegen seine Himmelsschlange gerichtet hat. Er verdient den Tod. Sein Beispiel darf nicht Schule machen. Jetzt spürte der Goldene allgemeine Zustimmung. Wie berechenbar seine Brüder doch waren. Nur Nachtatem musterte ihn voller Argwohn.

Gonvalon ist kein Drachenelf mehr, wandte der Erstgeschlüpfte ein. *Er muss nicht gehen, wenn wir ihn schicken. Er hat sich schon einmal gegen dich gewandt, Bruder, und ich stimme dir zu, dies verdient harte Bestrafung. Aber warum sollte er sich fügen, wo du doch nicht mehr sein Meister bist?*

Deshalb beauftragen wir Nandalee. Er folgt ihr wie ein braves Hündchen. Er wird überallhin gehen, wohin sie geht. Und du weißt sehr genau, Bruder, dass sie das eigentliche Gift unter den Drachenelfen ist. Sie hat den Willen zur Rebellion in Gonvalon geweckt. Durch Bidayn und Lyvianne weiß ich, dass sie unsere Befehle in Frage stellt und …

Und doch hat sie bisher jeden unserer Befehle ausgeführt, unterbrach ihn Nachtatem.

Willst du abwarten, bis sie erneut andere verführt, sich gegen uns zu wenden?, wandte der Goldene ruhig ein, denn er wusste, dass alle anderen Drachen hinter ihm standen. *Wir haben mit ihr eine Natter an unserem Busen genährt. Die Silberschale hat mir offenbart, dass der Tag kommen wird, an dem sie auf deinen Tod sinnt, Bruder. Und mit Todbringer hast du sie ein Schwert wählen lassen, das selbst uns gefährlich werden kann.*

Nachtatem hatte jede Beherrschung verloren. Er fletschte die Zähne. *Du weißt, dass die Silberschale nur die dunklen Seiten der Zukunft zeigt. Wir dürfen den Bildern, die wir in ihr sehen, nicht vertrauen.*

Der Goldene spürte, wie sich seine Brüder endgültig von Nachtatem abwandten. *Es liegt an uns, dafür zu sorgen, dass diese dunkle Zukunft niemals eintrifft. In diesem Fall ist es wirklich einfach. Schicken wir*

Gonvalon und Nandalee als unsere Todesboten, und vernichten wir die Devanthar.

Alle stimmten für seinen Vorschlag. Nur Nachtatem nicht.

Im Schatten der Stierköpfe

Talawain richtete sich aus dem tiefen Stand des Schwertkämpfers auf, verneigte sich vor dem fiktiven Partner der Übung und schob die Klinge mit fließender Geste in die Scheide. Ihm war sehr wohl bewusst, wie lächerlich seine Kampfeskünste im Vergleich zu denen der Drachenelfen waren, aber dass er für die Menschenkinder immer noch ein schrecklicher Gegner war, hatte sich in der Schlacht bei Kush gezeigt. Für seine Pläne wäre es besser, wenn er ohne Blutvergießen zu Shaya vordringen konnte. Aber er wollte auf alles vorbereitet sein.

Er strich über den Knauf der Klinge. Es war eine erstklassige Waffe. Das Abschiedsgeschenk seines Vaters. Er straffte sich und blickte nach Norden zu den Stierköpfen. Ein seltsamer Name für die hohe Gebirgskette, die den Osten Luwiens von den weiten Grassteppen Ischkuzas trennte. Er war weit von hier durch einen Albenstern gegangen und lange über einsame Ebenen gewandert, ganz darauf bedacht, wo immer möglich, den Menschenkindern aus dem Weg zu gehen.

Rowayns Karte hatte ihm geholfen, seinen Weg zu finden. Talawain hatte sie so lange studiert, bis er ihr Bild in Gedanken erstehen lassen konnte, mit all den unzähligen Details, die sein Freund aufgezeichnet hatte. Rowayn musste viel gereist sein. Davon hatte er nie erzählt.

Vor drei Tagen war Talawain auf eine verlassene Schäferhütte gestoßen und hatte dort Quartier bezogen. Es war mühselig gewesen, durch den hohen Schnee zu wandern. Dabei hatte er noch nicht einmal die Vorgebirge der Stierköpfe überwunden. Sein

Blick wanderte langsam von Gipfel zu Gipfel der gezackten Gebirgskette und blieb an einem Berg haften, der mit seinen fast senkrechten Flanken entfernt an einen Turm erinnerte. In seinem Schatten befand sich das Tal, in dem das Haus des Himmels errichtet worden war. Inmitten der Einsamkeit, fast unerreichbar.

Es würde ein harter Marsch dort hinauf werden. Talawain lächelte. Die Jahre im Palast hatten ihn weich gemacht. Er würde die Einsamkeit nutzen, seinen Leib zu stählen und seine Seele auf das vorzubereiten, was ihn dort oben in den Bergen erwartete. Ihm blieb noch reichlich Zeit.

Manchmal dachte er an den Ersten Schreiber. Der Priester hatte ihm eine große, fein gegerbte Tierhaut gebracht, um wie vereinbart das Götterbild darauf zu malen. Doch stattdessen hatte Talawain die Karte Rowayns darauf kopiert und war aus Isatami geflohen. Den Tunnel zu Rowayns Haus hatte er sorgfältig wieder mit Erde verfüllt und in der Nacht seiner Flucht in seinem eigenen Laden Feuer gelegt, um alle Spuren zu verwischen. Ob der Erste Schreiber Ärger bekommen hatte, weil er dem fremden Maler vertraut hatte? Ein Pergament dieser Größe und Qualität war sicherlich sein Gewicht in Gold wert. Aber der Tempel war reich. Sicherlich saß der übergewichtige Erste Schreiber jetzt in einem Gästehaus in Selinunt und hatte irgendein anderes Geschenk gefunden.

Das Opferfest war nicht mehr fern. In sechs Tagen schon fand die Versammlung der Unsterblichen und der Götter statt. Talawain schob den Gedanken weit von sich. Dies war nicht mehr sein Kampf. Erinnerungen an Aarons Palast in Akšu stiegen in ihm auf. An das schöne Haus mit dem kleinen Garten, wo er so lange gelebt hatte. Ob der Kirschbaum dort schon blühte? In den fruchtbaren Ebenen Arams war das Klima viel milder. Sicher hatte dort schon der Frühling begonnen. Doch hier in den Bergen würde der Winter seine Herrschaft noch lange nicht aufgeben. Erst gestern hatte es stundenlang geschneit.

Bis dort oben im Tal, nahe dem Felsturm, der Frühling einzog und die Kirschblüte begann, würden noch Wochen vergehen. Ihm blieb noch viel Zeit, sich auf die Befreiung Shayas vorzubereiten.

Ein leichter Auftrag

Mit sicheren Schritten balancierte Nandalee über den federnden Birkenstamm, der über einen kleinen Gebirgsbach führte. Die Schneeschmelze hatte das Wasser so anschwellen lassen, dass die gurgelnden weißen Fluten fast bis unter den Stamm reichten.

Mit einem Sprung landete sie sicher am anderen Ufer. Sie blickte zu Gonvalon zurück, der mit ebensolcher Leichtigkeit wie sie den Stamm überquerte. Die fast sechs Monde, die sie mit ihm in den Bergen des Jadegartens verbracht hatte, hatten sie ihre Vorurteile über Palastelfen vergessen lassen. Zumindest was ihn anging. Fast jeden Tag hatte er sie aufs Neue überrascht. Er vermochte mit bescheidensten Mitteln in der Wildnis köstliche Mahlzeiten zu zaubern, wusste, welche Wurzeln und Kräuter schmackhaft waren und wo er sie in den Bergen finden konnte. Er war zäh und ausdauernd, so wie sie. Nur als Jägerin war sie ihm voraus, obwohl auch er ein fast schon beängstigendes Talent besaß, sich lautlos anzuschleichen.

Vor allem aber war er ein aufmerksamer Gefährte. Sie war sprachlos gewesen, wie gut er sie kannte, wie er über ihre Marotten mit einem Lächeln hinwegging und nicht müde wurde, ganze Nächte mit ihr am Lagerfeuer zu reden. Er hatte so vieles gesehen. Steckte so voller Geschichten. Deutlich hatte sie spüren können, wie gut es ihm getan hatte, über seine Zeit als Drachenelf zu sprechen. Sich die dunklen Taten von der Seele zu reden. Sie hatte nie über ihn geurteilt, sondern einfach nur zugehört. Nur eines hatte ihr manchmal einen Stich versetzt. Er war ein zu guter Liebhaber. Wenn sie beieinanderlagen, hatten sie es genossen, doch wenn sie danach manchmal schlaflos zu den Sternen blickte, hatte sie sich immer wieder gefragt, wie viele Frauen es wohl vor ihr gegeben hatte. Darüber schwieg er sich aus oder entgegnete nonchalant, dass sie die Eine sei, die seine verzweifelte Suche nach der vollkommenen Liebe zu einem glücklichen Ende gebracht hatte.

Gonvalon hatte sicher den Wildbach überquert und lächelte sie herausfordernd an. »Du dachtest, ich nehme ein unfreiwilliges Bad und du hättest einen großen Auftritt als meine Retterin.« Er kannte sie so gut!

Gemeinsam setzten sie ihren Weg fort. Nandalee genoss die kühle, klare Luft der Berge. Sie war eine angenehme Abwechslung zur trockenen Hitze des Jadegartens und erinnerte sie an die Heimat ihrer Kindheit. Der dichte Fichtenhain links am Hang hätte auch in Carandamon stehen können. In den Schatten, dort, wo die Sonne nicht hinkam, lag noch ein wenig Schnee.

An ihrem ersten Tag hier in diesen Bergen hatte sie für Gonvalon ein kleines Schneehaus gebaut, wie sie es früher so oft während ihrer einsamen Jagdausflüge getan hatte. Sie waren hoch in den Bergen, mehr als siebzig Meilen von Selinunt entfernt, durch einen minderen Albenstern getreten, um keine Aufmerksamkeit zu erregen. Gonvalon hatte die Nacht im Schneehaus zähneklappernd und fast ohne Schlaf hinter sich gebracht. Dabei war es drinnen deutlich wärmer als am Berghang gewesen. Die Temperatur im Schneehaus hatte kaum unter dem Gefrierpunkt gelegen, und sie waren gut vor den eisigen Winden geschützt gewesen. In jener einen Nacht hatte er sich doch als Palastelf erwiesen. Nandalee musste bei der Erinnerung daran lächeln. Sie würde ihn noch lange damit aufziehen, wie verfroren er war.

Sie passierten einen aufgegebenen Lagerplatz. Ein einziger

Blick auf die Asche und Holzkohle, die zu einer schwarzen Fläche innerhalb eines kleinen Steinkreises geworden war, verriet Nandalee, dass dieses Lager schon vor dem Winter aufgegeben worden war. In den Bergen waren Holzfäller unterwegs gewesen. Doch anders als auf Nangog hatten sie sich besonnen verhalten und nur etwa ein Fünftel der Bäume geschlagen. Nirgends hatten sie in der Fläche gerodet, sondern immer nur einzelne Bäume gefällt. So blieb genug Wurzelwerk übrig, um die Erde zu halten, die sonst unweigerlich vom Regen und der Schneeschmelze davongespült wurde, bis nur noch Geröll oder blanker Fels blieben. Die Menschenkinder wussten also auch, wie man weise mit den Schätzen der Natur verfuhr.

»Dort oben vom Bergkamm aus müsste man Selinunt sehen können«, erklärte Gonvalon, kaum dass sie den Rand des Fichtenhains erreicht hatten. »Wollen wir wetten, dass der Palastelf schneller oben ist als du?«

»Vielleicht in fünfhundert Jahren, wenn ich vor der Zeit altere und am Stock gehe!« Sie blickte den Hang hinauf. Er war relativ steil. Das helle Frühlingsgras, noch feucht vom Morgentau, würde den Aufstieg nicht erleichtern. »Wenn ich gewinne, wirst du meine Decke, den kleinen Topf und meine Vorräte für die nächsten beiden Tage tragen.«

»Du weißt, dass wir Palastelfen ganz schlechte Packesel abgeben? Am Ende wirst du die Sachen zurückhaben wollen, damit ich dein Tempo beim Wandern mithalten kann.«

»Sehe ich nachsichtig aus?«, fragte sie grinsend. »Und im Übrigen musst du doch ein Esel sein, wenn du dich mit mir auf eine solche Wette einlässt.« Mit diesen Worten eilte sie los.

»Du betrügst!«, schimpfte er hinter ihr und beeilte sich, die Verfolgung aufzunehmen.

Am Ende gewann er das Rennen mit mehr als zehn Schritten Vorsprung. Es hatte ausgesehen, als würde er über das Gras fliegen, so leichtfüßig war er den Hang hinaufgeeilt. Mit einem Seufzer ließ Nandalee sich neben ihm nieder. Sie rasteten ein paar Schritt unterhalb des Hangs, damit ihre Silhouetten nicht vor dem hellen Morgenhimmel zu sehen waren.

Ihre Waden brannten, sie atmete keuchend. Heute war sie einfach nicht in Form. Schon nach dem Aufstehen war ihr übel gewesen. Vielleicht hatte sie irgendeines der Kräuter, mit denen sie das Abendessen verfeinert hatte, nicht vertragen.

»Der Esel hatte vorhin ganz vergessen zu fragen, was dein Wetteinsatz ist.«

»Such dir was aus«, murmelte sie, immer noch etwas außer Atem. Was war nur mit ihr los, dass ein kurzer Hanglauf sie so außer Puste brachte?

»Nach fünf Tagen, an denen es Kaninchenragout in allen kulinarischen Finessen gab – gar, halbgar, angebrannt, mit ein paar Fichtennadeln drin oder Kräutern, die keine Ziege fressen würde –, wäre ich froh, wenn es heute ein Abendmahl geben könnte, in dem ich kein Kaninchenohr finde«, sagte Gonvalon und betrachtete sie amüsiert.

»Was ist an Kaninchenohren auszusetzen?«

»Ich fürchte, man muss ein Palastelf sein, um das zu verstehen.« Er küsste sie auf die Stirn. »Es muss doch etwas anderes geben, das meine große Jägerin schießen kann.«

Er hatte leicht reden, dachte sie. Er ging ja nicht auf die Jagd. Was das Wild in den Bergen anging, hatten sich die Menschenkinder eindeutig nicht so klug wie mit den Bäumen verhalten. Sie hatte ja nach Fährten gesucht. Aber es gab keine Ziegen oder Steinböcke, keine Wölfe oder Bären. Nichts, was größer war als ein Kaninchen, hatte überlebt. Und selbst die waren schwer aufzuspüren. »Essen Palastelfen Eichhörnchen?«

»Alles ohne Hasenohren ist willkommen«, entgegnete er gut gelaunt.

Sie erwog, einen Hasen zu erlegen und einfach die Ohren zurückzulassen, wenn sie ihn ausweidete. Nandalee war sich ziemlich sicher, dass er den Unterschied nicht bemerken würde, wenn sie das kleingeschnittene Fleisch garte.

»Komm, sehen wir uns die Stadt an.« Gonvalon robbte das letzte Stück den Hang hinauf.

Sie wollte ihm folgen, als ein Krampf sie zusammenzucken ließ. Ein Gefühl, als kralle sich etwas tief in ihr fest. Sie presste sich beide Hände auf den Leib, atmete flach und kämpfte gegen den Schmerz an, als er genauso plötzlich verschwand, wie er gekommen war.

Nandalee war in kalten Schweiß gebadet. *Was war das?*

»Ist alles in Ordnung?« Gonvalon lief geduckt zu ihr zurück. »Was ist los?«

»Wadenkrampf«, stieß sie hervor. »Geht schon wieder.«

Er kniete neben ihr nieder. »Welches Bein?«

»Links.«

Er streckte geübt die Muskeln und massierte dann ihre Wade. »Besser?«

Sie nickte und fühlte sich schlecht, ihn angelogen zu haben. Er würde das niemals tun.

»Komm, es ist wirklich schön.« Er stützte sie, und gemeinsam stiegen sie das letzte Stück hinauf und gingen in Deckung, sodass sie für etwaige Beobachter unten im Tal unsichtbar blieben.

Der Anblick war atemberaubend. Selinunt hatte sich wahrlich den Namen »Weiße Stadt« verdient. Alle Gebäude waren aus Marmor errichtet: Paläste, Tempel, Wohnhäuser, das Aquädukt, einfach alles. Strahlend wie frisch gefallener Schnee lag die Stadt im Tal. Es gab keine einfachen, schmucklosen Häuser, nur Prachtbauten. Dazwischen wanden sich wie große, schwarze Schlangen die Straßen, die im Sonnenlicht spiegelten, als seien die großen Granitplatten, aus denen sie gefügt waren, poliert worden. Eine Straße jedoch, die vom Eingang des weiten Tales pfeilgerade ins Herz der Stadt führte, unterschied sich von allen anderen. Sie war wie die Mauern der Paläste aus weißem Marmor erbaut. Gewiss war dieser Weg allein den Herrschern vorbehalten.

Wohin Nandalees Blick auch schweifte, alles, was sie sah, war von vollendeter Form. Selbst die weniger aufwendig gestalteten Dächer, die statt mit Marmor mit Schindeln in einem warmen Orangerot gedeckt waren, prunkten an ihren Giebeln mit Goldbeschlägen. Und nicht nur da sah die Elfe Gold. Auf einigen Plätzen und bei den Brunnen, die das Aquädukt speiste, erhoben sich überlebensgroße Statuen aus dem edlen Metall, die den Herrscher, Kriegsszenen, aber auch Meerestiere und Nymphen zeigten.

»Wirklich schön für Menschenwerk«, gestand sie. »Wahrscheinlich werden sie uns verbieten, mit unseren schmutzigen Stiefeln die Stadt zu betreten.«

»Als Jäger fallen wir sicher nicht auf.« Gonvalon deutete auf lange Reihen von Zelten, die im Westen der Stadt aufgeschlagen worden waren. Dahinter lagen Koppeln, auf denen Vieh stand. »Dort werden sie morgen das Essen bereiten.«

Nandalee überlegte, auf welchem Weg sie am besten in die Stadt gelangen konnten. Überall patrouillierten Wachen in Bronzerüstungen mit weißen Federbüschen auf den Helmen und langen, weißen Umhängen. Abgerissene Gestalten, wie sie beide, waren auf dem Opferfest morgen sicher nicht erwünscht.

»Mit dem hübschen Umhang, den Nachtatem mir geschenkt hat, werde ich ganz sicher durchgelassen«, sagte Gonvalon mit seltsam tonloser Stimme.

»Für einen Dieb werden sie dich halten, so wie du aussiehst. Ich verstehe nicht, warum er ihn dir mitgegeben hat. Wir tragen diese schäbigen Kleider, und dann hast du einen Umhang im Gepäck, der unter Menschenkindern eines Prinzen würdig wäre. Das ergibt keinen Sinn. Am besten wirfst du ihn einfach weg.«

»Das würde ich wirklich gerne.« Er wirkte bedrückt. »Aber die Geschenke von Himmelsschlangen zu missachten ist keine gute Idee. Zumal dann, wenn man ohnehin nicht hoch in ihrer Gunst steht.«

Nandalee entschied, auf diesem Thema nicht länger herumzureiten. In seinem Gepäck war der Umhang ja sicher verborgen. Es würde schon keinen Ärger geben. »Steigen wir hinab und sehen uns die Stadt aus der Nähe an?« Sie wies hinter ihnen den Hang hinab. »Ich glaube, dort unten liegt der Weg, den die Jäger und Holzfäller im letzten Jahr benutzt haben.« Sie blickte zurück über die friedliche Berglandschaft, die hinter ihnen lag. Keine Stadt, die je gebaut würde, könnte mit der Schönheit der Wildnis konkurrieren. Nandalee war froh, dass Nachtatem ihnen eine so leichte Mission übertragen hatte und Gonvalon sie begleiten durfte, obwohl er kein Drachenelf mehr war. Endlich hatte sie eine Aufgabe, bei der es nicht um Tod und Vernichtung ging.

Sie robbte den Hang zurück und richtete sich auf. Gonvalon folgte ihr. Plötzlich zog er sie an sich und küsste sie. »Ich liebe dich!«, sagte er, als er sich atemlos von ihr löste. Er hatte mit solcher Leidenschaft gesprochen, dass es sich unter anderen Umständen wie ein verzweifelter Abschied angehört hätte.

Shayas Vermächtnis

Schon als sie eintrat, sah Shaya der Mutter der Mütter an, dass ihr etwas auf dem Herzen lag. Der Titel der Hohepriesterin im Haus des Himmels wollte nicht so recht zu der jungen Priesterin passen, die vor ihr stand. Kara vermied es, ihr in die Augen zu sehen.

»Es ist eine Nachricht vom Unsterblichen Labarna gekommen«, sagte sie leise. »Es geht um …« Sie trat einen Schritt von Shaya zurück. »Es geht um deine Ermordung.«

Trotz des Themas musste Shaya lächeln. »Meine *Ermordung*? Ich glaube, dir fehlt die innere Einstellung, dieses Kloster zu führen. Ich opfere mich dem Land. Das ist …« Jetzt versagte auch ihr die Stimme. Sie hatte sich in ihr Schicksal gefügt und akzeptiert, dass es für sie keinen Ausweg gab. Ganz offen darüber zu reden war allerdings eine andere Sache.

Sie zog an der langen, goldenen Kette, die verhinderte, dass sie ihr Zimmer verlassen konnte, und ließ die schweren Glieder durch ihre Hände gleiten. Das kühle, glatte Metall zu spüren hatte etwas Beruhigendes.

»Es ist meine Schuld«, sagte die junge, pausbäckige Frau. »Ich habe die Briefe dieses Tempelschreibers aus Isatami nicht ernst genommen. Immer ereiferte er sich darüber, wie unbedacht der Zeitpunkt für das Ritual deiner Opferung gewählt sei. Ich hätte nie gedacht, dass er etwas bewirken könnte! Labarna ist sehr auf Traditionen bedacht. Er ändert nicht einfach ein althergebrachtes Ritual.«

Shaya verstand nicht. »Wovon redest du?«

»Deine Opferung. Dein Tag wäre gekommen gewesen, wenn der Kirschbaum in unserem Garten blüht. So war es immer, wenn eine Prinzessin in der Himmlischen Hochzeit kein Kind empfangen hat. Aber dieser Priester fand, dass sei viel zu spät für ein Fruchtbarkeitsritual, da fast im ganzen Königreich die Zeit der Blüte schon vorüber ist, wenn sie bei uns beginnt. Ich habe ihn ignoriert und auf die Tontafeln, die er schickte, nicht geantwortet …« Kara versagte die Stimme. Jetzt rannen ihr Tränen über die Wangen.

»Was ist denn geschehen?«

»Dieser Tempelschreiber muss sich an Labarna gewandt haben. Vor einer Stunde überbrachte mir ein Bote einen Befehl des Unsterblichen. Von diesem Jahr an und für alle Zukunft werden wir uns nicht mehr nach der Blüte unseres Baums richten. Ich habe Befehl, dich zur Mittagsstunde am Tag des Opferfestes deinem Schicksal zu übergeben. Er hat Krieger mit dem Boten geschickt, die sicherstellen sollen, dass sein Befehl ausgeführt wird.«

Shaya trat ans Fenster, öffnete es und blickte über die weiten Klostergärten. Es war ein kalter Morgen. Raureif hatte sich in den

Hecken eingenistet, und noch immer war nicht aller Schnee geschmolzen. Deutlich sah Shaya den großen Kirschbaum. Es würde noch Wochen dauern, bis er Blüten trug. »Wann ist das Opferfest?«

Die Mutter der Mütter antwortete so leise, dass Shaya sie nicht verstand.

»Wann?«

»Morgen.« Das Wort war nur gehaucht, und doch traf es Shaya wie Donnerschlag.

Morgen! Sie dachte, sie sei auf den Tod vorbereitet, doch dass ihr von der kurzen Lebensspanne, die ihr noch verblieb, nun Wochen gestohlen wurden, erfüllte sie mit brennendem Zorn. Und zugleich raubte es ihr alle Kraft.

»Morgen«, sagte sie laut, als könne sie dem Wort etwas von seinem Grauen nehmen, wenn sie es nur aussprach. Seit ihr Vater sie an den Wandernden Hof zurückgerufen hatte, um sie zu vermählen, war ihr Leben von bitterster Ungerechtigkeit erfüllt gewesen. Dieser letzte Schlag fügte sich in die lange Reihe der Grausamkeiten, die das Schicksal ihr beschert hatte. Sie drückte ihren Rücken durch, stand gerade und kämpfte gegen den Kloß an, der in ihrem Hals saß. Sie war eine Kriegerin, das war das Einzige, was sie ihr nicht stehlen konnten. Sie würde nicht weinen und nicht länger hadern. Sie würde sich ihrem Schicksal stellen.

»Lass feuchte Tontafeln holen, Kara.«

»Du willst weiterarbeiten? An deinem letzten Tag?«

»Wir werden das Buch nicht vollenden können, aber zumindest werde ich dir noch alle wichtigen Dinge über die Allwurzel erklären können. Er ist eine besonders heilkräftige Wurzel. Wenigstens dieses Kapitel muss noch vollendet sein. Und da ist noch etwas. Ich möchte, dass mein Name nicht mit diesem Buch in Verbindung gebracht wird.«

»Das geht nicht.« Kara wirkte verstört. »Es ist doch fast ausschließlich dein Wissen, das darin …«

»Nein«, unterbrach Shaya sie. »Ich habe es mir nicht erarbeitet so wie du deine Kenntnisse über Kräuter und über die Heilkunde. Es war ein Geschenk. Und deshalb ist es nun mein Geschenk an dich. Außerdem solltest du pragmatisch denken. Welchen Wert hätte ein Buch dieser Art, das unter dem Griffel einer Barbarenprinzessin entstand? Die Priesterschaft würde es belächeln. Nach ein paar Jahren schon würde es völlig in Vergessenheit geraten. Niemand würde es kopieren und weiterverbreiten. Kommt dieses Buch aber von der Mutter der Mütter im Haus des Himmels, dann ist es ein heiliges Buch voller gesegneter Weisheit.« Shaya lachte leise, fast fröhlich. »Lass uns den engstirnigen Priestern und Heilern einen Streich spielen. Lass sie das Vermächtnis einer Prinzessin aus Ischkuza studieren.«

Kara sah sie skeptisch an. Shaya wusste, dass sie viel zu ehrlich für jeglichen Betrug war, also fuhr sie rasch fort: »Etwas nicht zu sagen ist keine Lüge, meine Freundin. Und bedenke auch, du warst es, die alles niedergeschrieben hat. Es ist also tatsächlich dein Buch. Vor allem aber ist es mein letzter Wunsch, dass du so verfährst. Du wirst einer Todgeweihten doch nicht ihre letzte Bitte abschlagen?«

Die Augen der Priesterin füllten sich mit Tränen. Endlich nickte sie. »Ich hole die Tafeln«, sagte sie leise und verließ das Zimmer.

Shaya trat wieder an ihr Fenster. Sie mochte den Blick über das weite Tal. Er hatte ihr in den letzten Wochen Frieden gegeben. Tief atmete sie die schneidend kalte Luft des weichenden Winters ein. Sie betrachtete den steilen Berg, der wie ein riesiger Turm das Tal überragte. Der Wind ließ Schneewirbel um seinen Gipfel tanzen. Sie dachte an Shen Yi Miao Shou, den Heiler vom Seidenfluss, den ihr Vater vor fast einem Jahr an den Wandernden Hof berufen hatte, um ihre Jungfräulichkeit wiederherzustellen. In der Nacht seines Todes hatte er ihr sein Wissen über die Heilkunde geschenkt. Es war eine magische Nacht gewesen, und bis heute vermochte sie sich nicht zu erklären, wie genau dies vonstattengegangen war. Sie wollte es auch gar nicht genau wissen, denn jedes aufgedeckte Geheimnis entzauberte die Welt ein wenig mehr.

Karas Schritte erklangen auf dem Flur. Sie trug ein Brett herein, auf dem mehrere feuchte Tontafeln lagen, und stellte es auf dem Tisch in der Mitte des Zimmers ab.

»Bist du bereit?«

Die Mutter der Mütter zog einen der beiden schön geschnitzten Elfenbeingriffel aus dem Etui an ihrem Gürtel. »Lass uns dein Vermächtnis vollenden.«

Ihre Feierlichkeit rührte Shaya. Sie konnte sie nicht ansehen, oder sie würde von der Traurigkeit angesteckt werden, gegen die die Priesterin, die zu ihrer Freundin geworden war, nicht einmal anzukämpfen versuchte.

Shaya wandte sich ab, blickte zu dem fernen, windumtosten Gipfel und begann, leise zu sprechen. »Die Allwurzel ist von Magie durchdrungen und von großer Heilkraft. Sie ähnelt in ihrer Gestalt dem Leib eines Menschen. Ihr Blattwerk ist unscheinbar. Sie gedeiht nur an schattigen Orten im Wald. Man benötigt Tageslicht, um sie zu finden, doch die beste Zeit, sie zu ernten, ist eine mondhelle Nacht. Wer bei Tage eine Allwurzel entdeckt, der soll eine rote Schnur um sie schlingen. Die Schnur bannt ihre Magie. Tut man dies nicht, so wird sich die Wurzel davonschleichen und in der Erntenacht nicht mehr zu finden sein.«

Sie wünschte, sie wäre eine Allwurzel, dachte Shaya, und dass sie sich einfach davonschleichen könnte. Ihre Hände schlossen sich fest um das Fenstersims. Sie kämpfte gegen den süßen Schmerz in ihrer Brust an. Was für kindische Gedanken, schalt sie sich stumm. Dann fuhr sie fort, ruhig über die Allwurzel zu sprechen, die richtig angewandt so viele Krankheiten zu besiegen vermochte.

Ein Becher voll Wein

Iwar mochte die verdammten Berge nicht. Und er mochte es nicht, den Abgrund zwischen den Welten zu überschreiten. Er war der Unsterbliche von Drusna, und nun war er ausgerechnet in Valesia, dem Land, dessen Herrscher ihm den letzten Stolz genommen hatte. Alle hier wussten das! Wenn es möglich wäre, würde er überhaupt nicht vor sein Zelt treten und sich ihren hämischen Blicken ausliefern.

Wann immer er zurückdachte, konnte er nicht klar benennen, wann sein Unglück angefangen hatte. Hatte er sich zum Krieg verleiten lassen? Immer schon hatte es Streitigkeiten an der Grenze zwischen Drusna und Valesia gegeben: Viehdiebstähle, kleinere Plünderzüge und Scharmützel. Es war Arcumenna, der die Regeln in diesem Spiel verändert hatte. Mehr und mehr Krieger waren in die Kämpfe hineingezogen worden, und Arcumenna siegte immer. Das hatte es vorher noch nicht gegeben. Zuletzt war Iwar keine Wahl geblieben, als einem Frieden zuzustimmen, bei dem ihr Reich noch schlimmer ausgeplündert wurde als während der Kriegszüge. Er hatte die Arbeiter ernährt, die diese verfluchte Weiße Stadt erbaut hatten, in der sie morgen feiern sollten. Er wollte nicht dort sein, und doch musste er. Der Große Bär, sein Devanthar, war sehr deutlich geworden, was das Fest anging.

Iwars Finger trommelten gegen das kleine Glasfläschchen, das Arcumenna ihm gerade erst gebracht hatte. Nun sollte er den beliebtesten Mann seines Königreiches vergiften, den Hauptmann seiner Leibwache, Volodi von Drei Eichen. Jeder einzelne Drusnier, ob jung oder alt, kannte Volodis Namen. Er war der Erste seit Jahren gewesen, der die Valesier besiegt hatte. Aber er war ja auch nicht gegen Arcumenna angetreten, dachte Iwar säuerlich. Volodis Siege zählten nicht! Verdammter, falscher Held. Er hatte genug davon, ihn jeden Tag um sich zu haben. Mit anzusehen, wie er für alle bei Hof eine Lichtgestalt war.

Iwar strich sich über den Wanst. Er war fett geworden, das

stimmte. Aber er wusste, wie man einen Bauch wieder klein schwitzte. Er musste raus in die Wälder, wenn das alles hier vorbei war. Einfacher leben. Jagen, mit den Leuten auf den Feldern sprechen. Er wusste, was seine Untertanen mochten. Aber zunächst musste Volodi verschwinden. Er hatte sich den Platz in ihren Herzen erobert, der nur ihm, dem Unsterblichen, zustand.

Iwar zog den Kork aus dem Fläschchen und leerte es in einen Weinkrug, der gerade noch voll genug war, um einen Pokal zu füllen. Neugierig schnupperte er an dem Wein. Es war ein guter, schwerer Wein von den Ägilen. Er roch fruchtig. Da war nichts Ungewöhnliches. Arcumenna hatte ihm erklärt, dass das Gift erst in ein paar Stunden wirken würde. Volodi würde ganz ruhig entschlummern, und diese verdammte Hexe aus Zapote sollte erdrosselt werden. Dann würde Arcumenna die beiden Leichen in der Nacht für immer verschwinden lassen.

Weil auch die Valesier Volodi loswerden wollten, würden sie nach seinem Tod nur noch halb so viele Abgaben einfordern. Iwar konnte das als Erfolg verkaufen. Seine Untertanen würden ihn wieder lieben, weil jeder etwas davon hatte, von einem Teil seiner Lasten befreit zu werden. Dann wären dieser verfluchte Volodi und seine Hexe bald vergessen.

Er schwenkte noch einmal den Krug. Arcumenna hatte gesagt, das Gift sei stark genug, um damit zwei Stiere zu töten. Das sollte genügen.

»Wache!«, rief er dröhnend. »Schaffe mir den Hauptmann her. Ich habe etwas mit ihm zu bereden.«

Iwar stellte den Krug auf den Tisch und daneben einen goldenen Pokal, wie er ihn selbst benutzte, und füllte ihn aus dem Krug. Das würde diesem Spatzenhirn Volodi gefallen, aus einem goldenen Becher zu trinken wie sein Unsterblicher. Dann nahm er seinen eigenen Weinpokal und stellte ihn ganz ans Ende des langen Tisches, der das Zelt beherrschte. Weit weg von dem Pokal mit dem Gift.

»Erhabener?« Volodi trat einfach in das Zelt. Jeder andere wartete draußen, bis er hineingerufen wurde. Wie er diesen Mistkerl hasste! Ihn den halben Winter am Königshof gehabt zu haben war eine Qual gewesen!

Eine eisige Bö fuhr durch das Zelt. Sie hätten diese Versammlung im Sommer einberufen sollen. Iwar ließ sich auf seinem großen, hölzernen Lehnstuhl nieder. Der Stuhl knarrte leicht unter seinem Gewicht. Früher hatte er das nicht getan.

»Herr?«

Das war ganz Volodis Art. Ihn zu bedrängen! Ihn, den Unsterblichen. »Sind die Zapote inzwischen eingetroffen?«

»Nein, Erhabener. Eben ist der Unsterbliche von den Schwimmenden Inseln mit seinem Gefolge angekommen. Die Zapote fehlen noch immer. Aber morgen werden sie gewiss da sein.«

»Was macht dich da so sicher, Volodi?«

»Es ist der Wunsch der Götter, dass wir uns hier versammeln, Erhabener. Niemand fordert die Götter heraus. Nicht einmal die verdammten Schlangenpriester.«

»Dein Weib stammt doch auch aus dieser Priesterbrut, nicht wahr?«

Volodis Gesicht verdüsterte sich. Sein Blick wurde hart. »Sie ist anders«, sagte er entschieden.

»Man hat mir zugetragen, sie ermordet gerne schwarze Hühner.«

»Schwarze Hähne sind es, Herr.«

Iwar schnalzte mit der Zunge. »Tja, die Weiber und ihre Marotten. Ohne sie wäre die Welt ein langweiliger, friedfertiger Ort.« Er griff nach seinem Weinpokal. Das schwere Gold fühlte sich angenehm kühl an. »Komm, trink mit mir, Volodi. Auf die Weiber.«

Er sah dem Hauptmann an, dass er keine Lust hatte, mit ihm zu zechen. Es aber nicht zu tun, wäre eine grobe Beleidigung.

»Auf die Weiber!« Volodi hob feierlich den Pokal und trank einen Schluck.

War das genug? Er sollte besser ganz sichergehen. Volodi war ein harter Kerl. Er durfte das hier auf keinen Fall überleben. »Du hast nie eine Schlacht verloren, nicht wahr? Kannst du Arcumenna besiegen?«

»Mit genügend Männern ganz sicher!«

Ekelhaft, dieses Selbstbewusstsein. »Würdest du für mich gegen Arcumenna ins Feld ziehen?«

»Nichts lieber als das, Erhabener«, sagte der Hauptmann voller Begeisterung. »Es ist an der Zeit, dass wir das valesische Joch abschütteln.«

»Im Sommer, Volodi. Im Sommer! Trinken wir darauf. Auf die Freiheit Drusnas!«

»Auf die Freiheit Drusnas!«, nahm Volodi den Trinkspruch begeistert auf. Und diesmal leerte er seinen Pokal bis zur Neige.

Gut, dachte Iwar. *Sehr gut!* »Ich möchte dich nicht weiter von deinen Pflichten abhalten, Hauptmann. Bitte berichte mir umgehend, wenn die Zapote eintreffen. Die möchte ich mir gerne ansehen.«

Der Hauptmann verneigte sich zackig und verließ das Zelt.

»Lebe wohl, Dummkopf«, sagte Iwar leise und brach in Gelächter aus. »Wieder einmal ist ein großer Mann dem Wein zum Opfer gefallen.« Er stellte sich vor, wie Volodi in dieser Nacht einfach in den Tod hineinschlafen würde. Was für ein jämmerliches Ende für einen großen Recken.

Die Gerechtigkeit des Unsterblichen

Aaron trat aus dem großen, roten Zelt und blickte über das prächtige Lager, das sich über eine Meile am Fluss entlang erstreckte. Hundert Boote waren am Ufer vertäut, und immer noch kamen neue hinzu. Vor einer Stunde erst war der Unsterbliche der Schwimmenden Inseln mit einer ganzen Flotte schillernder Katamarane eingetroffen. Ein jedes der doppelrümpfigen Boote wurde von zwei Tierköpfen auf den beiden Vordersteven überragt. Fischreiher, ein paar Haie, verschiedene Echsen, wie Aaron sie noch nie gesehen hatte. Kein Boot glich dem anderen.

Jetzt schlugen die Männer von den Inseln ihr Lager auf. Sie errichteten Hütten aus Schilfmatten, die sie mitgebracht hatten. Einige großgewachsene Krieger sahen zu ihm herüber. Sie schienen seine Blicke bemerkt zu haben. Ihre Gesichter waren tätowiert. Dunkelblaue Muster wanden sich auf haselnussbrauner Haut.

Aaron winkte ihnen zu. Sie sahen zum Fürchten aus. Bei der großen Parade morgen würden sie sicherlich einiges Aufsehen erregen.

»Unsterblicher, auf ein Wort!«

Aaron hätte die Stimme unter Hunderten erkannt, kraftvoll, aber ein wenig schrill. Es war die Stimme seines Gewissens, die ihn stets an all das erinnerte, was er vor sich herschob. Und sie gehörte Mataan. Mit einem Seufzer drehte sich Artax um. Mataan hatte sich den Winter über erholt. Dennoch war er nur noch ein Schatten seiner selbst. Aus dem stattlichen Krieger war ein hagerer Mann geworden. Er hatte graue Strähnen im Bart, die Augen waren tief in dunkle Höhlen eingesunken. Scharfe Falten zerfurchten seine Stirn.

»Wir müssen über einige Vorfälle im Lager sprechen. Ein Tölpel von Stallknecht hat die Pferde mit nassem Frühlingsklee gefüttert. Die Hälfte von ihnen hat nun Koliken. Du solltest sie sehen! Es ist ein Bild des Jammers. Sie werfen sich auf den Boden und winden sich vor Schmerzen, manche versuchen, sich in den Bauch zu treten. Wir werden auf viele der Streitwagen, die für die Parade morgen vorgesehen waren, verzichten müssen. Was soll mit dem Stallknecht geschehen? Er hat dem Ansehen Arams schweren Schaden zugefügt! Man sollte ihn in einen Sack einnähen und unten in den Fluss werfen.«

Artax seufzte. Er stimmte nur sehr selten einem Todesurteil zu. »Was ist mit den Stallmeistern? Trifft sie nicht auch ein Teil der

Schuld? Warum haben sie nicht besser achtgegeben, welches Futter die Pferde bekommen?«

»Sie haben auch Fehler gemacht«, räumte Mataan ein. »Welche Strafen siehst du vor?«

»Sind sie nicht schon genug damit gestraft, sich um die kranken Pferde kümmern zu müssen?«

Mataan rollte mit den Augen. »So geht das nicht! Fehler zu machen muss Konsequenzen haben, sonst gibt sich keiner mehr Mühe.«

»Aber ist es nicht besser, Erfolge zu belohnen, statt Fehler zu bestrafen.« Sie hatten schon oft über dieses Thema gestritten. Mataan hatte die Tendenz, eher zu bestrafen als zu belohnen. Vielleicht, weil er sich seit seiner schweren Verwundung selbst bestraft fühlte.

Ein Streitwagen, auf dessen Front ein großer, goldener Adler mit ausgebreiteten Schwingen prangte, näherte sich. Das musste Ansur von Valesia, ihr Gastgeber, sein. Artax hatte ihn darum gebeten, mit ihm in die Weiße Stadt zu fahren, um sich den Ort anzusehen, an dem sich morgen die Unsterblichen versammeln würden. Bislang hatte der Herrscher seine Gäste noch nicht in die neue Stadt gelassen und sich damit herausgeredet, dass noch letzte Arbeiten vollendet werden mussten.

Artax wusste, dass Langarm, der Götterschmied, gekommen war, um selbst den Saal vorzubereiten, in dem sich die Unsterblichen versammeln würden. Artax wollte wissen, was ihn erwartete. Von Geheimniskrämerei hielt er nicht viel.

Er wandte sich noch einmal Mataan zu. »Der Stallbursche bekommt zehn Rutenschläge auf die Fußsohlen und jeder der Stallmeister fünf, weil sie ihrer Aufsichtspflicht nicht nachgekommen sind. Sollte sich dieser Fehler wiederholen, wird einer von ihnen in die Löwengrube im Palast von Akšu geworfen.« Er meinte das nicht ganz ernst. Seit er Herrscher war, hatte es keine Hinrichtungen dieser Art mehr gegeben. Nur einen Unglücksfall – als die

Haremsdame Aya Selbstmord beging, indem sie in die Löwengrube sprang. Die Erinnerung an ihren Tod stimmte Artax traurig. Aya war eine der drei Haremsdamen gewesen, die in seiner ersten Nacht als Unsterblicher bei ihm geweilt hatten. Wahrscheinlich hatte sie gehofft, danach zu einer seiner Favoritinnen aufzusteigen. Doch er hatte sie zurückgewiesen und fühlte sich seither an ihrem Tod mitschuldig.

»Ihr seid zu milde, Erhabener«, murmelte Mataan ärgerlich. »Ohne Strafen löst sich jede Ordnung auf. Ihr werdet es sehen.«

»Ich werde über deine Vorwürfe nachdenken, Mataan. Lass nun bitte die Strafen vollstrecken, über die wir beraten haben.« Artax winkte nach dem Streitwagen, den er hatte anschirren lassen, und stieg auf.

Soweit er wusste, erwartete ihn eine enge Straße, die aus einer Steilwand herausgeschlagen worden war. Er nahm die kurze Peitsche, die seitlich des Wagens im Pfeilköcher steckte, und ließ sie über die Köpfe der beiden Schimmel knallen. Ruckend setzte sich der Streitwagen in Bewegung. Er war froh, ein paar Stunden dem Lager am Fluss zu entkommen. Noch waren die Herrscher der sieben Großreiche weit davon entfernt, Gemeinsamkeiten zu schaffen. Vielmehr war das Zeltlager ein Ort, an dem Intrigen und Verrat besser gediehen als neue Freundschaften.

Die Liebe des letzten Tages

Gonvalon musste sich beherrschen, sie nicht immerzu anzusehen. Sie war so schön, selbst in diesen abgerissenen Kleidern. Ihre Art, sich zu bewegen, ihre katzenhafte Anmut, das leichte, fast spöttische Lächeln, das immer um ihre Lippen spielte. Er kannte sie so gut. Einen Herzschlag, bevor sie es tat, wusste er, dass sie den Kopf in den Nacken werfen würde, um ihre widerspenstigen Haare aus dem Gesicht zu bekommen. Sie sollte sie flechten, ein

Stirnband tragen oder sie vielleicht auch abschneiden. Sie tat nichts von alledem. Sie liebte ihr langes Haar, in dem der Wind spielte. Und sie ließ sich von nichts und niemandem in ihrem Leben Fesseln auferlegen. Das galt auch für ihre Haare.

»Warum siehst du mich so an?«

Er wusste, dass keine Ausrede gelten würde. Trotzdem deutete er an ihr vorbei auf einen großen, von Säulen getragenen Bau. »Sieht interessant aus, nicht wahr? Was das wohl sein mag? Noch ein Tempel?«

»Du schaust gar nicht dorthin. Du siehst mich an.«

Er lächelte ganz offen, entschlossen, den Augenblick zu genießen. »Ja«, gestand er. »Im Grunde interessieren mich all diese Paläste und Tempel nicht. Das einzig wirklich Schöne hier bist du. Ich könnte dich immerzu ansehen, bis ans Ende meiner Tage.«

»Ich merke mir das!« Der Schalk funkelte in ihren Augen. »In einem Jahrhundert oder zwei werde ich dich noch einmal darauf ansprechen. Du solltest schon mal anfangen, dir zu überlegen, was du dann sagst.«

»Das muss ich nicht«, entgegnete er und hätte sich am liebsten auf die Lippen gebissen. Was redete er da! Sie durfte nichts merken! Seit der Dunkle ihn drei Tage vor ihrer Abreise zu sich bestellt hatte, um ihm zu sagen, was geschehen würde, verstellte er sich. Gonvalon gab sich so unbeschwert, wie er konnte, versuchte jeden Augenblick zu genießen und wusste doch, dass bald schon das letzte Sandkorn durch die Enge des Stundenglases fallen würde. »Ich muss nicht darüber nachdenken, weil ich es weiß. Ich habe nicht den geringsten Zweifel, dass meine Liebe dir unverbrüchlich bis zum Ende meiner Tage gehören wird.«

Gonvalon spürte, dass sie etwas zu merken begann. Ihr Blick änderte sich, wurde fragender.

»Du machst dir Sorgen wegen dem, was wir sind, Gonvalon? Weil es unser Geschäft ist, mit dem Tod zu tanzen? Du glaubst nicht, dass wir beide in zweihundert Jahren noch leben werden.«

»Ich lebe jeden Tag mit dir, als sei es mein letzter.« Er blickte zum Himmel hinauf. Sie hatten lange gebraucht, um in das Tal hinabzusteigen. Die Mittagsstunde war längst vorüber. Morgen um diese Zeit … Er schob den Gedanken von sich.

Nandalee sah ihn betroffen an. »Warum so düster?«

»Aber das bin ich doch gar nicht. Du bist nur gerade meinem geheimen Rezept auf die Spur gekommen, wie ich der Liebe Unsterblichkeit verleihe. Sie kennt kein Morgen. Lebt von Augenblick zu Augenblick. Ist sich in sich selbst genug und trägt weder die Bürden der Vergangenheit noch der Zukunft. Es ist die Liebe des letzten Tages. Sie ist von so besonderer Süße, wie die letzten Trauben, die im Jahr geerntet werden.«

Nandalee schüttelte den Kopf. »Und von besonderer Melancholie. So kann Liebe nicht leben. Du wirst damit aufhören! Verstanden? Ab morgen gelten andere Regeln!«

Gonvalon legte feierlich die Hand aufs Herz. »Versprochen, meine Schöne.« Er war erleichtert, dass die Lügen endlich ein Ende haben würden.

Ein Horn erklang hinter ihnen. Reiter preschten die breite Prachtstraße entlang und vertrieben die wenigen Schaulustigen. Gonvalon zog Nandalee zur Seite. »Lass uns gehen«, flüsterte er. Doch Nandalee schüttelte den Kopf. Manchmal war sie zu neugierig! Es wäre klüger gewesen, erst nach der Dämmerung zu kommen, wenn selbst das Weiße Selinunt in Schatten versank und sie weniger Aufsehen erregt hätten. Aber er hatte Nandalees Drängen nicht widerstehen können. Welche Gefahr lauerte hier schon? Doch allenfalls die, als zu schlecht gekleideter Pöbel aus der Stadt geworfen zu werden.

Es war schwer gewesen, sich hier einzuschleichen, doch einmal in der Stadt, beachtete sie niemand mehr. Überall wurden allerletzte Arbeiten ausgeführt, Blumengirlanden aufgehängt oder kleinere Reparaturen durchgeführt. Keiner nahm von den beiden blonden Jägern Notiz, die durch die Stadt schlenderten. Obwohl die Wege in die Stadt scharf bewacht gewesen waren, gab es in Selinunt selbst kaum Krieger.

Gonvalon hatte gehört, dass das Lager, in dem sich die Unsterblichen zurzeit versammelten, einige Meilen entfernt am Fluss lag. Erst morgen würden sie in einer großen Parade in die Stadt einziehen. Vor den Toren der Stadt waren auch die Palastgarden versammelt. Diesen Ort sollten sie auf jeden Fall meiden. Und sobald sie herausgefunden hatten, wo sich morgen Götter und Unsterbliche trafen, würden sie auch Selinunt verlassen. Er wollte allein mit Nandalee sein. Ein letztes Mal.

Eine Schar Krieger, ganz in Gold und Weiß, ritt vorüber. Einer von ihnen stieß erneut in sein Horn. Es war ein langer feierlicher Ton, begleitet vom scharfen, metallischen Klang der Hufeisen auf den Marmorplatten, mit denen die Prachtstraße ausgelegt war. Funken stoben unter den Hufen auf. Die Krieger sahen sich grimmig um, und gleich drei von ihnen wurden zur selben Zeit auf sie aufmerksam. Sie ließen ihre Pferde wenden und kamen langsam auf sie zu.

Gonvalon ahnte, woran es lag. Sie beide waren die einzigen Bewaffneten weit und breit, auch wenn die Sehnen von ihren Bögen gezogen waren und die Waffen an Riemen über ihrer Schulter hingen.

»Was tut ihr hier?« Abscheu lag in der Stimme des Reiters. Ein eckiger, blonder Bart verlieh seinem Gesicht einen harten Zug. Seine Augen blieben im Schatten seines Bronzehelms verborgen, auf dem lange, weiße Federn wippten.

»Wir schauen uns die schöne Stadt an.« Nandalee schaffte es, vollkommen arglos zu klingen. Wer sie sah und hörte, wäre niemals auf die Idee gekommen, dass er vor einer Mörderin stand, die alle drei Krieger, die sie gerade beäugten, binnen sechs Herzschlägen töten könnte.

»Ist doch nicht verboten, oder?«, fügte Gonvalon nicht minder arglos hinzu.

Der Krieger schüttelte angesichts so viel Dummheit den Kopf. »Ihr macht euch jetzt davon. Und wenn ihr morgen hierherkommen wollt, dann seid ihr gewaschen und ordentlich angezogen. Gestalten wie euch beide wird der Unsterbliche Ansur in der Weißen Stadt nicht dulden. Ihr seid …«

Helle Fanfarenstöße ertönten von einem nahe gelegenen Dach, und am Ende der Prachtstraße erschienen sechs Streitwagen. Die beiden vordersten waren mit Gold beschlagen, die Wagenlenker in Weiß und Purpur gekleidet. Hinter ihnen ragte je ein goldenes Feldzeichen auf. Ein Adler mit weit ausgebreiteten Schwingen und eine geflügelte Sonnenscheibe.

»Wir sollten gehen, sofort!«, sagte Gonvalon drängend. Warum waren die beiden Unsterblichen heute schon hier! Sie hätten erst morgen kommen dürfen. Wo Unsterbliche waren, mochten auch Devanthar nicht fern sein. Es war ein großer Fehler gewesen, sich nicht unauffälliger zu kleiden. Aber wer hätte ahnen können, welche Gesetze hier herrschten. In jeder anderen Stadt Daias waren die Straßen voller abgerissener Gestalten, wie sie es waren, ja, viele sahen noch schlimmer aus. Dort wären sie einfach in der Menge untergegangen.

Nandalee hielt ihn zurück. »Lass uns sehen, wohin sie wollen. Sie werden uns zu dem Ort führen, den wir suchen. Erkennst du auch den Mann unter der Flügelsonne?«

Natürlich erkannte er den Kriegerkönig mit dem mächtigen schwarzen Bart. Schließlich waren sie Aaron, dem Unsterblichen von Aram, schon zweimal begegnet, wenngleich er dabei nie so festlich gewandet gewesen war wie heute. Er und der andere Unsterbliche fuhren keine fünf Schritt entfernt auf ihren Streitwagen vorüber. Gonvalon senkte den Kopf, um nicht erkannt zu werden. Eilig folgte Nandalee seinem Beispiel, doch beide Herrscher hatten kurz in ihre Richtung gesehen.

Die Unsterblichen hielten auf jenes Gebäude zu, das Gonvalon schon vorhin aufgefallen war. Rund, mit einer goldenen Kuppel, die von zwanzig Schritt hohen Marmorsäulen getragen wurde, überragte es alle umstehenden Bauten. Ein regelrechter Säulenwald trug das Dach und versperrte den Blick auf die inneren Bereiche. Gonvalon schätzte, dass der Bau hundert Schritt durchmaß. Er hatte zwar größere Paläste und Tempel in der Stadt gesehen, doch nur dieses eine Bauwerk war rund.

»Wer ist das? Und wohin gehen die da?«, fragte Nandalee den Krieger, der sie immer noch argwöhnisch beäugte. Gonvalon seufzte stumm. Sie hätten sich sofort aus dem Staub machen sollen. Er wusste, dass sie sich unwissend stellte, um die letzte Bestätigung zu bekommen, dass dies dort vorne der Versammlungsort für morgen war, aber sie sollten jetzt nicht mehr hier sein. Nicht unter den Augen der Unsterblichen. Es gab höchstens eine Handvoll Menschenkinder, die sie wiedererkennen konnten, und ausgerechnet eines von ihnen tauchte jetzt auf! Verfluchtes Pech!

»Ihr erkennt euren eigenen Herrscher nicht?«, antwortete der Krieger auf Nandalees Fragen. »Links seht ihr Ansur, den Unsterblichen von Valesia, und neben ihm fährt Aaron, Unsterblicher von Aram.« Der Berittene sagte das mit einer Ergriffenheit, als seien sie leibhaftige Götter, die nicht zu erkennen ein Sakrileg darstellte.

Die Herrscher zügelten ihre Rösser, stiegen von den Streitwagen und erklommen die Stufen zum Rundbau.

»Dies ist die Halle der Unsterblichen«, fuhr der Reiter stolz fort. »Der Ort, an dem morgen zur Mittagsstunde Menschen und Götter einen Pakt schließen werden, um jene Daimonen zu besiegen, die so viel Unheil über unsere Welt gebracht haben. Und nun macht euch davon. Und vergesst nicht, was ihr gesehen habt. Ich glaube nicht, dass ihr jemals wieder zwei Unsterblichen so nahe sein werdet.«

»Danke, Herr«, sagte Gonvalon unterwürfig, um das Gespräch zu beenden, und zog Nandalee mit sich. »Lass uns so schnell es geht verschwinden«, zischte er, sobald der Reiter außer Hörweite war. »Dort, in die Seitenstraße, schnell.«

»Aaron hat uns sicher nicht erkannt.« Nandalee war völlig ruhig. Für seinen Geschmack war sie zu entspannt. Sie durften nicht den Argwohn der Unsterblichen erwecken. Nicht heute! Sie wusste ja nicht, worum es ging.

»Wir haben auf Nangog Helme getragen, als wir an Aaron vorübergegangen sind. Er erinnert sich nicht an uns.«

»Und in der Kristallhöhle?«, wandte Gonvalon ein. »Da hatten wir keine Helme auf. Und du hast einem seiner Leibwächter den Arm abgehackt. So jemanden vergisst man nicht. Er ist keine fünf Schritt an uns vorbei, und er hat in unsere Richtung geblickt!«

Halb verborgen in einem Säulengang am Eingang der Seitenstraße warf Gonvalon einen letzten Blick auf die beiden Herrscher, die auf der obersten Stufe vor der Halle der Unsterblichen stehen geblieben waren. Der Elf hatte das Gefühl, dass ihm Ansur über die weite Entfernung hinweg genau in die Augen sah. Eben schon, als sie auf den Streitwagen vorübergefahren waren, hatte der Herrscher ihn und Nandalee mit hasserfüllten Blicken bedacht.

Ansur war ein schlanker, nicht allzu großer Mann mit schmalem Gesicht. Sein schwarzes Haar war von reichlich Silber durchzogen, doch seine grauen Augen brannten in der Leidenschaft der Jugend. Neben diesen Augen war sein auffälligstes Merkmal ein gewölbtes, schwarzes Muttermal dicht über der Oberlippe. Es hätte das Gesicht eines Gelehrten sein können, wäre da nicht dieser Blick gewesen. Dies war ein Mann, der über Leichen ging, wenn es galt, seinen Willen durchzusetzen.

Und sie hatten seinen Zorn auf sich gezogen.

Der Plan der Götter

Artax bemerkte, wie Ansur zu den beiden abgerissenen Gestalten sah, die auch ihm eben auf ihrem Weg zur Halle der Unsterblichen aufgefallen waren »Stimmt etwas nicht, mein Freund.«

»Die beiden sollten nicht hier sein.«

Es lag ein Zorn in Ansurs Stimme, den Artax als unangemessen empfand. Angegafft zu werden war doch alltäglich. Ihm war der bartlose Jäger mit dem langen blonden Haar, der zuletzt den Kopf gesenkt hatte, seltsam vertraut vorgekommen. In seiner Erscheinung hatte er ihn ein wenig an Datames erinnert, auch wenn das Gesicht ein anderes gewesen war.

Ansur winkte eine der Wachen vom Fuß der Treppe hinauf. »Dort hinten …« Er stockte. Die Gestalten waren verschwunden. »Dort hinten waren zwei Vagabunden in Lumpen. Nimm dir ein paar Männer, suche sie und sorge dafür, dass sie nie wieder auf die Idee kommen, Selinunt zu betreten.«

Der Krieger salutierte, stürmte die Treppe hinab und stieg auf sein Pferd.

»Was war denn mit den beiden?«

»Wer die Weiße Stadt besucht, der sollte sich angemessen kleiden. Ich dulde hier keine Vagabunden! Dies ist ein Ort der Vollkommenheit. Mir ist ein Rätsel, wie die überhaupt hierhergelangen konnten.« Plötzlich lächelte Ansur wieder. »Entschuldige. Manchmal verliere ich mich im Detail, werter Freund. Ich wollte dir von den Geheimnissen Selinunts erzählen. Ich hatte das Glück, Langarm, den Götterschmied, für meine Vision zu begeistern. Er hat mich beim Bau der Stadt beraten und auf vielerlei andere Art geholfen. Sieh hin, so schön dieses Tal ist, es hat auch einen verborgenen Makel. Manchmal erbebt der Fels.«

»Was?« Artax sah den Unsterblichen fassungslos an. Sofort hatte er die Bilder der zerstörten Goldenen Stadt wieder vor Augen. »Du hättest mir sagen müssen …«

»Keine Sorge, Bruder.« Ansur hob beschwichtigend die Hände.

»Selinunt ist sicher, denn es gibt eine zweite, verborgene Stadt. Da das Wasser der Quellen hier in den Bergen bitter ist, nutzen wir das Aquädukt nur, um die Zierbrunnen zu speisen. Unser Trinkwasser sammeln wir in riesigen Zisternen. Die ganze Stadt ist darauf errichtet. Statt auf herkömmlichen Fundamenten stehen die Bauwerke hier auf mächtigen Säulen, die sich aus dem Wasser erheben. Sie sind sicher vor Erdbeben. Dir wird sicherlich aufgefallen sein, dass einige Viertel in der Goldenen Stadt weit weniger von der Katastrophe betroffen waren als andere. Auch sie waren über Zisternen errichtet.«

Artax wünschte sich, Ansur wäre in die Goldene Stadt gekommen, um von diesen Erfahrungen zu berichten. Fast ein halbes Jahr lief nun schon der Wiederaufbau. Dieses Wissen hätte vieles verändert. Er musste sich beherrschen, um sich seinen Ärger nicht anmerken zu lassen. Er mochte diesen arroganten Burschen nicht.

»Folge mir, Aaron! Es war dein eigener Wunsch, dir die Überraschungen für morgen zu verderben. Du sollst die Halle der Helden sehen.«

Ein Weg führte in weiter Spirale zwischen den Säulen hindurch, bis sie in das Heiligtum gelangten, das den sieben Devanthar geweiht war. Sieben goldene Statuen standen auf hohen Sockeln entlang der Wände des runden Tempelbaus. In der Mitte öffnete sich eine breite Treppe. Ansur nahm eine Fackel von der Wand und eilte die Treppe hinab, ohne die Götterbilder eines Blickes zu würdigen.

Nach zwanzig Stufen mündete die Treppe in einen Tunnel, der sich, so wie schon der Säulengang oben, in weiten Spiralen wand. Ansur schritt so rasch aus, dass Artax kaum Gelegenheit fand, die kostbaren Fresken an den Wänden zu betrachten. Er wurde ein wenig langsamer. Sollte Ansur sich an die Gesetze der Gastfreundschaft erinnern! Eigentlich hätte sich der Herrscher von Selinunt die Zeit nehmen müssen, ihm alles in Ruhe zu zeigen. Aaron erkannte auf den Fresken zunächst Nangog und die Goldene Stadt am Hang des Weltenmundes, wenig später flogen Wolkensammler an einem herrlich blau gemalten Himmel. Es waren Bilder des Friedens und der Harmonie. Doch das änderte sich, je weiter sie dem Gang folgten. Nun waren die Devanthar abgebildet, begleitet von Männern mit silbernen Gesichtern, die alle gleich aussahen. Und dann kamen die Drachen. Sie füllten den Himmel wie ein Vogelschwarm, kämpften gegen eine ganze Flotte von Wolkensammlern. Nein …!

Artax blieb stehen, und nun endlich verlangsamte auch Ansur sein Tempo, kam zurück und leuchtete ihm mit der Fackel, damit er die Szene näher betrachten konnte. Artax hielt den Atem an – auf diesem Fresko bekämpften sich die Wolkensammler auch untereinander! Reiter auf geflügelten Pferden flogen zwischen Himmelsschiffen. Einer der Wolkensammler stand in hellen Flammen. Das Schiff, das er trug, war halb seinen Tentakeln entglitten. Hunderte Krieger und Wolkenschiffer stürzten in den Tod.

»Das ist die Vorstellung, die unsere Götter von der Zukunft haben«, sagte Ansur ernst. »Sie wollen, dass wir es jedes Mal sehen, wenn wir uns hier versammeln. Langarm ist überzeugt davon, dass die Daimonen nach Nangog kommen werden. Er wird uns die Waffen geben, um sie zu besiegen. Und wir sind die Ersten, die er beschenken wird. Komm!«

Nach wenigen Schritten mündete der Tunnel in einen weiten Kuppelsaal, der von einem großen, runden Tisch beherrscht wurde. Sieben Schwerter lagen mit der Spitze nach innen gerichtet darauf, angeordnet wie die Speichen eines Rades. Sieben wuchtige Stühle mit niedrigen Rückenlehnen standen um den Tisch. Und hinter jedem der Stühle verharrte ein Wächter. Völlig reglos.

»Erschrocken?« Diesmal klang Ansur nicht hochmütig, sondern erstaunlich einfühlend. »Mir ging es genauso, als ich zum ersten Mal hier war. Was du da siehst, sind unsere neuen Rüstungen. Und an dieser Tafel sollen wir von nun an zu jedem Opferfest versammelt sein. Sie ist rund, damit es keinen Streit gibt. Niemand hat hier einen hervorgehobenen Platz. Wir alle sind gleich. Aber nun sieh dir die Rüstungen an. Langarm selbst hat sie gefertigt.«

Zögerlich ging Artax zum nächsten Rüstungsständer. Alle Rüstungen waren – abgesehen von den Helmen – ganz in Weiß gehalten. Er betrachtete eine Brustplatte aus dickem Leder, in das ein Löwenkopf geprägt war, und musste schmunzeln. Wie es schien, hatte er auf Anhieb seine Rüstung gefunden. Der Brustpanzer bedeckte ein langärmliges Hemd, ähnlich dem, das er schon jetzt besaß. Doch was auf den ersten Blick wie dünnes Leder aussah, war eine Rüstung, die ihresgleichen suchte. Wurde das Leder getroffen, verhärtete es sich unter dem Aufprall der Waffe. Keine Klinge von Menschenhand vermochte es zu durchdringen. Als ihm der Löwenhäuptige damals die Rüstung brachte, hatte er ihm versprochen, dass auch die meisten Waffen der Daimonen nichts gegen diesen Panzer auszurichten vermochten.

Ein Rock, besetzt mit goldgefassten Lederstreifen, und eine Hose aus Leder, die in hohen Stiefeln verschwand, vervollständigten die Rüstung. Mit zwei goldenen Broschen, die Löwenköpfe zeigten, war ein langer, weißer Umhang an den Schulterstücken befestigt. Nur der Helm, der zur Rüstung gehörte, befremdete Artax. Es war ein Maskenhelm wie der Löwenhelm, den er jetzt besaß. Doch dieser hier zeigte ein Menschengesicht. Artax blickte in die Runde. Alle Helme waren ähnlich.

»Warum sehen sie alle gleich aus?«

»Liegt das nicht auf der Hand?«, fragte Ansur. »Die Götter wollen, dass es den Daimonen in der Schlacht schwerer fällt, einen von uns gezielt zu töten.«

»Und weshalb sind sie alle gleich groß? Ich schätze, Iwar wird es bei seiner Statur schwerhaben, sich in eine dieser Rüstungen zu zwängen.«

»Langarm hat sie mit einem Zauber belegt. Sie passen sich ihrem jeweiligen Träger an. Ich schätze, das ist eine Vorsichtsmaßnahme, falls einen von uns ein ähnliches Schicksal wie Muwatta ereilt. Die Rüstung kann einfach weiterverwendet werden, ganz gleich, was für ein Mann sie tragen wird.«

Artax gefiel dieses Konzept nicht. Es unterstrich noch einmal, dass jeder von ihnen beliebig austauschbar war. Er ging um den Tisch und sah sich jede einzelne Rüstung an. Sie unterschieden sich tatsächlich nur in der Schmuckprägung auf der Brustplatte. Der Adler Valesias, der Bär Drusnas. Die dritte Rüstung zeigte einen Eberkopf.

Ansur hinter ihm lachte. »So sehen die Scherze von Göttern aus. Diese Rüstung ist für unseren Freund aus Zapote. Für dieses Volk sind Schweine unreine Tiere. Ich schätze, Langarm mag seinen Bruder, die Gefiederte Schlange, nicht sonderlich.«

»Dir ist schon klar, was geschehen wird?« Fassungslos betrachtete er den Eberkopf. Es würde ohnehin schon schwer genug werden, die Unsterblichen in dieselbe Richtung zu führen. Sie waren Herrscher und daher nicht gewohnt, sich anderen zu fügen. Ganz abgesehen von den alten Fehden, die es unter ihnen gab.

Ansur winkte ab. »Er muss sie nur anziehen, dann erscheint diese widerliche Schlange auf dem Brustpanzer.«

»Aber das wird er nicht tun! Er wird die Rüstung nicht einmal berühren.«

»Oh, doch, das wird er.« Ansur strahlte eine Zuversicht aus, die in Anbetracht dieses grotesken Scherzes durch nichts zu rechtfertigen war. Der Unsterbliche klatschte laut in die Hände und rief laut: »Zeige dich!« Er hob die Fackel, und Artax, dessen Augen sich inzwischen an das Halbdunkel gewöhnt hatten, konnte sehen, dass noch etliche andere Gänge in den unterirdischen Kuppelsaal mündeten.

Irgendwo im Dunkeln ertönte ein Geräusch wie ein Hammerschlag auf Fels. Es folgte ein weiterer Schlag und noch einer. In einem sich langsam steigernden Rhythmus kam das Geräusch näher. Bald konnte Artax spüren, wie bei jedem der Schläge der Felsboden unter seinen Füßen vibrierte. Seine Hand fuhr zum Schwert.

»Was ist das?«

»Ein ganz besonderes Geschenk für dich«, sagte Ansur mit einem vieldeutigen Lächeln.

Der Löwe

Artax zog sein Schwert. Blassgrünes Licht umspielte die verwunschene Klinge. Er blickte zurück zu dem Tunnel, durch den sie gekommen waren. Dachte an Flucht. Das schreckliche Geräusch hallte nun von allen Wänden wider.

Da ertönte ein letztes Stampfen. Eine gewaltige Gestalt aus Gold und Silber trat in das Zwielicht des Kuppelsaals – ein silberner Löwe mit einer Mähne aus Gold, dem weite, goldene Schwingen aus dem Rücken wuchsen. Der Löwe war mehr als drei Schritt hoch.

Seine Augen funkelten in strahlendem Blau. Sein metallenes Gesicht wirkte edel. Es war nicht die Fratze eines angriffslustigen Raubtiers.

»Was ist das?«, rief Artax erschrocken und zugleich auch fasziniert von der Kreatur. Sie erinnerte an die Silberlöwen, die für die Unsterblichen die magischen Pforten zu den Goldenen Pfaden öffneten. Nur war dieser Löwe noch deutlich größer und hatte Flügel. »Ich bin dein Schlachtross, Aaron, Unsterblicher von Aram«, antwortete die Bestie und sah auf ihn hinab.

Das Monstrum aus Metall konnte reden! Seine Stimme wurde von einem merkwürdigen Klicken und Surren begleitet. Der geflügelte Löwe sprach langsam und behäbig.

Neugierig trat Artax näher. Er umrundete den Löwen, der den Kopf wandte und seinen Bewegungen folgte. Das metallene Ungeheuer war gesattelt. Von seiner rechten Seite hing eine kleine, silberne Leiter. Um ihn wie ein Pferd nur über einen Steigbügel zu besteigen, war der Löwe entschieden zu groß. Bewundernd sah sich Artax nun die Flügel an. Jede einzelne Feder war für sich allein gearbeitet und in die Flügel eingesetzt. Wie viele Stunden Langarm wohl an diesem absonderlichen Geschöpf gearbeitet hatte? Oder vermochte der Götterschmied solch eine Kreatur kraft eines einzigen Gedankens zu erschaffen?

»Jeder von uns wird morgen einen solchen geflügelten Löwen bekommen«, riss ihn die Stimme des Unsterblichen Ansur aus seinen Gedanken. »Doch nun lass uns gehen. Und bitte, sprich nicht über die Dinge, die du hier gesehen hast. Langarm wollte, dass nur du eingeweiht bist. Unsere übrigen Brüder sollen morgen überrascht werden.«

Artax strich dem Löwen über die feinen Silberschuppen, aus denen sich sein Leib zusammensetzte. »Ich freue mich darauf, mit dir in den Himmel zu reiten.«

Der Löwe warf ihm einen Blick aus glühenden, blauen Augen zu. »Ich werde dich nicht enttäuschen, Herr. Ich weiß, du bist ein großer Krieger. Ich werde dich zu neuem Ruhm führen.«

Artax sah ihn an und dachte an die Fresken von den schrecklichen Schlachten am Himmel Nangogs, die die Wände des Tunnels schmückten. Er wünschte, er würde mit dem Löwen einfach nur fliegen können. Er wollte keinen neuen Ruhm. Er wollte Frieden.

Bedrückt folgte er Ansur, der ihn zurück in den Tempel führte. Oben angekommen, durchquerten sie schweigend den Säulenwald. Dunkle Wolken hatten sich über dem Tal geballt. Ein Unwetter zog auf. Böiger Wind zerrte an den Umhängen der Krieger, die ihre Streitwagenrösser am Zaum hielten. Die Tiere scharrten unruhig mit den Hufen. Sie spürten den nahenden Sturm.

Artax sah die weite Prachtstraße hinab, dorthin, wo vorhin die beiden Jäger gestanden hatten. Und dann traf es ihn wie ein Blitz. Jetzt wusste er, warum ihm das Gesicht so vertraut vorgekommen war. Seit er der Herrscher Arams war, hatte er gelernt, sich Gesichter gut einzuprägen. Namen vergaß er immer noch allzu leicht. Aber nur selten ein Antlitz. Das war kein Jäger. Es war nicht einmal ein Mann und auch kein Mensch. Dort hatte die Daimonin gestanden, die ihm bei der Kristallhöhle in den Wäldern Nangogs begegnet war!

Voller dunkler Vorahnungen sprang er auf den Streitwagen, riss die Peitsche aus dem Köcher an der Wagenflanke und ließ sie über die Köpfe der erschrockenen Schlachtrösser knallen. Die Krieger sprangen zurück, dann schlugen die Hufe der Pferde Funken aus den Marmorplatten, als er über die Straße dahinjagte.

Er musste die Devanthar warnen!

Ein letzter Irrtum

Wenn Iwar eines hasste, dann war es, wenn sich irgendjemand einbildete, ihm Befehle erteilen zu können. Die Valesier hatten ihn auf dem Schlachtfeld besiegt, waren aber wenigstens meist so höflich, die Form zu wahren und ihm gegenüber Wünsche auszusprechen. Dieser Aaron von Aram hatte ihm einfach einen Boten geschickt und ihn umgehend in das große Zelt am Fuß des Passweges bestellt. Was bildete sich der Kerl ein? Er hatte gehört, dass Aaron im Gelben Turm vor den Göttern gesprochen hatte. War er deshalb etwas Besseres? Wer wollte da schon hin? Wenn er, Iwar, darum bitten würde, dann würden ihn die Götter dort gewiss ebenfalls empfangen.

Er goss sich einen Pokal mit Wein ein und trank. Seit einer

Weile hatte er drückende Kopfschmerzen und in seinen Gedärmen rumorte es. Nach dem Mittagessen hatte er einen Krug valesischen Weißen getrunken. Ein Fehler! Wein sollte rot sein. Verdammte Brühe! Wie hatte er nur auf die Idee kommen können, dass aus Valesia etwas Gutes käme.

Der Rotwein hingegen war köstlich. Er nahm noch einen zweiten Pokal und fühlte sich gleich viel besser.

»Erhabener!«

Iwar zuckte zusammen. Volodi war wieder einfach in sein Zelt gekommen, ohne erst von draußen um Erlaubnis zu bitten. War er darauf aus, ihn mit heruntergelassenen Hosen auf dem Nachttopf zu erwischen?

»Herr, der Unsterbliche Aaron bittet Euch untertänigst darum, sich zum Versammlungszelt zu begeben. Ohne Eure geschätzte Meinung kann keine weise Entscheidung gefunden werden.«

Iwar lächelte. »Hat sich dieser Drecksack aus Aram also doch noch erinnert, was sich gehört.« Er fühlte sich ein wenig schwindelig, war aber davon abgesehen sehr zufrieden. Sie brauchten ihn also. Gut, da er in aufgeräumter Stimmung war, würde er kommen. Aber das war seine Entscheidung. Er war so gnädig, sie mit der Gunst seiner Anwesenheit zu beehren.

Iwar griff nach dem roten Umhang, der über seinem geschnitzten Thronsessel hing. Es war schon dunkel und erstaunlich kalt für die Jahreszeit. So nahe an einem Fluss zu lagern war nicht klug. Welcher Trottel nur auf diese Idee gekommen war. Beim Aufwachen taten Iwar jeden Morgen alle Gelenke weh. Das lag an der feuchten Kälte, die vom Fluss hinaufstieg.

Volodi zog die Zeltplane am Eingang zurück, um ihn hinauszulassen. Und natürlich vergaß der Kerl, sich zu verbeugen, wie es sich gehört hätte. Aber lange müsste er sich nicht mehr über den Hauptmann seiner Leibwache ärgern. Er blieb dicht vor ihm stehen und starrte ihm ins Gesicht. Ein wenig blass sah er aus, und dunkle Ringe hatten sich unter seine Augen gegraben. Zitterte er?

Iwar war sich nicht ganz sicher. »Ich habe über diesen Aaron gehört, dass er die Frauen und Kinder seiner Feinde ermorden lässt, ja, sogar ihren ganzen Haushalt. Alle Diener und Sklaven. Das ist ohne Moral.«

»Man hat Euch Lügen erzählt, Unsterblicher.«

Iwar bedachte Volodi mit einem abfälligen Blick. »Würde ich auch sagen, wenn ich dabei gewesen wäre. Kindermörder.«

»Das ist nicht …«

»Du darfst jetzt den Mund halten, Hauptmann, und mich einfach zum Beratungszelt eskortieren.«

Schweigend gingen sie durch das Lager. Iwar war ein wenig kurzatmig. Schon wieder rumorte es in seinen Gedärmen. Verdammter valesischer Weißer! Er hatte das Gefühl, dass außer Volodi noch jemand in seiner Nähe war. Natürlich war das Lager voller Menschen. Überall herrschte geschäftiges Treiben. Manche Faulpelze gafften ihnen nach. Aber das war es nicht. Einmal glaubte er sogar, warmen Atem auf seiner Wange zu spüren. Hastig drehte er sich um. Da war niemand. Gab es hier Geister?

Endlich sah er das Zelt. Es war mehr als doppelt so groß wie sein eigenes. Das passte zu Ansur. Sicher gehörte dieses protzige Zelt dem Unsterblichen von Valesia. Der Hurenbock ließ keine Gelegenheit aus, ihn bloßzustellen. Er deutete auf den fast fünf Schritt hohen, geflügelten Marmorlöwen, der sich neben dem Zelt erhob und gemeinsam mit einem ebenso großen Zwilling den Beginn des Passweges markierte. »Das da ist ganz und gar valesisch. Zu groß! Angeberisch! Und dann hat das Vieh auch noch Flügel!« Er sprach so laut, dass man ihn sicherlich im Zelt hören konnte. Aber das war ihm egal. »Eine Löwe mit Flügeln! Lächerlich. Sieht genauso eindrucksvoll aus wie ein Schwein mit Flügeln!«

Als Iwar in das Zelt trat, herrschte Stille. Alle sahen ihn an.

»Gut, dass du endlich kommst«, begrüßte ihn Aaron kühl, und Iwar dämmerte, dass die unterwürfige Einladung nie ausgesprochen worden war. Volodi hatte ihn angelogen, um ihn hierherzulocken. Er warf seinem Hauptmann einen finsteren Blick zu.

»Wie ich schon sagte«, fuhr Aaron fort, »bin ich mir ganz sicher, heute eine Daimonin, die mir bereits einmal auf Nangog begegnet ist, auf den Straßen von Selinunt gesehen zu haben. Das heißt, sie wissen von unserer Zusammenkunft! Das ist nur möglich, wenn noch immer Spitzel unter uns weilen und …«

Iwar ließ den Blick durch das Zelt schweifen. Neben den Unsterblichen waren auch einige Devanthar anwesend. Ihre Gegenwart hatte immer etwas Beunruhigendes, und er war froh, dass er nahe beim Ausgang stand.

Am liebsten hätte er sich gesetzt. Er fühlte sich schwach und ein wenig unpässlich. Etwas Warmes lief ihm über die Wange. Wie Tränen … Er tastete danach und blickte auf seine Hand. Da war Blut an seinen Fingerspitzen!

Iwar schloss kurz die Augen. Das konnte nicht sein! Aber er spürte, wie es aus seinen Augen tropfte. Und aus seiner Nase. Es perlte durch seinen Bart auf die Lippen.

Niemand im Zelt beachtete ihn. Sie alle sahen Aaron an, der immer noch sprach. Es schien wichtig zu sein. Er konnte den Worten des Unsterblichen nicht mehr folgen. Sein Kopfschmerz ließ nach. Vielleicht half das Nasenbluten.

Iwars Knie waren ganz weich. Er sackte nach vorn, schlug aber nicht auf dem Boden auf. Deutlich sah er vor sich zwei Blutstropfen in der Luft hängen. Nichts bewegte sich mehr. Alle Geräusche waren verstummt.

Ich kann den Lauf der Zeit verändern, Iwar, erklang eine Stimme, die er lange nicht mehr gehört hatte, in seinem Kopf. Der Große Bär! *Ich habe den winzigen Augenblick, bis die Blutstropfen den Boden berühren, gedehnt, damit ich noch ein wenig mit dir reden kann. Du hast mich enttäuscht, Iwar. Aber so wie der liebende Vater die Hoffnung auf seinen Sohn nicht aufgibt, vermochte auch ich dir nichts anzutun. Ich konnte dich sogar verstehen. Es war niederschmetternd, all diese Schlachten zu sehen, in denen Mut nichts mehr zählte. Zu sehen, wie unsere Krieger dahingeschlachtet werden und Krieg zu einer Aufgabe am Rechenschieber wurde. Ich konnte verstehen, dass du angefangen hast zu trinken. Und du musstest Frieden schließen, denn Drusna hatte zu viele seiner Söhne verloren. Du wolltest das Beste für dein Land. So sollte ein Unsterblicher denken.*

Iwar wollte etwas dazu sagen. Er wusste, was er alles falsch gemacht hatte. Und er wusste auch, dass der Große Bär ihn selbst jetzt noch retten könnte. Doch seine Lippen wollten sich nicht bewegen. Es war, als seien sie festgefroren. Nur sein Verstand arbeitete noch. Ganz deutlich hörte er die Stimme des Devanthars.

Ich war in deinem Zimmer, als du den Pakt mit Arcumenna geschlossen hast. Selbst da habe ich nicht aufgehört zu hoffen. Ich hatte gedacht, der Umgang mit Volodi würde dich verändern, würde dir neuen Mut machen und dir zeigen, dass noch nicht alles verloren ist. Ihr beide gemeinsam hättet die Valesier aus dem Land treiben können. Sogar heute Nachmittag noch habe ich gehofft … Ich dachte, du würdest das Gift nicht benutzen. Dann hoffte ich, du würdest Volodis Pokal im letzten Augenblick umstürzen. Ich war der kalte Luftzug, den du gespürt hast. So wie jetzt, bin ich auch aus der Zeit getreten, als du ihn vergiften wolltest. Ich habe die Becher vertauscht. Volodi ist Drusnas größte Hoffnung. Er durfte nicht sterben. Er hätte auch dich wieder einen Helden sein lassen. Er hätte den Mann wiedererweckt, der du früher einmal warst, Iwar. Aber du hast dich anders entschieden.

Iwar schlug mit dem Gesicht voran auf den hölzernen Boden des Zeltes. Er spürte keinen Schmerz. Jetzt hörte er Rufe. Die übrigen Unsterblichen waren auf ihn aufmerksam geworden. Jemand packte ihn bei der Schulter und drehte ihn herum. Volodi!

Er sah hinauf. Sah seinen entsetzten Blick …

Blut füllte Iwars Augen, und die Welt verschwand hinter einem roten Schleier.

Von der Vernunft

Volodi kniete neben dem Unsterblichen und wusste nicht, was er tun sollte. Iwar blutete aus den Augen. So wie der Unsterbliche Aaron auf der Pyramide der Zapote. Das Weiß der Augen war ganz rot geworden. Jetzt tropfte Iwar auch Blut aus den Mundwinkeln.

»Er ist vergiftet worden.« Eine mächtige Bassstimme füllte das Zelt. Wie aus dem Nichts war der Große Bär erschienen, der Devanthar Drusnas.

Volodi sah zu der riesigen Tiergestalt auf. Der Bär stand auf seinen Hinterbeinen und war so nah, dass er ihm mit einem Tatzenhieb den Kopf von den Schultern hätte reißen können. Und das würde er auch ganz gewiss bald tun, dachte Volodi. Er war der Hauptmann der Leibwache des Unsterblichen. Er hätte das verhindern müssen!

»Hier in diesem Zelt steht der Mann, der das Gift zu Iwar trug. Und neben ihm steht der Unsterbliche, der ihn damit beauftragte.«

Totenstille herrschte im Zelt. Die Herrscher Daias und die wenigen Auserwählten, die sie begleitet hatten, sahen einander misstrauisch an. Volodi hatte keinen Zweifel, wer die Mörder waren. Aber ebenso wenig hatte er Beweise. Er musste sich damit begnügen, anklagend in Ansurs Richtung zu sehen.

»Ich werde keine Fehde mit Iwars Mördern beginnen, doch sollen die beiden nicht glauben, dass ich ihnen vergeben hätte.« Jetzt sah auch der Große Bär zu Ansur und Arcumenna. »Es ist die Vernunft, die mich zwingt, auf das zu verzichten, was mein Herz mir gebietet. Der Unsterbliche Aaron hat recht. In dieser Stunde müssen wir zusammenstehen, denn wir alle wurden auf Nangog angegriffen, und dass eine Daimonin in Selinunt gesehen wurde, kann nur bedeuten, dass für unsere Feinde der Krieg noch nicht vorüber ist.«

Volodi hörte ihnen nicht mehr zu. Das alles ging ihn nichts mehr an. Er war nur deshalb an den Hof des Unsterblichen gekommen, weil es ein guter Platz zum Überwintern gewesen war. Obwohl er Iwar nie gemocht hatte, war er traurig über das Ende seines Herrschers. Er hatte es nicht verdient, auf diese Art zu sterben. Sein Tod war so bedeutungslos, dass es nicht einmal eine Fehde geben würde. Selbst der kleinste Fürst Drusnas durfte darauf rechnen, dass er von seiner Familie gerächt wurde, wenn er auf diese Art verreckte. Iwar hatte keine Familie. Die Kinder, die seine Geliebten gebaren, hatte er eigenhändig umgebracht. Er hatte es ganz gewiss verdient, ein schlimmes Ende zu nehmen …

Volodi drückte dem Herrscher die Augenlider zu und tupfte ihm mit dessen Umhang das Blut vom Gesicht. Dann deckte er ihn mit dem Umhang zu und blickte auf. Sie redeten noch immer. Keiner achtete mehr auf Iwar.

Das war nicht in Ordnung! Iwar war ein Mistkerl gewesen, und Volodi hatte es gehasst, ihm dienen zu müssen. Aber er hatte ihm als Hauptmann der Leibwache die Treue geschworen. Das wog schwerer als Sympathie. Es wäre seine Aufgabe gewesen, dies hier zu verhindern. Darin hatte er versagt. Aber er konnte ihn zumindest rächen. Er blickte zu Ansur auf. Der Unsterbliche trug nicht die Rüstung, die die Götter ihm geschenkt hatten. Volodi dachte an das Ende Muwattas. Unsterblich waren sie keineswegs, diese großen Herrscher. Sie waren keine Götter. Alles, was man brauchte, waren ein gutes Schwert und Entschlossenheit. An beidem mangelte es ihm nicht.

Er stand auf.

Das wirst du lassen!, ertönte eine machtvolle Stimme in seinen Gedanken. *Wir werden ihn irgendwann rächen, wie es sich gehört, doch hier ist nicht der Ort und nicht die Stunde, es zu tun.*

Volodi ließ die Hand sinken, die nach dem Schwert hatte greifen wollen.

»So geht es nicht«, warf der Große Bär nun in die Runde. »Wir brauchen einen siebten Unsterblichen, um die Abstimmung entscheiden zu können. So wie meine Schwester Išta noch in der Stunde von Muwattas Tod den größten Krieger Luwiens zu dessen Nachfolger berief, will auch ich es halten. Volodi von Drei Eichen, du sollst von nun an die Geschicke Drusnas lenken. Das Volk sieht zu dir auf. Dein Name ist seit diesem Winter in aller Munde. Du wirst Drusnas Schicksal wenden.«

Volodi sah den Bären fassungslos an.

Mach den Mund zu, verdammt. Das sieht nicht gut aus. Und glaube ja nicht, dass du mit mir über diese Entscheidung verhandeln könntest!

»Nun wird dein Wort den Ausschlag geben, was am morgigen Tag geschieht.« Aaron hatte sich direkt an ihn gewandt. In seinen Augen las Volodi, wie glücklich er über die Entscheidung des Großen Bären war.

»Äh, was …« Nun sahen ihn alle an. Und er hatte nicht zugehört. Er wusste nicht einmal, worüber sie abstimmten.

Der Unsterbliche Aaron hat einen recht vernünftigen Vorschlag gemacht, wie das morgige Fest verlaufen soll. Ansur ist dagegen, weil es seine Pläne für die feierliche Einweihung von Selinunt durcheinanderbringt. Dieses Früchtchen von Zapote benutzt sein Hirn nicht und stimmt mit Ansur, weil er seit dem kleinen Zwischenfall in der Tempelstadt auf Aarons Verderben sinnt. Er hat übrigens die Hoffnung nicht aufgegeben, dich doch noch irgendwann der Gefiederten Schlange zu opfern. Dieses tätowierte Ungeheuer, der Unsterbliche von den Schwimmenden Inseln, stimmt mit den Zapote, weil sie Verbündete sind. Madyas, der Unsterbliche von Ischkuza, unterstützt Aaron nur deshalb, weil er lieber in Zelten als in festen Häusern Feste feiert. Einzig Labarna geht es um die Sache. Er unterstützt Aaron, weil er findet, dass es der richtige Weg ist. Deine Stimme wird nun den Ausschlag geben, Volodi. Ist es nicht erstaunlich, wie wenig Vernunft bei der ersten Entscheidung, die ihr sieben Herrscher gemeinsam trefft, eine Rolle spielt?

Volodi blickte zu dem arroganten Herrscher Valesias. Er hatte

Drusna gedemütigt und Iwar ermordet. Jetzt hatte er Gelegenheit, ein wenig Rache für Iwar und Drusna zu nehmen. »Ich, ähm …« Er hatte keine Schwierigkeiten, vor einem ganzen Heer von Halsabscheidern zu sprechen und ihnen mit lauter Stimme Befehle für die Schlacht zuzurufen. Aber das hier war anders. Vor den Unsterblichen und den Göttern zu sprechen … Er wünschte sich, er hätte einen Schluck Wein, um seine Kehle anzufeuchten. Wie sie ihn alle ansahen … *Verdammt!* Er musste das hinter sich bringen.

»Also ich stimme im Namen Drusnas mit dem Unsterblichen Aaron, denn seine Gründe sind von Gewicht.« Er hatte zwar nicht zugehört, was Aaron vorgeschlagen hatte, aber wie es schien, spielten gute Argumente und Vernunft ohnehin nur eine untergeordnete Rolle, wenn über das Schicksal der Welt entschieden wurde. Und wenn er ganz ehrlich war, dachte auch er gerade mehr an Quetzalli als an die Zukunft Daias. Wie sie es wohl aufnehmen würde? Er grinste. Jedenfalls würde sie nie wieder in einem drusnischen Winter frieren. Nicht im Palast eines Unsterblichen!

Der Abschied einer Prinzessin

Die Mutter der Mütter hatte ihr einen Baldriantrunk angeboten, damit sie in ihrer letzten Nacht besser in den Schlaf fand.

Kara war zu nett, um dieses Kloster führen zu können. Shaya machte sich Sorgen um das weitere Schicksal der jungen Priesterin. Die alte Tabitha war ganz sicher besser geeignet gewesen, um die Hinrichtung von Prinzessinnen zu vollstrecken. Hoffentlich beschritt der Unsterbliche Labarna neue Wege. Sie hatte bei ihrem Gespräch das Gefühl gehabt, dass das Ritual der Himmlischen Hochzeit auch ihm nicht gefiel. Doch vom Hof ihres Vaters wusste sie, dass es zum Fundament von Herrschaft gehörte, an alten Traditionen festzuhalten.

Shaya lächelte über sich selbst. Da saß sie nun auf ihrem Bett, gefesselt mit einer schweren goldenen Kette, deren Manschette ihr den Winter über das Fußgelenk blutig gescheuert hatte, und machte sich Sorgen um das weitere Schicksal ihrer Kerkermeisterin.

Ein scharrendes Geräusch ließ sie aufblicken. Von außen wurde der Fensterladen geöffnet, und eine schlanke Gestalt schlüpfte leise in ihr Zimmer. Nur die kleine Flamme einer Öllampe erhellte den Raum. Aber ihre Augen waren an das schwache Licht gewöhnt. Ganz deutlich sah sie den nächtlichen Besucher. Es war ein junger Mann mit schulterlangem, blondem Haar. Er trug sein Schwert auf den Rücken geschnallt, so wie es die Piraten, die Aaron zu seiner Leibwache gemacht hatte, gerne taten.

Aaron … Er hatte sie also nicht vergessen. Aber sie konnte nicht mit diesem Fremden gehen. Ihre Flucht würde Aaron vernichten. Für sie beide gab es keine Hoffnung. Ihr Schicksal war es, morgen mit durchschnittener Kehle zu sterben und auf einem Scheiterhaufen verbrannt zu werden. Und doch tat es gut, diesen Krieger zu sehen. Sie hatte sich in Aaron geirrt, gegen jede Vernunft hatte er sie niemals aufgegeben. Nun wäre sie es, die vernünftig sein müsste.

»Prinzessin Shaya?«, flüsterte der Eindringling. »Bitte erschreckt nicht, ich bin ein Freund Aarons. Ihr seid nicht in Gefahr. Ich bin hier, um Euch zu retten.«

»Ich bin wach. Ich sehe dich, und mein Leben währt zu kurz, um noch vor irgendetwas Angst zu haben. Ich freue mich, dass du gekommen bist, und doch werde ich nicht mit dir gehen. Sag Aaron, dass ich ihn liebe. Und weil es so ist, habe ich keine andere Wahl, als hierzubleiben.« Sie senkte den Kopf. Ihre letzten Worte hallten in ihr nach. Nein, das sollte nicht das Letzte sein, was Aaron von ihr hörte. Sie reckte stolz das Kinn vor. »Vergiss das … Sag ihm bitte nur, dass ich ihn liebe.«

Der Fremde sah sie eigenartig an, und obwohl er noch ein bartloser Jüngling war, wirkten seine Augen in diesem Moment so, als hätten sie schon alle Schrecken und Wunder dieser Welt gesehen.

»Ich verstehe jetzt, warum er Euch liebt. Und lasst nicht alle Hoffnung fahren. Ich werde Euch retten, Prinzessin, denn ich bin nicht, was ich zu sein scheine.«

Sie stellte den Docht der Öllampe höher und sah ihn forschend an. Gleichzeitig verweigerte sie sich jeder neuen Hoffnung. Niemand konnte sie retten. Eines war allerdings seltsam. »Woher wusstest du, dass ich schon morgen hingerichtet werde?«

»Ich wusste es nicht. Ich schätze, wir beide haben Glück gehabt.« Er lächelte, doch seine Augen wirkten traurig. »Es war uns eben einfach bestimmt, zur rechten Zeit zueinanderzufinden. Eigentlich wäre ich erst zur Kirschblüte gekommen. Ich habe das Ende des Winters in einer Hütte drei Tagesmärsche von hier verbracht. Als das Wetter besser wurde, dachte ich, es sei eine gute Idee, schon einmal den Weg hinauf zum Kloster zu erkunden. Als ich das verborgene Tal fand, sah ich, dass hinter den Gärten ein Scheiterhaufen errichtet wurde. Viele Wochen zu früh. Da wusste ich, dass es mein Schicksal war, zu Euch zu finden, Prinzessin Shaya.«

Wieder spürte sie diesen süßen Schmerz in der Brust wie in der Stunde, als Kara ihr offenbart hatte, dass sie früher sterben würde. Was war es? Verletzte Hoffnung? Verzweifelte Liebe? »Ich kann nicht mit dir gehen.« Jetzt fiel es ihr schon schwerer, standhaft zu bleiben, obwohl sie ganz genau wusste, welches Unglück aus ihrer Flucht erwachsen würde.

»Seht Euch bitte das hier einmal an.« Er strich sein Haar zurück, sodass ein seltsam deformiertes Ohr zum Vorschein kam. Es war zu lang, zu schmal und lief spitz aus wie ein Tierohr. »Ich bin das, was ihr Menschenkinder einen Daimon nennt. Wir selbst bezeichnen uns als Elfen.«

Shaya atmete scharf ein. Für dieses Ohr mochte es viele Erklärungen geben. Sie dachte an die Daimonen, gegen die sie einst in den Wäldern Nangogs gekämpft hatte. Ein bisschen sah er ihnen schon ähnlich, ohne Bart und so schlank. Dann schüttelte sie entschieden den Kopf. Seine Behauptungen waren absurd! »Aaron würde niemals einen Daimon schicken, um mich zu retten.«

»Das stimmt, meine Dame. Ich habe ihm viele Jahre treu gedient, und doch hat er nie erfahren, wer ich wirklich bin. Ich war sein Hofmeister Datames.«

Das wurde ja immer verrückter! Sie glaubte ihm kein Wort. Diese Geschichte ergab keinerlei Sinn. Die Daimonen waren Feinde der Menschen, der Hofmeister Datames aber hatte Aaron gute Dienste geleistet.

»Ich sehe schon, ich muss überzeugendere Argumente ins Feld führen, meine Dame. Bitte achtet auf meine Nase. Sie erschien mir immer schon ein wenig zu spitz und zu lang.« Er hob die Hände vor sein Gesicht, murmelte etwas, das Shaya nicht verstand, und schien dabei seine Nase zu massieren. Als er die Hände wieder senkte, glaubte sie ihm. Seine Nase war nun kleiner und gedrungener, fast wie ihre eigene Nase.

»Das ist …« Sie streckte die Hand vor und wagte dann doch nicht, ihn zu berühren.

»Das ist die Lösung aller Probleme, Prinzessin, denn heute wird sich die, die ihr seid, einfach in Luft auflösen. Prinzessin Shaya wird für immer aus dieser Welt verschwinden.«

»Du wirst mein Gesicht verändern?« Misstrauisch sah sie den Daimon an. Hatte ihn vielleicht Išta geschickt? War dies eine Falle? Aber welche Falle machte am Abend vor ihrem Tod noch einen Sinn?

»Ihr könnt mir vertrauen, Prinzessin.«

Seine Stimme klang so warm und freundlich, dass sie geneigt war zuzusagen. Doch gehörte das nicht auch zu den Ränkespielen der Daimonen? Sie waren Meister der Intrige. Und sie gaben nichts, ohne einen dunklen Preis zu fordern. »Was verlangst du von mir, wenn du mein Gesicht veränderst und mich rettest? Muss ich dir dafür meine Seele verpfänden?«

Einige Herzschläge lang sah er sie fassungslos an. Dann begann er plötzlich, leise zu lachen. »Ja, ich kenne die Geschichten, die ihr Menschenkinder über uns erzählt. Sehe ich wirklich aus wie ein Abgesandter der Mächte der Finsternis?«

Shaya musterte ihn mit ausdrucksloser Miene. Natürlich sah er nicht so aus … Aber war er nicht gerade deshalb verdächtig? Daimonen waren die großen Täuscher. Sie waren nie das, was sie vorgaben zu sein. Er wirkte harmlos und freundlich. Nein … Ihr Blick wanderte zu seinem Schwert. Ganz harmlos sah er nicht aus.

»Ihr müsst Euch entscheiden, Prinzessin Shaya. Was habt Ihr zu verlieren? Bleibt Ihr, werdet Ihr sterben. Kommt Ihr mit mir, werdet Ihr ein neues Leben beginnen.« Er lächelte erneut. »Und ich verspreche Euch noch einmal, ich werde nicht Eure Seele rauben.«

Sollte sie ihn verärgert haben, so ließ er es sich zumindest nicht anmerken. Seit fast einem Jahr hatten Götter und Unsterbliche ihr Leben gelenkt. Sie war nicht mehr Herrin ihrer Entscheidungen gewesen, und jedes Mal, wenn sie sich gefügt hatte, war sie ein Stück tiefer ins Unglück gestoßen worden. Vielleicht war sie ja ein ganzes Leben lang angelogen worden? Vielleicht waren die Devanthar das Dunkel und die Daimonen das Licht. Und was hatte sie noch zu verlieren? Sie würde morgen sterben …

Zögerlich nickte sie. »Ich danke dir für dein Angebot. Ich werde mit dir gehen. Bitte verändere mein Gesicht.« Sie sah ihm seine Erleichterung an. Da war keine Verschlagenheit in seinem Antlitz. Er wollte ihr wirklich helfen.

»Ihr habt die richtige Wahl getroffen, Herrin. Lasst uns beginnen. Ihr solltet auch eine andere Haarfarbe wählen. Das allein wird Eure Erscheinung schon erheblich verändern. Lasst uns beginnen! Sagt mir, wie wollt Ihr aussehen?«

»Eine größere Nase wäre schön«, entgegnete sie noch ein wenig zögerlich, doch ihr Herz hatte wie wild zu schlagen begonnen. Sie hatte mit ihrem Leben abgeschlossen gehabt, und jetzt würde sie doch noch dem Tod entfliehen! »Größere, rundere Augen wie die

Frauen im Westen hätte ich auch gerne«, sagte sie kokett »Und meine Wangenknochen …«

»Ich muss Euch warnen, Prinzessin, diese Veränderungen bereiten Schmerzen. Wir sollten mit Bedacht vorgehen. Zu viel Veränderung ist weder notwendig noch gut.«

»Warum?«, fragte sie enttäuscht und dachte, dass sie gerne auch ein wenig größer wäre. Nicht viel. Nur ein oder zwei Zoll. Ihre Beine waren zu kurz und krumm, weil sie zu viel im Sattel gesessen hatte.

»Euch umgibt eine Aura, die magische Geschöpfe, wie etwa die Devanthar, sehen können. Jeder Zauber, den ich wirke, hinterlässt eine Spur. Jedenfalls für eine Zeit, bis Euer verändertes Aussehen Euch zur neuen Natur geworden ist. In zwei oder drei Monden vermögen nicht einmal Eure Götter noch zu erkennen, wer Ihr einmal wart.«

Shaya zögerte, dann entschied sie sich, auf ihn zu hören. Er wusste es mit Sicherheit besser als sie. Ihre Haarfarbe zu verändern verursachte nur ein leichtes Prickeln in ihrer Kopfhaut. Ganz anders war es mit der Nase. Es fühlte sich an, als würde sie gebrochen. Sie kämpfte gegen den Schmerz an, konnte aber nicht verhindern, dass ihr Tränen in die Augen traten. Als auch noch ihre Augen verändert waren, verzichtete sie freiwillig auf weitere Zauber. Sie wünschte, es gäbe einen Spiegel. Zu gerne hätte sie ihr neues Gesicht gesehen.

»Ihr seid immer noch sehr hübsch«, sagte der Daimon, als könne er in ihren Gedanken lesen. Er war sehr einfühlsam und zuvorkommend. Einem Mann wie ihm war sie noch nie begegnet. Er hatte fast schon etwas Weibisches. Jetzt kniete er auch noch vor ihr nieder!

Wieder murmelte er vor sich hin, und ihre Fußfessel sprang auf. Vorsichtig verband er die Schürfwunden an ihrem Knöchel, dann blickte er lächelnd auf. »Jetzt müsst Ihr nur noch andere Kleider anlegen, Prinzessin, und Ihr könnt diesem Gefängnis entfliehen.«

»Und was ist mit dir?«

»Ich warte hier auf Eure Mörder, Prinzessin. Und wenn sie kommen, Euch zu holen, dann werde ich mit ihnen einen Tanz veranstalten, den sie so schnell nicht vergessen werden. Bluttaten und Zauberwerk werden sie überzeugen, dass ein leibhaftiger Daimon hier war, Euch verschlungen hat und danach noch Appetit auf weiteres Menschenfleisch hatte.«

»Du erzählst ihnen, du hättest mich verschlungen?«

»Nicht so freundlich, wie ich es Euch gerade gesagt habe, Prinzessin. Glaubt mir, ich kann sehr überzeugend sein. Und wir brauchen eine Erklärung, was aus Euch geworden ist. Sucht Euch einen sicheren Unterschlupf irgendwo hoch in den Felsen und seht zu, wie ich mich vom Kloster verabschiede.« Seine Stimme war leise geworden. Melancholisch. »Wir treffen uns dann bei meinem Versteck in den Bergen.«

Er beschrieb ihr den Weg zu der Schäferhütte, in der er die letzten Wochen gelebt hatte. Dort sollte sie Zuflucht suchen und auf ihn warten. Als Shaya die Kleider anzog, die er für sie mitgebracht hatte, wandte er sich höflich ab. Zuletzt drückte er ihr sein Schwert in die Hand. »Nehmt dies, Prinzessin. Ich weiß, Ihr könnt gut damit umgehen. Es ist eine schöne Bronzeklinge. Nichts Besonderes, aber zuverlässig. Sobald Ihr in belebtere Gegenden kommt, solltet Ihr sie gegen einen Dolch tauschen. Eine Frau mit einem Schwert erregt zu viel Aufsehen.«

»Aber wie wirst du ohne Waffe kämpfen? Labarna hat einige Männer seiner Leibwache geschickt, um meine Opferung zu überwachen. Das sind erfahrene Krieger!«

»Und ich bin ein Daimon«, sagte er entschieden, und seine Augen wurden hart. »Glaubt Ihr wirklich, eine Handvoll Menschenkinder könnte mich aufhalten.«

In diesem Augenblick wirkte er ganz und gar nicht mehr weibisch, und sie war froh, dass er ihr nicht feindlich gesonnen war. Sie dachte an die Kristallhöhle in den Wäldern Nangogs, wo sie gegen die Daimonen gekämpft hatte. Er hatte recht, er würde kein Schwert brauchen, um die Männer Labarnas zu bezwingen.

»Ich werde auf einem anderen Weg aus dem Tal fliehen als Ihr, Prinzessin. Unsere Verfolger dürfen uns nie zusammen sehen. Deshalb treffen wir uns erst bei der Schäferhütte.« Er drückte ihr die Hand. »Es war mir eine Ehre, Euch kennengelernt zu haben. Ihr seid wahrlich eine Prinzessin unter den Menschentöchtern.«

Obwohl er ihr geholfen hatte, war sie froh, seiner Gesellschaft zu entkommen. Er war ihr erneut unheimlich geworden, als sie für einen Herzschlag die Härte hinter seiner weibisch höflichen Art hatte aufblitzen sehen. Er hatte ihr geholfen, aber er blieb ein Daimon. Sie sollte ihm nicht zu sehr vertrauen. Sie verneigte sich knapp.

»Ich danke dir«, sagte sie kurz angebunden, dann stieg sie mit klopfendem Herzen aus dem Fenster hinaus in eine sternklare Nacht. Von Norden wehte ein eisiger Wind ins Tal. All ihre Sinne waren geschärft wie zuletzt bei ihrer Flucht, die sie abgebrochen hatte. Sie musste nicht mehr fürchten, Aaron zu schaden. Die Prinzessin Shaya hatte aufgehört zu existieren. Sie war in ein neues Leben geboren worden.

Der Verrat

Nandalee lauschte auf die Geräusche der Nacht. Sie hatte fast keinen Schlaf gefunden. Es regnete. Leises Tröpfeln auf Stein und Blätter und der Wind, der ab und an in den Felsen heulte, waren die einzigen Laute, die sie vernahm.

Gonvalon lag reglos an sie geschmiegt. Sein Atem ging ruhig. Konnte er schlafen? Nandalee verfluchte sich immer noch dafür, dass sie in der Stadt nicht vorsichtiger gewesen waren. Sie hatten dorthin gemusst! Es war ihre Mission herauszufinden, wo sich Menschen und Götter versammeln würden. Ein seltsamer

Auftrag … Sie würden Tage brauchen, um nach Albenmark zurückzukehren. Was nutzte dieses Wissen im Nachhinein? Vielleicht sollten zukünftige Versammlungen angegriffen werden.

War da ein Geräusch? Sie hielt den Atem an. Nein, nichts. Nur Wind und Regen. Den Reitern, die sie anfangs verfolgt hatten, waren sie leicht entkommen. Doch in der Abenddämmerung, als sie in die Berge oberhalb der Stadt zurückgekehrt waren, waren andere Kreaturen gekommen. Die Devanthar selbst hatten nach ihnen gesucht! Sie hatten in einer Felsspalte hinter dichtem Gebüsch Zuflucht gefunden. Ein Versteck, das im Dunkeln eigentlich unauffindbar war. Es sei denn, jemand besaß das Verborgene Auge. Nandalee war sich nur zu bewusst gewesen, wie verräterisch ihre Aura war. Sie war magiebegabt. Ihre Aura unterschied sich grundlegend von der aller anderen Kreaturen in weitem Umkreis. Deshalb hatte Gonvalon ihr befohlen, so tief wie möglich in die Spalte zu kriechen und sich dann schützend vor sie gelegt, sodass seine Aura die ihre überlagerte.

Jetzt war alles ruhig. Ein oder zwei Stunden noch, dann wurde es hell. Sicher würden die Devanthar sich dann ganz dem Schutz der Stadt widmen und nicht länger in den Bergen auf die Jagd gehen.

Sie spürte, wie Gonvalon sich regte. Er löste sich aus ihrer Umarmung, drehte sich zu ihr um und küsste sie. Im schwachen Licht konnte sie ihn kaum erkennen. Sein Gesicht war eine Fläche aus Schatten. Zärtlich strich seine Rechte über ihren Nacken. »Was immer auch geschieht, ich liebe dich«, flüsterte er und drückte im selben Augenblick auf einen Punkt in ihrem Nacken. Ein heißer Schmerz brannte bis in ihre Zehenspitzen. Was hatte er …? Sie wusste, was er getan hatte, auch wenn sie es nicht glauben wollte.

Ailyn, die Meisterin im waffenlosen Kampf, die sie an ihrem ersten Tag in der Weißen Halle so unbarmherzig mit einem Holzschwert verprügelt hatte, lehrte dieses Geheimnis. Aber nicht an Schüler. Nur wenige, auserwählte Meister wussten um die Nervenpunkte, bei denen ein leichter Druck genügte, um unerträglichen Schmerz oder Lähmung zu verursachen.

»Es tut mir leid, Nandalee. Ich weiß, dass du dies als Verrat empfinden musst. Aber bald schon wirst du wissen, dass diese Tat aus Liebe geboren wurde. Dieses Tagwerk heute muss ich allein verrichten. Ich habe Sorge, dass die Himmelsschlangen uns verraten haben. Nach allem, was ich mit dem Goldenen erlebt habe, vertraue ich ihnen nicht mehr. Wenn ich irre, bin ich vor Sonnenuntergang wieder zurück und stelle mich deinem Zorn. Und wenn nicht …« Er stockte. Rang um Worte. »Und wenn ich nicht zurückkomme, dann war es besser so.«

Sie spürte seine Verzweiflung. Sie war nicht wütend. Sie wollte ihn zurückhalten, denn er würde eine Dummheit begehen!

»Hab keine Sorge um mich. Durch die Tat Matha Nahts bin ich kein magisches Geschöpf mehr. Dieses eine Mal wird es mein Vorteil sein. Die Devanthar können mich im Gegensatz zu dir nicht erkennen, wenn sie ihr Verborgenes Auge öffnen.« Er klang ganz so, als wolle er sich mit diesen Worten selbst Mut machen.

Gonvalon kroch aus ihrem Versteck, suchte am Berghang einige kopfgroße Bruchsteine und schichtete sie vor Nandalee auf, um ihre Deckung hinter dem Busch zu verbessern. Noch einmal kam er zu ihr zurück und küsste sie. Dann ging er im letzten Sternenlicht davon.

Shayas Tod

Irgendetwas musste schiefgegangen sein. Seit Stunden lag Shaya nun schon versteckt zwischen den Felsen und beobachtete das Tal. Es war überdeutlich, dass dies kein Tag wie jeder andere im Haus des Himmels war. Alle Priesterinnen hatte ihre orangegelbe Festtracht angelegt. Eine Farbe, die aussah, als wollten sie mit Gewalt den noch fernen Sommer heraufbeschwören.

Shaya blickte zu dem Scheiterhaufen, der nahe einem Altar aus schlichtem, grauem Stein errichtet worden war. Den Morgen über hatten die Priesterinnen die Bäume und Büsche im Garten mit bunten Seidenbändern geschmückt. Dreimal waren sie in langer Reihe betend rund um das Kloster gezogen und hatten dabei lange Räucherstäbe abgebrannt, um die Geister des Winters zu vertreiben. Plötzlich ertönte ein so lauter Gongschlag, dass er selbst hoch in den Felsen noch deutlich zu hören war. Shaya wusste von Kara, dass er den Beginn der Zeremonie einleitete. Wie konnten sie anfangen? Sie hätten doch längst den Daimon in ihrem Zimmer entdecken müssen! Was war da vorgefallen? Diese Zeremonie konnte nicht stattfinden!

Unter dem Tor des Tempels erschien eine Prozession, angeführt von Kara, der Mutter der Mütter. Ihr folgten die Krieger Labarnas in Bronzerüstungen, auf denen sich hell die Sonne spiegelte. Leuchtend rote Federn wippten von ihren Helmen. Sie waren mit Speeren bewaffnet und trugen große Schilde aus Kuhhaut. Zwischen ihnen, ein wenig verloren wirkend und einen Kopf kleiner als ihre Wächter, ging eine weiß gewandete Frau. Shaya stockte der Atem. Dort unten ging sie! Der Daimon hatte ihre Gestalt angenommen!

Er hatte sie belogen! Von Anfang an musste es sein Plan gewesen sein, an ihrer Stelle zum Opferplatz zu gehen. »Prinzessin Shaya wird für immer aus dieser Welt verschwinden«, hatte er ihr gesagt. Es war die Wahrheit gewesen, auch wenn sie die Bedeutung dieser Worte anders aufgefasst hatte.

Sie würde nicht unsichtbar werden, und er hatte nie vorgehabt, das Märchen von einem prinzessinnenverschlingenden Daimon zu erzählen. Ihr Verschwinden aus der Welt würde vor über hundert Zeugen stattfinden. Sie schluckte, kämpfte mit den Tränen. Es war zu spät, um noch etwas zu verhindern. Selbst wenn sie sich aus dem Versteck erhob und den mit Felsbrocken übersäten Hang hinablief, würde sie den Opferplatz nicht mehr rechtzeitig erreichen.

Der Daimon war gekommen, um ihr sein Leben zu schenken! Wenn Shaya vor so vielen Zeugen starb, würde es nie mehr irgendwelche Fragen geben. Er hatte alles geplant. Niemand hatte den Daimon kommen sehen. Niemand hatte gesehen, wie sie aus dem Fenster gestiegen war. Alle würden sie dieselbe Geschichte erzählen: dass die Kriegerprinzessin mit stolzerhobenem Haupt, ohne ein Zeichen von Angst zum Opferstein gegangen war.

Kara ging zu der falschen Shaya, nahm sie in die Arme und verabschiedete sich von ihr. Dann legte sich der Daimon auf den Opferstein. Labarnas Krieger kamen und hielten ihn an Armen und Beinen fest, obwohl er kein Anzeichen von Widerstand zeigte.

Kara wurde feierlich das Opfermesser überreicht. Sie trat neben den Altar. Dreimal hob sie die goldene Klinge und dreimal ließ sie sie wieder sinken. Sie konnte es nicht über sich bringen. Ein Mann mittleren Alters, leicht untersetzt, im Festgewand eines Išta-Priesters, löste sich aus der Gruppe der Gäste, die wohl mit Labarnas Kriegern gekommen waren. Er nahm der Mutter der Mütter das Messer ab, streckte die Klinge dem Himmel entgegen und sprach offensichtlich ein paar feierliche Worte. Dann fuhr das Messer hinab. Mit einem Schnitt durchtrennte es die Kehle der Prinzessin. Blut spritzte auf und durchtränkte das weiße Kleid.

Shaya rannen heiße Tränen über die Wangen. Unfähig den Blick abzuwenden sah sie zu, wie sie starb. Schluchzen schüttelte sie.

Das Blut perlte durch eine Rinne und troff in einen goldenen Kessel, der am unteren Ende des Altars stand. Noch immer hielten die Krieger den Elfen fest. Nie wieder würde sie das Wort Daimon benutzen, schwor sich Shaya. Daimonen waren Ungeheuer der Nacht. Seelenlose Geschöpfe, allein fähig, Böses zu tun. Doch dort unten hatte eine Lichtgestalt ihr Leben für sie gegeben, allein für die Hoffnung, dass die Welt ein besserer Ort sein würde, wenn sie noch nicht starb.

»Danke, Datames«, flüsterte sie und wurde sich bewusst, dass sie nicht einmal seinen richtigen Namen gekannt hatte. »Du hattest eine große Seele.«

Ein weißes Seidentuch wurde über das Gesicht des Toten gelegt. Die Priesterinnen hoben den Leichnam vom Altar und trugen ihn zum Scheiterhaufen.

Der Išta-Priester trat mit einer brennenden Fackel neben den Scheiterhaufen. Kara kam, redete auf ihn ein und nahm ihm schließlich, sichtlich gegen seinen Willen, die Fackel ab. Eine junge Priesterin kam vom Tempel herbeigelaufen. Auf den Armen trug sie ein Brett, das mit Leintüchern abgedeckt war. Shaya erkannte es sofort. Es musste sich um die Tontafeln handeln, auf denen Kara gestern niedergeschrieben hatte, was sie ihr über die Heilkräfte der Allwurzel erzählt hatte.

Vorsichtig bettete die Mutter der Mütter die Tafeln auf die Brust des Leichnams. Sie würden im Totenfeuer gebrannt werden. Wieder ertönte der laute Gong. Kara hielt die Fackel an das ölgetränkte Holz, und bald schon hüllten Flammen den Leichnam ein. Der Wind ließ das Feuer tanzen und riss glühende Funken hoch in die Luft hinauf.

Shaya hatte aufgehört zu weinen. Frieden war über sie gekommen und das Gefühl einer nie gekannten Freiheit. Sie schuldete niemandem in dieser Welt mehr etwas, konnte zum ersten Mal in ihrem Leben tun, was sie wollte.

Die Gruppe der Opferzeugen begann sich aufzulösen. Als Erster ging der Išta-Priester. Nur Kara blieb bis weit in den Nachmittag. Zuletzt holte sie die Tontafeln mit zwei Stöcken aus der Glut und legte sie zum Auskühlen auf den Altar. Shaya wartete bis zur Abenddämmerung und sah zu, bis schließlich auch die letzte Glut des Scheiterhaufens verloschen war. Dann verließ sie ihr Versteck und schritt über den Bergkamm hinweg in ihr neues Leben.

Der letzte Krieg

Langsam breitete sich in der Menschenmenge vor der Halle der Unsterblichen Unruhe aus. Das Wispern von Tausenden Stimmen wurde immer lauter. Manche von ihnen hatten schon Stunden auf dem Platz ausgeharrt, so wie Gonvalon. Immer wieder gab es kurze Regenschauer. Die Sonne hatte sich an diesem Tag noch gar nicht gezeigt.

Heute hatte der Elf sich nicht in die Stadt schleichen müssen. Er trug eine weiße Tunika, dazu rote Sandalen, und hatte den Umhang, den ihm der Dunkle gegeben hatte, um die Schultern geschlungen. Sein Haar machte ihm Sorgen. Er hatte es am Morgen schwarz gefärbt. Der Regen würde bald das Färbemittel ausspülen und die Schultern der Tunika und den Umhang damit durchtränken. Irgendwann würde sich in der kalten Nässe auch der falsche Bart lösen, der an seinen Wangen haftete. Niemand, der ihn gestern gesehen hatte, würde ihn heute noch wiedererkennen. Aber wenn der Regen sein zerstörerisches Werk noch länger fortsetzte, würde bald offenbar werden, dass etwas mit ihm nicht stimmte.

»Bald wirst du die Götter sehen«, versuchte eine junge Mutter neben ihm ihre quengelnde Tochter zu beruhigen. Das blondhaarige Mädchen war höchsten sieben und jammerte, dass es nicht mehr stehen könne.

»Nur wenige Menschen sehen jemals einen leibhaftigen Gott. Das bringt Glück! Ein guter Stern wird über deinem Leben stehen und dir ein zufriedenes Leben bescheren.«

Gonvalon blickte zum Himmel. Dichte, bleigraue Wolken zogen über das Tal. Die Sonne war nicht zu sehen. Es war schon jetzt so dunkel wie zur Dämmerung. Der Elf stellte sich vor, wie ungeduldig die Himmelsschlangen nun auf sein Zeichen warteten.

Plötzlich erschien eine Gruppe von Kriegern zwischen den Säulen der Festhalle. Sie setzten silberne Fanfaren an die Lippen und schmetterten einen Gruß, der jedes Gespräch auf dem weiten Platz verstummen ließ.

Ansur trat zwischen den Kriegern hervor und stieg einige der Stufen des Prachtbaus hinab.

Gonvalon drängte sich nach vorne. Er wollte keines der Worte des Menschensohns überhören. Der Elf ignorierte die Ellbogenstöße und Flüche der Männer und Frauen, an denen er sich vorüberschob. Schließlich war er keine fünf Schritt mehr von Ansur entfernt, als dieser die Arme ausweitete und zu sprechen begann. »Bürger von Valesia!« Die Stimme des Menschensohns war kraftvoll. Schon den ersten Worten merkte Gonvalon an, dass der Herrscher ein geübter Redner mit wohlausgebildeter Stimme war.

»Götter sind unter Euch!« Ansur machte eine Pause und genoss sichtlich das Raunen in der Menschenmenge.

»Schon in der Nacht haben sich die Unsterblichen und die Himmlischen in der Halle, auf die ihr blickt, versammelt. Wie ihr wisst, waren es die Daimonen Albenmarks, die all das Unglück über Nangog brachten und auch uns einen Hungerwinter bescherten.« Er blickte auf die Menge hinab. »Ich sehe eure ausgezehrten Gesichter, ich sehe eure hohläugigen Kinder. Ich weiß, wie sehr ihr gelitten habt.«

Etwas war anders als gestern, dachte Gonvalon. Freilich hatte er Ansur gestern nicht sprechen hören, aber diese warme, freundliche Stimme wollte so gar nicht zu den hasserfüllten Blicken vom Vortag passen. Auch schienen ihm die Gesichtszüge leicht verändert. Doch da war das auffällige Muttermal über der Oberlippe.

»Wir werden einen Krieg gegen die Daimonen führen!«, rief er. »Wir werden sie aus Nangog vertreiben! Und dann werden wir mit dem Schwert in der Hand in ihre Welt treten.« Seine Stimme überschlug sich jetzt. Immer leidenschaftlicher wurden die Gesten, die seine Worte begleiteten. »Wir werden auch sie spüren lassen, was es heißt zu darben. Auch sie sollen wissen, wie es ist, ein Kind in den Schlaf zu wiegen, dem der Bauch vor Hunger schmerzt. Und wenn wir sie zur letzten Schlacht stellen, dann werden wir keine Gnade kennen. Sie waren es, die den Krieg be-

gonnen haben. Wir sind Kinder des Friedens. Aber sie haben unseren Zorn erweckt, und wenn wir etwas beginnen, dann bringen wir es auch zu Ende. Wir werden es sein, die diesen Krieg beenden. Und enden wird er erst, wenn wir auf dem letzten Schlachtfeld über den letzten Leichnam des letzten Daimons hinweggeschritten sind.«

Lautes Jubelgeschrei erhob sich. Die Menge drängte nach vorn, und nur mit Mühe konnten die Wachen am Fuß der Treppe die begeisterten Valesier zurückhalten. Ansur stieg noch ein paar Stufen weiter hinab. Er winkte seinen Untertanen zu. Gonvalon konnte ihn jetzt ganz deutlich sehen. Das Muttermal … Er musste näher an ihn heran! Er drängte sich in der Menge weiter nach vorne. »Heil dir, Ansur Daimonenschlächter«, rief er aus Leibeskräften und winkte, damit der Herrscher auf ihn aufmerksam wurde. »Räche unsere toten Kinder!«

Ansur blickte auf ihn herab. Und in diesem Augenblick sah Gonvalon es ganz deutlich. Das Muttermal wölbte sich nicht. Es war nur aufgemalt. Ein Schausteller war gekommen, um für das Volk den Herrscher zu spielen!

Ansur wandte sich um, stieg ein Stück die breite Marmortreppe hinan und winkte den Fanfarenbläsern. Schneidig hoben sie ihre Instrumente an die Lippen und ließen ein weiteres Mal einen Tusch erklingen.

Das Lärmen auf dem Platz verstummte. »Es ist der Letzte aller Kriege, über den Götter und Herrscher beraten, und noch sind wir uns nicht einig, wie wir die Daimonen bezwingen werden. Die Beratungen werden noch bis zur Abendstunde andauern. Dann aber werden die Unsterblichen und die Götter Hand in Hand auf diesen Stufen hier stehen und ihr, meine Valesier, ihr werdet die ersten Zeugen dieses neuen Bündnisses sein. Geduldet euch noch einige Stunden. Dies ist ein Tag, von dem noch in hundert mal hundert Jahren gesprochen werden wird. Und ihr werdet irgendwann euren Enkelkindern voller Stolz erzählen: Ich war dabei, als der Kriegsrat der Götter und Unsterblichen entschieden hat, wie die Feinde der Menschheit ausgelöscht werden sollen!«

Lauter Jubel brandete auf, als der falsche Ansur sich nach diesen Worten abwandte, die Treppe hinaufstieg und zwischen den Säulen verschwand.

Auch Gonvalon zog sich zurück. Die Worte hatten ihn aufgewühlt. Selbst wenn es nicht Ansur war, der dort oben gestanden hatte, zweifelte er nicht daran, dass der Redner ausgesprochen hatte, was der Unsterbliche dachte. Dieser Krieg durfte nicht beginnen!

Als der Dunkle ihm vom Plan der Himmelsschlangen berichtet hatte, die Devanthar und Unsterblichen alle in einem Augenblick zu vernichten, hatte er das für gut befunden. Es schien das einzig Richtige zu sein. Doch heute würde dies nicht gelingen. Gonvalon war sich sicher, dass die Götter und Herrscher nicht in dieser Halle über den Krieg beratschlagten. Sie hatten sich an einen anderen, geheimen Ort zurückgezogen. Er musste den Himmelsschlangen das Zeichen geben, nicht anzugreifen!

Er sah sich um und ging dann nach Norden. Die Masse der Menschen drängte in die entgegengesetzte Richtung zu den Zelten, wo jeder kostenlos Speis und Trank erhielt.

Den Umhang auf einem der Dächer auszubreiten, wie es der Dunkle vorgeschlagen hatte, würde nicht gelingen. Überall standen Krieger. Es war unmöglich, unbemerkt von ihnen auf eins der Dächer zu gelangen. Aber er hatte am Morgen einen kleinen Platz nahe einer Säulenhalle, ein Stück den Hang hinauf, gesehen. Dort würde er das Zeichen geben, dass die Himmelsschlangen nicht angreifen sollten.

Der Dunkle würde enttäuscht sein. Er war sich so sicher gewesen, dass sie die Devanthar heute vernichten würden. Er hatte Gonvalon mehrfach eingeschärft, dass als Signal für den Angriff das blaue Innenfutter des Umhangs nach oben zum Himmel weisen musste. Sollte es keinen Angriff geben, war der Mantel so hinzulegen, dass die rote Seite nach oben wies. Gonvalon hatte zweimal nachgefragt, ob er richtig verstanden hatte. Ihm war die Wahl der Farbe für den Angriff eigenartig vorgekommen. Hätte er seine Befehle vom Goldenen bekommen, dann hätte es ganz gewiss geheißen, dass die Farbe des Blutes das Zeichen sei, mit dem Werk der Vernichtung zu beginnen. Aber die beiden Nestbrüder waren so verschieden wie Tag und Nacht. Da war es wohl nur folgerichtig, dass der Dunkle ein anderes Verständnis von Farben hatte.

Es hatte wieder angefangen zu regnen. Gonvalon beeilte sich. In zwei oder drei Stunden würde er wieder bei Nandalee sein. Das Wiedersehen würde keine Freude werden. So wie er sie kannte, würde es einige Tage dauern, bis sie ihm verzeihen würde, was er getan hatte. Und dann würde sie keine Ruhe geben, bis er sie lehrte, wo sie den Nervenpunkt fand, der Elfen zu lähmen vermochte.

Er suchte in der Säulenhalle am Marktplatz Unterschlupf. Einige Händler hatten im Trocknen ihre Stände aufgeschlagen und verkauften Schmuck und auserlesene Stoffe. Gonvalon fragte sich, wie diese Stadt überleben wollte. Bislang hatte er nirgends einen Bauern gesehen, der Obst und Gemüse anbot. So schön Selinunt auf den ersten Blick erschien, war die Stadt letztlich doch nichts als Stein gewordener Größenwahn.

Gonvalon nahm den durchnässten Umhang von den Schultern. Der Regen würde nicht nachlassen. Er sollte es besser hinter sich bringen, statt noch weiter zu warten. Eilig trat er auf den kleinen Platz hinaus und breitete mit einem Schwung seinen Umhang aus, sodass die rote Seite nach oben wies. Ihm war nicht ganz klar, wie die Himmelsschlangen sehen wollten, was er tat. Zweifelnd sah er erneut zum grauen Himmel hinauf, dann suchte er in der Säulenhalle Schutz vor dem Regen.

»Wäre es nicht einfacher, den Mantel zu einer Wäscherin zu bringen«, fragte ihn ein Goldschmied, der verwundert seinem Treiben zugesehen hatte.

»Ich bin geizig«, erwiderte Gonvalon knapp. Er hatte keine Lust, in ein Gespräch verwickelt zu werden. Andererseits … Er musterte die Waren, die der Händler auf einem dunkelblauen Tuch ausgebreitet hatte. Vielleicht könnte er Nandalee mit einem schönen Schmuckstück gnädig stimmen. Er lächelte. Endlich gestattete das Schicksal ihm eine glückliche Liebe. Die Stadt würde nicht untergehen, und ihm war sein Leben geschenkt worden. Er würde zu Nandalee zurückkehren. Und er wollte ihr nicht mit leeren Händen entgegentreten.

»Seht nur! Die Götter schieben die Wolken vom Himmel!«, erklang eine Stimme in frömmlerischer Ergriffenheit. Trotz des Regens verließen etliche Händler den Schutz des Säulengangs und blickten zum Himmel.

Nach kurzem Zögern trat auch Gonvalon auf den kleinen Platz, um das seltsame Phänomen besser beobachten zu können. Eine Lücke, die an einen langen Tunnel erinnerte, hatte sich in den Wolken aufgetan, genau über ihnen. Es war ganz so, als stünden sie im Auge eines Wirbelsturms, dachte Gonvalon. Blitze flackerten entlang der Innenwand des Tunnels, und ihre vielfach gegabelten Arme griffen von dort weit in die bleigrauen Wolken hinaus. Nie zuvor hatte der Elf ein solches Himmelsphänomen beobachtet. Warmer Wind strich durch den Tunnel auf den kleinen Platz hinab. Er trug einen ihm vertrauten Wohlgeruch mit sich. Den Geruch von Drachen.

Das konnte nicht sein! Er hatte doch das Zeichen gegeben, *nicht* anzugreifen. Ganz am Ende des Tunnels erschien Licht, und einen Moment lang sah es aus, als blicke ein großes, weißes Auge auf Selinunt hinab. Gonvalon wandte sich ab. Er lief, wie er noch nie in seinem Leben gelaufen war, um in der Säulenhalle Deckung zu finden, als vom Himmel ein Licht stach, so hell, dass alles in seinem Schein verging.

Der Pakt der Unsterblichen

Regen trommelte auf das Dach des Beratungszeltes. Vom nahen Fluss zogen Nebelschwaden durch das Zeltlager. Alle hatte eine gedrückte Stimmung erfasst, und im Zelt wurde seit Stunden nur gestritten. Sie würden niemals zueinanderfinden, dachte Artax niedergeschlagen. Die Devanthar hatte er von seinen Ideen überzeugen können, an den Unsterblichen würde er scheitern. Sein Traum, dass sie alle in einem Sinne handeln würden, war an diesem Morgen im Beratungszelt gestorben.

»Wie kommst du darauf, dass einer deiner Katzenkrieger so viel wert ist wie zehn meiner Reiter?« Madyas, der Unsterbliche von den weiten Grasebenen Ischkuzas, war rot vor Zorn.

»Deine Pferdeschinder können nicht kämpfen«, entgegnete der Unsterbliche von Zapote herablassend. Auch er trug wie seine Jaguarkrieger einen Helm, und sein Gesicht blieb im Schatten hinter den Raubtierfängen verborgen. »Ich weiß, wie viele Pferdemänner meine Krieger auf der Sandebene besiegt haben.«

»Du meinst auf der Hochebene von Kush?« Madyas lachte auf. »Da haben meine Reiter gar nicht gekämpft, du Katzenhirn!«

»Es macht keinen Unterschied, ob sich Krieger von Pferden ziehen lassen oder auf ihnen sitzen«, bemerkte der Zapoter arrogant lächelnd. »Männer, die mit Pferden zusammen kämpfen, sind nichts wert!«

»Das will ich sehen! Jetzt auf der Stelle. Sollen zehn meiner Reiter gegen eine deiner Katzen antreten. Wir werden …«

Weißes Licht trank die Farben aus der Welt. Artax riss schützend den Arm vor seine Augen. Überall im Lager erhob sich Geschrei. Ein plötzlicher Sturmwind zerrte an den Zelten. Pferde wieherten. Zeltstangen splitterten.

Artax warf sich zu Boden, aus Angst, der Sturmwind könne ihn mit sich fortzerren. Blinzelnd öffnete er die Augen. Sie schmerzten, und er sah nur undeutlich. Ein Schatten zog über ihn hinweg. Etwas peitschte in sein Gesicht. Das Zelt! Der Wind hatte es fortgerissen.

Von der Passstraße erhob sich ein Fauchen, als sei ein ganzes Heer von Schlangen vom Himmel gestürzt. Madyas rief nach seinem Pferd.

Artax' Augen erholten sich vom grellen Lichtblitz. Er konnte wieder etwas deutlicher sehen. Alle Devanthar, die eben noch teils gelangweilt, teils amüsiert oder aber verärgert dem Streit der Unsterblichen gelauscht hatten, waren verschwunden.

Fast alle Zelte des Heerlagers waren niedergerissen worden. Menschen wie Tiere hatten sich zu Boden gekauert, um dem wütenden Zerren des Sturms widerstehen zu können. Noch immer war der Wind außergewöhnlich stark. Er wehte die Passstraße nach Selinunt hinauf, und einen Moment lang hatte Artax die absurde Vorstellung, dass in der Weißen Stadt ein riesiges Tier kauerte und der Wind sein Atem war.

Die Unterseiten der dunklen Wolken hinter den Bergen waren in zuckendes, rotes Licht getaucht.

»Selinunt brennt!«, rief Ansur außer sich. »Meine Stadt steht in Flammen! Ich muss den Pass hinauf. Ich muss …«

Wie aus dem Nichts erschien der adlerköpfe Devanthar und packte den Herrscher. »Du wirst nicht dorthin gehen.« Er blickte in die Runde. »Keiner von Euch. Das Feuer der Himmelsschlangen ist über Selinunt gekommen. Keiner dort lebt mehr. Die Stadt hat aufgehört zu sein. Und wären wir dort gewesen, wir wären mit ihr vergangen.« Er sah Artax mit seinen Vogelaugen an. »Ich danke dir für deine Zweifel, Unsterblicher Aaron. Du hast uns alle gerettet.«

»Aber wir müssen das Feuer löschen«, begehrte Ansur auf. »Müssen retten, was noch zu retten ist, damit wir die Stadt wieder neu …«

»Es gibt nichts mehr zu retten!« Der Devanthar schrie die Worte in verzweifeltem Zorn. »Selbst die Steine sind geschmolzen. Und in dem Feuer ist ein Gift, das ich nicht zu benennen vermag. In diesem Tal wird nie wieder eine Stadt stehen, und Jahrhunderte mögen vergehen, bis das Gift verflogen ist.«

Einer nach dem anderen erschienen auch die übrigen Devanthar wieder auf dem hölzernen Boden, der alles war, was vom Versammlungszelt geblieben war. In ihren Gesichtern spiegelten sich Schrecken und Zorn, soweit sie menschlich genug waren, dass Artax Gefühle darin lesen konnte.

Artax erhob sich. Der Anblick des brennenden Horizonts machte ihn sprachlos. Erst vor einem halben Jahr war die Goldene Stadt zerstört worden. Nun Selinunt …

»Diese Heimsuchung hätte jede unserer Städte treffen können«, sagte der hünenhafte Labarna, und Artax sah überrascht, dass in den Augen des Herrschers von Luwien Tränen standen. »Wenn sie hierherkommen konnten, dann können sie überallhin gelangen.«

»Wenn solche Flammen in die Wälder Drusnas fahren, dann werden sie auf Hunderte Meilen brennen«, stammelte Volodi.

»Wir können nicht mehr für uns alleine herrschen«, erhob Artax seine Stimme. »Es gibt keinen sicheren Ort mehr auf dieser Welt. Wenn wir nicht endlich unsere kleinlichen Streitereien aufgeben, dann werden wir untergehen.« Er legte feierlich die Hand auf seine Brust. »Jede Fehde wird ruhen, bis wir die Schlangen des Himmels vernichtet haben, das schwöre ich bei meinem Herzen.«

Einer nach dem anderen wiederholten die Unsterblichen diesen Eid. Dann wurde es still.

Selinunt hatte brennen müssen, damit sie zueinanderfinden konnten, dachte Artax aufgewühlt. Hoffentlich war es die letzte Stadt, die von den Daimonen Albenmarks verwüstet wurde. Er dachte erneut an die Bilder, die er im Tunnel vor dem Kuppelsaal gesehen hatte. Die Schlacht im Himmel Nangogs. Und er wusste, dass sein Wunsch sich nicht erfüllen würde.

Die Zeit wird es zeigen

Die Stadt war nicht wiederzuerkennen.

Drei Tage hatte Nandalee gebraucht, um aus der Starre zu erwachen. Und je länger es dauerte, desto sicherer hatte sie gewusst, dass etwas Schreckliches geschehen sein musste. Schon am Nachmittag, nachdem Gonvalon gegangen war, hatte sich ein wütender Sturmwind erhoben und einen Teil des Gebüschs vor ihrem Versteck fortgerissen. Zwei Tage lang hatte der Abglanz eines Feuers die Unterseiten der grauen Regenwolken rot erglühen lassen. Zur Bewegungslosigkeit verdammt, einfach nur in ihrem Versteck zu liegen, hatte sie fast wahnsinnig werden lassen. Wo war Gonvalon? Warum kam er nicht? Je öfter sie sich diese Frage stellte, desto mehr fürchtete sie sich vor der Antwort.

Als sie sich endlich wieder hatte bewegen können, war sie, ohne ein einziges Mal innezuhalten, hinunter zur Stadt gelaufen.

Doch jetzt wusste sie nicht mehr weiter. Hilflos sah sie sich um, unfähig, auch nur eines der Gebäude wiederzuerkennen. Tote hatte sie nur außerhalb der Stadt gefunden. Hier war nichts. Die Straße, der sie folgte, war zu schwarzem Glas geworden. Und trotz des Schutzzaubers, den sie gewoben hatte, spürte sie die Hitze durch ihre Stiefelsohlen. Ihre Haut prickelte, als liefen Ameisen darüber. Ihre Augen tränten.

Sie betrachtete die Reste einer weißen Säule, an der Perlen aus geschmolzenem Gestein hafteten. Wie eine riesige, gebogene Kerze sah sie aus.

»Gonvalon!«, rief sie aus Leibeskräften und wusste doch, dass sie keine Antwort bekommen würde. Sie hatte Selinunt durch ihr Verborgenes Auge betrachtet. Hier gab es kein Leben mehr.

Ein warmer Luftzug streifte ihren Rücken. Da war ein vertrauter Duft. Sie wandte sich um. Hinter ihr stand der Dunkle zwischen halb geschmolzenen Hauswänden, deren Fenster wie verzerrte Augen auf sie blickten. Er hatte Elfengestalt angenommen.

»Das hätte nicht geschehen sollen«, sagte er bedrückt. »Ich habe versucht, es zu verhindern … Ich war mir so sicher, dass sie sich hier treffen würden. Ich habe Gonvalon angelogen, welche Seite des Mantels er uns zeigen sollte, weil ich wollte, dass dies nicht geschieht. So sicher war ich mir, dass sie hier wären …«

Nandalee verstand kein Wort von dem, was er sagte. »Was war mit dem Mantel?«

»Meine Brüder waren im Rat übereingekommen, dass mit diesem Mantel das Signal gegeben werden sollte, ob sie angreifen oder nicht. Läge die rote Seite oben, sollte dies das Zeichen zum Angriff sein. Gonvalon aber habe ich belogen. Er hörte von mir, blau sei das Angriffszeichen. Ich tat es, weil ich mir völlig sicher war, dass die Unsterblichen und die Devanthar hier sein würden. Ich wollte nicht, dass die Stadt zerstört wird. Ich wollte einen anderen Weg suchen. Und ich wollte auch nicht, dass du …« Er sah sie durchdringend an.

Nandalee war dieser Blick unangenehm. »Was ist mit Gonvalon?«

Er schüttelte den Kopf. »Er war hier, als das Feuer kam«, sagte er ohne Anteilnahme. Dann sah er sich suchend um und deutete schließlich zu einem Säulengeviert am Hang. »Dort bei der Markthalle hat er den Umhang ausgelegt. Er kann nicht weit gekommen sein, Dame Nandalee. Beendet Eure Suche. Ihr werdet ihn nicht finden«

Doch Nandalee lief bereits über die Straße aus schwarzem Glas. Zweimal stürzte sie, rappelte sich wieder auf, ließ nicht zu, dass der Dunkle sie berührte. Sie betrat etwas, das einmal ein kleiner Platz gewesen sein musste, stieg über gestürzte Säulen hinweg, die mit dem Untergrund verschmolzen waren, und sah sich suchend um.

Der Dunkle blieb stets an ihrer Seite. »Hier kann es nichts geben. Es ist nicht einmal Asche geblieben. Ihr solltet nun mit mir gehen, Dame Nandalee. Dies ist ein gefährlicher Ort.«

Nandalee wollte das nicht hören. Sie wollte sich dem nicht stellen, was doch so offensichtlich wahr sein musste. Immer wieder schüttelte sie den Kopf, während ihr Blick rastlos über die Ruinen streifte. Es gab keine verkohlten Balken, keinen Staub, keine Asche. Nur geschmolzenes Gestein.

Er konnte doch nicht so gestorben sein. Einfach ausgelöscht. Gonvalon, der Schwertmeister des Goldenen, der beste Fechter Albenmarks. Verschwunden, ohne Spur …

Ihr Blick verharrte. Da war ein dunkler Fleck. Ein Schatten. Nur auf dieser einen Säule. Alle anderen waren makellos weiß. Sie stieg über Stufen, die wie halb geschmolzenes Wachs ineinandergelaufen waren. Der Schatten hatte eine Form. Je länger sie ihn betrachtete, desto deutlicher erkannte sie einen schlanken Mann. Er war so groß, wie Gonvalon es gewesen war. Sie streckte die Hand aus. Die Säule war immer noch heiß. Das war kein Ruß auf ihr. Der Schatten war in den Stein eingebrannt! Für alle Zeit!

»Wir werden nie wissen, ob er es ist«, klang die Stimme des Dunklen beschwörend hinter ihr.

Nandalee presste die Hand fest auf die Säule. Sie wusste es! Die Hitze verbrannte ihr die Hand, aber durch den Schmerz hindurch konnte sie ihn spüren. Er hatte vor der Säule gestanden, als das Feuer gekommen war.

»Ihr dürft nicht länger bleiben, Dame Nandalee. Hier ist ein Gift, überall. Ihr spürt es nicht, aber es hat bereits begonnen, Euch zu schaden. Und nicht nur Euch. Ihr seid schwanger.«

Sie löste die Hand von der Säule. Die Innenseite war voll blutiger Blasen. Doch sie spürte nichts. Der Schmerz, der in ihrem Herzen wütete, löschte jedes andere Gefühl.

»Kommt!« Der Dunkle nahm sie beim Arm und führte sie fort.

Nandalees Augen hatten sich mit Tränen gefüllt. Sie konnte nichts mehr sehen, hatte keine Kraft mehr. Es war gut, dass er gekommen war. Ohne ihn wäre sie vor der Säule zusammengebrochen. Sie musste jetzt an das Kind denken.

Unfähig sich zu bewegen hatte sie nach einer Weile in ihrem

Versteck in der Felsspalte eine Ruhe überkommen, die ihr sonst fremd war. Sie hatte in sich hineingehorcht. Hatte sich auf ganz neue Art gespürt. Sie hatte gefühlt, wie ihr Herz schlug, wie ihr Blut durch die Adern rann. Und dann hatte sie um das neue Leben gewusst, das nun in ihr wuchs. Denn auch das hatte sie spüren können. Eine Bewegung tief in ihr.

Der Dunkle sprach ein Wort der Macht, und es war, als würde sie in einen Abgrund hinabgezogen. Der Boden unter ihren Füßen war verschwunden. Sie stürzte. Einen Herzschlag lang. Dann stand sie wieder fest auf den Beinen.

Trockene, warme Luft umfing sie. Nandalee blinzelte die Tränen fort. Sie waren im Jadegarten. Nachtatem hatte einen Drachenpfad geöffnet. Einen jener unsteten Wege, die mit Gewalt durch das Gefüge des Raums gebrochen wurden und nur selten länger als einen Augenblick Bestand hatten.

Sie sah zu den Bergen, die den Jadegarten einfassten. In den letzten Monden hatte sie mit Gonvalon jeden Gipfel und jedes Tal erkundet. Sie war dort draußen glücklich gewesen. Sie würde nicht hier unten im Garten bleiben. Wenn sie schon nicht mehr bei ihm sein konnte, dann wollte sie zumindest an jenen Orten sein, an denen sie gemeinsam gelacht hatten. Dort würde für immer etwas von ihm lebendig bleiben. Zumindest für sie.

Nachtatem legte seine Hand auf ihren Bauch.

Sie stieß ihn zurück. »Dazu hast du kein Recht!«, zischte sie ihn an. »Das ist Gonvalons Kind. Du wirst es nie berühren.«

»Ihr tragt zwei Kinder unter Eurem Herzen, Dame Nandalee«, sagte er kalt. Die Pupillen in seinen himmelblauen Augen verengten sich zu schmalen Schlitzen. »Es könnten auch meine Kinder sein.«

Sie wusste, dass er recht hatte. Und doch konnte sie den Gedanken nicht ertragen. Sie war nicht bei Sinnen gewesen, als sie einander geliebt hatten. Der Rauch und der Schmerz hatten sie berauscht, sie von sich selbst entrückt. Er hatte das ausgenutzt. Und was ihr einst der Rotrücken in der Savanne prophezeit hatte, war wahr geworden – sie hatte Gonvalon verraten.

»Wie könnte eine Elfe jemals das Kind einer Himmelsschlange empfangen«, fuhr sie ihn an. »Es sind Gonvalons Kinder. Anders kann es nicht sein.«

»Die Zeit wird es zeigen«, sagte er mit erzwungener Ruhe, und sie konnte spüren, dass es da noch etwas gab, das er ihr nicht verraten wollte.

Hatte er Gonvalon wissend in den Tod geschickt? Obwohl Nachtatem in Elfengestalt vor ihr stand, sah sie nur noch das Ungeheuer in ihm. Und zum ersten Mal konnte sie sich vorstellen, dass sie auch ihn verraten würde.

Epilog

Drei Monde später, im Palast des Unsterblichen Aaron in Akšu

Aaron schob seinen Teller von sich. Er hatte kaum gegessen.

So konnte das nicht weitergehen, dachte Ashot aufgewühlt. Aarons Gesicht war schon ganz schmal geworden, und jedes Mal, wenn er ihn genauer betrachtete, entdeckte er neue weiße Haare im Bart des Unsterblichen.

»Soll ich Euch etwas anderes bringen lassen, Erhabener?«, fragte Mataan, und Ashot sah dem Fischerfürsten an, dass er genauso besorgt war wie er.

»Nein, ich habe keinen Hunger mehr.«

Aaron war erst vor einer Stunde in den Palast zurückgekehrt. Er hatte sich irgendwo auf der Welt mit den anderen Unsterblichen getroffen. Seit dem Brand von Selinunt hielten sie geheim, wann und wo ihre Zusammenkünfte waren. Nicht einmal er, der Hauptmann seiner Leibwache, wusste darum.

Aaron hatte ihm schon nach dem letzten Treffen der Herrscher anvertraut, dass sie wieder begonnen hatten, miteinander um bedeutungslose Kleinigkeiten zu streiten. Ashot wusste, wie verzweifelt sein Herrscher war. Er sah die Welt untergehen und dass er es, sosehr er sich auch dagegen stemmte, nicht verhindern konnte.

»Ihr müsst entschuldigen, wenn das Essen Euch nicht mundet, Herr«, sagte Mataan zerknirscht. »Es hat einen … einen Zwischenfall in der Palastküche gegeben, während Ihr fort wart.«

»Einen Zwischenfall?« Aaron hob gereizt den Kopf. »Reicht es nicht, dass es Zwischenfälle an der Grenze zwischen Drusna und Valesia gibt. Oder dieser kleine Zwischenfall im Beratungszelt der

Unsterblichen, als Iwar vergiftet wurde. Jetzt gibt es auch noch Zwischenfälle in meiner Küche. Was zum Henker ist geschehen?«

»Ich wollte Euch damit eigentlich jetzt nicht behelligen, Herr. Ihr solltet vielleicht besser ruhen …«

»Das werde ich nicht! Es wird mir ein Vergnügen sein, wenigstens einmal einen Zwischenfall bereinigen zu können. Wenigstens in meiner Palastküche sollte mir das gelingen, nicht wahr? Also erzählt.«

Ashot sah Mataan beschwörend an. Noch nie hatte er Aaron wegen einer Kleinigkeit so aufgebracht erlebt. Wenn er jetzt ein Urteil sprach, dann würde es kein Recht sein, sondern nur Blutvergießen.

»Also!«, fuhr Aaron den Hofmeister an.

»Eurem Leibkoch Mahut wurde der Arm ausgekugelt. Es wird noch Tage dauern, bis er wieder arbeiten kann.«

»Ihm wurde in der Küche der Arm ausgekugelt? Wie geht das?«

»Es geschah, als er verhindern wollte, dass noch eine weitere Amphore auf dem Kopf Eures Vorkosters zertrümmert wird.«

»Ich habe einen Vorkoster?«

»Mataan und ich dachten, das wäre vielleicht nicht ganz unklug nach dem Ende, das der Unsterbliche Iwar genommen hat«, mischte sich Ashot ein und erntete dafür einen ärgerlichen Blick des Unsterblichen.

»Ich habe also einen Vorkoster, ohne dass ich davon weiß.« Aarons Finger trommelten auf der Lehne seines Stuhls. Das war kein gutes Zeichen, dachte Ashot.

»Über den Vorkoster reden wir später. Jetzt wüsste ich gerne, wer Amphoren auf seinem Kopf zertrümmert hat.«

»Es war die junge Frau, die die Abfälle aus der Küche trägt. Sie hat noch vier weitere Küchengehilfen niedergeschlagen, bevor sie von der Palastwache gefangen gesetzt wurde.«

Aarons Augen funkelten vor Wut, als er sich Ashot zuwandte. »Überall auf der Welt regiert die Unvernunft, und nun werden auch noch Kriege in meiner Küche ausgetragen. Du warst es, Ashot, der mich vor einer Weile gefragt hat, ob diese Kriege nicht endlich einmal aufhören könnten. Warum immer noch eine Schlacht zu schlagen ist. Und nun ist der Unfrieden auch in meinem Haus angekommen. Hat sich schon herumgesprochen, dass ich meine Palastwache aufbieten muss, um ein Küchenmädchen zu bändigen?«

Ashot räusperte sich verlegen. »Das weiß ich nicht, Erhabener.«

»Ich will sie sehen. Sie soll mir in die Augen blicken, wenn ich ihr Urteil verkünde. Sie soll heute noch bestraft werden. Holt sie her!«

Ashot verließ die Gemächer des Unsterblichen und schickte eine Wache, das Küchenmädchen zu holen. Es dauerte nicht lange, bis sie vorgeführt wurde. Sie hatte ein zugeschwollenes Auge und aufgeplatzte Lippen. Beim Gehen hinkte sie leicht, aber sie hielt sich gerade, und das eine Auge, das sie noch aufbekam, genügte ihr, um Ashot einen Blick wie einen Messerstich zu schenken. Ihr Kleid war zerrissen. Sie hielt es mit der Hand über der linken Brust zusammen. Schamhaft wirkte sie nicht auf ihn.

»Du solltest dich vor dem Unsterblichen demütig zeigen, Weib. Er ist sehr verärgert über dich.«

Jetzt wirkte sie erschrocken. »Ich werde vor den Unsterblichen geführt. Aber es war doch nur eine Kleinigkeit … Nichts, worum sich der Unsterbliche …«

»Er hat davon gehört, und er ist wütend. Knie demütig vor ihm nieder, benimm dich, und alles wird ein gutes Ende nehmen.« Sie machte zwar nicht den Eindruck, als sei Demut ihre Sache, aber vielleicht steckte ja ein Fünkchen Verstand in ihrem Kopf. Vor der Schlägerei hatte sie wohl recht hübsch ausgesehen. Vielleicht etwas zu drahtig. Aber wenn sie genug zu essen bekäme … »Gehen wir! Du musst vor dem Unsterblichen niederknien, wenn er mit dir spricht. So ist es Sitte bei Hof.«

Aaron wirkte immer noch verärgert, als sie gemeinsam dessen Gemach betraten.

Allzu selbstbewusst trat die junge Frau bis kurz vor den Herrscher, ließ sich dann umständlich auf die Knie nieder und beugte sich so tief vor, dass ihre Stirn fast den Boden berührte. Ashot betete darum, dass sie sich benehmen würde, und stellte sich neben Aarons Thron.

»Du also hast meinen Leibkoch auf dem Gewissen«, sagte der Unsterbliche unwirsch. »Wie heißt du?«

»Kirum.«

»Und woher kommst du?«

»Nari.«

Aaron seufzte und sah ihn an. »Aus Nari kommt in letzter Zeit nichts als Ärger, nicht wahr, Ashot?«

Kirum hob ihren Kopf, nickte und sagte, ohne gefragt zu sein. »Ja, ich habe davon gehört, dass Ihr unserem Satrapen Eleasar ein Messer in den Leib gerammt habt, nachdem er Euch verraten hatte.«

Ashot schloss die Augen und sandte ein Stoßgebet zum Löwenhäuptigen. So war das nicht gewesen. Dieses Weib redete sich um Kopf und Kragen.

»Ich hätte das genauso gemacht«, fuhr sie fort, die finsteren Blicke Aarons ignorierend.

Plötzlich lächelte Aaron. »Na, da haben Mahut und mein Vorkoster wohl Glück gehabt, dass sie kein Messer abbekommen haben.«

»Es war gerade keines in Griffweite«, sagte sie so trocken, dass Ashot nicht einschätzen konnte, ob das ein Scherz sein sollte oder ob sie es ernst meinte.

Aaron lachte. Das hatte er seit Langem nicht mehr getan.

»Worum ging es in dem Streit?«

»Der verdammte Vorkoster hat mir zwischen die Schenkel gefasst. Als er das zum ersten Mal getan hat, habe ich ihm gesagt, ich würde ihm den Schädel einschlagen, wenn er es noch mal versuchen würde.«

Mataan räusperte sich. »Der Mann hat sieben Zeugen dafür, dass diese Geschichte nicht stimmt.«

Wieder lächelte Aaron. »Ich nehme an, diese Zeugen sind allesamt Küchenkrieger, die bei dem Streit etwas abbekommen haben.«

»Das könnte sein«, räumte Mataan ein. »Ich werde dem nachgehen.«

Kirum hatte sich nun ganz aufgerichtet. Sie wagte es, dem Unsterblichen geradewegs ins Antlitz zu blicken und ihm ein verschwörerisches Lächeln zu schenken, als seien sie beide Komplizen.

Eine steile Zornesfalte zeigte sich auf Aarons Stirn.

Hätte sie doch einen Augenblick noch ihren Kopf unten behalten, dachte Ashot verzweifelt. Jetzt war alles verdorben. Diener durften den Unsterblichen nicht in die Augen sehen. Normalerweise war Aaron das egal, aber bei der Stimmung, in der er heute war …

»Du …«, setzte der Herrscher zornig an. Dann weiteten sich seine Augen. »Du hast eine sehr ungewöhnliche Narbe dort unter deinem Schlüsselbein.«

Ashot folgte dem Blick seines Herrschers. Kirum hatte vergessen, ihr zerrissenes Kleid weiter zusammenzuhalten. Deutlich sah man eine hässliche, rote Narbe unter ihrem Schlüsselbein, die ein wenig an eine stilisierte Sonne erinnerte.

»Wie bist du zu dieser Verletzung gekommen?« Aarons Blick hatte sich dramatisch verändert. Aller Zorn war gewichen. Er schien zwischen Hoffnung und Bangen zu schwanken. Was ging in ihm vor sich?

»Man könnte sagen, es war ein besonders großer Dorn, der mich dort verletzt hat, Unsterblicher.«

Ashot zuckte innerlich zusammen. Was war das denn für eine klägliche Lügengeschichte?

Erstaunlicherweise war Aaron nicht verärgert. Er erhob sich von seinem Thron, trat zu ihr, legte ihr die Hand auf die Stirn und tastete mit den Fingerspitzen nach ihrem Haaransatz.

Ashot sah zu Mataan hinüber. Der Hofmeister war ebenso verwundert wie er.

»Als du dich hier verletzt hast, musst du wohl wie ein angestochenes Schwein geblutet haben«, sagte er mit weicher Stimme.

»Das wären auch meine Worte«, bestätigte sie mit einem Lächeln.

Ashot traute seinen Augen kaum. Es war unglaublich, wie sehr sich Aaron in wenigen Augenblicken verändert hatte. Plötzlich schien alle Bitternis von ihm gefallen zu sein. In seinem Blick lag ein Strahlen, wie er es noch nie zuvor gesehen hatte. Und dieses Küchenmädchen sah den Unsterblichen auf eine Art an, als seien sie schon lange miteinander vertraut. Das war von fast selbstmörderischer Tollkühnheit, aber Aaron schien es zu dulden.

»Ich dachte, mein Leben sei zu Asche geworden.« Der Unsterbliche schien völlig vergessen zu haben, dass er mit diesem Küchenmädchen nicht allein war.

»Mir wurde gesagt, dass diese Asche eine reiche Erntezeit schenken wird«, entgegnete Kirum.

Ashot verstand kein Wort von dem, was die beiden redeten. Aber das musste er auch nicht. Er war gerade Zeuge eines Wunders geworden. Mit ihrem einen nicht zugeschwollenen Auge, ihrem Lächeln und ein paar rätselhaften Worten hatte sie es offensichtlich geschafft, den Unsterblichen zu verzaubern. Aaron sah glücklich aus!

Plötzlich schien sich der Unsterbliche der verwunderten Blicke bewusst zu werden. Er räusperte sich. »Ich glaube, meine Palastküche ist nicht der richtige Ort für Kirum. Vielleicht sollte sie besser die Löwengrube hüten oder meiner Leibwache beibringen, wie man kämpft. Mataan, sorge dafür, dass sie in einem ordentlichen Zimmer untergebracht wird und eine Heilkundige nach ihren Wunden sieht.«

»Und ihre Strafe?«, fragte der Hofmeister.

»Sie darf den Palast nicht verlassen«, sagte Aaron ernst. »Das genügt fürs Erste.«

Mataan war anzusehen, dass er die Welt nicht mehr verstand. Aber er war klug genug, nichts zu sagen. Vielleicht freute auch er sich insgeheim, dass ihr Herrscher sein Lächeln wiedergefunden hatte.

»Du darfst nun gehen, Kirum. Ich werde über eine angemessene Strafe für dich nachdenken. Vielleicht werde ich dich auf einer Trommel tanzen lassen.«

Ashot zuckte zusammen. Was mochte das für eine Barbarei sein? Von dieser Strafe hatte er noch nie etwas gehört. Er kannte nur Knüppel, die auf dem Rücken tanzten.

Diesmal schwieg das Mädchen. Sie lächelte nur und verließ mit Mataan die Gemächer des Unsterblichen.

»Heute ist ein guter Tag«, sagte Aaron zwar leise, aber er meinte es unüberhörbar von ganzem Herzen. »Du solltest jetzt in die Palastküche gehen und jedem der Raufbolde dort ein Silberstück schenken. Aber mach ihnen klar, dass ich ihnen zwei Silberstücke abnehme, wenn ich erfahre, dass sie diese Geschichte herumerzählen.

»Euer Wunsch ist mir Befehl, Unsterblicher!«

Es würde einen Aufschrei unter allen Adligen des Königreichs geben, wenn Aaron einer Dienerin seine Liebe schenken würde, dachte Ashot, als er sich auf den langen Weg zur Palastküche machte. Aber das würde Aaron nicht davon abhalten, es zu tun, wenn sich zeigte, dass Kirum die Richtige für ihn war. Schließlich hatte Aaron auch ihn, einen mittellosen Bauern aus einem Dorf am Ende der Welt, zum Hauptmann seiner Leibwache gemacht.

Ashot wünschte sich, dass Aaron sein wiedergefundenes Lächeln behielt. Er würde fest an Aarons Seite stehen, sollte es nötig sein, für diese Fremde zu streiten. Selbst den Devanthar würde er die Stirn bieten, um seines Königs willen. Was waren alle Macht und Schätze der Welt wert, wenn sie nur um den Preis eines Lebens ohne Lächeln erkauft werden konnten.

Fortsetzung folgt …

ANHANG

DRAMATIS PERSONAE DER »DRACHENELFEN«-SAGA

Die Devanthar und andere Göttergleiche

ALBEN Die Schöpfer der Welt *Albenmark*. Ihre Beweggründe sind ihren Geschöpfen unergründlich. Sie ziehen sich immer weiter aus ihrer Welt zurück und verzichten auf einen Großteil ihrer Macht, wie es scheint.

DEVANTHAR Weltenschöpfer, ähnlich den *Alben*. Von den Alben und den meisten ihrer Kinder als Verkörperung des Bösen betrachtet. Sie beherrschen *Daia*, die Welt der Menschen, und lenken die Geschicke der dort lebenden Völker. Sie lieben den Wandel und stehen damit im Gegensatz zu den Alben, die nach Vollkommenheit streben, um diesen Zustand dann für immer zu erhalten.

REGENBOGENSCHLANGEN Ein anderer Begriff, der für die *Himmelsschlangen* verwendet wird, jene mächtigen, erstgeschlüpften *Drachen*, die als Statthalter der *Alben* auftreten. Der Begriff spielt darauf an, dass sie alle verschiedene Farben haben. Glaubt man den Drachen, dann sind die Regenbogenschlangen die ältesten unter ihnen. Sie nennen sich auch die Erstgeschlüpften und beanspruchen für sich, dass sie die ersten Geschöpfe waren, die von den *Alben* erschaffen wurden, nachdem *Nangog* ihr Werk vollendet hatte.

Anatu *Devanthar*, die sich mit dem *Purpurnen*, einer der *Himmelsschlangen*, einließ und ihn verführte, nach *Daia* zu kommen. *Išta* wollte nicht, dass die Feindschaft zwischen *Drachen* und *Devanthar* endete. Deshalb, so sagt es die Legende, erschlug sie den Drachen und ließ Anatu einkerkern.

Ebermann Oder auch *Manneber*. Name, den die Menschen einem der *Devanthar* gaben, da er häufig in einer Gestalt halb Eber und halb Mensch auftritt. (Siehe auch das Buch: *Die Elfen*)

Die Geflügelte Synonym für *Išta*.

Die Gefesselte Göttin Synonym für *Nangog*.

Išta Einer der Namen der Menschen für die *Geflügelte*. Sie wird in *Luwien* als Hauptgöttin verehrt. *Išta* ermordete den Unsterblichen *Muwatta* nach der Schlacht von *Kush* und setzte dafür den Unsterblichen *Labarna* als den Herrscher Luwiens ein.

Langarm *Devanthar*, der meist in gedrungener, haariger Gestalt auftritt. Ein begnadeter Schmied, der die Rüstungen und Waffen der *Unsterblichen* anfertigt.

Der Löwenhäuptige *Devanthar*, der das Königreich *Aram* beschützt. Tritt als Mentor des Unsterblichen *Aaron* auf.

Manneber Siehe *Ebermann*.

Nangog Im Schöpfungsmythos der *Zwerge Albenmarks* eine Riesin, die von den *Devanthar* und den *Alben* gemeinsam erschaffen wurde. Sie formte die Welten der Menschen, der Albenkinder und eine dritte Welt für sich selbst und ihre Kinder. Wurde vor der Vollendung ihres Werkes von Alben und Devanthar mit einem mächtigen Bannzauber belegt und ihres Herzens beraubt. Auch *Die gefesselte Göttin* genannt.

Russa Berggott. Auch Blitzschütze genannt. Wird von den Hirtenstämmen *Garagums* verehrt und häufig in einer Flügelsonne abgebildet. Die Geister der Toten, deren Fleisch von einem Adler gefressen wurde, reiten während Gewitternächten mit Russa auf den Sturmwinden, so glauben die Hirten und Jäger *Garagums*.

Die STURMRUFERIN *Devanthar*, erscheint meist als verführerisch schöne Frau mit Schlangenhaar. Gebietet über die Winde, ist frei und launisch und an keines der sieben Großreiche gebunden. Verschenkt ihre Gunst ebenso leicht, wie sie sie den Sterblichen auch wieder entzieht.

Der WEISSE WOLF *Devanthar*, erscheint meist in Gestalt eines Weißen Wolfes. Tritt als Mentor des Unsterblichen *Madyas* auf.

Der GROSSE BÄR *Devanthar* des Großreiches *Drusna*, erscheint meist in Bärengestalt. Ist der Mentor des Unsterblichen *Iwar* und später auch von dessen Nachfolger.

Das LEBENDE LICHT *Devanthar* des Großreiches *Valesia*, erscheint in Gestalt einer Flamme oder eines Mannes mit einem Adlerkopf. Tritt als Mentor des Unsterblichen *Ansur* auf.

Die Drachen

DRACHEN Ein Sammelbegriff für verschiedene Drachengattungen. Die *Himmelsschlangen* sind die Statthalter der *Alben*. Ihnen haben sie ihre Welt anvertraut, in der Hoffnung, sie seien weise Herrscher. Die übrigen Drachen stehen in der Hierarchie tiefer. Während die Himmelsschlangen intelligente Geschöpfe von großer Macht sind, sind etliche andere Gattungen wenig mehr als besonders gefährliche Raubtiere.

Der DUNKLE Synonym für *Nachtatem*. Der Dunkle, ein *Elf* mit Augen vom Blau des Winterhimmels, ist eine der Gestalten, die der älteste *Drache*, *Nachtatem*, annimmt, wenn er sich unter Elfen mischt.

HIMMELSSCHLANGEN Glaubt man den *Drachen*, dann sind die Himmelsschlangen die ältesten unter ihnen. Sie beanspruchen für sich, dass sie die ersten Geschöpfe waren, die von den Alben erschaffen wurden.

ERSTGESCHLÜPFTER Ein Name, den die *Himmelsschlangen Nachtatem*, dem Ältesten unter ihnen, gegeben haben.

Der FLAMMENDE *Himmelsschlange* mit gelb-karmesinrot changierender Schuppenfarbe; gilt als aufbrausend, sehr nachtragend und wankelmütig. Kann seine Überzeugung binnen Augenblicken ändern und vertritt jeden neuen Standpunkt mit hitziger Vehemenz.

Der FRÜHLINGSBRINGER *Himmelsschlange* (Letztgeborener unter ihnen). Seine Schuppen leuchten im hellen Grün des Frühlings; gilt als ruhig und pragmatisch.

Der GOLDENE *Himmelsschlange*. Verkörpert Macht und Schönheit in vollkommener Harmonie. Seine Schuppen erstrahlten ursprünglich in warmen Gelbtönen, wurden von ihm jedoch mit goldenem Glanz verfeinert, um seinen Ansprüchen von Ästhetik zu genügen. Seine Eifersucht auf den *Erstgeschlüpften* ist ebenso grenzenlos wie sein Ehrgeiz.

Der HIMMLISCHE *Himmelsschlange* mit strahlend hellblauer Schuppenfarbe; gilt als der Weiseste der acht. Der Himmlische starb beim Angriff der *Devanthar* auf die *Blaue Halle*.

NACHTATEM *Himmelsschlange*, ältester Drache Albenmarks. Manche nennen ihn auch ihren König. Residiert im *Jadegarten* und nimmt nur selten an den Zusammenkünften der anderen Himmelsschlangen teil.

Der NACHTBLAUE *Himmelsschlange*. Liebt es, sich wie ein Raubtier zu gebärden, was so weit geht, dass er besiegte Gegner frisst. Gilt als der Kriegerischste der acht.

Der PURPURNE *Himmelsschlange*. Er gehörte zu den erstgeschlüpften *Drachen*. Im Goldenen Netz begegnete er der *Devanthar Anatu*. Die Liebe zu ihr kostete ihn das Leben.

Der ROTE *Himmelsschlange*. Liebt es, sein Leben mit allen Sinnen zu genießen, nimmt gelegentlich Elfengestalt an und versucht sich als Verführer, womit er bei seinen Nestbrüdern auf blankes Unverständnis stößt. Manchmal neigt er zu überraschender Grausamkeit.

Der Smaragdfarbene *Himmelsschlange*. Er strebt Harmonie und Ausgleich zwischen den *Himmelsschlangen* an. Oft ist er derjenige, der den Kompromiss findet, dem letztlich alle folgen.

Der Schwebende Meister Name der *Elfen* für jenen *Drachen*, der die Auserwählten die Kunst des Zauberwebens lehrt. Er galt als schrullig und manchmal willkürlich grausam. Zu seinen Verschrobenheiten gehörte es, sich mit dem Kopf nach unten von einem Fels hängen zu lassen, als sei er eine Fledermaus. Der Schwebende Meister starb durch die Hand der Zwerge *Nyr*, *Hornbori* und *Galar*.

Der Sommergoldene Synonym für den *Goldenen*.

Sonnenwind Ein *Drache* der Spezies der Rotrücken. Sein Revier liegt in der weiten Savanne des *Bainne Tyr*. Er macht den Fehler, *Nachtatem* herauszufordern.

Die Elfen

Elfen Das letzte der Völker, die von den *Alben* erschaffen wurden. (So behaupten die Elfen.) Sie sind etwa menschengroß, von schlankerer Gestalt und haben längliche, spitz zulaufende Ohren. Die meisten von ihnen sind magiebegabt. Sobald sie ausgewachsen sind, scheinen sie nicht mehr zu altern. Die Mehrzahl von ihnen lebt zwar »nur« einige Jahrhunderte, manche erreichen aber auch ein Alter von weit über tausend Jahren. Die Seelen der Elfen werden wiedergeboren, bis sie ihre Bestimmung finden und ins *Mondlicht* eingehen.

Drachenelfen *Elfen* im Dienst der *Himmelsschlangen*. Werden von den Drachen geholt, sind oft Außenseiter oder gar

Ausgestoßene in ihren Sippen. Sie kommen als Schüler in die *Weiße* oder *Blaue Halle*. Wenn sie die Ausbildung und alle Prüfungen überstehen, werden sie zu Meisterinnen und Meistern, um Aufträge für die *Himmelsschlange* auszuführen, der sie sich verschrieben haben.

AILYN *Drachenelfe* und Meisterin der *Weißen Halle* – die Erfahrenste unter ihnen. Ausgezeichnete Schwertkämpferin mit unglaublichen Reflexen. Unerreicht ist sie im waffenlosen Kampf.

ALVIAS Lange Zeit Haushofmeister von *Emerelle*, der ersten Königin *Albenmarks*. Auch berühmt für seine Sammlung von Schriften aus der Epoche des Dritten Trollkriegs. Legte bemerkenswerterweise den Schwerpunkt auf Texte, in denen die Herrschaft der *Elfen* angefeindet wurde.

ASFAHAL Sohn des *Solaiyn* und Bruder *Talawains*. Gilt als Lebemann und Glücksspieler.

BIDAYN Schülerin der *Weißen Halle*. Kennt *Nandalee* seit ihrer gemeinsamen Zeit bei dem *Schwebenden Meister*. Begabte Zauberweberin mit wenig Talent für den Kampf. Seit ihrer ersten Mission als angehende *Drachenelfe* von entstellenden Narben überzogen. Sie ist ein Schützling *Lyviannes*.

ELEBORN Schüler der *Weißen Halle*. Gilt als versponnen und erschafft Kunstwerke aus Wasser und Licht. Später einmal wird er einer der großen Herrscher Albenmarks sein. Hat sich dem *Himmlischen* verschrieben. Schleicht sich unter dem Name *Mikayla* in Gestalt eines Drusniers bei den Zinnernen ein und wird der Wagenlenker *Volodis*.

GALAWAYN *Elf* aus der Schar der Verbannten aus Valemas. Führt den Titel *Hüter der Geheimnisse* und gilt als einer der bedeutendsten Köpfe in der Bibliothek zu Iskendria.

GONVALON *Drachenelf* und lange Zeit Meister der *Weißen Halle*. Ein exzellenter Schwertkämpfer mit einem Hang zu Affären, bis er *Nandalee* begegnet. Ohne es zu wissen, ist er der Sohn von *Lyvianne*, die ihn einst aussetzte. Sein Name bedeutet wörtlich übersetzt Winterkind. Hat sich ursprünglich dem *Goldenen* verschrieben.

LYVIANNE *Drachenelfe* und Meisterin der *Weißen Halle*. Lehrerin von *Bidayn*. Verfolgt sehr radikale Ideen über die Vervollkommnung des Volkes der *Elfen*. Hat sich dem *Goldenen* verschrieben.

MANAWAYN Legendärer erster Meister der *Weißen Halle*. Die *Elfen* glauben, dass er sich mit sechs anderen Meistern in die Einsamkeit zurückgezogen hat, um zurückzukehren, wenn Albenmark in Gefahr ist. Tatsächlich wurden die sieben Meister von den *Himmelsschlangen* nach *Nangog* geschickt, wo sie im Kampf gegen die *Gefiederte Schlange* unterlagen. Manawayn wurde von *Išta* lebend in einen Stein eingeschlossen.

NANDALEE Schülerin, später *Drachenelfe* der *Weißen Halle*. Entstammt der Sippe der *Windgänger* aus dem Elfenvolk der *Normirga* in *Carandamon*, erst Schülerin und später Geliebte *Gonvalon*s, Freundin *Bidayn*s. Tötete den Sohn des Trollkönigs Bromgar und wurde zur Sippenlosen. Hat ein ausgeprägtes magisches Talent, sieht sich selbst aber vor allem in der Rolle der Jägerin. Gewinnt das Vertrauen von *Nachtatem*, dem ältesten unter den Drachen. Laut einer vom *Goldenen* verbreiteten Prophezeiung soll sie es sein, die *Nachtatem* einst töten wird.

NODON *Drachenelf* und Erster unter den *Elfen* des *Jadegartens*. Berühmt für seine Heilkunst. Gilt als Schwertmeister *Gonvalon* als ebenbürtig. Eine Jahrhunderte andauernde Rivalität der beiden Krieger führte dazu, dass die *Drachen* Sorge trugen, dass sich die beiden nie am selben Ort aufhielten. Hat sich *Nachtatem* verschrieben.

NYLLAN Ein *Elf* der *Blauen Halle*, der in der luwischen Hafenstadt *Ugara* einen Laden als Gewürzhändler betreibt. Nyllan pflegt gute Kontakte zu den Fernhändlern und Kapitänen, die diesen Handelsknotenpunkt aufsuchen und ist so bestens über die Ereignisse im Königreich unterrichtet. Ein Freund *Talawains*.

ROWAYN Ein *Elf* der *Blauen Halle*, der in der luwischen Tempelstadt *Isatami* eine Werkstatt als Knochenschnitzer unterhält. Sein Name unter den Menschen ist *Zidanza*. Er pflegt gute Kontakte zur Priesterschaft, die seine Hauptinformanten sind. Ein Freund *Talawains*.

SAYN Schüler des *Schwebenden Meisters*. Starb während seiner Ausbildung eines rätselhaften Todes. Es blieb ungewiss, inwieweit *Nandalee* in diesen Tod verwickelt war.

SOLAIYN Vater des Elfen *Talawain*, einer der Fürsten *Arkadiens*.

TALAWAIN Meister der *Blauen Halle*. Er gehört zu den erfolgreichsten Spitzeln der *Himmelsschlangen* in der Welt der Menschen und ist als *Datames* bis zum Hofmeister des Unsterblichen *Aaron*, Herrscher von *Aram*, aufgestiegen. Später verliert er durch eine Intrige *Ištas* dieses Amt.

TALINWYN Schülerin der *Weißen Halle*. Von *Gonvalon* ausgebildet. Wird unter die Auserwählten aufgenommen. Ihre erste Mission ist, den Unsterblichen *Aaron* zu töten, wobei sie selbst den Tod findet.

Die Menschen

AARON EINER DER SIEBEN UNSTERBLICHEN. Der Erleuchtete, Herrscher aller Schwarzköpfe, Wanderer zwischen den Welten, König der Könige. Herrscher von *Aram*, dem eine Fahrt auf seinem Palastschiff am Himmel von *Nangog* zum Verhängnis wurde (siehe *Artax*). Schützling des *Devanthar Der Löwenhäuptige*.

Abir Ataš Hohepriester des Großreiches *Aram*. War vor der Verschmelzung von *Aaron* mit *Artax* einer der einflussreichsten Würdenträger im Gefolge des Unsterblichen Aaron. Abir ist ein überaus ehrgeiziger Mann und vermag kaum zu verwinden, dass der *Löwenhäuptige* mehr Umgang mit Aaron pflegt als mit ranghöchsten Priestern seines Kultes. Abirs Traum ist es, aus Aram einen Gottesstaat zu machen. Sein Ehrgeiz, die Macht der Priesterschaft zu stärken, kostet ihn sein Leben. Mentor *Barnabas*.

Alba *Valesier*, der die drusnischen Steuereintreiber begleitet, um sie zu beraten, welche Abgaben einzufordern sind, um sie an *Valesia* weiterzugeben. Hat auf *Drei Eichen* einen Arbeitsunfall.

Almitra Eine Frau, die *Artax* sich während seines Lebens als einfacher Bauer in *Belbek* erträumt. Almitra hat nie wirklich existiert, was ihn nicht davon abhielt, auch seinen Freunden von ihr zu erzählen.

Amur Anhänger des verbotenen Kultes um *Nangog* und die *Grünen Geister* in der *Goldenen Stadt*.

Ansur Einer der sieben Unsterblichen. Herrscher *Valesias*. Führt einen jahrelangen Kleinkrieg an der Grenze zu *Drusna*, den *Arcumenna*, der *Laris* von *Truria*, für ihn entscheidet. Baut seit vielen Jahrzehnten am *Weißen Selinunt*, das die schönste Stadt *Daias* werden soll. Schützling des *Devanthar*, der von seiner Priesterschaft das *Lebende Licht* genannt wird.

Arapur der Allweise Chronist aus den frühen Jahren des Dunklen Zeitalters. Arapur der Allweise, Hohepriester in *Isatami*, Bewahrer der Vergangenheit, gilt als tendenziös, bleibt aber dennoch bei dem schlechten Überlieferungsstand eine unverzichtbare Quelle. Sein Hauptwerk ist *Der große Krieg*, eine Beschreibung des Kriegs der Welten in einunddreißig Bänden.

Arcumenna *Laris* (Fürst) von *Truria*, ein begnadeter Kriegsherr. Später Statthalter des Großreiches *Valesia* in der *Goldenen Stadt*, wo er den Tod *Leons* rächen will und mit der Seidenen eine Intrige gegen *Kolja* spinnt.

Arikan Hauptmann im Heer des Unsterblichen *Aaron*, der nach der Schlacht auf der Ebene von *Kush* dic Schrecken des Tages im Wein ertränkt.

Arimaspu Fürst der *Ischkuzaia*, viele Jahre treuester Diener und Berater des Unsterblichen *Madyas*. Ein alter, einäugiger Kriegerfürst.

Artax Ein Bauer aus *Belbek* und einst guter Freund von *Narek* und *Ashot*. Wird nach dem überraschenden Tod von *Aaron* durch den *Devanthar*, den man den *Löwenhäuptigen* nennt, in Aaron verwandelt und nimmt von den Menschen unbemerkt dessen Platz ein. Artax übernimmt vollständig Gedächtnis und Fähigkeiten Aarons, versucht aber, einen eigenen, gerechteren Regierungsstil durchzusetzen. Unglücklich verliebt in *Shaya*, die seine Liebe zwar erwidert, aber mit dem Unsterblichen *Muwatta* im Ritual der Heiligen Hochzeit zwangsverheiratet wurde.

Asa Falscher Name, den der Elf *Gonvalon* in der *Goldenen Stadt* annimmt, um sich als vorgeblicher Hauptmann der *Kushiten* Zugang zu den Archiven im Tempel der Geflügelten Sonne zu verschaffen.

Ashira Eine pockennarbige junge Frau, Masseuse und Hure im Heerlager *Arams*. Dass sie das Herz des Hofmeisters *Datames* berührt, wird ihr zum Verhängnis.

Ashot Ein verarmter Bauer aus *Belbek*. Schließt sich gemeinsam mit *Narek* dem Heer des Unsterblichen *Aaron* an, um auf der Hochebene von *Kush* zu kämpfen. Steigt nach der Schlacht auf der Ebene von Kush zum Hauptmann der Kushiten, der neuen Leibwache des Unsterblichen Aaron, auf.

Aya Eine der drei Konkubinen, die der Unsterbliche *Aaron* in der Nacht nach seinem Himmelssturz auswählt, um mit ihr das Lager zu teilen. Später versucht Aya, den Hofmeister *Datames* zu erpressen. Eine verhängnisvolle Entscheidung.

BAIDUR Anhänger des verbotenen Kultes um *Nangog* und die *Grünen Geister* in der *Goldenen Stadt*.

BAMIYAN Jäger aus den Bergen *Garagums*, der sich auf die Suche nach dem verschwundenen Wunderheiler *Barnaba* macht und dabei der Xana *Ikuška* begegnet. Jüngerer Bruder des *Masud*. Stirbt, als er dem Unsterblichen *Aaron* beim Kampf um den *Steinhorst* das Leben rettet.

BARNABA Ein junger Priester aus *Aram*, Vertrauter von *Abir Ataš*. Stammt aus der Provinz *Nari*, in der sein Vater das Amt eines Hohepriesters und *Satrapen* bekleidet. Im Rahmen der Priesterverfolgung durch den Unsterblichen *Aaron* flieht er in ein verrufenes Tal in der Provinz *Garagum*, wo er unter den Bergstämmen bald als heiliger Mann und Wunderheiler gilt. Träumt seit seiner Kindheit davon, einer *Xana* zu begegnen. Doch sein Glück mit der Xana *Ikuška* dauert nur kurz, und er wird nach seiner Flucht in die Neue Welt zum Ersten Priester *Nangogs*.

BESSOS Der *Satrap* jener Hälfte von *Garagum*, die zu *Aram* gehört. Ein stolzer Mann, der auf die Rechte seiner adligen Geburt besteht. Ganz anders als sein Urgroßvater, der noch ein Nomade aus den Bergen war und dem Steinrat angehörte.

BOZIDAR Fürst aus *Drusna*, der im Geisterwald eine verhängnisvolle Begegnung mit der Elfe *Lyvianne* hat. Bruder *Volodis*, Sohn des *Ilja*.

DATAMES Hofmeister des Unsterblichen *Aaron*. Der ergebene Vertraute begleitet Aaron auch auf seinen ausgedehnten Reisen und kümmert sich dort um die Logistik. In Wahrheit ist Datames der Elf *Talawain* und einer der Meister der *Blauen Halle*. Obwohl er ein Spitzel ist, kommt seine Liebe zu den Menschen von Herzen.

DOJAN Hundeführer in Diensten des Gutsbesitzers *Manasse*. Er ermöglicht über Jahre einigen der Feldarbeiter und Dienern des Manasse die Flucht. Unter anderem der späteren Kurtisane *Zarah*. Wird schließlich von der Dienerin *Hanna* verraten, deren Flucht missglückt. Er gehört zu jenen Menschen, die, von einem *Grünen Geist* besessen, zur Chimäre werden. Sein Körper verschmilzt mit einem Bluthund.

EIRIK Ein Drusnier aus dem Seenland im Nordosten dieses Menschenreiches. Er begegnet *Volodi* bei dessen Gefangenschaft in der Tempelstadt der *Zapote* und ist so wie der Feldherr als Opfer für die *Gefiederte Schlange* vorgesehen.

ELIAS Anhänger des verbotenen Kultes um *Nangog* und die *Grünen Geister* in der *Goldenen Stadt.*

EURYLOCHOS Einst Steuermann auf dem Schiff des *Aigolos*, den *Volodi* im Zweikampf getötet hatte. Gefolgsmann von *Kolja*.

FEDOR VON BÄRENFURT Junger Rebell aus *Drusna*, dem es gelingt, *Volodi* für den Freiheitskampf gegen die Valesier zu gewinnen.

GATHA Schamane. Einer der Anführer der Bergstämme und Mitglied des Steinrates. Erklärt *Barnaba* zum Heiligen Mann und etabliert ihn so bei den Bergstämmen.

GRISHA Drusnier, in die Jahre gekommener Schildträger des Fürsten *Ilja*, des Herrn über das Gut *Drei Eichen*.

HANNA Dienerin des Gutsherren *Manasse*, deren Flucht scheitert und die unter der Folter ihren Helfer, den Hundeführer *Dojan*, verrät.

HORATIUS Hauptmann aus dem Gefolge des Feldherren und valesischen Statthalters auf Nangog, *Arcumenna*. Der einäugige Krieger ist berüchtigt für seinen Diensteifer und seine Loyalität.

ILJA Einer von vielen kleinen Fürsten in *Drusna*. Herrscht über das Gut *Drei Eichen* sowie die umliegenden Weiler und Wälder. Vater von *Volodi* und *Bozidar*.

ILMARI Anführer der Spitzel auf *Nangog*, die unmittelbar *Muwatta* unterstehen. Er ist Muwatta ganz und gar ergeben und würde dessen Ziele und Motive niemals hinterfragen. Die Krieger *Aarons* kennen ihn unter dem Namen *Lamgi.*

IWAR EINER DER SIEBEN UNSTERBLICHEN. Herrscher über *Drusna.* Ihn haben die Niederlagen in den Grenzstreitigkeiten mit *Valesia* gebrochen. Er fühlte sich von seinem *Devanthar,* dem *Großen Bären,* verlassen und ging deshalb einen unehrenhaften Frieden mit den Valesiern ein, die seinem Land bedrückende Steuerlasten auferlegten. Ohne Erfolge auf dem Schlachtfeld versucht er seine schwindende Macht durch Intrigen zu festigen.

IZEL Eine Priesterin der *Zapote,* deren Aufgabe darin besteht, auf den Straßen der *Goldenen Stadt* stattliche blonde Männer zu verführen. Jene sollen ihr in die Tempelgärten der Zapote folgen, um dort als Opfer der *Gefiederten Schlange* zu enden. Sie bringt *Eleborn* in die Tempelgärten.

JONAH DER ROTE Falscher Name, den der Elf *Gonvalon* für seinen Gefährten *Nodon* ersinnt. Er gibt Nodon als Scharfrichter der *Kushiten* aus.

JORAM Angeblicher älterer Bruder *Zarahs.* Wurde durch einen Unfall in einem Stollen grausam entstellt. *Kolja* nimmt ihn als Geisel, um sich Zarah gefügig zu machen.

KARA Erst Priesterin, dann Mutter der Mütter im Haus des Himmels, jenem einsamen Bergkloster, in dem *Shaya* nach der Heiligen Hochzeit mit *Muwatta* auf ihren Opfertod vorbereitet werden soll. Kara betreut den Kräutergarten des Klosters.

KAZUMI Konkubine im Heerlager auf der Ebene von *Kush,* die sowohl dem *Satrapen Mataan* als auch dem Hofmeister *Datames* ihre Gunst erweist. Kazumi stammt aus einer der großen Städte am Seidenfluss. Wird ein Opfer *Ištas.*

KIRUM Falscher Name, unter dem *Shaya* als Küchenhilfe im Palast *Aarons* dient.

KOLJA Neben *Volodi* bis nach der Schlacht bei *Kush* gleichberechtigter Anführer der Zinnernen und Hauptmann in der

Leibwache des Unsterblichen *Aaron*. Leitet die Freudenhäuser der Zinnernen. Das Gesicht des einst berühmten Faustkämpfers ist von zahlreichen Kämpfen entstellt. Den linken Unterarm verlor er in einer Schlacht auf *Nangog* und trägt seitdem eine Prothese aus gehärtetem Leder, in der er eine Klinge verbirgt.

KYDON Steuermann an Bord des roten Schiffes, das dem Statthalter *Valesias* in der *Goldenen Stadt* zur Verfügung steht.

LABARNA EINER DER SIEBEN UNSTERBLICHEN. Zunächst Hauptmann der Leibwache *Kuruntas*. Ein außergewöhnlich groß gewachsener Krieger, der mit einer mächtige Keule bewaffnet in die Schlacht zieht. Nach dem Gefecht auf der Hochebene von *Kush* und der Hinrichtung *Muwattas* steigt er zum neuen Unsterblichen *Luwiens* auf.

LAMGI Spitzel und eingekaufter Meuchelmörder im Auftrag des Unsterblichen *Muwatta*. Schleicht sich im Heerlager *Aarons* auf der Ebene von *Kush* ein. Sein wirklicher Name ist *Ilmari*. Wird später vom Unsterblichen Aaron damit beauftragt, nach der *Wolkenstadt*, dem Sitz des Himmelspiraten *Tarkon Eisenzunge*, zu suchen.

LEE Betreibt eine Garstube auf dem Schlangenmarkt der *Goldenen Stadt*. Seine besonderen Spezialitäten sind ein loses Mundwerk und frittierte Skorpione. Er stammt aus einer der großen Städte am Seidenfluss. Warnt *Eleborn* vor den Verlockungen der Priesterinnen der *Zapote*.

LEON Kommt aus *Truria* und ist in der *Goldenen Stadt* im Bordellgewerbe ein scharfer Konkurrent *Koljas*, unterliegt im Bandenkrieg.

LILLUMA Der Name, den der Elf *Nyllan* in seiner Rolle als Gewürzhändler in der luwischen Hafenstadt *Ugara* trägt. Nyllan ist ein Spitzel im Dienst der *Blauen Halle*.

LUMA Hauptmann in der Tempelwache des Tempels der Geflügelten Sonne in der *Goldenen Stadt* auf *Nangog*.

MADYAS Einer der sieben Unsterblichen. Großkönig von *Ischkuza*, Hüter der Herden, Licht der Sonne, Sohn des Weißen Wolfes, Vater *Shaya*s. Schützling des Devanthar *Der Weiße Wolf*.

MAHUT Leibkoch des Unsterblichen *Aaron* in dessen Palast in *Akšu*.

MALNIGAL Tempelwächterin im Haus des Himmels, jenem einsamen Bergkloster, in dem *Muwatta*s Auserwählte auf die Heilige Hochzeit vorbereitet werden.

MANASSE Aus *Aram* stammender Gutsbesitzer, der ausgedehnte Ländereien am *Großen Fluss*, nicht fern der *Goldenen Stadt*, besitzt. Er ist berüchtigt für den unmenschlichen Umgang mit seinen Feldarbeitern und Dienern. Einst standen auch *Zarah* und ihr Bruder in seinen Diensten.

MASUD Jäger aus den Bergen *Garagums*. Älterer Bruder des *Bamiyan*. Stirbt an einer Blutvergiftung.

MATAAN *Satrap* von *Taruad*, einer winzigen Insel im Großreich *Aram*. Einer der engsten Vertrauten *Aaron*s. Ein bescheidener Mann, der den Pomp großer Höfe verabscheut und lieber mit seinen Fischern hinaus aufs Meer fährt. Rettet Aaron im Kampf um den Steinhorst das Leben, wird dabei jedoch schwer verletzt und übernimmt als Hofmeister die Geschäfte des verbannten *Datames*.

MEMMA Spottname der drusnischen Rebellen für den valesischen Feldherrn *Arcumenna*.

MIKAYLA Der falsche Name, unter dem sich der Elf *Eleborn* als Drusnier unter den Zinnernen einschleicht.

MILA Drusnische Bäuerin, lebt auf dem Gut *Drei Eichen* unter der Herrschaft des Fürsten *Ilja*. Hat viele Kinder.

MUWATTA Einer der sieben Unsterblichen. Erzkönig *Luwiens*. Ein Herrscher mit großen Ambitionen, wurde von *Išta* im Kampf gegen *Aaron* instrumentalisiert. Als ihre Pläne in der Schlacht von *Kush* nicht aufgingen, enthauptete sie ihn.

Narek Bauer aus dem Dorf Belbek, der sich gemeinsam mit *Ashot* dem Heer des Unsterblichen *Aaron* anschloss und in der Schlacht auf der Hochebene von *Kush* als Held stirbt. Ehemals bester Freund von *Artax*, der einst auszog, in der Ferne sein Glück zu suchen.

Necahual *Zapote.* Anführer der Jaguarmänner, die dem Unsterblichen *Aaron* in der Schlacht auf der Hochebene von *Kush* zur Seite stehen. Bruder der Priesterin *Quetzalli.*

Noram Anhänger des verbotenen Kultes um *Nangog* und die *Grünen Geister* in der *Goldenen Stadt.*

Obalit Sklave, der in der *Goldenen Stadt* dem Haushalt des *Datames* vorsteht, des Haushofmeisters des Palastes von *Akšu.*

Ormu Rotbärtiger Jäger der Bergstämme aus *Garagum*, jüngstes Mitglied des *Steinrats.* Verzichtet nach der Schlacht von *Kush* auf sein Amt und schließt sich den neu gegründeten *Kushiten*, der Leibwache des Unsterblichen *Aaron*, an, in der er schnell in den Rang eines Hauptmanns aufsteigt.

Quetzalli *Zapote. Priesterin*, die junge, goldhaarige Männer dazu verführt, ihr in den Tempel zu folgen, wo sie der *Gefiederten Schlange* geopfert werden. Erst Geliebte, später Frau *Volodis*. Schwester des *Necahual.*

Rabal Der Name, den seine Gäste dem Betreiber einer Garstube am Schlangenmarkt der *Goldenen Stadt* gegeben haben. Er stammt von den *Schwimmenden Inseln.* Der Frachtmeister *Usia* gehört zu seinen regelmäßigen Gästen.

Radik vom Rabenberg Junger Rebell aus *Drusna*, der an *Volodis* Seite gegen die Besatzer aus *Valesia* kämpft.

Sakur Anhänger des verbotenen Kultes um *Nangog* und die *Grünen Geister* in der *Goldenen Stadt.*

Shaya Siebenunddreißigste Tochter des *Madyas*, Großkönig von *Ischkuza*, lange Zeit Anführerin der Palastwache des Statthalters Kurunta in der *Goldenen Stadt.* Verliebt in *Artax*, der ihre Liebe in Gestalt des Unsterblichen *Aaron* erwidert (und um dessen Geheimnis sie nicht weiß). Nach der *Heiligen Hochzeit* mit dem Unsterblichen *Muwatta* soll sie im *Haus des Himmels* den Opfertod sterben, da sie nicht empfangen hat.

SHEN YI MIAO SHOU Ein betagter, jedoch begnadeter Heiler vom *Seidenfluss*. Wird von dem Unsterblichen *Madyas* an dessen Hof gerufen, wo er eine Aufgabe an *Shaya* zu erfüllen hat, die ihm selbst ganz und gar nicht behagt. Überträgt Shaya vor seinem Tod all sein Wissen.

SUBAI Missgünstiger und grausamer älterer Bruder *Shaya*s. Machthungriger Sohn des Unsterblichen *Madyas*. Statthalter in der *Goldenen Stadt*.

ŠUTARNA Der Name, den der Elf *Talawain* annimmt, während er als Maler in der Tempelstadt *Isatami* lebt.

TABITHA Als Mutter der Mütter Herrin über das *Haus des Himmels*, jenem in einem einsamen Tal Luwiens gelegenen Kloster, in dem *Muwatta*s auserwählte Jungfrauen auf die *Heilige Hochzeit* und ihren Opfertod vorbereitet werden. Missgünstig, rachsüchtig und grausam. Erhält von *Shaya* eine lebenslange Strafe.

TARAK Anhänger des verbotenen Kultes um *Nangog* und die *Grünen Geister* in der *Goldenen Stadt*.

TARKON EISENZUNGE Anführer der *Himmelspiraten* auf *Nangog*, dem Unterstützung durch die *Grünen Geister* nachgesagt wird. Wurde in einer Schlacht gegen den Unsterblichen *Aaron* erschlagen, doch reißen die Gerüchte nicht ab, dass er von den Toten zurückgekehrt sei. Sein Versteck, die legendäre *Wolkenstadt*, gilt als unauffindbar. Verbündet sich mit dem Priester *Barnaba*.

TUWATIS Einer der Hohepriester der *Išta* in ihrem Tempel in der *Goldenen Stadt*. Er führt den Titel Bewahrer der Tiefen Gewölbe, ist für die Archive des Tempels, aber auch für dessen dunklere Geheimnisse verantwortlich, bis er *Lyvianne* begegnet.

Usia Frachtmeister auf einem der Ankertürme der *Goldenen Stadt*, der nahe der Tempelgärten der *Zapote* steht. War früher ein Wolkenschiffer, bis er bei einem Unfall seine rechte Hand verlor.

Vadim Drusnier, in die Jahre gekommener Wagenlenker des Fürsten *Ilja*, des Herrn über das Gut *Drei Eichen*. Hat ein loses Mundwerk, wird von seinem Weib drangsaliert, die alle wichtigen Entscheidungen trifft.

Veccio Lotse aus *Valesia*, der auf dem Wolkensammler *Wind vor regenschwerem Horizont im Frühlingsmorgenlicht über dem Grünen Meer* Dienst tut, auf dem der Prediger *Barnaba* die *Goldene Stadt* verlässt.

Volodi Fürstensohn aus *Drusna*, einer der engsten Vertrauten des Unsterblichen *Aaron*. Ehrenname: Der über den Adlern schreitet. Bruder *Bozidar*s. Einst einer der Söldner, die die Zinnflotten *Arams* versenkten und die zunächst nicht ganz freiwillig in die Dienste Aarons traten. Gemeinsam mit *Kolja* einer der Anführer der Zinnernen. Den blonden Hünen verband einst eine kurze, leidenschaftliche und unheilvolle Affäre mit der *Zapote Quetzalli*, die später seine Frau wird. Wird nach der Rückkehr in seine Heimat aufgrund einer Intrige der *Valesier* Hauptmann des Unsterblichen *Iwar*.

Zarah Auch die Seidene genannt. Sie ist die berühmteste Hure der *Goldenen Stadt*. Zu ihren Gästen gehören Fürsten und Stadthalter. *Kolja* macht sie sich vermeintlich gefügig, indem er ihren älteren Bruder *Joram* als Geisel nimmt und sie zwingt, ihm als Spitzel zu dienen. Zarah gehört zu den einflussreichsten Anhängerinnen der *Grünen Geister* in der *Goldenen Stadt*.

Zidanza Der Name, den der Elf *Rowayn* in seiner Rolle als Knochenschnitzer in der luwischen Tempelstadt *Isatami* trägt. Rowayn ist ein Spitzel im Dienst der *Blauen Halle*.

Die Zwerge

ZWERGE In alten Märchen auch Twerge oder Getwerg genannt, sind die Zwerge eines der ältesten Völker *Albenmarks*. Sie sind Meister des Bergbaus und leben unter der Erde oder im Fels. Dort fühlen sie sich sicherer vor den *Drachen*, mit denen sie seit langer Zeit in Fehde liegen. Seit die Drachen die *Tiefe Stadt* vernichtet haben, planen einige Zwerge die Vernichtung der geflügelten Tyrannen. Die *Elfen* verachten sie, denn sie sehen in ihnen willfährige Diener der *Drachen*.

Der ALTE IN DER TIEFE Häufig genutzter Titel von Zwergenfürsten. Manchmal, wie in der *Tiefen Stadt*, benutzt kein Zwerg mehr den wirklichen Namen des Herrschers, sondern man spricht nur noch durch Nennung des Titels über ihn.

AMALASWINTHA Eine ebenso begüterte wie einflussreiche Zwergin aus der *Tiefen Stadt*, die auf Anregung des Ratsherren *Skorri* ganz eigene Wege beschreitet, um ihrem Volk den Schlüssel zur Kunst des Zauberwebens zu erstreiten. Überlebt den Untergang der Tiefen Stadt und wird von *Eikin* in *Glamirs Turm* verbannt.

ARBINUMJA Name, den *Nandalee* annimmt, als sie sich als Zwerg aus der *Ehernen Halle* ausgibt.

EIKIN Fürst, *der Alte in der Tiefe* in den *Ehernen Hallen*.

FRAR Baby aus der *Tiefen Stadt*. Wurde von der Elfe *Nandalee* verschont und den Zwergen *Nyr*, *Hornbori* und *Galar* übergeben, die sich seiner annahmen und ihm den Namen Frar Drachentod gaben. Überlebte als einer der wenigen den Untergang der *Tiefen Stadt*. Spitzname: Draupnir (zwergisch für »Tröpfler«).

GALAR Von unbändiger Neugierde getriebener Forscher, Schmied und Alchemist aus der *Tiefen Stadt*, der auch schon mal zur Axt greift, wenn die Umstände es erfordern. Erfand den Schießmechanismus, mit dem der *Schwebende Meister* getötet wurde. Sucht nach dem Mittel, Zwergenhaut mithilfe von Drachenblut unverwundbar zu machen. Einmal ist es ihm durch Zufall gelungen – leider nur an seinem von ihm mäßig geschätzten Kumpel und Förderer *Hornbori*. Gemeinsam mit *Hornbori*, *Nyr*, *Frar* und *Amalaswintha* in *Glamirs Turm* verbannt.

GLAMIR Schmied aus der *Ehernen Halle*. Hat im Meer der Schwarzen Schnecken einen *Turm* errichtet, in dem er seinen eigenwilligen Forschungen nachgeht. Er verlor im Kampf gegen die *Smaragdspinnen* sein rechtes Bein, seinen rechten Arm und sein rechtes Auge.

HORNBORI Glückskind aus der *Tiefen Stadt*. Optisch der Traum jedes Zwergen-Heldenepos, leider aber nur bedingt mutig und nicht der Hellste. Trotzdem sorgen sein Äußeres und sein selbstbewusstes Auftreten bei Zechgelagen immer wieder dafür, dass ihm die Heldentaten anderer zugeschrieben werden. Protegé *Galar*s, Freund *Nyr*s. Gemeinsam mit den beiden und *Frar* und *Amalaswintha* in *Glamirs Turm* verbannt.

NYR Ehemaliger Geschützmeister aus der *Tiefen Stadt*. In seinem Volk berühmt dafür, die Drachenflitsche entwickelt zu haben, ein zerlegbares Geschütz, das die Drachenjagd erheblich erleichtert. Freund *Galar*s. Gemeinsam mit diesem, *Hornbori*, *Nyr*, *Frar* und *Amalaswintha* in *Glamirs Turm* verbannt.

Albenkinder und andere

ALBENKINDER Sammelbegriff für alle Völker, die durch Alben erschaffen wurden (Elfen, Trolle, Kobolde, Kentauren etc.).

Blütenfeen Eine andere Bezeichnung für Auenfeen. Geschöpfe von knapp Fingerlänge mit elfenähnlichem Äußeren, mit Schmetterlings- oder Libellenflügeln.

Gazala Seherinnen, die auf Wunsch des *Erstgeschlüpften*, des Drachen *Nachtatem*, erschaffen wurden. Die Gazala haben schmale, langgezogene Gazellenhäupter mit sehr auffälligen, weit nach hinten gebogenen und in sich gedrehten Hörnern. Sie sehen mögliche Zukünfte; gelten aber als launisch, was auch daran liegen mag, dass sie die große Pyramide im *Jadegarten* nie verlassen dürfen.

Grüne Geister Geschöpfe der Riesin *Nangog*. Es sind die Seelen der Kreaturen, die sie noch erschaffen wollte, bevor sie von den *Devanthar* und *Alben* verzaubert wurde. Es heißt, sie waren kaum mehr als einen Herzschlag von ihrer Fleischwerdung entfernt. Sie sind die körperlosen Schutzgeister der Welt *Nangog*.

Kobolde Eine Sammelbezeichnung für eine ganze Gruppe verschiedener Völker oder Stämme wie etwa die Lutin oder die Holden. Die Kobolde sind, nach den Maßstäben eines Menschen geschätzt, etwa knie- bis hüfthoch. Viele Kobolde sind magiebegabt. Die meisten gelten als hervorragende Handwerker. Andere *Albenkinder* bedienen sich der Kobolde gerne als Diener oder Sklaven. Man sagt ihnen einen eigenwilligen Sinn für Humor und eine ausgeprägte Neigung nach, anderen Streiche zu spielen.

Pegasus Geflügeltes Pferd. Pegasi leben in der Steppe *Bainne Tyr*. Einen Pegasus zu fangen und als sein Reittier zu gewinnen, gehört zu den abschließenden Prüfungen für Schüler der *Weißen Halle*, die zu *Drachenelfen* aufsteigen wollen. Besteht einmal ein Band zwischen einem Pegasus und einem *Elfen*, hält es für den Rest ihres Lebens.

Silene Ursprünglich aus Dailos stammende *Albenkinder*, haben Bocksbeine und einen Oberkörper, der eher Menschen als

Elfen ähnelt. Obwohl sie als aufsässig und dem Trunk ergeben gelten, wurde es Mode, an den Fürstenhöfen Arkadiens Silene als Stallburschen zu beschäftigen.

TROLLE Das kriegerischste Volk *Albenmarks*. Mehr als drei Schritt groß und von gedrungener Statur, weisen sie eine graue Haut auf, die in ihrer Farbe Steinen ähnelt. Trolle scheuen vor der Berührung mit Metall zurück.

WOLKENSAMMLER Riesige Geschöpfe, die am Himmel *Nangogs* schweben. Sie erinnern vage an Oktopoden, nur dass sie weit mehr als acht Fangarme besitzen. Die größten dieser Geschöpfe erreichen einen Rumpfdurchmesser von mehr als zweihundert Schritt. Mit Hilfe der *Devanthar* gelang es den Menschen, einige der Wolkensammler zu fangen. Sie konstruierten Schiffe und Flugplattformen, die mit den gewaltigen Rümpfen der Wolkensammler durch Seile und Netze verbunden wurden. Wie intelligent Wolkensammler sind, ist umstritten. Nach einer Weile scheinen sie die Himmelsschiffe und deren Mannschaften als Teil ihres eigenen Körpers zu betrachten.

XANA Wassernymphen mit seherischen Gaben, die aus *Albenmark* in die *Andere Welt* verbannt wurden, weil sie nach dem Geschmack der *Himmelsschlangen* zu aufsässig waren und anderen gegenüber zu frei über mögliche Zukünfte sprachen.

Andere Geschöpfe

ARANI Ein großer Wels, der in den Mückenseen des *Bainne Tyr* lebt und von den *Kobolden*, die dort fischen, wie ein Gott verehrt wird. Seine Name bedeutet übersetzt Der Bote, und die Kobolde glauben, dass der Wels in mondlosen Nächten, wenn er sich über Land windet, mit seinem Leib Botschaften für die *Alben* in das Büffelgras schreibt.

Firaz Schamanin aus dem Volk der *Gazala*. Sie lebt in der Fels-Oase, die als Jadegarten bekannt ist, und gehört zum Orakel *Nachtatems*.

Ikuška Eine *Xana*, die aus *Albenmark* in die Welt der Menschen floh. Lebte über Jahrhunderte in einem Teich in den Bergen *Garagums* verborgen, bis sie dort eines Tages dem Priester *Barnaba* begegnete. Wurde von den Jägern Garagums getötet auf Befehl des Schamanen *Gatha*.

Matha Naht Beseelter Holunderbaum. Matha Naht ist von Finsternis durchdrungen. Schwarz wie ihre Rinde ist auch ihre Magie. Wenn es ihr nutzt, paktiert sie mit der Elfe *Lyvianne*, die von ihr in der Lehre der Blutmagie unterwiesen wurde. Nahm *Gonvalon* seine Magie und wurde durch *Nachtatems* Eingreifen in ihrer ursprünglichen Form zerstört.

Nachtschwinge Der *Pegasus Gonvalons*. Ein Rappe.

Sata Koboldienerin auf dem Blauen Stern des *Sängers*, die unter ihresgleichen an Bord des *Himmelsschiffes* großes Ansehen genießt.

Sternauge Der *Pegasus* von *Nandalee*. Ein Rappe.

Uchungu Ein großer Wels, der in den Mückenseen des *Bainne Tyr* lebt und von den *Kobolden*, die dort fischen, wie ein Gott verehrt wird. Seine Name bedeutet übersetzt Der Jähzornige, denn er hat schon etlichen Fischern und Jägern den Tod gebracht.

Wind vor regenschwerem Horizont im Frühlingsmorgenlicht über dem Grünen Meer Name des *Wolkensammlers*, auf dem der Prediger *Barnaba* die *Goldene Stadt* verlässt. Der Lotse an Bord ist der Valesier *Veccio*.

Winterhorizontblau über dem Meer der Silberrücken Name des *Wolkensammlers*, auf dem *Nandalee* und ihre Gefährten reisen. Er gestattet es, ihn auch einfach nur *Winterblau* zu nennen.

Schauplätze

AEGILEN/AEGILISCHE INSELN Region auf *Daia* mit über hundert weit verstreuten Inseln. Berüchtigtes Piratenversteck. Wie steinerne Gärten liegen die Inseln inmitten des Meeres, grün von Zedern, so alt wie die Welt und reich an wunderbaren Weinbergen.

AKŠU Palaststadt von *Aaron*, des Großkönigs von *Aram*.

ALBENPFAD, ALBENSTERN Siehe Glossar.

ALALACH Luwische Stadt, nahe der Grenze zu *Aram*.

ANDERE WELT Name der *Albenkinder* für die Welt der Menschen.

APAMEI Eine Stadt mittlerer Größe im Königreich *Aram*. Sie liegt nicht weit entfernt von *Belbek*. Dort wird, unter anderem, ein saurer Wein angebaut, der nur regionale Bedeutung hat.

ARAM Eines der sieben Großreiche in der Welt der Menschen, beherrscht von dem Unsterblichen *Aaron*, der den Titel Herrscher aller Schwarzköpfe führt. Das Banner mit der geflügelten Sonne ist das Feldzeichen des Reiches, während des Feldzugs von *Kush* kommen auch Standarten mit goldenen Löwen auf.

ARKADIEN Mächtiges Elfenfürstentum, berühmt für seine Schönheit wie für die kalte Arroganz seiner Herrscher, die als besonders intrigant und skrupellos verschrien sind.

BAINNE TYR Die Heimat der *Pegasi* in *Albenmark*, oft Milchland genannt. Hier siedeln auch verschiedene große Koboldstämme, die in der weiten Steppenlandschaft Viehwirtschaft betreiben. Inmitten der Steppe befindet sich ein Wüstenstreifen, der von den *Himmelsschlangen* mit Zaubern belegt wurde. An diesem lebensfeindlichen Ort legen die *Drachenelfen* ihre letzten Prüfungen ab. Dort befindet sich auch der legendenumrankte *Jadegarten*.

Belbek Ein kleines Dorf in der Provinz *Nari*, im Königreich *Aram* gelegen. Der Geburtsort von *Artax*.

Blaue Halle Neben der *Weißen Halle* der einzige Ort, an dem *Elfen* zu Dienern der *Himmelsschlangen* ausgebildet werden. In der Blauen Halle liegt der Schwerpunkt des Lernens auf der Entfaltung der Magie. Ihre Schüler steigen in aller Regel nicht in die Reihen der *Drachenelfen* auf, sondern dienen als Spitzel auf *Daia* und *Nangog*.

Carandamon Elfenfürstentum in *Albenmark*. Die Hochebene im Ewigen Eis ist eingefasst von mächtigen Bergketten. Carandamon ist die ursprüngliche Heimat des Elfenvolkes der *Normirga*. Es liegt westlich der *Snaiwamark*, des Königreichs der *Trolle*.

Daia Archaischer Name für die Welt der Menschen. Man findet ihn vor allem in älteren Schriften *Albenmarks*.

Das Nichts Die große Leere zwischen *Daia,* der Welt der Menschen, *Albenmark* und *Nangog*. Das Nichts wird durchzogen vom goldenen Netz der *Albenpfade*.

Der Wandernde Hof Bezeichnung für den Königshof des Unsterblichen *Madyas*, des Herrschers über das Großreich *Ischkuza*. Der Hof besteht aus zum Teil riesigen Wagen und Kuppelzelten, die auf Plattformen mit Rädern aufgeschlagen sind. Dieses Lager, das sich Königshof nennt, bewegt sich ständig über die weiten Steppen Ischkuzas und verweilt nie länger als drei Tage an einem Ort.

Deva Kush Gebirge im südlichen Teil der beiden Provinzen *Garagum* auf der Welt *Daia*. Viele Menschen glauben, dass die Berge, die sich weit über die Wolken erheben, der Sitz der *Devanthar* sind. In den Bergtälern wird die Nutzpflanze *Kush* angebaut, die Träume schenkt, die einen den Göttern näher bringen. Die Berge sind auch berühmt für die besonders großen Türkise, die man hier finden kann.

Die Goldene Pforte Name des großen *Albensterns* in der *Goldenen Stadt* auf der Welt *Nangog*. Dieser Albenstern ist fast ununterbrochen geöffnet. Er ist der Umschlagplatz für alle Karawanen, die Nangog verlassen.

DIE GOLDENE STADT Überaus prächtige Stadt und gemeinsame Residenz aller sieben Großkönige, der *Unsterblichen* von *Daia*, auf der Welt *Nangog*.

DREI EICHEN Kleines Landgut in *Drus*. Auch Name des Fürstentums, das die das Gut umgebenden Weiler und Wälder umfasst. Hier regiert Fürst *Ilja*, Vater von *Bozidar* und *Volodi*.

DRUS, AUCH DRUSNA Eines der sieben Großreiche auf *Daia*, der Welt der Menschen. Heimat der Söldner *Volodi, Kolja* und *Eirik*. Wird vom Unsterblichen *Iwar* beherrscht.

EHERNE HALLEN Zwergenstadt im Nordwesten der Wälder von *Galvelun*. *Nandalee* behauptet als Zwerg *Arbinumja*, aus den Ehernen Hallen zu kommen. Dort regiert *der Alte in der Tiefe Eikin*.

GALVELUN Provinz in *Albenmark*. Hier liegt die Zwergenstadt *Eherne Hallen*. Berüchtigt für die braun geschuppten *Drachen*, die in den Wäldern leben.

GARAGUM Der Name zweier Provinzen auf *Daia*. Die Provinzen sind benachbart und gehören zu den Großreichen *Aram* und *Luwien*. Garagum bedeutet übersetzt *Die Schwarze Wüste*. (Siehe auch: *Deva Kush*)

DER GELBE TURM Ein sagenumwobener Palast der *Devanthar*, der verborgen in den himmelhohen Bergen am Rande *Garagums* liegt. Es heißt, dorthin brachte die Devanthar *Išta* das Drachenhaupt des *Purpurnen*, den sie ermordet hatte. Und dort erschufen die Devanthar der *Anatu*, der Geliebten des Purpurnen, ein Gefängnis aus dem Schädel der *Himmelsschlange*. Und manchmal trägt der Wind ihr Wehklagen bis hinaus in die *Schwarze Wüste*. Hier darf *Aaron* als erster Unsterblicher zu den *Devanthar* sprechen.

GELBWASSER Mächtiger Strom auf *Nangog*, der die *Messergras Steppe* zerteilt und sich in das *Meer der Silberrücken* ergießt.

GLAMIRS TURM Ein Turm, der auf einem Riff im unterirdischen *Meer der Schwarzen Schnecken* liegt. Bei normalem Pegelstand des Sees versinkt der Turm ganz im Wasser. Hier spüren die Zwerge der *Ehernen Halle* unter der Führung des Schmieds *Glamir* einem der großen Geheimnisse *Albenmarks* nach.

GROSSER FLUSS Mächtiger Strom auf *Nangog*, an dessen Ufer sich die *Goldene Stadt* erhebt.

HERZLAND Zentrale Provinz in *Albenmark*.

HAUS DES HIMMELS Einsames Bergkloster im Königreich *Luwien*. Hier werden die auserwählten Jungfrauen auf die *Heilige Hochzeit* und oft auch auf ihren Opfertod vorbereitet. Hier ist auch *Shaya* gefangen.

ISATAMI Uralte Tempelstadt im Königreich *Luwien*. Auf der *Zikkurat* von Isatami wird jedes Jahr zur Sommersonnenwende das Fest der *Heiligen Hochzeit* gefeiert. Dabei vereinigte sich auch der Unsterbliche *Muwatta* mit *Shaya*. Isatami liegt auf einer abgelegenen Hochebene unweit eines großen *Albensterns*.

ISCHKUZA Eines der sieben Großreiche in der Welt der Menschen, beherrscht von dem Unsterblichen *Madyas*. Großkönig ist der Titel des Herrschers über das weite Steppenreich und ein Banner mit einem stilisierten Pferdekopf sein Feldzeichen. Die Bewohner des Reiches werden *Ischkuzaia* genannt.

JADEGARTEN Name einer Felsoase inmitten des *Bainne Tyr*. Die Oase wird von einem mit Zaubern belegten Wüstenstreifen umgeben. Der Jadegarten ist die Residenz der erstgeschlüpften *Himmelsschlange Nachtatem*. Inmitten der Oase erhebt sich eine Pyramide, in der sich die *Gazala*, die Orakel *Nachtatems* verbergen.

KUSH Hochebene und Schauplatz der Entscheidungsschlacht zwischen *Aram* und *Luwien*. Hoch in den Bergen nahe der Grenze zwischen den beiden Provinzen *Garagum* gelegen. Vor der Schlacht vor allem für die gleichnamige Nutzpflanze bekannt, die hier angebaut wird. *Aaron* benennt seine neue Leibwache nach diesem Ort seines Siegs: *die Kushiten.*

LUMA Mythischer Berg, angeblich im Großreich *Luwien* in der Welt der Menschen gelegen. Auf seinem Gipfel soll sich, erschaffen aus Mondenlicht, der Palast der Devanthar *Anatu* erheben, die von *Išta* ermordet wurde.

LUWIEN Eines der sieben Großreiche in der Welt der Menschen, beherrscht von dem Unsterblichen *Muwatta.* Es ist das erste der Menschenreiche, in dem in größerem Umfang Eisenerz verhüttet wird, wodurch es zur militärisch stärksten Macht aufsteigt.

MEER DER SCHWARZEN SCHNECKEN Ein großer unterirdischer See in *Albenmark,* südlich jener Zwergensiedlung gelegen, die als die *Eherne Stadt* bekannt ist. Hier befindet sich *Glamirs Turm.*

MEER DER SILBERRÜCKEN Meer auf *Nangog,* in das sich das Gelbwasser ergießt.

MESSERGRAS STEPPE Weite Steppenlandschaft auf *Nangog,* durch die das mächtige Gelbwasser fließt. Inmitten der Steppe liegt die von Luwiern gegründete Stadt *Naga.*

MILCHLAND Anderer Name für *Bainne Tyr.*

MULAWA Einer der höchsten Berge in der Provinz *Garagum* in der Welt der Menschen. An seiner Flanke liegt auf einer einzeln stehenden Felssäule einer jener Orte, den die Bergstämme *Tafel des Himmels* nennen. Ein »Begräbnisort« für ihre Toten.

NAGA In der *Messergras Steppe* am Gelbwasser auf *Nangog.* Besser bekannt als die Stadt der toten Kinder, nach einer Tragöde, die sich ereignete, als der dortige *Satrap* hunderte Kinder in die Stadt bringen ließ, damit sie ein freundlicheres Antlitz gewinnt.

NANGOG Die Welt, die von der gleichnamigen Riesin erschaffen wurde, ohne dass *Devanthar* und *Alben* ihre Zustimmung gegeben hatten. Nangog ist eine Hohlwelt, in der die gleichnamige Riesin durch Zauberbann gefangen ist. Nach dem Sieg über sie schlossen *Alben* und *Devanthar* einen Pakt, der besagt, dass ihre Kinder diese Welt niemals betreten sollten. So wurde Nangog zu einem verwunschenen Ort, der späteren Generationen nur noch als die *Zerbrochene Welt* bekannt sein wird.

NARI Ist sowohl eine Provinz im Königreich *Aram* als auch deren Hauptstadt und damit Sitz des *Satrapen*.

PLATZ DER TAUSEND ZUNGEN Platz in der vielsprachigen *Goldenen Stadt*, der seinen Namen der hier arbeitenden Übersetzer zu verdanken hat.

PURPURNES MEER Meer in *Nangog*, das purpurn leuchtet, wenn man es von oben, etwa von einem *Himmelsschiff* aus, betrachtet. Südwestlich des *Weltenmunds* gelegen.

SCHLANGENRÜCKEN Gebirgskette auf *Nangog*, nördlich des *Weltenmunds* gelegen, berühmt für seine Goldvorkommen.

SCHWEBENDE HALLE Versammlungsort der *Wolkenschiffer* in der *Goldenen Stadt*.

SCHWIMMENDE INSELN Inselgruppe tief im Westen von *Daia*. Hier befindet sich das entlegenste der sieben Großreiche der Menschen.

SEELENHORT Die Seelen der *Elfen* gehen in den Seelenhort ein, bis sie aufs Neue wiedergeboren werden. Alle anderen Seelen verblassen einfach.

SEIDENFLUSS Ursprünglich der Grenzfluss von *Ischkuza*. Die dortigen Stadtstaaten wurden vom Unsterblichen *Madyas* erobert.

SELINUNT Auch das *Weiße Selinunt* genannt. Eine Palaststadt, die der Unsterbliche von Valesia in einem abgelegenen Tal erbauen ließ. Selinunt wurde nur aus kostbarsten Materialien errichtet. Die Paläste und Tempel waren aus makellos weißem Marmor erbaut, die Dächer mit Goldbeschlägen geschmückt. In Selinunt schlossen die sieben Unsterblichen ihren Bund zum Kampf gegen die *Albenkinder*. Es wurde durch einen Angriff der *Himmelsschlangen* vollständig zerstört.

SEPANO Fluss, der sich mit einem großen Delta in das *Purpurne Meer* auf *Nangog* ergießt.

SNAIWAMARK Landstrich hoch im Norden *Albenmarks*, geprägt durch weite Tundra-Landschaften. Die Snaiwamark wurde den *Trollen* einst von den *Alben* geschenkt und gilt als ihr Stammland.

STEINHORST Abgelegene kleine Festung in den Bergen *Garagums*. Dort trägt *Aaron* seine letzte Schlacht gegen die abtrünnigen *Satrapen Bessos* und *Eleasar* aus.

TAFEL DES HIMMELS Abgeflachter Fels in den Bergen von *Deva Kush*. Dort finden die Toten der Bergvölker ihre letzte Ruhestätte.

TANTHALIA Kleines Inselkönigreich, das südwestlich *Arkadiens* liegt.

STIERKÖPFE Eine Gebirgskette auf Daia, im Osten des Königreichs *Luwien*, nahe der Grenze zu *Ischkuza* gelegen. Hier verbirgt sich das *Haus des Himmels*.

TIEFE STADT Zwergenstadt im Norden *Arkadiens* in *Albenmark* gelegen. Die Heimatstadt der Helden *Galar*, *Nyr* und *Hornbori*, des Zwergenbabys *Frar* und der Zwergin *Amalaswintha*. Wurde von den *Drachen* aus Rache für den Mord am *Schwebenden Meister* vollständig zerstört.

TRURIA Fürstentum des Großreichs *Valesia*. An der Grenze zum Großreich *Drus* gelegen. *Arcumenna*, der Laris (Fürst) von *Truria*, gilt als begnadeter Feldherr und ist der Schrecken seiner Nachbarn.

UGARA Bedeutende luwische Hafenstadt, in der sich viele Handelsrouten kreuzen. Auch ein großer Flottenstützpunkt.

UM EL-AMAND Name einer großen Kupfermine und der dazugehörigen, von Schachtöfen umgebenen Bergwerkssiedlung in der Satrapie *Nari* im Königreich *Aram*. Der Name ist aus einem regionalen Dialekt abgeleitet und bedeutet so viel wie Mutter aller Säulen.

UMBARIT Minenstadt auf *Nangog*, westlich des *Weltenmunds* gelegen.

URAT Eine der Königsresidenzen *Aarons* von *Aram*. Berüchtigt als ein Ort, an den Haremsdamen abgeschoben werden, an denen der Herrscher sein Interesse verloren hat. Der Hauptmann der Palastwache von *Urat* sorgte auch dafür, dass manche der Damen für immer verschwanden.

VALESIA Eines der sieben Großreiche in der Welt der Menschen, beherrscht von einem Unsterblichen. Südlich von *Drusna* gelegen.

VERBRANNTES LAND Späterer Name für *Bainne Tyr.*

WEISSE HALLE Neben der *Blauen Halle* der einzige Ort, an dem *Elfen* zu Dienern der *Himmelsschlangen* ausgebildet werden. In der Weißen Halle liegt der Schwerpunkt des Lernens auf der Kunst des Schwertkampfes, obwohl auch die Kunst des Zauberwebens weiter gefördert wird. Nur die Besten unter den Absolventen der Weißen Halle steigen zu *Drachenelfen* auf.

WELTENMUND Ein mehr als hundert Meilen durchmessender Krater, der in unergründliche Tiefen reicht. An seiner Flanke liegt die *Goldene Stadt*. Ein schwacher, warmer Wind steigt vom Grund des Kraters auf, der für eine ungewöhnliche Thermik sorgt. Die Himmelsfahrer nutzen die Eigenarten des Kraters, um hier, an Fluggestelle geschnallt, ihre Fürsten und Helden zu bestatten. Die Leichen mumifizieren in der warmen, trockenen Luft und segeln manchmal über Jahre, bis sie schließlich an den Felsen zerschellen oder in den Abgrund stürzen.

WINDLAND Weite Steppenlandschaft im Norden *Albenmarks*, südlich von *Carandamon* und der *Snaiwamark*. Heimat der Kentauren.

WINTERSTEIN Nach einem weißen Fels benannter Thingplatz in *Drusna*, auf der Welt *Daia*.

Wolkenstadt Auf *Nangog* gelegen, eigentlich eine ganze Ansammlung von Städten, über die wenig bekannt ist. Sie liegen im Westen des *Purpurnen Meeres* in Tafelbergen, die sich hoch über den Dschungel erheben. Hier befindet sich das Versteck des Himmelspiraten *Tarkon Eisenzunge*.

Zapote Eines der sieben Großreiche in der Welt der Menschen, beherrscht von einem Unsterblichen.

Zerbrochene Welt Späterer Name für *Nangog*. Ein altes Schlachtfeld, der Ort, an dem die *Alben* gegen die *Devanthar* gekämpft und sie vernichtet haben. Während jenes Krieges wurde die Welt auseinandergerissen. Ihre Trümmer schweben weit verstreut im *Nichts*.

Zinnküste Weit im Westen, nahe der Meerlunge gelegene Küste. Berühmt für seine Zinnminen. Wird von den Zinnflotten des Königreichs *Aram* angelaufen.

Glossar

Aal Bezeichnung der *Zwerge* für die primitiven Tauchboote, mit denen sie unterirdische Flüsse und Seen befahren. Das Boot gewinnt Fahrt mit Hilfe einer Kurbel, die längs durch den Rumpf läuft und von allen Besatzungsmitgliedern, mit Ausnahme des Steuermanns, durch Muskelkraft angetrieben wird.

Adlerritter Gefürchtete Krieger *Zapotes*, die ein Federgewand anlegen und sich mit einem Adlerhelm schmücken. Es heißt, einige von ihnen vermögen zu fliegen.

Alben Die Schöpfer der Welt *Albenmark*. Ihre Beweggründe sind ihren Geschöpfen unergründlich. Sie ziehen sich immer weiter aus ihrer Welt zurück und verzichten anscheinend auf einen Großteil ihrer Macht.

Albenkinder Sammelbegriff für alle Völker, die durch die *Alben* erschaffen wurden (*Elfen*, *Trolle*, *Kobolde*, *Silene* etc.).

Albenpfade Ein Netzwerk magischer Pfade, die durch die *Alben* erschaffen wurden, so besagt es die Überlieferung. Es verbindet *Albenmark*, *Nangog* und *Daia* miteinander.

Albenstern Schnittpunkt von zwei bis sieben *Albenpfaden*. An Albensternen kann man die Albenpfade betreten und auf ihnen sogar in andere Welten gelangen.

Allwurzel Wurzel mit fast magischen Heilkräften aus der Welt der Menschen.

Bandag Rotbrauner Saft, der aus den Wurzeln des Dinko-Busches gewonnen wird. Die *Albenkinder*, insbesondere die Maurawan, benutzen diesen Saft zur Körperbemalung.

Barinstein Meist honigfarbene Steine, die ein warmes, nie verlöschendes Licht spenden.

Bola Gefährliche Wurfwaffe, bestehend aus zwei Kugeln an den jeweiligen Enden eines Seils.

Büffelgras Bis zu zwei Schritt hohes Gras, das in der Savanne des *Milchlandes* (*Bainne Tyr*) gedeiht. In der Trockenzeit gerät es leicht in Brand.

Daimonen Sammelbegriff der Menschen für alle Geschöpfe *Albenmarks.*

Daimonenohren Menschenwort für Elfenohren.

Der Alte in der Tiefe Bezeichnung für den Vorsteher einer Zwergensiedlung. Gewöhnlich residiert er in den tiefsten Höhlen und entstammt einer der fünf großen Familien, die ihre Herkunft bis auf den Schöpfungstag zurückverfolgen können.

Der Blaue Stern Ein Wolkenschiff, in dem ein *Alb*, von den Albenkindern der *Sänger* genannt, über den Himmel zieht.

Devanthar Weltenschöpfer, ähnlich den *Alben.* Von den Alben und den meisten ihrer Kinder als Verkörperung des Bösen betrachtet. Sie beherrschen *Daia*, die Welt der Menschen, und lenken die Geschicke der Völker. Sie lieben den Wandel und stehen damit im Gegensatz zu den Alben, die nach Vollkommenheit streben, um diesen Zustand dann für immer zu erhalten.

Drachen Ein Sammelbegriff für verschiedene Drachengattungen. Die *Himmelsschlangen* sind die Statthalter der *Alben.* Die übrigen Drachen stehen in der Hierarchie tiefer. Während die Himmelsschlangen intelligente Geschöpfe von großer Macht sind, sind etliche andere Gattungen wenig mehr als besonders gefährliche Raubtiere.

Drachenpfad Von *Drachen* geschaffene Wege zwischen den Welten, ähnlich den *Albenpfaden*, aber viel gefährlicher und nur von *Drachen* und wenigen ausgewählten Geschöpfen zu öffnen.

Erstgeschlüpfter Ein Name, den die *Himmelsschlangen Nachtatem*, dem ältesten unter den Drachen *Albenmarks* gegeben haben.

Gazala Seherinnen, die auf Wunsch des *Erstgeschlüpften*, des Drachen *Nachtatem*, erschaffen wurden. Die Gazala haben schmale, langgezogene Gazellenhäupter mit sehr auffälligen, weit nach hinten gebogenen und in sich gedrehten Hörnern. Sie sehen die möglichen Zukünfte und gelten als launisch, was auch daran liegen mag, dass sie die große Pyramide im *Jadegarten* nie verlassen dürfen.

GEISTERWALD Bezeichnung für die Heiligen Haine der *Drus*, einem der großen Völker auf *Daia*. Die Drus bestatten in den Bäumen der Haine ihre Toten und glauben daran, dass man in den Windspielen, die in die Äste gehängt werden, die Stimmen der Ahnen raunen hören kann.

GETWERG Anderer Begriff für das Volk der *Zwerge*. Wird oft in Märchen und Sagen über dieses rebellische Volk verwandt.

GRÜNE GEISTER Geschöpfe der Riesin *Nangog*. Es sind die Seelen der Kreaturen, die sie noch erschaffen wollte, bevor sie von den *Devanthar* und *Alben* verzaubert wurde. Es heißt, sie waren kaum mehr als einen Herzschlag von ihrer Fleischwerdung entfernt. Sie sind die körperlosen Schutzgeister der Welt *Nangog*.

HIMMELSHÜTER Elitetruppe unter den Kriegern auf den Palastschiffen des Unsterblichen *Aaron*, des Herrschers von *Aram*.

HIMMELSSCHIFF Von *Wolkensammlern* getragene schiffähnliche Konstrukte. Sie dienen hauptsächlich zum Getreidetransport auf *Nangog*. Einige sind zu schwebenden Palästen der *Unsterblichen* oder auch zu Kampfschiffen umgebaut. Auf all diesen Schiffen erhebt sich ein Baum aus einem tiefen Erdbecken, der die Verbindung zwischen Schiff und Wolkensammler darstellt.

HIMMLISCHE HOCHZEIT Fruchtbarkeitsritual zwischen dem Unsterblichen *Muwatta* von *Luwien* und einer Jungfrau.

ISCHKUZAIA Steppenreitervolk auf *Daia*. Die Ischkuzaia sind das Herrschervolk in einem der sieben Großreiche. Sie sind als Barbaren verschrien, die angeblich Menschenopfer bringen und für ihre Fürsten grausige Totenriten zelebrieren. Als Krieger gelten sie als unbesiegbar, solange sie vom Rücken ihrer Pferde aus kämpfen.

Jaguarmänner Gefürchtete Krieger *Zapotes*, die sich mit einem Jaguarfell sowie einem Helm in Form eines Jaguarkopfs schmücken und ihr Haupt schwarz färben. Sie benutzen Krallenstöcke im Kampf.

Luwier Bewohner von *Luwien*, einem der sieben Großreiche auf *Daia*, der Menschenwelt.

Maurawan Elfenvolk, das hoch im Norden *Albenmarks* lebt. Berühmt für seine Bogenschützen. Die Maurawan galten als unberechenbar, verschlagen und eigenbrötlerisch. Selbst *Trolle* zögern, die Wälder dieses streitbaren Elfenvolks zu betreten. Zwei bekannte Maurawan sind *Tylwyth* und *Cullayn*.

Meerwanderer Auch Walhirten oder Seeherrscher genannt. Riesige Meeresungeheuer. Die obere Körperhälfte ähnelt einem Kraken und die untere hat etwas entfernt Menschliches. Ihre zwei Beine sind groß wie Türme.

Pfade der Unsterblichen *Albenpfade* zwischen *Nangog* und *Daia*.

Rotrücken Eine mehr als zwanzig Schritt messende Drachenspezies, die in *Albenmark* unter anderem im *Bainne Tyr* heimisch ist und dort das Großwild der Savanne jagt.

Rufer Alarmhorn auf einem *Wolkenschiff*.

Satrapien Bezeichnung für die Provinzen *Arams* und *Luwiens*, denen ein *Satrap*, ein Großfürst, vorsteht.

Schwarze Schnecken Eine Meeresschneckenart, die einem großen unterirdischen See *Albenmarks* den Namen *Meer der Schwarzen Schnecken* eingebracht hat. Diese im Wasser lebenden Schnecken werden von den Zwergen aus *Glamirs Turm* gejagt, die aus ihnen einen besonders haltbaren, schwarzen Farbstoff gewinnen.

Schwarzhornbüffel Große Büffelart, die auf *Albenmark* in der Savannenlandschaft des *Bainne Tyr* beheimatet ist.

Schwarzmähnen Löwenart, die auf *Albenmark* in der Savannenlandschaft des *Bainne Tyr* beheimatet ist.

Seeherrscher Anderer Name für *Meerwanderer.*

Sichelschwalbe Das Wappen der Zunft der Himmelslotsen auf *Nangog.*

Silberlöwen Berglöwenart, die in *Albenmark* sehr weit verbreitet ist.

Silberner Löwe Diese Kreaturen wurden von dem *Devanthar Langarm* erschaffen. Dabei verwendete er Splitter vom Herzen *Nangogs* und erschuf Wesen, die nicht lebendig, aber auch nicht tot waren. Sie dienen den Menschen als Führer auf den *Albenpfaden* und haben die Macht, ein Tor in einem *Albenstern* zu öffnen. Später erschufen die *Devanthar* auch geflügelte Löwen, auf denen die Unsterblichen in die Schlacht um *Nangog* ziehen sollten.

Sippenlose Eine Bezeichnung der *Elfen* für jene, die den Dienst bei den *Drachen* gewählt haben. Oft handelt es sich bei den *Drachenelfen* tatsächlich um Ausgestoßene. Wenn dies nicht der Fall ist, leisten sie den *Drachen* Eide, die stärker sind als jedes Sippenband.

Smaragdspinnen Eine Seespinnenart, deren Leib so groß wie der eines Grubenpferdes werden kann. Man trifft sie nur im *Meer der Schwarzen Schnecken* in der Nähe von *Glamir*s *Turm* an. Sie stehen in Verbindung mit dem Geheimnis, dem die Zwerge der *Ehernen Hallen* dort nachspüren.

Steinrat Eine Ratsversammlung verdienter Männer aus den Bergstämmen *Garagums.* Nur neun Männer gehören dem Rat an. Ein jeder von ihnen trägt einen Dolch, dessen Griff aus den Knochen des Weisen *Zarud* gefertigt wurde. Sie entscheiden über Fragen, die die wilden Stämme betreffen.

Tafel des Himmels Name, den die Bewohner von *Garagum* ihren Begräbnisorten geben. Es handelt sich um hohe, abgeflachte Felsen, auf denen die Toten vom Vogelrufer bestattet werden.

Unsterbliche Gemeinsamer Titel der sieben Großkönige, die in der Welt der Menschen herrschen und für die *Devanthar* den Krieg um *Nangog* führen.

Verborgenes Auge Alle Geschöpfe *Albenmarks* besitzen das Verborgene Auge, doch nur wenige erlangen die Fähigkeit, es zu nutzen. Wer sein Verborgenes Auge öffnet, vermag die magische Beschaffenheit der Welt zu sehen, jene leuchtenden Kraftlinien, die alles und alle durchdringen.

Windgänger Name der Elfensippe aus dem Volk der Normirga, der unter anderem *Nandalee* entstammt.

Zapote Bewohner des gleichnamigen Großreichs auf *Daia*, der Menschenwelt.

Zikkurat Gestufter Tempelturm. Gleichermaßen in *Luwien* und *Aram* verbreitete Tempelform. Besonders berühmt ist die Zikkurat von *Isatami*, auf der der Unsterbliche *Muwatta* zum Mittsommerfest die Himmlische Hochzeit zelebriert.

Danksagung

Es heißt, der Applaus sei das Brot des Künstlers … Doch wovon leben Autoren, die die meiste Zeit über in der Einsamkeit des Elfenbeinturms hinter ihrem Computer verharren? Für mich waren es die vielen Mails, Posts und freundlichen Kritiken. Auch wenn ich nur selten antworte, lese ich doch fast alles, was mir über meine Homepage www.bernhard-hennen.de oder meine Facebook-Seite www.facebook.com/bernhard.hennen geschickt wird. Und es sind diese freundlichen Zeilen, die mein Brot sind und mir die Kraft geben, meine Arbeit zu machen. Dafür sei all jenen gedankt, die mir in der Vergangenheit ein paar Zeilen geschickt haben.

Ganz nah und von all meinen Schreiblaunen unmittelbar betroffen ist meine Familie. Es sind Xinyi, Melike und Pascal, die dafür sorgen, dass ich den Zauber dieser Welt nicht aus den Augen verliere, wenn ich von meinen langen Reisen nach Albenmark, Daia und Nangog zurückkehre.

Treue Gefährten bei meiner Queste um die *Gefesselte Göttin* waren: Karl-Heinz, der Herr der verlorenen Kommas und Wächter über die innere Logik des Elfen-Universums. Elke, die unter anderem dafür sorgte, dass jeder Sattel am richtigen Platz lag. Und Babette, die stets Antworten auf alle Pferdefragen wusste.

Ein Geschenk ganz besonderer Art machte mir Maite Itoiz mit ihrer wunderbaren Musik und ihrer Kraft, Träume wahr werden zu lassen, die dafür sorgte, dass die *Drachenelfen* als Rock-Oper auf den Saarbrückener Phantasie & Mittelaltertagen auf die ganz große Bühne kamen.

Mein besonderer Dank gilt diesmal Martina Vogl, die den Roman als Lektorin begleitete, mit viel Empathie in die verwunschenen Welten eintauchte, aber dennoch nie den Blick für all die vermeintlichen Kleinigkeiten verlor, die eine Geschichte besser machen.

Bernhard Hennen, August 2013

Bernhard Hennens
große Fantasy-Saga

Die Elfen sind geheimnisvoll, mächtig und magisch.
Doch ihre Welt ist bedroht.

978-3-453-31566-2

978-3-453-31567-9

978-3-453-31568-6

978-3-453-31569-3

Leseproben unter **www.heyne.de**

HEYNE